LEO TOLSTOI

Krieg und Frieden

LEO TOLSTOI

Krieg und Frieden

Band I

BECHTERMÜNZ

Ausgabe Verlagsgruppe Weltbild GmbH,
Augsburg 2001
Gesamtherstellung: Clausen & Bosse, Leck
Printed in Germany
ISBN 3-8289-7047-8

Leo N. Tolstoi
Krieg und Frieden

Teil Eins

Einführung

»Krieg und Frieden« bildet den Höhepunkt in Leo Tolstois dichterischer Tätigkeit.

Nach einer stürmischen Jugend hatte der rastlose Mann in der Ehe mit Sophie Behrs sein volles seelisches Gleichgewicht gewonnen, und unter günstigen äußeren Verhältnissen konnten seine natürlichen Gaben sich zu der höchsten Leistung zusammenfassen, die ihnen beschieden war.

Dem Dichter schwebte das Bild der russischen Gesellschaft in dem ersten Viertel des neunzehnten Jahrhunderts vor. Durch die Spiegelung aller Lebensverhältnisse sollte es im Kunstwerk wieder auferstehen.

Was ihn am meisten lockte, waren die opfermütigen, idealistischen Jünglinge, die bei der Thronbesteigung des Zaren Nikolaus (1825) ihren stürmischen und zugleich kindischen Revolutionsversuch mit dem Tode oder, was dem gleichkommt, mit ewiger Verbannung büßen mußten. Die Geschichte nennt sie die Dekrabristen (Dezembermänner).

Wiederholt nahm Tolstoi einen Anlauf zu dem großen Roman der »Dekrabristen«. Aber die Arbeit blieb trotz der immer wieder aufgenommenen Versuche ein Bruchstück. (Siehe I. Serie, Band 7 der Gesammelten Werke.)

Die umfangreichen Studien, die Tolstoi zur Erforschung der politischen und gesellschaftlichen Zustände im Beginn des Jahrhunderts machte, führten ihn allmählich um ein oder zwei Jahrzehnte zurück, in die Zeit, in welcher sich der geistige Umschwung vorbereitete, dessen verfrühte und darum mißlungene erste Tat der Aufstand der unglücklichen Dekrabristen war.

Napoleon war der geschichtliche Held, der dem ersten Jahrzehnt unseres Jahrhunderts den Stempel aufgeprägt. Das Verhältnis der Staaten wie der einzelnen Menschen zu ihm bedeutete zugleich eine nationale und persönliche Weltanschauung.

Das große Rußland hatte noch ganz sklavisch unter dem geistigen Einfluß des Westens gestanden. Seine höhere Gesellschaft vernachlässigte die schöne und kraftvolle Sprache des Volks und bediente sich des geschmeidigen, höfischen Idioms der Franzosen. Bildung besaß nur, wer in Frankreich seine Erziehung genossen und wer die sogenannte Philosophie der Enzyklopädisten eingesogen hatte.

Mit der Zertrümmerung von Napoleons Weltherrschaft wächst allmählich das Selbstbewußtsein Rußlands. Es strebt nach geistiger Unabhängigkeit, um es auch hierin den europäischen Reichen gleichzutun, deren Erretter zu sein der Stolz seiner Söhne ist. Das aufsteigende Gestirn Napoleons aber hatte Rußland noch ganz in den Wehen des Werdens gefunden.

Aus diesen Betrachtungen heraus erwuchs die Aufgabe des Dichters.

Wollte er den ganzen Kreis des russischen Lebens umspannen, so mußte er die hergebrachte Form der historischen Erzählung, die Romanform, zertrümmern; verzichtete er auf die geschlossene Kunstform, so drohte die Gefahr der Zersplitterung. Das ungeheure Gebiet mußte sorgfältig gesichtet und geschichtet werden, wenn der Dichter ganz seiner Absicht gerecht werden und zugleich ein Ganzes schaffen wollte, das der Einheitlichkeit nicht entbehrte. Tolstoi gebietet über ein Gedächtnis, wie es nie einem Dichter der Weltliteratur eigen war. Seine Kunst der Wiedergabe seelischer Zustände, die schon in den kleineren Werken vor »Krieg und Frieden« so bewunderungswürdig zutage tritt, beruht hauptsächlich auf dieser Gedächtniskraft, die alles festhält, was sie je im Leben an sich und anderen erfahren hat. Durch dieses unvergleichliche Gedächtnis vermochte Tolstoi die Schwierigkeiten, die sich aus dem Widerspruch des ungeheuren Stoffes und der Kunstform der Erzählung ergaben, vollkommen zu überwinden.

Wenn trotzdem, wie Turgenjew und andere Beurteiler gefunden haben, durch »Krieg und Frieden« ein Bruch geht, so liegt dieser Mangel in einer anderen Eigentümlichkeit von Tolstois Wesen begründet. In allen Werken des Dichters tritt eine Feindseligkeit gegen die Gesellschaft, die sich als Trägerin der Kultur fühlt, und eine Hinneigung zu dem Volke zutage, das in seiner Einfalt die besseren Eigenschaften des Menschen reiner bewahrt haben soll. In den ersten Werken Tolstois spricht sich diese Anschauung weniger schroff aus. Je weiter er in seinem dichterischen Schaffen fortschreitet, desto zuversichtlicher wird sein Protest gegen die hergebrachten Anschauungen der Gebildeten, desto inniger seine Liebe zum Volke, bis er ganz zu ihm hinabsteigt, und all die glänzenden Schöpfungen seiner jüngeren Jahre, da er sich selbst noch nicht von der Sphäre losgelöst hatte, der er durch Geburt und Bildung angehört, preisgibt – als nichtige Tändeleien eines irregeleiteten Geistes.

Die Anschauungen, die in früheren Jahren gleichsam in der Seele des Dichters geschlummert hatten, ohne sich zu bestimmten Forderungen zu verdichten, gewinnen gerade in den Jahren, in welchen seine größte dichterische Schöpfung entstand – in den Jahren 1864 bis 1869 – eine feste Gestalt. Sieht man das weitschichtige Werk nicht bloß mit der Empfänglichkeit des Genießenden, sondern mit der Absicht, in die Werkstatt des Schaffenden hineinzublicken, tiefer in die Seele des Dichters einzudringen, so wird man mit Erstaunen gewahr, wie die freie Schöpfung des Künstlers immer mehr und mehr von der schweren Arbeit des Denkers erdrückt wird: wie die Ereignisse, die in dem ersten Teile der Dichtung mit bewunderungswerter Frische, Sicherheit und Unabhängigkeit wiedererzählt werden, sich mehr und mehr unter die vorgefaßte Meinung des Denkers beugen müssen, um der Bekräftigung seiner Weltanschauung zu dienen.

Ich sehe nicht mit Turgenjew den Flecken in der Sonne darin, daß die Erzählung überhaupt der Beleuchtung einer bestimmten Weltanschauung dient. Ein Kunstwerk kann nur gewinnen, wenn es in der bestimmten Weltanschauung eines starken Geistes seinen Mittelpunkt hat. Ich sehe den Mangel mehr in den Mißverhältnis, das sich daraus ergibt, daß ein Teil der Erzählung ganz unabhängig von der Weltanschauung des Dichters entstanden ist, und daß die späteren Teile von dem innerlich veränderten Manne geschrieben sind.

So kommt es, daß die erste Hälfte der Erzählung (und ein kleiner Teil der zweiten) die höchste Blüte des Talents zeigen, dessen zukunftsreiche Reime wir einerseits in der »Kindheit«, im »Eheglück«, andererseits in den »Kosaken« und in den Sewastopoler Schilderungen kennen gelernt haben; die zweite zum größeren Teile bedenklich nahe an das Gebiet streift, das mit der Kunst unversöhnlich zu sein scheint, an das Gebiet des abstrakten Denkens. –

Die gewaltigen politischen Ereignisse der Jahre 1805–1812 sind in »Krieg und Frieden« mit unübertrefflicher Meisterschaft um zwei große russische Familien gruppiert. An den Mitgliedern dieser typischen Adelshäuser wird uns der Umschwung der Geister in jener Periode klargemacht. Drei Generationen lernen wir kennen: die Großväter, die aus der Zeit der großen Katharina in diese Tage hineinragen, als Vertreter einer seichten Philosophie des Skeptizismus, als überkluge Tadler alles Neuen, als Anhänger der Adelsvorrechte, die ihnen selbst das Glück der arbeitenden, an die Scholle gebundenen Klasse der Leibeigenen zu sichern scheinen. Die Generation der Gegenwart, jugendliche, halb von edlen, halb von unedlen Trieben geleitete Streber, dem eigenen Vorteil, dem Glücke Rußlands, dem Fortschritt der Menschheit zugewandt, die Väter *der* Generation, aus welcher die jugendlichen Schwärmer hervorgehen konnten, die in leichtsinnigem Wagemut ihr kostbares Leben für ein Unerreichbares hingeben konnten. Und endlich den Knaben, der unter dem Einfluß der Erwachsenen in den Anschauungen aufwächst, die so kühne Taten zeitigen konnten.

Mit den einfachsten Mitteln der realistischen Technik – einer Technik, die Tolstoi ohne theoretische Erwägung lediglich aus der eigensten Art seiner natürlichen Gaben heraus entwickelt hat und die darin besteht, das im Leben Gesehene im Geiste so wiederzuschauen und durch das Wort so wiederzugeben, daß nichts verlorengeht, die aber darum nicht in der bloßen Wiedergabe des Geschehenen ihren

Zweck sieht – mit dem Kunstmittel dieser Technik führt uns der Dichter bald auf den Schauplatz jener großen Völkerschlachten, bald in die traulichen Gemächer der Familien ein. Bald zeigt er uns den griesgrämigen Greis, der seine eigenen Kinder quält, bald den jovialen alten Herrn, der leichtsinnig sein Besitztum vergeudet, bald den kecken skrupellosen Streber, bald den edlen Mann, der in der Selbstvervollkommnung sein Lebensziel sieht, bald den ewig selbstquälerischen Jüngling, der seine Ruhe finden kann, bis ihm in der Gestalt eines Mannes aus dem Volke die Verkörperung alles Harmonischen entgegentritt und die Lösung aller Fragen bringt, die ihm bisher das Leben zu einer ununterbrochenen Qual gemacht haben.

Die russische Frau jener Zeit erscheint in den verschiedensten Gestalten: als berechnende Kokette und ungetreue Gattin, als harmlos leichtsinniges Mädchen mit dem Reiz der Jugend und des Frohsinns, als Trägerin eines sittlichen Ideals, dessen Grundlage eine Gottergebenheit ist, die der Bigotterie nahe verwandt ist, als Hoffräulein, das den Blick stets nach oben gerichtet hält und stets das tut, was dort gefallen kann, als würdige Mutter und Genossin des Mannes, als gewandte Intrigantin, die mit allen Weibermitteln auf ihren Vorteil geht, als alterndes Mädchen, dessen Charakter durch Neid und das Liebesglück der anderen zerfressen wird – eine Reihe von Frauentypen, deren nahe Verwandte in Tolstois anderen Werken (besonders in dem Hauptwerk der folgenden Jahre, Anna Karenina) vereinzelt auftreten.

Keine Schicht der Gesellschaft, die wir nicht kennenlernen. Wir begleiten den Hof, an dem der Ehrgeiz seine Intrigen spinnt und die Unfähigkeit unverdiente Belohnungen erringt. Wir folgen dem Kaiser Alexander auf seiner Fahrt nach Erfurt zur Begrüßung Napoleons und wohnen der Zusammenkunft der beiden Herrscher nach der Zerstückelung Preußens auf dem Floß der Memel bei. Wir sehen in Speranskij und Uraktschejew Bürgerliche dank ihren Fähigkeiten zu den höchsten Stellungen gelangen. Wir schauen durch alle Fenster in das häusliche Leben der Begüterten hinein und werden an der Hand des kundigen Führers, den das Mitleid mit den Unmündigen und Enterbten leitet, in die innersten Seelenregungen der Massen eingeführt, die uns alles eigenen Lebens bar zu sein scheinen.

Der Dichter aber ist anderer Meinung. Für ihn sind die großen Ereignisse der Geschichte nicht Großtaten einzelner Persönlichkeiten, nicht Wirkungen des freien Willens bevorzugter Menschen, Genies, sondern Äußerungen der tausendfältigen Willensstrebungen aller, die in dem einen Mann ihren vereinigten Ausdruck gefunden haben.

Dieser Gedanke beherrscht das ganze Werk Tolstois. Er tritt (wie schon oben angedeutet) in dem ersten Teile weniger hervor als in dem zweiten, und kann als die geschichtsphilosophische Auffassung Tolstois betrachtet werden. –

Man kann das große Prosaepos »Krieg und Frieden« mit einem Riesenbau vergleichen. Schön in seiner Gesamtheit, überwältigend in seiner Größe, reich an großen und kleinen Gängen, weiten Hallen und lauschigen Winkeln. Und überall ist wundervoller Zierat angebracht. Und die Schwesterkünste haben durch plastische und malerische Werke allen Teilen des gewaltigen Baues selbständige Reize verliehen. Durch die Dauer der Jahrhunderte aber, durch Ausbesserungen und Umbauten ist manches in den Verhältnissen verschoben: wo eine große Halle war, sind viele kleine Räume, die nicht in den Bauplan des ersten Künstlers passen wollen; dort ist ein Gang weggefallen, und was an seine Stelle getreten, zerstört die edlen Verhältnisse des Ganzen; wo Bildwerke vergangener Jahrhunderte standen, prangt ein neues Denkmal, das dem grauen Alter des Baues Hohn spricht; und wo der Blick des Beschauers die ehrwürdige Schöpfung des Künstlers bewundert hat, muß er sich mit dem schwachen Ersatz des verblaßten Meisterwerks zufriedengeben. Das *ganze* Bauwerk aber übt trotz tiefer Mängel, die wir bemerken und erkennen, seinen alten Zauber auf uns aus, wie auf die Generationen, die vor uns waren.

So ist es auch mit dem gewaltigen Bau dieser Dichtung. Hie und da erscheint ein Raum zu groß, eine Halle zu klein, ein Zierat am falschen Ort, ein Bild nicht passend. Hier fehlt uns ein Gang, dort dünkt uns einer zu weit geführt. Das *Gan-*

ze aber übt seinen Zauber auf jeden, der ein Kunstwerk zu genießen versteht, und der nicht nur ein Auge hat für die Flecken auf der Sonne, sondern auch ein empfängliches Gemüt für das Licht und die Wärme der Lebensspenderin.

Tolstois »Krieg und Frieden« wird hier den deutschen Lesern *zum ersten Mal* dargeboten. Die Ausgaben, welche bisher diese Meisterschöpfung der russischen Literatur dem deutschen Publikum vermittelt haben, sind ganz *willkürliche Auszüge* aus dem kolossalen Werke.

Es ist ein Verrat an dem wehrlosen Dichter, seine Schöpfungen in willkürlichen Verkürzungen einem Publikum darzubieten, daß nicht die Möglichkeit hat, das Original zu lesen. Solch literarische Gewissenlosigkeit bringt nicht bloß den Dichter um die beabsichtigte Wirkung, beraubt nicht nur den Leser des besten Teils seines Genusses, es führt alle diejenigen irre, die sich auf Grund der verstümmelten Ausgaben ihr Urteil bilden.[1]

Die verkürzten und verstümmelten Übersetzungen sind auf unserem Büchermarkte (in unserer Literatur darf man

1 Wie weit die Gewissenlosigkeit in der Zerstümmelung eines Kunstwerkes gehen kann, zeigt das Verfahren des Herrn *Roskoschny*, der sich schon zu wiederholten Malen an dem Genius Tolstois versündigt hat und dessen Ausgabe von »Krieg und Frieden« dem Leser nur die *Hälfte* des Werkes gibt. – Tolstoi hatte, als er in einer russischen Zeitschrift die ersten Teile von »Krieg und Frieden« unter dem Titel *»Das Jahr 1805«* veröffentlichte, die höhere Gesellschaft französisch sprechen lassen. Es waren in dem Werke ganze Seiten in der fremden Sprache geschrieben, und die Redaktion war genötigt, unter dem Text eine russische Übersetzung zu geben. Die gesamte russische Kritik erkannte in diesem Mittel der Charakterisierung einen Grundirrtum des Dichters und sprach das einmütig aus. Anfangs verteidigte T. sein Verfahren. Später aber erkannte er seinen Irrtum und fügte statt der französischen Seiten russischen Text ein! Und so sind alle Ausgaben des Werkes in ganz russischem Text erschienen. Was aber tut Herr Roskoschny? – Er zieht den alten französischen Text – den er bloß abzudrucken und nicht zu übersetzten braucht! – wieder hervor und *verewigt so den Irrtum eines großen Dichters, den dieser selbst anerkannt und gutgemacht hat.*

hier nicht sagen) nicht mehr selten. Sie sind das Erzeugnis einer verwerflichen Krämerspekulation, die nichts mit literarischer Arbeit gemein hat. Wer sich zum literarischen Vermittler zweier Nationen macht, hat die Pflicht, mit peinlicher Gewissenhaftigkeit dem Dichter gerecht zu werden, den er seiner Nation zuführen will, und darf sich nicht in den Dienst niedrigster Gewinnsucht stellen. Tut er das, so macht er sich zum Mitschuldigen des Verrats und verzichtet freiwillig auf den Namen eines Schriftstellers. –

Die folgende Übersetzung ist zum größeren Teile das Werk Claire von Glümers. Zu einer Zeit, wo der Name Tolstoi noch wenig in Deutschland bekannt war, hat die feinsinnige Schriftstellerin das große Werk einer Übersetzung von »Krieg und Frieden« unternommen. Ihre Arbeit erschien in der Prager »Politik«, wurde aber plötzlich abgebrochen, weil das Blatt für einige Zeit sein Erscheinen einstellte. Ihr Urteil reicht bis zum XXXIII. Kapitel der dritten Abteilung des dritten Bandes. Von da an beginnt die Arbeit des Herausgebers. Ich habe indessen mit der Zustimmung der Übersetzerin auch ihre Übertragung noch einmal Wort für Wort durchgesehen, um sie mit der neuesten Ausgabe des Originals zu vergleichen. So vortrefflich die Arbeit war, fand sich doch hie und da die Möglichkeit, manches besser wiederzugeben. Durch meine andauernde Beschäftigung mit den Werken Tolstois und durch ein vollkommenes Einleben in den Geist seiner Schriften habe ich vielleicht das Recht erworben, auch einer so ausgezeichneten Übersetzerin in zweifelhaften Fällen hie und da nachzubessern. Ich sage dies nur, um damit die volle Verantwortung für die vorliegende Ausgabe, auch für jeden Tadel, der sie treffen sollte, auf mich zu nehmen.

R. Löwenfeld

ERSTE ABTEILUNG

I

Wie, Durchlaucht, Genua und Lucca sind also nur noch Besitzungen der Familie Bonaparte. Nein, ich versichere Sie, wenn Sie mir nicht sagen können, daß wir Krieg haben, wenn Sie wieder zugeben, daß alle Schandtaten, alle Nichtswürdigkeiten dieses Antichrists (wahrhaftig, ich halte ihn dafür!) beschönigt werden, so kenne ich Sie nicht mehr, so sind Sie nicht mehr mein Freund, mein getreuer Sklave, wie Sie sagen. Aber guten Tag, guten Tag! Ich sehe, Sie fürchten sich vor mir. Setzen Sie sich und erzählen Sie.

Mit diesen Worten empfing Anna Pawlowna Scherer, die vielgenannte vertraute Hofdame der Kaiserin Maria Fjodorowna den einflußreichen, hochgestellten Fürsten Wassilij, da er an einem Juliabend des Jahres 1805 als erster zu ihrer Soiree erschien. Anna Pawlowna hatte seit einigen Tagen ein wenig gehustet oder hatte, wie sie es nannte, die Grippe. (Grippe war damals ein neuer, nur von wenigen gebrauchter Ausdruck). Die Billetts, die sie morgens durch rotgekleidete Lakaien ausgeschickt hatte, lauteten daher übereinstimmend:

»Wenn Sie nichts Besseres vorhaben, Herr Graf (oder Fürst) und wenn die Aussicht, den Abend bei einer armen Kranken zuzubringen, Sie nicht zu sehr erschreckt, würde ich mich freuen, Sie zwischen 7 und 10 Uhr bei mir zu sehen. Anna Scherer.«

Gott, welch ein grausamer Überfall, antwortete der Fürst, indem er, ohne die mindeste Bestürzung über diesen Empfang zu verraten, in reichgestickter Hofuniform, Schnallenschuhen und Strümpfen, die Brust mit Orden geschmückt und mit einem freundlichen Ausdruck des flachen Gesichts auf das Fräulein zutrat.

Er sprach jenes gesuchte Französisch, das unsere Vorfahren nicht nur redeten, sondern auch dachten und mit jenem ruhigen, herablassenden Tone, welcher dem in der großen Welt lebenden, einflußreichen Manne zur zweiten Natur geworden war. Er schritt auf Anna Pawlowna zu, küßte ihr die Hand und neigte ihr dabei seine parfümierte Glatze zu. Dann setzte er sich bequem auf den Diwan.

Vor allem sagen Sie mir, wie Sie sich fühlen; beruhigen Sie Ihren Freund, sagte er mit einer Stimme und Betonung, die, trotz aller vom Anstande gebotenen Teilnahme, Gleichgültigkeit und sogar einen gewissen Spott durchscheinen ließ.

Wie kann ich gesund werden, wenn ich seelisch leide? Wie kann man sich seelisch in unserer Zeit wohlbefinden, wenn man ein fühlendes Herz hat, sagte Anna Pawlowna. Heute bleiben Sie hoffentlich den ganzen Abend bei mir?

Und das Fest beim englischen Gesandten? Heute ist Mittwoch ... ich muß mich dort zeigen, antwortete der Fürst. Meine Tochter wird kommen, mich abzuholen.

Ich glaubte, daß man die Gesellschaft abgesagt hätte. Ich muß gestehen, diese Feste und Feuerwerke fangen an langweilig zu werden.

Wenn man geahnt hätte, daß Sie es wünschen, würde die Gesellschaft abgesagt sein, antwortete der Fürst mit einer jener in der Gesellschaft eingebürgerten Höflichkeitsphrasen, für die selbst der, der sie gebraucht, keinen Glauben verlangt.

Quälen Sie mich nicht! Was also hat man auf die Depesche Rowosilzows beschlossen? Sie wissen doch alles!

Wie soll ich Ihnen sagen? antwortete der Fürst in kaltem, gelangweiltem Tone. Was man beschlossen hat? Man ist der Meinung, daß Bonaparte seine Schiffe verbrannt hat, und ich glaube, daß wir im Begriffe stehen, die unsrigen zu verbrennen. Wassilij sprach immer langsam und schleppend, wie ein Schauspieler, der in einem alten Stück seine Rolle hersagt. Anna Pawlowna dagegen war trotz ihrer vierzig Jahre voll Feuer und leidenschaftlicher Erregung. Enthusiastin sein war ihr zur gesellschaftlichen Stellung geworden, und selbst wenn sie sich hin und wieder nicht dazu gestimmt fühlte, wurde sie enthusiastisch, um denen, die sie seit langer Zeit so gekannt hatten, keine Enttäuschung zu bereiten. Ein halbes Lächeln, das nicht zu ihrem verblühten Antlitz paßte, spielte fortwährend um ihre Lippen und verriet, wie bei verzogenen Kindern, das Bewußtsein einer liebenswürdigen Schwäche, von der sie sich weder frei machen konnte noch frei machen wollte, ja, die zu überwinden sie kaum für nötig hielt.

Mitten in diesem politischen Gespräch geriet Anna Pawlowna auch jetzt wieder in Erregung.

Ach! reden Sie mir nicht von Österreich! rief sie aus. Möglich, daß ich nichts davon verstehe – aber Österreich wollte und will keinen Krieg. Es verrät uns! Rußland allein muß der Befreier Europas werden. Unser Wohltäter kennt seinen hohen Beruf und wird ihn erfüllen – das ist das einzige, woran ich glaube. Unserm edlen, herrlichen Monarchen ist die größte Rolle in der Welt beschieden, und er ist so gut, so reich an Tugend, daß Gott ihn nicht verlassen kann. Er wird seine Aufgabe erfüllen, er wird die Hydra der Revolution zu Boden werfen, die jetzt in der Gestalt dieses Mörders und Bösewichts noch schrecklicher ist als bisher. Wir allein müssen das Blut des Gerechten sühnen – aber auf wen können wir rechnen, frage ich Sie? ... England mit seinem Krämergeiste wird und kann die Seelengröße Kaiser Alexanders nicht verstehen. Es hat sich geweigert, Malta zu räumen, es sucht und findet in jeder unserer Maßregeln einen Hintergedanken. Was haben die Großmächte Rowofilzow gesagt? Nichts! Sie haben die Selbstverleugnung unseres Kaisers, der nichts für sich selbst will und nur das Wohl der Menschheit im Auge hat, nicht verstanden und können sie nicht verstehen. Und was haben sie versprochen, nichts! Und selbst was sie versprochen haben, werden sie nicht halten! Preußen hat bereits erklärt, daß Bonaparte unüberwindlich ist und daß ganz Europa nichts gegen ihn vermag ... Und ich glaube Hardenberg und Haugwitz nicht ein Wort. Diese berühmte preußische Neutralität ist nur eine Falle. Ich glaube nur an Gott und an den hohen Beruf unseres geliebten Kaisers – er wird Europa retten! Sie hielt plötzlich inne mit einem spöttischen Lächeln über ihren eigenen Eifer.

Ich glaube, sagte der Fürst, der ebenfalls lächelte, wären Sie anstatt unseres guten Winzingerode abgeschickt, Sie hätten die Einwilligung Preußens im Sturm errungen ... Sie sind so beredt. Darf ich um Tee bitten?

Sogleich. Apropos, fügte sie ruhiger hinzu, Sie werden heute zwei sehr interessante Männer bei mir sehen: den Vicomte von Mortemart; er ist mit den Montmorencys durch die Rohans verwandt, eine der besten Familien Frankreichs. Er ist einer von den guten Emigranten, den echten. Und dann den Abbé Morio. Sie kennen diesen tiefen Geist? Er ist dem Kaiser vorgestellt worden, wie Sie wohl wissen?

Oh, es wird mir ein großes Vergnügen sein, erwiderte der Fürst. Sagen Sie mir doch – fügte er in besonders gleichgültigem Tone hinzu, als ob er sich eben auf etwas besänne, obgleich die Frage, die er eben stellen wollte, die Hauptveranlassung seines Besuches war –, bestätigt es sich, daß die Kaiserinmutter die Ernennung des Baron Funke zum ersten Gesandtschaftssekretär in Wien befürwortet? Dieser Baron scheint mir ein trauriges Geschöpf zu sein. – Fürst Wassilij wünschte seinen eigenen Sohn zu der Stellung ernannt zu sehen, die man dem Baron Funke durch den Einfluß der Kaiserin Maria Fjodorowna zu verschaffen suchte.

Anna Pawlowna schloß beinahe die Augen, um anzudeuten, daß weder sie noch irgendein anderer zu erraten vermöchte, was der Kaiserin gefallen, oder was sie zu wünschen geruhen würde.

Der Baron Funke ist der Kaiserinmutter durch ihre Schwester empfohlen worden, sagte sie in melancholisch abweisendem Tone. Bei der Nennung der Kaiserin drückte Anna Pawlownas Gesicht eine tiefe, innige, mit einer gewissen Wehmut gepaarte Ergebenheit und Verehrung aus, wie immer, wenn sie ihrer hohen Beschützerin gedachte. Sie fügte hinzu, daß Ihre Majestät geruht hätten, dem Baron Funke viel Achtung zu beweisen, und wieder wurde ihr Blick von Wehmut umschleiert.

Der Fürst schwieg mit gleichgültiger Miene. Anna Pawlowna wollte mit weiblicher und höfischer Gewandtheit ihn dafür strafen, daß er gewagt hatte, sich geringschätzend über eine von der Kaiserin begünstigte Persönlichkeit zu äußern, und doch zugleich wieder trösten.

Aber da wir von Ihrer Familie sprechen, sagte sie, wissen Sie, daß Ihre Tochter, seit sie in die Gesellschaft eingeführt ist, alle Welt entzückt. Man findet sie wunderschön.

Der Fürst verneigte sich zum Zeichen der Achtung und Dankbarkeit.

Ich habe oft darüber nachgedacht, fuhr Anna Pawlowna nach einem augenblicklichen Schweigen fort, indem sie dem Fürsten näher rückte und ihm freundlich zulächelte zum Zeichen, daß die politischen und gesellschaftlichen Gespräche ein Ende hätten und ein intimeres begann. Ich habe oft darüber nachgedacht, wie ungerecht doch die Gaben des Glücks verteilt sind. Warum hat Ihnen wohl das Schicksal zwei so herrliche Kinder gegeben, Ihren Jüngsten, Anatol, rechne ich nicht mit, ich liebe ihn nicht (schaltete sie mit großer Entschiedenheit ein, indem sie die Brauen in die Höhe zog) – zwei so liebenswürdige Kinder, die Sie aber durchaus nicht zu schätzen wissen, die Sie also nicht wert sind. Und sie lächelte wieder in ihrer schwärmerischen Weise.

Was wollen Sie? Lavater würde sagen, daß mir das Organ der Elternliebe fehlt, sagte der Fürst.

Lassen Sie die Scherze – ich wollte ernsthaft mit Ihnen reden. Wissen Sie, ich bin unzufrieden mit Ihrem jüngsten Sohne. Unter uns (ihr Gesicht nahm wieder einen wehmütigen Ausdruck an), man hat bei Ihrer Majestät von ihm gesprochen, und alle bemitleiden Sie.

Der Fürst antwortete nicht, sie aber sah ihn schweigend mit einem vielsagenden Ausdruck an, als ob sie auf Antwort wartete. Der Fürst runzelte die Stirn.

Was soll ich anfangen? Ich habe alles für ihre Erziehung getan, was ein Vater nur irgend tun kann, und doch ist aus beiden nichts geworden. Hippolyt ist wenigstens ein ruhiger Narr, aber Anatol ein sehr unbequemer – das ist der ganze Unterschied, sagte der Fürst und lächelte noch gezwungener als sonst, wobei sich in den Falten seines Mundes etwas unerwartet Rohes und Widerliches ausprägte.

Warum müssen Menschen wie Sie Kinder haben? Wenn Sie nicht Vater wären, hätte ich Ihnen gar nichts vorzuwerfen, sagte Anna Pawlowna mit schwermütigem Augenaufschlag.

Ich bin Ihr getreuer Sklave und Ihnen allein kann ich's gestehen: meine Kinder sind die Hemmnisse meines Daseins. Sie sind das mir auferlegte Kreuz – so erklär' ich es mir. Was soll man tun? ... Er schwieg und drückte durch eine Gebärde seine Ergebung in die Härte des Schicksals aus. Anna Pawlowna wurde nachdenklich.

Haben Sie nie daran gedacht, Ihren verlorenen Sohn, Ihren Anatol, zu verheiraten? fragte sie. Es heißt, alte Jungfern haben die Leidenschaft des Heiratsstiftens. Ich habe mich bis jetzt von dieser Schwäche frei gehalten. Nun aber habe ich eine kleine Dame im Auge, die sich bei ihrem Vater sehr unglücklich fühlt, eine Verwandte von uns, eine Prinzessin ... Bolkonskij. Fürst Wassilij antwortete nicht, gab jedoch durch eine Bewegung des Kopfes zu verstehen, daß er, mit der gewohnten schnellen Auffassung des Weltmannes, alle diese Andeutungen zu würdigen wisse.

Können Sie sich denken, daß mich Anatol jährlich 40.000 Rubel kostet? sagte er, augenscheinlich nicht imstande, der traurigen Richtung seiner Gedanken Einhalt zu tun. Dann schwieg er eine Weile.

Was soll daraus werden, wenn es noch vier, fünf Jahre so fort geht? Das hat man von der Vaterschaft. Ist sie reich, Ihre junge Fürstin?

Der Vater ist sehr reich und lebt auf dem Lande. Wissen Sie, es ist der bekannte Fürst Bolkonskij, der noch zu Lebzeiten des verstorbenen Kaisers den Abschied erhielt und den Beinamen »König von Preußen« hatte. Er ist ein sehr kluger, aber wunderlicher und wenig umgänglicher Mann. Die Arme ist sehr unglücklich. Ihr Bruder hat sich vor kurzem mit Lisa Meinen verheiratet und ist Kutusows Adjutant. Er wird heute bei mir sein.

Hören Sie, liebe Annette, sagte der Fürst, indem er die Hand seiner Nachbarin erfaßte und sie ohne rechten Grund nach unten zog, bringen Sie die Sache zustande, und ich bin ihr getreuester Sklave für immerdar. (Schklave, wie mein Starost unter seine Berichte schreibt, mit sch). Sie ist von guter Familie und reich, das ist alles, was ich brauche.

Und mit jenen ungezwungen anmutigen Bewegungen, die ihm eigen waren, nahm er des Hoffräuleins Hand, küßte sie und schwenkte sie ein paarmal hin und her, wobei er sich in den Sessel zurücklehnte und nach der andern Seite sah.

Halt, erwiderte Anna Pawlowna mit nachdenklicher Miene, ich werde heute noch mit Lisa, der Frau des jungen Bolkonskij, sprechen und vielleicht macht sich die Sache. So werde ich denn in Ihrer Familie meine Altjungfernlehrzeit abmachen.

II

Anna Pawlownas Salon begann sich zu füllen; die höchste Aristokratie Petersburgs erschien, Leute verschiedensten Alters und Charakters, aber durch die Gesellschaft, in der sie lebten, gleichartig abgeschliffen. Die Tochter des Fürsten Wassilij, die schöne Helène, die auf ihrem Ballkleide die Chiffre der Kaiserin trug, kam; sie wollte ihren Vater zur Soiree beim englischen Gesandten abholen. Dann kam die junge, kleine, als die reizendste Frau von ganz Petersburg bekannte Fürstin Bolkonskij. Sie hatte sich im vergangenen Winter verheiratet und ging jetzt wegen ihrer Mutterhoffnungen nicht mehr in die »große« Welt, aber sie besuchte kleine Gesellschaften. Fürst Hippolyt, Sohn des Fürsten Wassilij, erschien mit Herrn von Mortemart, den er vorstellte, der Abbate Morio erschien und viele andere.

Haben Sie meine Tante noch nicht gesehen, oder sind Sie überhaupt noch nicht mit ihr bekannt? fragte Anna Pawlowna die ankommenden Gäste und führte sie feierlich der kleinen Alten zu, die mit hohen Bandschleifen auf der Haube aus dem anstoßenden Zimmer hervorsegelte, sobald die Gesellschaft sich zu versammeln begann. Anna Pawlowna nannte jeden Gast beim Namen, während sie langsam die Augen auf die Tante wandte, und trat dann zurück. Jeder machte die herkömmlichen Verbeugungen vor der Alten, die niemand kannte, niemand brauchte und für die sich niemand interessierte, und Anna Pawlowna überwachte die Zeremonie mit wehmütig feierlicher Teilnahme und schweigender Zustimmung. Die Tante sprach mit jedem in denselben Ausdrücken von seinem Befinden, von ihrem Befinden und von dem Befinden Ihrer Majestät, das Gott sei Dank wieder besser war, worauf sich die Hinzugetretenen mit dem Gefühl, eine schwere Aufgabe glücklich vollbracht zu haben, ohne Übereilung wieder entfernten, um sich den ganzen Abend nicht mehr um die alte Dame zu kümmern.

Die junge Fürstin Bolkonskij hatte in einem goldgestickten Sammetbeutel ihre Arbeit mitgebracht. Ihre feine Oberlippe, die den leichten Anflug eines schwarzen Schnurrbärtchens zeigte, war zu kurz, die Zähne zu bedecken, aber um so anmutiger öffnete sie sich und um so anmutiger zog sie sich nach unten, wenn sie die Unterlippe zu erreichen suchte. Wie es gewöhnlich bei reizenden Frauen der Fall ist, erschienen diese Mängel: die Kürze der Lippe und der halbgeöffnete Mund als besondere, ihr eigentümliche Schönheiten. Man fühlte sich erquickt beim Anblick dieser schönen zukünftigen Mutter, die so voll Leben und Gesundheit war, und ihren Zustand so leicht ertrug. Den Alten sowohl wie der sich langweilenden Jugend schien es, als ob sie ihr ähnlich würden, nachdem sie sich eine Weile mit ihr unterhalten hatten. Wer mit ihr sprach und bei jedem Worte ihr reizendes Lächeln sah und die glänzenden, weißen Zähne, die sich immer zeigten, hätte glauben können, daß er heute besonders liebenswürdig gewesen. Und wirklich dachte jeder so.

Nachdem die kleine Fürstin schwankend, mit kurzen Schritten, den Arbeitsbeutel in der Hand, um den Tisch herumgegangen war, setzte sie sich in der Nähe des silbernen Samowars auf das Sofa und strich mit so vergnügter Miene ihr Kleid zurecht, als ob alles, was sie tat, für sie selbst wie für ihre Umgebung ein Vergnügen gewesen wäre.

Ich habe meine Handarbeit mitgebracht, sagte sie, indem sie ihren Ridikül öffnete und alle ringsumher ansah.

Sehen Sie, Annette, Sie dürfen mir keine Streiche spielen,

sagte sie zu der Wirtin. Sie schrieben mir, daß es eine ganz kleine Gesellschaft wäre. Sehen Sie, wie unpassend ich angezogen bin.

Dabei breitete sie die Arme aus, um ihr geschmackvolles, spitzenbesetztes graues Kleid zu zeigen, das dicht unter der Brust mit einer breiten Schärpe umgürtet war.

Seien Sie ruhig, Sie werden doch immer die Hübscheste sein, antwortete Anna Pawlowna.

Sie wissen, daß mein Mann mich verläßt, sagte die Fürstin in demselben Tone zu einem der anwesenden Generale, er wird in den Tod gehen. Sagen Sie mir, was haben wir von diesem häßlichen Krieg? fragte sie den Fürsten Wassilij, und ohne die Antwort abzuwarten, wandte sie sich seiner Tochter, der schönen Helène, zu.

Welch reizendes Geschöpf ist diese kleine Fürstin, sagte Fürst Wassilij leise zu Anna Pawlowna.

Bald nach der jungen Fürstin trat ein dicker, breitschultriger, junger Mensch mit kurzgeschnittenem Haar, einer Brille, hellen Hosen, dem damals modischen breiten Jabot und braunem Frack herein. Dieser schwerfällige junge Mann war der natürliche Sohn eines großen Herrn vom Hofe der Kaiserin Katharina, des Grafen Besuchow, der jetzt in Moskau auf dem Sterbebette lag. Der junge Mann hatte noch nicht gedient, war eben vom Auslande, wo er erzogen worden, zurückgekehrt und kam zum erstenmal in Gesellschaft. Anna Pawlowna begrüßte ihn mit einem Kopfnicken, wie sie es für Menschen der niedrigsten in ihrem Salon vertretenen Rangordnung bereithielt. Aber trotz der Herablassung, welche in diesem Nicken lag, verriet Anna Pawlownas Gesicht beim Eintritt des jungen Pierre eine Unruhe, eine Furcht, wie sie sich wohl beim Anblick von etwas Ungeheurem, Ungehörigem zu regen pflegt. Es war jedoch nicht die Größe Pierres, die diese Unruhe veranlaßte, obwohl er alle Anwesenden überragte, sondern der Ausdruck seiner zugleich klugen und schüchternen, forschenden und unbefangenen Augen, der ihn von allen Gästen im Salon unterschied.

Es ist sehr liebenswürdig von Ihnen, Monsieur Pierre, daß Sie eine arme Kranke besuchen, sagte Anna Pawlowna, indem sie mit der Tante, der sie ihn zuführte, einen ängstlichen Blick wechselte. Pierre brummte etwas Unverständliches vor sich hin, fuhr fort, sich umzusehen, lächelte freundlich und heiter, als er die keine Fürstin erblickte, die er wie eine gute Bekannte grüßte, dann ging er auf die Tante zu. Anna Pawlownas Besorgnis war keine grundlose gewesen, denn der junge Mann wollte sich, ohne die Mitteilung der Tante über die Gesundheit Ihrer Majestät ganz anzuhören, wieder entfernen. Erschrocken hielt sie ihn mit den Worten fest: Kennen Sie den Abbate Mario nicht? er ist ein sehr interessanter Mann ...

Ja, ich habe von seiner Idee des ewigen Friedens gehört; sehr interessant, aber kaum ausführbar.

Meinen Sie? antwortete Anna Pawlowna, um nur etwas zu sagen und schickte sich an, zu ihren Pflichten als Wirtin zurückzukehren; aber Pierre beging sofort eine zweite Unschicklichkeit: erst hatte er nicht zugehört, und jetzt hielt er die Dame, die von ihm fort wollte, zurück, stellte seine großen Füße breit auseinander, senkte den Kopf und fing an, Anna Pawlowna auseinanderzusetzen, warum er den Plan des Abbate für eine Schimäre hielt.

Wir wollen das ein andermal besprechen, sagte Anna Pawlowna, machte sich von dem jungen Menschen ohne Lebensart los und kehrte zu ihren Pflichten als Dame des Hauses zurück. Sie hörte zu, sah aufmerksam umher und war immer bereit, Hilfe zu leisten, wo das Gespräch ins Stocken kam. Wie der Herr einer Spinnerei, nachdem er den Arbeitern ihre Plätze angewiesen hat, umhergeht, aufmerkt, wo etwa eine Spule in Stillstand gerät oder ein ungewöhnlich lautes Knarren hören läßt, eilig herantritt, aufhält oder in Gang bringt, wie es gerade nötig ist, so ging auch Anna Pawlowna durch ihren Salon, näherte sich den Gruppen, wo man schwieg oder zu eifrig sprach, und wußte mit einem Worte oder einer Veränderung der Plätze eine gleichmäßige, anständige Gesprächsmaschine zurechtzubringen. Aber inmitten dieser Aufgabe blieb ihr besonderes Augenmerk auf Pierre gerichtet, der bald herantrat, um zu hören, was in der Umgebung Mortemarts gesprochen wurde, bald sich zu dem Kreise begab, wo der Abbate redete. Für Pierre, der im Auslande erzogen worden, war diese Soiree bei Anna Pawlowna die erste, welche er in Rußland besuchte. Er wußte, daß hier die Intelligenz von Petersburg versammelt war, und seine Augen flogen, wie die des Kindes im Spielzeugladen, rastlos umher. Sooft sein Blick auf eins der aristokratischen und selbstbewußten Gesichter fiel, die hier versammelt waren, fürchtete er, ein kluges Worte zu verlieren oder hoffte, einen bedeutenden Ausspruch zu hören. Endlich näherte er sich dem Abbate Morio, der ein interessantes Gespräch zu führen schien, blieb stehen und wartete auf die Gelegenheit, seine eigenen Gedanken auszusprechen, wie das junge Leute so gern tun.

III

Die Soiree Anna Pawlownas war im vollen Gange. Die Räder schnurrten auf allen Seiten in gleichmäßiger Bewegung. Außer der Tante, neben welcher nur eine bejahrte Dame mit schmalem, vergrämtem Gesichte saß, die sich in dieser glänzenden Umgebung ziemlich fremd zu fühlen schien, war die Gesellschaft in drei Gruppen geteilt. In der einen, vorwiegend männlichen, bildete der Abbate den Mittelpunkt; in der zweiten, jugendlicheren, war es die schöne Prinzessin Helène, die Tochter des Fürsten Wassilij, und die hübsche, rotwangige kleine Fürstin Bolkonskij, die nur für ihre Jugend etwas zu voll war; in der dritten Gruppe befanden sich Mortemart und Anna Pawlowna.

Der Vicomte war ein hübscher junger Mann mit weichen Zügen und sanftem Benehmen, der sich augenscheinlich für eine Berühmtheit hielt, sich aber, gut erzogen, wie er war, mit liebenswürdiger Bescheidenheit von der Gesellschaft genießen ließ, in der er sich befand.

Es war nicht zu verkennen, daß Anna Pawlowna ihn ihren Gästen vorsetzte. Wie ein guter Wirt ein Stück Fleisch, das man nicht essen würde, hätte man es in der schmutzigen Küche gesehen, als etwas Besonderes zu servieren weiß, setzte auch Anna Pawlowna heute abend bald den Vicomte, bald den Abbate ihren Gästen als etwas Außergewöhnliches vor. In der Gruppe, die sich um Mortemart gebildet hatte, fing man sogleich an, von der Ermordung des Herzogs von Enghien zu sprechen. Der Vicomte sagte, der Herzog sei seiner eigenen Großmut zum Opfer gefallen, und die Erbitterung Bonapartes habe eine besondere Ursache gehabt.

Ah, lassen Sie hören, erzählen Sie uns das, Vicomte! sagte Anna Pawlowna heiter, und da sie das Gefühl hatte, daß diese Wendung *à la* Louis XV. war, fügte sie hinzu: *contez nous cela, vicomte!*

Der Vicomte verbeugte sich zustimmend mit verbindlichem Lächeln. Anna Pawlowna versammelte einen Kreis um den Erzähler und forderte alle Anwesenden auf, ihm zuzuhören.

Der Vicomte ist mit dem Herzog persönlich bekannt gewesen, flüsterte sie dem einen zu. Der Vicomte ist ein vortrefflicher Erzähler, bemerkte sie zu dem andern gewandt. Wie man in ihm gleich den Mann aus der guten Gesellschaft erkennt! sagte sie zu dem dritten – kurz, der Vicomte wurde der Gesellschaft in dem besten, vorteilhaftesten Lichte vorgesetzt, wie ein garniertes Roastbeef auf heißer Schüssel.

Jetzt schickte der Vicomte sich an, seine Erzählung zu beginnen.

Kommen Sie hier herüber, Helène, sagte Anna Pawlowna zu der schönen Prinzessin, welche ziemlich entfernt saß und den Mittelpunkt des andern Kreises bildete.

Die Prinzessin Helène lächelte, dann erhob sie sich mit demselben, niemals wechselnden Lächeln des vollkommen schönen Weibes, mit dem sie auch in den Salon getreten war. Leicht rauschend in ihrem weißen, mit Efeu und Moos verzierten Ballkleide, ging sie, schimmernd in der Pracht ihrer weißen Schultern, dem Glanz ihres Haares und ihrer Brillanten durch die Reihen der zurücktretenden Männer. Indem sie keinen besonders ansah, aber allen zulächelte, schien sie jedem das Recht zu geben, ihren schönen Wuchs, ihre vollen Schultern, ihren, nach damaliger Mode tief entblößten Busen und Rücken zu bewundern. So trat sie zu Anna Pawlowna, und es war, als ob sie den vollen Glanz des Balles in sich vereinigt hätte. Sie war so schön, daß man an ihr nicht nur keine Spur von Koketterie bemerkte, sie schien sich vielmehr ihrer untadelhaften, unwiderstehlich wirkenden Schönheit beinahe zu schämen und geneigt zu sein, deren Eindruck abzuschwächen, was indessen nicht in ihrer Macht lag.

Wie schön sie ist, sagte jeder, der sie sah, und der Vicomte zog, wie von einer außerordentlichen Erscheinung überrascht, die Schultern zusammen und senkte die Augen, als sie sich ihm gegenüber setzte und auch ihn mit dem immer gleichen Lächeln anstrahlte.

Madame, ich fürchte für meine Fähigkeiten einem solchen Zuhörerkreise gegenüber, sagte er, indem er lächelnd den Kopf neigte.

Die Prinzessin legte ihre offene, volle Hand auf den Tisch und schien eine Antwort nicht für nötig zu halten. Lächelnd hörte sie zu, blieb während des Erzählens aufrecht sitzen und sah dann und wann auf ihre volle schöne Hand, welche von dem Druck des Tisches die Form veränderte, oder auf den noch schöneren Busen nieder, auf dem sie ihr Brillantgeschmeide zurechtschob. Zuweilen ordnete sie auch die Falten ihres Kleides; wenn die Erzählung Effekt machte, sah sie sich nach Anna Pawlowna um, suchte denselben Ausdruck anzunehmen, der auf dem Gesicht des Hoffräuleins zu sehen war und versenkte sich dann wieder in ihr strahlendes Lächeln. – Gleich nach Helène kam auch die kleine Fürstin vom Teetisch herüber.

Warten Sie, ich will meine Handarbeit vornehmen, sagte sie ... Nun, woran denken Sie denn? ... wandte sie sich zu dem Fürsten Hippolyt, bringen Sie mir meinen Arbeitsbeutel.

Und lächelnd und alle anredend brachte sie eine allgemeine Störung hervor. Endlich setzte sie sich nieder, indem sie mit heiterer Miene die Falten ihres Kleides ordnete.

So, nun ist's gut! sagte sie dabei und bat anzufangen, während sie ihre Arbeit zur Hand nahm. Hippolyt brachte ihr den Ridikül, setzte sich hinter sie und zog seinen Sessel dicht an sie heran.

Der »liebe Hippolyt« fiel durch die ungewöhnliche Ähnlichkeit mit seiner schönen Schwester auf, und noch mehr dadurch, daß er trotz dieser Ähnlichkeit entschieden häßlich war. Er hatte dieselben Gesichtszüge wie Helène, aber ihr Antlitz strahlte in Lebensfreude, in einem selbstzufriedenen, jugendlichen Lächeln, und ihr Körper war von seltener, antiker Schönheit. Bei dem Bruder dagegen war dasselbe Gesicht von Stumpfsinn umflort, drückte Selbstgefälligkeit und Verdrießlichkeit aus, und der Körper war schwach und verkümmert. Die Augen, die Nase, der Mund, alles zog sich zu einer unbestimmten mürrischen Grimasse zusammen, und seine Hände und Füße nahmen immer eine unnatürliche Stellung an. Es ist doch keine Gespenstergeschichte? sagte er, indem er sich neben die Fürstin setzte und die Lorgnette mit solcher Eile vor die Augen hielt, als ob er ohne dies Instrument nicht zu sprechen vermöchte.

Nein doch, antwortete der Erzähler und zog verwundert die Achseln hoch.

Ich verabscheue nämlich die Gespenstergeschichten, sagte Fürst Hippolyt in einem Tone, daß man ihm anmerkte, er hatte erst gesprochen und hinterher begriffen, was er gesagt hatte.

Die große Sicherheit, mit welcher er sprach, ließ jedoch niemand recht klar darüber werden, ob er etwas sehr Kluges oder sehr Albernes gesagt hatte. Er trug einen dunkelgrünen Frack, Strümpfe und Schnallenschuhe, seine Hosen hatten, wie er sich ausdrückte, die Farbe »der Lende einer erschreckten Nymphe«.

Der Vicomte erzählte in anmutiger Weise die damals in der Gesellschaft viel verbreitete Anekdote, daß der Herzog von Enghien im geheimen nach Paris gereist, um ein Rendezvous mit Mlle. Georges zu haben und bei ihr mit Napoleon zusammengetroffen sei, der sich ebenfalls der Gunst der berühmten Schauspielerin erfreute. Infolge dieser Begegnung soll Napoleon in eine jener Ohnmachten gefallen sein, an denen er zu leiden pflegte, so daß er sich in der Gewalt des Herzogs befand – ein Umstand, den sich dieser nicht zunutze machte, während sich Napoleon später durch die Ermordung des Herzogs für diese Großmut gerächt hat.

Die Erzählung war sehr hübsch und interessant; besonders bei der Schilderung, wie sich die Nebenbuhler plötzlich erkennen, gerieten die Damen in Aufregung.

Entzückend! sagte Anna Pawlowna, indem sie fragend die kleine Fürstin anblickte. Entzückend, flüsterte die Fürstin und steckte ihre Nadel in die Stickerei, als wollte sie andeuten, daß der spannende Reiz der Erzählung ihr nicht erlaube, in der Arbeit fortzufahren. Der Vicomte wußte diesen schweigenden Beifall zu würdigen, und nachdem er dankbar gelächelt hatte, erzählte er weiter. Indessen bemerkte Anna Pawlowna, die sich immerwährend nach dem schrecklichen jungen Menschen umgesehen hatte, daß er zu laut und hitzig mit dem Abbate sprach, und eilte Hilfe bringend nach dem gefährlichen Platze. Es war Pierre wirklich gelungen, ein Gespräch über das politische Gleichgewicht anzuknüpfen, und der Abbate, den der naive Eifer des jungen Mannes zu interessieren schien, entwickelte ihm seine Lieblingsidee. Beide wurden dabei sehr lebhaft, und das eben gefiel Anna Pawlowna gar nicht.

Das einzige ist das politische Gleichgewicht und das Völkerrecht, sagte der Abbate. Es braucht nur ein mächtiger Staat, wie Rußland, das den Ruf eines barbarischen hat, in uneigennütziger Weise an die Spitze des Bundes zu treten, der das Gleichgewicht Europas anstrebt, und er wird die Welt erretten.

Wie wollen Sie ein solches Gleichgewicht herstellen? fing Pierre an, aber in demselben Augenblick näherte sich Anna Pawlowna, und indem sie Pierre mit strenger Miene ansah, fragte sie den Italiener, wie er das hiesige Klima vertrage? Das Gesicht des Italieners veränderte sich sofort und nahm den beleidigend-widerwärtig süßlichen Ausdruck an, der ihm im Verkehr mit Frauen zur Gewohnheit geworden war. »Ich bin so bezaubert von dem Geist und der Bildung der Gesellschaft, besonders der Damen, mit welchen ich das Glück habe zu verkehren, daß ich noch nicht Zeit hatte, an das Klima zu denken«, antwortete er. Anna Pawlowna aber ließ den Abbate und Pierre nicht wieder los, sondern zog die beiden, um sie bequemer überwachen zu können, mit in den allgemeinen Kreis.

In demselben Augenblick trat eine neue Persönlichkeit in den Salon. Es war der junge Fürst Andrej Bolkonskij, der Gemahl der kleinen Fürstin. Er war ein zierlich gebauter junger Mann mit edlen, scharf ausgeprägten Zügen; aber alles in seiner Erscheinung, von den müden, gelangweilt blickenden Augen bis zu den langsamen, gemessenen Schritten bildete den auffallendsten Gegensatz zu dem Wesen seiner kleinen, lebensvollen Frau. Die im Salon Anwesenden schienen ihm nur nicht sämtlich bekannt, er schien ihrer so überdrüssig, daß sie zu sehen und zu hören ihn aufs äußerste langweilte. Aber unter allen ihn langweilenden Gesichtern schien ihm das seiner hübschen Frau am meisten zuwider zu sein. Mit einer Grimasse, die seine schönen Züge entstellte, wandte er sich von ihr weg, küßte Anna Pawlowna die Hand und begann mit blinzelnden Augen die Gesellschaft zu mustern.

Sie wollen in den Krieg ziehen, Durchlaucht? sagte Anna Pawlowna.

General Kutosow hat mich zum Adjutanten ernannt, antwortete Bolkonskij.

Und Lisa, Ihre Frau?

Sie wird aufs Land gehen.

Wie, fühlen Sie nicht, daß es Sünde ist, uns Ihre reizende Frau zu entziehen?

André, sagte die junge Fürstin, indem sie sich in demselben koketten Ton an ihren Mann wandte, wie an jeden Fremden, was für eine Geschichte uns der Vicomte von Mlle. Georges und Bonaparte erzählt hat!

Fürst Andrej kniff die Augen zu und drehte sich um. Pierre, welcher seit dem Eintritt des Fürsten seine heiteren, freundlichen Augen nicht von ihm abgewandt hatte, näherte sich ihm und faßte seine Hand. Fürst Andrej hatte, ohne sich umzusehen, das Gesicht verzogen, seine Grimasse verriet einen gewissen Ärger gegen den, welcher seine Hand berührte, aber als er dann Pierres lächelndes Gesicht erblickte, lächelte auch er mit einem überraschend guten, angenehmen Ausdruck.

Ei, sieh, auch du bist in der großen Welt! sagte er zu Pierre.

Ich wußte, daß Sie hier sein würden, antwortete der junge Mann. Zum Abendessen werde ich zu Ihnen kommen, fügte er leise hinzu, um den weiter erzählenden Vicomte nicht zu stören. Darf ich?

Nein, du darfst nicht! antwortete lachend der Fürst und zeigte Pierre durch den Druck der Hand, daß er doch nicht zu fragen brauche. Er wollte noch etwas sagen, aber in diesem Augenblick erhoben sich Fürst Wassilij und seine Tochter, und die beiden jungen Leute traten zurück, um ihnen Platz zu machen.

Sie werden mich entschuldigen, lieber Vicomte, sagte Fürst Wassilij zu dem Franzosen, indem er ihn am Ärmel faßte und ihn höflich auf dem Stuhle festhielt, um ihn am Aufstehen zu hindern. Dies unglückliche Fest bei dem Gesandten beraubt mich des Vergnügens, Sie zu hören und zwingt mich, Sie zu unterbrechen ... Wie bedauere ich, Ihre reizende Gesellschaft verlassen zu müssen, fügte er zu Anna Pawlowna gewandt hinzu.

Seine Tochter, Prinzessin Helène, ging, die Falten ihres Kleides zusammenhaltend, zwischen den Stühlen hin, und ein noch helleres Lächeln strahlte auf ihrem schönen Gesichte. Pierre erschrak beinahe, als sie an ihm vorüberging und sah der herrlichen Erscheinung mit entzückten Blicken nach.

Sehr schön, sagte Fürst Andrej.

Sehr! antwortete Pierre.

Fürst Wassilij faßte im Vorübergehen Pierres Hand und wandte sich zu Anna Pawlowna.

Zähmen Sie mir diesen Bären, sagte er. Nun wohnt er schon einen ganzen Monat bei mir, und zum ersten Male sehe ich ihn in der Gesellschaft. Nichts ist einem jungen Manne so nötig als der Verkehr mit geistvollen Frauen.

IV

Anna Pawlowna lächelte und versprach, sich mit Pierre zu beschäftigen, der, wie sie wußte, väterlicherseits mit dem Fürsten Wassilij verwandt war. Die ältliche Dame, welche bisher neben der Tante gesessen hatte, stand eilig auf und holte den Fürsten Wassilij im Vorzimmer ein. Der erkünstelte Ausdruck des Interesses an der Gesellschaft verschwand, und ihr gutes, vergrämtes Gesicht verriet nur noch Sorge und Unruhe.

Nun, Fürst, was können Sie mir über meinen Boris sagen? fragte sie, als sie ihn im Vorzimmer einholte. (Sie sprach den Namen Boris mit einer besonderen Betonung des o.) Ich kann nicht länger in Petersburg bleiben – sagen Sie, welchen Bescheid darf ich meinem armen Jungen bringen?

Obwohl Fürst Wassilij die ältliche Dame unfreundlich, beinahe unhöflich anhörte und sogar eine gewisse Ungeduld verriet, lächelte sie ihm bittend zu und hielt seine Hand fest.

Es kostet Sie ja nur ein Wort bei dem Kaiser, bat sie, und mein Sohn wird sogleich in die Garde versetzt.

Seien Sie überzeugt, Fürstin, daß ich tun werde, was ich kann, antwortete Fürst Wassilij. Aber es wird mir schwer, den Kaiser darum zu bitten. Ich würde Ihnen raten, sich durch den Fürsten Golizyn an Rumjanzow zu wenden ... das wäre klüger.

Die ältliche Dame gehörte zu der Familie der Fürsten Drubezkoj, einer der besten Familien Rußlands; aber sie war arm, hatte sich schon lange von der Gesellschaft zurückgezogen und die früheren Verbindungen verloren. Jetzt war sie gekommen, um für ihren einzigen Sohn den Eintritt in die Garde zu erbitten. Nur um den Fürsten Wassilij zu sehen, hatte sie sich selbst zu Anna Pawlownas Abendgesellschaft eingeladen, nur darum die Erzählung des Vicomtes mit angehört. Bei den Worten des Fürsten erschrak sie, und ihr ehemals schönes Gesicht drückte eine tiefe Kränkung aus, aber das währte nur einen Augenblick, dann lächelte sie wieder und faßte die Hand des Fürsten nur noch fester.

Hören Sie, Fürst, sagte sie; ich habe Sie niemals um etwas gebeten und werde Sie niemals wieder bitten: ich habe Sie nie erinnert an die Freundschaft, die mein Vater Ihnen bewiesen hat ... jetzt aber beschwöre ich Sie im Namen Gottes, tun Sie etwas für meinen Sohn, und ich werde Sie für unsern Wohltäter halten, fügte sie eilig hinzu. Nein, zürnen Sie nicht, sondern versprechen Sie's mir ... ich habe Golizyn gebeten ... er hat es mir abgeschlagen. Seien Sie der liebe Mensch, der Sie früher waren, fuhr sie fort und bemühte sich zu lächeln, während ihre Augen voll Tränen standen.

Papa, wir werden uns verspäten, sagte Prinzessin Helène, die schon an der Tür stand, indem sie den schönen Kopf auf den antiken Schultern zurückwandte.

Der Einfluß in der großen Welt ist ein Kapital, mit dem man sparsam umgehen muß, damit es nicht alle werde. Fürst Wassilij wußte das, und nachdem er sich klargemacht, daß, wenn er für alle bitten wollte, die sich an ihn wandten, er bald nicht mehr imstande sein würde, für sich selbst zu bitten, gebrauchte er seinen Einfluß nur noch in seltenen Fällen. Den wiederholten Bitten der Fürstin Drubezkoj gegenüber fühlte er jedoch etwas wie Gewissensbisse. Sie hatte ihn an die Tatsache erinnert, daß er seine erste Staffel im Dienst mit ihres Vaters Hilfe erstiegen hatte. Überdies sah er aus ihrem Benehmen, daß sie zu den Frauen und Müttern gehörte, die, wenn sie sich etwas vorgenommen haben, nicht ablassen, bis man ihre Wüsche erfüllt hat und im entgegengesetzten Falle bereit sind, sich jeden Tag, jede Minute wieder aufzudrängen und sogar eine Szene herbeizuführen. Diese letzte Erwägung machte ihn schwankend.

Meine liebe Anna Michajlowna, sagte er in seinem gewöhnlichen, halb vertraulichen, halb verdrießlichen Tone, es ist für mich unmöglich, das zu erreichen, was Sie wollen; aber damit Sie sehen, wie lieb ich Sie habe, und wie ich das Gedächtnis Ihres verstorbenen Vaters ehre, werde ich das Unmögliche tun. Ihr Sohn soll in die Garde versetzt werden, meine Hand darauf! Sind Sie zufrieden?

Liebster Fürst, Sie sind mein Wohltäter! Ich habe auch nichts anderes von Ihnen erwartet ... ich wußte, wie gut Sie sind. – Er wollte gehen.

Warten Sie, noch ein paar Worte! Wenn er erst zu der Garde versetzt ist ... Sie wurde verlegen. Sie stehen gut mit Michail Hilarionowitsch Kutusow ... empfehlen Sie ihm Boris zum Adjutanten, dann werde ich ruhig sein und dann ...

Fürst Wassilij lächelte. Das verspreche ich nicht, sagte er;

Sie wissen nicht, wie Kutusow belagert wird, seit er zum Oberbefehlshaber ernannt ist. Er hat mir selbst erzählt, daß sich alle Damen Moskaus vorgenommen haben, ihm ihre Söhne zu Adjutanten zu geben.

Nein, versprechen Sie's mir ... ich lasse Sie nicht los, lieber, verehrter Freund ...

Papa! wiederholte die schöne Tochter in demselben Tone, wir werden uns verspäten!

Nun denn, auf Wiedersehen, leben Sie wohl! Sehen Sie ...

Also morgen werden Sie dem Kaiser sagen ...

Jedenfalls! aber in bezug auf Kutusow verspreche ich nichts.

Nein, versprechen Sie, versprechen Sie, Basile! rief ihm Anna Michajlowna mit dem Lächeln einer jungen Kokette nach, das ihr einstmals wahrscheinlich gut gestanden hatte, jetzt aber zu ihren ältlichen Gesichtszügen durchaus nicht paßte. Sie hatte augenscheinlich ihre Jahre vergessen und brachte gewohnterweise alle weiblichen Hilfsmittel in Anwendung. Sobald jedoch der Fürst gegangen war, nahm ihr Gesicht wieder den kalten, erzwungenen Ausdruck an, den es früher gehabt. Sie kehrte in den Kreis zurück, wo der Vicomte zu erzählen fortfuhr und tat, als ob sie zuhöre, während Sie – da ihre Angelegenheit erledigt war – ungeduldig die Zeit des Aufbruchs erwartete.

Aber wie finden Sie diese letzte Komödie der Krönung in Mailand? sagte Anna Pawlowna ... und die zweite Komödie, daß die Bevölkerung von Genua und Lucca Herrn Bonaparte ihre Wünsche zu Füßen legt. Herr Bonaparte auf einem Throne, die Wünsche der Völker erhörend – anbetungswürdig! Nein, es ist, um verrückt zu werden. Man könnte glauben, die ganze Welt hat den Kopf verloren.

Fürst Andrej lächelte, indem er Anna Pawlowna gerade ins Gesicht sah.

Gott hat mir die Krone gegeben, wehe dem, der sie anrührt, sagte er (die Worte, die Bonaparte bei der Krönung gesprochen). Er soll sehr schön gewesen sein, als er diese Worte sagte, fügte er hinzu und wiederholte auf Italienisch: *»Dio mi la dona, guai a chi la tocca«.*

Ich hoffe, fuhr Anna Pawlowna fort, daß dies wenigstens der Tropfen ist, der das Gefäß zum Überlaufen bringt. Die Souveräne können diesen Mann, der alles bedroht, nicht länger dulden.

Die Souveräne? – ich spreche nicht von Rußland, sagte der Vicomte höflich, aber in hoffnungslosem Tone ... die Souveräne? ... Was haben Sie für Ludwig XVI., für die Königin, für Elisabeth getan? fuhr er mit wachsender Aufregung fort. Und glauben Sie mir, sie erleiden ihre Strafe für ihren Verrat an der Sache der Bourbons. Die Souveräne? Sie schicken Gesandte ab, um den Usurpator zu beglückwünschen.

Er seufzte verächtlich auf und nahm eine andere Stellung an.

Fürst Hippolyt, der den Vicomte bisher unverwandt durch die Lorgnette angesehen hatte, drehte sich bei seinen letzten Worten plötzlich zu der kleinen Fürstin um, und nachdem er sich eine Nadel von ihr ausgebeten hatte, fing er an, ihr das Wappen der Condés auf den Tisch zu zeichnen und erklärte es mit so wichtiger Miene, als ob die Fürstin ihn darum gebeten hätte. Ein Balken in rotem Felde, Rot in Blau eingefaßt – das ist das Haus Condé, sagte er. Die Fürstin hörte lächelnd zu ...

Wenn Bonaparte noch ein Jahr auf dem Throne Frankreichs bleibt, setzte der Vicomte das angefangene Gespräch mit dem Ausdruck eines Menschen fort, der auf niemand hört, aber in der Sache, welche ihm besser als anderen bekannt ist, aufmerksam dem Gange seiner eigenen Gedanken folgt, werden die Dinge zu weit gehen. Durch Intrigen, Gewalttätigkeiten, Verbannungen, Hinrichtungen wird die Gesellschaft – ich meine die gute französische Gesellschaft – auf immer vernichtet ... und dann ...

Er zuckte die Achseln und breitete die Hände aus. Pierre wollte etwas sagen – das Gespräch interessierte ihn; aber Anna Pawlowna, die ihn überwachte, fiel ihm ins Wort.

Kaiser Alexander, sagte sie mit der Wehmut, welche alle ihre Aussprüche über die kaiserliche Familie begleitete und in dem Bestreben, sich gegen den Emigranten und Royalisten liebenswürdig zu bezeigen, Kaiser Alexander hat erklärt, daß er den Franzosen überlassen wolle, sich die Form ihrer Regierung selbst zu wählen. Es unterliegt doch wohl keinem Zweifel, daß die Nation sich von dem Usurpator befreien und sich in die Arme des gesetzlichen Königs werfen wird.

Das ist zweifelhaft, antwortete Fürst Andrej. Der Herr Vicomte sagt ganz recht, daß die Dinge schon zu weit gediehen sind. Ich glaube, daß es schwer halten wird, zur alten Ordnung zurückzukehren.

Soviel ich gehört habe, mischte sich Pierre errötend ins Gespräch, ist fast der ganze Adel zu Bonaparte übergegangen.

Das behaupten die Bonapartisten, antwortete der Vicomte, ohne Pierre anzusehen. Es hat jetzt seine Schwierigkeiten, die öffentliche Meinung Frankreichs zu erfahren.

Bonaparte hat's gesagt, sagte Fürst Andrej und lächelte. (Es war augenscheinlich, daß ihm der Vicomte nicht gefiel und daß er, ohne ihn anzusehen, seine Bemerkungen an ihn richtete.)

Ich habe ihnen den Weg des Ruhmes gezeigt, fuhr er, die Worte Napoleons wiederholend, nach einer Pause fort, sie haben ihn verschmäht; ich habe ihnen meine Vorzimmer geöffnet, und sie sind in Scharen herbeigeströmt – ich weiß nicht, bis zu welchem Grade er das Recht hatte, so zu sprechen.

Gar kein Recht, rief der Vicomte. Nach dem Morde des Herzogs von Enghien haben selbst die parteiisch für ihn Eingenommenen aufgehört, einen Helden in ihm zu sehen. Und zu Anna Pawlowna gewandt, fügte er hinzu: Seit der Ermordung des Herzogs ist im Himmel ein Wärter mehr und auf Erden ein Held weniger.

Noch ehe Anna Pawlowna und die anderen Zeit gehabt, die Worte des Vicomtes völlig in sich aufzunehmen, stürzte sich Pierre aufs neue ins Gespräch, und obwohl Anna Pawlowna ahnte, daß er etwas Unpassendes sagen würde, war sie nicht imstande, ihn zurückzuhalten.

Die Hinrichtung des Herzogs von Enghien war eine politische Notwendigkeit, sagte Monsieur Pierre, und ich sehe geradezu eine Geistesgröße Napoleons darin, daß er sich nicht scheute, die Verantwortlichkeit für diese Tat auf sich zu nehmen.

O Gott, o Gott, flüsterte Anna Pawlowna voll Entsetzen.

Wie, Monsieur Pierre, Sie heißen eine Mordtat gut? fragte die junge Fürstin, indem sie lächelnd ihre Arbeit an sich drückte.

Oh! riefen verschiedene Stimmen.

Großartig! sagte Fürst Hippolyt auf englisch und schlug sich wiederholt mit der flachen Hand aufs Knie. Der Vicomte zuckte nur die Achseln.

Pierre sah ernsthaft über seine Brille auf die Zuhörer.

Ich sage das, fuhr er tollkühn fort, weil die Bourbonen vor der Revolution fortgelaufen sind und das Volk der Anarchie überlassen haben. Napoleon allein verstand die Revolution und wußte sie zu besiegen, und so durfte er des allgemeinen Wohles wegen nicht vor dem Leben eines einzelnen stehenbleiben.

Wollen Sie nicht an den andern Tisch gehen? fragte Anna Pawlowna; aber Pierre sprach weiter, ohne ihr zu antworten.

Nein! rief er aus, indem er sich immer mehr aufregte, Napoleon ist groß, weil er sich über die Revolution gestellt und ihre Mißbräuche erstickt hat, während er alles Gute: die Gleichheit der Bürger, wie die Freiheit des Wortes und der Presse, beibehielt. Nur dadurch hat er die Macht erlangt.

Ja, wenn er diese Macht, ohne sie zum Morde zu mißbrauchen, dem gesetzlichen Könige übertragen hätte, dann würde ich ihn groß nennen, sagte der Vicomte.

Das hätte er nicht gekonnt, antwortete Pierre, das Volk gab ihm die Macht, damit er es von den Bourbonen befreie, und weil es in ihm einen großen Menschen sah. Die Revolution war eine große Tat, fügte Monsieur Pierre hinzu und verriet mit dieser kühnen herausfordernden Einschaltung, wie jung er war, und wie es ihn drängte, seine Ansichten so schnell als möglich auszusprechen.

Revolution und Königsmord große Taten? ... und wenn ... aber wollen Sie nicht an den anderen Tisch gehen? wiederholte Anna Pawlowna.

Rousseaus Gesellschaftsvertrag! bemerkte der Vicomte mit sanftem Lächeln.

Ich spreche nicht vom Königsmorde, ich spreche von den Ideen, sagte Pierre.

Ja, Ideen des Raubes, des Mordes, des Königsmordes, unterbrach ihn eine ironische Stimme.

Das waren ihre Ausschreitungen ... versteht sich! aber nicht darin liegt ihre Bedeutung ... ihre Bedeutung liegt in den Rechten der Menschen, in der Befreiung von Vorurteilen, in der Gleichheit der Bürger ... und alle diese Ideen hat Napoleon in ihrer ganzen Zeit aufrechterhalten.

Freiheit und Gleichheit, sagte der Vicomte verächtlich, als ob er sich endlich entschlossen hätte, diesem Jüngling die ganze Torheit seiner Aussprüche nachdrücklich zu beweisen. Große Worte, welche längst in Mißkredit geraten sind. Wer sollte Freiheit und Gleichheit nicht lieben? Schon unser Heiland hat Freiheit und Gleichheit gepredigt. Aber sind denn die Menschen nach der Revolution glücklicher geworden? Im Gegenteil! wir wollten Freiheit haben, Bonaparte hat sie vernichtet.

Fürst Andrej blickte lächelnd bald auf Pierre, bald auf den Vicomte, bald auf die Wirtin. Im ersten Augenblick erschrak Anna Pawlowna trotz ihrer Weltgewandtheit über Pierres Kühnheit, aber nachdem sie sich überzeugt hatte, daß der Vicomte trotz dieser gotteslästerlichen Reden nicht außer Fassung geriet und daß es ihr nicht mehr möglich war, das Gespräch abzuschneiden, schlug sie sich zu dem Vicomte und griff den Redner an.

Aber mein lieber Monsieur Pierre, sagte sie, wie können Sie einen Mann für groß erklären, der den Herzog – oder einfach einen Menschen – ohne Schuld und ohne Richterspruch hinrichten ließ.

Ich möchte fragen, sagte der Vicomte, wie Monsieur den 18. Brumaire rechtfertigen will. War das etwas kein Betrug? Das ist ein Schurkenstreich, der nichts mit der Handlungsweise eines großen Mannes gemein hat.

Und die Gefangenen in Afrika, die er ermorden ließ, sagte die kleine Fürstin, das ist entsetzlich! und zuckte die Achseln.

Er ist ein Emporkömmling. Sie mögen sagen, was Sie wollen, bemerkte Fürst Hippolyt.

Monsieur Pierre wußte nicht, wem er antworten sollte, sah alle an und lächelte. Sein Lächeln war nicht, wie bei anderen Menschen, mit Ernst verschmolzen, sondern wenn er anfing zu lächeln, verschwand augenblicklich der ernste, selbst etwas schwermütige Ausdruck seines Gesichts, und es kam ein anderes kindliches, gutes, beinahe einfältiges Antlitz zum Vorschein, welches gleichsam für ihn um Verziehung bat.

Dem Vicomte, der ihn zum ersten Mal sah, wurde klar, daß dieser Jakobiner durchaus nicht so schlimm war wie seine Worte. Alles schwieg.

Wie wollen Sie, daß er allen auf einmal antwortet? sagte Fürst Andrej. Übrigens sollte man die Taten des Staatsmanns von denen des Privatmanns, des Heerführers und des Kaisers unterscheiden ... wenigstens scheint es mir so.

Ja, ja, versteht sich! rief Pierre, erfreut über die Hilfe, die ihm hier zuteil wurde.

Es läßt sich nicht leugnen, fuhr Fürst Andrej fort, daß sich Napoleon auf der Brücke von Arcole als großer Mensch gezeigt hat und ebenso in den Spitälern von Jaffa, wo er den Pestkranken die Hand reichte ... andere Taten freilich lassen sich nicht verteidigen.

Fürst Andrej, der augenscheinlich die Absicht gehabt hatte, Pierres Ungeschicklichkeit gutzumachen, erhob sich nach diesen Worten und gab seiner Frau ein Zeichen.

Plötzlich stand auch Fürst Hippolyt auf, und indem er alle durch eine Handbewegung zurückzuhalten suchte, die sie aufforderte, sitzen zu bleiben, sagte er:

Man hat mir heute eine reizende Geschichte aus Moskau erzählt, die ich Ihnen zum besten geben will. Entschuldigen Sie mich, Vicomte, ich muß russisch erzählen, sonst würde man den Geist der Geschichte nicht verstehen. Und Fürst Hippolyt fing an, ein Russisch zu reden wie ein Franzose, der vielleicht ein Jahr in Rußland gewesen ist.

Alles schwieg, so lebhaft und dringend hatte Fürst Hippolyt um Aufmerksamkeit gebeten.

In Moskau ist eine Dame, eine Frau, und sie ist sehr geizig, erzählte er. Sie brauchte zwei Lakaien für ihren Wagen, sehr groß von Wuchs, das war ihr Geschmack ... Und sie hatte ein Stubenmädchen, das noch größer war. Sie sagte ...

Hier wurde Fürst Hippolyt nachdenklich, und es war unverkennbar, daß er sich mühevoll besann.

Sie sagte ... ja, sie sagte: »Mädchen (zu dem Stubenmädchen) zieh' an Livree und steigen hinten auf, Besuche machen.«

Fürst Hippolyt hielt inne und lachte viel früher als seine Zuhörer, was eine ungünstige Wirkung für den Erzähler hervorbrachte. Einige jedoch, unter ihnen die ältliche Dame und Anna Pawlowna lächelten.

Sie fuhren ... plötzlich kam ein starker Wind. Das Mädchen verlor ihren Hut, und die langen Haare fielen herunter ... Hier konnte sich der Erzähler nicht mehr halten, fing wieder an, stoßweise zu lachen, und sagte dazwischen: Und die ganze Welt erfuhr ...

Damit war die Anekdote zu Ende, und obwohl nicht recht zu verstehen war, warum er sie erzählt hatte und warum es ihm nötig schien, sie russisch zu erzählen, wurde die Liebenswürdigkeit des Fürsten Hippolyt, der so angenehm dies unangenehme und unliebenswürdige Benehmen Monsieur Pierres zu verwischen gesucht, von Anna Pawlowna und den übrigen gebührend anerkannt. Nach der Erzählung der Anekdote teilte sich das Gespräch, man unterhielt sich von künftigen und vergangenen Bällen oder Schauspielen und verabredete, wo und wann man sich wieder treffen würde.

V

Die Gäste hatten Anna Pawlowna für ihre reizende Gesellschaft gedankt und fingen an, sich zurückzuziehen.

Pierrre benahm sich auch jetzt wieder ungeschickt. Dick, von ungewöhnlicher Größe, breitschulterig, mit großen, roten Händen, verstand er nicht, in einen Salon einzutreten und noch weniger ihn zu verlassen, das heißt beim Abschiednehmen etwas Verbindliches zu sagen. Außerdem war er zerstreut. Als er sich erhob, ergriff er statt seines Hutes den Dreimaster eines Generals, hielt ihn fest und zerzupfte den Federbusch, bis ihn der General um Rückgabe bat. Aber für Pierres Zerstreutheit sowohl, wie für seine ungeschickte Art, sich im Salon zu benehmen, entschädigte die Gutmütigkeit, Einfachheit und Bescheidenheit seines Wesens. Selbst Anna Pawlowna wandte sich mit christlicher Milde zu ihm, nickte ihm Verzeihung für seine Heftigkeit zu und sagte:

Ich hoffe Sie noch zu sehen, ich hoffe aber auch, daß Sie Ihre Ansichten ändern werden, mein lieber Monsieur Pierre.

Er antwortete nicht, verneigte sich nur und zeigte allen noch einmal sein Lächeln, das ebenfalls nichts sagen wollte, aber doch vielleicht ausdrückte: »Ansichten sind eben Ansichten, aber ihr seht doch, was für ein guter, prächtiger Junge ich bin«, und alle Anwesenden so gut wie Anna Pawlowna fühlten das unwillkürlich mit.

Fürst Andrej trat ins Vorzimmer, und während er dem Diener, der ihm den Mantel umgab, seine Schultern darbot, hörte er gleichgültig dem Geplauder seiner Frau mit dem Fürsten Hippolyt zu, der ebenfalls ins Vorzimmer gekommen war, vor der schönen, schwangeren Fürstin stand und sie unverwandt durch die Lorgnette ansah.

Sehen Sie, Annette, Sie werden sich erkälten, sagte die kleine Fürstin, sich von Anna Pawlowna verabschiedend. Es ist in Ordnung, fügte sie leise hinzu.

Anna Pawlowna hatte Zeit gefunden, mit Lisa über die Heirat zu sprechen, welche sie zwischen Anatol und der Schwägerin der kleinen Fürstin gern stiften wollte.

Ich hoffe auf Sie, liebe Freundin, sagte Anna Pawlowna ebenfalls leise. Sie werden ihr schreiben und mich wissen lassen, wie der Vater die Sache aufnimmt ... auf Wiedersehen! – und sie verließ das Vorzimmer.

Fürst Hippolyt trat zu der kleinen Fürstin, beugte sich zu ihr nieder und fing an, ihr etwas zuzuflüstern.

Zwei Diener, der eine der Fürstin, der andere dem Fürsten gehörend, hielten Schal und Überrock bereit und warteten auf das Ende des für sie unverständlichen französischen Gesprächs mit einer Miene, als ob sie alles verständen, es aber nicht zeigen wollten. Die Fürstin sprach wie immer, mit einem Lächeln und hörte unter Lachen zu.

Ich bin froh, daß ich nicht zum Gesandten gegangen bin, sagte Fürst Hippolyt. Langweilig ... Sehr hübsche Gesellschaft hier, nicht wahr? Sehr hübsch!

Man sagt, der Ball wird sehr glänzend sein, antwortete die Fürstin und zog ihre eine Lippe mit dem Schnurrbärtchen in die Höhe. Alle schönen Frauen aus der Gesellschaft werden dort sein.

Nicht alle, da Sie fehlen, nicht alle! sagte Fürst Hippolyt mit lustigem Lachen, während er dem Diener, den er dabei fortstieß, den Schal wegnahm und ihn der Fürstin umgab. Entweder aus Ungeschick oder mit Absicht (wer könnte das entscheiden) ließ er die Hände nicht wieder sinken, als der Schal umgegeben war, so daß er die junge Frau beinahe umarmte.

Graziös und immer lächelnd entzog sie sich ihm, drehte sich um und warf einen Blick auf ihren Mann. Fürst Andrej hatte die Augen geschlossen; er schien müde und schläfrig zu sein.

Sind Sie fertig? fragte er seine Frau, indem sein Blick an ihr vorbeistreifte.

Fürst Hippolyt beeilte sich, seinen Überrock anzuziehen, der ihm nach der neuen Mode bis über die Fersen reichte. Seine Füße verwickelten sich darin, während er die Freitreppe hinuntereilte, um die Fürstin einzuholen, die eben der Diener in den Wagen hob.

Auf Wiedersehen, Fürstin! rief er, und seine Zunge verwickelte sich ebenso wie seine Füße.

Die Fürstin nahm ihr Kleid zusammen und war im Begriff, sich in die Ecke des Wagens zu setzen, ihr Mann brachte seinen Säbel in Ordnung. Fürst Hippolyt, der ihnen zu helfen suchte, hinderte sie beide.

Erlauben Sie, Herr! sagte Fürst Andrej kurz und unfreundlich auf Russisch zu dem jungen Manne, der ihm im Wege stand, dann fügte er mit freundlicher Stimme hinzu: Pierre, ich warte auf dich!

Der Vorreiter setzte sich in Bewegung, und der Wagen rollte donnernd fort. Fürst Hippolyt lachte wieder stoßweise vor sich hin, während er auf der Freitreppe stehen blieb und den Vicomte erwartete, den er nach Hause bringen wollte.

Nun, mein lieber Fürst, Ihre kleine Fürstin ist ja reizend, reizend, sagte der Vicomte, als er sich zu Hippolyt in den Wagen gesetzt hatte, aber ganz reizend. Er küßte die Spitzen seiner Finger. Eine echte Französin.

Hippolyt brach in lautes Lachen aus.

Und wissen Sie wohl, daß Sie mit Ihrer unschuldvollen Miene sehr gefährlich sind? fuhr der Vicomte fort, ich bedauere den armen Ehemann, den armen kleinen Offizier, der sich das Ansehen eines regierenden Fürsten gibt.

Hippolyt brach abermals in lautes Lachen aus.

Und Sie sagen, die Russinnen kommen den Französinnen nicht gleich! Man muß es nur richtig anzufangen wissen. –

Pierre, der mit dem Vorrecht eines Hausfreundes in das Kabinett des Fürsten Andrej gegangen war, legte sich seiner Gewohnheit nach auf den Diwan, ergriff das erste Buch, das ihm in die Hände fiel – es waren Cäsars Werke – rückte sich bequem zurecht und fing aus der Mitte heraus zu lesen an.

Was hast du mit Mlle. Scherer gemacht, sie wird krank werden! sagte Fürst Andrej, der bald darauf ins Kabinett trat, indem er sich die kleinen, weißen Hände rieb.

Pierre drehte sich mit dem ganzen Körper um, so daß der Diwan krachte, wandte sein lebensvolles Gesicht dem Fürsten Andrej zu, lächelte und machte eine abwehrende Handbewegung. Wie interessant ist dieser Abbate, sagte er. Er versteht nur nicht, die Sache richtig anzufassen ... Meiner Meinung nach ist der ewige Frieden sehr gut möglich, aber ... ich weiß nur nicht, wie ich es ausdrücken soll ... aber nicht durch das politische Gleichgewicht.

Fürst Andrej schien sich für das abstrakte Gespräch nicht zu interessieren.

Man kann nicht über alles das sagen, was man denkt, mein Lieber, fing er an, und nach kurzem Schweigen fragte er: Hast du endlich einen Entschluß gefaßt? willst du in die Garde-Kavallerie eintreten oder Diplomat werden?

Pierre setzte sich auf den Diwan, indem er die Füße unter sich zog.

Können Sie sich denken, daß ich's noch immer nicht weiß? – Weder das eine noch das andere gefällt mir.

Aber du mußt dich doch für irgend etwas entscheiden ... dein Vater wartet.

Pierre hatte in seinem zehnten Jahre einen Abbé zum Erzieher bekommen und war mit ihm ins Ausland geschickt worden, wo er bis zu seinem zwanzigsten Jahre blieb. Als er nach Moskau zurückkam, verabschiedete der Vater den Abbé und sagte zu dem jungen Manne: Fahre nach Petersburg, sieh dich um und wähle. Ich werde mit allem zufrieden sein. Da hast du einen Brief an den Fürsten Wassilij, und da ist Geld. Schreibe mir über alles, ich werde dir in jeder Weise behilflich sein.

Seit drei Monaten war Pierre nun schon mit der Wahl eines Berufes beschäftigt und kam zu keinem Ende. Über diese Wahl wollte jetzt Fürst Andrej mit ihm sprechen. Pierre rieb sich die Stirn.

Er ist wahrscheinlich Freimaurer, fing er an. Er meinte den Abbate, mit dem sie abends zusammen gewesen waren.

Unsinn! unterbrach ihn Fürst Andrej, wir wollen lieber von deinen Angelegenheiten sprechen. Hast du dich einmal um die Garde-Kavallerie gekümmert?

Nein, ich bin nicht dort gewesen. Aber hören Sie, was mir eingefallen ist, und was ich Ihnen schon längst sagen wollte: Wir haben nun Krieg gegen Napoleon. Wenn dieser Krieg für die Freiheit wäre – das könnte ich verstehen und würde der erste sein, der in die Armee tritt. Aber Österreich und England gegen den größten Mann der Welt Beistand leisten, das ist nicht das rechte.

Fürst Andrej zuckte die Achseln bei Pierres kindlicher Rede und schien durch seine Miene anzudeuten, daß man auf solche Torheiten nicht anders antworten könne. Und wirklich war es schwer, auf diese naive Frage eine andere Antwort zu finden als die des Fürsten Andrej. Wenn alle nur für ihre Überlegungen kämpfen wollten, sagte er, könnte überhaupt kein Krieg mehr möglich sein.

Das wäre ja schön, antwortete Pierre.

Fürst Andrej lächelte.

Möglich, sehr möglich, daß das schön wäre, sagte er, aber es wird niemals so sein.

Warum gehen Sie denn in den Krieg? fragte Pierre.

Warum? Das weiß ich nicht! weil ich muß. Außerdem gehe ich – er stockte – ich gehe, weil das Leben, das ich hier führe, mir nicht zusagt.

VI

Im Nebenzimmer ließ sich das Rauschen eines Damenkleides hören. Fürst Andrej fuhr auf, schüttelte sich, und seine Züge bekamen wieder den Ausdruck, den sie in Anna Pawlownas Salon gehabt hatten. Pierre zog seine Füße vom Diwan herunter. Die Fürstin trat ein. Sie hatte ein Hauskleid angezogen, das aber ebenso frisch und elegant war wie das Gesellschaftskleid. Fürst Andrej stand auf und schob höflich einen Lehnstuhl für sie heran.

Ich habe schon oft darüber nachgedacht, begann sie, wie gewöhnlich französisch, indem sie sich rasch und geschäftig im Lehnstuhl einrichtete, ich habe schon oft darüber nachgedacht, warum Annette wohl nicht geheiratet hat. Ihr seid alle dumm, ihr Herren, daß ihr sie nicht zur Frau genommen habt. Ich bitte um Verzeihung, aber in bezug auf Frauen habt ihr ganz und gar kein Urteil. – Aber was Sie für ein Streithahn sind, Monsieur Pierre!

Ich streite mich auch jetzt wieder mit Ihrem Manne. Ich kann nicht begreifen, warum er durchaus in den Krieg will, sagte Pierre ohne alle Befangenheit, anders, als ein so junger Mann sonst mit einer so jungen Frau zu sprechen pflegt.

Die Fürstin fuhr auf; Pierres Worte hatten sie offenbar tief berührt.

Das sage ich auch, erwiderte sie. Ich verstehe nicht, ich kann es ganz und gar nicht begreifen, warum die Männer nicht ohne Krieg leben können? Wir Frauen wollen doch nie etwas Ähnliches, verlangen nie danach – warum ist es so?

Seien Sie Richter in der Sache –ich will Ihnen sagen, wie es zugeht. Da ist er nun Adjutant bei seinem Onkel ... eine glänzende Stellung; alle Welt kennt ihn und schätzt ihn hoch. Vor kurzem habe ich eine Dame bei Apraxins fragen hören: »Das also ist der berühmte Fürst Andrej.« Auf Ehre! Sie lachte. Er wird überall so gut aufgenommen, es wäre ihm ein leichtes, Flügeladjutant zu werden. Sie wissen, daß der Kaiser sehr gnädig mit ihm gesprochen hat ... ich habe mit Annette darüber gesprochen, es ließe sich so leicht einrichten ... Was meinen Sie?

Pierre sah den Fürsten an, und da er merkte, daß dies Gespräch seinem Freunde mißfiel, ließ er die Frage unbeantwortet.

Wann werden Sie abreisen? fragte er.

Sprechen Sie mir nicht von dieser Abreise, sprechen Sie mir nicht davon ... ich will nichts darüber hören! sagte die Fürstin in demselben eigenwillig-koketten Ton, den sie im Salon dem Fürsten Hippolyt gegenüber haben konnte, der aber offenbar nicht recht passen wollte in den Familienkreis, in den Pierre förmlich als Mitglied aufgenommen war. Als ich heute darüber nachdachte, daß ich alle meine lieben Bekannten verlassen muß ... und dann, weißt du, Andrej, sie warf ihrem Manne einen bedeutungsvollen Blick zu, mir ist so ängstlich zumute, so ängstlich zumute! und ein Schauer fuhr ihr über den Rücken.

Ihr Mann machte eine so verwunderte Miene, als ob er bis jetzt nicht gemerkt hätte, daß außer ihm und Pierre noch jemand im Zimmer war. Mit kalter Höflichkeit und fragendem Blick wandte er sich zu seiner Gattin und sagte:

Wovor ängstigst du dich, Lisa? Ich verstehe dich nicht!

So egoistisch sind die Männer! Ihr alle, alle seid Egoisten! rief sie aus. Er verläßt mich, sperrt mich, Gott weiß warum, einsam auf dem Lande ein – nur um eine Laune zu befriedigen.

Du bist dort bei meinem Vater und meiner Schwester, das vergiß nicht, sagte der Fürst in gedämpftem Tone.

Das bleibt sich gleich. *Meine* Freunde sind doch nicht da ... und er will, daß ich mich nicht ängstigen soll!

Ihr Ton wurde unfreundlich; ihre Lippe zog sich in die Höhe und gab ihrem Gesicht den scheuen, wilden Ausdruck eines Eichhörnchens. Sie schwieg, weil sie es unpassend fand, in Pierres Gegenwart von ihren Mutterhoffnungen zu sprechen, die doch der Hauptgrund ihrer Sorge waren.

Und ich habe noch immer nicht verstanden, wovor du dich ängstigst, sagte langsam Fürst Andrej, ohne die Augen von seiner Frau abzuwenden. Die Fürstin errötete und schlug verzweifelnd die Hände zusammen.

Nein, Andrej, ich sage dir, daß du dich so sehr, so sehr geändert hast ...

Dein Arzt hat dir verordnet, zeitiger zu Bett zu gehen, sagte Fürst Andrej. Du sollst dich niederlegen.

Die Fürstin antwortete nicht, aber ihre kurze Lippe mit dem Schnurrbärtchen fing an zu zittern. Fürst Andrej stand auf, zuckte die Achseln und ging im Zimmer auf und nieder.

Pierre sah über die Brille weg bald ihn, bald die Fürstin mit erstaunten Blicken an und rückte auf seinem Sitze hin und her, als ob er auch aufstehen wollte, blieb aber doch auf seinem Platze.

Was geht es mich an, daß Monsieur Pierre da ist! sagte die kleine Fürstin plötzlich, während sich ihr hübsches Gesicht in eine weinerliche Grimasse verzog. Ich habe dich schon lange fragen wollen, Andrej, warum du dich so sehr gegen mich verändert hast? was habe ich dir getan? ... du trittst in die Armee, nimmst keine Rücksicht auf mich ... warum? ...

Lisa! Fürst Andrej sagte nur das einzige Wort, aber es enthielt eine Bitte, eine Warnung und vor allem die Versicherung, daß sie ihre Worte bereuen würde; aber sie fuhr hastig fort:

Du behandelst mich wie eine Kranke oder wie ein Kind ... das sehe ich genau. Wie anders warst du vor einem halben Jahre!

Lisa, ich bitte Sie, aufzuhören, sagte Fürst Andrej noch nachdrücklicher als zuvor.

Pierre, der während dieses Gesprächs mehr und mehr in Aufregung geraten war, stand auf und näherte sich der Fürstin. Es war, als ob er ihre Tränen nicht ertragen könnte, und er schien im Begriffe, mit ihr zu weinen.

Beruhigen Sie sich, Fürstin, fing er an. Das sieht alles nur so aus ... ich versichere Sie ... ich habe selbst erfahren ... denn ... nein, entschuldigen Sie, ein Fremder ist hier überflüssig. Beruhigen Sie sich ... leben Sie wohl!

Fürst Andrej faßte seine Hand und hielt ihn fest.

Nein, Pierre, bleibe, sagte er. die Fürstin ist so gut ... sie wird mir die Freude, den Abend mit dir zuzubringen, nicht rauben wollen.

Er denkt nur an sich selbst! fuhr die Fürstin fort, die die Tränen des Zornes nicht zurückhielt.

Lisa! sagte Fürst Andrej hart, indem er die Stimme erhob. Es war unverkennbar, daß seine Geduld ihr Ende erreicht hatte.

Der zornige Eichhörnchenausdruck in dem hübschen Gesichtchen der Fürstin verwandelte sich auf einmal in eine anmutige, mitleiderregende Miene des Erschreckens, und während sie ihren Mann von unten herauf mit den schönen Augen ansah, durchzuckte ihr Antlitz der schüchterne, bittende Ausdruck, den wir bei dem Hunde sehen, wenn er mit niederhängendem Schwanze rasch und leise wedelt.

Gott, o Gott! sagte sie, und indem sie mit einer Hand die Falten ihres Kleides zusammenraffte, trat sie zu ihrem Mann und drückte ihm einen Kuß auf die Stirn.

Gute Nacht! sagte Fürst Andrej, stand auf und küßte seiner Frau so höflich die Hand, als ob sie eine Fremde wäre.

Die Freunde schwiegen. Weder der eine noch der andere ergriff das Wort. Pierre blickte den Fürsten an, und dieser rieb sich mit seiner kleinen Hand die Stirn.

Komm zum Abendessen, sagte er endlich mit einem Seufzer, erhob sich und ging zur Tür.

Sie traten in einen reich dekorierten, elegant ausgestatteten Speisesaal. Alles, vom Tischzeug bis zum Silber, Porzellan und Kristall sah neu aus, wie es in der Wirtschaft eines jungen Paares zu sein pflegt.

Im Verlauf des Soupers stützte sich Fürst Andrej auf den Tisch und fing zu reden an wie ein Mensch, der lange etwas auf dem Herzen gehabt hat und plötzlich den Entschluß faßt, seinen Gefühlen freien Lauf zu lassen. Sein Gesicht bekam den Ausdruck einer nervösen Erregung, wie sie Pierre bei seinem Freunde noch nie gesehen hatte.

Heirate niemals, niemals, lieber Freund! sagte er. Hör' meinen Rat! Heirate nicht eher, als bis du dir sagen kannst, daß du alles geleistet hast, was du konntest, und nicht eher, als bis du aufgehört hast, die Frau zu lieben, die du erwählt hast – nicht eher, als bis du sie durch und durch kennst, sonst wirst du einen groben und unverbesserlichen Fehler begehen. Heirate als Greis, wenn du nichts mehr leisten kannst ... sonst wird alles untergehen, was du Schönes und Hohes in dir trägst, und alles wird für Nichtigkeiten verbraucht. Ja, ja, ja, sieh mich nicht so verwundert an! Wenn du in der Zukunft irgend etwas von dir erwartest, wirst du auf Schritt und Tritt erkennen, daß für dich alles zu Ende ist, daß dir alle Bahnen verschlossen sind, und daß dir nur der Salon offen geblieben ist, wo du mit einem Bedienten und einem Idioten auf gleichem Fuße stehst ... Und was dann! ... Er machte eine energische Handbewegung.

Pierre nahm seine Brille ab, was sein Gesicht sehr veränderte. Er sah jetzt noch gutmütiger aus und blickte seinen Freund verwundert an.

Meine Gattin, fuhr Fürst Andrej fort, ist eine vortreffliche Frau. Sie gehört zu den seltenen Frauen, denen man seine Ehre ohne Sorge anvertrauen darf. Aber, mein Gott! was hätte ich jetzt nicht darum gegeben, unverheiratet zu sein! Das sage ich zum ersten Male und sage es nur dir, denn ich habe dich lieb.

Während Fürst Andrej diese Worte sprach, hatte er wenig Ähnlichkeit mit dem Bolkonskij, der in bequemer Haltung bei Anna Pawlowna im Lehnstuhl saß und mit zusammengekniffenen Augen und zusammengepreßten Zähnen in französischen Phrasen sprach. Jeder Muskel seines hageren Gesichts war von nervösem Zucken durchbebt, und seine Augen, in denen früher die Lebensflamme erloschen schien, hatten jetzt einen strahlenden, leuchtenden Glanz. Je apathischer er gewöhnlich zu sein schien, um so energischer wurde er in diesen Augenblicken einer fast krankhaften Erregung.

Du begreifst nicht, warum ich so spreche, fing er wieder an. Es ist eine ganze Lebensgeschichte ... du sprichst von Bonaparte und seiner Karriere, fuhr er fort, obwohl Pierre kein Wort über Bonaparte gesagt hatte. Du sprichst von Bonaparte – aber der arbeitete ungestört und ging Schritt für Schritt seinem Ziele entgegen. Er war frei, hatte nichts zu berücksichtigen als dies Ziel, und das hat er erreicht. Aber binde dich an eine Frau und du wirst zum gefesselten Sträfling; du büßest auf immer deine Freiheit ein, und die Hoffnungen und Kräfte, die du in dir trägst, drücken dich wie eine Last und quälen dich wie ein Gewissensbiß. Salons, Klatschereien, Bälle, Eitelkeit, Kleinlichkeit, das ist der Zauberkreis, in den ich gebannt bin, und aus dem ich mich nicht losreißen kann. Ich gehe jetzt in den Krieg, den größten Krieg, der je geführt worden ist – und ich weiß nichts, fühle mich zu gar nichts befähigt. Ich bin sehr liebenswürdig und beißend geistreich, und bei Anna Pawlowna lauscht man meinen Worten. Und diese alberne Gesellschaft, ohne die meine Frau nicht leben kann, und alle diese Frauen ... wenn du wüßtest, was das sagen will: die Frauen der Gesellschaft, die Frauen überhaupt! Mein Vater hat recht. Selbstsucht, Eitelkeit, Beschränktheit, Kleinlichkeit in allem, das sind die Frauen, wenn sie sich so zeigen, wie sie wirklich sind. Wenn man ihnen in der Gesellschaft begegnet, erwartet man einen Inhalt zu finden, und es ist doch nichts, nichts, nichts! Nein, heirate nicht, mein Lieber, heirate nicht! schloß Fürst Andrej.

Es kommt mir komisch vor, sagte Pierre, daß Sie – Sie sich für unbefähigt erklären und *Ihr* Leben für ein verfehltes halten. Die Zukunft bietet Ihnen alles, alles und Sie ...

Er sagte nicht weiter, was er meinte, aber sein Ton gab deutlich zu verstehen, daß er seinen Freund hochstellte, und daß er in der Zukunft viel von ihm erwartete.

»Wie kann er so reden!« dachte Pierre. Er hielt den Fürsten für ein Muster aller Vollkommenheiten, weil Fürst Andrej im höchsten Grade die Eigenschaften besaß, die Pierre ganz und gar fehlten und die man am besten in dem Worte Willenskraft zusammenfassen kann. Peter bewunderte des Fürsten ruhige Umgangsweise mit allen Menschen, sein außerordentliches Gedächtnis, seine Belesenheit. (Er hatte alles gelesen, wußte alles, hatte für alles Verständnis.) Vor allem aber bewunderte er seine Arbeitskraft und seinen Lerneifer, und wenn er bemerkte, daß dem Fürsten die Fähigkeit zu philosophischen Schwärmereien fehlte (zu denen Pierre besonders geneigt war), schien ihm auch das mehr ein Vorzug als ein Mangel zu sein.

Selbst für die besten, freundschaftlichsten und einfachsten Beziehungen sind Lob und Schmeichel genauso unentbehrlich, wie man die Räder schmieren muß, wenn der Wagen fahren soll.

Mit mir ist es aus ..., sagte Fürst Andrej, von mir kann nicht die Rede sein. – Sprechen wir lieber von dir, fuhr er nach kurzem Schweigen fort und lächelte über die eigene Resignation, ein Lächeln, das sich sogleich auf Pierres Antlitz widerspiegelte.

Was ist von mir zu sagen? fing Pierre an, während ein fröhliches, harmloses Lächeln seine Lippen umspielte. Was bin ich? Ich bin ein natürlicher Sohn! und er wurde plötzlich feuerrot. Er hatte augenscheinlich eine große Anstrengung machen müssen, um diese Worte auszusprechen. Ohne Namen ... ohne Vermögen ... und doch ... in der Tat ... aber er führte dies *in der Tat* nicht weiter aus. Vorläufig bin ich frei, und es geht mir gut, ich weiß nur durchaus nicht, was ich mit mir anfangen soll, und wollte Sie um einen ernstlichen Rat bitten.

Fürst Andrej sah ihn freundlich an, aber in seinem wohlwollenden, herzlichen Blicke lag doch das Bewußtsein der eigenen Überlegenheit.

Ich habe dich lieb, hauptsächlich deshalb, weil du der einzige lebensfrische Mensch in unserer Gesellschaft bist. Dir geht es gut, du magst anfangen, was du willst ... es bleibt sich gleich, denn du wirst überall gut bleiben. Nur eins: geh nicht mehr zu diesen Kuragins ... höre auf, dies Leben zu führen, es paßt nicht für dich! ... Alle diese Gelage, diese Husarenwirtschaft und so weiter ...

Was wollen Sie, mein Lieber, sagte Pierre, die Achseln zuckend. Die Weiber, mein Lieber, die Weiber!

Das verstehe ich nicht, antwortete Fürst Andrej. Gebildete Weiber, ja, das ist etwas anderes, aber das Weib Kuragins, Weiber und Wein, verstehe ich nicht.

Pierre wohnte bei dem Fürsten Wassilij Kuragin und nahm an dem wilden Leben seines Sohnes Anatol teil, desselben Anatol, den man zu seiner Besserung mit der Schwester des Fürsten Andrej verheiraten wollte.

Wissen Sie, sagte Pierre, als ob plötzlich ein glücklicher Gedanke in ihm aufdämmerte, ich habe allen Ernstes seit längerer Zeit daran gedacht. Bei dieser Lebensweise kann ich weder zu einer Überlegung noch zu einem Entschluß kommen. Mein Kopf ist wirr, und ich leide an Geldmangel. Auch heute hat er mich eingeladen, aber ich gehe nicht hin.

Gib mir dein Ehrenwort, nicht mehr hinzugehen.

Mein Ehrenwort!

Ein Uhr nachts war vorüber, als Pierre das Haus seines Freundes verließ. Es war eine dämmrige Petersburger Julinacht. Pierre stieg in eine Droschke und hatte die Absicht, nach Hause zu fahren; aber je mehr er sich seiner Wohnung näherte, um so stärker fühlte er die Unmöglichkeit, jetzt zu schlafen, denn die Nacht war mehr einem Abend oder Morgen ähnlich, und man konnte weit hinaussehen in die öden Straßen. Unterwegs fiel Pierre ein, daß heute der Tag sei, wo die gewöhnliche Spielgesellschaft bei Anatol Kuragin zusammenkomme, wo man nach dem Spiele tüchtig trinkt und schließlich mit einer der Vergnügungen endet, die er so gern hat.

Es wäre doch hübsch, zu Kuragin zu fahren, dachte er, aber dann erinnerte er sich des Ehrenwortes, das er dem Fürsten Andrej gegeben hatte.

Gleichzeitig fühlte er jedoch, wie es bei sogenannten charakterlosen Leuten der Fall zu sein pflegt, ein leidenschaftliches Verlagen, das ihm so vertraute, wilde Leben noch einmal zu genießen, und er beschloß, hinzufahren. Dabei fiel ihm auch ein, daß sein Ehrenwort nicht gültig sein könne, denn ehe er dem Fürsten Andrej gelobt, Anatol nicht mehr zu besuchen, hatte er diesem versprochen, öfter zu ihm zu kommen. Endlich sagte er sich, daß ein solches Ehrenwort rein konventionell ist und eigentlich keinen bestimmten Sinn hat, um so weniger, wenn er sich vorstellte, daß er morgen sterben oder daß ihm sonst etwas Außerordentliches zustoßen könnte, dem gegenüber von ehrenhaft oder unehrenhaft überhaupt keine Rede wäre. Derartige Betrachtungen tauchten häufig in Pierres Geiste auf und richteten alle Entschlüsse und Vorsätze zugrunde. Er fuhr zu Kuragin.

An der Freitreppe eines großen Hauses, das Anatol unweit der Gardekavallerie-Kaserne bewohnte, hielt der Wagen. Pierre trat in die erleuchtete Vorhalle, stieg die Treppe hinauf und trat in die offene Tür. Im Vorzimmer war niemand zu sehen. Ein wüstes Durcheinander von leeren Weinflaschen, Mänteln und Überschuhen! Man spürte einen starken Weingeruch und hörte aus der Ferne lautes Reden und Schreien.

Spiel und Abendessen waren bereits vorüber, aber die Gäste hatten sich noch nicht verabschiedet. Pierre warf seinen Mantel ab und trat in das erste Zimmer, wo noch die Überreste des Soupers umherstanden und ein Diener in der Überzeugung, daß ihn niemand sehe, rasch die Weingläser leerte. Aus dem dritten Zimmer hörte man einen wirren Lärm, das Lachen und Schreien bekannter Stimmen und das Gebrüll eines jungen Bären. Acht junge Männer drängten sich eifrig um ein offenes Fenster, während sich drei andere mit dem jungen Bären herumtummelten, den einer von ihnen an der Kette zerrte, um die anderen zu erschrecken.

Ich wette hundert für Stevens! rief der eine.

Nein, du sollst nicht mithalten! rief der andere.

Ich wette für Dolochow, rief ein dritter. Schlag durch, Kuragin. Laß den Mischka zufrieden, es gilt hier eine Wette.

Aber mit einem Zuge, sonst hast du verloren, rief ein vierter.

Jakob, gib die Flasche her, hörst du, Jakob! rief der Hausherr selbst, ein schöner, schlanker junger Mann, der in einem feinen, auf der Brust geöffneten Hemde mitten unter den Gästen stand. Warten Sie, meine Herren, da ist Pierre. Nun, lieber Freund! wandte er sich an den Eintretenden.

Eine andere Stimme, die eines mittelgroßen Mannes mit

klaren, blauen Augen, der in diesem Kreise von Betrunkenen besonders durch seine Nüchternheit auffiel, rief vom Fenster herüber: Komm her, schlage unsere Hände durch! Es war Dolochow, ein Offizier des Semjonowschen Regiments, ein bekannter Spieler und Raufbold, der mit Anatol zusammen wohnte. Pierre lächelte und sah sich heiter um.

Ich verstehe nichts, um was handelt es sich denn? fragte er.

Wartet, er ist nicht betrunken. Eine Flasche Wein! sagte Anatol und trat auf Pierre zu, nachdem er ein Glas vom Tische genommen hatte. Vor allem, trinke!

Pierre trank Glas auf Glas, betrachtete die betrunkenen Gäste, die sich wieder ans Fenster drängten, und horchte auf ihre Reden. Anatol schenkte ihm Wein ein und berichtete, daß Dolochow mit einem Engländer, einem Seemann namens Stevens gewettet, eine Flasche Rum austrinken zu können, während er auf dem äußern Fensterbrett des dritten Stockes säße und die Füße nach außen hängen ließe.

Du mußt alles austrinken, sagte Anatol, indem er Pierre das letzte Glas einschenkte. Eher lasse ich dich nicht frei.

Nein, ich will nicht! antwortete Pierre, stieß Anatol zurück und trat ans Fenster. Dolochow hielt die Hand des Engländers fest und wiederholte deutlich die Bedingungen der Wette, indem er sich besonders an Pierre und Anatol wandte.

Dolochow war ein Mann von mittlerer Größe, mit krausem Haar und hellblauen Augen. Er war fünfundzwanzig Jahre alt. Wie alle Infanterieoffiziere trug er keinen Schnurrbart, so daß sein Mund, das Auffallendste in seinem Gesicht, vollständig zu sehen war. Die Linien dieses Mundes waren außerordentlich fein gezeichnet; in der Mitte senkte sich die Oberlippe in einem scharfen Winkel energisch auf die Unterlippe herab, und in den Mundwinkeln bildeten sich beständig etwas wie zwei Lächeln – an jeder Seite eines. Das Ganze, insbesondere im Verein mit dem festen, frechen, klugen Blick, machte einen so starken Eindruck, daß man dies Gesicht nicht übersehen konnte. Dolochow war nicht reich und hatte gar keine Verbindungen, und obgleich Anatol Tausende verschwendete, war Dolochow sein Busenfreund und hatte sich eine solche Stellung zu geben gewußt, daß er in dem ganzen Bekanntenkreise in höherem Ansehen stand als der junge Kuragin. Dolochow spielte alle Spiele und gewann beinahe immer. Er konnte unmäßig trinken, und sein Kopf blieb immer klar. Kuragin und Dolochow waren zu jener Zeit zwei Berühmtheiten im Kreise der Petersburger Taugenichtse und Bummler.

Die Flasche Wein wurde gebracht, und zwei Diener, die bestürzt über das laute Befehlen und Schreien der jungen Leute herbeigeeilt waren, schickten sich an, das Fensterkreuz herauszubrechen, durch welches das Sitzen auf dem äußeren Rande verhindert wurde.

Anatol trat mit seiner gewöhnlichen Siegermiene herzu. Er fühlte das Bedürfnis, etwas zu zertrümmern, stieß die Diener zurück und rüttelte am Fensterkreuze, aber es gab nicht nach. Er zerschlug eine Scheibe.

Komm, du Herkules! rief er Pierre zu. Dieser erfaßte das Eichenholzkreuz und riß es krachend los.

Alles weg, damit man nicht sagen kann, daß ich mich anhalte, sagte Dolochow.

Der Engländer zahlt ... wie? ... fertig? ... sagte Anatol.

Fertig! rief Pierre, indem er Dolochow ansah. Dieser hielt schon die Rumflasche in der Hand und trat ans Fenster, aus dem man den klaren Himmel sah, an dem sich Abendrot und Morgenrot vermischten. Dolochow sprang mit der Flasche in der Hand aufs Fensterbrett.

Hört! rief er im Fenster stehend und wandte sich ins Zimmer zurück. Alle schwiegen.

Ich wette (er sprach französisch, damit ihn der Engländer nicht verstehen konnte, bediente sich dieser Sprache aber nicht mit besonderer Geläufigkeit), ich wette um 50 Imperial – oder wollen Sie vielleicht um 100? fügte er hinzu, indem er sich an den Engländer wandte.

Nein, fünfzig, sagte der Engländer.

Gut – um fünfzig! ich wette also, daß ich eine ganze Flasche Rum auf einen Zug leeren und dabei auf diesem Fenster, auf dieser Stelle (er bückte sich und zeigte auf die abschüssige Fensterbank außerhalb des Fensters) sitzen werde, ohne mich an etwas zu halten. Ist das richtig?

Ganz richtig! antwortete der Engländer.

Anatol wandte sich jetzt zu diesem, und indem er ihn an einem Knopfe seines Rockes festhielt und auf ihn niedersah (der Engländer war klein), wiederholte er ihm in englischer Sprache die Bedingungen der Wette.

Warte! rief Dolochow und klopfte mit der Flasche aufs Fenster, um die Aufmerksamkeit auf sich zu ziehen. Warte Kuragin. Hört! wenn mir jemand das nachmacht, so zahle ich ihm hundert Imperial, verstehet Ihr?

Der Engländer nickte mit dem Kopfe, ohne sich darüber auszusprechen, ob er diese neue Wette annehmen wolle. Anatol ließ ihn jedoch nicht los, und obwohl er durch Nicken andeutete, daß er alles verstanden habe, übersetzte ihm Anatol Dolochows Worte ins Englische.

Ein junger Leibgardehusar, ein schmächtiges, junges Bürschchen, das heute abend im Verlust gewesen war, stieg auf das Fensterbrett, steckte den Kopf hinaus und warf einen Blick nach unten.

Oh! oh! oh! rief er, indem er auf das Steinpflaster hinuntersah.

Achtung! rief Dolochow und riß den jungen Offizier vom Fenster weg. Er blieb mit den Sporen hängen, und er stolperte ungeschickt ins Zimmer hinein.

Dolochow stellte die Flasche aufs Fensterbrett, so daß er sie bequem erreichen konnte, kletterte vorsichtig zum Fenster hinaus, ließ die Füße hinunterhängen, und stützte sich mit beiden Händen auf den Fensterrand. Dann richtete er sich so bequem als möglich ein, zog die Hände vor, rückte nach rechts und links und griff nach der Flasche. Anatol brachte zwei Kerzen und stellte sie auf das Fensterbrett, obwohl es schon heller Tag war.

Dolochows Rücken in dem weißen Hemde und sein krauser Kopf waren von beiden Seiten beleuchtet. Alle Anwesenden stürzten nach dem Fenster. Der Engländer stand vorn an. Pierre lächelte und sprach kein Wort. Einer der Anwesenden, ein älterer Mann, drängte sich plötzlich herbei. Sein

Gesicht hatte einen zornigen, schreckensvollen Ausdruck; er wollte Dolochow am Hemde festhalten.

Meine Herren, es ist Unsinn, er kann fallen und auf der Stelle den Tod finden, sagte er.

Anatol hielt ihn zurück.

Laß ihn in Ruhe, du könntest ihn erschrecken und dann stürzt er ganz gewiß ... und dann ...

Dolochow sah sich um, machte sich's bequem und stemmte sich wieder mit den Händen auf.

Wenn sich noch jemand untersteht, mir nahezukommen, sagte er, indem er jedes Wort langsam zwischen den feinen, zusammengepreßten Lippen hervorstieß, so werde ich ihn ohne weiteres hier hinunterwerfen. Verstanden?

Nach diesen Worten drehte er sich wieder um, ließ seinen Stützpunkt los, ergriff die Flasche, setzte sie an den Mund, warf den Kopf zurück und hob, des Gleichgewichts wegen, die freigebliebene Hand in die Höhe. Einer der Lakaien, der eben angefangen hatte, die Glasscherben zusammenzulesen, blieb in seiner gebückten Stellung und konnte die Augen nicht von dem Fenster und Dolochows Rücken abwenden.

Anatol blieb mit weitgeöffneten Augen bei ihm stehen. Der Engländer steckte die Lippen vor und betrachtete ihn von der Seite. Der Mann, der die Wette rückgängig zu machen versucht, lief in die Ecke des Zimmers, warf sich aufs Sofa und kehrte das Gesicht nach der Wand. Pierre bedeckte seine Augen und ein schwaches Lächeln, das aussah, als ob es auf seinem Gesichte vergessen wäre, umspielte seine Lippen, während seine Züge Schrecken und Entsetzen ausdrückten. Alle schwiegen. Pierre nahm die Hände von den Augen. Dolochow saß noch in derselben Stellung, nur sein Kopf war mehr nach hinten gesunken, so daß sein krauses Nackenhaar den Hemdkragen berührte, und die Hand mit der Flasche hob sich zuckend und mit Anstrengung höher und höher. Die Flasche wurde leerer, so daß sich der Kopf zurückbiegen mußte. – Warum dauert es denn so lange? dachte Peter. Ihm war, als ob es über eine halbe Stunde währte. Plötzlich bog Dolochow den Rücken hintenüber, und seine

Hand begann krampfhaft zu zucken. Dies Zucken war hinreichend, den ganzen Körper des auf dem abschüssigen Außenrande Sitzenden aus dem Gleichgewicht zu bringen. Er rückte von der Stelle und seine Hand und sein Kopf bebten noch stärker bei dieser Anstrengung. Er erhob die eine Hand, um sich am Fensterbrette festzuhalten, ließ sie aber gleich wieder sinken. Pierre schloß abermals die Augen und dachte, daß er sie nie wieder öffnen würde. Auf einmal fühlte er, daß alles um ihn her in Bewegung kam. Er blickte auf – Dolochow stand auf dem Fensterbrett. Sein Gesicht war bleich und heiter.

Leer!

Er warf die Flasche dem Engländer zu, der sie geschickt auffing.

Dolochow sprang vom Fenster ins Zimmer. Er roch stark nach Rum.

Prachtvoll! ... ein Heldenstück! ... das war eine Wette! ... zum Teufel auch! riefen alle durcheinander. Der Engländer zog seine Börse und zählte das Geld auf. Dolochow machte ein finsteres Gesicht und schwieg.

Pierre sprang aufs Fensterbrett.

Meine Herren! wer will mit mir wetten! ich mach' es ihm nach! rief er plötzlich. Es bedarf nicht einmal der Wette; laßt mir nur eine Flasche Rum geben ... ich mache dasselbe ... laßt nur geben.

Laßt ihn, laßt ihn nur machen! sagte Dolochow mit einem Lächeln.

Was fällt dir ein? ... bist du verrückt? ... Wer wird das zulassen ... Du wirst auf jeder Treppe schwindlig! rief man von allen Seiten.

Ich trinke ... gebt mir nur eine Flasche Rum! schrie Pierre und schlug mit der Bewegung eines Trunkenen heftig auf den Tisch. Dann stieg er ins Fenster. Man hielt ihn fest, aber er war so stark, daß er alle, die sich ihm näherten, zurückschleuderte.

Nein, auf diese Weise ist er nicht zu bändigen, sagte Anatol. Aber wartet, ich werde ihn anführen ... Höre, ich will mit dir wetten, aber morgen erst. Jetzt fahren wir alle zu ***.

Ja, laßt uns fahren! rief Pierre; laßt uns fahren! und der Mischka fährt auch mit. Er packte den Bären, hob ihn in die Höhe und tanzte mit ihm im Zimmer herum.

VII

Fürst Wassilij erfüllte das Versprechen, das er der Fürstin Drubezkoj gegeben, die bei Anna Pawlowna um seine Verwendung für ihren Sohn Boris gebeten hatte. Die Angelegenheit wurde dem Kaiser vorgetragen, und ausnahmsweise wurde Boris als Fähnrich in das Semjonowsche Garderegiment versetzt. Zu Kutusows Adjutanten wurde er jedoch trotz aller Bemühungen seiner Mutter nicht ernannt. Bald nach der Gesellschaft bei Anna Pawlowna kehrte Anna Michailowna nach Moskau zurück, in das Haus ihrer reichen Verwandten, der Rostows, bei denen sie sich in Moskau aufzuhalten pflegte. Auch ihr vergötterter Borinka war von früher Kindheit an bei ihnen erzogen und hatte in ihrem Familienkreise gelebt, bis er zum Linienoffizier ernannt und dann als Fähnrich in die Garde versetzt worden war. Die Garde hatte Petersburg am 10. August verlassen, und Boris, der in Moskau war, um sich zu equipieren, sollte auf dem Wege nach Radziwilow zu ihr stoßen.

Bei Rostows feierten zwei Natalien ihren Namenstag: die Mutter und die jüngere Tochter. Vom frühen Morgen an fuhren die Wagen der Gratulanten an dem großen, in ganz Moskau bekannten Hause der Gräfin an der Bowarskaja-Straße vor. Gräfin Rostow saß mit ihrer hübschen, ältesten Tochter und den Gästen, die sich unaufhörlich ablösten, im Empfangssalon. Sie hatte ein hageres Gesicht von orientalischem Typus, mochte ungefähr fünfundvierzig Jahre alt sein und war augenscheinlich durch die zwölf Wochenbetten, die sie überstanden, tief erschöpft. Die Langsamkeit ihrer Bewegungen und ihrer Sprache, eine Folge ihrer Kraftlosigkeit, gab ihr etwas Vornehmes, Bedeutendes, das Respekt einflößte. Fürstin Anna Michailowna Drubezkoj saß als Freundin des Hauses neben ihr, um bei der Begrüßung und Unterhaltung der Gäste zu helfen. Die Jugend, die es nicht für nötig hielt, die Visiten mit zu genießen, befand sich im Hinterzimmer; der Graf aber empfing die Gäste, begleitete sie hinaus und lud sie alle zum Diner ein.

Sehr dankbar bin ich Ihnen, werte Freundin oder werter Freund (werte Freundin und werter Freund sagte er zu allen ohne Ausnahme und ohne den geringsten Unterschied zwischen denen, welche niedriger oder höher standen als er). Sehr dankbar bin ich Ihnen, für mich selbst sowohl, wie für die teuren beiden, die ihren Namenstag feiern. Sehen Sie doch zu, daß Sie zum Mittag kommen können, sonst werden Sie mich kränken, werter Freund! Im Namen der ganzen Familie bitte ich Sie herzlich, zu kommen, werte Freundin. – Diese Worte wiederholte er mit einem und demselben Ausdruck in dem vollen, lustigen, glattrasierten Gesichte, mit einem und demselben Händedruck und denselben kurzen Verbeugungen. Sobald der Graf einen Gast hinausbegleitet hatte, kehrte er zu denen zurück, die sich noch im Salon befanden, rückte sich einen Sessel herbei, stellte mit der Miene eines Menschen, der das Leben liebt und versteht, seine kräftigen Füße breit auseinander, legte die Hände auf die Knie, wiegte sich bedeutungsvoll hin und her, stellte die üblichen Vermutungen über das Wetter an, sprach über die Gesundheit, zuweilen Russisch, zuweilen – schlecht, aber voll Selbstvertrauen – Französisch. Und dann gab er wieder mit dem Ansehen eines zwar ermüdeten, aber in der Ausübung seiner Pflichten niemals wankenden Mannes einem Gaste das Geleit, wobei er die grauen Haare auf der Glatze zurechtstrich und die Einladung zum Mittagessen wiederholte.

Zuweilen machte er, wenn er aus dem Vorzimmer zurückkehrte, durch das Blumen- und Dienerzimmer einen Abstecher nach dem großen Marmorsaale, wo eine Tafel mit achtzig Gedecken hergerichtet wurde. Er warf dann einen Blick auf die Diener, die Silber und Porzellan herbeitrugen, die Tische zurechtstellten und die Damasttischtücher ausbreiteten, rief Dimitrij Wassiljewitsch, einen jungen Edelmann, der sein Hauswesen verwaltete, zu sich heran und sagte zu ihm: Nun, nun, Mitjenka, sieh zu, daß alles gut sei … Recht so, recht so, fuhr er fort, indem er mit Vergnügen den großen, schon aufgestellten Tisch übersah, die Hauptsache ist das Servieren ... gebt hübsch acht! worauf er sich froh aufatmend entfernte, um in den Salon zurückzukehren.

Maria Lwowna Karagin mit Tochter! meldete in tiefem Baß ein großer Lakai der Gräfin, indem er in die Tür des Salons trat. Die Gräfin besann sich und nahm eine Prise aus der goldenen, mit dem Bilde ihres Mannes gezierten Dose.

Diese Visiten quälen mich zu Tode! es soll aber auch die letzte sein, die ich annehme ... die Karagin ist so empfindlich ... Ich lasse bitten! wandte sie sich mit trauriger Stimme zu dem Diener, als ob sie sagen wollte. »Macht mich nur vollends tot!«

Eine Dame von hoher, voller Gestalt und stolzer Miene und ihr rundgesichtiges, lächelndes Töchterchen traten, mit den Kleidern rauschend, in den Salon.

Liebe Gräfin, es ist so lange her ... sie war bettlägerig, das arme Kind ... auf dem Rasumowskijschen Balle ... und die Gräfin Apraxin ... wurden lebhafte, weibliche Stimmen laut, welche eine die andere übertönten und sich mit dem Rauschen der Kleider und dem Rücken der Stühle vermischten.

Dann begann ein Gespräch, wie man es nur anknüpft, um bei der ersten Pause wieder aufzustehen, mit den Kleidern zu rauschen und zu sagen: »Ich bin sehr erfreut ... die Gesundheit der Mama ... und die Gräfin Apraxin ... und wieder mit den Kleidern rauschend ins Vorzimmer zu gehen, Pelz oder Mantel umzunehmen und heimzufahren.

Diesmal betraf das Gespräch die Hauptneuigkeiten des Tages: die Krankheit des vornehmen, reichen, alten Grafen Besuchow, der zur Zeit der Kaiserin Katharina ein berühmt schöner Mann gewesen, und seinen natürlichen Sohne Pierre, der sich auf Anna Pawlowna Scherers Soiree so ungeziemend benommen hatte.

Ich bedauere den alten Grafen, sagte die Fremde. Sein Befinden ist schon so schlecht, und nun dieser Kummer über den Sohn! ... das wird ihn töten.

Was ist denn vorgefallen? fragte die Gräfin, als ob sie nicht wüßte, wovon die Rede war, und doch hatte sie bereits fünfzehnmal gehört, was dem Grafen Besuchow so schweren Kummer bereitete.

Da haben Sie die jetzige Erziehung, besonders die im Auslande, sagte die Fremde. Der junge Mann war ja ganz sich selbst überlassen und jetzt in Petersburg hat er, wie man sagt, so Entsetzliches getan, daß er durch die Polizei ausgewiesen werden mußte.

Ist es möglich! rief die Gräfin.

Er hat seinen Verkehr schlecht gewählt, mischte sich Fürstin Anna Michailowna ein. Der Sohn des Fürsten Wassilij, er und ein gewisser Dolochow sollen Gott weiß was angestellt haben. Nun haben beide büßen müssen. Dolochow ist zum gemeinen Soldaten degradiert und Besuchows Sohn hat man nach Moskau verwiesen. Für Anatol Kuragin ist die Geschichte auf irgendeine Weise durch den Vater vertuscht worden ... aber aus Petersburg ist auch er ausgewiesen.

Was haben sie denn getan? fragte die Gräfin.

Wie die Räuber haben sie sich benommen, antwortete die Fremde. Besonders Dolochow. Er ist der Sohn der Maria Iwanowna Dolochow, einer so achtungswürdigen Frau ... und doch! Können Sie sich das vorstellen, die drei haben irgendwo einen Bären aufgetrieben, haben ihn zu sich in den Wagen genommen und mit dem Tier einen Besuch bei Schauspielerinnen gemacht. Die Polizei wollte sie verhaften; da haben sie den Bezirkskommissar festgehalten, haben ihn Rücken an Rücken mit dem Bären zusammengebunden und das Tier in die Mojka geworfen. Der Bär schwimmt los, den Bezirkskommissar auf dem Rücken ...

Wie köstlich muß sich der Bezirkskommissar ausgenommen haben! rief der Graf, der sich vor Lachen ausschütten wollte.

Ach! das ist entsetzlich! wie kann man darüber lachen, Graf! aber unwillkürlich lachten die Damen mit.

Man hat den Unglücklichen nur mit Mühe retten können, fuhr die Erzählerin fort. Und der Sohn des Grafen Kiril Wladimirowitsch ist es, der sich so geistvoll amüsiert ... und er soll doch so gut erzogen und so gescheit sein. Da sieht man, was die ganze ausländische Erziehung wert ist! Ich hoffe nur, daß man ihn hier, trotz seines Reichtums, nicht in der Gesellschaft empfangen wird. Man hat ihn mir vorstellen wollen, aber ich habe mich entschieden geweigert ... Ich habe Töchter!

Warum sagen Sie, daß dieser junge Mensch so reich ist? fragte die Gräfin und wandte sich von den jungen Mädchen weg, die auch sogleich taten, als ob sie nichts hörten. Der Graf hat ja nur natürliche Kinder und Pierre scheint auch ...

Die Fremde winkte mit der Hand. Ich glaube, er hat zwanzig natürliche Kinder, sagte sie.

Jetzt mischte sich Fürstin Anna Michailowna ins Gespräch, offenbar von dem Wunsche beseelt, ihre Verbindungen in der großen Welt und ihre genaue Kenntnis aller gesellschaftlichen Vorkommnisse zu zeigen.

Die Sache steht so, sagte sie wichtig mit halblauter Stimme. Die Reputation des Grafen Besuchow kennen Sie ... er selbst weiß die Zahl seiner natürlichen Kinder nicht genau anzugeben ... dieser Pierre aber war sein Liebling.

Wie schön war der Alte! sagte die Gräfin. Noch im vergangenen Jahre ... ich habe nie einen schöneren Mann gesehen.

Jetzt hat er sich sehr verändert, erwiderte Anna Michailowna. Was ich sagen wollte, fuhr sie fort; durch seine Frau ist Fürst Wassilij der direkte Erbe des großen Besuchowschen Vermögens. Aber den Pierre hat sein Vater sehr geliebt, er hat sich um seine Erziehung gekümmert und hat an den Kaiser geschrieben, so daß niemand weiß, falls er stirbt – (er ist so krank, daß man das jeden Augenblick erwarten muß; auch ist Lorrain aus Petersburg gekommen) – wer diesen großen Reichtum erbt, Pierre oder Fürst Wassilij. 40.000 Seelen und mehrere Millionen. Ich weiß es genau, weil es mir Fürst Wassilij selbst gesagt hat. Kiril Wladimirowitsch ist von mütterlicher Seite mein Onkel im dritten Gliede und ist auch der Pate meines Borja, fügte sie hinzu, als ob sie diesem Umstande weiter keine Bedeutung beilegte.

Fürst Wassilij ist gestern, wie man mir gesagt hat, zu einer Revision nach Moskau gekommen, bemerkte die Fremde.

Ja, aber das ist, unter uns gesagt, nur Vorwand, antwortete die Fürstin. Er ist eigentlich wegen des Grafen Kiril Wladimirowitsch gekommen, nachdem er erfahren, wie krank er ist.

Ja, werte Freundin, das nenn' ich einen hübschen Streich, sagte der Graf, und als er merkte, daß die Mutter nicht zuhörte, wandte er sich der Tochter zu.

Ich kann mir vorstellen, wie köstlich der Bezirkskommissar ausgesehen hat! und indem er nachmachte, wie der Arme mit den Händen in der Luft herumgefahren, brach er in ein tiefes, schallendes, seinen ganzen vollen Körper erschütterndes Lachen aus – das Lachen eines Menschen, der immer gut gegessen und besonders gut getrunken hat. – Ich bitte Sie, heute zum Diner zu kommen! sagte er.

VIII

Eine Pause trat ein. Die Gräfin sah ihre Gäste freundlich lächelnd an, es war jedoch zu merken, daß sie sich nicht betrüben würde, wenn die Damen jetzt aufständen und gingen. Die Tochter ordnete schon ihr Kleid, indem sie fragend auf die Mutter sah, als im Nebenzimmer Schritte männlicher und weiblicher Füße und das Poltern eines umgeworfenen Stuhles gehört wurde, worauf plötzlich ein dreizehnjähriges Mädchen, das irgend etwas unter ihrem kurzen Musselinrock versteckt hielt, im Salon erschien und bis mitten ins Zimmer lief.

Sie schien, ohne zu wollen, im schnellen Lauf so weit gelangt zu sein; in der Türe hinter ihr zeigten sich in demselben Augenblicke ein Student mit himbeerrotem Kragen, ein Gardeoffizier, ein fünfzehnjähriges Mädchen und ein dicker, rotwangiger Knabe in einer Kinderjacke.

Der Graf sprang auf und streckte, sich hin- und herwiegend, dem herbeilaufenden Mädchen die Hände entgegen.

Ah! da ist sie, rief er lachend, das Geburtstagskind! mein liebes Geburtstagskind!

Meine Liebe, alles hat seine Zeit, sagte die Gräfin, indem sie sich zur Strenge zwang; und zu ihrem Manne gewandt, fuhr sie fort: Du verziehst sie, Elie.

Guten Tag, meine Liebe, ich wünsche Ihnen Glück, sagte die Fremde. Ein reizendes Kind! fügte sie hinzu, sich der Mutter zuneigend.

Das schwarzäugige, nicht eigentlich hübsche, aber lebhafte Mädchen mit dem großen Munde, den kindlichen entblößten Schultern, die sich vom schnellen Laufen hoben und senkten, dem schwarzen, lockigen, zurückfallenden Haar, den feinen bloßen Händen und kleinen Füßen, den spitzenbesetzten Höschen und ausgeschnittenen Schuhen, war in dem reizenden Alter, wo das junge Mädchen kein Kind mehr und das Kind noch kein junges Mädchen ist.

Nachdem sie sich vom Vater losgemacht hatte, lief sie zu der Mutter, versteckte, ohne ihren Vorwurf zu beachten, ihr erhitztes Gesichtchen in den Spitzen der mütterlichen Mantille, lachte laut auf und wollte dabei von der Puppe erzählen, die sie aus den Falten ihres Röckchens hervorzog.

Seht ihr? ... die Puppe ... Mimi ... seht ihr ... Natascha konnte nicht weitersprechen, es war gar zu lächerlich, sie fiel auf die Mutter zurück und lachte so herzlich, daß alle, sogar die fremde Dame, unwillkürlich mitlachen mußten.

Nun geh mit deinem Scheusal, sagte die Mutter mit erzwungenem Ernst, indem sie die Tochter wegschob. Das ist mein jüngeres, wie Sie sehen, sehr verzogenes Töchterchen, wandte sie sich zu der Fremden. Natascha erhob auf einen Augenblick das Gesicht vom Spitzentuche der Mutter, sah durch Tränen des Lachens zu ihr auf und versteckte wieder das Gesichtchen.

Die Fremde, welche dieser Familienszene beiwohnen mußte, hielt es für nötig, Teilnahme zu zeigen.

Sagen Sie doch, mein Liebchen, in welchem Verhältnis stehen Sie eigentlich zu Mimi? fragte sie Natascha. Es ist wohl Ihre Tochter?

Natascha mißfiel der kindliche Ton, den die Dame ihr gegenüber anschlug. Sie antwortete nicht und sah ernsthaft zu ihr auf.

Inzwischen hatte das übrige junge Volk: Boris, der Offizier, der Sohn der Fürstin Anna Michailowna, der Student Nikolaj, der älteste Sohn des Grafen, Sonja, seine fünfzehnjährige

Nichte und sein jüngster Sohn, der kleine Petruscha, im Salon Platz gefunden, alle sichtlich bemüht, die Lustigkeit, die sich auf ihren Gesichtern verriet, in den Schranken des Anstandes zu halten. Jedenfalls hatten sie in dem Hinterzimmer, aus dem sie so plötzlich herbeigeeilt, anregendere Gespräche gehabt, als die man hier über Stadtklatsch, Wetten und die Komtesse Apraxin geführt. Hin und wieder sahen sie sich an und waren dann kaum imstande, ihr Lachen zu unterdrücken.

Die beiden jungen Leute, der Student und der Offizier, waren von Kindheit auf befreundet, standen in gleichem Alter, waren beide hübsch, glichen sich aber gar nicht. Boris war ein hochgewachsener, blonder Jüngling mit regelmäßig schönen, ruhigen Zügen, Nikolaj war von mittlerer Größe, hatte krauses Haar und eine offene Miene. Auf seiner Oberlippe sah man bereits schwarze Härchen sprießen. Sein ganzes Gesicht verriet Ungestüm und Enthusiasmus. Nikolaj errötete, als er in den Salon trat; offenbar hätte er gern etwas gesagt, wußte aber nicht was, Boris dagegen fand sich gleich in seiner Umgebung zurecht und erzählte ruhig, in scherzhaftem Tone, daß er die Puppe Mimi schon als kleines Mädchen gekannt hätte, als ihre Nase noch unverletzt war. Im Verlaufe von fünf Jahren wäre sie jedoch sehr alt geworden und hätte jetzt einen ganz gespaltenen Schädel. Nachdem er das gesagt hatte, sah er Natascha an. Sie wandte sich von ihm ab und sah ihren jüngeren Bruder an, der die Augen zugedrückt hatte und vor innerlichem Lachen am ganzen Körper zitterte. Nun war auch sie nicht mehr imstande, sich zu beherrschen, sprang auf und lief, so schnell ihre raschen Füßchen sie nur tragen konnten, aus dem Zimmer. Boris behauptete seinen Ernst.

Ich glaube, Sie wollten ausfahren, Mamachen, soll ich den Wagen bestellen? fragte er, sich mit einem Lächeln an seine Mutter wendend.

Ja, geh, geh, laß anspannen, erwiderte sie und lächelte auch.

Boris verließ langsam das Zimmer und folgte Natascha.

Der dicke Knabe lief unwillig hinter ihnen her, als ob er böse wäre, daß man ihn aus seiner Behaglichkeit gestört hatte.

IX

Von der jungen Welt waren nur außer der ältesten Tochter der Gräfin (die vier Jahre älter war als ihre Schwester und schon als erwachsenes Fräulein auftrat) und außer dem zum Besuch gekommenen jungen Mädchen nur Nikolaj und die Nichte Sonja im Salon zurückgeblieben. Sonja war eine feine, zierliche Brünette mit weichen, von langen Wimpern beschattetem Blick, einer schweren, schwarzen Flechte, die zweimal ihren Kopf umwand, und einem gelblichen Schimmer der Haut, der besonders auf ihrem entblößten Halse und ihren hagern, aber graziös und kräftigen Armen bemerklich war. Mit ihren weichen Bewegungen, der Biegsamkeit ihrer zierlichen Glieder und ihrem sanften anschmiegenden Wesen, glich sie einem hübschen, noch nicht ganz ausgewachsenen Kätzchen, das sich mit der Zeit zu einer prächtigen Katze entwickeln wird. Wahrscheinlich hielt sie es für passend, sich durch ein Lächeln an der allgemeinen Unterhaltung zu beteiligen, aber dabei sahen ihre Augen unter den langen dichten Wimpern den Vetter, der zur Armee abgehen wollte, mit einer so leidenschaftlichen, jungfräulichen Anbetung an, daß ihr Lächeln niemand auch nur für einen Augenblick täuschen konnte, und es war klar, daß sich das Kätzchen nur in der Absicht geduckt hatte, um einen desto kühnern Sprung zu tun und seine Spiele mit dem Vetter aufs neue anzufangen. Hätten Sie nur, wie Boris und Natascha, aus dem Salon entrinnen können!

Ja, werte Freundin, sagte der alte Graf, indem er sich zu der fremden Dame wandte und auf seinen Nikolaj zeigte, sein Freund Boris ist Offizier geworden und aus Freundschaft will er nun nicht zurückbleiben. Er verläßt die Universität, verläßt mich armen Greis und tritt in die Armee, werte Freundin! und ich hatte ihm schon ein Amt im Archiv gesichert, und alles war für ihn in Ordnung. Das nenn' ich Freundschaft, nicht? fügte er in fragendem Tone hinzu.

Der Krieg soll aber schon erklärt sein, bemerkte die Fremde.

So heißt es schon lange, sagte der Graf. Man wird wieder eine Zeitlang davon reden, und es wird doch beim Alten bleiben. Das nenne ich Freundschaft! wiederholte er ... Er wird Husar.

Die Dame wußte nicht, was sie sagen sollte, und schüttelte den Kopf.

Ich tu es gar nicht aus Freundschaft, fing Nikolaj an und errötete, als ob man ihm etwas Unehrenhaftes zugetraut hätte.

Ich tu es gar nicht aus Freundschaft – ich fühle den Beruf zum Soldaten.

Dabei sah er sich nach der Cousine und dem fremden Fräulein um; beide antworteten durch ein Lächeln des Beifalls.

Schubert, der Oberst des Pawlogradschen Husarenregiments, wird heute bei uns speisen. Er ist auf Urlaub hier und nimmt Nikolaj mit ... Was kann man dagegen tun! sagte der Graf, die Achseln zuckend und zwang sich, scherzhaft über eine Angelegenheit zu sprechen, die ihm offenbar schon viel Kummer gemacht hatte.

Ich habe Ihnen ja gesagt, Papa, bemerkte der Sohn, daß ich hier bleibe, wenn Sie mich nicht gern ziehen lassen. Aber ich weiß, daß ich zu nichts anderem tauge als zum Militärdienst. Ich bin weder Diplomat noch Beamter ... ich kann meine Gefühle nicht verbergen, fügte er hinzu, indem er mit der Eitelkeit eines hübschen, jungen Mannes Sonja und das fremde Fräulein ansah.

Das Kätzchen durchbohrte ihn mit den Augen und schien jeden Moment bereit, sein Spiel wieder anzufangen und dabei seine ganze Katzennatur kundzutun.

Nun, nun, schon gut! sagte der alte Graf. Er wird immer gleich hitzig. Bonaparte hat allen den Kopf verdreht. Alle meinen, Sie müßten es wie er vom Fähnrich zum Kaiser bringen. Nun, Gott geb's! fügte er hinzu, ohne das spöttische Lächeln der Fremden zu bemerken.

Die Erwachsenen sprachen von Bonaparte. Julie, die Tochter der Frau Karagin, wandte sich an den jungen Rostow.

Wie schade, daß Sie Donnerstag nicht bei Archarows waren! Ich habe mich gelangweilt, weil Sie fehlten, sagte sie und sah ihn freundlich an.

Der geschmeichelte Jüngling rückte mit dem gezierten Lächeln der Jugend näher und begann ein eifriges Gespräch mit Julie, ohne zu beachten, daß seine strahlende Miene die Eifersucht der errötenden und gezwungen lächelnden Sonja weckte. Im Verlauf der Unterhaltung sah er sich nach ihr um. Sie warf ihm einen zornigen, leidenschaftlichen Blick zu, erhob sich und verließ das Zimmer, denn sie war kaum noch imstande, in ihren Augen die Tränen und auf den Lippen das erzwungene Lächeln zurückzuhalten. Nun war plötzlich Nikolajs Lebhaftigkeit verschwunden. Er benutzte die erste Pause des Gesprächs, um mit verdüstertem Gesichte aufzustehen und Sonja aufzusuchen.

Wie durchsichtig doch die Geheimnisse der Jugend sind, sagte Anna Michailowna, indem sie Nikolaj nachblickte. Vetternschaft – gefährliche Nachbarschaft, fügte sie hinzu.

Ja, sagte die Gräfin, nachdem der Sonnenstrahl, der mit der jungen Welt in den Salon gedrungen war, nun wieder verschwunden war, und es schien, als ob sie eine Frage zu beantworten suchte, die niemand gestellt hatte, mit der sie sich aber unaufhörlich beschäftigte. Ja, wie viele Leiden, wie viele Sorgen hat man überwunden, um jetzt seine Freude an ihnen zu haben, und doch erlebt man auch jetzt wieder mehr Angst als Freude. Immerfort hat man etwas zu fürchten! Es ist gerade das Alter, wo dem Mädchen sowohl wie dem Knaben so viele Gefahren drohen.

Es kommt alles auf die Erziehung an, bemerkte die Fremde.

Ja, Sie haben recht. Bis jetzt, Gott sei Dank! bin ich meinen Kindern eine Freundin und genieße ihr volles Vertrauen, sagte die Gräfin, den Wahn vieler Eltern teilend, die überzeugt sind, daß ihre Kinder keine Geheimnisse vor ihnen haben. Ich weiß, fuhr sie fort, daß ich immer die erste Vertraute meiner Töchter sein werde und daß Nikolaj, selbst wenn ihn seine leidenschaftliche Natur zu gewissen Ausschreitungen verleiten sollte (bei Knaben ist das einmal nicht anders!), sich doch niemals so betragen wird wie diese Petersburger jungen Herren.

Ja, es sind herrliche, herrliche Kinder! bestätigte der Graf, der gewohnt war, die verwickeltsten Fragen dadurch zu lösen, daß er alles »herrlich« fand. Was läßt sich weiter tun? fuhr er fort. Der Junge hat sich's nun einmal in den Kopf gesetzt, Husar zu werden ... was soll man tun, werte Freundin?

Welch ein reizendes Wesen Ihre jüngste Tochter ist! sagte die Fremde. Wahres Quecksilber!

Ja, Quecksilber! wiederholte der Graf. Sie ist mir ähnlich ... und was für eine Stimme sie hat! obgleich es meine Tochter ist, muß ich die Wahrheit sagen: sie wird eine Sängerin werden, eine zweite Salamoni ... wir haben ihr einen Italiener zum Gesangslehrer gegeben.

Ist das nicht zu früh? man sagt, daß es für die Stimme schädlich ist, in diesem Alter Singstunden zu nehmen.

O nein, durchaus nicht zu früh, erwiderte der Graf. Bedenken Sie doch, unsere Mütter haben mit zwölf, dreizehn Jahren geheiratet.

Sie ist schon jetzt in Boris verliebt, wie finden Sie das? sagte die Gräfin, indem sie still lächelnd auf die Mutter des jungen Mannes blickte. Dann fuhr sie fort, indem sie offenbar einem sie stets beschäftigenden Gedanken nachhing. Sehen Sie, wenn ich streng gewesen wäre ... ihr verboten hätte ... wer weiß, was sie heimlich getan haben würden! (Die Gräfin meinte, dann hätten sie sich geküßt.) Jetzt hingegen weiß ich jedes Wort, das sie spricht. Jeden Abend kommt sie von selbst zu mir gelaufen und erzählt mir alles. Ich verziehe sie vielleicht ... nun ja, aber das scheint wirklich das beste zu sein. Die Älteste habe ich streng erzogen.

Ja, ich bin ganz anders erzogen, sagte die älteste Tochter, die schöne Gräfin Wjera, und lächelte, aber das Lächeln verschönte ihr Antlitz nicht, wie es gewöhnlich zu tun pflegt. Im Gegenteil, ihr Gesicht wurde dabei unnatürlich und deshalb unangenehm. Wjera war schön, klug, wohlerzogen; sie besaß ein angenehmes Organ; was sie eben gesagt hatte, war richtig und durchaus schicklich, aber sonderbarerweise wandten sich sowohl die Fremde wie die Gräfin nach ihr um, als ob sie über das, was Wjera eben gesagt hatte, verwundert wären und ein gewisses Unbehagen dabei empfänden.

Mit den ältesten Kindern experimentiert man immer; man will etwas Besonderes aus ihnen machen, sagte die Fremde.

Das ist nicht zu leugnen; die Gräfin hat mit Wjera experimentiert, erwiderte der Graf. Aber sie ist doch ganz herrlich geraten, fügte er hinzu, indem er seiner Tochter freundlich zunickte.

Die Damen erhoben sich und gingen, nachdem sie versprochen hatten, zum Diner wiederzukommen. Die Gräfin aber sagte, als ihre Gäste sich verabschiedet hatten:

Was das für eine Manier ist, so lange sitzenzubleiben, so übermäßig lange!

X

Natascha war aus dem Salon ins Blumenzimmer gelaufen. Hier blieb sie stehen, lauschte auf das Gespräch im angrenzenden Zimmer und wartete auf Boris. Sie fing schon an, ungeduldig zu werden, stampfte mit dem Füßchen und war im Begriff zu weinen, weil er ihr nicht gleich nachkam. Aber nun hörte sie die gemessenen, nicht zu schnellen, nicht zu langsamen Schritte des jungen Mannes, sprang rasch zwischen die Blumenkübel und versteckte sich.

Boris blieb mitten im Zimmer stehen, sah sich um, strich einige Stäubchen vom Ärmel seiner Uniform, trat an den Spiegel und betrachtete sein hübsches Gesicht. Natascha verhielt sich ganz still in ihrem Versteck und guckte erwartungsvoll daraus hervor; sie wollte wissen, was er nun anfangen würde. Er stand eine Weile vor dem Spiegel, lächelte und wandte sich der Ausgangstür zu. Natascha wollte ihm nachrufen, besann sich aber anders. »Er mag mich suchen«, sagte sie zu sich selbst. Kaum war Boris fort, als zur andern

Tür die purpurrote Sonja hereintrat und mit Tränen kämpfend zornig etwas vor sich hin sprach.

Natascha bezwang das Verlangen, zu ihr zu eilen, blieb in ihrem Versteck und sah, wie unter einer Tarnkappe, was um sie her geschah. Es war ein neuer, eigentümlicher Genuß, den sie dabei hatte. Sonja flüsterte vor sich hin und sah nach der Salontür. Nikolaj trat herein.

Sonja, was ist dir? wie kannst du so sein? rief er aus.

Nichts, nichts! lassen Sie mich! schluchzte Sonja.

Nein, ich weiß alles!

Wenn Sie es wissen, ist's ja gut! gehen Sie nur zu ihr!

So-o-nja, ein einziges Wort nur! Wie kannst du mich und dich selbst wegen einer Einbildung in solcher Weise quälen? sagte Nikolaj und erfaßte ihre Hand. Sonja überließ sie ihm und hörte auf zu weinen.

Atemlos, bewegungslos, mit leuchtenden Augen beobachtete Natascha diese Szene aus ihrem Versteck. »Was wird nun kommen?« dachte sie.

Sonja! Die ganze Welt ist mir gleichgültig! ... du allein bist mein alles! sagte Nikolaj. Ich will es dir beweisen ...

Ich kann es nicht leiden, daß du so redest ...

Nun, so will ich es nicht mehr tun ... aber verzeih mir, Sonja! er zog sie an sich und küßte sie.

»Ach, wie schön!« dachte Natascha, und als Sonja und Nikolaj hinausgingen, folgte sie ihnen, um Boris zu rufen.

Kommen Sie her, Boris, begann sie mit schlauer, vielsagender Miene; ich muß Ihnen etwas mitteilen. Hierher, hierher! fuhr sie fort und führte ihn ins Blumenzimmer zu ihrem Versteck zwischen den Kübeln. Boris folgte ihr lächelnd nach.

Was soll denn dies *Etwas* sein? fragte er.

Sie wurde verlegen, sah sich um, bemerkte ihre Puppe, die sie auf einen Blumentopf geworfen hatte, und nahm sie auf.

Küssen Sie die Puppe! sagte sie.

Boris betrachtete ihr erregtes Gesicht mit aufmerksamen, freundlichen Blicken, gab aber keine Antwort.

Wollen Sie nicht? nun so kommen Sie her, fuhr sie fort, indem sie sich tiefer in die Blumen zurückzog und die Puppe wegwarf. Näher, näher! flüsterte sie. Sie hielt den jungen Offizier mit beiden Händen am Ärmel fest und ihr errötetes Gesicht drückte eine gewisse feierliche Erwartung aus.

Wollen Sie mich küssen? flüsterte sie kaum hörbar, indem sie ihn von unten herauf ansah. Sie lächelte und weinte dabei noch vor Aufregung.

Boris errötete. Wie komisch Sie sind! sagte er, neigte sich zu ihr, errötete noch mehr, tat aber nichts und wartete.

Plötzlich sprang sie auf einen der Blumenkübel, so daß sie ihn überragte, umschlang ihn mit ihren zarten, bloßen Armen, warf mit einer raschen Kopfbewegung das Haar zurück, küßte ihn genau auf den Mund. Dann glitt sie zwischen den Kübeln auf die andere Seite des Blumenspaliers, neigte den Kopf und blieb stehen.

Natascha, sagte er, Sie wissen, daß ich Sie liebe ... aber ...

Sie in mich verliebt, unterbrach ihn Natascha.

Ja, ich bin's ... aber bitte, was eben geschehen ist, wollen wir unterlassen ... Noch vier Jahre, dann werde ich um Sie anhalten. Natascha blieb gedankenvoll stehen.

Dreizehn, vierzehn, fünfzehn, sechzehn, zählte sie an ihren feinen Fingerchen ab. Gut! es ist also abgemacht? und ein Lächeln der Freude und Zuversicht verklärte ihr erregtes Gesichtchen.

Abgemacht! antwortete Boris.

Für immer? fragte das Mädchen; bis zum Tode?

Und sie nahm seinen Arm und folgte ihm mit glückseligem Gesicht ins Diwanzimmer.

XI

Die Gräfin war von den Visiten so ermüdet, daß sie niemand mehr empfing, der Schweizer aber erhielt Befehl, alle, die noch zum Gratulieren kommen würden, zum Diner einzuladen. Die Gräfin sehnte sich nach einer vertraulichen Unterredung mit ihrer Jugendfreundin, der Fürstin Anna Michailowna, die sie seit der Rückkehr von Petersburg noch nicht ungestört gesprochen hatte.

Anna Michailowna mit ihrem angenehmen, vergrämten Gesicht rückte näher an den Stuhl der Gräfin.

Ich werde ganz offen gegen dich sein, sagte sie. Wie wenige von den alten Freunden sind noch am Leben? Deshalb schätze ich deine Freundschaft so hoch.

Die Fürstin sah zu Wjera hinüber und stockte. Die Gräfin drückte ihrer Freundin die Hand.

Wjera, sagte sie dann, zu der ältesten Tochter gewandt, der augenscheinlich weniger geliebten, wie schwer wir oft von Begriffen sind! Fühlst du denn nicht, daß du hier überflüssig bist? Geh zu deinen Geschwistern ... oder ...

Die schöne Wjera lächelte geringschätzig, schien sich aber nicht im mindesten gekränkt zu fühlen.

Wenn Sie mir das gleich gesagt hätten, Mama, würde ich mich früher entfernt haben, antwortete sie und stand auf, um sich in ihr Stübchen zu begeben.

Als sie durch das Diwanzimmer ging, bemerkte sie, daß an den beiden Fenstern symmetrisch zwei Paare saßen, und blieb mit spöttischem Lächeln stehen. Sonja saß dicht neben Nikolaj, der die ersten Verse, die er in seinem Leben gedichtet hatte, abschrieb. An dem anderen Fenster saßen Boris und Natascha; sie verstummten, als Wjera eintrat. Sonja und Natascha sahen verlegen und glückselig zu ihr auf.

Der Anblick dieser beiden kleinen, verliebten Mädchen hatte etwas Komisches und Rührendes zugleich; aber es war unverkennbar, daß sie in Wjera kein angenehmes Gefühl erregten.

Wie oft habe ich euch schon gebeten, meine Sachen nicht zu benutzen, sagte sie. Ihr habt ja eure Stube! Dabei nahm sie Nikolaj das Tintenfaß weg.

Gleich! gleich! rief er aus, indem er rasch die Feder noch einmal eintauchte.

Ihr tut alles zur unrechten Zeit, fuhr Wjera fort. Da seid ihr nun in den Salon gestürzt, daß wir alle uns euer schämen mußten. Obwohl oder vielleicht weil das, was sie gesagt, ganz richtig war, antwortete niemand, und alle vier sahen sich untereinander an. Wjera blieb zögernd, mit dem Tintenfaß in der Hand, im Zimmer stehen.

Was für Geheimnisse können denn in eurem Alter zwischen Natascha und Boris sein und zwischen euch beiden? Nichts als Dummheiten.

Was kümmert das dich, Wjera! fing Natascha abwehrend mit leiser Stimme an; sie war heute noch freundlicher und nachgiebiger als gewöhnlich.

Dummheiten sind's! wiederholte Wjera. Ich schäme mich in eure Seele … schöne Geheimnisse!

Jeder hat die seinigen … wir stören dich mit deinem Berg ja auch nicht! rief Natascha, die heftig wurde.

Das glaube ich, daß ihr mich nicht stört, erwiderte Wjera. In meinem Benehmen wird niemals etwas Unpassendes zu finden sein. Nun, ich werde Mama schon erzählen, wie du mit Boris umgehst.

Natalia Iljinischna geht sehr gut mit mir um; ich habe mich durchaus nicht zu beklagen, fiel Boris ein.

Lassen Sie gut sein, Boris … Sie sind ein Diplomat! (Das Wort *Diplomat* war in der besonderen Bedeutung, die sie ihm beigelegt hatte, sehr gebräuchlich unter der jungen Schar.) Wie langweilig! sagte Natascha mit unwillig zitternder Stimme. Was will sie eigentlich von mir? Und zu Wjera gewandt fuhr sie fort: Du wirst uns freilich nie verstehen, weil du nie jemand geliebt hast. Du hast kein Herz, du bist nur Madame de Genlis. (Diesen Beinamen, der für sehr beleidigend galt, hatte Wjera von Nikolaj erhalten.) Dein größtes Vergnügen ist, den andern Unannehmlichkeiten zu bereiten … kokettiere doch mit Berg, soviel du willst! stieß sie rasch hervor.

Nun, sicherlich werde ich einem jungen Manne nicht nachlaufen … in Gegenwart von Gästen.

So, nun hat sie ihre Absicht erreicht! fiel Nikolaj ein. Sie hat jedem von uns etwas Unangenehmes gesagt und uns alle verstimmt … wollen wir nicht lieber in die Kinderstube gehen? Und wie ein Schwarm aufgeschreckter Vögel erhoben sich die vier und verließen das Zimmer.

Ihr habt mir was Unangenehmes gesagt, ich keinem von euch … fing Wjera an.

Madame de Genlis! Madame de Genlis! riefen lachende Stimmen hinter der Tür hervor.

Die schöne Wjera, die auf alle eine so unangenehm-aufregende Wirkung übte, schien von dem, was man ihr sagte, nicht im mindesten berührt zu werden. Sie trat an den Spiegel, ordnete ihre Schärpe, ihr Haar und wurde, während sie ihr schönes Gesicht betrachtete, augenscheinlich immer kühler und ruhiger.

Im Salon wurde das Gespräch fortgesetzt.

Ah chère, sagte die Gräfin, auch in meinem Leben ist nicht alles rosig. Als ob ich nicht sähe, daß bei der Wirtschaft, die wir führen, unser Vermögen nicht lange mehr ausreichen wird. Der Klub ist schuld und seine Gutherzigkeit! Und wenn wir auf dem Lande leben, schränken wir uns da etwa ein? Da gibt's Theateraufführungen, Jagden und Gott weiß was! ... Aber warum von mir sprechen? sage mir lieber, wie deine Angelegenheiten stehen. Ich bewundere dich oft, Annette, wie du in deinen Jahren ganz allein nach Moskau jagst, nach Petersburg, zu allen Ministern, zu allen hochgestellten, einflußreichen Männern ... alle verstehst du zu nehmen ... ich bewundere dich! Wie hat sich nun alles gemacht? Ich wüßte mir da keinen Rat.

Ach, liebes Herz! antwortete die Fürstin Anna Michailowna, gebe Gott, daß du nie erfahrest, wie schwer es ist, als Witwe zu leben; ohne Stütze, mit einem abgöttisch geliebten Sohne zurückzubleiben. Was würdest du alles lernen müssen! ... Mein Prozeß hat mich viel gelehrt, fuhr sie mit einem gewissen Selbstgefühl fort. Wenn ich einen dieser einflußreichen Männer sprechen muß, schreibe ich ihm: »Fürstin Soundso wünscht Herrn Soundso zu sprechen«, und dann fahre ich mit dem ersten besten Droschkenkutscher zwei-, drei- auch viermal zu ihm, bis ich erreicht habe, was ich brauche ... was man von mir denkt, ist mir gleichgültig.

Nun denn, wen hast du für Boris in Anspruch genommen? fragte die Gräfin. Sieh, dein Sohn ist nun schon Gardeoffizier, während Nikolaj sich begnügen muß, Junker zu sein. Er hat keinen, der sich für ihn bemüht ... Wen hast du denn in Anspruch genommen?

Den Fürsten Wassilij ... er war so gütig, ist auf alles eingegangen, hat sich beim Kaiser verwendet, gab Anna Michailowna voll Entzücken zur Antwort. Die Demütigungen, die sie ertragen hatte, um ihr Ziel zu erreichen, schien sie vergessen zu haben.

Hat Fürst Wassilij gealtert? fragte die Gräfin. Ich habe ihn seit unserer Aufführung bei Rumjanzows nicht wiedergesehen ... Er wird mich wohl vergessen haben. Er hat mir den Hof gemacht, fügte sie hinzu, in der Erinnerung lächelnd.

Immer derselbe! antwortete Anna Michailowna; liebenswürdig über alle Maßen ... Seine hohe Stellung ist ihm nicht im mindesten zu Kopf gestiegen. »Ich bedauere, daß ich so wenig für Sie tun kann, liebe Fürstin«, sagte er: »befehlen Sie über mich.« Nein, er ist ein ausgezeichneter Mann, der beste aller Verwandten ... Aber du kennst ja auch meine Liebe für Boris, Natalie, ich weiß nicht, was ich für sein Glück nicht alles tun würde ... Meine Verhältnisse sind so schlecht, fuhr Anna Michailowna mit kummervoller Miene und leiser werdender Stimme fort, so schlecht, daß ich in diesem Augenblicke in der schrecklichsten Lage bin. Mein unglücklicher Prozeß frißt alles auf und kommt nicht weiter. Ich habe, denke dir – à la lettre – nicht drei Groschen in der Tasche und weiß nicht, womit ich Boris equipieren soll. Sie nahm ihr Taschentuch und fing an zu weinen. Ich brauche 500 Rubel und besitze noch einen 25 Rubelschein ... ich bin in einer solchen Lage ... meine einzige Hoffnung ist Graf Kiril Wladimirowitsch Besuchow ... wenn er seinem Patenkinde nicht behilflich sein will ... er hat ja den Bora aus der Taufe gehoben ... wenn er ihm nicht etwas zu seinem Unterhalt aussetzt, sind alle meine Bemühungen umsonst ... denn ich habe nicht die Mittel, ihn zu equipieren.

Die Gräfin vergoß ein par Tränen und schien schweigend nachzusinnen.

Ich denke oft ... es ist vielleicht Sünde, begann die Fürstin aufs neue; aber dann sage ich mir wieder: da lebt nun Graf Kiril Wladimirowitsch Besuchow ganz allein ... dies große Vermögen ... und zu welchem Zwecke lebt er? Ihm ist das Dasein eine Last, während Bora eben im Begriff steht, das Leben anzufangen.

Er wird Boris gewiß etwas hinterlassen, meinte die Gräfin.

Gott weiß, *chèrie amie!* Diese Millionäre und großen Herren sind solche Egoisten! Aber ich will doch mit Boris hin und will ihm offen sagen, wie alles steht. Mag man von mir denken, was man will, mir ist das wirklich einerlei, wenn das Schicksal meines Sohnes davon abhängt. Die Fürstin erhob sich. Jetzt ist es zwei Uhr, und um vier wird gegessen ... ich habe also Zeit hinzufahren.

Und mit den Manieren einer vielgeschäftigten Petersburgerin, welche die Zeit zu benutzen weiß, ließ Anna Michailowna ihren Boris rufen und begab sich mit ihm ins Vorzimmer.

Adieu, mein Herz, sagte die Gräfin, indem sie die Fürstin bis zur Tür begleitete.

Wünsche mir Erfolg, flüsterte diese, damit der Sohn sie nicht höre.

Sie wollen zum Grafen Kiril Wladimirowitsch, ma chère? fragte der Graf, der aus dem Eßsaal ins das Vorzimmer kam. Wenn es ihm besser geht, laden Sie doch Pierre zum Essen ein. Er ist ja oft bei uns gewesen und hat mit den Kindern getanzt ... laden Sie ihn jedenfalls ein, ma chère. Nun, wir wollen doch mal sehen, wie sich Taraß heute machen wird! Er behauptet, daß es selbst bei dem Grafen Orlow nie ein so ausgezeichnetes Diner gegeben hat wie heute bei uns.

XII

Mein lieber Boris, sagte Anna Michailowna zu ihrem Sohne, als der Wagen der Gräfin Rostow, in dem sie saßen, über die mit Stroh belegte Straße und in den weiten Hof des Grafen Kiril Wladimirowitsch Besuchow fuhr. Mein lieber Boris, sagte sie, indem sie die Hand aus der alten Saloppe hervorzog und sie mit einer schüchternen, liebkosenden Bewegung auf die Hand des Sohnes legte, sei freundlich, zuvorkommend; Graf Kiril Wladimirowitsch ist doch dein Pate, und von ihm hängt dein künftiges Schicksal ab. Das bedenke, und sei liebenswürdig, wie du es so gut zu sein verstehst.

Wenn ich nur glauben könnte, etwas anderes als Demütigungen damit zu erreichen, antwortete Boris kalt. Aber ich habe Ihnen einmal mein Versprechen gegeben, und Ihnen zuliebe werde ich es halten.

Obwohl bereits ein anderer Wagen vor der Freitreppe stand, sah der Portier Mutter und Sohn (welche ohne weiteres in die Glashalle traten, die mit zwei Reihen in Nischen stehender Statuen geschmückt war) mit bedeutsamer Miene an, fragte, wen sie zu sehen wünschten, die Fürstinnen oder den Grafen? und erklärte – nachdem er gehört hatte, daß es der Graf war – Se. Erlaucht befänden sich heute schlechter und würden niemand annehmen.

Lassen Sie uns gehen, sagte Boris auf Französisch.

Mein Lieber! antwortete die Mutter mit flehender Stimme, indem sie abermals die Hand des Sohnes berührte, als ob ihn diese Berührung beruhigen oder anfeuern könnte. Boris schwieg und ohne den Mantel abzulegen, sah er die Mutter fragend an.

Mein Bester! sagte Anna Michailowna, indem sie sich mit sanfter Stimme an den Portier wandte, ich weiß, daß Graf Kiril Wladimirowitsch sehr krank ist ... deswegen bin ich ja gekommen ... ich bin seine Verwandte ... Ich werde ihn auch nicht belästigen, mein Bester – ich möchte nur den Fürsten Wassilij Sergejewitsch sprechen, er ist ja jetzt hier ... melde uns, sei so gut!

Der Portier zog mürrisch die Schnur und drehte sich um.

Die Fürstin Drubezkoj zu dem Fürsten Wassilij Sergejewitsch, rief er dem heruntereilenden und sich über das Geländer des Treppenvorsprungs beugenden Diener zu, der einen Frack, Schuhe und Strümpfe trug.

Die Fürstin ordnete die Falten ihres gefärbten Seidenkleides, sah in den aus einem Stück bestehenden venezianischen Wandspiegel und stieg tapfer in ihren ausgetretenen Schuhen die mit Teppichen belegte Treppe hinauf.

Mein Lieber, du hast mir versprochen ... wandte sie sich zu ihrem Sohne, indem sie ihn abermals durch das Berühren der Hand umzustimmen suchte. Boris ging mit niedergeschlagenen Augen hinter ihr her.

Sie traten in den Saal, aus welchem eine Tür in die Gemächer des Fürsten Wassilij führte. Im Augenblick, als Mutter und Sohn im Begriff waren, einen alten Diener, der sich bei ihrem Eintritt erhoben hatte, nach dem Zimmer des Fürsten zu fragen, drehte sich die Bronzeklinke der einen Tür, und Fürst Wassilij erschien in einem kleinen, mit einem Ordensstern verzierten Samtpelz, wie man ihn zu Hause zu tragen pflegt. Er gab einem schönen, schwarzhaarigen Manne, dem berühmten Petersburger Arzte Lorrain, das Geleit.

Es ist also gewiß? sagte der Fürst.

Durchlaucht, *»errare humanum est«* ... gab der Arzt verbindlich zur Antwort, indem er das lateinische Zitat mit französischem Akzente aussprach.

Gut, gut!

Jetzt erblickte der Fürst Anna Michailowna und ihren Sohn, verabschiedete sich mit einer Verbeugung von dem Arzte und trat schweigend, mit fragender Miene, auf die beiden zu. Boris bemerkte, daß sich plötzlich ein tiefer Kummer in den Augen seiner Mutter aussprach, und lächelte still.

Ja, unter welch traurigen Verhältnissen müssen wir uns wiedersehen, Fürst! ... Was macht unser teurer Kranker? sagte sie, als ob sie den kalten, abweisenden Blick, der auf sie gerichtet war, gar nicht bemerkte.

Fürst Wassilij sah halb fragend, halb unentschlossen bald auf sie, bald auf ihren Sohn. Boris verneigte sich. Ohne die Verbeugung zu erwidern, wandte sich Fürst Wassilij zu Anna Michailowna und beantwortete ihre Frage durch eine Bewegung des Kopfes und der Lippen, die nur wenig Hoffnung für den Kranken ausdrückte.

Ist es möglich! ach, das ist schrecklich, schrecklich! rief Anna Michailowna. Dies ist mein Sohn, fügte sie hinzu, indem sie auf Boris deutete; er wollte Ihnen persönlich danken.

Boris verneigte sich abermals höflich.

Glauben Sie, Fürst, das Mutterherz wird nie vergessen, was Sie für uns getan haben.

Es freut mich, daß ich Ihnen gefällig sein konnte, meine liebe Anna Michailowna, sagte der Fürst, indem er sein Jabot glattstrich, und sowohl in seinen Gebärden wie in seinem

Tone lag hier in Moskau der von ihm protegierten Fürstin gegenüber noch mehr Herablassung als in Petersburg bei Annette Scherer.

Seien Sie eifrig im Dienst, machen Sie meiner Empfehlung Ehre, wandte er sich kalt zu Boris. Es freut mich ... Sie sind wohl auf Urlaub hier? fügte er mit seinem gleichgültigen Tone hinzu.

Ich warte auf Marschbefehl, Durchlaucht, um auf meinen neuen Posten abzugehen, antwortete Boris. Er verriet weder Empfindlichkeit über den schroffen Ton des Fürsten noch den Wunsch, ein Gespräch anzuknüpfen, und sprach so ruhig und ehrerbietig, daß ihn der Fürst scharf ins Auge faßte.

Sie wohnen mit Ihrer Frau Mutter zusammen.

Ich wohne bei der Gräfin Rostow, antwortete Boris und fügte abermals »Durchlaucht« hinzu.

Im Hause des Grafen Ilija Rostow, der Natalie Schinschin geheiratet hatte, fügte Anna Michailowna hinzu.

Ja, ja! ich weiß, sagte der Fürst mit seiner eintönigen Stimme. Ich habe nie begriffen, wie sich Natalie entschließen konnte, diesen ungeleckten Bären zu heiraten. Eine ganz unbedeutende, lächerliche Figur ... ein Spieler, wie es heißt.

Aber ein guter Mensch, Durchlaucht, bemerkte Anna Michailowna und lächelte vielsagend, als ob sie andeuten wollte, daß sie wohl wisse, wie sehr Graf Rostow dies Urteil verdiene, aber bitten wolle, man möge dem armen alten Herrn einige Schonung angedeihen lassen. Was sagen die Ärzte? fragte sie nach einer kurzen Pause, und wieder drückte sich ein tiefer Kummer in ihrem vergrämten Antlitz aus.

Es ist wenig Hoffnung vorhanden, erwiderte der Fürst.

Und ich wünschte so sehr, dem *Onkel* noch einmal für alle Wohltaten zu danken, die er mir und Boris erwiesen hat. Er ist sein Pate, fügte sie mit einem Tone hinzu, als ob diese Nachricht dem Fürsten Wassilij die größte Freude machen müßte.

Der Fürst wurde nachdenklich und runzelte die Stirn.

Anna Michailowna begriff, daß er in ihr eine Nebenbuhlerin um die Erbschaft des Grafen Besuchow zu finden fürchtete, und beeilte sich, ihn darüber zu beruhigen.

Wenn es nicht aus Liebe und Ergebenheit für den *Onkel* wäre, sagte sie, indem sie das Wort *Onkel* mit einer Mischung von Hochmut und Nachlässigkeit aussprach, ich kenne seinen edeln, geraden Charakter ... aber er hat niemand um sich als die Prinzessinnen, sie sind noch jung ... und indem sie den Kopf neigte, fügte sie flüsternd hinzu: Hat er seine letzten Pflichten erfüllt ... die Augenblicke sind kostbar, man darf ihn nicht noch schwächer werden lassen, muß ihn vorbereiten ... wir Frauen, Fürst – sie lächelte mild – wissen immer, wie man über solche Angelegenheiten sprechen darf ... Ich möchte ihn gar zu gern sehen, und wenn es noch so peinlich für mich ist ... ich bin ja gewohnt zu leiden!

Der Fürst verstand sie und begriff jetzt ebensogut wie in der Abendgesellschaft bei Annette Scherer, daß es schwer halten würde, Anna Michailowna abzuweisen.

Ich fürchte nur, daß dies Wiedersehen sehr aufregend für ihn sein wird, *chère* Anna Michailowna, sagte er. Lassen Sie uns den Abend abwarten ... die Ärzte haben eine Krisis in Aussicht gestellt.

Aber man darf nicht warten, Fürst, die Minuten sind gezählt ... es handelt sich um das Heil seiner Seele ... Oh, sie sind furchtbar ... die Pflichten des Christen ...

Die Türe zu den inneren Zimmern ging auf, und eine der Prinzessinnen – Nichten des Grafen – trat ein. Sie hatte ein finsteres, kaltes Gesicht, und ihr Oberkörper war im Verhältnis zu den Beinen viel zu lang.

Fürst Wassilij wandte sich zu ihr um.

Wie geht es ihm?

Nicht besser ... wie kann es anders sein ... dies beständige Geräusch! antwortete die Prinzessin, während sie Anna Michailowna wie eine völlig Unbekannte mit den Augen maß.

Ach, *chère*, ich habe Sie nicht erkannt! sagte Anna Michailowna süß lächelnd, indem sie mit zierlichen Schritten auf die Nichte des Grafen zuging. Ich bin eben angekommen und bin bereit, Ihnen bei der Pflege meines Onkels beizustehen. Ich kann mir vorstellen, wie Sie gelitten haben! fügte sie hinzu und schlug voller Teilnahme die Augen zum Himmel auf.

Ohne zu antworten oder auch nur zu lächeln, ging die Prinzessin aus dem Zimmer.

Anna Michailowna zog die Handschuhe ab, setzte sich im Lehnstuhl fest wie in einer eroberten Feldschanze und winkte dem Fürsten, neben ihr Platz zu nehmen.

Boris, sagte sie lächelnd zu ihrem Sohn, ich werde zum Onkel, dem Grafen, gehen; du, *mon ami*, kannst indessen Pierre besuchen. Vergiß nicht, ihm die Einladung zu Rostows zu überbringen ... Sie laden ihn zum Diner ein; ich glaube aber nicht, daß er kommen kann, wandte sie sich an den Fürsten.

Im Gegenteil, antwortete der Fürst, der sichtlich verstimmt war. Ich wäre sehr froh, wenn Sie mich von dem jungen Manne befreiten ... Was hat er hier zu sitzen! Der Graf hat nicht ein einziges Mal nach ihm verlangt.

Er zuckte die Achseln. Ein Diener führte den jungen Mann hinunter und über eine andere Treppe wieder hinauf zu Pierre.

XIII

Während seines Aufenthaltes in Petersburg war Pierre nicht so weit gekommen, sich für irgendeine Laufbahn zu entscheiden, und jetzt war er in der Tat seiner tollen Streiche wegen nach Moskau verwiesen. Die Geschichte, die man bei dem Grafen Rostow erzählt hatte, war wirklich geschehen, und Pierre hatte an dem Zusammenbinden des Polizeibeamten mit dem Bären teilgenommen. Vor einigen Tagen war er in Moskau angelangt und wie gewöhnlich bei seinem Vater abgestiegen. Er vermutete zwar, daß sein Abenteuer bereits bekannt war, und daß die ihm feindlich gesinnten Damen, die seinen Vater umgaben, den Vorfall benützen würden, um den Grafen gegen ihn aufzureizen: trotzdem begab er sich aber gleich nach seiner Ankunft in die Gemächer des Kranken: Als er den Salon, den gewöhnlichen Aufenthalt der Prinzessinnen, betrat, fand er sie teils am Stickrahmen, teils mit Vorlesen beschäftigt. Es waren ihrer drei. Die Älteste, ein ernstes, pedantisches Wesen mit langer Taille, die, welche Anna Michailowna begrüßt hatte, las vor. Die beiden Jüngeren, frische, hübsche Mädchen (sie waren nur dadurch zu unterscheiden, daß die eine von ihnen an der Lippe ein Leberfleckchen hatte, das ihr sehr gut stand) saßen am Rahmen und stickten. Pierre wurde empfangen, als ob er ein Gespenst oder ein Pestkranker wäre. Die älteste Prinzessin unterbrach ihr Lesen und starrte ihn schweigend, mit entsetzensvollen Augen an. Die Jüngere, ohne Leberfleck, hatte denselben Gesichtsausdruck; nur die Allerjüngste, mit dem Leberfleck, ein heiteres, lachlustiges Mädchen, neigte sich über den Rahmen, um ihr Lachen über die komische Szene, die sie kommen sah, zu verbergen. Sie zog den Wollfaden nach unten und beugte sich nieder, als ob sie das Stickmuster betrachtete, war aber kaum imstande, das Lachen zu verbeißen.

Guten Tag, Cousine! sagte Pierre; Sie erkennen mich wohl nicht?

Ich erkenne Sie nur zu gut, zu gut!

Wie steht es mit dem Befinden des Grafen? Kann ich ihn sehen? frage Pierre, der unbehilflich wie immer, aber nicht im mindesten verlegen war.

Der Graf leidet geistig und körperlich ... Sie scheinen ja dafür gesorgt zu haben, ihm noch mehr Seelenleiden zu bereiten.

Kann ich den Grafen sehen? wiederholte Pierre.

Wenn Sie ihn töten, vollständig töten wollen, so können Sie's ... Olga, sieh doch mal nach, ob die Bouillon für den Onkel fertig ist ... es ist bald Zeit, fügte sie hinzu, um Pierre anzudeuten, daß sie alle mit der Pflege seines Vaters beschäftigt wären, indessen er offenbar nur danach trachtete, dem Kranken neue Qualen zu bereiten.

Olga ging hinaus. Pierre blieb noch eine Weile stehen, betrachtete die Schwestern und sagte endlich mit einer Verbeugung:

Ich gehe wieder in mein Zimmer; lassen Sie mich's wissen, wenn ich ihn sehen kann. Darauf verließ er den Salon, begleitet von dem klangvollen, aber gedämpften Lachen der Schwester mit dem Leberfleck.

Am folgenden Tage kam Fürst Wassilij an und nahm ebenfalls im Hause des Grafen Quartier. Er ließ Pierre rufen und sagte ihm:

Mein Lieber, wenn Sie sich hier betragen wie in Petersburg, werden Sie ein schlimmes Ende nehmen, ein sehr schlimmes, nur das sage ich Ihnen. Der Graf ist krank, sehr krank, Sie werden ihn nicht sehen können.

Seitdem wurde Pierre nicht weiter belästigt und saß tagelang allein oben in seinem Zimmer. Als Boris zu ihm kam, ging Pierre auf und nieder, blieb zuweilen im Winkel stehen, wandte sich mit drohender Gebärde der Wand zu, als ob er einen unsichtbaren Feind durchbohren wollte, blickte zornig über seine Brille weg, begann dann seinen Spaziergang von neuem, murmelte unverständliche Worte, zuckte die Achseln und machte allerlei wunderliche Handbewegungen.

England hat ausgelebt! sagte er, die Stirn runzelnd, indem er mit dem Finger auf jemand zu deuten schien. Pitt als Verräter an der Nation und den Menschenrechten, wird verurteilt ... aber er konnte seinen Richterspruch gegen Pitt nicht vollenden, denn in *dem* Augenblick, in dem er – sich mit Napoleon identifizierend – die gefährliche Überfahrt über den Kanal gemacht und London erobert hatte, erblickte er einen schönen, schlanken, jungen Offizier, der sich ihm näherte. Pierre blieb stehen, er hatte Boris als vierzehnjährigen Knaben verlassen und erinnerte sich seiner nicht mehr. Trotzdem bot er ihm in seiner raschen, treuherzigen Weise die Hand und lächelte ihn freundlich an.

Erinnern Sie sich meiner? fragte Boris mit ruhigem, liebenswürdigem Lächeln. Ich bin mit meiner Mutter zum Grafen gekommen; aber er scheint nicht ganz wohl zu sein ...

Ja, ich glaube, daß er sehr unwohl ist, man quält ihn so viel, antwortete Pierre, während er in seinen Erinnerungen suchte, wer dieser junge Mann sein könnte. Boris fühlte, daß ihn Pierre nicht erkannt hatte, hielt es aber nicht für nötig, sich ihm zu nennen, und sah ihm ohne jede Verlegenheit gerade ins Gesicht.

Graf Rostow bittet Sie, heute bei ihm zu speisen, sagte er

nach einem ziemlich langen und für Pierre ziemlich peinlichen Schweigen.

Ah, Graf Rostow! rief Pierre erfreut. Sie sind also sein Sohn Ilija. Denken Sie nur, ich habe Sie erst nicht erkannt! Erinnern Sie sich, wie wir mit Madame Jacquot auf die Sperlingsberge gefahren sind? es ist schon lange her.

Sie irren sich, sagte Boris langsam mit überlegenem und etwas spöttischem Lächeln. Ich bin Boris, der Sohn der Fürstin Anna Michailowna Drubezkoj. Der alte Graf Rostow heißt Ilija, der Sohn aber Nikolaj ... eine Madame Jacquot habe ich nie gekannt.

Pierre schüttelte Kopf und Hände, als ob ihn ein Mücken- oder Bienenschwarm überfallen hätte.

Ach Gott! ich habe alles verwechselt ... ich habe so viele Verwandte hier in Moskau! rief er aus ... Sie sind Boris, ja, nun sind wir miteinander im reinen. Sagen Sie mir, was denken Sie über die Boulogner Expedition? Nicht wahr, es wird den Engländern schlecht ergehen, wenn Napoleon über den Kanal setzt? Ich halte die Expedition für wohl ausführbar ... Villeneuve soll sich nur zusammennehmen.

Boris wußte nichts von der Boulogner Expedition. Er las keine Zeitungen und hörte Villeneuves Namen jetzt zum ersten Male.

Hier in Moskau sind wir mehr von Einladungen und Klatschereien in Anspruch genommen als von der Politik, sagte er in seinem ruhigen, spöttischen Tone. Auch ich weiß nichts und denke nichts ... Moskau hat eben mehr Sinn für Klatschereien. Jetzt spricht man von Ihnen und vom Grafen.

Pierre lächelte in seiner gutmütigen Weise, als ob er um seines Gastes willen besorge, daß dieser etwas sagen könne, was er später bereute; aber Boris fuhr ungehindert fort, indem er Pierre fest in die Augen sah:

Moskau hat eben weiter nichts zu tun als zu klatschen. Alle Welt beschäftigt sich mit der Frage, wem der Graf sein großes Vermögen hinterlassen wird ... während er vielleicht uns alle überlebt, was ich von Herzen wünschen will.

Ja, das ist sehr bedrückend ... sehr bedrückend! wiederholte Pierre. Er fürchtete immer noch, daß der junge Offizier dem Gespräche eine für ihn selbst peinliche Wendung geben könnte.

Sie glauben wahrscheinlich, sagte Boris, indem er leicht errötete, aber weder Stimme noch Haltung veränderte; ... es muß Ihnen vorkommen, als ob alle nur danach trachteten, etwas von dem reichen Manne zu bekommen.

So ist es auch! dachte Pierre.

Um Mißverständnissen vorzubeugen, möchte ich Ihnen aber sagen, daß Sie sich vollständig irren, wenn Sie meine Mutter und mich zu diesen Leuten zählen, fuhr Boris fort. Wir sind sehr arm, aber – ich spreche von mir – aber weil Ihr Vater reich ist, stehe ich ihn nicht mehr als meinen Verwandten an, und weder ich noch meine Mutter werden ihn jemals um etwas bitten oder etwas von ihm annehmen.

Pierre konnte eine Weile nicht begreifen, was das alles bedeuten sollte, aber als er es endlich begriff, sprang er plötzlich vom Diwan auf, packte Boris' Hand mit der ihm eigenen Raschheit und Unbehilflichkeit und sagte mit einem Gefühl von Scham und Unwillen, indem er noch mehr als Boris errötete:

Das ist sonderbar, als ob ich ... wie kann man voraussetzen ... ich weiß sehr wohl ...

Boris unterbrach ihn.

Es freut mich, daß ich mich ausgesprochen habe – wenn es Ihnen nicht angenehm war, entschuldigen Sie mich, sagte er, indem er Pierre zu beruhigen suchte, statt von diesem beruhigt zu werden. Ich hoffe nur, daß ich Sie nicht verletzt habe. Mein Grundsatz ist, alles aufrichtig auszusprechen ... Aber was soll ich bestellen? werden Sie zum Diner zu Rostows kommen?

Boris wurde, nachdem er sich einer allem Anscheine nach schweren Pflicht entledigt und an seiner Statt einen andern in seine frühere, unangenehme Lage versetzt hatte, heiter und unbefangen.

Nein, hören Sie, sagte Pierre, indem er seine Aufregung überwand, Sie sind ein merkwürdiger Mensch. Was Sie da eben geäußert haben, ist schön, sehr schön! Sie kennen mich freilich nicht ... es ist so lange her, seit wir uns zuletzt gesehen haben. Wir waren beide Kinder ... Sie können in mir vermuten ... ich verstehe Sie, ich verstehe Sie sehr gut. Ich selbst würde das nicht getan haben ... es hätte mir an Mut gefehlt; aber es ist sehr schön. Ich freue mich herzlich, Ihre Bekanntschaft gemacht zu haben ... Sonderbar! fuhr er nach kurzem Schweigen lächelnd fort, daß Sie mir so etwas zugetraut haben! er lachte. Aber was liegt daran? ... wir werden uns besser kennenlernen ... ich bitte Sie darum. Er drückte Boris die Hand. –

Sie müssen wissen, daß ich nie bei dem Grafen gewesen bin ... er kennt mich gar nicht ... aber ich habe ein menschliches Bedauern für ihn ... tun kann man freilich nichts! sagte Boris, und mit einem Lächeln fügte er hinzu: Sie glauben also, daß es Napoleon gelingen wird, mit seiner Armee zu landen?

Pierre verstand; daß Boris ein neues Gespräch anzuknüpfen wünschte. Er ging darauf ein und begann ihm das Für und Wider des Boulogner Unternehmens auseinanderzusetzen.

Ein Diener erschien und rief Boris zur Fürstin. Sie wollte nach Hause fahren. Pierre versprach, zum Diner zu kommen, um die Bekanntschaft mit Boris fortzusetzen, drückte ihm herzlich die Hand und sah ihm dabei über die Brille freundlich in die Augen.

Als Boris fort war, ging Pierre noch lange in seinem Zimmer auf und ab, aber er verfolgte keinen unsichtbaren Feind mehr, sondern lächelte bei der Erinnerung an diesen liebenswürdigen, klugen und charaktervollen jungen Mann.

Wie es oft in früher Jugend bei einsam lebenden Menschen der Fall ist, fühlte er eine unerklärliche Zärtlichkeit für diesen jungen Mann und nahm sich vor, auf jeden Fall sein Freund zu werden.

Fürst Wassilij gab der Fürstin das Geleite; sie hatte ihr Taschentuch in der Hand, und ihr Gesicht war mit Tränen benetzt.

Es ist schrecklich! Schrecklich! sagte sie; aber was es mich auch kosten mag, ich werde meine Pflicht erfüllen, werde für die Nacht hierherkommen. Man darf ihn jetzt nicht allein lassen ... jeder Augenblick ist kostbar. Ich begreife nicht, wie die Prinzessinnen so nachlässig sein können. Vielleicht finde ich mit Gottes Hilfe ein Mittel, ihn vorzubereiten! ... Leben Sie wohl, Fürst, Gott stärke Sie!

Adieu, ma bonne! antwortete Fürst Wassilij, indem er sich von ihr abwandte, kommen Sie nur.

Ach, er ist in einem schrecklichen Zustande, sagte die Fürstin zu Boris, während sie in den Wagen stiegen. Er erkennt fast niemanden mehr.

Ich begreife nicht, Mamachen, wie ist eigentlich sein Verhältnis zu Pierre? fragte der Sohn.

Das Testament wird alles aufklären, mein Lieber. Auch unser Schicksal hängt von ihm ab.

Aber warum glauben Sie, daß er uns etwas vermachen sollte?

Ach, mein Freund, er ist so reich, und wir sind so arm ...

Nun, das ist noch kein genügender Grund, Mama.

Ach, mein Gott! mein Gott! wie elend er ist! rief die Mutter.

XIV

Nachdem Anna Michailowna mit ihrem Sohne zu dem Grafen Kiril Wladimirowitsch Besuchow gefahren war, blieb die Gräfin Rostow eine Weile allein und drückte ihr Taschentuch an die Augen. Endlich klingelte sie.

Was heißt das, meine Liebe? sagte sie verdrießlich zu dem Dienstmädchen, daß einige Minuten auf sich warten ließ, wenn Sie vielleicht nicht länger meine Aufwartung besorgen wollen ... so werde ich einen andern Platz für Sie finden.

Die Gräfin war durch den Kummer und die demütigende Armut ihrer Freundin aus dem Gleichgewicht gekommen. Sie war übler Laune, was sich bei ihr immer dadurch äußerte, daß sie ihre Dienerinnen »meine Liebe« und »Sie« nannte.

Ich bitte sehr um Verzeihung! bat das Mädchen.

Ersuchen Sie den Grafen, zu mir zu kommen.

Der Graf näherte sich seiner Frau mit schwankendem Gange und wie immer mit einer etwas schuldbewußten Miene.

Ach, Gräfin, was für ein *sauté au madère* von Rebhühnern

wir heute haben werden, *ma chère!* … ich hab's gekostet, wahrhaftig, ich habe nicht umsonst Rubel für den Taraska gezahlt … er ist sein Geld wert …

Der Graf setzte sich neben seine Frau, strich über sein graues Haar und stütze die Hände auf die Knie. Was befehlen Sie, Gräfin?

Ja, lieber Freund … womit hast du dir hier einen Fleck gemacht? unterbrach sie sich, indem sie auf seine Weste deutete. Es ist gewiß von dem *sauté*, fügte sie lächelnd hinzu. Also, lieber Graf, ich brauche Geld … Ihr Gesicht verdüsterte sich.

So, Gräfin! … der Graf wurde unruhig und griff nach seiner Brieftasche.

Ich brauche viel Geld, Graf! Ich brauche fünfhundert Rubel; sie zog ihr Batisttuch aus der Tasche und begann damit die Weste ihres Mannes zu reiben.

Gleich, gleich! Ha, wer ist da? rief er in dem Tone eines Menschen, der gewohnt ist, daß man seinen Befehlen sofort Folge leistet. Mitjenka soll herkommen.

Mitjenka, ein bei dem Grafen erzogener Edelmann, der jetzt seine Geschäfte leitete, trat ehrerbietig ins Zimmer.

Höre, mein Lieber, sagte der Graf zu dem jungen Manne, bringe mir … er besann sich, ja! siebenhundert Rubel, ja! Aber nicht so zerrissene, schmutzige wie das letzte Mal. Sie müssen hübsch sein, für die Gräfin.

Ja, Mitjenka, ich bitte … sie müssen ja recht sauber sein! sagte die Gräfin mit schwermütigem Seufzer.

Wann wünschen Erlaucht das Geld zu haben? fragte Mitjenka. Erlaucht wissen wahrscheinlich, daß … übrigens … seien Sie ohne Sorgen! fügte er hinzu, als er bemerkte, daß der Graf schwer und rasch zu atmen begann, was bei ihm immer ein Vorbote des Zornes war.

Ich hatte vergessen … Erlaucht, befehlen das Geld vielleicht sofort?

Ja, ja, so ist's! … bring es der Gräfin! … Er ist echtes Gold, dieser Mitjenka, fuhr der Graf lächelnd fort, als der junge Mann das Zimmer verlassen hatte. Unmöglichkeiten kennt er nicht … er weiß, daß ich das nicht leiden kann. Alles muß möglich sein.

Ach, das Geld, Graf, das Geld! Wieviel Kummer macht es im Leben, sagte die Gräfin. Dies Geld brauche ich so nötig! ...

Sie sind als Verschwenderin bekannt, Gräfin! sagte der Graf, indem er seiner Frau die Hand küßte. Dann ging er in sein Kabinett zurück.

Als Anna Michailowna von Besuchow zurückkehrte, lag das Geld schon neben der Gräfin auf einem kleinen Tische. Die nagelneuen Scheine waren mit einem Taschentuche bedeckt, und Anna Michailowna bemerkte, daß die Gräfin sehr angegriffen aussah.

Nun, wie geht es, meine Liebe! fragte die Gräfin.

Ach! sein Zustand ist schrecklich ... man erkennt ihn kaum wieder; es geht ihm sehr, sehr schlecht! Ich bin nur einen Augenblick bei ihm geblieben und habe nicht zwei Worte mit ihm gesprochen.

Annette, um Gottes willen, schlage es mir nicht ab, sagte plötzlich die Gräfin tief errötend, was bei ihrem verblühten, hagern, ernsten Gesichte sonderbar aussah, und langte nach dem Gelde.

Anna Michailowna erriet sogleich, um was es sich handelte, und neigte sich, um zur rechten Zeit die Gräfin zu umarmen.

Es ist für Boris von mir ... zu seiner Equipierung.

Schon umarmte Anna Michailowna sie und weinte; die Gräfin weinte ebenfalls: sie weinten, weil sie befreundet waren, weil sie beide gut waren, weil sie Jugendfreundinnen waren und vor allem, weil sie sich mit einem so gemeinen Gegenstande, wie es Geld ist, beschäftigen mußten; vielleicht weinten sie auch um die verschwundene Jugendzeit ... aber beider Tränen waren angenehm.

XV

Die Gräfin Rostow saß mit ihren Töchtern und einer großen Anzahl weiblicher Gäste im Empfangssalon. Der Graf hatte die Herren in sein Kabinett geführt und ihnen seine Sammlung türkischer Pfeifen zur Verfügung gestellt. Von Zeit zu Zeit trat er in den Empfangssalon und fragte, ob sie noch nicht angekommen wäre. Man erwartete Maria Dmitriewna Achrossimowa, die in der Gesellschaft den Spitznamen *le terrible dragon* hatte. Diese Dame zeichnete sich weder durch Rang noch durch Reichtum aus, stand aber wegen ihrer gesunden Vernunft und der offenherzigen Derbheit ihres Wesens in allgemeinem Ansehen. Maria Dmitriewna war sowohl der kaiserlichen Familie wie ganz Moskau und Petersburg bekannt. Beide Städte wunderten sich wohl über ihre Schroffheiten, lachten sie heimlich aus, erzählten Anekdoten von ihr, trotzdem aber wurde sie allgemein geachtet und gefürchtet.

In dem von Tabaksrauch erfüllten Kabinett sprach man über den Krieg, der durch das Manifest des Kaisers erklärt war, und über die Rekrutierung. Noch hatte niemand das Manifest gelesen, aber alle wußten, daß es erschienen war. Der Graf saß auf einer Ottomane zwischen zwei Herren, welche rauchten und sich lebhaft unterhielten. Er selbst rauchte und sprach nicht, sondern nickte nur mit dem Kopfe, betrachtete die Rauchenden mit sichtlichem Vergnügen und hörte dem Gespräch seiner beiden Nachbarn zu, die er gegeneinander gehetzt hatte.

Einer der Sprechenden war Zivilist, hatte ein runzliges, galliges, glattrasiertes mageres Gesicht und war schon bejahrt, obwohl er sich wie ein junger Stutzer nach der neuesten Mode kleidete. Er benahm sich wie ein vertrauter Freund des Hauses, hatte die Füße auf den Diwan gezogen, steckte die Bernsteinspitze tief in den Mund, rauchte in raschen Zügen und kniff die Augen zu. Es war ein alter Junggeselle, namens Schinschin, ein Vetter der Gräfin, und galt in den Moskauer Salons für eine böse Zunge. Seinen heutigen Gegner schien er mit einer gewissen Herablassung zu behandeln. Es war ein frischer, rotwangiger Gardeoffizier, ein untadelhaft gewachsener, fest zugeknöpfter und sorgfältig gekämmter junger Mann; er hielt die Bernsteinspitze in der Mitte des Mundes, zog mit seinen rosenroten Lippen den Rauch vorsichtig ein und ließ ihn in Ringeln aus seinem hübschen Munde aufsteigen. Er war der Leutnant Berg, ein Offizier des Semjonwoschen Regiments, mit dem Boris zur Armee gehen sollte.

Natascha neckte ihre Schwester Wjera mit ihm und nannte ihn ihren Bräutigam. Der Graf saß zwischen den beiden und hörte aufmerksam zu. Außer dem Boston, das er ganz besonders liebte, war sein größtes Vergnügen, streiten zu hören, besonders wenn es ihm gelang, zwei redselige Gegner aneinander zu hetzen.

Also, mein Lieber, *mon très honorable* Alfons Karlitsch, sagte Schinschin höhnisch lächelnd, indem er in seiner Rede die volkstümlichsten russischen Ausdrücke mit den zierlichsten französischen Phrasen vermischte – eine Eigentümlichkeit seiner Sprechweise. Sie rechnen auf Einkünfte von der Regierung, – erwarten was Greifbares von ihrer Kompanie?

Nein, Peter Nikolaitsch, ich will nur beweisen, daß man bei der Kavallerie viel weniger Vorteile hat als bei der Infanterie. Bedenken Sie doch, Peter Nikolaitsch, meine Lage …

Berg sprach immer sehr bestimmt, ruhig und höflich, und sein Gespräch bezog sich immer nur auf ihn selbst. Er schwieg, bis über etwas gesprochen wurde, das wenigstens mittelbar mit seiner Persönlichkeit im Zusammenhange stand. Auf diese Weise konnte er stundenlang schweigen, ohne das mindeste Unbehagen zu fühlen und ohne auf andere einen unangenehmen Eindruck zu machen. Sobald aber das Gespräch auf ihn selbst gelenkt wurde, begann er sofort weitläufig und mit offenbarem Vergnügen zu sprechen.

Bedenken Sie doch meine Lage, Peter Nikolaitsch! Wenn ich Kavallerieoffizier wäre, würde ich als Leutnant kaum zweihundert Rubel vierteljährlich bekommen … Jetzt aber habe ich zweihundertunddreißig Rubel, fügte er mit einem fröhlichen, angenehmen Lächeln hinzu, während er den Grafen und Schinschin ansah, als wäre er sicher, daß sein Wohlergehen das Hauptziel der Wünsche aller anderen sei. – Außerdem, Peter Nikolaitsch, werde ich in der Garde mehr bemerkt, fuhr Berg fort; auch kommen in der Garde-Infanterie öfter Vakanzen vor. Und so schwer es auch ist, mit zweihundertunddreißig Rubeln auszukommen, gelingt es mir doch noch zu sparen und meinen Vater zu unterstützen, schloß er und ließ einen Rauchring aufsteigen.

Die Rechnung stimmt … der Deutsche drischt seinen Roggen auf dem Messerrücken, wie das Sprichwort sagt, rief Schinschin, dem Grafen zunickend, indem er die Bernsteinspitze in den andern Mundwinkel schob.

Der Graf lachte laut auf; als die andern Gäste bemerkten, daß Schinschin in einen Streit verwickelt war, traten sie näher, um zuzuhören. Berg bemerkte nie Spott oder Gleichgültigkeit und erzählte ruhig weiter, daß er durch seine Versetzung zur Garde schon an und für sich einen Schritt vor seinen ehemaligen Kameraden voraus habe; daß in Kriegszeiten der Kompagniechef leicht getötet werden und er als Ältester in der Kompagnie zum Kompagniechef avancieren könnte. Er erzählte, wie sehr er im Regimente beliebt und wie sehr sein Vater mit ihm zufrieden wäre. Diese Mitteilungen waren für Berg ein wahrer Genuß, und er schien nicht im entferntesten zu ahnen, daß andere Leute ihre eigenen, ihnen näher liegenden Interessen haben könnten. Aber alles, was er erzählte, klang so vernünftig, so nett, und er selbst war so unbefangen in seinem jugendlichen Egoismus, daß sich seine Zuhörer mit ihm aussöhnten.

Nun, mein Bester, Sie werden überall Ihren Weg machen, bei der Infanterie wie bei der Kavallerie – das prophezeie ich Ihnen, sagte Schinschin, indem er ihm auf die Schulter klopfte und die Füße vom Sofa herunterzog.

Berg lächelte erfreut; der Graf begab sich ins Empfangszimmer, und die Gäste folgten ihm.

Es war die Zeit vor dem Diner, wo die Gäste kein langes Gespräch anknüpften, weil sie die Aufforderung zum Imbiß erwarten, aber für schicklich halten, sich zu regen und zu plaudern, um zu beweisen, daß sie durchaus nicht ungeduldig die Mahlzeit erwarten. Die Wirte werfen verstohlene Blicke auf die Tür und sehen sich hin und wieder verstohlen an, während sich die Gäste aus diesen Blicken klarzumachen suchen, auf wen oder auf was gewartet wird – auf einen einflußreichen verspäteten Verwandten oder auf eine Speise, die noch nicht fertig ist.

Pierre war eben angekommen und saß unbeholfen in der Mitte des Salons auf dem ersten besten Lehnstuhl, so daß er allen den Weg versperrte. Die Gräfin wollte ihn zum Sprechen bringen, aber er sah mit unbefangenen Blicken über seine Brille weg rings umher, als ob er jemand suchte, und beantwortete einsilbig die Fragen der Gräfin. Er war unbequem und war der einzige, der dies nicht bemerkte. Die Gäste, die beinahe alle seine Geschichte mit dem Bären kannten, betrachteten den großen, dicken, stillen Menschen mit lebhafter Neugier und konnten sich nicht recht vorstellen, daß dieser Tolpatsch und Duckmäuser sich einen solchen Spaß mit dem Polizeibeamten gemacht haben sollte.

Sie sind vor kurzem angekommen? fragte die Gräfin.

Oui, Madame, antwortete er und sah sich um.

Haben Sie meinen Mann schon gesehen?

Non, Madame, und er lächelte in ganz unpassender Weise.

Ich glaube, Sie sind kürzlich in Paris gewesen? ... Das muß sehr interessant sein.

Sehr interessant!

Die Gräfin warf Anna Michailowna einen Blick zu. Die Fürstin verstand, daß sie gebeten wurde, diesen jungen Mann zu beschäftigen. Sie setzte sich zu ihm und knüpfte ein Gespräch über seinen Vater mit ihm an; aber wie der Gräfin, gab er auch ihr ganz kurze Antworten. Die Gäste waren jetzt alle untereinander beschäftigt: Razumowskijs ... es war reizend ... Sie sind sehr gütig ... Die Gräfin Apraxin, ... hörte man von allen Seiten. Die Gräfin erhob sich und ging in den Saal.

Maria Dmitriewna? hörte man fragen.

Sie selbst! gab eine rauhe Frauenstimme zur Antwort, und Maria Dmitriewna trat mit der Gräfin in das Zimmer.

Alle jungen Mädchen, die Frauen sogar, die allerältesten ausgenommen, erhoben sich bei ihrem Eintritt. Maria Dmitriewna blieb in der Tür stehen und betrachtete die Anwesenden von der Höhe ihrer stattlichen Gestalt, indem sie ihren fünfzigjährigen Kopf mit den grauen Locken hoch emporhielt. Maria Dmitriewna sprach immer russisch.

Gruß dem teuren Geburtstagskinde und seinen Kleinen, sagte sie mit ihrer lauten, vollen Stimme, die alle andern übertönte. Wie geht's dir, alter Sünder? wandte sie sich an den Grafen, der ihre Hand küßte. Du langweilst dich wohl in Moskau? Hier ist freilich kein Platz zum Hundehetzen ... Aber es ist einmal so, mein Bester, wenn diese Vögelchen groß werden ... sie zeigte auf die jungen Mädchen – ist man *nolens volens* gezwungen, sich nach dem Bräutigam für sie umzusehen ... Nun und du, mein Kosak, was machst du denn? fuhr sie fort, indem sie Natascha, die sie so zu nennen pflegte, das Haar streichelte, während das junge Mädchen ohne alle Scheu, mit sichtlicher Freude zu ihr trat und ihr die Hand küßte. Ich weiß, daß das Mädchen ein Unkraut ist, aber ich habe sie lieb.

Sie langte nach ihrem riesigen Ridicule und zog ein Paar birnenförmige Saphirohrringe daraus hervor, überreichte sie der hocherrötenden, freudestrahlenden Natascha und wandte sich sofort von ihr zu Pierre.

He, he! mein Liebster, komm doch mal her, sagte sie langsam, mit erzwungener Diskantstimme. Komm mal her, mein Liebster!

Pierre trat zu ihr und sah sie über seine Brille unbefangen an.

Komm mal her, laß dich betrachten, mein Liebster. Ich allein habe deinem Vater, als er hoch in Gnaden stand, die Wahrheit gesagt, und gegen dich ebenso zu verfahren ist eine Pflicht gegen Gott. Sie schwieg eine Weile, alle andern verstummten ebenfalls und warteten auf das, was folgen sollte, denn sie errieten, daß dies nur eine Einleitung war.

Sehr nett ... das muß man zugeben, ein netter Junge ... sein Vater liegt auf dem Sterbebett, er aber macht sich einen Spaß ... läßt den Polizeibeamten auf dem Bären reiten. Schäme dich, mein Liebster, schäme dich! Es wäre besser, du gingst in den Krieg. Sie wandte sich ab, reichte dem Grafen die Hand, der kaum das Lachen verbeißen konnte, und fügte hinzu: Nun, es ist wohl Zeit, zu Tische zu gehen?

Der Graf und Maria Dmitriewna gingen voran; ihnen folgte die Gräfin, geführt von dem Husarenobersten, einem vielbedeutenden Mann, denn Nikolaj sollte mit ihm zum Regimente abgehen. Schinschin führte Anna Michailowna; Berg bot Wjera den Arm; die lächelnde Julie Karagina ging mit Nikolaj zu Tische. Ihnen folgten die übrigen Paare, die eine lange Reihe im Saale bildeten, und hinterdrein kamen die Kinder mit den Erziehern und Erzieherinnen. Die Dienerschaft begann sich zu regen; die Stühle wurden gerückt; vom Orchester erklang Musik; die Gäste nahmen Platz, und die Töne der gräflichen Hauskapelle begleiteten das Klappern der Messer und Gabeln, das Gespräch der Gäste, die stillen Schritte der bejahrten, gravitätischen Diener. An einem Ende des Ehrentisches saß die Gräfin; rechts Maria Dmitriewna, links Anna Michailowna und die übrigen Damen. Am andern Ende saß der Graf, zu seiner Linken der Husarenoberst, zu seiner Rechten Schinschin und die anderen Herren. An der langen Tafel befand sich auf der einen Seite die erwachsene Jugend: Wjera neben Berg, Pierre neben Boris; gegenüber saßen die Kinder, die Erzieher und Erzieherinnen. Der Graf, der hinter dem Kristall der Flaschen und Fruchtkörbe dann und wann seine Frau und ihre hohe, mit blauen Schleifen verzierte Haube auftauchen sah, schenkte seinen Nachbarn fleißig ein und vergaß auch sich selbst nicht, während die Gräfin dann und wann hinter einer hohen Ananas hervor besorgte Blicke auf den Gatten warf, dessen röter und röter werdendes Gesicht immer schärfer von dem grauen Haar abstach. Auf der Damenseite herrschte ein gleichmäßiges Geflüster; am Männerende dagegen wurden die Stimmen immer lauter, besonders die des Husarenobersten, der immer mehr aß und trank und auch immer röter wurde, so daß der Graf ihn den andern als Beispiel anpries. Berg erklärte Wjera mit süßem Lächeln, daß die Liebe kein irdisches, sondern ein himmlisches Gefühl sei. Boris nannte seinem neuen Freunde Pierre die ihm unbekannten Gäste und wechselte Blicke mit Natascha, die ihm gegenüber saß. Pierre sprach wenig, betrachtete die fremden Gesichter und aß sehr viel. Von den beiden Suppen an – unter denen er die *à la tortue* gewählt hatte – und den Kulybjaken (mit Fisch gefüllte Pastete) bis zu den Rebhühnern, ließ er keine Speise vorübergehen und keine der Weinsorten, die der Haushofmeister in den mit Servietten umwickelten Flaschen geheimnisvoll über die Schulter des Nachbarn hervorbrachte und bald »Dry Madeira«, bald »Ungarwein«, bald »Rheinwein« nannte. Pierre reichte das erste beste der vier Kristallgläser mit dem Namenszug des Grafen, die vor jedem Gedeck standen, zum Einschenken hin und trank mit Behagen, während er sich mit immer freundlicheren Blicken nach den übrigen Gästen umsah.

Natascha, die ihm gegenüber saß, sah Boris an, wie dreizehnjährige Mädchen den Knaben ansehen, den sie eben zum ersten Male geküßt haben und in den sie verliebt sind. Hin und wieder wandten sich ihre Augen auch auf Pierre, und bei den Blicken des lebhaften, lachlustigen jungen Mädchens fühlte er sich versucht, mitzulachen, ohne zu wissen warum.

Nikolaj saß weit von Sonja neben Julie Karagina, und während er mit ihr sprach, hatte sein Gesicht dasselbe unwillkürliche Lächeln wie am Morgen. Auch Sonja lächelte, aber gezwungen, und es war unverkennbar, daß sie von Eifersucht gequält wurde. Sie wurde bald blaß, bald rot und gab sich die größte Mühe, zu hören, was Nikolaj und Julie miteinander sprachen. Die Gouvernante sah unruhig hin und her, als ob sie sich zur Verteidigung der ihr anvertrauten Kinder bereit machte. Der deutsche Erzieher gab sich Mühe, die Namen aller Speisen und Weine zu behalten – um seinen Angehörigen in Deutschland genau darüber berichten zu können – und fühlte sich sehr beleidigt, daß der Haushofmeister mit der umwickelten Flasche an ihm vorüberging. Der Deutsche runzelte die Stirn, gab sich Mühe auszusehen, als ob er den Wein nicht gewollt hätte und ärgerte sich, weil niemand begriff, daß er ihm eigentlich notwendig gewesen wäre ... nicht etwa, um den Durst zu löschen oder des Wohlgeschmackes wegen, sondern nur, um eine edle Wißbegierde zu befriedigen.

XVI

An der Herrenseite des Tisches wurde das Gespräch immer lebhafter. Der Oberst erzählte, daß die Kriegserklärung in Petersburg bereits veröffentlicht und ein Exemplar, das er selbst gesehen habe, dem General-Gouverneur zugeschickt sei.

Warum plagt uns denn der Teufel, mit Bonaparte Krieg anzufangen, sagte Schinschin. Er hat Österreich bereits das Maul gestopft, und ich fürchte, daß jetzt die Reihe an uns kommt!

Der Oberst war ein großer, starker, vollblütiger Deutscher, augenscheinlich eifrig im Dienst und ein guter Patriot. Er fühlte sich durch Schinschins Worte verletzt.

Warum, mein Herr, sagte er, indem er die russischen Vokale mit deutscher Breite aussprach; warum ... weil der Kaiser es will! In seiner Kriegserklärung hat er gesagt, daß er die Gefahr, die Rußland droht, nicht gleichgültig mit ansehen könne, und daß die Sicherheit des Staates, seine Würde und die Gültigkeit der »Bündnisse« ... (er legte einen besonderen Nachdruck auf das Wort Bündnisse, als ob darin die Hauptbedeutung des Ganzen läge) und mit seinem unfehlbaren, offiziellen Gedächtnisse wiederholte er die Anfangsworte des Manifests:

»Der einzige und unwandelbare Zweck, den der Kaiser verfolgt: den Frieden Europas auf sichern Grundlagen aufzubauen, veranlaßt ihn, einen Teil seines Heeres über die Grenzen rücken zu lassen und überhaupt zur Erreichung seines Zieles die größte Tätigkeit zu entwickeln.« Sehen Sie, *darum*, mein Herr! schloß der Oberst, indem er mit belehrender Miene ein Glas Wein trank und auf Beifall hoffend den Grafen ansah.

Kennen Sie das Sprichwort: Was dich nicht brennt, das blase nicht! sagte Schinschin, indem er das Gesicht zusammenzog. Das paßt sehr gut auf uns. Selbst Suworow ist kurz und klein gehauen worden, und wo sind jetzt unsere Suworows, frage ich Sie? fügte er hinzu, immer aus dem Russischen ins Französische überspringend.

Wir müssen Krieg führen bis zum letzten Blutstropfen, ster-r-rben für unsern Kaiser ... das ist das rechte. Und urteilen sollen wir so wenig als möglich (er betonte besonders das *so wenig als möglich*). So denken alle Husaren, und damit ist alles gesagt. Und wie denken Sie, junger Mann und junger

Husar! fragte er Nikolaj, der sich, sobald er hörte, daß das Gespräch den Krieg betraf, von seiner Nachbarin abgewandt hatte, um mit weit offenen Augen und Ohren den Worten des Obersten zu folgen.

Ich bin ganz mit Ihnen einverstanden, antwortete der junge Mann, indem er über und über errötete, den Teller drehte und die Gläser mit solcher entschiedenen und heftigen Gebärde wegschob, als ob er sich schon in diesem Augenblick einer Gefahr zu erwehren hätte. Ich bin überzeugt, die Russen müssen sterben oder siegen, fügte er hinzu, dann aber fühlte er selbst so gut wie die andern, daß sein Ausspruch viel zu enthusiastisch und hochtrabend und darum in diesem Momente unpassend war.

Was Sie da eben gesagt haben, ist sehr gut, sagte Julie, die neben ihm saß, und seufzte. Sonja zitterte und wurde über und über rot, als Nikolaj sprach; Pierre hörte die Reden des Obersten aufmerksam an und nickte bejahend mit dem Kopfe. Das ist vortrefflich, sagte er.

Ein echter Husar, junger Mann! rief der Oberst, indem er wieder auf den Tisch schlug.

Warum wird dort unten so geschrien? hörte man plötzlich die Baßstimme Maria Dmitriewnas. Was schlägst du auf den Tisch, und gegen wen ereiferst du dich? wandte sie sich an den Husaren. Glaubst du etwa, die Franzosen ständen dir schon gegenüber?

Wir sprechen vom Kriege, schrie der Graf über den Tisch hinüber; mein Sohn geht ja mit, Maria Dmitriewna, mein Sohn geht mit!

Ich habe vier Söhne in der Armee und bin ruhig. Alles liegt in Gottes Hand; wer auf dem Ofen liegt, kann sterben, und den andern, der in die Schlacht geht, kann Gott erhalten, ließ sich die volle Stimme Maria Dmitriewnas hören. Dann teilte sich die Unterhaltung wieder – Damengespräch an dem einen, Männergespräch an dem andern Ende.

Nein, du wirst nicht fragen! sagte der kleine Bruder zu Natascha; du wagst es nicht.

Ich werde fragen! antwortete Natascha; ihr Gesicht erglühte und nahm plötzlich den Ausdruck einer tollkühnen, freudigen Entschlossenheit an. Sie erhob sich, und indem sie den gegenübersitzenden Pierre durch einen Blick zur Aufmerksamkeit aufgefordert, wandte sie sich zu der Mutter.

Mama! tönte ihre kindliche Stimme über den ganzen Tisch.

Was willst du? fragte die Gräfin erschreckend, und nachdem sie auf dem Gesicht der Tochter gesehen hatte, daß es sich nur um einen mutwilligen Streich handelte, winkte sie streng mit der Hand.

Das Gespräch verstummte.

Mama, was für Dessert gibt es heute? fragte Nataschas Stimmchen noch entschlossener und ohne zu zögern.

Die Gräfin wollte die Stirn runzeln, aber sie konnte nicht. Maria Dmitriewna drohte mit ihrem dicken Finger.

Kosak! rief sie warnend.

Die Mehrzahl der Anwesenden sah nach den Ehrengästen hin, da sie nicht wußten, wie sie diese Keckheit auffassen sollten.

Warte nur, du! sagte die Gräfin.

Mama, was für Dessert gibt es? wiederholte Natascha dreist und eigensinnig und im voraus überzeugt, daß ihre Keckheit gut aufgenommen werden würde.

Sonja und der dicke Petja versteckten lachend die Köpfe.

Siehst du, ich habe doch gefragt! flüsterte Natascha dem kleinen Bruder zu, indem sie Pierre abermals ansah.

Eis gibt es – aber du wirst keins bekommen, antwortete Maria Dmitriewna.

Natascha wußte, daß von dieser Seite nichts zu fürchten war; überhaupt fürchtete sie Maria Dmitriewna nicht.

Maria Dmitriewna, was für Eis? fragte sie wieder. Rahmeis mag ich nicht.

Eis aus gelben Rüben!

Nein, was für Eis, Maria Dmitriewna, was für Eis? rief sie fast schreiend; ich will es wissen.

Maria Dmitriewna und die Gräfin lachten, und alle Gäste folgten ihrem Beispiel. Sie lachten nicht über die Antwort Maria Dmitriewnas, sondern über die merkwürdige Kühnheit und Gewandtheit dieses kleinen Mädchens, das so mit Maria Dmitriewna umzugehen wagte.

Natascha beruhigte sich erst, als man ihr sagte, daß es Ananaseis geben würde.

Vor dem Eis kam der Champagner, wieder erklang die Musik. Der Graf umarmte seine Frau, und die Gäste standen auf, um der Gräfin zu gratulieren und über den Tisch mit dem Grafen, den Kindern und untereinander anzustoßen. Dann begannen die Diener wieder umherzugehen; die Stühle wurden gerückt, und in der alten Ordnung, aber mir röteren Gesichtern kehrten die Gäste in den Salon und das Kabinett des Grafen zurück.

XVII

Die Bostontische wurden aufgestellt; die Gäste traten in Gruppen zusammen und verteilten sich in die zwei Salons, das Diwanzimmer und die Bibliothek.

Der Graf, der den gewohnten Mittagsschlaf schwer entbehrte, breitete die Karten fächerartig aus und lachte über alles. Die Jugend versammelte sich, von der Gräfin dazu aufgefordert, um Klavier und Harfe. Julie war die erste, die auf allgemeines Bitten einige Variationen auf der Harfe spielte, dann vereinigte sie sich mit den anderen jungen Mädchen, um Natascha und Nikolaj, deren musikalische Begabung bekannt war, zum Singen aufzufordern. Natascha war augenscheinlich stolz darauf, wie eine Erwachsene behandelt zu werden, fühlte aber auch eine gewisse Schüchternheit.

Was wollen wir singen? fragte sie.

Den »Quell«, antwortete Nikolaj.

Nun, so wollen wir anfangen ... Boris, kommen Sie her! sagte Natascha; und wo ist Sonja? Sie sah sich um, und als sie bemerkte, daß ihre Freundin nicht da war, lief sie fort, sie zu suchen.

Aber sie fand Sonja weder in ihrem eigenen Zimmer noch in der Kinderstube, und plötzlich fiel ihr ein, Sonja würde wohl im Korridor sein auf der »Lade«. Diese Lade im Korridor war der Zufluchtsort für die Leiden der weiblichen Jugend des Hauses Rostow.

Wirklich lag Sonja in ihrem leichten Rosakleidchen, das sie rücksichtslos zusammendrückte, mit dem Gesicht auf dem schmutzigen gestreiften Bette der Wärterin, und die Augen mit den Händen bedeckend, schluchzte sie, daß ihre kleinen nackten Schultern bebten. Nataschas lebhafte Züge, die den ganzen Tag über feiertäglich gewesen, waren plötzlich verändert: ihre Augen waren starr, ihr breiter Hals zuckte, die Winkel ihres Mundes senkten sich.

Sonja, was fehlt dir? was gibt es denn? ... Uh, uh, uh ... und indem sie ihren großen Mund weit aufmachte, wurde Natascha auf einmal sehr häßlich und weinte wie ein Kind, ohne jede Ursache, nur weil Sonja weinte.

Sonja wollte den Kopf erheben, wollte ihr antworten, aber sie konnte nicht und drückte ihr Gesicht noch tiefer in die Kissen. Auch Natascha duckte sich auf dem blauen Bette nieder und weinte, indem sie ihre Freundin umarmte. Sonja nahm sich zusammen, richtete sich auf, trocknete ihre Tränen und erzählte:

Nikolaj geht in acht Tagen fort. Der Marschbefehl ... ist gekommen ... er hat es mir selbst gesagt. Aber darum hätte ich nicht so geweint ... (sie zeigte Natascha ein Papier, das sie in der Hand hielt; es waren Verse, die Nikolaj geschrieben hatte) ... Ich hätte nicht so geweint ... aber weder du noch die anderen ... niemand weißt, was er für ein Gemüt hat!

Und sie begann von neuem zu weinen, weil sein Gemüt so vortrefflich war.

Für dich steht alles gut ... aber ich will dich nicht beneiden ... ich liebe dich und Boris auch, fuhr sie fort, nachdem sie sich etwas beruhigt hatte; er ist sehr lieb! Für euch beide gibt es keine Hindernisse. Aber Nikolaj ist mein Vetter ... der Metropolit selbst ... es ist unmöglich! Und außerdem die Mama. (Sonja nannte die Gräfin Mutter und sah sie auch als solche an) ... Sie wird sagen, daß ich Nikolaj in seiner Laufbahn hemme, daß ich herzlos bin, daß ich undankbar bin ... aber wahrhaftig! Gott ist mein Zeuge ... (sie bekreuzte sich) ich habe sie so lieb und euch alle ... nur Wjera ... Warum ist das so? Was habe ich ihr getan? ... Ich bin euch allen so dankbar, daß ich alles für euch hingeben möchte, aber ich habe ja nichts!

Sonja konnte nicht weitersprechen und verbarg abermals den Kopf in den Händen und in den Kissen. Natascha war etwas ruhiger geworden, aber ihr Gesichtsausdruck verriet, daß sie den Kummer ihrer Freundin in seiner ganzen Größe begriff.

Sonja, sagte sie plötzlich, als ob sie eben erraten hätte, was ihre Kusine in diese Betrübnis versetzt, gewiß hat Wjera heute nachmittag etwas mit dir vorgehabt ... nicht?

Ja ... diese Verse hat Nikolaj selbst geschrieben ... ich habe sie und andere abgeschrieben; Wjera hat sie auf meinem Tische gefunden und hat mir gesagt, sie würde sie Mama zeigen ... und außerdem hat sie gesagt, daß ich undankbar wäre, und daß Mama ihm niemals erlauben würde, mich zu heiraten, und daß er Julie heiraten solle ... und du siehst ja, er ist den ganzen Tag mit ihr zusammen ... Natascha, warum ist das alles so!

Und sie weinte wieder, noch bitterlicher als zuvor. Natascha richtete sie auf, umarmte sie und, unter Tränen lächelnd, gab sie sich alle mögliche Mühe, die Weinende zu beruhigen.

Sonja, glaube ihr nicht, mein Herz, glaube ihr nicht. Erinnerst du dich, wie wir kürzlich einmal im Diwanzimmer alles mit Nikolaj besprochen haben? Erinnerst du dich nicht? ... es war einmal nach dem Abendessen? ... Wir haben alles festgestellt, wie es mit der Zeit werden soll. Ich kann mich nicht mehr genau besinnen, wie es war, aber ich weiß, alles nahm ein glückliches Ende, und alles war möglich. Bedenke doch, der Bruder von Onkel Schinschin ist mit seiner rechten Kusine verheiratet, und so nah verwandt sind wir nicht. Boris meint auch, daß es möglich wäre – du weißt, ich habe ihm alles anvertraut, und er ist so gut, so klug! fuhr Natascha fort. Sonja, weine nur nicht, mein Liebling, mein Herz! – sie küßte sie und lachte. – Wjera ist boshaft ... Gott möge es ihr verzeihen! Sei nur ruhig ... Alles wird gut werden, und Mama wird sie nichts sagen, Nikolaj mag ihr alles selbst offenbaren. Vor allem aber sei überzeugt, daß er niemals an Julie gedacht hat.

Dabei küßte sie den Kopf der Weinenden. Sonja richtete sich auf; das Kätzchen ermunterte sich, seine Augen glänzten, es schien wieder bereit, mit dem Schwänzchen zu wedeln, auf die weichen Pfötchen zu springen und von neuem mit dem Knäuel zu spielen, wie es sich für seinesgleichen schickt.

Das glaubst du? Wirklich ... wahrhaftig? sagte sie schnell, indem sie ihr Haar und ihr Kleid glattstrich.

Wirklich, wahrhaftig, antwortete Natascha und steckte ihrer Freundin ein Haarzöpfchen fest. Dann lachten beide laut auf.

Komm, wir wollen den »Quell« singen.

Komm!

Weißt du, dieser dicke Pierre, der mir gegenüber saß, ist so komisch! sagte Natascha plötzlich, indem sie stehenblieb. Ich bin heute sehr vergnügt! Mit diesen Worten lief sie den Korridor entlang.

Sonja schüttelte die Federn von ihrem Kleide, steckte die Verse oben am Hals mit den hervorstehenden Knochen in den Busen und folgte Natascha mit fröhlichem Mut und errötendem Gesicht ins Diwanzimmer. Auf den Wunsch der Gäste sangen die jungen Leute das Quartett »Der Quell«, das allen sehr gefiel. Dann sang Nikolaj ein Lied, das er in letzter Zeit eingeübt hatte:

> Bei Mondenschein, in stiller Nacht,
> Wie glücklich macht mich das Gefühl,
> Daß eine Seele mit mir wacht
> Und an mich denkt im Weltgewühl!
> Daß eine liebe, schöne Hand
> Der Harfe gold'ne Saiten schlägt,
> Zurück mich ruft ins Vaterland,
> Von heißem Sehnsuchtsschmerz bewegt.
> Bald winkt uns Paradieseslicht ...
> Doch ach! Dein Freund erlebt es nicht!

Er hatte das Lied noch nicht beendet, als im Saal die jungen Leute sich schon zum Tanze rüsteten und auf dem Chor der Schritt und das Räuspern der Musikanten laut wurde.

Pierre saß im Salon, wo ihn Schinschin als eben aus dem Auslande Heimgekehrten in ein langweiliges politisches Gespräch gezogen hatte, an dem auch andere teilnahmen. Aber bei den ersten Klängen der Musik trat Natascha in den Salon, ging ohne weiteres auf Pierre zu und sagte lachend und errötend:

Mama läßt Sie zum Tanze bitten.

Ich fürchte, daß ich die Figuren verwirren werde, antwortete Pierre; aber wenn Sie meine Lehrmeisterin sein wollten ... und erbot dem schlanken, zierlichen Mädchen seine dicke Hand, die er tief niederhalten mußte.

Während sich die Paare aufstellten und die Musikanten ihre Instrumente stimmten, setzte sich Pierre neben seine kleine Dame. Natascha war überglücklich; sie tanzte mit einem Großen, mit einem aus dem Auslande Zurückgekehrten. Alle konnten sehen, daß sie neben ihm saß und wie eine Erwachsene ein Gespräch mit ihm führte. Sie hatte einen Fächer in der Hand, der ihr von einer der Tänzerinnen anvertraut war, nahm die Haltung einer Weltdame an (Gott weiß, wo und wie sie diese Kunst erlernt haben mochte!), spielte mit dem Fächer und sprach, über denselben hinweglächelnd, mit ihrem Kavalier.

Was sagen Sie dazu? ... sehen Sie nur, sehen Sie nur, sagte die alte Gräfin, indem sie durch den Saal schritt und auf Natascha deutete.

Natascha errötete und lachte.

Nicht doch, Mama ... wie können Sie so sprechen? Was ist denn dabei so merkwürdig?

Während der dritten Ekossaise hörte man im Salon, wo der Graf und Maria Dmitriewna spielten, die Stühle rücken und sah gleich darauf den größten Teil der Respektspersonen in den Saal treten. Sie dehnten sich nach dem langen Sitzen und steckten Börsen und Brieftaschen wieder ein. Allen voran gingen mit fröhlichen Gesichtern Maria Dmitriewna und der Graf. In scherzhafter Höflichkeit bog er seinen Arm wie ein Ballettänzer, bot ihn Maria Dmitriewna, hielt sich ganz gerade, und ein keckes, schlaues Lächeln glänzte auf seinem runden Gesichte. Als die letzte Figur der Ekossaise zu Ende war, schlug er in die Hände, gab den Musikanten einen Wink und rief ins Orchester hinauf, indem er sich an die erste Violine wandte:

Semjon, kennst du Danilo Kupor?

Es war des Grafen Lieblingstanz, den er in seiner Jugend viel geübt hatte. (Im Grunde war der Danilo Kupor nur eine Figur der Anglaise.)

Sehen Sie den Papa! rief Natascha, die ganz vergessen hatte, daß sie mit einem Großen tanzte, sie neigte ihr krauses Köpfchen in den Schoß, und ihr helles Lachen klang durch den ganzen Saal. Alle Anwesenden sahen lächelnd auf den fröhlichen alten Herrn neben seiner imposanten Dame, Maria Dmitriewna, deren Gestalt alle anderen überragte. Er bog die Arme, bewegte die Hände im Takte, warf sich in die Brust, stellte die Füße auswärts, und das Lächeln, das sein rundes Gesicht mehr und mehr überglänzte, schien die Zuschauer auf das, was noch kommen sollte, vorzubereiten. Sobald die fröhlichen, einladenden Klänge des Danilo Kupor ertönten, die so sehr an den ausgelassenen Trepak erinnern, wurden plötzlich alle Türen des Saales auf der einen Seite von männlichen, auf der andern Seite von weiblichen Gestalten besetzt. Es war das Hausgesinde, das mit lachenden Gesichtern herbeikam, um den Gebieter tanzen zu sehen.

Ach! unser Väterchen ... ein wahrer Adler! sagte die Wärterin laut von der Tür her.

Der Graf tanzte gut und wußte das auch; seine Dame dagegen verstand sich nicht auf diese Kunst und machte nicht den Anspruch, gut zu tanzen. Sie hielt ihre kolossale Gestalt ganz steif, während sie die großen Hände schlaff herunterhängen ließ (ihren Ridicule hatte sie der Gräfin anvertraut). Nur ihr strenges, schönes Gesicht war vom Tanzen bewegt; was die ganze Figur des Grafen ausdrückte, prägte sich in ihrem immer heller werdenden Antlitz aus. Aber während der

Graf, der immer munterer wurde, die Zuschauer durch seine überraschend leichten Bewegungen und die zierlichen Sprünge seiner elastischen Füße erfreute, brachte Maria Dmitriewna einen nicht minder großen Eindruck durch die Bewegungen ihrer Schultern, Arme und Füße, durch jede ihrer Wendungen hervor, denn die Zuschauer empfanden, wie schwer ihr dies alles bei ihrem starken Körper und ihrem ernsten Wesen werden mußte. Der Tanz belebte sich immer mehr. Das zweite Paar konnte die allgemeine Aufmerksamkeit nicht in Anspruch nehmen und machte auch keinen Versuch dazu. Aller Augen waren nur auf den Grafen und Maria Dmitriewna gerichtet. Natascha zupfte die Anwesenden an Ärmeln und Kleidern und verlangte, daß man ihren Papa bewundere, obwohl alle schon ohnehin die Tanzenden im Auge behielten. Bei jeder Pause atmete der Graf schwer auf, winkte und rief den Musikanten zu, sie möchten schneller, schneller, schneller spielen. Seine Bewegungen wurde immer rascher und leichter, immer rascher und leichter; er schwebte um seine Dame herum, bald auf die Fußspitzen, bald auf die Absätze tretend. Endlich geleitete er seine Dame nach ihrem Platze zurück, machte den letzten Pas, hob seinen elastischen Fuß nach hinten, neigte das lächelnde erhitzte Gesicht, und unter einer Beifallssalve und einem allgemeinen Gelächter, aus dem Nataschas Stimme hervorklang, machte er die letzte runde Handbewegung. Dann blieben die beiden Tanzenden stehen und wischten sich mit ihren Batisttüchern das Gesicht.

So tanzte man zu unserer Zeit, *ma chère* … sagte der Graf.

Das war der echte Danilo Kupor! antwortete Maria Dmitriewna, indem auch sie schwer und langsam aufatmete.

XVIII

Während man bei Rostows nach den Tönen der vor Müdigkeit falsch spielenden Musikanten die sechste Anglaise tanzte und die schlaftrunkenen Diener und Köche das Abendessen herrichteten, wurde der Graf Besuchow zum sechsten

Male vom Schlage gerührt. Die Ärzte erklärten den Zustand für hoffnungslos. Dem Kranken wurde eine stumme Beichte abgenommen und das Abendmahl gereicht: dann traf man Vorbereitungen zur letzten Ölung. Das ganze Haus war in Verwirrung und voll jener Unruhe, die gewöhnlich in solchen Augenblicken peinlicher Erwartung eintritt. Am Hoftore versammelten sich bereits die bei jedem ankommenden Wagen scheu zurückweichenden Leichenbestatter, die auf das reiche Begräbnis des Grafen spekulierten. Der Höchstkommandierende von Moskau, der bis dahin immer seinen Adjutanten geschickt hatte, um sich nach dem Befinden des Kranken zu erkundigen, kam diesen Abend selbst, um von dem Grafen Besuchow, dem berühmten Großen aus der Zeit Katharinas, Abschied zu nehmen.

Der prachtvolle Empfangssalon war von Besuchern überfüllt. Alle standen ehrfurchtsvoll auf, als der Kommandeur, nachdem er etwa eine halbe Stunde allein bei dem Kranken gewesen war, wieder zurückkam und, die Begrüßungen erwidernd, sich so schnell als möglich den auf ihn gerichteten Blicken der Ärzte, der Geistlichen und Verwandten zu entziehen suchte.

Fürst Wassilij, der in den letzten Tagen mager und bleich geworden war, geleitete den Höchstkommandierenden und flüsterte ihm wiederholt etwas zu. Dann kehrte er in den Salon zurück, setze sich auf einen alleinstehenden Stuhl, schlug die Beine übereinander, stützte den Ellbogen auf das Knie und legte die Hand über die Augen. Nachdem er eine Weile so gesessen hatte, stand er auf und ging mit ungewöhnlich raschen Schritten, wobei er sich scheu nach allen Seiten umsah, nach dem hintern Teile des Hauses, zu der ältesten Prinzessin.

Die in dem schwachbeleuchteten Zimmer zurückbleibenden Gäste sprachen bald lauter, balb leiser untereinander, stockten aber jedesmal und sahen mit fragenden, erwartungsvollen Blicken auf die Tür, die in das Zimmer des Sterbenden führte und einen schwachen Ton von sich gab, sooft jemand herauskam oder hineinging.

Die Grenze des Menschenlebens, sagte ein alter Geistlicher zu einer Dame, die sich neben ihn gesetzt hatte und ihm andächtig zuhörte, die Grenze des Menschenlebens ist festgesetzt, niemand wird sie überschreiten.

Es wird doch wohl nicht zu spät sein zur letzten Ölung? fragte die Dame, den geistlichen Titel hinzufügend, als ob sie selbst über diese Angelegenheit keine eigene Meinung haben könnte.

Das Sakrament, Mütterchen, ist etwas Erhabenes, antwortete der Geistliche, indem er über seine Glatze strich, auf welcher einige nach oben gekämmte graue Haarbüschel lagen.

Wer war denn das? Der Höchstkommandierende selbst? fragte man am andern Ende des Zimmers. Wie jugendlich er aussieht!

Und ist schon siebzig Jahre alt.

Man sagt, daß der Graf niemand mehr erkennt ... man hat ihm schon die letzte Ölung geben wollen.

Ich habe jemanden gekannt, der siebenmal die letzte Ölung empfangen hat.

In diesem Augenblicke kam die jüngere Prinzessin mit verweinten Augen aus dem Krankenzimmer und setzte sich neben Doktor Lorrain, der in graziöser Haltung unter dem Bilde der Kaiserin Katharina Platz genommen hatte und sich mit dem Ellbogen auf den Tisch stützte.

Sehr schön, sagte der Arzt, indem er eine Frage nach dem Wetter beantwortete, sehr schön, Prinzessin, und überdies fühlt man sich in Moskau wie auf dem Lande.

Nicht wahr? sagte die Prinzessin aufatmend. Darf er wohl trinken? Lorrain wurde nachdenklich.

Hat er die Arznei eingenommen?

Ja.

Der Arzt sah auf die Uhr.

Nehmen Sie ein Glas gekochtes Wasser und tun Sie eine Prise (mit seinen feinen Fingern zeigte er, was eine Prise ist) *Cremor tartari* hinein.

Es gibt kein Beispiel, erklärte der deutsche Arzt dem Adjutanten in seinem schlechten Russisch, daß ein Mensch nach dem dritten Schlaganfall am Leben geblieben wäre.

Und welch ein rüstiger Mann er war! sagte der Adjutant. Wem mag wohl dieser ganze Reichtum zufallen? fügte er flüsternd hinzu.

Es wird sich schon ein Liebhaber dazu finden, gab der Deutsche lächelnd zur Antwort.

Alle Anwesenden sahen abermals nach der Tür; sie knarrte ... die zweite Prinzessin hatte das von Doktor Lorrain angegebene Getränk bereitet und trug es hinein. Der Deutsche trat zu Lorrain.

Vielleicht wird er sich doch noch bis zum nächsten Morgen halten? fragte er mit schlechter französischer Aussprache.

Doktor Lorrain kniff die Lippen zusammen und winkte ernst, verneinend mit dem Finger.

Heute nacht, nicht später! flüsterte er mit einem leisen Lächeln der Selbstzufriedenheit über seine genaue Kenntnis und Beurteilung des Krankheitszustandes. Dann ging er hinaus.

Inzwischen hatte Fürst Wassilij die Tür der Prinzessin erreicht.

Es war halbdunkel im Zimmer; nur die beiden Lämpchen vor den Heiligenbildern brannten, und es duftete nach Weihrauch und Blumen. Das ganze Gemach war mit kleinen Möbeln angefüllt: Chiffonieren, Schränkchen, Tischchen. Hinter einem Schirme glänzten die weißen Decken des hochaufgetürmten Bettes. Ein Hündchen fing an zu bellen.

Ach! Sie sind es, *mon cousin!*

Sie stand auf und strich über ihre Haare, obwohl sie, wie immer, so glatt aussahen, als ob sie aus einem Stücke gemacht und poliert wären.

Nun ... ist etwas vorgefallen? fragte sie. Ich bin so erschrocken.

Nichts! immer dasselbe. Ich komme nur, um über unsere Angelegenheiten mit dir zu sprechen, Catiche, antwortete der Fürst, indem er sich ermüdet in den Lehnstuhl setzte, von dem sie aufgestanden war. Wie du hier geheizt hast, fuhr er fort. Nun, setz dich hierher ... plaudern wir!

Ich glaubte, es sei etwas vorgefallen, wiederholte die Prinzessin, und setzte sich mit ihrem unveränderlich-ruhigen, ernsten, steinernen Anstande dem Fürsten gegenüber. Ich wollte schlafen, *mon cousin,* aber ich kann nicht.

Nun, wie ist's, meine Liebe? fragte Fürst Wassilij, indem er die Hand der Prinzessin ergriff und sie seiner Gewohnheit nach herunterzog.

Es war klar, daß dies »wie ist's« sich auf etwas bezog, das sie beide verstanden, ohne daß es genannt wurde.

Die Prinzessin mit ihrer verhältnismäßig langen, hagern Taille saß aufrecht da und blickte den Fürsten mit den grauen, vorstehenden Augen ruhig an. Sie schüttelte den Kopf, atmete auf und sah zu den Heiligenbildern empor.

Ihre Gebärde konnte sowohl als Ausdruck des Kummers und der Ergebung, wie als Ausdruck der Müdigkeit und des Verlangens nach baldiger Ruhe angesehen werden. Fürst Wassilij sah darin den Ausdruck der Müdigkeit.

Und ich! sagte er; glaubst du, daß es mir leichter wird? Ich bin abgehetzt wie ein Postpferd ... aber ich muß doch mit dir sprechen, Catiche, und zwar sehr ernst.

Er schwieg; seine Wangen wurden bald auf der einen, bald auf der andern Seite von einem nervösen Zucken verzerrt; sein Gesicht erhielt dadurch einen widerwärtigen Ausdruck, der niemals darauf sichtbar wurde, wenn er sich in Gesellschaft befand. Auch seine Augen waren nicht wie sonst, bald sahen sie spöttisch, bald schreckensvoll umher.

Die Prinzessin, die mit ihren harten, magern Händen das Hündchen auf dem Schoße festhielt, sah dem Fürsten aufmerksam in die Augen, aber es war unverkennbar, daß sie das Schweigen mit keiner Frage unterbrechen würde, und wenn sie bis zum Morgen hätte schweigen sollen.

Also sehen Sie, liebe Fürstin und Kusine, Katharina Semjonowna, fing Fürst Wassilij augenscheinlich nicht ohne inneren Kampf wieder an. In solchen Augenblicken wie jetzt müssen wir alles bedenken ... wir müssen an die Zukunft, an euch denken ... ich liebe euch wie meine eigenen Kinder, das weißt du.

Die Prinzessin sah ihn in derselben trüben und regungslosen Weise an.

Am Ende ... ich muß doch auch an meine Familie denken, fuhr Fürst Wassilij fort, indem er, ohne auf sie zu sehen, das kleine Tischchen, an dem sie saßen, heftig zurückstieß. Du weißt, Catiche, daß ihr drei Schwestern Mamontow und meine Frau, daß wir die rechtmäßigen Erben des Grafen sind. Ich weiß, ich weiß, wie schwer es dir wird, von diesen Dingen zu sprechen oder darüber nachzudenken. Mir wird es auch nicht leicht ... aber, mein Kind, ich bin sechzig Jahre alt! ... man muß sich in alles zu finden wissen! ... Hast du gehört, daß ich nach Pierre geschickt habe, und daß der Graf auf sein Bild gezeigt und nach ihm verlangt hat?

Fürst Wassilij sah die Prinzessin fragend an, konnte aber nicht erkennen, ob sie über das, was er ihr mitgeteilt, nachsann oder ob sie ihn nur ansah.

Ich bitte Gott nur um das eine, *mon Cousin*, antwortete sie endlich, daß er ihm gnädig sein und seiner herrlichen Seele die Möglichkeit geben wolle, ruhig diese Welt zu verlassen ...

Ja, ja, ganz recht! fiel Fürst Wassilij ungeduldig ein, indem er sich die Glatze rieb und das zurückgestoßene Tischchen heftig wieder heranzog; aber am Ende ... es handelt sich ... du weißt selbst, daß der Graf vergangenen Winter ein Testament gemacht hat, nach welchem er sein ganzes Vermögen, mit Umgehung der rechtmäßigen Erben, Pierre hinterläßt.

Er hat mehrere Testamente gemacht, gab die Prinzessin ruhig zur Antwort. Aber Pierre konnte er nichts vermachen ... Pierre ist ja ein natürliches Kind.

Meine Liebe! rief Fürst Wassilij, indem er das Tischchen an sich drückte und lebhafter und rascher zu sprechen begann. Wie aber, wenn er ein Schreiben an den Kaiser gerichtet hätte, in welchem er bittet, Pierre zu legitimieren? Verstehst du? bei den Verdiensten des Grafen würde diese Bitte sicher erfüllt ...

Die Prinzessin lächelte, wie Menschen zu tun pflegen, wenn sie überzeugt sind, eine Sache besser zu wissen als die anderen.

Ich will dir noch mehr sagen, fuhr Fürst Wassilij fort und ergriff ihre Hand. Der Brief ist geschrieben, aber nicht abgeschickt, und der Kaiser weiß davon. Die Frage ist nur, ob der

Brief vernichtet wurde oder nicht. Wenn nicht, so wird man, wenn alles zu Ende ist, – Fürst Wassilij seufzte und gab damit zu verstehen, was der Ausdruck »alles zu Ende« bedeuten sollte, – die Papiere des Grafen durchsuchen, das Testament mit dem Briefe dem Kaiser übergeben, und die Bitte des Grafen wird jedenfalls erfüllt, das heißt Pierre als legitimer Sohn wird alles erben.

Und unser Teil? fragte die Prinzessin ironisch lächelnd, als ob alles Mögliche, nur das nicht geschehen könne.

Aber, meine gute Catiche, das alles liegt doch klar zutage; er ist dann Universalerbe, ihr werdet nichts bekommen ... nicht so viel! Du mußt ja wissen, meine Liebe, ob das Testament und der Brief geschrieben und ob sie wieder vernichtet sind ... und wenn sie aus irgendeinem Grunde vergessen wurden, so mußt du wissen, wo sie liegen, mußt sie herbeischaffen, denn ...

Das sollte mir fehlen! unterbrach ihn die Prinzessin sardonisch lächelnd, aber ohne den Ausdruck der Augen zu verändern. Ich bin eine Frau, nach eurer Meinung sind wir alle dumm. Allein so viel weiß ich, ein natürlicher Sohn kann nicht erben – *un bâtard!* fügte sie hinzu, als ob sie den Fürsten durch diese Übersetzung von seinem Irrtum zu überführen vermöchte.

Wie, verstehst du mich denn gar nicht, Catiche? Du bist doch sonst so klug, wie, verstehst du denn nicht, daß, wenn der Graf einen Brief an den Kaiser geschrieben hat, in dem er ihn bittet, seinen Sohn zu legitimieren, Pierre nicht mehr Pierre sein wird, sondern Graf Besuchow, und dann erbt er, dem Testamente nach, alles. Wenn also Testament und Brief nicht vernichtet werden, so bleibt dir außer dem Troste, deine Pflicht getan zu haben, und allem, was damit zusammenhängt – nicht das geringste, das ist gewiß.

Ich weiß, daß das Testament niedergeschrieben, ich weiß aber auch, daß es ungültig ist ... und Sie, *mon cousin*, scheinen mich für eine ganz törichte Person zu halten, sagte die Prinzessin mit dem Ausdruck, den Frauen anzunehmen pflegen, wenn sie etwas besonders Treffendes und Verletzendes gesagt zu haben glauben.

Meine liebe Fürstin, Katharina Semjonowna, begann Fürst Wassilij mit steigender Ungeduld, ich bin nicht zu dir gekommen, um mich mit dir zu streiten, sondern um mit einer nahen Verwandten – mit einer guten, lieben, wahrhaften Verwandten – über ihre eigene Angelegenheit zu sprechen. Ich sage dir zum zehnten Male, wenn der Brief an den Kaiser und das Testament zugunsten Pierres sich in den Papieren des Grafen vorfinden, bist sowohl du, mein Täubchen, enterbt, wie deine Schwestern ... Wenn du mir nicht glaubst, so glaube sachkundigen Männern. Ich habe eben mit Dmitrij Onufritsch gesprochen (dem Advokaten des Hauses), und er hat mir ganz dasselbe gesagt.

Im Geist der Prinzessin mußte plötzlich eine Wandlung vorgehen. Ihre schmalen Lippen erblaßten (die Augen blieben unverändert), und als sie zu sprechen begann, zitterte ihre Stimme so heftig, daß es sie selbst überraschte.

Das wäre schön! sagte sie ... ich habe nichts gewollt und will nichts! Sie warf ihr Hündchen vom Schoße und strich die Falten des Kleides glatt. Das also ist der Dank, das die Anerkennung für Menschen, die ihm alles geopfert haben. Schön! Sehr schön! aber ich brauche nichts, Fürst!

Du bist nicht allein, du hast Schwestern, antwortete Fürst Wassilij. Sie hörte nicht auf ihn.

Ich hätte das längst schon wissen müssen, aber ich hatte wieder vergessen, daß ich in diesem Hause nichts erwarten durfte als Gemeinheit, Betrug, Intrigen, Neid, Undank, den schwärzesten Undank ...

Weißt du oder weißt du nicht, wo sich das Testament befindet? fragte Fürst Wassilij mit noch stärkerem Zucken der Wangen.

Ja, ich war dumm ... ich glaubte noch an Menschen und liebte sie und brachte mich zum Opfer. Aber Erfolg haben nur die, die gemein und schlecht sind. Ich weiß, wessen Intrigen das getan haben!

Sie wollte aufstehen, aber der Fürst hielt sie fest. Sie hatte das Ansehen eines Menschen, der sich plötzlich nach allen Seiten enttäuscht sieht. Zornig sah sie den Fürsten an.

Es ist noch Zeit, liebe Freundin! bedenke, Catiche, daß

dies alles in einem Moment des Zornes, der Krankheit geschrieben und dann vergessen wurde. Unsere Pflicht ist's, meine Liebe, seine Übereilung gutzumachen und dadurch seine letzen Augenblicke zu erleichtern. Wir dürfen ihn nicht mit dieser Ungerechtigkeit sterben lassen und mit dem Gedanken, daß er Menschen unglücklich gemacht hat ...

Menschen, die alles für ihn geopfert haben, fiel die Prinzessin ein und bemühte sich wieder aufzustehen; der Fürst ließ es jedoch nicht zu. – Aber er hat es niemals zu schätzen gewußt. Nein, *mon cousin!* fügte sie mit einem Seufzer hinzu, ich werde fortan wissen, daß man in dieser Welt keinen Lohn zu erwarten hat, daß auf Erden weder Ehre noch Gerechtigkeit existieren, daß man schlau und schlecht sein muß, um ...

Nun, nun, beruhige dich! Ich kenne dein schönes Herz!

Nein, ich habe ein böses Herz!

Ich kenne dein Herz! wiederholte der Fürst. Deine Freundschaft ist mir wert, und ich wünschte, daß du für mich dieselbe Empfindung hättest. Beruhige dich und laß uns vernünftig sprechen, solange noch Zeit ist. Vielleicht haben wir vierundzwanzig Stunden, vielleicht auch nur eine Stunde ... Sage mir alles, was du von dem Testament weiß, und besonders, wo es ist. Du mußt es wissen. Wir werden es nehmen und dem Grafen bringen. Er hat es sicherlich vergessen und wird es vernichten wollen. Versteh mich recht: es ist mein einziger Wunsch, seinen Willen heilig zu erfüllen. Nur darum bin ich ja hergekommen ... nur um euch und ihm beizustehen, bin ich hier.

Jetzt habe ich alles verstanden ... ich weiß, wessen Intrigen es sind, ich weiß es!

Darum handelt sich's jetzt nicht, meine Teure!

Ihr lieber Schützling ist's ... die Fürstin Anna Michailowna, die ich nicht als Dienstmädchen haben möchte ... diese abscheuliche widerwärtige Person ...

Laß uns keine Zeit verlieren.

Hören Sie nur! Vergangenen Winter hat sie sich hier eingedrängt und hat solche Albernheiten, solche Schändlichkeiten über uns gesagt, besonders über Sophie – wiederholen kann ich sie nicht –, daß der Graf krank wurde und uns vierzehn Tage nicht sehen wollte. In der Zeit, das weiß ich, hat er dies schreckliche, nichtswürdige Schriftstück abgefaßt. Aber dieses Schriftstück, dachte ich, bedeutet nichts.

Darum eben handelt es sich! Warum hast du mir nicht früher ein Wort davon gesagt?

In dem Mosaik-Portefeuille ist's, das unter seinem Kopfkissen liegt … jetzt weiß ich's, sagte die Prinzessin, ohne die Frage des Fürsten zu beantworten. – Ja! schrie sie plötzlich auf, und war eine völlig Veränderte, wenn eine Sünde in mir ist, eine schwere Sünde, so ist's mein Haß gegen dies nichtswürdige Weib! … warum drängt sie sich hier ein? … aber ich werde ihr alles heraussagen, alles … die Zeit wird schon kommen!

XIX

Während diese Gespräche im Empfangszimmer und in den Zimmern der Prinzessin geführt wurden, fuhr der Wagen, in dem Pierre und Anna Michailowna saßen, in den Hof des gräflichen Hauses ein. Nach Pierre hatte man geschickt, und Anna Michailowna begleitete ihn aus eigenem Antriebe. Als die Räder leise über das unter den Fenstern ausgebreitete Stroh glitten, wandte sich die Fürstin zu ihrem Gefährten, sagte ihm einige Worte des Trostes, und als sie bemerkte, daß er in der Wagenecke eingeschlafen war, weckte sie ihn auf. Aus seinem Schlaf emporgeschreckt, stieg Pierre mit Anna Michailowna aus und dachte jetzt erst an das Wiedersehen mit dem sterbenden Vater, das ihm bevorstand. Es fiel ihm auf, daß der Wagen nicht an der großen, sondern an der kleinen Treppe vorgefahren war, und während des Aussteigens bemerkte er zwei einfach gekleidete Leute, die sich rasch von der Treppe zurückzogen und sich in ihrem Schatten versteckten. Pierre blieb stehen und gewahrte zu beiden Seiten des Hauses noch andere, gleichartige Gestalten, die sich zu verbergen suchten; aber sie wurden weder von Anna Michailowna noch vom Kutscher oder vom Diener beachtet, die sie doch auch gesehen haben mußten. Es wird wohl so sein müssen, dachte Pierre und folgte der Fürstin.

Sie stieg rasch die spärlich erleuchtete, schmale Steintreppe hinauf und rief Pierre zu, ihr schneller zu folgen. Er konnte nicht begreifen, warum er plötzlich zu dem Grafen gerufen war und noch weniger, warum er die Hintertreppe hinaufgehen sollte. Aber die rasche, entschlossene Handlungsweise Anna Michailownas bestärkte ihn in dem Gedanken, daß es so sein müsse. In der Mitte der Treppe wurden sie beinahe von zwei Männer umgestoßen, die ihnen mit Eimern und klappernden Stiefeln entgegenkamen. Die Männer drückten sich an die Wand, um der Fürstin und Pierre Platz zu machen und verrieten nicht die mindeste Verwunderung, sie hier zu sehen.

Ist dies der Weg zu den Zimmern der Fürstinnen? fragte Anna Michailowna einen der Leute.

Ganz richtig! antwortete der Diener mit dreister, lauter Stimme, als ob jetzt alles erlaubt wäre. Es ist die Türe links, Mütterchen.

Vielleicht hat der Graf gar nicht nach mir verlangt, sagte Pierre, indem er auf dem Treppenabsatze stehenblieb. Es wäre vielleicht besser, wenn ich in mein eigenes Zimmer ginge. Anna Michailowna blieb stehen, um ihm Zeit zu geben, sie einzuholen.

Ach, mein Freund! sagte sie mit derselben Gebärde, mit der sie morgens zu ihrem Sohn gesprochen hatte, glauben Sie mir, ich leide ebenso wie Sie, aber seien Sie ein Mann.

Wirklich, ich gehe lieber in mein Zimmer, wiederholte Pierre und sah Anna Michailowna freundlich über die Brillengläser hinweg an.

Oh, mein Freund, vergessen Sie das Unrecht, das man vielleicht gegen Sie begangen hat. Bedenken Sie, es ist Ihr Vater ... der vielleicht im Sterben liegt. – Sie seufzte. – Ich habe Sie gleich so liebgehabt wie meinen eigenen Sohn. Vertrauen Sie mir, Pierre. Ich werde Ihre Interessen gewiß wahrnehmen.

Pierre begriff nicht, was sie meinte, aber wieder schien es ihm, und diese Überzeugung wurde immer fester, daß alles so sein müsse, alles notwendig sei, und gehorsam folgte er der Fürstin, die bereits die Tür öffnete.

Diese Tür ging in das Vorzimmer des Hinterhauses. In der einen Ecke saß der alte Diener der Prinzessinnen und strickte seinen Strumpf. Pierre hatte diesen Teil des Hauses nie betreten und keine Ahnung gehabt, daß sich hier solche Gemächer befanden. Anna Michailowna befragte ein Mädchen, das sein Präsentierbrett mit Glas und Wasserflasche vor ihnen hertrug (sie nannte das Mädchen meine Liebe und mein Täubchen), nach dem Befinden der Prinzessinnen und geleitete Pierre weiter durch den Korridor, aus dem die erste Tür links in die Wohnzimmer der Prinzessinnen führte.

Da in diesen Tagen in diesem Hause alles in Eile geschah, vergaß das Mädchen mit der Wasserflasche, die Tür hinter sich zuzumachen, und unwillkürlich sahen Pierre und Anna Michailowna in das Zimmer hinein, wo die älteste Prinzessin mit dem Fürsten Wassilij im eifrigen Gespräch zusammensaß. Als Fürst Wassilij die Vorübergehenden erblickte, bog er sich mit unmutiger Bewegung zurück, die Prinzessin aber sprang von ihrem Sitze auf und warf mit zorniger Gebärde die Tür zu.

Diese Gebärde widersprach so sehr der sonstigen, starren Ruhe der Prinzessin, und die Verwirrung, die sich auf dem Gesichte des Fürsten verriet, paßte so wenig zu der ihm eigenen Würde, daß Pierre seine Führerin fragend über die Brille hinweg ansah. Anna Michailowna zeigte jedoch nicht das mindeste Erstaunen; sie lächelte nur und seufzte, als ob sie damit sagen wollte, daß sie das alles erwartet hätte.

Seien Sie ein Mann, mein Freund, ich werde über Ihre Interessen wachen, flüsterte sie, seinen stummen Blick beantwortend, und eilte noch schneller den Korridor entlang.

Pierre verstand nicht, um was es sich handelte, verstand noch weniger, was die Worte »über Ihre Interessen wachen« bedeuten sollten; er sagte sich jedoch abermals, daß alles wohl so sein müsse.

Der Korridor führte zu einem halberleuchteten Saale, der an das Empfangszimmer des Grafen stieß. Es war eines der prächtigen, kalten Gemächer, die Pierre von der anderen Seite des Hauses so gut bekannt waren. Aber auch in diesem Zimmer stand jetzt eine leere Badewanne, und auf dem Teppich war Wasser verschüttet. Ein Bedienter und ein Kirchendiener mit dem Rauchfaß in der Hand kamen auf den Fußspitzen den Eintretenden, ohne sie zu beachten, entgegen, und diese begaben sich ohne weiteres in den Pierre so wohlbekannten Salon mit zwei italienischen Fenstern, einer Tür nach dem Wintergarten, einer Büste und dem lebensgroßen Bilde der Kaiserin Katharina. Hier saßen noch dieselben Leute in derselben Haltung und flüsterten miteinander. Aber alle schwiegen jetzt auf einmal still und sahen auf Anna Michailowna mit ihrem blassen, vergrämten Gesicht und den dicken, großen Pierre, der ihr mit gesenktem Haupte gehorsam folgte.

Auf dem Antlitz Anna Michailownas sprach sich das Bewußtsein aus, daß der verhängnisvolle Augenblick gekommen sei. Mit der Haltung der vielerfahrenen Petersburgerin trat sie ins Zimmer, ohne Pierre auch nur einen Schritt von ihrer Seite zu lassen. Sie war jetzt noch zuversichtlicher als am Morgen; sie fühlte, daß jetzt ihr Empfang gesichert war, da sie den mitbrachte, den der Sterbende zu sehen verlangt hatte. Sie warf einen raschen Blick über die Anwesenden, und als sie den Beichtvater des Grafen bemerkte, glitt sie mit kleinen Schritten zu ihm hin. Ohne sich zu bücken, war sie plötzlich viel kleiner geworden und nahm ehrfurchtsvoll den Segen des einen und dann den des andern Geistlichen in Empfang.

Gott sei Dank, daß es noch Zeit ist, sagte sie; wir Verwandten ängstigten uns so sehr! Dieser junge Mann, fügte sie leise hinzu, ist der Sohn des Grafen. Welch eine schreckliche Stunde!

Nach diesen Worten trat sie zu dem Arzte. Lieber Doktor, dieser junge Mann ist der Sohn des Grafen … Ist noch Hoffnung vorhanden?

Der Doktor schwieg und hob rasch Augen und Schultern in die Höhe. Anna Michailowna ahmte diese Bewegung nach, seufzte, ging von dem Doktor mit halbgeschlossenen Augen zu Pierre zurück. Sie wandte sich mit besonderer Achtung und in einem zärtlich-traurigen Tone zu ihm.

Vertrauen Sie auf Seine Barmherzigkeit, sagte sie und deutete auf einen kleinen Diwan, wo er sich niedersetzen konnte, um auf sie zu warten; dann glitt sie geräuschlos der Tür zu, auf welche die Blicke aller Anwesenden gerichtet waren, und verschwand hinter ihr. Fest entschlossen, seiner Ratgeberin blindlings zu folgen, ging Pierre auf den Diwan zu, den sie ihm angewiesen hatte; kaum aber war Anna Michailowna verschwunden, so bemerkte er, daß die Blicke aller Anwesenden mit mehr als Neugier und Teilnahme auf ihn gerichtet waren. Er bemerkte, daß sie einander zuflüsterten, daß sie mit Blicken auf ihn wiesen mit einer gewissen Scheu, ja mit einer Art Unterwürfigkeit. Sie bezeugten ihm eine Achtung, die ihm früher nie zuteil geworden war. Eine unbekannte Dame, die mit dem Geistlichen sprach, erhob sich von ihrem Platze und bot ihn Pierre an, der Adjutant hob den Handschuh auf, den Pierre hatte fallen lassen, und die Ärzte schwiegen ehrfurchtsvoll, als er an ihnen vorbeiging, und traten zur Seite, um ihm den Weg freizulassen. Pierre wollte sich erst einen andern Platz suchen, um die Dame nicht zu stören, wollte den Handschuh selbst aufheben und um die Ärzte herumgehen, obwohl sie ihm gar nicht im Wege waren; aber er fühlte plötzlich, daß dies unpassend sein würde. Er fühlte, daß er in dieser Nacht eine Persönlichkeit geworden war, die eine schreckliche, von allen erwartete Zeremonie auszuführen habe, und daß er sich deshalb die Dienste aller gefallen lassen müsse. Schweigend empfing er seinen Handschuh aus den Händen des Adjutanten, setze sich auf den Platz der Dame, nahm – die Hände auf die vorgestreckten Knie legend – die steife Haltung einer ägyptischen Statue an, und nachdem er sich noch einmal gesagt hatte, daß alles so sein müßte, faßte er den Entschluß, nicht nach eigenem Gutdünken zu handeln, sondern sich ganz und gar seiner Ratgeberin zu überlassen, um in diesen verhängnisvollen Stunden nicht eine Reihe von Dummheiten zu machen und außer Fassung zu geraten.

Zwei Minuten mochten so vergangen sein, als Fürst Wassilij in seinem Hausrock mit den drei Sternen, in würdevoller Haltung, das Haupt hoch emporhebend, ins Zimmer trat. Seit dem Morgen schien er magerer geworden, und seine Augen schienen größer als sonst, während er seinen Blick umherschweifen ließ und endlich Pierre bemerkte. Er trat zu ihm, erfaßte seine Hand (was er früher nie getan hatte) und zog sie nach unten, als ob er sich überzeugen wollte, daß sie fest angewachsen sei.

Mut, Mut, mein Freund! Er hat Sie zu sehen verlangt ... Es ist gut ... mit diesen Worten wollte er weitergehen, aber Pierre hielt es für notwendig, zu fragen:

Wie steht es mit dem Befinden ... er stockte, weil er plötzlich nicht wußte, ob es schicklich war, den Sterbenden Graf zu nennen, und sich doch schämte, Vater zu sagen.

Er hat vor einer halben Stunde abermals einen Schlaganfall gehabt ... Mut, mein Freund!

Pierres Gedanken waren so verwirrt, daß er sich bei dem Worte Schlag den Schlag irgendeines Körpers dachte. Er sah den Fürsten verwundert an und besann sich erst später, daß eine gewisse Krankheitserscheinung Schlag genannt wird. Fürst Wassilij richtete im Vorbeigehen einige Worte an Lorrain und ging dann auf den Fußspitzen auf die Tür zu – eine Gangart, die ihm schwer wurde, so daß er mit dem ganzen Körper unbeholfene Bewegungen machte. Gleich folgten ihm die älteste Prinzessin, die Geistlichen, die Kirchendiener, die Hausdienerschaft. Hinter der Tür wurde ein Hin- und Herschieben hörbar, und endlich kam Anna Michailowna in den Salon gestürzt. Ihr Gesicht war so bleich wie bisher, drückte jedoch den festen Entschluß aus, ihre Pflicht zu erfüllen. Sie faßte Pierres Hand und sagte:

Die göttliche Güte ist unerschöpflich ... Die Zeremonie der letzten Ölung beginnt eben.

Pierre ging über den weichen Teppich in das Krankenzimmer und bemerkte, daß ihm der Adjutant, die unbekannte Dame und noch einige von der Dienerschaft gefolgt waren, als ob man jetzt nicht mehr um Erlaubnis zu bitten hätte, dies Gemach zu betreten.

XX

Das große, durch säulengetragene Bogen in zwei Hälften geteilte, mit persischen Teppichen behangene Gemach war Pierre sehr wohl bekannt. Der eine Teil des Gemachs, hinter den Säulen, wo an einer Seite das hohe Mahagonibett mit seidenen Vorhängen und an der andern ein großer Schrein mit Heiligenbildern stand, war hell, mit rötlichem Licht erleuchtet, wie es die Kirchen zur Zeit des Abendgottesdienstes zu sein pflegen. Unter den beleuchteten, in Gold gefaßten Heiligenbildern stand ein langer Sessel *à la Voltaire*, und in ihm auf schneeweißen, frisch überzogenen Kissen, bis zum Gürtel in eine grüne Decke gehüllt, erblickte Pierre die imposante Gestalt seines Vaters, des Grafen Besuchow. Seine breite Stirn war noch immer von der, jetzt ergrauten, Haarmähne umwallt, die an einen Löwenkopf erinnerte, und sein rötlich-gelbes Gesicht hatte noch immer dieselben charakteristisch edlen, tiefen Züge bewahrt. Er lag unmittelbar unter den Heiligenbildern; seine großen, fleischigen Hände ruhten auf der Decke. In die Rechte, die mit dem Handteller nach unten gewendet war, hatte man ihm eine Kerze gegeben, die ein alter Diener, über den Sessel gebeugt, festhielt. Um den Lehnstuhl standen die Geistlichen in ihren feierlichen, glänzenden Gewändern, mit lang herabwallendem Haar, brennende Kerzen in den Händen, und sagten feierlich, langsam die Gebete her. Hinter ihnen standen die beiden jüngeren Prinzessinnen mit Taschentüchern in den Händen und vor den Augen. Im Vordergrund befand sich die älteste Prinzessin Catiche mit ihrem boshaften und starren Blick und sah unverwandt zu den Heiligenbildern empor, als ob sie allen sagen wollte, daß sie nicht imstande sein würde, sich zu beherrschen, wenn sie sich nur einmal umsähe. Eine unbekannte Dame und Anna Michailowna – diese mit dem Ausdruck eines sanften Kummers und einer alles verzeihenden Güte, waren an der Tür geblieben. Fürst Wassilij befand sich auf der andern Seite, dicht am Sessel des Sterbenden, hinter einem geschnitzten, mit Samt überzogenen Stuhle. Mit der linken, die Kerze haltenden Hand, hatte er sich auf die Lehne gestützt, bekreuzte sich mit der rechten und schlug jedesmal, wenn er seinen Finger auf die Stirn legte, die Augen zum Himmel auf. Sein Gesicht drückte eine ruhige Andacht und Ergebung aus, und dabei schien es den Anwesenden zu sagen: »Wenn euch diese Gefühle unverständlich sind – um so schlimmer für euch!«

Hinter dem Fürsten standen der Adjutant, die Ärzte und das männliche Dienstpersonal. Männer und Frauen waren, wie in der Kirche, voneinander getrennt. Alle schwiegen und bekreuzten sich; man hörte nur das laute Vorlesen, den gedämpften Gesang der Baßstimmen, und wenn diese schwiegen, einen tiefen Seufzer oder eine leise Bewegung der Füße. Mit der wichtigen Miene, die andeutet, daß man sich seiner Handlungen bewußt ist, ging Anna Michailowna durch das ganze Zimmer auf Pierre zu und reichte ihm eine Kerze. Er zündete sie an, war aber von dem, was ihn umgab, so hingenommen, daß er sich mit derselben Hand bekreuzte, welche die Kerze hielt.

Die jüngste, rotwangige, lachlustige Prinzessin Sophie, die Besitzerin des Leberflecks, blickte eine Weile unverwandt zu ihm hinüber, dann lächelte sie, bedeckte ihr Gesicht mit dem Taschentuche und sah lange nicht auf, aber die lächelte von neuem, als sie Pierre wieder anschaute. Sie fühlte offenbar, daß es ihr unmöglich sein würde, ihn ohne Lachen anzusehen, und dennoch konnte sie die Augen nicht von ihm abwenden. Endlich trat sie, um sich der Versuchung zu entziehen, langsam hinter eine der Säulen.

Plötzlich, mitten in der heiligen Handlung, verstummten die Stimmen der Geistlichen; sie flüsterten sich etwas zu; der alte Diener, der des Grafen Hand hielt, richtete sich auf und wandte sich an die Damen; Anna Michailowna trat heran, beugte sich über den Kranken und gab Lorrain einen Wink. Der französische Arzt (er stand ohne Kerze an eine Säule gelehnt, in der ehrfurchtsvollen Haltung eines Menschen, der beweisen will, daß er trotz des Glaubensunterschiedes die hohe Bedeutung der eben vorgehenden Zeremonie erkennt und ihr sogar seinen Beifall zollt) näherte sich dem Kranken mit kaum hörbaren Schritten, hob mit seinen weißen, feinen

Fingern die freie Hand des Grafen von der grünen Decke auf, wandte sich ab, fühlte den Puls und blieb nachdenklich stehen. Man gab dem Kranken zu trinken … einen Augenblick geriet alles in Bewegung, dann kehrte jeder auf seinen Platz zurück, und die heilige Handlung begann von neuem.

Während dieser Unterbrechung bemerkte Pierre, daß Fürst Wassilij seine Stuhllehne losließ und mit demselben Ausdruck, der sagte, daß er seiner Sache gewiß sein, und daß es desto schlimmer für die anderen wäre, wenn sie die Dinge nicht so auffassen könnten – nicht zu dem Kranken, sondern an ihm vorbei, auf die älteste Prinzessin zuging, sich mit ihr in die Tiefe des Schlafzimmers zurückzog und an das hohe Bett mit den seidenen Vorhängen herantrat. Von dort aus verschwanden beide, der Fürst und die Prinzessin, durch eine Hintertür, aber noch ehe die Zeremonie beendigt war, kehrten sie nacheinander auf ihre Plätze zurück. Pierre schenkte diesem Zwischenfall nicht mehr Aufmerksamkeit als allen andern Vorgängen, denn er war einmal zu der Überzeugung gekommen, daß alles, was am heutigen Abend geschah, unvermeidlich und notwendig sei.

Endlich verstummte der Kirchengesang, und man hörte die Stimme des Geistlichen, der den Kranken zum Genusse des heiligen Abendmahls ehrfurchtsvoll beglückwünschte. Der Kranke lag noch immer unbeweglich da. Um ihn her wurde es wieder geräuschvoll; man hörte Schritte und Flüstern, und die Stimme Anna Michailownas klang aus allen andern hervor.

Pierre hörte, daß sie sagte: Man muß ihn jedenfalls wieder aufs Bett legen, hier wird es unmöglich sein …

Der Kranke war dermaßen von den Ärzten, den Prinzessinnen und den Dienern umdrängt, daß das rötlich-gelbe Antlitz mit der grauen Mähne Pierres Augen vollständig entschwand. Aber obwohl er andere Gesichter vor Augen hatte, schwebte ihm während der ganzen heiligen Handlung unablässig das eine Antlitz vor der Seele.

Aus den behutsamen Bewegungen der Diener, die sich um den Lehnstuhl geschart hatten, erriet Pierre, daß man den Sterbenden aufhob und aufs Bett trug.

Halte dich fest an meiner Hand ... du läßt ihn fallen, hörte er das ängstliche Flüstern eines Dieners. Fasse von unten an ... es muß noch einer helfen, sagten verschiedene Stimmen, und die schweren Atemzüge und die hastiger werdenden Schritte der Leute schienen anzudeuten, daß die Last, die sie trugen, ihre Kräfte überstieg.

Die Tragenden, unter denen sich auch Anna Michailowna befand, gingen an dem jungen Mann vorbei, und für einen Moment sah er die hohe, volle, offene Brust, die mächtigen Schultern und den grauen, krausen Löwenkopf des Kranken, den die Leute emporgehoben hatten. Das Antlitz mit der außerordentlich breiten Stirn, den hervorstehenden Backenknochen, dem schönen, sinnlichen Munde und dem kalten, majestätischen Blick, war durch den herannahenden Tod nicht im mindesten entstellt. Es war dasselbe, das Pierre drei Monate früher gesehen, als der Graf vor des Sohnes Reise nach Petersburg Abschied von ihm genommen. Aber bei den raschen Bewegungen der Tragenden schwankte der Kopf hilflos hin und her, und der kalte, teilnahmslose Blick blieb an keinem Gegenstande haften.

Für einige Augenblicke gab es ein Gedränge um das hohe Bett, dann entfernten sich die Diener, die den Grafen getragen hatten, Anna Michailowna berührte Pierres Hand und sagte: »Kommen Sie!«

Er trat mit ihr an das Bett, auf das der Kranke in einer Stellung niedergelegt war, die offenbar mit dem eben verrichteten Sakramente in Zusammenhang stand. Sein Kopf war hoch auf Kissen gestützt, und seine Hände lagen symmetrisch auf der grünen, seidenen Decke, mit den Handtellern nach unten gekehrt. Als Pierre zu ihm trat, fiel der Blick des Grafen gerade auf den Sohn, aber Sinn und Bedeutung dieses Blickes konnte niemand verstehen. Entweder hatte er keine andere Bedeutung, als daß der Mensch, solange er Augen hat, sie auf irgendeinen Gegenstand richten muß; oder er war zu inhaltsschwer. Pierre blieb stehen, ohne zu wissen, was er nun tun sollte und wandte sich mit fragendem Blick an seine Ratgeberin Anna Michailowna. Sie gab ihm ein rasches Zeichen mit den Augen, deutete auf die Hand des Grafen und machte mit den Lippen die Bewegung des Küssens. Pierre folgte ihrem Rat, beugte sich nieder und drückte einen Kuß auf die breite, fleischige Hand des Vaters, aber weder die Hand noch irgendeine Muskel im Gesicht des Grafen verrieten die mindeste Gemütsbewegung. Pierre blickte abermals Anna Michailowna fragend an; sie wies mit den Augen auf einen Lehnstuhl neben dem Bette. Pierre setzte sich gehorsam nieder, indem der fortfuhr, mit den Augen zu fragen, ob er wirklich getan, was sie von ihm verlangte. Anna Michailowna nickte ihm bejahend zu. Pierre nahm wieder die symmetrisch-steife Haltung einer ägyptischen Statue an, schien zu bedauern, daß sein plumper Körper so viel Platz einnahm, und alle seine Seelenkräfte aufzubieten, um so klein als möglich zu erscheinen. Er betrachtete das Antlitz des Grafen, und dieser sah unverwandt nach der Stelle, wo sich Pierres Antlitz befunden hatte, während er aufrecht stand. Anna Michailowna gab ihren Zügen den Ausdruck des tiefsten Verständnisses für die rührende Bedeutung dieses letzten Wiedersehens zwischen Vater und Sohn. Das dauerte zwei Minuten, die Pierre wie eine Stunde erschienen. Plötzlich zuckte das Gesicht des Grafen, sein schöner Mund verzog sich krampfhaft (erst jetzt begriff Pierre, wie nahe sein Vater dem Tode war), und den zusammengepreßten Lippen entrang sich ein röchelnder Laut. Anna Michailowna sah besorgt in die Augen des Kranken, gab sich Mühe zu erraten, was er wollte, deutete bald auf Pierre, bald auf das Getränk, bald auf die Decke und flüsterte endlich fragend den Namen des Fürsten Wassilij. Augen und Mienen des Kranken drückten Ungeduld aus. Er machte eine Anstrengung, um den Diener anzusehen, der sich keinen Augenblick von dem Kopfende des Bettes entfernt hatte.

Der Herr Graf wollen sich auf die andere Seite legen, flüsterte der Diener und erhob sich, um den schweren Körper des Grafen mit dem Gesicht nach der Wand zu kehren.

Pierre stand ebenfalls auf, um dem Diener zu helfen. Als sie den Grafen umwendeten, fiel eine seiner Hände hilflos zurück, und er strengte sich vergebens an, sie auf den früheren Platz zu legen. Hatte der Graf den entsetzensvollen Blick bemerkt, den Pierre auf die leblose Hand geworfen, oder leuchtete in diesem Augenblick irgendein Gedanke in dem Kopfe des Sterbenden auf, kurz, er blickte auf seine widerspenstige Hand, auf Pierres entsetztes Gesicht, wieder auf die Hand, und um seine Lippen spielte ein kaum merkbares wehmütiges Lächeln, das zu seinen Zügen gar nicht paßte und etwas wie Spott über die eigene Hilflosigkeit ausdrükkte. Als Pierre dieses Lächeln gewahr wurde, fühlte er plötzlich ein Zittern in der Brust, ein Zucken um den Mund, und Tränen verschleierten seine Augen.

Der Kranke wurde nach der Wand gekehrt. Er atmete schwer.

Er ist eingeschlummert, sagte Anna Michailowna, als sie die zurückkehrende Prinzessin bemerkte, lassen Sie uns gehen.

Pierre ging mit ihr hinaus.

XXI

Im Empfangszimmer befanden sich nur der Fürst Wassilij und die älteste Prinzessin. Sie saßen unter dem Bilde der Kaisern Katharina und führten ein eifriges Gespräch, das aber sofort verstummte, als sie Pierre mit seiner Ratgeberin eintreten sahen. Die Prinzessin versteckte etwas, wie Pierre bemerkte, und dabei flüsterte sie:

Ich kann dies Weib nicht ausstehen!

Catiche hat im kleinen Salon Tee servieren lassen, sagte Fürst Wassilij zu Anna Michailowna. Gehen Sie, meine gute Anna Michailowna, sonst halten Sie's nicht aus.

Zu Pierre sagte er nichts, er drückte ihm nur gefühlvoll die Hand. Pierre und Anna Michailowna begaben sich in den kleinen Salon.

Es gibt nichts, was nach einer durchwachten Nacht so erfrischend wäre wie eine Tasse dieses vortrefflichen russischen Tees, begann Lorrain, der in dem kleinen, runden Gemache vor dem Tische stand und mit Wohlgefallen aus einer feinen, chinesischen Tasse ohne Henkel seinen Tee schlürfte.

Um diesen Tisch, auf dem außer dem Teeservice noch ein kaltes Abendessen stand, waren alle versammelt, welche diese Nacht im Hause des Grafen Besuchow zugebracht hatten und nur das Bedürfnis fühlten, ihre Kräfte aufzufrischen.

Dieser kleine, runde Salon mit seinen Spiegeln und kleinen Tischen war Pierre nur zu wohl bekannt. Als der Graf noch Bälle gab, pflegte sich Pierre, der nicht tanzen konnte, in das kleine Spiegelzimmer zurückzuziehen und zu beobachten, wie sich die Damen mit ihren Balltoiletten, ihren Diamanten und Perlen um den entblößten Hals in den hell erleuchteten Spiegeln betrachteten, die ihre Gestalten von allen Seiten wiedergaben und vervielfältigten. Jetzt war das Zimmer durch zwei Kerzen spärlich erhellt, auf dem kleinen Tische standen unordentlich Teegeschirr und Schüsseln durcheinander; die Anwesenden, die nicht wie sonst in festlicher Kleidung erschienen waren, flüsterten miteinander und verrieten durch jedes Wort, durch jede Bewegung, daß sie alle mit dem beschäftigt waren, was in diesem Augenblicke im Schlafzimmer vorging und noch vorgehen sollte. Pierre aß nichts, obwohl er sehr hungrig war. Er warf abermals einen fragenden Blick auf seine Ratgeberin und bemerkte, daß sie auf den Fußspitzen wieder in den Empfangssalon ging, wo Fürst Wassilij mit der ältesten Prinzessin zurückgeblieben war. Pierre hielt auch dies für notwendig, und nach einigem Zögern folgte er ihr. Anna Michailowna stand neben der Prinzessin, und beide sprachen in eifrigem Flüsterton.

Erlauben Sie, Fürstin, daß ich selbst beurteile, was nötig oder unnötig ist, sagte Prinzessin Catiche, die offenbar wieder in demselben aufgeregten Zustande war wie vorhin bei dem Zuwerfen der Zimmertür.

Aber, liebe Prinzessin, entgegnete Anna Michailowna in sanftem, überredendem Tone, indem sie ihrer Gegnerin den Weg vertrat und sie nicht in das Schlafgemach gehen ließ; wird es nicht für den armen Kranken zu angreifend sein, gerade in dem Augenblicke, wo er der Ruhe so sehr bedarf ... in dem Augenblick, so seine Seele schon bereit ist ... in solchem Augenblick kann ein Gespräch über weltliche Dinge ...

Fürst Wassilij, der im Lehnstuhl saß, hatte seine nachlässige Haltung angenommen und ein Bein über das andere geschlagen. Seine Wangen zuckten heftig, sie hingen herab und erschienen dicker als sonst, aber er gab sich das Ansehen eines Mannes, den das Gespräch der beiden Damen wenig anging.

Nun, meine gute Anna Michailowna, lassen Sie Catiche nur gewähren, sagte er. Sie wissen, wie der Graf sie lieb hat.

Ich weiß nicht einmal, was in diesen Papieren steht, rief die Prinzessin Catiche, indem sie sich, auf das Mosaikportefeuille deutend, das sie in der Hand hielt, an den Fürsten Wassilij wandte. Ich weiß nur, daß das echte Testament in seinem Bureau liegt. Dies ist ein vergessenes Papier ...

Sie wollte an Anna Michailowna vorübergehen, aber diese trat ihr auch jetzt wieder in den Weg und ließ sie nicht durch.

Ich weiß es, liebe gute Prinzessin, antwortete sie und ergriff das Portefeuille mit einer Heftigkeit, die verriet, daß sie es sobald nicht wieder loslassen würde. Liebe Prinzessin, ich bitte, ich flehe Sie an ... schonen Sie ihn ... ich beschwöre Sie darum!

Prinzessin Catiche schwieg. Eine Weile hörte man nur das Geräusch, welches das Hin- und Herzerren des Portefeuilles hervorbrachte. So viel war klar, hätte Prinzessin Catiche den Mund geöffnet, so würden ihre Worte für Anna Michailowna nicht eben schmeichelhaft gewesen sein. Anna Michailowna hielt das Portefeuille fest, aber ihre Stimme behielt den früheren weichen, salbungsvollen Klang.

Pierre, treten Sie näher, mein Freund, sagte sie; ich glaube, er ist bei einem Familienrat nicht überflüssig. Nicht wahr, Fürst?

Warum schweigen Sie denn, *mon cousin?* rief plötzlich Prinzessin Catiche so laut, daß man es im Salon hörte und bei ihrer Stimme erschrak; warum schweigen Sie, während sich hier Gott weiß wer erlaubt, in Familienangelegenheiten sich einzumischen und neben dem Zimmer eines Sterbenden eine Szene zu machen. Intrigantin! flüsterte sie boshaft und riß das Portefeuille aus Leibeskräften an sich; aber Anna Michailowna trat rasch einen Schritt vorwärts und erfaßte die Beute auch mit der anderen Hand.

Oh! sagte Fürst Wassilij mit vorwurfsvollem Erstaunen, indem er sich erhob. Das ist lächerlich, wissen Sie! So lassen Sie doch los ... ich sage es Ihnen.

Prinzessin Catiche gehorchte.

Und Sie auch!

Anna Michailowna kehrte sich nicht an den Befehl.

Lassen Sie los, sagte ich Ihnen ... ich nehme alles auf mich! Ich werde zu ihm gehen und ihn fragen ... ich selbst. Genügt Ihnen das?

Aber, Fürst! erwiderte Anna Michailowna, lassen Sie ihm doch einen Augenblick Ruhe nach dem feierlichen Sakrament. Pierre, wollen Sie nicht auch Ihre Meinung äußern? wandte sie sich zu dem jungen Manne, der herangetreten war und erstaunt die bösen, jeder Anstandsrücksicht baren Züge der Prinzessin Catiche und die zuckenden Wangen des Fürsten Wassilij betrachtete.

Sie wissen wohl, daß Sie für alle Folgen verantwortlich sind! sagte Fürst Wassilij streng. Sie wissen selbst nicht, was Sie tun.

Niederträchtiges Weib! rief die Prinzessin Catiche, indem sie sich unerwartet auf Anna Michailowna stürzte und ihr das Portefeuille entriß. Fürst Wassilij senkte das Haupt und machte eine mißbilligende Handbewegung.

In diesem Augenblick ging die Tür, die schreckliche Tür, die Pierre so lange betrachtet hatte und die immer so vorsichtig geöffnet wurde, geräuschvoll auf und flog gegen die Wand. Die jüngere Prinzessin stürzte herein und schlug laut die Hände zusammen.

Was macht ihr! rief sie entsetzt; er stirbt, und Ihr laßt mich allein.

Die älteste Prinzessin ließ das Portefeuille fallen. Anna Michailowna bückte sich schnell, ergriff den Gegenstand des Streites und flüchtete damit in das Sterbezimmer. Als die älteste Prinzessin und Fürst Wassilij die Besinnung wiedererlangt hatten, folgten sie ihr nach. Wenige Minuten früher kam die Prinzessin Catiche allein wieder zurück. Ihr Gesicht war blaß und hart, die Unterlippe eingezogen. Als sie Pierre erblickte, drückte ihr Gesicht eine unbezwingliche Wut aus.

Nun haben Sie erreicht, worauf Sie warteten! rief sie aus, verhüllte schluchzend das Gesicht und lief aus dem Zimmer.

Der Prinzessin folgte Fürst Wassilij. Mit wankenden Schritten ging er auf den Diwan zu, wo sich Pierre niedergelassen hatte, und warf sich in die Ecke, die Augen mit der Hand verhüllend. Pierre bemerkte, daß er blaß war, und daß sein Unterkiefer bebte, wie bei einem Fieberanfall.

Ach, mein Freund, sagte er, Pierre am Ellbogen fassend, und seine Stimme hatte einen weichen, innigen Klang, den der junge Mann früher nie darin gehört. Wie oft sündigen wir! wie oft täuschen wir uns und andere … und warum das alles? Ich bin schon in den Sechzigen, mein Freund … ich … alles endet mit dem Tode … alles! … Der Tod ist schrecklich!

Er weinte.

Anna Michailowna trat zuletzt ins Zimmer. Sie näherte sich Pierre mit langsamen, feierlichen Schritten.

Pierre! sagte sie.

Er warf ihr einen fragenden Blick zu; sie drückte einen Kuß auf die Stirn des jungen Mannes und benetzte sie mit ihren Tränen. Dann schwieg sie eine Weile.

Er ist nicht mehr, sagte sie endlich. Pierre sah sie über seine Brille an.

Kommen Sie, ich will Sie führen … weinen Sie nur. Nichts erleichtert so wie Tränen.

Sie geleitete ihn in ein dunkles Zimmer, und Pierre war es angenehm, daß hier niemand sein Gesicht sehen konnte. Anna Michailowna ließ ihn allein, und als sie wiederkam, war er, mit der Hand unter dem Kopfe, fest eingeschlafen.

Am folgenden Morgen sagte Anna Michailowna zu Pierre:

Ja, mein Lieber, es ist ein großer Verlust für uns – von Ihnen will ich gar nicht reden. Aber Gott wird Sie stützen; Sie sind jung, Sie sind jetzt der Herr eines unermeßlichen Vermögens. Das Testament ist noch nicht eröffnet. Ich kenne Sie genug, um zu wissen, daß Sie darüber nicht den Kopf verlieren werden. Aber es legt Ihnen Pflichten auf, und Sie müssen ein Mann sein.

Pierre schwieg.

Später werde ich Ihnen vielleicht einmal sagen, mein Lieber, daß, wenn ich nicht gewesen wäre, Gott weiß was, hätte geschehen können, fuhr die Fürstin fort. Sie wissen, der Onkel hat mir noch vorgestern versprochen, daß er an Boris denken wolle, aber er hatte nicht mehr Zeit dazu ... ich hoffe, lieber Freund, daß Sie die Wünsche Ihres Vaters erfüllen werden.

Pierre verstand sie nicht; er blickte die Fürstin schweigend an, indem er verlegen errötete, was ihm höchst selten widerfuhr. Anna Michailowna ließ ihn allein, fuhr nach Hause und legte sich nieder.

Am folgenden Tage erzählte sie den Rostows und allen Bekannten die Einzelheiten der Sterbeszene. Sie sagte, Graf Besuchow sei so gestorben, wie sie einst aus dem Leben zu scheiden wünsche. Sein Ende wäre nicht nur rührend, sondern erhebend gewesen; besonders das letzte Wiedersehen zwischen Vater und Sohn, an das sie nicht ohne Tränen denken könne. Sie sagte, sie wüßte nicht zu entscheiden, wer sich in diesen schrecklichen Augenblicken besser benommen hätte: der Vater – der in seinen letzten Momenten an alle und an alles gedacht und dem Sohne so rührende Worte gesagt – oder Pierre, der den herzzerreißendsten Anblick dargeboten, völlig niedergeschmettert gewesen sei, sich aber immer bemüht hätte, seinen Gram zu verbergen, um den sterbenden Vater zu schonen. »Es ist schmerzlich, aber es tut wohl; es erhebt die Seele, Männer zu sehen wie den alten Grafen und seinen würdigen Sohn«, sagte sie. Sie erzählte auch von dem Benehmen der Prinzessin Catiche und des Fürsten Wassilij, entschuldigte sie nicht, wagte aber nur flüsternd von diesen Dingen zu sprechen und bat, alles als tiefes Geheimnis zu betrachten.

XXII

In Lyssyja-Gory, dem Landgute des Fürsten Nikolaj Andrejewitsch Bolkonskij, wurde täglich die Ankunft des jungen Fürsten Andrej und seiner Gemahlin erwartet – eine Erwartung, durch die jedoch die Zeiteinteilung des Hauses keine Störung erfuhr. Der General *en chef*, Fürst Nikolaj Andrejewitsch, in der Gesellschaft »König von Preußen« genannt, lebte, seitdem er unter Kaiser Paul auf seine Güter verbannt worden, mit seiner Tochter, der Prinzessin Maria und deren Gesellschafterin, Mademoiselle Bourienne, beständig in Lyssyja-Gory. Obwohl ihm unter der neuen Regierung die Rückkehr in die Hauptstadt wieder gestattet war, blieb er doch auf seinem Gute. Wer seiner bedürfe, sagte er, würde sich wohl die Mühe geben, ihn 150 Werst von Moskau aufzusuchen, er selbst aber hätte nichts und niemanden nötig. Seiner Meinung nach gab es nur zwei Quellen aller menschlichen Fehler: Müßiggang und Aberglauben, und ebenso auch nur zwei Haupttugenden: Fleiß und Klugheit. Die Erziehung seiner Tochter hatte er selbst geleitet, hatte sie – um sie zu diesen zwei Tugenden heranzubilden – bis jetzt, das heißt bis zu ihrem zwanzigsten Jahre, in Algebra und Geometrie unterrichtet und ihre Tage in eine ununterbrochene Folge von Beschäftigungen eingeteilt. Er selbst war unablässig tätig, schrieb seine Memoiren, beschäftigte sich mit mathematischen Aufgaben, drechselte Tabaksdosen oder beaufsichtigte die Gartenarbeiten und Bauten, die auf seinen Gütern niemals aufhörten. Da Ordnung die erste Bedingung aller Tätigkeit ist, war seine Lebensweise auf das genaueste eingeteilt. Zu den Mahlzeiten kam er nicht nur zur bestimmten Stunde, sondern zur bestimmten Minute. Gegen seine Umgebung, von der Tochter bis hinab zur Bedienung, zeigte er sich schroff, anspruchsvoll und flößte ihr, ohne sich irgendwelcher Grausamkeit schuldig zu machen, eine Furcht und Ehrerbietung ein, die oft der Grausamste nicht zu erzwingen vermag. Obwohl er den Abschied genommen und keinerlei Einfluß auf die Regierungsangelegenheiten mehr hatte, hielt es jeder Gouverneur der Provinz, in welcher das Gut des Fürsten lag, für Pflicht, dem Fürsten seine Aufwartung zu machen, und wartete ganz wie der Architekt, der Gärtner oder die Tochter des Fürsten in dem hohen Vorzimmer zur bestimmten Stunde auf den Empfang.

Und jeder der im Vorzimmer Anwesenden wurde von einem Gefühl der Ehrerbietung oder selbst der Furcht ergriffen, wenn sich die hohe, massige Tür des Vorzimmers öffnete und die Gestalt des alten Herrn von mittlerer Größe erschien, mit gepuderter Perücke, kleinen, mageren Händen und grauen, buschigen Brauen, die, sooft er die Stirn runzelte, den Glanz seiner beinahe jugendlichen Augen verschleierten.

Am Tage der Ankunft des jungen Paares begab sich Prinzessin Maria wie gewöhnlich in die Gemächer des Vaters, um ihm guten Morgen zu sagen. Als sie das Vorzimmer betrat, bekreuzte sie sich und sprach, wie jeden Morgen, das stille Gebet, daß die Begrüßung gut vonstatten gehen möge. Der alte, gepuderte Diener, der im Vorzimmer saß, stand leise auf und sagte ebenso leise: Bitte, sich hineinzubemühen.

Aus dem anstoßenden Zimmer hörte man das regelmäßige Schnurren einer Drehbank. Die Prinzessin trat hinein, zog schüchtern die sich geräuschlos bewegende Tür zu und blieb am Eingang stehen. Der Fürst, der an der Drehbank arbeitete, sah sich um und fuhr in seiner Beschäftigung fort. Das geräumige Studierzimmer war mit Gegenständen angefüllt, die augenscheinlich immer benutzt wurden, ein großer Tisch, mit Büchern und Plänen bedeckt, hohe Bücherschränke mit Glastüren, in denen die Schlüssel steckten, ein Stehpult, auf dem ein offenes Heft lag, eine Drehbank mit allen dazugehörigen Gerätschaften, rings von abfallenden Spänen umgeben – alles deutete auf unablässige, mannigfaltige, geordnete Tätigkeit, während die Bewegungen des kleinen, in einem silbergestickten tatarischen Stiefel steckenden Fußes und das feste Aufdrücken der hageren, muskulösen Hand des Fürsten die Fähigkeit und Widerstandskraft seines frischen Greisenalters bekundeten. Nachdem er das Rad noch ein paarmal herumgeschwungen hatte, zog er den Fuß vom Trittbrett herunter, wischte den Meißel ab, warf ihn in eine lederne Tasche, die an der Drehbank befestigt war, trat an den Tisch und rief seine Tochter herbei. Er pflegte seine Kinder nicht zu segnen, und begnügte sich auch heute, der Prinzessin Maria seine borstige, noch nicht rasierte Wange zum Kuß zu reichen, indem er streng und doch herzlich fragte: »Geht's gut? ... Nun, so setz' dich!« fuhr er fort, griff nach einem von seiner Hand geschriebenen Geometriehefte und zog mit dem Fuße seinen Sessel heran.

Für morgen, sagte er, indem er schnell die richtige Seite aufschlug und einen der Sätze mit seinem harten Nagel bezeichnete. Die Prinzessin neigte sich über das Heft, aber der Greis unterbrach sie wieder.

Warte, da ist ein Brief für dich, sagte er, zog aus einer am Schreibtische befestigten Tasche ein Kuvert mit weiblichen Schriftzügen hervor und warf es auf den Tisch.

Beim Anblick des Briefes bedeckte sich das Gesicht der Prinzessin mit roten Flecken; sie erfaßte ihn schnell und bückte sich darauf nieder.

Von Heloise? fragte der Fürst mit einem kühlen Lächeln, bei welchem seine noch festen, aber gelblichen und lückenhaften Zähne sichtbar wurden.

Ja, von Julie, gab die Prinzessin mit schüchternem Lächeln und schüchternem Aufblick zur Antwort.

Zwei Briefe will ich noch durchgehen lassen, den dritten lese ich, sagte der Fürst in strengem Ton; ich fürchte, ihr schreibt nur Unsinn – den dritten lese ich!

Lesen Sie doch schon diesen, Väterchen! antwortete die Prinzessin noch tiefer errötend und reichte ihm den Brief.

Den dritten habe ich gesagt, den dritten! rief der Fürst kurz und schneidend, schob den Brief zurück, stützte den Ellbogen auf den Tisch und zog das Heft mit geometrischen Figuren heran.

Nun, mein Fräulein, begann der Greis, neigte sich dem Hefte und seiner Tochter zu und legte dabei seine Hand auf die Lehne ihres Sessels, so daß sie sich von allen Seiten von dem beißenden Schnupftabaksgeruch umgeben fühlte, der alten Leuten eigen ist. Nun, mein Fräulein, diese Dreiecke sind einander gleich. Du siehst die Winkel a, b, c …

Erschreckt blickte die Prinzessin in die so nahe vor ihr blitzenden Augen des Vaters; rote Flecke erschienen auf ihrem Gesicht und verschwanden wieder. Es war unverkennbar, daß sie ihn nicht verstand, und daß die Angst sie auch hindern würde, alle weiteren Erklärungen des Vaters zu begreifen, mochten sie noch so klar sein. War es die Schuld des

Lehrers oder der Schülerin – jeden Tag wiederholte sich dasselbe: es wurde der Prinzessin dunkel vor den Augen, Hören und Sehen vergingen ihr, sie wußte nur noch, daß ihr das harte, strenge Gesicht des Vaters ganz nahe war, fühlte seinen Atem, spürte seinen Geruch und hatte nur den einen Gedanken, so schnell als möglich aus seinem Zimmer wegzukommen, um in Freiheit über ihre Aufgabe nachsinnen zu können. Der Greis wurde unruhig, rückte geräuschvoll auf seinem Sessel hin und her, suchte sich zu bezwingen, um nicht heftig zu werden, und wurde es doch fast jedesmal, fing an zu schelten und warf hin und wieder sogar das Heft auf die Erde.

Die Prinzessin hatte eine falsche Antwort gegeben.

Ist das eine Dummheit! rief der Fürst, indem er das Heft zurückstieß und sich rasch abwandte. Dann stand er auf, ging ein paarmal im Zimmer hin und her, strich endlich über das Haar der Prinzessin, setzte sich wieder, rückte seinen Lehnstuhl an den Tisch und fuhr in seinen Erklärungen fort.

So geht's nicht, mein gnädiges Fräulein, so geht's nicht, sagte er, als die Prinzessin das Heft mit den Aufgaben bereits zugeschlagen hatte und sich entfernen wollte. Die Mathematik ist eine ernst Sache, mein Fräulein, und ich will nicht, daß du unsern dummen Damen ähnlich wirst. Nur frisch gearbeitet, die Lust findet sich! – Er streichelte ihre Wange. – Mußt dir die dummen Gedanken aus dem Kopfe jagen. – Sie wollte gehen, aber er hielt sie mit einer Gebärde zurück, indem er ein neues unaufgeschnittenes Buch von seinem Stehpulte nahm.

Da hast du noch einen »mystischen Schlüssel«; deine Heloise schickt ihn dir ... etwas Religiöses ... in Glaubenssachen mische ich mich aber durchaus nicht ein, ich habe das Ding nur durchgesehen. Da nimm, und nun geh, geh!

Er klopfte sie auf die Schulter, ließ sie hinaus und machte selbst die Tür hinter ihr zu.

Mit dem traurigen, furchtsamen Ausdruck, der sie selten verließ und ihr kränkliches, unschönes Gesicht noch weniger anziehend machte, kehrte die Prinzessin in ihr Zimmer zurück und setzte sich an den mit Miniaturporträts, Büchern und Heften bedeckten Schreibtisch, dessen Aussehen verriet, daß ihr die Ordnungsliebe des Vaters fehlte. Sie legte das geometrische Heft beiseite und öffnete den Brief, der von ihrer liebsten Jugendfreundin kam. Diese Freundin war dieselbe Julie Karagina, die am Namenstage bei den Rostows zu Besuch gewesen war. Der Brief war französisch geschrieben:

»Teure, herzlich geliebte Freundin! Es ist doch etwas Schreckliches um die Trennung! Obwohl ich mir immer wiederhole, daß die Hälfte meines Daseins und meines Glückes in Dir lebt, daß unsere Seelen, trotz der Entfernung, die uns trennt, durch unlösbare Bande vereint bleiben, hört mein Herz nicht auf, gegen das Schicksal zu murren; und trotz aller Vergnügungen und Zerstreuungen, die mich hier umgeben, bin ich nicht imstande, die stille Traurigkeit zu besiegen, die mich seit unserer Trennung erfüllt. Warum können wir nicht mehr wie diesen Sommer in deinem großen Zimmer auf dem blauen Sofa – dem Sofa ›der Herzensergüsse‹ – zusammensitzen? Warum kann ich nicht mehr wie vor drei Monaten aus Deinem sanften, ruhigen, tiefdringenden Blicke neue Seelenkräfte schöpfen, aus diesem Blick, der mir so lieb ist und den ich zu sehen glaube, während ich Dir schreibe?«

Als die Prinzessin Maria so weit gelesen hatte, seufzte sie und warf einen Blick in den Trumeau zu ihrer Rechten. Der Spiegel zeigte ihr eine unschöne, dürftige Gestalt und ein hageres Gesicht, dessen immer schwermütige Augen in diesem Moment besonders hoffnungslos aussahen. Sie schmeichelt mir, sagte die Prinzessin zu sich selbst, wandte sich ab und fuhr fort zu lesen. Ihre Freundin hatte ihr übrigens keine Schmeichelei gesagt; die großen, tiefen, leuchtenden Augen der Prinzessin, die zuweilen ein erwärmendes Licht auszustrahlen schienen, waren in der Tat so schön, daß sie das reizlose Gesicht des jungen Mädchens oft reizender erscheinen ließen als das einer wirklichen Schönheit. Aber die Prinzessin hatte den anmutigen Ausdruck ihrer Augen nie gesehen; er zeigte sich nur, wenn sie sich selbst vergaß, und ihr Gesicht bekam, wie das der meisten Menschen, einen erzwungenen, unnatürlichen, häßlichen Ausdruck, sobald sie sich im Spiegel betrachtete. Sie las weiter:

»Ganz Moskau spricht nur noch vom Kriege; einer meiner beiden Brüder ist schon im Auslande, der andere marschiert mit der Garde der Grenze zu. Unser teurer Kaiser hat Petersburg verlassen und soll, wie es heißt, die Absicht haben, sein kostbares Leben den Wechselfällen des Krieges auszusetzen. Wolle Gott, daß der Engel, den uns der Allmächtige in seiner Barmherzigkeit zum Herrscher gegeben, das korsische Ungeheuer, das den Frieden Europas stört, zu Boden schmettert! Abgesehen von meinen Brüdern hat mich dieser Krieg eines Verkehrs beraubt, der meinem Herzen über alles teuer war – des Verkehrs mit dem jungen Nikolaj Rostow. Enthusiastisch, wie Nikolaj nun einmal ist, war es ihm unmöglich, in Untätigkeit zu verharren, und er hat die Universität verlassen, um sich der Armee anzuschließen. Laß Dir gestehen, liebe Marie, daß mir trotz seiner Jugend sein Abgang zum Heere ein großer Schmerz gewesen ist. Der junge Mann, von dem ich Dir schon im Sommer erzählte, ist eine edle Natur und besitzt eine Frische, wie man sie in unserer Zeit, unter unsern zwanzigjährigen Greisen nur selten findet. Er ist aufrichtig, gemütvoll und so poetisch, daß meine Beziehungen zu ihm, so flüchtig sie auch waren, zu den süßesten Genüssen meines Herzens gehörten, dieses armen Herzens, das schon so viel gelitten hat. Eines Tages werde ich Dir von unserem Abschied erzählen, Dir wiederholen, was wir bei der Trennung sprachen – jetzt ist das alles noch zu frisch. Oh, teure Freundin, wie glücklich bist du, weder diese bittern Freuden noch diese bittern Schmerzen zu kennen – glücklich, sage ich, weil die letzteren gewöhnlich das Übergewicht haben. Ich weiß sehr wohl, daß Graf Nikolaj zu jung ist, um mir jemals mehr als ein Freund zu sein. Aber diese sanfte Freundschaft, diese reinen, poetischen Beziehungen sind meinem Herzen Bedürfnis geworden. Laß uns nicht weiter davon sprechen!

»Die große Tagesneuigkeit, die ganz Moskau beschäftigt, ist der Tod des alten Grafen Besuchow und seine Hinterlassenschaft. Denke Dir, die drei Prinzessinnen haben nur eine

Kleinigkeit geerbt, Fürst Wassilij nichts, und die ganze Erbschaft ist an Pierre gefallen, der überdies legitimiert worden ist. Er heißt nun also Graf Besuchow und besitzt das größte Vermögen in ganz Rußland; Fürst Wassilij soll in dieser Angelegenheit eine häßliche Rolle gespielt haben und sehr niedergeschlagen nach Petersburg zurückgekehrt sein. Ich muß Dir gestehen, daß ich von diesen Erbschaftsangelegenheiten und Testamentsverfügungen keinen klaren Begriff habe; ich weiß nur – und es amüsiert mich, es zu beobachten – daß, seitdem der junge Mensch, der uns bisher als Pierre schlechtweg bekannt war, Graf Besuchow und Herr eines außerordentlichen Vermögens geworden ist, alle mit Töchtern gesegneten Mütter und diese Töchter selbst Ton und Benehmen gegen den Jüngling (der mir, nebenbei gesagt, recht unbedeutend zu sein scheint) vollständig geändert haben. Wie man sich schon zwei Jahre damit beschäftigt, mich mit Männern zu verloben, die ich häufig nicht einmal kannte, so macht mich jetzt die Ehestandschronik von Moskau zur Gräfin Besuchow – Du aber weißt, daß ich nicht im entferntesten daran denke, es zu werden. Da wir vom Heiraten sprechen, muß ich Dir doch sagen, daß mir neulich, die »Allerweltstante« Anna Michailowna unter dem Siegel der tiefsten Verschwiegenheit ein Heiratsprojekt für Dich mitgeteilt hat. Es handelt sich um niemand anders als um Anatol, den Sohn des Fürsten Wassilij. Man hofft ihn durch die Verbindung mit einem reichen, vornehmen Mädchen auf den rechten Weg zurückzubringen, und die Wahl der Verwandten ist auf Dich gefallen. Ich weiß nicht, wie Du die Sache ansiehst, jedenfalls habe ich es für meine Pflicht gehalten, Dir Nachricht zu geben. Der junge Mann soll sehr hübsch, aber ein Taugenichts sein – das ist alles, was ich über ihn erfahren konnte.

Aber genug des Geplauders! Mein zweiter Briefbogen geht zu Ende, und Mama läßt mich rufen, um mit mir zum Diner zu Apraxins zu fahren.

Lies das mystische Buch, das ich Dir schicke; es hat ungeheures Aufsehen bei uns erregt, obwohl es Dinge enthält, an die der schwache Menschenverstand nicht heranreicht; es ist ein bewunderungswürdiges Werk, das die Seele beruhigt und erhebt. Lebe wohl. Sage Deinem Vater meine Empfehlung und grüße Mlle. Bourienne.

Mit herzlicher Umarmung   Deine Julie.

P.S. Sage mir, wie es Deinem Bruder geht und seiner reizenden Frau.«

Einen Augenblick sah die Prinzessin gedankenvoll, mit schwermütigem Lächeln vor sich hin, wobei ihr Gesicht, von den strahlenden Augen erhellt, völlig verwandelt schien. Dann stand sie auf, ging mit schweren Schritten an den Schreibtisch, setzte sich, nahm ein Blatt Papier zur Hand und begann mit großer Schnelligkeit zu schreiben. Ihre Antwort lautete:

»Teure, herzlich geliebte Freundin! Dein Brief vom 13. hat mir eine große Freude gemacht. Du hast mich also noch immer lieb, meine poetische Julie. Die Trennung, der Du so viel Böses nachsagst, hat auf Dich ihren gewöhnlichen Einfluß nicht auszuüben vermocht. Du klagst über unsere Trennung – was sollte ich erst sagen, wenn ich zu klagen *wagte*, ich, die ich alle meine Lieben entbehren muß. Ach, wie traurig wäre das Leben, wenn wir nicht den Trost des Glaubens hätten! – Wie kommst Du darauf, daß ich Dich mit strengen Blicken ansehen würde, wenn Du mir von Deiner Neigung für den jungen Mann erzähltest? Nur gegen mich selbst bin ich in solchen Dingen streng; bei anderen lasse ich diese Gefühle gelten, und wenn ich sie nicht ganz verstehen kann, da ich sie nie empfunden habe, so verdamme ich sie doch nicht. Ich glaube nur, daß die christliche Liebe, die Liebe zu unserm Nächsten, die Liebe zu unsern Feinden, verdienstlicher, erhebender und besser ist als die Empfindung, welche die schönen Augen eines jungen Mannes in dem poetischen, liebebedürftigen Herzen eines jungen Mädchens, wie Du bist, erregen können.

»Die Nachricht vom Tode des Grafen Besuchow war uns schon vor Deinem Briefe zugekommen, und mein Vater ist tief davon berührt worden. Er sagt, Graf Besuchow wäre der vorletzte Repräsentant des großen Jahrhunderts gewesen, jetzt käme an ihn die Reihe, er würde jedoch alles tun, um dies Nachfolgen so lange als möglich hinauszuschieben. Gott wolle uns vor diesem schweren Unglück bewahren!

»Deiner Meinung über Pierre, den ich als Kind gekannt habe, kann ich nicht zustimmen. Er schien mir immer ein vortreffliches Herz zu haben, und das ist die Eigenschaft, die ich an allen Menschen am höchsten schätze. Was seine Erbschaft betrifft und die Rolle, die Fürst Wassilij dabei gespielt hat, so kann ich beide nur beklagen. Oh, meine liebe Freundin, das Wort unseres göttlichen Erlösers, daß eher ein Kamel durch ein Nadelöhr gehen, als daß ein Reicher ins Himmelreich kommen wird, dies Wort ist eine furchtbare Wahrheit. Ich bedauere den Fürsten Wassilij, aber Pierre noch mehr. So jung und mit solchem Reichtum belastet – welche Versuchungen wird er zu bestehen haben! Wenn ich gefragt würde, was ich auf Erden am meisten wünsche, so würde ich sagen: ich möchte ärmer sein als der ärmste Bettler. Tausend Dank, teure Freundin, für das Werk, das Du mir geschickt hast und das bei euch so großes Aufsehen erregt. Da Du mir sagst, daß es neben vielen guten Dingen mancherlei enthält, was der schwache menschliche Verstand nicht zu fassen vermag, scheint es mir ziemlich überflüssig, mich mit einer Lektüre zu beschäftigen, die unverständlich und darum nutzlos ist. Ich habe nie begriffen, wie man Lust haben kann, sich den Sinn durch mystische Schriften zu verwirren, die nur Zweifel wecken, die Einbildungskraft überreizen und zu einer der christlichen Einfalt widersprechenden Übertreibung führen. Die Apostel und das Evangelium sollen wir lesen, nicht aber versuchen, die Geheimnisse zu ergründen, die sie enthalten – denn wie dürften wir, elende Sünder, die wir sind, uns erlauben, in die furchtbaren heiligen Mysterien der Vorsehung einzudringen, solange unser sterblicher Leib zwischen uns und dem Ewigen einen undurchdringlichen Schleier bildet? Begnügen wir uns, die erhabenen Lehren, die der göttliche Erlöser für unser Erdenleben gegeben hat, zu verstehen und ihnen nachzuleben. Je weniger Spielraum wir unserm schwachen, sterblichen Verstande geben, um so angenehmer – davon bin ich überzeugt – werden wir dem *Herrn*, der jede Wissenschaft verwirft, die nicht von *Ihm* kommt. Je weniger wir zu ergründen suchen, was Er unserer Erkenntnis zu entziehen für gut befunden, um so eher wird *Er* es uns durch seinen heiligen Geist offenbaren.

»Von dem Bewerber hat mir mein Vater nichts gesagt, nur daß er einen Brief vom Fürsten Wassilij erhalten, und daß er seinen Besuch erwartet. Was das Heiratsprojekt für mich betrifft, so muß ich Dir, teure Freundin, sagen, daß die Ehe, meiner Ansicht nach, eine göttliche Bestimmung ist, der wir uns zu unterwerfen haben. Wenn mir der Allmächtige jemals die Pflichten einer Gattin und Mutter auferlegen sollte, würde ich sie, wie schwer es mir auch werden möchte, so treu als möglich zu erfüllen suchen, ohne mich auf eine Prüfung meines Gefühls für den mir bestimmten Gatten einzulassen.

Von meinem Bruder habe ich einen Brief erhalten, der mir meldet, daß er mit seiner Frau nach Lyssyja-Gory kommt. Es wird nur eine kurze Freude für mich sein, denn er verläßt uns wieder, um an dem unglückseligen Kriege teilzunehmen, in den wir, Gott weiß wie und warum, hineingezogen werden. Nicht nur bei Euch, im Brennpunkt der Geschäfte und der Gesellschaft, wird unaufhörlich vom Kriege gesprochen, auch hier, inmitten der Feldarbeiten, inmitten jenes Naturfriedens, den die Städter auf dem Lande zu finden meinen, hört man den Widerhall des Krieges und empfindet sein Herannahen schmerzlich. Mein Vater spricht nur noch von Märschen und Kontramärschen, Dinge, von denen ich nichts verstehe, und als ich vorgestern meinen gewöhnlichen Spaziergang machte und durch die Dorfgasse kam, wurde ich Zeugin eines herzzerreißenden Auftritts. Es hatte eine Rekrutenaushebung stattgefunden, und die Armen sollten zum Heere abmarschieren. Es war schrecklich, den Zustand zu sehen, in dem sich die Mütter, Weiber und Kinder der Fortziehenden befanden, und schrecklich zu hören, wie sie alle weinten und jammerten! Die Menschheit scheint die Lehren ihres göttlichen Erlösers, der Liebe predigte und die Beleidigungen zu verzeihen befahl, vergessen zu haben und scheint ihr Hauptverdienst in der Kunstfertigkeit des Mordens zu suchen.

Lebe wohl, liebe, teure Freundin. Unser Heiland und Seine allerheiligste Mutter mögen Dich in ihren heiligen und mächtigen Schutz nehmen.

Deine Marie.«

Ah, Sie machen Ihre Postsendung fertig, Prinzessin – sie sprach das r schnarrend – ich bin schon fertig damit; ich habe an meine arme Mutter geschrieben, rief die angenehme, klangvolle Stimme der immer lächelnden Mademoiselle Bourienne, die in die traurige, schwere, beengende Atmosphäre der Prinzessin Marie einen Luftzug frischer, leichtsinnig-heiterer Selbstzufriedenheit zu bringen schien. Prinzessin, ich muß Ihnen sagen, fügte sie mit leiserer Stimme hinzu, der Fürst hat einen Wortwechsel (sie schien auf dem Worte Wortwechsel mit besonderem Wohlgefallen zu verweilen) einen Wortwechsel mit Michail Iwanytsch gehabt. Er ist sehr übler Laune, sehr verdrießlich. Seien Sie gewarnt. Sie wissen ...

Ah, liebe Freundin, antwortete die Prinzessin Marie, ich habe Sie gebeten, mir niemals von der Laune meines Vaters zu sprechen. Ich erlaube mir nicht, über ihn zu urteilen, und wünschte, daß es andere auch nicht täten.

Die Prinzessin sah auf die Uhr, und als sie bemerkte, daß sie schon fünf Minuten von der Zeit versäumt hatte, die sie auf ihr Klavierspiel verwenden sollte, begab sie sich mit erschrockener Miene ins Diwanzimmer. Der festgesetzten Tagesordnung nach schlief der Fürst von 12 bis 2 Uhr, und die Prinzessin spielte Klavier.

XXIII

Der greise Kammerdiener des Fürsten saß halb schlummernd im Vorzimmer und horchte auf das Schnarchen seines Herrn im anstoßenden Gemache. Vom anderen Ende des Hauses hörte man durch die geschlossenen Türen wohl zwanzigmal die schwierigste Stelle einer Dussekschen Sonate wiederholen.

Um dieselbe Zeit fuhren an der Freitreppe eine Kutsche

und eine Britschke vor. Aus der Kutsche sprang Fürst Andrej, half seiner kleinen Frau beim Aussteigen und ließ sie vor sich die Treppe hinaufgehen. Der alte Tichon steckte seine Perücke aus der Vorzimmertür, meldete flüsternd, daß der Fürst »zu schlafen geruhe« und machte schnell wieder zu. Tichon wußte, daß ebensowenig die Ankunft des Sohnes, wie irgendeine andere, außergewöhnliche Begebenheit die Tagesordnung stören durfte. Fürst Andrej schien das auch zu wissen; er sah auf seine Uhr, wie um sich zu überzeugen, daß die Gewohnheiten des Vaters, seit er ihn nicht gesehen, dieselben geblieben waren, und wandte sich zu seiner Frau mit den Worten:

In zwanzig Minuten steht er auf; wir wollen so lange zur Prinzessin Marie gehen.

Die kleine Fürstin war in der Zwischenzeit weit stärker geworden, aber ihre Augen und ihre kurze Oberlippe mit dem Schnurrbärtchen sahen, als sie zu sprechen begann, ebenso lustig und hübsch aus wie früher.

Aber das ist ja ein Palast, sagte sie zu ihrem Manne, indem sie sich mit derselben Miene umsah, mit welcher man auf einem Balle dem Herrn des Hauses Komplimente macht. Nun schnell, schnell! Sie sah sich um und lächelte allen zu, dem alten Tichon, ihrem Manne und dem Diener, der sie begleitete.

Das ist wohl Marie, die da übt? Wir wollen leise gehen, wollen sie überraschen, fing sie wieder an. Fürst Andrej folgte ihr mit höflichem, traurigem Gesichtsausdruck.

Du bist alt geworden, Tichon, sagte er im Vorübergehen zu dem Greise, der ihm die Hand küßte.

Ehe sie das Musikzimmer erreichten, stürzte die hübsche, blonde Französin aus einer Seitentür hervor. Mlle. Bourienne schien außer sich vor Entzücken.

Ah, welche Freude für die Prinzessin! rief sie aus. Endlich! Ich muß sie benachrichtigen.

Nein, nein, ich bitte ... Sie sind Mlle. Bourienne? Ich kenne Sie schon durch die Freundschaft, die meine Schwägerin für Sie fühlt, sagte die junge Fürstin, indem sie die Französin umarmte. Sie erwartet uns nicht!

Sie traten an die Tür des Diwanzimmers, aus dem sich immer wieder dieselben Takte hören ließen. Fürst Andrej zögerte und zog die Brauen zusammen, als ob ihm etwas Unangenehmes bevorstände.

Die Fürstin trat ins Zimmer; das Klavierspiel brach plötzlich ab; man hörte einen Aufschrei, die schweren Schritte der Prinzessin Marie und das Geräusch wiederholter Küsse. Als Fürst Andrej eintrat, hielten sich seine Frau und Schwester, die sich erst einmal, bei seiner Hochzeit, flüchtig gesehen hatten, fest umschlungen und bedeckten sich mit Küssen. Mlle. Bourienne stand neben ihnen, drückte mit andächtiger Miene die Hände aufs Herz und war augenscheinlich ebenso bereit zu weinen wie zu lachen. Fürst Andrej zuckte die Achseln und verzog das Gesicht wie ein Musikfreund, der eine falsche Note hört. Die beiden Frauen ließen sich endlich los, begannen aber, als ob sie fürchteten, etwas zu versäumen, sich gegenseitig trotz des Abwehrens der einen wie der anderen die Hände zu küssen. Dann fielen sie sich wieder um den Hals und brachen plötzlich, zur höchsten Überraschung des Fürsten Andrej, in Tränen aus: auch Mlle. Bourienne fing an zu weinen.

Fürst Andrej wurde unbehaglich zumute. Den beiden Frauen aber schien es so ganz in Ordnung zu sein. Sie hätten sich nicht denken können, daß es bei einem solchen Wiedersehen anders zugehen dürfte.

Ah, meine Liebe! ... Ah, Marie! ... fingen beide gleichzeitig an und lachten dabei. Ich habe heute nacht geträumt ... Sie erwarten also nicht? ... Ah, Marie, Sie sind mager geworden! ... Und Sie stärker! ...

Ich habe die Frau Fürstin sogleich erkannt, fiel Mlle. Bourienne ein.

Und ich hatte keine Ahnung! ... rief die Prinzessin Marie. Ach, Andrej, ich habe dich noch gar nicht gesehen!

Fürst Andrej reichte der Schwester die Hand, gab ihr einen Kuß und sagte, sie wäre noch dieselbe Heulliese wie früher. Prinzessin Maria sah den Bruder durch Tränen lächelnd mit warmen, sanften, liebevollen Blicken an, und ihre Augen wurden groß und strahlend. Die kleine Fürstin sprach ohne

Aufhören. Ihre kurze Oberlippe mit dem Schnurrbärtchen senkte sich jeden Augenblick auf die rote Unterlippe nieder und flog dann wieder in die Höhe, während Augen und Zähne wieder in Lächeln strahlten. Die kleine Fürstin erzählte von einem Unfall, der ihnen auf der Spasskaja-Gora (Heilandsberge) zugestoßen war und für sie, in ihrem jetzigen Zustande, leicht üble Folgen hätte haben können; dann berichtete sie, daß sie alle ihre Kleider in Petersburg zurückgelassen hätte und hier, Gott weiß was, tragen müsse; daß Andrej gänzlich verändert wäre; daß Kitty Odinzowa einen alten Mann geheiratet hätte, und daß sich für die Hand der Prinzessin ein Bewerber gefunden habe (ein wirklicher). aber davon würde sie später mit ihr reden. Prinzessin Marie sah noch immer schweigend ihren Bruder an, und ihre schönen Augen waren voll Wehmut und Liebe – unbeirrt vom Geplauder ihrer Schwägerin schien sie ihren eigenen Gedanken zu folgen. Während die junge Frau über die letzte Soiree in Petersburg berichtete, wandte sich Prinzessin Marie an ihren Bruder.

Ist es unwiderruflich, daß du in den Krieg gehst, Andrej? fragte sie seufzend. Lisa seufzte ebenfalls.

Ich reise morgen ab, antwortete er.

Er läßt mich hier zurück und Gott weiß, warum ... er wäre auch so befördert worden. Prinzessin Marie schien sie nicht zu hören, und ihre eigenen Gedanken verfolgend, fragte sie ihre Schwägerin, mit liebevollem Blick auf ihre Gestalt deutend:

Ist es gewiß?

Das Gesicht der kleinen Fürstin verdüsterte sich; sie seufzte tief.

Ja, ganz gewiß! antwortete sie; ach, es ist schrecklich.

Lisas Lippen zuckten, sie neigte ihr Gesicht an das der Schwägerin und fing plötzlich an zu weinen.

Sie muß sich ausruhen, sagte Fürst Andrej, die Brauen zusammenziehend, nicht wahr, Lisa? Führe sie in dein Zimmer, während ich den Vater begrüße. Wie geht es ihm ... noch immer wie sonst?

Alles, alles wie sonst – ich glaube kaum, daß du ihn verändert finden wirst, gab die Prinzessin voll Freuden zur Antwort.

Also immer dieselbe Tagesordnung, dieselben Spaziergänge im Garten, die Drehbank? fragte Fürst Andrej mit einem kaum merkbaren Lächeln, das verriet, daß er trotz seiner Liebe und Achtung für den Vater seine Schwächen kannte.

Ja, dieselbe Tagesordnung, die Drehbank, die Mathematik und meine Geometriestunden, antwortete Prinzessin Marie in so freudigem Ton, als ob diese Stunden zu den schönsten Erinnerungen ihres Lebens gehörten.

Als die zwanzig Minuten bis zum Aufstehen des alten Fürsten verflossen waren, erschien Tichon, um den jungen Fürsten zu rufen. Der Ankunft des Sohnes zuliebe gestattete der alte Herr nun doch eine Abweichung von seiner Tagesordnung, indem er Andrej in sein Zimmer kommen ließ, während er sich zum Mittagessen ankleidete. Der alte Fürst hatte die altmodische Tracht: den breitschößigen Oberrock (Kaftan) und die gepuderte Perücke beibehalten. Als Fürst Andrej das Zimmer des Vaters betrat, waren der mürrische Gesichtsausdruck und die müde Haltung, die er sich in den Salons angewöhnt hatte, verschwunden, und er sah jetzt ebenso angeregt aus wie in den Stunden, die er mit Pierre verlebte. Der alte Fürst saß im Ankleidezimmer in einem weiten, mit Saffian überzogenen Sessel, war in einen Pudermantel gehüllt, und sein Kopf befand sich unter Tichons Händen.

Sieh da, der Krieger! Bonaparte willst du bekämpfen? rief der Greis und schüttelte seinen gepuderten Kopf, soviel es ihm der Zopf erlaubte, den Tichon festhielt. Du mußt ihm tüchtig zu Leibe gehen, sonst wird er auch uns zu seinen Untertanen machen ... Sei willkommen! und er reichte dem Sohne die Wange.

Nach seinem Vormittagsschlaf war der alte Herr gewöhnlich guter Laune. (Er pflegte zu sagen, daß der Nachmittagsschlaf Silber, der Vormittagsschlaf Gold sei) und warf jetzt unter den dichten, überhängenden Brauen hervor dem Sohne einen heiteren Seitenblick zu.

Fürst Andrej trat näher und küßte den Vater auf die angewiesene Stelle. Auf sein Lieblings-Gesprächsthema ging er nicht ein; er wußte, daß der alte Herr über die Soldaten der Gegenwart, besonderes über Bonaparte, zu witzeln pflegte.

Ich führe Ihnen, Vater, meine schwangere Frau zu, sagte der junge Mann, während er mit raschem, ehrfurchtsvollem Blick jeden Zug im Gesicht des Vaters betrachtete. Wie steht es mit Ihrem Befinden?

Krank, lieber Freund, sind nur Toren und Wüstlinge, und mich kennst du doch! Von morgens früh bis abends spät bin ich beschäftigt, bin mäßig in allen Dingen, also bin ich auch gesund.

Gott sei Dank! sagte Fürst Andrej mit stillem Lächeln.

Gott hat nichts dabei zu tun, bemerkte er alte Fürst, und auf sein Steckenpferd zurückkommend, fuhr er fort: Nun erzähle mir doch ... haben euch die Deutschen gelehrt, wie ihr Bonaparte zu schlagen und euch dabei nach ihrer neuen Wissenschaft, Strategie genannt, zu richten habt?

Fürst Andrej lächelte.

Erlauben Sie mir, lieber Vater, erst meine Gedanken zu sammeln, sagte er mit einer Miene, die verriet, daß des Vaters Schwächen die Liebe und Achtung des Sohnes durchaus nicht beeinträchtigten. Ich müßte mich auch wohl erst einquartieren.

Dummes Zeug! Dummes Zeug! rief der alte Herr, schüttelte seinen Zopf, um sich zu überzeugen, daß er fest genug geflochten war, und ergriff des Sohnes Hand. Die Zimmer deiner Frau sind bereit. Marie wird sie hinführen, ihr alles zeigen und ihr dabei eine Masse vorschwatzen ... das ist so Weiberart! Ich freue mich, daß sie gekommen ist ... Du bleibst jetzt aber bei mir und erzählst. Die Aufgabe der Michelsonschen Armee ist mir klar, die der Tolstoischen ebenfalls ... eine gleichzeitige Landung ... Was aber wird die Südarmee beginnen? Preußen ist neutral ... das weiß ich ... wie aber steht's mit Österreich? Er stand auf und ging im Zimmer hin und her, indessen ihm Tichon nachlief und ihm seine Kleidungsstücke zureichte. Was tut Schweden? Wie ist Pommern zu passieren?

Auf das dringende Verlangen des Vaters begann Fürst Andrej anfangs widerstrebend, dann aber mit immer wachsendem Interesse, den Operationsplan des bevorstehenden Feldzugs zu erklären. Erst sprach er russisch, später gab er jedoch seiner Gewohnheit nach und bediente sich des Französischen. Er berichtete, daß eine 90 000 Mann starke Armee Preußen bedrohen solle, um es aus seiner Neutralität aufzuschrecken und in den Krieg zu verwickeln; daß ein Teil dieser Truppen in Stralsund zu den Schweden stoßen solle; daß 220 000 Österreicher und eine russische Armee von 100 000 Mann ihre Operationen in Italien und am Rhein beginnen würden; daß 50 000 Russen und 50 000 Engländer in Neapel landen und auf diese Weise 500 000 Mann Frankreich von allen Seiten angreifen und bedrängen sollten. Der alte Fürst legte für diesen Bericht nicht das mindeste Interesse an den Tag; er schien kaum darauf zu hören, fuhr fort, sich beim Auf- und Abgehen anzukleiden, und unterbrach seinen Sohn dreimal in der seltsamsten Weise. Das eine Mal rief er: die Weiße! die Weiße! Tichon hatte ihm eine falsche Weste gegeben. Das zweite Mal blieb er plötzlich stehen, fragte: Wann wird ihre Entbindung stattfinden? und sagte, nachdem er die Antwort erhalten, mit vorwurfsvollem Kopfschütteln: schlimm! ... fahre fort, fahre fort! und zum dritten Mal, als Fürst Andrej seine Auseinandersetzungen beinahe beendigt hatte, fing der alte Herr in falschem, zitterndem Tone französisch an zu singen: »Marlborough ist ins Feld gezogen, Gott weiß, wie's ihm ergeht.«

Der Sohn lächelte nur.

Ich sage nicht, daß ich diesen Plan billige, bemerkte er dann; ich berichte Ihnen einfach die Tatsachen. Napoleon hat auch schon seinen Feldzugsplan, der nicht schlechter ist.

Nun, du hast mir nichts Neues mitgeteilt! rief der alte Fürst, wiederholte rasch vor sich hin sprechend: »Gott weiß, wie's ihm ergeht! und sagte dann: Gehe jetzt in den Speisesaal!

XXIV

Zur bestimmten Stunde pflegte der alte Fürst, frisch gepudert und rasiert, in den Speisesaal zu treten, wo ihn heute seine Schwiegertochter, Prinzessin Marie, Mademoiselle Bourienne und der Architekt erwarteten. Letzterer wurde infolge einer sonderbaren Laune des Hausherrn zur Tafel gezogen, obwohl seine Stellung ihm keinen Anspruch auf diese Ehre gab. Gewöhnlich hielt der Fürst die Standesunterschiede aufs strengte aufrecht, gestattete selbst einflußreichen Gubernialbeamten nur selten, an seinem Tisch Platz zu nehmen; plötzlich aber war ihm eingefallen, an dem Architekten – der immer in einen Winkel des Zimmers lief, wenn er sich seines karierten Taschentuches bedienen wollte – den Beweis zu liefern, daß alle Menschen gleich sind. Mehr als einmal hatte er seiner Tochter auseinandergesetzt, daß Michail Iwanowitsch durchaus nicht geringer wäre als sie beide, und bei Tisch wandte sich der Fürst vorzugsweise an diesen schweigsamen Hausgenossen.

Im Speisesaale, der wie alle Zimmer des Hauses außerordentlich hoch war, hatten sich die Mitglieder der Familie und die hinter jedem Stuhle stehenden Lakaien eingefunden. Der Haushofmeister, eine Serviette auf dem Arme, überwachte die Tafelordnung, winkte den Dienern zu, und sein unruhiger Blick flog beständig von der Wanduhr nach der Tür, durch die der Fürst erscheinen mußte. Fürst Andrej betrachtete einen riesigen, ihm noch unbekannten Goldrahmen, der den Stammbaum der Fürsten Bolkonskij einfaßte, und der einem anderen, ebensogroßen Rahmen gegenüberhing mit dem schlecht gemalten (offenbar von dem Pinsel eines leibeigenen Males geschaffenen) Bilde eines Fürsten mit bekröntem Haupte; dieser, so hieß es, stamme von Rurik und sei der Ahnherr der Fürsten Bolkonskij. Fürst Andrej betrachtete den Stammbaum, schüttelte den Kopf und lächelte mit dem Ausdruck, mit dem man ein lächerlich ähnliches Bild anzusehen pflegt.

Daran erkenne ich ihn ganz, sagte er zu der Prinzessin Marie, die sich ihm genähert hatte.

Prinzessin Marie sah ihren Bruder verwundert an. Sein Lächeln verstand sie nicht. Alles, was ihr Vater tat, hatte ihre ehrfurchtsvolle, kritiklose Zustimmung.

Jeder Mensch hat seine Achillesferse, fuhr Fürst Andrej fort. Bei seinem kolossalen Verstande soll man doch so kleinlich sein!

Das kühne Urteil des Bruders erschreckte die Prinzessin Marie, und sie war eben im Begriffe, ihm zu antworten, als sich im anstoßenden Zimmer die erwarteten Schritte hören ließen. Rasch und heiter trat der Fürst herein; er pflegte immer so zu gehen, als ob er beabsichtigte, durch seine raschen Bewegungen einen Gegensatz zu der steifen Hausordnung darzustellen. In demselben Augenblick schlug die große Wanduhr zwei, und aus dem Salon antwortete eine andere mit seiner Diskantstimme. Der Fürst blieb stehen; seine strengen, glänzenden Augen blickten unter den dichten, überhängenden Brauen über die Anwesenden hin und ruhten schließlich auf der jungen Fürstin, über die in diesem Augenblick dasselbe Gefühl kam, welches das Hofpersonal beim Eintreten des Kaisers zu haben pflegt, ein Gefühl des Schreckens und der Ehrfurcht, wie es dieser Greis seiner ganzen Umgebung einflöße. Er streichelte der kleinen Fürstin den Kopf und klopfte ihr mit schwerer Hand auf den Nacken.

Ich freue mich! Ich freue mich! sagte er, und nachdem er ihr nochmals fest in die Augen gesehen hatte, ging er rasch von ihr weg und setzte sich auf seinen Platz.

Setzen Sie sich, setzen Sie sich ... Michail Iwanowitsch, setzen Sie sich!

Er zeigte der Schwiegertochter den Platz an seiner Seite; der Diener rückte ihr den Stuhl ab.

Oho! rief der alte Herr, indem er ihre runde Gestalt betrachtete, du hast dich beeilt ... das ist nicht gut.

Er lachte hart, kalt, unangenehm, wie er gewöhnlich zu lachen pflegte, nur mit dem Mund, nicht mit den Augen. Du mußt gehen, so viel als möglich gehen, so viel als möglich, sagte er.

Die kleine Fürstin hörte seine Worte nicht oder wollte sie

nicht hören. Sie schwieg und schien verlegen. Der Fürst fragte nach ihrem Vater, und nun fing sie an zu sprechen und zu lächeln. Sie wurde noch lebhafter, als der alte Herr weiter fragte; sie erzählte von ihren gemeinschaftlichen Bekannten, bestellte Grüße, die man ihr mitgegeben hatte, und fing an, allerlei Stadtneuigkeiten mitzuteilen.

Die Gräfin Apraxin hat ihren Mann verloren, die arme, und hat sich die Augen ausgeweint, sagte sie, indem sie immer lebhafter wurde.

Aber je mehr ihre Heiterkeit wuchs, um so strenger sah der Fürst sie an, und plötzlich, als ob er sie nun ausstudiert und sich einen klaren Begriff von ihr gebildet hatte, wandte er sich von ihr ab und Michail Iwanowitsch zu.

Nun, Michail Iwanytsch, unserem Bonaparte geht es schlecht! Wie mir Fürst Andrej – er pflegte seinen Sohn in der dritten Person immer so zu nennen –, wie mir Fürst Andrej erzählt, hat man alle Mächte gegen ihn aufgeboten, und wir beide haben ihn bisher für einen unbedeutenden Menschen gehalten.

Michail Iwanytsch wußte durchaus nicht, wann »wir beide« in solcher Weise über Bonaparte geurteilt hatten, aber er begriff, daß diese Behauptung als Einleitung zu dem Lieblingsgespräch des Fürsten dienen sollte, und sah voll Erwartung auf den jungen Fürsten, neugierig, was nun weiter kommen würde.

Da habe ich einen großen Taktiker, fuhr der alte Herr zu seinem Sohne gewandt fort, indem er auf den Architekten zeigte, und das Gespräch ging abermals auf den Krieg über, auf Bonaparte, auf die jetzigen Generale und Staatsmänner. Der alte Fürst erklärte sie alle für dumme Jungen, die nicht einmal das A-B-C der Kriegs- und Staatswissenschaft verständen, und Bonaparte für ein nichtsnutziges Französlein, das nur darum Erfolg gehabt, weil es keine Potjomkins und Suworows gab, die ihm entgegengestellt werden konnten. Er war sogar überzeugt, daß es weder politische Verwicklungen noch wirkliche Kriege in Europa gäbe, sondern hielt alles für eine Puppenkomödie, in welcher die Helden des Tages spielten, um sich wenigstens den Schein einer Tätigkeit zu geben.

Fürst Andrej ertrug seines Vaters Spott über die Männer des Tages mit heiterer Gelassenheit, suchte ihn mit sichtlichem Vergnügen zum Weitersprechen anzuregen und hörte ihm voll Interesse zu.

Sie meinen also, daß früher alles besser war? sagte er endlich. Als ob nicht derselbe Suworow in die ihm von Moreau gestellte Falle hineingegangen und unfähig gewesen wäre, sich daraus zu retten.

Wer hat dir das gesagt? wer? schrie der Fürst. Suworow! ... dabei stieß er heftig den Teller zurück, den der alte Tichon schnell erfaßte. Suworow! ... denken Sie nach, Fürst Andrej ... zwei gibt's, Friedrich und Suworow ... Moreau ... Moreau wäre gefangen worden, wenn Suworow freie Hand gehabt hätte. Aber seine Hände waren gefesselt durch den Hofs-Kriegs-Wurst-Schnaps-Rat – mit dem kann der Teufel nicht fertig werden. Wenn du jetzt hinkommst, wirst du's erfahren, was diese Hofs-Kriegs-Wurst-Räte zu bedeuten haben. Suworow ist mit ihnen nicht fertig geworden, wie soll es Michail Kutosow fertigbringen. Nein, mein Freundchen, fuhr er fort, ihr mit euren Generalen werdet Bonaparte nicht bekriegen ... Franzosen müssen wir nehmen, so daß Gleich durch Gleich geschlagen werde. Man hat den Deutschen Pahlen nach New York, nach Amerika geschickt zu dem Franzosen Moreau, fügte er hinzu – und wies damit auf den im Laufe des Jahres gemachten Versuch hin, Moreau für russische Dienste zu gewinnen – ist das nicht wunderlich! ... sind denn die Potjomkins, die Orlows, die Suworows Deutsche gewesen? Nein, lieber Freund! entweder ihr alle seid verrückt geworden oder ich bin's. Macht, was Ihr wollt ... wir werden ja sehen. Ich glaube gar, Bonparte gilt bei den Leuten als großer Feldherr! hm ...

Ich sage durchaus nicht, daß alle seine Maßregeln richtig wären, antwortete Fürst Andrej; aber ich kann auch nicht begreifen, daß Sie so über Bonaparte urteilen. Lachen Sie, so viel Sie wollen, ein großer Feldherr ist er doch.

Michail Iwanowitsch! schrie der alte Fürst dem Architekten zu, der sich in der Hoffnung, daß man ihn vergessen würde, an den Braten gemacht hatte, ich habe Ihnen gesagt, daß

Napoleon ein großer Taktiker ist ... da haben Sie's ... er sagt dasselbe.

Ja, gewiß, Durchlaucht! antwortete der Architekt.

Der Fürst lachte wieder in seinem kalten Tone. Bonaparte ist mit einer Glückshaube geboren, seine Soldaten sind ausgezeichnet, sagte er, aber zuerst ist er gegen die Deutschen losgezogen, und die Deutschen lassen sich von jedem Schwächling schlagen. Solange die Welt steht, hat noch jeder die Deutschen geschlagen, sie aber niemanden. Sie schlagen sich nur untereinander. Bei ihnen hat er sich seinen Ruhm geholt.

Dann setzte er alle Fehler auseinander, die Bonaparte, seiner Meinung nach, sowohl in Kriegs- wie in Staatsangelegenheiten gemacht. Der Sohn widersprach ihm nicht; es war jedoch unverkennbar, daß er durch alle Vorstellungen und Beweise ebensowenig umgestimmt werden konnte wie sein Vater. Aber während Fürst Andrej zuhörte und seinen Widerspruch unterdrückte, staunte er darüber, daß dieser alte Mann, der doch schon so viele Jahre ununterbrochen auf seinem Gut gesessen hatte, mit so viel Einzelheiten vertraut war und mit so viel Feinheit über die kriegerischen und politischen Verhältnisse Europas urteilen konnte.

Du meinst vielleicht, daß ich ein alter Mann bin und um die heutige Sachlage nicht Bescheid weiß? schloß der Fürst. Aber ich habe das alles bis zum Überdruß genossen ... ich schlafe die Nächte nicht. Wo ist denn nun der große Feldherr, *dein* Feldherr ... wo hat er sich gezeigt?

Die Antwort darauf würde zu umständlich sein, antwortete der Sohn.

Gehe nur zu deinem Bonaparte. Mlle. Bourienne, da ist noch ein Bewunderer Ihres Stallknechts von Kaiser, rief er in ausgezeichnetem Französisch.

Sie wissen, Fürst, daß ich keine Bonapartistin bin.

Gott weiß, wie 's ihm ergeht! sang der Fürst in falschem Tone, lachte noch falscher und verließ den Tisch.

Die kleine Fürstin hatte während des Streites, das heißt während des ganzen Mittagessens, geschwiegen und furchtsam bald die Prinzessin Maria, bald ihren Schwiegervater angesehen. Als sie sich vom Tische erhoben, nahm sie ihre Schwägerin bei der Hand und führte sie in das anstoßende Zimmer.

Welch ein geistvoller Mann ist Ihr Vater, sagte sie; darum fürchte ich mich wahrscheinlich so sehr vor ihm.

Ach, er ist so gut! antwortete Prinzessin Maria.

XXV

Am folgenden Tage gegen Abend wollte Fürst Andrej abreisen. Der alte Fürst, der nie von seiner Tagesordnung abwich, begab sich nach dem Mittagessen in sein Zimmer, die kleine Fürstin ging zu ihrer Schwägerin, und Fürst Andrej, der sich in einen Reiseüberrock ohne Epauletten gehüllt hatte, war in seinem Zimmer mit Hilfe des Dieners beschäftigt, seine Sachen zu packen. Nachdem er den Wagen und die aufgeladenen Koffer selbst in Augenschein genommen hatte, befahl er anzuspannen. Im Zimmer befanden sich nur noch die Sachen, die Fürst Andrej immer bei sich führte: seine Schatulle, ein großes silbernes Necessaire, zwei türkische Pistolen und ein bei Otschakow erbeuteter Krummsäbel, ein Geschenk seines Vaters. Alle diese Reiseutensilien hielt Fürst Andrej in großer Ordnung, und sie alle waren mit neuen, sauberen, sorgfältig zugebundenen Tuchfutteralen versehen.

Im Augenblicke einer Abreise, die einen Wendepunkt des Lebens bildet, pflegt über Menschen die sich von ihrem Tun und Lassen Rechenschaft geben, eine ernste Stimmung zu kommen; sie prüfen ihre Vergangenheit und machen Pläne für die Zukunft. Auch Fürst Andrej ging mit sanftem, gedankenvollem Gesichtsausdruck, die Hände auf den Rücken gelegt, raschen Schrittes im Zimmer auf und nieder, blickte gerade vor sich hin und wiegte sinnend den Kopf. Schreckte ihn der Krieg? oder fiel es ihm schwer, seine Frau zu verlassen? Vielleicht beides – jedenfalls wünschte er nicht, in dieser Stimmung überrascht zu werden, denn als er Schritte im Vorzimmer hörte, trat er rasch an den Tisch, als ob er das Futteral der Schatulle zubinden wollte und nahm seinen gewohnten, ruhigen, undurchdringlichen Ausdruck an. Es waren die schweren Schritte der Prinzessin Maria.

Man sagt mir, daß du anspannen läßt, fing sie atemlos an, als sie hereintrat (man sah, daß sie gelaufen war), und ich wollte so gern noch mit dir sprechen ... Gott weiß, auf wie lange wir uns trennen! ... Du bist doch nicht böse über mein Kommen? Wie zur Erklärung dieser Frage fügte sie hinzu: Du hast dich sehr verändert, Andrjuscha ... Als sie das Wort »Andrjuscha« aussprach, lächelte sie – es erschien ihr seltsam, daß der schöne, ernste Mann, der jetzt vor ihr stand, derselbe Andrjuscha sein sollte wie der magere, wilde Knabe, der einst der Gefährte ihrer Kindheit gewesen war.

Wo ist Lisa? fragte Fürst Andrej, der die Frage der Schwester nur mit einem Lächeln beantwortete.

Sie war so müde, daß sie in meinem Zimmer auf dem Sofa eingeschlafen ist, antwortete Prinzessin Maria, indem sie sich dem Bruder gegenüber auf den Diwan setzte. Ach Andrej, welchen Schatz von einer Frau hast du doch! Sie ist ein Kind, ein liebes, fröhliches Kind ... ich habe sie sehr lieb gewonnen. Fürst Andrej schwieg, aber seine Schwester verstand den ironischen Ausdruck der Geringschätzung, der sich auf seinem Antlitz zeigte, und sagte: Mit ihren kleinen Schwächen muß man Nachsicht haben. Wer hätte sie nicht, Andrej? Vergiß nicht, daß sie in der großen Welt erzogen und aufgewachsen, und daß ihre jetzige Lage keine rosenfarbige ist. Man muß sich in jede Lage hineinversetzen können! »Alles verstehen, ist alles verzeihen.« Bedenke, wie schwer es der Armen jetzt nach dem Leben, an das sie gewöhnt war, sein muß, sich von ihrem Manne zu trennen, allein auf dem Lande zu bleiben und noch dazu in ihren Umständen – das ist sehr schwer!

Fürst Andrej sah die Schwester lächelnd an, wie wir zu lächeln pflegen, wenn wir Menschen sprechen hören, die wir durch und durch zu kennen glauben.

Du lebst ja auch auf dem Lande; findest du dies Leben schrecklich? warf er ein.

Ich bin etwas anderes ... Von mir dürfen wir nicht sprechen! Ich wünsche mir kein anderes Leben, kann es nicht wünschen, weil ich nichts anderes kenne. Aber bedenke, Andrej, eine junge Weltdame, die sich in ihren schönsten Lebensjahren auf dem Lande begraben sieht. Papa ist immer beschäftigt und ich ... Du kennst mich und weißt, wie wenig erheiternd ich bin für eine Frau, die an bessere Gesellschaft gewöhnt ist. Mademoiselle Bourienne allein ...

Sie gefällt mir gar nicht, eure Bourienne! sagte Fürst Andrej.

Sage das nicht! ... sie ist sehr liebenswürdig, sehr gut, und was die Hauptsache ist, ein bedauernswertes Mädchen. Sie hat niemand, niemand. Offen gestanden, ist sie mir nicht nur entbehrlich, sondern lästig ... Ich, das weißt du, war immer etwas menschenscheu und bin es jetzt noch mehr. Ich bin am liebsten allein ... aber der Papa hat sie gern. Sie und Michail Iwanowitsch sind die zwei Personen, gegen die er immer freundlich und gut ist, weil er ihnen beiden wohlgetan hat. Sterne sagt: »Wir lieben die Menschen nicht nur um des Guten willen, das sie uns, sondern auch des Guten wegen, das wir ihnen getan haben.« Der Vater hat sie als Waise von der Straße aufgelesen, und sie ist ihm dankbar, und der Vater liebt ihre Art zu lesen. Abends liest sie ihm vor ... sie liest sehr gut.

So! ... Aber aufrichtig, Marie, wird es dir nicht oft recht schwer, mit dem Vater fertig zu werden? fragte Fürst Andrej. Prinzessin Maria schien halb erstaunt, halb erschreckt über die Frage.

Mir? ... mir? ... mir schwer? antwortete sie.

Er war immer streng, und ich fürchte, das ist jetzt noch schlimmer geworden, sagte Fürst Andrej, wie es schien, in der Absicht, die Schwester in Verlegenheit zu bringen und sie zu veranlassen, sich über den Vater auszusprechen.

Du bist sonst so gut Andrej, aber du hast einen gewissen geistigen Hochmut, antwortete die Prinzessin, die mehr ihrem eigenen Gedankengange als dem Gespräch zu folgen schien, und das ist eine große Sünde. Wie ist es möglich, über den eigenen Vater zu urteilen? und wenn es möglich wäre, welches andere Gefühl als das der Verehrung kann ein Mann wie unser Vater erwecken? Ich fühle mich so zufrieden, so glücklich in seiner Nähe … ich wollte nur, daß alle so glücklich wären wie ich!

Der Bruder schüttelte zweifelnd den Kopf.

Das eine, was mir schwer wird, will ich dir aufrichtig zugestehen, Andrej, fuhr die Prinzessin fort. Es sind seine religiösen Ansichten. Ich begreife nicht, daß ein Mensch mit so großem Verstande nicht sieht, was so klar ist wie der Tag, und daß er in so große Irrtümer verfallen kann. Das allein macht mich unglücklich. Aber auch hier sehe ich seit einiger Zeit einen Schimmer von Besserung. Seine Spöttereien sind jetzt nicht mehr so beißend wie früher, und vor kurzem hat er einen Mönch zu sich kommen lassen und sich lange mit ihm unterhalten.

Liebes Kind, ich fürchte, daß ihr mit diesem Mönche umsonst euer Pulver verschießen werdet, erwiderte Fürst Andrej mit gutmütigem Spott.

Ach, mein Lieber, ich bete zu Gott und hoffe, daß er mich erhören wird … antwortete Prinzessin Maria, und nach einer kurzen Pause fügte sie schüchtern hinzu: Andrej, ich habe eine große Bitte an dich.

Nun, liebe Schwester?

Nein, versprich erst, daß du sie nicht abschlagen willst. Es wird dich keine Mühe kosten und ist nichts Unwürdiges … aber sei gut, versprich es mir, Andrjuscha, bat sie, indem sie die Hand in ihren Ridikül steckte und etwas darin erfaßte, aber noch nicht in hervorzog. Sie schien erst die erbetene Zusicherung erwarten zu wollen und sah den Bruder mit schüchtern flehenden Blicken an.

Und wenn es mich nun doch große Mühe kostete? antwortete Fürst Andrej, der zu erraten schien, um was es sich handelte.

So denke, was du willst … ich weiß, du bist in der Beziehung wie Papa! Denke, was du willst, aber tu' es mir zuliebe, bitte, tu es … sei gut! … Der Vater unseres Vaters – unser Großvater hat es in allen Kriegen getragen … sie zog den Gegenstand, den sie in der Hand hielt, noch immer nicht aus dem Ridikül hervor; also bitte, versprich mir …

Gewiß! um was handelt sich's denn?

Andrej, ich segne dich mit diesem heiligen Bilde, und du versprichst mir, es niemals abzulegen ... willst du?

Wenn es nicht zwei Pud schwer ist und mir den Hals nicht zuzieht, verspreche ich's, um dir eine Freude zu machen, begann der Fürst, fügte dann aber, als er bemerkte, daß dieser scherzhafte Ton seiner Schwester weh tat, ernster hinzu: gern, sehr gern, wirklich sehr gern, meine Liebe.

Es wird dich trotz deines Unglaubens schützen und sich deiner erbarmen, und wird dich zu dem zurückführen, in dem allein Wahrheit und Frieden ist, sagte sie mit erregt zitternder Stimme und hielt dem Bruder mit feierlicher Gebärde in beiden Händen ein ovales altes Christusbildchen mit schwarzem Gesicht entgegen, das in Silber gefaßt war und an einem feinen silbernen Kettchen hing. Sie bekreuzte sich, küßte das Bildchen, und mit den Worten: Bitte, Andrej, um meinetwillen! reichte sie es dem Bruder hin.

Ein freundliches, sanftes Licht strahlte aus ihren großen Augen und erleuchtete ihr kränkliches, mageres Gesicht, das dadurch wunderbar verschönt wurde. Ihr Bruder wollte das Heiligenbild erfassen, aber sie hielt ihn zurück. Andrej verstand sie, bekreuzte sich und küßte das Bild mit halb gerührter, halb schüchterner Miene.

Ich danke dir, mein Lieber! Sie küßte ihn auf die Stirn und setzte sich wieder auf den Diwan. Beide schwiegen eine Weile.

Noch eins, Andrej, fing die Schwester nach einer Pause wieder an, sei gut und großherzig, wie du immer gewesen bist, und sei nicht streng gegen Lisa. Sie ist so liebenswürdig, so gut, und ihr Zustand ist jetzt so schwer.

Ich glaube nicht, Mascha, dir irgend etwas gesagt zu haben, was dir ein Recht zu der Annahme gibt, daß ich meiner Frau irgendeinen Vorwurf mache, oder daß ich unzufrieden mit ihr wäre. Warum sagst du mir dies alles?

Das Gesicht der Prinzessin Maria bedeckte sich mit roten Flecken, und sie schwieg, als ob sie sich schuldig fühlte.

Ich habe dir nichts geklagt, aber wahrscheinlich haben es andere getan ... das tut mir leid! sagte der Fürst.

Auf Stirn, Hals und Wangen der Prinzessin traten die roten

Flecke noch schärfer hervor. Sie wollte antworten, konnte aber den rechten Ausdruck nicht finden. Ihr Bruder hatte richtig geraten: nach Tisch hatte die kleine Fürstin unter Tränen geklagt, daß sie eine unglückliche Entbindung ahne und sich vor ihr fürchte; hatte sich über ihr Schicksal, über den Schwiegervater und ihren Mann beschwert und hatte sich endlich in den Schlaf geweint. Dem Fürsten Andrej tat seine Schwester leid.

Eins muß ich dir sagen, Mascha, fing er nach einer Pause an. Ich habe *meiner Frau* nicht das mindeste vorzuwerfen, habe es nie getan und werde niemals Anlaß dazu finden. Ich selbst habe mir ebenfalls ihr gegenüber nichts vorzuwerfen – das wird immer so bleiben, unter allen Verhältnissen. Aber wenn du die Wahrheit wissen willst ... wenn du wissen willst, ob ich glücklich bin? ... Nein! ... ob sie glücklich ist? ... Nein! ... Warum? Ich weiß es nicht!

Nach diesen Worten stand er auf, trat zu seiner Schwester und küßte sie auf die Stirn. Seine schönen Augen leuchteten von Geist und Güte, aber er sah nicht die Prinzessin an, sondern blickte über ihren Kopf hinweg in die dunkle Öffnung der Tür.

Laß uns zu ihr gehen, ich muß Abschied nehmen, sagte er; oder gehe du allein und wecke sie – ich werde gleich nachkommen. Petruschka! rief er dem Diener zu, komm her, packe ein, dies lege unter den Sitz und das andere rechts.

Prinzessin Maria stand auf und ging auf die Tür zu; einen Augenblick blieb sie stehen.

Andrej, wenn du den rechten Glauben hättest, würdest du Gott gebeten haben, dir die Liebe zu geben, die dir fehlt, und dein Gebet würde erhört worden sein.

Ja, das vielleicht! ... antwortete Fürst Andrej. Aber geh, Mascha, ich komme gleich.

Auf dem Wege zum Zimmer der Schwester, in der Galerie, welche die beiden Häuser verbindet, traf Fürst Andrej die freundliche Mlle. Bourienne, die ihm heute schon zum dritten Male mit ihrem enthusiastisch-naiven Lächeln in einsamen Gängen begegnete.

Ah, ich glaubte, Sie wären in Ihrem Zimmer! rief sie, indem sie ohne Ursache errötete und die Augen niederschlug. Fürst Andrej warf ihr einen strengen Blick zu; sein Gesicht nahm einen zornigen Ausdruck an, und ohne etwas zu sagen und ohne in ihre Augen zu sehen, streifte er ihre Stirn und ihr Haar mit einem so verächtlichen Blick, daß die Französin sich verlegen entfernte, ohne noch ein Wort gesprochen zu haben.

Als Fürst Andrej das Zimmer seiner Schwester erreichte, war die kleine Fürstin schon erwacht, und aus der offenen Türe ertönte ihre fröhliche Stimme im raschen Geplauder. Sie sprach so schnell, als ob sie nach langer Zurückhaltung die verlorene Zeit wieder einbringen wollte, und wie immer, Französisch.

Nein, aber denken Sie sich die alte Gräfin Zubow mit falschen Locken und falschen Zähnen, als ob sie den Jahren Trotz bieten wollte – ha, ha, ha, Marie!

Schon fünfmal hatte Fürst Andrej dieselben Worte über die Gräfin Zubow und dasselbe Lachen über sie von seiner Frau gehört. Er trat langsam ins Zimmer. Die rundliche, rotwangige Fürstin saß im Lehnstuhl, hielt ihre Arbeit in den Händen und redete ohne Aufhören, indem sie Petersburger Erinnerungen und Phrasen auffrischte. Fürst Andrej trat zu ihr, streichelte ihr den Kopf und fragte, ob sie sich von der Reise ausgeruht hätte? Sie antwortete ihm und nahm dann ihre Erzählung wieder auf.

Die mit sechs Pferden bespannte Kutsche stand vor der Freitreppe; es war eine finstere Herbstnacht – der Kutscher konnte die Deichsel des Wagens nicht sehen. Auf der Freitreppe bewegten sich Gestalten mit Laternen hin und her. Das ganze Haus war hell erleuchtet, alle seine Fenster strahlten. Im Vorzimmer drängte sich das Gesinde, das von dem jungen Fürsten Abschied nehmen wollte. Im Saale befanden sich die Hausgenossen: Michail Iwanowitsch, Mlle. Bourienne, Prinzessin Maria und die kleine Fürstin. Fürst Andrej war in das Arbeitszimmer seines Vaters gerufen worden – der alte Fürst hatte gewünscht, unter vier Augen von dem Sohne Abschied zu nehmen. Alle warteten auf das Erscheinen der beiden.

Als Fürst Andrej das Arbeitszimmer betrat, saß der alte Fürst an seinem Schreibtische und schrieb. Er hatte seine Brille aufgesetzt und trug seinen weißen Schlafrock, in dem er nur seinen Sohn empfing.

Du gehst? sagte er, indem er sich einen Augenblick umwandte; dann schrieb er weiter.

Ich bin hier, um Abschied zu nehmen.

Küsse mich hierher, sagte der alte Herr und zeigte auf seine Wange. Ich danke, ich danke dir.

Warum danken Sie mir, lieber Vater?

Wie du deine Zeit nicht vergeudest ... dich nicht an eine Weiberschürze hängst. Der Dienst vor allem. Ich danke, ich danke! und er schrieb wieder so eifrig, daß die rasselnde Feder die Tinte umherspritzte. Wenn du etwas zu sagen hast, sprich – ich kann beides zugleich tun.

Über meine Frau möchte ich mit Ihnen sprechen. Es ist mir peinlich, daß ich Sie mit dieser Sorge belasten muß.

Rede keinen Unsinn! Sage, was du zu sagen hast!

Wenn die Zeit der Entbindung kommt, lassen Sie einen Arzt aus Moskau holen ... er mag zugegen sein ...

Der alte Fürst hielt inne und sah den Sohn, als ob er nicht recht verstanden hätte, mit den strengen Augen starr an.

Ich weiß, daß keine Hilfe möglich ist, wenn die Natur selbst nicht hilft, fuhr Fürst Andrej in sichtlicher Verlegenheit fort, und weiß, daß unter einer Million von Fällen einer unglücklich ist; aber sie hat es gewünscht, und darum tue auch ich es. Man hat ihr allerlei Schreckliches erzählt, sie hat schlechte Träume gehabt und fürchtet sich.

Hm, hm, es soll geschehen! sagte der alte Fürst wie in einem Selbstgespräche, während er zu schreiben fortfuhr. Dann machte er den Schlußstrich des Namenszuges, wandte sich rasch zu seinem Sohne und lachte.

Es ist schlimm, nicht wahr? fragte er.

Was soll schlimm sein, lieber Vater?

Die Frau! rief der alte Fürst kurz und nachdrücklich.

Ich verstehe Sie nicht, antwortete Fürst Andrej.

Es ist nichts zu machen, lieber Freund! sagte der alte Fürst.

Sie sind sich alle gleich, und eine Ehe kann man nicht rückgängig machen … Aber fürchte nichts, ich will es niemand sagen, und du weißt es ja!

Mit seiner kleinen, knochigen Hand faßt er die des Sohnes, schüttelte sie, blickte ihm mit den lebhaften Augen, die den Menschen durch und durch zu sehen schienen, gerade ins Gesicht und lachte wieder in seinem harten, kalten Tone.

Der Sohn seufzte, und dieser Seufzer war das Geständnis, daß ihn der Vater verstanden hatte.

Der Greis begann seinen Brief zu falten und zu siegeln. In seiner gewohnten raschen Weise nahm er das Papier, den Siegellack, das Petschaft zur Hand und warf eines nach dem andern wieder hin.

Dem ist nun nicht mehr abzuhelfen … schön ist sie … ich werde alles tun, sei ruhig! sagte er kurz, indem er siegelte.

Andrej schwieg. Es war ihm zugleich lieb und peinlich, daß ihn sein Vater begriffen hatte. Der Greis stand auf und reichte dem Sohne den Brief.

Höre, um deine Frau sei unbesorgt, sagte er; ich werde alles tun. Und nun höre: dieser Brief ist an Michail Ilarionowitsch (Kutusow); ich schreibe ihm, daß er dir was Rechtes zu tun gebe und dich nicht lange als Adjutanten bei sich behalte; das ist ein schlechtes Amt! Sage ihm, daß ich ihn nicht vergessen, und daß ich ihn lieb habe, und schreibe mir, wie er dich aufnimmt. Wenn er sich freundlich zu dir verhält, so diene ihm … Der Sohn vom Nikolaj Andreitsch Bolkonskij darf sich um keines Menschen Gunst bemühen. Komme hierher!

Er sprach so schnell, daß er die Hälfte der Worte verschluckte; aber der Sohn verstand ihn doch. Er trat mit ihm an das Bureau; der alte Herr öffnete die Klappe, zog einen Kasten auf und nahm ein Heft heraus, das mit seinen dicken, langen, zusammengedrängten Buchstaben beschrieben war.

Wahrscheinlich werde ich vor dir sterben, also mußt du Bescheid wissen, sagte er. Hier sind meine Memoiren, die übergibst du nach meinem Tode dem Kaiser. Dann ist hier ein Pfandbrief mit einem Begleitschreiben; ich will eine Prämie für den künftigen Geschichtsschreiber der Suworowschen Feldzüge stiften – beides geht an die Akademie. Hier endlich sind meine kleinen Tagesnotizen; wenn ich nicht mehr bin, lies sie für dich – sie können dir nützen.

Andrej sagte seinem Vater nicht, daß er wahrscheinlich noch lange leben würde. Der Sohn wußte, daß dergleichen seinem Vater gegenüber nicht nötig war.

Ich werde alles erfüllen, lieber Vater, gab er einfach zur Antwort.

Nun, so leb wohl! – Der alte Herr gab dem Sohne die Hand zum Kuß und umarmte ihn. – Vergiß nicht, Fürst Andrej, es würde für mich alten Mann ein tiefer Schmerz sein, wenn du fielst ... Er verstummte plötzlich und fuhr dann mit schreiender Stimme fort: aber wenn ich erfahren müßte, daß du dich anders benommen hast, als es dem Sohne Nikolaj Bolkonskijs ziemt, das wäre für mich ... eine Schmach!

Das brauchen Sie mir nicht zu sagen, lieber Vater, antwortete der Sohn mit einem Lächeln.

Der Greis schwieg.

Um eines wollte ich Sie noch bitten, fuhr Fürst Andrej fort; wenn ich im Kriege fallen und wenn ich einen Sohn haben sollte, geben Sie ihn nicht von sich; lassen Sie ihn, wie ich schon gestern bat, in Ihrem Hause aufwachsen ... ich bitte nochmals darum.

Deine Frau soll ihn nicht haben? sagte der Greis und lachte.

Sie standen sich schweigend gegenüber. Die durchdringenden Augen des alten Fürsten blickten fest und unverwandt in die Augen des Sohnes. Plötzlich zuckten Mund und Kinn des Greises.

Wir haben nun Abschied genommen, geh! sagte er. Geh nun! wiederholte er mit lauter, zorniger Stimme und öffnete die Tür.

Was gibt es? was? riefen die beiden Fürstinnen, als Fürst Andrej ins Zimmer trat und für einen Augenblick der zornig schreiende Greis im weißen Schlafrock, ohne Perücke und mit der Brille auf der Nase in der Tür erschien.

Fürst Andrej seufzte und antwortete nicht.

Nun! sagte er zu seiner Frau, und in diesem *»Nun«* lag ein

kalter Spott. Es klang, als ob er sagen wollte: Fange du nun deine Possen an.

Schon? rief die kleine Fürstin erblassend, indem sie ihren Mann voll Schrecken ansah. Er umarmte sie; sie stieß einen Schrei aus und sank ohnmächtig an seine Brust. Behutsam zog er die Schulter, auf der ihr Kopf ruhte, zurück, sah ihr ins Gesicht und ließ sie vorsichtig in einen Lehnstuhl nieder.

Lebe wohl, Mascha, sagte er leise zu seiner Schwester, küßte sie, drückte ihre Hand und eilte raschen Schrittes aus dem Zimmer.

Die kleine Fürstin lag im Lehnstuhl, Mademoiselle Bourienne rieb ihr die Schläfen. Prinzessin Maria hielt mit einem Arme ihre Schwägerin umfaßt, blickte mit ihren schönen, verweinten Augen lange nach der Tür, durch die Fürst Andrej verschwunden war, und machte wiederholt das Zeichen des Kreuzes, um den Scheidenden zu segnen.

Aus dem anstoßenden Arbeitszimmer des alten Fürsten hörte man ein lautes Schnauben, das beinahe wie rasch aufeinanderfolgendes Schießen klang, und sobald Fürst Andrej das Haus verlassen hatte, wurde die Tür des Arbeitszimmers rasch geöffnet, und auf der Schwelle zeigte sich die Gestalt des greisen Fürsten im weißen Schlafrocke.

Ist er fort? … gut! sagte er, warf einen zornigen Blick auf die ohnmächtige kleine Fürstin, schüttelte mißbilligend den Kopf und schlug die Tür hinter sich zu.

ZWEITE ABTEILUNG

I

Im Oktober des Jahres 1805 besetzten die Russen Städte und Dörfer des Erzherzogtums Österreich. Immer neue Regimenter rückten aus Rußland heran und schlugen, die Einwohner des Landes durch Einquartierungen völlig erschöpfend, bei der Festung Braunau ihr Lager auf. In Braunau selbst hatte der Oberbefehlshaber Kutusow sein Hauptquartier.

Am 23. Oktober 1805 stand ein soeben eingetroffenes Infanterieregiment eine halbe Meile von Braunau und wartete auf die Ankunft des Oberbefehlshabers.

Obwohl man sich nicht in russischen Landen befand und trotz der Umgebung: der Obstgärten, der Mauern, Ziegeldächer, der aus der Ferne herüberwinkenden Berge, der nicht russischen Bevölkerung, die unsere Soldaten neugierig betrachtete –, hatte das Regiment doch genau dasselbe Ansehen wie jedes andere, das irgendwo im Innern Rußlands zur Musterung bereitsteht.

Am vergangenen Abend, auf der letzten Marschstation, war die Ordre gekommen, daß der Oberbefehlshaber das Regiment auf dem Marsche Revue passieren lassen wollte. Der Wortlaut der Ordre war etwas dunkel. Es blieb ungewiß, ob das Regiment im Marschanzuge antreten solle oder nicht; aber der Rat der Offiziere beschloß, die Leute in Paradeuniform vorzuführen, weil es, wie man zu sagen pflegt, besser ist, zuviel Umstände zu machen als zu wenig.

So hatten denn nach einem Tagesmarsch von zwei Meilen die Soldaten kein Auge geschlossen. Die ganze Nacht gab es auszubessern und zu putzen. Dann wurden die Mannschaften von den Adjutanten und Kompagnieführern geordnet, und am frühen Morgen zeigte sich, statt der regellosen, weit zerstreuten Menge, die tags zuvor den letzten Marsch zurückgelegt hatte, ein in geschlossenen Reihen dastehendes Heer von 2000 Mann, von denen jeder seinen Platz kannte, sich seiner Aufgabe bewußt war; in Anzügen, daran jeder Knopf, jeder Riemen an Ort und Stelle war und vor Reinlichkeit glänzte. Die Ordnung war nicht nur eine äußerliche. Wenn es dem Oberbefehlshaber gefallen hätte, einen Blick unter die Uniformen zu werfen, würde er bei jedem Soldaten ein reines Hemd und in jedem Tornister die erforderliche Zahl der Utensilien gefunden haben, die der Soldat unter der Benennung »Schwamm und Kamm« zusammenfaßt. Eines nur machte allen die größte Sorge: die Fußbekleidung. Mehr als die Hälfte der Leute hatten zerrissene Stiefel. Dieser Mangel konnte übrigens nicht dem Regimentskommandeur zur Last gelegt werden, dann trotz seiner wiederholten Forderungen hatte ihm die österreichische Verwaltung kein Leder geliefert, und das Regiment hatte einen Marsch von fast 150 Meilen gemacht.

Der Regimentskommandeur war ein ältlicher, vollblütiger General mit ergrauenden Brauen und Backenbart, ein kräftiger, dicker Mann, sein Umfang von der Brust zum Rücken war größer als die Breite von einer Achsel zur andern. Seine Uniform war nagelneu, und die schweren goldenen Epaulettes schienen seine dicken Achseln nicht herunterzudrücken, sondern in die Höhe zu ziehen. Er hatte das Aussehen eines Menschen, der hochbeglückt eine der feierlichsten Handlungen im Leben begeht. Vor der Front auf und ab stolzierend, erschütterte er bei jedem Schritt den ganzen Körper und bog den Rücken nach hinten. Man sah es ihm an, daß er sein Regiment bewunderte, daß es sein Glück ausmachte und alle seine Seelenkräfte in Anspruch nah. Dennoch verriet sein wiegender Gang, daß ihn außer den militärischen Interessen auch die der Gesellschaft sowie das schöne Geschlecht lebhaft in Anspruch nahmen.

Nun, Väterchen, Michajlo Mitritsch, wandte er sich an den Bataillonskommandeur (dieser beugte sich lächelnd vornüber, und es war beiden anzusehen, daß sie sich glücklich fühlten). Diese Nacht haben wir eine harte Nuß zu knacken gehabt ... aber es ist auch was geworden ... Das Regiment ist keins von den schlechten.

Der Bataillonskommandeur verstand die heitere Ironie und lachte.

Selbst auf dem Marsfelde würde es mit Ehren bestehen.

Wollt's meinen! sagte der Bataillonskommandeur.

In diesem Augenblick erschienen auf dem mit Wachen besetzten Wege von der Stadt her zwei Reiter: ein Adjutant und der ihn begleitende Kosak.

Der Adjutant war vom Hauptquartier abgeschickt, um dem Regimentskommandant die gestrige Ordre zu wiederholen und zu erklären, was undeutlich geblieben war, nämlich, daß der Oberbefehlshaber das Regiment ganz in dem Zustande sehen wolle, in dem es den letzten Marsch zurückgelegt hatte, also in Mänteln, Tschako-Überzügen und ohne alle Vorbereitungen.

Zu Kutusow war abends zuvor ein Mitglied des Hofkriegsrats aus Wien gekommen, mit der Aufforderung, daß er sich so rasch als möglich mit dem Erzherzog Ferdinand und Mack vereinige. Kutusow, der diese Vereinigung nicht für zweckmäßig hielt, beabsichtigte nun, unter andern Beweisen zur Unterstützung seiner Ansicht, dem österreichischen General den traurigen Zustand zu zeigen, in welchem die Regimenter aus Rußland ankämen. Zu diesem Zwecke wollte er jetzt die Musterung vornehmen, und je schlechter sich der Zustand des Regiments erwies, um so besser war er für die Pläne des Oberbefehlshabers.

Diese Einzelheiten waren dem Adjutanten indessen nicht bekannt. Er überbrachte dem Regimentskommandeur nur den strengen Befehl, die Mannschaften in Mänteln und Tschako-Überzügen antreten zu lassen, und erklärte, daß im entgegengesetzten Falle der Oberbefehlshaber sehr ungehalten sein würde. Als der Regimentskommandeur diese Worte hörte, ließ er den Kopf hängen, zog die Schultern in die Höhe und streckte die Hände aus.

Nun, da haben wir was Schönes angestellt! rief er aus. Ich sagte es Ihnen gleich, Michajlo Mitritsch, daß man während eines Feldzuges in Mänteln antritt, wandte er sich vorwurfsvoll an den Bataillonskommandeur. Ach, mein Gott! fügte er hinzu und trat dann entschlossen vor. Die Kompagnieführer und Feldwebel vor! schrie er mit geübter Kommandostimme. Werden der Herr Oberbefehlshaber bald erscheinen? fragte er den Adjutanten mit verehrungsvoller Höflichkeit, die augenscheinlich der Person galt, von der er sprach.

In einer Stunde, denke ich.

Ist das Zeit genug zum Umkleiden?

Ich weiß nicht, General ...

Der Regimentskommandeur näherte sich selbst den Reihen und befahl, die Mäntel wieder anzuziehen. Die Kompagnieführer liefen auseinander zu ihren Kompagnien; die Feldwebel gerieten in geschäftige Bewegung (die Mäntel waren nicht ganz in Ordnung), und in demselben Augenblicke fingen die regelmäßigen Karrees an, sich aufzulösen, und ein summendes Geräusch trat an die Stelle des bisherigen tiefen Schweigens. Von allen Seiten liefen Soldaten ab und zu, hoben die Schultern in die Höhe, zogen die Tornister über die Köpfe, schnallten die Mäntel ab und fuhren mit erhobenen Händen in die Ärmel. Nach einer halben Stunde kam alles in die frühere Ordnung zurück, nur waren die Karrees jetzt grau statt schwarz. Der General ging mit seinen wiegenden Schritten am Regiment entlang und besah es aus der Ferne.

Was ist denn das noch? Was ist denn das? schrie er plötzlich, indem er stehenblieb. Der Kommandeur der 3. Kompagnie hierher!

Der Kommandeur der 3. Kompagnie zum General! ... der Kommandeur zum General! ... die 3. Kompagnie zum Kommandeur! ging es die Reihen entlang, und der Adjutant ritt fort, den Zögernden aufzusuchen. Als die eifrigen Stimmen, die den Befehl falsch wiederholten und endlich den General in die 3. Kompagnie zitierten, ihr Ziel erreichten, kam der verlangte Offizier hinter den Kolonnen hervor, und obwohl er ein bejahrter Mann und nicht an das Laufen gewöhnt war, begab er sich – ungeschickt mit den Fußspitzen hängenbleibend – im Geschwindschritt zu dem General. Das Gesicht des Hauptmanns sah so verlegen aus wie das eines Schülers, der seine Aufgabe nicht gelernt hat und sie hersagen soll. Auf der roten, augenscheinlich vom Trunk gefärbten Nase kamen Flecke zum Vorschein, und der Mund machte unwillkürliche Bewegungen.

Der General sah den Hauptmann, während dieser atemlos, aber mit immer langsameren Schritten herankam, vom Kopf bis zu den Füßen an.

Sie werden Ihre Leute wohl noch mit dem Sarafan bekleiden! schrie er plötzlich, streckte das Kinn vor und zeigte in den Reihen der dritten Kompagnie auf einen Soldaten in einem feinen Tuchmantel. – Und wo stecken Sie denn? Der Oberbefehlshaber wird erwartet, und Sie entfernen sich von Ihrem Posten, he? ... Ich werde Ihnen zeigen, wie man die Mannschaften zur Musterung in Zigeunerjoppen steckt, he!

Der Hauptmann drückte, die Augen unverwandt auf den General gerichtet, die Finger immer fester an den Mützenschirm, als ob er davon eine Rettung erwartete.

Nun, was schweigen Sie! Wer ist da bei Ihnen als Ungar verkleidet? rief der Regimentskommandeur.

Exzellenz!

Ei was ... Exzellenz! ... Exzellenz, Exzellenz! ... aber was die Exzellenz soll, weiß niemand.

Exzellenz, das ist Dolochow, ein Degradierter, gab der Hauptmann leise zur Antwort.

Ist er zum Feldmarschall oder zum gemeinen Soldaten degradiert? Wenn zum Soldaten, soll er gekleidet sein wie alle anderen.

Ew. Exzellenz haben ihm selbst erlaubt, während des Feldzuges ...

Erlaubt? erlaubt? so seid ihr immer, ihr jungen Leute, sagte der Regimentskommandeur in etwas ruhigerem Tone; erlaubt? ... man darf nur ein Wort sagen, dann meinen sie ... der General schwieg eine Weile ... dann meinen sie ... Was? schrie er plötzlich wieder in heftigem Tone; haben Sie die Güte, die Mannschaften anständig zu kleiden!

Der General warf einen Blick zurück nach dem Adjutanten und ging mit seinen wiegenden Schritten auf das Regiment zu. Es war unverkennbar, daß er sich in seinem Zorn gefiel und einen weiteren Vorwand für seinen Unwillen finden wollte.

Nachdem er dann noch einen Offizier wegen eines nicht geputzten Abzeichens und einen anderen wegen schlechter Aufstellung seiner Leute heruntergemacht hatte, näherte er sich der 3. Kompagnie.

Wie ste-e-hst du da? Wo ist dein Fuß? ... dein Fuß wo? rief er mit klagender Stimme über fünf Mann weg dem in einen bläulichen Mantel gehüllten Dolochow zu.

Dolochow streckte langsam den zurückgebogenen Fuß wieder vor und sah dem General mit seinen hellen, kecken Augen gerade ins Gesicht.

Was soll der blaue Mantel? Herunter damit! ... Feldwebel, umkleiden! Nichtswürd... er hatte nicht Zeit, das Wort zu vollenden.

General, fiel Dolochow ein, ich bin verpflichtet, Befehle auszuführen, aber nicht mir ...

In der Fronst nicht sprechen, nicht sprechen, nicht sprechen! ...

Nicht mir Beleidigungen gefallen zu lassen, vollendete Dolochow mit lauter, klangvoller Stimme.

Die Blicke der beiden begegneten sich; der General schwieg und zog mit unwilligem Ruck die Schärpe herunter.

Kleiden Sie sich um, ich bitte, sagte er dann, indem er weiterging.

II

Er kommt! riefen die Wachen.

Das Gesicht des Regimentskommandeurs wurde dunkelrot; er eilte zu seinem Pferde, er griff den Steigbügel mit zitternder Hand, schwang sich auf, setzte sich fest, zog mit strahlender, entschlossener Miene den Säbel, öffnete den Mund und war bereit, sein Kommando auszuschreien. Das Regiment schüttelte sich wie ein Vogel, der seine Federn geputzt hat, und erstarrte wieder.

St-st-ill gestanden! schrie der General mit einer seelenerschütternden Stimme, welche zugleich innere Freude, Strenge gegen seine Untergebenen und tiefe Verehrung für den sich nähernden Vorgesetzten verriet.

Auf der breiten, mit Bäumen besetzten Landstraße kam in raschem Trabe eine hohe, blaue Wiener Kalesche gefahren. Hinter ihr ritten das Gefolge und eine Eskorte von Kroaten. Neben Kutusow saß der österreichische General, dessen weiße Uniform von den schwarzen russischen Uniformen seltsam abstach. Als die Kalesche in die Nähe des Regiments kam, hielt sie still. Kutusow und der österreichische General flüsterten miteinander, und während der erstere, schwer auftretend, seinen Fuß vom Wagentritt auf die Erde setzte, lächelte er und blickte in die Ferne, als ob die 2000 Mann, die atemlos auf ihn und den Regimentskommandeur sahen, gar nicht da wären.

Das Kommando erschallte. Mit einem Ruck präsentierte das Regiment das Gewehr, dann trat eine Totenstille ein, in der man die schwache Stimme des Oberbefehlshabers hörte.

Wir wünschen Ihnen Gesundheit, Exzellenz-lenz-lenz! brüllte das Regiment, und wieder erstarrte jede Bewegung.

Kutusow, der bis dahin unbeweglich auf einem Fleck gestanden hatte, schritt nun mit dem weißgekleideten General und gefolgt von der Suite die Reihen ab. Der Regimentskommandeur schien, nachdem er den Oberbefehlshaber salutiert hatte, sich mit den Augen in ihn einbohren zu wollen, während er sich streckend, dehnend, zurechtrückend, der Suite nachging, und die zitternde Hast, mit der er bei jedem Worte, jeder Bewegung Kutusows zusprang, verriet, daß er seine Pflichten als Untergebener mit noch größerer Wonne erfüllte als die Pflichten des Vorgesetzten. Das Regiment war – dank der Strenge seines Kommandeurs – im Vergleich mit andern, zu derselben Zeit nach Braunau gekommenen Regimenten, in einem ausgezeichneten Zustande. Marode und Kranke gab es nur 217 Mann, und alles war in Ordnung bis auf das Schuhwerk.

Kutusow ging durch die Reihen, blieb dann und wann stehen und richtete einige freundliche Worte an die ihm vom türkischen Kriege her bekannten Offiziere und Soldaten. Beim Anblick des Schuhwerks wiegte er bedenklich den Kopf und machte den österreichischen General darauf aufmerksam, mit einer Miene, die zu sagen schien, daß er niemandem deswegen Vorwürfe machen, die Sache aber auch nicht übersehen könne. Der Regimentskommandeur suchte sich so viel als möglich in Kutusows Nähe zu halten, um keines seiner Worte über das Regiment zu verlieren. Hinter dem Oberbefehlshaber, in einer Entfernung, die auch das leiseste Wort zu hören erlaubte, ging das aus etwa zwanzig Personen bestehende Gefolge. Zunächst hinter dem Oberbefehlshaber kam ein schöner Adjutant: Fürst Bolkonskij; diesem folgte sein Kamerad, Neswizkij, ein Stabsoffizier mit dickem, guten, hübschen Gesicht und feuchten Augen. Neswizkij war kaum imstande, sich des Lachens über den schwarzhaarigen Husarenoffizier zu enthalten, der neben ihm ging, und ohne mit den Augen zu zucken, mit ernster Miene den Regimentskommandeur von hinten beobachtete und jede seiner Bewegungen nachmachte. Jedesmal, wenn der Regimentskommandeur auffuhr und sich vornüber beugte, schnellte auch der Husarenoffizier in die Höhe und beugte sich vor. Neswizkij lachte und stieß die andern an, damit auch sie auf den Spaßvogel achteten.

Kutusow ging langsam und gleichgültig an den tausend Augen vorüber, die aus ihren Höhlen zu treten schienen, während sie dem Vorgesetzten folgten. Als er mit der dritten Kompagnie in gleiche Linie kam, blieb er stehen, und das Gefolge, das dies plötzliche Anhalten nicht voraussehen konnte, drängte sich unwillkürlich dicht an ihn heran.

Ah, Timochin! sagte der Oberbefehlshaber, als er den Hauptmann mit der roten Nase erkannte, der wegen des blauen Mantels zur Rechenschaft gezogen war.

Hatte sich Timochin schon während der Vorwürfe seines Generals übermäßig gereckt, so tat er es jetzt, als sich der Oberbefehlshaber zu ihm wandte, in solcher Weise, daß er unfehlbar, wenn es andauerte, daran hätte sterben müssen. Kutusow aber, der dem Hauptmann alles Gute wünschte, kehrte sich, sobald er dies bemerkte, rasch von ihm ab, und auf seinem gedunsenen, von einer Narbe zerrissenen Gesicht zeigte sich ein kaum merkbares Lächeln.

Noch einer aus dem Ismajlow-Regiment, sagte er; ein tapferer Offizier! und zu dem Regimentskommandeur gewandt, fragte er: Bist du mit ihm zufrieden?

Der Regimentskommandeur, dessen Bewegungen, ohne daß er es ahnte, wie in einem Spiegel von dem Husarenoffizier wiederholt wurden, schnellte in die Höhe, beugte sich vor und antwortete:

Sehr zufrieden Ew. Exzellenz!

Wir haben alle unsere Schwächen, sagte Kutusow lächelnd, indem er weiterging. Er war ein großer Verehrer des Bacchus.

Der Regimentskommandeur erschrak. Hatte er etwa einen Fehler gemacht? und er antwortete nicht. In diesem Moment bemerkte der Husarenoffizier den Hauptmann mit der roten Nase und dem eingeschnürten Bauche und machte seine Miene und Haltung so vortrefflich nach, daß Neswizkij laut auflachen mußte. Kutusow sah sich um, aber der Offizier hatte sein Gesicht so vollständig in der Gewalt, daß er in demselben Augenblicke, als sich Kutusow umdrehte, seine Grimasse in die ernsteste, achtungsvollste, unschuldigste Miene verwandelte.

Die dritte Kompagnie war die letzte. Als er an sie herantrat, wurde Kutusow nachdenklich und schien sich auf etwas zu besinnen. Fürst Andrej trat aus dem Gefolge hervor und sagte leise auf französisch:

Sie haben befohlen, Sie an den degradierten Dolochow zu erinnern, der in diesem Regimente dient.

Wo ist Dolochow? fragte Kutusow.

Dolochow, der einen grauen Soldatenmantel angezogen hatte, wartete nicht, bis er aufgerufen wurde. Die schlanke Gestalt des blonden Soldaten mit den hellen, blauen Augen trat vor die Front. Er näherte sich dem Oberbefehlshaber und salutierte.

Beschwerden? fragte Kutusow und runzelte die Stirn.

Dolochow, sagte Fürst Andrej.

Ah ... ich hoffe, diese Erfahrung wird dich klüger gemacht

haben, sagte Kutusow. Halte dich brav. Der Kaiser ist gnädig, ich werde dich nicht vergessen, wenn du es verdienst.

Die hellblauen Augen sahen den Oberbefehlshaber mit derselben Keckheit an wie den Regimentskommandeur, als ob sie durch ihren Ausdruck die konventionelle Scheidewand, die den Feldherrn vom Soldaten trennt, durchbrechen wollten.

Ich bitte Ew. Exzellenz nur um eine Gnade, sagte er langsam mit klangvoller, fester Stimme; ich bitte Sie, mir Gelegenheit zu geben, daß ich mein Vergehen gutmache und meine Ergebenheit für den Kaiser und Rußland an den Tag lege.

Kutusow wandte sich ab. Sein Gesicht überflog dasselbe Lächeln wie beim Erkennen des Hauptmanns Timochin. Er runzelte die Stirn, und seine Miene schien auszudrücken, daß alles, was Dolochow sagen könnte, ihm schon lange, lange bis zum Überdruß bekannt und ganz überflüssig sei. Mit dieser Miene drehte er sich um und kehrte zu seinem Wagen zurück.

Das Regiment löste sich in Kompagnien auf und begab sich in die angewiesenen Quartiere unweit Braunau, wo es nach den anstrengenden Märschen auszuruhen und Schuhwerk und Kleidung zu finden hoffte.

Sie sind mir doch nicht böse, Prochor Ignatjitsch? sagte der Regimentskommandeur, als er die sich ins Quartier begebende dritte Kompagnie besichtigte und sich zu Pferde dem Hauptmann Timochin näherte, der an der Spitze seiner Leute einherschritt. Das Gesicht des Regimentskommandeurs strahlte vor Freude über die glücklich erledigte Musterung. – Es ist nicht anders möglich, fuhr er fort. Es ist des Kaisers Dienst ... Vor der Fronst ist man wohl mal grob, aber Sie kennen mich ja. Ich komme, um Entschuldigung zu bitten ... Er war sehr zufrieden! – Mit diesen Worten reichte er dem Kompagniechef die Hand.

Aber General! wie dürfte ich – antwortete der Hauptmann, während seine rote Nase noch röter wurde; er lächelte, und sein Lächeln zeigte die Lücke zweier Vorderzähne, die ihm in der Schlacht bei Ismail mit einem Flintenkolben ausgeschlagen worden waren.

Sagen Sie auch Herrn Dolochow, daß ich ihn nicht vergessen werde; er mag ruhig sein. Sagen Sie mir auch, bitte ... ich habe Sie längst danach fragen wollen: wie ist sein Verhalten ... wie ist er überhaupt?

Im Dienste ist er sehr pünktlich, Exzellenz ... aber sein Charakter antwortete Timochin.

Wieso? was meinen Sie mit dem Charakter? fragte der Regimentskommandeur.

Es kommen Tage, Exzellenz, wo es aussieht, als ob er Anfälle hätte, antwortete der Hauptmann. Zuweilen ist er klug, verständig, gut, und plötzlich wird er zum wilden Tiere ... In Polen hat er einen Juden totgeschlagen, Exzellenz wissen es ja.

Ja, ja! sagte der Regimentskommandeur, aber trotzdem ist der junge Mann in seinem Unglück zu beklagen. Er hat einflußreiche Verbindungen ... Sie müssen ...

Zu Befehl, Exzellenz, erwiderte Timochin und gab durch sein Lächeln zu verstehen, daß er den Wunsch seines Vorgesetzten begriffen hatte.

Gut also, gut!

Der Regimentskommandeur hatte Dolochow in den Reihen entdeckt und hielt bei ihm an.

In der ersten Schlacht die Epauletten! rief er ihm zu.

Dolochow sah sich um, sagte kein Wort, und der Ausdruck seines spöttisch lächelnden Mundes veränderte sich nicht.

Nun denn, es ist gut! fuhr der Regimentskommandeur fort.

Die Leute sollen von mir ein Glas Branntwein haben, fügte er mit erhobener Stimme hinzu, um von den Soldaten gehört zu werden. Ich danke allen ... Gott sei Dank! und damit hatte er die Kompagnie hinter sich gelassen und näherte sich der nächsten.

Er ist doch ein herzensguter Mensch ... unter ihm läßt sich's dienen, sagte Timochin zu einem seiner Offiziere, der neben ihm ging.

Er heißt ja auch »Herz« (man hatte dem General den Beinamen Herz-König gegeben), gab der Leutnant lachend zur Antwort.

Die glückliche Gemütsstimmung der Vorgesetzten war

nach der Musterung auch auf die Soldaten übergegangen. Fröhlich marschierten die Leute vorwärts, überall erklangen Soldatenstimmen.

Warum sagen die Leute, daß Kutusow einäugig ist?

Hast du's nicht gesehen? Er hat ja auch nur ein Auge.

Nein, Kameraden, er hat mehr Augen als wir ... er hat alles gesehen, die Stiefel und die Fußlappen ...

Ja, Kameraden, als er meine Füße beguckte, dachte ich, nun ist's aus.

Und der andere, der Österreicher, der bei ihm war ... sah er nicht aus, wie mit Kreide angestrichen? Ganz weiß wie Mehl ... da heißt's die Uniformen rein machen.

Sag, Fedjuscha, hat er gesagt, wann's losgeht? ... Du hast näher gestanden als ich. Bonaparte selbst soll in Brunow sein.

Bonaparte! was schwatzest du, Narr? und was weißt du davon? Jetzt ist der Preuße an dem ganzen Aufruhr schuld; der Österreicher bringt ihn zur Räson, und erst wenn mit ihm Frieden gemacht ist, wird der Krieg mit Bonaparte anfangen. Und du schwatzest davon, daß Bonaparte in Brunow stehen soll! Was für ein Narr du bist ... paß besser auf, was gesagt wird!

Ach, diese Teufel von Quartiermeister. Sie mal, die fünfte Kompagnie marschiert schon ins Dorf; sie wird ihre Grütze gekocht haben, wenn wir noch lange nicht an Ort und Stelle sind.

Gib mir Zwieback ... ich bin verteufelt hungrig.

So, hast du mir gestern etwa Tabak gegeben? Aber da nimm, Bruder, Gott segne es dir!

Hätte man uns doch Halt machen lassen! Nun sollen wir noch fünf Werst weiter laufen, keinen Bissen im Maul.

Das war mal schön, als uns die Deutschen Wagen gaben, fahren ... das sieht doch nach etwas aus!

Ja, Bruder, aber die Menschen hier sind doch eigentlich ganz von Gott verlassen. Da war mir der Pole doch noch lieber, es war doch noch ein Stückchen von der russischen Krone. Hier aber, Bruder, steckt alles voll von Deutschen.

Die Sänger voran! kommandierte der Hauptmann.

Aus verschiedenen Gliedern traten ungefähr zwanzig

Mann vor die Kompagnie. Der Vorsänger winkte mit der Hand und begann das getragene Soldatenlied, das anfängt:

Wenn die Sonn' am frühen Morgen ...

und mit den Worten schließt:

Väterchen Kamenskij, Brüder, führt uns bald zum Ruhm ...

Dies Lied, das in der Türkei gedichtet war, wurde jetzt in Österreich mit der kleinen Abweichung gesungen, daß an die Stelle des »Vaters Kamenskij« »Vater Kutusow« trat.

Nachdem der Vorsänger, ein langer, hübscher Mensch von etwa vierzig Jahren, die letzten Worte nach echter Soldatenweise kurz abgebrochen hatte, warf er einen strengen Blick auf die Sänger und schloß für einen Moment die Augen. Als er sich überzeugt hatte, daß aller Blicke auf ihn gerichtet waren, machte er eine Gebärde, als ob er mit beiden Händen ein unsichtbares Etwas über seinem Kopf hielte, das er nach einigen Sekunden auf die Erde zu schleudern schien:

O du meine liebe Hütte!

»Meine neue, liebe Hütte!« fielen zwanzig Stimmen ein, und der Löffelträger sprang trotz seines schweren Gepäcks in ausgelassener Lustigkeit vorwärts, tanzte, den Kameraden das Gesicht zuwendend, zuckte mit den Schultern und schwenkte drohend seine Löffel. Die Soldaten bewegten unwillkürlich die Arme nach dem Takte des Lieds und marschierten muntern Schrittes in demselben Takte vorwärts. Plötzlich ließ sich hinter ihnen Rädergerassel, Wagenknarren und Pferdegetrappel hören. Kutusow kehrte mit seinem Gefolge nach der Stadt zurück. Er gab den Leuten ein Zeichen, unbehindert weiterzugehen, und seine Mienen sowohl, wie die seiner Begleiter verrieten das Vergnügen, das ihnen die Klänge des Liedes, der Anblick des tanzenden Soldaten und die frischen, munter vorwärtsschreitenden Mannschaften gewährten. Im zweiten Gliede, an der rechten Seite, wo die Kalesche an der Kompagnie vorbeifuhr, wurde der Blick unwillkürlich durch den blauäugigen Soldaten Dolochow gefesselt, der sich mit besonderer Lebhaftigkeit und

Elastizität im Takte des Liedes bewegte und die Vorbeifahrenden mit einem Ausdruck ansah, der zu sagen schien, daß er alle bedaure, die in diesem Augenblicke nicht mitmarschieren durften. Der Husarenfähnrich in Kutusows Gefolge, der den Regimentskommandeur nachgeahmt hatte, blieb hinter der Kalesche zurück und näherte sich Dolochow.

In Petersburg hatte der Husarenkornet Sherkow eine Zeitlang zu dem wilden Kreise gehört, dessen Seele Dolochow war. Jenseits der Grenze waren sie sich wieder begegnet; Sherkow hatte jedoch nicht für nötig gehalten, den gemeinen Soldaten zu erkennen. Jetzt aber, nachdem Kutusow mit dem Degradierten gesprochen, kam er mit der Wiedersehensfreude eines alten Bekannten auf ihn zu.

Mein lieber Freund, wie geht es dir? fragte er mitten in das Singen der Soldaten hinein und ließ sein Pferd mit der Kompagnie Schritt halten.

Wie es mir geht? gab Dolochow kalt zur Antwort: du siehst es.

Der muntere Gesang verlieh der heitern Unbefangenheit, mit der Sherkow gesprochen hatte, und der absichtlichen Kälte, mit welcher Dolochow Antwort gab, eine besondere Bedeutung.

Wie stehst du mit deinen Vorgesetzen? fragte Sherkow weiter.

Leidlich! es sind gute Leute ... Aber wie kommst du denn in den Generalstab?

Ich bin nur vorübergehend dazu kommandiert.

Beide schwiegen.

»Aus dem rechten Ärmel läßt sie
Ihren Falken fliegen ...«

stimmten die Soldaten an, und ihr Gesang erweckte in allen ein frisches, fröhliches Gefühl. Gewiß wäre das Gespräch der beiden ein anderes geworden, wenn es nicht bei den Klängen des Liedes stattgefunden hätte.

Ist es wahr, daß die Österreicher geschlagen sind? fragte Dolochow.

Der Teufel mag es wissen ... es heißt so.

Das freut mich! antwortete Dolochow kurz und laut, wie es der Gesang nötig machte.

Komm einmal abends zu uns ... wir wollen Bank legen, sagte Sherkow.

Habt Ihr auf einmal so viel Geld?

Komm nur!

Unmöglich! Ich habe mir gelobt, weder zu spielen noch zu trinken, bis ich befördert bin.

Nun, das dauert höchstens bis zum nächsten Gefecht.

Wollen sehen.

Sie schwiegen abermals.

Wenn du etwas brauchen solltest, wende dich nur immer an uns ... im Stabe wird man dir gern behilflich sein, sagte Sherkow. Dolochow lächelte.

Mach dir um mich keine Sorgen; wenn ich etwas haben will, bitte ich nicht darum, sondern nehme es mir selbst.

Wie du willst ... ich meinte nur so.

Nun, ich meinte auch nur so.

Lebe wohl!

Bleibe gesund! ...

... Und hoch und weit
Ins Heimatland! ...

sangen die Soldaten. Sherkow gab dem Pferde die Sporen.

Das Tier wurde unruhig, trat von einem Fuß auf den andern, ohne zu wissen, mit welchem es ausgreifen sollte, sprengte dann nach dem Takte des Liedes davon, ließ die Kompagnie weit hinter sich und holte die Kalesche ein.

III

Als Kutusow von der Musterung zurückgekehrt war, begab er sich in Begleitung des österreichischen Generals in sein Kabinett, rief den Adjutanten und trug ihm auf, einige Papiere, die auf den Zustand der eintreffenden Truppen Bezug hatten, und die Briefe des Erzherzogs Ferdinand an den Befehlshaber der Avantgarde zu holen.

Gleich darauf trat Fürst Andrej Bolkonskij mit den verlangten Papieren in das Kabinett des Oberbefehlshabers. Kutusow und der österreichische General, ein Mitglied des Hofkriegsrats, saßen am Tische vor ausgebreiteten Plänen.

Ah! sagte Kutusow, sich zu Bolkonskij wendend, als ob er den Adjutanten durch diesen Ausruf auffordern wollte, eine Weile zu warten, und setzte das begonnene Gespräch auf Französisch fort.

Ich versichere Sie, General, sagte Kutusow mit jener liebenswürdigen Feinheit der Ausdrucksweise und Betonung, die jeden dazu zwang, allen seinen langsam gesprochenen Worten aufmerksam zu folgen – wie auch Kutusow sich selbst mit sichtlichem Wohlgefallen hörte –, ich versichere Sie, General, wenn die Sache von meinen persönlichen Wünschen abhinge, wäre der Wille Sr. Majestät des Kaisers Franz längst ausgeführt. Ich wäre längst zum Erzherzog gestoßen, und – glauben Sie mir auf mein Ehrenwort – es wäre mir eine Freude gewesen, den Oberbefehl der Armee einem der erfahrenen und tüchtigen Generale zu übergeben, deren Österreich so viele aufzuweisen hat, und mich selbst von dieser schweren Verantwortlichkeit zu befreien. Aber die Umstände sind zuweilen stärker als wir selbst, General.

Kutusow lächelte mit einem Ausdruck, als ob er sagen wollte: »Es steht Ihnen frei, mir zu glauben oder nicht ... es ist mir sogar sehr gleichgültig, ob Sie es tun, aber ich gebe Ihnen keine Veranlassung, mir das zu sagen. Und das ist die Hauptsache.

Die Miene des österreichischen Generals verriet seine Unzufriedenheit, aber er sah sich genötigt, Kutusow in höflicher Weise zu antworten.

Im Gegenteil, sagte er mißmutig, und sein Ton entsprach durchaus nicht der schmeichelhaften Bedeutung seiner Worte; im Gegenteil! Se. Majestät weiß die Beteiligung Ew. Exzellenz an der gemeinsamen Sache hoch zu schätzen; aber wir meinen, daß die gegenwärtige Verzögerung die ruhmreichen russischen Truppen und ihren Oberbefehlshaber um die Lorbeeren bringen wird, welche sie gewohnt sind, im Kriege zu ernten, schloß er seinen offenbar vorbereiteten Satz.

Kutusow verbeugte sich, ohne sein Lächeln zu ändern.

Ich bin überzeugt, daß heißt, ich setze auf Grund des letzten Briefes, den mir Se. kaiserliche Hoheit Erzherzog Ferdinand gnädigst zugeschickt hat, voraus, daß die österreichische Armee unter der Führung eines so geschickten Feldherrn, wie General Mack, jetzt schon einen vollständigen Sieg errungen hat und unserer Hilfe nicht mehr bedarf, erwiderte Kutusow.

Der General runzelte die Stirn. Man hatte zwar noch keine positiven Nachrichten über eine Niederlage der Österreicher, aber es waren zuviel Umstände vorhanden, die das allgemein verbreitete Gerücht einer verlorenen Schlacht bestätigten, um nicht die Annahme eines Sieges der Österreicher im Munde Kutusows wie Spott erscheinen zu lassen. Er lächelte dabei fein wie immer, mit einem Ausdruck, der zu sagen schien, daß er zu seiner Vermutung ein Recht habe. Der letzte Brief, den er von der Mackschen Armee bekommen hatte, berichtete über einen Sieg und schilderte die strategisch günstige Lage der Armee.

Gib mir den Brief, sagte Kutusow, sich zu dem Fürsten Andrej wendend.

Sehen Sie selbst! und mit einem spöttischen Lächeln auf den Lippen las der russische Oberbefehlshaber dem österreichischen General in deutscher Sprache folgende Stelle aus dem Briefe des Erzherzogs Ferdinand vor.

»Wir haben vollkommen konzentrierte Kräfte, nahe an 70 000 Mann, um den Feind, wenn er den Lech passieren würde, angreifen und schlagen zu können. Wir können, da wir Herren von Ulm sind, den Vorteil nicht verlieren, auch Herren der beiden Ufer der Donau zu bleiben, wir können mithin auch jeden Augenblick, wenn der Feind den Lech nicht passierte, über die Donau setzen, uns auf seine Kommunikationslinie werfen, die Donau unterhalb repassieren und die Absicht des Feindes, wenn er sich gegen unsern treuen Verbündeten mit ganzer Macht wenden wollte, alsbald vereiteln. Wir werden daher dem Zeitpunkt ruhig entgegensehen, wo die kaiserlich russische Armee vollständig gerüstet sein wird, und sodann gemeinschaftlich leicht die Möglichkeit finden, dem Feinde das Schicksal zu bereiten, das er verdient.«

Kutusow atmete auf, als er diese Periode beendigt hatte, und sah den Herrn vom Hofkriegsrat bedeutungsvoll an. Ew. Exzellenz kennen doch auch die kluge Regel, welche vorschreibt, immer das Schlimmste vorauszusetzen, sagte der österreichische General, der augenscheinlich den Redensarten ein Ende machen und zur Sache kommen wollte. Unwillkürlich sah er sich nach dem Adjutanten um.

Entschuldigen Sie, General, fiel Kutusow ein, wandte sich ebenfalls zu dem Fürsten Andrej, gab ihm einige Papiere und sagte: Hör, mein Lieber, nimm die Berichte unserer Kundschafter von Koslowskij, die zwei Briefe vom Grafen Nostiz und den Brief Sr. kaiserlichen Hoheit, des Erzherzogs Ferdinand, mache daraus ein kurzes, französisches Memorandum, das alle Nachrichten über die Bewegungen der österreichischen Armee übersichtlich zusammenfaßt. So – und wenn es fertig ist, lege es Sr. Exzellenz vor.

Fürst Andrej nickte mit dem Kopfe, um anzudeuten, daß er von den ersten Worten an nicht allein das verstanden hatte, was gesagt war, sondern auch was Kutusow sagen *wollte*. Er nahm die Papiere zusammen und ging, nachdem er seine Verbeugung gemacht, mit leisen Schritten über den Teppich ins Vorzimmer.

Obwohl Fürst Andrej Rußland erst vor kurzem verlassen hatte, war eine große Veränderung mit ihm vorgegangen. In seinen Mienen, seinen Bewegungen, seinem Gange war kaum noch eine Spur der frühern erkünstelten Schlaffheit und Gleichgiltigkeit zu finden. Er sah aus wie ein Mensch, der mit viel zu interessanten Dingen beschäftigt ist, um an den Eindruck zu denken, den er auf andere hervorbringt. Sein Gesicht drückte Zufriedenheit mit sich selbst und seiner Umgebung aus; sein Blick und sein Lächeln waren heiterer und anziehender.

Kutosow, den er noch in Polen eingeholt, hatte ihn sehr freundlich aufgenommen und versprochen, seiner zu gedenken. Er zeichnete ihn vor allen anderen Adjutanten aus, nahm ihn mit nach Wien und gab ihm verschiedene wichtige Aufträge. Aus Wien schrieb Kutusow an seinen ehemaligen Kameraden, den Vater des Fürsten Andrej: »Ihr Sohn verspricht, ein durch Kenntnisse, Festigkeit und Zuverlässigkeit ausgezeichneter Offizier zu werden; ich schätze mich glücklich, einen solchen Untergebenen in meiner Nähe zu haben.«

Im Stabe Kutusows, unter den Kameraden, sowie überhaupt in der Armee hatte Fürst Andrej ebenso wie in der Petersburger Gesellschaft zwei ganz entgegengesetzte Beurteilungen erfahren. Einige – es war die Minderzahl – gestanden ihm eine gewisse Auszeichnung zu, glaubten, daß er Bedeutendes leisten würde, behielten ihn im Auge, waren von ihm entzückt und suchten ihm nachzueifern. Mit ihnen verkehrte Fürst Andrej einfach und liebenswürdig. Die anderen – die Mehrzahl – liebten ihn nicht, nannten ihn einen hochmütigen, kalten, unangenehmen Menschen. Aber auch mit diesen wußte sich Fürst Andrej so zu stellen, daß sie ihn achteten und sogar fürchteten.

Als Fürst Andrej das Kabinett Kutusows verlassen hatte, ging er mit den Papieren in der Hand auf seinen Kameraden, den Adjutanten *du jour*, Koslowskij, zu, der mit einem Buche in der Hand am Fenster saß.

Nun, Fürst, was gibt's? fragte Koslowskij.

Ich habe Befehl, einen kurzen Bericht zu machen, warum wir nicht vorrücken.

Und warum tun wir's nicht?

Fürst Andrej zuckte die Achseln.

Sind keine Berichte von Mack gekommen? fragte Koslowskij. Wenn er wirklich geschlagen wäre, mußte doch wohl eine Nachricht da sein.

Wahrscheinlich! antwortete Fürst Andrej und wandte sich der Ausgangstür zu; aber in demselben Moment wurde sie aufgerissen, und ein augenscheinlich eben angekommener österreichischer General im Überrock, mit einer schwarzen Binde um den Kopf und dem Maria-Theresien-Orden um den Hals, trat rasch ins Zimmer. Fürst Andrej blieb stehen.

Zum General *en chef* Kutusow, sagte der Ankommende mit harter deutscher Aussprache, indem er sich nach beiden Seiten umsah und sich ohne weiteres der Tür des Oberbefehlshabers näherte.

Der General *en chef* ist beschäftigt, antwortete Koslowskij, indem er rasch auf den Fremden zueilte und ihm den Weg vertrat. Wen befehlen Sie zu melden?

Der fremde General sah den kleinen Koslowskij von oben bis unten verwundert an und schien nicht zu begreifen, daß er hier unbekannt sein sollte.

Der General *en chef* ist beschäftigt, wiederholte Koslowskij ruhig.

Das Gesicht des Generals verfinsterte sich, seine Lippen zuckten. Er zog ein Notizbuch aus der Tasche, schrieb rasch mit Bleistift etwas auf, riß das Blatt heraus, gab es dem Adjutanten, ging mit schnellen Schritten ans Fenster, warf sich auf den Stuhl und sah die Anwesenden an, als ob er fragen wollte, warum sie ihn betrachteten. Dann erhob er den Kopf und reckte den Hals, als ob er etwas sagen wollte, fing aber statt dessen halblaut zu singen an, brach jedoch gleich wieder ab. Plötzlich öffnete sich die Tür des Kabinetts, und Kutusow erschien auf der Schwelle.

Der General mit dem verbundenen Kopfe ging mit so großen, raschen Schritten auf ihn zu, als ob er einer Gefahr entrinnen wollte.

Sie sehen den unglücklichen Mack, sagte er französisch mit gebrochener Stimme.

Das Gesicht Kutusows, der noch immer in der Tür des Kabinetts stand, blieb einen Augenblick regungslos, dann lief es wie eine Welle darüber hin; seine Stirn glättete sich, achtungsvoll neigte er den Kopf, schlug die Augen nieder, ließ, ohne ein Wort zu reden, Mack an sich vorübergehen und machte selbst die Tür hinter sich zu.

Das Gerücht, das die Niederlage der Österreicher und die Übergabe ihrer ganzen Armee bei Ulm verkündigt hatte, fand volle Bestätigung. Nach einer halben Stunde waren bereits nach allen Richtungen Adjutanten mit Befehlen abgeschickt, aus denen hervorging, daß nun auch die russischen Regimenter, die bis jetzt untätig gewesen waren, mit dem Feinde zusammenstoßen sollten.

Fürst Andrej war einer der wenigen Stabsoffiziere, deren Hauptinteresse der Verlauf des Feldzuges bildete. Nachdem er Mack gesehen und die Einzelheiten seiner Niederlage erfahren hatte, begriff er, daß die Hälfte der Kampagne verloren war, begriff die schwierige Lage der russischen Armee und stellte sich lebhaft vor, was dem Heere bevorstand und welche Rolle ihm dabei bestimmt war. Unwillkürlich empfand er eine freudige Aufregung bei dem Gedanken an die Schmach, welche das übermütige Österreich getroffen, und bei der Vorstellung, daß es ihm vielleicht binnen wenigen Tagen beschieden sein dürfte, an dem ersten seit Suworows Zeiten stattfindenden Zusammenstoß zwischen Russen und Franzosen teilzunehmen. Aber während er auf der einen Seite fürchtete, daß Bonapartes Genie möglicherweise stärker sein könnte als die Tapferkeit der russischen Armee, war es ihm auf der andern unmöglich, seinem Helden die Schmach einer Niederlage zu wünschen.

Aufgeregt und gereizt durch diese Gedanken, schlug Fürst Andrej den Weg nach seinem Zimmer ein, um, wie er täglich zu tun pflegte, seinem Vater zu schreiben. Im Korridor traf er seinen Stubenkameraden Neswizkij und den lustigen Sherkow, die beide, wie immer, irgend etwas zu lachen hatten.

Warum bist du so finster? fragte Neswizkij, als er das blasse Gesicht und die glänzenden Augen des Fürsten Andrej bemerkte.

Ich wüßte nicht, daß wir Grund zur Heiterkeit hätten, antwortete Bolkonskij.

In demselben Augenblick, als Fürst Andrej mit Neswizkij und Sherkow zusammentraf, kamen ihnen von der andern Seite der österreichische General Strauch, der dem Stabe Kutusows beigegeben war, um die Verproviantierung des russischen Heeres zu überwachen, und das tags zuvor angekommene Mitglied des Hofkriegsrats entgegen. Der Korridor war so breit, daß die Generale bequem an den drei Offizieren vorbeigekonnt hätten, aber Sherkow schob Neswizkij beiseite, indem er eifrig ausrief:

Sie kommen! sie kommen! Platz gemacht … bitte Platz!

Die Generale sahen aus, als ob sie der lästigen Ehrenbezeugung, die ihnen hier zuteil wurde, so rasch als möglich zu entgehen wünschten; aber der lustige Sherkow, auf dessen Gesicht ein einfältiges Lächeln der Freude erschien, trat ihnen in den Weg.

Ew. Exzellenz, sagte er deutsch, indem er sich an den ersten General wandte: ich habe die Ehre, Ihnen zu gratulieren! Er nickte mit dem Kopfe und begann ungeschickt, wie Kinder, welche tanzen lernen, bald mit dem einen, bald mit dem andern Fuße zu scharren.

Der General, das Mitglied des Hofkriegsrats, sah sich mit strengem Blick nach ihm um, aber nachdem er den Ernst und das dumme Lächeln Sherkows bemerkt hatte, verriet er eine gewisse Aufmerksamkeit und zog die Brauen zusammen wie ein Mensch, der zuhört.

Ich habe die Ehre zu gratulieren, wiederholte Sherkow. General Mack ist angekommen und befindet sich wohl. Nur hier hat er eine kleine Verletzung davongetragen, fügte er hinzu und zeigte mit einem albernen Lächeln auf seinen Kopf.

Der General machte ein finsteres Gesicht, wandte sich um und ging weiter.

Gott, wie naiv! sagte er unwillig, nachdem er einige Schritte entfernt war.

Neswizkij wollte den Fürsten Andrej lächelnd umarmen, aber Bolkonskij, der noch bleicher geworden war, stieß ihn mit zorniger Miene zurück und wandte sich zu Sherkow. Die nervöse Aufregung, in die er durch den Anblick Macks, durch die Nachricht von der Niederlage der Österreicher und durch die Gedanken an das, was der russischen Armee bevorstand, geraten war, kam in der Empörung über Sherkows unzeitige Scherze zum Ausbruch.

Wenn Sie ein Hanswurst sein wollen, mein Herr, sagte er mit durchdringender Stimme und mit leichtem Zittern des Unterkiefers, so kann ich Sie nicht daran hindern; erkläre Ihnen aber, wenn Sie sich erdreisten, ein andermal in meiner Gegenwart den Possenreißer zu machen, so werde ich Ihnen zeigen, wie Sie sich zu betragen haben.

Neswizkij und Sherkow waren über diesen Ausfall so verblüfft, daß sie Bolkonskij schweigend, mit aufgerissenen Augen, anstarrten.

Wieso, wieso denn? Ich habe ja nur gratuliert! sagte Sherkow!

Ich scherze nicht mit Ihnen, schweigen Sie still! schrie Bolkonskij, und indem er Neswizkijs Hand ergriff, zog er ihn von Sherkow fort, der nicht wußte, was er antworten sollte.

Bruder, was gibt's denn? fragte Neswizkij in beruhigendem Tone.

Was es gibt? erwiderte Fürst Andrej, der seine Aufregung zu bemeistern suchte. Du solltest doch verstehen, daß wir entweder Offiziere sind, die ihrem Kaiser und dem Vaterlande dienen, die sich über seine Erfolge freuen, über seine Mißerfolge trauern ... oder wir sind eben nur Bediente, die sich um die Angelegenheiten ihrer Herren nicht zu kümmern haben. Vierzigtausend Mann niedergemetzelt, das Heer unserer Verbündeten vernichtet, und darüber können Sie Scherze machen, fügte er in französischer Sprache hinzu, als ob er durch eine französische Phrase seine Meinung bekräftigen wollte. Für einen so niedrigen Burschen, wie dieser Mensch ist, den Sie sich zum Freunde erwählt haben, mag es passend sein, aber nicht für Sie, nicht für Sie! Nur *dumme Jungen* können sich in solcher Weise amüsieren, fuhr Fürst Andrej russisch fort, sprach aber die Worte mit französischer Betonung, als er bemerkte, daß ihn Sherkow noch hören konnte. Dann wartete er, ob der Kornet etwas sagen würde; aber Sherkow drehte sich um und verließ den Korridor.

IV

Das Pawlogradsche Husarenregiment stand zwei Meilen von Braunau; die Schwadron, in der Nikolaj Rostow als Junker diente, war in dem deutschen Dorfe Salzeneck einquartiert. Der Schwadronskommandeur, Rittmeister Denissow, welcher der ganzen Kavalleriedivision unter dem Namen Wassika Denissow bekannt war, hatte die beste Wohnung im Dorfe, und Junker Rostow wohnte mit ihm zusammen, wie er immer getan, seit er das Regiment in Polen eingeholt hatte.

Am 20. Oktober, an dem Tage, wo das Hauptquartier durch die Nachricht von der Niederlage Macks in Aufregung versetzt wurde, ging im Stabe der Husarenschwadron das Lagerleben in der gewohnten Weise fort. Denissow, der die ganze Nacht gespielt hatte, war, als Rostow frühmorgens vom Fouragieren zurückkehrte, noch nicht wieder zu Haus. Rostow ritt an die Freitreppe und stieg mit jugendlich elastischen Bewegungen und doch mit einem gewissen Zögern ab, als ob er sich nur ungern von seinem Pferde trennte. Endlich sprang er ab und rief die Ordonnanz.

He, Bondarenko! lieber Junge! fügte er, als der Husar kopfüber herbeistürzte, mit der heitern, brüderlichen Freundlichkeit hinzu, die guten jungen, glücklichen Menschen eigen zu sein pflegt: Laß das Pferd hin und her gehen!

Zu Befehl, Ew. Erlaucht! antwortete der Kleinrusse und nickte mit dem Kopfe.

Paß auf, laß das Pferd hin und her gehen, bis es sich ordentlich abgekühlt hat!

Jetzt kam auch noch ein anderer Husar herbei, aber Bondarenko hatte sich schon der Zügel bemächtigt. Es war unverkennbar, daß der Junker gute Trinkgelder gab, und daß es Vorteil brachte, ihm zu dienen.

Rostow streichelte dem Pferde Hals und Bauch und blieb einen Augenblick stehen.

Ein ausgezeichnetes Pferd! sagte er zu sich selbst, faßte seinen Säbel und lief mit den Sporen klirrend die Stufen hinauf. Der deutsche Wirt in wollener Jacke und Zipfelmütze, mit einer Mistgabel in der Hand, sah aus der Tür des Kuhstalles, und sein Gesicht wurde plötzlich heller, als er Rostow erblickte. Er lachte fröhlich auf und blinzelte mit den Augen.

Schönen guten Morgen! schönen guten Morgen! rief er; es machte ihm augenscheinlich Vergnügen, den jungen Herrn zu begrüßen.

Schon so fleißig? rief Rostow, immer mit demselben zutraulich-heitern Lächeln, das sein Gesicht nie verließ. Die Österreicher sollen leben! Die Russen sollen leben! Kaiser

Alexander soll leben! fuhr er fort, die Worte wiederholend, die er öfter von dem deutschen Wirt gehört hatte. Dieser trat aus der Tür des Kuhstalls heraus, riß die Mütze vom Kopfe, schwenkte sie und schrie:

Und die ganze Welt soll leben!

Wie der Deutsche schwenkte auch Rostow seine Mütze über dem Kopfe und rief: »Vivat die ganze Welt!« Weder der deutsche Bauer, der seinen Kuhstall reinigte, noch Rostow, der mit seinen Leuten Heu geholt, hatten besonderen Grund, froh gestimmt zu sein; aber sie blickten sich beide glückselig, mit brüderlicher Liebe an, nickten sich zum Zeichen ihrer gegenseitigen Zuneigung freundlich zu und gingen wieder auseinander, der Deutsche in seinen Kuhstall und Rostow in das Bauernhaus, das er mit Denissow bewohnte.

Was macht dein Herr? fragte er Lawruschka, den im ganzen Regiment als Pfiffikus bekannten Diener Denissows.

Seit gestern abend sind sie nicht nach Hause gekommen ... Sie werden wohl im Spiel verloren haben, antwortete Lawruschka. Ich weiß, wie sie es machen: wenn sie gewinnen, kommen sie früh zurück, um zu prahlen ... wenn sie aber bis zum Morgen wegbleiben, das bedeutet abgebrannt, dann sind sie schlechter Laune ... Befehlen Sie Kaffee?

Her damit, her damit!

Nach zehn Minuten brachte Lawruschka den Kaffee.

Sie kommen eben! sagte er; nun gibt's ein Donnerwetter.

Rostow sah zum Fenster hinaus und erblickte den heimkommenden Rittmeister. Denissow war ein kleiner Mann mit rotem Gesicht, glänzenden, schwarzen Augen und schwarzem, struppigem Haar und Schnurrbart. Er trug einen aufgeknöpften Dolman, seine Hosen fielen in breiten Falten herunter, die zerdrückte Husarenmütze war in den Nacken geschoben. Er näherte sich der Treppe mit finsterem Gesicht und gesenktem Kopfe.

Lawruschka! schrie er mit seinem schnarrenden R laut und zornig, nimm mir die Sachen ab, Lümmel!

Komm schon, antwortete Lawruschkas Stimme.

Ah, schon aufgestanden? sagte Denissow, als er ins Zimmer trat.

Es ist auch Zeit, antwortete Rostow. Ich habe schon Heu geholt und Fräulein Mathilde gesehen …

Wozu? … Ich habe gestern verloren und wie ’n Hundesohn … schrie Denissow, verschluckte aber diesmal alle R … solches Pech, solches Pech. Kaum warst du fort, ging’s los. He, Tee!

Denissow zog das Gesicht zusammen, was ein Lächeln bedeuten sollte, zeigte seine kurzen, starken Zähne und strich sich mit seinen beiden kurzfingerigen Händen die dichten schwarzen Haare glatt.

Der Teufel hat mir eingegeben, zu dieser Ratte zu gehen (Ratte war der Spitzname des Offiziers, bei dem gespielt wurde), fuhr Denissow fort, indem er sich Stirn und Gesicht rieb. Denke dir! nachdem du weg warst, hat er mir nicht eine, aber auch nicht eine einzige gute Karte gegeben.

Denissow nahm die angezündete Pfeife im Empfang, drückte den Tabak fest, stieß sie dann heftig auf den Fußboden und schrie:

Simpel gibt er mir, Paroli gewinnt er! Simpel gibt er mir, Paroli gewinnt er!

Dabei schüttete er die brennende Pfeife aus, zerbrach sie und warf sie weg. Dann schwieg Denissow eine Weile, plötzlich aber sah er Rostow mit seinen glänzenden schwarzen Augen an und rief:

Wenn es wenigstens Weiber hier gäbe! Aber hier kann man nichts als trinken. Wenn’s wenigstens bald zum Losschlagen käme …

He, wer da? wandte er sich zur Tür, als er die Schritte schwerer Stiefel mit Sporen und ein ehrerbietiges Räuspern hörte.

Der Wachtmeister! antwortete Lawruschka. Denissow runzelte die Stirn noch mehr.

Scheußlich, rief er und warf den Geldbeutel mit einigen Goldstücken auf den Tisch. Rostow, mein Täubchen, zähle mal, wieviel noch darin geblieben ist, und lege den Beutel unter mein Kopfkissen. Mit diesen Worten ging er zum Wachtmeister hinaus.

Rostow nahm das Geld und zählte es auf, indem er mechanisch die alten und neuen Goldstücke voneinander trennte.

Ah, guten Morgen, Teljanin! hörte man Denissows Stimme im andern Zimmer; gestern haben sie mich schön gerupft!

Bei wem denn? Bei Bhokow, bei der Ratte? Das weiß ich schon, gab eine andere Stimme zur Antwort, und gleich darauf trat der Leutnant Teljanin, ein Offizier aus Denissows Schwadron, zu Rostow ins Zimmer.

Rostow legte die Börse unter das Kopfkissen und drückte die ihm gebotene kleine, feuchte Hand. Teljanin war kurz vor dem Feldzuge für irgendein Vergehen aus der Garde zur Armee versetzt worden. Er führte sich jetzt zwar sehr gut, war aber nicht beliebt, und Rostow besonders konnte seinen grundlosen Widerwillen gegen den jungen Offizier weder bezwingen noch verbergen.

Nun, junger Kavallerist, wie behagt Ihnen mein Gratschik? fragte Teljanin. (Gratschik war ein Reitpferd, das er an Rostow verkauft hatte, sein Reversepferd.) Beim Sprechen sah der Leutnant niemandem in die Augen; sein Blick flog unablässig von einem Gegenstande zum andern. Ich habe Sie heute vorüberreiten sehen …

Das Pferd ist gut, antwortete Rostow, obwohl das Tier, das er für 700 Rubel gekauft hatte, kaum die Hälfte wert war. Es lahmt nur etwas auf dem rechten Vorderfuße.

Der Huf ist geplatzt; das schadet nichts; ich werde Ihnen zeigen, was für eine Klammer man ihm machen muß.

Ja, bitte, zeigen Sie mir das, antwortete Rostow.

Gern, sehr gern … es ist kein Geheimnis. Für das Pferd werden Sie mir noch dankbar sein.

Ich will das Tier gleich vorführen lassen, sagte Rostow, der sich von Teljanin loszumachen wünschte, und ging hinaus, um seine Befehle zu geben.

Im Flur saß Denissow auf der Schwelle zusammengekauert und hielt seine Pfeife in der Hand, während der Wachtmeister vor ihm stand und ihm etwas vortrug. Als er Rostow bemerkte, runzelte Denissow die Stirn, deutete mit dem Zeigefinger über die Schulter nach dem Zimmer, wo Teljanin zurückgeblieben war, und schüttelte den Kopf.

Ich mag den Burschen nicht! sagte er, ohne sich in Gegenwart des Wachtmeisters Zwang aufzulegen.

Rostow zuckte die Achseln, als ob er sagen wollte: »Ich auch nicht – aber was ist zu machen?« und kehrte, nachdem er seine Befehle gegeben hatte, zu Teljanin zurück.

Teljanin saß in derselben nachlässigen Haltung da, in der ihn Rostow verlassen hatte, und rieb seine kleinen Hände.

»Es gibt doch ganz widerwärtige Gesichter«, dachte Rostow, als er ins Zimmer trat.

Nun, haben Sie das Pferd vorführen lassen? fragte Teljanin, indem er sich träge erhob und umhersah.

Ich habe Befehl gegeben.

So wollen wir gehen; ich bin eigentlich gekommen, um Denissow über die gestrige Ordre zu befragen. Haben Sie sie erhalten, Denissow?

Bis jetzt noch nicht ... wohin gehen Sie denn?

Ich will dem jungen Mann zeigen, wie das Pferd beschlagen werden muß, sagte Teljanin.

Sie begaben sich in den Pferdestall; der Leutnant zeigte, wie die Klammer angelegt werden müsse, und ging nach Hause.

Als Rostow ins Zimmer zurückkehrte, standen Branntwein und Wurst auf dem Tische, und Denissow saß davor und kritzelte mit der Feder auf einem Briefbogen. Er sah Rostow ernst ins Gesicht.

Ich schreibe ihr, sagte er, stützte sich, die Feder in der Hand, auf den Tisch, und, offenbar über die Gelegenheit erfreut, das, was er schreiben wollte, vorher in Worten auszusprechen, fuhr er fort: »Sieh, mein Freund, wir schlafen, wenn wir nicht lieben. Wir sind Söhne des Staubes, aber sobald die Liebe kommt, werden wir zu Göttern ... werden rein wie am ersten Schöpfungstage ... Wer ist schon wieder da? Jag' ihn zum Teufel! Ich habe keine Zeit, schrie er Lawruschka zu, der sich ihm ohne die mindeste Schüchternheit näherte.

Wer kann es denn sein? Sie haben es ja selbst befohlen ... der Wachtmeister ist's, der nach dem Gelde kommt.

Denissow runzelte die Stirn, schien etwas sagen zu wollen, schwieg aber still.

Schlimme Geschichte! brummte er endlich vor sich hin. Wieviel Geld ist noch im Beutel? fragte er Rostow.

Sieben neue und drei alte.

Schlimme Geschichte! Nun, Vogelscheuche, was stehst du da? Laß den Wachtmeister hereinkommen! schrie Denissow.

Höre, Denissow, nimm mein Geld. Ich habe ja welches, sagte Rostow und errötete.

Ich nehme nicht gern von meinen Freunden, brummte Denissow.

Wenn du das Geld nicht nimmst, wie's sich unter Kameraden gehört, beleidigst du mich. Wahrhaftig, ich habe welches.

Nein, nicht doch! und Denissow trat ans Bett, um die Börse unter dem Kissen hervorzuziehen.

Wo hast du sie hingelegt, Rostow?

Unter das unterste Kissen.

Da ist sie nicht.

Denissow warf beide Kissen auf die Diele ... die Börse war nicht zu finden. – Das ist doch wunderlich!

Warte, hast du sie nicht etwa mit heruntergeworfen? sagte Rostow, indem er die Kissen aufhob und schüttelte. Er nahm auch die Decke vom Bett und schüttelte sie aus; die Börse war nicht da.

Habe ich sie etwa liegenlassen? Aber nein, ich dachte noch, daß du dein Geld wie einen Schatz unter den Kopf legst, sagte Rostow; ich habe den Beutel hierhergelegt, wo ist er geblieben? wandte er sich an Lawruschka.

Ich bin nicht im Zimmer gewesen; der Beutel muß da sein, wo Sie ihn hingelegt haben.

Aber er ist weg.

So machen Sie's immer! Sie werfen Ihre Sachen irgendwo hin und vergessen es wieder ... Suchen Sie nur mal in den Taschen.

Nein, nein! wenn ich nicht an den Schatz gedacht hätte ... aber so weiß ich genau, daß ich ihn hierher gelegt habe.

Lawruschka durchwühlte das ganze Bett, warf einen Blick unter die Bettstelle, unter den Tisch, durchstöberte das ganze Zimmer und blieb endlich ratlos in der Mitte des Zimmers stehen. Denissow hatte seine Bewegungen schweigend verfolgt, und als Lawruschka verwundert die Hände ausstreckte und erklärte, daß die Börse nirgends zu finden sei, sah er sich nach Rostow um.

Rostow, mache keine Schuljungenstrei…

Als der junge Mann Denissows Blick auf sich gerichtet fühlte, schlug er die Augen auf und in demselben Moment wieder nieder. Das Blut, das ihm eben die Kehle zusammengeschnürt hatte, stieg ihm plötzlich ins Gesicht und in die Augen; er konnte keinen Atem schöpfen.

Es ist ja niemand im Zimmer gewesen als der Leutnant und Sie selbst; die Börse muß also irgendwo sein, sagte Lawruschka.

Nun, du Teufelsfratze, rühre dich, suche! rief Denissow, wurde plötzlich dunkelrot und stürzte sich mit drohender Gebärde auf den Diener. Die Börse muß gefunden werden, sonst peitsche ich dich tot … Euch alle!

Rostow knüpfte, den Blick Denissows vermeidend, die Uniform zu, schnallte den Säbel um und setzte seine Mütze auf.

Ich sage dir, finde den Geldbeutel! schrie Denissow, indem er den Diener schüttelte und an die Wand stieß.

Denissow, laß ihn, ich weiß, wer die Börse genommen hat, sagte Rostow und ging, ohne die Augen aufzuschlagen, der Tür zu.

Denissow blieb stehen, dachte einen Augenblick nach, und als er Rostows Andeutung verstanden hatte, faßte er seine Hand.

Unsinn! schrie er so laut, daß die Adern auf Hals und Stirn wie Stricke anschwollen. Ich sage dir, du bist verrückt … ich werde das nicht dulden. Die Börse ist hier … ich werde diesem Lumpen das Fell gerben, dann wird sich das Geld schon finden.

Ich weiß, wer es genommen hat! wiederholte Rostow mit bebender Stimme und wandte sich abermals nach der Tür.

Und ich sage dir, untersteh dich nicht, das zu tun! rief Denissow und stürzte auf den Junker zu, um ihn zurückzuhalten, aber Rostow entriß ihm die Hand und sah ihn so zornig an, als ob Denissow sein ärgster Feind wäre.

Verstehst du wohl, was du sagst? fragte er mit zitternder Stimme; außer mir war niemand im Zimmer als er ... wenn er es also nicht ist ...

Er konnte nicht weiter sprechen und eilte hinaus.

Hol dich der Teufel! hol er euch alle! waren die letzten Worte, die Rostow hören konnte.

Rostow ging in Teljanins Quartier.

Der Herr sind nicht zu Hause; sie sind ins Hauptquartier geritten, sagte Teljanins Bursche. Ist irgend etwas vorgefallen? fügte er hinzu, als er das verstörte Gesicht des Junkers bemerkte.

Nein, nichts!

Ein paar Minuten früher hätten Sie ihn getroffen, sagte der Diener.

Der Stab war eine halbe Meile von Salzeneck einquartiert. Rostow kehrte nicht erst nach seiner Wohnung zurück. Er bestieg sofort sein Pferd und ritt zum Stabe hinüber.

In dem Dorfe, wo der Stab lag, befand sich ein Gasthaus, das die Offiziere zu besuchen pflegten. Als Rostow vor der Tür anhielt, sah er Teljanins Pferd an der Freitreppe stehen.

Im zweiten Zimmer saß der Leutnant vor einer Schüssel mit Knackwürstchen und einer Flasche Wein.

Ah, Sie auch hier, junger Mann, sagte er lächelnd und zog die Brauen in die Höhe.

Ja, antwortete Rostow, als ob ihn dies Wort eine große Anstrengung kostete, und setzte sich an den nächsten Tisch.

Beide schwiegen. Im Zimmer befanden sich zwei Deutsche und ein russischer Offizier. Niemand sprach, man hörte nur das Klappern von Messer und Gabel auf dem Teller und das Schmatzen des Leutnants. Als Teljanin sein Frühstück beendigt hatte, zog er eine Doppelbörse aus der Tasche, schob mit seinen feinen, weißen Fingern die Ringe zurück, nahm ein Goldstück heraus und gab es dem Aufwärter.

Ich bitte, schnell, sagte er.

Das Goldstück war ein neues.

Rostow erhob sich und trat zu Teljanin.

Erlauben Sie mir, die Börse anzusehen, fragte er langsam, mit kaum hörbarer Stimme.

Teljanin reichte ihm den Beutel; seine Augen flogen von einem Gegenstande zum andern, aber seine Brauen blieben in die Höhe gezogen.

Ja, eine hübsche Börse, ja, ja, sagte er und erblaßte plötzlich; Sie können sie ansehen, junger Mann! fügte er hinzu.

Rostow nahm den Beutel in die Hand und sah bald auf das Gold, das er enthielt, bald auf Teljanin.

Der Leutnant blickte, seiner Gewohnheit nach, umher, plötzlich schien ihn eine besondere Heiterkeit zu überfallen.

Ich will das alles in Wien lassen, wenn wir erst hinkommen, sagte er. Hier in diesen elenden Nestern weiß man es nicht unterzubringen. Nun, Jüngling, geben Sie her, ich muß fort.

Rostow schwieg.

Was bringt Sie denn hierher? Wollten Sie frühstücken? Man ißt hier ziemlich gut ... geben Sie her, fuhr Teljanin fort, streckte die Hand aus und erfaßte die Börse; Rostow ließ sie los; Teljanin nahm sie ihm aus der Hand, und als er sie in die Tasche seiner Reithosen steckte, hoben sich seine Brauen in die Höhe, und sein Mund öffnete sich, als ob er sagen wollte: »Ja, ja, ich stecke meine Börse in die Tasche, das ist sehr einfach, und niemand kann etwas dagegen einwenden.«

Nun, Jüngling ... begann er mit einem Seufzer und blickte Rostow an. Ein eigentümliches Leuchten schoß mit der Schnelligkeit eines elektrischen Funkens aus Teljanins Augen in die Rostows und wieder zurück ... es währte kaum eine Sekunde.

Kommen Sie her, sagte Rostow, indem er Teljanins Hand ergriff und ihn ans Fenster zog. Das ist Denissows Geld ... Sie haben es genommen! flüsterte er ihm ins Ohr.

Wie ... wie ... wie können Sie sich unterstehen! sagte Teljanin, aber diese Worte hatten einen kläglichen Ton; sie klangen wie ein Aufschrei der Verzweiflung, wie ein Flehen um Gnade. Sobald Rostow diesen Ton vernahm, wurde seine Seele von der Zentnerlast des Zweifels befreit; er empfand eine gewisse Freude und zu gleicher Zeit Mitleid mit dem

Unglücklichen, der vor ihm stand. Aber er mußte, was er begonnen hatte, zu Ende führen.

Die Leute hier müssen ja Gott weiß was denken, fuhr Teljanin fort, ergriff seine Mütze und trat in ein kleines, leeres Nebenzimmer. Wir müssen uns erklären ...

Ich weiß alles und kann es beweisen, sagte Rostow.

Ich ...

Alle Muskeln in Teljanins bleichem, schreckensvollem Antlitz zuckten, seine Augen irrten unstet umher, aber er schlug sie nieder und wagte nicht, Rostow ins Gesicht zu sehen. Ein leises Schluchzen ließ sich hören.

Graf, richten Sie einen jungen Menschen nicht zugrunde ... hier ist das Unglücksgeld ... nehmen Sie's! Er warf die Börse auf den Tisch. Ich habe einen alten Vater, eine Mutter! ...

Rostow nahm das Geld und verließ, indem er Teljanins Blick vermied, das Zimmer, ohne ein Wort zu sagen, aber an der Tür blieb er stehen und kehrte zurück.

Mein Gott! rief er mit Tränen in den Augen, wie konnten Sie so etwas tun?

Graf! sagte Teljanin und trat dem Junker näher.

Rühren Sie mich nicht an! rief Rostow, indem er ihm auswich. Wenn Sie Not leiden, nehmen Sie das Geld. Er warf ihm die Börse hin und eilte aus dem Gasthause hinaus.

V

Denselben Abend fand in Denissows Quartier unter den Offizieren seiner Schwadron ein lebhaftes Gespräch statt.

Und ich sage Ihnen, Rostow, daß Sie den Regimentskommandeur um Verzeihung bitten müssen! rief ein Rittmeister mit ergrauendem Haar, großem Schnurrbart, groben Zügen und faltenreichem Gesicht, indem er sich an den vor Aufregung glühenden Junker wandte. Stabsrittmeister Kirsten war zweimal wegen seiner Ehrenhändel zum gemeinen Soldaten degradiert und hatte sich zweimal wieder emporgearbeitet.

Ich erlaube niemandem zu behaupten, daß ich lüge! schrie

Rostow. Er hat mir gesagt, daß ich lüge, und ich habe ihm gesagt, daß er es tut, und dabei wird es bleiben. Er kann mich täglich zum Dienst kommandieren, kann mich in Arrest schicken, aber mich zu Entschuldigungen zwingen kann er nicht. Wenn er es als Regimentskommandeur für unmöglich hält, mir Satisfaktion zu geben, so ...

Warten Sie, mein Lieber, hören Sie mich an, fiel der Stabsrittmeister mit seiner Baßstimme ein und strich sich dabei ruhig den Schnurrbart. In Gegenwart anderer Offiziere sagen Sie dem Regimentskommandeur, daß ein Offizier gestohlen hat ...

Es ist nicht meine Schuld, daß das Gespräch sich in Gegenwart anderer Offiziere angesponnen hat. Vielleicht hätte ich in ihrem Beisein nicht davon sprechen sollen. Aber ich bin einmal kein Diplomat, bin deswegen Husar geworden ... ich dachte, daß man hier keine Feinheiten zu beobachten braucht. Wenn er mir aber sagt, daß ich lüge, so hat er mir Satisfaktion zu geben.

Das ist alles gut ... Niemand hält Sie für feige, aber darum handelt es sich ja gar nicht. Fragen Sie Denissow, der wird Ihnen sagen, ob es Sinn und Verstand hat, daß ein Junker vom Regimentskommandeur Satisfaktion verlangt.

Denissow hörte, in den Schnurrbart beißend, mit finsterer Miene dem Gespräche zu, in das er sich offenbar nicht einmischen wollte. Auf die Frage des Stabsrittmeisters schüttelte er verneinend den Kopf.

In Gegenwart anderer Offiziere erzählen Sie dem Regimentskommandeur diese schmutzige Geschichte, fuhr der Stabsrittmeister fort. Bogdanytsch (so heiß der Regimentskommandeur) hat Sie zurechtgewiesen ...

Nicht zurechtgewiesen ... er hat gesagt, daß ich lüge.

Nun ja, Sie haben ihm darauf nur Dummheiten zu erwidern gewußt und müssen sich entschuldigen.

Um keinen Preis! rief Rostow.

Das habe ich nicht von Ihnen erwartet, sagte der Stabsrittmeister in ernstem, strengem Tone. Sie wollen sich nicht entschuldigen, und doch, mein Herzchen, haben Sie sich nicht allein gegen ihn, sondern gegen das Regiment, gegen uns alle vergangen. Wenn Sie doch nur nachgedacht, nur um Rat gefragt hätten, wie Sie sich in dieser Angelegenheit verhalten sollten! Aber wie toll und blind sind Sie darauf zugetappt und haben das Kind mit dem Bade ausgeschüttet. Was soll der Regimentskommandeur jetzt tun? Soll er den Leutnant vor das Kriegsgericht stellen und wegen *eines* Nichtswürdigen das ganze Regiment beschimpfen? dem ganzen Regiment die Schmach antun? ... Das wollen Sie ... Ihrer Meinung nach soll das geschehen, unserer Meinung nach aber nicht. Bogdanytsch ist ein wackerer Mann ... er hat Ihnen gesagt, daß Sie die Unwahrheit gesprochen ... das ist freilich unangenehm, aber es läßt sich ertragen. Mein Teuerster ... Sie haben sich das selbst zugezogen! Jetzt aber, da man die Sache beizulegen sucht, wollen Sie aus purem Dünkel sich nicht entschuldigen, sondern die Geschichte weiter verbreiten. Was wäre es denn für Sie, dem alten, ehrenwerten Bogdanytsch ein gutes Wort zu geben? Bogdanytsch mag sein wie er will, ein ehrenwerter, tapferer, alter Oberst ist er auf jeden Fall. Das fällt Ihnen aber zu schwer, während es Ihnen eine Kleinigkeit ist, das ganze Regiment zu beschimpfen. – Die Stimme des Rittmeisters fing an zu zittern. – Sie, Väterchen, sind nur ganz vorübergehend im Regiment; leben heute hier, morgen dort; werden, wer weiß wie bald, Adjutanten sein ... das Regiment geht Sie gar nichts an. Sie können darauf spucken, wenn es heißt: unter den Pawlogradschen Offizieren gibt's Diebe! ... Uns aber ist das durchaus nicht gleichgiltig ... nicht wahr, Denissow, nicht gleichgiltig?

Denissow schwieg, blieb unbeweglich sitzen und warf nur hin und wieder einen Blick aus seinen schwarzen, glänzenden Augen auf Rostow.

Ihnen ist Ihr Dünkel die Hauptsache ... Sie wollen sich nicht entschuldigen, fuhr der Stabsrittmeister fort. Aber wir alten Leute, die wir im Regiment aufgewachsen sind und denen Gott die Gnade erzeigen mag, darin zu sterben, uns ist die Ehre des Regiments teuer, und Bogdanytsch weiß das auch. Oh, wie teuer, Väterchen! Sie tun nicht recht, nicht recht! Mögen Sie sich beleidigt fühlen oder nicht, ich werde der Wahrheit die Ehre geben ... Sie tun nicht recht!

Der Stabsrittmeister stand auf und wandte sich von Rostow ab.

Es ist wahr! der Teufel soll's holen! schrie Denissow und sprang auf. Nun, Rostow, nun!

Rostow sah errötend und erbleichend bald den einen, bald den andern Offizier an.

Nein, meine Herren, glauben Sie nicht … nein! ich verstehe sehr wohl … Sie haben eine falsche Meinung von mir … ich … für mich … ich bin für die Ehre des Regiments, das werde ich durch die Tat beweisen, und für die Ehre der Fahne … Ja, es ist wahr, ich habe Schuld! Tränen standen in seinen Augen. Ich habe Schuld, ich ganz allein … was wollen Sie noch mehr?

So ist's recht, Graf! schrie der Stabsrittmeister, indem er sich umdrehte und Rostow mit seiner großen Hand auf die Schulter schlug.

Ich sage dir, rief Denissow, er ist ein wackerer Junge.

So ist's recht, Graf! so ist's recht! wiederholte der Stabsrittmeister, als ob er Rostow für das abgelegte Geständnis mit seinem Titel ehren wollte. Gehen Sie und entschuldigen sie sich bei Sr. Exzellenz.

Meine Herren, ich werde alles tun … niemand soll noch ein Wort darüber von mir hören, sagte Rostow mit flehender Stimme; aber mich entschuldigen kann ich nicht! Wie sollte ich das machen? Ich kann doch nicht um Verzeihung bitten wie ein Kind?

Denissow lachte auf.

Um so schlimmer für Sie. Bogdanytsch ist rachsüchtig, Sie werden Ihre Hartnäckigkeit büßen müssen, sagte Kirsten.

Bei Gott, es ist keine Hartnäckigkeit. Ich kann Ihnen nicht beschreiben, was es ist … aber ich *kann's* nicht tun.

Nun, wie Sie wollen, antwortete der Stabsrittmeister, und zu Denissow gewandt, fragte er: Wo ist denn der Halunke geblieben?

Er hat sich krank gemeldet. Morgen soll er ausgestoßen werden.

Das ist seine Krankheit … so wird sie zu erklären sein, meinte der Stabsrittmeister.

Krank oder nicht, mir soll er nicht vor die Augen kommen, oder ich bringe ihn um! schrie Denissow.

In diesem Augenblick trat Sherkow ins Zimmer.

Wie kommst du hierher? wandten sich die Offiziere zu dem Ankommenden.

Marschbefehl, meine Herren! Mack hat sich ergeben mit der ganzen Armee ...

Du flunkerst!

Ich habe ihn selbst gesehen.

Wie, du hast Mack gesehen? Lebendig, mit gesunden Gliedern? ... Marschbefehl, Marschbefehl! gebt ihm eine Flasche für diese Nachricht ... aber wie bist du hierhergekommen?

Man hat mich wegen dieses verteufelten Mack ins Regiment zurückversetzt ... der österreichische General hat sich beschwert, weil ich ihm zu Macks Ankunft gratuliert habe. Was ist denn mit dir, Rostow? Du siehst ja aus, als ob du ein Sturzbad bekommen hättest?

Hier bei uns, Bruder, gibt's seit zwei Tagen faule Geschichten.

Der Regimentsadjutant trat ein und bestätigte die Nachricht, die Sherkow gebracht hatte. Auf den nächsten Morgen war der Abmarsch anbefohlen.

Marschbefehl, meine Herren!

Gott sei Dank! wir haben schon zu lange stillgesessen.

VI

Kutusow wich nach Wien zurück, indem er hinter sich die Brücken über den Inn (bei Braunau) und über die Traun (bei Linz) abbrach. Am 5. November passierte das russische Heer mit Bagage und Artillerie das Städtchen Enns, das auf beiden Seiten des gleichnamigen Flusses gelegen ist. Es war ein warmer, regnerischer Herbsttag. Die weite Fernsicht, die sich von der Höhe erschloß, wo eine russische Batterie zur Deckung der Brücke aufgestellt war, wurde bald von den durchsichtigen Schleiern des schräg fallenden Regens verhüllt, bald wieder von Sonnenlicht übergossen, und dann zeigten sich alle Gegenstände so klar und scharf, als ob sie poliert wären. Am Fuße der Anhöhe lag das Städtchen mit seinen weißen Häusern und roten Dächern, seiner Kirche und seiner Brücke, an deren beiden Enden sich die russischen Heeresmassen zusammendrängten. Weiterhin auf der Donau sah man Schiffe und Inseln und ein Schloß mit einem großen Park, den die Gewässer der in die Donau mündenden Enns umspülten. Am linken Donauufer zeigten sich Felsenhöhen und mit Fichtenwald bekrönt und in geheimnisvoller Entfernung grüne Hügel und bläuliche Schluchten. Aus wildem Tannenwalde, der noch ganz unberührt schien, ragten die Türme eines Klosters hervor, und auf der Höhe jenseits der Enns sah man die Vorposten des Feindes.

Auf dem Hügel zwischen den russischen Kanonen standen im Vordergrunde der Kommandeur der Arrièregarde und ein Offizier *à la suite* und rekognoszierten die Umgegend durch ein Fernrohr. In einiger Entfernung, auf dem Protzstock einer Kanone, saß Neswizkij, der einen Befehl Kutusows an die Arrièregarde überbracht hatte. Der ihn begleitende Kosak reichte ihm eine Tasche und ein Fläschchen, und Neswizkij lud die ihn umringenden Offiziere zu Pastetchen und echtem Doppelkümmel ein. Die Offiziere drängten sich fröhlich heran; einige knieten neben ihm nieder, andere setzten sich mit gekreuzten Beinen ins feuchte Gras.

Ja, dieser österreichische Fürst war ein gescheiter Mann, daß er hier ein Schloß erbauen ließ ... welch köstliche Aussicht! ... Aber warum essen Sie nicht, meine Herren? sagte Neswizkij.

Ich danke, Fürst, antwortete einer der Offiziere, der augenscheinlich glücklich war, sich mit einem so hochstehenden Stabsoffizier unterhalten zu können. Es ist ein herrliches Besitztum, fuhr er fort; wir sind dicht daran vorbeigekommen und haben zwei Hirsche gesehen. Das Haus ist prachtvoll.

Sehen Sie, Fürst, sagte ein anderer, der gern noch ein Pastetchen genommen hätte, sich aber schämte, es zu tun, und statt dessen tat, als ob er die Gegend betrachtete. Sehen Sie mal, wie weit unsere Infanterie schon vorgedrungen ist. Dort auf der kleinen Wiese hinter dem Dorfe, wo die drei Soldaten etwas schleppen. Die werden das Palais gut zurichten! fügte er mit sichtlicher Freude hinzu.

Richtig, richtig! antwortete Neswizkij; aber was ich möchte, fuhr er, ein Stück Pastete kauend, fort, ich möchte dorthin kommen. Er zeigte auf das Kloster, dessen Türme auf dem Berge sichtbar wurden, lächelte, kniff die Augen zusammen, und sein ganzes Gesicht strahlte vor Vergnügen. Das wäre schön, meine Herren!

Die Offiziere lachten.

Wenn wir nur die Nonnen aufscheuchen könnten, fuhr Neswizkij fort; es sollen junge Italienerinnen dort stecken ... wahrhaftig, ich gäbe fünf Jahre meines Lebens drum.

Sie langweilen sich doch gewiß, sagte lachend einer der Offiziere.

In diesem Augenblick machte der Offizier *à la suite*, der mit dem General im Vordergrunde stand, seinen Gefährten auf etwas aufmerksam, und dieser betrachtete den bezeichneten Punkt durch das Fernrohr.

Ja, ja, ganz recht! sagte er zornig, indem er das Fernrohr sinken ließ und die Achseln zuckte, ganz recht! Sie werden die Furt beschießen. Warum mögen sich die unsrigen aber auch so lange aufhalten?

Mit unbewaffnetem Auge konnte man am andern Ufer die feindliche Batterie sehen, aus der sich jetzt eine milchweiße Rauchwolke emporringelte. Nachdem sie aufgestiegen war, hörte man einen fernen Schuß ertönen, und unsere Truppen drängten sich eilig nach der Furt. Neswizkij stand keuchend auf und trat lächelnd zum General.

Wäre es Ew. Exzellenz nicht gefällig, einen kleinen Imbiß zu nehmen? fragte er.

Es steht schlimm! sagte der General, ohne ihm zu antworten. Die unsrigen verlieren ihre Zeit.

Soll ich hinreiten, Exzellenz! fragte Neswizkij.

Ja, tun Sie das, bitte, antwortete der General, und wiederholen Sie, was schon einmal ausführlich befohlen ist: sagen Sie den Husaren, sie sollten zuletzt über die Brücke gehen und sie anzünden. Außerdem müssen die Brennstoffe auf der Brücke untersucht werden.

Sehr wohl, antwortete Neswizkij, rief seinen Kosaken, ließ sein Pferd vorführen, befahl Tasche und Fläschchen einzupacken und schwang seinen schweren Körper leicht in den Sattel.

Wahrhaftig, ich will den Nonnen einen Besuch machen, sagte er zu den Offizieren, die ihm lächelnd nachsahen, während er den bergab sich schlängelnden Fußpfad verfolgte.

Wir wollen mal sehen, wieviel wir treffen können; Hauptmann, lassen Sie mal Feuer geben, wandte sich der General an einen Artillerieoffizier. – Vertreiben Sie sich die Langeweile.

Die Mannschaft ans Geschütz! kommandierte der Offizier, und fröhlich verließen die Artilleristen sofort ihre Feuerplätze und fingen an zu laden.

Das erste Geschütz! ertönte das Kommando.

Die erste Kanone gab Feuer und prallte zurück. Der Schuß dröhnte mit betäubendem Metallklang durch die Luft, und über die Köpfe unserer am Fuße des Berges stehenden Truppen fuhr eine zischende Granate. Den Feind erreichte sie nicht; eine feine Rauchsäule zeigte den Punkt an, wo sie niederfiel und krepierte.

Bei diesem Ton erheiterten sich die Gesichter der Soldaten und Offiziere. Alle hatten sich erhoben und beobachteten die deutlich zu erkennenden Bewegungen unserer am Fuße des Berges stehenden Truppen und des aus der Ferne anrückenden Feindes. Jetzt trat die Sonne aus dem Gewölk hervor, und der mächtige Ton des Schusses und die blendenden Strahlen der Sonne vereinigten sich zu einem heitern, ermutigenden Eindruck.

VII

Zwei feindliche Kanonenkugeln waren bereits über die Brücke geflogen, und auf der Brücke war das Gedränge sehr groß. Fürst Neswizkij war in der Mitte der Brücke vom Pferde gestiegen, stand mit seinem dicken Körper an das Geländer gepreßt und sah sich lachend nach seinem Kosaken um, der die beiden Pferde am Zügel hielt und um einige Schritte zurückgeblieben war. Sooft Fürst Neswizkij weitergehen wollte, wurde er aufs neue von Soldaten und Fuhrwerk aller Art zurückgeworfen und an das Geländer gequetscht, so daß ihm nichts übrigblieb als zu lächeln.

Du bist gut, Brüderchen! sagte der Kosak zu einem Trainsoldaten, welcher mit seinem Fuhrwerk die um die Räder und Pferde drängende Infanterie zurücktrieb. Du bist gut! Kannst du denn nicht ein bißchen warten? Du siehst doch, daß der General durchreiten muß.

Aber der Trainsoldat beachtete das Wort »General« durchaus nicht und rief den Soldaten, die ihm den Weg versperrten, zu:

He, ihr Landsleutchen, haltet euch links, wartet mal!

Aber die Landsleutchen marschierten in geschlossenen Reihen über die Brücke, lehnten Schulter an Schulter, hielten die Bajonette zusammen und warteten keinen Augenblick.

Fürst Neswizkij sah über das Geländer. Unten schossen die raschen, rauschenden, kleinen Wellen der Enns dahin, die sich aneinanderdrängten, zusammenflossen, hin und her warfen und die Pfeiler der Brücke umspielten; und als er seinen Blick wieder auf die Brücke richtete, gewahrte er die ebenso einförmigen, lebendigen Wogen der Soldaten, ihre Troddeln, ihre Tschakos in Überzügen, Tornister, Bajonette, ihre langen Flinten und unter den Tschakos ihre Gesichter mit den breiten Backenknochen, den eingefallenen Wangen und dem harmlosen müden Ausdruck – und endlich die Füße, die sich durch den klebrigen, die Bohlen der Brücke bedeckenden Schmutz durcharbeiteten. Zuweilen zeigte sich zwischen den einförmigen Wogen der Soldaten – wie ein weißer Schaum auf den Wellen der Enns – ein Offizier in seinem Mantel, mit einem Gesicht, das sich von dem der Soldaten auffallend abhob. Zuweilen trug die dahinflutende Infanterie einen Husaren, einen Offiziersburschen oder einen Ortsbewohner über die Brücke, und sie sahen in diesem Getümmel wie Holzspänchen aus, die auf der Strömung dahintanzen. Oder es schwamm – wie ein Holzfloß auf dem Flusse – ein Wagen mit Offiziersbagage durch das Gedränge.

Das strömt ja, als ob ein Damm gebrochen wäre! sagte der Kosak und blieb hoffnungslos stehen. Wieviel seid ihr denn noch?

Eine Million, weniger ein Mann! rief ihm mit den Augen blinzelnd ein dicht an ihm vorbeigehender, lustiger Soldat in zerrissenem Mantel zu und verschwand in der wogenden Masse. Ihm folgte auf dem Fuße ein alter Soldat!

Wenn *Er* (»Er« bedeutete der Feind) die Brücke zu beschießen anfangen tät, sagte der Alte mit finsterer Miene zu seinem Nebenmanne, dann ersparst du das Aufstehen. – Und der Soldat ging vorüber. Ihm folgte ein anderer Soldat auf einem Wagen.

Wo, zum Teufel, sind die Fußlappen geblieben? fragte ein Offiziersbursche, der sich dem Wagen nachdrängte, in dem er etwas zu suchen schien. Auch er ging mit dem Wagen vorbei.

Ihm folgten lustige, offenbar etwas angetrunkene Soldaten.

Wie er seinen lieben Freund mit dem Kolben auf den Mund geschlagen hat, sagte lustig einer von ihnen, der seinen Mantel hoch aufgerafft hatte und lebhaft mit den Händen gestikulierte.

Ja, ja, das macht der gute Schinken, antwortete lachend ein anderer; aber sie gingen vorüber, ohne daß Neswizkij erfahren hätte, wer auf den Mund geschlagen worden war und was es mit dem Schinken für eine Bewandtnis hatte.

Die laufen! Da hat *Er* nun einen blinden Schuß getan, und gleich bilden sich alle ein, daß sie erschossen werden sollen! rief ein Unteroffizier in ärgerlichem Tone.

Als sie an mir vorübersauste, Onkelchen, ich meine die Kugel, sagte ein junger Soldat mit ungeheuer großem Munde, der sich vor Lachen kaum zu lassen wußte, war ich wie erstarrt vor Angst. Wirklich, Gott ist mein Zeuge, ich bin schauderhaft erschrocken ... ich hatte meine liebe Not, fügte er hinzu, als ob er auf seine Furchtsamkeit stolz wäre.

Er ging ebenfalls vorüber.

Ihm folgte ein Fuhrwerk, das keinem der übrigen ähnlich sah. Es war ein deutscher Vorspann mit zwei Pferden und, wie es schien, mit einer ganzen Einrichtung beladen. Hinter dem Wagen, den ein Deutscher fuhr, war eine schöne bunte Kuh mit vollem Euter angebunden. Auf den Betten saßen eine Frau mit einem Säugling, ein altes Mütterchen und ein junges, rotwangiges, frisches deutsches Mädchen. Offenbar hatten diese Leute eine besondere Erlaubnis zur Flucht erhalten. Die Augen aller Soldaten hafteten auf den Frauen, und während der Wagen Schritt vor Schritt vorwärtsrückte, bezogen sich alle Äußerungen der Soldaten nur auf seine Insassen. Auf allen Gesichtern konnte man dasselbe Lächeln sehen, dieselben unreinen Gedanken erkennen.

Der Wurstfresser zieht auch fort!

Verkauf' uns das Mütterchen! rief ein anderer Soldat dem Deutschen zu, der mit niedergeschlagenen Augen zornig und erschreckt weiterging.

Die hat sich aufgeputzt! eine wahre Teufelsbande!

Bei denen solltest du einquartiert werden, Fedotow!

Schon dagewesen, Bruder.

Wohin des Wegs? fragte ein Infanterieoffizier, der einen Apfel aß und das hübsche junge Mädchen lächelnd ansah.

Der Deutsche schloß die Augen und machte ein Zeichen, daß er ihn nicht verstände.

Willst du? ich schenke ihn dir, sagte der Offizier, indem er dem Mädchen den Apfel reichte. Sie lächelte und nahm ihn an.

Neswizkij, wie alle, die sich auf der Brücke befanden, sah die Frauen unverwandt an, bis sie vorüber waren. Dann kamen neue und immer wieder neue Reihen von Soldaten, mit denselben Redensarten, und endlich – wie es oft geschieht – blieben die Pferde einer Kompaniefuhre am Ende der Brükke stehen, und die ganze, dichtgedrängte Masse geriet dadurch in Stillstand.

Warum bleiben wir stecken? ... Das ist eine schöne Ordnung! sagten die Soldaten untereinander. Wo drängst du hin? Zum Teufel! kannst du nicht warten? ... Es wird noch schlimmer, wenn *er* die Brücke in Brand schießt ... Sieh, da ist auch ein Offizier in die Enge getrieben, riefen alle Stimmen von verschiedenen Seiten aus der Masse, in der alle einander ansahen und alle vorwärtsdrängten.

Neswizkij warf einen Blick unter die Brücke, auf die Wogen der Enns und vernahm einen ihm unbekannten Ton. Ein großes Ding kam blitzschnell geflogen und plumpste ins Wasser.

Siehst du, wie weit sie reichen! rief zornig ein vorbeigehender Soldat, indem er sich nach dem Geräusch umsah.

Wenn sie nur machten, daß wir schneller über die Brücke kämen, sagte ein anderer in sichtlicher Unruhe; die Menge drängte wieder vorwärts, und Neswizkij begriff, daß das große Etwas eine Kanonenkugel gewesen war.

Du, Kosak, bringe mir das Pferd! rief er. Ihr alle macht Platz, laßt mich durch!

Es fiel ihm schwer, sein Pferd zu erreichen. Unaufhörlich schreiend ritt er vorwärts; die Soldaten drängten sich zur Seite, um ihn durchzulassen, drängten ihn dabei aber auch so sehr, daß sie ihm den Fuß quetschten. Übrigens waren die Nächststehenden nicht daran schuld, da sie selbst in die Enge getrieben wurden.

Neswizkij! Neswizkij! du Ungeheuer! ertönte in diesem Augenblick eine heitere Stimme hinter ihm.

Neswizkij wandte sich um und erblickte in einer Entfernung von fünfzehn Schritt das rote Gesicht und den schwarzen, ungekämmten Kopf Wassika Denissows, mit der Mütze im Nacken und dem keck über die Schulter geworfenen Dolman. Eine wogende Infanteriemasse schob sich zwischen sie.

Befiehl ihnen doch, uns durchzulassen, diesen unverschämten Teufeln! schrie Denissow, der in großer Aufregung zu sein schien. Die kohlschwarzen Pupillen in den entzündeten Augen sprühten Funken, und seine kleine Faust, die ebenso rot war wie sein Gesicht, schwang den in der Scheide steckenden Säbel hoch in die Luft.

Ei Wassika, antwortetet Neswizkij erfreut, warum bist du so böse?

Die Schwadron kann nicht durch! schrie Wassika Denissow, der zornig seine weißen Zähne zeigte und seinem schönen, schwarzen edeln *Beduin* die Sporen gab. Das Pferd bewegte unruhig die Ohren, scheute vor den glänzenden Bajonetten, schnaubte, spritzte den Schaum seiner Nüstern rings umher, stampfte auf die Bohlen der Brücke und schien bereit, über das Geländer zu setzen, sobald sein Reiter es gestatten würde.

Was ist das nun! Ihr seid ja wahre Schafe! Drängt euch gerade wie die Schafe. Fort mit euch! macht Platz! ... halt du, Fuhrmann ... zum Teufel, oder ich haue zu! schrie Denissow, indem er seinen Säbel aus der Scheide zog und um den Kopf schwenkte. Die Soldaten drängten sich erschreckt zusammen, und Denissow gesellte sich zu Neswizkij.

Was, bist du denn heute nicht betrunken? fragte Neswizkij, als dich Denissow näherte.

Nicht einmal zu trinken hat man Zeit, antwortete Wassika Denissow. Man schickt das Regiment den ganzen Tag bald hierhin, bald dorthin. Eins von beiden: entweder man schlägt sich oder man bleibt in Ruhe. Zum Teufel! was ist das für eine Wirtschaft!

Wie du heute elegant bist! sagte Neswizkij, als er den neuen Dolman und die neue Schabracke Denissows bemerkte.

Denissow lächelte, griff in die Säbeltasche, zog ein parfümiertes Taschentuch heraus und hielt es dem Kameraden unter die Nase.

Es ist nicht anders! Da es heute zum Kampfe geht, habe ich mich rasiert, parfümiert und mir die Zähne geputzt.

Neswizkijs stattliche Erscheinung, der ihn begleitende Kosak und die drohende Haltung Denissows, der fortwährend schrie und seinen Säbel schwang, bewirkten doch so viel, daß sie sich nach der anderen Seite der Brücke durcharbeiten und die Infanterie aufhalten konnten. Am Ende der Brücke fand Neswizkij den General, dem er Befehle zu überbringen hatte, richtete seinen Auftrag aus und ritt wieder zurück.

Nachdem Denissow den Weg freigemacht hatte, hielt er still und betrachtete die ihm entgegenkommende Schwadron, während sein Pferd, das er nachlässig im Zügel hatte, mit den Vorderhufen den Boden schlug und der Schwadron entgegenstrebte. Auf den Bohlen der Brücke erklangen die Hufschläge so laut, als ob es mehrere Pferde wären, die Husaren, ihre Offiziere an der Spitze, kamen, vier Mann Front, über die Brücke und gewannen das andere Ufer.

Die zurückgehaltene Infanterie drängte sich im dicken Schmutz der Brücke zusammen und betrachtete die vorüberreitenden, sauberen, glänzenden Husaren mit jenem eigentümlichen Gefühl der Mißgunst und der spöttischen Überlegenheit, mit dem verschiedene Truppengattungen einander zu begegnen pflegen.

Schmucke Jungen! ... die könnten sich auf Bodnowinskij (Promenade in Moskau) sehen lassen.

Aber was nützen sie denn? man hält sie nur zum Staat, sagte ein anderer.

Infanterist, mach' keinen Staub! spottete ein Husar, dessen Pferd sich bäumte und das Gesicht des Infanteristen mit Schmutz bespritzte.

Hättest du nur mit dem Tornister auf dem Rücken zwei solche Märsche machen müssen, dann wollten wir mal sehen, wie deine Schnüre abgerieben wären, antwortete der Infanterist und wischte sich mit dem Ärmel den Schmutz vom Gesicht. Du bist freilich gar kein Mensch ... sitzest da oben wie ein Vogel ...

Dich, Sikin, müßte man aufs Pferd setzen, du würdest herrlich aussehen, spottete der Gefreite beim Anblick des hagern, unter der Last des Tornisters gebeugten Soldaten. Nimm einen Stock zwischen die Beine, dann hast du ein Pferd! rief der Husar.

VIII

Die zurückgebliebene Infanterie marschierte rasch über die Brücke und drängte sich am Ufer zusammen. Endlich waren sämtliche Fuhrwerke angelangt, die Verwirrung hatte abgenommen, das letzte Bataillon betrat die Brücke, und nur die Husaren der Denissowschen Schwadron blieben am jenseitigen Ufer, dem Feinde gegenüber. Der Feind, der auf dem gegenüberliegenden, ziemlich entfernten Berge sichtbar war, konnte von der Brücke ab nicht gesehen werden, weil unten im Tale der Gesichtskreis durch einen kleinen Hügel begrenzt war, so daß er nicht über tausend Schritt hinausreichte. Zwischen den Gegnern lag eine kahle Fläche, auf der man hin und wieder kleine Trupps unserer rekognoszierenden Kosaken gewahrte. Plötzlich zeigten sich am gegenüberliegenden Abhange Truppen in blauen Mänteln und Artillerie. Es waren Franzosen. Ein Kosakentrupp zog sich im Trabe an den Fuß des Berges zurück. Die Offiziere und Mannschaften der Denissowschen Schwadron bemühten sich, über Gleichgültiges zu sprechen und sahen sich nach allen Seiten um; aber jeder dachte doch nur an das, was auf dem Berge vorging, und blickte immer wieder auf die am Horizont auftauchenden dunkeln Flecke, die nichts anderes waren als neue Scharen des Feindes.

Im Laufe des Nachmittags hatte sich das Wetter aufgeklärt; die Sonne senkte sich hellglänzend zur Donau nieder und verbarg sich hinter den sie umgebenden Bergen. Es war still ringsherum; nur von dem gegenüberliegenden Berge ertönten von Zeit zu Zeit Hornsignale oder ließ sich das Geschrei des Feindes hören. Zwischen der Schwadron und den Franzosen befanden sich nur noch einige unbedeutende Plänklertrupps auf einer Strecke von etwa dreihundert Klaftern. Der Feind hatte sein Feuer noch nicht eröffnet, aber um so deutlicher machte sich die strenge, drohende, unüberschreitbare und doch kaum zu bezeichnende Grenze geltend, die zwei feindliche Heere voneinander trennt.

»Einen Schritt über diese Grenze hinaus, welche die Toten von den Lebenden trennt – und wir stehen der Pein des Zweifels, dem Tode gegenüber. Und was ist dort, wer ist dort, jenseits dieses Feldes, hinter diesem Baume, unter jenem im Sonnenschein glänzenden Dache? Keiner weiß es, aber jeder möchte es wissen ... Jeder möchte diese Grenze überschreiten, obgleich er sich auch wieder davor scheut, und obgleich er weiß, daß es früher oder später unfehlbar geschehen und er erfahren wird, was ihn jenseits der Grenze erwartet – ebenso unfehlbar, als er dereinst erfährt, was jenseits des Grabes ist. In diesem Augenblick fühlt man sich kräftig, gesund, heiter und angeregt; – man ist von ebenso kräftigen, lebendig angeregten Menschen umgeben.« Wer es nicht *denkt, der fühlt* es doch in diesen Momenten der Erwartung dem

Feinde gegenüber, und dies Gefühl verlieh allen in diesem Augenblicke auftauchenden Eindrücken einen eigentümlichen Glanz und eine lebensvolle Schärfe.

Auf dem feindlichen Hügel wurde ein Rauchwölkchen sichtbar, und gleich darauf pfiff eine Kanonenkugel über die Köpfe der Husaren hin. Die Offiziere, die zusammengestanden hatten, fuhren auseinander und eilten auf ihre Posten, und die Husaren faßten ihre Pferde fest im Zügel. Die Schwadron verharrte in tiefem Schweigen; alle sahen bald auf den Feind, bald auf ihren Kommandeur und erwarteten das Kommando. Eine zweite Kugel kam geflogen, eine dritte. Es war klar, daß auf die Husaren geschossen wurde, aber die Kugeln flogen pfeifend über ihre Köpfe weg und schlugen hinter ihnen ein. Die Husaren sahen sich nicht um, aber bei jeder vorüberfliegenden Kugel hoben sich alle, den Atem anhaltend, leicht in den Bügeln und ließen sich dann wieder zurücksinken. Ohne den Kopf zu wenden, warfen sich die Soldaten Seitenblicke zu und beobachteten neugierig, welchen Eindruck der Kamerad von alledem empfinge. Auf jedem Gesichte, von Denissow bis zum Trompeter, zeigte sich vom Mund zum Kinn ein gleichmäßiger Zug der Kampfeslust, der Aufregung und des Zornes. Der Wachtmeister runzelte die Stirn und sah seine Soldaten an, als ob er sie mit Strafen bedrohen wollte. Der Junker Mironow bückte sich bei jeder vorüberfliegenden Kugel. Rostow, der seinen trotz des kranken Fußes sehr schönen Gratschik ritt, befand sich an der linken Front der Schwadron und hatte die glückselige Miene eines Schülers, der in Gegenwart vieler Zuhörer beim Examen aufgerufen wird und sicher ist, sich auszuzeichnen. Fest und fröhlich blickte er alle an, als ob er sie aufforderte zu sehen, wie ruhig er unter den Kugeln dastand. Aber auch auf seinem Gesicht war jener eigentümliche Zug bemerkbar, jener neue ernste Ausdruck um den Mund.

Wer bückt sich da? ... Junker Mironow, das gehört sich nicht! ... sehen Sie auf mich! schrie Denissow, der nicht ruhig bleiben konnte und sich vor der Schwadron auf seinem Pferde hin und her drehte.

Das stulpnasige, dunkle und behaarte Gesicht Wassika

Denissow und seine kleine, gedrungene Gestalt mit der muskulösen Hand (deren kurze, haarige Finger den Griff des Säbels umklammerten) sahen aus wie sonst, zumal am Abend, nachdem er die zweite Flasche geleert hatte. Es war nur noch röter als gewöhnlich, und nachdem er seinen borstigen Kopf wie ein trinkender Vogel in die Höhe gereckt und mit seinen kleinen Füßen dem wackern Beduin schonungslos die Sporen in die Seiten gedrückt, wobei er sich zurückbog, als ob er nach hinten fallen wollte, schoß er im Galopp nach der anderen Flanke der Schwadron und schrie mit heiserer Stimme, daß die Leute ihre Pistolen bereithalten sollten. Als er sich Kirsten näherte, kam ihm dieser auf seiner dicken, ruhigen Stute entgegen. Der Stabsrittmeister mit seinem großen Schnurrbarte war ernst wie immer, nur seine Augen glänzten mehr als gewöhnlich.

Wie! sagte er zu Denissow; zum Schlagen kommt es doch nicht ... Du wirst sehen, wir werden uns zurückziehen.

Der Teufel weiß, was sie vorhaben! schrie Denissow. Aha, Rostow! rief er dem Junker zu, als er sein fröhliches Gesicht bemerkte. Nun, ist's dir so recht? – Und er lächelte und nickte zustimmend, sichtlich erfreut über seinen Junker. Rostow fühlte sich vollkommen glücklich. In diesem Augenblick erschien der Regimentskommandeur auf der Brücke. Denissow galoppierte ihm entgegen.

Erlauben Exzellenz, daß wir attackieren? ... ich werde sie werfen!

Was? ... wir angreifen? sagte der Kommandeur in verdrießlichem Tone, indem er das Gesicht in Falten zog, als ob er von einer Fliege belästigt würde. – Was tun Sie hier? Sie sehen, die Flanken weichen. Führen Sie die Schwadron zurück.

Die Schwadron ging über die Brücke und gelangte aus der Schußlinie, ohne auch nur einen Mann verloren zu haben. Gleich nach ihr ging auch die zweite Schwadron hinüber, die sich in der Linie befand, die Kosaken räumten als die letzten das andere Ufer. Die beiden Pawlogradschen Schwadronen gingen, nachdem sie die Brücke überschritten hatten, wieder auf den Berg zurück. Der Regimentskommandeur, Karl Bogdanowitsch Schubert, näherte sich der Denissowschen

Schwadron und ritt im Schritt an Rostow vorüber, ohne ihm die geringste Beachtung zu schenken, obwohl er ihn seit der Teljaninschen Geschichte heute zum ersten Male wiedersah. Rostow, der sich hier in der Gewalt des Mannes fühlte, gegen den er sich jetzt für schuldig hielt, verwandte kein Auge von dem breiten Rücken, dem blonden Hinterkopfe und dem roten Halse des Regimentskommandeurs. Es schien ihm beinahe, als ob sich Bogdanytsch nur gleichgültig stellte, als ob seine Hauptabsicht wäre, die Tapferkeit des Junkers zu prüfen ... und der junge Mann richtete sich gerade auf und sah lustig umher. Bald schien es ihm, als ob Bogdanowitsch mit Willen in seine Nähe käme, um ihn von seiner Tapferkeit zu überzeugen; bald glaubte er, daß sein Feind ihn absichtlich, um ihn zu strafen, in irgendeine tollkühne Attacke schicken würde, und dann stellte er sich wieder vor, wie er nach der Attacke zu ihm treten und ihm, dem Verwundeten, großmütig die Hand zur Versöhnung reichen würde.

Eine hochschultrige, im Pawlogradschen Regiment sehr wohl bekannte Gestalt näherte sich dem Regimentskommandeur. Es war Sherkow, der nach seiner Entlassung aus dem Generalstabe nur kurze Zeit im Regiment geblieben war. Er hatte erklärt, daß er nicht so dumm sein würde, das gewöhnliche Dienstjoch auf sich zu nehmen, während er im Stabe, ohne etwas zu tun, viel schneller avancieren könnte – und hatte es verstanden, sich als Ordonnanzoffizier bei Bagration einzudrängen. Jetzt kam er zu seinem ehemaligen Kommandeur mit Befehlen vom Kommandeur der Arrièregarde.

Herr Oberst, sagte er mit seinem tiefen Ernst, indem er sich zu Rostows Widersacher wandte und die Kameraden betrachtete, ich bringe Befehl, stehen zu bleiben und die Brükke in Brand zu stecken.

Wer hat den Befehl gegeben? fragte düster der Regimentskommandeur.

Wer ihn gegeben hat, weiß ich nicht, antwortete ernst der Kornet. Ich weiß nur, daß mir der Fürst gesagt hat: »Reite hin und sage dem Obersten, die Husaren sollen schnell zurückgehen und die Brücke in Brand stecken.«

Gleich nach Sherkow brachte ein Offizier *à la suite* dem

Husarenobersten denselben Bericht, und gleich nach diesem Offizier erschien im Galopp auf einem Kosakenpferde, das ihn kaum tragen konnte, der dicke Neswizkij.

Was ist denn das, Herr Oberst! schrie der schon von weitem; ich habe Ihnen doch befohlen, die Brücke in Brand zu stecken, und jetzt geschieht es nicht? Die Herren dort oben verlieren den Verstand ... Niemand weiß aus der Geschichte klug zu werden.

Ohne die mindeste Eile zu verraten, ließ der Oberst das Regiment Halt machen und wandte sich an Neswizkij.

Sie haben mir befohlen, nach dem Brennmaterial zu sehen, sagte er; von Anstecken war nicht die Rede.

Wie denn, Väterchen, fing Neswizkij an, indem er anhielt, die Mütze abnahm und mit seiner vollen Hand das vom Schweiß durchnäßte Haar zurechtstrich, wie ist's möglich, daß ich nichts vom Anzünden gesagt hätte, nachdem das Brennmaterial gelegt war?

Ich bin nicht Ihr »Väterchen«, Herr Stabsoffizier, und Sie haben mir nichts vom Inbrandstecken gesagt. Ich kenne den Dienst, und es ist meine Gewohnheit, den Befehl streng auszuführen. Sie haben gesagt: man soll die Brücke anstecken, aber wer es tun soll, hat mir der heilige Geist nicht verraten ...

Nun ja, es ist immer so! sagte Neswizkij mit einer leichten Handbewegung. Wie kommst du hierher? wandte er sich an Sherkow.

In derselben Angelegenheit. Aber du bist durchnäßt! ... komm mal her, ich werde dich auswringen.

Sie sagen also, Herr Stabsoffizier ... fuhr der Oberst in gekränktem Tone fort.

Herr Oberst, fiel der Offizier *à la suite* ein; Sie müssen eilen, sonst beschießt Sie der Feind mit Kartätschen.

Der Oberst sah schweigend erst den Offizier *à la suite*, dann den dicken Stabsoffizier, dann Sherkow an, und sein Gesicht verfinsterte sich.

Ich werde die Brücke in Brand stecken, sagte er endlich in feierlichem Tone, als ob er ausdrücken wollte, daß er trotz aller Kränkungen, die ihm widerfahren, seine Pflicht erfüllen werde.

Darauf spornte er sein Pferd mit seinen langen muskulösen Füßen so ungestüm, als ob das Tier an allem schuld wäre, ritt vor und befahl der zweiten Schwadron, in der Rostow unter Denissows Kommando diente, sofort an die Brücke zurückzukehren.

»Da haben wir's ... er will mich prüfen«, dachte Rostow; sein Herz zog sich zusammen, und das Blut schoß ihm ins Gesicht. »Er mag sich überzeugen, ob ich ein Feigling bin ...«

Wieder zeigte sich auf allen eben noch so heiteren Gesichtern der Mannschaft jener ernste Zug, den sie gehabt, während sie im Feuer standen. Rostow blickte unverwandt auf seinen Feind, den Regimentskommandeur, und wollte auf dessen Gesicht die Bestätigung seiner Ahnungen finden. Aber der Oberst sah den jungen Rostow auch nicht einmal an, sondern blickte, wie er vor der Front zu tun pflegte, ernsthaft und feierlich geradeaus. Ein Kommando ertönte.

Rasch, rasch! sagten einige Stimmen neben Rostow.

Die Husaren sprangen, indem sie sich mit den Säbeln im Zügel verwickelten und mit den Sporen rasselten, eilig ab, ohne zu wissen, was sie weiter tun sollten. Dann bekreuzten sie sich. Rostow sah nicht mehr auf den Regimentskommandeur ... er hatte keine Zeit dazu. Sein Herzschlag stockte bei dem Gedanken, daß er hinter den anderen zurückbleiben könnte; seine Hand zitterte, als er sein Pferd dem Reitknecht übergab, und er fühlte, wie das Blut in lauten Schlägen dem Herzen zuströmte. Denissow ritt hintenübergebogen, laut schreiend an ihm vorüber, aber Rostow beachtete nichts als die ihn umringenden Husaren, die mit klirrenden Säbeln, hin und wieder mit den Sporen einhakend, an ihm vorüberliefen.

Tragbahren! rief eine Stimme im Hintergrunde.

Rostow dachte nicht darüber nach, was das Verlangen nach Tragbahren bedeutete. Er lief vorwärts und bemühte sich, die anderen zu überholen; aber da er nicht vor seine Füße sah, geriet er in weichen, lehmigen, zertretenen Schmutz, stolperte und fiel auf die Hände. Die anderen liefen vorüber.

Die Wachtmeister an die Flanken! hörte er die Stimme des

Regimentskommandeurs, der vorwärtsgeritten war und jetzt mit heiterer, entschlossener Miene unweit der Brücke hielt.

Rostow sah sich, während er die beschmutzten Hände an seinen Reithosen abwischte, nach seinem Feinde um und lief weiter in dem Glauben, daß es sich um rasches Vorwärtskommen handle. Aber Bogdanowitsch, der nicht scharf hinsah und Rostow nicht erkannte, rief ihm zornig nach:

Wer läuft da mitten auf der Brücke? Nach rechts! Zurück, Junker! schrie er zornig, dann wandte er sich zu Denissow, der mit prahlerischer Tapferkeit ebenfalls auf die Brücke ritt.

Warum sich unnötig exponieren, Rittmeister, reiten Sie doch zurück.

Nun, den Schuldigen findet die Kugel[1], antwortete Wassika Denissow, indem er sich im Sattel umwandte.

Indessen standen Neswizkij, Sherkow und der Offizier *à la suite* außerhalb der Schußlinie beieinander und sahen bald auf das kleine Häufchen in gelben Mützen, dunkelgrünen, schnürenbesetzten Röcken und blauen Reithosen an der Brücke unten, bald auf die andere Seite, auf der sich der Feind in weiten blauen Kapotmänteln näherte. Weiterhin erschienen Gruppen mit Pferden, in denen man leicht die Artillerie erkannte.

»Ob sie die Brücke anstecken werden oder nicht? ... wer wohl zuerst hingelangt? ... ob sich die Franzosen so weit nähern, daß sie die unsrigen mit Kartätschen zusammenschießen?« – Diese Fragen legte sich unwillkürlich mit stockendem Herzen jeder einzelne aus der großen Zahl der Regimenter vor, die oberhalb der Brücke standen und beim hellen Abendlicht auf diese Brücke, die Husaren, das jenseitige Ufer und die heranrückenden blauen Kapoten, Bajonette und Kanonen niedersahen.

Ach, die Husaren werden's kriegen, sagte Neswizkij. Sie sind kaum noch auf Schußweite vom Feinde entfernt.

Es war ganz unnötig, so viele Menschen hinzuschicken, meinte der Offizier *à la suite*.

1 Es ist ein russischer Volksglaube, daß die Kugel immer den trifft, der die Strafe verwirkt hat. (Anm. d. Übers.)

Freilich! antwortete Neswizkij. Zwei Kerle hätte man hinkommandieren sollen – das war genug.

Oh, Durchlaucht, fiel Sherkow, der die Augen nicht von den Husaren abwandte, in seiner gewöhnlichen, kecken Weise ein, die nicht erkennen ließ, ob er ernsthaft war oder nicht. Oh, Durchlaucht, wie Sie die Sache beurteilen! Zwei Kerle hinschicken? Wer würde uns dann dafür den Wladimir am Bande geben? Aber so, wenn wir auch geschlagen würden, wird doch die Schwadron genannt, und man kann selbst ein Bändchen bekommen. Unser Bogdanowitsch versteht seine Sache.

Aha! rief der Offizier *à la suite,* das sind die Kartätschen.

Er deutete auf die französischen Kanonen, die rasch abprotzten.

Auf der französischen Seite, in der Gruppe um die Kanonen zeigte sich ein Rauchwölkchen, ein zweites, ein drittes, fast zu gleicher Zeit, und in demselben Augenblicke, als der Schuß des ersten hörbar wurde, zeigte sich ein viertes. Dann folgten zwei Schüsse zusammen und nach diesen ein dritter.

Ach! stöhnte Neswizkij wie in heftigem Schmerze, indem er die Hand des neben ihm stehenden Offiziers ergriff. Sehen Sie, da ist einer gefallen … gefallen … gefallen!

Zwei, scheint's.

Wenn ich der Kaiser wäre, würde ich niemals Krieg führen, sagte Neswizkij und wandte sich ab.

Die französischen Geschütze wurden aufs neue geladen; die Infanterie in blauen Kapoten lief auf die Brücke zu. Wieder – aber in verschiedenen Zwischenräumen – zeigten sich Rauchwölkchen, und die Kugeln prasselten auf die Brücke nieder. Aber diesmal konnte Neswizkij nicht sehen, was dort geschah. Von der Brücke erhob sich dichter Rauch. Es war den Husaren gelungen, sie anzustecken, und die französischen Geschütze beschossen sie nicht mehr, um das Anzünden zu hindern, sondern nur weil die Kanonen einmal gerichtet waren und ihre Arbeit tun sollten.

Die Franzosen hatten Zeit, noch drei Schüsse abzufeuern, ehe die Husaren ihre Pferde erreichten. Zwei Schüsse trafen nicht, und die Kartätschen flogen vorüber; der letzte aber fiel mitten in das Häufchen und streckte drei Mann zu Boden.

Rostow, der sich unablässig mit seinem Verhältnis zu Bogdanytsch beschäftigte, war auf der Brücke stehengeblieben und wußte nicht, was er tun sollte. Dreinschlagen (wie er sich immer eine Schlacht vorgestellt hatte) war hier nicht möglich. Beim Anzünden der Brücke konnte er auch nicht helfen, weil er nicht, wie die anderen Soldaten, Strohbrände mitgenommen hatte. Er stand und sah sich um, als es plötzlich auf der Brücke prasselte, wie wenn Nüsse darauf geworfen würden, und ein Husar, der ihm am nächsten stand, aufstöhnend gegen das Geländer fiel. Rostow lief mit einigen anderen auf ihn zu. Wieder rief eine Stimme: »Tragbahre her!« und vier Mann nahmen den Husaren auf die Arme und hoben ihn auf.

O-o-o-oh, laßt mich liegen, um Christi willen! schrie der Verwundete; aber man hob ihn auf und legte ihn auf die Bahre.

Nikolaj Rostow wandte sich ab und sah in die Ferne, als ob er etwas suchte. Er sah auf das Wasser der Donau, auf den Himmel, auf die Sonne. Wie schön war der Himmel, wie blau, wir ruhig, wie tief! ... wie hell und majestätisch die herabsinkende Sonne ... wie freundlich glänzend schimmerte das Wasser der weithinziehenden Donau! Und noch stiller, noch friedlicher lagen die fernen, bläulichen Berge, das Kloster, die geheimnisvollen Schluchten, deren Fichtenwälder jetzt ganz in Abendnebel gehüllt waren. Dort war Friede, war Glück ... »nichts, nichts wollte ich wünschen, wenn ich nur dort sein könnte«, dachte Rostow. »In mir selbst und in diesem Sonnenschein ist ja so viel Glück ... hier aber Gestöhn, Schmerz, Furcht, Unsicherheit, Verwirrung. Da erhebt sich schon wieder ein Klagegeschrei, und wieder und wieder laufen alle nach einem Punkte, und ich laufe mit ihnen ... und da ist er, da ist der Tod, neben mir, über mir! Ein Augenblick ... und ich werde nie mehr diese Sonne sehen, dies Wasser, diese Schluchten ...« In diesem Augenblick verbarg sich die Sonne hinter Wolken, in Rostows Nähe aber zeigten sich andere Tragbahren. Und die Furcht vor den Bahren, vor dem Tode, die Liebe zu der Sonne und dem Leben, alles floß zu einem schmerzlich-beängstigenden Eindruck zusammen.

»Herr Gott, der droben in diesem Himmel thront, rette, verzeihe, schütze mich!« flüsterte Rostow vor sich hin.

Die Husaren erreichten ihre Pferde; die Stimmen wurden lauter und ruhiger; die Tragbahren verschwanden.

Nun, Bruder, hast du Pulver gerochen? schrie ihm Wassika Denissows Stimme ins Ohr.

»Alles ist vorbei ... ich bin ein Feigling, ja ich bin ein Feigling! dachte Rostow, nahm schwer aufatmend aus den Händen des Burschen den Zügel seines Gratschik und stieg aufs Pferd.

Was war denn das, Kartätschen? fragte er Denissow.

Und was für welche! rief Denissow. Tapfer gearbeitet, aber die Arbeit war nichts wert! Da lobe ich mir eine Attacke ... da heißt's dreinhauen. Dies war, der Teufel weiß, was ... man schoß auf uns wie nach der Scheibe.

Und Denissow ritt auf eine nicht weit von Rostow stehende Gruppe zu, in der sich der Regimentskommandeur, Neswizkij, Sherkow und der Offizier *à la suite* zusammengefunden hatten.

Zum Glück scheint es niemand bemerkt zu haben, dachte Rostow, und wirklich war keinem etwas an ihm aufgefallen. Denn jeder kannte das Gefühl, das den noch nicht Abgehärteten beim ersten Zusammenstoß befällt.

Nun werden wir einen Bericht machen! rief Sherkow. Paßt auf, ich werde zum Sekondeleutnant ernannt.

Melden Sie dem Fürsten, daß ich die Brücke in Brand gesteckt habe, sagte der Oberst in feierlichem Tone.

Und wenn er nach den Verlusten fragt?

Kleinigkeit! brummte der Oberst, zwei Husaren verwundet und einer mausetot! fügte er mit unverkennbarem Vergnügen hinzu und war nicht imstande, ein Lächeln zu unterdrücken, während er das schöne Wort »mausetot« mit tönender Stimme aussprach.

IX

Verfolgt durch eine französische Armee von 100 000 Mann, die Bonaparte selbst befehligte, umringt von einer feindlich gesinnten Bevölkerung, ohne Vertrauen zu seinem Verbündeten, schlecht verproviantiert und gezwungen, sich völlig unberechenbaren Zufällen anzupassen, zog sich Kutusow mit seinen 35 000 Mann rasch an die untere Donau zurück. Nur wenn der Feind ihn einholte, machte er Halt und beschäftigte ihn durch Arrièregardegefechte so lange, als notwendig war, um Bagage und Artillerie in Sicherheit zu bringen. Es kam zu den Gefechten bei Lambach, Amstetten, Mölk, aber trotz der Tapferkeit und Beharrlichkeit, mit der sich die Russen schlugen und die selbst der Feind anerkannte, war die Folge dieser Kämpfe nur ein noch schnelleres Zurückweichen. Die österreichischen Regimenter, die bei Ulm der Gefangenschaft entgangen waren und sich bei Braunau mit Kutosow vereinigt hatten, trennten sich jetzt wieder von der russischen Armee, so daß Kutusow auf seine eigenen geschwächten und erschöpften Truppen angewiesen blieb. An eine Verteidigung Wiens war nicht mehr zu denken. Statt des nach den Gesetzen der neuen Wissenschaft der Strategie sorgfältig entworfenen Angriffsplanes, der Kutusow bei seiner Anwesenheit in Wien von dem österreichischen Hofkriegsrate übergeben worden war, blieb ihm jetzt nur die einzige, fast unausführbare Aufgabe, sich, ohne die Armee zu opfern, wie Mack bei Ulm getan, mit den aus Rußland nachkommenden Truppen zu vereinigen.

Am 9. November ging Kutusow auf das linke Donauufer über und blieb, nachdem er die Donau zwischen sich und die Hauptmasse des französischen Heeres gelegt, zum ersten Male stehen. Am 11. November griff er die auf dem linken Ufer stehende Division Mortiers an und schlug sie aufs Haupt. Bei dieser Affäre wurden zum ersten Male Trophäen erbeutet: eine Fahne und mehrere Kanonen, und zwei feindliche Generale wurden gefangengenommen. Zum ersten Male nach zweiwöchentlichem Zurückweichen blieben die Russen stehen und behaupteten nicht nur das Schlachtfeld, sondern trieben die Franzosen in die Flucht. Trotzdem die Truppen abgerissen, erschöpft und durch Marode, Verwundete, Kranke und Gefallene auf ein Drittel zusammengeschmolzen waren; trotzdem auf dem andern Donauufer die Kranken und Verwundeten mit einem Briefe Kutusows, der sie der Menschlichkeit des Feindes empfahl, zurückgelassen werden mußten; trotzdem die großen Hospitäler und die vielen zu Lazaretten umgewandelten Häuser von Krems die Kranken und Verwundeten nicht mehr fassen konnten – trotz alledem wurde der Geist des Heeres durch den Aufenthalt von Krems und den Sieg über Mortier bedeutend gehoben. In der Armee sowohl wie im Hauptquartier waren die ermutigendsten, wenn auch falschen Gerüchte über die Annäherung eines russischen Heeres, über einen Sieg der Österreicher und den Rückzug des eingeschüchterten Bonaparte im Umlauf.

Fürst Andrej befand sich während der Schlacht an der Seite des österreichischen Generals Schmidt, der bei diesem Treffen getötet wurde. Dem Fürsten wurde das Pferd unter dem Leibe erschossen und seine Hand von einer Kugel gestreift.

Als Zeichen der besonderen Gunst des Oberbefehlshabers wurde Fürst Andrej mit dem Siegesbericht an den österreichischen Hof geschickt, der sich nicht mehr in Wien – das von französischen Truppen bedroht war –, sondern in Brünn befand.

Obgleich Fürst Andrej, nach dem Kampfe aufgeregt, aber nicht ermüdet (trotz seines anscheinend schwachen Körpers konnte er physische Anstrengungen besser ertragen als die allerstärksten) den Rapport von Dochturow nach Krems zu Kutusow gebracht hatte, wurde er noch in derselben Nacht als Kurier nach Brünn geschickt. Als Kurier kommandiert werden war gleichbedeutend mit dem Anspruch nicht bloß auf Auszeichnung, sondern auch auf Avancement.

Die Nacht war dunkel, aber die Sterne beleuchteten den Weg, der sich von dem weißen, am Tage der Schlacht gefallenen Schnee schwarz abzeichnete. Während Fürst Andrej im Postwagen dahinrollte, gingen ihm bald die Erlebnisse der Schlacht in wirren Bildern an der Seele vorüber, bald stellte er sich lebhaft den Eindruck vor, den er durch seine Siegesbotschaft hervorbringen würde und durch die Erwähnung der Leistungen des Oberbefehlshabers und der Kameraden. Er hatte das Gefühl eines Menschen, der endlich ein langersehntes Glück erreicht hat. Sobald er die Augen schloß, klangen in seinen Ohren Gewehrfeuer und Kanonendonner und vereinigten sich mit dem Rasseln der Räder und einer unklaren Siegesempfindung. Zuweilen träumte er, die Russen flüchteten, er selbst wurde getötet – aber dann erwachte er rasch mit dem Frohgefühl, daß dies nicht geschehen war, daß im Gegenteil die Franzosen geflohen. Er rief sich alle Einzelheiten des Kampfes ins Gedächtnis zurück, die eigene ruhige Tapferkeit während des Gefechts, und nachdem er sich so beruhigt hatte, schlummerte er wieder ein ...

Auf die dunkle, mit Sternen besäte Nacht folgte ein heller, heiterer Morgen; der Schnee taute in der Sonne auf, die Pferde liefen munter vorwärts, und ohne Aufhören flogen links und rechts immer neue Wälder, Felder und Dörfer an ihm vorüber.

Auf einer der Stationen überholte er einen Transport von russischen Verwundeten. Der Offizier, der den Zug führte, hatte sich auf dem ersten Wagen ausgestreckt, rief einem Soldaten Befehle zu und überschüttete ihn mit Schimpfworten. In langen deutschen Vorspannwagen lagen die armen, bleichen, schmutzbedeckten Verwundeten, zu sechs und mehr und wurden auf den steinigen Wegen qualvoll zusammengeschüttelt. Einige von ihnen plauderten (Fürst Andrej hörte russische Worte), andere aßen Brot, und die Schwerverwundeten sahen still, mit schmerzlicher, kindlicher Teilnahme auf den rasch vorüberfahrenden Kurier.

Fürst Andrej befahl zu halten und fragte die Soldaten, in welcher Affäre sie verwundet wären.

Vorgestern, an der Donau, antwortete einer von ihnen. Fürst Andrej zog die Börse und gab ihm drei Goldstücke.

Für euch alle, sagte er; macht, daß ihr gesund werdet, Kinder, es gibt noch viel zu tun.

Nun, Herr Adjutant, was für Nachrichten? fragte der Offizier, der augenscheinlich ein Gespräch anknüpfen wollte.

Gute! antwortete Fürst Andrej; vorwärts! rief er dem Kutscher zu und fuhr eilig von dannen.

Es war schon völlig dunkel, als Fürst Andrej in Brünn ankam und sich von großen Häusern mit hellen Fenstern, erleuchteten Läden, Laternen, schönen auf dem Pflaster rasselnden Equipagen, von der ganzen Atmosphäre der großen, belebten Stadt umgeben sah, die nach dem Lagerleben für jeden Soldaten so viel Reiz hat. Trotz der raschen Fahrt und der schlaflosen Nacht fühlte sich Fürst Andrej, während er nach dem Schlosse fuhr, noch angeregter als den Tag zuvor. Seine Augen leuchteten in fieberhaftem Glanz, und die Gedanken folgten sich mit ungewöhnlicher Schnelligkeit und Klarheit. Alle Einzelheiten der Schlacht stellten sich ihm wieder dar, nicht abgeschwächt, aber zusammengedrängt zu dem Bericht, den er in Gedanken für Kaiser Franz entwarf. Er suchte sich die Fragen vorzustellen, die ihm möglicherweise vorgelegt werden konnten, besann sich auf die Antworten, die er zu geben hätte. Er erwartete, daß man ihn sofort dem Kaiser melden würde. Aber an dem Haupttor des Schlosses kam ihm ein Beamter entgegen, der ihn, als er hörte, daß er ein Kurier sei, nach einem anderen Eingange führte.

Im Korridor rechts werden Ew. Gnaden einen Flügeladjutanten finden, sagte der Beamte, der wird Sie zum Kriegsminister führen.

Der Flügeladjutant *du jour*, der dem Fürsten entgegenkam, bat ihn zu warten und ging zum Kriegsminister. Nach fünf Minuten kehrte der Adjutant zurück, verbeugte sich mit großer Höflichkeit, ließ den Fürsten Andrej vorausgehen und begleitete ihn durch den Korridor nach dem Arbeitszimmer des Kriegsministers. Es sah fast aus, als ob sich der österreichische Adjutant durch sein höfliches Wesen vor jeder vertraulichen Annäherung des russischen Adjutanten schützen wollte. Die freudige Stimmung des Fürsten Andrej verschwand immer mehr, als er sich der Tür des Kriegsministers näherte. Er fühlte sich verletzt, und dies Gefühl ging ihm selber unbewußt in demselben Augenblick in Verachtung über. Sein findiger Geist zeigte ihm jedoch bald den Standpunkt, der ihm das Recht gab, den Kriegsminister und den Adjutanten zu verachten. »Es ist leicht, Siege zu gewinnen, ohne Pulver zu riechen«, dachte er, und seine Augen nahmen einen geringschätzigen Ausdruck an. Langsam trat er in das Zimmer des Kriegsministers ein, und seine Mißempfindung verstärkte sich noch, als er den Minister erblickte, der an einem großen Tische saß und die ersten zwei Minuten dem Eintretenden keine Beachtung schenkte. Der Minister beugte seinen kahlen Kopf, der an den Schläfen ergrauendes Haar zeigte, zwischen zwei Wachskerzen vornüber und las in Papieren, auf die er mit einem Bleistift Notizen machte. Als die Türe aufging und Schritte hörbar wurden, las er, ohne sich aufzurichten, ruhig weiter.

Nehmen Sie dies und übergeben Sie's, sagte der Kriegsminister endlich zu seinem Adjutanten, indem er ihm die Papiere reichte, aber noch immer auf den Kurier keine Rücksicht nahm.

Entweder, sagte sich Fürst Andrej, müssen die Nachrichten von der Kutusowschen Armee den Kriegsminister weniger als alle anderen Angelegenheiten interessieren oder er glaubt, er müsse dies den russischen Kurier fühlen lassen. »Mir ist's freilich einerlei!« dachte er. Der Kriegsminister schob die zurückgebliebenen Papiere zusammen, verglich ihre Ränder und blickte auf. Er hatte ein kluges, ausdrucksvolles Gesicht. Als er sich aber zu dem Fürsten Andrej wandte, verschwand dieser kluge, entschlossene Ausdruck sofort und machte jenem erzwungenen, nichtssagenden, eine gewisse Falschheit verratenden Lächeln Platz, das Menschen, die viele Bittsteller empfangen müssen, eigen zu sein pflegt.

Vom Generalfeldmarschall Kutusow? fragte er. Gute Nachrichten hoffentlich! ... Hat ein Zusammenstoß mit Mortier stattgefunden? ... Ist's ein Sieg! ... Es war Zeit!

Er nahm die an ihn adressierte Depesche und begann sie mit trauriger Miene zu lesen.

Ach, mein Gott! mein Gott! Schmidt ... sagte er deutsch. Welch ein Unglück, welch ein Unglück! – Nachdem er die

Depesche durchflogen hatte, legte er sie auf den Tisch und sah den Fürsten Andrej nachdenklich an.

Ach, welch ein Unglück! ... ein entscheidendes Treffen, sagen Sie? ... Mortier aber ist doch nicht gefangen! (Er dachte nach.) Nun, ich bin froh, daß Sie gute Nachrichten gebracht haben, obwohl der Sieg durch Schmidts Tod teuer erkauft ist. Se. Majestät wird sicherlich den Wunsch haben, Sie zu sehen, aber nicht heute. Ich danke, ich danke Ihnen! ... ruhen Sie aus. Kommen Sie morgen nach der Parade zur Cour ... Übrigens werde ich Sie benachrichtigen lassen.

Das nichtssagende Lächeln, das während des Gesprächs verschwunden war, zeigte sich wieder auf dem Gesicht des Kriegsministers.

Auf Wiedersehen, ich danke Ihnen sehr! Se. Majestät wird wahrscheinlich den Wunsch haben, Sie zu sehen, wiederholte er und neigte den Kopf.

Als Fürst Andrej das Schloß verließ, fühlte er, daß die Begeisterung und das Glücksgefühl, die der Sieg in ihm erregt hatte, verschwunden war. Was bisher gleichsam sein eigen gewesen, war jetzt in die gleichgültigen Hände des Kriegsministers und des höflichen Adjutanten übergegangen. Die ganze Färbung seiner Gedanken wurde plötzlich eine andere: Die Schlacht stellte sich ihm wie etwas längst Gewesenes, wie eine ferne Erinnerung dar.

X

Fürst Andrej stieg in Brünn bei seinem Bekannten, dem russischen Diplomaten Bilibin, ab. Ah, mein lieber Fürst! ein lieberer Gast konnte nicht kommen, sagte Bilibin, indem er dem Fürsten entgegenging. Franz, die Sachen des Fürsten in mein Schlafzimmer! wandte er sich zu dem Diener, der Bolkonskij hereingeführt hatte. Nun, was bringen Sie? Siegesbotschaft? Sehr schön! Und ich sitze untätig hier, wie Sie sehen.

Nachdem sich Fürst Andrej gewaschen und angekleidet hatte, kam er in das luxuriös ausgestattete Arbeitszimmer des Diplomaten und setzte sich an den gedeckten Tisch, während Bilibin am Kamin Platz nahm. Fürst Andrej, der nicht nur auf der letzten Fahrt, sondern während des ganzen Feldzugs Bequemlichkeit, Reinlichkeit, alle Annehmlichkeiten des Lebens entbehrt hatte, fühlte sich inmitten des Luxus, der ihn hier umgab und an den er von Jugend an gewöhnt war, von Behagen durchdrungen. Außerdem war es ihm angenehm, nach dem österreichischen Empfange wenn auch nicht russisch (sie sprachen französisch), aber doch mit einem Russen zu sprechen, von dem er voraussetzen durfte, daß er die Antipathie der Russen gegen die Österreicher teilte, die der Fürst in diesem Augenblick besonders stark empfand.

Bilibin war ein Mann von fünfunddreißig Jahren, unverheiratet und gehörte demselben Gesellschaftskreise an wie Fürst Andrej. Sie waren schon von Petersburg her miteinander bekannt, waren sich aber während der letzten Anwesenheit des Fürsten Andrej in Wien – er war mit Kutusow dort gewesen – nähergetreten. Hatte Fürst Andrej eine glänzende militärische Karriere vor sich, so Bilibin noch eine glänzendere diplomatische. Er war noch ein junger Mann, aber kein junger Diplomat mehr, denn er hatte sein Laufbahn mit sechzehn Jahren begonnen, hatte sich in Paris, in Kopenhagen und jetzt in Wien ausgezeichnet. Sowohl der Kanzler wie unser Botschafter in Wien kannten und schätzten ihn. Er gehörte nicht zu der großen Zahl der Diplomaten, von denen nur negative Vorzüge verlangt werden, die verpflichtet sind, gewisse Dinge nicht zu tun und französisch zu sprechen. Er war vielmehr einer der Diplomaten, die zu arbeiten verstehen und die die Arbeit lieben. Trotz seines Hanges zur Trägheit brachte er oft die ganze Nacht am Schreibtische zu; und er arbeitete gleichmäßig gut, worin auch das Wesen der Arbeit bestehen mochte. Ihn interessierte nicht das Was, sondern das Wie. Es war ihm ganz gleichgültig, welche Aufgabe er zu lösen hatte – aber ein Zirkular, ein Memorandum, einen Bericht fein, übersichtlich, künstlerisch abzufassen, war sein Vergnügen. Bilibin wurde denn auch gebührend anerkannt, und zwar nicht allein wegen seiner schriftlichen Arbeiten, sondern auch wegen seiner Redegewandtheit und seiner vollkommenen Geschicklichkeit im Verkehr mit den höchsten Persönlichkeiten.

Auch ein Gespräch hatte Bilibin, ganz wie seine Arbeit, nur dann gern, wenn es fein geistreich sein konnte. In der Gesellschaft wartete er stets die Gelegenheit ab, etwas Besonderes zu sagen, und nahm überhaupt nur unter dieser Bedingung an der Unterhaltung teil. Bilibins Unterhaltung war immer durchwürzt von originellen, scharfsinnigen, künstlerisch abgerundeten Aussprüchen von allgemeinem Interesse. Diese Aussprüche pflegte Bilibin im Laboratorium seines Geistes sorgfältig auszuarbeiten, gab ihnen eine leicht faßliche Form und überließ es dann der Geschäftigkeit unbedeutender Salonmenschen, sie zu verbreiten. Und wirklich wurden die Mißworte Bilibins in den Wiener Salons kolportiert und hatten häufig Einfluß auf sogenannte wichtige Dinge.

Bilibins hageres, müdes, gelbes Gesicht war von tiefen Falten durchzogen, die immer so reingewaschen aussahen wie die Fingerspitzen nach einem Bade. Die Bewegungen dieser Falten bildeten den Hauptausdruck seiner Physiognomie. Bald runzelte sich seine Stirn, und die Brauen zogen sich in die Höhe; bald senkten sie sich nieder, und auf den Wangen bildeten sich tiefe Furchen. Seine kleinen, tiefliegenden Augen sahen immer klar und geradeaus.

So, nun erzählen Sie Ihre Großtaten, sagte er, und Bolkonskij berichtete in der bescheidensten Weise, ohne sich selbst nur ein einziges Mal zu erwähnen, über die Schlacht und die Aufnahme, die ihm beim Kriegsminister zuteil geworden war. Sie haben mich mit meinen Nachrichten aufgenommen wie einen Hund auf der Kegelbahn (ein französisches Sprichwort), schloß er.

Bilibin lächelte, und seine Stirnfalten glätteten sich.

Übrigens, mein Lieber, sagte er, indem er seine Nägel betrachtete und die Haut über dem linken Auge zusammenzog, trotz der hohen Achtung, die ich dem »rechtgläubigen russischen Soldaten« zolle, muß ich gestehen, daß mir euer Sieg kein glänzender zu sein scheint.

Er fuhr fort, französisch zu sprechen, und fügte nur die

Worte russisch ein, die er auf etwas verächtliche Weise hervorheben wollte.

Wie, ihr mit eurer ganzen Masse habt euch auf den unglücklichen Mortier mit der einen Division geworfen ... und dieser Mortier entschlüpft doch euren Händen? Wo ist denn da der Sieg?

Ernsthaft gesprochen, antwortete Fürst Andrej, können wir doch ohne Prahlerei behaupten, daß es etwas besser war als bei Ulm ...

Warum habt ihr uns nicht einen, wenn auch nur *einen* Marschall gefangen?

Weil sich nicht alles macht, wie man denkt, und nicht alles so am Schnürchen geht wie auf der Parade. Wir dachten, wie ich Ihnen sagte, bis sieben Uhr morgens im Rücken der Armee zu sein, und waren bis fünf Uhr nachmittags noch nicht dort.

Aber warum seid ihr bis sieben Uhr morgens nicht hingekommen? Ihr mußtet bis sieben Uhr da sein, sagte lächelnd Bilibin. Ihr *mußtet* bis sieben Uhr da sein.

Warum haben Sie Bonaparte nicht auf diplomatischem Wege zu der Überzeugung gebracht, daß er gut tun würde, Genua zu verlassen? sagte Fürst Andrej in demselben Tone.

Ich weiß, fiel Bilibin ein; Sie meinen, es ist leicht, Marschälle gefangenzunehmen, während man auf dem Diwan am Kamin sitzt ... Das ist wahr ... Aber ich muß doch wiederholen: Warum haben Sie ihn nicht gefangengenommen? Wundern Sie sich nicht, wenn nicht allein der Kriegsminister, sondern auch Se. Majestät Kaiser und König Franz über Ihren Sieg nicht sehr erfreut ist. Auch ich unglücklicher Sekretär der russischen Gesandtschaft fühle mich nicht getrieben, meinem Franz als Zeichen der Freude einen Taler zu schenken und ihn mit seinem Liebchen nach dem Vater zu schicken ... Es ist wahr ... es gibt hier keinen Prater.

Er sah den Fürsten gerade an, und seine Stirnfalten zerteilten sich.

Jetzt ist die Reihe zu fragen an mir, mein Lieber, sagte Bolkonskij. Ich bekenne Ihnen, daß ich Sie nicht verstehe. Vielleicht sind solche diplomatischen Feinheiten zu subtil für meinen schwachen Verstand … jedenfalls verstehe ich Sie nicht. Mack verliert seine ganze Armee; Erzherzog Ferdinand und Erzherzog Karl geben kein Lebenszeichen von sich und machen Fehler über Fehler; Kutusow allein gewinnt einen wirklichen Sieg, zerstört den Zauber der Unbesiegbarkeit der Franzosen, und den Kriegsminister interessiert es nicht einmal, die Einzelheiten zu erfahren.

Gerade darum, mein Bester! Sehen Sie, mein Lieber, Hurra für den Kaiser! Hurra für Rußland! Für den Glauben! … das alles ist schön und gut. Aber was haben wir – ich meine der österreichische Hof – für ein Interesse an euren Siegen?

Bringen Sie uns gute Nachrichten von einem Siege des Erzherzogs Karl oder des Erzherzogs Ferdinand (ein Erzherzog ist des andern wert, wie Sie wissen) und wär's auch nur der Sieg über eine Pompierskompagnie Bonapartes, dann ist's etwas anderes, dann donnern die Kanonen! … Aber was Sie bringen, kann uns nur ärgern. Erzherzog Karl tut gar nichts; Erzherzog Ferdinand bedeckt sich mit Schmach. Wien laßt ihr fallen, verteidigt es nicht mehr, als ob ihr uns sagtet: Gott hab euch und eure Hauptstadt selig … den einzigen General, der allseitig beliebt war, Schmidt, führt ihr den Kugeln entgegen … und dann verlangt ihr Siegesfreude! … Gestehen Sie's nur, man kann sich nichts Aufreizenderes denken als eine Nachricht, wie Sie sie bringen. Es ist ein unglückliches Zusammentreffen. Außerdem – hättet ihr wirklich einen glänzenden Sieg davongetragen, hätte selbst Erzherzog Karl einen errungen, was hätte das im großen Ganzen geändert? Es kommt alles zu spät, da Wien nun doch von den Franzosen besetzt ist.

Besetzt ? … wieso, besetzt?

Nicht nur besetzt! Bonaparte ist in Schönbrunn, und der Graf, unser lieber Graf Vrbna, ist zu ihm gegangen, seine Befehle entgegenzunehmen.

Bolkonskij war, als ob er nach der Ermüdung der Reise, nach dem Eindruck der Aufnahme und nach der Mahlzeit, die er eben erhalten, nicht mehr fähig wäre, die ganze Bedeutung der Worte Bilibins zu fassen.

Heute morgen war Graf Lichtenfels hier, fuhr Bilibin fort;

er zeigte mir einen Brief, in dem die Parade der Franzosen in Wien ausführlich beschrieben ist, der Prinz Murat und die ganze Geschichte ... Sie sehen, daß Ihr Sieg nichts Erfreuliches hat, und daß Sie nicht als Retter empfangen werden können ...

Wahrhaftig, mir ist's einerlei, ganz einerlei! sagte Fürst Andrej, der zu verstehen anfing, daß sein Bericht über die Schlacht bei Krems angesichts solcher Dinge wie die Besetzung der österreichischen Hauptstadt nur geringe Bedeutung hatte. – Wie aber ist Wien genommen worden? Und die Brücke und der berühmte Brückenkopf und Fürst Auersperg? fragte er. Bei uns ging das Gerücht, Fürst Auersperg verteidige Wien.

Fürst Auersperg steht auf dieser, auf unserer Seite und beschützt uns – schlecht zwar, wie ich glaube – aber er schützt doch ... und Wien ist auf der andern Seite. Die Brücke ist übrigens nicht genommen, und ich hoffe, daß es nicht geschieht, weil sie unterminiert und Befehl gegeben ist, sie in die Luft zu sprengen. Im entgegengesetzten Falle wären wir schon längst in den böhmischen Bergen, und Eure Armee hätte eine böse Viertelstunde zwischen zwei Feuern zugebracht.

Das bedeutet aber doch nicht, daß die Kampagne beendet wäre? fragte Fürst Andrej.

Ich glaube doch, daß sie es ist, und das glauben auch die Schlafmützen hier, sie unterstehen sich nur nicht, es auszusprechen. Es kommt, wie ich zu Anfang der Kampagne gesagt habe, die Geschichte wird nicht durch Eure Flintenkugeln bei Dürrenstein, überhaupt nicht durch das Pulver entschieden, sondern durch die, welche das Pulver erfunden haben, sagte Bilibin, indem er eines seiner Witzworte wiederholte und seine Stirnfalten glättete. Die Frage ist nur, was die Zusammenkunft in Berlin zwischen Kaiser Alexander und dem Könige von Preußen zu bedeuten hat. Wenn Preußen dem Bunde beitritt, so wird Österreich gezwungen, dann gibt es Krieg, wenn nicht, so wird man sich nur darüber einigen müssen, wo die Präliminarien für ein neues Campo Formio aufgestellt werden sollen.

Welch wunderbare Genialität! rief Fürst Andrej plötzlich, indem er seine kleine Hand ballte und damit auf den Tisch schlug. Und welches Glück hat dieser Mensch!

Buonaparte? fragte Bilibin, indem er die Stirne runzelte und dadurch zu verstehen gab, daß er gleich ein *»mot«* sagen würde. Buonaparte, fuhr er fort, indem er ein besonderes Gewicht auf das U legte, ich denke doch, daß, wenn er jetzt von Schönbrunn aus Österreich Gesetze vorschreibt, *il faut lui faire grâce de l'U.* Ich will eine grundlegende Neuerung einführen und ihn ganz einfach Bonaparte nennen.

Nein, Scherz beiseite, sagte Fürst Andrej; glauben Sie wirklich, daß der Feldzug zu Ende ist?

Ich denke so: Österreich ist der Genasführte ... es ist das nicht gewohnt und wird Vergeltung üben. Genasführt sieht es sich durch die Verwüstung seiner Provinzen (der Rechtgläubige soll im Plündern furchtbar sein). Seine Armee ist zersprengt, seine Hauptstadt genommen, und das alles *pour les beaux yeux* Sr. sardinischen Majestät. Deswegen – unter uns, mein Lieber – habe ich das instinktive Gefühl, daß man uns betrügt. Dies Gefühl läßt mich an einen heimlichen Verkehr mit Frankreich, an Friedensunterhandlungen, heimliche Friedensunterhandlungen glauben.

Das kann nicht sein! rief Fürst Andrej, das wäre zu schändlich.

Qui vivra, verra, antwortete Bilibin, glättete seine Stirnfalten und ließ das Gesprächsthema fallen.

Als Fürst Andrej in das für ihn bereitete Zimmer kam und sich in frischer Wäsche auf wohlriechende, gewärmte Kissen legte, war ihm zumut, als ob die Schlacht, über die er zu berichten hatte, weit, weit hinter ihm läge. Das preußische Bündnis, Österreichs Verrat, der neue Triumph Bonapartes, die Parade, die morgen bevorstehende Audienz bei Kaiser Franz beschäftigten ihn. Sobald er jedoch die Augen schloß, hörte er wieder Kanonendonner, Gewehrfeuer, Räderrasseln, und dann kamen lange Reihen von Musketieren vom Berge herunter, und die Franzosen begannen zu schießen. Er fühlte, wie sein Herz erbebte, und ritt vorwärts neben General Schmidt. Lustig pfiffen die Kugeln um ihn her ... ein zehnfach gesteigertes Gefühl von Lebensfreude, wie er es seit seiner Kindheit nicht mehr empfunden, kam über ihn. Er erwachte.

Ja, das alles ist gewesen! ... sagte er, indem er sich selbst kindlich glücklich zulächelte; dann versank er aufs neue in einen festen, jugendlichen Schlaf.

XI

Am folgenden Morgen erwachte er spät, und als er sich auf die Eindrücke des vergangenen Tages besann, erinnerte er sich vor allem, daß er sich heute dem Kaiser vorstellen sollte, und dann auch des Kriegsministers, des höflichen österreichischen Adjutanten, Bilibins und des Gesprächs vom gestrigen Abend. Nachdem er sich zu dem Besuch im Schlosse in die Paradeuniform geworfen hatte, die er jetzt lange nicht getragen, erschien er frisch und glänzend mit der Hand in der Binde, in Bilibins Arbeitszimmer. Hier fand er vier Herren vom diplomatischen Korps. Mit dem Fürsten Hippolyt Kuragin, Sekretär der russischen Gesandtschaft, war Bolkonskij bekannt, die übrigen stellte ihm Bilibin vor.

Die Herren, die jetzt bei Bilibin versammelt waren, alle reich, vornehm und lebenslustig, bildeten auch hier, wie sie schon in Wien getan, einen besonderen Kreis, den Bilibin, das Haupt des Kreises, die »Unsern« *les nôtres* nannte. In diesem, fast ausschließlich aus Diplomaten bestehenden, Kreise befanden sich mehrere, die offenbar am Gange des Krieges und den politischen Tagesereignissen keinen Anteil nahmen. Sie beschränkten sich auf die Tagesereignisse der Gesellschaft, auf den Verkehr mit Frauen, auf ihren Dienst und ihre Kanzleiangelegenheiten. Diese Herren empfingen den Fürsten Andrej (eine Ehre, die sie nicht jedem erzeigten), als ob er ein Mitglied ihres Kreises wäre. Aus Höflichkeit und um das Gespräch einzuleiten, stellte man einige Fragen über das Heer und über die Schlacht, dann aber verflatterte die Unterhaltung in zusammenhanglose Plaudereien und heitere Scherze.

Mit großer Lebendigkeit erzählte einer der Anwesenden von dem Mißgeschick eines jungen Diplomaten, den der Kanzler nach London geschickt und ihm dabei eröffnet hatte, er möge diese Versetzung als eine Beförderung ansehen. Das Gesicht, das er dabei gemacht hat, können Sie sich denken, schloß der Erzähler.

Das Schlimmste, meine Herren, ist ... ich muß Kuragin bei Ihnen anklagen ... der Mann hat den Schaden, und dieser Don Juan, dieser entsetzliche Mensch, macht es sich zunutze.

Fürst Hippolyt, der in einem Lehnstuhl *à la* Voltaire lag und die Füße über die Seitenlehne streckte, lächelte.

Wenn Sie davon reden wollen! sagte er.

O Don Juan! ... O Schlange! riefen verschiedene Stimmen.

Sie wissen nicht, Bolkonskij, sagte Bilibin, daß alle Grausamkeiten der französischen Armee (beinah hätte ich gesagt, der russischen), nichts sind im Vergleich mit dem Unheil, das dieser Mensch unter den Frauen angerichtet hat.

Das Weib ist die Freundin des Mannes, stieß Fürst Hippolyt hervor und fing an, seine hochliegenden Füße durch die Lorgnette zu betrachten.

Bilibin und die »Unsrigen« lachten, und Fürst Andrej erkannte, daß dieser junge Mann, auf den er (das ließ sich nicht leugnen) beinahe eifersüchtig geworden, der Hausnarr dieses Kreises war.

Nein, ich muß Ihnen Kuragin noch weiter vorführen, sagte Bilibin leise zu Bolkonskij. Er ist entzückend, wenn er über Politik spricht ... diese Wichtigkeit muß man sehen.

Er setzte sich neben Hippolyt, zog die Stirn in Falten und fing ein politisches Gespräch mit ihm an. Fürst Andrej und die übrigen umringten die beiden.

Das Berliner Kabinett kann die Geneigtheit zu einem Bündnisse nicht aussprechen, begann Fürst Hippolyt mit wichtiger Miene (indem er alle der Reihe nach ansah), ohne auszusprechen ... wie in seiner letzten Note ... Sie verstehen ... Sie verstehen ... Überdies, wenn Se. Majestät der Kaiser die Bedingungen unseres Bündnisses nicht aufhebt ... Warten Sie, ich bin nicht fertig, fuhr er fort, indem er die

Hand des Fürsten Andrej erfaßte. Ich meine, daß die Intervention wirksamer sein wird als die Nichtintervention. Er schwieg einen Augenblick. Man wird doch nicht behaupten können, daß die Sache damit erledigt ist, daß unsere Depesche vom 30. November nicht angenommen wurde. So wird alles zu Ende gehen.

Und er ließ Bolkonskijs Hand wieder fallen, zum Zeichen, daß er nun zu Ende wäre.

Demosthenes, ich erkenne dich an dem Kieselstein, den du in deinem goldenen Munde versteckt hast! sagte Bilibin, dem vor Vergnügen der Haarschopf auf dem Kopfe zitterte.

Alle lachten, und Hippolyt lachte noch lauter als sie, obwohl ihm der Atem ausging. Aber er konnte das Lachen nicht unterdrücken, das sein sonst immer unbewegliches Gesicht in die Länge zog.

Hören Sie, meine Herren, sagte Bilibin, Bolkonskij ist mein Gast, und ich will ihn, so gut ich es hier in Brünn vermag, mit den Freuden des Lebens regalieren. In Wien hätten wir das leicht, aber hier, in diesem häßlichen mährischen Loche, ist es schwieriger, und ich bitte Sie alle um Hilfe. Wir müssen ihm die Genüsse Brünns vorsetzen. Sie übernehmen das Theater, ich die Gesellschaft, Sie, Hippolyt, natürlich, die Weiber.

Wir müssen ihm Amelie zeigen ... reizend! rief einer von den »Unsrigen«, indem er seine Fingerspitzen küßte.

Überhaupt müssen wir diesen blutgierigen Kriegsmann zu menschenfreundlicheren Ansichten belehren, sagte Bilibin.

Es wird mir kaum möglich sein, Ihre Gastfreundlichkeit zu genießen, meine Herren ... jedenfalls ist es jetzt Zeit, daß ich gehe, antwortete Bolkonskij, indem er nach der Uhr sah.

Wohin?

Zum Kaiser.

Oh – oh – oh!

Auf Wiedersehen also, Bolkonskij ... Auf Wiedersehen, Fürst! ... Kommen Sie aber zum Essen, wir legen auf Sie Beschlag.

Suchen Sie dem Kaiser gegenüber so viel als möglich die Ordnung der Verproviantierung der Marschrouten zu loben, sagte Bilibin, während er Bolkonskij ins Vorzimmer begleitete.

Ich möchte gern loben, aber soviel ich weiß, ist's nicht möglich, gab Fürst Andrej lächelnd zur Antwort.

Jedenfalls sprechen Sie viel. Es ist seine Leidenschaft, Audienzen zu geben, aber er spricht nicht gern und spricht auch nicht gut, wie Sie sehen werden.

XII

Während der Cour stand Fürst Andrej auf dem ihm angewiesenen Platze zwischen den österreichischen Offizieren. Kaiser Franz starrte ihm ins Gesicht, nickte ihm mit seinem langen Kopfe zu, und nach der Cour wurde Bolkonskij von seinem Bekannten, dem Flügeladjutanten, mit großer Höflichkeit benachrichtigt, daß ihn der Kaiser zu einer Privataudienz zu empfangen wünsche.

Kaiser Franz empfing ihn mitten im Zimmer, stehend, und Fürst Andrej bemerkte zu seiner Überraschung, daß der Kaiser vor dem Beginn des Gesprächs in Verlegenheit geriet, nicht wußte, was er sagen sollte, und errötete. Plötzlich fragte er:

Sagen Sie, wann hat die Schlacht begonnen?

Fürst Andrej antwortete.

Dann folgten andere Fragen, die ebenso einfach waren: Ist Kutusow gesund? ... wann hat er Krems verlassen? Und dergleichen. Der Kaiser sprach, als ob sein einziger Zweck wäre, eine gewisse Zahl von Fragen zu stellen, und es war unverkennbar, daß ihn die Antworten auf diese Fragen nicht im mindesten interessierten.

Um wieviel Uhr hat die Schlacht begonnen? Fragte der Kaiser.

Ich kann nicht genau angeben, Majestät, wann der Kampf in der Front begonnen hat, aber bei Dürrenstein, wo ich mich befand, hat die Attacke um sechs Uhr abends angefangen, antwortete Bolkonskij, der sich plötzlich durch die Voraussetzung belebt fühlte, daß er jetzt die in Gedanken vollständig ausgearbeitete Beschreibung dessen, was er gesehen und erlebt hatte, geben solle. Aber der Kaiser lächelte und fiel ihm ins Wort.

Wieviel Meilen? fragte er wieder.

Von wo und bis wohin, Majestät?

Von Dürrenstein bis Krems.

Dreiundeinehalbe Meile, Majestät.

Die Franzosen haben das linke Ufer verlassen?

Wie die Kundschafter melden, sind die letzten im Laufe der Nacht auf Flößen übergesetzt.

Ist Furage genug in Krems?

Furage war nicht in der Quantität vorhanden ... Der Kaiser fiel ihm ins Wort.

Um wieviel Uhr ist General Schmidt gefallen?

Es scheint gegen sieben Uhr gewesen zu sein.

Gegen sieben Uhr ... sehr traurig, sehr traurig! sagte der Kaiser.

Er dankte Bolkonskij und nickte mit dem Kopfe. Fürst Andrej entfernte sich und war gleich von Hofleuten umringt. Von allen Seiten sahen ihn freundliche Augen an, begrüßten ihn verbindliche Worte, der Flügeladjutant von gestern machte ihm Vorwürfe, daß er nicht im Schlosse geblieben sei, und stellte ihm seine Wohnung zur Verfügung. Der Kriegsminister näherte sich ihm mit dem Maria-Theresia-Orden dritter Klasse, den ihm der Kaiser verliehen. Der Kammerherr der Kaiserin lud ihn zu seiner Gebieterin ein; die Erzherzogin wünschte ebenfalls, ihn zu sehen. Er wußte nicht, wem er zuerst antworten sollte, und mußte einige Sekunden lang seine Gedanken sammeln; endlich nahm ihn der russische Gesandte am Arm, führte ihn ans Fenster und fing an, mit ihm zu sprechen.

Bilibins Erwartung zum Trotz wurden die Nachrichten, die Fürst Andrej gebracht hatte, mit großer Freude aufgenommen. Ein Dankgottesdienst wurde gehalten, Kutusow bekam das Großkreuz des Maria-Theresia-Ordens, und in der ganzen Armee wurden Belohnungen verteilt. Bolkonskij bekam von allen Seiten Einladungen und hatte den ganzen Morgen den Großen Österreichs Visiten zu machen.

Nachdem er um fünf Uhr nachmittags seine Besuche beendigt hatte, kehrte er zu Bilibin zurück, während er in Gedanken einen Brief an seinen Vater entwarf, der über die Schlacht und die Reise nach Brünn berichten sollte.

Vor dem Hause, das Bilibin bewohnte, stand eine halbbepackte Britschke, und Franz, der Diener Bilibins, kam mit einem schweren Koffer beladen aus der Tür.

Fürst Andrej war zuletzt in einer Buchhandlung gewesen, um sich für den Feldzug mit Lektüre zu versorgen, und hatte sich dort eine Weile aufgehalten.

Was soll das? fragte er.

Ach, Durchlaucht! antwortete Franz, indem er den Koffer mit Mühe in die Britschke hob, wir ziehen weiter; der Bösewicht ist schon wieder hinter uns her.

Wieso, was heißt das? fragte Fürst Andrej.

Bilibin kam seinem Gast entgegen. Auf seinem sonst immer ruhigen Gesicht war eine gewisse Aufregung zu erkennen.

Nein, nein, gestehen Sie, sagte er, daß diese Geschichte von der Taborbrücke reizend ist. Sie sind darübergegangen, ohne einen Schwertstreich zu tun. – Fürst Andrej verstand ihn nicht. – Woher kommen Sie denn, daß Sie nicht wissen, was jedem Kutscher in der Stadt bekannt ist?

Ich war bei der Erzherzogin, dort habe ich nichts gehört.

Und haben nicht gesehen, daß überall gepackt wird?

Ich habe nichts gesehen ... Aber was bedeutet denn dies alles? fiel Bolkonskij ungeduldig ein. Was bedeutet es?

Es bedeutet, daß die Franzosen die von Auersperg verteidigte Brücke überschritten haben, und daß die Brücke nicht gesprengt wurde. Murat befindet sich auf dem Wege hierher ... heute oder morgen kann er da sein.

Da sein? ... warum hat man denn die Brücke nicht gesprengt, wenn sie doch unterminiert ist?

Ja, das möcht' ich Sie fragen. Das weiß niemand, nicht einmal Bonaparte. Bolkonskij zuckte die Achseln.

Wenn die Brücke überschritten wurde, ist unsere Armee verloren; wir werden abgeschnitten, sagte er.

Das ist ja auch der Zweck des Streiches, sagte Bilibin. Hören Sie nur: Die Franzosen kommen nach Wien, wie ich Ihnen schon erzählt habe. Alles ist gut! Den andern Tag, das heißt gestern, setzen sich die Herren Marschälle: Murat, Lannes und Belliard zu Pferde und reiten auf die Brücke (alle drei sind Gascogner, müssen Sie wissen!). Meine Herren – sagt der eine –, Sie wissen, daß die Taborbrücke unterminiert und kontreminiert ist, und daß sich an ihrem Ende der schreckliche Brückenkopf befindet und 15 000 Mann Soldaten, die Befehl haben, die Brücke zu sprengen und uns nicht hinüberzulassen. Kaiser Napoleon würde es jedoch angenehm sein, wenn wir diese Brücke hätten; reiten wir drei hinüber, und nehmen wir sie in Besitz. – Ja, lassen Sie uns reiten! sagen die anderen, und sie reiten wirklich und nehmen die Brücke. Jetzt befinden sie sich mit ihrer ganzen Armee auf dieser Seite der Donau und wenden sich gegen uns, gegen euch und eure Verbindungen.

Hören Sie auf, zu scherzen, sagte Fürst Andrej traurig und ernst. Was er eben gehört hatte, war schlimm, und doch fühlte er sich im nächsten Augenblicke freudig erregt. Wenn sich die russische Armee in so gefährlicher Lage befand, war es ihm vielleicht bestimmt, sie daraus zu retten ... vielleicht war hier das Toulon, das ihn aus der Reihe der unbekannten Offiziere hervortreten ließ und ihm den Weg zum Ruhme erschloß! Während er Bilibin zuhörte, malte er sich in Gedanken aus, wie er, zur Armee zurückgekehrt, im Kriegsrat seine Vorschläge – die allein das Heer noch retten konnten – machte und wie man ihm die Ausführung seine Planes übertrug.

Hören Sie auf, zu scherzen, sagte er endlich.

Ich scherze nicht, antwortete Bilibin; es ist alles eben so wahr wie betrübend ... Diese Herren reiten auf die Brücke, sie drei ganz allein, schwingen weiße Tücher, erklären, daß Waffenstillstand ist und daß sie abgeschickt sind, mit dem Fürsten Auersperg Unterhandlungen anzuknüpfen. Der wachthabende Offizier läßt sie an den Brückenkopf; sie erzählen ihm tausend Gascognaden, sagen, daß der Krieg beendet ist, daß Kaiser Franz und Bonaparte eine Zusammenkunft haben würden, daß sie den Fürsten Auersperg zu sehen wünschen und tausend solche Dinge. Der Offizier schickt nach Auersperg; diese Herren umarmen die Offiziere, scherzen und setzen sich auf die Kanonen, während ein französisches Bataillon unbemerkt die Brücke besetzt, die Säcke mit Brennmaterial ins Wasser wirft und sich dem Brückenkopf nähert. Endlich erscheint der Generalleutnant, unser lieber Fürst Auersperg von Mauthern, der liebenswürdigste aller Feinde, die Blüte der österreichischen Offiziere, der Held der türkischen Kriege ... die Feindschaft ist beendet, wir können einander die Hand reichen. Napoleon brennt vor Verlangen, den Fürsten Auersperg kennenzulernen ... mit einem Worte, diese Herren – die nicht umsonst Gascogner sind – überschütten Auersperg so sehr mit schönen Worten, er ist so entzückt von seiner rasch geschlossenen Intimität und den französischen Marschällen, so verblendet von dem Anblick des Mantels und der Straußfedern Murats, *qu'il n'y voit que du feu et oublie celui qu'il devait faire sur l'ennemi.* (Trotz der Lebhaftigkeit seiner Rede vergaß Bilibin nicht, dies *mot* mit Nachdruck zu betonen, um den Hörer darauf aufmerksam zu machen.) Das französische Bataillon dringt in den Brückenkopf, vernagelt die Kanonen, und die Brücke ist genommen. Was aber das Beste ist, fuhr er fort, seine Aufregung durch das Interesse an seiner eigenen Erzählung niederkämpfend – das ist, daß der Sergeant, der neben der Kanone aufgestellt war, die das Signal zum Anzünden der Mine und Sprengen der Brücke geben sollte, schießen wollte, als er sah, daß die französischen Truppen auf die Brücke zueilten. Aber Lannes zog ihm die Hand zurück. Der Sergeant, der augenscheinlich klüger war als sein General, nähert sich Auersperg und sagt: »Fürst, man betrügt Sie, da sind ja die Franzosen.« – Murat sieht ein, daß die Sache verloren ist, wenn man den Sergeanten weitersprechen läßt. Mit erkünstelter Verwunderung (ein echter Gascogner!) wendet er sich zu Auersperg: »Ist das die in der ganzen Welt so hochgepriesene österreichische Disziplin?« ruft er aus, »Sie erlauben dem Untergebenen, so mit Ihnen zu sprechen?« Das war genial! Fürst Auersperg fühlt sich in seiner Ehre getroffen und schickt den Sergeanten in Arrest. Nein, Sie müssen gestehen, daß die Geschichte der Taborbrücke reizend ist. Das ist weder Dummheit noch Feigheit ...

Vielleicht Verrat, sagte Fürst Andrej, indem er sich die grauen Mäntel, die Wunden, den Pulverdampf, das Gewehrfeuer und den Ruhm, der ihn erwartete, aufs lebhafteste vorstellte.

Auch nicht! Es bringt den Hof in eine zu üble Lage, fuhr Bilibin fort. Es ist weder Verrat, noch Feigheit, noch Dummheit, es ist wie bei Ulm, wiederholte er noch, als ob er den rechten Ausdruck suchte; *c'est … c'est du Mack. Nous sommes mackés*, schloß er, mit dem Bewußtsein, ein neues Witzwort gesagt zu haben, ein *mot*, das Verbreitung finden werde. Die auf seiner Stirn zusammengezogenen Falten glätteten sich vor Vergnügen, und still lächelnd fing er an, seine Nägel zu besehen.

Wohin wollen Sie, fragte er, als Fürst Andrej plötzlich aufstand und sich nach der Tür seines Zimmers wandte.

Ich will fort.

Wohin?

Zur Armee.

Sie wollten ja noch ein paar Tage hierbleiben.

Jetzt aber muß ich gleich wieder fort. – Und Fürst Andrej begab sich in sein Zimmer, um seine Reisevorbereitungen zu treffen.

Wissen Sie was, mein Lieber, sagte Bilibin, der ihm nach kurzer Zeit folgte, ich habe über Sie nachgedacht … warum wollen Sie fort? Und wie zur Bekräftigung der Unwiderleglichkeit seiner Einwürfe verschwanden alle seine Stirnfalten.

Fürst Andrej sah Bilibin fragend an.

Ja, warum wollen Sie fort? Ich weiß, Sie glauben, daß es Ihre Pflicht ist, jetzt zur Armee zu eilen, weil sie sich in Gefahr befindet. Ich verstehe das, mein Lieber, das ist Heroismus.

Nicht die Spur! sagte Fürst Andrej.

Aber Sie sind ein Philosoph, sein Sie's doch ganz … betrachten Sie die Sachen von der anderen Seite, und Sie werden sehen, daß es im Gegenteil Ihre Pflicht ist, sich selbst zu schützen. Überlassen Sie das übrige denen, die zu nichts anderem tauglich sind … Sie haben nicht Befehl erhalten, zur Armee zurückzukehren, und hier hat man Sie nicht entlassen, folglich müssen Sie bleiben und mit uns gehen, wohin uns unser unglückliches Schicksal führen wird. Man sagt, es ging nach Olmütz, und Olmütz ist ein sehr nettes Städtchen, und Sie werden mit mir in meiner Kalesche hinfahren.

Hören Sie doch auf zu scherzen, sagte Bolkonskij.

Ich spreche ernsthaft und freundschaftlich. Überlegen Sie sich's. Wohin und weswegen wollen Sie fahren, da Sie bei uns bleiben können? Eins von beiden steht Ihnen bevor (er zog die Falten an der linken Schläfe zusammen), entweder erreichen Sie die Armee gar nicht, bis der Friede geschlossen ist, oder Sie haben die Niederlage und Schmach des Kutusowschen Heeres zu teilen. Und Bilibin glättete seine Stirn aufs neue, in dem Gefühl, daß seine Gründe unumstößlich wären.

Ich habe nichts zu überlegen, antwortete Fürst Andrej kühl, und dachte bei sich: Ich muß fort, um die Armee zu retten.

Mein Lieber, Sie sind ein Held! sagte Bilibin.

XIII

Nachdem sich Bolkonskij vom Kriegsminister verabschiedet hatte, trat er in derselben Nacht den Rückweg zum Heere an, obwohl er keine Ahnung hatte, wo er es finden werde, und fürchten mußte, auf dem Wege nach Krems von den Franzosen aufgegriffen zu werden.

In Brünn rüstete sich alles, was zum Hofe gehörte, zum Aufbruch, und das schwere Gepäck wurde bereits nach Olmütz abgeschickt. Bei Etzelsdorf stieß Fürst Andrej auf die Straße, auf der sich in der größten Eile und Unordnung die russische Armee fortbewegte. Die Straße war so gedrängt voll Wagen, daß es unmöglich schien, in der Equipage weiterzukommen. Nachdem Fürst Andrej von einem Kosakenführer ein Pferd und einen Kosaken requiriert hatte, ritt er hungrig und ermüdet weiter, um den Oberbefehlshaber und seinen zurückgelassenen Wagen aufzusuchen. Die schlimmsten Gerüchte über die Lage der Armee waren ihm unterwegs zu Ohren gekommen, und der Anblick der in Unordnung dahineilenden Truppenmassen bestätigte sie.

»Dieser russischen Armee, die das Gold Englands von den äußersten Enden der Welt herbeigeführt hat, werden wir dasselbe Schicksal bereiten« (das Schicksal der Armee bei Ulm), hatte, wie Bolkonskij sich erinnerte, Bonaparte zu seinem Heere vor Beginn des Feldzugs gesagt, und diese Worte erfüllten den Fürsten zugleich mit Bewunderung für den genialen Helden und erweckten in ihm das Gefühl verletzten Stolzes und die Hoffnung auf Ruhm. Und wenn nichts übrigbleibt als zu sterben, sagte er zu sich selbst, was weiter! Wenn es sein muß, werde ich es nicht schlechter tun als andere.

Mit Widerwillen blickte Fürst Andrej auf die zahllosen durcheinander wirrenden Züge von Soldaten, Munitions- und Bagagewagen und wieder Wagen und Wagen aller möglichen Gattungen, die sich überholten und in drei, vier Reihen den schmutzigen Weg versperrten. Von allen Seiten, soweit das Ohr reichte, hörte man das Rollen der Räder, das Knarren der Kutschkasten, Telegen und Lafetten, das Stampfen der Pferde, das Knallen der Peitschen, das Geschrei der Fuhrleute, das Schimpfen der Soldaten, der Offiziersburschen und Offiziere. An den Straßenrändern lagen hie und da gefallene, halb abgeschirrte, halb nicht abgeschirrte Pferde; zerbrochene Wagen, neben denen einzelne Soldaten auf Beistand warteten; hie und da saßen die von ihren Kompagnien zurückgelassenen Maroden, andere begaben sich truppweise in die benachbarten Dörfer oder schleppten von dort Hühner, Hammel, Heu oder Säcke mit Lebensmitteln herbei. Vorwärts und rückwärts verdichteten sich die Scharen, und ein ununterbrochenes, ächzendes Geschrei entstand. Soldaten, die bis an die Knie im Morast versanken, suchten steckengebliebene Kanonen oder Wagen fortzuschieben. Die Peitschen wurden zerschlagen, die Hufe glitten aus, die Stränge rissen, und die Stimmen der Soldaten überschrien die der Offiziere, die das Ganze beaufsichtigten und zwischen den Wagenreihen bald voraus-, bald zurückritten. Ihre Befehle wurden in dem allgemeinen Lärm kaum noch gehört, und ihre Gesichter verrieten, daß sie an der Möglichkeit, diese Unordnung zu steuern, mehr und mehr verzweifelten. –

»Das also ist die liebe, rechtgläubige Kriegerschaft«, dachte Bolkonskij, indem er sich an Bilibins Ausdrucksweise erinnerte.

Um sich nach dem Oberbefehlshaber zu erkundigen, näherte er sich einem der Furagewagen. Daneben fuhr ein sonderbares mit einem Pferde bespanntes Fuhrwerk, das für die häusliche Bequemlichkeit im Felde eingerichtet schien und ein Mittelding zwischen Telege, Kabriolett und Kalesche war. Das Gefährt wurde von einem Soldaten gelenkt, und unter dem ledernen Verdeck saß geschützt von dem herabhängenden Schirme eine ganz in Tücher gewickelte Frau. Fürst Andrej näherte sich und wollte sich eben mit seiner Frage an den Soldaten wenden, als das verzweiflungsvolle Geschrei der in der Kibitka sitzenden Frau sein Mitleid erregte. Der Offizier, der die Furagewagen beaufsichtigte, hatte den Soldaten, der als Kutscher des Kaleschens fungierte, geschlagen, weil er andere überholen wollte, und seine Peitsche hatte das Spritztuch der Equipage getroffen. Die Frau erhob ein ohrzerreißendes Geschrei. Als sie den Fürsten Andrej erblickte, beugte sie sich über das Spritzleder, winkte mit den dürren Händen, die sich aus einem Umschlagetuche hervorstreckten, und schrie:

Adjutant, Herr Adjutant! ... um Gottes willen ... nehmen Sie sich meiner an! ... Was soll denn aus mir werden? ... Ich bin die Doktorsfrau vom 7. Jägerregiment ... man läßt uns nicht durch ... wir sind zurückgeblieben ... haben die Unsrigen verloren ...

Ich schlage dich platt, wie'n Eierkuchen, kehr' um! schrie zornig der Offizier. Kehr' um mit deiner Vettel.

Herr Adjutant, helfen Sie! ... was soll ich anfangen? jammerte die Doktorsfrau.

Haben Sie die Güte, diesen Wagen durchzulassen. Sehen Sie denn nicht, daß eine Frau darinsitzt? sagte Fürst Andrej, indem er sich dem Offizier näherte.

Dieser sah ihn an und wandte sich, ohne zu antworten, wieder an den Soldaten. – Ich will dich lehren, andere überholen! Zurück da! rief er.

Lassen Sie ihn durch, sage ich Ihnen! wiederholte Fürst Andrej und preßte die Lippen zusammen.

Wer bist du denn? fragte der Offizier in trunkener Wut, indem er sich zu ihm wandte. Wer bist du? (er betonte vorzugsweise das »du«). Bist du etwa ein General oder was sonst? – Hier habe ich zu befehlen und nicht du ... Zurück, wiederholte er, sonst schlage ich dich platt wie einen Eierkuchen. – Dieser Ausdruck schien dem Offizier besonders zu gefallen.

Der hat's dem Adjutanten gut gegeben, ließ sich eine Stimme von hinten hören.

Fürst Andrej sah, daß sich der Offizier in dem Stadium der Trunkenheit befand, in dem die Menschen nicht mehr wissen, was sie sagen. Er sah, daß sein Eintreten für die Doktorsfrau in der Kibitka das war, was er am meisten in der Welt fürchtete und was man französisch *ridicule* zu nennen pflegte – aber sein Instinkt gab ihm etwas anderes ein. Kaum hatte der Offizier seine letzten Worte ausgesprochen, als Fürst Andrej mit wütend verzehrtem Gesicht sich näherte und seine Kosakenpeitsche aufhob.

Lassen ... Sie ... die Frau ... durch ... oder! Der Offizier fuhr mit der Hand durch die Luft und entfernte sich rasch.

Diese Stabsoffiziere sind an der ganzen Unordnung schuld, brummte er vor sich hin. Mögen sie's nun auch wieder zurechtbringen!

Fürst Andrej machte sich, ohne die Augen zu erheben, so schnell als möglich von der Doktorsfrau los, die ihn ihren Retter nannte, und während er sich voll Ekel alle Einzelheiten dieser widerwärtigen Szene zurückrief, ritt er rasch weiter, dem Dorfe zu, wo sich der Oberbefehlshaber befinden sollte.

Nachdem er das Dorf erreicht hatte, stieg er vom Pferde und trat in das nächste Haus, mit der Absicht, wenn auch nur einige Minuten, zu ruhen und seine quälenden Gedanken zur Klarheit zu bringen. Das ist eine Schar von Halunken, aber kein Heer, sagte er zu sich selbst, während er sich dem Fenster des ersten Hauses näherte, aus dem ihn plötzlich eine Stimme anrief.

Er wandte sich um; aus dem Fenster sah ihm das schöne Gesicht Neswizkijs entgegen, der ihm kauend und mit den Händen winkend zurief: Bolkonskij! Bolkonskij! hörst du nicht, oder was ist mit dir? Komm schnell herein!

Als Fürst Andrej das Haus betrat, fand er Neswizkij mit einem andern Adjutanten bei einem Imbiß. Eilig fragten sie den Ankommenden, ob er etwas Neues wisse? Auf ihren ihm so wohlbekannten Gesichtern las Fürst Andrej den Ausdruck der Besorgnis und Unruhe – ein Ausdruck, der besonders auf dem sonst immer heiteren Gesicht Neswizkijs bemerkbar war.

Wo ist der Oberbefehlshaber? fragte Bolkonskij.

Hier, im nächsten Hause, antwortete der Adjutant.

Nun, ist's denn wahr, daß Frieden gemacht oder kapituliert wird? fragte Neswizkij.

Das möchte ich von euch erfahren – ich weiß nichts, als daß es kaum möglich war, euch zu erreichen.

Und hier bei uns, Bruder … ist's schrecklich! Ich gestehe dir, über Mack habe ich gelacht, nun geht's uns selbst noch schlimmer, sagte Neswizkij. Setz dich aber, und iß etwas.

Sie werden weder Ihren Wagen noch sonst etwas finden, Fürst, und Ihr Peter – Gott weiß, wo der sein mag, sagte der andere Adjutant.

Wo ist denn das Hauptquartier?

In Znaim werden wir übernachten.

Ich habe alles, was wir brauchen, auf zwei Pferde packen lassen, und es ist so ausgezeichnet gemacht, daß wir damit selbst durch die böhmischen Wälder ziehen könnten. Aber ein Elend ist's, Bruder! Und was ist's denn mit dir? Bist du krank, daß du so zuckst? fragte Neswizkij, als er bemerkte, daß Fürst Andrej zusammenfuhr wie bei der Berührung einer Lendener Flasche.

Es hat nichts zu sagen! antwortete Fürst Andrej, der sich in diesem Augenblick an den jüngsten Auftritt mit der Doktorsfrau und dem Trainoffizier erinnerte.

Was hat der Oberbefehlshaber hier zu tun? fragte er.

Ich weiß nicht, antwortete Neswizkij.

Und ich weiß nur das eine, es ist alles ekelhaft, ekelhaft, ekelhaft! sagte Fürst Andrej und begab sich in das Haus, wo er den Oberbefehlshaber finden sollte.

Fürst Andrej kam an der Equipage Kutusows, an den übermüdeten Pferden des Gefolges und einigen laut sprechenden Kosaken vorüber und trat in den Flur der Hütte.

Man hatte ihm gesagt, daß Kutusow da wäre, aber eine Unterredung mit dem Fürsten Bagration und Weyrother hätte. Weyrother war der österreichische General, der an die Stelle des gefallenen Schmidt getreten war. Im Flur kauerte der kleine Koslowskij auf den Fersen sitzend vor einem Schreiber, der die Aufschläge der Uniform zurückgeschlagen hatte und auf einer umgestülpten Tonne schrieb. Koslowskij sah angegriffen aus; er hatte offenbar die Nacht nicht geschlafen. Er sah den Fürsten Andrej an, nickte ihm aber nicht einmal zu.

Die zweite Linie ... hast du das? fuhr er fort zu diktieren; das Kiewsche Grenadierregiment und das Podolskische ...

Ich kann nicht nachkommen, Ew. Gnaden, antwortete der Schreiber mürrisch und unhöflich, indem er sich nach Koslowskij umsah.

Im anstoßenden Zimmer ließ sich die lebhafte, unzufriedene Stimme Kutusows hören, die von einer anderen, unbekannten unterbrochen wurde. Aus dem Tone dieser Stimmen, der Zerstreutheit, mit der ihn Koslowskij ansah, der Unhöflichkeit des ermüdeten Schreibers, dem Umstande, daß der Schreiber und Koslowskij dem Oberbefehlshaber so nahe, auf dem Flur an der Tonne saßen, und die Kosaken, welche die Pferde hielten, unter den Fenstern des Hauses laut miteinander lachten – aus alledem fühlte Fürst Andrej heraus, daß etwas Schweres, Unheilvolles im Werke war.

Fürst Andrej wandte sich mit einer Frage an Koslowskij.

Gleich, Fürst, antwortete er und fuhr fort zu diktieren. Dispositionen für Bagration ...

Aber die Kapitulation?

Wird nicht geschlossen ... es sind Schlachtbefehle gegeben.

Bolkonskij ging auf die Tür zu, hinter der die Stimmen zu hören waren, aber in demselben Augenblick, als er sie öffnen wollte, schwiegen die Stimmen, die Tür ging auf, und Kutusow mit seiner Adlernase in dem gedunsenen Gesichte erschien auf der Schwelle. Fürst Andrej stand ihm dicht gegenüber, aber Kutusows sehendes Auge verriet, daß ihn Gedanken und Sorgen vollständig in Anspruch nahmen, und daß sein Blick dadurch vollständig verschleiert war. Er sah seinem Adjutanten ins Gesicht, ohne ihn zu erkennen.

Sind Sie fertig? fragte er Koslowskij.

Im Augenblick, Exzellenz.

Bagration, ein Mann von mittlerem Wuchs, von orientalischem Typus, mit herben, unbeweglichen Zügen, hager und in mittleren Jahren, war mit dem Oberbefehlshaber eingetreten.

Ich habe die Ehre, mich zu melden, sagte Fürst Andrej ziemlich laut, indem er Kutusow ein Kuvert überreichte.

Ah, aus Wien? gut! später, später.

Kutusow trat mit Bragration auf die Freitreppe.

Nun, Fürst, lebe wohl, sagte er zu Bagration. Christus sei mit dir ... ich segne dich zu deinem Heldenwerk!

Kutusows Gesicht wurde plötzlich weich, und Tränen zeigten sich in seinem Auge. Mit der linken Hand zog er Bagration an sich, und mit der Rechten, die einen Ring trug, machte er das Zeichen des Kreuzes über ihm, eine Gebärde, die ihm geläufig zu sein schien. Dann reichte er ihm seine aufgedunsene Wange zum Kuß, aber Bagration küßte ihn auf den Hals. Christus sei mit dir! wiederholte Kutusow, indem er sich seinem Wagen näherte. Setze dich mit hinein! fügte er, zu Bolkonskij gewandt hinzu.

Ew. Exzellenz, ich möchte mich gern hier nützlich machen. Erlauben Sie mir, in der Abteilung des Fürsten Bagration zu bleiben.

Steig ein! rief Kutusow, und als er bemerkte, daß Bolkonskij zögerte, fügte er hinzu: Die guten Offiziere brauche ich selber ... brauche ich selber.

Sie stiegen in die Kalesche und fuhren schweigend einige Minuten lang.

Auch uns erwartet noch viel ... alles Mögliche! fing Kutusow endlich an, als ob sein vielerfahrener Blick erkannt hätte, was in der Seele Bolkonskijs vorging. Wenn von Bagrations Abteilung nur der zehnte Teil zurückkommt, werde ich Gott danken, fügte er hinzu, als ob er mit sich selber spräche.

Fürst Andrej sah Kutusow an, und unwillkürlich heftete sich sein Blick auf eine Narbe an der Schläfe Kutusows, wo ihm die Kugel von Ismail Kopf und Auge durchbohrt hatte. Ja, er hat ein Recht, so ruhig von dem Untergang anderer zu sprechen, dachte Bolkonskij.

Deshalb bat ich Sie auch, mich zu diesem Detachement zu kommandieren, sagte er.

Kutusow antwortete nicht. Er schien seine Worte schon wieder vergessen zu haben und saß nachdenklich da. Nach fünf Minuten, in denen er sich auf den elastischen Wagenfedern hin und her gewiegt, wandte er sich zu seinem Begleiter. Auf seinem Gesichte war keine Spur von Aufregung mehr zu finden, und mit seiner Ironie fragte er nach den Einzelheiten der Zusammenkunft mit dem Kaiser, nach den Urteilen, die bei Hofe über die Affäre bei Krems lautgeworden waren, und nach einigen Frauen seiner Bekanntschaft.

XIV

Am 13. November hatte Kutusow durch einen seiner Kundschafter Berichte erhalten, die ihm die Lage seiner Armee als beinahe hoffnungslos schilderten. Der Kundschafter meldete, daß sich die Franzosen, nachdem sie mit bedeutenden Streitkräften die Wiener Brücke überschritten, den Verbindungsstraßen zwischen Kutusow und den aus Rußland nachrückenden Truppen zuwendeten. Entschloß sich nun der russische Oberbefehlshaber, in Krems zu bleiben, so wurde er durch die 150 000 Mann starke Armee Napoleons abgeschnitten, mit seinem aus 40 000 Mann bestehenden, ermatteten Heere eingeschlossen und befand sich in derselben Lage wie Mack bei Ulm. Entschloß er sich dagegen, die Stellung, die seine Verbindungen mit Rußland sicherte, zu verlassen und in die böhmischen Berge zu gehen, so hatte er sich in einem unwegsamen, unbekannten Gebirgslande gegen den überlegenen Feind zu wehren und mußte jede Hoffnung auf eine Vereinigung mit Buxhöwden aufgeben. Wollte er endlich auf dem Wege von Krems nach Olmütz zurückweichen, um sich mit den aus Rußland kommenden Truppen zu vereinigen, so kam er in Gefahr, durch die Franzosen, welche die Wiener Brücke überschritten hatten, eingeholt und gezwungen zu werden, während des Marsches mit Gepäck und Furage den Kampf mit einem dreifach überlegenen Feinde anzunehmen, der ihn überdies von zwei Seiten einschloß. Kutusow wählte diesen letzten Ausweg.

Nachdem die Franzosen, wie der Kundschafter gemeldet, die Donau überschritten hatten, gingen sie in Eilmärschen nach Znaim, das auf dem Wege des Kutusowschen Rückzuges lag, aber mehr als fünfzehn Meilen von seinem jetzigen Standpunkte entfernt lag. Konnte er Znaim vor den Franzosen erreichen, so gewann er damit gegründete Aussicht auf die Rettung seiner Armee; wurde er von ihnen überholt, so blieb ihm nur die Wahl, entweder sein Heer denselben schmachvollen Bedingungen zu unterwerfen, welche die Österreicher bei Ulm angenommen, oder es dem vollständigen Untergange preiszugeben. Dem Feinde mit der ganzen Armee vorauszukommen, war unmöglich, denn der Weg der Franzosen von Wien nach Znaim war besser und kürzer als der Weg, den die Russen von Krems nach Znaim zurückzulegen hatten.

Aus diesem Grunde schickte Kutusow in derselben Nacht, als er den Bericht des Kundschafters erhalten hatte, die aus 4000 Mann bestehende Avantgarde Bagrations rechts durch die Berge, die zwischen der Krems-Znaimer und der Wien-Znaimer Straße liegen. Bagration sollte diesen Übergang ohne Aufenthalt bewerkstelligen, sollte mit dem Gesicht nach Wien und dem Rücken nach Znaim Halt machen und die Franzosen, wenn es ihm gelang, ihnen vorauszukommen, so lange als möglich aufhalten, während Kutusow mit dem Gros der Armee und der Bagage nach Znaim marschierte.

Nachdem Bagration mit seinen ausgehungerten, barfüßigen Soldaten, in finsterer Sturmnacht sechs Meilen, ohne Weg und Steg, inmitten der Berge zurückgelegt, erreichte er – nachdem er den dritten Teil seiner Mannschaft als Marode verloren – einige Stunden vor den Franzosen, die von Wien nach Brünn marschierten, bei Hollabrunn die Wien-Znaimer Straße. Kutusow hatte, um Znaim zu erreichen, noch vierundzwanzig Stunden zu marschieren, und um ihn zu dekken, sollte Bagration mit seinen 4000 hungrigen, abgematteten Soldaten die feindliche Armee vierundzwanzig Stunden im Gebirge aufhalten – was geradezu unmöglich erschien.

Aber eine seltsame Fügung sollte das Unmögliche möglich machen. Der Erfolg jenes Betrugs, der die Wiener Brücke ohne Schwertstreich in die Hände der Franzosen geliefert, hatte in Murat das Verlangen erregt, auch Kutusow zu betrügen. Als Murat der schwachen Abteilung Bagrations auf der Znaimer Straße begegnete, glaubte er die ganze Kutusowsche Armee vor sich zu haben und wollte – um sie desto sicherer erdrücken zu können – die Truppen erwarten, die auf dem Wege von Wien zurückgeblieben waren. In dieser Absicht trug er Bagration einen dreitägigen Waffenstillstand an, unter der Bedingung, daß die beiderseitigen Truppen ihre Stellungen nicht verändern dürften. Murat behauptete, daß Friedenspräliminarien angeknüpft wären, und daß er unnötiges Blutvergießen zu vermeiden wünsche. Der österreichische General, Graf Nostitz, der auf Vorposten war, glaubte den Worten des muratschen Parlamentärs und zog sich zurück, wodurch er Bagrations Heeresabteilung seiner Deckung beraubte. Ein zweiter Parlamentär ritt nach der russischen Vorpostenkette, um auch dort die Nachricht über die Friedenspräliminarien zu verkünden und den Russen einen dreitägigen Waffenstillstand vorzuschlagen. Bagration antwortete, daß er weder ablehnen, noch annehmen könne, und schickte seinen Adjutanten zu Kutusow, um über das Anerbieten Murats zu berichten.

Dieser Waffenstillstand war für Kutusow das einzige Mittel, Zeit zu gewinnen; er gab den ermüdeten Truppen Bagrations die Möglichkeit auszuruhen und ließ den Train (dessen Bewegungen den Franzosen verborgen blieben) näher an Znaim heranrücken, kurz, der Vorschlag des Waffenstillstandes eröffnete die unverhoffte Aussicht, das Heer zu retten. Sobald Kutusow diese Nachricht erhalten hatte, schickte er den Generaladjutanten Winzingerode in das feindliche Lager, mit dem Auftrage, nicht nur den Waffenstillstand anzunehmen, sondern auch die Bedingungen der Kapitulation vorzuschlagen. Indessen schickte Kutusow einen Adjutanten ab, um die Bewegung der Bagage auf der Krems-Znaimer Straße so viel als möglich zu beschleunigen. Nur die abgehetzte, hungrige Abteilung Bagrations sollte, um den Marsch des Trains und des ganzen Heeres zu decken, regungslos vor dem Feinde stehenbleiben, der achtmal stärker war als sie.

Die Erwartungen Kutusows verwirklichten sich, sowohl in bezug darauf, daß der Vorschlag einer Kapitulation – der zu nichts verpflichtete – einem großen Teile des Trains das Durchkommen ermöglichte, sowie auch in bezug darauf, daß der Irrtum Murats sehr bald ans Licht kommen mußte. Sobald Bonaparte, der sich in Schönbrunn, dreiundeinehalbe Meile von Hollabrunn, befand, den Bericht über den Vorschlag des Waffenstillstandes und der Kapitulation erhielt, erkannte er die Täuschung und schrieb Murat folgenden Brief:

»Schönbrunn, 25. Brumaire 1805
acht Uhr morgens

An den Prinzen Murat.

Kaum finde ich Worte, um Ihnen meine Unzufriedenheit auszudrücken. Sie kommandieren nur meine Avantgarde und haben nicht das Recht, ohne meinen Befehl einen Waffenstillstand abzuschließen. Sie bringen mich jetzt geradezu um die Früchte eines Feldzuges, und ich befehle Ihnen daher, den Waffenstillstand augenblicklich zu brechen und dem Feinde entgegenzurücken. Sie mögen die Erklärung geben, daß der General, der den Waffenstillstand unterzeichnet hat, nicht dazu berechtigt war; daß nur der Kaiser von Rußland dazu berechtigt gewesen wäre.

»Sollte übrigens der Kaiser von Rußland die in Rede stehende Konvention bestätigen, so würde ich das ebenfalls tun – aber es ist ja nur eine List. Gehen Sie vorwärts und vernichten Sie die russische Armee ... Sie haben jetzt die Möglichkeit, ihre Bagage und Artillerie zu nehmen.

»Der Adjutant des Kaisers von Rußland ist ein Betrüger. Offiziere, die keine besondere Vollmacht besitzen, sind ein Nichts – und dieser hat keine Vollmacht. Die Österreicher haben sich beim Übergang der Wiener Brücke anführen lassen;

Sie lassen sich durch einen Adjutanten des Kaisers hinters Licht führen.

Napoleon.«

Ein Adjutant Bonapartes brachte diesen vernichtenden Brief in Carriere zu Murat, während Napoleon, der sich diesmal auf keinen seiner Generale verlassen wollte, mit der Garde aufbrach, um sein Opfer nicht entschlüpfen zu lassen. Die aus 4000 Mann bestehende Abteilung Bagrations hatte inzwischen die Biwakfeuer angezündet, trocknete sich, wärmte sich, kochte zum ersten Male seit drei Tagen wieder Grütze, und keiner der Leute wußte oder bedachte, was ihnen bevorstand.

XV

Um vier Uhr nachmittags kam Fürst Andrej, nachdem er bei Kutusow die Erfüllung seiner Bitte durchgesetzt hatte, nach Grund und meldete sich bei Bagration. Der Adjutant Bonapartes hatte das Lager Murats noch nicht erreicht, und die Feindseligkeiten hatten noch nicht wieder begonnen. In der Umgebung Bagrations wußte man nichts vom allgemeinen Stande der Dinge. Man sprach von Frieden, glaubte aber nicht an seine Möglichkeit, sprach von einer Schlacht, glaubte aber nicht an ihre Nähe. Bagration, der Bolkonskij als Vertrauten und Lieblingsadjutanten kannte, nahm ihn mit besonderer Auszeichnung auf, erklärte ihm herablassend, daß wahrscheinlich heute oder morgen eine Schlacht stattfinden würde, und ließ ihm die Wahl, entweder bei ihm zu bleiben oder sich zu der Arrière-Garde zu begeben, um die Ordnung des Rückzugs, »die auch von großer Wichtigkeit sei«, zu beaufsichtigen.

»Übrigens wird es heute wohl kaum zu einem Treffen kommen«, sagte er, wie zur Beruhigung des Fürsten Andrej, und in Gedanken fügte er hinzu: »Ist er einer von den gewöhnlichen Stabs-Stutzern, die nur hergeschickt werden, um einen Orden zu erlangen, so mag er sich diese Auszeichnung in der Arrière-Garde suchen; will er aber bei mir bleiben, so kann er das tun, und wird sich, wenn er ein tapferer Offizier ist, nützlich zu machen wissen.«

Fürst Andrej bat vor allem um die Erlaubnis, die Positionen in Augenschein nehmen und die Stellung der Regimenter kennenlernen zu dürfen, um im Falle eines Auftrags zu wissen, wohin er reiten müsse.

Der Offizier *du jour*, ein schöner, sorgfältig gekleideter Mann, der einen Diamantring auf dem Zeigefinger trug und ebenso schlecht als gern französisch sprach, bot sich dem Fürsten Andrej als Begleiter an.

Überall trafen sie auf durchnäßte, verdrießlich aussehende Offiziere und Soldatentrupps, die aus dem Dorfe Türen, Bänke und Zäune herbeischleppten.

Das können wir diesem Volke nicht abgewöhnen, Fürst, sagte der Stabsoffizier, indem er auf die Leute zeigte. Die Anführer, anstatt ihre Untergebenen zu beaufsichtigen, strömen hier zusammen (er zeigte auf die Marketenderzelte) und setzen sich fest. Heute morgen erst habe ich alles hinausgetrieben, aber Sie sehen, es ist schon wieder voll. Lassen Sie uns heranreiten, Fürst, und reine Wirtschaft machen. Es dauert nur einen Augenblick.

Gut, lassen Sie uns hinreiten; ich werde mir bei der Gelegenheit eine Semmel und ein Stück Käse kaufen, sagte Bolkonskij, der noch nichts gegessen hatte.

Warum haben Sie mir das nicht früher gesagt, Fürst! Ich hätte Ihnen von meinem Salz und Brot gegeben.

Sie stiegen von den Pferden und gingen in das Marketenderzelt; einige Offiziere mit roten, ermatteten Gesichtern saßen an den Tischen und aßen und tranken.

Was ist das, meine Herren! rief der Stabsoffizier in dem vorwurfsvollen Tone eines Menschen, der dasselbe schon ein paarmal wiederholt hat. Sie dürfen sich nicht so weit von Ihren Posten entfernen. Der Fürst hat befohlen, daß niemand sich hier aufhalten soll ... Und Sie, Herr Stabskapitän, wandte er sich an einen kleinen hagern, schmutzigen Artillerieoffizier, der ohne Stiefel – er hatte sie dem Marketender zum Trocknen gegeben – in bloßen Strümpfen vor den Eintretenden aufstand und verlegen lächelte, wie, schämen Sie sich denn nicht? fuhr der Stabsoffizier fort. Sie, Kapitän Tuschin, als Artillerieoffizier, sollten doch mit gutem Beispiel vorangehen und sind nun hier ohne Stiefel! Wenn Alarm geschlagen würde, müßten Sie sich in dieser Verfassung vortrefflich ausnehmen. Der Stabsoffizier lächelte und fügte dann in befehlendem Tone hinzu: Auf Ihre Posten, meine Herren, alle, alle!

Auch Fürst Andrej lächelte, unwillkürlich, während er den Kapitän Tuschin beobachtete, der verlegen schweigend von einem Fuß auf den andern trat und mit seinen großen, klugen, guten Augen bald den Fürsten, bald den Stabsoffizier fragend ansah.

Die Soldaten meinten, barfuß wäre am bequemsten, sagte er endlich schüchtern lächelnd, indem er augenscheinlich seine unangenehme Lage durch einen leichten Ton zu verbessern strebte. Aber noch ehe er ausgesprochen hatte, fühlte er, daß sein Scherz keinen Anklang fand, und wurde noch verlegener.

Auf Ihre Posten, meine Herren! wiederholte der Stabsoffizier, indem er ernsthaft zu bleiben suchte.

Fürst Andrej sah noch einmal den Artillerieoffizier an, der etwas Eigentümliches, halb Komisches, halb Militärisches und doch sehr Anziehendes hatte.

Der Stabsoffizier und Fürst Andrej schwangen sich in die Sättel und ritten weiter.

Als sie das Dorf hinter sich gelassen hatten, trafen und überholten sie fortwährend einzelne Abteilungen von Soldaten und Offizieren verschiedener Truppengattungen und gewahrten zur Linken den rotschimmernden Neubau einer Schanze, auf der mehrere Bataillone Soldaten beschäftigt waren. Trotz des kalten Windes gingen sie in Hemdsärmeln und liefen wie weiße Ameisen emsig hin und her, während aus den Gräben unsichtbare Hände unablässig Schaufeln voll roter Tonerde auswarfen. Die Reiter besichtigten die Schanze und ritten weiter. Unmittelbar hinter der Schanze stießen sie auf einige Häuflein Soldaten, die sich immer wieder ablösten und die Schanze herabliefen. Sie mußten sich die Nasen zuhalten und Trab reiten, um der verpesteten Luft, die hier herrschte, zu entkommen.

Sehen Sie, Fürst, das sind die Annehmlichkeiten des Lagerlebens! sagte der Stabsoffizier *du jour*. Sie ritten weiter und erreichten die entgegengesetzte Höhe, von deren Gipfel sie schon das französische Heer erblickten. Fürst Andrej hielt still und sah sich um.

Dort steht unsere Batterie, sagte der Stabsoffizier, auf den höchsten Punkt der Anhöhe deutend. Ihr Kommandant ist der sonderbare Kauz, den wir vorhin barfuß angetroffen haben. Von jenem Platze aus kann man alles übersehen. Wollen wir hinreiten, Fürst?

Ich danke Ihnen, ich kann nun allein hinfinden, antwortete Fürst Andrej, der sich von seinem Begleiter losmachen wollte. Bitte, bemühen Sie sich nicht weiter.

Der Stabsoffizier blieb zurück, und Fürst Andrej ritt allein weiter.

Je mehr er vordrang und sich dem Feinde näherte, um so heiterer und ordentlicher wurde das Ansehen der Truppen. Die größte Unordnung und Niedergeschlagenheit herrschten in der Gegend von Znaim, beim Train, den Bolkonskij am Morgen besichtigt hatte und der etwa anderhalb Meilen von der französischen Armee entfernt war. Auch in Grund zeigte sich noch eine gewisse Hast, eine gewisse Besorgnis vor dem Unbekannten. Aber je näher Fürst Andrej der französischen Vorpostenkette kam, um so strammer und zuversichtlicher wurde die Haltung unserer Truppen. Die in ihre Mäntel gehüllten Soldaten standen in geschlossenen Reihen da; Feldwebel und Kompaniechefs zählten die Leute, indem sie jedem Flügelmann mit dem Finger auf die Brust tippten und ihn die Hand hochheben ließen. Die über die ganze Fläche zerstreuten Soldaten schafften Brennholz und Baumäste herbei und bauten unter fröhlichem Lachen und Schwatzen kleine Baracken. Um die Feuerstellen saßen halbentkleidete Soldaten, welche ihre Mäntel und Stiefel ausbesserten, während andere ihre Hemden und Fußbinden trockneten. Neben den Kesseln, in der Nähe der Grützekocher, hatten sich große Gruppen gelagert; in einer Kompagnie war das Essen eben fertig; die Soldaten blickten mit gierigen Augen auf die dampfenden Kessel und warteten ungeduldig, daß der auf einem Holzblock vor der Baracke sitzende Offizier den Brei koste, den ihm der Proviantverweser in einem hölzernen Napfe reichte.

In einer anderen noch glücklicheren Kompanie – denn nicht alle waren im Besitz von Branntwein – umringten die Soldaten ihren pockennarbigen, breitschultrigen Feldwebel, der ein Fäßchen auskippte und jedem seine Portion in die Deckel der Feldflasche goß. Die Soldaten führten die Deckel mit andächtiger Miene an den Mund, leerten sie, spülten sich den Mund mit dem Branntwein, wischten die Lippen mit dem Mantelärmel ab und traten befriedigt zurück. Ihre Gesichter waren so ruhig, als ob dies alles nicht in geringer Entfernung vom Feinde vor sich ginge und kurz vor einer Schlacht, in der wenigstens die Hälfte der Abteilung das Leben lassen sollte, sondern irgendwo im Vaterlande, in Erwartung einer Friedenseinquartierung. Fürst Andrej passierte ein Jägerregiment und die Kiewschen Grenadiere, schmucke Leute, die er bei denselben friedlichen Beschäftigungen traf, und kam nicht weit von der hohen, die andern überragenden Baracke des Regimentskommadeurs an die Front eines Grenadierbataillons, vor der ein entkleideter Mensch an der Erde lag. Zwei Soldaten hielten ihn fest, und zwei andere schlugen taktmäßig mit dünnen Ruten seinen entblößten Rücken. Der Gezüchtigte schrie aus vollem Halse, während ein dicker Major vor der Front hin und her ging und, ohne auf das Geschrei zu achten, ununterbrochen mit lauter Stimme wiederholte:

Für den Soldaten ist Stehlen eine Schande, sagte er. Der Soldat soll ehrlich, brav und tapfer sein. Wenn er seine Kameraden bestiehlt, hat er kein Ehrgefühl, ist ein Halunke … immer drauflos! immer drauflos!

Man hörte die Schläge fallen, das verzweifelte Geschrei verstärkte sich.

Immer drauflos! immer drauflos! wiederholte der Major.

Ein junger Offizier, in dessen Gesicht sich Zweifel und Schmerz spiegelten, trat von dem Gezüchtigten zurück und sah den vorbeireitenden Adjutanten fragend an.

Fürst Andrej war an die vordere Reihe gelangt und ritt längs der Front weiter. Auf der rechten und linken Flanke stand unsere Vorpostenkette weit von der des Feindes entfernt, aber im Zentrum, wo morgens die Parlamentärs erschienen waren, standen die beiden Heere so dicht voreinander, daß sie die Gesichter unterscheiden und miteinander sprechen konnten. Außer den auf Vorposten stehenden Soldaten hatte sich auf beiden Seiten eine Menge Neugieriger eingefunden, die lachend die ihnen eigentümlich und fremdartig erscheinenden Gestalten der Feinde betrachteten.

Trotz des Verbotes, sich den Vorposten zu nähern, konnten sich die kommandierenden Offiziere vom frühen Morgen an der Scharen von Neugierigen nicht erwehren. Die Soldaten aber, die in der Postenkette standen wie Leute, die irgendeine Seltenheit vorführten, fanden kein Interesse mehr an den Franzosen, sondern betrachteten die Herankommenden und warteten gelangweilt auf Ablösung. Fürst Andrej hielt an und faßte die Franzosen ins Auge.

Sieh mal, sieh, sagte ein Soldat zu seinem Kameraden, indem er ihm einen russischen Musketier zeigte, der mit einem Offizier an die feindliche Vorpostenkette herangetreten war und mit einem französischen Grenadier einen schnellen, eifrigen Wortwechsel führte. Höre nur, wie er plappern kann! Sogar der Franzose muß ihm das Wort schuldig bleiben. Versuche du's auch einmal, Sidorow!

Still mal, laß mich hören! Da geht es ja wirklich lustig zu, antwortete Sidorow, der als Meister der französischen Sprache galt.

Der Soldat, auf den die Lachenden hindeuteten, war Dolochow, der sich von der linken Flanke, an welcher sein Regiment stand, mit seinem Kompagniechef in die Mitte der Vorpostenkette begeben hatte. Fürst Andrej erkannte ihn und lauschte aufmerksam auf das Gespräch.

Weiter! weiter! mahnte der Hauptmann, indem er sich vorwärts beugte und sich Mühe gab, keines der ihm unverständlichen Worte zu verlieren. Immer drauflos, sagte er. Was will der Kerl?

Dolochow antwortete nicht; er war mit dem französischen

Grenadier in einen heftigen Streit geraten. Sie sprachen, wie sich's von selbst verstand, von dem gegenwärtigen Feldzuge, und der Franzose, der die Russen mit den Österreichern verwechselte, suchte den Beweis zu führen, daß bei Ulm die Russen sich ergeben hätten und geflohen wären, wogegen Dolochow behauptete, die Russen hätten die Franzosen geschlagen.

Sobald man uns befiehlt, euch hier wegzutreiben, werden wir das auch tun, sagte Dolochow am Schlusse seiner Rede.

Nehmt ihr euch nur in acht, daß ihr nicht mitsamt euren Kosaken zu Gefangenen gemacht werdet! rief der französische Grenadier.

Die umstehenden Franzosen lachten laut auf.

Man wird euch tanzen lehren wie zu Suworows Zeiten, sagte Dolochow.

Was schwatzt ihr da? fragte ein Franzose.

Alte Geschichten, antwortete ein anderer, der erriet, daß von früheren Feldzügen die Rede war. Der Kaiser wird es eurem Souvara schon zeigen, so gut wie den anderen.

Bonaparte, fing Dolochow an, aber der Franzose unterbrach ihn.

Es gibt keinen Bonaparte, es gibt nur einen Kaiser! der Teufel soll ..., rief er zornig.

Der Teufel soll euren Kaiser holen! schrie Dolochow, indem er ein grobes Soldatenschimpfwort hinzufügte; dann warf er seine Büchse auf die Schulter und trat zurück.

Lassen Sie uns gehen, Iwan Lukitsch, sagte er zum Kompagniechef.

Das war gutes Französisch! riefen ihm verschiedene Stimmen von den Vorposten zu. Nun bist du daran, Sidorow.

Sidorow blinzelte mit den Augen, wandte sich zu den Franzosen um und schrie ihnen ein paar unverständliche, sinnlose Worte hinüber: Kari, mala, tafa, safi, muter kaskà, wobei er sich bemühte, seiner Stimme ausdrucksvolle Modulationen zu geben.

Ho, ho, ho! Ha, ha, ha! Hu, hu! klang es aus den Reihen der Soldaten, und das fröhliche, gesunde Lachen teilte sich über die Vorpostenkette den Franzosen mit. Man hätte glauben sollen, daß nach dieser Szene nur übriggeblieben wäre, die Flinten in die Luft zu feuern und so schnell wie möglich nach Hause zu marschieren. Aber die Flinten blieben geladen, die Schießscharten der Häuser und Schanzen blickten drohend ins Land, und die abgeprotzten Kanonen standen wie zuvor gegeneinander gerichtet.

XVI

Nachdem Fürst Andrej die ganze Truppenlinie von der rechten bis zur linken Flanke besichtigt hatte, ritt er bergan nach der Batterie, von wo aus, wie ihm der Stabsoffizier gesagt hatte, das ganze Schlachtfeld zu übersehen sein sollte. Bei der letzten der vier abgeprotzten Kanonen stieg er vom Pferde. Vor den Geschützen ging der wachthabende Artillerist auf und nieder. Er salutierte, als er den Offizier erblickte, und setzte auf ein ihm gegebenes Zeichen seine gleichförmige, langweilige Wanderung wieder fort. Hinter den Geschützen standen die Lafetten; weiterhin sah man die geordneten Pferdegeschirre und die Wachtfeuer der Artilleristen. Links, nicht weit von der letzten Kanone, war eine neue Strohhütte errichtet, aus der man die Stimmen mehrerer lebhaft sprechender Offiziere hörte.

Von der Batterie aus konnte Fürst Andrej in der Tat fast alle Teile des russischen Heeres und den größten Teil der Feinde übersehen. Auf einem Hügel, der Batterie gerade gegenüber, erblickte er das Dorf Schöngraben. Links uns rechts konnte er an drei verschiedenen Punkten am Rauch der Wachtfeuer Abteilungen französischer Truppen erkennen, deren größte Anzahl offenbar im Dorfe selbst und jenseits des Berges aufgestellt war. Links vom Dorfe glaubte Fürst Andrej durch den Rauch eine Batterie zu erkennen, vermochte aber nicht zu ergründen, ob es wirklich eine solche war. Unsere rechte Flanke hatte auf einer ziemlich steilen Anhöhe, welche die französischen Vorposten beherrschte, Stellung genommen. Auf ihrem Abhange war die Infanterie postiert; am äußersten Rande standen die Dragoner. Vom Zentrum, wo sich Tuschins Batterie befand, führte der geradeste und am wenigsten steile Weg nach dem Flusse hinunter, der uns von Schöngraben trennte. Links lehnten sich unsere Truppen an den Wald, in dem die Feuerstätten unserer Holz fällenden Infanterie rauchten. Die französische Schlachtlinie war bei weitem ausgedehnter als die unsrige, und es ließ sich nicht verkennen, daß sie uns leicht von beiden Seiten einzuschließen vermochte. Hinter unseren Positionen befand sich eine steile, tiefe Schlucht, über welche die Kavallerie und Artillerie schwerlich einen Rückzug bewerkstelligen konnten. Fürst Andrej lehnte sich an eine Kanone, zog sein Taschenbuch hervor und zeichnete den Plan der Positionen auf. An zwei Stellen machte er mit dem Bleistift Notizen, die er Bagration mitteilen wollte. Seiner Ansicht nach mußte die ganze Artillerie im Zentrum zusammengezogen und die Kavallerie an die entgegengesetzte Seite der Schlucht postiert werden. Da Fürst Andrej beständig mit dem Oberbefehlshaber gearbeitet und sowohl die Bewegungen großer Truppenmassen, wie die allgemeinen Kriegsregeln und historischen Schlachtberichte studiert hatte, faßte er auch im vorliegenden Falle die allgemeinen Umrisse der zu bewerkstelligenden Operation, und zwar nach zwei Richtungen, ins Auge. »Wenn der Feind die rechte Flanke angreift,« sagte er zu sich selbst, »so werden die Kiewschen Grenadiere und die Podolischen Jäger gezwungen sein, ihre Positionen so lange zu behaupten, bis die Reserve des Zentrums ihnen Hilfe bringt. In diesem Falle würden die Dragoner die feindliche Flanke angreifen und über den Haufen werfen können. Wird dagegen das Zentrum angegriffen, so stellen wir auf dieser Anhöhe eine Zentralbatterie auf, ziehen unter ihrem Schutz die linke Flanke zusammen und gehen in Echelons bis an die Schlucht zurück« ... Während Fürst Andrej an der Kanone stand, hörte er immerfort die Stimmen der Offiziere, die sich in der Baracke unterhielten, konnte aber nicht ein Wort verstehen. Plötzlich wurde er durch den klangvollen Ton einer dieser Stimmen so gefesselt, daß er unwillkürlich zu lauschen begann.

Nein, mein Freund, sagte die angenehme Stimme, die dem

Fürsten Andrej bekannt erschien, ich glaube, daß sich keiner von uns vor dem Sterben fürchten würde, wenn wir wüßten, was uns nach dem Tode bevorsteht. Überlege nur, lieber Freund ...

Eine zweite, noch jugendlichere Stimme unterbrach ihn.

Fürchten oder nicht fürchten! Das Unvermeidliche muß geschehen.

Und doch fürchten wir uns! fiel eine dritte, rauhe Stimme ein. – Ihr seid gelehrte Herren, ihr Artilleristen, habt ein gutes Leben, könnt alles mitschleppen ... Branntwein und kalte Speisen. Und der Besitzer der rauhen Stimme, offenbar ein Infanterieoffizier, lachte laut auf.

Ja, wir fürchten uns! fuhr die erste, bekannte Stimme fort. Die Ungewißheit ist schrecklich, das läßt sich nicht leugnen. Man hat gut sagen, daß die Seele in den Himmel kommt! ... Wir wissen doch aber, daß es keinen Himmel gibt ... es gibt nur eine Atmosphäre.

Abermals fiel die rauhe Stimme den Artilleristen ins Wort:

Geben Sie mir etwas von Ihrem Kräuterbranntwein, Tuschin, sagte er.

»Es ist der Hauptmann, den ich barfuß bei dem Marketender gesehen habe«, dachte Fürst Andrej, indem er mit Wohlgefallen das angenehme Organ wiedererkannte, das hier philosophierte.

Sollen ihn haben, antwortete Tutschin. Was aber das künftige Leben betrifft ...

Er konnte nicht aussprechen. Es sauste etwas durch die Luft, ... kam näher und näher, der Ton wurde lauter und lauter, eine Kugel fiel, als ob sie sagen wollte, daß sie das Nötige abgesprochen hätten, mit mörderischer Gewalt unweit der Baracke zur Erde, so daß eine Staubwolke aufwirbelte. Der Boden erdröhnte unter dem wuchtigen Schlage, und in demselben Augenblicke stürzte der kleine Tuschin, die Pfeife in den Mundwinkel geklemmt, aus der Baracke hervor. Sein gutes, kluges Gesicht war etwas blaß geworden. Ihm folgte der Besitzer der rauhen Stimme, ein strammer Infanterieoffizier, der so rasch als möglich seiner Kompagnie zueilte und sich unterwegs die Uniform zuknöpfte.

XVII

Fürst Andrej hielt bei der Batterie und betrachtete den Rauch des Geschützes, aus dem die Kugel gekommen war. Sein Blick verlor sich in dem weiten Raume. Er bemerkte, daß die früher regungslosen Massen der Franzosen sich in Bewegung gesetzt hatten, und daß sich zu ihrer Linken eine Batterie befand, über der eine Rauchwolke aufstieg. Zwei französische Reiter, dem Anscheine nach Adjutanten, sprengten über die Höhe, und eine deutlich erkennbare unbedeutende Kolonne des Feindes, die bestimmt schien, die Vorpostenkette zu verstärken, marschierte bergab. Noch hatte sich der Dampf des ersten Schusses nicht verzogen, als ein zweites Geschütz zu rauchen begann und ein neuer Schuß abgefeuert wurde. Die Schlacht begann. Fürst Andrej wandte sein Pferd und ritt den Weg nach Grund zurück, um den Fürsten Bagration aufzusuchen. Er hörte, daß hinter ihm der Geschützdonner dichter und lauter wurde, daß die Schüsse rascher aufeinanderfolgten, und daß die Unsrigen antworteten. Weiter unten, wo die Parlamentärs vorbeigeritten waren, ließen sich Flintenschüsse hören.

Lemarrois war bei Murat angelangt, hatte ihm den zornigen Brief Bonapartes überreicht, und der beschämte Murat, voll Eifer, seinen Fehler gutzumachen, führte sofort seine Truppen den Unsrigen entgegen. In der Hoffnung, die unbedeutende Truppenabteilung, die ihm gegenüberstand, noch vor Einbruch der Nacht und ehe der Kaiser eintraf, erdrükken zu können, ging er gleichzeitig dem Zentrum entgegen und um unsere beiden Flanken herum.

»Es hat begonnen, es ist da!« sagte Fürst Andrej zu sich selbst und fühlte, daß ihm das Blut gewaltiger zum Herzen strömte; »aber wo und wie wird sich mein Toulon offenbaren?«

Während er an den Kompanien vorüberritt, die noch vor einer Viertelstunde Grütze gegessen und Branntwein getrunken, erblickte er überall dieselben raschen Bewegungen der sich ordnenden, zu den Waffen greifenden Soldaten und erkannte in den Mienen aller dasselbe belebende Gefühl, das sein eigenes Herz erfüllte. »Es ist da, es beginnt, das schreckliche, lustige Waffenspiel!« schien das Gesicht jedes Soldaten, jedes Offiziers zu sagen.

Fürst Andrej hatte die neue Schanze noch nicht erreicht, als er in der Dämmerung des trüben Herbsttages einen Reitertrupp auf sich zukommen sah; der Führer, der einen Schimmel ritt und Filzmantel und Feldmütze mit Ohrenklappen trug, war Fürst Bagration. Fürst Andrej hielt still und erwartete ihn; Bagration erkannte ihn, winkte ihn heran und blickte, während ihm Bolkonskij über das, was er gesehen, Bericht erstattete, unverwandt in die Ferne.

»Es hat begonnen! es ist da!« stand auch in dem wetterfesten, dunklen Gesicht des Fürsten Bagration mit den trüben, schläfrigen Augen geschrieben. Voll unruhiger Neugier betrachtete Fürst Andrej das unbewegliche Antlitz; er mühte sich zu erkennen, ob dieser Mann in diesem Augenblick etwas Besonderes dachte und fühlte, und fragte sich, indem er ihn scharf ins Auge faßte: »Ist wohl überhaupt hinter dieser starren Miene etwas verborgen?«

Als Bagration Bolkonskijs Bericht zu Ende gehört hatte, neigte er beistimmend den Kopf und sagte: »Gut!« mit einer Miene, als ob sowohl das, was hier vorging, wie das, was er eben gehört, genau mit dem übereinstimmte, was er erwartet hatte. Fürst Andrej, der von dem schnellen Ritt erregt war, sprach rasch, Bagration aber antwortete mit seinem morgenländischen Akzent in eigentümlich gedehnter Weise, als ob er ausdrücken wollte, daß keine Eile nötig sei. Dann aber setzte er sein Pferd in Trab und begab sich zu Tuschins Batterie. Fürst Andrej schloß sich dem Gefolge Bagrations an, das aus einem Offizier *à la suite*, dem persönlichen Adjutanten des Fürsten, Sherkow, der Ordonnanz, einem Stabsoffizier *du jour*, der einen schönen Stutzschwanz ritt, und einem Zivilbeamten, einem Auditeur, bestand, der sich aus Neugier die Erlaubnis erbeten hatte, die Schlacht mitzumachen. Der Auditeur, ein dicker Mann mit dickem Gesicht und unbefangenem, fröhlichem Lächeln, sah sich nach allen Seiten um, schwankte auf seinem Pferde hin und her und nahm sich in seinem Kamelotmantel, auf einem Trainsattel, umgeben von Husaren, Kosaken und Adjutanten, höchst sonderbar aus.

Er will die Schlacht mit ansehen, sagte Sherkow zu Bolkonskij, indem er auf den Auditeur zeigte; aber er hat jetzt schon Leibschmerzen bekommen.

Hören Sie doch auf! Antwortete der Auditeur mit einem zugleich naiven und listigen Lächeln. Es sah aus, als ob er sich geschmeichelt fühlte, Sherkow zur Zielscheibe zu dienen, und als ob er absichtlich dümmer scheinen wollte, als er eigentlich war.

Sehr sonderbar, *mon monsieur prince!* rief der Stabsoffizier *du jour.* (Er erinnerte sich, daß man im Französischen den Titel »Fürst« in besonderer Weise gebraucht, wußte sich aber damit nicht zurechtzufinden.)

Als sie Tuschins Batterie beinahe erreicht hatten, schlug in geringer Entfernung eine Kugel ein.

Was ist da hingefallen! fragte der Auditeur mit seinem naiven Lächeln.

Ein französischer Eierkuchen, antwortete Sherkow.

Also damit schießt man die Leute tot? ... wie schrecklich! rief der Auditeur und schien sich vor Lustigkeit auflösen zu wollen. Aber kaum hatte er ausgesprochen, als von neuem ein lautes Sausen ertönte, das mit einem Schlag in eine weiche Masse endete und sch-sch-sch-schpp: der Kosak, der rechts hinter dem Auditeur ritt, brach zusammen und stürzte mit dem Pferde zu Boden. Sherkow und der Stabsoffizier *du jour* duckten sich in ihren Sätteln und wandten die Pferde; der Auditeur hielt vor dem Kosaken still und betrachtete ihn aufmerksam und neugierig: der Mann war tot, sein Pferd zuckte noch.

Fürst Bagration kniff die Augen zusammen und sah sich um; aber als er den Grund der Bewegung erkannte, wandte er sich gleichgültig ab, als ob er sagen wollte: Solche Kleinigkeiten zu beachten, ist nicht der Mühe wert! Gleich darauf hielt er mit der Geste eines geschickten Reiters sein Pferd an, bog sich über den Sattel und machte seinen Degen los, der sich in den Filzmantel verwickelt hatte. Es war eine altmodische Waffe, und Fürst Andrej erinnerte sich der Sage, daß Suworow in Italien seinen Degen an Bagration geschenkt haben sollte – eine Erinnerung, die in diesem Augenblicke besonders wohltuend war.

Die Reiter erreichten die Batterie, von der aus Bolkonskij kurz zuvor das Schlachtfeld übersehen hatte.

Wessen Kompagnie? fragte Bagration den Feuerwerker, der am Munitionswagen stand.

Obwohl er nichts weiter sagte, als »wessen Kompagnie?« bedeuteten seine Worte: »Ihr werdet doch keine Furcht haben?« und der rothaarige, mit Sommersprossen bedeckte Feuerwerker verstand diesen verborgenen Sinn.

Die Kompagnie des Hauptmanns Tuschin, Ew. Exzellenz, rief er salutierend mit munterer Stimme.

Richtig, richtig, sagte Bagration, als ob er sich darauf besänne, und näherte sich dem letzten Geschütz. Als er heranritt, ertönte daraus ein Schuß, der ihn und sein Gefolge für einen Augenblick betäubte. In dem Rauch, der plötzlich alles umhüllte, sah man die Gestalten der Artilleristen, welche die Kanone schnell auf den früheren Platz zurückzogen. Der große breitschultrige Kanonier, Nummer Eins, mit dem Stückputzer sprang breitbeinig an das Rad zurück, während Nummer Zwei mit zitternder Hand die Ladung einlegte; ein kleiner Mann mit gewölbtem Rücken, der Offizier Tuschin, lief über das Gestell stolpernd vorwärts, ohne den Befehlshaber zu bemerken, und blickte unter seiner kleinen Hand hervor in die Ferne.

Noch zwei Linien vorwärts, damit ist's richtig! rief er mit seiner sanften Stimme, indem er ihr einen kecken Ausdruck zu geben suchte, der nicht zu seinem Äußeren paßte. Nummer Zwei! Schieß los, Medwjedew!

Bagration rief den Offizier heran, und Tuschin trat zu ihm, indem er mit verlegener, linkischer Bewegung drei Finger an die Mütze legte, was mehr dem Segen eines Geistlichen als einem militärischen Gruß ähnlich sah. Obwohl Tuschins Geschütze bestimmt waren, dies Tal zu bestreichen, feuerte er mit Brandkugeln nach dem gegenüberliegenden Dorfe Schöngraben, aus dem sich große Massen Franzosen hervordrängten.

Niemand hatte Tuschin Befehl gegeben, wie und wohin er feuern sollte. Er hatte seinen Feldwebel Sachartschenko, für den er große Achtung hegte, zu Rate gezogen und war mit ihm übereingekommen, daß es vorteilhaft sein würde, das

Dorf in Brand zu schießen. Gut, sagte Bagration, nachdem er den Bericht des Offiziers angehört hatte, und übersah das Schlachtfeld, als ob er etwas zu bedenken schien. Zur Rechten waren die Franzosen am nächsten herangekommen. Im Flußtale, am Fuße des Hügels, auf dem das Kiewsche Regiment stand, hörte man das herzbeklemmende unaufhörliche Knallen der Gewehre, und noch weiter rechts, hinter den Dragonern, zeigte der Offizier *à la suite* dem Fürsten eine feindliche Kolonne, die unsere Flanke umging. Links war der Horizont durch einen nahe liegenden Wald begrenzt. Fürst Bagration befahl, zwei Bataillone des Zentrums zur Unterstützung der rechten Flanke abzuschicken. Der Offizier *à la suite* erlaubte sich zu bemerken: Wenn diese Bataillone abmarschierten, würde die Batterie ohne Deckung bleiben. Fürst Bagration wandte sich um und betrachtete den Offizier schweigend mit seinen trüben Augen. Fürst Andrej fand die Bemerkung richtig und glaubte, Bagration würde zustimmen; aber in diesem Moment sprengte ein Adjutant des im Tale stehenden Regimentskommandeurs heran und meldete, daß das Regiment aufgelöst sei und sich zu den Kiewschen Grenadieren zurückzöge. Fürst Bagration neigte zustimmend das Haupt, begab sich im Schritt nach rechts und sandte einen Adjutanten an die Dragoner mit dem Befehl, den Feind zu attackieren. Aber nach einer halben Stunde kam der Adjutant mit der Nachricht zurück, daß sich der Kommandeur der Dragoner hinter die Schlucht zurückgezogen hätte. Er wäre einem starken Feuer ausgesetzt gewesen, hätte ganz nutzlos eine Menge Leute verloren und sich deshalb bewogen gefühlt, sie im Walde absitzen zu lassen.

Gut! sagte Bagration.

Als er gleich darauf die Batterie verließ, hörte man auch schon links im Walde Schüsse fallen; da aber die Entfernung von der linken Flanke zu bedeutend war, als daß er selbst zeitig genug hätte hinkommen können, schickte er Sherkow mit dem Auftrage ab, dem ältesten General – demselben, welcher bei Braunau Kutusow das Regiment vorgeführt hatte – den Befehl zu bringen, sich so schnell als möglich hinter die Schlucht zurückzuziehen, weil die rechte Flanke wahrscheinlich nicht imstande sein würde, den Feind längere Zeit aufzuhalten. Tuschin und das ihn deckende Bataillon wurden dabei nicht berücksichtigt. Fürst Andrej lauschte aufmerksam auf die Worte Bagrations und bemerkte zu seiner Verwunderung, daß dieser keinen Befehl erteilte, sondern sich nur das Ansehen zu geben suchte, als ob alles, was die Notwendigkeit, der Zufall oder die Anordnungen der verschiedenen Anführer herbeigeführt, wenn es auch nicht auf seinen ausdrücklichen Befehl geschehen war, doch mit seinen Absichten übereinstimmte. Bagration bewies dabei den größten Takt, und Fürst Andrej überzeugte sich, daß trotz aller Zufälligkeiten und trotz der Unabhängigkeit der Ereignisse vom Willen des Oberbefehlshabers, seine Gegenwart von großem Nutzen war. Die Anführer, die mit verstörten Mienen an Bagration heranritten, wurden zuversichtlicher; Soldaten und Offiziere begrüßten ihn mit Freuden, und alle waren angeregt, solange er in ihrer Nähe blieb, und gaben sich offenbar Mühe, ihre Tapferkeit zu beweisen.

XVIII

Nachdem Fürst Bagration den höchsten Punkt unserer rechten Flanke erreicht hatte, ritt er bergab, der Richtung zu, aus der ein ununterbrochenes Schießen gehört wurde, vor Pulverdampf aber nichts zu sehen war. Je tiefer sie ins Tal hinunterkamen, um so schwerer fiel es ihnen, etwas zu unterscheiden, um so stärker aber fühlten sie die Nähe des eigentlichen Schlachtfeldes. Eine Menge Verwundeter kam ihnen entgegen. Der eine, mit blutendem Kopfe und ohne Mütze, wurde von zwei Soldaten geführt, die ihn unter den Armen stützten; er röchelte und spuckte, die Kugel hatte ihn entweder in den Mund oder in die Kehle getroffen. Ein anderer ging mutigen Schrittes, ohne Gewehr, allein seines Weges, stöhnte laut und schlenkerte in heftigem Schmerz mit dem Arme, aus dem das Blut wie aus einem Gefäß über den Mantel floß. Dennoch sah er mehr erschreckt als leidend aus; er war eben erst verwundet. Die Reiter kreuzten die Fahrstraße; der Abhang wurde immer steiler, und sie fanden mehrere zu Boden gestreckte Soldaten. Dann begegnete ihnen ein Trupp von Leuten, unter denen sich viele Unverwundete befanden; sie gingen den Berg hinauf, atmeten schwer, und obwohl sie den General bemerkten, sprachen sie laut miteinander und schlenkerten mit den Armen. Weiter vorn, im Pulverrauch, erkannte man bereits dichte Reihen grauer Mäntel. Ein Offizier, der Bagration erblickte, lief schreiend den bergauf eilenden Soldaten nach und forderte sie auf, zurückzukehren. Bagration näherte sich den Reihen, wo bald hier, bald dort Schüsse knallten und das Gespräch und die Kommandoworte übertönten. Die Luft war ganz von Pulverdampf erfüllt. Die Gesichter der Soldaten waren schwarz vom Rauch. Einige der Soldaten hatten mit den Ladestöcken zu tun, andere schütteten Pulver auf die Pfannen oder zogen Patronen hervor, noch andere feuerten; aber wohin die Schüsse fielen, ließ der schwere Pulverdampf, den kein Windhauch zerstreute, nicht erkennen; man hörte nur immer wieder den angenehmen Ton des Summens und Pfeifens. »Was ist das hier?« dachte Fürst Andrej, während er heranritt. »Eine Vorpostenkette ist es nicht, denn die Leute stehen in Gruppen; von einer Attacke kann auch nicht die Rede sein, denn sie bleiben unbeweglich stehen, und ebensowenig haben sie ein Karree gebildet.«

Der Regimentskommadeuer, ein hagerer, dem Anscheine nach bereits altersschwacher Greis, näherte sich dem Fürsten Bagration. Auf seinem Antlitz lag ein anmutiges Lächeln, und seine alten Augen waren mehr als zur Hälfte von den Wimpern bedeckt, was ihm ein mildes Aussehen verlieh. Er begrüßte den Fürsten wie ein Hausherr den geehrten Gast und berichtete ihm, daß er mit seinem Regiment der Attacke der französischen Kavallerie standgehalten, trotzdem aber über die Hälfte seiner Leute verloren habe. Wenn er von dem Zurückschlagen der Attacke sprach, so paßte er damit diesen technischen Ausdruck dem, was in Wirklichkeit geschehen war, ganz willkürlich an. In Wahrheit wußte er selbst nicht, was in der letzten halben Stunde mit der ihm anvertrauten Truppe vorgegangen, und konnte nicht mit Gewißheit sagen, ob sein Regiment den Angriff zurückgewiesen hatte oder ob es geschlagen war. Er wußte nur, daß zu Anfang der Aktion Kugeln und Granaten über sein Regiment hinwegflogen und seine Leute niederstreckten, daß bald darauf der Schrei: die Reiterei! ertönte, und daß die Unsrigen begannen, Feuer zu geben. Das Feuer dauerte jetzt noch fort, nicht mehr gegen die Reiterei, die sich zurückgezogen hatte, sondern gegen die französische Infanterie, die im Tale erschienen war und auf unsere Truppen feuerte. Fürst Bagration neigte das Haupt, als wollte er andeuten, daß sich alles nach seinem Wunsch und Plan vollzogen hätte; dann wandte er sich zu seinem Adjutanten und befahl ihm, zwei Bataillone des 6. Jägerregiments, an dem sie eben vorbeigeritten waren, von der Höhe ins Tal zu holen. Fürst Andrej erstaunte über die Veränderung, die sich in diesem Moment mit dem Fürsten Bagration vollzog: Sein Gesicht drückte die eifrige, glückliche Entschlossenheit eines Menschen aus, der an einem heißen Tage im Begriffe ist, sich ins Wasser zu stürzen, und zu diesem Zwecke einen Anlauf nimmt. Der trübe, verschlafene Blick, die erheuchelt tiefsinnige Miene waren verschwunden. Die runden, scharfen Habichtsaugen blickten enthusiastisch und etwas geringschätzig vorwärts, ohne auf einem bestimmten Gegenstande zu ruhen, aber die Bewegungen des Fürsten behielten die frühere Langsamkeit und Gemessenheit.

Der Regimentskommandeur wandte sich zu Bagration und bat ihn, sich zurückzuziehen, da es hier zu gefährlich sei. Um Gottes willen, Durchlaucht, exponieren Sie sich nicht so sehr, sagte er und blickte wie Hilfe suchend auf den Offizier *à la suite,* der sich von ihm abwandte.

Sehen Sie! dabei zeigte er auf die Kugeln, die ohne Unterlaß um sie her pfiffen und sausten, und sprach im Tone der Bitte und des Vorwurfs, etwa wie ein Zimmermann zu einem Herrn sagen würde, der sein Beil zur Hand nehmen wollte: »Unsereins ist damit vertraut, Sie aber werden sich die Hände schwielig machen.« Auch der Regimentskommandeur tat, als ob ihn diese Kugeln nicht treffen könnten, und seine halbgeschlossenen Augen schienen seinen Worten noch größeren Nachdruck zu verleihen.

Der Stabsoffizier stimmte in die Ermahnungen des Regimentskommandeurs ein, aber Bagration antwortete nicht darauf, sondern befahl, das Feuer einzustellen und den heranrückenden zwei Bataillonen Platz zu machen. Während er dies anordnete, schien eine unsichtbare Hand den dichten Rauchvorhang zur Linken zurückzuschlagen, das Tal enthüllte sich, und vor den Augen der Zuschauer stand der gegenüberliegende Berg und die auf seiner Höhe wogenden Franzosen. Aller Augen richteten sich unwillkürlich auf diese feindliche Kolonne, die den Unsrigen entgegenrückte und sich an dem terrassenförmigen Abhange hinschlängelte. Schon waren die Bärenmützen der Soldaten erkennbar, schon konnte man Offiziere und Gemeine voneinander unterscheiden und sehen, wie die Fahne an ihre Stange schlug.

Wie schön sie sich bewegen! sagte eine Stimme aus dem Gefolge Bagrations.

Die Spitze der Kolonne erreichte schon das Tal. Der Zusammenstoß mußte diesseits des Abhanges stattfinden ...

Die Überlebenden des russischen Regiments, das eben im Feuer gewesen war, stellten sich eilig wieder in Reih und Glied und gingen nach rechts, dem Feinde entgegen. Von derselben Seite näherten sich die zwei Bataillone des 6. Jägerregiments. Noch hatten sie Bagration nicht erreicht, aber schon war ihr schwerer, gleichmäßiger Schritt deutlich zu hören. An der linken Flanke ging der Kompagniechef, ein stattlicher Mann, dessen rundes Gesicht von einem glückselig-einfältigen Ausdruck verklärt war, dicht an Bagration vorüber. Es war derselbe, der aus der Baracke herausgekommen war. Offenbar hatte er in diesem Augenblick nur den einen Gedanken, daß er in strammer Haltung an dem Oberbefehlshaber vorbeimarschieren müsse.

Mit einem gewissen militärischen Selbstgefühl ging er so leicht, als ob er schwämme, auf seinen muskulösen Beinen dahin, was ihn von den schwerfällig hinter ihm herschreitenden Soldaten unterschied. Er legte den bloßen schmalen Degen (einen halbrunden kleinen Degen, der kaum wie eine Waffe aussah) an seinen Fuß, saß bald auf die ihm entgegenkommenden Offiziere, bald zurück auf seine Mannschaft, bewegte – ununterbrochen Schritt haltend – seinen ganzen, starken Körper in der stattlichsten Weise und schien alle seine Seelenkräfte darauf gerichtet zu haben, so gut als möglich an dem Kommandeur vorbeizumarschieren. Das Bewußtsein, diese Aufgabe nach Wunsch zu erfüllen, machte ihn glücklich. »Linken ... Linken ... Linken!« schien er bei jedem neuen Schritte in Gedanken auszusprechen, und diesem Takt gemäß bewegte sich auch die Mauer der ernstblickenden Soldaten hinter ihm. Die Leute waren mit ihren Tornistern und Gewehren belastet, schienen aber ebenso gewissenhaft wie der Kompagnieführer die Worte: »Linken ... Linken ... Linken!« zu wiederholen. Der dicke Major machte keuchend einen kleinen Umweg, um ein Gebüsch zu vermeiden; ein zurückgebliebener Soldat holte laufend, mit erschrockenem Gesicht, die Kompanie wieder ein. In diesem Moment sauste eine Kanonenkugel über Bagration und sein Gefolge hin und schlug im Takt des Kommandos »Linken! ... Linken!« in die Kolonne ein. – »Schließt die Reihen!« ertönte die stutzerhafte Stimme des Kompanieführers. Die Soldaten wichen dem Platze aus, wo die Kugel eingeschlagen hatte, und ein alter, dekorierter Unteroffizier, der einen Augenblick bei dem Gefallenen stehengeblieben war, holte seine Reihe wieder ein, machte einen Sprung, um in den rechten Schritt zu fallen, und sah sich drohend um. Die Worte: »Linken! ... Linken! ... Linken!« schienen in dem finstern Schweigen, in dem gleichmäßigen Takt des Marsches hörbar zu werden.

Brav, Kinder! sagte Fürst Bagration.

Gern geschehen! gern geschehen! Durchlaucht ... laucht ... laucht! klang die Antwort aus den Reihen. Ein finsterer Soldat, der an der linken Flanke marschierte, schlug den Blick zu dem Fürsten auf, und seine Miene schien zu sagen: »Wissen selbst, daß es brav war!« Ein zweiter sah sich gar nicht um, als ob er fürchtete, sich zu zerstreuen; er schrie nur gewissenhaft mit und ging vorbei.

Es wurde Halt befohlen und kommandiert, die Tornister abzulegen.

Bagration besichtigte die an ihm vorbeiziehenden Soldaten; dann stieg er vom Pferde, gab die Zügel seinem Kosaken, legte den Filzmantel ab und rückte seine Mütze zurecht. Die Spitze der französischen Kolonne mit den voranschreitenden Offizieren erschien am Fuße des Berges.

In Gottes Namen! rief Bagration mit fester, klarer Stimme, indem er sich an die Truppen wandte, dann ging er mit den Armen schlendernd über das unebene Feld in dem unbeholfenen Schritt eines Kavalleristen, dem es schwerfällt, zu Fuß zu gehen. Fürst Andrej fühlte sich wie von einer unwiderstehlichen, beglückenden Gewalt mit fortgezogen.[1]

Die Franzosen rückten näher. Fürst Andrej, der neben Bagration vorwärtsschritt, konnte schon deutlich das Lederzeug, die roten Achselklappen, selbst die Gesichter der Franzosen erkennen. (Er sah ganz deutlich einen alten französischen Offizier, der mit auswärts gesetzten Füßen, in seinen Niederschuhen, mühsam an den Sträuchern einherkletternd, den Berg hinaufging.) Bagration gab keine neuen Befehle und ging schweigend an den geschlossenen Reihen hin. Plötzlich ertönte aus dem feindlichen Heere ein Schuß, ein zweiter, ein dritter ... und längs der ganzen aus der Ordnung geratenen feindlichen Front zog sich eine Rauchwolke hin und knallten die Gewehre. Einige von den Unsrigen fielen zu Boden, unter ihnen auch der Offizier mit dem runden Gesicht, der so heiter und selbstgefällig vorbeimarschiert war.

In demselben Augenblick, wo der erste Schuß fiel, wandte sich Bagration um und schrie: »Hurra!«

»Hurra-a-a-a!« ertönte der Ruf die ganze Linie entlang, und den Fürsten Bagration überholend, liefen unsere Truppen – eine ungeordnete, aber fröhliche, lebhafte Menge – den Abhang hinunter, um die aufgelösten Reihen der Franzosen zu verfolgen.

1 Dies war die Attacke, von welcher Thiers sagte: »Die Russen hielten sich tapfer, und man sah – was im Kriege selten ist – zwei Massen Infanterie entschlossen auf einander losgehen, ohne daß eine von ihnen vor dem Zusammenstoß gewichen wäre.« – Und Napoleon sagte auf St. Helena: »Einige russische Bataillone bewiesen ihre gewohnte Unerschrockenheit.«

XIX

Die Attacke des 6. Jägerregiments sicherte den Rückzug der rechten Flanke, und im Zentrum wurde die Bewegung der Franzosen durch das Feuer der vergessenen Batterie Tuschins – die auch Schöngraben in Brand geschossen hatte – gehemmt. Der Rückmarsch des Zentrums über die Schlucht geschah mit Lärm und Eile, aber die zurückweichenden Truppen gerieten nicht in Verwirrung. Die linke Flanke dagegen, die zu derselben Zeit von einer überlegenen, von Lannes kommandierten französischen Kolonne angegriffen wurde – sie bestand aus dem Asowschen und Podolischen Infanterieregiment und dem Pawlogradschen Husaren – geriet in völlige Auflösung. Bagration schickte Sherkow zu dem General der linken Flanke mit dem Befehl, sich sofort zurückzuziehen.

Ohne die Hand von der Mütze zu nehmen, setzte Sherkow sein Pferd in Trab und ritt keck von dannen. Aber kaum hatte er sich von Bagration entfernt, als ihn der Mut verließ. Er fühlte sich von unbezwinglicher Furcht übermannt, konnte sich nicht entschließen, der Gefahr die Stirn zu bieten, und ritt, als er sich der linken Flanke näherte, nicht weiter im Bereich der Schüsse vorwärts, sondern suchte den General und die kommandierenden Offiziere, wo er sie unmöglich finden konnte. Sein Auftrag blieb also unerfüllt.

Das Kommando über die linke Flanke hatte nach seinem Dienstalter der Kommandeur des Regiments, der sich bei Braunau Kutusow vorgestellt hatte, und in dem Dolochow als Gemeiner diente; der Befehl über die am äußersten Ende stehenden Pawlogradschen Husaren war dem Kommandeur übertragen, unter dem Rostow diente. Hieraus entsprangen allerlei Mißstände.

Die beiden Anführer waren aufs höchste gegeneinander erbittert, und als das Gefecht auf der rechten Flanke längst begonnen hatte und die Franzosen den Angriff weiter ausdehnten, waren die beiden Kommandeure in eine Unterredung vertieft, die auf gegenseitige Beleidigungen hinauslief. Ihre Regimenter, Kavallerie wie Infanterie, hatten sich inzwischen auch nicht um die bevorstehende Schlacht gekümmert, sondern waren vom Soldaten bis zum Anführer mit friedlichen Dingen beschäftigt. Die Kavallerie fütterte ihre Pferde, und die Infanterie machte sich mit Holzsammeln zu tun.

Er hat aber einen höheren Rang als ich, sagte der Husarenoberst, der Deutsche, mit Erröten zu dem herbeireitenden Adjutanten. Er mag also nach seinem Belieben handeln ... Ich kann meine Husaren nicht unnütz opfern. Trompeter, Rückzug blasen!

Aber die Sache wurde immer ernster. Kanonenschüsse und Gewehrsalven vermischten sich und ertönten sowohl vom Zentrum wie von der Rechten her. Lannes' Schützen überschritten bereits den Mühlendamm und stellten sich diesseits in einer Entfernung von zwei Büchsenschüssen auf. Der Infanterieoberst ging mit seinen elastischen Schritten an sein Pferd heran, schwang sich in den Sattel, wurde plötzlich hoch und steif und ritt zu dem Pawlogradschen Regimentskommandeur, worauf sich die beiden mit äußerer Höflichkeit und innerlichem Groll begrüßten.

Ich wiederhole Ihnen, Oberst, sagte der General, daß ich nicht Lust habe, die Hälfte meiner Leute im Wald zu lassen. Ich bitte Sie, bitte Sie, wiederholte er mit Nachdruck, die Position einzunehmen und sich zum Angriff fertigzumachen.

Und ich bitte Sie, sich nicht in anderer Leute Angelegenheiten einzumischen, antwortete der Oberst ärgerlich. Wären Sie Kavallerist ...

Ich bin nicht Kavallerist, aber ich bin russischer General, und wenn Sie das nicht wissen ...

Das weiß ich sehr wohl, Exzellenz! rief der Oberst, indem er feuerrot wurde und sein Pferd vorwärtstrieb. Wenn es Ihnen gefällig wäre, an die Vorpostenkette zu reiten, würden Sie sich überzeugen, daß die Position nicht zu behaupten ist. Ich mag nicht mein Regiment zu Ihrem Vergnügen niedermetzeln lassen.

Sie vergessen sich, Oberst. Von meinem Vergnügen ist hier nicht die Rede, und ich erlaube niemand, mir dergleichen nachzusagen.

Übrigens war der General bereit, die Aufforderung des Obersten zum Wettkampf der Tapferkeit anzunehmen. Er warf sich in die Brust, machte ein finsteres Gesicht und ritt mit ihm nach der Vorpostenkette, als ob sich die Streitigkeit nur da, inmitten des Kugelregens erledigen ließe. Als sie daselbst ankamen, pfiffen sofort einige Kugeln über ihre Köpfe. Sie hielten schweigend ihre Pferde an. Neues war hier nicht zu sehen; schon von ihrem früheren Platze aus war es deutlich, daß in Gräben und Buschwerk für die Kavallerie nichts zu machen war, und daß die Franzosen den linken Flügel umgingen.

Der General und der Oberst warfen sich strenge, vielsagende Blicke zu, wie zwei Hähne, die bereit sind, sich anzugreifen, und vergebens auf ein Zeichen der Furcht von seitens des Gegners warten. Beide bestanden die Prüfung. Da sie nichts zu sagen wußten und weder der eine noch der andere zu dem Vorwurf Anlaß geben wollte, daß er zuerst aus dem Kugelregen weggeritten, so würden sie noch lange auf demselben Platze geblieben sein und gegenseitig ihre Tapferkeit erprobt haben, wäre nicht in diesem Augenblick beinahe unmittelbar hinter ihnen im Walde verworrenes Geschrei und Gewehrknattern laut geworden. Die Franzosen hatten die Soldaten, die im Walde Holz sammelten, überfallen. Nun war den Husaren die Möglichkeit genommen, sich mit der Infanterie zusammen zurückzuziehen; der Ausweg nach links war ihnen durch die französische Vorpostenkette abgeschnitten, und so war jetzt, trotz des gefährlichen Terrains, die Attacke notwendig. Nur dadurch konnten sie sich den Weg bahnen.

Eben hatte sich die Schwadron, in der Rostow diente, aufs Pferd geschwungen und stand dem Feinde gegenüber. Wie auf der Enns-Brücke waren sie auch hier durch nichts vom Feinde getrennt als durch die Grenze der entsetzlichen Ungewißheit, welche das Leben von dem Tode scheidet. Alle fühlten die Trennungslinie, und alle waren von der Frage bewegt: ob und auf welche Weise sie diese Linie überschreiten würden.

Der Oberst ritt an der Front entlang, antwortete kurz auf

die Fragen der Offiziere und erteilte seine Befehle mit dem Aussehen eines Menschen, der verzweifelnd auf seinem Willen besteht. Noch war kein bestimmter Befehl gegeben, dennoch war in der Schwadron bereits von der Attacke die Rede. Jetzt ertönte ein Kommandowort; rasselnd flogen die Säbel aus den Scheiden, aber noch bewegte sich niemand. Die Truppen der linken Flanke – Infanterie sowohl wie Husaren – fühlten, daß die Anführer nicht ganz Herr ihrer Handlungen waren, und ihre Unentschlossenheit teilte sich den Soldaten mit.

»Wenn es nur schneller ginge«, dachte Rostow. Er fühlte, daß der Moment gekommen war, die Luft der Attacke – von der er so viel von seinen Kameraden, den Husaren, gehört hatte – kennenzulernen.

In Gottes Namen, Kinder, vorwärts, Trab! Marsch! erklang Denissows Stimme.

Die Pferde setzten sich in Bewegung; Gratschik legte sich in die Zügel und folgte den anderen aus freiem Antriebe.

Rechts sah Rostow die vordersten Reihen der Husaren, und weiter in der Ferne erblickte er eine dunkle Linie, die er nicht unterscheiden konnte, aber für feindliche Truppen hielt. Von weitem ließen sich Schüsse hören.

Schneller im Trab! ertönte das Kommando, und Rostow fühlte, wie sein Gratschik stieg und sich in Galopp setzte. Er hatte diese Bewegung seines Pferdes vorhergewußt und wurde heiterer und heiterer. Vor sich bemerkte er einen einsamen Baum; anfangs stand er in der Mitte zwischen ihm und der Linie, die ihm so drohend erschien. Jetzt war diese Linie erreicht, und hinter ihr fand er nicht nur nichts Furchtbares, sondern wurde immer fröhlicher und mutiger.

»Oh, wie ich dreinhauen werden!« dachte Rostow, indem er den Säbel fester umfaßte. – Hur-r-a-a! erklang es von vielen Stimmen.

»Wenn ich jetzt einen Feind träfe!« dachte Rostow, spornte seinen Gratschik an und ließ ihn, die anderen überholend, in vollem Galopp ausgreifen.

Weiterhin zeigten sich die feindlichen Truppen. Plötzlich prallte etwas, wie ein breiter Besen, an die Schwadron an.

Rostow erhob den Säbel und machte sich zum Angriff bereit, aber in diesem Augenblicke trennte sich der vorausreitende Husar Nikitenko von ihm, und Rostow fühlte wie im Schlafe, daß er zu gleicher Zeit mit übernatürlicher Geschwindigkeit vorwärtssprengte und doch auf derselben Stelle blieb. Der ihm bekannte Husar Bandarschuk stieß von hinten mit ihm zusammen, warf ihm einen zornigen Blick zu, riß sein Pferd auf die Seite und stürmte weiter.

»Was heißt das? ich komme nicht weiter? – ich bin gefallen, bin getötet!« fragte und antwortete Rostow in demselben Augenblick. Er war allein mitten im Felde. Statt der drängenden Pferde und der Rücken der Husaren, sah er ringsum die unbewegliche, mit Stoppeln bedeckte Erde. Unter sich fühlte er warmes Blut. »Nein, ich bin verwundet, und das Pferd ist getötet.« Gratschik versuchte sich auf die Vorderfüße zu heben, stürzte jedoch wieder zusammen und quetschte seinem Reiter das Bein. Dem Kopfe des Tieres entströmte Blut, es zuckte und konnte sich nicht mehr aufrichten. Rostow wollte sich erheben und fiel auch wieder zurück; seine Säbeltasche hatte sich am Sattel festgehakt. Wo die Unsrigen, wo die Franzosen waren, konnte er nicht unterscheiden. In seiner Nähe befand sich niemand.

Nachdem er sein Bein losgemacht hatte, stand er auf. »Wo, auf welcher Seite war nun die Linie, die beide Heere so scharf voneinander zu trennen schienen?« Er legte sich diese Frage vor, konnte sie aber nicht beantworten. »Ist mir nicht etwas zugestoßen, und was habe ich nun zu tun?« fragte er weiter, indem er sich aufrichtete, und zu gleicher Zeit fühlte er, daß etwas Überflüssiges an seinem linken, eingeschlafenen Arme hing. Die Hand schien ihm nicht mehr zu gehören. Er betrachtete sie sorgfältig von allen Seiten und suchte vergebens nach Blutspuren. »Da kommen Leute«, sagte er freudig zu sich selbst, als er einige Gestalten gewahrte, die rasch auf ihn zuliefen, »die werden mir helfen«.

Den übrigen voran lief ein Soldat in einem sonderbaren Tschako und einem blauen Mantel, mit einem dunkeln, von der Sonne gebräunten Gesicht und einer gebogenen Nase. Hinter ihm kamen noch zwei und weiterhin mehrere andere. Der erste rief etwas, das nicht wie Russisch klang. Unter den nachfolgenden Leuten, welche dieselben sonderbaren Tschakos trugen, befand sich ein russischer Husar. Sie hielten ihn an den Armen fest, und hinter ihm führte man sein Pferd.

»Das ist gewiß einer von den Unsrigen, den sie gefangen haben ... Na. Wär's möglich, daß man mich auch gefangen nimmt? Und was für Leute mögen das sein? dachte Rostow, der seinen Augen nicht traute. Etwa gar Franzosen?« Er betrachtete die herankommenden Feinde, und obgleich er wenige Minuten früher sich nur danach gesehnt hatte, die Franzosen einzuholen und niederzuhauen, war ihm jetzt ihre Nähe so schrecklich, daß er nicht daran glauben wollte. »Wer sind Sie?... warum laufen sie? ... kommen sie wirklich hierher und warum? – um mich zu töten, mich, den alle so lieb haben!« Er dachte an die Liebe seiner Mutter, seines Vaters, seiner Geschwister und Freunde, und es schien ihm unmöglich, daß die Feinde beabsichtigen könnten, ihn zu töten. »Aber vielleicht wollen sie es doch!« Eine Weile blieb er unbeweglich, ohne seine Lage recht zu begreifen. Der Franzose mit der gebogenen Nase trat so dicht an ihn heran, daß er seine Züge erkennen konnte. Das fremdartige, erhitzte Gesicht dieses Menschen, der sich ihm leichten Schrittes näherte, indem er das Bajonett auf ihn zückte und den Atem anhielt, erschreckte Rostow; er griff nach seiner Pistole, aber statt sie abzufeuern, warf er sie dem Franzosen entgegen und lief, so schnell er konnte, auf das Gebüsch zu. Diesmal lief er nicht mehr mit dem Gefühl des Zweifels und im Kampfe mit sich selbst, wie an der Ennsbrücke, sondern mit der Angst eines vor den Hunden fliehenden Hasen. Die mächtige Empfindung der Furcht um sein junges, glückliches Leben beherrschte sein ganzes Wesen. Er sprang über die Furchen und jagte über das Feld mit derselben Eile, wie er als Kind getan, wenn er Haschen spielte. Zuweilen wandte er sein gutes, junges, blasses Gesicht den Verfolgern zu, und ein Schauer überlief seinen Rücken. »Nein, ich werde mich lieber nicht umsehen«, dachte er und wandte doch noch einmal den Kopf, als er den Saum des Gebüsches erreichte. Die

Franzosen waren zurückgeblieben, und in dem Moment, als Rostow sich umsah, ging der Vorderste im Schritt, hatte sich seinen Kameraden zugewandt und schrie ihnen laut etwas zu. Rostow blieb stehen. »Es war ein Irrtum«, dachte er; »sie können nicht die Absicht haben, mich zu töten!« Gleichzeitig aber fühlte er, daß sein linker Arm so schwer war, als ob man ein Gewicht von zwei Pud daran gehängt hätte. Er konnte nicht weiter; auch der Franzose blieb stehen und zielte. Rostow schloß die Augen und duckte sich. Jetzt sauste eine Kugel an ihm vorbei, eine zweite ... Er nahm seine letzten Kräfte zusammen, faßte die linke Hand mit der rechten und stürzte sich in das Gebüsch. Hier fand er russische Schützen.

XX

Das im Walde überfallene Infanterieregiment ergriff eilig die Flucht; seine Kompanien gerieten durcheinander und zogen sich in aufgelösten Massen zurück. Einer der Soldaten rief das im Kriege schreckliche, sinnlose Wort: »abgeschnitten!« das sich weiter und weiter verbreitete und alle, die es hörten, mit Entsetzen erfüllte.

Wir sind abgeschnitten, umgangen, verloren! schrien die Fliehenden durcheinander.

Als der Regimentskommandeur hinter sich Gewehrfeuer und Geschrei vernahm, begriff er sogleich, daß seinem Regiment etwas zugestoßen war. Der Gedanke, daß er – ein Offizier, der so viele Jahre lang tadellos gedient und niemals das geringste verschuldet hatte – nachlässig gewesen und nicht zur rechten Zeit die nötigen Befehle erteilt hatte, erschreckte ihn. Er vergaß den widerspenstigen Kavallerieobersten, vergaß seine eigene Generalswürde, vergaß die drohende Gefahr, gab seinem Pferde die Sporen, hielt sich am Sattelbaum fest und sprengte – dem Trieb der Selbsterhaltung Trotz bietend, unter einem Hagel von Kugeln, die ihn überschütteten, aber zum Glück nicht trafen, zu seinem Regimente. Er hatte nur das eine Verlangen: zu erfahren, was vorging und um jeden Preis den Fehler wieder gutzumachen, wenn *er* ihn begangen haben sollte. Er, der zweiundzwanzig Jahre lang als Vorbild gegolten, durfte sich auch jetzt keinem Vorwurf aussetzen.

Im vollen Galopp kam er glücklich an den Franzosen vorüber und erreichte das Feld hinter dem Walde, durch das seine Leute ihren Rückzug bewerkstelligten und, ohne auf das Kommando der Offiziere zu hören, bergab eilten. Der Moment jener moralischen Schwankung, die das Gefühl der Schlachten entscheidet, war gekommen. Er fragte sich nur noch, ob diese aufgelösten Soldatenreihen der Stimme ihres Befehlshabers Folge leisten oder, sich nach ihm umsehend, weiter fliehen würden. Aber trotz des verzweifelten Schreiens des bisher so sehr gefürchteten Kommandeurs, trotz seines zornigen, roten, entstellten Gesichts und seines geschwungenen Degens, liefen die Soldaten weiter, sprachen miteinander, feuerten ihre Gewehre in die Luft und hörten auf kein Kommando. Die moralische Schwankung, die das Schicksal der Schlachten entscheidet, hatte hier zugunsten der Furcht entschieden.

Der General hustete vor Anstrengung und Pulverdampf und hielt in Verzweiflung still. Alles schien verloren; aber plötzlich wichen die verfolgenden Franzosen ohne erkennbare Ursache zurück und verschwanden hinter dem Waldessaum, an dem bald darauf russische Schützen erschienen. Es war Timochins Kompanie, die sich allein im Wald in Kampfordnung erhalten hatte und unvermutet aus einem Graben einen Angriff auf die Franzosen machte. Timochin stürzte den Feinden mit so verzweifeltem Geschrei entgegen, stürmte, nur mit dem Degen bewaffnet, mit so wahnsinniger, trunkener Entschlossenheit auf sie ein, daß sie in Unordnung gerieten, ihre Gewehre fortwarfen und davoneilten. Dolochow, der mit Timochin gleichen Schritt hielt, streckte einen Franzosen zu Boden und nahm einen Offizier gefangen, die fliehenden Russen kehrten zurück, die Bataillone ordneten sich wieder, die Franzosen, die die linke Flanke der Russen beinahe in zwei Teile zerrissen hatten, wurden für einen Moment zurückgedrängt; unsere Reserve hatte Zeit heranzukommen. Der Regimentskommandeur stand mit dem Major

Ekonomow an der Brücke und ließ die zurückkehrenden Kompagnien an sich vorüberziehen, als ein Soldat auf ihn zutrat, seinen Steigbügel erfaßte und sich dicht an ihn herandrängte. Er war mit einem bläulichen Mantel aus feinem Tuch bekleidet, hatte Tornister und Mütze verloren und ein Tuch um den Kopf gebunden. Über seine Schulter hing eine französische Patronentasche, und in der Hand hielt er einen Offiziersdegen. Er sah blaß aus, blickte dem Regimentskommandeur mit den hellblauen Augen frech ins Gesicht und lächelte. Obgleich der General dem Major Befehle erteilte, mußte er den Soldaten anhören.

Da sind zwei Trophäen, Exzellenz, sagte Dolochow, indem er ihm Degen und Patronentasche zeigte. Ich habe einen Offizier gefangengenommen ... habe die Kompanie zusammengehalten ... Er keuchte vor Erschöpfung und sprach in abgerissenen Worten. Die ganze Kompanie kann es bezeugen, fuhr er fort; ich bitte Ew. Exzellenz, sich dessen erinnern zu wollen.

Gut, gut! antwortete der Regimentskommandeur und wandte sich wieder zu dem Major. Dolochow aber blieb stehen, löste das Tuch, nahm es ab, zeigte sein mit Blut getränktes Haar und sagte:

Ich bin mit dem Bajonett verwundet, bin aber trotzdem in der Front geblieben – bitte, erinnern Sie sich dessen, Exzellenz.

Tuschins Batterie war vergessen worden, und erst gegen Ende der Schlacht, als die Kanonade im Zentrum noch immer nicht aufhören wollte, sandte Fürst Bagration den Stabsoffizier *du jour* und später den Fürsten Andrej hin, der Batterie den Befehl zum schleunigen Rückzug zu erteilen. Mitten im Kampfe war die Batterie von ihrer Bedeckung verlassen worden. Auf wessen Befehl es geschehen, wußte niemand, aber trotzdem setzte sie ihr Feuer ununterbrochen fort und wurde nicht vom Feinde genommen, weil dieser nicht vermuten konnte, daß vier unbeschützte Kanonen die Frechheit haben könnten, ihn zu belästigen. Nach der energischen Haltung der Batterie vermuteten die Franzosen, daß die russischen Hauptkräfte im Zentrum zusammengezogen wären, und versuchten zweimal auf diesen Punkt einen Angriff, wurden aber durch das starke Kartätschenfeuer dieser vier vereinsamten Geschütze zurückgeworfen.

Bald nach dem Aufbruch des Fürsten Bagration war es Tuschin gelungen, Schöngraben in Brand zu schießen.

Seht, welche Verwirrung! ... es brennt! ... wie stark es raucht!... gut gezielt! prachtvoll ! ... seht mal den Rauch! riefen die Kanoniere, die in fröhliche Bewegung gerieten.

Alle Geschütze feuerten, ohne weitere Befehle zu erwarten, in der Richtung des Brandes, und als ob sie sich antreiben wollten, riefen die Kanoniere bei jedem Schuß: Gut gezielt! ... recht so, recht so! ... Das vom Winde angefachte Feuer griff schnell um sich, und die französischen Kolonnen, die sich aus dem Dorfe vorgedrängt hatten, zogen sich wieder zurück. Aber nun stellte der Feind, der sich für diesen Mißerfolg rächen wollte, rechts vom Dorfe zehn Geschütze auf und fing an, Tutschin zu beschießen.

Die kindliche Freude, die der Brand und die Wirkung unseres Feuers auf die Franzosen bei unseren Artilleristen erregte, verhinderte sie, die feindliche Batterie zu beachten, und sie wurden erst auf sie aufmerksam, als zwei Kugeln zwischen den Geschützen niederfielen, wovon die erste zwei Pferde tötete und die zweite einem der Leute den Fuß wegriß. Die Tapferkeit der Kanoniere erlahmte auch jetzt nicht, aber ihre Stimmung wurde eine andere; sie ersetzten die Pferde, schafften den Verwundeten fort und richteten ihre vier Geschütze gegen die zehn Kanonen des Feindes.

Tuschins Kamerad, der zweite Offizier der Batterie, war zu Anfang der Schlacht gefallen; jetzt wurden im Verlauf einer Stunde von den vierzig Artilleristen der Bemannung siebzehn totgeschossen. Aber die Überlebenden blieben frisch und mutig. Zweimal bemerkten sie, daß sich am Fuße des Berges in ihrer Nähe Franzosen zeigten, und dann beschossen sie sie mit Kartätschen.

Der kleine Hauptmann mit den unsicheren, linkischen Bewegungen ließ sich fortwährend von seinem Diener die Pfeife anzünden, ließ sie wieder ausgehen, lief an die Spitze der

Batterie und sah, mit seiner kleinen Hand die Augen beschattend, zu den Franzosen hinüber.

Feuer, Kinder! rief er immer wieder, packte selbst die Geschütze an den Rädern oder schraubte sie auf. Von Rauch umhüllt, betäubt von den unaufhörlichen Schüssen, deren jeder ihn erzittern machte, lief Tuschin, ohne seinen Nasenwärmer aus dem Munde zu legen, von einem Geschütz zum anderen, zielte, zählte die Ladungen, ordnete die Umspannung oder die Fortschaffung der verwundeten oder getöteten Pferde an und kommandierte dazu mit seiner schwachen, dünnen, schüchternen Stimme. Sein Gesicht belebte sich mehr und mehr; nur wenn Leute von seiner Mannschaft verwundet oder getötet wurden, verzog er die Stirn, wandte sich ab und schrie die Leute zornig an, wenn sie wie gewöhnlich zögerten, Verwundete oder Tote fortzuschaffen. Die Soldaten, schöne, kräftige Burschen, blickten wie Kinder, die sich in Bedrängnis fühlen, auf ihren kleinen Befehlshaber, und der Ausdruck seiner Züge spiegelte sich in ihren Mienen.

Inmitten des wachsenden Lärms und Tumults und der Notwendigkeit, aufmerksam und tätig zu sein, fühlte Tuschin nicht die leiseste Regung von Angst. Der Gedanke, daß er schwer verwundet oder getötet werden könnte, kam ihm nicht in den Sinn. Im Gegenteil, er wurde immer heiterer und heiterer. Er hatte die Empfindung, als läge der Moment, da er zuerst den Feind gesehen und seinen ersten Schuß abgefeuert, in weiter Ferne, und als wäre dies Stückchen Feld, wo seine Batterie stand, ein ihm seit langer Zeit bekannter, lieb gewordener Platz. Obwohl er sich aller Vorgänge bewußt war, alles klar begriff, befand er sich in einem fieberhaften, traumhaften Zustande, der an den eines Berauschten erinnerte.

Hinter dem betäubenden Donner seiner Geschütze, hinter dem Pfeifen und Sausen der feindlichen Kugeln, hinter dem Anblick der eifrigen, vor Anstrengung glühenden Mannschaft, hinter dem Blut der Leute und Pferde, hinter den kleinen Rauchwölkchen, die der feindlichen Batterie entstiegen, hinter allen diesen Dingen hatte sich in seinem Kopfe eine phantastische Welt aufgebaut, welche in diesem Augenblicke seine Freude war. In seiner Phantasie erschienen ihm die feindlichen Kanonen nicht als Geschütze, sondern wie Pfeifen, aus denen ein unsichtbarer Raucher von Zeit zu Zeit eine Dampfwolke aufblies.

Da, er hat wieder einen Zug getan! flüsterte Tuschin vor sich hin, als er auf dem Berge eine Rauchwolke aufsteigen sah, die der Wind in Streifen nach links trieb; nun haben wir einen Ball zu erwarten und müssen auch einen hinüberschicken.

Was befehlen, Ew. Gnaden? fragte der Feuerwerker, der neben ihm stand und sein Murmeln gehört hatte.

Nichts ... eine Granate, antwortete Tuschin.

»Und nun, unsere Matwjewna«, sagte er wieder vor sich hin. Mit dem Namen Matwjewna bezeichnete er in seiner Träumerei die große, altmodische Kanone am äußersten Ende der Batterie; die um die Geschütze beschäftigten Franzosen kamen ihm wie Ameisen vor, und den schönen, kampflustigen Burschen, der als erster Kanonier fungierte, nannte er »Onkel«. Er sah ihn öfter als alle andern und freute sich über jede seiner Bewegungen. Der Klang des bald matter, bald stärker werdenden Gewehrfeuers am Fuße des Berges erinnerte ihn an den Atem eines Menschen, und er lauschte dem Abschwellen und dem Anschwellen dieser Töne mit Aufmerksamkeit.

»Da atmet er schon wieder ... und wie stark!« brummte er und kam sich selbst wie ein Riese vor, der den Franzosen mit beiden Händen eine Kugel nach der andern zuschleudert.

Nun, Matwjewna, mein Mütterchen, laß mich nicht im Stich! sagte er, von dem Geschütz zurücktretend, als er plötzlich über seinem Kopfe eine ihm unbekannte Stimme rufen hörte: Hauptmann Tuschin, Hauptmann!

Erschreckt sah er sich um und erblickte denselben Stabsoffizier, der ihn am Morgen aus Grund verjagt hatte; er schrie ihm mit bebender Stimme zu:

Haben Sie denn den Verstand verloren? Zweimal haben Sie Befehl erhalten, sich zurückzuziehen und statt dessen ...

Habe ich das verdient! dachte Tuschin, indem er den Vorgesetzten voll Bestürzung ansah. Ich … ich habe nichts … stammelte er, zwei Finger an die Mütze legend. Ich …

Aber der Oberst konnte seine Rede nicht zu Ende hören, eine vorbeisausende Kugel zwang ihn, sich auf seinem Pferde zu ducken, und als er etwas sagen wollte, schnitt ihm eine zweite Kugel das Wort ab. Er wandte sein Pferd und ritt wieder fort.

Zurück da, alle zurück! schrie er noch einmal von weitem.

Die Soldaten lachten laut auf. Wenige Minuten später kam ein Adjutant mit demselben Befehle.

Es war Fürst Andrej; das erste, was ihm auffiel, als er sich Tuschins Batterie näherte, war ein ausgespanntes Pferd mit verwundetem Bein, das neben den angeschirrten Pferden stand und laut wieherte. Aus seinem Fuße strömte das Blut wie ein Quell hervor. Zwischen den Lafetten lagen mehrere Tote; eine Kugel nach der andern sauste an ihm vorüber, als er heranritt, und er fühlte einen nervösen Schauer über seinen Rücken streichen. Aber der Gedanke, daß ihn eine Regung der Furcht überkommen könnte, stachelte ihn an. »Ich darf mich nicht fürchten!« sagte er zu sich selbst und stieg zwischen den Geschützen langsam vom Pferde. Er überbrachte Tuschin den Befehl Bagrations, ritt aber nicht wieder fort. Er hatte sich vorgenommen, den Rückzug der Batterie persönlich zu überwachen. Mit Tuschin schritt er über die Leichen und ließ die Geschütze unter dem heftigen Feuer der Franzosen aufprotzen.

Eben ist ein Offizier dagewesen, ist aber schnell wieder abgezogen; nicht wie Ew. Gnaden, sagte der Feuerwerker zu dem Fürsten Andrej.

Fürst Andrej und Tuschin sprachen kein Wort miteinander; sie waren beide so beschäftigt, daß sie sich kaum zu sehen schienen. Als die zwei noch brauchbaren Kanonen instand gebracht waren und sich bergab in Bewegung setzten (eine zerschossene Kanone und eine Haubitze wurden zurückgelassen), ritt Fürst Andrej zu Tuschin heran und sagte, ihm die Hand reichend: auf Wiedersehen!

Auf Wiedersehen, Liebster! Leben Sie wohl, liebe Seele, leben sie wohl, Liebster! antwortete Tuschin, und unwillkürlich traten ihm Tränen in die Augen.

XXI

Der Wind hatte sich gelegt; schwarze Wolken hingen tief auf das Schlachtfeld nieder und vereinigten sich am Horizonte mit dem Pulverrauch. Es wurde finster, und um so deutlicher sah man an zwei verschiedenen Punkten den roten Schein einer Feuersbrunst. Das Kanonenfeuer nahm ab, aber das Knallen der Gewehre im Hintergrunde und zur Rechten erscholl stärker und näher. Kaum hatte sich Tuschin mit seinen Geschützen aus dem Feuer zurückgezogen und die Schlucht erreicht, als ihm ein Trupp Offiziere und Adjutanten begegnete, unter denen sich der Stabsoffizier *du jour* und Sherkow befanden. Der letztere war zweimal zu Tuschin geschickt worden, hatte die Batterie aber beidemal nicht erreicht. Jetzt wollten alle zu gleicher Zeit Befehle erteilen, fielen sich gegenseitig ins Wort und überschütteten Tuschin mit Vorwürfen. Tuschin schien sich nicht daran zu kehren und ritt schweigend hinter den Geschützen auf seinem Artillerieklepper weiter. In Wahrheit fürchtete er sich aber, ein Wort zu sagen, denn ohne sich das Warum erklären zu können, fühlte er sich dem Weinen nahe.

Obwohl befohlen war, die Verwundeten ihrem Schicksal zu überlassen, schleppten sich viele hinter den Truppen her und baten, sie auf die Geschütze zu setzen. Der brave Infanterieoffizier, der vor der Schlacht mit aus Tuschins Baracke herausgestürzt war, lag, von einer Kugel in den Leib getroffen, auf der Lafette der Matwjewna. Am Fuß des Berges trat ein blasser Husarenjunker, der die eine Hand mit der anderen festhielt, auf Tuschin zu und bat um die Erlaubnis, auf eins der Geschütze zu steigen.

Herr Hauptmann, ich bin an der Hand verwundet, sagte er schüchtern. Um Gottes willen … ich kann nicht weiter … um Gottes willen! Es war unverkennbar, daß er seine Bitte schon öfter wiederholt und abschlägigen Bescheid erhalten hatte, denn er sprach in klagendem, zögernden Ton. Befehlen Sie, mir einen Platz zu geben, um Gottes willen! bat er noch einmal.

Laßt ihn aufsitzen, sagte Tuschin. Du, Onkel, leg ihm den Mantel unter, wandte er sich an seinen Liebling. Wo ist denn der verwundete Offizier?

Wir haben ihn abgeladen ... er ist verschieden, antwortete einer der Leute.

Hebt den jungen Menschen hinauf. Setzen Sie sich, mein Lieber. Antonow, breite den Mantel aus.

Der verwundete Junker war Rostow. Er hielt seine linke Hand mit der rechten, war blaß, und sein Unterkiefer zitterte in einem Fieberschauer. Man hob ihn auf die Matwjewna, dasselbe Geschütz, von welchem der gefallene Offizier »abgeladen« war. Der Mantel war mit Blut bedeckt, das Rostows Reithosen und Hände befleckte.

Sind Sie verwundet, mein Täubchen? fragte Tuschin, indem er an das Geschütz herantrat.

Nein, nur eine Quetschung.

Woher kommt denn das Blut an der Lafettenwand? fragte Tuschin weiter.

Diese Blutflecken, Ew. Gnaden, hat der tote Offizier gemacht, antwortete der Kanonier, der offenbar die Unsauberkeit seines Geschützes entschuldigen wollte, und wischte das Blut mit seinem Mantelärmel ab.

Mit Hilfe der Infanterie gelang es unter großen Schwierigkeiten, die Geschütze bergauf zu schaffen, und als die ersten Höhen von Huntersdorf erreicht waren, wurde Halt gemacht. Es war schon so finster, daß man in einer Entfernung von zehn Schritten kaum noch die Uniformen unterscheiden konnte. Das Gewehrfeuer nahm ab. Plötzlich ertönten rechts, ganz in der Nähe, von neuem Gewehrsalven und lautes Geschrei, und in der Finsternis sah man die Schüsse aufblitzen. Es war der letzte Angriff der Franzosen, den die im Dorfe lagernden Soldaten beantworteten. Alle stürzen wieder aus den Häusern hervor. Tuschins Geschütze aber konnten nicht weiter, und die Kanoniere, ihr Hauptmann und Rostow blickten sich schweigend an und erwarteten ihr Schicksal.

Das Gewehrfeuer verstummte jedoch schon nach kurzer Zeit, und aus einer Seitengasse kam ein Trupp Soldaten hervor, die lebhaft durcheinander sprachen.

Lebst du noch, Petrow? fragte der eine.

Wir haben ihnen eingeheizt, Bruder. Jetzt werden sie sich nichts mehr herausnehmen! rief ein anderer.

Man sieht gar nichts mehr ... Wie sie auf die Ihrigen gefeuert haben! Welch eine Finsternis, Bruder! die Hand vor Augen erkennt man nicht mehr ... Habt ihr nicht was zu trinken?

Die Franzosen wurden zum letzten Mal zurückgeschlagen. In der Finsternis setzten sich Tuschins Geschütze abermals in Bewegung, während die lärmende Infanterie eine Art von Rahmen um sie bildete.

Ein unsichtbarer, düsterer Strom, erfüllt von dem wirren Getön menschlicher Stimmen, stampfender Hufe, knarrender Räder, schien sich in der Finsternis vorwärtszuwälzen. Durch den allgemeinen dumpfen Lärm hörte man am deutlichsten das Klagen und Stöhnen der Verwundeten im Dunkel der Nacht. Ihr Jammer schien die ganze Finsternis zu erfüllen, die unsere Truppen umgab; Gestöhn und Dunkelheit schienen eins zu sein. Plötzlich gab sich in dieser gleichmäßig bewegten Masse eine Aufregung kund. Ein Mann auf weißem Pferde ritt mit Gefolge vorbei und ließ einige Worte fallen.

Was hat er gesagt? ... was nun? ... sollen wir Halt machen? ... Ist er zufrieden? tönten von allen Seiten begierige Fragen, und die Menge drängte sich in sich selbst zusammen (die vorderen Reihen schienen stehengeblieben zu sein). Gleich darauf verbreitete sich die Nachricht, es wäre Befehl zum Haltmachen gegeben; alle machten augenblicklich Halt; wo sie gingen und standen, mitten in der schmutzigen Straße.

Die Feuer wurden angezündet, und die Gespräche wurden vernehmlicher. Nachdem Hauptmann Tuschin seiner Mannschaft die nötigen Befehle erteilt hatte, schickte er einen Soldaten ab, um eine Ambulanz oder einen Arzt für den Junker zu suchen, und setzte sich an eins der Soldatenfeuer. Rostow schleppte sich ebenfalls dahin. Sein ganzer Körper bebte in einem von Kälte, Schmerz und Feuchtigkeit hervorgerufenen Fieberschauer. Er war müde, aber der quälende Schmerz in seiner Hand, für die er keine erträgliche Lage finden konnte, ließ ihn nicht einschlafen. Bald schloß er die Augen, bald sah er ins Feuer, das ihm glühend rot erschien, bald betrachtete er die gebückte, schmächtige Gestalt Tuschins, der wie ein Türke mit gekreuzten Beinen am Feuer saß und die großen, gutmütigen, klugen Augen mit dem Ausdruck herzlichen Mitleids auf ihn richtete. Seine Mienen sagten deutlich, daß er lebhaft wünschte, dem Verwundeten zu helfen, aber nicht wußte, wie er es anfangen sollte.

Von allen Seiten erklangen Schritte und Stimmen vorbeiziehender Fußgänger und Reiter und der sich ringsum lagernden Infanterie. Diese Stimmen und Schritte, das Stampfen der im Schmutze wühlenden Pferdehufe, das nahe und ferne Knistern des brennenden Holzes vereinigten sich zu einem brausenden Getöse. Es war nicht mehr ein unsichtbarer Strom, der in der Finsternis dahinfloß, sondern ein düsteres Meer, das sich bebend und wogend nach einem Sturm allmählich zu beruhigen schien. Rostow sah und hörte gedankenlos, was um ihn her geschah. Ein Infanteriesoldat näherte sich dem Feuer, duckte sich nieder, streckte seine Hände der Glut entgegen und wandte sich Tuschin zu.

Erlauben mir Ew. Gnaden? fragte er; ich habe meine Kompagnie verloren, weiß gar nicht, wo sie ist ... ein wahres Unglück!

Nach diesem Soldaten erschien ein Infanterieoffizier mit verbundenem Gesicht und bat Tuschin, seine Geschütze ein ganz klein wenig vorrücken zu lassen, um die Durchfahrt der Proviantwagen zu ermöglichen. Dem Offizier folgten zwei Soldaten; sie schimpften wütend aufeinander los, prügelten sich und rangen um einen Stiefel.

Ja, du bist gescheit ... Du hast ihn wohl gefunden! schrie der eine mit heiserer Stimme.

Darauf trat ein hagerer, blasser Soldat heran, dessen Hals mit einem blutigen Fußlappen verbunden war, und verlangte mit zorniger Stimme zu trinken.

Soll ich denn sterben wie ein Hund! fragte er die Artilleristen.

Tuschin befahl, ihm zu trinken zu geben. Nach ihm kam ein lustiger Soldat gelaufen und bat um Feuer für die Infanterie.

Feuer, heißes, für die Infanterie! ... Ich wünsche euch alles Gute, Kameraden! Wir danken für das Feuer und werden es mit Zinsen zurückgeben, rief er, indem er die rotglühenden Scheite durch die Finsternis hintrug.

Hierauf kamen vier Mann, die etwas Schweres auf einem Mantel trugen, am Feuer vorübergegangen. Einer von ihnen stolperte.

Die Teufelskerle haben mitten in den Weg Holz geworfen! murmelte er.

Was sollen wir ihn weiterschleppen ... er ist tot! sagte ein anderer.

Sei doch still! fiel ihm der dritte ins Wort. – Und sie verschwanden mit ihrer Bürde in der Finsternis.

Nun, tut es sehr weh! wandte sich Tuschin flüsternd zu Rostow.

Ja, es tut weh.

Ew. Gnaden, zum General! ... Sie sind hier nebenan in der Hütte, sagte der Feuerwerker, indem er an Tuschin herantrat.

Gleich, mein Junge! antwortete Tuschin, indem er aufstand. Dann knöpfte er seinen Mantel zu und verschwand im Dunkeln.

Nicht weit vom Feuer der Artilleristen saß Fürst Bagration in der für ihn eingerichteten Hütte beim Essen und unterhielt sich mit einigen Befehlshabern der verschiedenen Truppengattungen, die sich bei ihm versammelt hatten. Da war der Alte mit den halbgeschlossenen Augen, der gierig an einem Hammelknochen nagte; der General, der zweiundzwanzig Jahre lang tadellos gedient hatte und jetzt von einem Glase Schnaps auffallend rot geworden war; der Stabsoffizier mit dem Siegelringe; Sherkow, der unruhig von einem zum andern hinblickte, und der blasse Fürst Andrej mit zusammengekniffenen Lippen und fieberhaft glänzenden Augen.

In einem Winkel der Hütte stand die von den Franzosen erbeutete Fahne, und der Auditeur mit dem naiven Gesicht betastete das Gewebe der Fahne und schüttele wiederholt den Kopf. Vielleicht interessierte ihn die Fahne, vielleicht machte er sich aber auch nur damit zu schaffen, weil es ihm schwer fiel, hungrig dabeizustehen, während die anderen aßen. In der benachbarten Hütte befand sich der von den Dragonern gefangengenommene französische Oberst. Er war von russischen Offizieren umringt, die ihn neugierig betrachteten. Fürst Bagration dankte den kommandierenden Offizieren und fragte nach den Einzelheiten der Schlacht und nach den erlittenen Verlusten. Der Regimentskommandeur, der sich bei Braunau Kutusow vorgestellt hatte, berichtete dem Fürsten, daß er sich zu Anfang der Schlacht, nachdem er die Holz suchenden Leute wieder gesammelt, aus dem Walde zurückgezogen, mit zwei Bataillonen die Franzosen attackiert und sie mit gefälltem Bajonett in die Flucht getrieben habe.

Als ich sah, Durchlaucht, daß das erste Bataillon aufgelöst war, stellte ich mich in den Weg und dachte: »Ich will sie jetzt vorbeilassen, um sie dann mit einem Gewehrfeuer zu begrüßen« ... und so habe ich's auch gemacht.

Der Regimentskommandeur hätte dies wirklich gern getan, und er bedauerte so sehr, daß er es nicht hatte tun können, daß er sich endlich einbildete, es wäre alles zugegangen, wie er es gewünscht. Es hätte ja auch so geschehen können ... und gab es denn eine Möglichkeit, in diesem Wirrwarr festzustellen, was vorgegangen war und was nicht?

Ich muß noch bemerken, Durchlaucht, fuhr er fort, indem er sich an Dolochows Unterredung mit Kutusow und an sein eigenes Zusammentreffen mit dem Degradierten erinnerte, daß der Gemeine, der degradierte Dolochow in meiner Gegenwart einen französischen Offizier gefangengenommen und sich ganz besonders ausgezeichnet hat.

Ich, Durchlaucht, habe die Attacke des Pawlogradschen Regiments mit angesehen, fiel Sherkow ein, indem er unruhig umherblickte. Er hatte den ganzen Tag nicht einen Husaren zu Gesicht bekommen und nur durch Infanterieoffiziere von ihnen gehört. Sie haben zwei Karrees über den Haufen geworfen, Durchlaucht, fügte er hinzu.

Einige der Anwesenden lächelten bei Sherkows Worten, denn wie gewöhnlich erwarteten sie auch jetzt einen Witz von ihm. Aber als sie merkten, daß er ernsthaft von dem Ruhm unserer Waffen Zeugnis gab, machten sie ein ernstes Gesicht, obwohl viele von ihnen wußten, daß er eine haltlose Lüge sagte. Fürst Bagration wandte sich zu dem alten General.

Ich danke Ihnen, meine Herren, sagte er; alle Truppenteile haben sich heldenmütig benommen, Infanterie, Kavallerie und Artillerie. Wie ist's aber gekommen, daß im Zentrum zwei Geschütze verlorengegangen sind? fragte er, mit den Augen umhersuchend (nach den Geschützen der linken Flanke fragte Bagration nicht; er wußte, daß sie hier gleich zu Anfang der Schlacht im Stich gelassen wurden). Ich glaube, Sie danach gefragt zu haben, wandte er sich an den Stabsoffizier *du jour*.

Das eine war zerschossen, antwortete der Angeredete, und das andere ... ich weiß es wirklich nicht, obwohl ich die ganze Zeit zugegen war und alles überwacht habe. Eben bin ich zurückgekommen und muß gestehen, daß es heiß herging, fügte er bescheiden hinzu.

Einer der Anwesenden sagte, daß Hauptmann Tuschin im Dorfe biwakiere, und daß bereits nach ihm geschickt sei.

Sie sind ja auch dort gewesen, Fürst Bolkonskij, bemerkte Bagration, indem er sich zu den Fürsten Andrej wandte.

Ja, wir sind uns begegnet, sagte der Stabsoffizier *du jour*, und lächelte den Fürsten Bolkonskij verbindlich an.

Ich habe nicht das Vergnügen gehabt, Sie zu sehen, antwortete Fürst Andrej kalt und abweisend.

In diesem Augenblicke trat Tuschin in die Tür und sah schüchtern hinter den Generalen hervor. Als er näher kam, wurde er verlegen, wie immer in Gegenwart seiner Vorgesetzten, bemerkte die Fahnenstange nicht und stolperte darüber. Einige der Anwesenden lachten.

Aus welchem Grunde haben Sie Ihr Geschütz zurückgelassen? fragte Bagration und runzelte die Stirn, was weniger dem Hauptmann Tuschin als den Lachenden galt, unter denen Sherkow der lauteste war.

Jetzt erst, da er seinem gestrengen Vorgesetzten gegenüberstand, erschien Tuschin seine Schuld in ihrem ganzen Umfange, und er fühlte sich tief erniedrigt, daß er zwei Geschütze verloren, während er selbst am Leben geblieben war. Bis jetzt war er so aufgeregt gewesen, daß er noch nicht Zeit gehabt hatte, daran zu denken. Das Lachen der Offiziere verstärkte seine Verlegenheit; er stand mit zitterndem Unterkiefer vor Bagration und vermochte kaum die Worte hervorzubringen: Ich weiß nicht, Durchlaucht ... es waren nicht genug Leute da, Durchlaucht ...

So hätten Sie welche von der Bedeckung nehmen sollen!

Daß keine Bedeckung dagewesen, sagte Tuschin nicht, obgleich das die volle Wahrheit war. Er fürchtete dadurch irgendeinen seiner Vorgesetzten bloßzustellen, blieb schweigend stehen und sah Bagration starr ins Gesicht, wie ein Schüler, der seine Aufgabe nicht weiß, dem Lehrer in die Augen sieht.

Das Schweigen dauerte ziemlich lange. Da Fürst Bagration nicht streng verfahren wollte, wußte er nicht recht, was er zu sagen hatte. Die übrigen durften sich nicht einmischen; Fürst Andrej sah den Hauptmann Tuschin verstohlen an, und seine Finger zuckten.

Durchlaucht, unterbrach er endlich das Schweigen mit seiner schneidenden Stimme, Sie geruhten mich nach der Batterie des Hauptmanns Tuschin zu schicken. Ich bin dort gewesen und habe zwei Drittel der Leute und Pferde tot gefunden. Zwei Geschütze waren zerschossen, und Bedeckung war nicht da.

Fürst Bagration und Tuschin wandten sich gleichzeitig nach dem Fürsten Bolkonskij um und sahen ihn unverwandt an, während er mit mühsam unterdrückter Aufregung fortfuhr:

Wenn Durchlaucht mir gestatten wollen, meine Meinung auszusprechen, so muß ich sagen, daß wir den Erfolg des Tages vor allem der Wirkung dieser Batterie und der heldenmütigen Standhaftigkeit des Hauptmanns Tuschin und seiner Mannschaft verdanken. Und ohne auf eine Antwort zu warten, stand er auf und trat vom Tische zurück.

Fürst Bagration sah Tuschin an. Es war ihm offenbar unangenehm, dem entschiedenen Urteil Bolkonskijs gegenüber irgendein Mißtrauen zu zeigen, aber er fühlte sich auch nicht imstande, dem, was er eben gehört, vollen Glauben zu schenken, und neigte den Kopf, um Tuschin anzuzeigen, daß er entlassen sei. Fürst Andrej verließ das Zimmer mit ihm zugleich.

Tausend Dank! Sie haben mich gerettet, mein Täubchen! sagte Tuschin.

Fürst Andrej sah Tuschin an und ging ohne Antwort an ihm vorüber. Er war verstimmt; das Herz war ihm schwer; alles war so sonderbar – so wenig dem ähnlich, was er gehofft hatte.

Wer sind diese Leute? Warum sind sie hier? Was wollen Sie? Und wann wird das alles ein Ende haben?« dachte Rostow, indem er die wechselnden Gestalten betrachtete, die vor seinen Augen vorüberzogen. Der Schmerz in der Hand wurde immer heftiger, die Müdigkeit quälte ihn immer mehr, rote Flecken tanzten ihm vor den Augen, und der Eindruck aller dieser Stimmen und Gesichter und das Gefühl der Verlassenheit vereinigten sich mit dem des Schmerzes. Alle diese Verwundeten und Soldaten waren seine Peiniger. Sie drückten und quälten ihn, rissen ihm alle Sehnen aus dem Leibe und rösteten das Fleisch seiner wunden Hand und seiner Schulter. Endlich versuchte er sich von ihnen zu befreien, indem er die Augen schloß.

Für einen Moment verlor er die Besinnung, und in dieser kurzen Zeit träumte er von unzähligen Dingen: von seiner Mutter und ihren großen, weißen Händen; von Sonjas schmächtigen Schultern, von Nataschas Augen und Lächeln; von Denissow, seiner Stimme und seinem Schnurrbart; von Teljanin und der häßlichen Geschichte mit ihm und Bogdanytsch. Diese ganze Geschichte und jener Soldat, der die schneidende Stimme hatte, waren es, welche Rostows Hand so qualvoll festhielten, sie drückten und mit Gewalt nach einer Seite zogen. Er suchte sich freizumachen, aber sie ließen seine Schulter nicht einen Augenblick los. Sie würde ganz gesund gewesen sein, würde nicht geschmerzt haben, wenn die beiden nicht daran gerissen hätten; aber er konnte sich nicht freimachen.

Er schlug die Augen auf und sah in die Höhe. Der schwarze Schleier der Nacht schien nahezu bis auf den Lichtschein der Kohlen herabzuhängen. In diesem Schein sah er Schneeflocken niederfallen. Tuschin kam nicht zurück; der Arzt ließ sich nicht sehen. Er war allein, nur ein nackter Soldat saß drüben auf der andern Seite des Feuers und wärmte seinen hagern, gelben Körper.

»Niemand vermißt mich!« dachte Rostow, »und niemand hilft mir, niemand bemitleidet mich. Und es gab doch eine Zeit, wo ich bei den Meinigen war, kräftig, fröhlich und geliebt!... Er seufzte, und zu gleicher Zeit rang sich unwillkürlich ein Stöhnen aus seiner Brust hervor.

Tut Ihnen etwas weh? fragte der Soldat, indem er sein Hemd über das Feuer hielt, und ohne die Antwort abzuwarten, fügte er krächzend hinzu: Der heutige Tag hat manchen elend gemacht ... schrecklich!

Rostow hörte seine Worte nicht. Er sah nach den Schneeflocken, die über dem Feuer wirbelten, und dachte an den russischen Winter mit dem warmen, hellen Hause, dem zottigen Pelz, dem leichten Schlitten, dem gesunden Körper und der ganzen Liebe und Sorgfalt der Seinigen. »Warum bin ich mitgezogen?« dachte er.

Am folgenden Tage erneuerten die Franzosen ihren Angriff nicht, und der Überrest der Bagrationschen Abteilungen vereinigte sich mit dem Heere Kutusows.

DRITTE ABTEILUNG

I

Fürst Wassilij pflegte nicht über seine Pläne nachzudenken. Noch weniger dachte er daran, jemandem um seines Vorteils willen etwas Böses zuzufügen. Er war eben nur ein Weltmann, der in der Gesellschaft Erfolge gehabt hatte und dem diese Erfolge zur Gewohnheit geworden waren. Den Umständen und seinen augenblicklichen Verbindungen gemäß entspannen sich in seinem Geiste unablässig allerlei Pläne und Entwürfe, über die er sich selbst nicht klare Rechenschaft gab, die aber doch den Hauptinhalt seines Lebens bildeten. Dieser Pläne und Entwürfe waren immer mehrere im Gange, von denen die einen erst aufkeimten, die andern der Ausführung entgegengingen und die dritten wieder in nichts zerfielen. Er sagte sich zum Beispiel nie: »Dieser Mensch hat jetzt großen Einfluß, ich muß sein Vertrauen und seine Freundschaft gewinnen, um durch ihn die von mir ersehnte Auszeichnung zu erlangen.« Er sagte sich auch nicht: »Pierre ist ein reicher Mann, ich muß ihn in meine Netze ziehen, ihn mit meiner Tochter verheiraten und mir von ihm die 40 000 Rubel borgen, die ich brauche.« Aber sobald ihm eine einflußreiche Persönlichkeit in den Weg kam, flüsterte ihm sein Instinkt zu, dieser Mann könne ihm nützlich sein. Dann schloß sich Fürst Wassilij ihm an, schmeichelte ihm, wurde vertraulich, offenbarte ihm, was er ersehnte, und tat das alles instinktmäßig, ohne jede Vorbereitung, bei der ersten günstigen Gelegenheit.

So hatte er sich denn auch gleich in Moskau Pierres bemächtigt, hatte ihm die Ernennung zum Kammerjunker verschafft – eine Stellung, die zu jener Zeit dem Range eines Staatsrats gleichkam – und hatte endlich darauf bestanden, daß der junge Mann ihm nach Petersburg folge und in seinem Hause absteige. Fürst Wassilij tat alles, was nötig war, um eine Heirat zwischen seiner Tochter und Pierre zustande zu bringen, aber er tat es anscheinend zerstreut und doch zugleich in der unverkennbaren Überzeugung, daß es so und nicht anders sein müsse. Hätte Fürst Wassilij seine Pläne zuvor bedacht, so würde er seine Unbefangenheit, Einfachheit und Vertraulichkeit im Verkehr sowohl mit den über als unter ihm Stehenden verloren haben. Er fühlte sich ganz unwillkürlich zu denen hingezogen, die einflußreicher und begüterter waren als er, und besaß die seltene Kunst, gerade den Augenblick zu erfassen, wo es möglich und erfolgreich war, sich ihrer zu bedienen.

Als Pierre auf unerwartete Weise reich und Graf Besuchow geworden war, sah er sich plötzlich seiner bisherigen Einsamkeit und Untätigkeit entrissen und so umringt und beschäftigt, daß er nur noch im Bette ruhig mit sich allein sein konnte. Er mußte Papiere unterschreiben, mit Behörden verhandeln, von deren Bedeutung er keinen klaren Begriff hatte, dem Oberverwalter Fragen beantworten, auf das bei Moskau gelegene Gut reisen, eine Menge Leute empfangen, die früher nichts von ihm wissen wollten, sich jetzt aber verletzt und gekränkt fühlten, wenn er sie nicht annahm. Alle diese Menschen, Geschäftsleute, Bekannte, Verwandte waren gegen den jungen Erben gleichmäßig freundlich gesinnt, und alle waren von seinen glänzenden Eigenschaften überzeugt. Immer wieder hörte er sagen: »Bei Ihrer außerordentlichen Güte« – oder: »Bei Ihrem liebreichen Herzen« – oder: »Sie selbst, Graf, sind so rein« – oder: »Wenn dieser Mann so klug wäre wie Sie!« und dergleichen mehr, so daß er zu dem festen Glauben kam, in Wirklichkeit außerordentliche Güte und außerordentlichen Verstand zu besitzen, um so mehr, als er im Grunde der Seele immer das stille Bewußtsein gehabt hatte, sehr gut und sehr klug zu sein. Selbst Personen, die früher feindselig gegen ihn gesinnt waren, wurden jetzt freundlich und herzlich. Die älteste Prinzessin mit dem spiegelglatten Haar, die früher so abweisend gegen ihn gewesen war, kam nach dem Begräbnis in Pierres Zimmer, schlug die

Augen nieder, errötete und sprach ihr Bedauern wegen der zwischen ihnen obwaltenden Mißverständnisse aus. Sie fügte hinzu, daß sie sich durchaus nicht berechtigt fühle, um etwas zu bitten, daß sie aber den sehnlichen Wunsch hätte, nach dem harten Schlage, der sie getroffen, noch ein paar Wochen in dem ihr so lieben Hause, wo sie so schwere Opfer gebracht habe, bleiben zu dürfen. Sie konnte sich nicht beherrschen und brach bei diesen Worten in Tränen aus. Pierre war gerührt von der Veränderung, die mit der früher so marmorkalten Prinzessin vorgegangen, ergriff ihre Hand und bat sie, ihm zu vergeben – was, wußte er selbst nicht. Die Prinzessin begann noch denselben Tag, eine gestreifte Schärpe für ihn zu sticken, und war ganz verändert in ihrem Benehmen gegen ihn.

Du könntest das für sie tun, mein Lieber; sie hat viel von dem Seligen ertragen müssen, sagte Fürst Wassilij eines Tages, indem er Pierre ein Papier zur Unterschrift vorlegte. Fürst Wassilij war zu dem Entschluß gekommen, daß der armen Fürstin dieser Knochen, ein Wechsel über 30 000 Rubel, hingeworfen werden müsse, damit sie es sich nicht etwa einfallen ließe, etwas über die Teilnahme des Fürsten Wassilij an der Geschichte mit dem Mosaik-Portefeuille verlauten zu lassen. Pierre unterschrieb, und von nun an war die Prinzessin noch liebenswürdiger. Auch die jüngeren Schwestern benahmen sich sehr herzlich gegen ihn; besonders die jüngste, hübsche, mit dem Leberfleck, setzte Pierre durch ihr Lächeln oft in Verlegenheit.

Übrigens fand Pierre es so selbstverständlich, von allen geliebt zu werden, und hätte es so unnatürlich gefunden, wenn ihm jemand nicht gut gewesen wäre, daß er nicht anders konnte, als an die Aufrichtigkeit seiner Umgebung zu glauben. Außerdem hatte er nicht Zeit, sich zu fragen, ob sie es wirklich aufrichtig meinten oder nicht, denn er war beständig in Anspruch genommen, fühlte sich immerwährend in dem angenehmen Zustande eines leichten, fröhlichen Rausches, fühlte sich als Mittelpunkt eines großen Kreises, einer allgemeinen Bewegung, fühlte, daß man immer etwas Besonderes von ihm erwartete, und daß er viele betrüben würde, wenn er sie in ihrer Erwartung täuschte; tat er aber dies oder jenes, so war alles gut. Und so tat er denn, was von ihm gefordert wurde, wenn auch das Gute, das daraus entstehen sollte, immer wieder ausblieb.

Mehr als alle anderen hatte sich gleich in der ersten Zeit Fürst Wassilij Pierres und seiner Angelegenheiten angenommen. Seit dem Tode des Grafen Besuchow ließ er Pierre nicht los und gab sich dabei das Ansehen eines Mannes, der von Geschäften erdrückt, müde und gequält ist, sich aber trotz alledem nicht dazu verstehen kann, einen unerfahrenen Jüngling dem Zufall und betrügerischen Menschen zu überlasen, um so mehr, als dieser Jüngling doch der Sohn seines Freundes und zudem im Besitze eines so unermeßlichen Vermögens war. Während der wenigen Tage, die Fürst Wassilij nach dem Tode des Grafen Besuchow noch in Moskau zubrachte, ließ er Pierre beständig zu sich rufen oder ging zu ihm und gab ihm über alles, was zu tun war, Vorschriften in einem Tone der Müdigkeit und Bestimmtheit, als ob er jedesmal sagen wollte: »Du weißt, daß ich mit Geschäften überbürdet bin, und daß ich mich nur aus reiner Menschenfreundlichkeit um dich bekümmere; du weißt auch, daß, was ich dir vorschlage, das einzige Zweckmäßige ist.«

Nun, mein Freund, morgen reisen wir endlich ab, sagte er eines Tages, indem er die Augen zukniff und Pierres Ellbogen streichelte, in einem Ton, als wäre das, was er sagte, längst zwischen ihnen verabredet und gar nicht anders einzurichten. Morgen also reisen wir ab, und ich gebe dir einen Platz in meinem Wagen. Ich freue mich sehr, daß wir nun alles Wichtige hier zu Ende gebracht haben … eigentlich hätte ich schon früher fortmüssen! Da habe ich übrigens etwas vom Kanzler erhalten – ich hatte ihn für dich darum gebeten. Du bist in das diplomatische Korps aufgenommen und außerdem zum Kammerjunker ernannt. Die diplomatische Karriere steht dir nun offen.

Trotz des Gewichtes dieser Worte und trotz des müden, zuversichtlichen Tones, in dem sie gesprochen wurden, wollte Pierre, der so lange mit der Wahl seiner Karriere gezögert hatte, etwas einwenden. Fürst Wassilij aber unterbrach ihn mit dem girrenden Baßton, der jede Möglichkeit, ihm zu widersprechen, ausschloß, und zu dem er nur in äußerst wichtigen Fällen, als zum letzten Überredungsmittel, seine Zuflucht nahm.

Aber, mein Lieber, ich habe das zu meiner eigenen Befriedigung getan, und du brauchst mir nicht dafür zu danken. Über zu viel Liebe und Fürsorge braucht man sich nie zu beklagen – du bist ja ganz dein eigener Herr und kannst morgen alles ablehnen, was dir hier geboten wird. Aber sieh nur erst mit eigenen Augen, wie sich die Dinge in Petersburg gestalten. Es ist überdies die höchste Zeit, dich von den schrecklichen Erinnerungen hier im Hause loszureißen. Fürst Wassilij seufzte. Ja, lieber Freund, mein Kammerdiener kann in deinem Wagen fahren ... und noch eins, fügte er hinzu, ich hätte das beinah vergessen! Du weißt, daß ich und der Verstorbene in Abrechnung standen. So habe ich denn auch das Geld von dem Rjasanschen Gute erhoben und möchte es vorläufig behalten ... du brauchst es nicht. Später rechnen wir ab.

Was Fürst Wassilij »das Geld von dem Rjasanschen Gute« nannte, waren einige Tausende Ablösungsgelder, die er für sich behalten hatte.

Wie in Moskau, wurde Pierre auch in Petersburg von einer Atmosphäre der Liebe und Zärtlichkeit umgeben. Er war nicht imstande, der Stellung oder vielmehr dem Range (denn zu tun hatte er nichts), den ihm Fürst Wassilij verschafft hatte, zu entsagen, und es fanden sich eine solche Menge von Bekanntschaften, Einladungen und geselligen Pflichten aller Art, daß Pierre noch in stärkerem Maße als in Moskau von der Empfindung eines nebelhaften, unruhevollen, im Werden begriffenen, aber noch nicht ganz zur Wirklichkeit gewordenen Wohlbehagens erfüllt wurde.

Von den Mitgliedern seines früheren Junggesellenkreises hatten die meisten Petersburg verlassen. Die Garde war ins Feld gezogen, Dolochow war degradiert, Anatol stand mit seinem Regiment in der Provinz, Fürst Andrej befand sich im Auslande. Pierre kam daher nicht mehr dazu, seine Nächte so zu verleben wie ehemals oder sich in einem freundlichen

Gespräch mit seinem älteren, verehrten Freunde das Herz zu erleichtern. Seine Zeit wurde durch Diners und Bälle in Anspruch genommen, und er befand sich größtenteils in Gesellschaft des Fürsten Wassilij, seiner Frau, der dicken Fürstin, und der schönen Helène.

Auch Anna Pawlowna Scherer ließ, wie alle anderen, Pierre merken, daß er jetzt eine andere Stellung in der Gesellschaft einnahm als ehemals.

Früher hatte Pierre in Anna Pawlownas Gegenwart beständig das Gefühl gehabt, daß alles, was er sagte, unschicklich, taktlos, nicht das Richtige war, daß seine Reden, so klug sie ihm selbst erschienen, während er sie in Gedanken vorbereitete, dumm wurden, sobald er sie aussprach, während die stumpfsinnigsten Aussprüche Hippolyts klug und liebenswürdig waren. Nun schien auf einmal alles, was er sagte, »reizend« zu sein. Wenn Anna Pawlowna das auch nicht aussprach, sah er doch, daß sie es dachte und nur aus Rücksicht auf seine Bescheidenheit nicht laut werden ließ.

Zu Anfang des Winters von 1805 auf 1806 erhielt Pierre von Anna Pawlowna den üblichen rosa Einladungsbrief, dem sie hinzugefügt hatte: »Sie werden bei mir die schöne Helène finden, die zu sehen man nie müde wird.«

Als Pierre diese Zeilen las, fühlte er zum ersten Male, daß sich zwischen ihm und Helène ein Verhältnis angeknüpft hatte, das von anderen bemerkt und anerkannt wurde. Diese Entdeckung erschreckte ihn, weil er sich plötzlich Verpflichtungen auferlegt fühlte, die er nicht zu erfüllen vermochte, auf der andern Seite aber war ihm die Voraussetzung auch wieder schmeichelhaft.

Die Gesellschaft bei Anna Pawlowna war der früheren gleich, nur setzte sie ihren Gästen diesmal nicht Mortemar, sondern eine andre Novität vor, einen eben aus Berlin angekommenen Diplomaten, der die allerneuesten Einzelheiten über die Anwesenheit Kaiser Alexanders in Potsdam zu erzählen wußte und ausführlich schilderte, wie die beiden hohen Freunde ein unverbrüchliches Bündnis geschlossen und sich zugeschworen hätten, die gerechte Sache gegen den Feind der Menschheit zu verteidigen. Anna Pawlowna begrüßte Pierre mit einem Anflug von Trauer, die offenbar dem Verluste galt, den der junge Mann eben erlitten hatte, dem Tode des alten Grafen Besuchow. (Alle hielten es für ihre Pflicht, Pierre zu versichern, daß er durch den Tod des Vaters, den er wenig gekannt hatte, tief betrübt sei.) Diese Trauer war jener allerhöchsten Trauer ähnlich, die Anna Pawlowna bei der Erwähnung der erhabenen Kaiserin, Maria Feodorowna zur Schau zu tragen pflegte, und Pierre fühlte sich dadurch geschmeichelt. Mit der ihr eigenen Geschicklichkeit gruppierte Anna Pawlowna die verschiedenen Gruppen ihres Salons. Der große Kreis, in dem sich Fürst Wassilij und verschiedene Generale befanden, genoß den Diplomaten; der zweite Kreis hatte sich um den Teetisch versammelt. Pierre beabsichtigte, sich dem ersten anzuschließen, aber Anna Pawlowna, die sich in der erregten Gemütsverfassung eines Feldherrn auf dem Schlachtfelde befand, der tausend glänzende Gedanken in sich aufsteigen fühlt, zu deren Ausführung es nur leider an Zeit gebricht – Anna Pawlowna berührte, als sie Pierres Absicht gewahrte, seinen Arm mit der Fingerspitze und sagte:

Warten Sie, ich habe für diesen Abend meine besonderen Absichten mit Ihnen.

Dann sah sie Helène an und lächelte ihr zu.

Meine liebe Helène, Sie müssen an meiner armen Tante, die Sie anbetet, Barmherzigkeit üben. Leisten Sie ihr für zehn Minuten Gesellschaft. Damit Sie sich aber nicht langweilen, gebe ich Ihnen den lieben Grafen mit, der sich gewiß nicht weigern wird, Sie zu begleiten.

Die schöne Prinzessin ging zu der Tante. Anna Pawlowna hielt Pierre jedoch noch einen Augenblick fest, weil sie noch ein letztes notwendiges Wort mit ihm zu sprechen hatte.

Nicht wahr, sie ist entzückend? sagte sie zu Pierre, auf die davonrauschende majestätische Schönheit zeigend. Und welche Haltung! Nicht wahr, die ist selten bei einem jungen Mädchen? und dieser Takt, dies musterhafte Benehmen ... Es kommt alles aus dem Herzen! Wie glücklich wird der Mann sein, dem sie einst angehört! Auch wenn er gar kein Weltmann wäre, würde er durch sie die glänzendste Stellung in der Gesellschaft erlangen ... Nicht wahr? ... Ich wollte nur Ihre Meinung wissen.

Und Anna Pawlowna ließ den jungen Mann los, nachdem er ihr aus voller Überzeugung beigestimmt hatte. Auch er bewunderte Helènes Kunst, sich zu benehmen, und wenn er jemals ernstlich an sie gedacht hatte, war es nicht allein wegen ihrer Schönheit, sondern ebensosehr wegen der ruhigen, schweigsamen Würde, mit der sie sich in der Gesellschaft bewegte.

Die Tante empfing die beiden jungen Leute in ihrem gewöhnlichen Winkel, schien aber ihre Anbetung für Helène verbergen und nur ihr Furcht vor Anna Pawlowna zur Schau tragen zu wollen. Sie blickte ihre Nichte an, als ob sie fragen wollte, was sie mit diesen beiden anzufangen hätte? Ehe sie wegging, berührte Anna Pawlowna abermals Pierres Arm mit dem Finger und flüsterte:

Ich hoffe, Sie werden nun nicht mehr sagen, daß es bei mir langweilig ist. Sie blickte Helène an; und Helène lächelte mit einem Ausdruck, als ob sie sich gar nicht die Möglichkeit denken könnte, daß man sie ohne Entzücken zu sehen vermöchte. Die Tante hustete und sagte auf Französisch, daß sie glücklich wäre, Helène zu begrüßen; dann wandte sie sich mit derselben Versicherung und derselben Miene zu Pierre. Im Laufe des langweiligen, sich mühsam hinschleppenden Gesprächs sah sich Helène mit dem schönen, klaren Lächeln, das sie jedem zuteil werden ließ, nach Pierre um. Er war aber so sehr dies Lächeln gewohnt, es hatte für ihn so wenig Bedeutung, daß er es nicht beachtete. Die Tante sprach indessen von der Dosensammlung, die Pierres verstorbener Vater, der Graf Besuchow, besessen hatte, und zeigte ihre eigene Dose, auf deren Deckel das Bild ihres Mannes gemalt war. Prinzessin Helène bat sich das Porträt zur näheren Betrachtung aus.

Es ist wahrscheinlich von Vien gemalt, sagt Pierre und neigte sich über den Tisch, um das Werk des berühmten Miniaturmalers in Empfang zu nehmen. Dabei horchte er auf das Gespräch am andern Tische und erhob sich halb, um der Tante näherzurücken, sie aber reichte ihm die Dose über Helènes Nacken zu. Helène beugte sich vor, um Platz zu machen, und wandte sich dabei lächelnd um. Sie trug, wie immer in Abendgesellschaften, ein nach damaliger Mode tief ausgeschnittenes Kleid. Ihre Büste, die Pierre immer wie Marmor erschienen war, befand sich jetzt so dicht vor seinen Augen, daß er trotz seiner Kurzsichtigkeit den lebendigen Reiz ihrer Schultern und ihres Halses erkannte, und so nah an seinen Lippen, daß er sich nur etwas zu bücken brauchte, um sie zu berühren. Er fühlte die Wärme ihres Körpers, atmete den Duft des Parfüms und hörte bei jeder ihrer Bewegungen das leise Knistern ihres Korsetts. Zu diesem Augenblicke sah er nicht mehr ihre Marmorschönheit, die mit der Toilette ein Ganzes bildete; er sah und fühlte den ganzen Reiz ihres durch die Kleidung verhüllten Körpers. Nachdem er sie einmal so erblickt hatte, konnte er sie nie mehr anders sehen – wie wir uns nie wieder in die einmal aufgeklärte Täuschung zurückfinden können.

»Haben Sie wirklich bis jetzt noch nicht bemerkt, wie schön ich bin? schien Helène zu fragen. Haben Sie wirklich noch nicht bemerkt, daß ich ein Weib bin? – Ja, ich bin ein Weib, das jedem, auch Ihnen gehören kann! sagten ihre Augen. Und in diesem Moment fühlte Pierre, daß Helène nicht nur seine Frau werden konnte, sondern daß sie es werden mußte, daß es nicht anders möglich war.

Er wußte das in diesem Augenblick ebenso gewiß, als ob er mit ihr vor dem Altar stände. Wie und wann es geschehen würde, ob es gut und richtig war, wußte er nicht (er fühlte sogar, daß es falsch war), aber daß es geschehen würde, war sicher.

Pierre schlug die Augen nieder, schlug sie wieder auf und wollte Helène als dieselbe ferne, fremde Schönheit betrachten, die er bisher täglich in ihr bewundert hatte; aber es gelang ihm nicht mehr. Er konnte das ebensowenig wie der Wanderer, der im Nebel einen Steppengrashalm für einen Baum gehalten, diese Täuschung festzuhalten vermag, nachdem er sie als solche erkannt hat. Sie war ihm plötzlich beängstigend nahegerückt. Sie hatte schon eine gewisse Macht über ihn. Alle Schranken zwischen ihm und ihr – außer denen seines eigenen Willens – waren gefallen.

Gut, ich lasse Sie in Ihrem kleinen Winkel; ich sehe, daß Sie sich da sehr wohl befinden, sagte Anna Pawlownas Stimme, und Pierre sah sich erschrocken um und suchte sich zu besinnen, ob er nicht etwas Unschickliches getan. Er errötete und hatte das Gefühl, als ob alle, so gut wie er selbst, um das, was mit ihm geschehen war, wissen müßten.

Als er sich bald darauf dem großen Kreise näherte, sagte ihm Anna Pawlowna:

Man sagt, daß Sie Ihr Haus in Petersburg auffrischen lassen. (Es war so; der Architekt hatte ihm gesagt, daß es geschehen müsse, und Pierre ließ sein kolossales Haus in Petersburg neu herrichten, ohne zu wissen warum.) Das ist recht, aber ziehen Sie nicht von dem Fürsten Wassilij fort. Es ist gut, einen Freund zu haben wie ihn, fuhr Anna Pawlowna fort, indem sie dem Fürsten Wassilij zulächelte. Ich weiß ein Wort davon zu sagen, nicht wahr? Und Sie sind so jung, Sie bedürfen eines Ratgebers. Seien Sie mir nicht böse, daß ich die Rechte einer alten Frau in Anspruch nehme. – Sie schwieg, wie alle Frauen tun, wenn sie von ihrem Alter gesprochen haben. Sie warteten dann auf einen Widerspruch. »Wenn Sie sich verheirateten, das wäre etwas anderes«, fügte sie hinzu, indem sie die beiden jungen Leute mit einem Blick vereinigte. Pierre und Helène sahen sich nicht an. Aber sie war ihm noch immer so beängstigend nahe.

Er brummte etwas vor sich hin und errötete.

Pierre konnte diese Nacht lange nicht einschlafen und dachte über das Erlebte nach. Was war eigentlich mit ihm vorgegangen? Nichts! er war nur zu dem Bewußtsein gekommen, daß diese Frau, die er als Kind gekannt, von der er, wenn andere ihre Schönheit priesen, so oft zerstreut und gleichgültig gesagt hatte: »Ja, sie ist schön!«, daß diese Frau ihm selbst angehören konnte.

»Aber sie ist dumm, das habe ich auch soundso oft ausgesprochen, dachte er weiter. Das Gefühl, das sie in mir erregt hat, hat etwas Widerwärtiges an sich ... etwas Unerlaubtes. Man hat mir erzählt, daß ihr Bruder Anatol in sie verliebt war und sie in ihn ... es war ein ganzer Roman, und daß Anatol deshalb entfernt werden mußte. Überdies ist Hippolyt ihr

Bruder, Fürst Wassilij ihr Vater … Nein, es wäre nicht gut für mich.« Aber mitten in diesen Überlegungen (die unvollendet blieben) stahl sich ein Lächeln über sein Gesicht, denn er fühlte, daß sich eine neue Gedankenreihe durch die erste Bahn brach; daß er an Helènes geistige Beschränktheit dachte und zu gleicher Zeit davon träumte, daß sie sein Weib werden, ihn lieben, sich ändern könnte, und daß alles, was er von ihr gehört und geglaubt, sich als unwahr erweisen würde. Und dann sah er sie vor sich, nicht als die Tochter des Fürsten Wassilij, sondern nur als sie selbst, sah ihren ganzen Körper nur in ein graues Kleid gehüllt.

»Aber warum bin ich denn früher nie auf diesen Gedanken gekommen?« fragte er sich selbst. Und dann sagte er sich wieder, daß diese Heirat unmöglich sei, daß sie etwas Widerwärtiges, Unnatürliches, Unehrenhaftes haben würde. Er rief sich Helènes Worte und Blicke ins Gedächtnis; die Worte und Blicke derer, die sie zusammen gesehen hatten. Er erinnerte sich der Worte und Blicke Anna Pawlownas, als sie von seinem Hause gesprochen, erinnerte sich an tausend ähnliche Anspielungen des Fürsten Wassilij und anderer, und ein Gefühl des Schreckens kam über ihn. Hatte er sich nicht schon unbewußt gebunden? Hatte er sich verpflichtet, etwas zu tun, was offenbar unrecht war und was er nicht tun durfte? Aber während er sich dies alles vorstellte, drang von der anderen Seite in seine Seele ihr Bild in dem ganzen Zauber ihrer weiblichen Schönheit.

II

Im November 1805 sollte Fürst Wassilij vier Gouvernements inspizieren. Er hatte sich diesen amtlichen Auftrag verschafft, um zu gleicher Zeit seine vernachlässigten Güter in Augenschein zu nehmen und mit seinem Sohne Anatol (dessen Regiment in der Nähe dieser Güter stand) den Fürsten Nikolaj Andrejewitsch Bolkonskij zu besuchen. Der Zweck dieses Besuches war, zwischen Anatol und der Tochter des reichen alten Fürsten eine Heirat zustande zu bringen. Aber ehe er diese Reise antrat und diese neue Angelegenheit in Angriff nahm, wollte Fürst Wassilij die Sache mit Pierre ins klare bringen. Pierre hatte zwar in der letzten Zeit ganze Tage zu Haus, das heißt im Hause des Fürsten Wassilij gesessen und war in Helènes Gegenwart so lächerlich aufgeregt und albern (wie jeder Verliebte sein soll), aber erklärt hatte er sich noch immer nicht.

Das alles ist schön und gut, aber alles muß ein Ende haben!« sagte Fürst Wassilij eines Morgens mit traurigem Seufzer zu sich selbst. Er war zu der Überzeugung gelangt, daß Pierre, der ihm so viel verdankte (unser Herr Christus wolle ihm vergeben), sich in dieser Angelegenheit nicht gut benahm. »Leichtsinn ... Jugend ... ich bin ihm darum nicht böse«, dachte Fürst Wassilij weiter und freute sich seiner eigenen Güte; aber man muß der Sache ein Ende machen. Übermorgen ist Lolas Namenstag; ich werde einige Gäste einladen, und wenn er dann noch nicht begreifen sollte, was er zu tun hat, wird es meine Sache sein, ihm das deutlich zu machen. Ja, es ist meine Sache, ich bin der Vater!«

Nach der Gesellschaft bei Anna Pawlowna und der schlaflosen, ruhelosen Nacht, die Pierre nach dieser Gesellschaft verbracht, hatte er den Entschluß gefaßt, Helène zu meiden und abzureisen, denn er fühlte, daß die Verbindung mit ihr sein Unglück sein würde. Aber seit er diesen Vorsatz gefaßt, waren bereits anderthalb Monate verstrichen, und Pierre hatte das Haus des Fürsten Wassilij nicht verlassen und fühlte mit Schrecken, daß er sich jeden Tag in der Meinung der anderen fester und fester band; daß er nicht wieder zu seiner früheren Ansicht von Helène gelangen und noch weniger sich von ihr losreißen konnte; daß es schrecklich war, aber daß er sich gezwungen sehen würde, sein Schicksal mit dem ihrigen zu verbinden. Vielleicht hätte er sich noch losmachen können, aber es verging kein Tag, ohne daß Fürst Wassilij (der sonst wenig Gesellschaft bei sich sah) einen Kreis versammelte, in dem Pierre durchaus nicht fehlen durfte, wollte er nicht die allgemeine Heiterkeit stören und die Erwartung aller täuschen. Während der kurzen Zeit, die Fürst Wassilij zu Haus zubrachte, nahm er Pierre im Vorbeigehen bei der Hand, bot ihm zerstreut die glattrasierte, runzelige Wange zum Kuß und sagte entweder: »Auf morgen also!« oder: »Heute mittag, sonst würde ich dich gar nicht sehen«; oder: »Ich bleibe deinetwegen zu Haus«, und dergleichen mehr. Aber obwohl Fürst Wassilij Pierres wegen zu Hause blieb, sprach er mit ihm gewöhnlich kaum ein paar Worte; Pierre hatte jedoch nicht den Mut, seine Erwartung zu täuschen, und blieb ebenfalls da. Täglich sagte er sich von neuem: »Ich muß sie doch endlich durchschauen und mir Rechenschaft geben können, was sie ist. Habe ich mich früher getäuscht oder täusche ich mich jetzt? ... Nein, sie ist nicht dumm, sie ist ein herrliches Mädchen!« sagte er sich zuweilen. »Sie irrt sich nie, sagt nie eine Albernheit; sie spricht wenig, aber was sie sagt, ist ebenso richtig als einfach. Nein, sie kann nicht dumm sein! ... Sie wird nie verlegen, ist es noch nie gewesen ... Nein, sie kann keine schlechte Frau werden!«

Zuweilen fing er ein ernste Gespräch mit ihr an oder dachte laut in ihrer Gegenwart. Dann antwortete sie ihm entweder mit einer kurzen, passenden Bemerkung, welche sagte, daß sie das Gespräch nicht interessierte, oder mit einem stummen Blick und einem Lächeln, die deutlicher als Worte ihre Überlegenheit aussprachen. Sie hatte Recht, wenn ihr, diesem Lächeln gegenüber, alle Betrachtungen Unsinn schienen.

Zu Pierre wandte sie sich jetzt immer mit einem heiteren, vertraulichen, ihm allein geltenden Lächeln, das etwas Bedeutungsvolleres in sich schloß als das offizielle Lächeln, das ihr Gesicht beständig schmückte. Pierre wußte, daß alle auf ein entscheidendes Wort von ihm hofften und erwarteten, ihn endlich eine gewisse Linie überschreiten zu sehen. Er wußte, daß er sie früher oder später überschreiten würde. Und doch ergriff ihn jedesmal bei dem Gedanken, diesen furchtbaren Schritt wirklich zu tun, eine unbegreifliche Scheu. Während der letzten anderthalb Monate hatte sich Pierre diesem erschreckenden Abgrunde näher und näher gezogen gefühlt und hatte sich selbst tausendmal gesagt: »Was ist denn das? Hier wäre doch nur etwas Entschlossenheit nötig ... habe ich die denn nicht?« Er wollte zu einer Entscheidung kommen, fühlte aber mit Schrecken, daß ihm in diesem Falle die Entschlossenheit mangelte, die er an sich kannte und die er auch wirklich besaß. Pierre gehörte zu den Menschen, die nur stark sind, solange sie sich völlig rein fühlen. Aber seitdem sich seiner bei Anna Pawlowna, in der Szene mit der Tabaksdose, zum ersten Mal ein sinnliches Verlangen bemächtigt hatte, war seine Willenskraft durch ein halbbewußtes Schuldgefühl gelähmt.

An Helènes Namenstage hatte Fürst Wassilij eine kleine Gesellschaft von Verwandten und Freunden – die Allernächsten, wie sich die alte Fürstin ausdrückte – zum Abendessen gebeten. Allen diesen Verwandten und Freunden war angedeutet worden, daß sich heute das Geschick des Geburtstagskindes entscheiden würde. Die Gäste saßen bei Tisch; die Fürstin Kuragina, eine schwerfällige, ehemals schöne, imposante Frau, saß auf dem Ehrenplatze, rechts und links an ihrer Seite die vornehmsten Gäste: ein alter General, seine Frau und Anna Pawlowna Scherer; weiterhin befanden sich die jüngeren, weniger geehrten Gäste und die Hausgenossen. Helène und Pierre saßen nebeneinander. Fürst Wassilij aß nicht; er ging um den Tisch herum, schien in der heitersten Laune, setzte sich bald zu dem einen, bald zu dem anderen und sagte jedem in seiner zerstreuten Weise irgendein freundliches Wort – außer zu Pierre und Helène, deren Gegenwart er nicht zu beachten schien. Fürst Wassilij belebte die ganze Gesellschaft. Die Wachskerzen strahlten im hellen Glanze; Silberzeug und Kristall funkelten auf dem Tische; ringsumher strahlten die glänzenden Toiletten der Damen und das Gold und Silber der Uniformen. Auf allen Seiten war die Dienerschaft in roter Livree beschäftigt. Man vernahm das Klappern der Messer, Gläser, Teller und das Getön der lebhaften Gespräche, die in verschiedenen Gruppen geführt wurden. An einem Ende des Tisches hörte man einen alten Kammerherrn einer alten Baronin leidenschaftliche Liebeserklärungen machen, die sie mit Lachen beantwortete. Am anderen Ende wurde von dem Mißgeschick einer unbekannten Maria Wiktorowna gesprochen, und in der Mitte des Tisches fesselte Fürst Wassilij die Aufmerksamkeit der Zuhörer. Er erzählte den Damen mit ironischem Lächeln von der letzten Mittwochssitzung des Staatsrats, in welcher der neue Militärgouverneur von Petersburg, Sergej Kusmitsch Wjasmitinow, das vielbesprochene Reskript des Kaisers Alexander vorgelegt hatte. In diesem Reskript, das an Sergej Kusmitsch gerichtet war, sagte der Kaiser, daß er von allen Seiten die Ergebenheitsversicherungen seines Volkes erhalten habe, daß ihm die Adresse der Stadt Petersburg besondere Freude gemacht, daß er sich stolz fühle, das Haupt einer solchen Nation zu sein, und sich bemühen werde, sich ihrer wert zu zeigen. Das Reskript begann mit den Worten: »Sergej Kusmitsch! Von allen Seiten erhalte ich die Versicherung« usw.

Und weiter als bis zu »Sergej Kusmitsch« ist er mit dem Lesen wirklich nicht gekommen? fragte eine der Damen.

Ja, ja, nicht eine Silbe, antwortete Fürst Wassilij lachend. »Sergej Kusmitsch ... Von allen Seiten.« »Von allen Seiten ... Sergej Kusmitsch.« ... Der arme Wjasmitinow konnte um nichts in der Welt weiterkommen. Mehrere Male fing er den Brief von vorn wieder an; aber kaum hatte er das Wort »Sergej« ausgesprochen, so fing er an zu schluchzen: »Ku ... smi ... tsch« – Tränen ... »Von allen Seiten« ... und vor Schluchzen konnte er nicht weiter. Und wieder zog er sein Taschentuch ... und wieder begann er: »Sergej Kusmitsch ... von allein Seiten ... wieder Tränen ... bis man sich endlich gezwungen sah, die Rolle des Vorlesers einem anderen zu übertragen.

Kusmitsch ... von allen Seiten ... und Tränen, sagte einer der Gäste und lachte.

Seien Sie nicht boshaft, mahnte Anna Pawlowna und drohte mit dem Finger von der anderen Seite des Tisches herüber. Er ist ein so braver, vortrefflicher Mann, unser guter Wjasmitinow.

Alle lachten. Am oberen Ende der Herrenseite schien große Heiterkeit zu herrschen, und der Einfluß der verschiedensten, lebhaftesten Stimmungen wurde bemerklich. Nur Pierre und Helène saßen schweigend nebeneinander, fast am unteren Ende des Tisches. Beide bemühten sich, ein strahlendes Lächeln zu unterdrücken, das nichts mit Sergej Kusmitsch zu tun hatte – ein Lächeln, das durch die Scheu vor der eigenen Empfindung hervorgerufen war. Was auch die anderen sagten, wie sie auch lachten und scherzten, mit welchem Appetit sie Rheinwein, Sauté und Eis zu genießen schienen, wie sehr sie sich bemühten, ihre Augen von dem jungen Paare abzuwenden, wie eifrig sie sich bestrebten, gleichgültig und unaufmerksam zu scheinen, erkannte man doch aus ihren verstohlenen Blicken, daß die Erzählung von Sergej Kusmitsch, das Lachen, das Essen nur Verstellung waren, und daß vielmehr die volle Aufmerksamkeit der Gesellschaft nur auf das junge Paar gerichtet war. Fürst Wassilij ahmte das Schluchzen des Gouverneurs nach, aber dabei warf er einen raschen Blick auf die Tochter, und wenn er lachte, schien seine Miene zu sagen: »Ja, ja, alles geht gut, heute muß sich alles entscheiden.« Anna Pawlowna drohte ihm mit dem Finger für »unsern guten Wjasmitinow«, aber in ihren Augen, die dabei Pierre angeblitzt hatten, las Fürst Wassilij die Gratulation zu dem künftigen Schwiegersohn und dem Glück der Tochter. Die alte Fürstin bot mit traurigem Seufzer ihrer Nachbarin Wein an und warf der Tochter einen verdrießlichen Blick zu. Der Seufzer schien zu sagen: »Ja, meine Liebe, uns bleibt nichts weiter übrig, als süßen Wein zu trinken … jetzt ist für diese jungen Leutchen die Zeit gekommen, so unverschämt, so herausfordernd glücklich zu sein.« Der Diplomat aber dachte, während er die strahlenden Gesichter der Verliebten ansah: »Wie dumm das alles ist, und welche Mühe ich mir geben muß, um die Leute zu überzeugen, daß es mich interessiert; und wie glücklich diese beiden sind!«

Inmitten der unbedeutenden, kleinlichen, erkünstelten Interessen, welche diese Gesellschaft vereinigten, war ein einfaches Gefühl aufgetaucht, das Liebesverlangen eines schönen, blühenden, jungen Paares. Und dies menschliche Gefühl hatte alles andere unterdrückt und schwebte siegreich über dem erkünstelten Geschwätz. Die Scherze waren nicht heiter, die Neuigkeiten nicht interessant, die Lebhaftigkeit offenbar erheuchelt. Nicht allein die Gesellschaft, auch die bedienenden Lakaien fühlten das und vergaßen ihre Aufgabe, weil sie kein Auge von der schönen, strahlenden Helène und dem roten, dicken, aufgeregten, glückseligen Gesicht Pierres abwenden konnten. Selbst das Licht der Kerzen schien sich nur auf diese beiden glücklichen Gesichter zu vereinigen.

Pierre fühlte sich als Mittelpunkt des Ganzen, und diese Lage war ihm zugleich schmeichelhaft und lästig. Er war in dem Zustand eines Menschen, der so ganz von einer Sache in Anspruch genommen wird, daß er nichts mehr deutlich sieht und hört. Hin und wieder tauchten vor seiner Seele Eindrücke und Gedanken aus der Wirklichkeit auf, denen es an allem Zusammenhang fehlte.

»So ist denn wirklich alles entschieden!« sagte er zu sich selbst; »aber wie ist das zugegangen? und warum so schnell? Ich weiß jetzt freilich, daß dies Unvermeidliche nicht nur für Helène, nicht nur für mich, sondern für alle geschehen muß. Sie alle warten so gespannt darauf, sind so fest überzeugt von dem, was ich tun werde, daß ich nicht imstande bin, sie zu täuschen. Wie es geschehen soll, weiß ich noch nicht – aber es kann nicht anders zu Ende kommen«, dachte Pierre, indem er seinen Blick auf den blendenden Schultern ruhen ließ, die so dicht vor seinen Augen waren.

Hin und wieder überfiel ihn auch ein gewisses Schamgefühl. Es war ihm unangenehm, die Aufmerksamkeit aller in Anspruch zu nehmen und allen als der vom Glück Bevorzugte zu erscheinen. Es brachte ihn in Verlegenheit, daß er mit seinem unschönen Gesicht als Paris, Besitzer der schönen Helèna, dastand. »Aber das ist wahrscheinlich immer so und muß so sein«, tröstete er sich selbst. »Und was habe ich denn dazu getan? Wann hat die Geschichte eigentlich begonnen? ... Als ich mit dem Fürsten Wassilij aus Moskau kam, war nicht das mindeste zwischen uns im Werke ... Warum hätte ich also nicht bei ihm absteigen sollen? Nachher habe ich mit ihr Karten gespielt, ihren Arbeitsbeutel getragen, Spazierfahrten mit ihr gemacht ... Aber wann hat das übrige begonnen? Wann ist etwas Ernstliches geschehen?«

Jetzt sitzt er neben ihr als Bräutigam; hört, sieht, fühlt ihre

Nähe, ihren Atem, ihre Bewegungen, ihre Schönheit. Und dann scheint es ihm plötzlich, als ob nicht sie, sondern er selbst so auffallend schön wäre, daß ihn deshalb alle so aufmerksam ansehen. Die allgemeine Bewunderung macht ihn glücklich; er wirft sich in die Brust, erhebt den Kopf und freut sich seines Glücks.

Eine bekannte Stimme, die schon zum zweiten Male dasselbe wiederholt, entreißt ihn dieser Träumerei, aber er ist so in Anspruch genommen, daß er nicht gleich versteht, was man ihm sagt.

Ich frage dich, wann du den letzten Brief von Bolkonskij erhalten hast? wiederholte Fürst Wassilij zum dritten Male. Wie zerstreut du bist, mein Lieber! Fürst Wassilij lächelt, und Pierre sieht, daß alle, alle ihn und Helène anlächeln.

»Also wißt ihr es alle?« sagte Pierre zu sich selbst. »Nun ja, es ist wahr!« und er lächelt in seiner sanften kindlichen Weise, und Helène lächelt auch.

Wann kam der Brief, und war er nicht aus Olmütz? fragt Fürst Wassilij wieder, indem er tut, als ob er die Antwort zur Entscheidung eines Streites brauche.

»Wie kann man nur von solchen Kleinigkeiten sprechen!« dachte Pierre.

Ja, aus Olmütz, antwortet er mit einem Seufzer.

Nach dem Abendessen führte Pierre seine Dame in den Salon. Die Gäste nahmen Abschied, und mehrere gingen fort, ohne Helène Adieu gesagt zu haben. Andere traten auf einen Augenblick zu ihr heran und entfernten sich schnell wieder, als scheuten sie sich, sie von ernsteren Interessen abzulenken, und verbaten sich ihre Begleitung. Der Diplomat verließ den Salon in stiller Wehmut. Er dachte an die Richtigkeit seiner diplomatischen Karriere im Vergleich zu Pierres Glück. Der alte General brummte seine Frau unfreundlich an, als sie sich erkundigte, wie es mit seinem Fuße ging. »Die alte Hexe!« dachte er. »Helèna Wasiljewna wird noch mit fünfzig Jahren eine Schönheit sein.«

Ich glaube, man darf Ihnen gratulieren, flüsterte Anna Pawlowna der Fürstin zu und küßte sie mit besonderer Zärtlichkeit. Wie gern wäre ich noch hiergeblieben, wenn ich nicht meine Migräne hätte! – Die Fürstin antwortete nicht; der Neid auf das Glück ihrer Tochter verzehrte sie.

Während die Gäste hinausbegleitet wurden, blieb Pierre mit Helène lange allein im Salon, wo sie sich niedersetzten. In den letzten anderthalb Monaten war er oft mit ihr allein gewesen, hatte aber nie von seiner Liebe gesprochen. Nun fühlte er, daß er es tun müsse, konnte sich aber durchaus nicht zu diesem letzten Schritt entschließen. Er schämte sich; es kam ihm vor, als ob er hier neben Helène den Platz eines anderen einnähme. »Dies Glück ist nicht für dich«, flüsterte ihm eine innere Stimme zu »dies Glück ist für die bestimmt, denen das fehlt, was du besitzest.« Aber er mußte doch etwas sagen und begann mit der Frage, ob sie mit dem heutigen Abend zufrieden sei? Sie antwortete mit der ihr immer eigenen Einfachheit, ihr heutiger Namenstag gehöre zu den angenehmsten, die sie erlebt habe.

Einige der nächsten Verwandten waren geblieben. Sie saßen in dem großen Salon. Fürst Wassilij näherte sich Pierre mit langsamen Schritten. Der junge Mann stand auf und sagte, es wäre schön spät. Fürst Wassilij sah ihn streng und fragend an, als wäre das, was er gesagt, so seltsam, daß man es nicht verstehen könnte. Aber im nächsten Moment verschwand der Ausdruck der Strenge, Fürst Wassilij zog Pierres Hand herunter, zwang ihn, sich wieder zu setzen, und lächelte freundlich. Nun, wie geht es, Lola, sagte er, zu der Tochter gewandt, in jenem nachlässigen Tone gewohnter Liebkosung, der zärtlichen Eltern eigen ist, den sich der Fürst aber erst durch die Nachahmung anderer angewöhnt hatte. Dann wandte er sich an Pierre: »Sergej Kusmitsch ... Von allen Seiten«, sagte er, indem er den oberen Knopf seiner Weste öffnete.

Pierre lächelte, aber es war unerkennbar, daß er sehr gut wußte, wie wenig sich Fürst Wassilij in diesem Augenblicke für Sergej Kusmitsch und die ganze Geschichte interessierte. Auch der alte Fürst begriff, daß Pierre ihn durchschaute; er brummte etwas vor sich hin und verließ das Zimmer. Pierre glaubte zu bemerkten, daß Fürst Wassilij verlegen war, und die Verlegenheit dieses alten Weltmannes rührte ihn; er wandte sich zu Helène; auch sie sah verlegen aus, und ihre Blicke schienen zu sagen: Nun ja, es ist Ihre Schuld!

»Ich muß die Grenze überschreiten ... es geht nicht anders ... aber ich kann es nicht!« dachte Pierre, sprach wieder von gleichgültigen Dingen und fragte, was eigentlich von Sergej Kusmitsch erzählt worden sei, da er es nicht gehört habe. Helène gab lächelnd zur Antwort, sie hätte auch nicht darauf geachtet.

Als Fürst Wassilij in den Salon trat, sprach seine Frau mit einer ältlichen Dame über Pierre.

Gewiß, eine sehr glänzende Partie, sagte sie, aber das Glück, meine Liebe ...

Ehen werden im Himmel geschlossen, antwortete die ältliche Dame. Fürst Wassilij schien ihr Gespräch nicht zu hören, ging in einen entfernten Winkel, setzte sich auf ein Sofa, schloß die Augen und schlief ein. Sein Kopf sank nieder, und er fuhr in die Höhe.

Aline, sagte er zu seiner Frau, sieh doch mal nach, was sie tun.

Die Fürstin näherte sich der Tür, ging mit ernster, gleichgültiger Miene daran vorbei und warf einen Blick in den kleinen Salon; Pierre und Helène saßen wie früher da und unterhielten sich.

Immer dasselbe, flüsterte sie ihrem Manne zu. Fürst Wassilij runzelte die Stirn, verzog den Mund, seine Wangen zuckten mit dem ihm eigenen rohen Ausdruck; er stand auf, warf den Kopf in den Nacken und ging entschlossenen Schrittes an den Damen vorbei in den kleinen Salon. Rasch und erregt trat er auf Pierre zu; sein Gesicht war so ungewöhnlich feierlich, daß der junge Mann überrascht aufstand, als er ihn erblickte.

Gott sei Dank! sagte er. Meine Frau hat mir alles gesagt. Bei diesen Worten umfaßte er Pierre mit dem einen Arme, seine Tochter mit dem anderen. Meine liebe Lola, ich bin sehr, sehr glücklich. – Seine Stimme zitterte. Lieber Pierre, dein Vater ist mir sehr teuer gewesen ... Sie wird dir eine gute Frau sein ... Gott segne euch! – Er umarmte seine Tochter und dann wieder Pierre und küßte ihn mit seinem Greisenmunde; seine Wangen waren wirklich von Tränen naß. Fürstin, komm nur herein! rief er.

Die Fürstin trat ein und brach ebenfalls in Tränen aus; auch die ältliche Dame wischte sich das Gesicht mit dem Taschentuch. Pierre wurde geküßt, und er küßte mehrmals die Hand der schönen Helène. Nach einer Weile ließ man die beiden wieder allein.

»Es mußte so sein ... es konnte nicht anders sein«, dachte Pierre; »ich habe nun nicht mehr zu fragen, ob es gut oder schlecht ist. Gut ist, daß es sich endlich entschieden hat, und daß ich die früheren, qualvollen Zweifel los bin.« Pierre hielt schweigend die Hand seiner Braut in seinen beiden Händen und sah auf ihren schönen, wogenden Busen nieder.

Helène ... fing er an und blieb wieder stecken. »Es gibt doch etwas, das man bei solcher Gelegenheit sagen muß«, dachte er, konnte sich aber nicht darauf besinnen. Er sah ihr ins Gesicht. Sie rückte näher heran und errötete.

Ach! Nehmen Sie das doch ab ... wie heißt es gleich? sagte sie, auf die Brille zeigend.

Pierre tat, was sie wünschte, und in seinem Auge zeigte sich außer dem seltsamen Blick, den kurzsichtige Leute nach dem Abnehmen der Brille zu haben pflegen, ein erschrockener, fragender Ausdruck. Er wollte sich über ihre Hand beugen und sie küssen, aber mit einer raschen, ungestümen Bewegung des Kopfes fing sie seine Lippen auf und drückte ihren Mund auf den seinigen. Ihr Gesicht überraschte Pierre durch einen veränderten, unangenehm willenlosen Ausdruck.

»Es ist zu spät, alles ist zu Ende ... ich liebe sie!« dachte Pierre.

Ich liebe Sie! flüsterte er. Endlich war ihm eingefallen, was man bei dieser Gelegenheit sagen muß; aber diese Worte klangen so leer, daß er sich vor sich selber schämte.

Sechs Wochen später war die Trauung, und Pierre zog, wie alle seine Bekannten sagten, als der überglückliche Besitzer einer schönen Frau und einiger Millionen in das große, neu eingerichtete Petersburger Haus der Grafen Besuchow.

III

Im Dezember 1805 erhielt der alte Fürst Nikolaj Andreitsch Bolkonskij einen Brief des Fürsten Wassilij, in dem dieser seine und seines Sohnes Ankunft meldete. (»Ich habe eine Revisionsreise zu machen, und es versteht sich, daß mir ein paar hundert Werst kein Umweg sind, wenn es gilt, Sie zu besuchen, vielwerter Freund und Gönner«, schrieb er. »Mein Sohn Anatol begleitet mich auf seinem Wege zur Armee, und ich hoffe, daß Sie ihm gestatten werden, Ihnen persönlich die tiefe Verehrung auszusprechen, die er, nach dem Beispiele seines Vaters, für Sie hegt.«)

Wir haben gar nicht nötig, Marie in die Gesellschaft einzuführen ... die Bewerber kommen von selbst hierher! rief die kleine Fürstin unbedachtsam aus, als sie diese Nachricht hörte. Fürst Nikolaj Andreitsch runzelte die Stirn und erwiderte keine Silbe.

Vierzehn Tage später traf die Dienerschaft des Fürsten Wassilij ein, und am folgenden Tag wollte er selbst in Begleitung seines Sohnes kommen.

Der alte Bolkonskij hatte den Charakter des Fürsten Wassilij immer gering geschätzt und tat es besonders in der letzten Zeit, seit der Fürst unter den beiden Regierungen Pauls und Alexanders hoch in Rang und Würden gestiegen war. Aus den Andeutungen des Briefes und den Worten der kleinen Fürstin hatte er nun erraten, um was es sich handelte, und seine Geringschätzung hatte sich in tiefe Verachtung verwandelt. Sooft er vom Fürsten Wassilij sprach, schnaufte er in eigentümlicher Weise. Als der Tag erschien, an dem die Gäste erwartet wurden, war er ganz besonders mißgestimmt und übellaunig. Ob er darum schlechter Laune war, weil Fürst Wassilij kommen sollte, oder ob die Ankunft des Fürsten Wassilij ihm nicht angenehm war, weil er schlechter Laune war – genug, er war schlecht gelaunt. Am frühen Morgen schon hatte Tichon dem Architekten abgeraten, mit seinem Berichte zum Fürsten zu gehen.

Hören Sie nur, wie er herumläuft, sagte Tichon, indem er den Architekten auf das eigentümliche Geräusch der Schritte im Zimmer des Fürsten aufmerksam machte. Er tritt mit dem ganzen Fuß auf … was das zu bedeuten hat, wissen wir schon.

Gegen neun Uhr ging der Fürst jedoch wie gewöhnlich in seinem Samtpelz mit Zobelbesatz und seiner Zobelmütze spazieren. Tags vorher war tiefer Schnee gefallen. Der Weg, auf dem Fürst Nikolaj Andreitsch nach dem Gewächshause ging, war ausgeschaufelt; auf dem an den Seiten aufgetürmten Schnee waren die Spuren des Besens zu sehen, und die Schaufel war in die weiche Masse hineingesteckt. Schweigend und finster sah sich der Fürst im Treibhause, auf dem Hofe und in den Wirtschaftsgebäuden um.

Ist gute Schlittenbahn? fragte er seinen Verwalter, einen ehrwürdigen Greis, der ihn bis ins Haus begleitete und ihm von Ansehen und Benehmen ähnlich war.

Der Schnee ist tief, Durchlaucht; ich habe Befehl gegeben, im Perschpekt zu kehren, antwortete er.

Der Fürst neigte den Kopf und ging die Freitreppe hinauf. »Gott sei Dank, das Ungewitter ist vorbeigezogen!« dachte der Verwalter und fügte hinzu: man hätte schwerlich durchkommen können, Durchlaucht … wie ich höre, erwarten Durchlaucht den Besuch des Ministers.

Der Fürst wandte sich zu dem Alten und starrte ihn mit finsterem Blicke an.

Wen? Was für einen Minister? Und wer hat hier Befehle zu geben? sagte er mit seiner scharfen, durchdringenden Stimme. Für die Fürstin, meine Tochter, hattest du nicht kehren lassen und tust es für diesen Minister … Für mich gibt's keinen Minister.

Durchlaucht, ich dachte …

Du dachtest! rief der Fürst, der seine Worte immer rascher und undeutlicher hervorstieß. Du dachtest! … Ihr nichtswürdigen Halunken, ich werde euch denken lehren! Er erhob seinen Stock und schlug nach Alpatytsch; er hätte ihn auch getroffen, wenn der Alte nicht unwillkürlich zurückgewichen wäre. Du dachtest … ihr nichtswürdigen Kerle! schrie er wieder; aber obwohl Alpatytsch, über sein keckes Ausweichen erschrocken, sich dem Fürsten genähert und den kahlen Kopf demütig gesenkt hatte – oder vielleicht eben, weil er dies tat – erhob der Fürst seinen Stock nicht zum zweiten Male, sondern lief rasch in sein Zimmer, nachdem er dem Verwalter noch zugerufen hatte: Nichtswürdige Kerle! ... nun könnt ihr den Schnee wieder ausbreiten.

Zur Mittagszeit standen Prinzessin Maria und Mlle. Bourienne, die wußten, daß der Fürst schlechter Laune war, im Speisesaal und warteten auf ihn: Mlle. Bourienne mit einem strahlenden Gesicht, das zu sagen schien: ich weiß nichts und bin dieselbe wie immer, und die Prinzessin Maria bleich, erschreckt, mit gesenkten Augen. Ihre Aufgabe wurde ihr sehr schwer. Sie wußte, daß es am besten war, sich in solchem Falle zu benehmen wie Mlle. Bourienne, und doch konnte sie es nicht. »Wenn ich mir den Anschein gebe, seine Verstimmung nicht zu bemerken, wird er mich für gefühllos halten«, dachte sie; »und wenn auch ich traurig und verstimmt erscheine, wird er wie gewöhnlich sagen, daß ich von mürrischer Gemütsart bin.«

Der Fürst trat ein, bemerkte die bestürzte Miene der Tochter und schnaufte.

Alb ... Alberne Närrin! ... brummte er, und als er sah, daß die kleine Fürstin nicht im Speisesaal erschienen war, fügte er in Gedanken hinzu: »die andere ist gar nicht da ... man hat sicherlich schon Gelegenheit gefunden, ihr etwas zu klatschen« ... Wo ist die Fürstin? fragte er; versteckt sie sich?

Sie fühlt sich nicht ganz wohl, antwortete Mlle. Bourienne mit heiterem Lächeln, und wird darum nicht zu Tisch kommen. In ihrer Lage ist das begreiflich.

Hm! Hm! brummte der Fürst vor sich hin, indem er Platz nahm. Sein Teller schien ihm nicht ganz rein zu sein; er zeigte auf den Fleck und schleuderte den Teller weg. Tichon fing ihn auf und überreichte ihn dem Haushofmeister.

Die kleine Fürstin war nicht unwohl, aber ihre Furcht vor dem Schwiegervater war so unüberwindlich, daß sie bei der Nachricht von seiner üblen Laune beschloß, auf ihrem Zimmer zu bleiben.

Ich fürchte für das Kind, sagte sie zu Mlle. Bourienne; Gott weiß, was ihm vor Schreck zustoßen könnte.

Überhaupt befand sich die kleine Fürstin in Lyssyja-Gory beständig unter dem quälenden Einfluß der Furcht und Abneigung, die ihr der alte Fürst einflößte. Die Abneigung jedoch kam ihr kaum zum Bewußtsein, weil sie durch die noch größere Furcht zurückgedrängt wurde. Der Fürst war gegen sie auch unfreundlich gestimmt, aber seine Antipathie wurde von einem Gefühl der Geringschätzung übertroffen. Je mehr sich die kleine Fürstin in Lyssyja-Gory einlebte, um so mehr schloß sie sich an Mlle. Bourienne an, verbrachte ganze Tage mit ihr, bat sie in ihrem Zimmer zu schlafen, sprach mit ihr über den Schwiegervater und vertraute ihr, was sie von ihm dachte.

Wir werden Gäste bekommen, Fürst, sagte Mlle. Bourienne, indem sie mit ihren rosigen Händen die weiße Serviette entfaltete. Se. Exzellenz, den Fürsten Kuragin mit seinem Sohne, wie ich gehört habe? fügte sie fragend hinzu.

Hm! diese Exellenz ist ein dummer Junge ... ich habe ihn aufs Kollegium gebracht, antwortete der Fürst in gereiztem Tone. Warum der Sohn mitkommt, begreife ich nicht. Vielleicht wissen es die Fürstin Lisawjeta Karlowna und die Prinzessin Maria. Ich weiß nicht, wozu er den Sohn mitnimmt, ich brauche ihn nicht! und er blickte die errötende Tochter an.

Bist du etwa unwohl aus Furcht vor dem Minister, wie heute der Tölpel, der Alpatytsch, gesagt hat?

Durchaus nicht, Väterchen!

Mlle. Bourienne hatte den Gegenstand des Gesprächs unglücklich gewählt, aber trotzdem schwieg sie nicht, sondern schwatzte weiter über das Gewächshaus, über die Schönheit der neu aufgeblühten Blumen, und nach der Suppe wurde die Stimmung des Fürsten milder.

Nach dem Essen besuchte er seine Schwiegertochter. Die kleine Fürstin saß an einem kleinen Tischchen und plauderte mit Mascha, dem Kammermädchen. Beim Anblick des Schwiegervaters erblaßte sie.

Sie hatte sich sehr verändert und war jetzt eher häßlich als hübsch zu nennen. Die runden Wangen hatten sich langgedehnt, die Lippe hatte sich noch mehr gehoben, die Augen schienen heruntergezogen.

Ja, ich fühle mich schwer in den Gliedern, antwortete sie auf die Frage des Fürsten nach ihrem Befinden.

Hast du irgend etwas nötig?

Nein, Väterchen, ich danke.

Gut denn, gut! sagte er und ging. Im Vorzimmer stand Alpatytsch mit gesenktem Kopfe.

Ist der Weg wieder zugeschaufelt?

Ja, Durchlaucht! verzeihen Sie mir, um Gottes willen! ... ich habe es nur aus Dummheit getan ...

Der Fürst fiel ihm ins Wort und lachte in seiner gezwungenen Weise.

Nun, so ist's gut! sagte er, reichte Alpatytsch die Hand, die der Alte küßte, und begab sich in sein Arbeitszimmer.

Gegen Abend kam Fürst Wassilij an. Im »Perschpekt« (so hieß der Prospekt) kamen ihm Kutscher und Bediente entgegen und geleiteten den Schlitten und die Gepäckwagen mit Geschrei über den kunstvoll mit Schnee bedeckten Weg nach dem Seitenflügel.

Dem Fürsten Wassilij und Anatol waren getrennte Schlafzimmer angewiesen.

Anatol hatte seinen Überrock ausgezogen und saß mit aufgestütztem Arm am Tische, auf dessen Ecke er, zerstreut lächelnd, seine großen, schönen Augen heftete. Er faßte das ganze Leben wie eine ununterbrochene Festlichkeit auf, die irgend jemand, er wußte nicht warum, verpflichtet war, für ihn zu veranstalten. Aus demselben Gesichtspunkte betrachtete er den Besuch, den er jetzt dem wunderlichen alten Herrn und der häßlichen Erbin machte. Die Geschichte konnte sehr schön, sehr amüsant werden. »Warum sollte ich sie nicht heiraten, wenn sie wirklich sehr reich ist? ...Reicktum ist niemals überflüssig«, dachte Anatol.

Er rasierte und parfümierte sich mit der Sorgfalt und Eleganz, die ihm zur Gewohnheit geworden waren, und begab sich in das Zimmer seines Vaters, indem er seinen schönen Kopf mit dem ihm eigentümlichen, gutmütig – siegesgewissen Ausdruck hoch aufrichtete. Um den Fürsten Wassilij waren seine zwei Kammerdiener beschäftigt, ihn anzukleiden; er selbst sah sich heiter um und nickte dem Sohne zu, als wollte er sagen: »So ist's recht! so will ich dich sehen!«

Sage mir aufrichtig, Papa, ist sie wirklich häßlich? fragte er französisch, indem er ein Gespräch, das früher stattgefunden, wieder aufzunehmen schien.

Lasse jetzt die Torheiten und suche dich gegen den alten Fürsten vernünftig und ehrerbietig zu benehmen – das ist jetzt die Hauptsache.

Wenn er gar zu übellaunig ist, laufe ich davon! sagte Anatol; wunderliche alte Leute kann ich nicht ausstehen, was meinst du?

Erinnere dich gefälligst, daß deine ganze Zukunft auf dem Spiele steht, sagte Fürst Wassilij.

Während im Mägdezimmer nicht nur die Ankunft des Ministers mit seinem Sohne, sondern auch das Äußere der beiden Herren lebhaft besprochen wurde, saß Prinzessin Maria allein in ihren Gemächern und suchte vergebens ihre Aufregung zu bemeistern.

»Warum hat man mir davon geschrieben? Warum hat Lisa mir davon gesprochen? dachte sie, indem sie in den Spiegel sah. Wie kann ich nun in den Salon gehen ... Wenn er mir auch gefällt, wie soll ich unbefangen und natürlich mit ihm verkehren?« Der bloße Gedanke an den Blick ihres Vaters erfüllte sie mit Entsetzen. Die kleine Fürstin und Mlle. Bourienne hatten durch Mascha Nachrichten erhalten. Sie hörten, daß der Sohn des Ministers ein hübscher, schwarzäugiger junger Mann sei, und daß der Herr Vater mit Mühe die Treppe heraufgestiegen, während der Sohn vorangeeilt, indem er jedesmal drei Stufen genommen habe. Nachdem sie diesen Bescheid erhalten hatten, begaben sich die Damen, deren lebhafte fröhliche Stimmen schon vom Ende des Korridors zu hören waren, in das Zimmer der Prinzessin Maria.

Sie sind angekommen, Marie, weißt du schon? fragte die kleine Fürstin, indem sie sich schwerfällig in einen Lehnstuhl niederließ. Sie hatte ihren bequemen Morgenrock abgelegt und eines ihrer besten Kleider angezogen; ihr Haar war sorgfältig frisiert, aber gerade durch diese Toilette, die sie in den Petersburger Gesellschaften zu machen pflegte, und durch die Lebhaftigkeit ihres Mienenspiels trat die Verzerrung und Erschlaffung ihrer Züge noch mehr hervor und wurde die Veränderung, die mit ihr vorgegangen, nur noch auffallender. Auch Mlle. Bourienne hatte ihren Anzug auf kaum merkliche Weise verschönert, und ihr hübsches, frisches Gesicht wurde dadurch noch mehr gehoben.

Wie, Sie bleiben, wie Sie da sind, liebe Prinzessin? sagte sie. Man wird uns gleich die Meldung bringen, daß die Herren im Salon sind, dann müssen wir hinuntergehen, und Sie machen nicht ein bißchen Toilette?

Die kleine Fürstin erhob sich aus ihrem Lehnstuhl, klingelte dem Kammermädchen, wählte in fröhlicher Hast einen Anzug für ihre Schwägerin und überwachte die Ausführung ihrer Anordnungen. Prinzessin Maria war in ihrem Selbstgefühl verletzt, weil die Ankunft des zukünftigen Bräutigams sie in Aufregung versetzt hatte, und es kränkte sie noch mehr, daß ihre Freundinnen dies als selbstverständlich annahmen. Ihnen sagen, wie sehr sie sich dessen schämte, konnte sie aber nicht, denn gerade dadurch hätte sie ihre Aufregung verraten – und wenn sie den Putz zurückwies, der für sie herbeigebracht wurde, setzte sie sich peinlichen Neckereien und ermüdendem Zureden aus. Sie errötete, ihre schönen Augen wurden trübe, rote Flecke bedeckten ihr Gesicht, und mit dem unschönen Ausdruck eines Opferlamms – ein Ausdruck, der häufig auf ihrem Antlitz lag – ergab sie sich in den Willen ihrer Freundinnen. Beide gaben sich aufrichtig Mühe, Prinzessin Maria zu schmücken; sie war so häßlich, daß es keiner von ihnen einfallen konnte, sie als Nebenbuhlerin zu betrachten, und so machten sie sich eifrig ans Werk, mit der naiven Überzeugung der Frauen, daß der Anzug ein Gesicht zu verschönern vermag.

Nein, wirklich, meine Liebe, dies Kleid ist nicht das rechte, sagte die kleine Fürstin, indem sie ihre Schwägerin aus der Ferne und von allen Seiten betrachtete. Laß dir das Massacakleid geben. Wahrhaftig! Wer weiß, vielleicht entscheidet sich jetzt das Schicksal deines Lebens. Dies ist nicht gut … nein, es ist zu hell.

Nicht das Kleid, sondern Gesicht und Gestalt der Prinzessin Maria waren unschön; aber das sagten sich weder Mlle. Bourienne noch die kleine Fürstin. Sie glaubten, alles gut zu machen, wenn sie ein blaues Band um das aufwärts gekämmte Haar und eine blaue Schärpe um das braune Kleid schlangen. Sie vergaßen, daß das verschüchterte Gesicht und die Gestalt dadurch nicht anders wurden, und daß, wie sie auch Fassung und Verzierung dieses Gesichts ändern mochten, das Gesicht selbst häßlich und mitleiderweckend blieb. Nach zwei, drei vergeblichen Versuchen, die sich Prinzessin Maria geduldig gefallen ließ, stand sie mit aufwärts gekämmtem Haar (einer Frisur, die ihr Gesicht vollständig veränderte und verdarb) in dem feinen Massacakleid mit blauer Schärpe da. Die kleine Fürstin ging zweimal rund um sie herum, strich mit der zierlichen Hand hier eine Falte glatt, zog dort die Schärpe herunter und betrachtete die Schwägerin bald von der einen, bald von der anderen Seite.

Nein, so geht es nicht! sagte sie mit Entschiedenheit, indem sie die Hände zusammenschlug. Nein, Marie, ganz entschieden, das steht dir nicht. Ich sehe dich lieber in deinem einfachen grauen Alltagskleide. Bitte, tu es mir zu Gefallen. Katja, bringe der Prinzessin das graue Kleid, rief sie dem Kammermädchen zu. Sie werden sehen, Mlle. Bourienne, wie ich das zurechtmache, fuhr sie lächelnd fort, indem sie die Freude über ihr Kunstwerk im voraus genoß. Aber als Katja das verlangte Kleid brachte, blieb Prinzessin Maria unbeweglich vor dem Spiegel sitzen, und als das Mädchen das Gesicht der Herrin betrachtete, sah sie, daß ihre Augen voll Tränen standen, daß ihre Lippen zitterten, und daß sie im Begriff war, laut zu schluchzen.

Kommen Sie, Prinzessin, noch eine kleine Anstrengung, sagte Mlle. Bourienne; die kleine Fürstin nahm das Kleid aus den Händen des Kammermädchens und trat zu ihrer Schwägerin.

Nun wollen wir es einfach und nett machen! sagte sie, und ihre Stimme, die der Französin und des Kammermädchens, das eben über etwas lachte, vereinigten sich zu einem fröhlichen Durcheinander, das an Vogelgezwitscher erinnerte.

Nein, laßt mich, antwortete Prinzessin Maria, und der Ton, in dem sie sprach, verriet so viel Ernst und Traurigkeit, daß das Vogelgezwitscher sofort verstummte. Die Freundinnen sahen in die schönen, großen Augen, die ihnen, durch Tränen glänzend, flehend entgegenblickten und fühlten, daß es grausam sein würde, noch weiter in sie zu dringen.

Laß dich wenigstens anders frisieren, bat die kleine Fürstin. Ich sagte es Ihnen gleich, fügte sie hinzu, indem sie sich vorwurfsvoll an Mlle. Bourienne wandte: Marie hat eins von den Gesichtern, denen eine solche Frisur gar nicht steht, gar nicht, gar nicht! ... Bitte, lassen Sie es anders machen!

Laßt mich, laßt mich, das ist mir ganz gleichgültig! antwortete die vor Weinen bebende Stimme der Prinzessin Maria.

Mlle. Bourienne und die kleine Fürstin mußten sich gestehen, daß Prinzessin Maria in diesem Anzuge sehr häßlich war, noch häßlicher als gewöhnlich ... aber es war zu spät. Sie betrachtete ihre Freundinnen mit einem, ihnen wohlbekannten Ausdruck des Nachdenkens und der Traurigkeit, der ihnen zwar keine Scheu einflößte – dies Gefühl hatte niemand der Prinzessin Maria gegenüber – ihnen aber sagte, daß alles weitere Zureden vergeblich war; wenn ihre Züge diesen Ausdruck annahmen, blieb sie fest und unerschütterlich bei ihren Entschlüssen.

Du wirst dich umkleiden, nicht wahr? fragte Lisa, und als Prinzessin Maria nicht antwortete, verließ sie das Zimmer.

Prinzessin Maria blieb allein. Den Wunsch ihrer Schwägerin erfüllte sie nicht und warf keinen Blick mehr in den Spiegel. Schweigend und nachdenklich saß sie da mit niedergeschlagenen Augen und herabhängenden Armen. Vor ihrer Phantasie stand ein Mann, ein starkes, herrliches, unsagbar anziehendes Wesen, das sie plötzlich in ihre eigene, von ihr selbst geschaffene Welt versetzte. Sie dachte sich ein Kind an ihrer Brust, ein Kind, wie sie es gestern bei der Tochter ihrer Amme gesehen hatte; ihr Mann stand daneben und sah sie und das Kind zärtlich an. »Es ist nicht möglich, ich bin zu häßlich!« dachte sie.

Bitte zum Tee zu kommen, der Fürst werden gleich erscheinen, sagte die Stimme des Kammermädchens in der halbgeöffneten Tür. Prinzessin Maria fuhr auf, erschreckt von ihren eigenen Gedanken.

Ehe sie hinunterging, trat sie vor ihren Heiligenschrein, richtete den Blick auf das schwarze, von der kleinen Lampe beleuchtete Gesicht des Heilands und blieb einige Minuten mit gefalteten Händen stehen. In ihrer Seele war der qualvolle Zweifel erwacht, ob für sie das Glück der Liebe, der leidenschaftlichen Liebe zu einem Manne möglich sei? Wenn sie an eine Ehe dachte, träumte sie von häuslichem Glück, von Kindern, aber ihr höchster, süßester, geheimer Traum blieb die Liebe zu dem Manne. Dies Gefühl wurde um so mächtiger, je mehr sie sich Mühe gab, es vor anderen und sogar vor sich selbst zu verbergen. »Mein Gott«, sagte sie; »wie soll ich diese dämonischen Gefühle in mir unterdrücken, wie kann ich auf immer sündhaften Wünschen entsagen und ruhig deinen Willen vollbringen?« Und kaum hatte sie diese Frage ausgesprochen, als Gott ihr im eigenen Herzen Antwort gab. »Wünsche nichts für dich selbst, suche nicht, quäle dich nicht, beneide nicht. Deine Zukunft muß dir verhüllt bleiben, wie das Schicksal aller Menschen, aber lebe so, daß du zu allem bereit seiest. Wenn es Gott gefallen sollte, dich in den Pflichten des Ehestandes zu prüfen, sei bereit, seinen Willen zu tun.« Mit diesem beruhigenden Gedanken (aber doch in der Hoffnung, daß ihr verbotener, irdischer Traum in Erfüllung gehen würde) bekreuzte sich Prinzessin Maria, seufzte und ging hinunter, ohne an ihr Kleid, ihre Frisur, ihr Eintreten oder an das, was sie sagen würde, zu denken. Was war das alles im Vergleich zu den Fügungen Gottes, ohne dessen Willen kein Haar von unserem Haupte fällt!

IV

Als Prinzessin Maria im Salon erschien, waren Fürst Wassilij und sein Sohn schon zugegen und unterhielten sich mit der kleinen Fürstin und Mlle. Bourienne. Mit ihren schweren Schritten, auf den ganzen Fuß tretend, ging Prinzessin Maria durchs Zimmer; die Herren und Mlle. Bourienne erhoben sich, und die kleine Fürstin sagte, die Schwägerin den Gästen vorstellend: Das ist Marie!

Die Prinzessin Maria sah alle Anwesenden so deutlich als möglich: sie sah das Gesicht des Fürsten Wassillij, das bei ihrem Eintritt einen Augenblick ernst wurde, aber gleich wieder lächelte; sie sah das Gesicht ihrer Schwägerin, welche die Gäste neugierig und forschend betrachtete, um den Eindruck zu erspähen, den Marie auf sie machte; sie sah Mlle. Bourienne mit ihren Bändern, ihrem hübschen Gesicht und dem außerordentlich lebhaften Blick, den sie auf *ihn* heftete … aber *ihn* selbst konnte sie nicht sehen; sie sah nur etwas Großes, Glänzendes, Schönes, das sich ihr näherte, als sie ins Zimmer trat. Zuerst kam Fürst Wassilij auf sie zu, und sie küßte sein kahles Haupt, als er sich auf ihre Hand beugte, und antwortete, daß sie sich seiner sehr wohl erinnere. Dann trat Anatol zu ihr. Sie sah ihn noch immer nicht, fühlte nur eine weiche Hand, welche die ihrige fest ergriff, und berührte kaum die weiße Stirn, die von schönem, blondem Haar umrahmt war. Als sie ihn endlich erblickte, war sie von seiner Schönheit überrascht. Anatol hatte den Daumen der rechten Hand vorn in den Rock gesteckt und sah mit vorgebeugtem Oberleibe und geneigtem Kopfe schweigend und heiter lächelnd zu der Prinzessin hinüber, an die er offenbar nicht dachte. Er wußte sich nicht schnell in eine Lage hineinzufinden, war überhaupt weder scharfsinnig, noch gewandt in der Unterhaltung; aber er besaß als Gegengewicht für diese Mängel die im geselligen Verkehr sehr hoch zu schätzende Eigenschaft der Ruhe und einer durch nichts zu erschütternden Sicherheit. Ist ein schüchterner Mensch bei der ersten Bekanntschaft schweigsam und verrät dabei, daß er die Unschicklichkeit dieses Schweigens empfindet, und läßt den Wunsch erkennen, ein Gespräch anzuknüpfen, dann steht es schlimm. Anatol schwieg, indem er unbefangen die Frisur der Prinzessin betrachtete, er schlenkerte mit dem Fuß, und man sah ihm an, daß er noch lange mit derselben Ruhe schweigen konnte. »Wenn andere dies Stummsein peinlich finden, mögen sie sprechen, ich habe keine

Lust«, schien seine Miene zu sagen. Außerdem hatte Anatol im Verkehr mit Frauen das Benehmen, das am meisten Neugier, Furcht und sogar Liebe in ihnen erweckt; eine gewisse geringschätzige Art, die dem Bewußtsein seiner Überlegenheit entsprang. Sein ganzes Wesen schien zu sagen: »Ich kenne euch genau, will mich aber nicht mit euch einlassen, so gern ihr es auch möchtet!« Vielleicht dachte er das gar nicht, wenn er einer Frau gegenüberstand (es ist sogar wahrscheinlich, daß er es nicht tat, weil er überhaupt sehr wenig dachte), aber seine Miene und sein Benehmen hatten diesen Ausdruck. Die Prinzessin Maria fühlte das, und als wollte sie ihm zeigen, daß sie nicht den leisesten Gedanken hegte, seine Aufmerksamkeit zu fesseln, wandte sie sich zu seinem Vater. Das Gespräch wurde ein allgemeines und lebhaftes, dank der fröhlichen Stimme der kleinen Fürstin und ihrer Lippe mit dem Schnurrbärtchen, unter der die weißen Zähne schimmerten. Sie überhäufte den Fürsten Wassilij mit jenen Scherzen und Neckereien, zu denen geschwätzig-heitere Menschen oft ihre Zuflucht nehmen und die anzudeuten scheinen, daß zwischen den beiden Sprechenden schon seit langer Zeit ein Austausch fröhlicher Erinnerungen stattfindet. Freilich ist das nicht immer der Fall, wie es denn auch zwischen der kleinen Fürstin und dem Fürsten Wassilij nicht war. Er ging jedoch gern auf diesen Gesprächston ein. Die kleine Fürstin verflocht in ihre Anspielungen sowohl verschiedene komische Vorgänge, die niemals stattgefunden hatten, wie auch Anatol, den sie fast gar nicht kannte. Auch Mlle. Bourienne beteiligte sich an diesem Geplauder, und selbst Prinzessin Maria nahm mit Vergnügen wahr, daß sie von dem fröhlichen Strome mit fortgezogen wurde.

Jetzt haben wir wenigstens die Möglichkeit, Sie in vollem Maße zu genießen, lieber Fürst, sagte die kleine Fürstin – natürlich französisch – zu dem Fürsten Wassilij. Es ist hier nicht wie in unseren Abendgesellschaften bei Annette, wo Sie gewöhnlich davonlaufen; Sie erinnern sich wohl der lieben Annette?

Fangen Sie nur nicht an, von Politik zu sprechen, wie Annette.

Und unseres Teetischs?

Oh, gewiß.

Warum haben Sie Annette nie besucht, fragte die kleine Fürstin Anatol. Übrigens weiß ich's ja, ich weiß es! fuhr sie mit den Augen blinzelnd fort. Ihr Bruder Hippolyt hat mir von Ihren Geschichten erzählt. Oh! ... sie drohte ihm mit dem Finger. Ich kenne auch Ihre Stückchen in Paris.

Hat dir Hippolyt nicht gesagt, fragte Fürst Wassilij seinen Sohn, indem er die kleine Fürstin festhielt, als ob sie ihm weglaufen wollte; hat er dir nicht gesagt, wie er selbst, Hippolyt, nach der lieben Fürstin schmachtete und wie sie ihm die Tür wies? Oh, sie ist die Perle aller Frauen, wandte er sich zur Prinzessin Maria.

Mlle. Bourienne benützte die Gelegenheit, die ihr durch das Wort Paris geboten wurde, um ihrerseits Erinnerungen vorzubringen. Sie erlaubte sich die Frage, ob Anatol Paris schon lange verlassen und wie ihm die Stadt gefallen habe. Anatol gab der Französin bereitwillig Antwort und sprach, indem er sie lächelnd ansah, von ihrer Heimat. Sobald er die hübsche Bourienne erblickt, hatte er sich gesagt, daß er sich auch hier in Lyssyja-Gory nicht langweilen werde. »Sie ist gar nicht übel!«, dachte er, während er sie betrachtete. »Ja, diese Gesellschafterin ist durchaus nicht übel; ich hoffe, daß die Prinzessin sie zu sich nimmt, wenn wir verheiratet sein werden. Sie ist sehr, sehr niedlich.«

Indessen kleidete sich der alte Fürst Bolkonsky langsam an. Er runzelte die Stirn und überlegte, was er zu tun hätte. Die Ankunft dieser Gäste ärgerte ihn.

»Was sind mir Fürst Wassilij und sein Söhnchen?« dachte er. »Wassilij ist ein eitler Prahlhans, und sein Sohn wird auch nicht besser sein.« Es ärgerte ihn, daß die Ankunft dieser Gäste in seiner Seele die ungelöste, immer wieder zurückgedrängte Frage wachrief, über die er sich fortwährend zu täuschen suchte; die Frage nämlich, ob er sich jemals entschließen würde, sich von der Tochter zu trennen, um sie einem Manne zu geben. Fürst Bolkonskij konnte sich nie dazu entschließen, sich diese Frage offen vorzulegen, denn er wußte zum voraus, daß er sie der Gerechtigkeit gemäß beantworten müßte – und die Gerechtigkeit widersprach nicht nur seiner Empfindung, sondern der ganzen Einrichtung seines Lebens. Obwohl Fürst Nikolaj Andreitsch seine Tochter wenig zu schätzen schien, konnte er sich doch seine Tage ohne sie nicht denken. »Und warum sollte sie heiraten?« fragte er sich jetzt. »Es wäre sicherlich ihr Unglück. Wir sehen es ja! Lisa hat Andrej geheiratet (in jetziger Zeit einen besseren Mann zu finden ist schwer), und doch ist sie mit ihrem Schicksal nicht zufrieden. Wer aber würde meine Tochter aus Liebe heiraten? Sie ist häßlich und linkisch ... Jeder Mann wird sie nur ihrer Verbindungen und ihres Reichtums wegen nehmen. Als ob sie nicht alte Jungfer bleiben könnte! Dann ist sie viel glücklicher!« So dachte Fürst Nikolaj Andreitsch, während er sich ankleidete, und sagte sich selbst, daß die immer zurückgedrängte Frage jetzt eine sofortige Entscheidung erheische. Fürst Wassilij hatte seinen Sohn offenbar in der Absicht mitgebracht, einen Heiratsantrag zu machen, und würde sicherlich heute oder morgen eine bestimmte Anwort verlangen. Der Name und die gesellschaftliche Stellung waren gut. »Warum denn nicht ... ich habe nichts dagegen«, sagte der alte Fürst zu sich selbst. »Aber er muß ihrer wert sein. Das will ich erst sehen! Das will ich sehen! Das will ich sehen!« wiederholte er laut, indem er sich mit festen Schritten in den Salon begab. Mit raschem Blick übersah er die Anwesenden, bemerkte den Toilettenwechsel der kleinen Fürstin, die Bänder der Bourienne, die häßliche Frisur der Prinzessin Maria, die lächelnden Blicke, die Mlle. Bourienne und Anatol tauschten, und die Einsamkeit seiner Tochter inmitten des allgemeinen Gesprächs. »Sie hat sich aufgeputzt wie ein Närrin«, dachte er, indem er sie mit zornigen Augen ansah. »Sie schämt sich nicht ... und er kümmert sich nicht um sie.«

Er trat zu dem Fürsten Wassilij.

Nun, sei willkommen! freut mich, dich zu sehen.

Für einen werten Freund sind sieben Werst kein Umweg, sagte Fürst Wassilij in seiner selbstgefälligen, vertraulichen Weise. Das ist mein Zweiter, ich empfehle ihn Ihrer Liebe und Güte.

Fürst Nikolaj Andreitsch musterte Anatol.

Hübscher Junge! sagte er. Nun, komm her und küsse mich. Und er hielt ihm die Wange hin. Anatol begrüßte den Greis, betrachtete ihn mit ruhiger Neugier und wartete, ob er bald eine der Seltsamkeiten begehen würde, die ihm sein Vater vorgesagt hatte.

Fürst Nikolaj Andreitsch ließ sich auf seinem gewöhnlichen Platz in der Sofaecke nieder, rückte einen Sessel für den Fürsten Wassilij heran, deutete darauf hin und begann ein Gespräch über politische Angelegenheiten und Tagesereignisse. Den Mitteilungen des Fürsten Wassilij hörte er mit Aufmerksamkeit und Vergnügen zu, sah aber unablässig auf die Prinzessin Maria.

So schreibt man schon aus Potsdam? sagte er, die letzten Worte des Fürsten Wassilij wiederholend, dann stand er plötzlich auf und trat zu seiner Tochter.

Du hast dich wohl für unsere Gäste so aufgeputzt? fragte er. Du siehst schön aus – wahrhaftig, sehr schön! Du hast dir auch für die Gäste eine neue Friseur gemacht, ich aber sage dir in Gegenwart dieser Gäste, daß du dich nicht wieder unterstehst, dich ohne meine Erlaubnis anders zu kleiden als gewöhnlich.

Das ist meine Schuld, Väterchen! fiel die kleine Fürstin errötend ein.

Sie haben Ihren freien Willen, antwortete Fürst Nikolaj Andreitsch, indem er sich vor der Schwiegertochter verbeugte; sie hat aber nicht nötig, sich noch zu verunstalten, sie ist schon häßlich genug! Und er setzte sich wieder auf seinen Platz, ohne seine weinende Tochter zu beachten.

Aber bitte, diese Frisur steht der Prinzessin sehr gut, sagte Fürst Wassilij.

Nun, mein Junge … wie heißt er denn? rief Fürst Nikolaj Andreitsch, indem er sich zu Anatol wandte: Komm mal her, wir wollen miteinander plaudern, wollen Bekanntschaft machen.

»Nun geht das Vergnügen los«, dachte Anatol und setzte sich dem alten Fürsten näher.

Nun, mein Lieber, fing dieser an, ich habe gehört, daß Sie

im Auslande erzogen sind. Es ist dir also anders ergangen als deinem Vater und mir. Uns beide hat der Küster Lesen und Schreiben gelehrt. Sagen Sie mir, mein Lieber, Sie stehen ja wohl bei der Gardekavallerie, fuhr er fort, indem er Anatol scharf und nah ins Gesicht sah.

Nein, ich bin in ein Linienregiment übergetreten, antwortete Anatol, der sich kaum des Lachens erwehren konnte.

Recht so! Was wollen Sie denn eigentlich, mein Lieber? Doch wohl dem Kaiser und dem Vaterlande dienen? Es ist Kriegszeit. Ein schmucker Junge wie Sie muß dienen! muß dienen! Nun, stehen Sie in der Front?

Nein, Fürst, unser Regiment ist schon ausgerückt. Ich stehe bei den ... ja, wobei stehe ich denn eigentlich, Papa? wandte er sich lachend an seinen Vater.

Die Art zu dienen gefällt mir; wahrhaftig, sehr nett! Wobei stehe ich denn eigentlich! rief Fürst Nikolaj Andreitsch und lachte, und Anatol lachte noch lauter. Plötzlich runzelte der Fürst die Stirn. Nun, du kannst wieder gehen, sagte er zu dem jungen Manne, und dieser ging lächelnd zu den Damen zurück.

Du hast sie im Auslande erziehen lassen, nicht wahr, Fürst Wassilij? fragte der alte Bolkonskij.

Ich habe für sie getan, was in meinen Kräften lag, und darf Ihnen die Versicherung geben, daß die dortige Erziehung weit besser ist als die unsrige.

Ja, heutzutage macht man alles anders, alles ist verändert. Schmucker Junge! ... Nun, du kannst mal mit mir kommen. Mit diesen Worten nahm der alte Herr den Arm des Fürsten Wassilij und ging mit ihm in sein Arbeitszimmer.

Als sie unter vier Augen waren, teilte ihm Fürst Wassilij sofort seine Wünsche und Hoffnungen mit.

Was bildest du dir denn ein? rief der alte Fürst mit zornigem Tone. Meinst du etwa, ich wollte sie mit Gewalt festhalten, könnte mich nicht von ihr trennen? Merkwürdiger Einfall! Mir ist's einerlei, sie kann meinetwegen morgen fortgehen. Nur eins muß ich dir sagen, ich verlange, meinen künftigen Schwiegersohn erst besser kennenzulernen. Du kennst meine Grundsätze: immer offen und ehrlich. Ich werde sie morgen in deiner Gegenwart fragen, ob sie ihn haben will. Dann mag er hierbleiben; ich will ihn sehen und beobachten. Der Fürst schnaufte. Mag sie ihn heiraten, mir ist's einerlei! schrie er dann mit derselben durchdringenden Stimme, mit welcher er von seinem Sohne Abschied genommen hatte.

Ich will ganz aufrichtig gegen Sie sein, antwortete Fürst Wassilij im Tone eines Menschen, der sich überzeugt hat, daß es unnütz wäre, mit einem scharfsinnigen Gegner Komödie zu spielen. Sie sehen ja die Menschen durch und durch ... Anatol ist ja kein Genie, aber ein guter, ehrlicher Junge, ein vortrefflicher Sohn und Bruder.

Nun, es ist gut! wir werden ja sehen! sagte der Fürst Bolkonskij.

Wie die meisten Frauen, wenn sie längere Zeit einsam gelebt und die Gesellschaft der Männer entbehrt haben, fühlten auch die drei Bewohnerinnen von Lyssyja-Gory bei Anatols Ankunft, daß ihr Leben bis zu diesem Moment kein Leben gewesen war. In allen dreien hatte sich die Fähigkeit des Denkens, Fühlens und Beobachtens augenblicklich verzehntfacht; es war, als sei ihr Dasein, das bisher im Finstern dahingeflossen war, plötzlich von einem neuen, bedeutungsvollen Licht erleuchtet.

Prinzessin Marie dachte nicht mehr an ihr Gesicht oder ihre Frisur. Das schöne, offene Antlitz des Mannes, der vielleicht ihr Gatte werden sollte, nahm ihre ganze Aufmerksamkeit in Anspruch. Er kam ihr gut, tapfer, entschlossen, männlich und großmütig vor; sie war überzeugt, daß er alle diese Eigenschaften besaß, und in ihrer Phantasie tauchten tausend Träume von ihrem zukünftigen Familienleben auf. Sie gab sich jedoch Mühe, sie zu verscheuchen oder doch vor sich selbst zu verbergen.

»Bin ich nicht zu kalt gegen ihn?« fragte sie sich. »Ich suche mich zu bezwingen, denn ich fühle meine Seele zu mächtig zu ihm hingezogen. Aber er ahnt ja nicht, was ich von ihm denke und könnte glauben, mir unangenehm zu sein.«

Prinzessin Marie hatte sich Mühe gegeben, aber es war ihr nicht gelungen, liebenswürdig gegen den Gast zu sein.

»Das arme Mädchen! verteufelt häßlich!« dachte Anatol über sie.

Mlle. Bourienne, die ebenfalls durch Anatols Ankunft in hohem Grade erregt war, beschäftigte sich mit Gedanken anderer Art. Das schöne, junge Mädchen, das ohne bestimmte gesellschaftliche Stellung, ohne Verwandte, Freunde und Heimat war, konnte unmöglich durch ihr Vorlesen bei dem Fürsten Nikolaj Andreitsch oder durch die Freundschaft der Prinzessin Maria ihr Leben ausgefüllt glauben. Sie wartete schon lange auf den russischen Fürsten, der ihre Überlegenheit über die häßlichen, schlecht gekleideten, linkischen russischen Fürstinnen erkennen, sich in sie verlieben und sie entführen würde; nun war endlich dieser russische Fürst erschienen. Mlle. Bourienne kannte eine Geschichte, die sie von ihrer Tante gehört hatte, erfand einen Schluß dazu und erzählte sie sich selbst mit großem Wohlgefallen. Die Geschichte handelte von einem verführten Mädchen, dem seine arme Mutter, *sa pauvre mère,* erschien und ihr Vorwürfe machte, weil sie sich einem Manne hingegeben hatte, ohne mit ihm verheiratet zu sein. In Gedanken war Mlle. Bourienne oft bis zu Tränen gerührt, wenn Sie in ihrer Phantasie »ihm«, dem Verführer, diese Geschichte erzählte. »Nun ist ›er‹, ein echter russischer Fürst, gekommen; er wird mich entführen, dann wird *ma pauvre mère* erscheinen, und er wird mich heiraten« – so malte sich Mlle. Bourienne ihre Zukunft aus, während sie mit Anatol über Paris sprach. Sie wurde nicht durch Berechnungen geleitet, überlegte keinen Augenblick, was sie zu tun hätte ... die ganze Geschichte war eben seit langer Zeit in ihrem Kopfe fertig, und jetzt gruppierten sich die Begebenheiten um Anatol, dem sie so gut als möglich zu gefallen suchte und wünschte.

Auch die kleine Fürstin stürzte sich unbewußt und ohne Rücksicht auf ihren Zustand wie ein altes Kavalleriepferd, das den Trompetenklang vernommen, ohne irgendeinen Hintergedanken mit einer gewissen naiven, leichtsinnigen Heiterkeit in den gewohnten Wettkampf der Koketterie. Obwohl Anatol sich das Ansehen eines Menschen zu geben pflegte, dem das aufdringliche Entgegenkommen der Frauen zuwider ist, fühlte er doch ein eitles Behagen, als er den Eindruck bemerkte, den er auf diese drei Frauen gemacht. Außerdem fing er an, der hübschen, herausfordernden Französin gegenüber jene leidenschaftliche, sinnliche Regung zu empfinden, die ihn stets mit großer Schnelligkeit zu überkommen pflegte und zu den rohesten und tollkühnsten Handlungen trieb.

Nach dem Tee begab sich die Gesellschaft ins Diwanzimmer, und man bat die Prinzessin Maria, etwas vorzuspielen. Anatol setzte sich ihr gegenüber neben Amélie Bourienne , und seine lachenden Augen sahen die Prinzessin an, die sich durch diesen Blick in eine zugleich qualvolle und angenehme Aufregung versetzt fühlte. Ihre Lieblingssonate entführte sie wie immer in eine tiefpoetische Welt, und der Blick, den sie auf sich ruhen fühlte, verlieh dieser Welt ein noch poetischeres Leben. Aber obgleich Anatols Augen auf sie geheftet schienen, galt sein Blick nicht ihr, sondern dem zukkenden Füßchen der Bourienne, das er unter dem Klavier mit seinem Fuße drückte. Mlle. Bourienne sah ebenfalls die Prinzessin an, und in ihren schönen Augen lag ein der Prinzessin Maria neuer Ausdruck zaghafter Freude und Hoffnung.

»Wie lieb sie mich hat!« dachte Prinzessin Maria. »Wie glücklich bin ich doch, und wie glücklich werde ich künftig sein mit einer Freundin und einem Gatten, wie diese beiden sind! Ob es wirklich mein Gatte wird?« fragte sie sich; sie wagte nicht, ihn anzusehen, fühlte aber noch immer den Blick, der auf sie gerichtet war.

Als sich nach dem Souper die Gesellschaft trennte, küßte Anatol der Prinzessin Maria die Hand. Sie konnte sich nachher nicht erklären, woher sie den Mut genommen hatte, sein schönes Gesicht genau anzusehen, als es sich ihren kurzsichtigen Augen so nahe befand. Nach der Prinzessin küßte er auch Mlle. Bourienne die Hand (es war unpassend, aber er tat es, wie alles andere, ruhig und selbstbewußt). Sie errötete und sah die Prinzessin Maria erschrocken an.

»Welches Zartgefühl!« dachte die Prinzessin. »Kann Amélie (so hieß Mlle. Bourienne) wirklich glauben, daß ich auf sie eifersüchtig zu sein vermöchte, daß ich ihre Zärtlichkeit und Treue nicht zu schätzen verstehe?« Sie ging auf sie zu und küßte sie liebevoll. Anatol wollte der kleinen Fürstin die Hand küssen.

Nein, nein, nein! wenn Ihr Vater mir schreibt, daß Sie sich gut betragen, will ich Ihnen meine Hand zum Küssen geben, vorher nicht. Sie erhob den Finger und ging lächelnd aus dem Zimmer.

V

Alle zogen sich zurück, aber außer Anatol, der gleich einschlief, nachdem er sich zu Bett gelegt hatte, konnte niemand in dieser Nacht Ruhe finden.

»Wird er wirklich mein Gatte, dieser fremde, schöne, gute Mann – die Hauptsache ist, daß er gut ist!« dachte Prinzessin Maria, und eine Furchtsamkeit, die ihr sonst fremd war, kam plötzlich über sie. Sie wagte nicht, sich zu bewegen; es kam ihr vor, als ob jemand in der dunkeln Ecke hinter dem Bettschirm stünde, und dieser jemand war bald er, der Teufel, bald er, jener Mann mit der weißen Stirn, den schwarzen Brauen und dem roten Munde.

Sie klingelte nach dem Kammermädchen und bat sie, bei ihr im Zimmer zu schlafen.

Mlle. Bourienne ging an diesem Abend noch lange im Wintergarten auf und nieder; sie wartete vergebens auf jemanden, lächelte jemandem zu, dann traten ihr wieder Tränen ins Auge vor Rührung über die Worte der »armen Mutter«, die sie wegen ihres Falles mit Vorwürfen überhäufte.

Die kleine Fürstin war unzufrieden mit ihrer Zofe, fand ihr Bett schlecht gemacht und konnte weder auf der Seite noch auf dem Rücken liegen. Alles fiel ihr schwer, alles war ihr unbequem. Ihr Zustand hinderte sie gerade heute mehr als bisher, weil Anatols Anwesenheit sie in eine andere Zeit, als dies noch nicht gewesen war und sie sich leicht und glücklich fühlte, zurückversetzte. In Nachtkleid und Nachthaube saß sie in einem Lehnstuhl, während die verschlafene Katja mit verwirrtem Haar schon zum dritten Male das schwere Unterbett aufschüttelte und dabei vor sich hin brummte.

Ich habe dir schon gesagt, daß das Bett voll Beulen und Löchern ist, wiederholte die kleine Fürstin. Ich möchte auch gern schlafen, und es ist nicht meine Schuld, wenn ich es nicht kann. Und ihre Stimme bebte wie bei einem Kinde, das dem Weinen nahe ist.

Auch der alte Fürst Bolkonskij schlief nicht. Tichon hörte im Halbschlaf, daß er zornig auf und ab ging und schnaufte. Der alte Herr fühlte sich in seiner Tochter beleidigt, und diese Beleidigung war die schwerste von allen, denn sie betraf nicht ihn, sondern ein anderes Wesen, seine Tochter, die er mehr liebte als sich selbst. Er hatte sich gesagt, daß er alles reiflich überlegen und sich klarmachen wolle, was Pflicht und Billigkeit geböten. Aber stattdessen redete er sich nur immer mehr in Aufregung hinein.

Da braucht nur der erste Beste zu kommen, und gleich ist der Vater und alles vergessen. Sie läuft hinauf, frisiert sich, wedelt mit dem Schwanze und ist sich selbst nicht mehr ähnlich! Sie freut sich darauf, den Vater zu verlassen, und muß doch wissen, daß ich es bemerke. Frr … frr … frr. Als ob ich nicht sähe, daß dieser dumme Junge nur für die Bourjenka ein Auge hat! (ob ich sie nicht wegjage?) Wie ist's möglich, daß meine Tochter nicht Stolz genug besitzt, um das einzusehen? Und wenn sie's nicht um ihrer selbst willen tut – wenn sie nun einmal keine Eigenliebe hat –, sollte sie's doch aus Rücksicht für mich. Ich muß sie überzeugen, daß dieser Bengel gar nicht an sie denkt und nur für die Bourienne Augen hat. Nein, sie hat keinen Stolz – aber ich will es ihr zeigen!

Der alte Fürst wußte, daß, wenn er der Tochter ihren Irrtum benehmen und ihr beweisen könnte, daß Anatol der Bourienne den Hof machte, ihr Selbstgefühl geweckt und seine Sache (sein Wunsch, die Tochter in seiner Nähe zu behalten) gewonnen sein würde. Dieser Gedanke beruhigte ihn. Er rief Tichon und fing an, sich auszukleiden.

»Der Teufel hat sie hergeführt«, dachte er, während Tichon seinen alten, hageren, behaarten Körper in das Nachthemd hüllte.

Ich habe sie nicht eingeladen – sie sind gekommen, mein Leben zu zerstören. Es ist so nicht mehr viel daran. Zum Teufel! schrie er plötzlich, während das Hemd noch seinen Kopf bedeckte. Tichon kannte die Gewohnheit des Fürsten, seine Gedanken laut auszusprechen, und begegnete den fragenden, zornigen Augen, die jetzt aus der Hülle hervorsahen, mit ruhigem Gesicht.

Sind sie zu Bett gegangen? fragte der Fürst.

Wie alle guten Diener hatte Tichon einen gewissen Instinkt, vermöge dessen er die Gedankenrichtung seines Herrn erriet. Er begriff auch jetzt, daß er nach dem Fürsten Wassilij und dessen Sohn gefragt wurde.

Sie haben sich niedergelegt und die Lichter gelöscht, Durchlaucht.

Es war nicht nötig, gar nicht nötig ... rief der Fürst, steckte rasch seine Füße in die Pantoffeln, seine Hände in die Ärmel des Schlafrocks und ging auf den Diwan zu, auf dem er schlief.

Obwohl Anatol und Mlle. Bourienne sich nicht mit Worten verständigt hatten, verstanden sie sich vortrefflich und stimmten in betreff des ersten Teils ihres Romans bis zum Erscheinen der »armen Mutter« vollständig überein. Sie wußten, daß sie sich im Geheimen mancherlei zu sagen hatten, und suchten am frühen Morgen Gelegenheit, sich allein zu sehen. Während die Prinzessin Maria wie gewöhnlich zu ihrem Vater ging, trafen sich Mlle. Bourienne und Anatol im Wintergarten.

Prinzessin Maria trat heute mit besonders schwerem Herzen an die Tür des Vaters. Sie hatte das Gefühl, als ob nicht nur allen bekannt wäre, daß sich heute das Schicksal ihres Lebens entscheiden sollte, sondern auch, wie sie selbst darüber dachte. Sie glaubte das sowohl in der Miene des alten Tichon, wie in der des fremden Kammerdieners gelesen zu haben, der ihr im Korridor mit heißem Wasser begegnete und sich tief vor ihr verbeugte.

Der alte Fürst war an diesem Morgen sehr zärtlich um seine Tochter bemüht. Dieser Ausdruck der Sorglichkeit war der Prinzessin wohl bekannt; er erschien auch auf dem Gesicht des Vaters, wenn seine hageren Hände sich zu Fäusten ballten, vor Ärger, daß die Prinzessin Maria irgendein Rechenexempel nicht verstand, wobei er sich dann mit langsamen Schritten von ihr entfernte und leise mehreremal dieselben Worte wiederholte.

Heute machte er sich gleich ans Werk und eröffnete die Unterredung, wobei er seine Tochter Sie nannte.

Man hat mir Ihretwegen einen Vorschlag gemacht, sagte er mit erzwungenem Lächeln. Sie haben wohl schon erraten, daß Fürst Wassilij aus einem besonderen Beweggrunde hergekommen ist und seinen Zögling mitgebracht hat (aus irgendwelcher Absicht nannte Fürst Nikolaj Andreitsch Anatol Zögling), und daß dieser Beweggrund nicht meine schönen Augen sind. Gestern also hat man mir für Sie einen Vorschlag gemacht, und da Sie meine Grundsätze kennen, lege ich Ihnen die Sache vor.

Wie soll ich Sie verstehen, Väterchen? antwortete die Prinzessin errötend und erbleichend.

Was gibt's da weiter zu verstehen? fiel der Vater zornig ein. Fürst Wassilij findet dich nach seinem Geschmack, wünscht dich zur Schwiegertochter und macht dir im Namen seines Zöglings einen Antrag. So ist es zu verstehen ... wie denn anders! Und ich frage dich nach deiner Antwort.

Ich weiß nicht, was Ihr Wille ist, Väterchen, sagte die Prinzessin leise.

Mein Wille! mein Wille! was habe ich hier zu sagen? ... Mich lassen Sie beiseite. Ich will ja nicht heiraten ... Ich will wissen, was Sie dazu sagen.

Prinzessin Maria erkannte, daß ihr Vater der Sache nicht geneigt war, aber zu gleicher Zeit sagte sie sich selbst, daß ihr Schicksal sich jetzt oder niemals entscheiden müßte. Sie schlug die Augen nieder, um dem Blicke auszuweichen, unter dessen Einfluß sie nicht denken, sondern wie immer nur gehorchen konnte, und flüsterte.

Ich wünsche nur eines, Ihren Willen erfüllen zu können; aber wenn ich meinen Wunsch äußern müßte ... Weiter kam sie nicht. Der Fürst fiel ihr ins Wort.

Das ist ja herrlich! rief er aus. Er wird dich mit deiner Mitgift heiraten und bei der Gelegenheit auch Mlle. Bourienne ins Haus nehmen. Die wird seine Frau sein ... und du ... Der Fürst stockte. Er bemerkte den Eindruck, den diese Worte auf seine Tochter gemacht; sie hatte den Kopf gesenkt und war dem Weinen nahe.

Nun, nun, ich scherze ja nur! sagte er; aber das eine bedenke, Prinzessin. Mein Grundsatz ist, ein Mädchen hat das Recht zu wählen. Ich lasse dir diese Freiheit. Bedenke das eine: von dir selbst hängt dein Lebensglück ab, von mir ist hier nicht die Rede.

Ich weiß wirklich nicht, Väterchen.

Hier ist gar nichts mehr zu sagen. Wenn man es ihm befiehlt, wird er nicht nur dich, sondern die erste Beste heiraten. Dir aber steht die Wahl frei ... Gehe in dein Zimmer, überlege, komm in einer Stunde wieder und sage mir in seiner Gegenwart: ja oder nein. Ich weiß, du wirst beten ...nun, bete nur, wenn es dir gefällt! Denken würde freilich besser sein. Geh jetzt!

Ja oder nein! ... ja oder nein ... ja oder nein! schrie er noch immer, als die Prinzessin taumelnd, wie in einem Nebel, das Kabinett verlassen hatte. Sie fühlte, daß ihr Schicksal entschieden war, und glücklich entschieden war. Aber was hatte der Vater von Mlle. Bourienne gesagt? Seine Anspielung war schrecklich ... Es konnte nicht so sein, aber doch war es schrecklich, und sie vermochte nicht, sich von dem Gedanken loszumachen. Sie ging durch den Wintergarten und blickte vor sich hin, ohne zu sehen und zu hören, als sie plötzlich das bekannte Lispeln der Bourienne aus ihren Träumen weckte. Sie schlug die Augen auf. Zwei Schritte vor sich sah sie Anatol, der die Französin umarmte und ihr etwas zuflüsterte. Dann wandte er sich mit einem Ausdruck des Schreckens in dem schönen Gesicht zur Prinzessin Maria, ließ aber im ersten Moment die Bourienne nicht aus den Armen. Sie hatte die Prinzessin nicht bemerkt.

»Wer ist da? Was? Warten Sie!« schienen Anatols Züge zu sagen. Prinzessin Maria sah die beiden schweigend an ... sie begriff noch immer nicht. Plötzlich stieß die Französin einen Schrei aus und stürzte fort. Anatol grüßte die Prinzessin mit heiterem Lächeln, als ob er sie aufforderte, mit ihm über die seltsame Begegnung zu lachen, dann zuckte er die Achseln und ging zu der Tür hinein, die nach seinen Zimmern führte.

Eine Stunde darauf erschien Tichon, die Prinzessin Maria zum alten Fürsten zu rufen. Er fügte hinzu, daß auch Fürst Wassilij Sergjeitsch zugegen sei. Als Tichon eintrat, saß Prinzessin Maria auf dem Diwan, hielt die weinende Bourienne in den Armen, streichelte ihr sanft den Kopf, und ihre schönen Augen hatten ihre gewöhnliche Ruhe und ihren strahlenden Blick wiedererlangt. Mit zärtlicher Besorgnis saß sie in das hübsche Gesichtchen der Französin.

Nein, Prinzessin, ich habe für immer Ihre Gunst verloren, sagte Mlle. Bourienne.

Warum denn? ich liebe Sie mehr als je, antwortete Prinzessin Maria, und werde mich bemühen, für Ihr Glück zu tun, was irgend in meiner Macht liegt.

Aber Sie verachten mich ... Sie, die Reine, müssen mich verachten, Sie werden solche Verirrung der Leidenschaft nie verstehen. Ach, meine arme Mutter ...

Ich verstehe alles! Antwortete Prinzessin Maria mit traurigem Lächeln. Beruhigen Sie sich, liebe Freundin; ich gehe jetzt zu meinem Vater. Und sie verließ das Zimmer.

Als sie ins Kabinett des Vaters trat, saß Fürst Wassilij, ein Bein über das andere geschlagen, die Tabaksdose in der Hand, mit dem Ausdruck tiefer Rührung da und schien doch auch wieder seine Empfindsamkeit zu verspotten. Ein weiches Lächeln glitt über sein Gesicht. Er nahm schnell eine Brise.

Ah, meine Liebe, meine Liebe! sagte er, indem er sich erhob und ihre beiden Hände erfaßte; dann seufzte er und fügte hinzu: Das Schicksal meines Sohnes liegt in Ihren Händen; entscheiden Sie, gute, liebe, sanfte Marie – Sie, die ich immer wie eine Tochter geliebt habe. Dann trat er zurück, und eine wirkliche Träne schimmerte in seinen Augen.

Frr ... frr ... schnaubte Fürst Nikolaj Andreitsch.

Im Namen seines Zöglings ... seines Sohnes macht dir der Fürst den Antrag. Willst du die Frau des Fürsten Anatol Kuragin werden oder willst du nicht? du hast nur ja oder nein zu sagen! schrie er laut. Das Recht, meine Meinung zu erklären, behalte ich mir vor. Ja, nur meine Meinung, fügte er hinzu, sich an den Fürsten Wassilij wendend, um seine flehende Miene zu beantworten. Ja oder nein?

Mein Wunsch, Väterchen, ist, Sie niemals zu verlassen, mein Leben niemals von dem Ihrigen zu trennen ... ich will nicht heiraten, sagte sie entschlossen und blickte mit ihren schönen Augen den Fürsten Wassilij und ihren Vater an.

Unsinn! Dummheiten! ... Unsinn, Unsinn, Unsinn! schrie Fürst Nikolaj Andreitsch, indem er die Stirn runzelte, die Hand seiner Tochter ergriff, sie an sich zog und, ohne sie zu küssen, nur ihre Stirn mit der seinigen berührte. Dabei drückte er ihr so heftig die Hand, daß ihr Gesicht zuckte und sie einen Aufschrei nicht zu unterdrücken vermochte. Fürst Wassilij erhob sich.

Lassen Sie sich sagen, daß ich diesen Augenblick nie, nie vergessen werde. Aber, meine Beste, wollen Sie uns nicht ein wenig Hoffnung lassen, dies gute und großmütige Herz einst rühren zu können? Sagen Sie, daß vielleicht ... die Zukunft ist so weit! Sagen Sie: vielleicht.

Fürst, was ich gesagt habe, ist der Ausdruck meiner Herzensempfindung. Ich danke Ihnen für die mir zugedachte Ehre, ich kann aber nie die Frau Ihres Sohnes werden.

Nun, so ist ja alles zu Ende, mein Lieber. Ich freue mich herzlich über deinen Besuch. Geh in dein Zimmer, Prinzessin, geh! sagte der alte Bolkonskij. Ich freu mich herzlich über deinen Besuch! wiederholte er dann, indem er den Fürsten Wassilij umarmte.

»Mein Beruf ist ein anderer«, sagte Prinzessin Maria zu sich selbst, »und ein anderes Stück ist mir beschrieben, das Glück der Liebe und der Selbstverleugnung. Um jeden Preis werde ich die arme Amélie glücklich zu machen suchen. Sie liebt ihn so leidenschaftlich, bereut so innig ... ich werde alles aufbieten, um ihre Heirat mit ihm möglich zu machen. Wenn er nicht vermögend ist, will ich ihr etwas geben, ich werde den Vater und Andrej darum bitten. Wie glücklich werde ich mich fühlen, wenn sie seine Frau wird. Sie ist jetzt so unglücklich, so fremd, so einsam, so hilflos! Und wie leidenschaftlich muß sie ihn lieben, da sie sich so weit vergessen konnte ... Vielleicht hätte ich dasselbe getan«, fügte Prinzessin Maria hinzu.

VI

Rostows hatten lange Zeit keine Nachricht von Nikoluschka erhalten; erst in der Mitte des Winters wurde dem Grafen ein Brief überbracht, auf dessen Adresse er die Handschrift seines Sohnes erkannte. Mit freudigem Erschrecken und vorsichtig, damit niemand etwas merkte, ging er in sein Zimmer, zog die Tür hinter sich zu und begann zu lesen. Anna Michajlowna (die alles erfuhr, was im Hause geschah), hörte, daß ein Brief gekommen war, und trat mit leisen Schritten in das Gemach des Grafen, den sie mit dem Briefe in der Hand, zugleich lachend und weinend, antraf. Obwohl ihre Verhältnisse sich verbessert hatten, lebte sie noch immer im Kostowschen Hause.

Mein lieber Freund! sagte sie wehmütig fragend und bereit, ihr Mitgefühl an den Tag zu legen.

Der Graf schluchzte.

Nikoluschka ... ein Brief von ihm ... er war verwundet ... verwundet ... mein Täubchen! ... Nun ist er Offizier geworden ... Gott sei Dank ... Wie sollen wir das alles der lieben Gräfin mitteilen?

Anna Michajlowna setzte sich zu ihm, trocknete mit ihrem Taschentuche die Tränen aus seinen Augen, von dem Briefe und aus ihren eigenen Augen, las den Brief, tröstete den Grafen und erklärte, sie würde die Gräfin zwischen dem Mittagessen und dem Abendtee vorbereiten und ihr nach dem Tee mit Gottes Hilfe alles erzählen.

Während des Diners sprach Anna Michajlowna von Kriegsneuigkeiten, von Nikoluschka, fragte zweimal, wann der letzte Brief von ihm gekommen wäre, obwohl sie das ganz genau wußte, und bemerkte, daß auch heute noch Nachrichten von ihm kommen könnten. Jedesmal aber, wenn die Gräfin Unruhe verriet und in ihrer Aufregung bald den Grafen, bald Anna Michajlowna ansah, verstand diese, das Gespräch unmerklich auf gleichgültige Dinge zu lenken.

Unter allen Familienmitgliedern war Natascha am meisten befähigt, die verschiedensten Nuancen der Stimmen, Blicke und Mienen zu erkennen. Vom Beginn des Mittagessens an hatte sie die Ohren gespitzt und wußte, daß zwischen ihrem Vater und Anna Michajlowna ein Geheimnis bestand, und daß Anna Michajlowna die übrigen vorbereitete. Trotz ihrer Keckheit (Natascha wußte, wie empfindlich ihre Mutter in bezug auf jede Nachricht von Nikoluschka war) konnte sie sich nicht entschließen, bei Tische eine Frage zu tun, konnte vor Aufregung nicht essen und rückte auf ihrem Stuhle hin und her, ohne die Mahnungen ihrer Gouvernante zu beachten. Nach Tisch lief sie eilig Anna Michajlowna ins Diwanzimmer nach, warf sich ihr um den Hals und bat:

Tante, liebe Tante, sage mir, was es gibt.

Nichts, mein Kind!

Ja, ja, mein Herzchen, mein Täubchen, mein Goldchen ... ich lasse dir keine Ruhe ... ich weiß, daß du etwas Besonderes erfahren hast.

Anna Michajlowna wiegte den Kopf. Ach, du Schalk! sagte sie.

Gewiß ist von Nikolenka ein Brief gekommen ... gewiß, gewiß! rief Natascha und las die zustimmende Antwort auf Anna Michajlownas Gesicht.

Um Gottes willen, sei vorsichtig ... du weißt, wie es deine Mama erschrecken kann ...

Vorsichtig? ... das bin ich, das bin ich! aber erzählen Sie. Sie wollen nicht? ... dann laufe ich gleich zur Mama und sage ihr alles.

Anna Michajlowna teilte Natascha in kurzen Worten den Inhalt des Briefes mit, verlangte aber, daß sie niemand etwas sagen sollte.

Mein Ehrenwort! rief Natascha, indem sie sich bekreuzte, dann begab sie sich zu Sonja und sagte ihr alles, was sie erfahren hatte.

Nikolenka … verwundet … ein Brief ist gekommen! rief sie wichtig und aufgeregt.

Nikolenka! wiederholte Sonja und erblaßte. Jetzt erst, als Natascha den Eindruck gewahrte, den ihres Bruders Verwundung auf Sonja hervorbrachte, kam ihr zum Bewußtsein, daß dies Ereignis eine traurige Seite hatte. Sie fiel Sonja um den Hals, küßte sie und fing an zu weinen.

Er war nur leicht verwundet … ist aber Offizier geworden. Jetzt ist er wieder gesund und hat selbst geschrieben, sagte sie unter Tränen.

Es ist doch wahr, daß ihr Frauenzimmer alle Heulliesen seid! rief Petja, indem er mit großen Schritten im Zimmer auf und nieder ging. Ich, ich freue mich, daß sich mein Bruder ausgezeichnet hat. Ihr seid Tränensäcke! Ihr versteht gar nichts.

Natascha lächelte unter Tränen.

Hast du den Brief gelesen? fragte Sonja.

Nein, aber Anna Michajlowna sagte mir, alles wäre gut, und er wäre Offizier geworden.

Gott sei Dank! flüsterte Sonja, bekreuzigte sich und lächelte wieder. Aber vielleicht hat sie dir nicht die Wahrheit gesagt. Komm zur Mama!

Petja setzte schweigend seinen Spaziergang fort.

Wenn ich an Nikoluschkas Stelle gewesen wäre, hätte ich noch mehr von diesen Franzosen totgemacht … es sind so nichtswürdige Kerle! Ich hätte so viele umgebracht, daß es einen ganzen Haufen von Leichen gegeben hätte.

Sei still, Petja, du bist ein Narr.

Ich bin kein Narr … aber Mädchen, die über Kleinigkeiten weinen, sind Närrinnen, antwortete Petja.

Kannst du dich seiner erinnern? fragte Natascha plötzlich nach einer kurzen Pause. Sonja lächelte.

Ob ich mich Nikolenkas erinnern kann? fragte sie.

Nun ja, Sonja , ich meine, ob du dich seiner genau genug erinnerst, um dir jede Einzelheit vorstellen zu können, sagte Natascha mit ausdrucksvoller Handbewegung und dem unverkennbaren Verlangen, ihren Worten die ernsteste Bedeutung zu geben. Nikoluschkas erinnere ich mich auch ganz genau, fuhr sie fort; aber mit Boris ist es nicht so … da ist alles nur undeutlich.

Wie? du kannst dich nicht deutlich auf Boris besinnen? rief Sonja verwundert.

Nicht gerade, daß ich mich nicht auf ihn besinnen könnte … ich weiß, wie er aussieht … aber so wie bei Nikoluschka ist es doch nicht. Um den zu sehen, brauche ich nur die Augen zuzumachen … bei Boris hilft mir das nicht. (Sie schloß die Augen.) Nein, ich sehe nichts.

Sonja sah ihre Freundin wie in Verzückung an. O Natascha! sagte sie in einem Tone, als ob sie das junge Mädchen nicht für wert hielte, zu hören, was sie eben aussprechen wollte, und als ob von einem höhern Wesen die Rede wäre. O Natascha, ich habe deinen Bruder einmal liebgewonnen, und was auch aus uns beiden werden mag, ich werde mein Leben lang nicht aufhören, ihn zu lieben.

Natascha blickte Sonja mit verwunderten, neugierigen Augen an und schwieg; sie fühlte, daß Sonja die Wahrheit sagte, daß die Liebe, von der Sonja sprach, wirklich existierte; aber Natascha hatte noch nichts Ähnliches empfunden. Sie glaubte an die Möglichkeit einer solchen Empfindung, begreifen aber konnte sie sie nicht.

Wirst du ihm schreiben? fragte sie. Sonja wurde nachdenklich. Schon seit längerer Zeit quälte sie die Frage, ob und wie sie an Nikolaj schreiben sollte. Jetzt, da er Offizier geworden und ein verwundeter Held war, fragte sie sich, ob es wohl passend wäre, ihn an sich und die Verpflichtung zu erinnern, die er ihr gegenüber auf sich genommen hatte.

Ich weiß nicht; ich glaube fast, daß ich ihm schreiben würde, wenn er mir schriebe, gab sie errötend zur Antwort.

Und wirst du dich nicht schämen, ihm zu schreiben?

Sonja lächelte.

Nein.

Ich würde mich schämen, an Boris zu schreiben … ich würde es nicht tun.

Warum würdest du dich denn schämen?

Ich weiß es selbst nicht … ich würde es nicht tun können, ich würde mich schämen.

Ich weiß, warum sie sich schämen würde! rief Petja, der durch Nataschas Äußerung von vorhin gekränkt war. Weil sie in den Dicken mit der Brille verliebt ist (so nannte Petja, dessen Behauptung richtig war, seinen Namensvetter, den neuen Grafen Besuchow), und weil sie jetzt in diesen Sänger verliebt ist, (Petja meinte den Italiener, der Natascha Singstunden gab.) Deshalb schämt sie sich.

Petja, du bist dumm! sagte Natascha.

Nicht dümmer als du, mein Kind! rief der neunjährige Junge im Tone eines alten Brigadiers.

Anna Michajlownas Andeutungen hatten die Gräfin halb und halb vorbereitet. Während sie nach dem Mittagessen in ihrem Zimmer im Lehnstuhle saß, waren ihre tränenvollen Augen unverwandt auf das Miniaturporträt ihres Sohnes geheftet, das ihre Dose schmückte.

Endlich schlich Anna Michajlowna, mit dem Briefe in der Hand, auf den Zehen nach dem Zimmer ihrer Freundin und blieb an der Schwelle stehen.

Kommen Sie nicht mit hinein, sagte sie zu dem alten Grafen, der ihr gefolgt war. – Später! – Dann trat sie ein und zog die Tür hinter sich zu. Der Graf legte das Ohr ans Schlüsselloch und horchte.

Anfangs hörte er nur gleichgültige Worte, dann ließ sich die Stimme Anna Michajlownas, die eine lange Rede zu halten schien, allein hören. Dann erfolgte ein Schrei, dann Schweigen, und endlich sprachen wieder beide Stimmen zusammen in fröhlichem Ton, worauf denn auch bald Schritte hörbar wurden und Anna Michajlowna die Tür öffnete. Auf ihrem Antlitz lag der stolze Ausdruck eines Arztes, der eine schwere Amputation vollbracht hat und das Publikum herbeiruft, seine Kunst zu bewundern.

Es ist geschehen! sagte sie, mit feierlicher Gebärde auf die Gräfin deutend, die in der einen Hand die Dose, in der andern den Brief hielt und bald den einen, bald den andern dieser Gegenstände an die Lippen drückte. Als sie den Grafen erblickte, streckte sie ihm die Hände entgegen, umfaßte seinen kahlen Kopf, sah über ihn weg Brief und Porträt an und stieß gleich darauf ihren Mann leise wieder fort, um abermals beides an die Lippen zu pressen. Wjera, Natascha, Sonja und Petja wurden gerufen, und der Brief wurde gelesen. Er enthielt eine kurze Schilderung des Feldzuges und besonders der beiden Treffen, an denen Nikoluschka teilgenommen hatte. Der junge Mann erzählte ferner von seiner Beförderung, küßte Papa und Mama die Hände, bat um ihren Segen und umarmte Wjera, Natascha und Petja. Außerdem bat er, Herrn Schelling, Madame Schoß und die Wärterin zu grüßen und die teure Sonja zu küssen, die er so lieb hätte wie früher, und an die er wie früher dächte. Als Sonja das hörte, errötete sie so heftig, daß ihr Tränen in die Augen traten. Sie fühlte sich außerstande, die auf sie gerichteten Blicke zu ertragen, lief in den Saal, drehte sich ein paarmal rasch um sich selbst, so daß ihr Kleid sich bauschte, und kauerte sich dann rot und fröhlich lächelnd auf den Boden nieder.

Die Gräfin weinte.

Warum weinen Sie denn, Mama? fragte Wjera. Was er schreibt, ist ja mehr Ursache zur Freude als zum Weinen.

Sie hatte ganz recht, aber der Graf, die Gräfin und Natascha blickten sie doch vorwurfsvoll an. »Wem mag sie wohl nachgeraten sein?« dachte die Gräfin.

Nikoluschkas Brief wurde hundertmal vorgelesen, aber alle, die gewürdigt wurden, ihn zu hören, mußten zu der Gräfin kommen, die ihn nicht aus den Händen gab. Der Hauslehrer, die Wärterin, Mitjenka, einige Bekannte erschienen der Reihe nach, und die Gräfin las den Brief jedesmal mit neuem Genuß und entdeckte jedesmal neue vortreffliche Eigenschaften in ihrem Nikoluschka. Wie seltsam, überraschend, beglückend erschien es ihr, daß ihr Sohn, derselbe, der erst das Wort »Appel« und dann »Baba« sprechen gelernt, daß dieser Sohn nun im fremden Lande, in fremder Umgebung als ein kühner Kriegsheld auftrat und allein, ohne Hilfe und Leitung seinen Mannesberuf erfüllte. Die allgemeine, tausendjährige Erfahrung, daß Kinder von der Wiege an allmählich zu Männern heranwachsen, schien für die Gräfin nicht vorhanden zu sein. Das Wachstum ihres Sohnes kam ihr in jeder Phase seiner Entwicklung so wunderbar vor, als ob es nicht Millionen und aber Millionen Menschen gegeben hätte, die ebenso zu Männern geworden. Wie sie vor zwanzig Jahren kaum glauben mochte, daß das kleine Wesen, das unter ihrem Herzen verborgen lebte, je schreien und die Brust nehmen, daß es je sprechen würde, so mochte sie auch jetzt kaum glauben, daß dieses Wesen der starke, tapfere Mann geworden sei, das Muster aller Söhne und Menschen, wie er es nach diesem Briefe war.

Was für ein Stil! Wie hübsch er schildert! sagte sie, wenn sie den beschreibenden Teil des Briefes las. Und was für ein Gemüt! Über sich selbst schreibt er nichts, gar nichts! Er rühmt einen gewissen Denissow und ist doch gewiß tapferer als alle andern. Er sagt auch nichts von den Leiden, die er ausgestanden hat ... Was für ein Herz! Wie ich ihn erkenne! ... Und wie er sich aller erinnert. Niemanden hat er vergessen ... Ich habe es aber immer gesagt, schon als er noch so war ...

Über acht Tage lang wurden von dem ganzen Hause Briefe an Nikoluschka ausgearbeitet und nach und nach ins Reine geschrieben. Unter Aufsicht der Gräfin wurden auch allerlei notwendige Sachen für den neuen Offizier zusammengepackt, und der Graf legte Geld dazu. Die praktische Anna Michajlowna hatte sich für den Briefwechsel mit ihrem Sohne Protektionen zu verschaffen gewußt, so daß ihre Sendungen an den Großfürsten Konstantin Pawlowitsch gingen, der die Garde kommandierte. Rostows hielten die Adresse »An die russische Garde im Auslande« für vollkommen ausreichend und waren überzeugt, daß, wenn der Brief an den Großfürsten käme, der die Garde befehligte, kein Grund vorhanden sein könne, daß er das Pawlogradsche Regiment – das irgendwo in der Nähe stehen mußte – nicht erreichte. Man beschloß also, die Briefe und das Geld durch einen Kurier des Großfürsten an Boris zu senden, der dann alles an Nikoluschka weitergeben sollte. Die Briefe waren vom alten Grafen, von der Gräfin, von Petja, Wjera, Natascha und Sonja, und dabei befanden sich 6000 Rubel und verschiedene Sachen, die der Graf dem Sohne zu seiner Equipierung schickte.

VII

Am 24. November bereitete sich die Kutusowsche Armee, die bei Olmütz gelagert war, darauf vor, am folgenden Tage vor den Kaisern von Rußland und Österreich Revue zu passieren. Die Garde, die eben aus Rußland angekommen war, hatte zwei Meilen von Olmütz übernachtet und mußte sich am folgenden Tage direkt zu der Musterung begeben, also gegen zehn Uhr morgens bei Olmütz erscheinen.

An demselben Tage hatte Nikolaj Rostow einen Brief von Boris erhalten, in welchem ihm dieser meldete, daß das Ismajlowsche Regiment zwei Meilen von Olmütz in Quartier liege, und daß er dorthin kommen möge, um Briefe und Geld in Empfang zu nehmen. Geld hatte Rostow dringend nötig, denn sein Regiment lag seit der letzten Schlacht mit den übrigen Truppen bei Olmütz, und das Lager wimmelte von gut verproviantierten Marketendern und österreichischen Juden, die den Offizieren die verlockendsten Gegenstände zum Kauf anboten. Außerdem veranstalteten die Pawlogradschen Offiziere ein Gastmahl nach dem andern, um die im Feldzuge errungenen Orden und Beförderungen zu feiern, oder sie ritten nach Olmütz zu der kürzlich dort angekommenen Ungarin Karoline, die ein Weinhaus mit weiblicher Bedienung eröffnet hatte. Rostow hatte unlängst seine Beförderung zum Kornett gefeiert, hatte Dennissows Pferd, den Beduin, gekauft und war bei Kameraden und Marketendern tief verschuldet. Nachdem er Boris' Brief erhalten hatte, ritt er mit einigen Kameraden nach Olmütz, aß dort, trank eine Flasche Wein und ritt allein weiter ins Lager der Garde, um seinen Jugendfreund aufzusuchen. Der junge Mann war noch nicht dazu gekommen, sich zu equipieren. Er trug eine schäbige Junkeruniform mit dem Soldatenkreuz, ebensolche Reithosen mit abgeriebenem Leder und einen Offizierssäbel mit Troddel. Er ritt ein donisches Steppenpferd, das er während des Feldzuges einem Kosaken abgekauft, seine zerdrückte Husarenmütze war keck auf die Seite geschoben. Als er sich dem Lager des Ismajlowschen Regimentes näherte, stellte er sich lebhaft vor, wie er Boris und dessen Kameraden, die Gardeoffiziere, durch seine kriegerische, pulvergeschwärzte Husarenerscheinung überraschen würde.

Die Garde hatte den ganzen Feldzug wie eine Promenade zurückgelegt und voll Stolz ihre Ordnung und Disziplin zur Schau getragen. Ihre Märsche waren kurz; die Tornister wurden auf Wagen transportiert; die österreichischen Militärbehörden hatten den Offizieren in allen Quartieren glänzende Gastmähler gegeben; die Regimenter waren mit klingendem Spiel in die Städte eingezogen und hatten sie ebenso wieder verlassen, und ein besonderer Stolz der Garde war, daß die Mannschaften während des ganzen Feldzugs auf Befehl des Großfürsten, mit ihren Offizieren an der Spitze jeder Kompanie, im Paradeschritt marschiert waren. Boris hatte die ganze Zeit über mit Berg zusammengelebt, der bereits Kompaniechef war. Berg hatte die Kompanie während des Feldzuges erhalten, hatte Gelegenheit gehabt, durch Pünktlichkeit und Pflichteifer das Vertrauen seiner Vorgesetzten zu erwerben, und hatte seine Geldangelegenheiten aufs beste geordnet. Boris seinerseits hatte die Zeit genutzt, mit Persönlichkeiten bekannt zu werden, die ihm förderlich sein konnten. Ein Brief Pierres hatte ihn dem Fürsten Andrej Bolkonskij empfohlen, durch dessen Fürsprache er in den Stab des Oberbefehlshabers zu kommen hoffte. Jetzt saßen die beiden sauber und ordentlich gekleideten Offiziere, Berg und Boris, die von dem letzten Tagesmarsch vollständig ausgeruht waren, in ihrem reinlichen Quartier an einem runden Tische und spielten Schach. Berg hielt eine rauchende Pfeife zwischen den Knien, während Boris mit der ihm eigentümlichen Zierlichkeit, mit seinen weißen, feinen Händen die Figuren pyramidenförmig aufstellte, auf Bergs nächsten Zug wartete und, seinem Gegner ins Gesicht blickend, offenbar – wie er immer zu tun pflegte – nur an das dachte, womit er augenblicklich beschäftigt war.

Nun, wie wollen Sie sich jetzt herausarbeiten? fragte er.

Ich muß versuchen, antwortete Berg, indem er einen Bauern anfaßte, die Hand aber wieder zurückzog. In diesem Moment wurde die Tür geöffnet.

Da ist er endlich! rief Rostow. Berg ist auch hier! ... ach du;

petits enfants, allez coucher dormir, rief er, die Worte der Wärterin wiederholend, über die er einst mit Berg zusammen gelacht hatte.

Gott, wie du dich verändert hast! sagte Boris, stand auf und ging Rostow entgegen, vergaß aber nicht, die bei seinem Aufstehen umgefallenen Figuren erst wieder aufzurichten und auf ihren Platz zu stellen. Dann wollte er seinen Freund umarmen, aber Nikolaj schob ihn zurück. Mit dem der Jugend eigenen Mißbehagen vor jedem ausgetretenen Wege und dem Verlangen, seine Gefühle auf neue, eigenartige Weise auszudrücken, nicht wie sie ältere Leute, nur zu oft ohne Herzensbedürfnis, kundtun, wollte Nikolaj seiner Erregung beim Wiedersehen des Freundes eine besondere Form geben. Er hätte Boris kneifen und stoßen, aber nicht in hergebrachter Weise umarmen und küssen mögen. Boris dagegen umarmte ihn ruhig, freundschaftlich und küßte Rostow zwei-, dreimal.

Sie hatten sich fast ein halbes Jahr nicht gesehen; und da sie beide in dem Alter standen, in dem junge Leute ihre ersten selbständigen Schritte auf dem Lebenswege wagen, fanden sie sich gegenseitig sehr verändert, denn jeder von ihnen bot gleichsam ein Spiegelbild der Gesellschaftskreise, in denen er seine ersten Schritte versucht, und jeder wollte dem andern diese Veränderung so schnell wie möglich kundgeben.

Ja, ihr verfluchten Parketthelden, ihr kommt freilich so frisch und sauber daher, wie von einer Promenade, und seht nicht aus wie wir armen Schlucker von der Armee, sagte Rostow mit einer Baritonstimme, deren tiefer Klang für Boris etwas Neues war, und zeigte dabei mit der dem Linienoffizier eigenen Manier auf seine beschmutzten Reithosen. Bei Rostows lautem Sprechen steckte die Wirtin, eine Deutsche, ihren Kopf durch die Tür.

Ist sie hübsch! fragte der junge Husar, indem er auf sie hindeutete.

Was schreist du so – Du wirst sie erschrecken, sagte Boris. Übrigens habe ich dich heute noch nicht erwartet. Erst gestern habe ich dir meinen Brief durch einen Bekannten, den

Fürsten Bolkonskij, der bei Kutusow Adjutant ist, zugeschickt und habe nicht geglaubt, daß er ihn dir so schnell einhändigen würde. Nun sage aber, wie es dir geht. Du hast schon Pulver gerochen? fragte Boris.

Ohne zu antworten, schüttelte Rostow das Georgskreuz, das an den Schnüren seiner Uniform hing, und hob, auf Berg blickend, seine verbundene Hand in die Höhe.

Wie du siehst! sagte er dann.

Oh! sagte Boris und lächelte. Wir haben auch einen schönen Feldzug mitgemacht, fuhr er fort. Du weißt wohl, daß Se. kaiserliche Hoheit die ganze Zeit mit unserem Heere marschiert ist, so daß wir alle möglichen Vorteile und Bequemlichkeiten hatten. Die Empfangsfeierlichkeiten, Bälle und Diners, die es in Polen gegeben hat, lassen sich nicht beschreiben, und der Großfürst war außerordentlich gnädig gegen uns alle. Und beide Freunde erzählten, der eine von Husarentrinkgelagen und lustigem Lagerleben, der andere von den Annehmlichkeiten und Vorteilen des Dienstes unter dem Kommando hochgestellter Persönlichkeiten.

Ja, die Garde, sagte Rostow. Aber laß doch Wein bringen.

Boris runzelte die Stirn.

Wenn du durchaus willst, sagte er, trat an sein Bett, zog seine Börse unter den sauberen Kissen hervor und schickte nach Wein. Hier will ich dir auch das Geld und die Briefe geben, fügte er hinzu.

Rostow nahm den Brief, warf das Geld auf den Diwan, stützte sich mit beiden Armen auf und fing an zu lesen. Er las ein paar Zeilen, dann warf er Berg einen zornigen Blick zu, verdeckte aber, als er dem Blick des jungen Mannes begegnete, sein Gesicht hinter dem Brief.

Man hat Ihnen viel Geld geschickt, sagte Berg und betrachtete die schwere Börse, die in die Kissen gesunken war. Wir anderen müssen uns mit unserer Gage begnügen. Ja, Graf, wenn ich Ihnen von mir erzählen würde …

Hören Sie, lieber Berg, fiel ihm Rostow ins Wort, wenn Sie einen Brief von Hause bekommen und einen alten Freund wiedersehen, den Sie über alles Mögliche ausfragen möchten, so verspreche ich Ihnen, wenn ich zugegen sein sollte, mich sofort zu entfernen, damit Sie nicht gestört werden. Hören Sie, gehen Sie irgendwo anders hin, wohin Sie wollen … gehen Sie zum Teufel! schrie er, dabei packte er ihn bei den Schultern und sah ihm freundlich in die Augen, um die Grobheit seiner Worte zu mildern. Sie kennen mich ja! fügte er hinzu. Seien Sie mir nicht böse, mein Lieber! Ich spreche mit Ihnen wie ein alter, guter Bekannter.

Ach, seien Sie ohne Sorgen, Graf, ich verstehe Sie sehr gut, antwortete Berg mit seinen Kehltönen und stand auf.

Gehen Sie mal zu den Wirtsleuten; die haben Sie ja eingeladen, fügte Boris hinzu. Berg zog einen anderen Rock an, auf dem kein Stäubchen, kein Fleckchen zu sehen war, kämmte das Haar in die Höhe, wie es der Kaiser Alexander Pawlowitsch getragen hatte, und nachdem er aus Rostows Blick erkannt hatte, daß dieser seinen Rock bemerkt, entfernte er sich freundlich lächelnd aus dem Zimmer.

Was ich für ein Esel bin! sagte Rostow, indem er den Brief las.

Warum denn?

Ach! was ich für ein Rindvieh bin, daß ich nicht einmal geschrieben und sie so geängstigt habe! Was ich für ein Rindvieh bin! wiederholte er und wurde rot. Schicke doch deinen Gawrilo nach Wein, wir könnten etwas trinken, sagte er dann.

Dem Briefe der Seinigen war ein Empfehlungsschreiben an den Fürsten Bagration beigefügt. Auf Anna Michajlownas Rat hatte sich die Gräfin durch ihre Bekannten die Empfehlung verschafft und sie dem Sohne mit der dringenden Mahnung geschickt, davon Gebrauch zu machen.

Unsinn! das habe ich nicht nötig! rief Rostow und warf das Schreiben unter dem Tisch.

Was hast du da weggeworfen? fragte Boris.

Es ist ein Empfehlungsbrief … was soll ich damit?

Wie, was du damit sollst? sagte Boris, indem er den Brief vom Boden aufnahm und die Adresse las. Dies Schreiben ist für dich von großer Wichtigkeit.

Das ist es nicht, ich will bei niemandem Adjutant werden.

Warum denn nicht? fragte Boris.

Das ist die Stellung eines Bedienten.

Du bist noch immer der alte Phantast, wie ich sehe, antwortete Boris und schüttelte den Kopf.

Und du bist noch immer der alte Diplomat. Aber lassen wir das gut sein ... sage mir lieber, wie es dir geht.

Wie du siehst. Bis jetzt ist alles gut, aber ich muß dir gestehen, daß ich gern Adjutant sein, aus Reih und Glied heraus möchte.

Warum?

Weil, wenn man einmal die militärische Laufbahn einschlägt, eine glänzende Karriere das Wünschenswerteste ist.

So, das also ist es, sagte Rostow, der offenbar an etwas anderes dachte. Er sah seinem Freunde fragend und durchdringend in die Augen und schien vergebens die Lösung einer Frage zu suchen.

Der alte Gawrilo brachte Wein.

Wollen wir nicht Alfons Karlowitsch rufen lassen? fragte Boris. Ihr möget dann zusammen trinken – ich kann nicht.

Meinetwegen! ... Sag mir, was hältst du eigentlich von diesem Deutschen? fragte Rostow mit verächtlichem Lächeln.

Er ist ein sehr guter, ehrenhafter und angenehmer Mensch.

Rostow blickte seinen Freund noch einmal durchdringend an und seufzte. Berg kam zurück, und bei der Flasche Wein wurde das Gespräch der drei Offiziere lebhafter. Die Gardeoffiziere erzählten von ihrem Feldzuge, wie man sie in Rußland, Polen und dem Auslande gefeiert hatte, und erzählten verschiedene Anekdoten von der Güte und dem Jähzorn des kommandierenden Großfürsten. Berg hatte wie gewöhnlich schweigsam verhalten, solange das Gespräch nicht ihn persönlich betraf; als aber von der Heftigkeit des Großfürsten die Rede war, erzählte er mit großem Behagen, daß er in Galizien ein persönliches Zusammentreffen mit dem Großfürsten gehabt, als dieser eines Tages die Regimenter gemustert und sich über die Ungenauigkeit gewisser Evolutionen geärgert hatte. Mit selbstzufriedenem Lächeln schilderte Berg, wie der erzürnte Großfürst mit dem Ausruf: »Ihr Arnauten« (das war ein Lieblingswort des Großfürsten, wenn er ärgerlich war), an ihn herangeritten und den Kompagniechef aufgerufen hatte. Wollen Sie's wohl glauben, Graf, ich war nicht erschrocken, denn ich hatte keine Schuld. Ohne zu prahlen, Graf, darf ich behaupten, daß ich jeden Tagesbefehl Wort für Wort innehabe und das Reglement wie das Vaterunser kenne. Deshalb, Graf, kommen in meiner Kompagnie auch niemals Unordnungen vor; in der Beziehung ist mein Gewissen ruhig. Ich stellte mich Sr. kaiserlichen Hoheit vor. (Berg stand auf und zeigte, die Hand an die Mütze legend, wie er das gemacht, und in der Tat war es schwer, dem Gesicht einen zugleich ehrerbietigeren und selbstgefälligeren Ausdruck zu geben.) Er hat mir den Kopf gewaschen, den Kopf gewaschen, den Kopf gewaschen, daß mir die Haare weh taten, wie man zu sagen pflegt, so viel er nur konnte, fuhr Berg mit listigem Lächeln fort; hat uns Arnauten und Teufel genannt, mit Sibirien gedroht; ich wußte aber, daß ich keine Schuld hatte, und schwieg deshalb. Hatte ich nicht recht, Graf? »Bist du stumm?« rief er – ich schwieg noch immer. Und was meinen Sie nun, was geschah, Graf? Am folgenden Morgen stand von dieser Szene nicht ein Wort im Tagesbefehl; das erreicht man, wenn man die Fassung nicht verliert, nicht wahr, Graf? schloß Berg, indem er seine Pfeife anrauchte und den Dampf in Ringeln aufsteigen ließ.

Ja, das war eine musterhafte Haltung, fing Rostow lächelnd an, aber da Boris merkte, daß sein Freund die Absicht hatte, über Berg zu spötteln, gab er vorsichtig dem Gespräch eine andere Wendung. Er bat Rostow, zu erzählen, wann und wie er verwundet worden sei. Das war Rostow angenehm; er fing an zu erzählen, wurde während der Erzählung immer lebhafter und schilderte die Schlacht bei Schöngraben, wie alle, die an Schlachten teilgenommen, diese zu schildern pflegen; das heißt so, wie sie gewünscht hätten, daß die Sache gewesen wäre, oder wie sie von andern gehört, daß eine interessante Schlacht sein muß – aber keineswegs, wie es wirklich dabei zugegangen. Rostow war ein wahrheitsliebender junger Mann, er hätte niemals absichtlich die Unwahrheit gesagt und begann seinen Bericht in der Absicht, alles so zu schildern wie es gewesen. Aber nach kurzer Zeit geriet er in Übertreibungen, was meistens unbewußt und unwillkürlich zu geschehen pflegt. Hätte er seinen Zuhörern – die, wie er selbst, schon manchen Bericht über eine Attacke gehört, sich eine bestimmte Vorstellung von einer solchen gemacht und nun von ihm eine gleiche Schilderung erwarteten – die einfache Wahrheit erzählt, so hätten sie ihm entweder keinen Glauben geschenkt, oder was noch schlimmer gewesen wäre, sie hätten angenommen, daß er durch eigene Schuld versäumt habe, zu erleben, was andere Teilnehmer von Kavallerieattacken zu berichten wissen. Er durfte nicht einfach erzählen, daß er mit den übrigen im Trabe vorwärtsgeritten, vom Pferde gestürzt war, sich die Hand verrenkt hatte und dann, so schnell er konnte, in den Wald gelaufen war, um den Franzosen zu entgehen. Außerdem hätte er, um alles ganz der Wahrheit gemäß zu berichten, sich überwinden müssen, um nur das zu erzählen, was wirklich geschehen war. Es ist sehr schwer, die Wahrheit zu erzählen, und junge Leute sind selten dazu fähig. Seine Zuhörer erwarteten einen Bericht, wie er vor Ungeduld gebrannt hatte, seiner selbst nicht mehr Herr gewesen, wie ein Sturmwind den Karres entgegengeflogen war und rechts und links eingehauen hatte, wie sein Säbel Menschenblut gekostet, wie er endlich erschöpft zu Boden gesunken war und dergleichen mehr. Und er schilderte ihnen, was sie erwarteten.

Während seiner Erzählung, als er eben die Worte sprach: »Du kannst dir nicht vorstellen, welche eigentümliche Wut sich während der Attacke der Seele bemächtigt«, trat Fürst Andrej Bolkonsikj, der Boris besuchen wollte, ins Zimmer. Fürst Andrej nahm jungen Leuten gegenüber gern die Rolle des Beschützers an. Es schmeichelte ihm, wenn um seine Gönnerschaft geworben wurde, und außerdem hatte ihm Boris so gut gefallen, daß er die Wünsche des jungen Mannes gern erfüllen wollte. In diesem Augenblicke war Bolkonskij mit einem Schreiben Kutusows zu dem Thronfolger gekommen und sprach bei Boris vor, in der Hoffnung, in allein zu finden. Als er ins Zimmer trat und den Husaren erblickte, der seine Kriegstaten erzählte (solche Leute waren dem Fürsten Andrej zuwider), lächelte er Boris freundlich zu, verzog das

Gesicht, betrachtete Rostow mit zusammengekniffenen Augen und ließ sich mit einer leichten Verbeugung matt und träge auf den Diwan nieder. Er hatte das unangenehme Gefühl, in schlechte Gesellschaft geraten zu sein. Rostow, der dies erriet, wurde rot, aber es ließ ihn gleichgültig, da es sich um einen Fremden handelte. Aber als er Boris ansah, bemerkte er, daß auch dieser sich des Husaren zu schämen schien, und trotz des aufreizenden, spöttischen Tones des Fürsten Andrej und trotz der tiefen Mißachtung, die Rostow gegen alle »Stabsadjutantchen« hegte – zu denen offenbar der eben Erschienene auch gehörte – wurde der junge Mann verlegen, errötete und schwieg. Boris fragte nach den Tagesneuigkeiten im Generalstabe und bat, ohne indiskret sein zu wollen, ihm einiges über die Pläne der Unserigen zu erzählen.

Allem Anscheine nach werden wir vorrücken, antwortete Bolkonskij, der augenscheinlich in Gegenwart Fremder nicht mehr zu sagen wünschte. Berg ergriff die Gelegenheit, in besonders höflicher Weise die Frage zu stellen, ob man jetzt, wie die Rede gewesen, den Kompagnieführern in der Armee doppeltes Furagegeld zahlen würde. Fürst Andrej erwiderte lächelnd, er wisse solche wichtige Staatsangelegenheit nicht zu beurteilen, und Berg lächelte ebenfalls.

Über Ihre Angelegenheiten werden wir ein andermal reden, sagte Fürst Andrej zu Boris, indem er Rostow einen Blick zuwarf. Kommen Sie nach der Revue zu mir, wir werden das Mögliche für Sie tun. Nach diesen Worten sah er sich im Zimmer um und wandte sich an Rostow, dessen kindische Verlegenheit, die nach und nach in Mißmut überging, er nicht zu bemerken geruhte. Es kam mir vor, als ob Sie von dem Treffen bei Schöngraben erzählten, sagte er. Sind Sie dabei gewesen?

Ja, ich bin dabei gewesen! gab Rostow ärgerlich zur Antwort, als ob er mit diesen Worten den Adjutanten zu kränken hoffte. Die Stimmung des Husaren war dem Fürsten nicht entgangen und schien ihn zu amüsieren. Ein kaum merkliches, verächtliches Lächeln zuckte um seine Lippen.

Ja, es wird jetzt viel davon erzählt, sagte er.

Ja, antwortete Rostow mit lauter Stimme und sah mit wütenden Augen bald auf Boris, bald auf den Fürsten; ja, es wird viel davon erzählt; aber unsere Erzählungen, die Berichte derer, die selbst unter dem Feuer des Feindes gestanden, haben Gewicht und sind nicht mit denen zu vergleichen, welche die jungen Herren vom Stabe – denen die Belohnungen zufallen, ohne daß sie etwas getan haben – zu geben pflegen.

Und Sie vermuten, daß ich zu dieser Kategorie gehöre? sagte Fürst Andrej gelassen und mit besonders anmutigen Lächeln.

Eine seltsame Regung des Unwillens und der Hochachtung, hervorgerufen durch die ruhige Würde dieses Mannes, stieg in Rostows Seele auf.

Nein, Sie meine ich nicht ... Ich kenne Sie nicht und muß gestehen, daß ich auch nicht den Wunsch hege, Sie kennenzulernen, gab er zur Antwort. Ich spreche ganz im allgemeinen von den Herren im Stabe.

Und ich will Ihnen etwas sagen, unterbrach ihn Fürst Andrej, mit ruhigem, gebieterischem Ton. Sie wollen mich beleidigen, und ich will Ihnen gern zugeben, daß das sehr leicht ist, wenn Sie sich selbst nicht zu hoch dazu achten. Aber nun geben Sie auch zu, daß weder Zeit noch Ort gut gewählt sind. In wenigen Tagen können wir alle zu einem großen, ernsteren Zweikampf gerufen werden, und überdies ist Drubezkoj, der Sie seinen alten Freund nennt, doch nicht daran schuld, daß mein Gesicht das Unglück hat, Ihnen zu mißfallen. Übrigens kennen Sie meinen Namen, fuhr er fort, indem er sich erhob, und wissen, wo Sie mich zu finden haben. Vergessen Sie aber nicht, fügte er hinzu, daß ich weder mich noch Sie für beleidigt halte, und daß ich, als älterer Mann, Ihnen rate, die Sache auf sich beruhen zu lassen. Also, Drubezkoj, ich erwarte Sie nach der Revue. Auf Wiedersehen! Mit diesen Worten grüßte Fürst Andrej und ging.

Erst als sich der Fürst entfernt hatte, besann sich Rostow auf die Antwort, die er hätte geben sollen. Daß er diese Antwort nicht gegeben, verstärkte seinen Zorn. Er ließ augenblicklich sein Pferd vorführen und ritt fort, nachdem er von Boris einen kurzen, unfreundlichen Abschied genommen.

Auf dem ganzen Wege quälte ihn die Frage, ob er morgen ins Hauptquartier reiten und diesen Wichtigtuer von Adjutanten fordern oder die Sache ruhen lassen solle. Bald stellte er sich grollend vor, mit welchem Vergnügen er sich an dem Schrecken dieses kleinen, schwachen und doch so hochmütigen Mannes weiden würde, wenn er seiner Pistole gegenüberstände, und bald fühlte er mit Erstaunen, daß er unter allen ihm bekannten Männern keinen lieber zum Freunde haben wollte als diesen verhaßten Adjutanten.

VIII

Am Tage nach dem Wiedersehen zwischen Boris und Rostow wurde die Revue über das russisch-österreichische Heer abgehalten. Unter den Russen befanden sich sowohl die eben erst angelangten Truppen, wie die, welche den Feldzug unter Kutusow mitgemacht hatten. Die verbündete Armee umfaßte eine Truppenzahl von 80 000 Mann, und die Revue wurde von dem Kaiser von Rußland mit dem Großfürsten-Thronfolger und dem Kaiser von Österreich mit dem Erzherzoge abgehalten.

Vom frühen Morgen an zogen die sorgfältig gekleideten, sauber gebürsteten Truppen in der Ebene vor der Festung auf. Von allen Seiten sah man viele tausend Füße und Bajonette in Bewegung, von wehenden Fahnen überragt. Dann blieben diese dichten Massen auf das Kommando der Offiziere stehen, schwenkten ein und stellten sich in Abteilungen auf, indem sie andre ebenso starke Massen Infanterie, in anderen Uniformen, umgingen. Dann erschien die schmukke Kavallerie in blauen, roten, grünen gestickten Uniformen, mit dem taktmäßigen Hufschlage der Pferde und dem Klirren der Säbel, auf Rappen, Füchsen und Schimmeln, die Musikanten voran. Endlich kroch, zwischen Infanterie und Kavallerie, die Artillerie mit dem metallischen Rasseln ihrer blankgeputzten, sich auf den Lafetten wiegenden Kanonen und ihrem Pulvergeruch heran und nahm die ihr angewiesenen Plätze ein. Nicht nur Generale in Paradeuniform mit festgeschnürten dicken und dünnen Taillen, mit roten, vom Kragen eingeengten Hälsen, mit Schärpen und allen möglichen Orden; nicht nur die pomadisierten, stutzerhaft gekleideten Offiziere, sondern jeder Soldat mit dem frisch gewaschenen und rasierten Gesicht und der blanken Montur, selbst die Pferde, deren Haar wie Atlas glänzte und deren nasse Mähne glatt am Halse lagen, alles fühlte, daß etwas Großes, Bedeutungsvolles im Anzuge war. Der General wie der Soldat fühlte sich unbedeutend, fühlte sich als Sandkorn in diesem Menschenmeere, und war sich doch zu gleicher Zeit seiner Macht bewußt, indem er sich als Teil dieses gewaltigen Ganzen empfand.

Am frühen Morgen hatten die angestrengten Arbeiten und Mühen begonnen, und um zehn Uhr war alles in der anbefohlenen Ordnung. Die Truppen hatten sich auf der unermeßlichen Fläche in Gliedern aufgestellt und in drei Abteilungen geteilt. In jeder stand vorn die Kavallerie, weiterhin die Artillerie und noch weiter die Infanterie.

Zwischen einer Truppenabteilung und der andern war ein freier Raum, der eine Art Straße bildete. Die drei Teile dieser Armee unterschieden sich scharf voneinander; es waren erstens die Truppen, die sich unter Kutusow geschlagen hatten (auf ihrer rechten Flanke standen die Pawlogradschen Husaren), zweitens das aus Rußland nachgerückte Heer mit den Garderegimentern und endlich die österreichische Armee; aber alle standen in einer Linie, unter einem Befehlshaber und in einer und derselben Ordnung.

Wie ein Windhauch über Blätter flog das aufgeregte Flüstern: »Sie kommen, Sie kommen!« über diese Menschenmassen hin. Hin und wieder hörte man einen Laut des Schreckens, und alle Truppenteile überlief es, während sie noch einmal zurechtrückten, wie eine Welle.

Von Olmütz her kam ein Reitertrupp näher und näher, und obwohl das Wetter still war, zog ein leichter Windhauch über das Heer hin und ließ die Lanzenfähnlein und Feldzeichen wehen. Es war, als ob die Armee durch diese leichte Bewegung ihre Freude über die Annäherung der Kaiser aussprechen wollte. »Stillgestanden!« erscholl das Kommando und wurde auf verschiedenen Punkten wiederholt, wie das Krähen des Hahns beim Morgengrauen.

Dann wurde alles still – nur das Geräusch nahender Hufschläge unterbrach das Schweigen, das ringsum herrschte. Es waren die Kaiser, die sich mit ihrem Gefolge näherten; die Blasinstrumente des ersten Kavallerieregiments ließen den Generalmarsch erschallen, und es war, als ob diese Töne die innere Freude jedes einzelnen bei Annäherung des Kaisers aussprächen. Durch den Jubel dieser Töne erklang vernehmlich die jugendfrische, freundliche Stimme des Kaisers Alexander. Er rief den Bewillkommnungsgruß, und das erste Regiment schrie ihm sein »Hurra!« entgegen, das so betäubend, langgedehnt und feurig klang, daß sich die Menschen selbst vor der Zahl und der Stärke der Menge, die sie selbst bildeten, entsetzten.

Rostow stand in den ersten Gliedern des Kutusowschen Heeres, dem sich der Kaiser zuerst näherte. Er hatte dasselbe Gefühl, das in diesem Augenblick bei jedem Angehörigen der Armee wach geworden war: ein Gefühl der Selbstvergessenheit, das stolze Bewußtsein der Macht und der leidenschaftlichen Hingabe an den, der der Gegenstand dieser Feier war.

Er fühlte, daß auf ein Wort dieses Mannes die ganze Masse (in der er sich als unbedeutendes, aber doch zu ihr gehörendes Sandkorn empfand) – ins Feuer und ins Wasser gehen, Verbrechen wagen, sich dem Tode preisgeben oder die größten Heldentaten vollbringen würde, und er zitterte und glühte in der Erwartung dieses Wortes.

Hurra! Hurra! Hurra! klang es von allen Seiten, und ein Regiment nach dem andern begrüßte den Kaiser mit den Klängen des Generalmarsches. Und wieder Hurra! und wieder Generalmarsch und abermals ein Hurra, Hurra! das im betäubenden Nachhall zu wachsen und sich zu verstärken schien.

Solange der Kaiser noch nicht herangekommen war, verharrte jedes der Regimenter wie ein lebloser Körper in Schweigen und Unbeweglichkeit, aber sobald ihm der Gebieter gegenüberstand, belebte sich die starre Masse und wiederholte den Ruf, der den Kaiser auf der ganzen Linie begrüßt hatte. Bei diesem lauten, gewaltigen Gruße, zwischen diesen unbeweglichen, wie versteinert in ihren Karrees dastehenden Truppenkörpern, bewegte sich mit nachlässigem Anstande der glänzende Reiterzug, an dessen Spitze sich die beiden Kaiser befanden, denen sich die Aufmerksamkeit dieser ganzen Menschenmasse in atemloser Spannung zuwandte.

Der junge schöne Kaiser Alexander in der Uniform seines Leibregiments, mit dem Dreimaster auf dem Kopfe, die Krempe nach vorn, nahm durch sein anmutiges Gesicht und den klangvollen gedämpften Ton seiner Stimme aller Augen und Herzen gefangen.

Rostow, der unweit der Blasinstrumente stand, hatte den Kaiser mit seinen scharfen Augen von weitem erkannt und beobachtete seine Annäherung. Als der Kaiser auf zwanzig Schritt von ihm entfernt war und Nikolaj sein schönes, junges, glückliches Gesicht in allen Einzelheiten klar erkennen konnte, überfiel ihn ein bisher unbekanntes Gefühl der Zärtlichkeit und des Entzückens. Jede Bewegung, jeden Zug des Monarchen fand er bezaubernd.

Beim Pawlogradschen Regiment hielt der Kaiser an, sagte ein paar französische Worte zu dem Kaiser von Österreich und lächelte.

Rostow mußte, als er dies sah, unwillkürlich mitlächeln und fühlte sich noch stärker von der Liebe für seinen Kaiser hingerissen. Er wünschte diese Liebe in irgendeiner Weise kundzutun. Er wußte aber, daß das unmöglich war und fühlte sich dem Weinen nahe. Der Kaiser rief den Regimentskommandeur und sagte ihm ein paar Worte.

»Mein Gott, was würde aus mir, wenn sich der Kaiser an mich gewandt hätte! Ich wäre vor Glück gestorben«, dachte Rostow.

Der Kaiser wandte sich an die Offiziere.

Ihnen allen, meine Herren, danke ich von ganzem Herzen, sagte er. (Jedes Wort klang Rostow wie Himmelston!)

Wie glücklich hätte er sich gefühlt, wäre ihm jetzt die Möglichkeit geworden, für seinen Kaiser zu sterben.

Ihr habt die Georgskreuze verdient und seid wert, sie zu tragen, fügte der Kaiser, zu dem ganzen Regimente gewandt, hinzu.

»Für ihn sterben! für ihn sterben können!« dachte Rostow.

Der Kaiser hatte noch etwas gesagt, was Rostow nicht verstanden, und mit größter Anstrengung ihrer Lungen schrien die Leute Hurra!

Rostow beugte sich bis auf den Sattel und wiederholte den Ruf aus voller Kehle, fast mit dem Wunsche, sich mit diesem Schrei einen Schaden zuzufügen, nur um dem Kaiser die Größe seiner Begeisterung zu beweisen.

Der Kaiser stand den Husaren noch ein paar Augenblicke wie unschlüssig gegenüber.

»Ist's möglich, daß er unentschlossen sein kann?« dachte Rostow. Dann erschien ihm auch diese Unentschlossenheit majestätisch und bezaubernd, wie alles, was Alexander tat.

Das Zaudern des Kaisers währte nur einen Moment, dann berührte sein Fuß mit dem schmalen, spitzen Stiefel, wie man ihn damals trug, die Seite der gestutzten braunen Stute, die er ritt. Seine Hand im weißen Handschuh zog den Zügel straffer, und er entfernte sich, begleitet von dem wogenden Meere der Adjutanten. Vor andern Regimentern anhaltend, ritt er weiter und weiter, und endlich sah Rostow nur noch seinen weißen Federbusch inmitten des die beiden Kaiser umgebenden Gefolges.

Unter den Herren des Gefolges hatte Rostow auch Bolkonskij bemerkt, der müde und nachlässig auf seinem Pferde saß. Rostow fiel der gestrige Streit mit ihm ein und die Frage, ob er ihn fordern solle oder nicht. »Natürlich nicht«, sagte Rostow zu sich selbst. »In einem Augenblick wie der jetzige, ist es unmöglich, daran zu denken. Was bedeuten alle solche Streitigkeiten und Kränkungen im Vergleich zu dem Gefühl des Entzückens, der Liebe und Hingebung! Jetzt habe ich alle Menschen lieb und kann allen vergeben.«

Nachdem der Kaiser an den Regimentern vorbeigeritten war, defilierten die Truppen im Parademarsch an ihm vorüber. Rostow ritt am Ende der Schwadron, auf dem kürzlich von Denissow gekauften Beduin. Auf diese Weise war er von den andern getrennt, und der Kaiser konnte ihn genau ins Auge fassen.

Ehe er in die Nähe des Gebieters kam, gab Rostow, der ein ausgezeichneter Reiter war, seinem Beduin die Sporen und versetzte ihn glücklich in den feurigen Trab, den das Tier anzuschlagen pflegte, wenn man es reizte. Das Pferd legte das schäumende Maul an die Brust, hob den Schweif, schien durch die Luft zu fliegen und sprengte, als ob es den Blick des Kaisers fühlte, kaum die Erde berührend, in tadellos eleganter Haltung dahin. Rostow zog die Füße zurück, den Leib ein und jagte – sich mit dem Pferde zu einem Stück vereinigt fühlend – mit gespanntem, aber glückseligem Gesichte und nach Dennissows Ausdruck »wie ein Teufel« an dem Kaiser vorüber.

Brave Kerle, die Pawlograder! sagte der Kaiser.

»O Gott! wie wäre ich glücklich, wenn er mich jetzt gleich für sich ins Feuer schickte«, dachte Rostow.

Als die Musterung beendet war, vereinigten sich die eben angekommenen Offiziere mit denen des Kutusowschen Heeres zu verschiedenen Gruppen und unterhielten sich über Orden und Beförderungen, über die Österreicher und ihre Uniformen, über die Schlachtordnung, über Bonaparte, und wie schlimm es ihm ergehen würde, besonders, wenn noch das Essensche Korps heranrückte und Preußen sich unserer Sache anschloß.

Am meisten aber war in allen Gruppen vom Kaiser Alexander die Rede; man wiederholte jedes seiner Worte, erinnerte sich jeder seiner Bewegungen mit lebhafter Bewunderung.

Alle hatten nur den einen Wunsch: unter Anführung des Kaisers so schnell als möglich gegen den Feind zu ziehen. Unter seiner Führung konnten sie nur siegen, mit wem sie es auch zu tun haben mochten. Das war nach der Revue die Empfindung Rostows und der meisten Offiziere.

Die Siegeszuversicht, die ihnen diese Revue einflößte, war größer als die, welche sie aus den zwei kürzlich gewonnenen Schlachten davongetragen hatten.

IX

Am Tage nach der Revue zog Boris seine beste Uniform an und ritt, von den guten Wünschen seines Kameraden Berg begleitet, nach Olmütz. Er wollte Bolkonskij aufsuchen und seine Güte in Anspruch nehmen, um eine bessere Stellung, womöglich die eines Adjutanten bei einer hochgestellten Persönlichkeit, zu erringen. Diese Stellung schien ihm in der ganzen Armee die angenehmste zu sein. »Rostow hat es gut, ihm schickt sein Vater 10 000 Rubel, er hat gut reden, daß er sich vor niemandem bücken will und keines andern Bedienter sein will«, sagte Boris zu sich selbst. »Ich aber, der ich nichts besitze als meinen Kopf, muß Karriere machen, wie ich eben kann, und darf keine Gelegenheit dazu versäumen, sondern muß immer bereit sein, sie auszubeuten.

Boris traf den Fürsten Andrej nicht in Olmütz. Aber der Anblick der Stadt, wo sich das Hauptquartier und das diplomatische Korps niedergelassen hatten, wo beide Kaiser mit ihrem Gefolge, ihrem Hofstaat und andern nahestehenden Persönlichkeiten wohnten, bestärkte ihn noch mehr in dem Wunsche, in diese höhere Welt mit hineinzugehören.

Boris kannte niemanden in diesem Gewühl, und trotz seiner glänzenden Gardeuniform schienen ihm diese einflußreichen Persönlichkeiten, die in eleganten Equipagen, mit Federbüschen, Ordensbändern und Kreuzen durch die Straßen fuhren, alle diese Hofleute und Offiziere so unermeßlich hoch über ihm, dem einfachen Gardeleutnant, zu stehen, daß er es natürlich fand, wenn sie sich um seine Existenz weder kümmern wollten noch konnten. Im Quartier des Oberbefehlshabers Kutusow, wo Boris nach Bolkonskij fragte, sahen ihn die Adjutanten und sogar die Burschen an, als ob sie ihm begreiflich machen wollten, daß Leute seines Schlages sehr oft hier vorsprächen, und daß sie nur lästig wären. Aber trotzdem oder vielmehr gerade deshalb ritt Boris am folgenden Nachmittage, am 27., wieder nach Olmütz, begab sich in das Haus, wo Kutusow wohnte, und fragte nach Bolkonskij. Fürst Andrej war zu Haus, und man wies Boris in einen großen Saal, in dem früher getanzt worden sein mochte, wo jetzt aber fünf Betten, ein Tisch, Stühle und ein Klavier standen. Ein Adjutant saß, in einen persischen Schlafrock gehüllt, am Tische und schrieb; ein zweiter, dicker, roter Offizier – es war Neswizkij – lag auf dem Bette, hatte die Hände unter den Kopf gelegt und unterhielt sich lachend mit einem neben ihm sitzenden Kameraden. Ein dritter saß am Klavier und spielte einen Wiener Walzer, während ein vierter auf dem Instrumente lag und ihn singend begleitete. Bolkonskij war nicht da. Keiner der anwesenden Herren ließ sich durch den Hereintretenden stören. Boris wandte sich an den schreibenden Offizier, der sich mißmutig umsah und ihm sagte, Bolkonskij wäre *du jour*, er möge, wenn er ihn sprechen wolle, in die Tür zur Linken treten, die ins Empfangszimmer führe. Boris dankte und begab sich in das Empfangszimmer, wo er etwa zehn Offiziere und Generale versammelt fand.

Als Boris eintrat, arbeitete Fürst Andrej mit einem alten, russischen General. Der alte Herr war mit Orden bedeckt, stand in strammer Haltung fest auf den Füßen und stattete dem Fürsten Andrej, mit dem Ausdruck soldatischer Unterwürfigkeit auf dem roten Gesicht, einen Bericht ab. Mit verächtlich zusammengekniffenen Augen hörte ihm der Fürst zu. (Seine ganze Gestalt hatte das Aussehen höflicher Müdigkeit und schien deutlich zu sagen: »Wenn es nicht meine Pflicht wäre, würde ich mich keinen Augenblick mit Ihnen abgeben.«)

Sehr wohl, haben Sie die Güte zu warten, sagte er zu dem General auf Russisch, aber mit dem französischen Akzente, den er anzunehmen pflegte, wenn er mit Geringschätzung sprach. Dann bemerkte er Boris, nickte mit freundlichem Lächeln und ging, ohne weiter auf den General zu achten, obgleich ihm dieser nachlief und mit flehender Miene bat, noch etwas anzuhören, auf den jungen Mann zu. In diesem Augenblick wurde es Boris zur Gewißheit, was er bisher nur geahnt hatte, daß nämlich außer der Subordination und Disziplin, die das Reglement vorschreibt und die ihm selbst wie den Regimentern bekannt war, noch eine andere, einflußreiche Subordination in der Armee existierte: die, welche jetzt diesen geschnürten General mit dem roten Angesicht zwang, ehrerbietig zu warten, solang der Hauptmann Fürst Andrej sich mit dem Leutnant Drubezkoj zu unterhalten beliebte. Boris war sofort fester als je entschlossen, sich nicht nach der im Reglement gelehrten, sondern nach dieser andern, nicht offiziellen Disziplin zu richten. Er fühlte, daß er mit einem Male, dank der Empfehlung an den Fürsten Andrej, weit über diesem General stand, der Boris – solange dieser als einfacher Gardeoffizier in Reih und Glied eingefügt war – ohne weiteres vernichten konnte.

Fürst Andrej trat zu ihm und faßte seine Hand.

Ich bedaure sehr, daß Sie mich gestern verfehlt haben, sagte er. Ich habe mich den ganzen Tag mit den Deutschen herumplagen müssen; wir sind mit Weyrother ausgeritten, um die Dispositionen der Truppen in Augenschein zu nehmen. Wenn die Deutschen mit ihrer Gründlichkeit anfangen, da gibt's kein Ende.

Boris lächelte verständnisvoll, als ob er die Andeutungen des Fürsten Andrej vollständig begriffen hätte – und doch hörte er sowohl den Namen Weyrother und sogar das Wort Disposition zum ersten Male.

Wie ist's, mein Lieber, wollen Sie noch immer Adjutant werden? fuhr Bolkonskij fort; ich habe in diesen Tagen an Sie gedacht.

Ja, ich wollte den Oberbefehlshaber darum bitten, antwortete Boris mit unwillkürlichem Erröten. Kutusow hat von dem Fürsten Kuragin eine Empfehlung für mich erhalten. Ich wollte besonders aus dem Grunde darum bitten, fügte er entschuldigend hinzu, weil ich fürchte, daß die Garde nicht ins Feuer kommt.

Gut, gut, wir wollen das alles besprechen, sagte Fürst Andrej. Lassen Sie mich nur erst diesen Herrn anmelden, dann gehöre ich Ihnen.

Solange Fürst Andrej wegblieb, um den roten General anzumelden, sah dieser Mann, der offenbar mit Boris' Ansicht über die Vorgänge der nichtoffiziellen Disziplin nicht übereinstimmte, den kecken Leutnant, der sein Gespräch mit dem Adjutanten unterbrochen hatte, so unverwandt an, daß Boris verlegen wurde. Er wandte sich ab und wartete voll

Ungeduld auf die Rückkehr des Fürsten Andrej, der sich in das Kabinett des Oberbefehlshabers begeben hatte.

Ja, mein Lieber, ich habe an Sie gedacht, sagte Fürst Andrej, als sie in den großen Saal mit dem Klavier zurückgekehrt waren. Zu Kutusow brauchen Sie aber nicht erst zu gehen. Er wird Ihnen allerlei Freundlichkeiten sagen, wird Sie zum Diner einladen. (Das wäre nicht übel und dem nichtoffiziellen Dienstreglement ganz entsprechend, dachte Boris.) Aber das wird Ihnen keinen Nutzen bringen. Aus seinen Adjutanten und Ordonnanzen könnte Kutusow beinahe ein Bataillon bilden. Darum wollen wir lieber folgendes tun: Ich habe einen Freund, der ein vortrefflicher Mensch ist ... ich meine den Fürsten Dolgorukow. Die Sache ist nämlich die – was Sie freilich nicht wissen können –, daß Kutusow mit seinem Stabe und wir alle keine Bedeutung mehr haben, weil sich jetzt alles um den Kaiser gruppiert. Darum wollen wir zu Dolgorukow gehen. Ich muß ihn ebenfalls sprechen und habe ihm schon von Ihnen erzählt. Wir wollen sehen, ob er es nicht für möglich hält, Sie irgendwo in seiner Nähe oder in der Nähe der Sonne unterzubringen.. –

Fürst Andrej war immer sehr tätig, wenn sich die Gelegenheit bot, einen jungen Menschen zu leiten und ihm in der Welt fortzuhelfen. Unter dem Vorwande, einem andern einen Dienst zu leisten, den er aus Stolz für sich selbst nie in Anspruch genommen hätte, fand er Gelegenheit, sich jenen einflußreichen Kreisen zu nähern, die ihn mächtig anzogen. Darum hatte er es gern übernommen, Boris zu protegieren, und ging mit ihm zum Fürsten Dolgorukow.

Es war schon spätabends, als sie das Olmützer Schloß betraten, das von den beiden Kaisern mit ihrem Hofstaate eingenommen war.

Im Laufe des Tages hatte ein Kriegsrat stattgefunden, an welchem alle Mitglieder des Hofkriegsrats und beide Kaiser teilgenommen. Trotz des Widerspruchs der beiden greisen Feldherren, Kutusow und Schwarzenberg, war beschlossen worden, sofort anzugreifen und Bonaparte eine Hauptschlacht zu liefern. Die Sitzung war kaum beendet, als Fürst Andrej, von Boris begleitet, das Schloß betrat und den Fürsten Dolgorukow aufsuchte. Alle Bewohner des Hauptquartiers befanden sich noch unter dem Eindruck der heutigen, für die jüngere Partei des Kriegsrats siegreichen Sitzung. Die Stimmen der Zaudernden, die rieten, noch etwas mit dem Angriff zu warten, waren so energisch zurückgewiesen, ihre Gründe durch so unwiderlegliche Beweise von den Vorteilen einer Attacke entkräftigt, daß die in der heutigen Sitzung besprochene Schlacht und der durch sie zu erringende Sieg schon als etwas Erlebtes, nicht erst zu Erlebendes angesehen wurden. Alle Vorteile waren auf unserer Seite. Große Streitkräfte, welche unzweifelhaft die Napoleons übertrafen, waren auf einem Punkte konzentriert. Die Truppen, durch die Anwesenheit der Kaiser enthusiasmiert, harrten der Schlacht. General Weyrother, der an der Spitze der österreichischen Truppen stand, kannte den strategischen Punkt, auf dem die Aktion vor sich gehen sollte, in allen Einzelheiten. (Ein glücklicher Zufall schien es gefügt zu haben, daß im vergangenen Jahre die Österreicher gerade auf denselben Feldern manövriert hatten, wo jetzt die Schlacht mit den Franzosen bevorstand.) Der Kampfplatz war auf den Feldkarten genau verzeichnet, und der offenbar geschwächte Bonaparte schien nichts wagen zu wollen.

Einer der eifrigsten Verfechter des Angriffs, Dolgorukow, war eben müde und abgespannt, aber geistig angeregt und stolz auf den erkämpften Sieg aus der Sitzung zurückgekehrt. Fürst Andrej stellte ihm den von ihm protegierten Offizier vor. Fürst Dolgorukow drückte ihm freundlich und kräftig die Hand, richtete aber kein Wort an Boris, sondern wandte sich, da er sich nicht enthalten konnte, die Gedanken auszusprechen, die ihn in diesem Augenblick beschäftigten, zu dem Fürsten Andrej und sagte auf Französisch:

Ach, lieber Freund, was für einen Kampf hatten wir zu führen! Gott gebe nur, daß die Schlacht, die darauf folgen soll, ebenso siegreich sei. Übrigens muß ich meine Schuld den Österreichern und besonders Weyrother gegenüber erkennen, fuhr er lebhaft fort. Welche Gründlichkeit, welche Kenntnis der Einzelheiten und der Örtlichkeit, welches Voraussehen aller Möglichkeiten, aller Verhältnisse, aller kleinen Zufälligkeiten! Es ist undenkbar, jemals unter günstigeren Verhältnissen ins Feld zu rücken, als die unsrigen heute sind. Die Vereinigung österreichischer Vorsorglichkeit mit russischer Tapferkeit ... was kann man mehr verlangen!

Also ist die Attacke unwiderruflich beschlossen? fragte Bolkonskij.

Und wissen Sie was, lieber Freund, mir scheint, Bonaparte ist mit seinem Latein zu Ende. Wissen Sie, daß der Kaiser heute einen Brief von ihm bekommen hat? Dolgorukow lächelte bedeutungsvoll.

So, was schreibt er denn? fragte Bolkonskij.

Was kann er schreiben? Papperlapapp! Er hat nur einen Zweck, Zeit zu gewinnen. Ich versichere Sie, er ist in unserer Gewalt ... das ist ganz sicher. Aber das Lustigste dabei ist, fügte er mit gutmütigem Lachen hinzu, daß man durchaus nicht wußte, wie man die Antwort an ihn adressieren sollte. An den Konsul, ging nicht; an den Kaiser noch weniger und an den General Bonaparte – wie es mir am besten schien – wurde auch nicht für gut befunden.

Man braucht ihn ja nicht gerade als Kaiser anzuerkennen und kann ihm doch einen anderen Titel geben als den eines einfachen Generals Bonaparte, antwortete Bolkonskij.

Das ist ja gerade die Sache! rief Dolgorukow. Kennen Sie Bilibin? Er ist ein kluger Kopf. Der riet zu schreiben: »An den Usurpator und Feind des Menschengeschlechts«. Dolgorukow lachte fröhlich auf.

Nicht mehr als das? bemerkte Fürst Andrej.

Ja, aber Bilibin hat endlich auch im Ernst das Rechte gefunden. Er ist scharfsinnig und gewandt.

Nun, und?

»Dem Haupt der französischen Regierung, *au chef du gouvernement français*«, sagte Fürst Dolgorukow ernst und wohlgefällig. Nicht wahr, das ist gut?

Ja, aber es wird *ihm* sehr mißfallen, antwortete Bolkonskij.

Ja, sicherlich! Mein Bruder kennt ihn; er hat mehrere Male in Paris bei dem jetzigen Kaiser gespeist und sagte mir, daß er nie einen listigeren, raffinierteren Diplomaten gesehen. Ein Gemisch französischer Gewandtheit und italienischer Komödianterie. Kennen Sie die Anekdote vom Grafen Markow? Nur der verstand es, mit Bonaparte umzugehen. Haben Sie die Geschichte vom Taschentuch nicht gehört? Famos! ... Und der redselige Dolgorukow erzählte, sich bald an Boris, bald an den Fürsten Andrej wendend, wie Bonaparte, um unsern Botschafter Markow aufs Glatteis zu führen, in seiner Gegenwart das Taschentuch fallenließ und ihn darauf ansah, als ob er auf seine Gefälligkeit warte. Markow ließ sogleich sein eigenes Taschentuch fallen und hob es auf, ohne Bonapartes zu beachten.

Famos! sagte Bolkonskij. Aber ich bin gekommen, Fürst, um Sie für diesen jungen Mann zu interessieren. Es handelt sich nämlich darum ... Aber Fürst Andrej konnte nicht weitersprechen; ein Adjutant trat ins Zimmer und rief den Fürsten Dolgorukow zum Kaiser.

Ach, wie ärgerlich! sagte Dolgorukow. Er sprang schnell auf und schüttelte dem Fürsten Andrej und Boris die Hand. Sie wissen, wie gern ich bereit bin, für Sie und für diesen liebenswürdigen jungen Mann etwas zu tun. Er schüttelte Boris noch einmal die Hand mit dem Ausdruck gutmütigen, aufrichtigen, angeregten Leichtsinns. Aber Sie sehen ... Ein andermal!

Boris fühlte eine eigentümliche Aufregung bei dem Gedanken, wie nah er sich in diesem Augenblick der höchsten Gewalt befand. Er fühlte sich hier gleichsam im Zusammenhang mit den Triebfedern, welche die großen Massenbewegungen lenkten, während er in seinem Regiment sich nur als kleiner, gehorsamer unbedeutender Teil empfand. Er und Bolkonskij folgten dem Fürsten Dolgorukow in den Korridor und begegneten an der Tür des Kaisers, die Dolgorukow öffnete, einem Manne in Zivil von mittlerer Größe, mit klugem Gesicht und vorstehendem Unterkiefer. Dieser harte Zug entstellte sein Antlitz aber nicht, sondern gab ihm eine große Schärfe und Lebendigkeit des Ausdrucks. Der Mann nickte Dolgorukow wie einem Bekannten zu und betrachtete den Fürsten Andrej, während er gerade auf ihn zuging, mit kaltem, scharfem Blick, als ob er erwarte, daß der Fürst ihn grüße oder ihm aus dem Weg trete. Fürst Andrej tat jedoch weder das eine noch das andere; er machte ein zorniges Gesicht, und der junge Mann wandte sich ab und ging an der anderen Seite des Korridors an ihnen vorüber.

Wer ist das? fragte Boris.

Einer der bedeutendsten, aber mir widerwärtigsten Menschen, der Minister der auswärtigen Angelegenheiten, Fürst Adam Czartoryski. Diese Leute, fügte Bolkonskij, während sie das Schloß verließen, mit einem Seufzer, hinzu, diese Leute sind es, die über das Schicksal der Völker entscheiden.

Am folgenden Morgen brachen die Truppen auf; Boris hatte nicht mehr Zeit, Bolkonskij oder Dolgorukow vor der Schlacht von Austerlitz aufzusuchen, und blieb noch eine Zeitlang im Ismajlowschen Regiment.

X

In der Morgenddämmmerung des 28. November rückte die Denissowsche Schwadron, in der Nikolaj Rostow stand und die zu der Abteilung des Fürsten Bagration gehörte, aus, um – wie es hieß – ins Gefecht zu gehen. Aber nachdem sie etwa 3000 Schritt zurückgelegt hatte, wurde sie hinter anderen Kolonnen aufgehalten. Rostow sah, wie die Kosaken vorwärtsritten, wie die erste und zweite Husarenschwadron, ein Infanteriebataillon mit Artillerie ihnen folgten und die Generale Bagration und Dolgorukow mit ihren Adjutanten vorüberkamen. Die Furcht, die er, ganz so wie früher, vor jedem Gefecht empfand, der innere Kampf, durch den er diese Furcht besiegte, die Träume, wie er sich nach Husarenart auszeichnen würde, alles war umsonst; seine Schwadron blieb in der Reserve zurück, und Rostow verbrachte einen einförmig langweiligen Tag. Gegen neun Uhr morgens hörte er in der Ferne Kanonenschüsse, freudiges Hurrageschrei, sah die Verwundeten (deren es nicht viele gab) zurückbringen, und sah endlich eine Anzahl französischer Kavalleristen von etwa hundert Kosaken vorüberführen. Dem Anscheine nach war das Gefecht, das kein großes, aber ein glückliches gewesen, bereits zu Ende. Die zurückkehrenden Soldaten und Offiziere erzählten von einem glänzenden Siege, der Einnahme der Stadt Wischau und der Gefangenennahme einer ganzen französischen Schwadron. Der Tag war klar und sonnig; in der Nacht hatte es stark gereift; nun vereinigte sich die heitere Helligkeit des Herbsttages mit der Siegesbotschaft, die nicht nur durch die Berichte der dabei Beteiligten, sondern auch durch die fröhlichen Mienen der an Rostow vorüberziehenden Soldaten, Offiziere, Generale und Adjutanten verkündet wurde. Desto beklommener ward ihm ums Herz. Er hatte die ganze Furcht vor der Schlacht durchleben und dann diesen heitern Tag in Untätigkeit hinbringen müssen.

Komm, Rostow, wir wollen gegen unsern Ärger eins trinken! rief Dennissow, indem er sich zu einigen kalten Speisen und einer Flasche Wein am Rande des Weges niedersetzte. Die übrigen Offiziere bildeten einen Kreis um Denissows Reisekasten, aßen und plauderten.

Da bringt man noch einen! rief einer der Offiziere und zeigte auf einen gefangenen französischen Dragoner, den zwei Kosaken zu Fuß eskortierten. Der eine von ihnen führte das große, schöne, französische Pferd am Zügel, das man dem Gefangenen abgenommen hatte.

Verkaufe mir das Pferd! rief Denissow dem Kosaken zu.

Gern, Ew. Gnaden.

Die Offiziere standen auf und umringten die Kosaken und den gefangenen Franzosen. Der Dragoner war ein junger Mensch, ein Elsässer, der mit deutschem Akzent Französisch sprach. Sein Atem stockte vor Aufregung, sein Gesicht war erhitzt, und als er die Offiziere französisch sprechen hörte, nahm er sogleich an der Unterhaltung teil, indem er sich bald an den einen, bald an den andern wandte. Er sagte, er sei nicht durch eigene Schuld, sondern durch die seines Korporals gefangengenommen, denn dieser hätte ihn abgeschickt, die Pferdedecken zu holen, trotzdem er ihm mitgeteilt, daß die Russen da wären. Zu jedem Satze fügte er hinzu: Daß man nur meinen Pferde nichts zuleide tue, und liebkoste sein Pferd. Man sah ihm an, daß er nicht recht wußte, was mit ihm vorging. Bald entschuldigte er sich wegen seiner Gefangennahme, bald fiel ihm ein, daß er Offizieren gegenüberstand, und dann gab er sich Mühe, seine soldatische Haltung und seinen Diensteifer zu beweisen, und brachte die uns so fremde Atmosphäre des französischen Volkes mit ihrer ganzen Frische mit sich in unsere Arrièregarde.

Die Kosaken verkauften das Pferd für zwei Goldstücke, und Rostow, der jetzt Geld hatte und der Reichste unter seinen Kameraden war, erstand es.

Aber tun Sie meinem Pferde nichts zuleide! sagte der Elsässer gutmütig zu Rostow, als das Tier einem Husaren übergeben wurde.

Rostow suchte lächelnd den Dragoner zu beruhigen und gab ihm Geld.

Allö, Allö! sagte der Kosak, und faßte den Gefangenen bei der Hand, um ihn fortzuziehen.

Der Kaiser! der Kaiser! erscholl es plötzlich in den Reihen der Husaren. Alles lief und stürzte, und Rostow erblickte einige des Weges kommende Reiter mit weißen Federbüschen. Augenblicklich standen alle Husaren auf ihren Posten und warteten.

Rostow konnte sich später nicht darauf besinnen, wie er an seinen Platz gekommen und aufs Pferd gesprungen war. Sein Schmerz darüber, daß er nicht am Treffen teilgenommen, seine Alltagsstimmung war sofort verschwunden; er dachte nicht mehr an sich selbst, war ganz von der glückseligen Empfindung erfüllt, welche die Nähe des Kaisers in ihm hervorrief, und sagte sich selbst, daß ihn diese Nähe für den Verlust des heutigen Tages vollständig entschädigte. Er war glücklich wie ein Verliebter, der endlich das ersehnte Stelldichein erwarten darf. Sich umzusehen, wagte er nicht, aber ein Gefühl des Entzückens sagte ihm, daß sich der Kaiser näherte. Er hörte das nicht nur an dem Hufschlag der nahenden Kavalkade, sondern empfand, daß alles ringsumher heller, glänzender, festlicher wurde, je näher sie herankam. Es war die Sonne, die sich Rostow näherte und ihre sanften, majestätischen Strahlen über ihn ergoß. Er fühlte sich von ihnen erwärmt, und dann hörte er die Stimme Alexanders – die einschmeichelnde, ruhige, gebietende und doch so freundliche Stimme. Eine Totenstille trat ein, ganz wie Rostow erwartet hatte, und mitten durch diese Totenstille erklang die Stimme des Kaisers:

Die Pawlograder Husaren? sagte er in fragendem Tone.

Die Reserve, Majestät! antwortete eine andere Stimme. Wie menschlich, gewöhnlich erschien sie Rostow im Vergleich zu jener, welche die Worte: »Die Pawlograder Husaren« gesprochen hatte!

Der Kaiser war jetzt ganz in Rostows Nähe und hielt still. Alexanders Gesicht war noch schöner als vor drei Tagen bei der Musterung. Es war so heiter und jugendlich-frisch, daß es an die Unbefangenheit eines vierzehnjährigen Knaben erinnerte, und doch war es das Antlitz eines majestätischen Herrschers. Während Alexander die Schwadron überschaute, begegnete sein Bild zufällig den Augen Rostows und ruhte wohl zwei Sekunden auf ihnen. Ob der Kaiser erriet, was in der Seele des jungen Mannes vorging? (Rostow war überzeugt, daß er alles wisse.) Sicher ist, daß er ihm zwei Sekunden lang mit den blauen Augen ins Gesicht sah. (Weich und milde strahlte aus ihnen ein Glanz.) Dann zog er die Brauen in die Höhe, spornte sein Pferd mit dem linken Fuß und galoppierte weiter.

Der junge Kaiser hatte dem Wunsche, der Schlacht beizuwohnen, nicht widerstehen können, hatte trotz der Vorstellungen seiner Hofleute die dritte Kolonne, mit der er vorgerückt war, um zwölf Uhr verlassen und war der Avantgarde nachgeritten. Aber noch ehe er die Husaren erreichte, traf er einige Adjutanten, die ihm den glücklichen Ausgang der Schlacht verkündigten.

Das Treffen, dessen Ergebnis war, daß man eine französische Schwadron gefangengenommen hatte, wurde als ein glänzender Sieg dargestellt, und daher waren sowohl der Kaiser als auch die Armee überzeugt – besonders solange sich der Pulverrauch noch nicht verzogen hatte –, daß die Franzosen besiegt wären und sich gegen ihren Willen zurückzögen.

Wenige Minuten nach dem Vorbeireiten des Kaisers wurde eine Abteilung des Pawlogradschen Regiments zum Vorrücken kommandiert. In Wischau, einer kleinen deutschen Stadt, sah Rostow den Kaiser noch einmal. Auf dem Marktplatze, wo kurz vor der Ankunft des Monarchen ein starkes Schießen stattgefunden hatte, lagen mehrere Gefallene und Verwundete, die man noch nicht fortzuschaffen vermocht. Der Kaiser, von seinem Militär- und Zivilgefolge begleitet, ritt eine Fuchsstute, nicht mehr dasselbe Pferd, das er bei der Revue geritten hatte; er neigte sich mit anmutiger Bewegung auf die Seite, hielt seine goldene Lorgnette an die Augen und betrachtete einen ohne Kopfbedeckung mit blutiger Stirn am Boden liegenden Soldaten. Der Verwundete war so unreinlich, roh und ekelhaft, daß es Rostow verletzte, den Kaiser in seiner Nähe zu sehen. Er bemerkte, daß die vorgebeugten Schultern Alexanders in einem Schauder erbebten, sein linker Fuß stieß das Pferd in die Seite, aber das fromme Tier sah sich gleichmütig um und ging nicht von der Stelle. Ein Adjutant, der abgestiegen war, faßte den Soldaten unter die Arme und legte ihn auf die herbeigebrachte Tragbahre. Der Verwundete stöhnte.

Vorsichtig, vorsichtig ... können Sie denn nicht behutsamer mit ihm umgehen! rief der Kaiser, der offenbar mehr litt als der sterbende Soldat; dann ritt er weiter.

Rostow sah, daß in Alexanders Augen Tränen standen und hörte, wie er im Vorüberreiten zu Czartoryski sagte:

Wie entsetzlich ist der Krieg, wie entsetzlich!

Die Avantgarde lagerte sich vor Wischau gegenüber den feindlichen Vorposten, die den ganzen Tag bei dem schwächsten Gewehrfeuer vor uns zurückgewichen waren. Der Avantgarde wurde der Dank des Kaisers ausgesprochen, Belohnungen wurden in Aussicht gestellt, und die Mannschaften erhielten doppelte Rationen Branntwein. Die Biwakfeuer knisterten noch fröhlicher als die Nacht zuvor, und noch kecker erklangen die Soldatenlieder.

In dieser Nacht feierte Denissow sein Avancement zum Major, und Rostow, der ziemlich viel getrunken hatte, brachte gegen das Ende des Gelages einen Toast zu Ehren des Kaisers aus, aber »nicht des Herrn und Gebieters, wie man bei offiziellen Festessen sagt«, rief er aus, »sondern zu Ehren des guten, großen, bezaubernden Menschen, trinken wir auf sein Wohl und auf den sicheren Sieg über die Franzosen!«

Wenn wir uns schon früher wacker geschlagen haben, fügte er hinzu, und wie bei Schöngraben nicht vor den Franzosen zurückgewichen sind, was werden wir nun erst leisten, wenn er uns vorangeht! ... Wir alle werden mit Wonne für ihn sterben, nicht wahr, meine Herren? Vielleicht drükke ich mich nicht deutlich aus ... ich habe viel getrunken! Aber ich fühle es so ... Wir alle fühlen es ... Es lebe der Kaiser Alexander I., Hurra!

Hurra! riefen die enthusiastischen Stimmen der Offiziere, und der alte Rittmeister Kirsten fühlte sich nicht weniger bewegt und begeistert als der zwanzigjährige Rostow.

Nachdem die Offiziere ihre Gläser geleert und zerschlagen hatten, schenkte Kirsten neue Gläser ein und trat in Hemd und Reithosen an das nächste Soldatenfeuer. Mit seinem langen, grauen Schnurrbarte und der nackten Brust, die aus dem Hemde hervorsah, blieb er in feierlicher Stellung mit erhobenem Glase im roten Widerschein der Flamme stehen.

Kinder, auf das Wohl des Kaisers und auf den Sieg über den Feind, Hurra! rief er mit seinem kecken, alten Husaren-Bariton.

Die Husaren umdrängten ihn und beantworteten seinen Trinkspruch wie aus *einer* Kehle mit lautem Geschrei.

Spät in der Nacht, als die übrigen sich zurückgezogen hatten, klopfte Denissow mit seiner dicken Hand seinem Liebling Rostow auf die Schulter.

Da man im Felde keine Gelegenheit findet, sich zu verlieben, hat er sich in den Kaiser verliebt, sagte er.

Denissow, darüber scherze nicht! rief der junge Mann. Es ist ein erhabenes, schönes Gefühl ... ein Gefühl ...

Das weiß ich, lieber Freund! ich teile deine Empfindung und billige ...

Nein, du verstehst sie nicht! sagte Rostow, stand auf, wanderte zwischen den Feuern umher und träumte davon, welch ein Glück es wäre, zu sterben, nicht um dem Kaiser das Leben zu retten (daran wagte er gar nicht zu denken), sondern nur vor seinen Augen zu sterben. Er war wirklich in den Kaiser verliebt, in den Ruhm der russischen Waffen, in die Hoffnung auf den bevorstehenden Sieg. Und nicht er allein hatte dies Gefühl in den denkwürdigen Tagen, die der Schlacht von Austerlitz vorangingen, kennengelernt; neun Zehntel der russischen Armee waren zu jener Zeit, wenn auch nicht mit demselben Enthusiasmus wie Rostow – aber doch auch in ihrer Weise in ihren Kaiser und den Ruhm der russischen Waffen verliebt.

XI

Am folgenden Tage blieb der Kaiser in Wischau. Sein Leibarzt, Villé, wurde mehrmals zu ihm gerufen, und im Hauptquartier und unter den zunächst liegenden Truppen verbreitete sich das Gerücht, daß sich Alexander unwohl fühle. Er hatte nichts gegessen und, nach den Mitteilungen seiner Umgebung, die letzte Nacht schlecht geschlafen. Der Grund dieser Unpäßlichkeit war der starke Eindruck, den der Anblick der Toten und Verwundeten auf die zartfühlende Seele des Kaisers gemacht hatte.

Beim Morgengrauen des 29. November wurde von den Vorposten ein französischer Offizier, der als Parlamentär gekommen war und eine Audienz beim Kaiser verlangte, nach Wirschau gebracht. Dieser Offizier war Sarvary. Der Kaiser war eben erst eingeschlafen, und der Parlamentär mußte warten. Um Mittag wurde er vorgelassen, und eine Stunde später begab er sich mit dem Fürsten Dolgorukow zu den französischen Vorposten zurück.

Wie es hieß, war Savary gekommen, um Kaiser Alexander eine Zusammenkunft mit Napoleon anzubieten. Aber zur Freude und Genugtuung des ganzen Heeres hatte Alexander die versöhnliche Zusammenkunft ausgeschlagen und Dolgorukow, den Sieger von Wirschau, mit Savary zu Napoleon geschickt, um mit ihm zu verhandeln, wenn die vorgeschlagene Zusammenkunft – gegen alle Erwartungen – den Zweck haben sollte, Frieden zu bieten.

Gegen Abend kehrte Dolgorukow zurück, begab sich sofort zum Kaiser und blieb lange mit ihm allein.

Am 30. November und 1. Dezember gingen unsere Truppen wieder vorwärts, während die feindlichen Vorposten nach kurzem Gewehrfeuer überall zurückwichen. In den höheren Sphären der Armee begann seit dem Mittage des 1. Dezember eine Aufregung und Tätigkeit, welche sich bis zum Morgen des folgenden Tages, des 2. Dezember, an dem die denkwürdige Schlacht von Austerlitz geschlagen wurde – von Stunde zu Stunde verstärkte.

Bis zum Mittag des 1. Dezember beschränkten sich die Bewegungen, die lebhaften Gespräche, das Hin- und Hereilen der Adjutanten auf das Hauptquartier der beiden Kaiser; in den späteren Tagesstunden erstreckte sich diese Bewegung auf das Hauptquartier Kutusows und die Stäbe der verschiedenen Divisionskommandeure; abends trugen sie die Adjutanten in alle Teile der Armee, und in der Nacht vom 1. zum 2. Dezember verließ das ganze, 80 000 Mann starke Heer der Verbündeten seine Quartiere, setzte sich in einer Länge von fünf Viertelmeilen in Marsch und rückte vorwärts.

Die konzentrierte Bewegung, die am Morgen im Hauptquartier der Kaiser begann und den Anstoß zu der ganzen weiteren Tätigkeit gab, glich der ersten Bewegung des Mittelrades in einer großen Turmuhr. Ein Rad, das zweite und dritte setzen sich langsam in Schwung; dann fangen die Räder, Walzen und Triebräder an, sich schneller zu drehen; die Musik beginnt, die Figuren treten heraus, und die Zeiger, die das Ergebnis der Bewegung andeuten, rücken vorwärts.

Ebenso unaufhaltsam wie im Mechanismus der Uhr setzt sich in dem des Krieges der einmal gegebene Anstoß fort. Die Teile des Werkes, die noch nicht in Anspruch genommen sind, bleiben unbeweglich, wie in der Uhr, bis zum Momente, wo auch ihnen die Bewegung mitgeteilt wird. Die Räder knarren auf ihren Achsen, greifen mit ihren Zähnen ineinander, und die Walzen pfeifen im schnellen Umschwunge, während das benachbarte Rad so ruhig bleibt, als ob es hunderte von Jahren so bleiben sollte. Aber nun ist auch der Augenblick *seiner* Tätigkeit gekommen: der Hebel hat es berührt, es gehorcht der Bewegung und vereinigt sich mit der allgemeinen Tätigkeit, ohne deren Wirkung und Zweck zu kennen.

Wie in der Uhr die zusammengesetzte Tätigkeit verschiedener Räder und Walzen nur eine Wirkung hervorbringt, das heißt das langsame und gleichmäßige Fortrücken der zeitangebenden Zeiger, ebenso war das Ergebnis aller zusammenhängenden Bewegungen dieser 160 000 Mann Russen und Franzosen, das Ergebnis aller Leidenschaften, Wünsche, Skrupel, Demütigungen, Leiden, Regungen des Stolzes, der Furcht, der Begeisterung dieser Menschenmenge, nur der Verlust der Austerlitzer Schlacht, der sogenannten Drei-Kaiser-Schlacht, das heißt die langsame Fortbewegung des weltgeschichtlichen Zeigers auf dem Zifferblatte der Menschheitsgeschichte.

Fürst Andrej war an diesem Tage *du jour* und verließ den Oberbefehlshaber keinen Augenblick.

Gegen 6 Uhr abends kam Kutusow ins Hauptquartier der Kaiser, und nachdem er eine Weile bei Alexander gewesen war, begab er sich zu dem Oberhofmarschall, dem Grafen Tolstoj.

Bolkonskij benutzte die Zeit, um bei Dolgorukow vorzusprechen und sich nach den Einzelheiten der bevorstehenden Aktion zu erkundigen. Fürst Andrej fühlte, daß Kutusow durch irgend etwas verstimmt war, daß ihn etwas verdroß, daß auch er im Hauptquartier Verdruß erregte, und daß alle, die zum kaiserlichen Hauptquartiere gehörten, ihm gegenüber einen Ton anschlugen, als wüßten sie etwas, das andern unbekannt war. Aus diesem Grunde wünschte er Dolgorukow zu sprechen.

Guten Tag, mein Lieber, sagte Dolgorukow, der mit Bilibin beim Tee saß. Auf morgen ist ein Fest bestellt. Was macht denn Ihr Alter? Er scheint übler Laune zu sein.

Das nicht gerade! Er wünscht nur, daß man ihn anhöre …

Im Kriegsrate hat man ihn ja gehört, und man wird ihn

auch wieder hören, wenn er vernünftig reden will. Aber jetzt zu zögern und zu warten, da sich Bonaparte vor nichts mehr fürchtet als vor einer Hauptschlacht, das ist unmöglich.

Sie haben ihn ja gesehen, sagte Fürst Andrej; wie haben Sie Bonaparte gefunden? Welchen Eindruck hat er auf Sie gemacht?

Ja, ich habe ihn gesehen und habe mich überzeugt, daß er nichts in der Welt so fürchtet als eine Hauptschlacht, antwortete Dolgorukow, den dies Ergebnis seiner Zusammenkunft mit Napoleon sehr befriedigte. Wenn er sich vor der Schlacht nicht fürchtete, warum hätte er dann nach dieser Unterredung verlangt? Warum Unterhandlungen angeknüpft und warum – was die Hauptsache ist – sich zurückgezogen, wo doch Rückmärsche der ganzen Methode seiner Kriegsführung widersprechen? ... Glauben Sie mir, er fürchtet sich vor einer entscheidenden Schlacht. Seine Stunde hat geschlagen – das sage ich Ihnen.

Aber erzählen Sie mir, wie ist er überhaupt? fragte Fürst Andrej weiter.

Er ist ein Mann in einem grauen Rocke und hatte den lebhaften Wunsch, von mir »Ew. Majestät« angeredet zu werden, hat aber zu seinem Ärger keinen Titel von mir zu hören bekommen ... das ist dieser Mensch und weiter nichts! antwortete Dolgorukow und wandte sich mit einem Lächeln zu Bilibin.

Trotz meiner großen Achtung vor dem alten Kutusow, fuhr er fort, muß ich doch fragen, was aus uns allen werden sollte, wenn wir noch länger warteten und Napoleon Gelegenheit gäben, sich zurückzuziehen oder uns zu überlisten. Jetzt ist er sicher in unserer Gewalt. Nein, wir dürfen Suworow und seine Grundsätze nicht vergessen: sich nicht angreifen lassen, sondern selbst angreifen. Glauben Sie mir, im Kriege ist die Energie der jüngeren Leute oft ein sicherer Weg zum Erfolge als die ganze Erfahrung alter Kunktatoren.

Aber in welcher Position wollen wir ihn denn angreifen? Ich habe heute die Vorposten besucht und mich überzeugt, daß es unmöglich ist, zu erkennen, wo seine Hauptkräfte stehen, sagte Fürst Andrej, der dem Fürsten Dolgorukow den

Angriffsplan vorzulegen wünschte, den er selbst entworfen hatte.

Ach, das ist ganz einerlei, gab Dolgorukow rasch zur Antwort, indem er sich erhob und die Karte auf dem Tische ausbreitete. Wir haben alle Möglichkeiten berechnet. Sollte er vor Brünn stehen ...

Und Fürst Dolgorukow setzte rasch und unklar den Weyrotherschen Plan der Flankenbewegung auseinander.

Fürst Andrej machte Einwendungen und suchte zu beweisen, daß sein Plan der bessere sei. Möglicherweise war das auch der Fall, aber der Plan Weyrothers hatte den Vorzug, bereits genehmigt zu sein. Sobald Fürst Andrej die schwachen Seiten dieses und die Vorzüge seines eigenen Planes auseinanderzusetzen begann, hörte ihm Dolgorukow nicht mehr zu, sondern begnügte sich, statt der Karte zerstreut das Gesicht des Sprechenden anzusehen.

Kutusow wird ja heute noch Kriegsrat halten ... da können Sie das alles auseinandersetzen, sagte er endlich.

Das werde ich auch, antwortete Fürst Andrej, indem er von der Karte zurücktrat.

Warum bemühen Sie sich, meine Herren? fragte Bilibin, der bisher mit heiterem Lächeln zugehört hatte und nun offenbar einen Scherz machen wollte. Ob wir morgen siegen oder unterliegen, der Ruhm der russischen Waffen ist gesichert, denn außer Kutusow ist kein einziger russischer Feldherr dabei. Die Kommandeure heißen: Herr General von Wimpffen, Graf Langeron, Fürst Liechtenstein, Hohenlohe und schließlich Prischprschiprsch wie alle polnischen Namen.

Hören Sie auf mit Ihrer bösen Zunge! sagte Dolgorukow. So ist es nicht; es sind auch zwei Russen dabei: Miloradowitsch und Dochturow und wir hätten noch einen dritten, den Grafen Araktschejew, wenn der gute Mann nicht nervenschwach wäre.

Ich glaube, Michail Jlarjonowitsch kommt eben zurück, sagte Fürst Andrej. So wünsche ich denn Glück und Erfolg, meine Herren, fügte er hinzu und entfernte sich, nachdem er Dolgorukow und Bilibin die Hände geschüttelt hatte.

Während der Rückfahrt konnte sich Bolkonskij nicht enthalten, den schweigend neben ihm sitzenden Kutusow nach seiner Meinung über die morgen bevorstehende Schlacht zu fragen.

Kutusow warf seinem Adjutanten einen finsteren Blick zu und antwortete nach kurzem Besinnen: Ich glaube, daß wir die Schlacht verlieren werden. Das habe ich dem Grafen Tolstoj gesagt und habe ihn gebeten, es dem Kaiser mitzuteilen. Und was glaubst du wohl, was er mir geantwortet hat? »Ei, mein lieber General, ich habe für den Reis und die Koteletten zu sorgen, sorgen Sie für die Kriegsangelegenheiten.« Ja, das hat man mir geantwortet!

XII

Gegen zehn Uhr abends erschien Weyrother mit seinen Plänen in Kutusows Quartier, wo die Sitzung des Kriegsrates stattfinden sollte. Alle Divisionskommandeure waren zum Oberbefehlshaber gerufen, und außer dem Fürsten Bagration, der absagen ließ, waren alle zur bestimmten Stunde da.

Weyrother, der die ganze Leitung der bevorstehenden Schlacht in Händen hatte, bildete mit seiner Lebhaftigkeit und seinem raschen Wesen einen schroffen Gegensatz zu dem mürrischen, schläfrigen Kutusow, der nur widerwillig die Rolle des Vorsitzenden im Kriegsrat übernommen hatte. Weyrother fühlte sich offenbar als Haupt der Bewegung, die bereits eine unaufhaltsame geworden war. Er glich einem Pferde, das mit einem Lastwagen bergab rennt. Er hätte nicht zu entscheiden gewußt, ob er aus freiem Antriebe weiterfuhr oder ob er getrieben wurde; aber er jagte mit möglichster Schnelligkeit vorwärts, ohne beurteilen zu können, welches Ergebnis die Bewegung haben würde. Er hatte im Laufe des Abends zweimal persönlich die feindliche Vorpostenkette in Augenschein genommen, war zweimal bei den Kaisern von Rußland und Österreich gewesen, um ihnen Bericht zu erstatten und Erklärungen zu geben, und hatte in seiner Kanzlei die Aufstellung der deutschen Truppen diktiert. Nun kam er tief erschöpft zu Kutusow.

Offenbar war er geistig so in Anspruch genommen, daß er darüber die dem Oberbefehlshaber gebührende Ehrerbietung vergaß. Er fiel ihm ins Wort, sprach schnell, undeutlich, ohne sein Gegenüber anzusehen, beantwortete die an ihn gerichteten Fragen nicht, war mit Schmutz bespritzt und sah elend, abgehetzt, zerstreut und doch selbstgefällig und hochmütig aus.

Kutusow bewohnte ein kleines Schloß bei Ostralitz. Im Saale, der zum Arbeitszimmer des Oberbefehlshabers eingerichtet war, hatten sich Kutusow selbst, Weyrother und die Mitglieder des Kriegsrats zusammengefunden. Die tranken Tee und warteten, um die Sitzung zu eröffnen, auf den Fürsten Bagration. Endlich kam ein Ordonnanzoffizier mit der Meldung, daß der Fürst nicht erscheinen könne. Fürst Andrej kam, dies dem Oberbefehlshaber mitzuteilen und, gestützt auf die ihm vorher von Kutusow erteilte Erlaubnis, blieb er im Zimmer, um den Verhandlungen beizuwohnen.

Da Fürst Bagration nicht kommt, können wir anfangen, sagte Weyrother, indem er sich erhob und rasch an den Tisch trat, auf dem eine große Karte der Umgebung von Brünn ausgebreitet war.

Kutusow saß in aufgeknöpfter Uniform, aus der sein fetter Hals hervorquoll, in einem Voltairesessel, hatte die dicken, alten Hände auf die Armlehnen gelegt und schien zu schlafen. Als er Weyrothers Stimme hörte, schlug er mühsam sein einziges Auge auf.

Ja, ja, ich bitte, es wird sonst spät, sagte er, nickte mit dem Kopfe, senkte ihn wieder und schloß die Augen.

Wenn die Mitglieder des Kriegsrats anfangs etwa glaubten, daß Kutusow sich schlafend stellte, so bewiesen die Nasaltöne, die er während der Vorlesung hören ließ, daß es sich in diesem Augenblick um etwas Wichtigeres für ihn handelte als den Wunsch, seine Geringschätzung für Weyrothers Dispositionen zu beweisen; es handelte sich für ihn um die Befriedigung eines menschlichen Bedürfnisses: des Schlafs.

Er schlief wirklich! Mit der Bewegung eines Menschen, der viel zu beschäftigt ist, um einen Augenblick Zeit zu verlieren, warf Weyrother einen Blick auf Kutusow, nahm, als er sich überzeugt hatte, daß der Oberbefehlshaber schlummerte, seine Papiere zur Hand und begann mit lauter, eintöniger Stimme die Dispositionen zu der bevorstehenden Schlacht zu lesen. Auch die Überschrift las er:

»Disposition zur Attacke der feindlichen Stellung hinter Kobelnitz und Sokolnitz am 30. November 1805.

Die Disposition war verwickelt und schwer. Die Originaldisposition lautete wie folgt:

»Da der Feind mit seinem linken Flügel an die mit Wald bedeckten Berge lehnt und sich mit seinem rechten Flügel längs Kobelnitz und Sokolnitz hinter die dort befindlichen Teiche zieht, wir dagegen mit unserem linken Flügel seinen rechten sehr debordieren, so ist es vorteilhaft, diesen letzteren Flügel des Feindes zu attackieren, besonders wenn wir die Dörfer Sokolnitz und Kobelnitz im Besitz haben, wodurch wir dem Feind zugleich in die Flanke fallen und ihn auf der Fläche zwischen Schlapanitz und dem Wald von Turas verfolgen können, indem wir die Engpässe von Schlapanitz und Bielowitz, welche die feindliche Front decken, umgehen. Zu diesem Zwecke ist folgendes nötig: Die erste Kolonne marschiert … die dritte Kolonne marschiert … und so weiter, las Weyrother.

Die Generale schienen die unklaren Dispositionen unwillig mit anzuhören. Der blonde, hoch gewachsene General Buxhöwden stand an die Wand gelehnt, hatte den Blick auf die brennende Kerze geheftet und schien weder zu hören noch zu wünschen, daß man an sein Zuhören glaube. Weyrother gerade gegenüber, die großen, glänzenden Augen auf ihn heftend, saß in martialischer Haltung, die Hände auf die Knie gestützt, der rotwangige Miloradowitsch mit emporgezogenen Schultern und aufwärts gedrehtem Schnurrbart. Er schwieg hartnäckig, sah Weyrother starr ins Gesicht und wandte nur dann die Augen von ihm ab, wenn der österreichische Generalstabschef schwieg. In solchen Momenten ließ Miloradowitsch seine Blicke bedeutungsvoll über die anderen Generale schweifen, ob er aber mit den Dispositionen einverstanden war oder nicht, ob sie ihn befriedigten oder nicht, war aus diesen Blicken nicht zu erkennen. Weyrother zunächst saß Graf Langeron; mit einem feinen Lächeln seines südfranzösischen Gesichtes betrachtete er seine zierlichen Finger, in welchen er die goldene, mit einem Porträt verzierte Tabaksdose drehte.

Mitten in einer der längsten Perioden hielt er mit der Kreisbewegung seiner Dose inne, erhob den Kopf und wollte mit einem spöttisch-höflichen Lächeln auf den feinen Lippen eine Bemerkung machen; aber der österreichische General ließ sich nicht im Lesen stören, zog die Stirn in Falten und bewegte die Ellbogen, als ob er sagen wollte: »Später, später mögen Sie mir Ihre Gedanken mitteilen, jetzt bitte ich Sie, zuzuhören und auf die Karte zu sehen.« Langeron schlug mit dem Ausdruck der Verwunderung die Augen auf, wandte sich zu Miloradowitsch, als ob er bei ihm eine Erklärung suchte, und als er dessen bedeutungsvollem und doch nichtssagendem Blicke begegnete, sah er verstimmt vor sich nieder und fing wieder an, seine Dose zu drehen.

Eine Geographiestunde, sagte er wie zu sich selbst, aber laut genug, um gehört zu werden.

Przebyszewski legte mit ehrerbietiger, aber selbstbewußter Höflichkeit die Hand ans Ohr und wandte sich Weyrother zu, indem er sich das Ansehen eines Menschen gab, dessen Aufmerksamkeit völlig in Anspruch genommen ist. Der kleine Dochturow saß mit bescheidener und aufmerksamer Miene Weyrother gegenüber, bückte sich über die Karte und verfolgte gewissenhaft die Dispositionen auf dem ihm unbekannten Terrain. Ein paarmal bat er den Vorlesenden, die ihm unverständlichen Worte und schweren Namen der Ortschaften zu wiederholen: Weyrother erfüllte seinen Wunsch, und Dochturow schrieb nach.

Als das Lesen, das über eine Stunde in Anspruch nahm, zu Ende war, hielt Langeron seine Dose abermals still und sagte, ohne Weyrother oder sonst irgend jemand anzusehen, es würde seine Schwierigkeiten haben, eine solche Disposition auszuführen, da sie die Lage des Feindes als bekannt vorauslegte, während sie uns doch – da er sich noch in voller Bewegung befände – völlig unbekannt sei.

Langerons Einwendungen waren richtig, aber unverkennbar wurden sie hauptsächlich durch den Wunsch hervorgerufen, General Weyrother fühlen zu lassen, daß er – der seine Dispositionen mit einer Selbstüberhebung vorgetragen, als ob er es mit Schulkindern zu tun hätte – nicht lauter Dummköpfe, sondern Männer vor sich hatte, die auch ihn in Kriegssachen belehren konnten.

Sobald der einförmige Klang der Stimme Weyrothers verstummte, schlug Kutusow die Augen auf, wie ein Müller, wenn der einschläfernde Ton der Mühlräder verstummt. Er horchte auf Langerons Worte, und als ob er sagen wollte: »Ihr sprecht also immer noch über diesen Unsinn!«, schloß er rasch die Augen und ließ den Kopf noch tiefer sinken.

Langeron suchte Weyrothers Autoren- und Strategeneitelkeit so tief als möglich zu bewundern und bewies ihm, daß Bonaparte, statt sich angreifen zu lassen, selbst angreifen und auf diese Weise die ganze Disposition über den Haufen werfen könnte. Weyrother beantwortete alle Einwendungen mit einem selbstbewußten, verächtlichen Lächeln, das er offenbar von vornherein für jeden Widerspruch bereithielt, ohne zu beachten, was ihm gesagt wurde.

Wenn er imstande wäre, uns anzugreifen, so hätte er es heute getan, bemerkte Weyrother endlich.

Sie glauben also, daß er dazu nicht imstande ist? fragte Langeron.

Er kann unmöglich mehr als 40 000 Mann haben, antwortete Weyrother mit dem Aussehen eines Arztes, dem eine Kräuterfrau Arzneimittel anzugeben wagt.

So geht er also dem eigenen Untergang entgegen, indem er unseren Angriff abwartet ... sagte Langeron mit seinem, ironischen Lächeln, indem er wieder, wie Zustimmung suchend, zu dem neben ihm sitzenden Miloradowitsch hinübersah. Aber Miloradowitsch dachte offenbar in diesem Augenblick an nichts weniger als an den Gesprächsgegenstand der Generale.

Ma foi, sagte er, morgen auf dem Schlachtfelde wird sich ja alles zeigen.

Weyrother lächelte abermals, als ob er ausdrücken wollte, daß es *ihm* sonderbar und lächerlich vorkomme, von den russischen Generalen Einwendungen zu hören und ihnen Dinge beweisen zu müssen, von denen nicht nur er selbst fest überzeugt war, sondern wovon er auch die beiden Kaiser überzeugt hatte.

Der Feind hat die Feuer gelöscht, und man hört ein ununterbrochenes Getöse in seinem Lager, sagte er. Was bedeutet das? ... Entweder entfernt er sich – und das allein hätten wir zu fürchten – oder er ändert seine Stellung. (Weyrother lächelte.) Aber selbst wenn er sich auf Turas zurückziehen sollte, würde er uns nur einer Anstrengung überheben, und alle unsere Vorkehrungen blieben bis auf geringe Einzelheiten dieselben.

Wie aber ist es möglich ... begann Fürst Andrej, der schon lange auf die Gelegenheit wartete, seine Zweifel zu äußern. In diesem Moment erwachte Kutusow, seufzte schwer auf und sah sich im Kreise der Generale um.

Meine Herren, für morgen, ja für heute – denn es ist bald eins – kann die Disposition nicht mehr geändert werden, sagte er. Wir alle haben sie gehört, und wir alle werden unsere Schuldigkeit tun. Vor der Schlacht ist aber nichts wichtiger (er machte eine Pause), als gut auszuschlafen.

Er tat, als ob er aufstehen wollte. Die Generale grüßten und entfernten sich. Es war weit über Mitternacht. Fürst Andrej verließ das Zimmer.

Der Kriegsrat, in dessen Verlauf es dem Fürsten Andrej nicht gelungen war – wie er gehofft und gewünscht hatte – seine Meinung auszusprechen, hinterließ ihm einen unklaren, peinlichen Eindruck. Wer hatte recht? Dolgorukow und Weyrother oder Kutusow, Langeron und die anderen, die den Angriffsplan nicht billigten? Er war im unklaren darüber. Aber war es denn wirklich Kutusow nicht möglich gewesen, seine Ansicht bei dem Kaiser geltend zu machen? Ließ sich wirklich gar nichts erreichen? »Ist es möglich«, sagte er sich, »daß

Hofinteressen und persönliche Rücksichten es so weit bringen können, daß das Leben vieler Tausende und darunter auch das meinige, *ja das meinige* aufs Spiel gesetzt wird?«

»Ja, es ist sehr möglich, daß ich morgen falle,« dachte er weiter. Und plötzlich, bei diesem Gedanken an den Tod, erwachte in ihm eine ganze Kette der fernsten und intimsten Erinnerungen. Er dachte an den letzten Abschied von seinem Vater und seiner Frau; er dachte an die erste Zeit seiner Liebe zu ihr; dann vergegenwärtigte er sich ihre Schwangerschaft; plötzlich fühlte er ein eigentümliches Mitleid mit ihr und mit sich selbst, verließ die Hütte, die er mit Neswizkij bewohnte und ging aufgeregt und in ungewöhnlicher Stimmung vor dem Häuschen hin und her.

Die Nacht war neblig, und durch den Nebel schimmerte geheimnisvoll das Licht des Mondes. »Ja, morgen, morgen,« dachte er; »morgen wird vielleicht alles für mich zu Ende sein ... alle diese Erinnerungen werden nicht mehr sein, werden keine Bedeutung mehr für mich haben. Morgen wird sich mir auch vielleicht – nein gewiß – zum ersten Male die Gelegenheit bieten, zu zeigen, was ich kann ... ja, ich habe das Vorgefühl!«

Er sah die Schlacht vor sich: den drohenden Verlust, ihre Konzentrierung auf einen Punkt und die Verlegenheit der Komandeure. Und nun kommt der glückliche Augenblick, das Toulon, das er so lange ersehnt! Er spricht seine Ansicht gegen Kutusow, Weyrother und die beiden Kaiser bestimmt und deutlich aus. Alle sind von der Richtigkeit seiner Berechnungen überrascht, aber niemand übernimmt es, seine Vorschläge auszuführen. Nun erbittet er sich ein Regiment, eine Division, bedingt sich aus, daß niemand seinen Befehlen zuwider handle, und führt seine Truppen nach dem entscheidenden Punkte, wo er allein den Sieg erringt. – »Und der Tod und die Leiden?« fragt eine andere Stimme in seiner Seele; aber Fürst Andrej läßt sie unbeachtet und setzt seine Waffentaten fort. Die Disposition zur nächsten Schlacht wird von ihm allein entworfen; er ist noch immer Offizier *du jour* bei Kutusow, aber alles wird von ihm allein angeordnet. Er gewinnt die Schlacht; Kutusow wird abgesetzt und er an seine

Stelle berufen. – »Und weiter?« fragt die andere Stimme wieder: »Was weiter, wenn du nicht vorher schon verwundet, erschossen oder gestürzt wirst, was soll dann folgen?« –»Weiter weiß ich nicht, was geschieht, und will es auch nicht wissen!« gibt Fürst Andrej sich selbst zur Antwort. »Ist es denn meine Schuld, daß ich nach Ruhm verlange, daß ich von den Truppen gekannt und geliebt sein will, daß ich kein anderes Streben habe und nur darum lebe ... ja, darum allein! – Ich werde das niemand sagen, aber mein Gott! was kann ich denn dafür, daß nichts anders für mich Wert hat als der Ruhm und die Liebe der Mitmenschen! – Ich fürchte nichts, nicht Tod, nicht Wunden, nicht den Verlust der Meinigen. Viele sind mir teuer ... vor allem mein Vater, meine Schwester, meine Frau – aber mag es noch so abscheulich, noch so widernatürlich scheinen, ich würde sie gleich dahingeben für einen einzigen Augenblick des Ruhmes, für einen Moment des Triumphes über andere, für die Liebe derer, die ich nicht kenne und niemals kennen werde ... für die Liebe solcher Leute!« fügte er hinzu, indem er den Gesprächen im Hofe des Kutusowschen Quartiers lauschte.

Es waren die Stimmen der zur Ruhe gehenden Dienerschaft, vor allem die des Kutschers, der den alten, dem Fürsten Andrej wohlbekannten Koch Kutusows, Tit genannt, weckte: Tit, he Tit!

Nu, antwortete der Alte.

Tit, drisch mit!

Pfui, geh zum Teufel! rief der Alte, dessen Worte vom Gelächter der Burschen und Bedienten übertönt wurden.

»Und doch liebe ich nur die Herrschaft über sie und schätze nur jene geheimnisvolle Kraft, jenen unbekannten Ruhm, welcher wie dieser Nebel über mir schwebt.«

XIII

Rostow stand in dieser Nacht mit seiner Schwadron in der Vorpostenkette der Bagrationschen Abteilung. Seine Husaren waren paarweise verteilt, und er selbst ritt an der Vorpostenlinie auf und ab und bemühte sich, den ihn unwiderstehlich überfallenden Schlaf zu überwinden. Hinter ihm erstreckten sich bis in unermeßliche Ferne die durch den Nebel schwach leuchtenden Biwakfeuer unseres Heeres; vor ihm lag neblige Finsternis. Wie Rostow sich auch anstrengte, diese dunkle Ferne mit seinem Blick zu durchdringen, sehen konnte er nichts. Zuweilen glaubte er etwas Graues oder Schwarzes zu unterscheiden, zuweilen blitzten da, wo der Feind sein mußte, Feuer auf, dann wieder hielt er das alles für Sinnestäuschung. Endlich fielen ihm die Augenlider zu; vor seiner Phantasie standen bald der Kaiser, bald Denissow, bald Moskauer Erinnerungen. Dann riß der die Augen wieder auf und sah dicht vor sich den Kopf und die Ohren des Pferdes, auf dem er saß, oder die dunklen Gestalten der Husaren, an denen er in einer Entfernung von sechs Schritt vorüberritt ... und in der Ferne lag immer dieselbe neblige Finsternis.

»Warum nicht?« sagte Rostow zu sich selbst; »es ist ja möglich, daß der Kaiser, wenn er mich sieht, mir so gut wie einem andern Offizier Aufträge gibt. Er wird mir befehlen: »Reite da und da hin und bringe mir Bescheid, was vorgeht.« Ich habe oft gehört, daß er auf solche zufällige Weise den einen oder anderen Offizier kennengelernt und in seine Umgebung gezogen hat. Wie, wenn das mir beschieden wäre! O, wie ich ihn behüten wollte, wie ich ihm immer die Wahrheit sagen und alle Betrüger entlarven wollte! ... Und um sich seine Liebe und Ergebenheit für den Kaiser lebhaft vorzustellen, dachte er sich irgendeinen Feind oder einen betrügerischen Deutschen, den er nicht nur mit Wonne tötete, sondern in Gegenwart des Kaiser ohrfeigte. Plötzlich wurde Rostow durch ein fernes Schreien aus seinen schönen Träumen geweckt; er fuhr zusammen und sah sich um.

»Wo bin ich? Ah, auf Vorposten, Losung und Parole: Deichsel, Olmütz. Wie ärgerlich, daß unsere Schwadron morgen in der Reserve bleibt! Ich werde mich ins Gefecht kommandieren lassen. Vielleicht ist das die einzige Möglichkeit, den Kaiser zu sehen. Es dauert nun nicht mehr lange bis zur Ablösung ... Ich werde noch einmal meine Runde machen, und wenn ich zurückkehre, gehe ich zum General und trage ihm meine Bitte vor.« Er trieb das Pferd vorwärts, um seine Husaren noch einmal zu besichtigen. Es kam ihm vor, als ob es heller geworden wäre. Auf der linken Seite sah er den erleuchteten Abhang und den gegenüberliegenden schwarzen Hügel, der steil wie eine Wand emporzusteigen schien. Auf dem Hügel war ein weißer Fleck, dessen Bedeutung Rostow nicht begriff. War es eine kleine, vom Mond erhellte Lichtung? War es Schnee oder eine Gruppe weißer Häuser? Es schien ihm sogar, als ob sich auf dem weißen Fleck etwas bewegte. Wahrscheinlich ist es Schnee ... der Fleck; ein Fleck ... *une tache*, dachte Rostow, und doch ist es keine *tache*.

»Schwester Natascha ... ihre schwarzen Augen (die wird sich wundern, wenn ich ihr erzähle, daß ich den Kaiser gesehen habe!); Natascha, nimm die Tasche ...«

Rechts, Ew. Gnaden, hier sind Büsche, sagte die Stimme eines Husaren, an dem Rostow im Einschlafen vorüberritt. Rostow erhob den Kopf, der ihm bis auf die Mähne des Pferdes gesunken war, und hielt still. Ein schwerer Kinderschlaf überfiel ihn mit unüberwindlicher Macht. »Ja, woran habe ich denn eigentlich gedacht ... daß ich es nur nicht vergesse! Vielleicht wie ich mit dem Kaiser sprechen werde? ... Nein, das war es nicht – das kommt morgen. Ja, ja, auf die Tasche treten, und die Husaren, ja, Husaren und Schnurrbart ... auf der Twerskaja fuhr der Husar mit dem Schnurrbarte, und ich habe an ihn gedacht ... Es war dem Gurjewschen Hause gegenüber ... der alte Gurjew ... und Denissow ist doch ein wackerer Mann. Aber das alles ist Unsinn ... die Hauptsache ist, daß der Kaiser da war. Wie er mich angesehen hat ... wie er mir etwas sagen wollte und es nicht gewagt hat! ... Nein, der nicht wagte, war ich ... Aber das ist alles Unsinn! ... Die Hauptsache ist, daß ich das Wichtige nicht vergesse, woran ich vorhin gedacht habe ... ja, auf die Tasche treten, ja, ja, ja, das ist gut.« Und er sank wieder mit dem Kopfe auf den Hals des Pferdes. Plötzlich war ihm, als ob auf ihn geschossen würde. Was? was? was? ... dreinhauen ... was! rief der junge Mann, indem er in die Höhe fuhr. In dem Moment, als er die

Augen aufschlug, hörte er vor sich, da wo der Feind sein mußte, ein tausendstimmiges anhaltendes Geschrei. Sein Pferd und das des Husaren, der neben ihm hielt, spitzten die Ohren und lauschten. In der Richtung, woher das Geschrei erklang, leuchtete ein Feuer auf und erlosch wieder. Ein zweites, ein drittes erschien, und auf der ganzen französischen Linie den Berg entlang wurden Feuer angezündet, und das Geschrei wurde stärker und stärker.

Rostow hörte den Klang französischer Worte, aber verstehen konnte er sie nicht; es schrien zu viele Stimmen zu gleicher Zeit. Er verstand nur: aaaa! rrrr!

Was ist das? Was denkst du? wandte er sich an den Husaren, der neben ihm hielt. Das ist ja beim Feinde.

Der Husar antwortete nicht.

Hörst du denn nicht? fragte Rostow von neuem, nachdem er eine Weile auf Antwort gewartet hatte.

Wer kann das wissen, Ew. Gnaden! erwiderte der Husar im verdrießlichem Tone.

Der Richtung nach muß es der Feind sein, wiederholte Rostow.

Vielleicht ist er's, vielleicht auch nicht, sagte der Husar. Es ist ja Nacht … Ruhig! schrie er sein Pferd an, das sich unter ihm regte. Auch Rostows Pferd wurde unruhig, schlug mit dem Huf auf die gefrorene Erde, lauschte auf den Klang der Stimmen und sah nach den Feuern hinüber.

Die lärmenden Stimmen wurden stärker und stärker und vereinigten sich zu einem Getöse, wie es nur von einem Heer von vielen Tausenden hervorgebracht werden kann. Die Feuer verbreiteten sich immer weiter an der Linie des französischen Lagers. Rostow hatte seine Müdigkeit überwunden; das fröhliche, triumphierende Geschrei der feindlichen Armee hielt ihn wach. *»Vive l'empereur! l'empereur!«* hörte er nun ganz deutlich.

Es kann nicht weit entfernt sein …wahrscheinlich jenseits des Flusses, sagte er zu dem Husaren.

Der Husar seufzte nur, antwortete nicht und hüstelte unwillig. Längs der Vorpostenkette hörte man den Hufschlag eines herantrabenden Pferdes, und plötzlich tauchte aus dem nächtlichen Nebel die Gestalt eines Husarenunteroffiziers auf.

Ew. Gnaden, die Generale! meldete er, an Rostow heranreitend.

Rostow, der sich immer wieder nach dem Geschrei und den Feuern umsah, ritt mit dem Unteroffizier einigen längs der Linie herankommenden Reitern entgegen. Einer von ihnen ritt einen Schimmel. Es waren Bagration, Dolgorukow und ihre Adjutanten, die sich überzeugen wollten, was dies auffällige Auftauchen der Feuer, dies laute Geschrei im Lager des Feindes zu bedeuten hatten. Rostow ritt an Bagration heran, machte seinen Rapport und zog sich zu den Adjutanten zurück, um zu hören, was die Generale meinten.

Glauben Sie mir, sagte Fürst Dolgorukow, sich an Bagration wendend, es ist nur eine Kriegslist: er hat sich zurückgezogen und hat in der Arrièregarde Feuer anzünden und Lärm machen lassen, um uns irrezuführen.

Kaum, antwortete Bagration. Ich habe sie schon abends auf jenem Hügel gesehen. Hätten sie sich zurückgezogen, so müßten sie auch von dort fort sein. Herr Leutnant, wandte er sich an Rostow, stehen seine Vorposten noch da drüben?

Abends standen sie da: jetzt weiß ich's nicht, Durchlaucht! Wenn Sie befehlen, werde ich mit einigen Husaren hinreiten.

Bagration hielt an, und ohne zu antworten, suchte er in der Dunkelheit Rostows Gesicht zu erkennen.

Warum nicht! Rekognoszieren Sie! sagte er nach kurzem Schweigen.

Zu Befehl, Durchlaucht!

Rostow spornte sein Pferd, rief den Unteroffizier Fedtschenko und noch zwei Husaren, befahl ihnen, ihm zu folgen und ritt im Trab bergab, dem immer fortdauernden Geschrei entgegen. Ein zugleich freudiges und beängstigendes Gefühl kam über den jungen Mann, als er, nur in Begleitung seiner drei Husaren, in die neblige, geheimnisvolle, gefahrdrohende Ferne hinausritt, die niemand vor ihm betreten hatte. Bagration rief ihm von oben nach, er möge den Bach nicht überschreiten; aber Rostow tat, als hätte er diese Worte nicht gehört, ritt ohne Aufenthalt weiter und weiter, täuschte sich beständig, hielt Büsche für Bäume und Gräben für Menschen, um im nächsten Augenblick seinen Irrtum zu erkennen. Als er den Fuß des Abhanges erreicht hatte, sah er weder die Feuer des Feindes noch die der Unsrigen, hörte aber immer lauter und deutlicher das Geschrei der Franzosen. Im Grunde der Schlucht blinkte ihm etwas entgegen, das er für einen Fluß hielt; als er näher kam, sah er jedoch, daß es ein vielbefahrener Weg war. Unschlüssig hielt er sein Pferd an; sollte er diesen Weg verfolgen oder ihn kreuzen und bergauf über das schwarze Feld reiten? Die im Nebel schimmernde Straße einzuschlagen war weniger gefährlich, weil er hier die Annäherung des Feindes leichter entdecken konnte. »Mir nach!« rief er, kreuzte den Weg und sprengte bergauf dem Platze zu, wo am vergangenen Abend das französische Pikett gestanden hatte.

Da ist er, Ew. Gnaden! sagte einer der Husaren, und kaum hatte Rostow Zeit, etwas Schwarzes, das plötzlich im Nebel auftauchte, zu erspähen, als ein Lichtschein aufblitzte, ein Schuß krachte und eine Kugel mit klagendem Tone hoch im Nebel summte und dem Ohr entschwand. Ein zweites Gewehr versagte, nur das Feuer blitzte auf. Rostow wandte sein Pferd und ritt im Galopp zurück, verfolgt von drei bis vier in unregelmäßigen Zwischenräumen abgefeuerten Schüssen, deren Kugeln in verschiedenen Tonarten durch den Nebel schwirrten. Rostow hielt sein Pferd an, das, wie er selbst, durch die Schüsse in Aufregung geraten war, und ließ es im Schritt gehen. »Nur immer mehr! Nur immer mehr!« sagte eine heitere Stimme in seiner Seele. Aber es fielen keine Schüsse mehr.

Erst als er sich Bagration näherte, setzte Rostow sein Pferd wieder in Galopp und, die Hand an der Mütze, ritt er an ihn heran.

Dolgorukow hielt noch immer die Ansicht fest, daß sich die Franzosen zurückgezogen und nur, um uns zu täuschen, Biwakfeuer angezündet hätten. Was beweist das? sagte er gerade in dem Augenblick, als Rostow sich näherte; sie haben, als sie sich zurückgezogen, einige Piketts zurückgelassen.

Möglicherweise sind sie auch nicht alle abmarschiert,

Fürst, antwortete Bagration. Morgen früh werden wir uns davon überzeugen.

Das Pikett, Durchlaucht, steht auf dem Berge, an derselben Stelle wie gestern, meldete Rostow, indem er salutierte. Er war nicht imstande, ein fröhliches Lächeln zu unterdrücken, das sein schneller Ritt und mehr noch das Sausen der Kugeln hervorgerufen hatte.

Gut, gut! antwortete Bagration; ich danke, Herr Leutnant.

Wollen mir Durchlaucht gestatten, eine Bitte auszusprechen? fragte der junge Mann.

Nun?

Meine Schwadron ist morgen zur Reserve kommandiert; erlauben mir, Durchlaucht, die Bitte, zur ersten Schwadron kommandiert zu werden.

Dein Name?

Graf Rostow.

Gut, du kannst als Ordonnanz bei mir bleiben.

Jlja Andreitschs Sohn? fragte Dolgorukow. Rostow antwortete nicht.

Also darf ich hoffen, Ew. Durchlaucht?

Ich werde Befehl geben.

»Gott sei Dank! ... Es wäre doch möglich, daß man mich morgen mit irgendeiner Meldung zum Kaiser schickt«, dachte er.

Die Feuer und das Geschrei in der feindlichen Armee hatten eine besondere Veranlassung. Während Napoleons Tagesbefehl verlesen wurde, war nämlich der Kaiser erschienen und durch die Biwaks geritten; die Soldaten hatten, sobald sie ihn erblickten, Strohbündel angezündet und waren ihm mit dem Geschrei: »Vive l'empereur! nachgelaufen.

Napoleons Tagesbefehl lautete:

»Soldaten! Die russische Armee kommt uns entgegen, um die Niederlage der Österreicher bei Ulm zu rächen. Es sind dieselben Regimenter, die ihr bei Hollabrunn geschlagen und seitdem von Ort zu Ort verfolgt habt. Die von uns eingenommenen Positionen sind stark, und selbst wenn uns der Feind nach rechts umginge, würde er uns dadurch nur seine eigene rechte Flanke preisgeben. Soldaten! Ich selbst werde eure Bataillone führen. Ich werde, während ihr mit gewohnter Tapferkeit in die Reihen der Feinde Unordnung und Verwirrung tragt, außerhalb des Gefechtes stehen; sollte der Sieg jedoch auch nur für einen Augenblick zweifelhaft sein, so werdet ihr euern Kaiser in der vordersten Reihe den Streichen des Feindes trotzen sehen. Der Sieg darf nicht zweifelhaft bleiben, besonders nicht an dem Tage, wo es sich um die Ehre der französischen Infanterie handelt, welche für die Ehre der Nation unentbehrlich ist.

»Die Reihen dürfen nicht unter dem Vorwande der Wegschaffung der Verwundeten aufgelöst werden. Möge jeder von dem Gedanken durchdrungen sein, daß die Söldlinge Englands, die vom tiefsten Haß gegen uns beseelt sind, unter jeder Bedingung besiegt werden müssen. Dieser Sieg wird dem Feldzuge ein Ende setzen, so daß wir die Winterquartiere beziehen können, in denen uns die neuen französischen Regimenter, die jetzt in Frankreich formiert werden, einholen sollen. Dann wird der Frieden, den ich schließe, meines Volkes, euer und meiner selbst würdig sein.

Napoleon.«

XIV

Um fünf Uhr morgens war es noch völlig dunkel. Die Truppen des Zentrums, der Reserve und Bagrations rechte Flanke standen unbeweglich, aber auf der linken Flanke begannen sich die Kolonnen der Infanterie, Kavallerie und Artillerie zu regen, die sich, der Disposition gemäß, zuerst ins Tal begeben sollten, um die rechte französische Flanke anzugreifen und in die böhmischen Berge zurückzuwerfen. Dem Befehl gemäß brachen die Unsrigen von ihren Lagerplätzen auf. Der Qualm der Feuer, in die man alles Überflüssige hineinwarf, stach in die Augen. Es war kalt und dunkel. Die Offiziere tranken eilig ihren Tee und frühstückten, die Soldaten kauten ihren Zwieback und sprangen von einem Fuß auf den anderen, um sich zu erwärmen, oder scharten sich um die qualmenden Feuer, in die sie das Holzwerk der zerstörten

Baracken, Tisch, Räder, Fässer, kurz alles Holzwerk hineinwarfen, das nicht mitgenommen werden konnte. Österreichische Kolonnenführer gingen zwischen den Reihen der russischen Truppen hin und her und schienen zum schleunigen Aufbruch zu treiben, denn sobald sich einer dieser Herren am Quartier eines Regimentskommandeurs zeigte, begann das Regiment sich in Bewegung zu setzen. Die Soldaten traten schnell von den Feuern zurück, steckten ihre Pfeifen in die Stiefel, legten die Brotbeutel auf den Bagagewagen, griffen zu den Gewehren und stellten sich in Reih und Glied. Die Offiziere knöpften ihre Uniformen zu, schnallten Säbel und Schärpen um und musterten, Befehle erteilend, die Reihen ihrer Untergebenen. Unterdessen spannten die Fuhrleute ein, die Burschen packten die Wagen und banden die Ladung fest; dann schwangen sich die Adjutanten, Bataillonschefs und Regimentskommandeure auf die Pferde, bekreuzigten sich, erteilten den zurückbleibenden Fuhrleuten die letzten Befehle, Aufträge und Weisungen, und bald darauf ertönte das gleichmäßige Stampfen mehrerer tausend Pferdehufe. Die Kolonnen bewegten sich, ohne zu wissen wohin und ohne hinter den sie umschließenden Reihen und dem zunehmenden Rauch und Nebel den Platz zu sehen, den sie verließen, noch den, zu dem sie ihre Schritte lenkten.

Während des Marsches ist der Soldat ganz so von seinem Regiment umschlossen, eingeschränkt und mitgezogen wie der Seemann von seinem Schiff. Wie weit er auch vorrücken, welche fremdartigen, unbekannten Breiten er auch erreichen mag, er sieht – wie auch den Seefahrer immer und überall dieselben Verdecke, Masten und Taue umgeben – immer dieselben Kameraden, dieselben Reihen, immer den Feldwebel Iwan Dmitritsch, den Kompagniehund Shutschka und dieselben Vorgesetzten. Selten hegt der Soldat den Wunsch, die Regionen kennenzulernen, in denen sich sein »Schiff« befindet, aber am Tage der Schlacht wird in der moralischen Umwelt der Truppen ein für alle gleichklingender, ernster Ton vernehmbar, der etwas Entscheidendes, Feierliches verheißt und, Gott weiß woher und auf welche Weise, erklingt, um die Soldaten zu einer ihnen fast fremden Neugier anzureizen. An solchem Tage sucht sich jeder einzelne über die Interessen seines Regiments aufzuschwingen, späht, lauscht und fragt begierig nach dem, was um ihn her geschieht.

Der Nebel war so dicht geworden, daß man trotz der Morgendämmerung in einer Entfernung von zehn Schritten nichts mehr sehen konnte. Die Büsche schienen große Bäume, die Flächen Felsen und Abhänge zu sein. Überall, von allen Seiten, konnte man unverhofft auf den unsichtbaren Feind stoßen. Aber die Kolonnen gingen immer vorwärts, bergauf und bergab, an Gärten und Hecken vorbei und durchschritten ein neues, unbekanntes Terrain, ohne mit dem Feinde zusammenzutreffen. Jeder überzeugte sich, daß es nur unsere Kolonnen waren, die in derselben Richtung fortmarschierten, und der einzelne fühlte sich angenehm angeregt durch das Bewußtsein, daß er sich in derselben Richtung fortbewegte, in welcher ihm so viele der Unsrigen vorangingen und folgten. Das Wohin blieb unbekannt.

Sieh mal, die Kurskschen sind vorbeigegangen, hieß es in den Reihen.

Ja, Brüderchen, von den Unsrigen haben sich schauderhaft viele zusammengefunden. Gestern abend, als die Feuer angezündet wurden, habe ich mich nach allen Seiten umgesehen; ein Ende war nirgends zu finden ... mit einem Wort: Moskau.

Keiner der Offiziere ritt an die Reihen heran, um die Soldaten anzufeuern. (Wie wir es im Kriegsrat gesehen, waren die Anführer mißgestimmt, mit den gefaßten Beschlüssen unzufrieden, und so vollzogen sie nur die erhaltenen Befehle, ohne an die Aufmunterung der Soldaten zu denken.) Trotzdem gingen die Leute munter vorwärts und benahmen sich wie gewöhnlich vor einer Schlacht, besonders vor einer Angriffsschlacht. Aber nach einem etwa einstündigen Marsch im dichtesten Nebel mußte der größte Teil der Truppen stehen bleiben, und in den Reihen verbreitete sich das peinliche Gefühl der Verwirrung und Ratlosigkeit. Auf welche Weise ein solches Gefühl sich mitteilt, ist schwer zu erklären, aber es ist nicht zu leugnen, daß es fast immer begründet ist und sich sehr schnell entwickelt, unmerklich und unaufhaltsam, wie das zu Tal fließende Wasser. Wären die russischen Truppen allein gewesen, ohne Verbündete, so hätte es vielleicht länger gedauert, bis dies Gefühl der Unordnung und Ratlosigkeit allen zum Bewußtsein gekommen; aber jetzt schrieb man mit besonderer Genugtuung und Selbstverständlichkeit den Grund der Unordnung den unsinnigen Deutschen zu, und alle waren fest überzeugt, daß eine gefährliche Verwirrung entstanden war, an welcher die »Wurstfresser« schuld seien.

Warum bleiben wir stehen? ... Sind wir abgeschnitten? Sind wir schon auf die Franzosen gestoßen? Nein, das ist nicht möglich, sonst müßten wir schießen hören. Ja, da hat man uns nun gezwungen, so früh aufzubrechen, und jetzt stehen wir ohne Grund und Ursache mitten im Felde ... Die verfluchten Deutschen sind es, die alles in Verwirrung bringen! ... Diese stumpfsinnigen Teufel! Ich hätte sie vorangeschickt, aber sie wissen sich immer ins Hintertreffen zu ziehen, und wir müssen nun ungegessen hier stehenbleiben ... Nun, wird's bald wieder vorwärtsgehen? – Die Kavallerie soll uns den Weg versperren, sagte ein Offizier.

Ach, über diese verfluchten Deutschen, die ihr eigenes Land nicht kennen! rief ein anderer.

Zu welcher Division gehört ihr? schrie ein heranreitender Adjutant.

Zur Achtzehnten.

Warum seid ihr denn aber hier? Ihr hättet längst voran sein müssen. Nun werdet ihr eure Stellung nicht vor Abend einnehmen können.

Das sind die albernen Befehle. Die Herren wissen selbst nicht, was sie tun sollen, sagte ein vorüberreitender Offizier. Dann kam ein General und rief den Soldaten mit zornigem Tone in fremder Sprache etwas zu.

Tafa-lafa, wir können nicht verstehen, was er brummt, sagte ein Soldat, indem er dem fortreitenden General nachäffte. Diese Schufte müßte man niederschießen!

Gegen neun Uhr sollen wir an Ort und Stelle sein und haben noch nicht die Hälfte des Weges zurückgelegt ... das sind Befehle! hörte man von verschiedenen Seiten, und das Gefühl der Energie, mit dem die Truppen ausgerückt waren, fing an, sich in Zorn und Unmut gegen die unsinnigen Anordnungen und gegen die Deutschen zu verwandeln.

Die Ursache der Verwirrung war, daß, während sich die österreichische Kavallerie auf der linken Flanke fortbewegte, die oberen Befehlshaber unser Zentrum zu weit von der rechten Flanke entfernt gefunden hatten. Die Kavallerie erhielt demnach Befehl, sich nach rechts zu wenden, und so zogen einige Tausend Reiter vor der Infanterie vorüber und hemmten ihren Marsch.

Bei der Vorhut war zwischen einem österreichischen Kolonnenführer und einem russischen General Streit entstanden. Der russische General verlangte mit lautem Geschrei, die Reiterei solle warten; der Österreicher behauptete, ihr Vorrücken wäre nicht sein Werk, sondern das der Oberbefehlshaber. Inzwischen standen die Truppen still, wurden mißmutig und ließen den Mut sinken. Endlich, nach einstündigem Warten, rückten sie wieder vorwärts und marschierten bergab. Der Nebel, der sich auf der Höhe etwas verzogen hatte, war im Tale, das die Truppen jetzt erreichten, um vieles dichter. Plötzlich wurden mitten im Nebel Schüsse hörbar, erst in längeren Zwischenpausen: krach ... krach, dann immer öfter und anhaltender ... Das Gefecht am Goldbach begann.

Die russischen Truppen waren nicht darauf gefaßt gewesen, dem Feinde unten am Bache zu begegnen. Unverhofft stießen sie mit ihm zusammen, die begeisternden Worte der Anführer fehlten ihnen, und die Überzeugung, zu spät gekommen zu sein, hatte sich unter ihnen verbreitet. Ringsumher war alles in dichten Nebel gehüllt, und die Unsrigen antworteten träge und lau auf die Schüsse der Feinde, rückten vorwärts, blieben wieder stehen, erhielten nicht zur rechten Zeit die Befehle der Vorgesetzten und Adjutanten, die sich in der unbekannten Gegend im Nebel verirrten und ihre Truppenteile nicht finden konnten. So begann die Schlacht für die erste, zweite und dritte Kolonne, die das Tal erreicht hatten. Die vierte Kolonne, bei der sich Kutusow selbst befand, stand auf den Höhen von Pratzen.

Unten, wo der Kampf begann, lag noch dichter Nebel; oben hatte sich's geklärt, aber dennoch war nicht zu erkennen, was eigentlich vorging, und bis neun Uhr konnte niemand bestimmen, ob die Hauptkräfte des Feindes – wie behauptet worden war – wirklich auf anderthalb Meilen von uns entfernt waren, oder ob sie hinter dieser Dunstlinie standen.

Es war neun Uhr. In der Tiefe verbreitete sich der Nebel wie ein wallendes Meer, aber auf der Höhe, bei dem Dorfe Schlapanitz, wo Napoleon mit seinen Marschällen stand, war es hell. Über ihn wölbte sich der klare, blaue Himmel, und die gewaltige Sonnenscheibe schwamm wie ein großer, roter Ball über den milchweißen Dunstgetrieben. Die französischen Truppen und Napoleon selbst mit seinem Stabe standen aber nicht jenseits der Bäche und der unteren Teile der Dörfer Sokolnitz und Schlapanitz, hinter welchen wir unsere Positionen einnehmen und die Schlacht beginnen wollten, sondern diesseits, so nahe an unsern Reihen, daß Napoleon mit unbewaffnetem Auge den Reiter vom Fußgänger unterscheiden konnte. Napoleon hielt an der Spitze seiner Marschälle auf einem kleinen, grauen Araber und hatte denselben grauen Mantel um, den er im italienischen Feldzuge getragen. Schweigend sah er über die Hügel hin, die aus dem Nebelmeer hervorragten, beobachtete die russischen Kolonnen, welche über diese Höhen zogen, und lauschte dem aus dem Tale heraufschallenden Gewehrfeuer. Sein Gesicht – das damals noch hager war – zuckte mit keinem Muskel, und seine glänzenden Augen blieben unbeweglich auf einen Punkt gerichtet. Was er vermutet hatte, war eingetroffen: Die russischen Truppen hatten zum Teil das Tal an den Teichen erreicht und die Höhen von Pratzen, die er für den Schlüssel der Position hielt und anzugreifen beabsichtigte, zum Teil verlassen. Im Nebel sah er, daß die russischen Kolonnen mit glänzenden Bajonetten alle in das Tal hinüberzogen, das bei dem Dorfe Pratzen von zwei Bergen gebildet wird, worauf sich eine nach der andern in dem Dunstmeer verlor. Aus den Berichten, die er den Abend zuvor erhalten, aus dem Klang der Räder und Schritte, die im Laufe der Nacht von den Vorposten vernommen worden und aus den nachlässigen Bewegungen der russischen Truppen schloß er mit Bestimmtheit, daß ihn die Verbündeten weit entfernt glaubten, daß die Kolonnen, die an Pratzen vorbeimarschierten, das Zentrum der russischen Armee bildeten, daß dies Zentrum schwach genug war, um es mit Erfolg angreifen zu können. Aber er ließ das Gefecht noch nicht beginnen.

Es war heute der Jahrestag seiner Krönungsfeier. Frühmorgens war er für einige Stunden eingeschlummert, hatte sich gleich nach dem Erwachen aufs Pferd geschwungen und war in jener glücklichen Gemütsverfassung ins Feld geritten, in der alles möglich scheint und alles gelingt. Er fühlte sich gesund, frisch und heiter, hielt unbeweglich still, und betrachtete die aus dem Nebel auftauchenden Höhen; und auf seinem kalten Gesicht lag jener eigentümliche Widerschein selbstbewußten verdienten Glücks, den wir auf dem Antlitz eines glücklich liebenden Jünglings sehen. Die Marschälle hielten hinter ihm und wagten nicht, ihn in seinen Beobachtungen zu stören; bald betrachtete er die Höhen von Pratzen, bald die aus dem Nebel auftauchende Sonne.

Als sie ganz aus den Dunstmassen hervorgetreten war und Felder und Nebel mit blendendem Glanz übergoß, streifte er den Handschuh von seiner schön geformten weißen Hand (als ob er auf diesen Augenblick gewartet hätte, um die Schlacht zu eröffnen), gab den Marschällen einen Wink und erteilte den Befehl, die Schlacht zu beginnen.

Die Marschälle ritten, begleitet von ihren Adjutanten, nach verschiedenen Richtungen fort, und wenige Minuten später bewegten sich die Hauptkräfte der französischen Armee rasch denselben Höhen von Pratzen zu, von denen sich die russischen Truppen, die noch immer nach links ins Tal hinunter marschierten, mehr und mehr entfernten.

XV

Um acht Uhr ritt Kutusow nach Pratzen an der Spitze der vierten Miloradowitschschen Division, welche die Stellung der Przebyszewskischen und Langeronschen Divisionen einnahm, die bereits das Tal erreicht hatten. Er begrüßte die Mannschaften des ersten Regiments, gab den Marschbefehl, und das bedeutete, daß er diese Division selbst zu führen beabsichtigte, machte aber, als er das Dorf Pratzen erreicht hatte, wieder Halt. Unter dem zahlreichen Gefolge des Oberfehlshabers befand sich auch Fürst Andrej. Er war aufgeregt, ungeduldig und doch in sich befriedigt, wie ein Mensch, der einen längst ersehnten Augenblick nahen sieht. Er war fest überzeugt, daß heute sein Tag von Toulon, sein Tag der Brücke von Arcole gekommen sei. Was geschehen werde, wußte er nicht – aber es mußte kommen, davon war er überzeugt. Das Terrain und die Stellung der Truppen kannte er so gut wir irgend jemand in unserer Armee. Seinen eigenen strategischen Plan, an dessen Ausführung nicht mehr zu denken war, hatte er vollständig aufgegeben. Er hatte sich in Weyrothers Plan eingedacht, berechnete die zu erwartenden Chancen und stellte neue Möglichkeiten auf, in welchen seine Entschlossenheit und Geistesgegenwart zur Geltung kommen mußten.

Zur Linken, unten im Nebel, hörte er die Schüsse, die zwischen den unsichtbaren Truppenteilen gewechselt wurden, und vermutete, daß dort der Mittelpunkt des Kampfes sein würde. »Ein Augenblick der Gefahr wird kommen«, dachte er, »man wird mich mit einer Brigade oder Division hinschicken, und die Fahne in der Hand werde ich alles niederwerfen, was mir in den Weg tritt.«

Fürst Andrej konnte die Fahnen der vorbeimarschierenden Regimenter nicht ohne Bewegung ansehen. Sobald er eine erblickte, sagte er zu sich selbst: »Vielleicht ist es diese, die ich unsern Truppen vorantragen werde!«

Gegen Morgen hatte sich der Niederschlag des Nebels auf den Höhen in Reif verwandelt, der sich, von der Sonne berührt, in Tau auflöste; aber im Tale lag der Nebel noch wie ein milchweißes Meer, in dem nichts zu erkennen war. Dennoch waren die Unsrigen mitten hineinmarschiert, und ein ununterbrochenes Knattern von Gewehrfeuer ließ sich hören. Über den Höhen breitete sich der klare, dunkle Himmel aus, und rechts erschien der ungeheure Sonnenball. Vorn, in weiter Ferne, am andern Ufer des Nebelmeers, konnte man hervorragende, waldbekränzte Hügel unterscheiden, auf denen sich die feindliche Armee befinden mußte – daß sich etwas darauf bewegte, war deutlich zu erkennen. Rechts marschierte eben die Garde in den Nebelkreis ein, aus dem Hufschläge und Räderrollen hörbar wurden und hin und wieder das Funkeln von Bajonetten auftauchte. Links, hinter dem Dorfe, kamen ebenso große Massen Kavallerie hervor und verschwanden im Nebel. Weiter vorn bewegte sich die Infanterie. Der Oberbefehlshaber stand am Ende des Dorfes und ließ die Truppen an sich vorbeidefilieren. Kutusow schien an diesem Morgen erschöpft und reizbar. Plötzlich blieb die Infanterie, die an ihm vorübermarschierte, stehen, ohne daß ein Befehl ergangen wäre – offenbar weil sie durch irgend etwas gehemmt wurde.

Geben Sie doch endlich Befehl, daß sich die Kolonnen nach Bataillonen formieren und das Dorf umgehen, sagte Kutusow zornig zu dem herbeireitenden General. Begreifen Ew. Exzellenz denn nicht, daß es unmöglich ist, sich in dem Hohlweg der Dorfstraße auszubreiten, da wir gegen den Feind marschieren.

Ich beabsichtigte, mich hinter dem Dorfe aufzustellen, Hohe Exzellenz, antwortete der General.

Kutusow lachte höhnisch auf.

Das wird schön werden, sehr schön, wenn Sie Ihre Front vor den Augen des Feindes aufstellen!

Der Feind ist noch weit, Hohe Exzellenz. Der Disposition nach …

Disposition! fiel Kutusow höhnisch ein. Wer hat Ihnen das gesagt? Tun Sie gefälligst, was Ihnen befohlen wird.

Zu Befehl!

Hörst du, mein Lieber, flüsterte Neswizkij dem Fürsten Andrej zu, der Alte ist schlechter Laune.

Ein österreichischer Offizier mit grünem Federbusch und weißer Uniform ritt an Kutusow heran und fragte im Namen des Kaisers, ob sich die vierte Division in die Schlacht begeben hätte.

Ohne zu antworten, wandte sich Kutusow ab, und sein Blick fiel zufällig auf den Fürsten Andrej, der neben ihm hielt. Der böse, herbe Ausdruck seiner Augen wurde milder, als er Bolkonskij gewahrte – sein Adjutant war ohne Schuld an dem, was vorging –, und ohne den österreichischen Offizier zu beachten, sagte er zu Bolkonskij gewandt:

Sehen Sie nach, mein Lieber, ob die dritte Division über das Dorf hinaus ist, und sagen sie ihr, sie möge stehenbleiben und meine Befehle erwarten.

Fürst Andrej war kaum fortgeritten, als er ihn wieder zurückrief.

Und fragen Sie auch, ob man Scharfschützen aufgestellt hat, fügte er hinzu. Was sie machen! Was sie machen! sagte er dann zu sich selbst, ohne dem Österreicher zu antworten.

Fürst Andrej ritt fort, den Auftrag auszuführen.

Nachdem er die Bataillone überholt hatte, hielt er bei der dritten Division still und überzeugte sich, daß vor ihr keine Scharfschützenkette aufgestellt war. Der Kommandeur des vorausmarschierenden Regiments war im höchsten Grade überrascht, als ihm Kutusow den Befehl zugehen ließ, die Schützen als Plänkler vorauszuschicken, denn er war der festen Überzeugung gewesen, noch eine Anzahl der Unsrigen vor sich zu haben und vom Feinde noch an anderthalb Meilen entfernt zu sein. Jetzt sah er auch wirklich nur ein leeres, abschüssiges, vom Nebel bedecktes Terrain vor sich liegen. Fürst Andrej befahl im Namen Kutusows, das Versäumte nachzuholen und ritt wieder zurück. Kutusow hielt noch an derselben Stelle; sein dicker Körper war im Sattel zusammengesunken, er gähnte mit Anstrengung und schloß dabei die Augen. Die Truppen bewegten sich nicht mehr, sondern standen Gewehr bei Fuß.

Gut, gut! antwortete Kutusow auf den Bericht des Fürsten Andrej und wandte sich dann zu einem General, der mit der Uhr in der Hand bemerkte, daß es Zeit sei, weiterzumarschieren, da die beiden Kolonnen der linken Flanke bereits den Fuß des Berges erreicht hätten.

Wir haben noch Zeit, Exzellenz! gab Kutusow gähnend zur Antwort. Wir haben noch Zeit genug! wiederholte er.

In diesem Augenblick ließ sich hinter Kutusow der Begrüßungsruf der Regimenter hören und näherte sich schnell auf der ganzen, weit ausgedehnten Linie der russischen Armee – ein Beweis, daß der, dem der Ruf galt, rasch herbeikam. Als die Soldaten des Regiments, an dessen Spitze Kutusow hielt, in die Begrüßung einstimmten, entfernte sich dieser um einige Schritte, verzog das Gesicht und sah sich um. Auf dem Wege von Pratzen kam eine Schar bunter Reiter heran. Zwei ritten im Galopp nebeneinander den übrigen voran. Der eine trug eine schwarze Uniform und einen weißen Federbusch und ritt einen englischen Fuchs; der andere in weißer Uniform ritt einen Rappen. Es waren die beiden Kaiser mit ihrem Gefolge. Mit der Steifheit eines alten Soldaten, der in Reih und Glied steht, gebot Kutusow den Truppen »Stillgestanden« und ritt dem Kaiser entgegen. Seine Gestalt und Haltung waren plötzlich verändert; er hatte das Aussehen eines Untergebenen, der zu gehorchen hat, ritt mit erzwungener Ehrerbietung an Kaiser Alexander heran und salutierte. Dies Benehmen schien den Kaiser zu überraschen und war ihm offenbar unangenehm.

Aber der peinliche Eindruck erschien in dem jungen, glücklichen Gesicht des Kaisers nur wie eine Wolke am klaren Himmel und verschwand bald. Nach seinem Unwohlsein sah Alexander etwas schmächtiger aus als auf dem Felde von Olmütz, wo ihm Fürst Andrej zum ersten Male im Auslande begegnet war. In seinen grauen Augen lag jedoch dieselbe bezaubernde Mischung von Majestät und Milde, und seine feinen Lippen wurden von demselben im Ausdruck rasch wechselnden Lächeln umspielt. Der hervorstechendste Zug blieb der Ausdruck jugendlich unbefangener Güte.

Bei der Olmützer Revue war er majestätischer, hier lebhafter und energischer. Der Ritt von einer halben Meile hatte seine Wangen gerötet; er hielt sein Pferd an, atmete ausruhend tief auf und sah sich nach den ebenso jugendlichen, belebten Gesichtern seines Gefolges um. Czartoryski, Nowossilzow, Fürst Bolkonskij, Stroganow und die anderen waren alle reich gekleidete, heitere junge Leute; sie ritten herrliche, gut dressierte, frische Pferde und sprachen lächelnd miteinander, während sie hinter dem Kaiser hielten. Kaiser Franz, ein rotwangiger junger Mann mit langem Gesicht, saß sehr stramm auf seinem Rappen und sah sich nachdenklich und gelassen um. Er winkte einem seiner weißgekleideten Adjutanten, um eine Frage an ihn zu richten. »Wahrscheinlich fragt er, wann sie ausgeritten sind«, dachte Fürst Andrej, indem er den Kaiser betrachtete und sich bei der Erinnerung an seine Audienz eines Lächelns nicht erwehren konnte. Im Gefolge der beiden Kaiser befanden sich auserwählt schöne, junge Ordonnanzoffiziere aus Garde- und Linienregimentern. Mehrere Reitknechte führten die schönen Reservepferde der Kaiser in gestickten Decken.

Es war, als ob in das offene Fenster einer dumpfigen Stube plötzlich frische Waldluft eingedrungen wäre; selbst dem schläfrigen Stabe Kutusows schien die glänzende, jugendliche Reiterschar einen Hauch von Energie, Jugend und Glauben an Erfolg mitzuteilen.

Warum fangen Sie denn nicht an, Michail Larionowitsch? fragte Kaiser Alexander, indem er sich rasch zu Kutusow wandte, dabei aber einen höflichen Blick auf Kaiser Franz richtete.

Ich warte, Ew. Majestät, antwortete Kutusow, indem er sich ehrerbietig neigte.

Der Kaiser hielt das Ohr hin und gab mit leichtem Stirnrunzeln zu verstehen, daß er nicht gut gehört habe.

Ich warte, Ew. Majestät, wiederholte Kutusow. (Fürst Andrej beobachtete, daß Kutusows Oberlippe bei dem Worte »warte« unnatürlich zuckte) ... Es sind noch nicht alle Divisionen eingetroffen, Majestät.

Der Kaiser hatte ihn sehr gut verstanden, aber offenbar mißfiel ihm die Antwort. Er zuckte die vorgebeugten Achseln, sah Nowossilzow an, der neben ihm stand, und schien durch diesen Blick eine Klage über Kutusow auszudrücken.

Wir sind hier nicht auf dem Marsfelde, Michail Larionowitsch, wo man die Parade nicht anfängt, ehe alle Regimenter beisammen sind, sagte Alexander und warf dem Kaiser Franz von neuem einen Blick zu, der, wenn nicht Zustimmung, so doch Aufmerksamkeit für das Gesagte zu verlangen schien. Aber Kaiser Franz hatte nichts gehört und fuhr fort, sich umzusehen.

Gerade darum, Majestät, fange ich noch nicht an, antwortete Kutusow mit klangvoller Stimme, als ob er der Möglichkeit, nicht gehört zu werden, vorbeugen wollte, und dabei zuckte sein Gesicht wieder. Gerade darum, Majestät, weil ich es sich nicht um eine Parade auf dem Marsfelde handelt, fange ich nicht an! wiederholte er klar und deutlich.

Die Herren vom Gefolge der Kaiser sahen sich an, und aller Mienen drückten unwilliges Erstaunen aus. »Wenn er noch so alt ist, so zu sprechen, dürfte er sich doch nicht erlauben«, schienen alle diese Gesichter zu sagen.

Der Kaiser sah Kutusow scharf und aufmerksam in die Augen und wartete, ob er nicht noch etwas hinzufügen würde, aber Kutusow hatte ehrerbietig den Kopf gesenkt und schien ebenfalls zu warten. Das Schweigen währte eine Minute.

Übrigens, wenn Ew. Majestät befehlen ... fuhr Kutusow fort, indem er den Kopf erhob und von neuem den Ton eines stumpfen, gedankenlos gehorchenden Generals anschlug; dann trieb er sein Pferd vorwärts, winkte dem Divisionskommandeur Miloradowitsch und erteilte ihm den Befehl zum Angriff.

Die Truppen gerieten wieder in Bewegung, und zwei Bataillone des Nowgorodschen und ein Bataillon des Apscheronschen Regiments marschierten am Kaiser vorüber.

Während das Apscheronsche Bataillon vorbeizog, ritt der rotwangige Miloradowitsch ohne Mantel, in Paradeuniform, die Brust mit Orden bedeckt und einen ungeheuren Federbusch auf dem Hute, herbei und hielt salutierend vor dem Kaiser.

Mit Gott, General! sagte Alexander.

Wir werden tun, Majestät, was in unsern Kräften steht, gab Miloradowitsch heiter zur Antwort und brachte die Herren des kaiserlichen Gefolges durch seine schlechte französische

Aussprache zu spöttischem Lächeln. Dann wandte der General sein Pferd und hielt hinter dem Kaiser. Durch Alexanders Gegenwart angefeuert, marschierten die Apscheroner mit keckem Schritt an den beiden Monarchen und ihrem Gefolge vorüber.

Kinder! rief Miloradowitsch mit lautem, lustigem, selbstgefälligem Tone; offenbar war er durch den Klang des Gewehrfeuers, durch die Erwartung des Kampfes und den Anblick der braven Apscheroner – seiner Kameraden noch aus den Zeiten Suworows, so aufgeregt, daß er die Gegenwart des Kaiser vergaß.

Kinder, es ist nicht das erste Mal, daß ihr ein Dorf zu nehmen habt! rief er.

Es soll geschehen! schrien die Soldaten.

Des Kaisers Pferd scheute bei diesem unerwarteten Geschrei; dasselbe Tier, das er bei den Revuen in Rußland geritten hatte, trug ihn auch hier auf dem Schlachtfelde von Austerlitz. Es hielt die unabsichtlichen Stöcke seines linken Fußes ruhig aus und spitzte, wie auf dem Paradeplatze, beim Klang des Gewehrfeuers die Ohren, ohne die Bedeutung dieser Schüsse zu verstehen, noch zu begreifen, warum der Rappe des Kaisers Franz sein Nachbar war, oder was sein Reiter heute sprach, dachte und fühlte.

Der Kaiser wandte sich lächelnd zu einem der Herren seines Gefolges und sagte ihm etwas, indem er auf die braven Apscheroner zeigte.

XVI

Von seinen Adjutanten begleitet, ritt Kutusow hinter der leichten Reiterei weiter. Nachdem er zweitausend Schritt zurückgelegt, hielt er an einem einsamen, verfallenen Hause (wahrscheinlich einem alten Wirtshaus), an der Kreuzung zweier Wege. Beide führten bergab, und auf beiden marschierten unsere Truppen vorwärts.

Der Nebel begann sich zu lichten, und in der Entfernung von 3000 Schritt konnte man auf den gegenüberliegenden

Höhen die feindlichen Truppen erkennen. Zur Linken im Grund wurde das Gewehrfeuer stärker. Kutusow hielt und sprach mit dem österreichischen General. Fürst Andrej, der etwas zurückgeblieben war, beobachtete sie und wandte sich dann an einen Adjutanten, ihn um sein Fernrohr zu bitten.

Sehen Sie, sehen Sie! sagte der Adjutant, indem er nicht in die Ferne blickte, sondern dicht vor sich, den Berg hinuntersah; das sind die Franzosen!

Die beiden Generale und ihre Adjutanten griffen so ungestüm nach dem Fernrohr, als ob es einer dem andern entreißen wollte. Alle Mienen veränderten sich und drückten Schrecken aus. Man hatte geglaubt, den Feind in einer Entfernung von 3000 Schritt zu treffen, und statt dessen war er plötzlich da.

Ist es der Feind? ... Nein! ... Aber sehen Sie doch, er ist es wirklich! ... Was heißt denn das! ... hörte man verschiedene Stimmen durcheinanderrufen.

Fürst Andrej sah mit unbewaffnetem Auge rechts im Grunde eine dichte Kolonne der Franzosen, die den Apscheronern entgegenkam, den Berg erstieg und höchstens noch 500 Schritte von dem Platze entfernt war, wo Kutusow hielt.

»Da ist er, der entscheidende Moment! ... Nun muß ich mich zeigen!« dachte Fürst Andrej, spornte sein Pferd und ritt an Kutusow heran.

Durchlaucht, die Apscheroner müssen zurückgehalten werden! schrie er; aber in demselben Augenblick wurde alles von Rauch bedeckt; nahes Gewehrknattern ertönte; zwei Schritte vom Fürsten rief jemand mit naivem Entsetzen: »Alles aus, Brüder!«, und wie auf ein Kommando ergriffen alle die Flucht.

Verworrene, immer wachsende Scharen strömten zu dem Platze zurück, wo die Truppen fünf Minuten vorher am Kaiser vorbeidefiliert. Es war nicht nur schwer, sie aufzuhalten, es war auch unmöglich, nicht mit ihnen zusammen zurückzuweichen. Bolkonskij bemühte sich nur noch, nicht zurückzubleiben, und sah sich um, ohne begreifen zu können, was um ihn her geschah. Mit aufgeregter Miene schrie der erhitzte Neswitzkij Kutusow zu, daß er sicherlich gefangengenommen würde, wenn er sich nicht entfernte. Aber Kutusow blieb an derselben Stelle stehen und griff, ohne zu antworten, nach seinem Taschentuche. Seine Wange blutete. Fürst Andrej drängte sich zu ihm hindurch.

Sie sind verwundet? fragte er und konnte das Zittern seines Unterkiefers kaum bemeistern.

Die Wunde ist nicht hier, sondern dort! antwortete Kutusow, indem er sein Tuch auf die verwundete Wange drückte und auf die Fliehenden zeigte.

Halten Sie sie auf! schrie er dann, überzeugte sich jedoch in demselben Augenblicke, daß das unmöglich war, spornte sein Pferd und ritt nach rechts. Eine neue Schar Fliehender drängte sich heran, umringte ihn und zog ihn mit fort.

Die Truppen flüchteten in so gedrängten Massen, daß wer einmal in den Strom geraten war, sich schwer wieder daraus zu befreien vermochte.

Vorwärts, wer bleibt da stehen! schrie der eine; der andere wandte sich um und schoß in die Luft; ein dritter gab dem Pferde, das Kutusow ritt, einen Hieb.

Sobald sich Kutusow mit großer Anstrengung frei gemacht hatte, schlug er mit seinem, um mehr als die Hälfte verkleinerten Gefolge die Richtung ein, aus der in geringer Entfernung Kanonendonner ertönte. Fürst Andrej, der sich ebenfalls von der fliehenden Masse losgemacht, bemühte sich, nicht hinter dem Oberbefehlshaber zurückzublieben. Am Abhang des Berges sah er im Rauch eine noch feuernde russische Batterie und die heranstürmenden Franzosen. Höher hinauf stand russische Infanterie; aber sie kam weder der Batterie zu Hilfe noch ging sie rückwärts in der Richtung der Fliehenden. Ein berittener General trennte sich von der Infanterie und kam auf Kutusow zu, dessen Gefolge nur noch aus vier Personen bestand. Alle vier waren blaß und sahen sich schweigend an.

Halten Sie die Feiglinge auf! sagte Kutusow mit erstickter Stimme zu dem Regimentskommandeur; aber in demselben Moment flogen, wie zur Strafe für seine Worte, gleich einem Vogelschwarm, eine Masse pfeifender Kugeln über das Regiment und Kutusows Gefolge hin. Die Franzosen hatten die Batterie attackiert, und als sie Kutusow erblickten, schossen sie auf ihn. Nach dieser Salve griff der Regimentskommandeur nach seinem Beine; einige Soldaten fielen, und der Fähnrich, der die Fahne trug, ließ sie aus der Hand gleiten. Die Fahne schwankte, fiel und blieb an den Gewehren der zunächststehenden Soldaten hängen. Die Leute begannen zu feuern, ohne auf das Kommando zu warten.

Oh, oh, oh! stöhnte Kutusow mit verzweiflungsvollem Ausdruck und sah sich um. Bolkonskij, flüsterte er mit einer Stimme, die im Bewußtsein seiner machtlosen Altersschwäche bebte, und deutete auf den Feind und die aufgelösten Bataillone, Bolkonskij, was ist das für eine? ...

Aber ehe er das Wort ausgesprochen, hatte sich Fürst Andrej aus dem Sattel geschwungen, Tränen der Scham und des Zornes schnürten ihm die Kehle zu; er lief zur Fahne.

Vorwärts, Kinder! schrie er mit knabenhaft schriller Stimme.

»Nun ist der Augenblick gekommen«, dachte er, ergriff die Fahnenstange und horchte voll Freuden auf das Sausen der Kugeln, die offenbar gegen sie gerichtet waren. Einige Soldaten fielen. Hurra! rief Fürst Andrej, der die schwere Fahne kaum halten konnte, indem er in der Überzeugung, daß ihm das Bataillon folgen würde, vorwärtslief. Und wirklich hatte er nur einige Schritte zurückgelegt, als erst ein Soldat, dann ein zweiter in Bewegung kam und mit dem Ruf: Hurra! das ganze Bataillon nachstürzte und ihn überholte. Der Unteroffizier ergriff die schwere, in den Händen des Fürsten schwankende Fahne, wurde aber sofort erschossen. Fürst Andrej erfaßte die Fahne von neuem, und indem er die Stange nachschleifte, eilte er dem Bataillon voran. Vor sich sah er unsere Artilleristen, von denen einige kämpften, während andere die Kanonen im Stiche ließen und ihm entgegenliefen. Er sah auch französische Infanteristen, die sich den Artilleriepferden in die Zügel warfen und die Kanonen umwandten. Fürst Andrej und sein Bataillon waren nur noch zwanzig Schritt von den Geschützen entfernt. Über seinem Kopfe hörte der Fürst das ununterbrochene Sausen der Kugeln, und rechts und links von ihm stöhnten und fielen die Soldaten; aber er beachtete sie nicht, er sah nur, was vor ihm auf der Batterie geschah. Deutlich sah er die Gestalt eines rothaarigen Artilleristen mit seitwärts geschobener Mütze, der den Stückputzer, den ihm ein Franzose zu entwinden suchte, ungestüm an sich riß. Fürst Andrej konnte deutlich den verstörten, zornigen Ausdruck ihrer Gesichter erkennen, und es war ihm klar, daß beide Leute nicht recht wußten, was sie taten.

»Was machen sie?« dachte Fürst Andrej, während er sie beobachtete. »Warum flieht der Rothaarige nicht, wenn er keine Waffen hat? warum ersticht ihn der Franzose nicht? – Er wird kaum noch Zeit haben, wegzulaufen, bis sich der Franzose auf sein Bajonett besinnt und ihn niederstreckt.« Jetzt kam auch wirklich ein zweiter Franzose mit gefälltem Bajonett auf die Ringenden zugelaufen, und das Schicksal des rothaarigen Artilleristen, der nicht sah, was ihm bevorstand und triumphierend den Stückputzer an sich riß, mußte sich entscheiden. Aber Fürst Andrej sah nicht, wie es endigte; ihm war, als ob ihn einer der nahestehenden Soldaten mit einem dicken Stocke über den Kopf geschlagen hätte. Es war nicht sehr schmerzhaft, aber vor allem unangenehm, weil er davon betäubt wurde und nicht mehr sehen konnte, was ihn bisher beschäftigt hatte.

»Was ist das? Ich falle! Meine Knie biegen sich unter mir!« dachte er und stürzte rücklings nieder. Dann schlug er die Augen wieder auf und hoffte zu sehen, welches Ende der Kampf der beiden Franzosen mit dem Artilleristen genommen hatte; er wollte wissen, ob der Rothaarige getötet war oder nicht, ob die Geschütze gerettet oder erobert waren. Aber er sah nichts als über sich den hohen, unermeßlichen Himmel mit den langsam dahinziehenden grauen Wolken.

»Wie still, wie ruhig, wie feierlich es dort ist!« dachte Fürst Andrej. »Dort hat unser Fliehen, unser Kämpfen und Schreien keine Spur hinterlassen. Diese Wolken schwimmen im hohen, unendlichen Raume und haben keine Ähnlichkeit mit dem Franzosen und dem Artilleristen, die mit zornigen, erschrockenen Gesichtern sich den Stückputzer aus den Händen rissen. Wie kommt es nur, daß ich früher diesen hohen Himmel nicht beachtet habe? Und wie glücklich bin ich, ihn endlich kennenzulernen. Ja, alles ist inhaltlos, alles ist trügerisch, nur dieser unermeßliche Himmel ist wahr. Es gibt nichts, nichts außer ihm! ... Aber auch er ist nicht ... es gibt nichts, gar nichts außer Ruhe und Stille. Gott sei Dank! ...«

XVII

Auf der rechten Flanke, die unter Bagrations Befehl stand, war um neun Uhr das Gefecht noch nicht angegangen. Da er Dolgorukows Verlangen, die Schlacht zu beginnen, nicht erfüllen und zu gleicher Zeit sich von aller Verantwortung frei machen wollte, schlug er Dolgorukow vor, den Oberbefehlshaber darüber zu befragen und zu diesem Zwecke eine Ordonnanz hinzuschicken. Bagration wußte, daß die beiden Flanken fast anderthalb Meilen voneinander entfernt waren, und daß der Abgesandte, wenn er nicht erschossen wurde – was sehr leicht möglich war – und wenn er wirklich den Oberbefehlshaber auffand, was sehr schwer halten mußte, doch jedenfalls erst gegen Abend zurückkehren konnte.

Bagration übersah sein Gefolge mit seinen großen, ausdruckslosen, schläfrigen Augen; Rostows vor Aufregung und Erwartung glühendes Gesicht fiel ihm in die Augen, und er schickte hinab.

Wie aber, wenn ich Se. Majestät früher als Kutusow treffen sollte, Durchlaucht? fragte Rostow, die Hand an der Mütze.

Dann können Sie Sr. Majestät Bericht erstatten, antwortete Dolgorukow, Bagration ins Wort fallend.

Rostow hatte, nachdem er vom Vorposten abgelöst war, Zeit gehabt, einige Stunden vor Tagesanbruch zu schlafen; er fühlte sich nun frisch, heiter, entschlossen und hatte jene Leichtigkeit der Bewegungen, jenes Vertrauen auf sein Glück, jene zuversichtliche Stimmung gewonnen, in der alles leicht, heiter und möglich zu sein scheint.

An diesem Morgen gingen alle seine Wünsche in Erfüllung. Eine Hauptschlacht wurde geliefert; er sollte nicht nur teil daran nehmen, sondern war Ordonnanzoffizier bei einem der tapfersten Generale. Außerdem hatte er einen Auftrag an Kutusow, vielleicht sogar an den Kaiser auszurichten. Der Morgen war klar, sein Pferd war gut, er selbst fühlte sich heiter und glücklich. Nachdem er den Befehl erhalten hatte, sprengte er längs der Linie fort und ritt anfangs an den Bagrationschen Divisionen entlang, die noch nicht im Gefecht gewesen waren und unbeweglich dastanden; dann kam er an die Uwarowsche Kavallerie, die infolge der zu Anfang der Schlacht getroffenen Maßregeln in Bewegung war, und nachdem er sie hinter sich gelassen, hörte er in der Ferne das Knattern der Gewehre und das Krachen der Geschütze, das immer stärker wurde.

Bald erklangen in der frischen Morgenluft nicht mehr wie anfangs in unregelmäßigen Zwischenräumen, einzelne Flinten- oder Kanonenschüsse; das unausgesetzte Flintengeknatter auf den Bergabhängen von Pratzen wurde jetzt so häufig von Kanonendonner unterbrochen, daß sich beides nicht voneinander unterscheiden ließ, sondern zu einem Getöse verschwamm.

An den Abhängen sah man den Rauch der Gewehre aufsteigen und sich vermischen, während der Rauch der Geschütze erst in großen Stößen emporwirbelte, ehe er mit dem Ganzen verschwamm. Aus dem Rauche blitzten die Bajonette der Infanterie hervor, die sich in großen Massen fortbewegte, in welchen die Artillerie mit ihren grünen Munitionswagen schmale Streifen bildete.

Auf einem Hügel hielt Rostow sein Pferd einen Augenblick an, um die Vorgänge ins Auge zu fassen; aber so viel Mühe er sich auch gab, er konnte nichts erkennen, nichts begreifen. Mitten in den Rauchwolken tummelten sich Leute herum; nach allen Seiten bewegten sich lange Streifen von Soldaten, aber warum und wohin? das blieb ihm unverständlich. Doch alles, was er sah und hörte, erweckte kein trauriges, erschütterndes Gefühl in ihm, sondern gab ihm Mut und Entschlossenheit.

»Lauter! lauter!« sagte er in Gedanken zu dem Krachen der Geschütze und sprengte die Linie entlang, immer weiter und weiter in den Bereich der bereits im Gefecht stehenden Truppen eindringend.

»Was kommen wird, weiß ich nicht, jedenfalls ist's etwas Gutes!« dachte Rostow.

Nachdem er einen Teil der Österreicher hinter sich gelassen, merkte er, daß die darauffolgende Linie (es war die Garde) den Kampf bereits begonnen hatte.

»Um so besser – ich werde mir die Geschichte in der Nähe besehen«, sagte er zu sich selbst.

Er ritt jetzt beinahe an der äußerten Linie entlang. Eine Reiterschar sprengte ihm entgegen; es waren unsere Leibulanen, die in aufgelösten Reihen aus der Attacke zurückkehrten. Rostow ritt an ihnen vorbei und bemerkte, daß einer von ihnen mit Blut bespritzt war. Er setzte seinen Weg fort.

»Das geht mich nichts an«. sagte er zu sich selbst, als plötzlich kaum einige hundert Schritte entfernt eine ungeheure Masse Kavallerie auf Rappen und in glänzenden weißen Uniformen erschien. Sie schnitten ihm den Weg ab und kamen in vollem Trabe auf ihn los. Rostow jagte vorwärts, so schnell er konnte, um dieser Kavallerie aus dem Wege zu kommen, und es würde ihm gelungen sein, wenn sie in demselben Tempo weitergeritten wäre. Statt dessen wurde ihre Bewegung immer rascher, so daß einige Pferde schon in vollem Galopp waren. Immer deutlicher hörte Rostow das Donnern der Hufschläge, das Klirren der Säbel und konnte Pferde, Gestalten, sogar Gesichter unterscheiden. Es war unser Gardekürassierregiment, das die vorrückende französische Kavallerie angreifen sollte.

Die Garde sprengte vorwärts, jedoch noch ohne den Pferden die Zügel freizugeben. Rostow sah schon ihre Gesichter, da hörte er das Kommando: Marsch! Marsch! das ein Offizier gab, indem er sein Vollblut aus Leibeskräften antrieb. Rostow fürchtete erdrückt oder in die Attacke verwickelt zu werden, sprengte längs der Front hin, so schnell sein Pferd nur laufen konnte, war aber nicht imstande, diese Massen zu überholen.

Der Flügelmann, ein riesenhafter Mensch mit pockennarbigem Gesicht, runzelte zornig die Stirn, als er Rostow, mit dem er unvermeidlich zusammenrennen mußte, herankommen sah. Rostow, der sich im Vergleich zu diesen kolossalen Leuten und Pferden klein und schwach erschien, war überzeugt, samt seinem Beduin von dem Gardisten umgerissen zu werden, als ihm plötzlich einfiel, dem Pferd des Gardisten mit seiner Kosakenpeitsche über die Augen zu schlagen. Der schwere fünfzöllige Rappe legte die Ohren zurück und sprang auf die Seite; der Pockennarbige spornte es kräftig an und, mit dem Schweife wehend und den Hals ausstreckend, flog das Tier wieder vorwärts. Kaum hatte Rostow die Garden hinter sich gelassen, als er ein lautes »Hurra« vernahm; er sah sich um und erkannte, daß sich ihre vordersten Reihen bereits mit den roten Epaulettes der französischen Kavallerie vermengt hatten. Weiter vermochte er nichts zu sehen, denn in demselben Augenblick ertönte Geschützdonner, und alles wurde von Rauch verhüllt.

Nachdem die Gardekürassiere im Rauch verschwunden waren, zögerte Rostow einen Augenblick und überlegte, ob er ihnen folgen oder dahin reiten sollte, wohin er geschickt war. Es war jene glänzende Kavallerieattacke, welche die Franzosen selbst mit Erstaunen erfüllt hat. Später hörte Rostow mit Entsetzen, daß von dieser Masse großer, schöner Leute, von allen diesen glänzenden, reichen Jünglingen, Offizieren und Junkern auf den Tausendtalerpferden, die an ihm vorbeiritten waren, nach der Attacke nur achtzehn Mann übriggeblieben waren.

»Warum soll ich sie beneiden? Mein Tag wird auch kommen, und vielleicht werde ich gleich den Kaiser sehen«, dachte er jetzt und ritt weiter.

Als er die Garde-Infanterie erreichte, bemerkte er, daß um sie her und über sie weg Kugeln flogen, was ihm weniger durch das Sausen der Kugeln bemerklich wurde als durch die Unruhe in den Mienen der Soldaten und den feierlichen Ernst im Gesicht der Offiziere.

Während er an einem der Garde-Infanterie-Regimenter vorbeiritt, hörte er seinen Namen rufen: Rostow!

Was gibt's? antwortete er, ohne Boris zu erkennen.

Denke dir, ich bin in die erste Linie gekommen; unser Regiment hat die Attacke mitgemacht, sagte Boris mit dem glückseligen Lächeln junger Leute, die zum erstenmal Pulver gerochen haben. Rostow hielt an.

So, wie war es denn? fragte er.

Zurückgeschlagen! gab Boris lebhaft zur Antwort und fuhr redselig fort: Denke dir, es war so – und Boris fing an, zu erzählen, wie die Garde, nachdem sie ihre Stellung eingenommen, Truppen vor sich gesehen, welche sie für Österreicher gehalten, plötzlich aber durch die Kugeln, die aus diesen Reihen abgefeuert wurden, zu der Erkenntnis gekommen sei, in der ersten Linie zu stehen und unverhoffterweise den Kampf beginnen zu müssen.

Noch ehe der Bericht zu Ende war, trieb Rostow sein Pferd wieder an.

Wohin des Wegs? rief ihm Boris nach.

Mit Aufträgen zu Sr. Majestät.

Dann mußt du dorthin reiten, sagte Boris, der sich verhört hatte, und zeigte auf den Großfürsten. Er hielt in einer Entfernung von hundert Schritten, er trug Helm und Küraß der Gardeducorps auf den runden Schultern und rief mit zusammengezogenen Brauen einem weißgekleideten, blassen österreichischen Offizier etwas zu.

Das ist ja der Großfürst! Ich muß entweder den Oberbefehlshaber oder den Kaiser sprechen, sagte Rostow und trieb sein Pferd wieder an.

Graf! Graf! rief eine andere Stimme, und Berg, der ebenso aufgeregt schien wie Boris, kam von der anderen Seite auf ihn zu. Ich bin an der Hand verwundet, fuhr er fort, ihm die blutige, mit einem Taschentuch umwundene Rechte zeigend, aber ich bin doch in Reih und Glied geblieben. Graf! Ich habe den Degen in die linke Hand genommen. In der Familie derer von Berg, Graf, gibt es nur Ritter.

Berg sagte noch mehr, aber Rostow hörte nicht länger zu und ritt weiter.

Nachdem er die Garde und einen freien Raum hinter sich gelassen, ritt Rostow, um nicht wieder, wie bei der Gardekürassierattacke, in die erste Linie zu geraten, längs der Reserve hin und blieb so von dem stärksten Gewehr- und Kanonenfeuer weit entfernt. Plötzlich hörte er ganz in der Nähe, vor und hinter den Reihen der Unsrigen, in einer Richtung, wo er den Feind durchaus nicht vermuten konnte, Gewehrfeuer knattern.

»Was mag das sein?« fragte er sich selbst. »Sollte sich der Feind in unserem Rücken befinden? Das ist doch nicht möglich!« Und plötzlich befiel ihn Furcht für sich selbst, wie um den Ausgang der Schlacht. »Was es aber auch sein mag,« dachte er weiter, »jedenfalls will ich keine Umwege machen, sondern den Oberbefehlshaber aufsuchen. Wenn alles zugrundegeht, will auch ich den Tod finden.«

Die traurige Ahnung, die Rostow überfallen hatte, schien, je weiter er auf dem von verschiedenen Truppen eingenommenen Terrain hinter dem Dorfe Pratzen vordrang, immer mehr bestätigt zu werden.

Was heißt das? was bedeutet das? auf wen wird geschossen? wer schießt? fragte Rostow die russischen und österreichischen Soldaten, die ihm in wirren Scharen entgegenkamen und seinen Weg kreuzten.

Der Teufel mag es wissen! Alle sind erschossen! Alles ist verloren! wurde ihm von den Fliehenden, welche die Vorgänge ebensowenig begriffen wie er selbst, auf russisch, auf deutsch und auf tschechisch geantwortet.

Schlagt die Deutschen tot! schrie der eine!

Der Teufel soll sie holen, die Verräter!

Zum Henker mit den Russen! brummte ein Deutscher vor sich hin.

Rostow kam an Verwundeten vorüber. Ihr Schimpfen, Schreien, Stöhnen vereinigte sich zu einem allgemeinen Wehruf. Das Schießen hatte aufgehört. Wie Rostow später erfuhr, hatten Russen und Österreicher aufeinander geschossen.

»Großer Gott! das tun sie hier, wo der Kaiser sie jeden Augenblick sehen kann ... dachte Rostow. Es kann doch nicht sein – es sind gewiß nur einige Elende. Es ist unmöglich ... nur schnell an ihnen vorbei!«

Rostow konnte den Gedanken der Flucht und Niederlage nicht fassen; obwohl er auf den Höhen von Pratzen, wo er den Oberbefehlshaber aufsuchen sollte, französische Geschütze und Truppen erblickte, glaubte er noch immer nicht daran.

XVIII

Rostows Befehl lautete: Kutusow und den Kaiser bei dem Dorfe Pratzen aufzusuchen; aber das waren sie nicht, auch keiner der übrigen Heerführer, sondern nur verschiedene Trupps aufgelöster Regimenter. Rostow trieb sein ermüdetes Pferd an, um an diesen Scharen vorbeizukommen, aber je weiter er gelangte, um so wüster wurde das Treiben. Auf der Landstraße, die er bald darauf erreichte, sah er eine Menge Wagen, Equipagen der verschiedensten Art, russische und österreichische Soldaten aller Truppengattungen, Verwundete und Unverwundete. Alles das toste und drängte sich beim Sausen der Kugeln, welche die auf den Höhen von Pratzen errichtete französische Batterie unaufhörlich hinüberschleuderte, wild durcheinander.

Wo ist der Kaiser! Wo ist Kutusow? fragte Rostow jeden, den er nur irgend anhalten konnte, erhielt aber von niemand Auskunft.

Endlich hielt er einen Soldaten am Kragen fest und zwang ihn, Antwort zu geben.

Ei, Bruder, die sind schon lange fort, sind zuerst ausgerissen! sagte der Soldat und lief lachend davon. Rostow ließ den Soldaten, der sichtlich betrunken war, in Ruhe, fiel dem Pferde eines Burschen oder Reitknechts einer hohen Persönlichkeit in den Zügel und begann ihn auszufragen.

Der Bursche berichtete Rostow, man hätte den Kaiser vor etwa einer Stunde in großer Eile auf diesem Wege zu Wagen in Sicherheit gebracht, er wäre gefährlich verwundet.

Das kann nicht sein, sagte Rostow. Es war gewiß ein anderer.

Ich habe ihn selbst gesehen, antwortete der Bursche mit zuversichtlichem Lächeln. Das wäre noch besser, wenn ich den Kaiser nicht kenne! Wie unzählige Male habe ich ihn in

Petersburg gesehen, so, so ganz nahe. Heute saß er ganz blaß im Wagen; die vier Rappen sausten wie der Wind an mir vorbei. Aber ich denke doch, daß ich die kaiserlichen Pferde und Jlja Jwanitsch kenne. Einen andern als den Kaiser fährt Jlja niemals.

Rostow gab die Zügel des Pferdes wieder frei und wollte weiterreiten; ein verwundeter Offizier, der an ihm vorbeiging, wandte sich zu ihm.

Wen suchen Sie? fragte er; den Oberbefehlshaber? Eine Kugel hat ihn in die Brust getroffen und niedergestreckt. Er ist neben unserem Regimente gefallen.

Nicht gefallen, nur verwundet, sagte ein anderer Offizier.

Von wem sprechen Sie denn ... von Kutusow? fragte Rostow.

Nicht Kutusow ... wie heißt er nur gleich! ... Nun, es ist einerlei. Am Leben geblieben sind nicht viele. Reiten Sie dort hinüber nach dem Dorfe. Alle Generale sind dort versammelt, fügte er hinzu, auf das Dorf Hoftiradek deutend, und ging vorbei.

Rostow ritt im Schritt weiter, ohne zu wissen wohin und warum. Der Kaiser war verwundet, die Schlacht verloren. Er konnte nicht anders, als der Nachricht glauben. Dennoch schlug er die angedeutete Richtung ein und erkannte bereits in der Ferne den Kirchturm des Dorfes. Aber was konnte er jetzt noch ausrichten? Was hatte er dem Kaiser oder Kutusow zu melden, auch wenn sie noch lebten und nicht verwundet waren?

Schlagen Ew. Gnaden diesen Weg ein. Dort, geradeaus wird scharf geschossen, dort können Sie den Tod finden! schrie ein Soldat Rostow zu.

Was sagst du da! rief ein anderer. Das ist ja ein großer Umweg; hier ist's näher.

Rostow überlegte einen Moment und schlug die Richtung ein, von der ihm gesagt war, daß er dort den Tod finden könnte.

»Jetzt ist mir alles gleich; warum soll ich, wenn der Kaiser verwundet ist, noch an mich denken und mich schonen«, dachte er.

Bald darauf erreichte er die Stelle, wo eine Schar aus Pratzen flüchtender Soldaten den Untergang gefunden. Die Franzosen hatten den Platz noch nicht in Besitz genommen, und die Russen, die am Leben geblieben oder leicht verwundet waren, hatten ihn längst verlassen. Wie Garben auf einem Felde lagen hier zehn bis fünfzehn Tote oder Verwundete auf jedem Morgen Landes; die Verwundeten suchten sich kriechend auf, und man hörte ein schreckliches – wie es Rostow vorkam – zuweilen auch erzwungenes Jammern und Stöhnen.

Er setzte sein Pferd in Trab, um dem Anblick aller dieser Leidenden zu entgehen, denn er fühlte sich erschreckt und fürchtete – nicht für sein Leben, sondern für seine Standhaftigkeit, die ihm gerade jetzt unentbehrlich, aber dem Anblick dieser Unglücklichen nicht gewachsen war.

Die Franzosen hatten das Schießen auf dies von Toten und Verwundeten bedeckte Feld eingestellt, als sie jedoch den auf ihm dahinreitenden Adjutanten erblickten, richteten sie die Geschütze auf ihn und feuerten ein paar Kugeln nach ihm ab. Dies schreckliche Pfeifen und das Grauen vor den ihn umgebenden Leichen erfüllten Rostow mit Entsetzen und einem gewissen Mitleid für sich selbst. Er dachte an den letzten Brief seiner Mutter. »Was würde sie fühlen«, fragte er sich, »wenn sie mich hier, auf diesem Felde, unter den auf mich gerichteten Geschützen sähe?«

In Hoftiradek fand er aufgelöste, aber doch einige Ordnung bewahrende russische Truppen, die sich vom Kampfplatz gerettet hatten. Die französischen Kugeln reichten nicht bis hierher, und das Krachen der Geschütze tönte aus der Ferne. Alle wußten und sprachen rückhaltlos aus, daß die Schlacht verloren war. Aber an wen sich Rostow auch wandte, niemand konnte ihm sagen, wo der Kaiser oder Kutusow zu finden wären. Einige behaupteten, daß das Gerücht von der Verwundung des Kaiser wahr sei; andere sagten das Gegenteil und erklärten die schnell verbreitete falsche Nachricht durch den Umstand, daß der blasse, erschrockene Oberhofmarschall, Graf Tolstoj, der mit andern von dem Gefolge des Kaisers auf das Schlachtfeld geritten war, im kaiserlichen

Wagen vorübergefahren sei. Einer der Offiziere teilte Rostow mit, daß er links vom Dorfe einen der Generale gesehen habe, und der junge Mann schlug sogleich die angegebene Richtung ein, weniger in der Hoffnung, jemand zu finden, als um seinem Gewissen zu genügen. Nachdem er eine halbe Meile zurückgelegt und die letzten russischen Truppen hinter sich gelassen, erblickte er in einem von kleinen Gräben umschlossenen Gemüsegarten zwei Reiter. Der eine, mit weißem Federbusch, kam Rostow merkwürdig bekannt vor; der andere, unbekannte Reiter auf einem schönen Braunen (das Pferd kam Rostow bekannt vor), ritt an den Graben heran, gab dem Pferde die Sporen, ließ die Zügel locker, und sprang in leichtem Satz über den Graben. Nur kleine Erdschollen bröckelten unter den Hufen des Pferdes von dem Abhange ab. Er warf sein Pferd kurz wieder herum, sprang wieder zurück über den Graben und wandte sich ehrerbietig an den Reiter im weißen Federbusch; er schlug ihm offenbar vor, dasselbe zu tun. Der Reiter, dessen Erscheinung Rostow bekannt erschienen war und unwillkürlich seine Aufmerksamkeit auf sich zog, machte eine abwehrende Bewegung mit Kopf und Hand, und an dieser Gebärde erkannte Rostow augenblicklich, daß er seinen beweinten, angebeteten Kaiser vor sich hatte.

»Aber wie ist es möglich, wie kann er auf diesem öden Felde so allein sein?« dachte der junge Mann. In diesem Augenblick wandte Alexander den Kopf, und Rostow sah die geliebten Züge, die sich seinem Gedächtnis so tief eingeprägt hatten. Der Kaiser war blaß, seine Wangen schienen eingesunken, aber um so mächtiger wirkte der Zauber der Sanftmut, die auf seinem Antlitz lag. Rostow war glücklich, daß das Gerücht von der Verwundung des Kaisers unbegründet gewesen. Er war glücklich, ihn zu sehen, glücklich in dem Bewußtsein, daß er ihn nicht nur anreden durfte, sondern, um Dolgorukows Auftrag zu erfüllen, anreden mußte.

Aber wie ein verliebter Jüngling zittert und bebt, ohne gestehen zu können, wovon er nächtelang geträumt, und sich erschreckt umsieht und Hilfe sucht – oder wenn endlich der ersehnte Augenblick gekommen, wenn er endlich mit ihr allein ist, an Aufschub und Flucht denkt, ebenso erging es jetzt Rostow, als er erreicht hatte, was er mehr als alles in der Welt ersehnt. Er wußte nicht, wie er sich dem Kaiser nähern sollte, und tausend Erwägungen, warum es unschicklich, unehrerbietig, ja sogar unmöglich sei, kamen ihm in den Sinn.

»Es würde ja aussehen, als ob ich mir den Zufall, daß er allein und niedergeschlagen ist, zunutze machen wollte. Jeder Fremde muß ihm in diesem Augenblick lästig scheinen, und überdies ... was soll ich ihm sagen, wenn mir bei seinem Anblick das Herz stockt, so daß ich keine Worte finde.«

Alle die zahllosen Reden, die er in Gedanken an den Kaiser gerichtet, wollten ihm jetzt wieder einfallen; sie alle waren andern Gelegenheiten angepaßt; bei allen hatte Rostow Sieg und Triumph vorausgesetzt, hatte einige auf dem Sterbebette gehalten, seinen Wunden erliegend, während der Kaiser ihm für seine Heldentaten dankte, und er ihm mit den letzten Atemzügen seine durch Taten besiegelte Liebe aussprach.

»Und dann, was hätte ich den Kaiser jetzt noch zu fragen, und was sollte er jetzt, da es vier Uhr und die Schlacht verloren ist, der rechten Flanke befehlen? Nein, ich darf mich ihm nicht nähern, darf ihn in seinem tiefen Sinnen nicht stören. Lieber tausendmal sterben, als einen mißmutigen Blick von ihm erhalten oder eine ungünstige Meinung in ihm erwekken,« schloß Rostow, und mit traurigem, verzweifeltem Herzen ritt er von dannen, indem er sich fortwährend nach dem Kaiser umsah, der noch immer an derselben Stelle hielt.

Aber während Rostow sich diesen Gedanken hingab und den Kaiser traurigen Herzens verließ, kam der Hauptmann von Toll zufällig an derselben Stelle vorbei und ritt, da er den Kaiser erblickte, geradewegs auf ihn zu, bot ihm seine Dienste an und half ihm, den Graben zu Fuß überschreiten. Alexander, der zu ruhen wünschte und sich unwohl fühlte, setzte sich unter einen Apfelbaum, und Toll blieb neben ihm stehen. Rostow sah von weitem mit Neid und Reue, wie von Toll dem Kaiser lange und lebhaft etwas erzählte, wie der Kaiser weinend die Augen bedeckte und Toll die Hand drückte.

»Und ich hätte jetzt an seiner Stelle sein können!« dachte

Rostow, und während er sich kaum der Tränen über das Schicksal des Kaisers erwehren konnte, ritt er in Verzweiflung weiter, ohne zu wissen, wohin.

Seine Verzweiflung war um so größer, als er fühlte, daß er sie durch seine eigne Schwäche verschuldet hatte.

Er hätte sich dem Kaiser nähern können ... nein, er hätte sich ihm nähern müssen. Es war vielleicht die einzige Gelegenheit, ihm seine Ergebenheit zu bezeugen, und er hatte sie nicht ergriffen ... »Was habe ich getan?« sagte er zu sich selbst, machte kehrt und sprengte dem Platze wieder zu, wo er den Kaiser verlassen hatte; aber jenseits des Grabens war niemand mehr zu sehen, und auf der Straße kamen nur Frachtwagen und Equipagen daher. Rostow hörte von einem Fuhrmann, daß Kutusows Stab sich in dem nahen Dorfe befand, wohin sich diese Fuhrleute begaben, und schloß sich ihnen an.

Vor ihm ging ein Reitknecht Kutusows und führte die Pferde mit den Decken. Dann kam ein Wagen, und hinter dem Wagen ging ein alter Mann, einer vom Hausgesinde in Mütze und Pelzjacke und krummen Beinen.

Tit, he Tit, sagte der Reitknecht.

Was gibt's, sagte der Alte zerstreut.

Tit, komm, drisch mit!

Ei, du Schafskopf, pfui! sagte der Alte und spie zornig aus.

Nach einer kurzen Pause wiederholte sich derselbe Scherz.

Gegen fünf Uhr abends war die Schlacht auf allen Punkten verloren. Über hundert Geschütze waren in die Hände der Franzosen gefallen.

Przebyszewski hatte mit seinem Korps die Waffen gestreckt, und die anderen Divisionen zogen sich in aufgelösten, verwirrten Massen zurück, nachdem sie ungefähr die Hälfte ihrer Leute eingebüßt. Die Überreste der Truppen Langerons und Dochturows drängten sich wirr durcheinander auf den Dämmen der Teiche und Flußufer bei dem Dorfe Augesta.

Gegen sechs Uhr ließ sich nur noch die starke Kanonade der Franzosen hören, die am Abhange der Höhen von Pratzen mehrere Batterien errichtet hatten und unsere im vollen Rückzuge begriffenen Truppen beschossen.

In der Arrièregarde sammelten Dochturow und die übrigen Anführer ihre zerstreuten Bataillone und erwiderten das Gewehrfeuer der französischen Kavallerie, welche die Unsrigen verfolgte. Der Abend brach herein; auf dem schmalen Damme von Augesta, wo so viele Jahre lang der alte Müller in seiner Zipfelmütze mit der Angel in der Hand friedlich gesessen hatte, während sein Enkel, mit aufgestreiften Ärmeln, die silbernen, plätschernden Fische im Eimer aussuchte, wo so viele Jahre lang die mährischen Bauern in ihren zottigen Mützen und blauen Jacken mit zweispännigen Wagen voll Weizen herangefahren waren, um sich eine Weile darauf, von Mehl bestaubt, mit weißen Säcken wieder zu entfernen, auf diesem schmalen Damme, zwischen Wagen und Kanonen, von Pferdehufen und Rädern gequetscht, drängten sich Scharen von Fliehenden, die Mienen von Todesangst entstellt, stießen sich gegenseitig um und sanken sterbend zu Boden, während andere über sie hinwegschritten oder die ihnen im Wege Stehenden niederwarfen, um nach wenigen Schritten wieder von anderen niedergeworfen und getötet zu werden.

In diese dichten Menschenmassen fiel alle zehn Sekunden eine laut durch die Luft sausende Kugel oder Granate, welche die Nächststehenden tot zu Boden streckte oder mit Blut bespritzte. Dolochow, der an der Hand verwundet war, schritt an der Spitze mehrerer Soldaten seiner Kompanie (er war schon Offizier), die nebst dem Kommandeur die einzigen Überbleibsel des ganzen Regiments waren. Von der Menge fortgerissen, gerieten sie auf den Damm, wo sie, von allen Seiten zusammengedrängt, endlich stehenbleiben mußten. Ein Artilleriepferd war gestürzt und die zu der Kanone gehörende Mannschaft bemühte sich, es aufzurichten. Weiter hinten hatte eine Kugel einen Mann getötet, eine zweite schlug weiter vorn in die Massen, und Dolochow wurde mit Blut bespritzt. Die Menge drängte ungestüm vorwärts, preßte sich zusammen, kam einige Schritte weiter und blieb abermals stehen. »Nur hundert Schritte brauchen wir zurückzulegen, um gerettet zu sein, während einige Minuten Aufenthalt den Tod bringen müssen«, dachten alle.

Dolochow, der in der Mitte des Gedränges stand, brach sich ungestüm Bahn bis an den Rand des Dammes, stieß zwei Soldaten um und lief hinunter auf das schlüpfrige Eis, das den Teich bedeckte.

Hierher! schrie er, auf dem unter ihm krachenden Eise weiterspringend. Hierher! – auch das Geschütz – die Eisdekke kann etwas aushalten! Das Eis trug ihn auch wirklich, aber es bog sich und krachte, und es ließ sich nicht verkennen, daß die dünne Kruste nicht nur unter den Kanonen und der Menschenmasse, sondern auch unter seinen Füßen einbrechen mußte. Die Leute sahen ihm nach und drängten sich ans Ufer, wagten aber nicht, das Eis zu betreten. Der Regimentskommandeur, der zu Pferde am Ende des Dammes hielt, erhob die Hand und öffnete den Mund, indem er sich Dolochow zuwandte, aber plötzlich pfiff eine Kugel so dicht über die Menschenmasse hin, daß alle sich duckten. Man hörte einen Fall, und der General stürzte mit seinem Pferde in einer Blutlache zusammen. Niemand wandte sich nach ihm um, niemand dachte daran, ihn aufzunehmen.

Vorwärts! Aufs Eis! aufs Eis! kehre um, schnell, hörst du nicht? Vorwärts! ... erschollen unzählige Stimmen, die, ohne selbst zu wissen, was und warum sie schrien, gleich nach dem Schusse, der den General niedergestreckt hatte, laut wurden.

Eines der letzten Geschütze, welches kaum den Damm erreicht hatte, lenkte aufs Eis ab, und die Soldaten sprangen scharenweise von der Böschung auf den zugefrorenen Teich. Unter einem der ersten brach das Eis, sein Fuß sank ins Wasser, und als er sich herausarbeiten wollte, versank er bis zum Gürtel. Die Nächsten blieben stehen; der Vorreiter hielt sein Pferd an, aber hinter ihm ertönte das Geschrei: »Vorwärts, vorwärts aufs Eis! Warum bleibst du stehen!« Und aus der Menge erklangen Rufe des Entsetzens. Die Soldaten, die das Geschütz umringten, schlugen auf die Pferde los, um sie vorwärtszutreiben, und drängten weiter. Die Pferde zogen an; die Eiskruste, welche die Last des Fußvolkes ausgehalten hatte, brach nun auf einer großen Strecke ein, und an vierzig von den auf dem Teiche Stehenden stießen sich ungestüm vor- und rückwärts und zogen sich gegenseitig ins Wasser.

Die Kugeln kamen in gleichmäßigen Zwischenräumen dahergesaust, fielen bald aufs Eis, bald ins Wasser, zumeist aber in die Scharen, welche den Damm, die Teiche und das Ufer bedeckten.

XIX

Fürst Andrej Bolkonskij lag noch immer auf der Anhöhe von Pratzen, an derselben Stelle, wo er, mit der Fahne in der Hand, gestürzt war. Sein Blut strömte wie ein Quell, und unbewußt stöhnte er leise und kläglich wie ein Kind. Gegen Abend hörte sein Stöhnen auf; er lag ganz still. Wie lange diese Bewußtlosigkeit gedauert hatte, wußte er nicht, aber plötzlich kam er ins Leben zurück und fühlte einen brennenden Schmerz im Kopfe, als ob ihm dort etwas zerrissen wäre.

Wo ist er, dieser hohe Himmel, den ich bisher nicht gekannt und heute zum ersten Mal erblickt habe?« war sein erster Gedanke. »Diesen Schmerz habe ich auch noch nicht gekannt«, dachte er weiter: »Ja, bisher habe ich nichts, gar nichts gekannt! Wo aber bin ich?«

Er lauschte und vernahm Hufschläge und bald darauf Stimmen, die französisch sprachen. Nun schlug er die Augen auf; über ihm stand wieder derselbe hohe Himmel mit den langsam ziehenden Wolken, durch welche die blaue Unendlichkeit blickte. Er wandte den Kopf nicht und sah die Leute nicht an, die, wie er an den Hufschlägen und Stimmen hörte, heranritten und in seiner Nähe Halt machten.

Die Herbeikommenden waren Napoleon und zwei seiner Adjutanten. Bonaparte besichtigte das Schlachtfeld, erteilte den Befehl, die Batterien, die den Damm von Augesta beschossen, zu verstärken, und ließ seinen Blick über die Toten und Verwundeten schweifen, die das Schlachtfeld bedeckten.

Prächtige Leute! sagte Napoleon, indem er einen russischen Grenadier betrachtete, der mit dem Gesicht auf der Erde lag, seinen dunklen Nacken zeigte und eine seiner schon erstarrten Hände weit von sich streckte.

Die Munition der Geschütze ist erschöpft, Majestät, meldete in diesem Augenblick ein Adjutant, der von den Batterien kam, welche Augesta beschossen.

Lassen Sie die von der Reserve vorrücken, antwortete Napoleon, ritt einige Schritte vorwärts und hielt dicht an dem Fürsten Andrej, der neben der Fahnenstange, das Antlitz gen Himmel gerichtet, dalag (die Fahne hatten die Franzosen bereits als Trophäe mitgenommen).

Das ist ein schöner Tod! sagte Napoleon, indem er Bolkonskij betrachtete. Fürst Andrej begriff, daß sich dies auf ihn bezog und daß es Napoleon selbst war, der die Äußerung getan, denn er hatte gehört, daß der, welcher diese letzten Worte gesprochen, Sire genannt worden war. Aber alles, was Fürst Andrej vernahm, klang ihm so leise wie das Summen einer Fliege; es interessierte ihn auch nicht, und er vergaß es gleich wieder. Sein Kopf brannte; er fühlte, daß ihn der Blutverlust schwächte, und über sich erblickte er den fernen, hohen, ewigen Himmel. Er wußte, daß sein Held, Napoleon, vor ihm stand; aber in diesem Moment erschien ihm Napoleon so klein und unbedeutend im Vergleich zu dem, was zwischen seiner eigenen Seele und dem hohen, unendlichen Himmel mit den eilenden Wolken vorging. In diesem Augenblick war es ihm gleichgültig, wer bei ihm stand und was man von ihm sprach; er freute sich nur, daß Menschen da waren, und wünschte, daß sie ihm helfen und ihn zurückführen möchten in das Leben, das ihm jetzt so schön erschien, weil er es jetzt ganz anders verstand als bisher. Er nahm alle seine Kräfte zusammen, um sich zu bewegen oder irgendeinen Laut hervorzubringen, und es gelang ihm, eine kaum merkliche Bewegung mit dem Fuße zu machen und einen schwachen Weheruf auszustoßen, der ihn selber rührte.

Ah, er lebt noch; lassen Sie den jungen Mann aufheben und auf den Verbandplatz schaffen, sagte Napoleon; dann ritt er weiter, dem Marschall Lannes entgegen, der mit abgezogenem Hute lächelnd herbeikam und den Kaiser zu seinem Siege beglückwünschte.

Das war das Letzte, dessen sich Fürst Andrej erinnerte. Der furchtbare Schmerz, den ihm das Hinauflegen auf die Bahre, das Stoßen während des Transports und das Sondieren der Wunde am Verbandplatz verursachte, raubte ihm die Besinnung. Erst gegen Abend, als er mit anderen verwundeten und gefangenen russischen Offizieren in das Hospital geschafft wurde, kam er wieder zum Bewußtsein. Während dieses Transports fühlte er sich frischer, konnte sich umsehen und sogar sprechen.

Die ersten Worte, die er hörte, als er zur Besinnung kam, waren die eines französischen Geleitoffiziers, der eilig sagte:

Hier müssen wir anhalten; der Kaiser wird gleich vorbeikommen, und es wird ihm angenehm sein, die Gefangenen zu sehen.

Es sind heute so viele gefangengenommen – beinahe die ganze russische Armee; er muß der Geschichte überdrüssig werden, meinte ein anderer Offizier.

Nun, wenn auch! dieser hier soll der Anführer der ganzen Garde Kaiser Alexanders gewesen sein, antwortete der erste und deutete auf einen verwundeten russischen Offizier in der weißen Uniform der Gardekürassiere. Bolkonskij erkannte den Fürsten Repnin, dem er oft in der Petersburger Gesellschaft begegnet war. Neben ihm stand ein anderer, ebenfalls verwundeteter Gardekorpsoffizier, ein neunzehnjähriger Jüngling.

Bonaparte ritt im Galopp herbei und hielt sein Pferd an.

Wer ist der Älteste? fragte er, indem er die Gefangenen ins Auge faßte.

Man nannte ihm den Obersten, Fürst Repnin.

Sie sind der Kommandeur des Gardekorpsregiments Kaiser Alexanders? fragte Napoleon.

Ich habe eine Schwadron kommandiert, antwortete Repnin.

Ihr Regiment hat redlich seine Pflicht getan, sagte Napoleon.

Das Lob eines großen Feldherrn ist der beste Lohn des Soldaten, erwiderte Repnin.

Ich erteile es Ihnen mit Freuden, sagte Napoleon. Wer ist der junge Mensch an Ihrer Seite? fügte er hinzu. Fürst Repnin nannte den Sekondeleutnant Ssuchtelen.

Napoleon sah ihn an und bemerkte lächelnd: Er hat es in jungen Jahren versucht, sich mit uns zu messen.

Die Jugend ist kein Hindernis der Tapferkeit, stieß Ssuchtelen mit stockender Stimme hervor.

Schöne Antwort! rief Napoleon. Junger Mann, Sie werden es weit bringen.

Um den Triumph zu vervollständigen, war auch Fürst Andrej neben den anderen Gefangenen zur Schau gestellt und fesselte für einen Moment des Kaisers Aufmerksamkeit. Napoleon erinnerte sich offenbar, daß er ihn auf dem Schlachtfelde gesehen hatte, und gleichzeitig kam ihm der Ausdruck »junger Mann« in den Sinn, mit dem er den Fürsten Bolkonskij jenes erste Mal angeredet hatte.

Und Sie, junger Mann, wie fühlen Sie sich, *mon brave?* sagte er, indem er sich zu ihm wandte.

Obwohl Fürst Andrej fünf Minuten vorher einige Worte zu den Soldaten gesagt hatte, die ihn getragen hatten, schwieg er jetzt, heftete aber die Augen unverwandt auf Napoleon. In diesem Moment erschienen ihm alle Interessen, die Napoleon in Anspruch nahmen, so unbedeutend, sein Held selbst, mit seiner kleinlichen Eitelkeit und Siegesfreude kam ihm so nichtig vor im Vergleich zu dem hohen, gerechten und guten Himmel, den er gesehen und begriffen hatte, daß er ihm nicht zu antworten vermochte. Neben der ernsten, feierlichen Gemütsstimmung, in die ihn seine Entkräftigung, seine Schmerzen und die Erwartung des Todes versetzt hatten, war alles andere nichtssagend und unbedeutend. Er sah Napoleon in die Augen und dachte an die Nichtigkeit der Größe, an die Nichtigkeit des Lebens, dessen Bedeutung niemand begriff, und an die noch größere Richtigkeit des Todes, dessen Sinn niemand unter den Lebenden zu verstehen, noch zu erklären vermag.

Ohne die Antwort abzuwarten, wandte sich der Kaiser von Bolkonskij ab und sagte im Vorbeireiten zu einem der Anführer:

Lassen Sie diese Herren versorgen und nach meinem Biwak schaffen. Mein Arzt Larey soll ihre Wunden besichtigen. Auf Wiedersehn, Fürst Repnin! Dann setzte er sein Pferd in Galopp und ritt weiter mit einem von Glück und Selbstgefälligkeit strahlenden Gesicht.

Die Soldaten, die den Fürsten Andrej getragen und ihm das goldene Heiligenbild, das Prinzessin Maria dem Bruder geschenkt, abgenommen hatten, gaben es ihm zurück, nachdem sie die Freundlichkeit des Kaisers gegen den Gefangenen gesehen.

Fürst Andrej bemerkte nicht, von wem und wie ihm das Heiligenbild wieder umgehängt wurde; es war plötzlich wieder da und lag an der feinen goldenen Kette über der Uniform auf seiner Brust.

»Es wäre schön«, dachte Fürst Andrej und warf einen flüchtigen Blick auf das Bild, das ihm die Schwester in so frommer Empfindung gegeben hatte, »es wäre wirklich schön, wenn sich alles so klar und einfach verhielte, wie es Marie erscheint. Wie schön, zu wissen, wo wir in diesem Leben Hilfe zu suchen und was wir nach dem Tode zu erwarten haben!«

»Wie glücklich und ruhig wollte ich sein, wenn ich jetzt sagen könnte: Gott sei mir gnädig! … aber zu wem sollte ich das sagen? Sollte wirklich jene unbestimmte, unbegreifliche Naturkraft, an die es mir unmöglich ist, mich zu wenden, der gegenüber ich außerstande bin, meiner Empfindung Worte zu geben, sollte wirklich das große Alles oder Nichts derselbe Gott sein, den Marie hier in dies kleine Säckchen eingenäht hat? … Es gibt nichts, nichts Gewisses als die Richtigkeit alles dessen, was ich begreifen kann, und die Größe dessen, was mir unbegreiflich, aber dennoch das einzige Wichtige ist.«

Die Tragbahre setzte sich in Bewegung. Bei jedem Stoß fühlte Fürst Andrej einen unerträglichen Schmerz, sein Fieberzustand verschlimmerte sich, und er begann zu phantasieren. Die Bilder seines Vaters, seiner Frau, seiner Schwester und des erwarteten Sohnes, das Zärtlichkeitsgefühl, das ihn am Vorabend der Schlacht durchbebt, die Erscheinung des kleinlichen, unbedeutenden Napoleons, und über alledem der hohe, weite Himmel waren der Hauptinhalt seiner Fieberträume.

Er sah im Geiste das friedliche Leben und das ruhige Familienglück in Lyssyja-Gory; er genoß dieses Glück, als plötzlich der kleine Napoleon mit seinem teilnahmslosen, leeren, sich am Unglück anderer weidenden Blicke vor ihm auftauchte und seine Zweifel und Qualen erregte. Nur der Himmel versprach Beruhigung. Gegen Morgen zerflossen alle diese Träume in das chaotische Dunkel einer Bewußtlosigkeit, welche, wie Napoleons Arzt, Doktor Larey, meinte, wohl eher mit dem Tode, als mit Genesung enden würde.

Er ist ein nervöses, galliges Subjekt, sagte Larey; er wird nicht davonkommen. Und Fürst Andrej wurde mit andern hoffnungslos Verwundeten der Fürsorge der Ortseinwohner überlassen.

Teil Zwei

ERSTE ABTEILUNG

I

Zu Anfang des Jahres 1806 kehrte Nikolaj Rostow auf Urlaub nach Hause zurück; auch Denissow reiste heim nach Woronesh, und Rostow hatte ihn überredet, bis Moskau mit ihm zu fahren und im Hause seiner Eltern abzusteigen. Auf der vorletzten Station hatte Denissow einen Kameraden getroffen, hatte drei Flaschen Wein mit ihm geleert und lag nun, als sie sich Moskau näherten, trotz des schlechten Weges, fest schlafend im Schlitten neben Nikolaj Rostow, dessen Unruhe und Ungeduld in dem Maße wuchs, je näher er dem Ziele seiner Reise kam.

»Wann werden wir ankommen, wann endlich da sein! Diese unerträglichen Straßen, Läden, Bäckerschilder, Laternen, Wagen«, dachte Rostow, als sie ihre Urlaubsscheine am Schlagbaum vorgezeigt hatten und in Moskau einfuhren.

Denissow, wir sind da! ... Er schläft! rief Nikolaj, der mit dem ganzen Körper vorwärts rückte, als hoffte er, durch diese Stellung die Bewegung des Schlittens beschleunigen zu können.

Denissow gab keine Antwort.

Da ist die Ecke, wo der Fuhrmann Sachar zu stehen pflegte ... da ist er auch selbst und hat noch dasselbe Pferd ... da ist der Laden, wo wir Pfefferkuchen kauften ... Wenn wir nur endlich ankämen! ... Nun?

An welchem Hause soll ich vorfahren? fragte der Kutscher.

Da an der Ecke, an dem großen Hause, siehst du es denn nicht? ... Es ist unser Haus ... es ist unser Haus! rief der junge Mann. Denissow, Denissow, wir sind gleich da!

Denissow erhob den Kopf, räusperte sich, gab aber keine Antwort.

Dmitrij, wandte sich Rostow zu dem vor ihm sitzenden Diener, sieh mal, das Licht ist doch bei uns?

Ja gewiß, auch in Papas Kabinett ist Licht.

Was meinst du, sollten sie noch nicht zu Bett gegangen sein? Wie meinst du? ... Vergiß nur nicht, mir gleich die neue Husarenjacke auszupacken, fügte der junge Mann hinzu und strich seinen neuen Schnurrbart.

Schnell, vorwärts! schrie er dem Fuhrmann zu. Wassja, wach doch auf! wandte er sich zu Denissow, der den Kopf schon wieder gesenkt hatte. Schnell, schnell! Drei Rubel Trinkgeld, schnell! rief Rostow, als der Schlitten nur noch drei Häuser von der Freitreppe seines Vaterhauses entfernt war. Es kam ihm vor, als ob die Pferde nicht von der Stelle gingen. Endlich bog der Schlitten rechts zur Freitreppe um; Rostow erblickte über sich das bekannte Gesims mit dem zerbröckelnden Kalkanwurf, die Freitreppe, den Prellstein. Der Schlitten hielt noch nicht, als er schon heraussprang und die Stufen hinaufeilte. Das Haus stand ebenso finster und unfreundlich da wie früher und schien sich um den Ankommenden nicht zu kümmern. Im Flur war niemand zu sehen. »Mein Gott, ob auch alles wohl ist?« dachte Rostow, während er mit stockendem Atem einen Augenblick stehenblieb; aber dann lief er rasch durch die Vorhalle und stieg die bekannten, schiefen Stufen hinauf. Der Türgriff, über dessen Unreinlichkeit die Gräfin sich so häufig ärgerte, ging ebenso leicht auf wie ehemals; im Vorsaal brannte ein einziges Talglicht.

Der alte Michajlo lag auf der hölzernen Truhe und schlief, während der Wagenlakai Prokofij, der so stark war, daß er den Kutschwagen bei den Hinterrädern aufheben konnte, auf einem Stuhle saß und aus Tuchkanten Schuhe flocht. Als sich die Tür öffnete, blickte er auf, und sein gleichgültiges, verschlafenes Gesicht nahm einen halb erschrockenen, halb verzückten Ausdruck an.

Du lieber Himmel, der junge Graf! rief er aus. Ist es möglich! Oh, mein Liebling! Und vor Aufregung zitternd, stürzte Prokofij nach der Tür des Empfangszimmers, wahrscheinlich um anzukündigen, daß der junge Herr angekommen sei.

Plötzlich besann er sich aber anders, kehrte um und küßte Rostow auf die Schulter.

Sind alle gesund? fragte der junge Mann, indem er ihm die Hand entzog.

Gott sei Dank, alles geht gut ... Sie haben soeben zu Abend gespeist. Lasse dich mal ansehen, Erlaucht!

Alles wohl?

Ja, Gott sei Dank!

Nikolaj, der Denissow ganz vergessen hatte, wollte niemandem das Vergnügen gönnen, ihm zuvorzukommen, er warf den Pelz ab und eilte auf den Fußspitzen durch den großen dunkeln Saal. Alles war noch wie früher: dieselben Spieltische, derselbe große Kronleuchter in einer Stoffhülle. Übrigens mußte doch schon jemand den jungen Herrn gesehen und angemeldet haben, denn ehe er das Empfangszimmer erreichte, kam etwas rasch wie der Wind aus einer Seitentür herangeflogen, und er fühlte sich umarmt und geküßt. Ein zweites und drittes Wesen fiel aus einer zweiten und dritten Tür über ihn her; er wurde abermals umarmt und geküßt; Freudenrufe ertönten, Freudentränen flossen, aber wer Papa war, wer Natascha, wer Petja, konnte er nicht unterscheiden. Alle sprachen, schrien, küßten ihn durcheinander und zu gleicher Zeit. Nur die Mutter war nicht dabei, das fühlte er deutlich.

Und ich hatte keine Ahnung ... lieber, lieber Nikoluschka!

Da ist er, mein Liebling, mein Herz, Kolja! und wie er sich verändert hat! Aber es ist kein Licht da, schnell, bringt Tee!

Küsse mich doch!

Mich auch, mein Herzchen, mich auch!

Sonja, Natascha, Petja, Anna Michajlowna, Wjera und der alte Graf umarmten ihn; Diener und Mägde füllten das Zimmer, sprachen durcheinander und brachen hin und wieder in laute Freudenrufe aus.

Petja klammerte sich an die Beine des Bruders. Und mich auch! schrie er.

Natascha faßte seinen Kopf, zog ihn nieder und bedeckte sein ganzes Gesicht mit Küssen; dann sprang sie zurück, hielt sich an den Zipfeln seiner Husarenjacke fest, sprang wie eine junge Ziege auf einer Stelle in die Höhe und stieß ein durchdringendes Jubelgeschrei aus.

Von allen Seiten strahlten ihm in Freudentränen glänzende, liebevolle Augen entgegen, überall sah er Lippen, die sich nach Küssen sehnten.

Sonja, rot wie Purpur, hielt seine Hand und strahlte vor Seligkeit; sie hing an seinen Augen, von denen sie einen Blick erwartete. Sonja war schon sechzehn Jahre alt geworden und war sehr schön, besonders in diesem Augenblick glückseliger, triumphierender Erregung. Sie blickte unverwandt zu Nikolaj auf, lächelte ihm zu und hielt den Atem zurück. Er sah sie dankbar an, wartete aber beständig auf jemand und suchte mit den Augen; die alte Gräfin war noch immer nicht erschienen. Jetzt hörte man Schritte hinter der Tür, aber sie waren so schnell, daß es nicht die Schritte der Mutter sein konnten.

Und sie war es doch, in einem neuen, dem Sohne unbekannten Kleide. Alle ließen ihn los, und er stürzte auf sie zu. Sie sank schluchzend an seine Brust, konnte den Kopf nicht wieder erheben und drückte das Gesicht an die kalten Schnüre seiner Uniform. Denissow, der, von niemandem beachtet, hereingetreten war, stand daneben, betrachtete Mutter und Sohn und rieb sich die Augen.

Wassilij Denissow, der Freund Ihres Sohnes, sagte er, sich dem Grafen vorstellend, der ihn fragend ansah.

Willkommen, willkommen! Ich kenne Sie schon, antwortete der Graf, indem er ihn umarmte und küßte. Nikoluschka hat uns von Ihnen geschrieben. Natascha, sieh, da ist Denissow.

Dieselben glückseligen, begeisterten Gesichter wandten sich Denissows Antlitz zu und umringten ihn. Natascha, die vor Entzücken außer sich war, sprang mit dem Ausruf: Denissow, Liebster, auf ihn zu, umarmte und küßte ihn. Ihr Benehmen brachte alle in Verlegenheit. Auch Denissow errötete, lächelte, ergriff Nataschas Hand und küßte sie.

Man führte ihn in das für ihn bestimmte Zimmer, während sich die Familienmitglieder im Diwanzimmer um Nikolaj drängten.

Die alte Gräfin hielt noch immer seine Hand fest und küßte sie immer von neuem; die Übrigen umringten ihn, fingen jedes seiner Worte, jeden Blick, jede Bewegung auf und betrachteten ihn mit liebevoll entzückten Augen. Die Geschwister stritten sich um den nächsten Platz an seiner Seite und um die Vergünstigung, ihm den Tee oder sein Taschentuch oder die Pfeife zu bringen.

Rostow fühlte sich hochbeglückt durch die Liebe, die ihm von allen Seiten entgegenkam. Aber der erste Augenblick des Wiedersehens war so selig gewesen, daß sein jetziges Glück ihm nicht mehr genügte und er noch auf etwas wartete und immer wartete.

Am anderen Morgen schliefen die Angekommenen bis zehn Uhr.

Im anstoßenden Zimmer lagen Säbel, Tornister, Husarentaschen, geöffnete Mantelsäcke und schmutzige Stiefel durcheinander; ein Paar geputzte Stiefel mit Sporen waren an die Wand gestellt. Die Diener brachten Waschbecken, heißes Wasser zum Rasieren und die gebürsteten Kleider; es roch nach Tabak und Männern.

He, Grischka, die Pfeife! schrie Wassilij Denissows heisere Stimme. He, Rostow, steh auf!

Rostow rieb sich die verschlafenen Augen und erhob seinen struwweligen Kopf von dem warmen Kissen.

Ist es denn schon spät? fragte er.

Spät? Gegen zehn! antwortete ihm Natascha, und im Nebenzimmer wurde das Rascheln gestärkter Kleider, das Flüstern und Lachen jugendlicher Mädchenstimmen hörbar, und jenseits der angelehnten Tür zeigte sich etwas Blaues, Bänder, schwarzes Haar und fröhliche Gesichter. Natascha, Sonja und Petja waren erschienen, sich zu erkundigen, ob sie schon wach wären.

Nikolenka, steh' auf! ertönte Nataschas Stimme an der Tür.

Gleich! – In diesem Moment erblickte Petja im ersten Zimmer einen Säbel, bemächtigte sich seiner, und in dem Entzücken, womit ihn – wie die meisten Knaben – der Verkehr mit dem älteren militärischen Bruder erfüllte, vergaß er, daß es sich für die Schwestern nicht schickte, entkleidete Männer zu sehen, und stieß die Tür auf.

Ist dies ein Säbel? rief er. Die jungen Mädchen sprangen zurück. Denissow zog erschreckend seine rauhen Beine unter die Decke und sah sich, wie um Hilfe bittend, nach dem Kameraden um. Petja drängte sich durch die Tür, dann wurde sie zugemacht, und hinter ihr hörte man Lachen.

Nikolaj, komm im Schlafrock! sagte Nataschas Stimme.

Ist dies dein Säbel? fragte Petja wieder, oder der Ihrige? wandte er sich mit scheuer Ehrerbietung an den bärtigen, schwarzen Denissow.

Rostow zog eilig Strümpfe und Schuhe an, warf den Schlafrock über und erschien im Nebenzimmer. Natascha hatte einen seiner sporenbesetzten Stiefel angezogen und war eben im Begriff, mit dem zweiten Fuß in den andern zu steigen. Sonja drehte sich im Kreise, um ihr Kleid aufzubauschen, als er hereintrat. Beide Mädchen trugen gleiche blaue Kleider, beide waren frisch, rotwangig und heiter. Sonja lief davon, Natascha faßte ihres Bruders Arm, führte ihn ins Diwanzimmer und begann ein eifriges Gespräch mit ihm. Ihre Fragen und Antworten über tausend Kleinigkeiten, die nur sie selbst interessieren konnten, drängten sich, und Natascha lachte bei jedem Worte; nicht weil das Gespräch an und für sich lächerlich war, sondern weil sie sich freute und ihre Freude nicht unterdrücken konnte.

Ach, wie schön, wie herrlich! sagte sie immer wieder, und Rostow fühlte, daß unter dem Einfluß dieser warmen Liebesstrahlen zum ersten Male seit anderthalb Jahren in seiner Seele und auf seinem Gesicht das kindliche Lächeln wieder aufblühte, welches er, seit er das Vaterhaus verlassen, nicht ein einziges Mal auf seinen Lippen gefühlt hatte.

Nein, höre mal, sagte sie; bist du nun wirklich ein ganzer Mann? Ich freue mich schrecklich, daß du mein Bruder bist. Sie strich seinen Schnurrbart. Ich möchte wissen, wie ihr Männer seid? Ob ihr so seid wie wir, seid ihr so, ja oder nein?

Warum ist denn Sonja weggelaufen? fragte Rostow.

Ja, das ist eine ganze Geschichte! Wie wirst du denn zu Sonja sagen, Du oder Sie?

Je nachdem, antwortete Rostow.

Bitte, sage Sie ... Warum, will ich dir später erklären.

Was soll denn das bedeuten?

Nun, ich kann es dir jetzt gleich sagen. Du weißt, daß Sonja meine Freundin ist – eine Freundin, für die ich die Hand ins Feuer lege. Da, sieh mal her ... Sie streifte ihren Musselin-Ärmel auf und zeigte auf ihrem langen, magern, zarten Arm hoch über dem Ellbogen (an der Stelle, die sogar bei Ballkleidern bedeckt ist) einen roten Fleck.

So habe ich mich gebrannt, um ihr meine Liebe zu beweisen, ich habe das Lineal auf dem Feuer glühend gemacht und es dann angedrückt.

Sie saßen in ihrem frühern Schulzimmer auf dem Diwan mit den Kissen an den Seitenlehnen. Nikolaj sah in Nataschas feurige, lebhafte Augen und fühlte sich wieder in seine Kinderzeit versetzt – eine Zeit, die nur für ihn selbst Interesse hatte und die ihm doch die besten Genüsse seines Lebens gewährt hatte. In dieser Stimmung erschien ihm das Verbrennen des Armes als ein Beweis der Liebe, nicht als Torheit. Er verstand es und wunderte sich nicht darüber.

Und was nun weiter? fragte er.

Wir sind also Freundinnen, ganz intime Freundinnen. Die Geschichte mit dem Lineal ist eigentlich ein Unsinn, aber wir sind Freundinnen auf ewig. Wenn *sie* jemanden lieb gewinnt, so ist's auf immer ... ich verstehe das nicht; ich vergesse gleich.

Ja, aber was nun weiter?

Nun, so liebt sie dich und mich! Natascha errötete plötzlich. Du weißt doch noch, vor deiner Abreise ... Nun sagt sie: du dürftest das alles vergessen ... ich werde ihn immer lieben, sagt sie, aber er soll frei sein ... Nicht wahr, das ist herrlich, edel? ... ja, nicht wahr, sehr edel, nicht wahr? fragte Natascha so ernst und erregt, daß man ihr ansah, sie müsse dasselbe schon einmal mit Tränen gesagt haben. Nikolaj wurde nachdenklich.

Ich nehme mein Wort nicht zurück, sagte er endlich. Sonja ist ein so reizendes Wesen, daß ich ein Tor wäre, wenn ich ihr und meinem Glück entsagen wollte.

Nein, nein! rief Natascha. Wir haben das alles schon besprochen … wir wußten, daß du so sprechen würdest, aber das geht nicht. Denn, verstehst du: Wenn du so sprichst, dich durch dein Wort für gebunden hältst, so ist es ja, als hätte sie dies absichtlich gesagt, um dich zu erinnern … es sähe aus, als heiratetest du sie gegen deinen Willen … mit einem Worte, es wäre ganz anders, als wir wollten.

Rostow sah ein, daß die beiden alles gründlich durchdacht hatten. Gestern schon hatte ihn Sonja durch ihre Schönheit überrascht, und als er sie nun flüchtig erblickt hatte, war sie ihm noch schöner erschienen. Sie war ein reizendes sechzehnjähriges Mädchen, das ihn leidenschaftlich liebte (daran zweifelte er keinen Augenblick), warum sollte er sie nun nicht lieben und später heiraten? Jetzt aber bot ihm das Leben noch so viele andere Freuden und Beschäftigungen! Ja, das haben sie vortrefflich ausgedacht, sagte Nikolaj zu sich selbst, ich muß frei bleiben. – Nun denn, es mag so sein, fügte er laut hinzu; wir wollen später noch weiter darüber sprechen … Wie freue ich mich, dich wiederzusehen! Aber sag mir doch, bist du Boris treu geblieben?

Unsinn! rief Natascha lachend. Ich denke weder an ihn noch an einen andern und will nichts von dergleichen wissen.

So, was heißt denn das?

Was das heißt? wiederholte Natascha, und ein glückseliges Lächeln erleuchtete ihr Gesicht. Hast du Duport gesehen?

Nein.

Du hast Duport, den berühmten Tänzer, nicht gesehen … Dann kannst du mich auch nicht verstehen … sieh', was ich bin! – Natascha rundete die Arme, faßte ihr Kleid zum Tanzen, lief einige Schritte von ihm weg, machte eine Pirouette, einen Entrechat, schlug die Füßchen zusammen, stellte sich auf die Spitzen der Zehen und machte so wieder einige Schritte.

Nun stehe ich, siehst du? sagte sie; aber sie konnte es nicht lange auf den Fußspitzen aushalten. Siehst du, das bin ich, fügte sie hinzu; ich werde niemals heiraten, ich werde Tänzerin werden. Das darfst du aber niemand sagen.

Rostow lachte so laut und fröhlich, daß ihn Denissow im Zimmer nebenan beneidete. Auch Natascha konnte sich nicht bezwingen und stimmte in das Lachen ein.

Sage mir, habe ich's gut gemacht? fragte sie wieder.

Sehr gut! Also Boris willst du nicht mehr heiraten?

Natascha errötete. Ich will keinen heiraten; das werde ich ihm sagen, wenn ich ihn sehe.

Wirklich? fragte Nikolaj.

Das ist aber alles Unsinn, plauderte Natascha weiter. Sage mir, ist Denissow liebenswürdig?

Ja, sehr liebenswürdig.

Nun denn, für jetzt Adieu! Gehe und ziehe dich an. Sage mal, muß man sich vor Denissow fürchten?

Warum sollte man sich denn fürchten? fragte Nikolaj. Nein, Wassjka ist ein prächtiger Mensch.

Wassjka nennst du ihn? Wie sonderbar! Sage mal, ist er sehr liebenswürdig?

Ja, sehr!

Nun, komm schnell zum Tee, es sind schon alle da. Mit diesen Worten stellte sich Natascha wieder auf die Zehen, trippelte wie eine Tänzerin zur Tür hinaus und lächelte dabei, wie nur glückliche, fünfzehnjährige Mädchen lächeln können.

Als Rostow im Salon mit Sonja zusammenkam, errötete er. Er wußte nicht, wie er sie behandeln sollte; gestern im ersten Moment des Wiedersehens hatten sie sich geküßt, aber heute fühlten sie, daß das nicht mehr anging. Er hatte das Bewußtsein, daß ihn Mutter und Schwestern fragend ansahen und warteten, wie er sich benehmen würde. Er faßte die Hand seiner Kusine und nannte sie Sie und Sonja, aber wenn ihre Augen sich begegneten, sagten sie sich Du und küßten sich zärtlich. Sie bat ihn durch einen Blick um Verzeihung, daß sie gewagt hatte, ihn – durch den Auftrag, den sie Natascha gegeben – an sein Versprechen zu erinnern, und dankte ihm für seine Liebe. Und sein Blick dankte ihr für die Freiheit, die sie ihm bot, und sagte ihr, daß er nie aufhören würde, ihr eigen zu sein, weil es unmöglich wäre, sie nicht zu lieben.

Wie sonderbar ist es doch, sagte Wjera, einen Augenblick allgemeinen Schweigens benutzend, daß Sonja und Nikolenka sich jetzt wie Fremde begegnen und sich Sie nennen! Wjeras Bemerkung war richtig, wie alles, was sie sagte; aber wie die meisten ihrer Äußerungen versetzte auch diese alle Anwesenden in eine peinliche Stimmung. Nicht nur Sonja, Nikolaj und Natascha wurden verlegen, auch die alte Gräfin – welche die Neigung des Sohnes für Sonja nicht gern sah, weil sie ihn um eine reiche Partie bringen konnte – errötete wie ein junges Mädchen. In diesem Augenblick erschien Denissow, zu Nikolajs größtem Erstaunen in neuer Uniform, pomadisiert und parfümiert. Er stolzierte einher wie vor der Schlacht und war gegen Damen und Herren so liebenswürdig, wie sein Freund es nie erwartet hätte.

II

Als Nikolaj Rostow von der Armee nach Moskau heimgekehrt war, wurde er von den Eltern und Geschwistern als bester Sohn, geliebter Bruder und junger Held aufgenommen. Seine Verwandten sahen in ihm einen liebenswürdigen, angenehmen, bescheidenen jungen Mann, seine Bekannten einen schönen Husarenleutnant, einen ausgezeichneten Tänzer und einen der besten Heiratskandidaten in Moskau.

Rostow war mit ganz Moskau bekannt. Der alte Graf hatte gerade jetzt Überfluß an Geld, denn er hatte seine Güter eben von neuem hoch belastet, und nachdem Nikoluschka sich ein eigenes Pferd gekauft, sich die neuesten Reithosen, die noch niemand in Moskau trug und die modernsten Stiefel mit den zierlichsten Spitzen und kleinen, silbernen Sporen angeschafft hatte, verlebte er seine Tage sehr angenehm. Die Wiedergewöhnung an die alten Lebensverhältnisse erweckte in ihm das angenehme Gefühl, bedeutend gewachsen und sehr männlich geworden zu sein. Die Verzweiflung über sein Durchfallen in der Religionsprüfung, seine Anleihen bei Gawrilo, um den Fiaker bezahlen zu können, die heimlichen Küsse, die er mit Sonja gewechselt, das alles erschien ihm wie Kindereien, die ihm jetzt unermeßlich fern lagen. Jetzt war er ein Husarenleutnant mit silbergestickter Uniform und dem Soldaten-Georgskreuz auf der Brust. Er fuhr sein Pferd zum Wettrennen ein und verkehrte mit bekannten Sportsmännern, würdigen, bejahrten, älteren Herren. Auf dem Boulevard hatte er eine bekannte Dame, die er jeden Abend besuchte. Auf dem Balle bei Archarows führte er die Masurka, sprach mit dem Feldmarschall Grafen Kamenskij über den Krieg, verkehrte im englischen Klub und stand auf du und du mit einem vierzigjährigen Oberst, dessen Bekanntschaft er Denissow verdankte.

Seine Leidenschaft für den Kaiser hatte in Moskau nicht nachgelassen, und da er ihn nicht sah, auch keine Aussicht hatte, ihn zu sehen, sprach er wenigstens oft von ihm und von seiner Liebe für ihn und ließ ahnen, daß er nicht alles sage, daß seine Anhänglichkeit an den Kaiser noch einen besonderen, nicht bekannten Grund habe. Von ganzer Seele teilte er die zu jener Zeit in Moskau herrschende Vergötterung des Kaisers Alexander Pawlowitsch, dem Moskauer den Beinamen »menschgewordener Engel« gegeben hatten.

Während der kurzen Urlaubszeit, die Rostow in Moskau zubrachte, trat er Sonja nicht näher, sondern wurde ihr immer fremder. Sie war sehr schön, anmutig und unverkennbar leidenschaftlich in ihn verliebt. Aber es war jene Phase der Jugend für ihn gekommen, in welcher der junge Mann zu viel zu tun zu haben glaubt, um sich mit der Liebe zu beschäftigen; jene Zeit, wo er fürchtet, sich zu binden, wo ihm seine Freiheit über alles teuer ist und er sie zu andern Dingen auszunutzen wünscht. Wenn er jetzt an Sonja dachte, sagte er zu sich selbst: »Oh, es gibt sicherlich noch viele, viele solche Mädchen und wird's auch weiter geben, dort irgendwo, und die ich noch nicht kenne; ich werde noch Zeit genug finden, mich der Liebe zu widmen – jetzt habe ich keine dazu. Außerdem fürchtete er durch Damengesellschaft seiner Manneswürde Eintrag zu tun. Er besuchte zwar Bälle und auch Damengesellschaften, gab sich aber den Anschein, als ob es gegen seinen Willen geschähe. Wettrennen, der englische Klub, Zechgelage mit Denissow, Besuche in einem gewissen Hause – das war etwas anderes, das stand einem feschen Husaren an!

In den ersten Märztagen war der alte Graf Ilja Andreitsch Rostow mit den Vorbereitungen für ein Diner im englischen Klub zu Ehren des Fürsten Bagration eifrig beschäftigt.

Eines Morgens ging der Graf im Schlafrocke im großen Saale auf und nieder und erteilte dem Klubverwalter und dem berühmten Feoktist, dem Oberkoch des englischen Klubs, seine Befehle. Es handelte sich um Spargel, frische Gurken, Erdbeeren, Kalbfleisch und Fische zum Diner für den Fürsten Bagration. Seit der Gründung des Klubs war der Graf Mitglied und Vorstand. Der Klub hatte ihm aufgetragen, die Festivität zu Ehren Bagrations zu leiten, denn ein anderer hätte schwerlich verstanden, ein Gastmahl auf so großem Fuße herzustellen, besonders weil niemand, so wie er, bereit war, aus eigenen Mitteln Geld zuzuschießen, wenn es irgendwo nötig würde. Der Koch und der Klubverwalter hörten die Befehle des Grafen mit fröhlicher Miene an, denn sie wußten, daß es ihnen unter keinem andern Vorstande und bei keiner andern Gelegenheit so gut gelingen würde, sich selbst zu bedenken, als wenn Graf Rostow ein Gastmahl anordnete, das einige tausend Rubel kosten sollte.

Also vergiß nicht, fülle die Pastete mit Hahnenkämmen – du weißt doch!

Und drei kalte Speisen? fragte der Koch. – Der Graf sann eine Weile nach.

Weniger als drei geht nicht, sagte er, und den Finger einbiegend, fügte er hinzu: Majonnaise ist die erste.

Und Sie befehlen, die großen Sterlets zu nehmen? fragte der Verwalter.

Es geht nicht anders – Du mußt sie nehmen, wenn die Leute nichts ablassen wollen. Und höre, Alterchen, das hätte ich fast vergessen, wir brauchen noch ein zweites Entree ... und ach, du lieber Himmel! er faßte sich an den Kopf, wer wird mir denn Blumen besorgen? Mitjenka, Mitjenka! Du mußt schnell nach dem Gute hinausreiten, sagte er, sich an den eintretenden Verwalter wendend, und mußt Maximka, dem Gärtner, befehlen, alle Leute herbeizurufen, um alles, was in den Gewächshäusern blüht, in Filz gepackt hierherzubringen. Zum Freitag muß ich zweihundert Blumenstöcke haben.

Nachdem er noch einige Befehle gegeben hatte, war er im Begriff, zu der Gräfin zu gehen, um auszuruhen, aber plötzlich fiel ihm noch etwas Notwendiges ein; er kehrte um, rief Koch und Verwalter zurück und fing von neuem an, Aufträge zu erteilen. Vor der Tür wurden leichte Männerschritte und Sporenklirren hörbar, und gleich darauf erschien der junge Graf, der schöne, rotwangige Jüngling mit dem schwarzen Flaum auf der Oberlippe. Das ruhige Leben in Moskau schien dem jungen Manne gut zu bekommen; er war sichtlich stärker geworden.

Ach, mein Junge, mir schwindelt der Kopf, sagte der alte Graf und lächelte seinem Sohne zu, als schäme er sich. Du könntest mir wohl etwas helfen! Wir müssen ja noch Sänger haben. Mein Orchester wird da sein, und außerdem wäre es vielleicht gut, die Zigeuner zu bestellen. Ihr Soldaten liebt das ja!

Ich glaube wirklich, Papa, als Fürst Bagration sich zu der Schlacht bei Schöngraben rüstete, hat er sich weniger Sorgen gemacht als Sie jetzt, sagte lächelnd der Sohn. Der alte Graf stellte sich zornig.

Du hast gut reden, versuch es nur mal! Dann wandte sich der alte Herr an den Koch, der mit klugem, ehrerbietigem Gesicht Vater und Sohn beobachtete.

Wie gefällt dir diese Jugend? fragte er. Sie lacht uns alte Leute aus.

Sie haben recht, Erlaucht, die Jugend denkt nur daran, gut zu speisen, kümmert sich aber nicht darum, wie alles hergerichtet und serviert wird.

Ja, ja! rief der Graf, und indem er den Sohn fröhlich bei den Händen faßte, fuhr er fort: Nun halte ich dich aber fest! Nimm gleich den zweispännigen Schlitten, fahre zu Besuchow und sage ihm, Graf Ilja Andreitsch lasse ihn um Erdbeeren und frische Ananas bitten. Bei niemand anderem sind sie zu haben! Er selbst ist nicht da, du mußt also zu den Prinzessinnen gehen und es ihnen sagen. Von dort fahre nach dem Rasgulaj, Ipatka, der Kutscher, weiß die Straße, und suche Iljuschka, den Zigeuner, auf, der damals bei dem Grafen Orlow in der weißen Jacke getanzt hat – erinnerst du dich? – und bringe ihn mir her.

Soll ich auch die Zigeunerinnen mitbringen? fragte Nikolaj und lachte.

Nu, nu! ...

In diesem Moment trat Anna Michajlowna mit den leisen Schritten und der geschäftigen, besorgten und zugleich christlich-sanftmütigen Miene, die ihr zur zweiten Natur geworden war, ins Zimmer. Obwohl sie den Grafen täglich im Schlafrock traf, wurde er jedesmal verlegen und bat auch jetzt wieder wegen seines Anzugs um Verzeihung.

Das schadet nichts, liebster, bester Graf, sagte sie, indem sie sanft die Augen schloß. Zu Besuchows werde ich selbst fahren, fügte sie hinzu. Der junge Besuchow ist angekommen, und ich muß ihn sehen. Jetzt werden wir alles aus seinen Gewächshäusern bekommen ... Er hat mir einen Brief von Boris geschickt; Borja ist nun, Gott sei Dank, beim Stabe.

Der Graf freute sich, daß Anna Michajlowna einen Teil seiner Aufträge besorgen wollte, und ließ den kleinen Wagen für sie anspannen.

Sagen Sie Besuchow, er möge zum Diner kommen – ich werde ihn in die Klublisten eintragen. Ist seine Frau auch mit hier?

Anna Michajlowna richtete die Augen in die Höhe, und auf ihrem Gesicht erschien der Ausdruck eines tiefen Kummers.

Ach, mein Freund, er ist sehr unglücklich, sagte sie. Wenn alles wahr ist, was ich gehört habe, ist es schrecklich. Wer hätte sich das denken können, als wir uns so sehr über sein Glück freuten! Dies edle, himmlische Gemüt! Dieser herrliche, junge Besuchow! Ja, ich beklage ihn von ganzer Seele und werde tun, was in meinen Kräften steht, um ihn zu trösten.

Was ist denn geschehen? fragten die beiden Rostows.

Anna Michajlowna stieß einen tiefen Seufzer aus.

Dolochow, Maria Jwanownas Sohn, hat, wie es heißt, die

Gräfin Besuchow vollständig kompromittiert. Besuchow hat ihn protegiert, hat ihn in Petersburg in sein Haus aufgenommen und nun! ... Sie ist hierhergekommen, und dieser Tollkopf ist ihr gefolgt. Anna Michajlowna wollte Teilnahme für Pierre ausdrücken, verriet aber durch Stimme und Lächeln unwillkürlich mehr Interesse für den Tollkopf, wie sie Dolochow nannte. Pierre soll von seinem Kummer völlig niedergedrückt sein, fügte sie hinzu.

Bitten Sie ihn aber doch, in den Klub zu kommen, das wird ihn zerstreuen. Wir geben ein großes Festmahl.

Am folgenden Tage, dem 15. März, gegen zwei Uhr nachmittags erwarteten zweihundertfünfzig Mitglieder des englischen Klubs und etwa fünfzig Gäste den teuren Gast, den Helden des österreichischen Feldzugs, den Fürsten Bagration. Die ersten Berichte über die Schlacht von Austerlitz hatten ganz Moskau in die äußerste Besorgnis versetzt. Rußland war damals so an Siege gewöhnt, daß einige, als die Nachricht von der Niederlage kam, nicht daran glaubten, während andere sich diese sonderbare Begebenheit durch außerordentliche Ursachen zu erklären suchten. Im englischen Klub, wo sich die Spitzen der Gesellschaft und überhaupt alle, die authentische Berichte erhielten, zusammenzufinden pflegten, wurde, als im Dezember die Unglücksbotschaft eintraf, über den Krieg und die letzte Schlacht so gesprochen, als ob alle sich das Wort gegeben hätten, die Wahrheit zu verschweigen. Alle, die sonst den Ton angaben: Graf Rostoptschin, Fürst Jurij Wladimirowitsch Dolgorukij, Walujew, Graf Markow, Fürst Wjasemskij, erschienen nicht im Klub, sondern sahen sich in intimen Kreisen, und die Moskauer, die gewöhnt waren, in die angeschlagene Tonart mit einzustimmen (auch Ilja Andreitsch Rostow gehörte zu diesen), blieben eine Weile ohne Lenker und ohne festes Urteil über die Kriegsangelegenheiten. Die Moskauer fühlten, daß irgend etwas nicht in Ordnung war, und daß es seine Schwierigkeiten hatte, die Unglücksnachrichten zurechtzulegen – und so schwiegen sie lieber. Nach einiger Zeit aber erschienen – wie die Geschworenen aus dem Beratungszimmer – auch die hervorragenden Persönlichkeiten, deren Urteil im

Klub maßgebend war, und alles wurde klar und bestimmt besprochen. Für die unglaubliche, unerhörte, unmögliche Tatsache einer russischen Niederlage hatte sich eine Erklärung gefunden, und von einem Ende Moskaus zum andern hörte man dasselbe sagen. Die Ursachen der Niederlage waren: der Verrat der Österreicher; die schlechte Verproviantierung der Truppen; der Verrat des Polen Przebyszewski und des Franzosen Langeron; die Unfähigkeit Kutusows und – das flüsterte man sich leise zu – die Jugend und Unerfahrenheit des Kaisers, der sein Vertrauen schlechten und unbedeutenden Männern geschenkt hatte. Aber die Truppen, das wurde einstimmig versichert, waren außerordentlich tapfer gewesen und hatten Wunder der Tapferkeit verrichtet. Alle, Soldaten, Offiziere und Generale, waren Helden. Aber der Held der Helden war Fürst Bagration, der sich durch seinen Sieg bei Schöngraben und seinen Rückzug bei Austerlitz – wo er allein seine Kolonnen unaufgelöst zurückgeführt und den ganzen Tag hindurch einem zweimal stärkeren Feinde Stand gehalten – berühmt gemacht hatte. Bagration war übrigens in Moskau auch deshalb zum Helden erkoren worden, weil er hier keine Verbindungen besaß und ganz fremd war. In ihm wurde nach Gebühr der russische Soldat, der Krieger ohne Familienanhang und Intrigen geehrt, dessen Namen noch durch die Erinnerungen des italienischen Feldzugs mit dem Namen Suworows verbunden war. Endlich gab man, indem man ihm solche Ehren erwies, am besten seine Unzufriedenheit mit Kutusow kund.

Wenn es keinen Bagration gäbe, müßte man ihn erfinden, sagte, Voltaires Worte parodierend, der witzige Schinschin. Kutusows wurde kaum gedacht, nur einige schalten ihn im geheimen und nannten ihn die Hof-Wetterfahne und einen alten Satyr.

In ganz Moskau wiederholte man die Aussprüche des Fürsten Dolgorukow, der sich durch die Erinnerung an frühere Siege über unsere Niederlage tröstete: man siegt und siegt, bis man besiegt wird; man wiederholte die Äußerung Rostoptschins, daß der französische Soldat durch hochtrabende Phrasen zum Kampfe angereizt, der Deutsche durch logische

Beweise von der Gefahr des Fliehens und dem Vorteil des Vorwärtsdringens überzeugt, der russische aber jederzeit zurückgehalten werden müsse. Von allen Seiten wurden immer neue Beispiele der Tapferkeit erzählt, die unsere Soldaten und Offiziere bei Austerlitz bewiesen. Der eine hatte eine Fahne gerettet, der andere fünf Franzosen getötet, der dritte ganz allein fünf Kanonen geladen. Man erzählte von Berg, daß er, an der rechten Hand verwundet, den Säbel in die Linke genommen habe und vorwärts gesprungen sei. Von Bolkonskij wurde nicht gesprochen, und nur die ihm am nächsten gestanden, bedauerten, daß er so früh gestorben war und eine junge Frau mit Mutterhoffnungen und einen alten, wunderlichen Vater hinterlassen hatte.

III

Am 15. März hallten die Räume des englischen Klubs von lautem Stimmengewirr wieder, und wie Bienen, wenn sie im Frühling schwärmen, gingen, saßen und standen die Mitglieder und Gäste des Klubs umher, begrüßten sich und gingen wieder auseinander. Die einen waren in Uniform oder Frack, die anderen erschienen noch altmodisch in Puder und Kaftan. Livreebediente in Puder, Schuhen und Strümpfen standen an jeder Tür und lauschten aufmerksam auf jede Bewegung der Gäste und Mitglieder des Klubs, um ihnen ihre Dienste anzubieten. Die Mehrzahl der Anwesenden waren alte, ehrwürdige Männer, mit breiten, selbstgefälligen Gesichtern, dicken Fingern, ruhigen Bewegungen und lauten Stimmen. Diese Gäste und Mitglieder saßen auf ihren gewöhnlichen Plätzen und bildeten die gewöhnlichen Gruppen. Einige Wenige waren nur für diese besondere Gelegenheit eingeladen, meistens jüngere Leute; unter diesen befanden sich Denissow, Rostow und Dolochow; letzterer war wieder Offizier im Semjonowregiment. Die Gesichter der jüngeren Männer, besonders der Offiziere, hatten einen gewissen Ausdruck von Nichtachtung, welcher der älteren Generation sagen zu wollen schien: »Wir sind bereit, euch Achtung und Ehrerbietung zu zollen, aber vergeßt nicht, daß die Zukunft uns gehört.«

Reswizkij war auch da, und zwar als altes Mitglied des Klubs. Pierre, der auf Verlangen seiner Frau das Haar lang trug und die Brille abgelegt hatte, durchschritt die Säle in neumodischer Kleidung, aber mit schwermütiger niedergeschlagener Miene. Wie überall, umgab ihn auch hier die Atmosphäre des Weihrauchs, den die meisten Bekannten seinem Reichtum darbrachten, und ans Herrschen gewöhnt, behandelte er alle mit zerstreuter Geringschätzung.

Seinen Jahren nach hätte er zu den jungen Leuten gezählt werden müssen, aber sein Reichtum und seine Verbindungen gaben ihm einen Platz in den Kreisen der alten, ehrwürdigen Gäste, und man sah ihn bald in der einen, bald in der anderen dieser Gruppen im Gespräch. Den Mittelpunkt dieser verschiedenen Kreise bildeten die einflußreichsten alten Herren, und selbst Unbekannte traten ehrerbietig näher, um diese Männer sprechen zu hören. Die dichtesten Gruppen hatten sich um den Grafen Rostoptschin, um Walujew und Naryschkin versammelt. Rostoptschin schilderte, wie die Russen von den flüchtenden Österreichern über den Haufen gerannt und gezwungen worden seien, sich mit dem Bajonett einen Weg zu bahnen.

Walujew berichtete geheimnisvoll, daß Uwarow aus Petersburg gesandt sei, um die Meinung der Moskauer über Austerlitz zu erforschen. In einem dritten Kreise erzählte Naryschkin von der Sitzung des österreichischen Kriegsrats, in der Suworow die albernen Äußerungen der österreichischen Generale mit Hahnenkrähen beantwortet hatte. Schinschin, der dabei stand, wollte einen Witz machen und sagte, Kutusow hätte allem Anschein nach nicht einmal die leichte Kunst des Krähens von Suworow gelernt; aber die alten Herren warfen dem Witzbolde einen strengen Blick zu, der ihm zu verstehen gab, daß es hier und am heutigen Tage ungeziemend sei, sich in dieser Weise über Kutusow zu äußern.

Inzwischen ging Graf Ilja Andreitsch Rostow eilig, mit geschäftiger Miene auf seinen weichen Sohlen aus dem Speisezimmer ins Empfangszimmer, begrüßte hastig und ohne jeden Unterschied bedeutende und unbedeutende Persönlichkeiten, die er alle kannte, suchte zuweilen seinen schönen, schlanken Sohn mit den Augen, heftete einen wohlgefälligen Blick auf ihn und nickte ihm zu. Der junge Rostow stand an einem Fenster mit Dolochow, den er vor kurzem kennengelernt und sehr gern hatte. Der alte Graf trat zu ihnen und drückte Dolochow die Hand.

Bitte, besuche mich doch – du bist ja mit meinem Jungen befreundet – ihr habt Heldentaten miteinander verrichtet, sagte er. Ah, Wassilij Ignatjitsch, guten Tag, Alter! wandte er sich zu einem vorbeigehenden Greise, hatte aber kaum seinen Gruß ausgesprochen, als alles in Bewegung geriet, und der herbeistürzende Lakai mit erschrockener Miene meldete: »Sie sind angekommen!«

Eine Glocke erscholl; die Vorstände drängten sich voran, die in verschiedenen Zimmern zerstreuten Gäste traten in einen Haufen zusammen wie gehäufeltes Korn und blieben im großen Empfangszimmer an der Saaltür stehen.

An der Vorsaaltür erschien Bagration ohne Hut und Degen, die er nach der Sitte des Klubs beim Portier gelassen hatte. Er trug jetzt nicht die Lammfellmütze und hatte nicht die Kosakenpeitsche über die Schulter hängen, wie ihn Rostow in der Nacht vor Austerlitz gesehen. Statt dessen trug er eine neue, enge Uniform mit russischen und fremden Orden und dem Georgenkreuz auf der linken Seite der Brust. Man sah ihm an, daß er sich zu diesem Diner Haar und Bart hatte scheren lassen, was sein Aussehen unvorteilhaft veränderte. Auf seinem Antlitz lag ein naiv-feierlicher Ausdruck, der im Gegensatz zu seinen scharfen, männlichen Zügen etwas Komisches hatte. Bekleschow und Fjodor Petrowitsch Uwarow, die mit ihm gekommen waren, blieben an der Tür stehen, um ihn als den Hauptgast vorantreten zu lassen. Bagration wurde verlegen und wollte diese Höflichkeit nicht annehmen, aber in der Tür standen sie abermals still, und Bagration trat endlich doch zuerst ein. Verlegen und ungeschickt ging er über das Parkett des Empfangszimmers und wußte nicht, wo er seine Hände lassen sollte. Es wäre ihm leichter und behaglicher gewesen, unter den Kugeln des Feindes über ein Ackerfeld zu gehen, wie bei Schöngraben, an der Spitze des Kurskischen Regiments. An der Tür traten ihm die Vorstände entgegen, sagten ihm einige Worte über die Freude, einen so hohen Gast zu sehen, bemächtigten sich seiner, ohne eine Antwort abzuwarten, umringten ihn und führten ihn nach dem Salon. Es war jedoch unmöglich, in den Salon einzudringen, weil sich an der Tür Mitglieder und Gäste fast zerquetschten, indem sie sich gegenseitig über die Schulter zu sehen und Bagration wie ein seltenes Tier ins Auge zu fassen suchten. Graf Ilja Andreitsch, der lauter lachte als alle, wies die Menge mit den Worten: »Laßt uns durch, bitte, macht uns Platz!« zurück, und es gelang ihm, die Ehrengäste in den Salon zu führen, wo er sie auf dem mittelsten Diwan Platz nehmen ließ. Die einflußreichsten Mitglieder des Klubs umringten die Neuangekommenen. Graf Ilja Andreitsch brach sich wieder Bahn durch die Menge, verließ das Zimmer und kam nach wenigen Augenblicken mit einer großen silbernen Schale zurück, die er dem Fürsten Bagration reichte. Auf der Schale lag ein gedrucktes, zu Ehren des Gastes verfaßtes Gedicht. Als Bagration die Schale erblickte, sah er sich erschrocken um, als ob er nach Hilfe spähte, aber aller Augen drückten die Forderung aus, daß er sich fügen müsse, und da sich Bagration in der Gewalt der Anwesenden fühlte, griff er entschlossen mit beiden Händen nach der Schale, warf aber dem Grafen, der sie überreichte, einen vorwurfsvollen, beinahe zornigen Blick zu. Einer der Gäste nahm dienstfertig dem Fürsten Bagration das Geschenk wieder aus den Händen – sonst hätte er es, wie es schien, den ganzen Abend über festgehalten und wäre auch damit zu Tisch gegangen – und lenkte seine Aufmerksamkeit auf das Gedicht. »Gewiß, ich werde es lesen!« schien Bagrations Miene zu sagen, und er heftete seine müden Augen auf das Papier und schickte sich mit ernstem Gesicht zum Lesen an; aber der Dichter selbst ergriff das Blatt und fing an, die Verse vorzutragen. Bagration senkte den Kopf und hörte zu:

»Den Tagen Alexanders hast du Ruhm gebracht,
An uns'res Titus Throne hältst du treue Wacht,

Als Feldherr weckst du Furcht, als Mensch vertraut man
dir,
Der Schlachten Cäsar bist du und des Rates Zier.

Ja, selbst der glückestrunkene Napoleon,
Nachdem er dich erkannt, Bagration,
Trotzt unserem Achill nicht länger mehr ...«

Weiter konnte der Dichter nicht lesen, denn der Haushofmeister verkündigte mit lauter Stimme: »Es ist angerichtet!« Die Türen des Speisesaales gingen auf, und es erklang die Polonaise: »Töne laut, du Siegesdonner, tapferer Reuße, freue dich!« Graf Ilja Andreitsch warf dem Dichter, der weiterlesen wollte, einen zornigen Blick zu und verneigte sich vor Bagration. Alle erhoben sich in dem Bewußtsein, daß das Essen wichtiger sei als die Verse, und wieder schritt Bagration den übrigen voran in den Speisesaal.

Man hatte ihn auf den Ehrenplatz zwischen zwei Alexander, – Bekleschow und Naryschkin – gesetzt, eine bedeutungsvolle Erinnerung an den Namen des Kaisers; die übrigen dreihundert Gäste nahmen je nach Rang und Würde im Speisesaale Platz. Die einflußreichsten Persönlichkeiten saßen dem Gefeierten am nächsten, was sich ebenso natürlich machte, wie das das Wasser dahin fließt, wo der Boden sich senkt.

Vor dem Essen stellte Graf Ilja Andreitsch seinen Sohn dem Fürsten vor. Bagration erkannte den jungen Mann wieder und sagte ihm einige inhaltslose Worte, die ungeschickt waren wie alles, was er an diesem Tage sprach; Graf Ilja Andreitsch aber sah freudig und stolz im Kreise umher, solange Bagration mit seinem Sohne redete.

Nikolaj Rostow, Denissow und sein neuer Bekannter Dolochow nahmen nebeneinander Platz, fast an der Mitte der Tafel; Pierre und Fürst Neswizkij hatten sich ihnen gegenüber gesetzt; Graf Ilja Andreitsch saß mit den anderen Vorständen gegenüber dem Fürsten Bagration und machte – die Gastfreundschaft der Moskauer in sich verkörpernd – an der Tafel die Honneurs.

Seine Mühe war nicht vergebens gewesen; die beiden Diners, die serviert wurden – es gab eins von Fastenspeisen und eins mit Fleisch – waren ausgezeichnet. Dennoch hatte er bis ans Ende des Gastmahls keine Ruhe; bald winkte er dem Kellermeister, bald gab er flüsternd den Dienern Befehle und erwartete jede der von ihm bestellten Speisen mit einer gewissen Aufregung. Alles war vortrefflich. Beim zweiten Gange, als die kolossalen Sterlets erschienen (Graf Ilja Andreitsch errötete vor Freude und Verlegenheit, als er sie erblickte), begannen die Diener auch die Champagnerpfropfen knallen zu lassen und den schäumenden Wein einzuschenken. Nach dem Fisch, der ein gewisses Aufsehen erregt hatte, gab Graf Ilja Andreitsch den andern Vorständen einen Wink. »Es wird viele Toaste geben, wir müssen anfangen«, flüsterte er, ergriff sein Glas und stand auf; alle schwiegen und warteten auf das, was er sagen würde.

»Die Gesundheit des Kaisers!« rief er aus, und seine Augen glänzten in Tränen der Freude und Begeisterung. Von neuem erklang die Musik, alle Anwesenden erhoben sich, schrien »Hurrah!«, und Bagration wiederholte den Ruf in demselben Tone wie auf dem Schlachtfelde von Schöngraben. Die begeisterte Stimme des jungen Rostow war durch das Geschrei der dreihundert anderen hindurch deutlich zu hören. Er weinte beinahe. »Hurrah! der Kaiser soll leben!« rief er, leerte mit einem Zuge sein Glas und warf es zu Boden, viele folgten seinem Beispiel; das Freudengeschrei dauerte eine ganze Weile, und während die Stimmen verklangen, lasen die Diener die Scherben auf, die Gäste setzten sich wieder und kehrten, lächelnd über den Lärm, den sie gemacht, zu ihren Gesprächen zurück. Graf Ilja Andreitsch erhob sich von neuem, warf einen Blick auf den Zettel neben seinem Teller, kündigte einen Toast zu Ehren des Helden unseres letzten Feldzuges, des Fürsten Peter Iwanowitsch Bagration an, und seine blauen Augen füllten sich wieder mit Tränen. »Hurrah!« schrien abermals die dreihundert Gäste, und statt der Instrumente erklangen diesmal die Stimmen der Sänger, die eine Kantate von Paul Iwanowitsch Kutusow vortrugen.

»Rußlands Söhnen ist kein Kampf zu schwer;
Tapferkeit gibt Bürgschaft, daß wir siegen.
Führt der Held Bagration unser Heer,
Wird der Feind zu unseren Füßen liegen« usw.

Sobald die Sänger zu Ende waren, wurde abermals Toast auf Toast ausgebracht; immer weicher fühlte sich Graf Ilja Andreitsch gestimmt, immer mehr Geschirr wurde zerschlagen und immer lauter geschrien. Man trank auf das Wohl Bekleschows, Naryschkins, Uwarows, Dolgorukows, Apraxins, Walujews; auf das Wohl des Vorstands, auf das Wohl des Ausschusses, auf das Wohl aller Klubmitglieder, auf das Wohl aller Klubgäste, und endlich besonders auf das Wohl des Festordners, des Grafen Ilja Andreitsch. Bei diesem Toast zog der Graf sein Taschentuch hervor, verhüllte das Gesicht und zerfloß in Tränen.

IV

Pierre saß Dolochow und Nikolaj Rostow gegenüber. Nach seiner Gewohnheit aß und trank er viel und schnell, aber allen, die ihn genauer kannten, fiel heute eine große Veränderung in seinem Wesen auf. Während des ganzen Diners saß er schweigend da, bald kniff er die Augen zusammen, bald runzelte er die Stirn oder blickte mit dem Ausdruck tiefster Zerstreutheit unverwandt auf eine Stelle, während er mit dem Finger den Nasenrücken strich. Sein Gesicht war finster und traurig; er schien nicht zu hören und zu sehen, was um ihn her geschah, sondern an etwas Peinliches zu denken.

Die quälenden, unlösbaren Rätselfragen, die ihn beschäftigten, waren teils durch Anspielungen der in Moskau lebenden Prinzessin über nähere Beziehungen Dolochows zu Pierres Frau, teils durch einen anonymen Brief erweckt, den er heute morgen erhalten hatte und in welchem mit der allen solchen Zuschriften eigenen gemeinen Witzhascherei gesagt war: er sähe schlecht durch seine Brille, die Liaison seiner Frau mit Dolochow wäre nur noch für ihn selbst ein Geheimnis. Pierre hatte weder den Andeutungen der Prinzessin noch dem Briefe den geringsten Glauben geschenkt, und doch war ihm der Anblick Dolochows unerträglich. Sooft sein Blick unerwartet den schönen, kecken Augen des jungen Mannes begegnete, fühlte Pierre, daß etwas Böses, Feindseliges in seiner Seele wach wurde, und wandte sich hastig ab. Unwillkürlich erinnerte er sich an die Vergangenheit seiner Frau, an ihr jetziges Benehmen gegen Dolochow, und sagte sich selbst, daß die Behauptung des Briefes wahr sein oder wenigstens wahr scheinen könnte, wenn es sich nicht um seine Frau gehandelt hätte. Pierre erinnerte sich, wie Dolochow, der nach dem Kriege seine frühere Stellung wieder erhalten hatte, nach Petersburg zurückgekommen und, gestützt auf seine alte Zechfreundschaft mit Pierre, geradewegs bei ihm vorgefahren war. Pierre hatte Dolochow in seinem Hause untergebracht und ihm Geld geliehen. Er erinnerte sich, wie Helène lächelnd ihr Mißvergnügen über Dolochows Anwesenheit in ihrem Hause ausgesprochen hatte, wie zynisch Dolochow die Schönheit seiner jungen Frau gepriesen, und wie er sie von jener Zeit bis zu der Reise nach Moskau nicht einen Augenblick verlassen hatte.

»Ja, er ist sehr schön und ich kenne ihn, sagte Pierre zu sich selbst. Es würde ihm ein besonderes Vergnügen machen, meinen Namen zu entehren und mich gerade darum zu hintergehen, weil ich alles Mögliche für ihn getan und ihn in mein Haus aufgenommen habe. Ich weiß und verstehe, welche Würze dies seinem Betruge geben würde, wenn es wahr wäre ... ja, wenn es wahr wäre! Aber ich glaube es nicht ... ich habe kein Recht dazu ... ich kann es nicht glaube!« Er erinnerte sich des Ausdrucks, den Dolochows Gesicht immer annahm, wenn er einen Anfall von Grausamkeit hatte, wie z. B. als er den Polizeibeamten mit dem Bären zusammengebunden und ins Wasser geworfen, oder wenn er ohne Ursache einen Menschen herausforderte oder mit einem Pistolenschuß das Pferd eines Fuhrmanns tötete. Derselbe Ausdruck pflegte hin und wieder auf Dolochows Gesicht zu erscheinen, wenn Pierre ihn ansah. »Er ist ein

Raufbold, fuhr er in seinem Selbstgespräche fort: es kommt ihm nicht darauf an, einen Menschen zu töten. Er scheint vorauszusetzen, daß er von jedermann gefürchtet wird, und dies Bewußtsein ist ihm angenehm. Er glaubt auch, daß ich ihn fürchte – und er hat recht ... ich fürchte ihn wirklich!« Pierre fühlte, daß bei diesem Gedanken aufs neue etwas Böses, Feindseliges in ihm wach wurde.

Dolochow, Denissow und Rostow, die Pierre gegenübersaßen, schienen sehr lustig zu sein. Rostow sprach auf das heiterste mit seinen beiden Freunden, von denen der eine ein tapferer Husar, der andere ein bekannter Raufbold und Händelsucher war, und warf zuweilen einen spöttischen Blick auf Pierre, der während dieses Festmahls durch den Kontrast zwischen seiner zerstreuten, tiefsinnigen Miene und seiner kolossalen Gestalt auffiel. Rostow war gegen Pierre eingenommen, erstens weil er ihn, von seinem Husarenstandpunkte aus, als reichen Zivilisten und Mann einer schönen Frau selbst für weiblich hielt, und zweitens, weil Pierre, in sich versunken und zerstreut, wie er heute war, Rostow weder erkannt noch seinen Gruß erwidert hatte. So tief in Gedanken war Pierre, daß er, als die Gesundheit des Kaisers ausgebracht wurde, sein Glas zu ergreifen und aufzustehen versäumte.

Woran denken Sie denn? rief ihm Rostow mit zornig glühenden Augen zu. Hören Sie denn nicht ... wir trinken auf das Wohl des Kaisers!

Pierre seufzte, stand gehorsam auf, leerte sein Glas, und als alle ihre Plätze wieder eingenommen hatten, wandte er sich mit gutmütigem Lächeln zu Rostow.

Ich habe Sie nicht erkannt, sagte er; aber Nikolaj beachtete das kaum, er hatte jetzt Hurrah zu schreien.

Warum knüpfst du denn die alte Bekanntschaft nicht wieder an? fragte Dolochow

Laß ihn in Ruh, er ist ein Narr! antwortete Rostow.

Gegen die Männer hübscher Frauen muß man zuvorkommend sein, sagte Dolochow, Pierre hörte nicht, was sie sprachen, wußte aber, daß es ihn betraf, wandte sich ab und errötete.

Nun denn, auf das Wohl der schönen Frauen! sagte Dolochow, und sein Glas erhebend, wandte er sich an Pierre mit ernsten Augen, aber lächelndem Munde.

Auf das Wohl der schönen Frauen, Petruscha, und auf das Wohl ihrer Liebhaber! sagte er.

Pierre hatte die Augen niedergeschlagen und leerte sein Glas, ohne Dolochow anzusehen oder ihm zu antworten. Der Diener, der die Kutusowsche Kantate verteilte, legte Pierre, als einen der vornehmsten Gäste, eines der gedruckten Blättchen hin. Pierre wollte es ergreifen, aber Dolochow langte über den Tisch, nahm es ihm aus der Hand und fing an zu lesen. Pierre warf einen Blick auf Dolochow, das Böse, Feindselige, das ihm während des ganzen Diners keine Ruhe gelassen, erhob sich in ihm und wurde seiner Herr. Er beugte sich mit seinem dicken Körper über den Tisch und schrie.

Was unterstehen Sie sich!

Bei diesem Schrei wandten sich Neswizkij und Pierres Nachbar von der Rechten voll Schrecken nach Besuchow um.

Seien Sie still! ... Was ist Ihnen? ... Nehmen Sie sich in acht! flüsterten bestürzte Stimmen. Dolochow betrachtete Pierre mit seinen lustigen, klaren, erbarmungslosen Augen und einem Lächeln, das zu sagen schien: »Das hab ich gern.«

Nein, ich will's nicht hergeben, antwortete er laut.

Pierre entriß ihm das Blatt; er war blaß, seine Unterlippe zitterte.

Sie ... Sie ... Sie sind ein Schurke ... ich fordere Sie! rief er, stieß seinen Stuhl zurück und stand auf. In dem Augenblick, als Pierre diese Worte sagte, fühlte er, daß die Frage, die ihn die letzten Tage so sehr gequält hatte, die Frage über die Schuld seiner Frau unwiderruflich und unzweifelhaft bejahend gelöst war. Er haßte sie und fühlte sich auf immer von ihr getrennt.

Trotz Denissows Mahnung, daß er sich von der Sache fernhalten möge, hatte Rostow eingewilligt, Dolochows Sekundant zu sein, und besprach sich nach Tisch mit Neswizkij, Besuchows Sekundanten, über die Bedingungen des Duells. Pierre fuhr nach Haus, während Rostow, Dolochow und Denissow bis zum späten Abend im Klub blieben und die Zigeuner und Sänger mit anhörten.

Also morgen in Sokolniki, sagte Dolochow, als er auf der Freitreppe des Klubhauses von Rostow Abschied nahm.

Bist du ruhig? fragte Nikolaj.

Dolochow blieb stehen.

Höre, ich will dir in zwei Worten das Geheimnis des Zweikampfs erklären, sagte er. Wenn du vor einem Duell dein Testament machst und zärtliche Briefe an deine Eltern schreibst, wenn du überhaupt annimmst, daß du getötet werden kannst, bist du ein Tor und bist sicherlich verloren. Du mußt im Gegenteil den festen Vorsatz haben, deinen Gegner zu töten, und zwar auf die sicherste, schnellste Weise – dann geht alles gut! Es ist gerade so, wie mir unser Bärenjäger in Kostroma zu sagen pflegte: Es versteht sich, daß man sich vor dem Bären fürchten müßte, sagte er; und doch, kaum hat man ihn gesehen, so ist gleich die ganze Angst vorüber, und man denkt nur daran, ihn nicht entwischen zu lassen ... Gerade so geht es mir auch. Auf Wiedersehen morgen!

Am nächsten Morgen um acht Uhr fuhren Pierre und Neswiztij nach dem Sokolnikiwalde und trafen dort Dolochow, Denissow und Rostow an. Pierre sah aus wie ein Mensch, den wichtige Ideen in Anspruch nehmen, die sich auf das Bevorstehende gar nicht beziehen. Seinem eingefallenen, gelben Antlitz war die Schlaflosigkeit der letzten Nacht anzumerken. Er blickte zerstreut umher und verzog das Gesicht, als ob er in die blendende Sonne sähe. Zwei Vorstellungen nahmen ihn ausschließlich in Anspruch: die von der Schuld seiner Frau, welche ihm nach den Grübeleien seiner schlaflosen Nacht so gut wie erwiesen schien ... und die von der Unschuld Dolochows, der keine Ursache hatte, die Ehre eines ihm fremden Mannes zu schonen. »Vielleicht hätte ich an seiner Stelle dasselbe getan, dachte Pierre, ich hätte sogar gewiß ebenso gehandelt. Wozu also dies Duell, dieser Mord? entweder töte ich ihn, oder er trifft mich in den Kopf, den Ellbogen, das Knie. Es wäre besser fortzulaufen, mich irgendwo zu verbergen.« Aber gerade in dem Moment, als er dies dachte, fragte er mit einem besonders ruhigen und gleichgültigen Aussehen, das denen, die ihn beobachteten, Respekt einflößte: ob die Vorbereitungen nicht fertig wären und ob die Sache bald vor sich gehen könnte.

Als es so weit war: die Säbel, welche die Barriere bezeichneten, in den Schnee gesteckt und die Pistolen geladen waren, trat Neswizkij zu Pierre.

Ich würde meine Schuldigkeit nicht erfüllen, Graf, sagte er mit schüchterner Stimme, würde das Zutrauen und die Ehre, welche Sie mir erwiesen, indem Sie mich zum Sekundanten erwählt, nicht rechtfertigen, wenn ich Ihnen in diesem wichtigen, hochwichtigen Augenblick die Wahrheit verschwiege. Ich glaube, daß dieser Zweikampf keine genügende Ursache hat, daß es nicht der Mühe wert ist, um das, was geschehen, Blut zu vergießen ... Sie hatten unrecht, haben nicht ganz richtig gehandelt ... Sie sind heftig geworden ...

Ja, das war dumm! antwortete Pierre.

Erlauben Sie mir, Ihr Bedauern auszusprechen, und ich bin überzeugt, daß unsere Gegner Ihre Entschuldigung annehmen werden, sagte Neswizkij (der wie alle, die bei solchen Angelegenheiten beteiligt sind, nicht glauben konnte, daß es wirklich zum Zweikampf kommen würde). Sie wissen, Graf, daß es weit edler ist, seinen Fehler zu bekennen, als so lange auf ihm zu beharren, bis man ihn nicht wiedergutmachen kann, fuhr er fort. Keiner von Ihnen beiden hat den andern beleidigt. Lassen Sie mich mit den Sekundanten sprechen.

Nein, es liegt kein Grund zur Besprechung vor ... es ist auch ganz gleichgültig. Ist alles bereit? Sagen Sie mir, wohin ich gehen und in welcher Richtung ich schießen muß, fügte er mit einem erzwungenen, sanften Lächeln hinzu. Dann ergriff er die Pistole und fragte nach der Art und Weise, sie abzudrücken; er hatte nie eine Pistole in der Hand gehabt, wollte das aber nicht eingestehen. Ach ja, so ist es ... ich weiß, ich hatte es nur vergessen, sagte er.

Durchaus keine Entschuldigung! ich will nichts davon hören, rief Dolochow, als auch Denissow einen Versöhnungsversuch machen wollte, und begab sich nach dem angewiesenen Platze. Der Platz war etwa achtzig Schritt von dem Wege entfernt, auf dem die Schlitten hielten. Es war eine kleine Lichtung im Fichtenwalde, deren Schneedecke während der letzten Tauwettertage halb geschmolzen war. Die Gegner standen sich am Rande der Lichtung in einer Entfernung von vierzig Schritt gegenüber. Die Sekundanten maßen die Schritte ab und zogen einen Weg bis zu den in den nassen, tiefen Schnee eingesteckten Säbeln Neswizkijs und Denissows. Diese Säbel waren zehn Schritt voneinander entfernt und bezeichneten die Barriere. Tauwetter und Nebel dauerten fort; in einer Entfernung von vierzig Schritt konnte man nichts erkennen. Seit drei Minuten war alles bereit, aber man zögerte noch, und alle schwiegen.

V

Nun, anfangen! sagte Dolochow endlich.

Gut denn! antwortete Pierre mit dem früheren Lächeln. Der Auftritt fing an, peinlich zu werden. Was so leichtsinnig begonnen war, ließ sich jetzt offenbar nicht mehr ordnen. Es nahm seinen Verlauf und mußte zu Ende kommen, unabhängig von dem menschlichen Willen.

Denissow trat an die Barriere und rief:

Da die Gegner sich nicht versöhnen wollen, muß angefangen werden. Nehmen Sie die Pistolen zur Hand, und bei dem Worte »drei« gehen Sie vorwärts.

Eins ... zwei ... drrrei! ... rief er dann in zornigem Tone und trat zurück. Die Gegner gingen auf dem ausgetretenen Wege hin, kamen sich näher und näher und fingen an, im Nebel ihre Züge zu erkennen. Sie hatten das Recht, wenn sie die Barriere erreicht, nach Belieben zu schießen. Dolochow ging langsam, ohne die Pistole zu erheben, und betrachtete das Gesicht seines Gegners mit seinen klaren, glänzenden, blauen Augen; um seinen Mund lag wie immer ein lächelnder Zug.

Ich kann also schießen, wann ich will? fragte Pierre. Bei dem Worte drei ging er raschen Schrittes vorwärts, kam von dem ausgetretenen Wege ab und geriet in den Schnee. In der rechten ausgestreckten Hand hielt er die Pistole, als ob er fürchtete, sich selbst damit zu erschießen; die Linke hatte er sorgfältig zurückgezogen. Er wollte die rechte Hand mit der linken unterstützen, wußte aber nicht, wie er das machen sollte. Nachdem er einige Schritte getan und sich vom Wege in den Schnee verirrt hatte, sah Pierre vor seine Füße nieder, dann warf er einen raschen Blick auf Dolochow, drückte, wie man ihm gezeigt hatte, auf den Hahn und feuerte ab. Der laute Knall überraschte ihn; er erbebte vor seinem eigenen Schuß, lächelte über diesen Eindruck und blieb stehen. Der Rauch, der wegen des Nebels besonders dicht war, hinderte ihn, im ersten Moment etwas zu sehen, und auf den zweiten Schuß wartete er vergebens; er hörte nur den raschen Schritt Dolochows und sah seine Gestalt aus Rauch und Nebel auftauchen. Die linke Hand hatte er in die Seite gedrückt, mit der andern erhob er die gesenkte Pistole; sein Gesicht war blaß; Rostow lief auf ihn zu und sagte ihm ein paar Worte.

Nei... ein, antwortete Dolochow mit zusammengebissenen Zähnen, nein, es ist nicht zu Ende! ... Dann machte er noch ein paar unsichere Schritte bis an den Säbel und sank neben ihm in den Schnee. Seine linke Hand war voll Blut; er wischte sie an seiner Uniform ab, dann stützte er sich auf. Sein Gesicht war blaß, verzerrt und zitterte.

Kom..., sagte Dolochow mit Anstrengung, er konnte nicht »Kommen Sie« sagen. Pierre war kaum imstande, sein Schluchzen zu unterdrücken; er lief auf Dolochow zu und war im Begriff, die Barriere zu überschreiten, als ihm Dolochow zuschrie: An die Barriere! worauf Pierre, der sofort verstand, um was es sich handelte, an seinem Säbel stehenblieb. Nur zehn Schritte Entfernung trennte die beiden. Dolochow hatte den Kopf in den Schnee sinken lassen und schlürfte gierig etwas davon ein, dann erhob er das Gesicht, raffte sich zusammen, zog die Füße unter sich und suchte einen Schwerpunkt, um sich festzusetzen. Er schluckte den kühlen Schnee und sog ihn ein; seine Lippen bebten, lächelten aber noch immer; seine Augen glänzten vor Anstrengung und Zorn; mit dem Aufwand seiner letzten Kräfte erhob er die Pistole und zielte.

Treten Sie seitwärts – decken Sie sich mit der Pistole, sagte Neswizkij.

Decken Sie sich! schrie Denissow in höchster Aufregung seinem Gegner zu.

Pierre stand da mit einem sanften Lächeln der Reue und des Mitleids, hatte die Hände ausgestreckt, sah Dolochow traurig an und bot ihm seine breite Brust. Denissow, Rostow und Neswizkij drückten die Augen zu. Gleich darauf hörten sie einen Schuß und fast in demselben Augenblick einen zornigen Ausruf Dolochows.

Befehlt! schrie Dolochow und sank entkräftet in den Schnee, das Gesicht nach unten. Pierre drückte seinen Kopf in beide Hände, drehte sich um, eilte durch den Schnee in den Wald hinein und stieß unverständliche Worte aus.

Dumm ... dumm ... Tot ... Lüge! sagte er, die Stirn runzelnd. Neswizkij folgte ihm, holte ihn ein und begleitete ihn nach Hause.

Rostow und Denissow fuhren mit dem verwundeten Dolochow zurück.

Er lag schweigend, mit geschlossenen Augen, im Schlitten und beantwortete die Fragen, die an ihn gerichtet wurden, mit keinem Wort. Als sie aber die Stadt erreichten, schien er zu erwachen, erhob mühsam den Kopf und erfaßte die Hand des neben ihm sitzenden Rostow. Rostow erstaunte über den veränderten, enthusiastisch-zärtlichen Ausdruck in Dolochows Gesicht.

Wie fühlst du dich? fragte er.

Schlecht ... Aber darum handelt es sich nicht, mein Freund, antwortete er mit stockender Stimme. Wo sind wir? In Moskau ... Das weiß ich. Mir fehlt nichts, aber ich habe sie gemordet. Ja, ich habe sie gemordet ... sie kann es nicht ertragen, nicht überleben! ...

Wer? fragte Rostow.

Meine Mutter, meine Mutter, mein Engel, mein angebeteter Engel! Und Dolochow weinte und drückte Rostow die Hände. Als er sich etwas gefaßt hatte, erzählte er, daß er bei seiner Mutter wohne, daß sie es nicht überleben würde, ihn plötzlich auf den Tod verwundet zu sehen, und bat Rostow vorauszufahren, um sie vorzubereiten.

Rostow erfüllte den Auftrag und erfuhr zu seinem Erstaunen, daß Dolochow, dieser Raufbold und Händelsucher Dolochow, in Moskau mit seiner alten Mutter und einer buckligen Schwester zusammenwohne und der zärtliche Sohn und Bruder sei.

VI

Pierre hatte seine Frau in der letzten Zeit nur selten unter vier Augen gesehen, denn in Moskau wie in Petersburg war ihr Haus beständig voller Gäste. In der Nacht, welche auf das Duell folgte, ging er, wie es oft zu geschehen pflegte, nicht ins Schlafzimmer, sondern blieb in dem großen Wohngemache seines Vaters, in dem Zimmer, in dem der alte Graf Besuchow gestorben war.

Er legte sich auf den Diwan und wollte schlafen, um alles zu vergessen, aber es gelang ihm nicht. In seiner Seele wurde plötzlich ein solcher Sturm von Gedanken, Gefühlen und Erinnerungen wach, daß er nicht schlafen, nicht einmal liegenbleiben konnte, sondern aufstehen mußte, um mit schnellen Schritten auf und ab zu gehen. Im Geiste sah er sie während der ersten Zeit ihrer Ehe mit nackten Schultern und müdem, leidenschaftlichem Blicke, und neben ihr erschien das schöne, kecke, herausfordernde, spöttische Gesicht Dolochows, wie es während des Diners gewesen – und dann wieder dasselbe Gesicht, aber blaß, zitternd, leidend, wie es ausgesehen, als er sich umdrehte und in den Schnee fiel.

»Was habe ich getan? fragte sich Pierre. Ich habe den *Geliebten* ... ja, den Geliebten meiner Frau getötet ... Ja, das habe ich getan! Warum? wie bin ich dazu gekommen?« – »Weil du sie geheiratet hast!« antwortete eine innere Stimme.

»Aber worin besteht denn meine Schuld!« fragte er weiter. »Daß du sie geheiratet hast, ohne sie zu lieben, daß du sie und dich selbst betrogen hast? ...« Und er stellte sich lebhaft den Augenblick vor, nach dem Souper bei dem Fürsten Wassilij, als er ihm die Worte: »Ich liebe Sie« gesagt, die ihm so schlecht gelingen wollten. – »*Das* ist der Grund! ich fühlte schon damals, daß ich kein Recht hatte, das zu sagen, dachte er, und nun hat sich's erwiesen.« Er erinnerte sich seiner Flitterwochen und errötete bei dieser Erinnerung. Besonders lebhaft, verletzend und demütigend stand ihm vor Augen, wie er einst, bald nach seiner Heirat, um zwölf Uhr mittags im seidenen Schlafrock aus dem Schlafzimmer in sein Kabinett getreten war und dort den Oberverwalter getroffen hatte, der sich ehrerbietig verneigte, Pierres Gesicht betrachtete, seinen Schlafrock ansah und ein Lächeln unterdrückte, als ob er damit seine ehrerbietige Teilnahme für das Glück seines Herrn kundgeben wollte.

»Und wie oft war ich stolz auf sie, auf ihre majestätische Schönheit, ihren gesellschaftlichen Takt, dachte er. Wie stolz war ich auf mein Haus, wo sie ganz Petersburg empfing; wie stolz war ich auf ihre Unnahbarkeit und Schönheit. Also das war es, was mich stolz machte?! Damals glaubte ich, daß ich Sie nicht verstände. Wie oft, wenn ich mich in ihr Wesen hineinzudenken suchte, sagte ich mir, ich wäre an allem schuld, ich verstände sie nicht ... verstände diese unerschütterliche Ruhe, dies Selbstgenügen, diesen Mangel aller Wünsche und Neigungen nicht. Und dies alles erklärt sich nun durch das eine, schreckliche Wort, daß sie ein gemeines Weib ist! Nun habe ich mir dies Wort gesagt, und alles ist mir verständlich geworden! ...«

»Eines Tages besuchte sie Anatol; er wollte Geld von ihr borgen und küßte sie auf die nackten Schultern. Sie gab ihm kein Geld, aber sie ließ sich küssen. Ihr Vater wollte scherzend ihre Eifersucht erregen ... sie antwortete mit ruhigem Lächeln, sie sei nicht so töricht, eifersüchtig zu sein. ›Mag er tun, was er will!‹ sagte sie in bezug auf mich. Einmal fragte ich sie, ob sie keine Hoffnung hätte, Mutter zu werden. Sie lachte verächtlich und antwortete: sie wäre nicht die Närrin, sich Kinder zu wünschen, und würde von mir nie welche haben.«

Dann erinnerte er sich der Roheit und Dürftigkeit ihrer Gedanken, der mit ihrer aristokratischen Erziehung im Widerspruch stehenden Gemeinheit ihrer Ausdrucksweise. »Ich bin keine dumme Gans ... Geh, probier es doch selbst ... Scher' dich fort ...« waren ihre gewöhnlichen Redensarten. Oft, wenn er ihre Erfolge bei alten und jungen Männern und Frauen gesehen, hatte sich Pierre verwundert gefragt, warum er sie nicht liebte. »Ich habe sie nie geliebt, sagte sich Pierre; ich wußte, daß sie ein gemeines Weib ist«, wiederholte er sich selbst in Gedanken, wagte aber nicht, es sich zu gestehen.

»Und nun erst Dolochow. Da sitzt er im Schnee und lächelt gezwungen und stirbt, indem er meine Reue mit erkünstelter Frechheit zurückweist.«

Pierre gehörte zu den Menschen, welche trotz ihrer scheinbaren Charakterschwäche keines Vertrauten für ihren Kummer bedürfen. Er verarbeitete sein Leid allein in sich selbst.

»Sie ist an allem schuld, sagte er sich jetzt, sie ganz allein, aber was kommt es darauf an? Warum habe ich mich mit ihr verbunden? Warum habe ich ihr dies ›Ich liebe Sie‹ gesagt, das eine Lüge war, ja noch schlimmer als eine Lüge? Ich bin der Schuldige und muß alles tragen ... Was ist die Schande meines Namens, das Unglück meines Lebens? Oh, das alles ist Unsinn ... Alles ist bedingt, Schande, Ehre, alles ist bedingt, alles ist unabhängig von mir selbst.

»Ludwig XVI. haben sie geköpft, weil sie meinten, er wäre ehrlos und ein Verbrecher – fiel ihm ein –, und von ihrem Standpunkt aus hatten sie recht, ebenso wie die im Rechte waren, die um seinetwillen den Märtyrertod starben und ihn zu den Heiligen zählten. Dann hat man Robespierre geköpft, weil er ein Despot war. Wer hat recht, wer unrecht? Niemand? Aber solange man am Leben ist, muß man leben. Der Tod kann morgen schon kommen, wie er vor einer Stunde für mich gekommen sein konnte. Ist es wohl der Mühe wert, sich zu quälen, da man im Vergleich mit der Ewigkeit kaum eine Sekunde zu leben hat?« Aber gerade in dem Augenblick, als er sich durch solche Betrachtungen beruhigt zu haben glaubte, erschien ihm plötzlich wieder *ihr* Bild. Er gedachte der Augenblicke, wo er ihr seine falsche Zärtlichkeit kundgetan, und fühlte sein Blut zum Herzen strömen. Er mußte abermals aufstehen, lief im Zimmer umher und zerbrach und zerriß, was ihm zufällig in die Hände kam.

»Warum habe ich zu ihr gesagt: Ich liebe Sie?« wiederholte er immer von neuem, und nachdem er diese Frage zum zehnten Male gestellt hatte, fiel ihm plötzlich Molièrs Ausspruch ein: *mais que diable allait-il faire dans cette galère?* und er lachte über sich selbst.

Mitten in der Nacht rief er seinen Kammerdiener und befahl ihm, alles einzupacken, um nach Petersburg aufzubrechen. Er konnte mit ihr nicht unter einem Dache bleiben, konnte sich nicht denken, wie er jetzt mit ihr sprechen sollte und hatte beschlossen, am nächsten Morgen abzureisen und ihr einen Brief zu hinterlassen, in dem er ihr die Absicht kundgeben wollte, sich auf immer von ihr zu trennen.

Am Morgen, als der Kammerdiener den Kaffee brachte, lag Pierre mit einem offenen Buche in der Hand auf der Ottomane und schlief.

Er fuhr auf, sah lange verwirrt umher und wußte nicht, wo er sich befand.

Die Frau Gräfin haben befohlen, zu fragen, ob Erlaucht zu Hause sind, sagte der Diener.

Ehe Pierre Zeit gefunden, sich auf eine Antwort zu besinnen, trat die Gräfin ruhig und majestätisch wie immer ins Zimmer. Sie trug ein Morgenkleid von weißem, silbergesticktem Atlas und war noch nicht frisiert; zwei schwere Flechten lagen diademartig um ihren schönen Kopf. In ihre gewölbte, marmorglatte Stirn hatte der Zorn eine Falte eingegraben, aber mit ihrer alles ertragenden Ruhe schwieg sie, solange der Diener da war. Sie wußte von dem Duell und war gekommen, um darüber zu sprechen. Sie wartete, bis der Diener den Kaffee hingesetzt und das Zimmer verlassen hatte. Pierre sah sie schüchtern über die Brille an, und wie ein von Hunden umringter Hase die Ohren zurücklegt und sich vor seinen Feinden niederwirft, versuchte er sein Lesen fortzusetzen, fühlte aber, daß es ein unsinniges, unmögliches

Unternehmen war, und warf wieder einen schüchternen Blick auf seine Frau. Sie hatte sich nicht gesetzt, betrachtete ihn mit geringschätzigem Lächeln und wartete auf die Entfernung des Dieners.

Was hat das zu bedeuten? Was haben Sie getan? sagte sie dann in strengem Tone.

Ich? ... Was habe ich getan? fragte Pierre.

Seh mir doch einer diesen neuen Helden! Nun antworten Sie, was war das für ein Duell? Was haben Sie damit sagen wollen ... was, frage ich Sie?

Pierre wandte sich schwerfällig um, öffnete den Mund, brachte aber kein Wort hervor.

Wenn Sie nicht antworten, so will ich's Ihnen sagen, fuhr Helène fort. Sie glauben alles, was man Ihnen erzählt, und man hat Ihnen erzählt ... Helène lachte, – daß Dolochow mein Geliebter ist! fügte sie auf Französisch hinzu, indem sie das Wort »Geliebter« in der derben Deutlichkeit ihrer Redeweise ebenso wie jedes andere betonte. Und das haben Sie geglaubt, fuhr sie fort. Aber was haben Sie nun angestellt? was haben Sie durch dieses Duell bewiesen? Sie haben bewiesen, daß Sie ein Narr sind, was übrigens schon aller Welt bekannt war. Und die Folgen dieses Zweikampfes? ... In ganz Moskau werde ich verhöhnt und verspottet werden; man wird sagen, daß Sie in trunkenem, unzurechnungsfähigem Zustande einen Mann herausgefordert haben, auf den Sie ohne jede Veranlassung eifersüchtig sind. Helène erhob die Stimme mehr und mehr und wurde immer heftiger. Einen Mann, der in jeder Beziehung besser ist als Sie!

Hm, hm! brummte Pierre, ohne ein Glied zu rühren. Er verzog das Gesicht, sah sie aber nicht an.

Und wie konnten Sie glauben, daß er mein Geliebter ist? fing Helène wieder an. Weil ich gern in seiner Gesellschaft bin? Wenn Sie klüger und liebenswürdiger wären, würde ich die Ihrige vorziehen.

Sprechen Sie nicht mit mir ... ich bitte Sie! flüsterte Pierre mit heiserer Stimme.

Warum soll ich nicht sprechen? sagte sie. Ich werde sprechen und werde dreist erklären, daß eine Frau, die einen

Mann hat wie Sie, ein wunderbares Geschöpf sein muß, wenn sie sich keinen Geliebten nimmt ... aber ich habe es nicht getan!

Pierre wollte antworten; er betrachtete sie mit einem sonderbaren Lächeln, dessen Bedeutung sie nicht verstand, und legte sich wieder nieder. Er litt körperlich in diesem Augenblicke, seine Brust war beklommen, er konnte nicht atmen; er wußte, daß er etwas tun müsse, um dieser Qual ein Ende zu machen, aber er wußte auch, daß es etwas Schreckliches war.

Es wäre am besten, wenn wir uns trennten, sagte er endlich mit stockender Stimme.

Trennen? Dazu bin ich bereit, sobald Sie mir eine Existenz sichern, antwortete Helène. Glauben Sie etwa, daß mich die Trennung erschrecken würde?

Pierre sprang vom Diwan auf und stürzte taumelnd auf sie zu.

Ich schlage dich tot! schrie er, riß die Marmorplatte vom Tisch, erhob sie mit einer Riesenkraft, deren er sich selbst noch nicht bewußt war, und holte zum Schlage aus.

Helène schrie auf und sprang mit dem Ausdruck des Entsetzens zur Seite. Das Blut des Vaters war in Pierre erwacht; er fühlte, wie die Wut ihn hinriß und fühlte die Wonne, die darin lag, schleuderte die Platte zu Boden, daß sie zersprang, eilte mit ausgestreckten Armen auf Helène zu und schrie: »Hinaus!« in einem so schrecklichen Tone, daß das ganze Haus den Schrei vernahm. Gott weiß, was er in diesem Augenblick getan hätte, wäre Helène nicht aus dem Zimmer gestürzt.

Acht Tage später stellte Pierre seiner Frau eine Vollmacht aus auf die Nutznießung aller seiner in Groß-Rußland gelegenen Güter – die die größere Hälfte seines Vermögens ausmachten – und reiste allein nach Petersburg.

VII

Zwei Monate waren vergangen, seit die Kunde von der Schlacht bei Austerlitz und von dem Verschwinden des Fürsten Andrej nach Lyssyja-Gory gelangt war; aber trotz allen Briefen, Gesuchen und Bemühungen der Gesandtschaft war weder seine Leiche aufgefunden noch war er unter den Gefangenen entdeckt worden. Daß noch eine Hoffnung vorhanden war, machte den Verlust für die Seinigen nur schwerer. Vielleicht war er mit andern Verwundeten auf dem Schlachtfelde aufgehoben worden; vielleicht lag er irgendwo allein, sterbend oder genesend, von Fremden umringt, und hatte nicht die Kraft, ein Lebenszeichen zu geben. In der Zeitung, aus welcher der alte Fürst zuerst von der Niederlage bei Austerlitz erfahren, wurde in der üblichen, kurzen, unbestimmten Weise berichtet, daß die Russen nach glänzenden Waffentaten gezwungen waren, sich zurückzuziehen, und daß sie den Rückzug in größter Ordnung ausgeführt hätten. Der alte Fürst hatte aus diesem offiziellen Bericht herausgelesen, daß wir geschlagen waren. Eine Woche später hatte er einen Brief von Kutusow erhalten, der ihm das Schicksal seines Sohnes meldete.

»Vor meinen Augen, mit der Fahne in der Hand, ist Ihr Sohn an der Spitze seines Regiments, seines Vaters und seines Vaterlandes würdig, als Held gefallen«, schrieb Kutusow. »Zu meinem und der ganzen Armee lebhaftem Bedauern ist es bis jetzt ungewiß, ob Ihr Sohn noch am Leben ist oder nicht; aber ich möchte Sie und mich selbst der Hoffnung getrösten, daß er lebt, denn sonst wäre er auf einer der von den Parlamentären verfertigten Listen verzeichnet, die alle Offiziere nennen, welche auf dem Felde der Ehre gefallen sind.«

Der alte Fürst erhielt diese Nachricht spätabends, als er schon allein in seinem Kabinette war. Am andern Morgen machte er seinen gewöhnlichen Spaziergang, war jedoch schweigsam gegen den Verwalter, den Gärtner und den Architekten und sagte keinem etwas Unfreundliches, obwohl er zornig aussah.

Als Prinzessin Maria zur gewöhnlichen Zeit in sein Zimmer trat, stand er an der Drehbank und drechselte und sah sich, wie gewöhnlich, nicht nach ihr um.

Ah, die Prinzessin Maria! sagte er in gezwungenem Ton und warf den Meißel weg. (Das Rad drehte sich noch eine Weile. Prinzessin Maria erinnerte sich noch lange Zeit seines verstummenden Knarrens, das sich für sie mit dem, was folgte, verband.)

Sie war dem Vater näher getreten, sah ihm ins Gesicht und hatte plötzlich das Gefühl, als ob in ihrer Seele etwas zerrissen wäre. Es wurde ihr trübe vor den Augen; aus den Zügen des Vaters, der nicht traurig, nicht niedergeschlagen, sondern zornig aussah und sich mit übermenschlicher Gewalt bezwang, sah sie, daß ein schweres Unglück über ihrem Haupte hing und sie zu zerschmettern drohte; das schwerste, unabänderliche Unglück, das sie bisher noch nicht gekannt ... der Tod eines geliebten Menschen.

Väterchen ... Andrej? ... sagte die unschöne, anmutlose Prinzessin mit einem so unwiderstehlichen Ausdruck von Schmerz und Hingebung, daß der Vater ihren Blick nicht ertragen konnte und sich schluchzend abwandte.

Ich habe Nachricht erhalten. Unter den Verwundeten ist er nicht ... unter den Toten auch nicht ... Kutusow schreibt es! schrie er mit so durchdringender Stimme, als ob er die Prinzessin dadurch vertreiben wollte. Er ist gefallen.

Die Prinzessin sank nicht zu Boden, sie wurde nicht ohnmächtig und wurde nicht blässer, als sie schon war; aber ihr Gesicht veränderte sich, als sie diese Worte vernahm, und ihre strahlenden Augen leuchteten auf. Etwas wie Freudigkeit, wie eine erhabene Heiterkeit, die von der Trübsal und dem Glück dieses Lebens unabhängig ist, verbreitete sich über ihr Antlitz, und Schmerz und Traurigkeit verschwanden aus ihrer Seele. Sie vergaß ihre Furcht vor dem Vater, trat zu ihm, ergriff seine Hand, zog ihn an sich und umschlang seinen mageren, muskulösen Hals.

Väterchen, sagte sie, wenden Sie sich nicht von mir ab; lassen Sie uns zusammen weinen.

Die Schurken, die Schufte! schrie der Greis, indem er das Gesicht von ihr abkehrte, unsere Armee, alle die Menschen zu vernichten! Was haben denn sie verschuldet? Geh, geh, sage es Lisa!

Die Prinzessin ließ sich erschöpft in den Sessel neben ihrem Vater nieder und weinte. Ihr Bruder stand deutlich vor ihr in dem Augenblicke, als er von ihr und Lisa mit zärtlicher und zugleich stolzer Miene Abschied nahm; dann sah sie ihn, wie er halb liebevoll, halb spöttisch das Heiligenbild umhing. Ob er jetzt glaubte? Ob er seinen Unglauben bereut hatte? ... Und ist er jetzt dort? Ist er in die Stätte der ewigen Ruhe, der ewigen Seligkeit eingegangen?

Väterchen, sagen Sie mir, wie es geschehen ist, bat sie unter Tränen.

Geh, geh! Er ist in einer Schlacht gefallen, wo man die besten Männer, die Kraft und den Ruhm Rußlands in den Tod geführt hat ... Gehen Sie, Prinzessin Maria! Geh und sage es Lisa. – Ich werde später kommen.

Als die Prinzessin Maria von ihrem Vater zurückkam, saß die kleine Fürstin bei ihrer Arbeit und blickte die Hereintretende mit dem innig-glücklichen Ausdruck an, der nur Frauen in ihrer Lage eigen ist. Man sah ihr an, daß ihre Augen die Prinzessin Maria kaum bemerkten, sondern in die Tiefe, in sich selbst, in etwas Glückliches, Geheimnisvolles hineinschauten, das in ihr vorging.

Marie, sagte sie, indem sie den Stickrahmen wegschob und sich in den Sessel zurücklehnte, gib mir deine Hand! Mit diesen Worten ergriff sie die Hand ihrer Schwägerin und legte sie an ihr Herz.

Ihre Augen lächelten mit dem Ausdruck der Erwartung, die Lippe mit dem Bärtchen hob sich und blieb eine Weile kindlich-glücklich emporgerichtet.

Prinzessin Maria kniete vor ihr nieder und verbarg das Gesicht in den Kleiderfalten der jungen Frau.

Hörst du? Hörst du? Mir ist so sonderbar zumut. Weißt du Maria, ich werde es sehr, sehr liebhaben, sagte Lisa, indem sie ihre Schwägerin mit leuchtenden Augen ansah. Prinzessin Maria konnte den Kopf nicht erheben: sie weinte.

Was ist dir, Mascha?

Nichts Besonderes. Mir ist so bange ... bange um Andrej

antwortete sie, ihre Tränen an den Knien der Schwägerin trocknend.

Im Laufe dieses Morgens versuchte die Prinzessin noch mehreremal, ihre Schwägerin vorzubereiten, und brach dabei jedesmal in Tränen aus. Diese Tränen, deren Ursache die kleine Fürstin nicht begriff, beängstigten sie, obwohl es ihr an aller Beobachtungsgabe fehlte. Sie sagte nichts, aber sie sah sich unruhig um und schien etwas zu suchen. Gegen Mittag trat der alte Fürst, vor dem sie sich noch immer fürchtete, ins Zimmer. Er hatte heute ein seltsam unruhiges, zorniges Gesicht, brachte nicht ein Wort hervor und ging stumm wieder hinaus. Die kleine Fürstin sah ihre Schwägerin an, war eine Weile nachdenklich, ihre Augen hatten den Ausdruck der in sich gekehrten Aufmerksamkeit, die Frauen in ihrer Lage eigen ist, und plötzlich weinte sie laut auf.

Habt ihr etwa von Andrej Nachrichten? fragte sie.

Nein, du weißt, daß noch keine Nachrichten da sein können; der Papa ist in Sorgen, und ich bin es auch.

Es ist also nichts geschehen?

Nichts! antwortete Prinzessin Maria und sah ihrer Schwägerin mit ihren glänzenden Augen fest ins Gesicht. Sie hatte beschlossen, ihr nichts zu sagen, und auch den Vater überredet, ihr die schreckliche Nachricht bis nach ihrer Entbindung, die in den nächsten Tagen bevorstand, zu verschweigen. Prinzessin Maria und der alte Fürst trugen und verbargen ihren Gram, jeder nach seiner Weise. Der alte Fürst wollte nicht hoffen. Er hatte sich mit dem Tode seines Sohnes vertraut gemacht, und obwohl er einen seiner Leute nach Österreich geschickt, um die Spuren des Verschwundenen zu suchen, hatte er in Moskau bereits ein Denkmal für ihn bestellt, das er in seinem Garten aufrichten wollte, und sagte jedermann, sein Sohn wäre in der Schlacht geblieben. Er bemühte sich, seine frühere Lebensweise ohne jede Änderung weiterzuführen, aber die Kräfte versagten ihm. Er ging, aß und schlief weniger als bisher und wurde täglich schwächer. Die Prinzessin Maria dagegen hoffte; sie betete für den Bruder wie für einen Lebenden und erwartete jeden Augenblick die Nachricht seiner Rückkehr.

VIII

Meine Liebe, sagte die kleine Fürstin am Morgen des 31. März nach dem Frühstück, und ihre Lippe mit dem Bärtchen zog sich nach alter Gewohnheit in die Höhe. Aber in allem, was sie tat, ihrem Lächeln, ihrem Tone, ihrem Gange sogar, lag seit dem Tage der Trauerbotschaft etwas eigentümlich Trauriges; so war auch jetzt ihr Lächeln, obwohl sie den Grund der allgemeinen Stimmung nicht kannte, von ihr beeinflußt und erinnerte an die im Hause herrschende Traurigkeit.

Liebe Freundin, sagte sie, ich fürchte beinah, daß das heutige »Deschöneh«, wie Foka, der Koch, zu sagen pflegt, mir schlecht bekommen ist.

Was ist dir denn, mein Herz? Du bist blaß, ja du bist sehr blaß! rief Prinzessin Maria erschreckt und eilte mit ihren schweren, leisen Schritten zu ihrer Schwägerin.

Ew. Durchlaucht, sollte man nicht Maria Bogdanowna rufen lassen? fragte eines der anwesenden Kammermädchen. (Maria Bogdanowna war die Hebamme, die aus der Bezirksstadt geholt worden war und sich schon seit vierzehn Tagen in Lyssyja Gory aufhielt.)

Ja, das ist vielleicht nötig, antwortete Prinzessin Maria; ich werde zu ihr gehen. Mut, mein Engel! Sie küßte Lisa und wollte das Zimmer verlassen.

Ach nein, nein! rief die kleine Fürstin, und außer der Blässe des körperlichen Leidens zeigte sich auf ihrem Gesicht eine kindische Furcht vor dem Unabwendbaren.

Nein, es ist der Magen. Sage, daß es der Magen ist, sag es Mascha, sag es ... und die kleine Fürstin weinte, kindisch, launenhaft, etwas erzwungen sogar, und rang ihre kleinen Hände.

Prinzessin Maria eilte hinaus zu Maria Bogdanowna.

Mein Gott, mein Gott! hörte sie hinter sich seufzen.

Die Hebamme kam ihr schon mit ruhiger, wichtiger Miene entgegen und rieb ihre kleinen, weißen, vollen Hände.

Maria Bogdanowna, ich glaube, die Zeit ist gekommen,

sagte Prinzessin Maria, indem sie die Frau mit weit geöffneten, erschrockenen Augen ansah.

Gott sei Dank, Prinzessin! sagte Maria Bogdanowna, ohne ihre Schritte zu beschleunigen. Sie, als Mädchen, dürfen davon nichts wissen.

Aber der Doktor aus Moskau ist ja noch nicht da! sagte die Prinzessin. (Auf Wunsch des Fürsten Andrej und seiner Frau hatte man einen Arzt aus Moskau berufen, der jeden Augenblick erwartet wurde.)

Schadet nichts, Prinzessin, ängstigen Sie sich nicht! sagte Maria Bogdanowna. Es wird auch ohne den Doktor alles gutgehen.

Fünf Minuten später hörte die Prinzessin in ihrem Zimmer, daß etwas Schweres über den Gang getragen wurde. Sie sah aus der Tür; einige Diener trugen das Ledersofa aus dem Kabinett des Fürsten Andrej ins Schlafzimmer der kleinen Fürstin. Auf den Gesichtern der Leute lag ein stiller, feierlicher Ausdruck.

Prinzessin Maria saß allein in ihrem Zimmer, lauschte den Tönen im Hause, öffnete von Zeit zu Zeit die Tür, wenn sie Schritte hörte, und sah nach dem, was im Korridor vorging. Einige Frauen eilten mit hastigen Schritten hin und her, sahen sich nach der Prinzessin um und wandten sich ab. Sie wagte nicht zu fragen, ging in ihr Zimmer zurück und machte die Tür zu. Bald setzte sie sich in den Lehnstuhl und griff zum Gebetbuch, bald kniete sie vor den Heiligenbildern nieder. Unglücklicherweise und zu ihrem Erstaunen fühlte sie, daß das Gebet sie nicht beruhigte. Plötzlich ging langsam die Tür auf, und ihre alte Wärterin Praskowja Sawischna erschien im Kopftuche an der Schwelle. Infolge eines Verbotes des Fürsten betrat sie das Zimmer der Prinzessin nur sehr selten.

Ich bin gekommen, ein Weilchen bei dir zu bleiben, Maschenka, und möchte auch die Hochzeitskerzen des Fürsten vor dem Heiligenbilde anzünden, mein Engel, sagte sie mit einem Seufzer.

Ach, es ist gut, daß du da bist, Wärterin.

Gott ist gnädig, mein Täubchen!

Die Wärterin steckte die mit Goldfäden umwundenen Kerzen vor dem Heiligenschreine auf und setzte sich mit dem Strickstrumpf an die Tür. Prinzessin Maria ergriff ein Buch und fing an zu lesen. Nur wenn sich Schritte oder Stimmen hören ließen, sah die Prinzessin erschrocken und fragend die Wärterin an, die ihr jedesmal einen beruhigenden Blick zuwarf. Im ganzen Hause war das Gefühl verbreitet, das Prinzessin Maria in ihrem Zimmer empfand. Nach einem Aberglauben soll die Gebärende um so weniger leiden, je weniger Menschen sich um sie bekümmern; deshalb suchten alle sich den Anschein zu geben, als wüßten sie nichts von ihr. Niemand sprach über sie, aber trotz der Bemessenheit und Ehrerbietung, die wie immer im Hause herrschten, sah man allen Dienstleuten die Sorge an. Alle Herzen waren ergriffen, alle erfüllte der Gedanke an etwas Großes, Geheimnisvolles, das in diesem Augenblick geschah.

In der großen Mägdestube war kein Lachen zu hören; im Bedientenzimmer saßen die Leute still und schwiegen, als ob sie auf etwas warteten. Die Hausangehörigen brannten Lichte und Kienspäne an und schliefen nicht. Der alte Fürst ging, auf die Fersen tretend, in seinem Arbeitszimmer hin und her und schickte Tichon zu Maria Bogdanowna, um Erkundigungen einzuziehen. Sage nur: Der Fürst läßt fragen, wie's steht? Dann komme zurück und sage mir, was sie gesagt hat.

Melde dem Fürsten, daß die Entbindung begonnen hat, sagte Maria Bogdanowna und sah den Boten bedeutungsvoll an. Tichon ging zurück und meldete es dem Fürsten.

Gut, sagte der Fürst, und schloß die Tür hinter sich. Tichon hörte keinen Laut mehr.

Nach einiger Zeit begab sich Tichon, unter dem Vorwande, die Lichte zurechtzustellen, in das Zimmer des Herrn. Er fand den alten Fürsten auf dem Sofa liegend, betrachtete eine Weile sein aufgeregtes Gesicht, schüttelte den Kopf, trat schweigend an ihn heran, küßte ihn auf die Schulter und ging, ohne die Lichte angerührt zu haben und ohne zu sagen, warum er gekommen war wieder aus dem Zimmer.

Das feierlichste Mysterium der Welt nahm seinen Verlauf. Der Abend verging, die Nacht brach herein, und das Gefühl der Erwartung, der tiefen Rührung vor dem Unbegreiflichen schwächte sich nicht ab, sondern wurde immer größer.

Es war eine der Märznächte, in denen der Winter seine Macht behaupten zu wollen scheint und mit verzweiflungsvoller Wut seine letzten Stürme und Schneeschauer walten läßt. Dem deutschen Arzte, den man aus Moskau erwartete, wurde das Gespann an die Landstraße entgegengeschickt, und berittene Leute mit Laternen waren aufgestellt, um ihn über die Löcher im Wege und die Taustellen im Eise zu geleiten.

Prinzessin Maria hatte längst ihr Buch aus der Hand gelegt. Sie saß schweigend da und heftete die strahlenden Augen auf das zusammengeschrumpfte, ihr so vertraute Gesicht der Wärterin und betrachtete die aus ihrem Kopftuche hervorhängenden Strähnen grauen Haares.

Die Wärterin Sawischna, die ihren Strickstrumpf in den Händen hielt, erzählte mit leiser Stimme, ohne ihre eigenen Worte genau zu hören, was sie schon hundertmal erzählt hatte, wie die verstorbene Fürstin bei der Geburt der Prinzessin Maria statt der Wehmutter nur eine moldauische Bäuerin zur Hilfe gehabt hätte.

Gott wird helfen ... die Doktors sind niemals nötig! sagte sie. Plötzlich riß ein Windstoß eines der Fenster auf. (Der Fürst verlangte, daß zur Ankunft der Schwalben in jedem Zimmer eines der Doppelfenster ausgenommen wurde.) Der schlecht vorgelegte Riegel ging auf; der schwere, seidene Vorhang wehte im Winde, kalter Schnee wirbelte ins Zimmer und verlöschte das Licht. Prinzessin Maria schrak zusammen; die Wärterin legte das Strickzeug weg, trat ans Fenster, bog sich hinaus und suchte den auf- und zuschlagenden Fensterflügel zu fassen, während der kalte Wind mit den Enden ihres Kopftuches und ihren aufgelösten grauen Haaren spielte.

Prinzessin, Mütterchen, da kommt jemand den Preschpekt heraufgefahren, sagte sie, indem sie das Fenster festhielt, ohne es zu schließen. Es ist ein Wagen mit Laternen; wahrscheinlich der Doktor.

Gott sei Dank! rief die Prinzessin Maria. Ich muß ihm entgegengehen; er spricht kein Russisch.

Die Prinzessin nahm ihr Schaltuch um und eilte dem Ankommenden entgegen. Als sie über den Vorsaal ging, sah sie durch das Fenster, daß ein von Laternenträgern begleiteter Wagen an der Freitreppe hielt. Sie trat hinaus; auf dem Geländer stand ein Talglicht, das im Winde zerfloß; der Bediente Philipp stand mit einem zweiten Lichte in der Hand tiefer unten auf dem ersten Treppenabsatze, noch tiefer unten hörte man rasche Schritte in weichen Stiefeln, und eine Stimme, die der Prinzessin bekannt schien, sagte:

Gott sei Dank! Und mein Vater?

Sie haben sich zu Bett gelegt, antwortete Demjan, der Haushofmeister, der am Fuße der Treppe stand. Darauf sagte die bekannte Stimme noch etwas, Demjan gab wieder eine Antwort und dann kamen die Schritte in den weichen Stiefeln im Dunkel der Treppe näher und näher.

Daß ist Andrej! dachte die Prinzessin. Nein, es ist unmöglich ... es wäre zu wunderbar, und während sie das dachte, erschien auf dem Treppenabsatz, wo der Diener mit dem Lichte stand, die Gestalt des Fürsten Andrej im Pelz mit schneebedecktem Kragen. Ja, er war es, aber blaß, mager, mit verändertem, eigentümlich weichem, unruhigem Ausdruck. Er eilte die Treppe herauf und umarmte seine Schwester.

Habt ihr denn meinen Brief nicht erhalten? fragte er, und ohne die Antwort abzuwarten, die er auch nicht bekommen hätte, denn die Prinzessin konnte nicht sprechen, kehrte er um, kam mit dem Arzte, mit dem er auf der letzten Station zusammengetroffen war, raschen Schrittes zurück und umarmte die Schwester von neuem.

Welche Fügung, liebe Mascha! sagte er, warf Pelz und Stiefel ab und begab sich in die Gemächer seiner Frau.

IX

Die kleine Fürstin lag im weißen Häubchen still in den Kissen; die Schmerzen hatten eben aufgehört; ihr schwarzes Haar ringelte sich um die heißen, mit Schweiß bedeckten Wangen. Der rote, reizende, kleine Mund mit dem Bärtchen auf der Oberlippe war geöffnet, und sie lächelte freudig. Fürst Andrej trat ins Zimmer und blieb zu Füßen des Sofas stehen, auf dem sie lag. Ihre glänzenden Augen mit dem kindlich-erschrockenen, aufgeregten Blick ruhten auf ihm, aber ihr Ausdruck blieb unverändert. »Ich liebe euch alle, ich habe keinem von euch etwas zuleide getan ... warum muß ich denn so leiden ... helft mir doch!« sagte ihre Miene. Sie sah ihren Mann, aber die Bedeutung seines Erscheinens in diesem Augenblicke begriff sie nicht. Fürst Andrej ging um den Diwan herum und küßte sie auf die Stirn.

Mein Herzchen! sagte er – noch nie hatte er sie so genannt – Gott ist gnädig!

Sie sah ihn mit kindlich-vorwurfsvollem Ausdruck fragend an. Ich habe Hilfe von dir erwartet, und du bringst sie nicht ... hilfst mir nicht, es bleibt alles beim alten! sagten ihre Augen. Sie wunderte sich nicht, daß er da war, sie verstand es nicht. Seine Ankunft hatte keinen Zusammenhang mit ihren Leiden und deren Linderung. Die Schmerzen fingen wieder an, und Maria Bogdanowna riet dem Fürsten, das Zimmer zu verlassen.

Der Arzt trat herein; Fürst Andrej ging fort, begegnete seiner Schwester und trat zu ihr. Sie begannen ein flüsterndes Gespräch, aber es stockte jeden Augenblick; sie warteten und lauschten.

Geh, mein Lieber, sagte die Prinzessin zu ihrem Bruder. Er ging wieder zu seiner Frau und setzte sich wartend ins Nebenzimmer.

Eine Dienerin trat mit erschrockenem Gesicht aus dem Schlafgemach und wurde verlegen, als sie den Fürsten erblickte. Er bedeckte das Gesicht mit den Händen und blieb eine Weile so sitzen. Durch die Tür hörte man ein klägliches, jammervolles Stöhnen. Fürst Andrej trat an die Tür und wollte sie öffnen, aber sie wurde zugehalten. Nein, nein, niemand darf hereinkommen, sagte eine ängstliche Stimme. Der Fürst ging im Zimmer auf und ab; das Jammern verstummte, und wieder vergingen einige Minuten. Plötzlich ertönte im Zimmer ein lauter Schrei ... Es war nicht ihre Stimme, sie hätte so nicht schreien können. Fürst Andrej stürzte an die Tür; der Schrei verstummte, und man hörte das Weinen eines kleinen Kindes.

Warum ist ein Kind da? dachte Fürst Andrej im ersten Augenblick. Ein Kind ... was für ein Kind? warum ist es da? oder ist es das Neugeborene? Und plötzlich verstand er die ganze freudige Bedeutung dieses Weinens; Tränen erstickten ihn, er stützte sich mit beiden Händen auf das Fensterbrett und schluchzte und weinte wie ein Kind.

Die Tür ging auf; der Arzt trat aus dem Zimmer, ohne Rock, mit zurückgeschlagenen Hemdärmeln, blaß und mit zitterndem Unterkiefer. Fürst Andrej wandte sich zu ihm, aber der Arzt sah ihm mit zerstreutem Blick ins Gesicht und ging, ohne ein Wort zu sagen, an ihm vorüber. Eine Frau kam gelaufen und blieb zögernd stehen, als sie den Fürsten erblickte. Er ging in das Zimmer seiner Frau; da lag sie tot in derselben Stellung, in welcher er sie fünf Minuten vorher gesehen hatte, und trotz der starren Augen und der Blässe der Wangen hatte ihr reizendes kindliches Gesicht mit dem Bärtchen auf der Oberlippe denselben Ausdruck behalten.

Ich liebe euch alle und habe niemandem etwas zuleide getan ... und was habt ihr mit mir gemacht? sagte ihr schönes mitleiderregendes, totes Antlitz. Im Hintergrunde des Zimmers atmete und weinte etwas Kleines, Rotes, in Maria Bedanownas weißen, zitternden Händen.

Zwei Stunden später betrat Fürst Andrej mit leisen Schritten das Kabinett des Vaters. Der alte Fürst war von allem unterrichtet; er stand dicht an der Tür, und sobald sie geöffnet wurde, umschlang er schweigend mit seinen schwachen, zitternden Armen den Hals des Sohnes und schluchzte wie ein Kind.

Drei Tage später wurde an der Leiche der kleinen Fürstin der letzte Trauergottesdienst gehalten. Fürst Andrej erstieg die Stufen des Katafalks, um Abschied von ihr zu nehmen. Auch im Sarge hatte das Gesicht trotz der geschlossenen Augen denselben Ausdruck. »Ach, was habt ihr mit mir gemacht!« schien es zu sagen, und Fürst Andrej fühlte, daß in seiner Seele etwas zerrissen war, daß er eine Schuld zu tragen hatte, die doch eigentlich keine war, die er aber weder gutzumachen noch zu vergessen vermochte. Weinen konnte er nicht. Auch der alte Fürst erstieg die Stufen, küßte die wächserne kleine Hand der Toten, welche sich über der andern kreuzte, und auch ihm sagte ihr Gesicht: Ach! warum habt ihr mir das getan? Und der alte Fürst wandte sich finster ab, als er dies Antlitz erblickte.

Fünf Tage darauf wurde der kleine Fürst Nikolaj Andrejs getauft. Die Amme hielt mit dem Kinn die Windeln fest, während der Priester die roten runzligen Handteller und Fußsohlen des Knaben mit der Feder bestrich. Der Pate – der Großvater – fürchtete, das Kind fallenzulassen, trug es ungeschickt und immer wieder zusammenschreckend, um das blecherne, verbogene Taufbecken herum und übergab es der Patin, der Prinzessin Maria.

Fürst Andrej saß im Nebenzimmer, das Ende des Sakraments erwartend, und zitterte vor Angst, daß man das Kind ertränken könnte. Er sah den Kleinen voller Freude an, als ihn die Wärterin brachte, und nickte beifällig, als sie ihm erzählte, daß das in das Taufbecken geworfene Wachs mit dem Haar des Kindes nicht untergesunken, sondern auf dem Wasser geschwommen war.

X

Die Beteiligung Rostows an dem Duell zwischen Dolochow und Besuchow war durch die Bemühungen des alten Grafen vertuscht worden, und anstatt degradiert zu werden, wie er befürchtet hatte, wurde er im Gegenteil zum Adjutanten des

Moskauer Gouverneurs ernannt. Er konnte deshalb nicht mit den Seinigen aufs Land gehen; sondern mußte den ganzen Sommer über in Moskau bleiben. Dolochow war wiederhergestellt, und Rostow hatte sich während der Genesung sehr mit ihm befreundet. Dolochow hatte diese Zeit im Hause seiner Mutter verlebt, die ihn mit leidenschaftlicher Zärtlichkeit liebte. Die alte Maria Iwanowna, die Nikolaj wegen seiner Freundschaft für Fedja liebgewonnen hatte, sprach oft mit ihm über ihren Sohn.

Ja, Graf, er ist zu edel, sagte sie, zu seelenrein für die jetzige verdorbene Welt! Die Tugend mag niemand leiden, sie beißt jeden in die Augen. Sagen Sie, Graf, ist Besuchows Benehmen recht? Ist es ehrenhaft? Fedja hat ihn in seiner großherzigen Weise geliebt und spricht auch jetzt noch nichts Böses von ihm. Wie er zu den dummen Streichen in Petersburg, zu der Geschichte mit dem Polizeisoldaten gekommen ist, weiß ich nicht ... aber sie waren doch beide dabei? Besuchow ist freilich unbehelligt geblieben, während Fedja alles auf seine Schultern genommen hat. Was hat er nicht alles ertragen müssen! Nun ja, man hat ihm seinen frühern Grad wieder zurückgegeben, aber das war nicht anders möglich! Ich glaube nicht, daß das Vaterland viele ebenso tapfere Söhne im Felde gehabt hat ... Und nun wieder dies Duell! Haben solche Leute denn kein Gefühl, keine Ehre? Er weiß doch, daß es mein einziger Sohn ist, und hat ihn trotzdem ohne weiteres herausgefordert und hat auf ihn geschossen. Gott aber ist uns gnädig gewesen! ... Und wo war denn eigentlich der Grund zu alledem? Wer hat denn heutzutage keine Liebeshändel? Warum ist Besuchow so eifersüchtig! Ich würde es noch verstanden haben, wenn er früher aufgetreten wäre ... Aber ein ganzes Jahr hat die Geschichte gedauert, und nun fordert er ihn, in der Überzeugung, daß Fedja sich nicht schlagen wird, weil er Besuchows Schuldner ist. Welche Nichtswürdigkeit! Welche Erbärmlichkeit! Ich weiß, Sie haben Fedja verstanden, lieber Graf. Ich habe Sie deshalb auch von Herzen lieb! Aber glauben Sie mir, man versteht ihn selten ... Er hat ein so hohes, himmliches Gemüt.

Dolochow selbst sprach sich während seiner Genesung

gegen Rostow in einer Weise aus, wie man es nicht von ihm erwartet hätte.

Ich weiß, daß man mich für einen schlechten Menschen hält, sagte er, und es mag dabei bleiben. Ich will nichts von den Leuten wissen, ich halte mich an die Menschen, die ich liebe. Wenn ich aber jemanden liebe, so bin ich auch bereit, mein Herzblut für ihn hinzugeben und alle übrigen um seinetwillen zu vernichten. Ich habe eine unvergleichliche Mutter, die ich anbete, und zwei, drei Freunde, zu denen du gehörst – alle anderen beachte ich nur insoweit, als sie mir nützen oder schaden können ... und fast alle sind schädlich, besonders die Weiber. Ja, mein Freund, fügte er hinzu, ich habe zuweilen liebende, edle, hochherzige Männer gefunden, aber was die Frauen betrifft, so sind mir meistens nur käufliche Wesen begegnet – Gräfinnen oder Köchinnen, das bleibt sich gleich. Die Reinheit und Hingebung, die ich in den Frauen suche, habe ich nirgends gefunden. Wäre mir je ein solches Wesen begegnet, so hätte ich ihm mein Leben geweiht; aber diese ... er machte eine verächtliche Miene. Und – du magst mir glauben oder nicht – wenn mir überhaupt etwas am Leben liegt, so ist es nur, weil ich noch immer hoffe, ein solches himmlisch-reines Wesen zu finden, das mich neu beleben, läutern und erheben wird. Aber du verstehst mich wohl nicht?

Oh, ich verstehe dich sehr wohl! antwortete Rostow, der ganz unter dem Einflusse seines neuen Freundes stand.

Im Herbste kehrte die Familie Rostow nach Moskau zurück. Zu Anfang des Winters erschien auch Denissow wieder und nahm bei Rostows Quartier. Diese erste Winterszeit des Jahres 1806, die Nikolaj Rostow in Moskau verlebte, war eine sehr heitere, sehr glückliche für ihn selbst sowohl wie für seine Angehörigen. Nikolaj hatte viele junge Leute in das Haus seiner Eltern eingeführt. Wjera war ein schönes, zwanzigjähriges Mädchen, die sechzehnjährige Sonja stand in der vollen Pracht einer eben aufgeblühten Blume, und Natascha war halb junge Dame, halb Kind, bald kindisch-lustig, bald jungfräulich bezaubernd.

So hatte sich denn im Rostowschen Hause eine eigentümliche Liebesatmosphäre gebildet, wie es fast immer geschieht, wo mehrere junge, reizende Mädchen beisammen sind. Jeder junge Mann, der das Haus der Rostows besuchte, wurde von den frischen, leicht erregten, immer über irgend etwas, wahrscheinlich über ihr eigenes Glück lächelnden jungfräulichen Gesichtern, von dem lebhaften Treiben, von dem zusammenhanglosen, freundlichen, auf alles eingehenden, verheißungsvollen Geplauder der jungen Mädchen, von dem unablässigen Singen und Musizieren bezaubert und gab sich unwillkürlich derselben Empfindung hin, welche die Jugend des Rostowschen Hauses erfüllte, das heißt der freudigen Erwartung von Liebe und Glück.

Unter den jungen Leuten, die Nikolaj in das Haus seiner Eltern eingeführt hatte, stand Dolochow in erster Reihe. Er gefiel allen, außer Natascha, die sich seinetwegen beinahe mit dem Bruder gezankt hatte. Sie behauptete, Dolochow wäre ein schlechter Mensch; Pierre hätte in dem Duell Recht gehabt; alle Schuld wäre auf seiten Dolochows, und er wäre unwahr und unangenehm.

Ich will nichts von ihm wissen! rief sie in ihrer eigenwilligen Weise; er ist boshaft und gefühllos. Sieh', deinen Denissow hab ich gern, obwohl er ein lockerer Vogel ist und alles Mögliche tut ... ich kann das recht gut verstehen ... auszudrücken weiß ich es nicht recht! Aber bei Dolochow ist alles berechnet, und das mag ich nicht leiden, während Denissow ...

Nun ja, Denissow ist eben ganz anders, antwortete Nilolaj in einem Tone, der zu verstehen geben sollte, daß Denissow im Vergleich zu Dolochow sehr unbedeutend wäre. Man muß freilich Dolochows Gemüt zu erkennen wissen, muß ihn mit seiner Mutter sehen ... Was das für ein Herz ist!

Ich kann's nicht erklären, aber in seiner Gegenwart fühle ich mich beengt, sagte Natascha. Und weißt du wohl, daß er sich in Sonja verliebt hat?

Albernheiten!

Ich bin davon überzeugt ... Du wirst es sehen!

Nataschas Wahrsagung bestätigte sich. Dolochow, der

Frauengesellschaft bisher gemieden hatte, fing an, das Rostowsche Haus häufig zu besuchen, und die Frage, wem die Besuche galten, war bald gelöst, obwohl niemand darüber sprach. Er kam um Sonjas willen. Sie selbst würde das zwar nicht zugegeben haben, und doch wußte sie's sehr gut und wurde jedesmal dunkelrot, wenn er erschien.

Dolochow aß häufig bei Rostows, kam jedesmal ins Theater, wenn sie dort waren und besuchte Jogels Tanzstundenbälle, wo Rostows gewöhnlich erschienen. Er erwies Sonja die größten Aufmerksamkeiten und pflegte sie mit Blicken anzusehen, die nicht allein ihr, sondern auch der alten Gräfin und Natascha das Blut in die Wangen trieben.

Es war unverkennbar, daß dieser kraftvolle, eigentümliche Mann dem unwiderstehlichen Zauber des graziösen, schwarzhaarigen Mädchens verfallen war, das einen anderen liebte.

Rostow bemerkte, daß zwischen Dolochow und Sonja etwas Besonderes vorging, aber was es war, wußte er sich nicht zu erklären.

»Die beiden – er meinte Sonja und Natascha – sind immer in irgend jemand verliebt, sagte er zu sich selbst, aber er fühlte sich in Sonjas und Dolochows Gegenwart nicht mehr so frei wie sonst und blieb seltener zu Hause.

Im Herbst 1806 sprach wieder alle Welt vom Kriege mit Napoleon, und zwar mit noch größerem Eifer als im vergangenen Jahre. Außer den zehn Rekruten, die bisher auf tausend Köpfe ausgehoben wurden, mußten sich jetzt von dieser Seelenzahl auch noch neun Milizen stellen. Überall wurde Bonaparte verwünscht, und in Moskau war nur von dem bevorstehenden Kriege die Rede. In der Familie Rostow interessierte man sich besonders darum für die Kriegsvorbereitungen, weil Nikoluschka um keinen Preis in Moskau bleiben, sondern, sobald Denissows Urlaub abgelaufen war, das heißt gleich nach den Feiertagen, mit ihm zum Regimente abgehen wollte. Seine bevorstehende Abreise hinderte ihn übrigens nicht, sich zu amüsieren, sie trieb ihn vielmehr noch dazu an, und er verlebte die meiste Zeit außer dem Hause, bei Diners, in Abendgesellschaften und auf Bällen.

XI

Am dritten Weihnachtstage aß Nikolaj zu Hause, was in der letzten Zeit nur selten geschehen war. Da er gleich nach Dreikönig mit Denissow zum Regimente abgehen sollte, war dies ein Abschiedsdiner, zu dem zwanzig Personen – unter ihnen auch Dolochow und Denissow – eingeladen waren.

Nie war im Rostowschen Hause die Liebesatmosphäre so fühlbar gewesen als während dieser Feiertage. »Ergreife den Augenblick des Glücks, lasse dich lieben, liebe wieder – nur das hat Bedeutung im Leben, nur damit sind wir hier beschäftigt, alles andere ist Unsinn«, schien diese Atmosphäre zu sagen.

Nachdem Nikolaj wie gewöhnlich zwei Paar Pferde müde gefahren und doch nicht Zeit gehabt hatte, überall Visite zu machen, wo er erwartet wurde und eingeladen gewesen war, kehrte er kurz vor dem Diner nach Hause zurück. Kaum war er eingetreten, als er eine Spannung der Liebesatmosphäre fühlte und überdies eine seltsame Verwirrung einiger der Anwesenden bemerkte. Besonders aufgeregt erschienen ihm Sonja, Dolochow, die alte Gräfin und gewissermaßen auch Natascha. Nikolaj ahnte sogleich, daß zwischen Sonja und Dolochow an diesem Vormittag etwas vorgefallen sein mußte, und mit der ihm eigenen Zartheit des Herzens war er während des Mittagessens sehr aufmerksam und sehr behutsam in seinem Benehmen gegen beide.

An diesem Abend sollte bei dem Tanzlehrer Jogel einer der Bälle stattfinden, die er während der Feiertage seinen Schülern und Schülerinnen zu geben pflegte.

Nikolenka, wirst du zu Jogel kommen? bitte, tue es ... Er hat dich ausdrücklich eingeladen, sagte Natascha, Wassilij Dmitritsch (so hieß Denissow) kommt auch.

Wohin würde ich auf Befehl der Komtesse nicht gehen! fiel Denissow ein, der sich selbst zu Nataschas Ritter ernannt hatte. Auf Ihr Verlangen wäre ich sogar bereit, den *pas de châle* zu tanzen.

Wenn ich Zeit habe, will ich kommen, ich habe mich aber bei Archarows versagt, die heute eine Soiree geben, antwortete Nikolaj. Und du? wandte er sich an Dolochow; kaum aber hatte er die Frage ausgesprochen, da bemerkte er, daß er besser getan hätte, sie nicht zu stellen.

Ja, vielleicht! ... antwortete Dolochow in kaltem, zornigem Tone. Er sah Sonja an, zog die Brauen zusammen und warf Nikolaj einen Blick zu, denen gleich, mit denen er Pierre bei dem Diner im Klub angesehen hatte.

Es muß etwas vorgefallen sein! sagte Nikolaj zu sich selbst und fand seine Vermutung dadurch bestätigt, daß Dolochow sich gleich nach Tisch entfernte. Nikolaj rief Natascha und fragte, was geschehen wäre.

Ich habe dich schon gesucht! sagte Natascha, auf ihn zueilend. Du hast mir damals nicht glauben wollen, fuhr sie triumphierend fort, und nun ist's doch so ... er hat Sonja einen Antrag gemacht.

Nikolaj hatte sich in dieser Zeit sehr wenig um Sonja gekümmert, aber als er das hörte, war ihm, als ob etwas in seiner Seele zerrissen wäre. Dolochow war eine angemessene, in mancher Hinsicht sogar glänzende Partie für die mittellose, verwaiste Sonja. Den Ansichten der alten Gräfin und dem gewöhnlichen Urteil der Welt zufolge, konnte ein solcher Antrag nicht zurückgewiesen werden, und die erste Regung, die Nikolaj empfand, war die des Zornes gegen Sonja. Eben war er im Begriff zu sagen: Sehr gut ... natürlich hat sie das kindische Versprechen vergessen und den Antrag annehmen müssen, aber ehe er es aussprechen konnte, rief Natascha:

Du kannst dir denken, daß sie ihn zurückgewiesen hat, endgültig zurückgewiesen ... Sie hat ihm erklärt, daß sie einen andern liebt, fügte Natascha nach kurzem Schweigen hinzu.

»Meine Sonja konnte nicht anders handeln«, dachte Nikolaj.

So sehr auch Mama in sie gedrungen ist, sie hat ihn dennoch zurückgewiesen, und ich weiß, daß sie ihren Entschluß nie ändert, wenn sie einmal etwas gesagt hat.

Also Mama hat ihr zugeredet? ... sagte Nikolaj vorwurfsvoll.

Ja, antwortete Natascha, und sei mir nicht böse, Nikolenka, aber ich weiß, daß du sie nicht heiraten wirst. Ich bin davon überzeugt, Gott weiß warum! aber ich bin fest davon überzeugt.

Wie kannst du davon überzeugt sein? fragte Nikolaj. Aber ich muß mit ihr sprechen. Was ist Sonja doch für ein herrliches Wesen! fügte er lächelnd hinzu.

Ja, sie ist ein herrliches Wesen! Ich werde sie dir schicken Natascha küßte den Bruder und lief fort.

Gleich darauf erschien Sonja, sie war verlegen, verwirrt und hatte eine schuldbewußte Miene. Nikolaj trat auf sie zu und küßte ihr die Hand; es war das erste Mal während dieser Zeit, daß sie unter vier Augen und von ihrer Liebe sprachen.

Sonja, fing er schüchtern an, wurde aber immer dreister und dreister; warum wollen Sie nicht nur eine glänzende, vorteilhafte Partie, sondern auch einen edlen, herrlichen Menschen verschmähen? Er ist mein Freund ...

Sonja unterbrach ihn.

Ich habe ihn schon abgewiesen, sagte sie rasch.

Haben Sie das meinetwegen getan, so fürchte ich, daß ...

Sonja unterbrach ihn von neuem.

Sprechen Sie nicht so, Nikolaj! bat sie, indem sie ihm einen flehenden Blick zuwarf.

Es ist meine Pflicht, so zu sprechen. Mag es auch wie Überhebung aussehen ... es ist doch besser, wenn ich es sage ... Weisen Sie ihn meinetwegen zurück, so muß ich Ihnen die Wahrheit gestehen ... ich liebe Sie ... liebe Sie, glaube ich, mehr als jede andere ...

Das genügt mir! gab Sonja errötend zur Antwort.

Nein, ich kann mich noch tausendmal verlieben und habe es schon tausendmal getan, obwohl ich für keine das Gefühl der Freundschaft, des Vertrauens und der Liebe haben werde wie für Sie. Außerdem bin ich jung; Mama wünscht es nicht ... ich kann mich nicht binden und bitte Sie, über Dolochows Antrag nachzudenken, fügte er hinzu, indem er den Namen seines Freundes mit einer gewissen Anstrengung aussprach.

Sagen Sie mir das nicht ... ich verlange nichts, ich liebe Sie wie einen Bruder, werde Sie immer so lieben … und brauche weiter nichts.

Sie sind ein Engel … ich bin Ihrer nicht wert und fürchte, Sie täuschen sich über mich. Und Nikolaj küßte ihr wieder die Hand.

XII

Jogels Bälle waren die amüsantesten in ganz Moskau; das war die Ansicht der Mütter, während sie ihre halberwachsenen Sprößlinge beobachteten, die ihre eben eingelernten Pas vorführten; das war die Ansicht der Sprößlinge selbst, die bis zum Umsinken tanzten, und ebenso die der erwachsenen Damen und jungen Herren, die diese Bälle voll Herablassung besuchten und hier ihr bestes Vergnügen fanden. Bei Jogel wurden in diesem Jahre zwei Heiraten geschlossen; die beiden hübschen Prinzessinnen Gortschakow hatten sich hier verlobt, was den Ruf dieser Bälle bedeutend steigerte. Das Eigentümliche an diesen Bällen war, daß sie ohne Hausherrn und ohne Hausfrau stattfanden. Leiter der Festlichkeit war der freundliche, wie eine Feder herumfliegende und nach allen Regeln der Tanzkunst grüßende Jogel, der von allen seinen Gästen in Form von Tanzstundenbillets Entree erhielt. Und dann wurden diese Bälle nur von solchen besucht, die wirklich zu tanzen und sich zu amüsieren wünschten, wie es dreizehn- und vierzehnjährige Mädchen wollen, die zum ersten Male lange Kleider tragen. Alle, mit seltenen Ausnahmen, waren oder schienen hübsch, so glückselig war ihr Lächeln, so lebhaft das Feuer ihrer Augen. Zuweilen wurde von den besten Schülerinnen ein *pas de châle* ausgeführt; unter diesen war Natascha die erste und anmutigste. Auf dem heutigen Balle aber wurden nur Ekossaisen, Unglaisen und die eben aufgekommene Masurka getanzt. Jogel hatte einen Saal im Hause Besuchow gemietet, und der Ball war, wie alle erklärten, wunderschön. Es waren viele hübsche Mädchen gekommen, und die Komtessen Rostow gehörten zu den hübschesten. Beide waren außerordentlich glücklich. Sonja, die sowohl auf den Korb, den sie Dolochow gegeben, wie auf ihre Unterredung mit Nikolaj stolz war, hatte sich an dem Abend schon zu Hause immerfort hin und her gedreht, ließ sich vom Kammermädchen ihre Flechten aufstecken und strahlte vor Heiterkeit.

Natascha, die nicht minder stolz war, weil sie zum ersten Male in einem langen Kleide auf einem wirklichen Balle erscheinen sollte, war noch glücklicher. Beide trugen weiße Mullkleider mit rosa Schleifen.

Natascha verliebte sich vom ersten Augenblick an, als sie den Ballsaal betrat, nicht in jemand insbesondere, vielmehr in alle insgesamt oder auch in jeden einzelnen, den sie in einem gewissen Momente gerade ansah.

Ach, wie schön! sagte sie immer wieder, auf Sonja zueilend.

Nikolaj und Denissow schritten durch die Säle und sahen die Tänzer freundlich, herablassend an.

Wie bezaubernd sie ist! Sie wird eine Schönheit, sagte Denissow.

Wer?

Komtesse Natascha, antwortete Denissow. Und wie sie tanzt … mit welcher Anmut! fügte er nach kurzer Pause hinzu.

Von wem sprichst du denn?

Von deiner Schwester! schrie ihn Denissow unwillig an.

Rostow lächelte.

Mein lieber Graf, Sie sind einer meiner besten Schüler, Sie müssen tanzen, sagte der kleine Jogel, auf Nikolaj zueilend. Sehen Sie, wieviel hübsche Mädchen da sind! Dann wandte er sich mit demselben Anliegen an Denissow, der ebenfalls sein Schüler gewesen war.

Nein, mein Lieber, ich werde die Wand zieren, antwortete Denissow. Erinnern Sie sich nicht mehr, wie wenig Ehre ich Ihrem Unterricht gemacht habe?

O nein! gab Jogel tröstend zur Antwort; Sie waren nur unachtsam; aber gute Anlagen hatten Sie, ja, die hatten Sie!

Eben wurde die kürzlich in Aufnahme gekommene Masurka gespielt. Nikolaj konnte Jogels Bitte nicht abschlagen und forderte Sonja auf. Denissow setzte sich zu den alten Damen, stützte sich auf seinen Säbel, schlug mit den Füßen den Takt, erzählte eine lustige Geschichte, brachte seine Nachbarinnen zum Lachen und beobachtete die tanzende Jugend. Jogel tanzte vor mit Natascha, auf die er als die beste seiner Schülerinnen sehr stolz war. Weich und zart auf seine mit Schuhen bekleideten Füßchen tretend, flog Jogel mit der etwas ängstlichen Natascha, die alle Pas sorgsam ausführte, voran durch den Saal. Denissow wandte die Augen nicht von ihr ab und schlug mit seinem Säbel den Takt, indes seine Miene deutlich sagte: er tanze nicht, weil er keine Lust dazu hätte, nicht etwa, weil er nicht könne. Während des Tanzes rief er den vorbeikommenden Rostow an.

Das ist ja ganz falsch ... soll denn das wirklich die polnische Masurka sein? fragte er. Sie tanzt reizend!

Nikolaj wußte, daß sich sein Freund sogar in Polen durch sein meisterhaftes Tanzen der Masurka ausgezeichnet hatte, eilte zu Natascha und sagte:

Geh', forderte Denissow auf, er tanzt herrlich!

Als Natascha wieder an die Reihe kam, stand sie auf, lief schnell in ihren mit Schleifen verzierten Schuhen durch den Saal und kam in einiger Verlegenheit in die Ecke, wo Denissow saß. Sie bemerkte, daß sie von aller Welt beobachtet wurde, und daß alle aufpaßten. Nikolaj sah, daß Denissow und Natascha lächelten und sich stritten, daß Denissow sich weigerte und dabei fröhlich lachte. Er näherte sich den beiden.

Bitte, Wassilij Dmitritsch, bitte, kommen Sie!

Geben Sie mich frei, Komtesse, tun Sie mir den Gefallen, antwortete Denissow.

Tue es doch, Wassjka! sagte Nikolaj.

Ja, wenn man mir zuredet wie dem Kater Wassjka! gab Denissow scherzend zur Antwort.

Ich will Ihnen dafür einen ganzen Abend etwas vorsingen, sagte Natascha.

Diese kleine Zauberin kann alles mit mir machen, erwiderte Denissow, schnallte den Säbel ab, trat aus den Stuhlreihen, erfaßte kräftig die Hand seiner Tänzerin, hob den

Kopf in die Höhe und wartete auf den Takt zum Anfangen. Zu Pferde und in der Masurka war Denissows Kleinheit nicht zu bemerken ... hier war er auch äußerlich der kühne Mann, als welcher er sich empfand. Den Takt erwartend, sah er seine Dame triumphierend und neckisch an, schlug plötzlich mit einem Fuß auf und flog wie ein Ball durch den Saal, indem er seine Dame mit sich fortriß. So durchflog er unhörbar, immer auf einem Fuße, die Hälfte des Saales, schien die vor ihm stehenden Stühle nicht zu beachten, sondern schoß geradewegs darauf los. Plötzlich hielt er, mit den Sporen klirrend, an, blieb auf den Absätzen stehen, stampfte mit abermaligem Sporengeklirr, drehte sich rasch um und flog wieder durch den Saal, wobei er mit dem linken Fuß an den rechten schlug. Natascha erriet alle seine Absichten und folgte ihm, ohne zu wissen wie. Er drehte sie bald mit dem rechten, bald mit dem linken Arme, kniete vor ihr nieder und ließ sie um sich herum kreisen. dann sprang er auf und flog in größter Schnelligkeit mit ihr dahin, hielt wieder an und machte eine neue unerwartete Tanzfigur.

Als er seine Dame vor ihrem Platze noch einmal rasch umdrehte, mit den Sporen klirrte und sich vor ihr verbeugte, erwiderte Natascha seinen Gruß nicht einmal mit einem Knicks. Sie heftete staunend ihre Augen auf ihn und lächelte ihn an wie einen Fremden.

Was war denn das? fragte sie.

Obwohl Jogel diese Masurka nicht als die echte anerkannte, waren alle Anwesenden von Denissows Meisterschaft entzückt. Die Tänzerinnen fingen an ihn aufzufordern, die Alten unterhielten sich lächelnd von Polen und von der guten alten Zeit. Denissow, der, von der Masurka erhitzt, sich mit dem Taschentuche fächelte, setzte sich neben Natascha und verließ sie während des ganzen Balles nicht mehr.

XIII.

Zwei Tage lang war Dolochow weder zu Rostows gekommen noch hatte ihn Nikolaj in seiner eigenen Wohnung getroffen; aber am dritten Tage erhielt er von ihm einen Brief folgenden Inhalts:

»Da ich nicht mehr die Absicht habe, Euer Haus zu besuchen – die Ursache wird Dir bekannt sein – und zur Armee zurückkehre, gebe ich heute abend meinen Freunden einen Abschiedsschmaus. Komme in den Englischen Hof!«

Am bestimmten Abend, um zehn Uhr, fuhr Rostow aus dem Theater, wo er mit Denissow und den Seinigen gewesen war, in den Englischen Hof. Man führte ihn in das beste Zimmer, das Dolochow für diese Nacht gemietet hatte. Ungefähr zwanzig junge Leute umringten den Tisch, an dem Dolochow zwischen zwei Kerzen saß. Auf dem Tische lagen Gold und Papiergeld, und Dolochow hielt die Bank. Nach seinem Antrage und Sonjas Abweisung hatte ihn Nikolaj noch nicht wiedergesehen, und er fragte sich mit einiger Verlegenheit, wie sie sich gegeneinander benehmen würden.

Dolochows klarer, kalter Blick traf Nikolaj schon an der Tür, als ob er längst auf ihn gewartet hätte.

Wir haben uns lange nicht gesehen, sagte er; ich danke dir, daß du gekommen bist. Wir wollen nur diese Partie zu Ende spielen, dann kommt Iljuschka mit dem Chore.

Ich habe ein paarmal in deiner Wohnung nach dir gefragt, sagte Rostow errötend. Dolochow antwortete nicht.

Du kannst mitsetzen, sagte er.

Rostow erinnerte sich in diesem Augenblick eines seltsamen Gesprächs, das er eines Tages mit Dolochow gehabt. »Nur Narren spielen Hazard«, hatte Dolochow damals gesagt.

Fürchtest du dich vielleicht, mit mir zu spielen? fragte er jetzt, als ob er Rostows Gedanken erraten hätte, und lächelte. In diesem Lächeln erkannte Rostow die Gemütsstimmung wieder, in der Dolochow bei dem Klubdiner gewesen war und in die er jedesmal verfiel, wenn er anfing, des alltäglichen Lebens müde zu werden, und danach verlangte, sich durch irgendeine, meist grausame Tat von ihm loszureißen.

Rostow fühlte sich unbehaglich; er suchte in Gedanken nach einem Scherz, der Dolochows Frage beantworten konnte, fand aber nichts, und ehe er etwas zu erwidern vermochte, sagte Dolochow, indem er Rostow gerade ins Gesicht sah, langsam und gedehnt, aber so laut, daß es alle hören konnten:

Erinnerst du dich, daß wir einmal vom Spielen sprachen und ich dir sagte: Wer sich dabei auf das Glück verläßt, ist ein Tor; man muß seiner Sache gewiß sein – das will ich erproben.

»Was will er erproben, das Glück oder die Sicherheit?« dachte Rostow.

Es ist besser, daß du nicht spielst, fügte Dolochow hinzu, und mit den Karten auf den Tisch schlagend, rief er: Ein neues Spiel, meine Herren!

Dabei schob er das vor ihm liegende Geld zurück und übernahm die Bank. Rostow setzte sich neben ihn, schien sich aber nicht am Spiel beteiligen zu wollen. Dolochow sah ihn an.

Warum spielst du denn nicht? fragte er und merkwürdigerweise fühlte Nikolaj den Zwang, eine Karte zu nehmen, einen kleinen Einsatz zu wagen und das Spiel zu beginnen.

Ich habe kein Geld bei mir, sagte er.

Ich schieße dir vor!

Rostow besetzte eine Karte mit fünf Rubeln und verlor, belegte wieder und verlor abermals. Dolochow schlug nacheinander zehn von Rostow besetzte Karten.

Meine Herren! sagte er nach einer Weile, ich bitte Sie, Ihren Einsatz auf die Karten zu legen, weil ich mich sonst leicht irren könnte.

Einer der Spieler erwiderte, daß man ihm hoffentlich Glauben schenke.

Natürlich, aber ich fürchte, mich zu irren, und bitte deshalb, den Einsatz auf die Karten zu legen, antwortete Dolochow; du lasse dich nicht stören ... mit dir werde ich später abrechnen, fügte er hinzu, indem er sich an Rostow wandte.

Das Spiel dauerte fort; der Diener reichte beständig Champagner herum.

Alle Karten Rostows verloren – bald war er über achthundert Rubel schuldig. Er schrieb 800 über eine Karte, aber als man ihm ein Glas Champagner präsentierte, besann er sich eines besseren und schrieb den frühern Satz von zwanzig Rubeln auf.

Lasse die 800 stehen, sagte Dolochow, der alles bemerkte, obwohl er Rostow nicht angesehen zu haben schien. Dann kannst du schneller wiedergewinnen ... freilich, anderen muß ich etwas herausgeben, dich lasse ich verlieren ... fürchtest du dich etwa, mit mir zu spielen?

Rostow gehorchte, ließ die 800 stehen und setzte auf eine Coeur-Sieben mit abgerissener Ecke, die er vom Fußboden aufgenommen hatte. Später erinnerte er sich dieser Karte ganz genau. Er legte sie vor sich hin und schrieb mit Kreide in runden, graden Ziffern 800 darauf, trank das warmgewordene Glas Champagner, lächelte zur Antwort auf Dolochows Äußerung und wartete mit pochendem Herzen, was aus seiner Sieben werden würde. Sein Blick war auf Dolochows Hände gerichtet, welche die Karten hielten, denn der Gewinn oder Verlust dieser Coeur-Sieben war von großer Bedeutung für ihn. Am Sonntag der vergangenen Woche hatte Graf Ilja Andreitsch seinem Sohne 2000 Rubel gegeben; er, der niemals über Geldbedrängnisse zu sprechen pflegte, hatte dabei gesagt, daß dies Geld das letzte sei, daß er ihm bis Mai geben könne, und hatte den Sohn gebeten, diesmal sparsamer zu sein. Nikolaj hatte beteuert, es wäre mehr, als er brauche, und hatte sein Wort gegeben, bis zum Frühjahr kein Geld mehr verlangen zu wollen. Jetzt waren ihm von dieser Summe noch 1200 Rubel geblieben; die Coeur-Sieben bedeutete also für ihn nicht nur die Möglichkeit des Verlustes von 1600 Rubel, sondern auch die Gefahr, das gegebene Wort brechen zu müssen. Mit stockendem Herzen beobachtete er Dolochows Hände und dachte: Gib mir schnell diese *eine* Karte, und ich nehme sofort meine Mütze und fahre nach Hause, mit Denissow, Natascha und Sonja zu Abend zu essen, und werde gewiß mein Leben lang keine Karte mehr anrühren. In diesem Augenblick erschien ihm sein Leben im Vaterhause, seine Scherze mit Petja, seine Gespräche mit Sonja, die Duette mit Natascha, die Pikettpartien mit dem Vater und sogar sein behagliches Bett mit solcher Deutlichkeit und bezaubernder Schönheit, als ob es etwas Vergangenes, Unschätzbares, lange Verlorenes wäre. Er konnte sich nicht vorstellen, daß ein alberner Zufall, der die Coeur-Sieben zur Rechten statt zur Linken fallen ließ, ihm für immer dies neu erkannte, neu gefühlte Glück entreißen und ihn in den Abgrund eines fremden, unbekannten Unglücks schleudern würde. Es konnte nicht sein! ... Und doch hing er mit stokkendem Herzen an Dolochows Handbewegungen. Die starkknochigen, roten Hände, mit ihrer dichten Behaarung, die unter dem Hemde sichtbar wurde, legten das Kartenspiel auf den Tisch und griffen nach Glas und Pfeife.

Du fürchtest dich also nicht, mit mir zu spielen? wiederholte Dolochow, und als wollte er eine lustige Geschichte erzählen, lehnte er sich in den Sessel zurück und sagte langsam mit einem Lächeln:

Ja, meine Herren, in Moskau hat sich, wie ich höre, das Gerücht verbreitet, daß ich ein Falschspieler bin. Ich rate Ihnen, vorsichtig zu sein.

Nun, so lege doch auf! rief Nikolaj.

Ja, diese Moskauer Klatschbasen! sagte Dolochow und griff lächelnd nach den Karten.

Oh! stieß Rostow halblaut hervor, indem er sich mit beiden Händen durch das Haar fuhr. Die verhängnisvolle Sieben lag ganz oben, als erste Karte im Spiel ... Er hatte mehr verloren, als er bezahlen konnte.

Ich rate dir, dich in acht zu nehmen! sagte Dolochow, indem er Nikolaj einen raschen Blick zuwarf. Dann fuhr er fort zu pointieren.

XIV

Nach anderthalb Stunden hielten die meisten der Anwesenden das Spiel der beiden nur noch für einen Scherz.

Das Interesse hatte sich ganz auf Rostow konzentriert, der jetzt statt der 1600 Rubel eine ganze Reihe von Zahlen schuldig war. Bis zu 10 000 hatte er seine Schuld zusammengerechnet und glaubte, daß sie nun etwa bis auf 15 000 gewachsen sein könnte; in Wahrheit betrug sie aber schon über 20 000 Rubel. Dolochow hörte nicht mehr auf die Gespräche seiner Gäste und erzählte nichts mehr, sondern verfolgte alle Bewegungen Rostows und warf zuweilen Blicke auf die aufgeschriebenen Summen. Er hatte beschlossen, das Spiel so lange fortzusetzen, bis Rostows Schuld die Zahl von 43 000 Rubel erreicht haben würde. Er hatte diese Ziffer gewählt, weil 43 die Summe aus seinem und Sonjas Alter bildete. Rostow saß, den Kopf auf beide Hände gestützt, vor dem beschriebenen, mit Wein begossenen und mit Karten bedeckten Tische. Es lag wie ein qualvoller Bann auf ihm, von dem er sich nicht frei machen konnte. Die starkknochigen, roten Hände mit ihrer dichten Behaarung, die unter dem Hemde sichtbar wurde, diese Hände, die er liebte und haßte, hielten ihn in ihrer Gewalt.

»Sechshundert Rubel ... Ass ... Paroli ... Neun ... Alles wiederzugewinnen ist unmöglich! ... und wie schön wäre es zu Hause gewesen ... der Bube geschlagen ... es ist nicht möglich! ... warum tut er mir das?« dachte Rostow. Zuweilen besetzte er eine Karte so hoch, daß Dolochow sich weigerte, den Einsatz zu halten, und eine andere Summe bestimmte. Nikolaj fügte sich seinem Willen, und bald betete er zu Gott wie auf dem Schlachtfelde bei der Amstetter Brücke, bald redete er sich ein, daß ihn die Karte, die ihm zuerst aus dem Haufen zerdrückter, unter dem Tische liegender Blätter in die Hände fiele, erretten würde; bald zählte er die Schnüre seiner Husarenjacke und belegte eine Karte von ebensoviel Points mit der eben verlorenen Summe; bald sah er die anderen Spieler an und schien bei ihnen Schutz zu suchen, bald betrachtete er Dolochows jetzt kalt und starr gewordenes Gesicht und suchte zu ergründen, was in ihm vorging.

»Er weiß doch, welche Bedeutung dieser Verlust für mich hat! sagte Rostow zu sich selbst. Er kann doch nicht meinen Untergang wollen ... Ich war sein Freund, habe ihn liebgehabt ... Aber es ist ja nicht seine Schuld! Was kann er dafür, wenn er heute solch rasendes Glück hat? ... Und ich bin auch nicht schuld! ich habe nichts Schlechtes begangen. Habe ich jemand getötet, beleidigt oder ihm Böses gewünscht? Warum trifft mich denn ein so furchtbares Unglück, und wie ist es gekommen? Vor kurzer Zeit trat ich an diesen Tisch, mit der Absicht, hundert Rubel zu gewinnen, um Mama zu ihrem Namenstage eine Schatulle zu kaufen; dann wollte ich gleich nach Hause fahren. Wie glücklich, frei und fröhlich war ich! Und ich wußte gar nicht, wie glücklich ich war! Wann hat das alles ein Ende genommen? wann hat dieser neue, schreckliche Zustand begonnen? und was hat diese Veränderung hervorgebracht? Ich saß so wie jetzt auf demselben Platze, an demselben Tische, suchte so wie jetzt Karten hervor und sah diese starkknochigen, gewandten Hände an. Wann ist es denn geschehen, und was ist eigentlich geschehen? Ich bin gesund, kräftig, derselbe wie vorher und sitze auf demselben Platze ... Nein, es kann nicht sein! Es *kann* keine ernsten Folgen haben!«

Er wurde immer röter, und der Schweiß stand auf seiner Stirn, obwohl es im Zimmer nicht heiß war. Sein Gesicht sah zugleich schrecklich und mitleiderregend aus, besonders durch das ohnmächtige Bestreben, ruhig zu erscheinen.

Endlich hatte Rostows Rechnung die verhängnisvolle Summe von 43 000 erreicht. Rostow hatte eben wieder ein Paroli von 3000 Rubeln geboten, die er gerade erhalten hatte, als Dolochow mit den Karten auf den Tisch schlug, das Spiel weglegte, die Kreide ergriff, ein Stück abbrach und mit fester, deutlicher Handschrift die Summe von Rostows Rechnung zog.

Es ist Zeit zum Souper – da sind auch die Zigeuner, sagte er, und wirklich trat eine Anzahl dunkler Männer und Frauen aus der Kälte herein und grüßte in ihrem Zigeunerakzente. Nikolaj begriff, daß alles verloren war, aber er sagte in gleichgiltigem Tone:

Wie, du willst nicht mehr? ... und ich hatte eben eine so schöne Karte in Bereitschaft! Er tat, als ob er an der Aufregung des Spiels Freude fände, aber seine Gedanken waren:

»Alles ist verloren! ich bin verloren! ... eine Kugel durch den Kopf jagen ist das einzige, was mir übrigbleibt!« Und dann sagte er wieder mit heiterer Stimme:

Also, noch eine Karte!

Gut! antwortete Dolochow, nachdem er zusammengerechnet und gefunden hatte, daß noch 21 fehlten, um die Zahl 43 000 voll zu machen. »Einundzwanzig Rubel!« Dabei nahm er das Spiel zur Hand, um wieder aufzulegen. Rostow bog gehorsam ein Paroli und schrieb, statt der beabsichtigten 6000, sorgfältig eine 21.

Die Summe ist mir gleichgiltig, sagte er; was mich interessiert, ist nur, ob du die Zehn für mich oder für dich herausbringen wirst.

Dolochow pointierte mit großem Ernst. Oh, wie haßte Rostow in diesem Augenblick diese roten Hände mit den kurzen Fingern und den unter dem Hemde hervorschauenden Haaren! Diese Hände hielten ihn in ihrer Gewalt. Die Zehn fiel rechts.

Sie sind mir 43 000 Rubel schuldig, Graf, sagte Dolochow, stand auf und streckte sich. Wie ermüdend es ist, so lange zu sitzen! fügte er hinzu.

Ja, ich bin auch sehr müde, antwortete Rostow.

Dolochow unterbrach ihn, als ob er ihm bemerklich machen wollte, daß es für ihn unpassend wäre, so zu sprechen, und fragte:

Wann befehlen Sie, Herr Graf, daß ich das Geld in Empfang nehme?

Rostow errötete, rief Dolochow ins Nebenzimmer.

Ich kann nicht gut alles auf einmal bezahlen … sagte er, du wirst doch einen Wechsel von mir annehmen?

Höre, Rostow, antwortete sein Gegner mit ruhigem Lächeln, indem er Nikolaj gerade in die Augen sah, du kennst das Sprichwort: Glück in der Liebe, Unglück im Spiel … deine Kusine liebt dich, ich weiß es.

»Oh, es ist schrecklich, sich so in der Gewalt eines solchen Menschen zu fühlen!« dachte Rostow. Er wußte, welcher Schlag die Nachricht von diesem Verluste für seine Eltern sein würde; er fühlte, welch ein Glück es wäre, sich von alledem frei machen zu können; fühlte, daß Dolochow wußte, wie es in seine Hand gegeben war, den Freud von Schande und Kummer zu erlösen … statt dessen aber spielte er mit ihm wie die Katze mit der Maus.

Deine Kusine … fing Dolochow wieder an, aber Nikolaj unterbrach ihn.

Meine Kusine gehört nicht hierher und soll nicht genannt werden! rief er wütend.

Wann wirst du bezahlen? fragte Dolochow.

Morgen! antwortete Nikolaj und verließ das Zimmer.

XV

Das Wort »morgen« auszusprechen und dabei einen anständigen Ton zu bewahren, war nicht schwer. Aber sich nach Haus begeben, die Schwestern, den Bruder, die Mutter und den Vater sehen und wieder um Geld bitten, auf das er, nach dem gegebenen Wort, nicht den mindesten Anspruch hatte, war entsetzlich.

Die Seinigen waren noch nicht zu Bett gegangen. Nachdem sie aus dem Theater zurückgekehrt waren und Abendbrot gegessen, hatte sich die Jugend des Rostowschen Hauses um das Klavier versammelt. Kaum war Nikolaj in den Saal getreten, als er sich von der poetischen Liebesatmosphäre umspielt fühlte, die während dieses Winters im Rostowschen Hause geherrscht hatte und sich jetzt nach Dolochows Antrag und Jogels Ball, wie die Luft vor dem Gewitter, über Sonja und Natascha verdichtet hatte. Die beiden jungen Mädchen standen lächelnd am Klavier, in den blauen Kleidern, die sie im Theater getragen, waren sehr hübsch und wußten das, Wjera spielte im Salon mit Schinschin eine Partie Schach; die Gräfin, die auf Mann und Sohn wartete, legte Patience mit einer alten Edeldame, die in ihrem Hause wohnte; Denissow saß am Klavier, mit glänzenden Augen und zerwühltem Haar, berührte die Tasten mit seinen kurzen Fingern, griff einzelne Akkorde und sang, die Augen aufschlagend, mit seiner dünnen, heisern Stimme ein von ihm gedichtetes Lied, »Die Fee«, zu dem er eine Melodie zu finden suchte.

Sag, holde Fee, durch welche Zaubermacht
Führst du zur staub'gen Leyer mich zurück;
Im Herzen, welche Glut hast du entfacht,
Daß ich begeistert singen muß mein Glück!

sang er mit leidenschaftlichem Ausdruck und sah die bestürzte, glückselige Natascha mit seinen schwarzen, glänzenden Achat-Augen an.

Prachtvoll! wunderschön! Nun die zweite Strophe! rief Natascha, ohne Nikolaj zu bemerken.

»Hier geht alles in alter Weise fort!« dachte Nikolaj, indem er einen Blick in den Salon warf, wo er Wjera, seine Mutter und die alte Dame sitzen sah.

Oh, da ist ja auch Nikolenka! rief Natascha und lief ihm entgegen.

Ist Papa zu Hause? fragte er.

Wie ich mich freue, daß du gekommen bist! rief Natascha, statt ihm zu antworten. Wir sind so vergnügt. Denke dir, Wassilij Dmitritsch bleibt auf meine Bitte noch einen Tag länger hier.

Nein, Papa ist noch nicht nach Hause gekommen, sagte Sonja.

Koko, bist du da? komm zu mir, lieber Junge! rief die Stimme der Gräfin im Salon. Nikolaj trat zu seiner Mutter, küßte ihr die Hand, setzte sich schweigend an den Tisch und beobachtete ihre Hände, die ebenfalls Kartenblätter umschlugen. Aus dem Saale erklangen Gelächter und fröhliche Stimmen, die Natascha zuredeten.

Schön, schön! rief Denissow; es bleibt Ihnen keine Ausrede; Sie sind mir die Barcarole schuldig, und ich bitte Sie flehentlich darum.

Die Gräfin blickte auf ihren schweigsamen Sohn.

Was fehlt dir? fragte sie.

Ah, nichts! antwortete er, als wäre er dieser oft gehörten Frage müde. Wird Papa bald kommen?

Ich glaube.

»Hier ist alles wie früher … sie wissen nichts! Wo soll ich hin?« dachte Nikolaj und ging in den Saal.

Sonja saß am Klavier und spielte das Präludium der Barcarole, die Denissow besonders gern hatte. Natascha war im Begriff zu singen, und Denissow betrachtete sie mit entzückten Blicken.

Nikolaj ging im Saale auf und nieder.

»Wie kann es ihm Vergnügen machen, sie singen zu hören? ... was kann sie singen? und was ist denn daran so erheiternd?« dachte Nikolaj.

Sonja griff die ersten Akkorde des Präludiums.

»Lieber Gott! ich bin ein verlorener, ehrloser Mensch! ... das einzige, was mir übrigbleibt, ist, mir eine Kugel durch den Kopf zu jagen ... Der Gesang ist nicht für mich! dachte Nikolaj. Wenn ich nur fortkönnte ... aber wohin denn? ... Einerlei! ... mögen sie singen!«

Nikolaj fuhr fort, im Zimmer auf und ab zu gehen, warf Denissow und den jungen Mädchen finstere Blicke zu, versuchte aber, die ihrigen zu vermeiden.

Nikolenka, was fehlt dir? fragten die auf ihn gerichteten Augen Sonjas. Sie hatte sofort bemerkt, daß ihm etwas zugestoßen sein mußte.

Nikolaj wandte sich von ihr ab. Auch Nataschas feinem Gefühl war die trübe Stimmung des Bruders nicht entgangen, aber sie war in diesem Augenblick zu fröhlich, Kummer, Sorgen, Selbstvorwürfe lagen ihr in diesem Augenblicke so fern, daß sie sich, wie das junge Wesen häufig tun, absichtlich täuschte. »Nein, jetzt bin ich zu vergnügt, um mich durch Teilnahme am Kummer eines andern stören zu lassen, so fühlte sie und sagte sie zu sich selbst, und wer weiß, ob ich mich nicht irre ... er ist vielleicht ebenso vergnügt wie ich ...«

Nun, Sonja! sagte sie laut, trat in die Mitte des Saales, wo der Gesang ihrer Meinung nach am besten klang, bog den Kopf zurück, ließ die Hände schlaff herunterhängen, wie es die Tänzerinnen machen, hob sich mit energischer Bewegung vom Absatz auf die Zehenspitzen und blieb dann ruhig stehen.

Ja, so bin ich! schien sie zu sagen und damit den entzückten Blick Denissows zu beantworten, der kein Auge von ihr wandte.

»Worüber ist sie denn so vergnügt? dachte Rostow, indem er die Schwester ansah. Wird ihr denn das gar nicht langweilig, und schämt sie sich denn nicht?«

Natascha sang den ersten Ton; ihre Brust dehnte sich aus, ihre Augen bekamen einen ernsten Ausdruck. In diesem Moment dachte sie an nichts und an niemand, und ihrem lächelnden Munde entströmten Töne ... Töne, die jeder in gleicher Weise, mit denselben Pausen hervorbringen kann, die uns aber neunundzwanzigmal kalt lassen können und bei denen wir doch das hundertste Mal erbeben und weinen.

Im Laufe dieses Winters hatte Natascha angefangen, ernstlich singen zu lernen, besonders weil Denissow ihren Gesang bewunderte. Sie sang nun nicht mehr in der früheren kindlichen Weise, mit dem komisch-naiven Vortrag, der ihr erst eigen war. Aber sie sang, wie die Sachverständigen sagten, noch nicht gut.

»Eine schöne Stimme, allein sie ist noch nicht ausgebildet, sie muß geschult werden«, sagten alle. Diese Äußerungen wurden jedoch erst laut, wenn die Stimme verstummt war. Solange Natascha mit ihrem unregelmäßigen Atemholen und den mühsam ausgeführten Übergängen ihr Lied vortrug, schwiegen sogar die Sachverständigen, gaben sich dem Genuß dieser ungeschulten Stimme hin und hegten den Wunsch, sie noch länger zu hören. Es lag eine jungfräuliche Unberührtheit in dieser Stimme, ein Unbewußtsein ihres Könnens, eine natürliche, samtene Weichheit, die sich so mit dem Mangel an Kunst verschmolz, daß man sich scheute, etwas an diesem Gesang zu ändern, aus Furcht, ihn verderben zu können.

»Was heißt denn das? dachte Nikolaj, als er ihre Stimme hörte, und riß die Augen weit auf. Was ist denn mit ihr vorgegangen? wie singt sie heute?« und plötzlich schien für ihn kein anderes Interesse mehr vorhanden als die Erwartung des folgenden Tones, der folgenden Phrase, und die ganze Welt schien ihm in die drei Takte eingeteilt zu sein: »*O mio crudele affetto* ... Eins, zwei, drei ... eins ... zwei ... drei ... eins ... *O mio crudele affetto* ... Eins, zwei, drei ... eins! O unser dummes Leben! dachte Nikolaj; alles – Unglück, Geld,

Dolochow, Bosheit, Ehre, alles ist Unsinn, und nur *dies* ist das Echte! Nun, Natascha, mein Täubchen, wie wirst du dies *Si* singen? Gelungen! Gott sei Dank!« – und ohne zu merken, daß er mitsang, um dies *Si* zu verstärken, nahm er in der zweiten Stimme die Terz der hohen Note. »Gott, wie schön das ist! und ist es möglich, daß ich das selbst gesungen habe? welch ein Glück!« dachte der junge Mann.

Oh, wie vibrierte diese Terz, und wie regte sich etwas Besseres in Rostows tiefster Seele! Dieses Etwas war unabhängig von der ganzen Welt, stand über der ganzen Welt. Was sind alle Verluste, alle Dolochows und alle Ehrenworte! ... Alles ist Unsinn! Man kann töten, stehlen und doch glücklich sein ...

XVI

Seit langer Zeit hatte Rostow keine so große Freude an der Musik gehabt als an diesem Abend; aber kaum war Nataschas Barcarole zu Ende, als die Wirklichkeit wieder an ihn herantrat. Ohne etwas zu sagen, verließ er den Saal und ging in sein Zimmer hinunter. Eine Viertelstunde später kam der alte Graf frisch und fröhlich aus dem Klub nach Haus. Sobald ihn Nikolaj hörte, begab er sich zu ihm.

Nun, wie geht's, hast du dich amüsiert? fragte Ilja Andreitsch, indem er den Sohn stolz und fröhlich anlächelte. Nikolaj war im Begriff, ja zu sagen, aber er brachte keinen Laut hervor und konnte sich kaum des Schluchzens enthalten. Der Graf rauchte seine Pfeife an und achtete nicht auf den Zustand des Sohnes.

»Es ist unvermeidlich!« dachte Nikolaj und sagte plötzlich im gleichgültigsten Tone – in einem Tone, der ihn sich selbst widerwärtig machte – und etwa in der Weise, als ob er sich den Wagen ausbäte, um Besuche zu machen:

Papa, ich bin in einer Geschäftssache zu Ihnen gekommen ... ich hätte es beinahe vergessen ... ich brauche Geld ...

So! antwortete der Vater, der in besonders heiterer Stimmung war; ich sagte dir schon, daß du nicht auskommen würdest. Viel?

Sehr viel! sagte Nikolaj errötend und mit einem dummen, gleichgültigen Lächeln, das er sich lange nicht verzeihen konnte; ich habe etwas im Spiel verloren, das heißt eigentlich viel … sehr viel … 43 000 Rubel.

Was? … An wen? … Du scherzest! … schrie der Graf und wurde plötzlich, wie es bei alten Leuten häufig geschieht, bis zum Hals und Nacken von schlagflüssiger Röte bedeckt.

Ich habe versprochen, morgen zu zahlen, fügte Nikolaj hinzu.

So! sagte der alte Graf und sank mit ausgestreckten Händen erschöpft auf den Diwan nieder.

Was ist da zu machen! … Wem wäre dergleichen nicht schon widerfahren! fuhr der Sohn in trotzigem, leichtfertigem Tone fort, während er sich innerlich für einen niederträchtigen Schuft erklärte, dessen ganzes Leben nicht ausreichen würde, dies Verbrechen zu sühnen. Er hätte seines Vaters Hände küssen, ihn kniend um Vergebung anflehen mögen, und sagte mit leichtfertigem und sogar rohem Tone, daß dergleichen jedem widerfahren könne.

Graf Ilja Andreitsch schlug die Augen nieder, als er diese Worte hörte, und schien hastig nach etwas zu suchen.

Ja, ja! murmelte er; ich fürchte nur, daß ich nicht so viel zusammenbringen kann! Freilich … wem wäre so etwas nicht widerfahren … das kann jedem widerfahren. Dabei warf der Graf einen flüchtigen Blick auf das Gesicht seines Sohnes und ging nach der Tür. Nikolaj war auf eine abschlägige Antwort gefaßt gewesen, aber dies hatte er nicht erwartet.

Papa, Papa! schrie er hinter ihm her und schluchzte laut auf, vergeben Sie mir! Er ergriff die Hand des Vaters, drückte sie an die Lippen und brach in Tränen aus.

Während der Sohn diese Auseinandersetzung mit dem Vater hatte, fand eine nicht minder wichtige Unterredung zwischen Mutter und Tochter statt. Natascha kam in größter Aufregung zu der Gräfin gelaufen.

Mama, er hat … er hat …

Nun, was hat er denn?

Er hat ... Mama, er hat mir einen Antrag gemacht, Mama! rief sie.

Die Gräfin traute ihren Ohren nicht. War es möglich! Denissow hatte diesem Kinde, diesem Backfischchen, das noch vor kurzem mit der Puppe gespielt und noch immer Stunden nahm, einen Antrag gemacht!

Sei still, Natascha, das sind Torheiten, antwortete sie, in der Hoffnung, daß es Scherz wäre.

So, Torheiten! rief Natascha zornig aus. Ich komme mit einer so wichtigen Sache zu Ihnen ... will Sie fragen, was ich tun soll, und Sie sagen: Torheiten! ...

Die Gräfin zuckte die Achseln.

Wenn dir Monsieur Denissow wirklich einen Antrag gemacht hat, so sage ihm, er sei ein Narr ... das ist alles.

Nein, er ist kein Narr! rief Natascha ernst und gekränkt.

Aber was willst du denn eigentlich? Ihr seid heutzutage alle verliebt ... Wenn du ihn liebst, so heirate ihn doch, und Gott mag seinen Segen geben! sagte die Gräfin mit ärgerlichem Lachen.

Nein, Mama, ich liebe ihn nicht ... ich glaube nicht, daß ich ihn liebe.

Gut, so sage ihm das.

Mama, Sie sind böse! Warum zürnen Sie mir denn? Was habe ich denn getan?

Nichts, mein Kind ... aber was willst du denn? willst du, daß ich ihm eine Antwort gebe? fragte die Gräfin lächelnd.

Nein, ich werde selbst antworten ... nur sagen Sie mir, *wie*. Sie nehmen das so leicht, fügte sie als Antwort auf das Lächeln der Mutter hinzu; aber hätten Sie gehört, wie er mit mir sprach! ... Ich weiß er ist so gut und lieb.

Nun, so nimm seinen Antrag an ... Es ist auch wirklich die höchste Zeit, dich zu verheiraten, sagte die Mutter in spöttischem Tone.

Nein, Mama, es tut mir nur so leid ... ich weiß nicht, wie ich es einkleiden soll ...

Du hast gar nichts einzukleiden ... ich will ihm selbst Antwort geben, rief die Gräfin, ärgerlich darüber, daß Denissow die kleine Natascha wie eine Erwachsene behandelt hatte.

Nein, nein, um keinen Preis ... ich will es schon selbst tun ... aber kommen Sie an die Tür und hören Sie zu! Mit diesen Worten eilte Natascha aus dem Salon in den Musiksaal zurück, wo Denissow auf dem Stuhle am Klavier sitzen geblieben war und sein Gesicht mit den Händen bedeckt hielt. Als er Nataschas leichte Schritte hörte, sprang er auf.

Natalie! sagte er, indem er rasch auf sie zutrat, entscheiden Sie über mein Schicksal ... es liegt in Ihren Händen.

Wassilij Dmitritsch, Sie tun mir schrecklich leid ... ja, Sie sind so gut ... aber es kann doch nicht sein ... nein, es geht nicht ... aber liebhaben werde ich Sie immer.

Denissow neigte sich über ihre Hand, und während sie sein schwarzes, lockiges, wirres Haar küßte, hörte sie seltsame Töne, die sie nicht zu deuten wußte. In demselben Augenblick raschelte das seidene Kleid der Gräfin, und sie trat hastig herein.

Wassilij Dmitritsch, ich danke Ihnen für die Ehre, sagte die Gräfin mit einer gewissen Verlegenheit, die Denissow aber wie Strenge erschien. Meine Tochter ist noch zu jung, und ich hätte geglaubt, daß Sie als Freund meines Sohnes sich zunächst an mich wenden würden ... ich wäre dann nicht genötigt gewesen, Ihnen diese abschlägige Antwort zu geben.

Natascha ertrug es nicht, ihn in dieser bedauernswürdigen Lage zu sehen, und fing laut an zu weinen.

Gräfin ..., stammelte Denissow mit niedergeschlagenen Augen und schuldbewußter Miene; er wollte noch mehr sagen, stockte aber.

Gräfin ... ich fühle mich Ihnen gegenüber schuldig, fuhr Denissow endlich, noch immer stammelnd, fort; aber Sie müssen wissen, daß ich Ihre Tochter und Ihre ganze Familie so vergöttere, daß ich zwei Leben hingegeben hätte ... Er sah die Gräfin an und bemerkte den strengen Ausdruck ihrer Züge. Nun denn, Gräfin, leben Sie wohl! fügte er hinzu, küßte ihre Hand und eilte, ohne Natascha anzusehen, mit entschlossenen Schritten aus dem Zimmer.

Am folgenden Morgen gab Rostow seinem Freunde Denissow, der keinen Tag länger in Moskau bleiben wollte, das Geleit. Der Abschied wurde von seinen Freunden bei den Zigeunern gefeiert, und Denissow wußte nicht, wie er in den Schlitten gekommen und die ersten drei Stationen gefahren war.

Nach Denissows Abreise wartete Rostow noch auf das Geld, das der alte Graf nicht auf einmal zusammenbringen konnte. Er verlebte noch vierzehn Tage in Moskau, ging aber nicht aus dem Hause und verbrachte die meiste Zeit im Zimmer der jungen Mädchen.

Sonja war zärtlicher und hingebender gegen ihn als früher. Sie schien ihm beweisen zu wollen, daß sie seinen Verlust im Spiel wie eine Heldentat ansah, für die sie ihn noch mehr liebte als zuvor. Nikolaj aber fühlte sich ihrer unwürdig.

Er schrieb die Alben der jungen Mädchen mit Versen und Noten voll; schickte endlich Dolochow die 43 000 Rubel, erhielt von ihm den Wechsel zurück und reiste – ohne von seinen Freunden Abschied zu nehmen – Anfang Dezember seinem Regimente nach, das in Polen stand.

ZWEITE ABTEILUNG

I

Nachdem Pierre sich mit seiner Frau auseinandergesetzt hatte, reiste er nach Petersburg zurück. Auf der Station Torshok gab es keine Pferde, oder der Postmeister wollte keine hergeben. Pierre mußte warten, streckte sich, ohne sich umzukleiden, auf einen Diwan, legte die großen Füße, die in warmen Stiefeln steckten, auf den davorstehenden runden Tisch und versank in Nachdenken.

Befehlen Ew. Gnaden, daß ich die Koffer hereinbringe? oder das Bett zurechtmache? oder Tee besorge? fragte der Kammerdiener.

Pierre antwortete nicht, weil er weder sah noch hörte. Schon auf der vorhergehenden Station hatte er begonnen, sich mit dem Gegenstande zu beschäftigen, der ihn hier in Anspruch nahm, so daß ihn alles, was um ihn her geschah, völlig gleichgültig ließ. Es lag ihm nicht nur gar nichts daran, ob er früher oder später nach Petersburg kam; ob er auf der Station einen Platz zum Ausruhen fand oder nicht; es war ihm sogar – im Vergleich zu dem, was seine Gedanken erfüllte – völlig gleichgiltig, ob er nur einige Stunden oder sein ganzes Leben hier zubringen müßte.

Der Postmeister, die Postmeisterin, der Kammerdiener und eine Händlerin mit Stickereien aus der Umgegend kamen nacheinander ins Zimmer und boten ihre Dienste an. Pierre blieb ruhig, mit den Füßen auf dem Tische, liegen, sah die Leute über die Brille an, verstand aber nicht, was sie sagten, und begriff nicht, wie sie leben konnten, ohne die Fragen, welche ihn beschäftigten, gelöst zu haben – die Fragen, die ihn von dem Tage an, als er das Duell in Sokolniki gehabt und die erste qualvolle schlaflose Nacht durchlebt, unablässig beschäftigt hatten. Jetzt, während der Einsamkeit der Reise, beherrschten ihn eben diese Gedanken mit besonderer Gewalt. Worüber er auch nachzusinnen begann, immer kam er auf dieselben Fragen zurück, die er weder zu lösen vermochte noch aufhören konnte, sich vorzulegen. Es war, als ob in seinem Hirne die Hauptschraube, auf welcher sein ganzes Denken beruhte, locker geworden wäre. Die Schraube ging nicht mehr in die Tiefe, sie fiel auch nicht heraus, sondern drehte sich, ohne zu fassen, immer auf derselben Windung – und doch konnte er nicht aufhören, sie zu drehen.

Der Postmeister kam und bat Se. Erlaucht, nur noch zwei kurze Stunden zu warten. Nach Verlauf dieser Zeit würde er Sr. Erlaucht – es möge daraus entstehen, was da wolle – Kourierpferde geben. Es war unverkennbar, daß der Postmeister log, um mehr Geld von dem Reisenden zu erhalten. »Ist das schlecht oder gut?« fragte sich Pierre. »Für mich ist's gut, für andere Reisende schlecht und für den Mann selbst notwendig, weil er sonst nichts zu essen hätte. Er erzählt, daß ihn ein Offizier geschlagen hat ... Der Offizier hat ihn geschlagen, weil er schneller weiterfahren wollte, und ich habe auf Dolochow geschossen, weil ich mich für beleidigt hielt. Ludwig XVI. hat man hingerichtet, weil man ihn für einen Verbrecher hielt, und ein Jahr später tötete man die, welche ihn verurteilt hatten, aus dem gleichen Grunde. Was ist schlecht, was gut? ... was sollen wir lieben? was sollen wir hassen? weswegen sollen wir leben, und was bin ich? Was ist Leben? was ist Tod? welche Kraft regiert die Welt?« – so fragte er sich selbst, und es gab keine Antwort auf alle diese Fragen, außer der einen, unlogischen, die gar nicht darauf paßte. Diese Antwort war: »Stirb, dann ist alles zu Ende ... stirb, und du wirst alles erfahren oder zu fragen aufhören.« Aber sterben war so schrecklich!

Die Händlerin bot ihm mit weinerlicher Stimme ihre Waren, besonders ziegenlederne Pantoffeln, an.

»Ich habe Hunderte Rubel, die ich nicht gebrauche, und sie steht da in einem zerrissenen Pelze und sieht mich so scheu an, dachte Pierre. Aber was würde ihr das Geld nützen? Kann es ihr Glück auch nur um die Breite eines Haars vergrößern, ihr die Ruhe der Seele geben? Kann irgendein Besitz der Welt sie oder mich dem Bösen und dem Tode entziehen? Und ob der Tod, der allem ein Ende macht, heute oder morgen kommt, ist – im Vergleich mit der Ewigkeit – auch völlig einerlei.« So drückte er wieder auf die lahmgewordene Schraube, und die Schraube drehte sich wie früher, immer auf derselben Windung.

Sein Diener überreichte ihm ein bis zur Hälfte aufgeschnittenes Buch. Es war ein Roman in Briefen von Madame Suza. Er fing an, von den Leiden und tugendhaften Kämpfen einer gewissen Amalie Mansfeld zu lesen. »Weshalb führte sie den Kampf gegen ihren Verführer, wenn sie ihn liebte? dachte er. Gott konnte doch unmöglich ein Verlangen in ihre Seele legen, das seinem Willen zuwider war. Meine gewesene Frau hat nicht gekämpft – und vielleicht hat sie Recht ... Nichts ist bewiesen, nichts ergründet! Wir wissen nur, daß wir nichts wissen können. Und diese Erkenntnis ist die höchste Stufe menschlicher Weisheit.«

Alles in ihm selbst und um ihn her schien ihm wirr, sinnlos und abscheulich; aber in diesem Ekel an allem, was ihn umgab, fand Pierre eine Art aufregenden, anstachelnden Genusses.

Ich möchte Ew. Erlaucht gehorsamst bitten, für diesen Herrn ein wenig Platz zu machen, sagte der Postmeister, indem er einen anderen Reisenden ins Zimmer führte, der ebenfalls durch Mangel an Pferden aufgehalten wurde. Der Reisende war ein kleiner, starkknochiger Greis mit gelbem, runzligem Gesicht und grauen, buschigen Brauen über blitzenden Augen von unbestimmter Farbe.

Pierre zog die Füße vom Tische, stand auf, legte sich auf das für ihn zurechtgemachte Bett und warf dann und wann einen Blick auf den Fremden, der sich mit ernstem, müdem Gesicht, ohne auf Pierre zu achten, mit Hilfe seines Dieners langsam auskleidete. Der Reisende hüllte sich in einen abgetragenen, mit Nanking überzogenen Pelz, steckte die knochigen, mageren Füße in Filzschuhe, setzte sich auf den Diwan, legte den Kopf mit den breiten Schläfen und dem kurzgeschorenen Haar an die Lehne zurück und warf einen Blick auf Besuchow. Der ernste, kluge, durchdringende Ausdruck dieses Blickes überraschte Pierre. Er fühlte das Verlangen, mit dem Reisenden zu sprechen; aber als er eben im Begriff war, sich mit einer Frage über den Weg an ihn zu wenden, schloß der alte Mann die Augen, kreuzte die runzligen Hände über der Brust – Pierre bemerkte, daß er an einem seiner Finger einen großen gußeisernen Ring mit dem Adamskopfe trug – und saß unbeweglich da; entweder ruhend oder tief und still nachdenkend, wie es Pierre schien.

Der Diener des Reisenden war ebenfalls ein mit Runzeln bedeckter Greis von gelber Gesichtsfarbe und ohne Backen- und Schnurrbart, die offenbar nicht abrasiert, sondern ihm nie gewachsen waren. Mit großer Gewandtheit packte der alte Mann ein Reisekästchen aus, ordnete den Teetisch und brachte den brodelnden Samowar. Als alles fertig war, öffnete der Fremde die Augen, rückte an den Tisch, und nachdem er sich selbst ein Glas Tee eingeschenkt, goß er ein zweites für den bartlosen Diener ein und gab es ihm. Pierre fühlte mit einem gewissen Unbehagen das Bedürfnis, ja sogar die Notwendigkeit, mit dem Fremden ein Gespräch anzuknüpfen.

Der Diener brachte sein leeres, umgestülptes Glas nebst einem Stückchen Zucker, das er nicht gebraucht hatte, dem Herrn zurück und fragte, ob er etwas wünschte.

Gar nichts ... Nur mein Buch kannst du mir geben.

Der Diener reichte dem Fremden einen Band, der Pierre wie ein Erbauungsbuch vorkam und in dessen Lektüre sich der alte Herr vertiefte. Pierre betrachtete ihn. Plötzlich schloß der Fremde das Buch, schob es, nachdem er ein Zeichen hineingelegt, beiseite, schloß wieder die Augen, lehnte sich zurück und nahm wieder die frühere Stellung ein. Pierre sah ihn an und hatte nicht Zeit, seinen Blick abzuwenden, als der Alte die Augen aufschlug und seinen festen, strengen Blick auf Pierres Gesicht richtete.

Pierre wurde verlegen und wollte sich diesem Blick entziehen; aber die blitzenden Augen des Greises zogen ihn unwiderstehlich an.

II

Ich habe das Vergnügen, mit dem Grafen Besuchow zu sprechen, wenn ich mich nicht irre? begann der Reisende laut und langsam. Pierre schwieg und sah seinen Gefährten über die Brille hinweg fragend an.

Ich habe von Ihnen gehört, mein Herr, fuhr der Fremde fort, und von dem Unglück, daß Sie betroffen hat. (Er unterstrich das Wort Unglück, als ob er sagen wollte: ja, Unglück; nennen Sie es, wie Sie wollen, ich weiß, daß das, was Ihnen in Moskau passiert ist, ein Unglück war.) Ich bedauere Sie aufrichtig, mein Herr, fügte er hinzu.

Pierre errötete, zog rasch die Füße vom Bett und verbeugte sich gezwungen, mit verlegenem Lächeln vor dem Greise.

Nicht aus Neugier habe ich davon angefangen, mein Herr, sondern aus wichtigen Gründen. Der Fremde schwieg eine Weile, ohne Pierre aus den Augen zu lassen, rückte aber auf dem Diwan zur Seite, um anzudeuten, daß Pierre sich neben ihn setzen möge.

Es war Pierre unangenehm, mit dem Unbekannten über dies Thema zu sprechen; dennoch gehorchte er unwillkürlich und setzte sich neben ihn.

Sie sind unglücklich, mein Herr, fuhr der Fremde fort; Sie sind jung, ich bin alt – ich möchte Ihnen helfen, soweit meine Kräfte reichen.

Oh, ich bin Ihnen dankbar! sagte Pierre mit erzwungenem Lächeln; woher kommen Sie?

Das Gesicht des Fremden war nicht freundlich; es war sogar kalt und streng, aber trotzdem lag in der Redeweise und dem Gesichte dieses Unbekannten etwas unwiderstehlich Anziehendes.

Sollte Ihnen das Gespräch mit mir aus irgendeiner Ursache unangenehm sein, so sagen Sie es mir, fügte der Greis hinzu, und lächelte plötzlich mit einem väterlich milden Ausdruck.

Ach nein, durchaus nicht ... im Gegenteil! Ich freue mich, Ihre Bekanntschaft zu machen, antwortete Pierre, und indem er die Hände des Unbekannten betrachtete, sah er den Ring genauer an und erkannte darauf einen Adamskopf – das Freimaurerzeichen.

Erlauben Sie mir zu fragen, ob Sie Freimaurer sind? sagte er.

Ja, ich gehöre der Brüderschaft der Freien Maurer an, erwiderte der Fremde, der immer durchdringender in Pierres Augen blickte, und aus eigenem Antriebe, wie im Namen der Verbindung, strecke ich Ihnen meine Bruderhand entgegen.

Pierre schwankte zwischen dem Vertrauen, das ihm die Persönlichkeit des Freimaurers einflößte, und dem Spott, der ihm dem Bekenntnis der Gesellschaft gegenüber zur Gewohnheit geworden war. Ich fürchte, sagte er lächelnd, daß ich nicht imstande bin, zu verstehen ... wie soll ich es ausdrücken? ... Ich fürchte, meine Weltanschauung ist der Ihrigen so entgegengesetzt, daß wir uns nicht verständigen können.

Ich kenne Ihre Weltanschauung, antwortete der Freimaurer; und diese Ihre Weltanschauung, die Sie für ein Produkt Ihres eigenen Denkens halten, ist die des größten Teils der Menschen, die natürliche Frucht des Stolzes, der Trägheit und Unwissenheit. Entschuldigen Sie, mein Herr, daß ich so spreche – aber wenn mir diese Anschauung nicht bekannt wäre, hätte ich Sie gar nicht angeredet. Ihre Weltanschauung ist eine traurige Verirrung.

Könnte ich nicht auch annehmen, daß sie sich im Irrtum befinden, sagte Pierre mit schwachem Lächeln.

Ich werde mich nie erkühnen, zu behaupten, daß ich die Wahrheit kenne, sagte der Freimaurer, der auf Pierre durch die Klarheit und Bestimmtheit seiner Redeweise mehr und mehr Eindruck machte. Niemand kann allein zur Wahrheit gelangen ... Stein auf Stein, unter Beihilfe aller, durch Millionen Geschlechter, vom Urahn Adam bis zu unserer Zeit, wird jener Tempel erbaut, der ein würdiges Haus des Großen Gottes werden soll. Nach diesen Worten schloß der Freimaurer die Augen.

Ich muß Ihnen sagen ... ich glaube nicht ... ich glaube nicht ... an Gott! sagte Pierre halb zaudernd und mit Anstrengung, aber getrieben von dem Bedürfnisse, diesem Manne die ganze Wahrheit zu sagen.

Der Freimaurer sah Pierre aufmerksam an und lächelte, wie ein Reicher, der Millionen in den Händen hat, einem Armen zulächeln würde, der ihm sagte, er habe nicht die fünf Rubel im Vermögen, die ihn glücklich machen könnten.

Sie kennen Ihn nicht, mein Herr, können Ihn nicht kennen! ... Sie kennen Ihn nicht, und darum sind Sie unglücklich.

Ja, ja, ich bin unglücklich! bestätigte Pierre. Aber was soll ich tun?

Sie kennen Ihn nicht, und darum sind Sie sehr unglücklich! wiederholte der Freimaurer mit strenger, zitternder Stimme. Sie kennen Ihn nicht – und doch ist Er hier. Er ist in mir, Er ist in meinen Worten – Er ist in dir und sogar in der Lästerung, die du eben ausgesprochen hast.

Er schwieg und atmete tief, augenscheinlich nach Ruhe ringend, dann fuhr er leise fort:

Wenn Er nicht wäre, sagte er leise, hätte ich mit Ihnen nicht von Ihm sprechen können ... Und wovon, von wem habe ich gesprochen, und wen hast du verleugnet? rief er plötzlich mit kraftvoller, begeisterter Stimme.

Wer hat Ihn erdacht, wenn Er nicht ist? Warum steigt in dir die Ahnung von dem Dasein dieses unbegreiflichen Wesens auf? Warum hast du und die ganze Welt das Gefühl von der Existenz eines unfaßbaren, allmächtigen, ewigen, in allen seinen Eigenschaften unergründlichen Wesens? Er brach ab und schwieg eine lange Zeit.

Pierre konnte und wollte dies Schweigen nicht unterbrechen.

Er ist, aber Ihn zu begreifen, ist schwer, fing der Freimaurer wieder an, ohne Pierre ins Gesicht zu sehen, und seine alten, vor innerer Erregung zitternden Hände blätterten in dem Buche hin und her. Wenn es ein Mensch wäre, dessen Dasein du bezweifeltest, würde ich ihn bei der Hand nehmen, ihn zu dir führen und dir zeigen. Aber wie zeige ich nichtiges, sterbliches Geschöpf Seine Allmacht, Ewigkeit und Güte dem, der blind ist oder die Augen verschließt, um Ihn nicht zu sehen, nicht zu begreifen und die eigene Schlechtigkeit und Lasterhaftigkeit nicht zu erkennen?

Er schwieg abermals.

Wer bist du? Was bist du? ... Du bildest dir ein, weise zu sein, weil du jene lästerlichen Worte gesagt, fuhr er dann mit finsterem, verächtlichem Lächeln fort; und du bist einfältiger und törichter als ein kleines Kind, das mit den Teilen einer kunstvollen Uhr spielt, und da es die Bestimmung dieser Uhr nicht versteht, sich zu sagen erkühnt: Ich glaube nicht an den Meister, der sie gemacht hat! Ja, Ihn zu begreifen ist schwer! Jahrtausendelang, vom Urahn Adam bis zu unseren Tagen arbeiten wir an dieser Erkenntnis und sind unendlich weit von der Erreichung unseres Zieles entfernt. Aber in Seiner Unbegreiflichkeit erkennen wir unsere Schwäche und Seine Größe.

Pierre sah mit blitzenden Augen in das Gesicht des Freimaurers, hörte mit stockendem Herzen zu, unterbrach ihn nicht, fragte nicht, sondern gab sich mit ganzer Seele dem hin, was er von diesem fremden Manne hörte. Glaubte er den vernünftigen Beweisen, die in der Rede des Freimaurers lagen? oder glaubte er, wie Kinder tun, den überzeugenden, herzlichen Tönen, dem Zittern der Stimme, das den Redner hin und wieder unterbrach, oder den blitzenden Augen des Greises, der in einer und derselben Überzeugung alt geworden war? oder der Ruhe, der Festigkeit, der freudigen Erkenntnis unserer Bestimmung, die aus dem ganzen Wesen des Freimaurers hervorleuchtete und mit Pierres Schlaffheit und Hoffnungslosigkeit im schroffen Widerspruche stand? ... Seine ganze Seele sehnte sich, glauben zu können, und er glaubte und empfand ein erquickendes Gefühl der Beruhigung, der Wiedergeburt, der Rückkehr ins Leben.

Er wird nicht durch den Verstand begriffen, fing der Fremde nach einer Pause wieder an, sondern durch das Leben.

Ich verstehe nicht, sagte Pierre, der voll Bangen neue Zweifel in sich aufsteigen fühlte. Er fürchtete sich vor der Unklarheit und der Schwäche der Beweise seines Gefährten, er fürchtete sich, daß er ihm nicht zu glauben vermöchte. Ich verstehe nicht, sagte er, warum der menschliche Verstand die Erkenntnis, von der Sie sprechen, nicht erringen sollte.

Der Freimaurer lächelte in seiner sanften, väterlichen Weise.

Die höchste Weisheit und Wahrheit ist wie der klarste Quell, sagte er, den wir in uns aufnehmen wollen. Kann ich, unreines Gefäß, nun wohl diese reine Flut in mich aufnehmen, ohne ihre Lauterkeit zu trüben? Nein! nur durch innerliche Selbstreinigung kann ich der Flut, die ich in mich aufnehme, eine höhere Lauterkeit geben.

Ja, ja, so ist es! rief Pierre erfreut.

Die höchste Weisheit beruht nicht allein auf Erkenntnis, nicht allein auf den irdischen Wissenschaften, wie Physik, Geschichte, Chemie und so weiter, in die das Wissen des Verstandes zerfällt. Die höchste Weisheit beruht in sich selbst, die höchste Weisheit kennt nur eine Wissenschaft – die Wissenschaft des Alls, die Wissenschaft, welche die Erkenntnis des Weltbaues beleuchtet und der Stellung, welche der Mensch darin einnimmt. Um diese Wissenschaft in sich aufzunehmen, ist es unbedingt nötig, sich zu reinigen und im eigenen Innern wiedergeboren zu werden; dazu müssen wir vor allen Dingen glauben und uns vervollkommnen ... und um dies Ziel erreichen zu können, ist in unsere Seele das Licht Gottes gegeben, das Gewissen genannt wird.

Ja, ja! bekräftigte Pierre.

Betrachte deinen inneren Menschen mit den Augen des Geistes, fuhr der Freimaurer fort, und frage dich selbst, ob du mit dir zufrieden bist. Was hast du erreicht, indem du dich allein der Leitung des Verstandes überließest? Was bist du dabei geworden? ... Du bist jung, reich, klug, gebildet ... Was hast du mit allen diesen Gütern gemacht? bist du mit dir und deinem Leben zufrieden?

Nein, ich hasse mein Leben, antwortete Pierre, indem er die Brauen zusammenzog.

Du hassest es ... nun, so ändere es, reinige dich, und je mehr du in der Reinigung vorschreitest, um so näher wirst du der Weisheit kommen. Siehe auf dein Leben ... Wie hast du es zugebracht? ... In rohen Orgien und wilder Sittenlosigkeit, indem du alles von der menschlichen Gesellschaft empfingst und ihr nichts dafür leistetest. Du hast Reichtum empfangen ... wie hast du ihn angewandt? Was hast du für deinen Nächsten getan? ... Hast du an die Zehntausend deiner Leibeigenen gedacht, ihnen physisch und moralisch Hilfe gewährt? nein, du hast ihre Arbeitskraft ausgebeutet, um ein sittenloses Leben zu führen. In Nichtstun hast du deine Tage hingebracht; dann hast du geheiratet, die Verantwortlichkeit auf dich genommen, eine junge Frau zu leiten ... und was hast du getan? ... Du hast ihr nicht geholfen, den Weg der Wahrheit zu finden, sondern hast sie in einen Abgrund von Lüge und Unglück hineingezogen ... Ein Mann hat dich beleidigt ... Du hast ihn getötet ... Und nun sagen Sie, daß Sie Gott nicht kennen und daß Ihnen Ihr Leben verhaßt ist ... das ist nur natürlich, mein Herr.

Nach diesen Worten lehnte sich der Freimaurer wieder in den Diwan zurück und schloß die Augen, als ob er von dem anhaltenden Sprechen ermüdet wäre. Pierre sah in das ernste, starre Greisenangesicht, das dem eines Toten ähnlich war, und bewegte lautlos die Lippen. Er wollte sagen: »Ja, ein abscheuliches, tatenloses, sittenloses Leben!« wagte aber nicht, die Stille zu unterbrechen.

Der Freimaurer hustete mit heiserem Tone und rief seinen Diener.

Wie steht's mit den Pferden? fragte er, ohne Pierre anzusehen.

Es sind Retourpferde gekommen ... aber wollen Sie nicht erst ruhen, Herr?

Nein, laß anspannen!

»Ist es möglich, daß er fortfährt und mich allein läßt, ohne alles durchgesprochen und mir gezeigt zu haben, wo ich Hilfe finde?« dachte Pierre, indem er aufstand und den Kopf senkte. Er fing an, im Zimmer umher zu gehen, und warf hin und wieder einen Blick auf den Freimaurer. »Ja ... ich habe mir das nicht klar gemacht, aber ich habe ein verächtliches, sittenloses Leben geführt«, sagte er zu sich selbst. »Freude habe ich jedoch nicht daran gehabt, und es war nicht meine Absicht, so zu leben ... Und dieser Mann kennt die Wahrheit, liebt das Gute und hat mich aus meinen Irrtümern aufgerüttelt!« Pierre dachte das aber nur und wagte nicht, es dem Freimaurer zu sagen. Nachdem der Reisende mit bedächtigen Greisenhänden seine Sachen eingepackt hatte, knöpfte er seinen Pelzrock zu; dann wandte er sich zu Besuchow und sagte in gleichgültig höflichem Tone:

Wohin fahren Sie jetzt, mein Herr?

Ich? ... Ich, nach Petersburg, antwortete Pierre, und mit kindlich-vertrauensvollem Tone fügte er hinzu: Ich danke Ihnen und gebe Ihnen in allem recht; aber glauben Sie nicht, daß ich schlecht bin. Von ganzer Seele wünsche ich, so zu sein, wie Sie es verlangen. Niemals habe ich dazu bei irgend jemand Beistand gefunden ... Übrigens bin ich selbst an allem schuld ... helfen Sie mir! lehren Sie mich ... vielleicht kann ich ...

Pierre war nicht imstande, weiterzusprechen; er atmete tief und wandte sich ab.

Der Freimaurer schwieg eine Weile, in Nachdenken versunken.

Die wahre Hilfe kommt von Gott, sagte er – den Beistand aber, den unser Orden zu geben vermag, wird er Ihnen gewähren. Sie gehen nach Petersburg ... Geben Sie dies dem Grafen Wilarski! (Er nahm ein Taschenbuch zur Hand und schrieb einige Zeilen auf ein zusammengelegtes Blatt.) Erlauben Sie mir, Ihnen noch einen Rat zu erteilen. Wenn Sie in die Hauptstadt kommen, widmen Sie die erste Zeit der Einsamkeit, der Selbstprüfung, und vermeiden Sie Ihre früheren Lebenswege. Und nun wünsche ich Ihnen glückliche Reise, mein Herr – fügte er hinzu, als er bemerkte, daß sein Diener ins Zimmer trat – und Erfolg.

Der Reisende war, wie Pierre aus dem Fremdenbuche sah, Ossip Aleksejewitsch Basdjejew, einer der bedeutendsten Freimaurer und Martinisten noch aus der Nowikowschen Zeit. Lange, nachdem der Greis weggefahren, ging Pierre im Wartezimmer auf und ab und dachte ebensowenig daran, sich niederzulegen, wie Pferde zu verlangen. Er dachte an sein vergangenes, lasterhaftes Leben und stellte sich mit der größten Freude seine Wiedergeburt und eine tadellose, glückliche Zukunft vor, die zu erreichen ihm sehr leicht schien. Er glaubte nur deshalb lasterhaft geworden zu sein, weil er zufällig vergessen hatte, daß ein tugendhaftes Leben besser ist. Von den früheren Zweifeln war keine Spur in seiner Seele zurückgeblieben – er glaubte fest an die Möglichkeit einer Verbrüderung unter Menschen, die sich mit der Absicht vereinigten, einer den anderen auf dem Wege der Tugend zu stützen, und eine solche Verbrüderung sah er in der Freimaurerei.

III

Als Pierre nach Petersburg kam, benachrichtigte er niemanden von seiner Ankunft, machte keine Besuche und brachte ganze Tage mit dem Lesen des Thomas a Kempis zu, der ihm von unbekannter Hand übersandt worden war. Was Pierre wieder und wieder aus diesem Buche schöpfte, war der ihm bis dahin völlig fremde Glaube an die Möglichkeit der Vervollkommnung und die Möglichkeit jener brüderlichen, tätigen Menschenliebe, die ihm zuerst durch Ossip Aleksejewitsch gezeigt worden war.

Eine Woche nach Pierres Rückkehr trat eines Abends der junge polnische Graf Wilarski, den er oberflächlich aus der Petersburger Gesellschaft kannte, bei ihm ein. Seine Miene hatte etwas Feierliches, Offizielles, wie die des Sekundanten Dolochows, und nachdem er die Tür hinter sich geschlossen und sich überzeugt hatte, daß außer Pierre niemand zugegen war, wandte er sich zu ihm.

Ich komme mit einem Auftrage und einem Anerbieten, Graf, sagte er, ohne sich zu setzen. Eine in unserer Brüderschaft sehr hoch gestellte Persönlichkeit hat sich dafür verwendet, daß Sie vor dem gewöhnlichen Termin in die Gesellschaft aufgenommen werden, und hat mir das Amt zuerteilt, Ihr Bürge zu sein. Diesen Auftrag zu erfüllen, halte ich für heilige Pflicht. Wollen Sie mit meiner Bürgschaft in den Freimaurerorden eintreten?

Pierre war überrascht von dem kalten, strengen Tone dieses Mannes, den er immer nur in der Gesellschaft, an der Seite glänzender Frauen, mit einem liebenswürdigen Lächeln gesehen hatte.

Ja, ich will es, antwortete er.

Wilarski neigte den Kopf.

Noch eine Frage, Graf, sagte er, auf die ich Sie bitte, mir nicht als künftiger Freimaurer, sondern als Ehrenmann (*galant homme*) zu antworten: Haben Sie sich von Ihren früheren Ansichten losgesagt? glauben Sie an Gott?

Pierre bedachte sich eine Weile; dann sagte er:

Ja ... ja ... ich glaube an Gott!

In diesem Falle ... fing Wilarski an; aber Pierre unterbrach ihn.

Ja, ich glaube an Gott! sagte er noch einmal.

In diesem Falle können wir fahren; mein Wagen steht zu Ihren Diensten.

Den ganzen Weg war Wilarski still. Auf Pierres Fragen, was er tun und wie er antworten solle, sagte Wilarski nur, daß würdigere Brüder Pierres Prüfung vorzunehmen hätten, und daß er nichts zu tun habe, als die Wahrheit zu sagen.

Nachdem sie in das Tor des großen Hauses eingefahren waren, wo die Loge ihren Sitz hatte, gingen Sie über eine finstere Treppe und kamen in ein kleines, erleuchtetes Vorzimmer, wo sie ohne Hilfe einer Bedienung ihre Pelze ablegten. Aus dem Vorzimmer gingen sie in ein anderes Gemach. Ein Mann in besonderer Tracht zeigte sich an der Tür, Wilarski ging ihm entgegen, sagte ihm leise etwas auf Französisch und näherte sich einem kleinen Schranke, in dem Pierre fremdartige Kleidungsstücke bemerkte. Nachdem er aus dem Schranke ein Tuch genommen, legte er es um Pierres Augen und band es am Hinterkopfe zu, indem er die Haare in schmerzhafter Weise in den Knoten hineinzog. Dann bog er ihn zu sich nieder, küßte ihn, faßte seine Hand und führte ihn fort. Pierre taten die eingebundenen Haare weh; er verzog das Gesicht vor Schmerz, während er zugleich verlegen lächelte. Seine kolossale Gestalt mit den herunterhängenden Armen, dem gerunzelten lächelnden Gesicht ging mit unsicheren, schüchternen Schritten hinter Wilarski her.

Nachdem ihn Wilarski ungefähr zehn Schritte weit geführt hatte, blieb er stehen.

Was auch mit Ihnen vorgehen mag, sagte er, Sie müssen, wenn Sie sich fest entschieden haben, in unsere Brüderschaft einzutreten, alles mutig ertragen. (Pierre drückte seine Zustimmung durch ein Kopfnicken aus.) Wenn Sie an die Tür klopfen hören, nehmen Sie die Binde ab ... Ich wünsche Ihnen Mut und Erfolg. Wilarski drückte Pierre die Hand und verließ das Zimmer.

Als Pierre allein war, lächelte er noch immer in derselben Weise. Ein paarmal zuckte er mit den Achseln, erhob die Hand, als ob er das Tuch abnehmen wollte, und ließ sie wieder sinken. Die fünf Minuten, die er mit verbundenen Augen zubrachte, schienen ihm eine Stunde; seine Hände erstarrten, seine Knie erlahmten; er fühlte sich müde und hatte die verschiedenartigsten, kompliziertesten Empfindungen. Er fürchtete sich vor dem, was mit ihm vorgehen würde, und fürchtete noch mehr, seine Angst zu verraten. Er war begierig, was sich ihm zeigen sollte, aber vor allem freute er sich, daß der Augenblick herankam, wo er den Weg der Wiedergeburt, den Weg zu jenem tätigen, tugendhaften Leben betreten würde, für das er seit der Begegnung mit Ossip Aleksejewitsch schwärmte. Plötzlich wurden heftige Schläge an die Tür hörbar. Pierre nahm das Tuch ab und blickte umher. Das Zimmer war dunkel; nur an einer Stelle brannte ein Flämmchen in etwas Weißem. Pierre trat heran und fand, daß das Licht auf einem schwarzverhangenen Tische vor einem aufgeschlagenen Buche stand – es war das Evangelium – und das Weiße, in dem das Lämpchen brannte, war ein Totenkopf mit seinen Augenhöhlen und Zähnen.

Nachdem Pierre die ersten Worte des Evangeliums gelesen hatte: »Im Anfang war das Wort, und das Wort war bei Gott«, ging er um den Tisch herum und erblickte einen großen offenen Kasten, der mit etwas gefüllt war. Es war ein Sarg mit Totengebeinen. Er wunderte sich nicht darüber. Erfüllt von der Hoffnung, in ein neues Leben einzutreten, das von dem früheren ganz verschieden war, hatte er sich auf alles Ungewöhnliche gefaßt gemacht ... auf mehr, als er sah.

Der Schädel, der Sarg, das Evangelium … ihm war, als hätte er all dies erwartet, als hätte er noch mehr erwartet. Voll Verlangen, ein Gefühl der Rührung in sich hervorzurufen, sah er sich um. »Gott, Tod, Liebe, Menschenverbrüderung«, sagte er vor sich hin, indem er mit diesen Worten unklare, aber beglückende Vorstellungen verband. Die Tür ging auf, ein Mann trat ein.

Bei dem schwachen Licht, an das sich Pierres Auge schon gewöhnt hatte, ward ein Mann von mittlerer Größe sichtbar. Wahrscheinlich kam er aus dem Licht in die Finsternis, denn er blieb wie unsicher einen Augenblick stehen, näherte sich dann mit vorsichtigen Schritten dem Tische und legte seine kleinen, mit ledernen Handschuhen bekleideten Hände darauf.

Dieser kleine Mann trug eine weiße, lederne Schürze, die seine Brust und einen Teil seiner Beine bedeckte; um den Hals trug er ein Band und darüber eine breite Halskrause, die sein längliches, von unten beleuchtetes Gesicht umrahmte.

Zu welchem Zweck sind Sie hierhergekommen? fragte der Eingetretene, indem er sich bei einem Geräusch, das Pierre machte, zu ihm wandte. Warum sind Sie, der Sie nicht an die Wahrheit des Lichtes glaubten und das Licht nicht sahen, warum sind Sie hierhergekommen? Was suchen Sie bei uns? Weisheit, Tugend, Erleuchtung?

In dem Augenblick, als die Tür sich öffnete und der Unbekannte eintrat, empfand Pierre eine Regung von Furcht und Ehrerbietung, ähnlich der, die er in der Kindheit bei der Beichte zu empfinden pflegte. Er befand sich hier Auge in Auge mit einem Manne, der ihm in Hinsicht auf äußere Lebensbedingungen völlig fremd war und ihm nun, in der allgemeinen Menschenverbrüderung, so nahe stand. Mit einem Herzklopfen, das ihm den Atem raubte, näherte sich Pierre dem Redner (so hieß in der Freimaurerei der Bruder, der den »Suchenden« zur Aufnahme vorbereitete) und fand in ihm einen Bekannten namens Smoljaninow – eine Entdeckung, die ihn peinlich berührte – der Eingetretene sollte ihm nur Bruder und Tugendlehrer sein. Lange war Pierre außerstande, ein Wort hervorzubringen, so daß sich der Redner genötigt sah, seine Frage zu wiederholen.

Ja, ich, ich ... ich sehne mich nach der Wiedergeburt! brachte Pierre mühsam hervor.

Gut! sagte Smoljaninow und fuhr sogleich in ruhigem Tone fort: Haben Sie einen Begriff von den Mitteln, mit denen unser heiliger Orden Ihnen helfen wird, Ihr Ziel zu erreichen?

Ich ... erhoffe ... Belehrung ... Hilfe zur Wiedergeburt, sagte Pierre mit zitternder Stimme und einem Stocken der Rede, das teils von seiner Aufregung herrührte, teil von der Ungewohnheit, russisch über abstrakte Dinge zu sprechen.

Welche Vorstellung haben Sie von der Freimaurerei?

Ich stelle mir vor, die Freimaurerei ist eine Fraternité und Gleichheit unter den Menschen, deren Zweck die Tugend ist, antwortete Pierre, indem er eine gewisse Scham darüber empfand, daß seine Redeweise diesem feierlichen Augenblicke nicht besser entsprach. Ich stelle mir vor ...

Gut! fiel der Redner ein, der augenscheinlich durch Pierres Antwort befriedigt war. Haben Sie die Mittel, Ihr Ziel zu erreichen, in der Religion gesucht?

Nein, ich habe sie nicht für wahr gehalten und folgte ihr nicht, sagte Pierre so leise, daß ihn der Redner nicht verstand und fragte, was er gesagt hätte.

Ich war Atheist! antwortete Pierre.

Sie suchen die Wahrheit, um im Leben ihren Gesetzen zu folgen, also suchen Sie Weisheit und Tugend, nicht wahr? fragte der Redner nach kurzem Schweigen.

Ja, ja! bestätigte Pierre.

Der Redner räusperte sich, kreuzte die Hände über der Brust und begann:

Jetzt muß ich Ihnen die Ziele unseres Ordens offenbaren, sagte er, und wenn diese Ziele mit den Ihrigen sich decken, werden Sie mit Nutzen in unsere Brüderschaft eintreten. Die erste Hauptaufgabe und zugleich die Grundlage, auf die unsere Gemeinschaft gegründet ist und die keine menschliche Kraft stürzen kann, ist die Aufbewahrung und Überlieferung eines hohen Geheimnisses, das von den ältesten Zeiten und sogar von dem ersten Menschen auf uns gekommen ist und von dem vielleicht das Schicksal des Menschengeschlechtes abhängt. Da selbiges Geheimnis aber von solcher Art ist, daß es niemand verstehen und nützen kann, wenn er nicht durch eine lange, gewissenhafte Reinigung vorbereitet ist, so kann nicht jeder hoffen, es schnell zu erfassen. Unsere zweite Aufgabe ist darum, unsere Mitglieder vorzubereiten, das heißt, so viel als möglich ihr Herz zu läutern und ihren Verstand aufzuklären. Dies geschieht durch die Mittel, die uns durch die Überlieferung derer zuteil geworden sind, die sich um das Ergründen des Geheimnisses verdient gemacht haben. Durch die Reinigung und Vervollkommnung unserer Mitglieder suchen wir drittens das ganze menschliche Geschlecht zu verbessern, indem wir ihm in unseren Mitgliedern Beispiele der Frömmigkeit und Tugend zeigen und uns mit allen Kräften bemühen, das Böse, das in der Welt herrscht, zu bekämpfen. Denken Sie darüber nach, ich komme wieder, schloß er und verließ das Zimmer.

Das Böse, das in der Welt herrscht, zu bekämpfen ... wiederholte Pierre, und seine künftige Tätigkeit schien ihm auf diesem Felde zu liegen. Vor seinen geistigen Augen standen die, die ihm glichen, wie er noch vor vierzehn Tagen gewesen, und in Gedanken richtete er an sie belehrende, ermahnende Worte. Er stellte sich lasterhafte und unglückliche Menschen vor, denen er mit Worten und Taten half, und Bedrücker, denen er ihre Opfer entriß. Von den drei Aufgaben, die der Redner genannt, stand diese letzte, die Besserung des Menschengeschlechtes, Pierres Herzen besonders nahe. Obgleich das hohe Geheimnis, von welchem der Redner gesprochen hatte, seine Wißbegierde reizte, schien es ihm doch nicht so wichtig zu sein, und die zweite Aufgabe: Reinigung und Besserung seiner selbst, kümmerte ihn wenig, weil er sich in diesem Augenblick von den früheren Fehlern gebessert und ganz nur zum Guten bereit fühlte.

Nach einer halben Stunde kehrte der Redner zurück, um dem Suchenden die sieben Tugenden zu nennen, die den sieben Stufen des Salomonischen Tempels entsprachen, und die jeder Freimaurer in sich hegen muß. Diese Tugenden waren:

1. Bescheidenheit und Verschwiegenheit der Ordensgeheimnisse. 2. Gehorsam gegen die höheren Ordensgrade. 3. Sittenreinheit. 4. Menschenliebe. 5. Tapferkeit. 6. Mildtätigkeit und 7. Liebe zum Tode.

Die siebente Tugend streben Sie zu erringen, sagte der Redner, indem Sie durch öfteres Nachdenken über den Tod sich daran gewöhnen, ihn nicht mehr als fürchterlichen Feind, sondern als Freund zu betrachten ... als einen Freund, der die Seele, die sich in diesem Leben der Trübsal in den Mühen der Tugend gequält, erlöst, um sie an die Stätte der Gnade und des Friedens zu geleiten.

»Ja, so mußte es sein!« dachte Pierre, als sich der Redner nach diesen Worten wieder entfernte und ihn seinem einsamen Nachdenken überließ. So muß es sein! aber ich bin noch so schwach, daß ich das Leben liebe, dessen Sinn mir erst jetzt allmählich enthüllt wird.« Die übrigen fünf Tugenden, auf die sich Pierre, an den Fingern nachzählend, besinnen konnte: Tapferkeit, Mildtätigkeit, Sittenreinheit, Menschenliebe und besonders Gehorsam fand er in seiner Seele. Der Gehorsam erschien ihm nicht einmal wie eine Tugend, sondern wie ein Glück. (Er war froh darüber, von seiner Unabhängigkeit befreit zu werden und seinen Willen demjenigen und denjenigen zu unterwerfen, welche die unzweifelhafte Wahrheit kannten.) Die siebente Tugend hatte Pierre vergessen und konnte sich durchaus nicht darauf besinnen.

Zum dritten Mal kehrte der Redner schneller zurück und fragte Pierre: ob er noch bei seiner Absicht beharre und sich allem unterwerfen wolle, was von ihm verlangt werden würde?

Ich bin zu allem bereit, sagte Pierre.

Dann muß ich Ihnen noch mitteilen, sagte der Redner, daß unser Orden seine Lehre nicht nur in Worten vorträgt, sondern auch durch andere Mittel, welche auf den wahren Sucher der Weisheit und Tugend vielleicht stärker wirken als mündliche Erklärungen. So muß dieser Tempel mit dem, was er enthält, Ihrem Herzen, wenn es empfänglich ist, mehr offenbart haben als Worte. Vielleicht werden Sie bei der weiteren Aufnahme noch mehr solcher symbolischen Offenbarungen empfangen. Unser Orden ahmt den alten Brüderschaften nach, die ihre Lehren in Hieroglyphen einkleideten. Hieroglyphen nennen wir die bildliche Darstellung irgendeines unbeseelten Dinges, das die zu bezeichnenden Eigenschaften in sich enthält.

Pierre wußte sehr gut, was Hieroglyphen sind, wagte aber nicht, eine Bemerkung zu machen, hörte den Redner schweigend an und fühlte aus allem heraus, daß die Prüfungen gleich beginnen würden.

Wenn Sie entschlossen sind, habe ich den Auftrag, Sie einzuführen, sagte der Redner, indem er an Pierre herantrat. Als Beweis der Mildtätigkeit bitte ich Sie, mir alle Ihre Kostbarkeiten zu geben.

Ich habe nichts bei mir, antwortete Pierre, der glaubte, daß man die Herausgabe von allem verlangte, was er besaß.

Was Sie bei sich haben: Uhr, Geld, Ringe ...

Pierre zog eilig Uhr und Börse aus der Tasche, aber den Trauring konnte er lange nicht von seinem dicken Finger abstreifen. Nachdem es gelungen war, sagte der Freimaurer:

Zum Beweis des Gehorsams, bitte ich Sie, sich auszukleiden.

Pierre zog, der Weisung des Redners gemäß, den Frack aus, die Weste und den linken Stiefel. Dann schob ihm der Freimaurer das Hemd von der linken Seite der Brust zurück und streifte ihm am linken Beine das Beinkleid bis über das Knie in die Höhe. Pierre wollte schnell auch den rechten Stiefel abziehen und das Beinkleid aufschlagen, um dem fremden Manne diese Mühe zu ersparen; aber der Freimaurer sagte ihm, daß wäre nicht nötig, und gab ihm einen Pantoffel für den linken Fuß.

Ein kindlich-verschämtes, zweifelndes, selbstverspottendes Lächeln trat unwillkürlich auf Pierres Gesicht, und so stand er mit herabhängenden Händen und ausgespreizten Füßen vor dem Bruder Redner und erwartete seine weiteren Befehle.

Endlich, als Beweis der Herzensreinheit bitte ich Sie, mir Ihre Hauptleidenschaft zu nennen.

Meine Leidenschaft! Ich *hatte* so viele, sagte Pierre.

Die Leidenschaft, die Sie am meisten auf dem Wege der Tugend straucheln ließ, sagte der Redner.

Pierre schwieg eine Weile nachdenklich still.

»Völlerei, Müßiggang, Faulheit, Heftigkeit, Bosheit, Sinnlichkeit«, zählte er in Gedanken auf und suchte sich klarzumachen, wozu er den meisten Hang besessen.

Die Sinnlichkeit! sagte er endlich mit kaum hörbarer Stimme. Der Freimaurer rührte sich nicht und schwieg, nachdem er diese Antwort erhalten, eine geraume Weile. Endlich trat er Pierre näher, nahm das auf dem Tische liegende Tuch und verband ihm abermals die Augen.

Zum letzten Mal wiederhole ich Ihnen, sagte er dann, daß Sie Ihre ganze Aufmerksamkeit auf Ihre Selbsterziehung zu wenden haben. Legen Sie Ihre Gefühle in Ketten, und suchen Sie die Glückseligkeit nicht in Leidenschaften, sondern in Ihrem eigenen Herzen. Die Quelle des Glücks liegt nicht außer uns, sondern in uns.

Pierre hatte längst diesen erfrischenden Quell der Glückseligkeit, der jetzt seine Seele mit Wonne und Rührung erfüllte, in sich selbst geahnt.

IV

Pierre blieb wieder allein, und dann kam nicht der Redner, sondern sein Bürge Wilarski, den er an der Stimme erkannte, zu ihm in die dunkle Halle.

Auf die wiederholte Frage: ob er bei seiner Absicht beharre? antwortete Pierre: Ja, ja, ich bin entschlossen! und ging mit seinem kindlichen leuchtenden Lächeln, seiner offenen, fetten Brust und seinen ungleichen, furchtsamen Schritten vorwärts, trotz der Degenspitze, die Wilarski auf seine nackte Brust stemmte.

Aus der Halle leitete ihn sein Führer durch den Korridor, in dem er einige Wendungen machte, und endlich kamen sie an die Tür der Loge. Wilarski hustete. Man antwortete mit dem Maurerzeichen der Hammerschläge, und die Tür öffnete sich. Eine Baßstimme (Pierres Augen waren noch immer verbunden) legte ihm die Fragen vor: wer er sei, wann und wo geboren und dergleichen. Dann führte man ihn wieder umher, und während er ging, erzählte man ihm in Allegorien von der Mühseligkeit seiner Wanderung, von der heiligen Freundschaft, von dem ewigen Erbauer der Welt, von dem Mute, mit welchem er Arbeit und Gefahren ertragen müsse. Während dieser Wanderung bemerkte Pierre, daß man ihn bald *Suchenden,* bald *Leidenden,* bald *Verlangenden* nannte und dabei in verschiedener Weise mit Hämmern und Degen aufschlug. Er bemerkte auch, daß unter seinen Führern einmal eine gewisse Verlegenheit und Verwirrung entstand, und hörte, daß die Männer, die ihn umgaben, miteinander stritten, und daß einer von ihnen darauf bestand, den Aufzunehmenden noch über einen Teppich zu geleiten. Darauf faßte man seine Rechte, legte sie auf einen Gegenstand, befahl ihm, mit der Linken einen Zirkel an die linke Brust zu setzen, und ließ ihn den Schwur der Treue für die Gesetze des Ordens, den einer der Brüder vorlas, nachsprechen.

Nun wurden die Kerzen gelöscht und, wie Pierre am Geruch erkannte, Spiritus angezündet. Dabei sagte man ihm, daß er jetzt ein kleines Licht sehen würde, nahm ihm die Binde ab, und Pierre sah wie im Traume bei dem schwachen Licht der Spiritusflamme einige Männer um sich herum stehen, die ebensolche Schürzen trugen wie der Redner und ihre Degen auf seine Brust gezückt hatten. Unter ihnen war ein Mann in weißem, mit Blut bedecktem Hemde. Bei diesem Anblick drängte Pierre die Brust hastig vorwärts mit dem Wunsche, daß ihn die Degenspitzen durchbohren möchten, aber man zog sie zurück und legte ihm sogleich wieder die Binde um die Augen.

Jetzt hast du das kleine Licht gesehen, sagte ihm eine unbekannte Stimme. Dann wurden die Kerzen wieder angezündet; man sagte ihm, er solle das volle Licht sehen, nahm ihm die Binde ab, und mehr als zehn Stimmen riefen gleichzeitig: *Sic transit gloria mundi!*

Allmählich begann Pierre zu sich selbst zu kommen und fing an, das Zimmer zu betrachten, in dem er sich befand, und die Menschen, die ihn umgaben. Um den langen, schwarzverhangenen Tisch saßen etwa zwölf Männer, alle in derselben Tracht wie die, die er früher gesehen. Einige von ihnen kannte Pierre aus der Petersburger Gesellschaft. Den Vorsitz führte ein ihm unbekannter junger Mann mit einem eigentümlichen Kreuz auf der Brust. Rechts von ihm saß der italienische Abbate, den Pierre vor zwei Jahren bei Anna Pawlowna gesehen hatte. Ferner erkannte er einen hochgestellten Staatsmann und einen Schweizer, der Erzieher war und früher bei Kuragins gewohnt hatte. Alle verharrten in feierlichem Schweigen und warteten auf die Worte des Vorsitzenden, der einen Hammer in der Hand hielt. In die Wand war ein brennender Stern eingefügt; an einer Seite des Tisches befand sich ein kleiner Teppich, in welchen verschiedene Figuren eingewirkt waren, an der anderen Seite eine Art Altar mit dem Evangelium und dem Totenkopfe. Rings um den Tisch standen sieben große, Kirchenleuchtern ähnliche Kandelaber. Zwei von den Brüdern führten Pierre zu dem Altare, brachten seine Füße in die Lage eines rechten Winkels, befahlen ihm, sich niederzulegen und sagten ihm, daß er sich damit vor dem Tore des Tempels beuge.

Er muß erst eine Kelle bekommen, bemerkte leise einer der Brüder.

Ach, bitte, lassen Sie doch! meinte der andere.

Anstatt zu gehorchen, sah sich Pierre mit verwirrten, kurzsichtigen Augen um, und plötzlich kam ein Zweifel über ihn.

Wo bin ich? was tue ich? macht man sich nicht über mich lustig? wird nicht die Erinnerung an diese Stunde später etwas Beschämendes für mich haben? fragte er sich selbst. Aber dieser Zweifel währte nur einen Augenblick. Er sah sich um, und die ernsten Gesichter der ihn umgebenden Männer erinnerten ihn an alles, was er erlebt hatte, und er begriff, daß er nicht auf halbem Wege stehenbleiben konnte. Er erschrak über seine Zweifel und beugte sich vor dem Tor des Tempels, in dem er die frühere süße Rührung wieder in sich zu erwecken suchte; und wirklich kam sie über ihn, noch stärker als das erste Mal.

Nachdem er eine Weile dagelegen, befahl man ihm, aufzustehen, bekleidete ihn mit einer weißen Lederschürze, wie sie die anderen trugen, gab ihm eine Kelle und drei Paar Handschuhe; dann wandte sich der Meister vom Stuhl zu ihm. Er sagte, er solle danach streben, die Weiße der Schürze, das Symbol der Kraft und Reinheit, nie zu beflecken. Von der Kelle, deren Bedeutung noch nicht erklärt war, bemerkte der Vorsitzende: Pierre möge sich ihrer bedienen, um sein eigenes Herz von Fehlern zu reinigen, das Herz des Nächsten aber nachsichtig damit zu streicheln. Bei Überreichung des ersten Paares der Handschuhe sagte er: ihre Bedeutung könne Pierre noch nicht erfahren, aber er möge sie sorgsam aufheben, und das zweite Paar möge er bei den Versammlungen der Brüder tragen. Das dritte Paar waren Damenhandschuhe.

Lieber Bruder, diese Frauenhandschuhe sind für Sie bestimmt, sagte der Meister vom Stuhl; geben Sie sie dem Weibe, das Sie höher achten als jedes andere. Durch diese Gabe zeigen Sie ihr an, daß Sie sie wert halten, Freimaurerin zu sein. Er schwieg eine Weile, dann fügte er hinzu: Aber gib acht, lieber Bruder, daß die Handschuhe keine unreinen Hände schmücken!

Bei diesen letzten Worten schien der Meister vom Stuhl in Verlegenheit zu geraten; Pierre wurde noch verlegener, errötete bis zu Tränen, wie Kinder erröten, fing an, sich unruhig umzusehen, und es entstand ein peinliches Schweigen.

Dieses Schweigen wurde durch einen der Brüder unterbrochen, der Pierre zu dem Teppich führte und anfing, ihm die Bedeutung aller darauf abgebildeten Figuren aus einem Hefte vorzulesen. Es waren: Sonne, Mond, Hammer, Richtlot, der rohe Stein, der Würfel, die Säule und so weiter. Dann wurde Pierre sein Platz angewiesen, man machte ihn mit den Abzeichen der Loge bekannt, sagte ihm das Losungswort und erlaubte ihm endlich, sich zu setzen, worauf der Meister vom Stuhl die Satzungen vorlas.

Diese Satzungen waren sehr lang, und Pierre war vor Freude, Aufregung und Scham nicht imstande, zu verstehen, was vorgelesen wurde. Er hörte und behielt nur die letzten Worte:

»In unseren Tempeln, las der Meister vom Stuhl, kennen

wir keinen anderen Unterschied als den, der zwischen Tugend und Laster besteht. Hüte dich, irgendeinen Unterschied zu machen, der die Gleichheit stören könnte. Eile dem Bruder zu Hilfe, wer er auch sei; belehre den Irrenden; erhebe den Gefallenen und hege niemals Zorn oder Feindseligkeit gegen den Bruder. Sei liebreich und freundlich; erwecke in allen Herzen das Feuer der Tugend; nimm teil am Glück deines Nächsten, und möge dieser reine, süße Genuß nie durch Neid gestört werden.

»Verzeihe deinem Feinde; räche dich nicht, es sei denn durch Wohltun! Indem du in dieser Weise das höchste Gesetz erfüllst, findest du die Spur der alten Erhabenheit wieder, die du verloren hast.«

Mit diesen Worten schloß der Meister vom Stuhl, erhob sich, umarmte Pierre und küßte ihn.

Pierre sah sich mit Freudentränen in den Augen um und wußte kaum, wie er auf die Glückwünsche der alten und neuen Bekannten, die ihn umringten, Antwort finden sollte. Er legte übrigens kein Gewicht auf die frühere Bekanntschaft, sondern sah alle Anwesenden nur als Brüder an, deren Aufgaben zu teilen er vor Ungeduld brannte.

Der Meister vom Stuhl schlug mit dem Hammer auf; alle nahmen ihre Plätze ein, und einer der Brüder verlas die Lehre von der Notwendigkeit der Demut.

Als dies geschehen war, befahl der Meister vom Stuhl, die letzte Pflicht zu erfüllen; und der hohe Würdenträger, der den Namen »Almosensammler« trug, begann sogleich im Kreise der Brüder herumzugehen. Pierre wollte erst alles Geld, das er augenblicklich hatte, in den Sammelbogen einschreiben; aber dann fürchtete er, daß dies als Hochmut ausgelegt werden könnte, und schrieb nur so viel ein wie die anderen.

Damit wurde die Sitzung geschlossen. Als Pierre nach Hause kam, hatte er das Gefühl, als ob er von einer weiten Reise zurückgekehrt sei, auf der er Jahrzehnte zugebracht und sich völlig verändert hatte, so daß er der früheren Ordnung und Gewohnheit des Lebens fremd geworden war.

V

Am Tage nach der Aufnahme in die Loge saß Pierre zu Hause, las und suchte in die Bedeutung des Quadrats einzudringen, dessen vier Seiten Gott, Seele, Körper und die Verbindung von Seele und Körper darstellten. Dann und wann riß er sich von dem Buche mit dem Quadrate los und entwarf einen neuen Lebensplan. Gestern in der Loge hatte man ihm gesagt: Der Kaiser wäre von seinem Duell unterrichtet, es würde daher besser für ihn sein, sich von Petersburg zu entfernen. Pierre hatte sich vorgenommen, auf seine Güter im Süden zu gehen und sich dort mit seinen Bauern zu beschäftigen. Mit großer Freude dachte er wieder an dies neue Leben, als unerwartet Fürst Wassilij eintrat.

Lieber Freund, was hast du in Moskau angestellt? Warum hast du dich mit Lola überworfen? ... Du bist im Irrtum, mein Lieber! rief Fürst Wassilij, indem er in das Zimmer trat. Ich weiß alles und kann dich versichern, daß Helène dir gegenüber ebenso schuldlos ist wie Christus vor den Juden.

Pierre wollte antworten, aber der Fürst unterbrach ihn.

Und warum hast du dich nicht einfach an mich gewandt, wie an einen Freund? sagte er; ich weiß alles, verstehe alles! ... Du hast dich benommen, wie es einem Manne zukommt, der auf seine Ehre hält ... hast vielleicht etwas zu rasch gehandelt; aber darüber wollen wir nicht streiten. Bedenke nur das eine: In welche Lage bringst du sie und mich in den Augen der Gesellschaft und sogar – er ließ die Stimme sinken – in denen des Hofes. Sie lebt in Moskau, du hier! Bedenke doch, mein Lieber! Er zog Pierres Hand nach unten. Hier liegt ein Mißverständnis vor, ich glaube, du selbst mußt das fühlen. Lasse uns gleich beide an Helène schreiben; sie wird herkommen und alles wird sich aufklären. Sonst, mein Lieber, das sage ich dir ganz offen, kannst du in Unannehmlichkeiten geraten.

Der Fürst sah Pierre mit vielsagendem Blicke an und fügte hinzu:

Aus sicherer Quelle weiß ich, daß sich die Kaiserin Witwe sehr lebhaft für die Sache interessiert. Du weißt, sie ist sehr gnädig gegen Helène.

Pierre hatte schon mehrmals etwas sagen wollen, aber teils ließ ihn Fürst Wassilij nicht dazu kommen, teils scheute sich Pierre selbst, in dem Ton entschiedener Abweisung zu reden, den er seinem Schwiegervater gegenüber anzuschlagen fest entschlossen war. Außerdem erinnerte er sich der Worte in den Freimaurersatzungen: »Sei freundlich und liebreich!« Er runzelte die Stirn, errötete, stand auf und setzte sich wieder, indem er innerlich an sich arbeitete, um das zu tun, was ihm am schwersten fiel, nämlich: jemandem etwas Unangenehmes ins Gesicht zu sagen und anders zu sprechen, als von ihm erwartet wurde. Er war so daran gewöhnt, sich dem nachlässigen, selbstbewußten Tone des Fürsten Wassilij zu fügen, daß er auch diesmal fühlte, er würde nicht imstande sein, ihm zu widerstehen. Aber er fühlte auch, daß von dem, was er jetzt sagte, sein ganzes künftiges Schicksal abhing, daß es sich jetzt entscheiden mußte, ob er den alten früheren Weg oder den neuen gehen würde, den ihm die Freimaurer so lockend gezeigt hatten, und auf dem er überzeugt war, die Wiedergeburt zu neuem Leben zu finden.

Nun denn, mein Lieber, fuhr Fürst Wassilij scherzend fort: sage »ja«, und ich schreibe ihr, und wir schlachten ein fettes Kalb.

Aber Fürst Wassilij hatte nicht Zeit, seinen Scherz zu vollenden. Denn mit einer Wut im Gesicht, die an seinen Vater erinnerte, und ohne seinem Gast in die Augen zu sehen, flüsterte Pierre:

Fürst, ich habe Sie nicht gerufen, bitte, gehen Sie! Er sprang auf und öffnete die Tür. Bitte, gehen Sie! wiederholte er mit größerer Zuversicht, als er im Antlitz des Fürsten den Ausdruck der Verlegenheit und Furcht bemerkte.

Was ist mit dir? Du bist krank!

Gehen Sie! wiederholte Pierre noch einmal mit bebender Stimme, und Fürst Wassilij mußte gehen, ohne Antwort erhalten zu haben.

Acht Tage später ging Pierre, nachdem er sich von seinen neuen Freunden, den Freimaurern, verabschiedet und ihnen eine große Summe für Almosen übergeben hatte, auf seine Güter. Seine neuen Brüder gaben ihm Briefe nach Kiew und

Odessa an die dortigen Freimaurer und versprachen ihm zu schreiben, um ihn in seiner neuen Tätigkeit zu leiten.

VI

Der Ehrenhandel Pierres und Dolochows war vertuscht worden, und trotz der damaligen Strenge des Kaisers in bezug auf Duelle, hatten weder die beiden Gegner noch ihre Sekundanten dafür zu leiden gehabt. Aber die Gerüchte über die Ursache des Duells, die durch den Bruch zwischen Pierre und seiner Frau bestätigt wurden, verbreiteten sich in der Gesellschaft. Pierre, den man mit herablassender Nachsicht angesehen hatte, solange er ein namenloser Bastard war, den man pries und umschmeichelte, als er einer der besten Heiratskandidaten des Reiches wurde, verlor schon durch seine Heirat, als Mädchen und Mütter nichts mehr von ihm zu hoffen hatten, sehr in der Meinung der »Welt«, noch mehr aber dadurch, daß er den Beifall der Gesellschaft weder zu erringen wußte noch zu erringen strebte. Jetzt gab man ihm allein alle Schuld an dem Vorgefallenen; man nannte ihn einen einfältigen, eifersüchtigen Menschen, der, wie sein Vater, Anfällen blutdürstiger Tollheit unterworfen sei. Und als Helène nach Pierres Abreise nach Petersburg zurückkam, wurde sie von allen Bekannten nicht nur freundlich, sondern mit einer Auszeichnung empfangen, die ihrem Unglück galt. Wenn sich das Gespräch ihrem Manne zuwandte, nahm Helène, ohne sich Rechenschaft zu geben warum, mit dem ihr eigenen Takte einen würdevollen Ausdruck an, der zu sagen schien: sie hätte sich entschlossen, ihr Unglück ohne Klagen zu erdulden und betrachte ihren Mann als ein ihr von Gott auferlegtes Kreuz. Fürst Wassilij sprach seine Meinung desto unumwundener aus. Er zuckte die Achseln, wenn von Pierre die Rede war, und sagte, indem er auf die Stirn zeigte:

Halb verrückt, ich habe es immer gesagt.

Das habe ich vorausgesagt! erklärte auch Anna Pawlowna, sooft von Pierre gesprochen wurde. Sie wollte die erste gewesen sein, die herausgefunden, daß er ein halbverrückter und durch die schändlichen Ideen des Jahrhunderts verdorbener junger Mensch sei.

Ich habe das schon gesagt, als er eben aus dem Auslande zurückkam und alle von ihm entzückt waren. Und erinnern Sie sich, wie er eines Abends bei mir eine Art Marat spielen wollte? Wohin hat das nun geführt? Ich habe auch die Heirat nicht gewünscht und alles vorausgesagt, wie es gekommen ist.

Anna Pawlowna gab, wie früher, wenn sie vom Dienst frei war, Abendgesellschaften, die sie mit einem nur ihr eigenen Talent zu veranstalten wußte – Gesellschaften, zu denen sich, wie sie selbst zu sagen pflegte, »die Crême der wahrhaft guten Gesellschaft, die Blüte der geistigen Essenz der Petersburger großen Welt«, versammelte. Ferner zeichneten sich Anna Pawlownas Gesellschaften noch dadurch aus, daß die Wirtin ihrer Gesellschaft jedesmal irgendein neues, interessantes Gesicht vorsetzte, und daß sich nirgends so deutlich und genau wie hier der Stand des politischen Thermometers, die Stimmung der höfischen, legitimistischen Petersburger Kreise kundgab.

Zu Ende des Jahres 1806, als die traurigen Einzelheiten der Vernichtung des preußischen Heeres durch Napoleon bei Jena und Auerstädt, sowie die Übergabe des größten Teils der preußischen Festungen bereits bekannt geworden waren, als unsere Heere ins Preußische einrückten und unser zweiter Krieg mit Napoleon begann, gab Anna Pawlowna eine Gesellschaft. »Die Crême der wahrhaft guten Gesellschaft« bestand diesmal aus der entzückenden, unglücklichen, von ihrem Manne verlassenen Helène, Mortemart, dem bezaubernden Fürsten Hippolyt, der eben aus Wien gekommen war, zwei Diplomaten, Tantchen, einem jungen Menschen, der im Salon den Ruf hatte, »ein Mann von großen Verdiensten« zu sein, einer neuernannten Hofdame mit ihrer Mutter und einigen anderen, weniger bemerkenswerten Persönlichkeiten.

Das Gesicht, das an diesem Abend Anna Pawlownas Gästen als Neuigkeit vorgesetzt wurde, war das von Boris Drubezkoj, der eben als Kurier von der preußischen Armee zurückkam und bei einer hochgestellten Persönlichkeit Adjutant war.

Der Stand des politischen Thermometers ließ sich heute etwa folgendermaßen in Worte fassen: Wie sehr sich alle europäischen Herrscher und Staatenlenker auch bemühen mögen, Bonaparte zu verwöhnen, um mir und *uns allen* Kränkungen und Widerwärtigkeiten zu bereiten, unsere Meinung über Bonaparte kann sich nicht ändern. Wir hören nicht auf, in dieser Beziehung nach unserer Art zu denken und uns offen auszusprechen. Wir können dem König von Preußen und anderen nur sagen: »Um so schlimmer für Euch. *Tu l'as voulu*, George Dandin. Das ist alles, was wir sagen können.«

So war der Stand des politischen Thermometers, wie er sich an dem Abend bei Anna Pawlowna zeigte.

Als Boris, mit dem die Gäste bewirtet werden sollten, in den Salon trat, war fast die ganze Gesellschaft versammelt, und das Gespräch, das von Anna Pawlowna geleitet wurde, handelte von unseren diplomatischen Beziehungen zu Österreich und der Hoffnung auf ein Bündnis mit diesem Staate.

Boris, der eine glänzende Adjutantenuniform trug, männlicher, frischer und lebhafter geworden war, trat unbefangen in den Salon und wurde sogleich, wie üblich, zur Begrüßung der Tante abgeführt und sodann erst dem allgemeinen Kreise eingefügt. Anna Pawlowna reichte ihm ihre welke Hand zum Kusse und machte ihn mit einigen ihm fremden Personen bekannt, indem sie leise über jede einzelne urteilte:

Fürst Hippolyt Kuragin, ein liebenswürdiger junger Mann, sagte sie. Herr Krug, Geschäftsträger aus Kopenhagen, ein tiefer Geist … und einfach: Herr Schitow, ein Mann von großen Verdiensten (von dem, der sich dieses Rufes erfreute).

Boris war es zu dieser Zeit, dank den Bemühungen Anna Michajlownas und seiner eigenen Vorsicht und Zurückhaltung bereits gelungen, sich eine angenehme dienstliche Stellung zu schaffen. Er war Adjutant bei einer sehr hochgestellten Persönlichkeit, hatte einen wichtigen Auftrag nach Preußen gehabt und kam eben von dort zurück. Jenes ihm in Olmütz klargewordene, ungeschriebene Dienstreglement, nach welchem der Premierleutnant bedeutend höher stehen kann als der General, und nach welchem zum Erfolg im Dienst weder Anstrengungen noch Arbeit, weder Tapferkeit noch Ausdauer erforderlich sind, sondern nur ein gewisses Geschick im Verkehr mit denen, die die Belohnungen auszuteilen haben, war ihm zur Richtschnur geworden. Er wunderte sich oft, wie rasch er es zu etwas gebracht hatte, und wie wenig sich die meisten anderen darauf versanden. Infolge dieser Entdeckung hatten sich seine Lebensweise, seine Beziehungen zu früheren Bekannten und seine Pläne für die Zukunft vollständig geändert. Er war nicht reich, verwandte aber sein letztes Geld darauf, besser gekleidet zu sein als die Kameraden. Lieber wollte er sich alle Vergnügungen versagen, als daß er in einem schlechten Wagen gefahren wäre oder sich in einer alten Uniform auf den Petersburger Straßen gezeigt hätte. Er suchte nur die Bekanntschaft solcher, die höher standen als er, ihm also nützlich sein konnten. Er liebte Petersburg und sprach verächtlich von Moskau. Die Erinnerungen an das Rostowsche Haus und seine kindische Liebe zu Natascha waren ihm unangenehm, und seit dem Abgang zur Armee war er nicht wieder bei Rostows gewesen. In Anna Pawlownas Salon erscheinen zu dürfen, hielt er für eine große Auszeichnung und verstand sogleich seine Rolle. Er überließ es Anna Pawlowna, das Interesse für ihn zu wecken, und während er aufmerksam alle Anwesenden betrachtete und die Möglichkeiten und Vorteile errechnete, welche ihm die Annäherung an jeden von ihnen bieten konnte, setzte er sich auf den ihm angewiesenen Platz neben die schöne Helène und hörte dem allgemeinen Gespräche zu.

»Wien findet die Grundlagen des vorgeschlagenen Vertrages unannehmbar; meint, daß sie nur durch eine Reihe der glänzendsten Erfolge zu erreichen sein würden, und zweifelt an den Mitteln, die uns diese sichern könnten …« Dies ist der authentische Wortlaut der vom Wiener Kabinett erteilten Antwort, sagte der dänische Geschäftsträger.

Der Zweifel ist schmeichelhaft, meinte der tiefe Geist mit seinem Lächeln.

Wir müssen durchaus unterscheiden zwischen dem Wiener Kabinett und dem Kaiser von Österreich, bemerkte Mortemart. Der Kaiser hat einen solchen Gedanken niemals haben können. Nur das Kabinett spricht ihn aus.

Ah, mein lieber Vicomte, mischte sich Anna Pawlowna ein, Europa wird niemals unsere aufrichtige Bundesgenossin sein.

Dann lenkte Anna Pawlowna die Unterhaltung auf die Tapferkeit und Festigkeit des Königs von Preußen, um Boris mit ins Gespräch zu ziehen.

Boris hörte jedem der Sprechenden aufmerksam zu, wartete, bis er an die Reihe kommen würde, fand aber Muße, sich nach seiner Nachbarin, der schönen Helène, umzusehen, deren Augen denen des schönen Adjutanten mehr als einmal lächelnd begegneten.

Da eben von der Lage Preußens gesprochen wurde, war es sehr natürlich, daß Anna Pawlowna Boris bat, von seiner Reise nach Glogau und dem Zustande, in dem er das preußische Heer gefunden hatte, zu erzählen. Boris fing an, mit großer Ruhe in reinem, gutem Französisch viele interessante Einzelheiten über das Heer und über den Hof zu berichten, vermied aber während der ganzen Erzählung auf das sorgfältigste, die eigene Meinung über die mitgeteilten Tatsachen auszusprechen. Eine Zeitlang fesselte Boris die allgemeine Aufmerksamkeit, und Anna Pawlowna fühlte, daß die Neuheit, die sie servierte, von allen Gästen mit Vergnügen aufgenommen wurde. Das größte Interesse für Boris' Schilderungen zeigte Helène. Sie fragte ein paarmal nach Einzelheiten seiner Reise und schien an der Lage der preußischen Armee großen Anteil zu nehmen. Sobald er geendet hatte, wandte sie sich mit ihrem gewöhnlichen Lächeln zu ihm.

Sie müssen mich unbedingt besuchen, sagte sie mit einem Ton, als ob sie ihn aus wichtigen, ihm unbekannten Gründen notwendig sprechen müßte. Dienstag zwischen acht und neun Uhr – Sie werden mir eine große Freude bereiten.

Boris versprach, ihren Wunsch zu erfüllen und wollte eine Unterhaltung mit ihr anknüpfen, als ihn Anna Pawlowna unter dem Vorwande abrief, daß die Tante etwas von ihm wissen wollte.

Sie kennen ja ihren Mann, sagte Anna Pawlowna, indem sie die Augen niederschlug und mit trauriger Gebärde auf

Helène zeigte. Ach, das ist eine so unglückliche und so reizende Frau! Sprechen Sie nicht mit ihr von ihm ... bitte, tun Sie das nie ... sie leidet zu sehr dabei.

VII

Als Boris und Anna Pawlowna zu dem großen Kreise zurückkehrten, schien Fürst Hippolyt die Unterhaltung zu führen. Er beugte sich aus seinem Sessel vor und sagte:

Le roi de Prusse! dabei lachte er. Alle wandten sich zu ihm.

Le roi de Prusse? wiederholte Hippolyt, lachte wieder und setzte sich dann ruhig und ernst in den Sessel zurück. Anna Pawlowna wartete eine Weile, da er jedoch entschlossen schien, nichts weiter zu sagen, fing sie davon an, wie der gottlose Bonaparte in Potsdam den Degen Friedrichs des Großen geraubt hatte.

Es ist der Degen Friedrichs des Großen, den ich ... sagte sie, aber Hippolyt unterbrach sie mit den Worten:

Le roi de Prusse ... und als man sich abermals zu ihm wandte, zog er sich zurück und schwieg. Anna Pawlowna runzelte die Stirn, und Mortemart, ein Freund Hippolyts, kam ihm mit der Frage zu Hilfe:

Nun, auf wen haben Sie es denn gemünzt mit ihrem König von Preußen?

Hippolyt lachte, als ob er sich seines Lachens schämte.

Nein, es ist nichts, ich wollte nur sagen ... (er wollte den Witz wiederholen, den er in Wien gehört hatte und während des ganzen Abends anzubringen gesucht), wollte nur sagen, daß wir Unrecht tun, Krieg zu führen *pour le roi de Prusse.*

Boris lächelte mit Vorsicht, so daß sein Lächeln sowohl Spott als Beifall für den Witz ausdrücken konnte – je nachdem die Gesellschaft ihn aufnehmen würde. Alle lachten.

Ihr Wortspiel ist schlecht; geistreich zwar, aber ungerecht, sagte Anna Pawlowna und drohte mit dem runzeligen Finger. Wir führen Krieg nicht für den König von Preußen, sondern für die gute Sache. Oh, wie boshaft Sie sind, Fürst Hippolyt! fügte sie hinzu.

Das Gespräch blieb den ganzen Abend sehr lebhaft und drehte sich hauptsächlich um politische Neuigkeiten. Am eifrigsten wurde die Unterhaltung zu Ende der Soirée, als die Rede auf verschiedene Auszeichnungen kam, die der Kaiser erteilt hatte.

N. N. hat ja im vorigen Jahre eine Tabaksdose mit Porträt bekommen, sagte der Mann mit dem tiefen Geist; warum sollte S. S. nicht auch eine erhalten?

Bitte um Verzeihung! eine Tabatière mit dem Bildnis des Kaisers ist eine Belohnung, aber keine Auszeichnung, antwortete der Diplomat; eher ein Geschenk.

Es hat Fälle gegeben ... ich kann Ihnen Schwarzenberg nennen.

Es ist unmöglich! widersprach der andere.

Wollen wir wetten? Das Großkreuz, das ist etwas anderes ...

Als sich die Gäste erhoben, um aufzubrechen, wandte sich Helène, die den ganzen Abend wenig gesprochen hatte, noch einmal an Boris mit der Aufforderung und dem liebenswürdigen, vielbedeutenden Befehl, sie Dienstag zu besuchen.

Es muß durchaus sein! sagte sie, indem sie sich nach Anna Pawlowna umsah. Diese unterstützte Helènes Wunsch mit demselben wehmütigen Lächeln, das ihre Worte bei jeder Erwähnung ihrer hohen Gönnerin begleitete. Es war, als ob Helène in dem, was Boris heute abend über die preußische Armee gesagt, plötzlich die Notwendigkeit entdeckt hätte, ihn bei sich zu sehen, und ihr Wesen schien zu verheißen, daß sie ihm diese Notwendigkeit erklären würde, wenn er Dienstag zu ihr käme.

Aber als Boris am bestimmten Abend in Helènes prachtvollem Salon erschien, wurde ihm keine Erklärung zuteil. Es waren andere Gäste da; die Gräfin sprach nur wenig mit ihm, und erst beim Abschiednehmen, als er ihre Hand küßte, sagte sie plötzlich leise und auffallenderweise ohne Lächeln:

Kommen Sie morgen zum Essen ... Abends! ... Sie müssen kommen ... kommen Sie!

Boris wurde während dieser Anwesenheit in Petersburg ein Hausfreund der Gräfin Besuchow.

VIII

Der Krieg war entbrannt, und sein Schauplatz näherte sich der russischen Grenze. Überall wurde Bonaparte, dem Feinde des Menschengeschlechts, geflucht; in den Dörfern sammelten sich Milizen und Rekruten, und vom Kriegsschauplatz kamen, wie immer, die verschiedensten, widerspruchsvollsten Nachrichten.

Das Leben des alten Fürsten Bolkonskij, des Fürsten Andrej und der Prinzessin Maria hatte seit 1805 bedeutende Veränderungen erfahren.

Im Jahre 1806 wurde der alte Fürst zu einem der acht Hauptkommandeure ernannt, die im ganzen russischen Reiche die Milizen zu befehligen hatten. Trotz seiner Altersschwäche, die ihm besonders in der Periode, als er seinen Sohn verloren zu haben glaubte, fühlbar geworden war, hielt sich der alte Fürst nicht für berechtigt, dies Amt, zu dem er durch den Kaiser selbst berufen worden war, abzulehnen. Die neue Tätigkeit regte ihn an, schien ihn zu kräftigen, und er war beständig unterwegs in den drei ihm zugeteilten Gouvernements. Seine Pflichten erfüllte er in pedantischer Weise, war streng bis zur Grausamkeit gegen seine Untergebenen und kümmerte sich um die kleinsten Einzelheiten. Prinzessin Maria hatte aufgehört, Mathematikstunden bei ihrem Vater zu nehmen, und wenn sie jetzt des Morgens in sein Kabinett kam, war sie von der Amme begleitet, die den kleinen Fürsten Nikolaj (wie ihn der Großvater nannte) auf dem Arme trug. Der Säugling wohnte mit seiner Amme und seiner Wärterin Sawischna in den Zimmern der verstorbenen Fürstin, und Prinzessin Maria brachte den größten Teil des Tages in der Kinderstube zu und bemühte sich nach Kräften, dem kleinen Neffen die Mutter zu ersetzen. Auch Mademoiselle Bourienne schien den Knaben leidenschaftlich zu lieben, und obwohl es für die Prinzessin Maria ein Opfer war, überließ sie häufig ihrer Freundin den Genuß, den kleinen Engel (wie sie den Neffen nannte) zu warten und mit ihm zu spielen.

In der Kirche von Lyssyja-Gory war neben dem Altare,

über der Gruft der kleinen Fürstin, eine Kapelle erbaut, und in der Kapelle war ein Marmordenkmal aufgestellt, das aus Italien gekommen war und einen Engel mit ausgebreiteten Flügeln vorstellte, im Begriff, sich zum Himmel zu erheben. Die Oberlippe des Engels war etwas in die Höhe gezogen, als ob er lächeln wollte, und einst, als Fürst Andrej mit seiner Schwester aus der Kapelle kam, gestanden sie sich gegenseitig, daß das Gesicht des Engels sie an das Antlitz der Verstorbenen erinnere. Aber noch seltsamer war – und dies sagte Fürst Andrej der Schwester nicht – daß er in dem Ausdruck, den der Künstler zufällig dem Engel gegeben, dieselben sanften, vorwurfsvollen Worte zu lesen glaubte, die er damals in den Zügen seiner toten Frau gelesen, die Worte: Ach, warum habt ihr mir das getan? …

Bald nach der Rückkehr des Fürsten Andrej hatte ihm der alte Fürst das große Gut Bogutscharowo übergeben, das etwa vierzig Werst von Lyssyja-Gory entfernt war. Teils wegen der schweren Erinnerungen, die für ihn mit Lyssyja-Gory verbunden waren, teils, weil er sich nicht immer fähig fühlte, die Launen des Vaters zu ertragen, teils auch, weil er der Einsamkeit bedurfte, ging Fürst Andrej nach Bogutscharowo, fing an, daselbst zu bauen und brachte die meiste Zeit auf dem Gute zu.

Nach der Schlacht von Austerlitz hatte sich Fürst Andrej fest entschlossen, niemals in Militärdienste zu treten, und als der Krieg begann und jedermann dienen mußte, nahm er, um sich vom aktiven Dienst loszumachen, unter dem Kommando des Vaters das Amt an, die Milizen einzuberufen. Vater und Sohn schienen nach der Schlacht von 1805 die Rollen gewechselt zu haben. Der alte Fürst, den seine Tätigkeit erfrischte, erwartete alles Gute von dem jetzigen Feldzuge, Fürst Andrej dagegen, der nicht am Kriege teilnahm und das in der Tiefe der Seele bedauerte, sah nur Schlimmes voraus.

Am 11. März 1807 begab sich der alte Fürst auf eine Dienstreise in seinem Bezirk. Fürst Andrej blieb, wie er in Abwesenheit des Vaters häufig tat, in Lyssyja-Gory. Der kleine Nikoluschka war schon seit vier Tagen krank. Die Kutscher, die den alten Herrn gefahren hatten, kamen aus der Stadt zurück und brachten dem Fürsten Andrej Briefe mit.

Der Kammerdiener fand den Herrn aber nicht in seinem Kabinett, ging mit den Briefen in die Gemächer der Prinzessin Maria und hörte hier, daß Fürst Andrej in die Kinderstube gegangen sei.

Man verlangt nach Ew. Durchlaucht, Petruscha ist da mit allerlei Schriften, sagte eine der Mägde, indem sie sich an den Fürsten wandte, der auf einem niedrigen Kinderstuhle saß und mit zitternden Händen und gerunzelter Stirn Medizin aus einem Fläschchen in ein Glas mit Wasser tröpfelte.

Was gibt es? fragte er zornig und machte eine unvorsichtige Handbewegung, so daß er zuviel von der Arznei in das Wasser schüttete. Er goß die Mischung ohne weiteres auf den Fußboden und verlangte anderes Wasser. Das Mädchen beeilte sich, es zu bringen.

In dem Zimmer standen das Bettchen des Kindes, zwei Koffer, zwei Sessel, ein Tisch, ein Kindertisch und das Stühlchen, auf dem Fürst Andrej saß. Die Fenster waren verhängt, und auf dem Tische brannte ein Licht, vor dem ein gebundenes Notenbuch stand, so daß der helle Schein nicht auf das Bettchen fiel.

Lieber Bruder, sagte Prinzessin Maria vom Bettchen herüber, neben dem sie stand, laß uns lieber warten … später …

Ach, laß mich in Ruhe … Du sprichst nichts als dummes Zeug … hast ja schon immer gewartet, und da haben wir's nun! antwortete Fürst Andrej mit leisem, zornigem Ton, offenbar in der Absicht, die Schwester zu verletzen.

Wirklich, lieber Andrej, es wäre besser, ihn nicht zu wekken … er ist eingeschlafen, sagte die Prinzessin mit flehender Stimme.

Fürst Andrej stand auf und näherte sich dem Bettchen auf den Zehen, mit dem Glase in der Hand.

Oder wollen wir ihn doch nicht wecken? sagte er unschlüssig.

Wie du willst … ich meine … aber wie du willst! antwortete Prinzessin Maria, augenscheinlich schüchtern und gleichsam beängstigt, daß ihre Meinung siegte. Sie zeigte dem Bruder das Mädchen, das ihn leise hinausrief.

Es war die zweite Nacht, daß die Geschwister nicht schliefen, um den fiebernden Knaben zu pflegen. Sie hatten, da sie ihrem Hausarzt nicht vertrauten und vergebens auf den aus der Stadt herbeigerufenen Doktor warteten, die letzten Tage bald dies, bald jenes Mittel versucht. Von Schlaflosigkeit erschöpft und von Sorgen aufgeregt, schoben sie ihr Unbehagen einer auf den anderen, machten sich gegenseitig Vorwürfe und zankten miteinander.

Petruschka mit Briefen von Papa, sagte das Mädchen leise. Fürst Andrej entfernte sich.

Der Teufel hat dich hergeführt! sagte er, und nachdem er die mündlichen Bestellungen angehört und die Briefe, unter denen einer von seinem Vater war, in Empfang genommen, kehrte er in die Kinderstube zurück.

Nun, wie steht's? fragte Fürst Andrej.

Immer dasselbe! aber warte, um Gottes willen! Karl Iwanowitsch sagt immer, Schlaf ist das Beste, bat Prinzessin Maria und seufzte leise. Fürst Andrej trat zu dem Kinde und fühlte den Puls; er glühte.

Laßt mich in Ruh mit eurem Karl Iwanowitsch! Er nahm das Glas mit der eingetröpfelten Arznei und trat wieder heran.

Andrjuscha, tu' es nicht! bat die Prinzessin Maria.

Er runzelte zornig die Stirn, sah sie ernst und mit dem Ausdruck tiefen Leidens an und bog sich mit dem Glase zu dem Kinde nieder.

Doch, es muß sein! antwortete er; bitte, gib es ihm!

Prinzessin Maria zuckte die Achseln, nahm aber gehorsam das Glas, rief die Amme heran und reichte dem Kleinen die Arznei. Das Kind schrie und röchelte. Fürst Andrej zog die Brauen zusammen, faßte sich an den Kopf, verließ die Kinderstube und setzte sich im anstoßenden Zimmer auf einen Diwan.

Er hatte die Briefe in der Hand. Mechanisch brach er sie auf und fing an zu lesen. Der alte Fürst schrieb auf blauem Papier mit seiner großen langgezogenen Schrift; hie und da gebrauchte er ein Abkürzungszeichen:

»Eine sehr erfreuliche Nachricht – wenn es keine Lüge ist – habe ich in diesem Augenblick durch einen Kurier bekommen. Bennigsen soll bei Eylau eine vollkommene Viktoria über Bonaparte davongetragen haben. In Petersburg wird der Sieg gefeiert, und zahllose Belohnungen sind dem Heere zugeschickt worden. Obgleich er ein Deutscher ist, gratuliere ich! Was der Kommandant von Kortschewa, ein gewisser Chandrikow, treibt, verstehe ich nicht. Bis jetzt sind weder die Reservemannschaften nachgeschickt noch Proviant herbeigeschafft. Eile sogleich zu ihm hin und sage, ich lasse ihm den Kopf abreißen, wenn nicht in acht Tagen alles bereit ist. Über die Schlacht von Preußisch-Eylau bekam ich noch einen Brief von Petjenka, der sie mitgemacht hat. Alles ist wahr. Wenn diejenigen, die sich nicht einmischen sollen, nicht störend eingreifen, kann sogar der Deutsche den Bonaparte schlagen. Es heißt, daß er in großer Verwirrung flieht. Mache dich ohne Zeitverlust auf nach Kortschewa und erfülle meinen Auftrag.«

Fürst Andrej atmete schwer auf und erbrach ein anderes Kuvert. Es enthielt einen zwei Bogen langen, eng geschriebenen Brief von Bilibin. Ohne ihn gelesen zu haben, legte ihn Fürst Andrej wieder zusammen, las aber noch einmal den Brief des Vaters mit den Schlußworten: »Eile sogleich nach Kortschewa und erfülle meinen Auftrag.«

»Nein, entschuldigen Sie – ich fahre nicht eher, als bis das Kind sich erholt hat!« sagte Fürst Andrej zu sich selbst, näherte sich der Tür und blickte in die Kinderstube. Prinzessin Maria stand noch immer am Bettchen und wiegte das Kind.

»Was schreibt er doch sonst noch Unangenehmes?« fragte sich Fürst Andrej, indem er sich auf den Inhalt des väterlichen Briefes zu besinnen suchte. »Ja – man hat gerade, während ich nicht dabei war, den Sieg über Bonaparte errungen. Der Vater zieht mich immer auf … mag es ihm wohl bekommen!«

Darauf fing er an, den französischen Brief Bilibins zu lesen. Er las, ohne auch nur die Hälfte zu verstehen, lediglich in der Absicht, seine Gedanken doch auf Augenblicke von dem abzuziehen, was ihn so lange schon ausschließlich und quälend in Anspruch nahm.

IX

Bilibin war als Diplomat dem Hauptquartier des Heeres beigegeben, und wenn er auch in französischer Sprache, mit französischen Witzen und Redewendungen schrieb, so trugen seine Berichte über den Feldzug doch den Stempel jenes nur den Russen eigenen Mutes, der vor keiner Selbstverurteilung und keiner Selbstverspottung zurückschreckt. Bilibin schrieb, er fühle sich durch seine diplomatische Diskretion bedrückt und wäre glücklich, in dem Fürsten Andrej einen treuen Korrespondenten zu haben, dem er all die Galle ausschütten dürfe, die sich in ihm beim Anblick dessen, was in der Armee vor sich gehe, angesammelt hätte. Dieser Brief war noch vor der Schlacht bei Preußisch-Eylau geschrieben.

»Sie wissen, lieber Fürst, daß ich seit unserem glänzenden Erfolge bei Austerlitz das Hauptquartier nicht mehr verlasse, schrieb Bilibin. Ich habe eine entschiedene Vorliebe für den Krieg gefaßt und werde reich dafür belohnt. Was ich in diesen letzten drei Monaten erfahren habe, ist unglaublich.

»Ich beginne ab *ovo*: ›Der Feind des Menschengeschlechts‹ greift, wie Sie wissen, die Preußen an. Die Preußen sind unsere treuen Verbündeten, die uns in drei Jahren nur dreimal betrogen haben, und so nehmen wir natürlich für sie Partei. Nun findet es sich aber, das ›der Feind des Menschengeschlechts‹ unsere schönen Reden nicht der mindesten Beachtung würdigt, sich in seiner unhöflich wilden Art auf die Preußen stürzt, ohne ihnen Zeit zu gönnen, die angefangene Parade zu vollenden, sie im Handumdrehen zusammenhaut und sich im Palais zu Potsdam häuslich niederläßt.

›Es ist mein lebhafter Wunsch – schreibt der König von Preußen an Bonaparte –, daß Ew. Majestät mit der Ihnen in meinem Schlosse zuteil werdenden Aufnahme und Bewirtung zufrieden sein mögen, und mit dem größten Eifer habe ich alle Maßregeln getroffen, welche mir die Verhältnisse gestatten. Möchte mir meine Absicht gelungen sein.‹ Die preußischen Generale aber wetteifern an Höflichkeit mit den Franzosen und strecken die Waffen bei jeder Aufforderung. So hat der Kommandeur der aus 10 000 Mann bestehenden Garnison von Glogau bei dem Könige von Preußen angefragt: was er tun solle, wenn er zur Übergabe aufgefordert würde? Das alles ist durchaus zuverlässig.

»Was uns betrifft, die wir allein durch unsere kriegerische Haltung zu imponieren beabsichtigen, so sehen wir uns allen Ernstes in einen Krieg verwickelt, und was noch mehr ist, in einen Krieg an den eigenen Grenzen, und zwar mit und ›für den König von Preußen‹. Übrigens sind wir vollständig gerüstet; nur eine einzige Kleinigkeit fehlt noch: der Höchstkommandierende. Da sich herausgestellt hat, daß wir bei Austerlitz einen entschiedeneren Erfolg gehabt haben könnten, wenn unser Oberfeldherr weniger jung gewesen wäre, haben wir jetzt die achtzigjährigen Generale Revue passieren lassen, und bei der engeren Wahl zwischen Prosorowskij und Kamenskij hat man letzterem den Vorzug gegeben. Der General ist, wie dereinst Suworow, in einer Kibitka bei uns angelangt, und wir haben ihn mit lautem Jubel und Triumphgeschrei empfangen.

»Am 15. kommt der erste Kurier aus Petersburg. Die Koffer werden in die Wohnung des Feldmarschalls geschafft, der alles gern selbst tut. Ich werde gerufen, um beim Ordnen der Briefschaften zu helfen und das uns Zukommende in Empfang zu nehmen. Der Feldmarschall sieht uns zu und wartet auf die für ihn bestimmten Papiere – wir suchen –, es sind keine da! Der Feldmarschall wird ungeduldig, geht selbst mit ans Werk und findet Briefe des Kaisers an den Grafen T., den Fürsten W. und andere. Er speiet Feuer und Flammen gegen alle Welt, bemächtigt sich der Briefe, erbricht sie und liest, was der Kaiser an andere geschrieben hatte. Ah! So wird mit mir verfahren! Man hat kein Zutrauen zu mir! ... Ah, es wird befohlen, mich zu beaufsichtigen. Gut! ... Fort mit euch allen!‹ – darauf schreibt er den famosen Tagesbefehl an Bennigsen:

›Ich bin verwundet, kann nicht reiten, also auch nicht

kommandieren. Sie haben Ihr geschlagenes Armeekorps nach Pultusk geführt, wo es ohne jeden Schutz ist. Hier ist weder Holz noch Fourage vorhanden; es muß also Hilfe geschafft werden. Sie haben sich gestern schon an den General Buxhöwden gewandt, Sie werden also wohl daran tun, den Rückzug nach unserer Grenze ins Auge zu fassen und heute noch auszuführen.‹

Und an den Kaiser schreibt er: ›Bei meinen vielen Märschen habe ich vom Satteldruck eine Fleischwunde bekommen, die mich vollständig am Reiten hindert und mich für das Kommando einer so großen Armee untauglich macht. Ich habe deshalb das Kommando auf den mir im Alter folgenden General, den Grafen Buxhöwden übertragen, indem ich alle Offiziere *du jour* und was sonst dazu gehört, zu ihm geschickt. Auch habe ich ihm den Rat erteilt, für den Fall, daß kein Brot da sein sollte, sich mehr nach dem Inneren Preußens zu wenden. Wir hatten nur noch für einen Tag Brot, und bei manchen Regimentern gab es gar keins mehr, wie die Regimentskommandeure Ostermann und Sedmorezkij gemeldet haben. Auch bei den Bauern ist alles aufgezehrt. Was mich betrifft, so bleibe ich, bis ich geheilt bin, im Hospital zu Ostrolenka, wovon ich hiermit untertänigst Nachricht gebe. Ferner erlaube ich mir zu bemerken, daß, wenn die Armee noch vierzehn Tage in den jetzigen Biwaks bleibt, im Frühling nicht mehr ein Mann gesund sein wird.

›Beurlauben Ew. Majestät den armen Alten, der tief unglücklich ist, daß er die große, ruhmvolle Aufgabe, zu welcher er erwählt war, nicht erfüllen konnte, und gestatten Sie ihm, auf sein Gut zu gehen. Die allergnädigste Erlaubnis dazu werde ich hier im Hospital erwarten, um nicht die Rolle eines ›Schreibers‹ zu spielen, anstatt der des ›Höchstkommandierenden‹. Meine Entfernung wird in der Armee nicht das geringste Aufsehen erregen; es ist natürlich, daß ein Blinder sich zurückzieht. Männer, wie ich, gibt es in Rußland Tausende.‹

»Der Feldmarschall ist böse auf den Kaiser und läßt uns alle dafür büßen. Das ist doch vollkommen logisch!

»Dies ist der erste Akt der Komödie. Im Laufe der darauffolgenden steigert sich selbstverständlich das Interesse sowohl wie die Lächerlichkeit. Nach dem Abgang des Feldmarschalls stellt sich heraus, daß wir dem Feinde gegenüberstehen und daß wir genötigt sind, eine Schlacht zu liefern. Buxhöwden ist durch Anziennetätsrecht der Höchstkommandierende, aber Bennigsen ist ganz anderer Meinung, um so mehr, da gerade er sich mit seinem Korps dem Feinde gegenüber befindet und die Gelegenheit zur Schlacht ausnützen will. Er liefert sie also.

»Es war die Schlacht von Pultusk, die als ein großer Sieg betrachtet wird, dies meiner Ansicht nach aber durchaus nicht ist. Wir Zivilisten haben, wie Sie wissen, eine häßliche Art und Weise, den Gewinn oder Verlust einer Schlacht zu beurteilen. Wer sich nach der Schlacht zurückzieht, hat sie unserer Ansicht nach verloren – und wenn das richtig ist, so haben wir bei Pultusk nicht gesiegt. Aber indes wir uns nach der Schlacht zurückziehen, senden wir einen Kurier mit Siegesnachrichten nach Petersburg, und General Bennigsen weigert sich, Buxhöwden den Oberbefehl zu übergeben in der Hoffnung, daß ihm von Petersburg zum Lohn für seinen Sieg der Titel des Höchstkommandierenden zufallen wird. Während dieses Interregnums haben wir die interessantesten und eigentümlichsten Evolutionen ausgeführt. Es handelte sich nicht mehr darum, wie es in der Ordnung gewesen wäre, den Feind zu vermeiden oder anzugreifen, sondern einfach darum, dem General Buxhöwden aus dem Wege zu gehen, der der Anziennetät nach unser Oberbefehlshaber gewesen wäre. Wir verfolgen dies Ziel mit einer solchen Energie, daß wir nach dem Überschreiten eines Flusses, der keine Furten hat, die Brücken verbrennen, um uns von unserem Feinde abzuschneiden, der für den Augenblick nicht Bonaparte ist, sondern Buxhöwden. General Buxhöwden ist sogar durch eine der schönen Bewegungen, die uns von ihm trennen sollten, in Gefahr geraten, von ihm überlegenen feindlichen Kräften angegriffen und überwältigt zu werden. Buxhöwden verfolgt uns – wir reißen aus. Sobald er auf unsere Seite des Flusses kommt, setzen wir nach der anderen Seite über. Endlich erreicht uns unser Feind Buxhöwden aber doch, und es kommt zum Angriff. Die beiden Generale gehen heftig aufeinander los. Von seiten Buxhöwdens kommt es zu einer Herausforderung, von seiten Bennigsens zu epileptischen Krämpfen. In diesem kritischen Augenblick trifft jedoch der Kurier wieder ein, der die Nachricht von dem Siege bei Pultusk nach Petersburg gebracht hat, und überbringt uns die Ernennung zum Oberbefehlshaber. Der erste Feind – Buxhöwden – ist besiegt, und wir können uns nun um den zweiten, um Bonaparte, kümmern. Nun aber geschieht es, daß sich in derselben Stunde ein dritter Feind gegen uns erhebt, es ist der rechtgläubige Soldat, der mit lautem Geschrei Brot, Fleisch, Zwieback, Heu, was weiß ich alles, von uns verlangt. Die Magazine sind leer, die Straßen unwegsam. Der rechtgläubige Soldat beginnt zu marodieren und zwar in einer Weise, von der Ihnen der letzte Feldzug nicht die entfernteste Idee gegeben hat. Die Hälfte der Regimenter ist in wilde Scharen aufgelöst, die das Land durchstreifen und alles mit Feuer und Schwert verwüsten. Die Einwohner sind völlig zugrunde gerichtet, die Hospitäler sind mit Kranken überfüllt; Hungersnot herrscht überall. Zweimal wird unser Hauptquartier von marodierenden Scharen überfallen, und der Höchstkommandierende hat ein Bataillon requirieren müssen, um sie zu verjagen. Bei einem dieser Überfälle hat man mir einen leeren Koffer und meinen Schlafrock entführt. Der Kaiser will allen Divisionskommandeuren das Recht geben, die Marodeurs erschießen zu lassen, aber ich fürchte, das würde die eine Hälfte der Armee dazu zwingen, die andere zu füsilieren.«

Anfangs las Fürst Andrej nur mit den Augen, aber später interessierte ihn unwillkürlich mehr und mehr, was Bilibin schrieb (obwohl er wußte, wieviel ihm zu glauben war). Als er jedoch bis zu dieser Stelle gekommen war, zerdrückte er den Brief und warf ihn fort. Nicht, was er darin las, ärgerte ihn, sondern daß diese, ihm so fern liegenden Dinge imstande waren, ihn zu erregen. Er schloß die Augen, rieb sich die Stirn, als ob er damit die Teilnahme für das, was er gelesen, wegwischen könnte, und dabei lauschte er auf die Vorgänge in der Kinderstube. Plötzlich glaubte er hinter der Tür einen sonderbaren Laut zu hören und fühlte sich von Furcht ergriffen. War vielleicht, während er hier den Brief gelesen, etwas mit dem Kinde geschehen? – Auf den Zehen näherte er sich der Kinderstubentür und machte sie auf.

Als er hineintrat, sah er, daß die Wärterin mit erschrockener Miene etwas verbarg, und daß Prinzessin Maria nicht mehr am Bettchen stand. Ihm war, als ob er hinter sich die verzweiflungsvolle Stimme seiner Schwester »mein Lieber« flüstern hörte. Wie es nach langer Schlaflosigkeit und Erregung oft geschieht, packte ihn eine grundlose Furcht. Er bildete sich ein, daß das Kind im Sterben läge. Alles, was er sah und hörte, erschien ihm wie die Bestätigung seiner Furcht.

Es ist zu Ende! dachte er, und kalter Schweiß trat auf seine Stirn: In wirrer Angst näherte er sich dem Bettchen, überzeugt, daß er es leer finden würde, daß die Amme ein totes Kind in ihren Armen verbarg. Er schlug die Gardine zurück, und lange konnten seine irren, erschrockenen Augen das Kind nicht finden. Endlich aber sah er es daliegen. Der rotwangige Knabe hatte sich, nachdem er die Decke zurückgeworfen, quer über das Bettchen gestreckt, so daß sein Kopf am unteren Ende des Kopfkissens lag. Seine Lippen machten im Traume die Bewegung des Saugens, und seine Atemzüge waren ruhig und gleichmäßig.

Des Fürsten Freude bei diesem Anblick war so groß, als ob er das Kind verloren gehabt hätte. Er beugte sich nieder und probierte mit den Lippen, wie es ihn die Schwester gelehrt, ob das Kind Fieber hatte. Die zarte Stirn war feucht; er legte leise die Hand auf den Kopf, auch die Haare waren naß, so stark schwitzte das Kind. Es lag also nicht im Sterben, sondern die Krisis war augenscheinlich vorüber, und es genas. Fürst Andrej hätte das kleine, hilflose Wesen in die Höhe reißen, an die Brust pressen mögen, aber er wagte es nicht; er stand über den Kleinen gebeugt, betrachtete sein Gesicht, seine Hände, seine Füße, die sich unter der Decke abzeichneten. Ein Geräusch wurde neben dem Fürsten hörbar, und ein Schatten zeigte sich unter den Bettvorhängen. Er sah sich jedoch nicht um, fuhr fort, das Kind zu betrachten und auf seine gleichmäßigen Atemzüge zu lauschen. Der Schatten war die Prinzessin Maria, die sich mit leisen Schritten genähert und den Vorhang aufgehoben hatte, den sie gleich wieder hinter sich niederfallen ließ. Der Bruder erkannte sie, ohne sich umzusehen, und streckte ihr die Hand entgegen; sie drückte sie.

Er schwitzt! sagte Fürst Andrej.

Ich wollte eben zu dir kommen, um dir das zu sagen.

Das Kind bewegte sich im Schlafe, lächelte und rieb die Stirn am Kissen.

Fürst Andrej sah die Schwester an; ihre strahlenden, von Freudentränen erfüllten Augen glänzten in der trüben Dämmerung der Vorhänge noch mehr als gewöhnlich. Sie legte die Arme um den Hals des Bruders und küßte ihn; sie stieß dabei leise an den Bettvorhang. Sie drohten sich gegenseitig, blieben eine Weile in der matten Beleuchtung der Gardine stehen, als wollten sie sich nicht trennen von dieser Welt, in der sie zu dreien von der ganzen Außenwelt losgelöst waren. Fürst Andrej entfernte sich zuerst von dem Vorhang, in dem er mit den Haaren hängenblieb. »Ja, das ist das Einzige, was mir geblieben ist!« sagte er seufzend.

X

Bald nach Pierres Aufnahme in die Brüderschaft der Freimaurer reiste er – versehen mit den ausführlichsten Notizen über alle auf seinen Gütern auszuführenden Verbesserungen – in das Kiewsche Gouvernement, wo der größte Teil seiner Bauern lebte.

Sobald Pierre auf seinem Gute angekommen war, ließ er alle Verwalter im Hauptkontor zusammenrufen und erklärte ihnen seine Absichten und Wünsche. Er sagte ihnen, daß sogleich Maßregeln getroffen werden sollten, um seine Bauern vollständig von der Leibeigenschaft zu befreien; das, bis dies geschehen, die Bauern nicht mehr zum Robotdienst verwandt werden dürften. Ferner befahl er, daß den Bauern jede Art von Hilfe erwiesen werde; daß man nur durch Ermahnungen, nie durch körperliche Züchtigung auf sie zu wirken suche, und daß auf jedem Gute Krankenhäuser, Armenhäuser und Schulen erbaut werden sollten. Einige der Verwalter (es waren Leute darunter, die lesen und schreiben konnten) hörten ihn voll Schrecken an, weil sie aus seinen Worten zu verstehen glaubten, daß der junge Graf mit ihrer Verwaltung, ihrem Verheimlichen der Einkünfte unzufrieden sei. Andere fanden nach der ersten Bestürzung Pierres lispelnde Sprache und die neuen Worte, die er gebrauchte und die sie nie gehört hatten, lächerlich. Den Dritten machte es einfach Vergnügen, den Herrn zu hören. Die Vierten – die Klügsten und unter ihnen der Oberverwalter – erkannten aus dieser Rede, wie man mit dem Herrn umzugehen habe, um die eigenen Ziele zu erreichen.

Der Oberverwalter sprach sich sehr beifällig über Pierres Absichten aus und bemerkte, daß außer diesen Neuerungen noch mancherlei Reformen nötig wären, weil ein großer Teil der Dinge sehr im Argen läge.

Trotz des großen Reichtums, den Pierre von dem Grafen Besuchow geerbt – er sollte, wie es hieß, 500 000 Rubel jährlicher Einkünfte haben – fühlte sich Pierre jetzt weniger vermögend als zu der Zeit, da ihm der verstorbene Graf jährlich 10 000 Rubel gegeben hatte. In allgemeinen Umrissen stellte sich ihm sein Budget folgendermaßen dar: an Zinsen für Hypotheken auf sämtliche Güter wurden jährlich 80 000 Rubel bezahlt; 30 000 Rubel nahm die Erhaltung des Landhauses bei Moskau, des Hauses in Moskau und die Rente der Prinzessinnen in Anspruch; beinahe 15 000 Rubel gingen für Pensionen auf; ebensoviel für Wohltätigkeitsanstalten; der Gräfin wurden zum Lebensunterhalt jährlich 150 000 Rubel gezahlt; Prozente für Schulden betrugen an 70 000 Rubel; der Bau der Kirche, die er aufführen ließ, hatte die letzten zwei Jahre an 10 000 Rubel gekostet, und die noch übrigen 100 000 Rubel wurden ausgegeben, Pierre wußte selbst nicht wie, und war fast jedes Jahr gezwungen, neue Schulden zu machen. Außerdem schrieben ihm die Verwalter bald von Feuerschaden, bald von Mißernte, bald von der Notwendigkeit, die Fabriken und Brennereien umzubauen. Die erste Aufgabe, die sich Pierre darbot, war also etwas, wozu er am wenigsten Talent und Neigung hatte, die Beschäftigung mit finanziellen Angelegenheiten.

Pierre »arbeitete« täglich mit dem Oberverwalter, aber er fühlte, daß seine Tätigkeit die Dinge nicht um einen Schritt weiter brachte, ihnen im Grunde fernblieb, sie weder anzufassen, noch in Bewegung zu bringen wußte. Der Oberverwalter ließ sich's angelegen sein, Pierre die Verhältnisse so schwierig als möglich darzustellen. Er sagte ihm, daß er, um Schulden bezahlen zu können, neue Arbeiten mit den Kräften der leibeigenen Bauern unternehmen müsse. Darauf ging Pierre natürlich nicht ein, sondern verlangte die Emanzipation der Bauern, worauf ihm der Verwalter jedesmal die Notwendigkeit zeigte, vor allen Dingen Hypothekenschulden abzutragen, und die Unmöglichkeit, eine Neugestaltung der Dinge rasch zur Ausführung zu bringen.

Daß es ganz unmöglich wäre, sagte der Verwalter aber nie. Er schlug vielmehr zur Erreichung des Zieles den Verlauf der Waldungen im Gouvernement Kostroma vor und den Verkauf der am Flusse liegenden Ländereien des Gutes in der Krim. Alle diese Operationen waren aber, nach der Aussage des Verwalters, mit so viel Schwierigkeiten verbunden, mit Prozessen, Auflösung von Verträgen, Besuchen um Zurücknahme des Verkaufsverbotes und dergleichen, daß Pierre sich nicht zurechtfinden konnte und ihm nur zu antworten pflegte: Ja, ja, machen Sie das so!

Pierre besaß nicht jene praktische Gewandtheit, die ihn befähigt hätte, seine Aufgabe unmittelbar in Angriff zu nehmen und durchzuführen, und darum liebte er sie nicht und suchte sich nur vor dem Verwalter den Anschein zu geben, als ob er sich gern damit beschäftigte. Der Verwalter dagegen nahm dem Grafen gegenüber die Miene an, als hielte er diese Tätigkeit für den Gutsherrn für nützlich, für sich selbst aber für unbequem.

In der benachbarten großen Stadt fanden sich Bekannte von Pierre; die Unbekannten beeiferten sich, ihn kennenzulernen, und alle nahmen den neuangekommenen Magnaten, den größten Gutsbesitzer des Gouvernements, zuvorkommend auf. Die Verführungen in bezug auf jene Hauptschwäche Pierres, zu der er sich bei der Aufnahme in die Loge bekannt hatte, waren so stark, daß er ihnen nicht zu widerstehen vermochte. Wieder kamen Tage, Wochen, Monate, in denen Pierre, wie in Petersburg, vom Morgen bis zum Abend, durch Dejeuners, Diners, Soupers und Bälle in Anspruch genommen war, die ihm nicht Zeit ließen, zu sich selbst zu kommen. Anstatt des neuen Lebens, das er zu beginnen gehofft, führte er wieder das alte, nur in anderer Umgebung.

Pierre gestand sich selbst, daß er von den drei Aufgaben der Freimaurerei die, welche jedem Bruder vorschreibt, ein Muster sittlichen Lebenswandels zu sein, nicht erfüllte. Auch von den sieben Tugenden fehlten ihm zwei ganz und gar: Sittenreinheit und Liebe zum Tode. Er tröstete sich damit, daß er eine andere Aufgabe: die Besserung des Menschengeschlechts vollführte, und daß er andere Tugenden besaß, Nächstenliebe und vor allem Mildtätigkeit.

Im Frühjahr 1807 entschloß sich Pierre, nach Petersburg zurückzukehren. Auf dem Rückwege wollte er alle seine Güter besuchen, um sich persönlich zu überzeugen, was von seinen Befehlen und Anordnungen ausgeführt war, und in welchem Zustand sich jetzt die Menschen befanden, die ihm Gott anvertraut hatte und deren Wohlergehen er anstrebte.

Der Oberverwalter, der alle Einfälle des jungen Grafen nahezu für Unsinn hielt, nachteilig für ihn sowohl, als für sich selbst und die Bauern, ging scheinbar auf einige seiner Anordnungen ein. Die Bauernemanzipation erklärte er freilich für unmöglich, sorgte aber dafür, daß auf allen Gütern noch vor der Ankunft des Herrn große steinerne Gebäude für Schulen, Kranken- und Armenhäuser errichtet wurden. Auch für die Bewillkommnung des jungen Grafen hatte er überall Vorkehrungen getroffen. Es handelte sich aber nicht etwa um pomphafte Feierlichkeiten, die – wie er wußte – Pierre nicht gefallen hätten, sondern um fromme Dankbezeugungen mit Heiligenbildern, Salz und Brot. Diese mußten, wie er den Herrn kannte, am meisten auf ihn wirken und waren am besten geeignet, ihn hinters Licht zu führen.

Der Frühling des Südens, die stille, rasche Fahrt in einer Wiener Kalesche und die Einsamkeit der Reise übten eine erheiternde Wirkung auf Pierre aus. Die Güter, die er noch nie besucht hatte, waren eines malerischer als das andere. Das Volk schien überall glücklich zu sein und rührend dankbar für die ihm erwiesenen Wohltaten. Überall wurde Pierre mit Empfangsfeierlichkeiten begrüßt, die, obwohl sie ihn in Verlegenheit brachten, in der Tiefe seines Herzens ein wohltuendes Gefühl erweckten. In einem Orte brachten ihm die Bauern Salz und Brot und das Bild der Apostel Peter und Paul und baten um Erlaubnis, zu Ehren dieser Schutzpatrone des jungen Herrn und als Zeichen der Dankbarkeit für die Wohltaten, die er ihnen erwiesen, auf ihre Kosten in der Kirche einen Altar bauen zu dürfen. In einem anderen Dorfe kamen ihm die Frauen mit den Säuglingen entgegen und dankten ihm für die Befreiung von der schweren Arbeit des Frohndienstes. Auf einem dritten Gute empfing ihn der Priester mit dem Kreuze, umgeben von den Kindern, die, dank der Güte des Grafen, im Lesen, Schreiben und in der Religion unterrichtet wurden. Überall sah Pierre mit eigenen Augen die nach einem Plane sich erhebenden oder schon fertig dastehenden steinernen Gebäude für Schulen, Kranken- und Armenhäuser, die in der nächsten Zeit eröffnet werden sollten. Überall sah er die Register der Verwalter über die Arbeiten der Leibeigenen, die im Vergleich zu ehemals bedeutend vermindert waren, und empfing dafür rührende Danksagungen von Bauerndeputationen im blauen Kaftan.

Pierre wußte freilich nicht, daß der Ort, wo man ihm Salz und Brot überreichte und den Altar für seine Schutzheiligen Peter und Paul bauen wollte, ein Marktflecken war, in dem um die Zeit des Peter-und-Paul-Tages eine Messe abgehalten wurde; er wußte nicht, daß der Altar schon lange von den reichen Bauern errichtet war, daß heißt von denen, die hier vor ihm erschienen, daß die anderen aber – etwa neun Zehntel der Ortsbewohner – in größter Dürftigkeit lebten. Er wußte nicht, daß, seitdem seinem Befehl zufolge die Frauen, die Säuglinge hatten, nicht mehr auf Frohnarbeit geschickt wurden, diese Armen noch schwerere Arbeit im eigenen Hause verrichten mußten. Er wußte nicht, daß der Priester, der ihm mit dem Kreuz entgegengekommen war, die Bauern wegen der ihm gebührenden Abgaben drückte, und daß die um ihn versammelten Schüler ihm von den Eltern nur unter Tränen übergeben und oft für schweres Geld vom Unterricht losgekauft wurden. Er wußte nicht, daß die steinernen, nach seinem Plane errichteten Häuser von seinen Leibeigenen gebaut wurden, und daß dadurch die Frohnarbeit vergrößert war und nur auf dem Papier vermindert erschien. Er wußte nicht, daß, wo ihm der Verwalter im Buche zeigte, wie, seinem Willen gemäß, die Abgaben um ein Dritteil verringert worden, dafür die Frohnarbeit um die Hälfte erhöht war. So war denn Pierre von seiner Rundreise durch die Güter entzückt, war wieder ganz erfüllt von der philanthropischen Stimmung, in der er Petersburg verlassen hatte, und schrieb begeisterte Briefe an seinen Bruder Lehrmeister, wie er den Meister vom Stuhl zu nennen pflegte.

»Wie geringe Anstrengungen nötig sind, um so viel Gutes zu schaffen«, dachte Pierre, »und wie wenig tun wir dafür!«

Die Dankbarkeit, die ihm zuteil wurde, beglückte ihn, und doch fühlte er sich beschämt, wenn er sie entgegennahm, denn sie erinnerte ihn, wieviel mehr er noch imstande wäre, für diese guten, einfachen Leute zu tun.

Der Oberverwalter, ein sehr beschränkter, aber schlauer Mensch, der den klugen, arglosen Grafen vollständig durchschaute und mit ihm spielte wie mit einem Spielzeug, trat, nachdem er gesehen hatte, welche Wirkung der von ihm veranstaltete Empfang auf Pierre hervorgebracht hatte, entschiedener mit seiner Meinung heraus und suchte dem Herrn nicht nur die Unmöglichkeit, sondern auch die Nutzlosigkeit der Bauernemanzipation zu beweisen, da die Leute auch ohne sie ganz glücklich wären.

Pierre stimmte in der Tiefe seines Herzens mit dem Verwalter darin überein, daß es schwer sei, sich glücklichere Menschen zu denken, und daß sie in der Freiheit vielleicht Gott weiß was erwartete. Dennoch bestand er, wenn auch mit Bedauern, auf dem, was er für recht hielt. Der Verwalter versprach, alle seine Kräfte zur Erfüllung der ihm erteilten Aufträge anzuspannen, wußte aber, daß der Herr nicht imstande sein würde, ihm nachzuprüfen. Er würde nicht einmal zu übersehen vermögen, ob alle Maßregeln zum Verkauf der Wälder und Ländereien getroffen waren, mit deren Ertrag die Hypotheken abgelöst werden sollten. Ebensowenig würde er je erfahren, daß die auf seinen Befehl errichteten Gebäude leer stehenblieben, und daß die Bauern fortfuhren, an Arbeit und Geld alles zu geben, was auch auf anderen Gütern gegeben wurde, das heißt alles, was sie nur irgend aufbringen konnten.

XI

Pierre, der in der glücklichsten Gemütsverfassung von seiner Reise nach dem Süden zurückkehrte, führte jetzt die längstgehegte Absicht aus, seinen Freund Bolkonskij, den er seit zwei Jahren nicht gesehen hatte, zu besuchen.

Bogutscharowo lag in einer reizlosen Ebene, die teils mit Feldern, teils mit ausgeholzten und nicht ausgeholzten Tannen- und Birkenwäldern bedeckt war. Der Herrenhof befand sich am Ende eines langen, an der Landstraße hinlaufenden Dorfes, an einem neu angelegten, wasserreichen Teiche, dessen Ufer noch nicht mit Gras bewachsen waren, und mitten in jungem Gehölz, zwischen dem einige alte Fichten standen.

Der Herrenhof bestand aus einer Tenne, Wirtschaftsgebäuden, Ställen, einem Badehäuschen, einem Seitenhause und einem großen, steinernen Wohnhause mit halbrunder Stirnseite, an der noch gebaut wurde. Um das Haus war ein neuer Garten angelegt; Zaun und Tor waren neu und stark; unter einem Schuppen standen zwei Feuerspritzen und ein grün gemaltes Wasserfaß. Die Wege waren gerade, die Brücken fest und mit Geländern versehen. Alles trug das Gepräge der Ordnung und Sorgsamkeit. Die Dienstleute, die Pierre begegneten, zeigten ihm auf die Frage nach der Wohnung des Fürsten ein kleineres Seitengebäude dicht am Rande des Teiches. Anton, der alte Wärter des Fürsten Andrej, half Pierre beim Aussteigen aus dem Wagen, sagte ihm, daß sein Herr zu Hause sei und führte ihn in ein kleines, reinliches Empfangszimmer.

Pierre, der seinen Freund in Petersburg in den glänzendsten Verhältnissen angetroffen hatte, war durch die Einfachheit des kleinen reinlichen Häuschens aufs äußerste überrascht. Mit schnellen Schritten ging er durch den nach frischem Fichtenholze riechenden, noch nicht geweißten Salon und wollte weitergehen; aber Anton eilte ihm auf den Zehen voraus und klopfte an die Tür.

Was gibt's? rief eine scharfe Stimme.

Besuch! antwortete Anton.

Bitte zu warten! und ein Stuhl wurde gerückt. Pierre näherte sich der Tür mit raschen Schritten und stieß im nächsten Augenblick beinahe Nase an Nase auf den mit finsterem Gesicht heraustretenden, gealterten Fürsten Andrej. Pierre umarmte ihn, küßte ihn, nachdem er die Brille hinaufgeschoben, auf beide Wangen und sah ihn aufmerksam in der Nähe an.

Das nenne ich eine Überraschung ... freue mich sehr! sagte Fürst Andrej.

Pierre antwortete nicht. Er konnte die Augen nicht von seinem Freunde abwenden; die Veränderung, die mit diesem vorgegangen war, überraschte ihn. Die Worte des Fürsten Andrej waren freundlich, seine Lippen lächelten wie früher, aber sein Blick war erloschen, war tot, und trotz unverkennbaren Bemühens war er nicht imstande, ihm einen freundlicheren und lebhafteren Glanz zu geben. Nicht, daß sein Freund hagerer, blasser, männlicher geworden, überraschte und befremdete Pierre. Aber an seinen Blick und an die tiefe Falte an der Stirn, die eine Beschäftigung mit ein und derselben Sache anzudeuten schien, mußte er sich erst gewöhnen.

Wie es bei einem Wiedersehen nach langer Trennung häufig der Fall ist, konnte das Gespräch der beiden erst nicht recht in Fluß kommen. Sie tauschten flüchtige Fragen und Antworten über Dinge aus, von denen sie fühlten, daß sie eingehend besprochen werden mußten. Nach und nach begann die Unterhaltung das erst nur flüchtig Berührte gründlicher festzuhalten. Sie sprachen von ihrem vergangenen

Leben, von ihren Absichten für die Zukunft, von Pierres Reise, seinen Unternehmungen, vom Kriege und so weiter. Jene Versunkenheit und Abgestorbenheit, die Pierre im Blicke des Fürsten Andrej bemerkt hatte, drückte sich jetzt noch stärker in dem Lächeln aus, mit dem er zuhörte, besonders wenn Pierre mit Begeisterung und Freude von Vergangenheit oder Zukunft sprach. Dies Lächeln schien zu sagen, daß Fürst Andrej an dem, was Pierre berichtete, teilzunehmen wünsche, daß er dazu aber nicht imstande sei. Pierre begann zu fühlen, daß er seinem Freunde gegenüber den Enthusiasmus für Ideen, die Hoffnung auf Glück und die Erwartung des Guten nicht aussprechen dürfe. Er schämte sich, alle seine neuen, freimaurerischen Ideen, die in ihm durch die letzte Reise neu belebt und befestigt waren, zu äußern. Er hielt sich zurück, fürchtete kindisch zu erscheinen und hatte doch auf der anderen Seite das Verlangen, seinem Freunde rasch zu zeigen, daß er ein anderer, besserer Pierre geworden sei, als er in Petersburg war.

Ich kann Ihnen nicht beschreiben, wieviel ich in dieser Zeit erlebt habe, sagte er. Ich erkenne mich selbst kaum wieder.

Ja, wir haben uns beide sehr, sehr verändert! antwortete Fürst Andrej.

Nun und was für Pläne haben Sie? fragte Pierre.

Pläne! Meine Pläne? wiederholte Fürst Andrej ironisch, als ob er sich über die Bedeutung dieses Wortes wunderte. Du siehst es ja, ich baue und will künftiges Jahr ganz hierher übersiedeln.

In starrem Schweigen sah Pierre in das veränderte, altgewordene Antlitz des Fürsten Andrej.

Nein, ich frage ... fing er endlich an, aber Fürst Andrej unterbrach ihn.

Warum von mir sprechen! sagte er; erzähle von deiner Reise, von allem, was du auf deinen Gütern gemacht hast!

Pierre fing an, von den Reformen auf seinen Gütern zu berichten, indem er seinen Anteil an den Verbesserungen möglichst zu verbergen suchte. Fürst Andrej fiel ihm ein paarmal in die Rede und ergänzte, was er gesagt hatte, als ob alles, was Pierre getan, eine längst bekannte Sache für ihn wäre, die er nicht nur ohne Interesse, sondern sogar mit einem gewissen Schamgefühl anhörte.

Pierre fühlte sich in der Gesellschaft seines Freundes immer unbehaglicher und bedrückter und schwieg endlich.

Weißt du was, mein Bester, sagte Fürst Andrej, dem augenscheinlich dem Gaste gegenüber ebenso unbehaglich zumute war. Ich bin hier wie im Biwak, bin auch nur zum Nachsehen hergekommen, fahre noch heute zu meiner Schwester zurück und werde dich mit ihr bekannt machen. Oder kennst du sie nicht schon? Wir fahren heute nachmittag. Willst du jetzt vielleicht meinen Hof sehen? fügte er hinzu, unverkennbar in der Absicht, den Gast, mit dem er nichts mehr gemein hatte, in anderer Weise zu unterhalten.

Sie gingen hinaus, wanderten bis Mittag umher und sprachen von politischen Neuigkeiten und gemeinschaftlichen Bekannten, wie Menschen, die sich wenig nahestehen. Das einzige, wovon Fürst Andrej mit mehr Lebhaftigkeit und Interesse sprach, war sein neu eingerichtete Gut und sein Bau. Aber selbst, als sie auf dem Baugerüst standen und er Pierre die künftige Einrichtung des Hauses beschrieb, brach er plötzlich mitten im Satze ab. – Übrigens ist das alles nicht von Bedeutung; wir wollen essen und dann fahren, sagte er.

Während des Essens wandte sich das Gespräch Pierres Heirat zu.

Ich habe mich sehr gewundert, als ich davon hörte, sagte Fürst Andrej.

Pierre errötete, wie gewöhnlich, wenn davon die Rede war, und antwortete schnell:

Ich werde Ihnen einmal erzählen, wie es dazu kam ... Sie wissen doch, daß alles auf immer zu Ende ist?

Auf immer? fragte Fürst Andrej. Nichts ist auf immer zu Ende.

Sie wissen doch aber, wie es zum Bruche kam? ... Haben Sie nicht von dem Duell gehört?

Auch das hast du durchgemacht!

Wofür ich Gott danke, ist, daß ich diesen Menschen nicht getötet habe, sagte Pierre.

Warum denn? fragte Fürst Andrej. Einen bösen Hund aus der Welt schaffen ist ein gutes Werk.

Nein, einen Menschen töten ist nicht gut, nicht recht.

Warum nicht recht? wiederholte Fürst Andrej. Über Recht und Unrecht zu entscheiden ist dem Menschen nicht gegeben. Der Mensch hat immer geirrt und wird immer irren und in keiner Beziehung mehr als in Beziehung auf das, was er für Recht und Unrecht hält.

Unrecht ist alles, was anderen Übles zufügt, sagte Pierre, der mit Befriedigung bemerkte, daß Fürst Andrej lebhaft wurde, mit Interesse zu sprechen begann und dem Freunde seinen jetzigen Standpunkt klarzumachen suchte.

Und wer hat dir gesagt, was für andere ein Übel ist? fragte er.

Ein Übel, ein Übel? wiederholte Pierre. Wir alle wissen doch, was wir als ein Übel für uns anzusehen haben.

Ja, das wissen wir ... aber was ich für mich als Übel ansehe, kann ich einem anderen Menschen nicht zufügen, sagte Fürst Andrej, der immer lebhafter wurde und sichtlich bemüht war, Pierre seine neue Anschauung der Dinge klarzumachen. Er sprach französisch. Ich kenne nur zwei Übel im Leben: Gewissensbisse und Krankheit, und das einzige Gut ist die Abwesenheit dieser beiden Übel. Für mich leben, indem ich diese beiden Übel zu vermeiden suche, das ist meine ganze Weisheit.

Und die Nächstenliebe und die Selbstaufopferung? fragte Pierre. Nein, ich kann Ihnen nicht zustimmen. Nur so leben, daß wir nichts Böses tun, um nicht bereuen zu müssen, ist wenig. Ich habe so gelebt – ich habe für mich gelebt und bin dabei zugrunde gegangen. Erst jetzt, da ich für andere lebe, wenigstens zu leben suche, schaltete Pierre aus Bescheidenheit ein, erst jetzt habe ich das ganze Glück des Lebens verstanden. Nein, ich kann Ihnen nicht zustimmen ... Sie denken auch nicht, was Sie sagen.

Fürst Andrej sah Pierre schweigend an und lächelte spöttisch.

Du wirst meine Schwester, Prinzessin Maria, kennenlernen, sagte er dann; ihr werdet euch gut verständigen. Vielleicht hast du Recht für dich, fuhr er fort, nachdem er wieder eine Weile geschwiegen hatte; aber jeder lebt auf seine eigene Weise. Du hast früher nur an dich selbst gedacht und hast dich, wie du sagst, dabei fast zugrunde gerichtet und hast den Wert des Lebens erst erkannt, als du anfingst, für andere zu wirken. Ich habe das Gegenteil an mir erfahren! Ich lebte für den Ruhm. (Was ist er anderes als die Liebe für andere, der Wunsch, etwas für sie zu tun, das Verlangen nach ihrer Anerkennung.) So habe ich für andere gelebt und dabei mein Leben nicht nur beinahe, sondern gänzlich zerstört. Ruhiger bin ich erst geworden, seit ich nur für mich lebe.

Aber wie ist's möglich, daß Sie nur für sich selbst leben? fragte Pierre, der nach und nach in Feuer geriet; Ihr Sohn, Ihre Schwester, Ihr Vater? ...

Die gehören alle zu meinen Ich ... das sind keine *anderen,* antwortete Fürst Andrej, aber diese anderen, der Nächste, wie du und Prinzessin Maria und euresgleichen zu sagen pflegen, die sind der Hauptquell der Irrtümer und Übel. Der Nächste, das sind zum Beispiel deine Kiewschen Bauern, denen du Gutes tun willst.

Er sah Pierre spöttisch mit herausfordernden Blicken an; augenscheinlich wollte er ihn reizen.

Sie scherzen, sagte Pierre eifrig. Welche Irrtümer oder Übel können daraus entstehen, daß ich Gutes tun wollte? – was ich erreicht habe, ist freilich unbedeutend – aber ich wollte Gutes tun und habe doch wenigstens etwas getan. Welche Übel können daraus entstehen, wenn unsere unglücklichen Bauern, die ebensogut Menschen sind als wir, aber aufwachsen und sterben, ohne einen anderen Begriff von Gott und Wahrheit zu bekommen, als ihnen die Zeremonien der Kirche und sinnlose Gebete geben, im tröstenden Glauben an ein künftiges Leben, an Vergeltung und Belohnung unterwiesen werden? Welches Übel oder welchen Irrtum finden Sie darin, wenn ich denen, die jetzt ohne Hilfe in ihren Krankheiten hinsterben, während es so leicht ist, ihnen materiell zu Hilfe zu kommen, einen Arzt gebe, Krankenhäuser und ein Obdach in alten Tagen? Ist es nicht eine fühlbare, unzweifelhafte Wohltat, wenn ich den Weibern, die kleine Kinder haben und die jetzt weder bei Tage noch bei Nacht eine ruhige Stunde genießen, Ruhe schaffe und Muße? sagte Pierre eifrig und lispelnd. Und das habe ich getan, wenn auch nur schlecht und in geringem Maße; aber ich habe etwas für diesen Zweck getan, und Sie werden mir weder den Glauben nehmen, daß es gut war, noch mich überzeugen, daß Sie so denken, wie Sie sprechen ... Das Wichtigste von allem ist, zu wissen ... genau zu wissen, wie ich es jetzt weiß, daß der Genuß, das Gute zu tun, das einzige wahre Glück des Lebens ausmacht.

Ja, wenn man die Frage so stellt, verhält sich die Sache anders. Ich baue ein Haus, lege einen Garten an und du Hospitäler. Eines und das andere kann als Zeitvertreib dienen. Aber was recht, was gut ist, darüber lasse den entscheiden, der alles weiß, aber nicht uns. Ich sehe aber, du willst diskutieren, fügte er hinzu; nun wohl, ich bin bereit.

Sie standen vom Tische auf und setzten sich auf die Freitreppe, welche die Stelle des Balkons vertrat. Nun also, fangen wir an, sagte Fürst Andrej. Du verlangst also erstens Schulen, fuhr er fort, indem er einen Finger einbog, Belehrung und so weiter. Das heißt, du willst ihn (er zeigte auf einen Bauern, der die Mütze ziehend an ihnen vorüberging) aus seinem tierischen Zustande herausführen und ein moralisches Streben in ihm erwecken. Mir aber scheint das einzig mögliche Glück das des Tieres zu sein, und gerade dies willst du ihm nehmen. Ich beneide ihn, und du willst ihn mir ähnlich machen, ohne ihm meine Hilfsmittel geben zu können. Ferner: Du willst seine Arbeit einschränken, und nach meiner Ansicht ist körperliche Arbeit für ihn ebenso notwendig, ebenso Bedingung der Existenz wie für mich geistige Arbeit. Du kannst nicht Nichts denken. Wenn ich gegen drei Uhr schlafen gehe, kommen mir Gedanken, die mich nicht ruhen lassen. Ich werfe mich schlaflos im Bette umher, weil ich das Denken so wenig lassen kann, wie er das Pflügen und Mähen. Wird ihm das genommen, so geht er in die Schenke oder er wird krank. Wie ich nicht imstande wäre, seine schwere körperliche Arbeit zu ertragen – nach Verlauf einer Woche würde ich daran sterben –, so würde er meine körperliche

Untätigkeit nicht aushalten, würde fett werden und sterben. Drittens ... was zum Kuckuck hast du denn noch gesagt? Fürst Andrej bog den dritten Finger ein – Ach, ja, Krankenhäuser, Arzt, Medizin! Der Bauer hat einen Schlaganfall, ist im Begriff zu sterben, aber du hast ihn zur Ader gelassen, hast ihn am Leben erhalten. Nun wird er als Krüppel noch zehn Jahre, allen zur Last, umhergehen. Viel besser und einfacher wäre der Tod für ihn gewesen; andere werden geboren, und es sind ihrer ohnehin so viele! Wenn du noch bedauertest, einen Arbeiter zu verlieren, wie ich die Sache ansehe – aber du willst ihn aus Liebe zu ihm herstellen! das braucht er gar nicht. Außerdem, was ist das für eine Vorstellung, daß Medizin irgend einmal jemand geheilt hätte! Getötet, ja! sagte er heftig, indem er sich mit finsterem Gesicht abwandte.

Fürst Andrej sprach seine Ansichten so klar und deutlich aus, daß man sah, er hatte mehr als einmal darüber nachgedacht; er sprach rasch und mit einer gewissen Lust, wie ein Mensch, der lange keine Gelegenheit hatte, sich mitzuteilen. Sein Blick erheiterte sich um so mehr, je hoffnungsloser seine Worte klangen.

Ach! das ist schrecklich, schrecklich! sagte Pierre; ich begreife nicht, wie man mit solchen Ansichten leben kann. Früher hatte ich auch solche Stunden ... unlängst noch in Moskau und unterwegs. Aber dann sinke ich dermaßen zusammen, daß ich nicht mehr lebe. Dann ist mir alles zuwider, besonders ich selbst ... dann esse ich nicht, wasche mich nicht ... wie ist's mit Ihnen?

Warum sollte ich mich nicht waschen? ... das ist unsauber, sagte Fürst Andrej. Im Gegenteil, man muß sein Leben so angenehm als möglich zu machen suchen. Ich lebe; dafür kann ich nichts! aber ich muß versuchen, irgendwie, ohne andere zu beeinträchtigen, in angenehmer Weise bis an mein Ende zu leben.

Aber was veranlaßt Sie, mit solchen Ansichten zu leben? Ohne Bewegung dasitzen, ohne etwas zu tun ...

Das Leben läßt uns keine Ruhe, fiel Fürst Andrej ein. Ich wäre mit dem Nichtstun zufrieden, aber von der einen Seite kam der hiesige Adel und erwies mir die Ehre, mich zum Marschall zu wählen. Ich habe mich dessen kaum erwehren können. Sie wollten nicht begreifen, daß mir alles fehlt, was dazu nötig ist, die gewisse gutmütige, wahllose Geschäftigkeit ... Dann dieser Hausbau, der durchaus nötig war, wenn ich ein eigenes Winkelchen haben wollte, wo ich ruhig wohnen kann ... Und jetzt die Miliz.

Warum dienen Sie nicht in der Armee?

Nach Austerlitz?! sagte Fürst Andrej finster. Nein, danke bestens! Ich habe mir das Wort gegeben, in der aktiven russischen Armee nicht zu dienen, und das werde ich halten ... Und wenn Bonaparte hier vor Smolensk stände und Lyssyja-Gory bedrohte, würde ich nicht im russischen Heere dienen ... Wie ich dir sage, fuhr Fürst Andrej ruhiger fort. Jetzt werden die Milizen eingezogen, mein Vater ist Oberkommandierender des dritten Bezirks, und das einzige Mittel, mich vom aktiven Dienste loszumachen, war, mich unter seinen Befehl zu stellen.

Sie dienen also?

Ich diene. – Er schwieg eine Weile.

Nun, und warum dienen Sie?

Das will ich dir sagen! Mein Vater ist einer der ausgezeichnetsten Männer seiner Zeit. Aber er wird alt. Er ist nicht grausam, aber, von übergroßer Tatkraft erfüllt, wird er schrecklich durch die Gewohnheit unbegrenzter Gewalt sowohl, wie durch die Macht, die der Kaiser den Oberbefehlshabern der Miliz gegeben hat. Wenn ich vor vierzehn Tagen um zwei Stunden zu spät gekommen wäre, so hätte er den Protokollisten von Juchnow hängen lassen, fügte Fürst Andrej lächelnd hinzu. Ich diene also, weil niemand außer mir Einfluß auf den Vater hat, und ich ihn hie und da vor einer Tat behüte, die er sich später zum Vorwurf machen würde.

Da sehen Sie also!

Ja, aber das liegt nicht so, wie du meinst, fuhr Fürst Andrej fort. Ich habe nicht den Wunsch, auch nur das geringste Gute zu tun, ich wünschte auch nicht, diesem elenden Protokollisten zu nützen, der aus dem Depot der Milizen Stiefel gestohlen hatte. Ich wäre sogar sehr damit einverstanden, ihn hängen zu sehen; aber der Vater tat mir leid, also eigentlich wieder ich selbst.

Fürst Andrej wurde immer lebhafter, und seine Augen blitzten in fieberhaftem Glanze, während er Pierre zu beweisen suchte, daß seine Handlungsweise niemals durch den Wunsch bestimmt sei, dem Nächsten Gutes zu tun.

Und du willst also die Bauern frei machen? fuhr er fort; das ist sehr gut, aber nicht für dich (soviel ich weiß, hast du niemals einen Menschen zu Tode prügeln oder nach Sibirien bringen lassen) und noch weniger für den Bauern. Wenn man ihn schlägt, mit Ruten peitscht, nach Sibirien schickt, so glaube ich, daß ihm darum nicht schlechter zumute ist. In Sibirien führt er das gewohnte, tierische Leben, die Schrammen auf seinem Körper heilen zu, und er ist so glücklich wie vorher. Nötig ist, was du beabsichtigst, nur für Menschen, die an ihrer Verantwortlichkeit moralisch zugrunde gehen, ihre Mißgriffe bereuen, die Reue unterdrücken und roh werden dadurch, daß sie die Möglichkeit haben, gerecht und ungerecht zu züchtigen. Da siehst du, wer mir leid tut und warum ich die Bauern frei machen möchte. Du hast es vielleicht nicht so gesehen wie ich, daß gute, aber in diesen Überlieferungen einer unbeschränkten Macht erzogene Menschen, mit den Jahren, wenn sie reizbarer werden, zugleich in Roheit und Grausamkeit verfallen, das auch wissen, sich aber nicht beherrschen können und dadurch immer unglücklicher und unglücklicher werden.

Fürst Andrej sagte das mit so schmerzlicher Überzeugung, daß Pierre unwillkürlich auf den Gedanken kam, diese Ansicht müßte dem Fürsten durch seinen Vater aufgedrängt sein. Er antwortete nicht.

Du siehst also, worauf es mir ankommt: auf die Menschenwürde, auf die Ruhe des Gewissens, auf Reinheit, und nicht auf ihre Rücken und Köpfe, die – du magst sie noch so viel mit Ruten peitschen, noch so viel rasieren – doch immer dieselben Rücken und Köpfte bleiben.

Nein, nein, und tausendmal nein! ich werde Ihnen nie zustimmen, antwortete Pierre.

XII

Gegen Abend stiegen Fürst Andrej und Pierre in den Wagen und fuhren nach Lyssyja-Gory. Der Fürst wandte sich dann und wann zu seinem Begleiter und unterbrach das Schweigen durch Bemerkungen, die bewiesen, daß er guter Laune war. Er zeigte ihm die Felder und erzählte von seinen landwirtschaftlichen Reformen.

Pierre verharrte in finsterem Schweigen oder gab einsilbige Antworten und schien in seine Gedanken versunken. Er dachte darüber nach, daß Fürst Andrej unglücklich war, sich im Irrtum befand, das wahre Licht nicht kannte, und daß er ihm zu Hilfe kommen, ihn erleuchten und erheben müsse. Aber als Pierre weiter darüber nachsann, was und wie er anfangen solle, zu sprechen, fürchtete er, daß ihn Fürst Andrej mit einem Worte, mit einem Argument seine ganze Lehre zurückweisen würde, und scheute sich anzufangen und sein Heiligtum der Möglichkeit des Verlachtwerdens auszusetzen.

Aber warum glauben Sie eigentlich – fing Pierre plötzlich an, indem er den Kopf senkte und das Aussehen eines stoßenden Ochsen annahm. Warum denken Sie so ... das dürfen Sie nicht!

Worüber? fragte Fürst Andrej verwundert.

Über das Leben ... über die Bestimmung des Menschen! ... Das kann nicht sein. Ich dachte ebenso, und wissen Sie, was mich befreit hat? – die Freimaurerei. Nein, lächeln Sie nicht! Die Freimaurerei ist keine religiöse Sekte, wie ich früher auch geglaubt habe, sondern der beste, einzige Ausdruck der besseren, ewigen Seiten der Menschheit. Und er fing an, dem Fürsten Andrej die Freimaurerei zu erklären, wie er sie verstand.

Er sagte, die Freimaurerei sei das reine, von staatlichen und kirchlichen Fesseln befreite Christentum; eine Lehre der Gleichheit, Brüderlichkeit und Liebe.

Nur unsere heilige Brüderschaft hat den wahren Sinn des Lebens; alles andere ist ein Traum, sagte Pierre. Sie behaupten, lieber Freund, daß außerhalb dieses Bundes alles von

Falschheit und Unwahrheit erfüllt ist; ich bin mit Ihnen einverstanden und gebe zu, daß guten, klugen Menschen nichts übrigbleibt, als, wie Sie sagen, das Leben mit dem sorgsamen Bemühen, anderen nicht zu schaden, zu Ende zu führen. Aber machen Sie sich unsere Grundüberzeugungen zu eigen, treten Sie unserem Bunde bei, vertrauen Sie sich uns an, erlauben Sie uns, Sie zu leiten, und Sie werden sich, wie ich es tue, als ein Glied dieser großen, unsichtbaren Kette fühlen, deren Anfang sich in dem Himmel verliert, sagte Pierre.

Fürst Andrej hörte, schweigsam vor sich hin sehend, auf die Rede Pierres. Als er ihn einige mal des Wagengerassels wegen nicht verstand, fragte er nach den verlorengegangenen Worten, und aus dem besonderen Glanze, der in den Augen des Fürsten entbrannte, und aus seinem Schweigen erkannte Pierre, daß, was er sagte, nicht vergeblich war, daß ihn sein Begleiter nicht unterbrechen und seine Ansichten nicht verlachen würde.

Sie näherten sich dem ausgetretenen Flusse, über den sie ein Prahm tragen sollte. Während der Wagen darauf geschoben und die Pferde an ihren Platz geführt wurden, gingen auch die beiden Freunde auf den Prahm.

Fürst Andrej, der sich auf das Geländer stützte, sah schweigend auf die blitzende, von der untergehenden Sonne beleuchtete Wasserfläche.

Was denken Sie? fragte Pierre. Warum sind sie so stumm?

Was ich denke? Ich habe dich angehört, antwortete Fürst Andrej. Das alles mag so sein ... Aber du sagst: tritt in unsere Brüderschaft, und wir werden dir den Zweck des Lebens zeigen, und die Bestimmung des Menschen, und die Gesetzte, die die Welt regieren ... Aber wer sind die »Wir«-Menschen? Warum wißt ihr alles? Warum kann ich nicht sehen, was ihr seht? Ihr sehet auf Erden das Reich des Guten und Wahren, und ich kann es nicht sehen.

Pierre unterbrach ihn.

Glauben Sie an ein künftiges Leben? fragte er.

An ein künftiges Leben? wiederholte Fürst Andrej, aber Pierre ließ ihm nicht Zeit, auf die Frage zu antworten, und nahm, da er die früheren atheistischen Ansichten des Fürsten kannte, die Wiederholung als Verneinung auf.

Sie sagen, daß sie auf Erden das Reich des Guten und Wahren nicht sehen können. Ich habe es auch nicht gesehen, und wir können es überhaupt nicht sehen, solange wir unser Leben als das Ende aller Dinge ansehen. Auf der *Erde*, auf dieser Erde (Pierre zeigte ins Feld hinaus) ist keine Wahrheit; alles ist falsch und böse. Aber in der Welt – der ganzen Welt, gibt es ein Reich der Wahrheit, und wir sind jetzt Kinder der Erde und ewig Kinder der Welt. Fühle ich denn nicht in meiner Seele, daß ich einen Teil dieses großen, harmonischen Ganzen ausmache? Fühle ich denn nicht, daß ich in der großen, unermeßlichen Zahl der Wesen, in denen sich die Gottheit – oder wenn Sie wollen, eine höhere Macht – offenbart, ein Glied bilde oder eine Stufe, die von den niederen Wesen zu den höheren führt? Wenn ich die Stufenleiter, die von der Pflanze zum Menschen führt, sehe, deutlich sehe, weswegen soll ich denn voraussetzen, daß diese Leiter mit mir zu Ende ist und nicht weiter und weiter führt? Ich fühle nicht nur, daß ich nicht verschwinden kann, wie nichts in der Welt verschwindet, sondern auch, daß ich immer sein werde und war. Ich fühle, daß außer mir, über mir Geister leben, und daß in dieser Welt Wahrheit ist.

Ja, das ist die Lehre Herders, sagte Fürst Andrej; aber nicht diese Lehre wird mich überzeugen, lieber Freund, das Leben tut es und der Tod ... Es überzeugt, wenn ein dir teueres Wesen, das mit dir verbunden ist, gegen das du gefehlt hast, vor dem du dich zu rechtfertigen hofftest ... Fürst Andrej stockte mit der Stimme, und er wandte sich ab. Nach einer Pause fing er wieder an: Plötzlich siehst du dies Wesen leiden ... es windet sich in Qualen und hört auf zu sein. Warum? ... Es ist unmöglich, daß es auf diese Frage keine Antwort gibt ... Ich bin überzeugt, daß sie irgendwo zu finden ist ... Das ist's, was überzeugt ... das hat mich überzeugt!

Nun ja, nun ja! antwortete Pierre. Sage ich denn nicht dasselbe?

Nein. Ich bin nur der Ansicht, daß uns nicht Beweise von der Notwendigkeit des künftigen Lebens überzeugen können – nur dies eine, daß, wenn du Hand in Hand mit einem Wesen gehst, dies Wesen plötzlich verschwindet ... dort im Nichts, und du selbst bleibst stehen vor der Kluft und siehst hinein. Ich habe hineingeblickt ...

Nun, wie also? Wissen Sie nun, was »dort« ist, und daß es dort *ein Wesen* gibt? Dort ist das zukünftige Leben. Das Wesen ist Gott.

Fürst Andrej antwortete nicht. Der Wagen stand längst am Ufer, die Pferde waren wieder eingespannt, die Sonne war schon halb unten, der Abendfrost bedeckte die Tümpel am Ufer mit Eissternchen; aber zur Verwunderung der Kutscher, Diener und Fährleute standen Pierre und Andrej noch immer auf dem Prahm und sprachen.

Wenn Gott ist und ein künftiges leben, so ist auch Wahrheit, ist Tugend, sagte Pierre, und das höhere Glück des Menschen besteht darin, diesen beiden nachzustreben. Wir sollen leben, wir sollen lieben, wir sollen glauben, daß wir nicht heute nur, auf diesem Stückchen Erde, existieren, sondern gelebt haben und leben werden dort im All. Er zeigte auf den Himmel. Fürst Andrej stand, auf das Geländer der Fähre gestützt, und hörte Pierre zu, ohne die Augen von dem roten Widerschein der Sonne auf der bläulichen Wasserfläche abzuwenden. Pierre schwieg. Es war still ringsum.

Der Prahm hielt schon lange, und nur die Wellen des Flusses schlugen leise an seinen Boden, und dem Fürsten Andrej schien es, als ob dies Plätschern zu den Worten Pierres hinzufügte: »Es ist wahr, glaube.«

Fürst Andrej atmete auf und sah mit kindlich-strahlendem Blick in das gerötete, begeisterte Antlitz Pierres, das aber dem Freunde gegenüber, den er so hoch über sich selbst stellte, einen schüchternen Ausdruck behielt.

Ja, wenn es so wäre! sagte er. Aber wollen wir uns nicht in den Wagen setzen? fügte er hinzu, und indem er den Prahm verließ, sah er zum Himmel empor, auf den Pierre deutete. Zum ersten Mal nach Austerlitz sah er den hohen, ewigen Himmel wieder, den er gesehen, als er auf dem Schlachtfelde lag und etwas längst Entschlafenes, Höheres, das in ihm wohnte, erwachte frisch und jung in seiner Seele. Dies Gefühl verschwand, als Fürst Andrej in die gewöhnlichen Bedingungen des Lebens zurückkehrte; aber er wußte, daß die Empfindung, die er nicht zu entwickeln vermocht, in ihm fortlebte. Das Wiedersehen Pierres wurde für den Fürsten Andrej eine Epoche, von welcher – obwohl äußerlich alles beim alten blieb – in seiner inneren Welt ein neues Leben begann.

XIII

Es dunkelte schon, als Fürst Andrej und Pierre den Haupteingang von Lyssyja-Gory erreichten. Während sie vorfuhren, machte Fürst Andrej seinen Freund lächelnd auf die Szene aufmerksam, die sich an der Hintertür abspielte. Ein gekrümmtes altes Mütterchen mit einem Bündel auf dem Rücken und ein kleiner Mann im schwarzen Anzuge und mit langen Haaren, rannten, als sie den vorfahrenden Wagen erblickten, eilig fort. Zwei Frauen stürzten ihnen nach, und alle vier liefen, indem sie sich voll Schrecken nach der Kutsche umsahen, die Hintertreppe hinauf.

Das sind Maschas Gottes-Leute, sagte Fürst Andrej; sie haben uns für den Vater gehalten. Dies ist das Einzige, worin Schwester Maria ihm nicht gehorcht; er befiehlt, diese Wallfahrer fortzujagen, und sie nimmt sie auf.

Was sind denn Gottes-Leute? frage Pierre.

Fürst Andrej hatte nicht Zeit, zu antworten; die Dienerschaft kam herbei, er fragte, wo sich der alte Fürst befände, und erfuhr, daß er noch in der Stadt wäre, aber jeden Augenblick zurückerwartet würde.

Fürst Andrej führte Pierre nach seinen Zimmern, die immer im Vaterhause für ihn in Bereitschaft gehalten wurden; dann begab er sich nach der Kinderstube, und als er von dort zurückkam, sagte er:

Nun wollen wir meine Schwester aufsuchen. Ich habe sie noch nicht gesehen; sie versteckt sich irgendwo mit ihren Gottes-Leuten. Sie wird in Verlegenheit kommen, aber das ist ihr schon recht – und du wirst die Gottes-Leute sehen. Es ist interessant, mein Wort darauf.

Was soll das bedeuten: Gottes-Leute? fragte Pierre.

Du wirst's ja sehen.

Prinzessin Maria kam wirklich in Verlegenheit und errötete, als sie bei ihr eintraten. In ihrem gemütlichen Zimmer, mit den Lampen vor den Heiligenschreinen, saß neben ihr auf dem Diwan vor dem Samowar ein junger Bursche mit langer Nase, langem Haar und einer Mönchskutte, während in dem daneben stehenden Sessel ein runzeliges, mageres, altes Weib mit einem sanften Ausdruck in ihrem Kindergesicht Platz genommen hatte.

Andrjuscha, warum hast du mich nicht benachrichtigt? fragte Prinzessin Maria mit sanftem Vorwurf, indem sie sich – wie die Glucke vor die Küchlein – vor ihre Wallfahrer stellte.

Ich freue mich, Sie zu sehen, freue mich sehr, Sie zu sehen! sagte sie dann zu Pierre, während dieser ihr die Hand küßte. Sie hatte ihn als Kind gekannt, und seine Freundschaft für Andrej, sein Unglück in der Ehe und vor allem sein gutes, einfaches Gesicht, nahmen sie für ihn ein. Sie sah ihn mit den schönen, strahlenden Augen an, die ihm zu sagen schienen: Ich habe Sie sehr gern, aber bitte, lachen Sie nicht über meine Gäste. Nachdem die ersten Begrüßungen gewechselt waren, setzten sie sich.

Ah, da ist ja auch Iwanuschka! sagte Fürst Andrej, indem er lächelnd auf den jungen Pilger blickte.

Andrjuscha! flehte Prinzessin Maria.

Du mußt wissen, daß das ein Weib ist, sagte Fürst Andrej zu Pierre französisch.

Andrjuscha, ich bitte dich! bat Prinzessin Maria.

Das spöttische Benehmen des Bruders gegen die Wallfahrer und das erfolglose Eintreten der Prinzessin Maria für sie schien eine hergebrachte Sache unter den Geschwistern zu sein.

Aber, meine liebe Freundin, sagte Fürst Andrej, du solltest mir im Gegenteil dankbar sein, daß ich Pierre deine Intimität mit diesem jungen Mann erkläre.

Wirklich? fragte Pierre neugierig, aber ernst (wofür ihm Prinzessin Maria besonders dankbar war); und dann starrte er durch die Brille Iwanuschka an, der, als ihm klar wurde, daß von ihm die Rede war, mit listigen Augen im Kreise umhersah.

Prinzessin Maria war unnötigerweise um die »Ihrigen« in Verlegenheit gekommen; sie selbst waren gar nicht schüchtern. Das alte Weibchen schielte mit niedergeschlagenen Augen die beiden Herren von der Seite an, nachdem sie die Tasse auf der Unterschale umgekehrt und ein abgebissenes Stückchen Zucker daneben gelegt hatte. Dabei saß sie unbeweglich in ihrem Lehnstuhl und wartete, daß ihr noch mehr Tee eingeschenkt würde, während Iwanuschka, den Tee aus der Untertasse schlürfend, die jungen Männer mit listigen Weiberaugen von unten herauf betrachtete.

Wo warst du? Warst du in Kiew? fragte Fürst Andrej die Alte.

Freilich war ich dort! antwortete die redselige Alte; gerade zu Weihnachten war ich dort und hatte das Glück, das heilige Sakrament zu empfangen. Und jetzt komme ich aus Kalasin, Vater, wo mir großes Heil widerfahren ist.

Und du, Iwanuschka, warst mit?

Ich gehe ganz allein, mein Wohltäter, antwortete Iwanuschka, indem er mit einer Baßstimme zu sprechen suchte. Erst in Juchnowo bin ich mit Pelagejuschka zusammengekommen ...

Pelagejuschka unterbrach ihren Gefährten. Es war unverkennbar, daß sie von ihren Erlebnissen zu erzählen wünschte.

In Kalasin, Vater, ist mir großes Heil widerfahren, sagte sie.

Was, neue Reliquien? fragte Fürst Andrej.

Laß doch, Andrej! bat Prinzessin Maria. Erzähle nicht, Pelagejuschka.

Nicht? ... was soll denn das heißen, Mütterchen? ... warum soll ich nicht erzählen? ... ich habe ihn lieb ... er ist gut ... ist ein Kind Gottes und mein Wohltäter ... hat mir, das vergesse ich nicht, zehn Rubel geschenkt ... Nun also, in Kiew sagt mir Kirjuscha, der Verzückte, ein wirklicher Mann Gottes, der Sommer und Winter barfuß geht: Was pilgerst du nicht nach dem rechten Orte? Gehe nach Kalasin, Mütterchen, da ist das wundertätige Bild des Mütterchens, der heiligen Gottesmutter. Nachdem ich das gehört hatte, verabschiedete ich mich von den Heiligen und ging.

Alle schwiegen. Nach einer Weile fuhr die Pilgerin mit gedämpfter Stimme fort:

Ich kam hin, mein Vater ... Die Leute sagen mir: Großes Heil ist uns geworden, dem Mütterchen, der heiligen Gottesmutter, tröpfelt heiliges Öl aus dem Bäckchen ...

Gut, gut, das wirst du später erzählen, unterbrach sie Prinzessin Maria errötend.

Erlauben Sie mir eine Frage, sagte Pierre, und zu der Alten gewandt, fügte er hinzu: Hast du das selbst gesehen?

Gewiß, Vater, ich selbst war begnadigt, es zu sehen. Solch ein Glanz auf dem Angesicht des Mütterchens, wie das göttliche Licht des Himmels ... und aus ihrem Bäckchen tröpfelt es immerzu ... immerzu ...

Das ist ja aber Betrug! rief Pierre naiv, der die Pilgerin aufmerksam angehört hatte.

Ach! Vater, was sagst du da? rief Pelagejuschka voll Entsetzen, indem sie sich, wie Schutz suchend, an die Prinzessin Maria wandte.

So betrügt man das Volk! wiederholte Pierre.

Um des Herrn Jesu Christi willen, sage das nicht, Vater! rief die Pilgerin, sich bekreuzend. Da war ein Janaral[1], der hat auch nicht glauben wollen ... er sagte: die Mönche hätten betrogen ... und wie er das sagte, war er auf der Stelle blind. Und dann träumte er, daß das Mütterchen vom Höhlenkloster zu ihm kommt und sagt: »Glaube an mich, so werde ich dich heilen!« Da fing er an zu bitten: bringt mich zu ihr! bringt mich zu ihr! ... Ich sage dir die volle Wahrheit, denn ich habe das alles selbst gesehen ... Man hat den Blinden also hingebracht ... er trat näher, fiel hin und sprach: »Heile mich, ich gebe dir – sagt er – alles, was mir der Kaiser gegeben hat.« – Ich habe selbst gesehen, daß der Stern an ihr befestigt ist ... Und was meinst du? ... er ist sehend geworden. Aber so

1 Korrumpierte Form für »General«. (Anm. d. Hg.)

zu sprechen ist Sünde, Gott wird strafen, schloß sie in ermahnendem Tone, indem sie sich zu Pierre wandte.

Aber wie ist denn der Stern an das Bild gekommen? fragte Pierre.

Man wird das Mütterchen zum General ernannt haben, sagte lächelnd Fürst Andrej.

Pelagejuschka wurde plötzlich blaß und schlug die Hände zusammen.

Vater, Vater! schäme dich der Sünde, du hast einen Sohn ... rief sie, indem die Blässe ihres Gesichts in Röte überging. Vater, was hast du gesagt ... Gott verzeihe dir! Sie bekreuzte sich. Gott verzeihe ihm! Oh, Mütterchen, was ist das! wandte sie sich an Prinzessin Maria und begann fast weinend ihr Bündel zusammenzupacken. Es war unverkennbar, daß sie sich fürchtete und schämte, die Wohltaten eines Hauses anzunehmen, wo so gesprochen wurde, während es ihr zugleich leidtat, diese Wohltaten zu entbehren.

Was kann euch das für Freude machen; seid ihr deswegen zu mir gekommen! fragte Prinzessin Maria.

Oh, ich scherze doch nur, Pelagejuschka! rief Pierre. Prinzessin, mein Wort darauf, ich habe Sie nicht beleidigen wollen ... Ich habe das nur so gesagt, höre nicht darauf ... ich habe gescherzt! sagte er schüchtern, indem er sein Unrecht gutzumachen suchte. Wir haben beide nur gescherzt.

Pelagejuschka blieb voll Mißtrauen stehen; aber Pierres Gesicht verriet so viel aufrichtige Reue, und Fürst Andrej blickte so freundlich bald auf Pelagejuschka, bald auf Pierre, daß sie sich nach und nach beruhigte.

XIV

Die Pilgerin hatte sich beruhigt und nahm das Gespräch wieder auf. Sie erzählte lange vom Vater Amphilochius, der ein so heiliges Leben geführt, daß seine Händchen nach Weihrauch dufteten. Und dann schilderte sie, wie sie während ihrer letzten Wallfahrt nach Kiew von bekannten Mönchen den Schlüssel zu den Höhlen bekommen und daselbst – sie hatte sich

Zwiebäckchen mitgenommen – zwei Tage bei den Heiligen zugebracht. »Ich bete zu dem einen, lese, gehe zu dem anderen, nicke ein, gehe wieder hin, die heiligen Gebeine zu küssen, und eine Stille, Mütterchen, eine Glückseligkeit, daß man gar nicht wieder in die liebe Gottessonne hinaus möchte.«

Pierre hörte ernst und aufmerksam zu. Fürst Andrej verließ das Zimmer, und bald darauf führte Prinzessin Maria Pierre in den Salon und ließ die Gottes-Leute am Teetisch zurück.

Sie sind wirklich sehr gut! sagte sie zu Pierre.

Ich habe die Leute wahrhaftig nicht kränken wollen; ich verstehe diese Gefühle so gut, schätze sie so hoch.

Prinzessin Maria sah ihn mit sanftem Lächeln schweigend an. Ich kenne Sie längst und habe Sie lieb wie einen Bruder, antwortete sie; und ohne ihm Zeit zu geben, auf ihre freundlichen Worte etwas zu sagen, fragte sie schnell: Wie haben Sie Andrej gefunden? Er ängstigt mich! Seine Gesundheit war im Winter besser; aber im Frühjahr brach die Wunde wieder auf, und der Arzt sagte, er müsse irgendwohin zur Kur. Auch in moralischer Beziehung fürchte ich für ihn. Er hat nicht die Gemütsart, die es uns Frauen möglich macht, den Kummer auszuleiden und auszuweinen, er trägt ihn stumm mit sich herum. Heute ist er munter und lebhaft, aber wohl nur, weil Ihre Ankunft erheiternd auf ihn gewirkt hat; er pflegt selten so zu sein. Wenn Sie ihn doch überreden könnten, ins Ausland zu gehen! Er bedarf der Tätigkeit … dies gleichmäßige, stille Leben tötet ihn. Die anderen merken es nicht – aber ich sehe es.

Gegen zehn Uhr ließen sich die Wagenglöckchen des zurückkehrenden Hausherrn hören; das gesamte Dienstpersonal stürzte nach dem Haupteingange; auch Fürst Andrej und Pierre traten auf die Freitreppe hinaus.

Wer ist das? fragte der alte Fürst, indem er aus den Wagen stieg.

Ah, freue mich sehr! küsse dich! fügte er hinzu, nachdem er den fremden jungen Mann erkannt hatte.

Der alte Herr war guter Laune und nahm Pierre mit großer Herzlichkeit auf.

Als Fürst Andrej vor dem Abendessen in das Kabinett des Vaters trat, fand er diesen im heißen Meinungsstreit mit Pierre. Der junge Mann suchte zu beweisen, daß eine Zeit kommen würde, wo es keine Kriege mehr geben würde. Der alte Fürst machte sich über ihn lustig, aber er bekämpfte die Ansichten Pierres, ohne sich zu ärgern.

Zapfe das Blut aus den Adern und tue Wasser hinein – dann wird der Krieg aufhören. Das sind Weiberphantasien! Weiberphantasien! rief er, aber dabei klopfte er Pierre freundlich auf die Schulter. Dann näherte er sich dem Tische, an dem Fürst Andrej, der augenscheinlich nicht am Gespräch teilnehmen wollte, die Papiere durchblätterte, die der Vater aus der Stadt mitgebracht hatte. Der alte Fürst trat zu ihm und fing an, von Geschäften zu sprechen.

Der Adelsmarschall, Graf Rostow, hat die Hälfte der Mannschaften nicht zusammengebracht. Kam in die Stadt und hatte den Einfall, mich zum Essen einzuladen ... Nun, ich habe ihm ein Diner gegeben! ... Hier, dies sieh durch ... Und weißt du, Bruder, fuhr Fürst Nikolaj Andrejtsch zu dem Sohne gewandt fort, indem er Pierre auf die Schulter klopfte: ein braver Mensch ist dein Freund! ich habe ihn lieb gewonnen. Er erwärmt mich ... Ein anderer sagt kluge Dinge, und man mag ihn nicht hören ... er aber schwatzt dummes Zeug und erwärmt mich Alten. Nun geht, geht! rief er dann. Vielleicht komme ich, setze mich zu euch, wenn ihr Abendbrot eßt, und dann streiten wir wieder ... Mit meinem Närrchen, Prinzessin Maria, kannst du dich befreunden! rief er Pierre noch aus der Tür nach.

Während seines Aufenthaltes in Lyssyja-Gory lernte Pierre erst die ganze Kraft und den ganzen Wert seiner Freundschaft mit dem Fürsten Andrej kennen. Dieser Wert lag nicht sowohl in dem Verhältnis zu dem Freunde selbst als in den Beziehungen zu seinen Verwandten und seiner Häuslichkeit. Sowohl dem alten, strengen Fürsten wie der sanften, schüchternen Prinzessin Maria gegenüber fühlte sich Pierre, obwohl er sie fast gar nicht kannte, beinahe wie ein alter Freund, und ihn hatten alle liebgewonnen. Nicht allein Prinzessin Maria, die durch sein rücksichtsvolles Benehmen gegen die Pilgerinnen für ihn eingenommen war, sah ihn mit dem strahlendsten Blicke an; auch der kleine einjährige Fürst Nikolaj, wie ihn der Großvater nannte, lächelte Pierre an und ließ sich von ihm auf den Arm nehmen; Michail Iwanitsch sowohl wie Mademoiselle Bourienne hörten mit freundlichem Lächeln zu, wenn er sich mit dem alten Fürsten unterhielt.

Der alte Herr erschien zum Abendessen, was sichtlich eine Auszeichnung für Pierre war; behandelte ihn die beiden Tage seiner Anwesenheit in Lyssyja-Gory mit außerordentlicher Liebenswürdigkeit und befahl ihm, häufig in sein Zimmer zu kommen.

Als Pierre weggefahren war und die Mitglieder der Familie zusammenkamen, sprachen sie – wie es gewöhnlich nach der Abreise eines neuen Bekannten geschieht – ihr Urteil über ihn aus, und sie alle hatten, was sehr selten geschieht, nur Gutes über ihn zu sagen.

XV

Als Rostow diesmal vom Urlaub zurückkehrte, fühlte er stärker als je zuvor, wie innig er mit Denissow und dem ganzen Regimente verbunden war. Als er sich dem Standquartiere näherte, war seine Empfindung beinahe ebenso, als ob er dem Hause auf der Powarskaja zueilte. Und als er dann den ersten Husaren seines Regimentes mit aufgeknöpfter Uniform erblickte und den rotköpfigen Dementjew erkannte, als er die Pflöcke für die Pferde sah, als Lawruschka seinem Herrn voll Freude zurief: »Der Graf ist da!« und Denissow, der auf dem Bette gelegen hatte, nachlässig gekleidet aus der Lehmhütte hervorstürzte, ihn umarmte und die anderen Offiziere sich um ihn versammelten, hatte er dasselbe Gefühl, als ob ihn seine Mutter, sein Vater, seine Schwester umhalsten, und die Freudentränen, die ihm in die Kehle stiegen, hinderten ihn am Sprechen. Das Regiment war auch ein Haus, ein unwandelbar liebes und teueres, wie das der Eltern.

Nachdem er sich bei dem Regimentskommandeur gemeldet hatte, derselben Schwadron wieder zugeteilt war, *du jour* gehabt und fouragiert hatte, nach und nach in alle kleinen Interessen des Regiments wieder eingeweiht wurde, und nachdem er sich seiner Freiheit beraubt und einem engen, unverrückbaren Rahmen eingefügt fühlte, empfand Rostow dieselbe Beruhigung, hatte er dasselbe Gefühl der Sicherheit und Geborgenheit wie unter dem elterlichen Dache. Da war nicht das Gewirr der weiten, freien Welt, in dem er entweder keinen Platz für sich fand oder sich in der Wahl vergriff. Da war keine Sonja, gegen die es ihm bald nötig schien, sich zu erklären, bald nicht. Da war keine Möglichkeit, hierhin oder dorthin zu gehen; da ließen sich die vierundzwanzig Tagesstunden nicht in der verschiedensten Weise ausfüllen, da gab es nicht jene Unzahl von Menschen, unter denen ihm niemand wirklich nahestand, nicht jene unklaren, unbestimmten Geldangelegenheiten mit dem Vater, nicht die Erinnerung an den schrecklichen Spielverlust bei Dolochow. Hier im Regimente war alles klar und einfach. Die ganze Welt war in zwei ungleiche Teile eingeteilt: der eine, das Pawlogradsche Regiment, der andere Teil alles übrige, und für dies Übrige hatte man kein besonderes Interesse. Im Regiment wußte man alles: wer Leutnant war, wer Rittmeister, wer ein guter, wer ein schlechter Mensch, vor allem, wer ein guter oder schlechter Kamerad war. Der Marketender kreditiert, die Gage wird alle vier Monate ausgezahlt; zu bedenken und zu wählen gibt es nichts – man hat einfach zu vermeiden, was im Pawlogradschen Regimente für unangemessen gilt, und genau und pünktlich zu tun, was befohlen wird, dann ist alles gut.

Nachdem Rostow in diese Regelmäßigkeit des Regimentslebens wieder eingetreten war, kam das Behagen, der Frieden über ihn, den ein ermüdeter Mensch empfindet, wenn er sich zur Ruhe legt. Das Soldatenleben war für ihn während dieses Feldzuges um so beglückender, weil er nach dem Spielverlust an Dolochow (einer Tat, die er sich trotz aller Tröstungen der Seinigen nicht verzeihen konnte) den Vorsatz gefaßt hatte, nicht so, wie früher, nur seinen Dienst abzuleisten, sondern seine Verfehlung wiedergutzumachen, und den Namen eines ausgezeichneten Menschen zu erwerben – was »in der Welt« so schwer schien, im Regimente aber erreichbar war.

Rostow hatte sich nach seinem Spielverlust vorgenommen, den Eltern diese Schuld in fünf Jahren abzutragen. Sie hatten ihm jährlich 10 000 Rubel gegeben, jetzt wollte er nur noch 2000 annehmen und das übrige zur Bezahlung der Schuld stehenlassen.

Nach verschiedenen Rückzügen, nach den Vormärschen und den Schlachten bei Putulsk und Preußisch-Eylau konzentrierte sich unsere Armee bei Bartenstein. Man erwartete die Ankunft des Kaisers beim Heere und die Eröffnung eines neuen Feldzuges.

Das Pawlogradsche Regiment, welches zu dem Teile der Armee gehörte, der 1805 im Felde gewesen war, hatte sich in Rußland rekrutiert, war aber zu den ersten Waffentaten des Feldzugs zu spät gekommen, das heißt, es hatte weder bei Putulsk noch bei Preußisch-Eylau gefochten. In der zweiten Hälfte des Feldzugs, nachdem es sich mit der aktiven Armee vereinigt hatte, wurde es der Division Platow zugeteilt.

Diese Division operierte unabhängig von dem Gros des Heeres; die Pawlograder wurden mehrmals in Scharmützel mit dem Feinde verwickelt, sie machten Gefangene, und einmal erbeuteten sie sogar die Equipagen des Marschalls Oudinot. Im April standen die Pawlograder mehrere Wochen bei einem deutschen, von Grund aus zerstörten, von den Einwohnern verlassenen Dorfe und rührten sich nicht von der Stelle.

Es trat Tauwetter ein, aber es blieb kalt; die Flüsse brachen auf, die Straßen wurden unwegsam. Da die Zufuhr unmöglich wurde, gab man einige Tage weder Proviant noch Fourage aus, und das einzige Auskunftsmittel der Soldaten war, in den umliegenden verlassenen und zerstörten Ortschaften nach Kartoffeln zu suchen, aber auch davon gab es nur wenig.

Alles war verzehrt und alle Einwohner hatten sich geflüchtet. Die wenigen, die zurückgeblieben, waren elender als Bettler und hatten nichts mehr, was ihnen abgenommen werden konnte. Es kam sogar vor, daß ihnen mitleidige Soldaten das Letzte gaben, was sie selbst besaßen.

Bei seinen Gefechten hatte das Pawlogradsche Regiment nur zwei Verwundete gehabt, durch Hunger und Krankheit aber verlor es fast die Hälfte seiner Mannschaften. Daß die Leute in den Krankenhäusern sterben müßten, galt für gewiß. Soldaten, die am Fieber litten und an den Schwellungen, die die Folge des schlechten Essens war, zogen vor, die Anstrengungen des Dienstes zu ertragen, mochten sie auch ihre Kräfte übersteigen, und schleppten sich lieber mit lahmen Füßen in Reihe und Glied mit fort, als daß sie sich ins Lazarett begaben. Nach dem Beginn des Frühlings fanden die Soldaten eine Pflanze, die wie Spargel aus der Erde schoß und die sie – Gott weiß warum – die süße Marienwurzel nannten. Sie zerstreuten sich auf Wiesen und Feldern, um die »süße Marienwurzel« (die sehr bitter war) zu suchen, gruben sie mit dem Säbel aus und aßen sie, trotz des Befehls, der den Genuß dieser schädlichen Pflanze verbot. Die Ärzte schrieben eine neue Krankheit, die sich im Frühling unter den Soldaten zeigte: Geschwulst der Hände, der Füße und des Gesichts, dem Genuß dieser Wurzel zu. Auch die Soldaten der Denissowschen Schwadron nährten sich, trotz des Verbots, hauptsächlich von der süßen Marienwurzel, denn sie hatten schon seit zwei Wochen nur noch ein Drittel der gewöhnlichen Zwiebackration erhalten, und die Kartoffeln der letzten Zufuhr waren gefroren und keimten schon.

Die Pferde, für die es ebenfalls an Fourage fehlte, bekamen seit vierzehn Tagen nur noch das Stroh von den Dächern der zerstörten Häuser zu fressen, wurden immer magerer und waren mit ausfallenden, zusammengeklebten Haarbüscheln bedeckt.

Trotz dieses Elends lebten Soldaten und Offiziere in der alten Weise. Wie immer, wenn auch mit blassen, gedunsenen Gesichtern und in abgerissenen Uniformen, stellten sich die Husaren in Reihe und Glied auf, um ihre Löhnung zu empfangen, putzen das Sattelzeug, striegelten die Pferde, bürsteten die Montierung, schleppten statt des Futters das Stroh von den Dächern herbei und gingen zu den Feldkesseln, ihr Mittagsmahl zu halten, von dem sie ungesättigt wieder aufstanden, indem sie über das ekelhafte Essen und ihren Hunger Witze machten. Wie früher zündeten die Soldaten während ihrer vom Dienste freien Zeit Feuer an, neben denen sie sich nackt zum Schwitzen niederlegten, rauchten, aus den keimenden, faulenden Kartoffeln die besten aussuchten und kochten und von den Potjomkinschen und Suworowschen Feldzügen erzählten oder den Geschichten von Aljoscha, dem Schlaukopf, und von dem Knechte des Popen Mikolka lauschten.

Die Offiziere lebten ebenfalls, wie früher, zu zweien oder dreien in den ungedeckten, halbzerstörten Häusern. Die Älteren sorgten für das Herbeischaffen von Kartoffeln und Stroh, überhaupt für die Ernährung der Mannschaften. Die Jüngeren unterhielten sich, wie immer, teils mit Kartenspiel (Geld gab es genug, wenn auch kein Proviant da war), teils mit harmlosen Spielen – Ringwerfen und Klötzchenschieben. Von dem Gang der Weltereignisse war wenig die Rede, teils weil man nichts Bestimmtes wußte, teils weil man die dunkle Empfindung hatte, daß es mit dem Kriege schlecht stand.

Rostow wohnte, wie früher, mit Denissow zusammen, und ihr freundschaftliches Verhältnis war seit ihrer gemeinschaftlichen Urlaubsreise noch inniger geworden. Denissow sprach nie von Rostows Vaterhause, aber Nikolaj fühlte an der rücksichtsvollen Freundschaft, die ihm sein Vorgesetzter bewies, daß die unglückliche Liebe des alten Husaren zu Natascha seine Zuneigung für den Bruder des jungen Mädchens noch verstärkt hatte. Denissow war augenscheinlich bemüht, Rostow so viel als möglich vor Gefahr zu schützen, und war besonders freundlich, wenn er ihn nach einem Treffen wieder unversehrt vor sich sah. Bei einem seiner Streifzüge fand Rostow in einem verlassenen, zerstörten Dorfe, wohin er nach Proviant geschickt war, einen greisen Polen und seine Tochter mit einem Säugling. Sie hatten weder Kleider noch Lebensmittel und waren nicht imstande, den Ort zu verlassen. Rostow ließ sie ins Lager fahren, brachte sie in seine Wohnung und erhielt sie einige Wochen, bis sich der Alte erholt hatte. Einer von Rostows Kameraden fing eines Tages, als von Frauen die Rede war, zu lachen an und sagte: Rostow wäre schlauer als sie alle; er hätte aber wohl die Kameraden mit der von ihm geretteten schönen Polin bekannt machen können. Rostow nahm den Scherz als Beleidigung auf, wurde heftig und sagte dem Offizier so herbe Dinge, daß Denissow Mühe hatte, ein Duell zwischen den beiden zu verhindern. Als sich der Offizier entfernt hatte und Denissow, der die Beziehungen zwischen seinem jungen Freunde und der Polin selbst nicht kannte, anfing, ihn wegen seiner Heftigkeit zu tadeln, sagte Nikolaj:

Du magst wohl recht haben ... Aber sie ist für mich wie eine Schwester, und ich kann dir nicht beschreiben, wie es mich gekränkt hat, weil ... nun, weil ...

Denissow klopfte ihn auf die Schulter, und ohne ihn weiter anzusehen, fing er an, im Zimmer umherzulaufen, wie er in großer Gemütsbewegung zu tun pflegte.

Was seid ihr Rostows doch für närrische Leute! sagte er endlich, und Nikolaj sah Tränen in seinen Augen stehen.

XVI

Im April wurden die Truppen durch die Nachricht, daß der Kaiser beim Heere angelangt sei, neu belebt. Rostow glückt es nicht, an der Revue teilzunehmen, die der Kaiser bei Bartenstein abhielt, denn die Pawlograder standen weit von diesem Orte auf Vorposten.

Denissow und Rostow bewohnten hier im Biwak eine von den Soldaten aufgeworfene Erdhütte, die mit Zweigen und Rasen gedeckt und nach der damals eben eingeführten Weise hergerichtet war: es wurde ein anderthalb Arschin[1] tiefer, zwei Arschin breiter und dreieinhalb Arschin langer Graben gemacht und von einer Seite mit Stufen versehen, die das Vorzimmer bildeten. Der Graben selbst war das Zimmer,

1 Anm. d. H.: Ein Arschin = ungefähr 2/3 Meter.

in welchem bei den Bevorzugten, wie bei dem Schwadronskommandeur, an der den Stufen entgegengesetzten Wand auf Pfählen ein Brett lag, das als Tisch diente. Auf beiden Seiten waren längs des Grabens in der Höhe einer Arschin Bänke von Erde aufgeworfen, die als Bett und Diwan benutzt wurden. Das Dach war so eingerichtet, daß man in der Mitte darunter stehen konnte, auf den Betten aber konnte man nur sitzen, wenn man nahe an den Tisch heranrückte. Bei Denissow, wo außerordentlicher Luxus herrschte, weil ihn die Soldaten seiner Schwadron liebhatten, befand sich im Giebel des Daches ein Brett, in das eine zerbrochene und wieder zusammengekittete Fensterscheibe eingefügt war. An besonders kalten Tagen wurde auf die Stufen (in das Vorzimmer, wie Denissow diesen Teil der Baracke nannte), eine Eisenplatte mit glühenden Kohlen gebracht, die dem Biwakfeuer der Soldaten entstammten, und es wurde davon so warm, daß die Offiziere, die immer in großer Anzahl bei Denissow und Rostow zusammenkamen, in Hemdsärmeln zu sitzen pflegten.

Im April war Rostow *du jour.* Als er nach schlafloser Nacht um acht Uhr morgens heimkam, befahl er, Kohlen zu bringen, wechselte die vom Regen durchnäßte Wäsche, sprach sein Gebet, trank Tee, wärmte sich, brachte seine Sachen in der Ecke und auf dem Tische in Ordnung und legte sich mit aufgesprungenem, brennendem Gesicht im bloßen Hemd auf den Rücken und schob die Hände unter den Kopf. Er versank in allerlei angenehme Gedanken, wie er in diesen Tagen befördert werden müßte zum Lohn für seinen letzten Rekognoszierungsritt, und wartete auf Denissow, der fortgegangen war. Rostow hatte mit ihm zu sprechen.

Plötzlich hörte er hinter der Hütte die laute Stimme seines Freundes, der zornig zu sein schien. Rostow schob sich ans Fenster, um zu sehen, mit wem Denissow sprach, und erkannte den Wachtmeister Topschejenko.

Ich habe dir doch befohlen, sie diese Wurzel, diese Marienwurzel nicht fressen zu lassen! schrie Denissow. Was ist das für ‘ne Wirtschaft! Ich habe selbst gesehen, wie Lasartschuk sie vom Felde hereingeschleppt hat!

Ich habe den Befehl ausgerichtet, Ew. Gnaden, aber sie folgen nicht, antwortete der Wachtmeister.

Rostow legte sich wieder aufs Bett und dachte mit Behagen: »Mag er sich jetzt sorgen und mühen, ich habe das Meinige getan und liege vortrefflich.« Durch die Wand hörte er, daß außer dem Wachtmeister auch noch Lawruschka, der schlaue, gewandte Bursche Denissows, sprach. Er berichtete von Zwiebacksfuhren und Ochsen, die er gesehen, als er Proviant zu suchen ging.

Hinter der Baracke wurde wieder die laute, sich entfernende Stimme Denissows gehört. Satteln, zweiter Zug! schrie er.

Wohin mögen sie reiten? dachte Rostow.

Nach fünf Minuten kam Dessinow in die Hütte, warf sich mit den schmutzigen Füßen auf sein Lager, rauchte unwirsch seine Pfeife an, warf seine Sachen durcheinander, nahm endlich Reitpeitsche und Säbel zur Hand und schickte sich an, die Hütte zu verlassen. Auf Rostows Frage »wohin?« antwortete er unwillig und unbestimmt:

Es gibt was zu tun! und im Abgehen fügte er hinzu: Der liebe Gott und der große Kaiser mögen mich richten! Dann hörte Rostow, wie hinter der Hütte Pferdehufe durch die Pfützen planschten.

Nikolaj kümmerte sich nicht weiter darum, wohin Denissow geritten war. Nachdem er sich in seiner Ecke erwärmt hatte, schlief er ein und verließ die Baracke erst gegen Abend. Denissow war noch nicht zurückgekommen. Das Wetter war klar; vor der benachbarten Erdhütte spielten zwei Offiziere mit einem Junker Ringspiel. Rostow gesellte sich zu ihnen.

Mitten im Spiel erblickten sie einige Proviantwagen, die von etwa fünfzehn Husaren auf mageren Pferden begleitet waren. Wagen und Reiter wurden, sobald sie näher kamen, von einer Schar von Husaren umringt.

Denissow hat sich immer gesorgt, und nun ist doch Proviant gekommen, sagte Rostow.

Ja, wirklich! Antwortete einer der Offiziere. Darum sind die Soldaten so lustig.

In kurzer Entfernung hinter den Husaren erschien Denissow in Begleitung von zwei berittenen Infanterieoffizieren, mit denen er eifrig sprach. Rostow ging ihm entgegen.

Ich warne Sie, Rittmeister! sagte einer der Offiziere, ein kleiner Mann, der sichtlich erzürnt war.

Ich habe Ihnen schon erklärt, daß ich nichts wieder hergebe! erwiderte Denissow.

Sie haben es zu verantworten, Rittmeister! Es ist eine unerhörte Gewalttat, dem eigenen Heere einen Transport zu entreißen ... Die Unserigen haben seit zwei Tagen nichts zu essen gehabt ...

Und die Meinigen seit zwei Wochen nicht, antwortete Denissow.

Das ist Raub! ... Sie werden es zu verantworten haben, mein Herr, wiederholte der Infanterieoffizier, die Stimme erhebend.

Was hängen Sie sich so an mich! schrie Denissow, plötzlich aufbrausend. Ich werde die Sache vertreten, nicht Sie ... also summen Sie mir nicht in die Ohren, solang Ihnen nichts geschieht ... Marsch, fort!

Gut! schrie auch der kleine Offizier, der sich weder einschüchtern ließ noch Miene machte, sich zu entfernen. Räubereien begehen ... ich will Sie schon ...

Zum Teufel, marsch, schnell, solange du noch heil bist! fiel Denissow wütend ein und wandte sein Pferd.

Schön! schön! sagte drohend der Offizier, und nachdem auch er sein Pferd umgewandt hatte, entfernte er sich, indem er im Sattel hin- und her schwankte.

Ein Hund auf einem Zaune, ein lebendiger Hund auf einem Zaune! rief Denissow hinter ihm her – der höchste Spott eines Kavalleristen über den reitenden Infanteristen, und indem er sich Rostow näherte, lachte er laut auf.

Hab's den Infanteristen abgenommen! rief er dem Freunde zu; habe ihnen mit Gewalt den Proviant entrissen ... Was denn! sollen die Leute mir vor Hunger krepieren?

Die Wagen, die jetzt herankamen, waren für die Infanterie bestimmt gewesen; aber als Denissow durch Lawruschka erfahren, daß dieser Transport ohne Eskorte war, nahm er ihn mit Hilfe seiner Husaren in Besitz. Die Leute erhielten Zwieback in Hülle und Fülle, selbst anderen Schwadronen wurde davon mitgeteilt.

Am folgenden Tage ließ der Regimentskommandeur Denissow kommen und sagte ihm, indem er die Hand mit ausgebreiteten Fingern vor die Augen hielt: Ich will die Sache so ansehen, will nichts wissen, keine Untersuchung anstellen; aber ich rate Ihnen, ins Hauptquartier zu reiten und die Angelegenheit bei der Proviantkommission auszugleichen und womöglich zu quittieren, daß Sie so und soviel Proviant erhalten haben. Tun Sie das nicht, so wird die Lieferung für das Infanterieregiment angeschrieben, es kommt zur Untersuchung, und die Geschichte kann ein böses Ende nehmen.

Geradewegs vom Regimentskommandeur ritt Denissow ins Hauptquartier mit dem aufrichtigen Vorsatz, diesen Rat zu befolgen. Aber als er abends in seine Erdhütte zurückkam, war er in einem Zustande, wie ihn Rostow noch nie gesehen; er konnte nicht sprechen und keuchte schwer. Als Rostow fragte: was ihm widerfahren wäre, brachte er mit heiserer Stimme nur unverständliche Schimpfworte und Drohungen hervor.

Rostow bat ihn, sich auszukleiden und Wasser zu trinken, und schickte nach dem Arzte.

Mich wegen Raubs anklagen ... ah! rief Denissow. Gib mir noch mehr Wasser ... mag man mich verurteilen ... ich werde die Schurken ... ja, ich werde sie verhauen ... das sage ich auch dem Kaiser ... gebt mir Eis! wiederholte er mehrmals.

Der Regimentsarzt erklärte, daß es durchaus nötig sei, Denissow zur Ader zu lassen. Ein tiefer Teller schwarzen Blutes wurde seinem beharrten Arme entzogen; dann erst war er imstande zu erzählen, was mit ihm vorgegangen war.

Ich komme hin, fing Denissow an; wo ist euer Chef? ... Man weist mich hin ... »Wollen Sie nicht die Güte haben, zu warten?« ... Ich habe Dienst, bin dreißig Werft weit hergekommen ... habe nicht Zeit zu warten, melde mich an. Gut ... Kommt dieser Oberdieb und denkt mich zu belehren; » Das ist ja Raub!« sagt er. Raub, gebe ich zur Antwort, begeht nicht, wer den Proviant nimmt, um seine Soldaten zu füttern, sondern wer ihn nimmt, um ihn in die Tasche zu stecken! ... »Wollen Sie nicht schweigen«, sagt er ... Schön! ... »Nun so quittieren Sie bei meinem Intendanten, und über Ihre Handlungsweise wird vorschriftsmäßig berichtet werden« ... Ich gehe zum Intendanten ... Komme herein ... wer sitzt da am Tische, wer? ... nein, denke dir! ... Wer läßt uns hier verhungern? schrie Denissow, indem er mit der Faust des kranken Armes so heftig auf den Tisch schlug, daß er beinahe umfiel und die darauf stehenden Gläser in die Höhe sprangen. Teljanin!!! ... Wie, *du* läßt uns verhungern?« ... Ich hau ihm eine runter rechts und links ... es war zu verlockend! ... Ah, ein solcher ... solcher Lumpenhund ... und ich legte los ... Es war eine Lust, das kann ich dir versichern! – Denissow fletschte unter dem schwarzen Schnurrbart halb zornig, halb vergnügt die weißen Zähne. – Ich hätte den Kerl totgeschlagen, wäre er meinen Händen nicht entrissen worden.

Was schreist du denn so, beruhige dich doch, bat Rostow; das Blut fängt wieder an zu fließen. Warte mal, wir müssen dich wieder verbinden.

Denissow wurde verbunden und zu Bett gebracht; als er am nächsten Morgen erwachte, war er ruhig und heiter.

Aber gegen Mittag kam der Regimentsadjutant mit ernster, trauriger Miene in die gemeinschaftliche Erdhütte der Freunde und überbrachte voll Bedauern ein offizielles Schreiben, in dem Major Denissow über die gestrigen Vorfälle befragt wurde. Der Adjutant teilte mit, daß die Sache eine schlimme Wendung genommen hätte; daß eine kriegsgerichtliche Kommission ernannt sei und daß, bei der jetzigen Strenge gegen die Marodeurs und das eigenmächtige Vorgehen der Regimenter, die Sache im besten Falle mit einer Degradation enden würde.

Nach der Darstellung der Beleidigten sollte der Major Denissow nach der gewaltsamen Wegnahme des Provianttransports, ohne irgendwelche Aufforderung, betrunken bei dem Oberproviantmeister erschienen sein, ihn einen Dieb genannt und mit Schlägen bedroht haben, darauf fortgewiesen, in die Kanzlei gestürzt sein, wo er zwei Beamte geschlagen und einem die Hand verrenkt hatte.

Auf die erneuten Fragen Rostows gab Denissow lachend zur Antwort, daß es wirklich scheine, als ob ihm noch ein anderer unter die Hände geraten wäre. Das alles sei jedoch Unsinn; er hätte keinen Richterspruch zu fürchten, und wenn diese Schufte sich erdreisteten, ihn anzugreifen, würde er ihnen so antworten, daß sie an ihn denken sollten.

Denissow behandelte die Angelegenheit mit scheinbarer Geringschätzung; aber Rostow kannte ihn zu gut, um nicht zu merken, daß er innerlich vor der Untersuchung in Sorge war und – sosehr er es auch zu verbergen suchte – die schlimmen Folgen seiner Handlungsweise fürchtete. Täglich kamen schriftliche Anfragen, Vorladungen und endlich der Befehl, daß Denissow am 13. Mai seine Schwadron dem ihm im Alter folgenden Offizier übergeben und vor dem Stabe der Division erscheinen solle, um Erklärungen über die Schlägerei in der Proviantkommission zu geben.

Am Abend vorher unternahm Platow mit zwei Kosakenregimentern und zwei Schwadronen Husaren einen Streifzug gegen den Feind. Denissow ritt wie gewöhnlich, seine Tapferkeit prahlerisch zur Schau stellend, allen anderen voraus, und eine Kugel der französischen Schützen traf ihn in das Fleisch des Oberschenkels. Zu anderer Zeit würde sich Denissow wegen einer so leichten Wunde wohl nicht vom Regiment entfernt haben; aber jetzt benutzte er diesen Umstand, meldete sich beim Hauptquartier ab und begab sich ins Krankenhaus.

XVII

Im Juni fand die Schlacht bei Friedland statt, an welcher die Pawlograder nicht teilnahmen, und gleich darauf wurde der Waffenstillstand verkündigt. Rostow, der die Abwesenheit seines Freundes schwer empfand, seit seiner Abreise keine Nachrichten von ihm hatte und sich sowohl um den Verlauf seiner Untersuchung wie um seine Wunde Sorge machte, benutzte den Waffenstillstand und nahm Urlaub, um Denissow im Lazarett zu besuchen.

Das Lazarett befand sich in einem kleinen preußischen Städtchen, das zweimal durch russische und durch französische Truppen verwüstet worden war. Dies Städtchen mit seinen zerstörten Dächern, seinen zerbrochenen Zäunen und seinen schmutzigen Straßen, in denen die zerlumpten Einwohner oder betrunkene und kranke Soldaten umherirrten, machten einen um so traurigeren Eindruck, als es Sommer und im Freien so schön war.

In einem steinernen Gebäude mit zertrümmerten Fensterscheiben und Rahmen hatte man mitten in einem Hofe, dessen Zäune niedergerissen waren, das Lazarett eingerichtet. Einige verbundene Soldaten mit blassen, gedunsenen Gesichtern gingen auf dem Hofe umher oder saßen in der Sonne.

Als Rostow in die Haustür trat, drang ihm Leichengeruch und die Luft des Lazaretts entgegen. Auf der Treppe begegnet er einem russischen Militärarzt mit der Zigarre im Munde; diesem folgte ein russischer Feldscher.

Ich kann mich doch nicht zerreißen! sagte der Arzt. Komm' heute abend zu Makar Aleksejewitsch … ich werde dort sein.

Der Feldscher hatte noch etwas zu fragen.

Ei, mach das, wie du willst. Ist es denn nicht ganz einerlei? Jetzt bemerkte der Arzt den die Treppe heraufkommenden Rostow und fragte: Was wollen Ew. Wohlgeboren hier? Was wollen Sie? … Da die Kugel Sie nicht getroffen hat, möchten Sie sich wohl den Typhus holen? … Hier, Verehrtester, ist das Haus der Aussätzigen.

Wieso? fragte Rostow.

Der Typhus, Verehrtester, wer herkommt, ist des Todes. Nur wir beide, ich und Makjejew (er zeigte auf den Chirurgen), schinden uns hier. Fünf von uns, fünf Ärzte, meine ich, sind hier schon gestorben. Wenn ein Neuling antritt, acht Tage, und er ist fertig! sagte der Arzt mit offenkundigem Vergnügen. Wir haben um preußische Ärzte gebeten, aber unsere Verbündeten haben keine Lust.

Rostow erklärte ihm, er wünsche den hier liegenden Husarenmajor Denissow zu sehen.

Kenne ihn nicht … weiß nichts von ihm, Verehrtester. Bedenken Sie doch, ich allein habe drei Lazarette und über vierhundert Kranke! 's ist nur gut, daß uns wohltätige preußische Damen Kaffe und Charpie schicken, monatlich zwei Pfund, sonst wären wir verloren. Er lachte. Vierhundert, Väterchen, und es kommen noch immer welche dazu. Vierhundert sind da, wie? wandte er sich zu dem Feldscher.

Der Feldscher, der ganz abgehetzt aussah, schien mit Ungeduld darauf zu warten, daß der schwatzende Doktor gehen möge.

Major Denissow, wiederholte Rostow. Er wurde bei Molitten verwundet.

Wird wohl gestorben sein ... wie, Makjejew? fragte gleichgiltig der Arzt.

Aber Makjejew bestätigte die Vermutung des Arztes nicht.

Ist es vielleicht ein langer, rotblonder Mensch? fragte der Doktor.

Rostow beschrieb das Äußere seines Freundes.

Richtig, richtig! So einer ist dagewesen! rief der Arzt erfreut. Er wird wohl tot sein, aber ich will mich erkundigen ... Wo mögen denn die Listen sein? Hast du sie, Makjejew?

Die Listen sind bei Makar Aleksejewitsch, antwortete der Feldscher. Kommen Sie in die Offiziersstuben, da können Sie selbst nachsehen, fügte er hinzu, sich zu Rostow wendend.

Nein, gehen Sie lieber nicht, Verehrtester, sagte der Arzt, sonst könnten auch Sie hier bleiben müssen.

Aber Rostow grüßte den Arzt und bat den Feldscher, ihn zu führen.

Nun, so bitte ich wenigstens, mir nicht die Schuld zu geben, rief der Doktor von der Treppe zurück.

Rostow folgte seinem Führer einen Korridor entlang. Der Lazarettgeruch war in diesem dunkeln Gange so stark, daß sich Rostow die Nase zuhalten und stehenbleiben mußte, um Kräfte zu sammeln, ehe er imstande war, weiterzugehen. Zur Rechten öffnete sich eine Tür, und ein hagerer, gelber Mann kam barfuß, im Unterzeug, auf Krücken heraus. Er lehnte sich an die Türpfosten und sah die Kommenden mit blitzenden, neidischen Augen an. Rostow warf einen Blick durch die Tür und sah, daß die Kranken und Verwundeten, auf Stroh und Mänteln gebettet, auf dem Fußboden lagen.

Darf ich hineingehen, um nachzusehen? fragte Rostow.

Was wollen Sie hier sehen? sagte der Feldscher; aber gerade, weil er ihn nicht hineinlassen wollte, trat Rostow in das Soldatenzimmer. Der Geruch, an den er sich im Gange zu gewöhnen gesucht, war hier noch viel stärker, schärfer, und es war unverkennbar, daß er von hier ausging.

In dem langen Saale, durch dessen große Fenster der helle Sonnenschein drang, lagen die Kranken und Verwundeten in zwei Reihen, mit den Köpfen zu den Wänden, so daß in der Mitte ein Durchgang blieb. Die meisten waren bewußtlos und beachteten die Eintretenden nicht. Die weniger Kranken richteten sich auf oder erhoben doch die gelben, mageren Gesichter, und alle sahen mit demselben Ausdruck: einem Gemisch von Hoffnung auf Hilfe, Vorwurf und Neid unverwandten Blickes auf Rostow. Rostow blieb in der Mitte des Saales stehen, blickte durch die offenen Türen der beiden Nebenzimmer und sah zu beiden Seiten dasselbe Bild. Er blieb stehen und sah sich um – so schlimm hatte er es nicht erwartet. Gerade vor ihm lag, fast quer über dem Mittelweg, auf der nackten Diele ein kranker Mann, nach dem Schnitt des gescheitelten Haars zu urteilen, ein Kosak. Er lag auf dem Rücken und hatte die großen Hände und Füße weit von sich gestreckt. Sein Gesicht war braunrot, die Augäpfel hatte er ganz nach oben gedreht, so daß nur das Weiße im Auge zu sehen war, und auf seinen nackten Händen und Füßen traten die Adern wie Stricke hervor. Er schlug immerfort mit dem Hinterkopf auf den Fußboden und sprach mit heiserer Stimme etwas vor sich hin.

Rostow horchte und verstand das immer wiederholte Wort: Trinken, trinken, trinken. Er sah sich nach jemand um, der den Kosaken auf seinen Platz legen und ihm Wasser geben könnte.

Wer bedient die Kranken? fragte er den Feldscher.

In demselben Augenblicke trat der Lazarettdiener, ein Trainsoldat, aus dem Nebenzimmer und stellte sich vor Rostow in Positur.

Stehe zu Diensten, Ew. Hochwohlgeboren! schrie der Soldat, indem er die Augen auf Rostow richtete, den er augenscheinlich für einen Inspektor der Krankenpflege hielt.

Bringe ihn fort, gib ihm Wasser! befahl Rostow und zeigte auf den Kosaken.

Zu Befehl, Ew. Hochwohlgeboren, soll geschehen, antwortete der Soldat, indem er sich noch höher aufrichtete und die Augen fast aus dem Kopfe drehte, sich aber nicht von der Stelle rührte.

»Nein, hier kann ich nichts ausrichten«, sagte Rostow zu sich selbst; er blickte zu Boden und wollte schon gehen, da fühlte er, daß von rechts her ein Blick auf ihn gerichtet war und sah sich um. Fast in der Ecke auf einem Mantel saß ein alter Soldat mit gelbem, skelettartig magerem, ernstem Gesicht und unrasiertem, grauem Bart und starrte Rostow unverwandt von der Seite an. Der Nebenmann das Alten flüsterte ihm etwas zu, wobei er auf den jungen Offizier zeigte, und dieser begriff, daß der Soldat die Absicht hatte, ihn um etwas zu bitten. Er trat näher und sah, daß der Alte nur einen Fuß hatte, der andere aber bis zur Höhe des Knies abgenommen war. Neben ihm lag unbeweglich, mit zurückgeworfenem Kopfe, ein junger Soldat mit wachsfahlem, über der Stupsnase mit Sommersprossen bedecktem Gesicht und gebrochenen Augen.

Rostow blickte auf den stupsnasigen Soldaten nieder, und ein Frostschauer lief ihm den Rücken hinunter.

Dieser Mann ist ja, wie es scheint ... begann er zu dem Feldscher gewandt.

Wir haben schon so gebeten, Ew. Wohlgeboren, rief der alte Soldat mit zitterndem Unterkiefer ... Schon früh morgens ist er gestorben ... wir sind doch auch Menschen, keine Hunde ...

Ich werde gleich schicken ... man wird ihn fortschaffen! sagte der Feldscher schnell. Bitte, Ew. Wohlgeboren!

Wir wollen gehen, ja, wir wollen gehen! rief Rostow und suchte – indem er sich mit niedergeschlagenen Augen aus dem Saal entfernte – die vorwurfsvollen, neidischen Blicke, die auf ihn gerichtet waren, soviel als möglich zu vermeiden.

XVIII

Als sie den Korridor durchschritten hatten, führte der Feldscher Rostow in die Offiziersstuben, drei nebeneinanderliegende Zimmer mit offenen Türen. Hier gab es Betten, auf denen die verwundeten oder kranken Offiziere lagen und saßen. Einige gingen in Lazarettschlafröcken im Zimmer umher. Das erste Gesicht, das Rostow in den Offiziersstuben auffiel, war das eines kleinen Mannes, der nur einen Arm hatte, eine Nachtmütze und einen Hospitalschlafrock trug und mit der Pfeife zwischen den Zähnen im ersten Zimmer herumging.

Während Rostow den kleinen Mann betrachtete, suchte er sich zu erinnern, wo er ihn schon gesehen hatte. Plötzlich sagte der Kleine:

Hier also läßt uns Gott wieder zusammenkommen ... ich bin Tuschin ... Tuschin ... ich habe Sie bei Schöngraben transportiert ... Mir hat man ein Stück abgeschnitten, da! fügte er lächelnd hinzu und deutete auf den leeren Schlafrocksärmel. – Wassilij Dmitritsch Denissow suchen Sie, Kamerad? fuhr er fort, als er hörte, zu wem Rostow verlangte. Hier! hier! und Tuschin führte ihn in ein anderes Zimmer, aus dem sich vielstimmiges Gelächter hören ließ.

Wie ist's möglich, daß man hier lachen, ja, daß man hier nur leben kann, dachte Rostow, der noch immer den Leichengeruch spürte, den er im Soldatenzimmer eingeatmet, noch immer die neidischen Blicke sah, die ihn, den Gesunden, von beiden Seiten begleiteten, und das Gesicht des jungen Soldaten mit den gebrochenen Augen.

Denissow, der sich die Decke bis über den Kopf gezogen hatte, lag auf dem Bette und schlief, obwohl es zwölf Uhr mittags war.

Ah, Rostow! wie geht's? wie geht's? schrie er, als er geweckt wurde, mit einer Stimme, die genau so klang wie früher im Lager; aber Rostow bemerkte zu seinem Kummer, daß hinter dieser scheinbaren Ungezwungenheit und Lebhaftigkeit etwas Fremdes, Häßliches, Verstecktes aus Denissows Zügen hervorblickte, aus seinem Ton und seinen Worten sprach.

Seine Wunde war, trotz ihrer Geringfügigkeit, noch immer nicht zugeheilt, obwohl seit seiner Verwundung schon sechs Wochen verflossen waren. Sein Gesicht zeigte dieselbe blasse Gedunsenheit, die auf allen Hospitalgesichtern lag. Aber nicht das überraschte Rostow, sondern daß sich Denissow nicht über sein Kommen freute, ihm nur gezwungen zulächelte. Er fragte auch weder nach dem Regimente noch nach dem allgemeinen Stande der Dinge, und wenn Rostow davon anfing, hörte er nicht zu.

Rostow glaubte sogar zu bemerken, daß es Denissow unangenehm war, wenn man ihn an das Regiment und überhaupt an das andere, freie Leben außerhalb des Hospitals erinnerte. Wie es schien, suchte er jenes frühere Leben zu vergessen und interessierte sich nur für seine Angelegenheit mit den Proviantbeamten. Auf Rostows Frage, in welchem Stadium sich die Sache befände, zog er sogleich unter seinem Kopfkissen ein Schreiben hervor, das er aus dem Hauptquartier erhalten und seine ins Unreine geschriebene Antwort darauf. Sobald er sich anschickte, diese Papiere vorzulesen, wurde er lebendig und machte Rostow mit besonderer Freude auf die Anzüglichkeiten aufmerksam, die er seinen Feinden darin sagte. Die Lazarettkameraden Denissows, die Rostow – ein neues Gesicht aus der freien Welt – bis dahin umringt hatten, begannen, als Denissow zu lesen anfing, sich allmählich zu entfernen. Ihre Mienen verrieten, daß sie die Geschichte mehr als einmal gehört hatten und ihrer überdrüssig waren. Nur der nächste Nachbar, ein dicker Ulan, blieb auf seinem Bette sitzen und rauchte finster seine Pfeife; auch der kleine einarmige Tuschin hörte zu und schüttelte dabei hin und wieder mit dem Kopfe.

Mitten im Lesen fiel der Ulan Denissow ins Wort.

Meiner Ansicht nach, sagte er, sich zu Rostow wendend, sollte man einfach beim Kaiser um Gnade bitten. Wie es heißt, sollen nächstens große Belohnungen erteilt werden; wahrscheinlich wird dann auch eine Amnestie erlassen …

Ich … den Kaiser um Gnade bitten? rief Denissow mit einer Stimme, der er die frühere Energie und Heftigkeit zu geben suchte, die aber nur eine ohnmächtige Erregung verriet.

Warum denn? ... Wenn ich ein Räuber wäre, hätte ich um Gnade zu bitten ... aber ich soll dafür verurteilt werden, daß ich die wahren Räuber ans Licht ziehe. Man verurteile mich nur! ... Ich fürchte niemand ... ich habe dem Kaiser ehrlich gedient und dem Vaterlande ... Ich habe nicht gestohlen ... Mich degradieren! ... Nein, ich sage dir, ich schreibe das dem Kaiser geradeso, ich schreibe ihm: »Wenn ich ein Staatsdieb wäre ...«

Geschickt geschrieben ... nichts dagegen einzuwenden, bemerkte Tuschin. Aber damit kommt die Sache nicht zu Ende, Wassilij Dmitritsch ... Man muß sich beugen, fuhr er fort, indem er sich an Rostow wandte. Aber Wassilij Dmitritsch will das nicht. Der Auditeur hat Ihnen übrigens gesagt, daß die Sache schlecht steht.

Mag sie schlecht stehen! fiel Denissow ein.

Der Auditeur hat Ihnen eine Bittschrift aufgesetzt, die sollten Sie jetzt unterschreiben und abschicken, gleich hier mit Ihnen, sagte Tuschin, auf Rostow deutend. Sie haben doch gewiß irgendeinen Anhalt im Stabe. Eine bessere Gelegenheit findet sich nicht.

Ich habe ja erklärt, daß ich mich nicht demütigen werde, fiel Denissow ein und fuhr fort, seine Papiere vorzulesen.

Rostow wagte nicht, Denissow Vorstellungen zu machen, obgleich er fühlte, daß der von Tuschin und dem anderen Offizier angedeutete Weg der richtige war, und obgleich der sich glücklich geschätzt haben würde, Denissow irgendwelchen Dienst leisten zu können; aber er kannte den unbeugsamen Willen und die grenzenlose Heftigkeit seines Freundes.

Als das Lesen der bissigen Schriftstücke, das über eine Stunde gedauert hatte, zu Ende war, machte Rostow keine Bemerkung mehr und verbrachte den übrigen Teil des Tages in der traurigsten Stimmung und wieder in der Gesellschaft der sich um ihn versammelnden Offiziere. Rostow erzählte, was er wußte, und hörte die Erzählungen der anderen an. Denissow schwieg finster den ganzen Nachmittag.

Spätabends machte sich Rostow zum Aufbruch bereit und fragte Denissow, ob er keine Aufträge für ihn hätte.

Ja, warte! antwortete Denissow und sah sich nach den Offizieren um. Nachdem er dann seine Papiere unter dem Kopfkissen vorgezogen, ging er ans Fenster, auf dem ein Tintenfaß stand, und setzte sich zum Schreiben nieder.

Man kann eine Keule nicht mit der Peitsche spalten, sagte er, als er wieder aufstand, und reichte Rostow ein großes Kuvert. Es war die Bittschrift an den Kaiser, die der Auditeur abgefaßt hatte. Denissow sagte darin kein Wort über die Proviantverwaltung, sondern bat einfach um Gnade.

Überreiche das ... Du siehst ... Er hielt inne und lächelte mit krankhaft-erzwungenem Ausdruck.

XIX

Rostow kehrte zu seinem Regiment zurück, erstattete dem Kommandeur Bericht über Denissows Angelegenheit und begab sich hierauf mit der Bittschrift nach Tilsit zum Kaiser.

Am 25. Juni sollten der französische und der russische Kaiser in Tilsit zusammentreffen. Boris Drubezkoj bat die hochgestellte Persönlichkeit, deren Adjutant er war, dahin wirken zu wollen, daß er dem für Tilsit bestimmten Gefolge zuerteilt werde.

Ich wünsche den großen Mann zu sehen, sagte er, und meinte damit Napoleon, den er bisher wie alle anderen Bonaparte genannt hatte.

Sie sprechen von Bonaparte? fragte lächelnd der General.

Boris blickte seinen General forschend an und erkannte sogleich, daß er ihn im Scherze prüfen wollte.

Durchlaucht, ich spreche von dem Kaiser Napoleon, antwortete er. Der General klopfte ihm lächelnd auf die Schulter.

Du wirst es weit bringen, sagte er und nahm ihn mit.

Boris gehörte zu der kleinen Zahl der Auserwählten, die dem Zusammentreffen der beiden Kaiser auf der Memel beiwohnen durften. Er sah das Floß mit den Namenszügen; sah, wie Napoleon auf dem anderen Ufer inmitten der französischen Garde herankam; sah das nachdenkliche Gesicht, mit dem Kaiser Alexander in dem Kruge am Ufer des Flusses saß und die Ankunft Napoleons erwartete. Er sah, wie die beiden Kaiser in die Kähne stiegen, wie Napoleon, der zuerst das Floß erreichte, mit raschen Schritten auf Alexander zuging, ihm die Hand bot, und wie die beiden im Pavillon verschwanden. Seit Boris in die höheren Gesellschaftsschichten eingetreten war, hatte er die Gewohnheit angenommen, aufmerksam zu beobachten, was um ihn her geschah, um das Gesehene niederzuschreiben. Während der Zusammenkunft in Tilsit fragte er nach dem Namen aller Personen, die Napoleon begleiteten, ließ sich die Uniformen bezeichnen, die sie trugen, und hörte aufmerksam auf jedes Wort, das von bedeutenden Persönlichkeiten gesprochen wurde. In dem Augenblick, wo die Kaiser in den Pavillon traten, sah er nach der Uhr und versäumte nicht, abermals nachzusehen, als Alexander aus dem Pavillon heraustrat. Die Unterredung hatte eine Stunde und dreiundfünfzig Minuten gedauert. Boris notierte das noch an demselben Abend und schrieb auch alle anderen Tatsachen auf, von denen er fühlte, daß sie von historischer Bedeutung waren. Da der Kaiser nur ein kleines Gefolge mitgenommen hatte, erschien die Auszeichnung, in Tilsit bei der Kaiserzusammenkunft sein zu dürfen, einem Menschen von Boris' Ehrgeiz doppelt wichtig. Als er nach Tilsit kam, fühlte er, daß seine Stellung fortan gesichert war. Man kannte ihn nicht nur, man bemerkte ihn auch. Zweimal hatte er einen Auftrag an den Kaiser auszurichten, so daß dieser ihn von Ansehen kannte. Seine Umgebung suchte Boris nicht mehr, wie früher, als Neuling und Eindringling zu vermeiden, sondern betrachtete ihn als dazugehörig und hätte sich gewundert, wenn er nicht dagewesen wäre.

Boris wohnte mit einem anderen Adjutanten, einem polnischen Grafen Shylinski, zusammen. Shylinski war in Paris erzogen, war reich, hatte eine leidenschaftliche Vorliebe für die Franzosen, und während der Anwesenheit Napoleons versammelten sich die französischen Garde- und Stabsoffiziere fast täglich bei ihm und Boris zum Frühstück oder Mittagessen.

Am 6. Juli gab Graf Shylinski, Boris' Stubenkamerad, seinen französischen Bekannten ein Souper. Die vornehmsten Gäste waren: ein Adjutant Napoleons, einige Offiziere der französischen Garde und ein junger Mann aus einer altadeligen französischen Familie, der bei Napoleon Page war. Denselben Abend kam Rostow, die Finsternis benutzend, um nicht erkannt zu werden, in Zivilkleidern nach Tilsit und begab sich in die Wohnung, die Boris mit Shylinski teilte.

In Rostow war, wie in der Armee, aus der er kam, der Umschwung zugunsten der Franzosen – die sich plötzlich aus Feinden in Freunde verwandelten – noch nicht vor sich gegangen, wie er sich im Hauptquartier und in Boris vollzogen hatte. In der Armee hatte man noch immer das frühere, aus Zorn, Verachtung und Furcht gemischte Gefühl für Napoleon und die Franzosen. Unlängst erst hatte sich Rostow mit einem Kosakenoffizier aus dem Platowschen Regiment gestritten und behauptet: wenn man Napoleon gefangennähme, würde man ihn nicht als Kaiser, sondern als Verbrecher behandeln; und noch auf dem Wege nach Tilsit hatte Rostow einem verwundeten französischen Obersten, mit dem er zusammengetroffen, in großer Heftigkeit auseinandergesetzt, daß zwischen dem legitimen Kaiser und dem Usurpator Bonaparte kein Friede sein könne. Rostow war daher unangenehm überrascht, bei Boris französische Offiziere zu finden in jenen Uniformen, die er nur von der Vorpostenkette aus zu sehen gewohnt war. Als er bei Boris ankam und einem aus der Tür tretenden französischen Offizier begegnete, überfiel ihn plötzlich jene kriegerische, feindselige Empfindung, die der Anblick der Franzosen immer in ihm wachrief. Er blieb auf der Schwelle stehen und fragte russisch, ob hier Drubezkoj wohne.

Boris, der eine fremde Stimme im Vorzimmer hörte, kam heraus, und als er Rostow erkannte, verriet sein Gesicht im ersten Moment einen gewissen Verdruß.

Ah, du bist's! sagte er dann aber und lächelte. Freue mich! freue mich, dich zu sehen. – Rostow hatte jedoch seine erste Regung bemerkt.

Ich bin, wie es scheint, zu ungelegener Zeit gekommen …

Ich wäre auch nicht gekommen, wenn ich nicht ein Geschäft hätte, sagte er kalt.

Durchaus nicht! ... Ich bin nur erstaunt, daß du das Regiment verlassen durftest ... Im Augenblick stehe ich zu Diensten, antwortete er einer Stimme, die ihn rief.

Ich sehe, daß ich zu ungelegener Zeit gekommen bin, wiederholte Rostow.

Der Ausdruck von Verdruß war von Boris' Gesicht verschwunden; offenbar hatte er überlegt und gefunden, wie er sich benehmen sollte; er nahm Rostow ruhig bei der Hand und führte ihn in das anstoßende Zimmer. Seine Augen, die Rostow fest und ruhig ansahen, waren wie verschleiert, als ob ein Schirm – die blaue Brille des Gesellschaftslebens – sie bedeckte. So schien es Rostow.

Bitte, lass das gut sein! Als ob du jemals ungelegen kommen könntest! sagte Boris, führte ihn in das Zimmer, wo zum Abendessen gedeckt war, stellte ihn den Gästen vor, indem er seinen Namen nannte und hinzufügte, daß er kein Zivilist sei, sondern Husarenoffizier und sein alter Freund.

Graf Shylinski ... Graf N. N. ... Kapitän S. S., nannte er die Anwesenden. Rostow sah die Franzosen finster an, grüßte gezwungen und schwieg.

Shylinski schien dies neue russische Gesicht in seinem Kreise nicht angenehm zu sein; er sagte nichts zu Rostow. Boris dagegen schien das Unbehagen, das die neue Persönlichkeit hervorrief, nicht zu bemerken, und mit derselben freundlichen Ruhe und jenem Schleier vor den Augen, mit dem er Rostow begrüßt, suchte er das Gespräch in Gang zu bringen. Einer der Franzosen wandte sich mit der gewöhnlichen Höflichkeit seiner Landsleute zu dem hartnäckig schweigenden Rostow und sagte: er wäre wohl nach Tilsit gekommen, um den Kaiser zu sehen.

Nein, ich habe ein Geschäft, gab Rostow kurz zur Antwort. Er war durch den Ausdruck verstimmt, den er in Boris' Mienen gesehen und glaubte nun – wie es bei Verstimmung zu sein pflegt –, daß alle unfreundlich gegen ihn wären, und daß er sie alle störe. Er störte auch wirklich und blieb allein von dem allgemeinen Gespräche ausgeschlossen. »Was will der hier?« fragten die Blicke der Gäste. Er stand auf und trat zu Boris.

Ich geniere hier, sagte er leise. Komm, wir wollen über meine Angelegenheit sprechen, dann gehe ich.

Nein, keineswegs! antwortete Boris. Wenn du aber müde bist, so komme in mein Zimmer und lege dich nieder.

Wirklich, laß uns ...

Sie traten in das kleine Zimmer, wo Boris schlief. Ohne sich zu setzen und in so gereiztem Tone, als ob ihm Boris etwas getan hätte, fing Rostow an, ihm Denissows Angelegenheit auseinanderzusetzen und fragte ihn, ob er durch seinen General eine Fürbitte für Denissow einlegen und die Bittschrift durch ihn übergeben lassen könne und wolle.

Jetzt, wo sie unter vier Augen waren, kam es Rostow zum Bewußtsein, daß es ihm geradezu unheimlich war, Boris in die Augen zu sehen. Boris hatte die Beine übereinandergeschlagen, streichelte die Finger der Rechten mit der Linken und hörte Rostow an, wie ein General den Rapport eines Untergebenen entgegennimmt, bald sah er im Zimmer umher, bald – noch immer mit dem Schleier über den Augen – in Rostows Gesicht. Rostow wurde dabei jedesmal unheimlich zumute, und er schlug die Augen nieder.

Ich habe von solchen Dingen wohl schon gehört und weiß, daß der Kaiser in dergleichen sehr streng ist, sagte Boris. Ich glaube, es wäre besser, nicht an Se. Majestät zu gehen, sondern sich bei der Militärbehörde zu verwenden. Überhaupt scheint es mir ...

Du willst also nichts tun? ... dann sage das nur gleich! schrie Rostow, ohne Boris anzusehen.

Boris lächelte.

Im Gegenteil, ich will tun, was ich kann, aber ich dachte nur ...

In diesem Moment ließ sich die Stimme Shylinskis, der nach Boris rief, an der Tür hören.

Geh jetzt ... geh, geh! sagte Rostow. Er lehnte es ab, am Abendessen teilzunehmen, blieb in dem kleinen Schlafgemach allein, ging lange hin und her und lauschte auf die lustige französische Unterhaltung im Nebenzimmer.

XX

Der Tag, den Rostow zu seiner Fahrt nach Tilsit gewählt hatte, war der allerungünstigste, um sich für Denissow zu verwenden. Er selbst konnte, da er im Frack und ohne Urlaub gekommen war, den General *du jour* nicht aufsuchen, und Boris, wenn er es auch gewünscht hätte, konnte am Tage nach Rostows Ankunft ebenfalls nichts tun. An diesem Tage, am 9. Juli, wurden die ersten Friedensbedingungen unterzeichnet; die Kaiser tauschten Orden aus: Alexander erhielt die Ehrenlegion, Napoleon den Andreasorden erster Klasse, und ein französisches Gardebataillon gab dem Preobrashenzenbataillon ein Festessen. Die beiden Kaiser sollten dem Bankett beiwohnen.

Rostow war es so unbehaglich und unangenehm bei Boris, daß er sich, als dieser nach dem Abendessen zu ihm kam, schlafend stellte und am anderen Morgen das Haus verließ, ohne ihn gesprochen zu haben. Im Frack und Zylinderhut irrte Nikolaj in der Stadt umher, betrachtete die Franzosen und ihre Uniformen und die Straßen und die Häuser, wo die beiden Kaiser wohnten. Auf dem Markte sah er die zu dem Bankett aufgeschlagenen Tische und andere Vorbereitungen; in den Straßen Dekorationen von Fahnen in russischen und französischen Farben und die großen verschlungenen Buchstaben A und N. Viele Fenster waren mit Fahnen und Namenszügen geschmückt.

»Boris will mir nicht helfen ... ich will mich aber auch nicht an ihn wenden ... das ist eine abgemachte Sache, dachte Nikolaj. Zwischen uns ist alles aus! Ich gehe aber nicht von hier weg, ehe ich für Denissow getan habe, was in meinen Kräften steht, und vor allem, ehe ich den Brief dem Kaiser übergeben habe. Dem Kaiser? ... Hier wohnt er!« sagte Rostow zu sich selbst und näherte sich unwillkürlich dem Hause, in dem Alexander Quartier genommen hatte.

Vor dem Hause standen Reitpferde, und das Gefolge versammelte sich, wahrscheinlich um den Kaiser auf einem Ritt zu begleiten.

»Jeden Augenblick kann ich ihn sehen! dachte Rostow.

Wenn ich ihm nur direkt den Brief überreichen und alles sagen dürfte! ... Ob man mich wohl des Fracks wegen arretieren würde? Das ist doch wohl nicht möglich? ... Er würde begreifen, auf welcher Seite das Recht liegt ... Er versteht alles, er weiß alles! ... Wer kann gerechter, großmütiger sein als er? Und wenn man mich auch dafür arretierte, daß ich hier bin, was läge daran? dachte er weiter, indem er einem Offizier nachsah, der eben in das Haus ging, wo der Kaiser logierte. Andere gehen doch hinauf! ... Es ist alles Unsinn ... Ich werde geradewegs hingehen und dem Kaiser den Brief überreichen ... Um so schlimmer für Drubezkoj, der mich dazu gebracht hat.« Und mit einer Entschlossenheit, die er selbst von sich nicht erwartet hätte, ging Rostow, nachdem er nach dem Briefe in seiner Tasche gefühlt hatte, ohne weiteres nach dem Hause des Kaisers.

»Nein, jetzt lasse ich mir die Gelegenheit nicht wieder entschlüpfen wie damals nach Austerlitz, sagte er zu sich selbst, indem er jeden Augenblick erwartete, dem Kaiser zu begegnen, und fühlte, wie ihm bei diesem Gedanken das Blut ins Herz schoß. Ich falle ihm bittend zu Füßen; er wird mich aufheben, mich anhören und mir noch danken: ›Ich bin immer glücklich, wenn ich etwas Gutes tun kann, aber das höchste Glück ist, ein Unrecht wieder ausgleichen zu können‹ – so dachte sich Rostow die Worte des Kaisers und ging an den ihn neugierig Ansehenden vorüber auf die Freitreppe des vom Kaiser bewohnten Hauses zu.

Vom Flur führte eine breite Treppe nach oben; rechts war eine geschlossene Tür zu sehen. Unter der Treppe führte eine Tür ins Erdgeschoß.

Zu wem wollen Sie? fragte jemand.

Einen Brief überreichen, eine Bittschrift an Se. Majestät, antwortete Rostow mit zitternder Stimme.

Eine Bittschrift? ... An den Offizier *du jour*. Bitte hierher (der Mann bezeichnete ihm die untere Tür), aber Sie werden nicht empfangen werden.

Als Rostow diese gleichgültige Stimme hörte, erschrak er über sein Beginnen. Der Gedanke, jeden Augenblick den Kaiser sehen zu können, hatte etwas so Verlockendes und zugleich so Erschreckendes für ihn, daß er im Begriff war, fortzulaufen. Aber der Kammerfourier, der ihm begegnete, öffnete ihm die Tür, die zu dem Offizier *du jour* führte.

Ein untersetzter, wohlbeleibter Mann, nah an Dreißig, stand in weißen Hosen, Reitstiefeln und einem offenbar eben angezogenen Battisthemde mitten im Zimmer. Der Kammerdiener knöpfte ihm ein Paar schöne, mit Seide gestickte Hosenträger an, die Rostow seltsamerweise bemerkte. Dieser Mann sprach mit jemand im Nebenzimmer.

Schön gebaut und jugendfrisch ist sie, sagte er, dann erblickte er Rostow, verstummte, machte ein finsteres Gesicht und fragte:

Was wollen Sie? Eine Bittschrift überreichen? ...

Was gibt's? fragte eine Stimme aus dem Nebenzimmer.

Noch ein Bittsteller, antwortete der Mann mit den Hosenträgern.

Sagen Sie ihm, daß es zu spät ist ... Gleich wird der Kaiser kommen, und wir reiten weg ...«

Ein andermal ... morgen! ... für heute ist's zu spät.

Rostow drehte sich um und wollte gehen, aber der Mann mit den Hosenträgern hielt ihn zurück.

Von wem? Wer sind Sie? fragte er.

Vom Major Denissow, antwortete Rostow.

Wer sind Sie? Offizier? ...

Leutnant Graf Rostow.

Welche Dreistigkeit! Dann geben Sie doch die Papiere an Ihren Kommandeur ab. Gehen Sie, gehen Sie! Und er begann die Uniform anzuziehen, die ihm der Kammerdiener reichte.

Rostow ging in den Hausflur zurück und sah auf der Freitreppe eine Menge Offiziere und Generale in Paradeuniform, an denen er vorüber mußte.

Seine Keckheit verwünschend, fühlte er sich plötzlich zu Tode erschreckt bei dem Gedanken, daß er jeden Augenblick dem Kaiser gegenüberstehen, zurückgewiesen und in Arrest geschickt werden könnte. Die Zudringlichkeit seines Benehmens kam ihm zum Bewußtsein; beschämt schlug er die Augen nieder und schlich sich aus dem Hause, vor dessen Eingang sich das glänzende Gefolge drängte. Plötzlich wurde er von einer bekannten Stimme angerufen und eine Hand hielt ihn fest.

He, mein Bester, was tun Sie hier im Frack? fragte eine Baßstimme.

Der Fragende war ein Kavalleriegeneral, der in diesem Feldzug die besondere Gunst des Kaisers errungen hatte; der ehemalige Chef der Division, bei der Rostow stand.

Erschrocken fing Rostow an, sich zu entschuldigen, aber nachdem er einen Blick in das gutmütig-scherzende Gesicht des Generals geworfen, trat er mit ihm beiseite, trug ihm mit bebender Stimme die ganze Sache vor und bat ihn, für Denissow, der ihm genau bekannt war, Fürsprache einzulegen.

Der General hörte Rostow an und schüttelte ernst den Kopf.

Schade, schade um den Braven! sagte er. Gib mir den Brief.

Kaum hatte ihm Rostow die Bittschrift eingehändigt und Denissows Geschichte zu Ende erzählt, als oben auf der Treppe rasche Schritte und Sporengeklirr hörbar wurden. Der General ließ Rostow stehen und näherte sich dem Eingange des Hauses. Die Herren vom Gefolge eilten von der Freitreppe herunter und traten zu ihren Pferden. Der Stallmeister Ainé, derselbe, der mit bei Austerlitz gewesen war, führte das Pferd des Kaisers vor, und die Treppenstufen krachten leise unter einem Schritt, den Rostow sogleich erkannte. Er vergaß, daß er sich der Gefahr aussetzte, gesehen zu werden, näherte sich mit einigen Umstehenden und sah nach zwei Jahren die vergötterten Züge wieder. Es war dasselbe Antlitz, derselbe Blick, derselbe Gang, dieselbe Vereinigung von Milde und Majestät ... die Begeisterung und Liebe für den Kaiser erstanden aufs neue mit der alten Kraft in Rostows Seele. Der Kaiser in der Uniform der Preobrashenzen, in weißen Lederhosen und hohen Reitstiefeln, mit einem Stern auf der Brust, den Rostow nicht kannte (es war die Ehrenlegion), trat auf die Freitreppe, indem er den Hut unter dem Arme hielt und sich die Handschuhe anzog. Er blieb stehen, sah umher und schien alles mit seinem Blicke zu erleuchten. Einigen Generalen sagte er ein paar Worte. Er erkannte auch den ehemaligen Chef der Rostowschen Division, nickte ihm zu und rief ihn herbei.

Das ganze Gefolge trat zurück. Rostow sah, daß der General dem Kaiser ziemlich lange etwas vortrug.

Der Kaiser sagte ihm einige Worte und trat dann auf sein Pferd zu. Ein Teil des Gefolges und eine Schar von Zuschauern, unter denen sich auch Rostow befand, näherten sich dem Kaiser, der neben seinem Pferde stehenblieb, die Hand auf den Sattel legte, sich zu dem Kavalleriegeneral wandte und mit lauter Stimme, offenbar in der Absicht, daß ihn alle hören sollten, zu ihm sagte:

Ich kann nicht, General, kann es darum nicht, weil das Gesetz stärker ist als ich. Mit diesen Worten setzte der Kaiser den Fuß in den Steigbügel.

Der General senkte ehrfurchtsvoll den Kopf; der Kaiser schwang sich in den Sattel und ritt im Trabe die Straße hinunter. Rostow, der vor Entzücken die Besinnung verlor, eilte ihm in der Menge nach.

XXI

Auf dem Platze, wohin der Kaiser ritt, standen sich Aug' in Auge das Preobrashenzenbataillon und ein Bataillon der französischen Garde, letzteres in Bärenmützen, gegenüber.

Während Kaiser Alexander an die eine Flanke der Bataillone, die das Gewehr präsentierten, heranritt, sprengte von der anderen Seite eine zweite Reiterschar herbei, und an ihrer Spitze erkannte Rostow Napoleon. Das konnte kein anderer sein! Er ritt im Trabe auf einem ungewöhnlich schönen, grauen Araber, mit karmoisinroter goldgestickter Schabracke, trug einen kleinen Hut, das Band des Andreasordens und eine offenstehende blaue Uniform über einer weißen Weste. Er hob den Hut, indem er an Alexander heranritt; und als er diese Bewegung machte, konnte dem Kavalleristenauge Rostows nicht entgehen, daß Napoleon schlecht und unsicher zu Pferde saß. Die Bataillone schrien »Hurra!« und *»vive l'Empereur!«*

Napoleon sagte etwas zu Alexander. Die beiden Kaiser stiegen vom Pferde und reichten sich die Hände. Auf dem Antlitz Napoleons lag ein unangenehmes, gekünsteltes Lächeln. Alexander sagte ihm etwas mit freundlichem Ausdruck.

Mit unverwandtem Blick verfolgte Rostow jede Bewegung der beiden Kaiser, unbeirrt durch die herandrängenden Pferde der französischen Gendarmerie, die sich bemühte, die Zuschauermenge zurückzutreiben. Was Rostow am meisten überraschte, war, daß Alexander sich Bonaparte gegenüber wie ein Gleichgestellter benahm, und daß Bonaparte, so unbefangen, als ob die Nähe des Kaisers etwas Natürliches und Gewöhnliches für ihn wäre, ebenfalls als Gleichberechtigter mit dem russischen Zaren verkehrte.

Alexander und Napoleon, von dem langen Schweife des Gefolges begleitet, näherten sich der rechten Flanke des Preobrashenzenbataillons. Rostow befand sich zufällig unter der Menge, die an dieser Seite stand, und war, da er sich in die vordere Reihe gedrängt hatte, dem Kaiser so nahe, daß er fürchtete, von ihm erkannt zu werden.

Sire, ich bitte um die Erlaubnis, dem tapfersten Ihrer Soldaten die Ehrenlegion geben zu dürfen, sagte eine scharfe, deutliche Stimme, die jeden Buchstaben aussprach.

Es war die Stimme des kleinen Bonaparte, der von unten herauf in Alexanders Augen sah. Alexander hörte aufmerksam zu und senkte den Kopf mit verbindlichem Lächeln.

Dem, der sich in diesem Kriege als der Tapferste bewährt hat, fügte Napoleon hinzu, indem er jede Silbe mit einer für Rostow empörenden Ruhe und Sicherheit aussprach und die Reihen der vor ihm stehenden russischen Soldaten überblickte, die das Gewehr präsentierten und unbeweglich in das Gesicht ihres Kaisers sahen.

Erlauben mir Ew. Majestät, den Obersten um Rat zu fragen? sagte Alexander und trat mit schnellen Schritten zu dem Fürsten Koslowskij, dem Kommandeur des Bataillons, heran.

Bonaparte zog indessen den Handschuh von der kleinen, weißen Hand, und da er ihn dabei zerriß, warf er ihn fort. Ein Adjutant stürzte herbei und hob ihn eilig auf.

Wem soll es gegeben werden? fragte Kaiser Alexander Koslowskij mit halblauter Stimme.

Wem Ew. Majestät befehlen.

Der Kaiser runzelte unzufrieden die Stirn und sagte, indem er sich umsah:

Man muß ihm doch eine Antwort geben.

Koslowskij ließ einen prüfenden Blick über die Dastehenden fliegen und streifte dabei auch Rostows Gesicht.

»Mich wird er doch nicht wählen!« dachte Rostow.

Lasarew! kommandierte der Oberst mit finsterm Gesicht, und der größte der Soldaten trat keck hervor.

Wohin? ... Bleibe doch stehen! flüsterten Lasarew, der nicht wußte, was er tun sollte, verschiedene Stimmen zu. Er blieb stehen, schielte erschreckt den Obersten an, und sein Gesicht zuckte, wie das der meisten Soldaten, wenn sie vor die Front gerufen werden.

Napoleon wandte kaum den Kopf und reichte mit der kleinen, fleischigen Hand nach rückwärts, als ob er etwas fassen wollte. Die Mitglieder seines Gefolges errieten sofort, um was es sich handelte, flüsterten untereinander, reichten sich etwas zu, und ein Page, derselbe, den Rostow Tags zuvor bei Boris gesehen, lief herbei, neigte sich ehrerbietig über die ausgestreckte Hand und legte einen Orden am roten Bande hinein. Napoleon faßte zu, ohne hinzusehen, hielt den Orden zwischen den Fingern, näherte sich Lasarew – der mit vorquellenden Augen fortfuhr, hartnäckig nur seinen Kaiser anzustarren – und sah sich nach Alexander um, als ob er bemerklich machen wollte, daß, was er jetzt tat, nur für seinen Verbündeten geschehe. Die kleine weiße Hand mit dem Orden berührte einen Knopf des Soldaten Lasarew. Und Napoleon schien sich bewußt, daß dieser Mann dadurch, daß er – Napoleon – die Gnade hatte, seine Brust leise mit der Hand zu berühren, auf immer beglückt und vor allen Menschen ausgezeichnet sei. Napoleon legte ihm das Kreuz nur auf die Brust, zog die Hand zurück und wandte sich zu Alexander, als ob er glaubte, das Kreuz müßte an Lasarews Brust klebenbleiben. Es blieb auch wirklich kleben.

Russische und französische dienstfertige Hände griffen zu und befestigten das Kreuz an der Brust des Soldaten. Lasarew blickte finster auf den kleinen Mann mit den weißen Händen, der etwas mit ihm vornahm, fuhr unbeweglich fort, das Gewehr zu präsentieren und fing wieder an, Alexander gerade in die Augen zu sehen, als ob er fragen wollte: ob er noch immer stehenbleiben müsse, oder ob man ihm befehlen würde zu marschieren oder irgendetwas anderes zu tun. Aber man befahl ihm nichts, und er blieb ziemlich lange in derselben Stellung.

Die Kaiser bestiegen ihre Pferde und ritten fort; die Reihen der Preobrashenzen lösten sich auf, vermischten sich mit denen der französischen Garde, und alle setzten sich an die für sie bereitstehenden Tische.

Lasarew erhielt den Ehrenplatz. Man umarmte und beglückwünschte ihn, und russische und französische Offiziere drückten ihm die Hände. Scharen von Offizieren und Zivilisten drängten sich heran, nur um Lasarew zu sehen; an allen Tischen hörte man russische und französische Gespräche und lautes Gelächter. Zwei Offiziere mit lustigen, erhitzten Gesichtern gingen an Rostow vorüber.

Sieh nur, Bruder, welche Bewirtung ... Alles auf Silber! sagte der erste. Hast du Lasarew gesehen?

Ja, ich habe ihn gesehen.

Morgen, heißt es, werden die Preobrashenzen die Franzosen bewirten.

Was der Lasarew für Glück hat! ... 1200 Francs lebenslänglich Pension.

Das nenn' ich einen Hut, Kinder! schrie einer von den Preobrashenzen, indem er die zottige Mütze eines Franzosen aufsetzte.

Wunderschön! reizend!

Hast du die Parole gehört? fragte ein Gardeoffizier den anderen. Vorgestern war es: Napoleon, Frankreich, Tapferkeit – gestern: Alexander, Rußland, Größe. Einen Tag gibt unser Kaiser die Losung, und den anderen Napoleon. Morgen wird der Kaiser dem bravsten französischen Gardisten ein Georgskreuz geben. Er kann nicht anders, er muß mit gleicher Münze zahlen.

Auch Boris kam mit seinem Kameraden Shylinski, um das Bankett der Preobrashenzen zu sehen. Als er heimkehren wollte, stieß er auf Rostow, der an der Ecke eines Hauses stand.

Guten Tag, Rostow, wir haben uns ja noch gar nicht gesehen, sagte er und konnte sich nicht enthalten zu fragen, was ihm widerfahren würde, so auffallend finster und verstimmt sah das Gesicht des jungen Mannes aus.

Gar nichts! gar nichts! antwortete Rostow.

Du wirst doch noch mal zu mir kommen?

Ja, ich komme.

Rostow blieb lange an der Ecke stehen und sah den Schmausenden aus der Ferne zu. Eine quälende Geistesarbeit, die er auf keine Weise zu Ende bringen konnte, ging in ihm vor, und bittere Zweifel erwachten in seiner Seele. Bald stand ihm Denissows verändertes Wesen vor Augen, seine schmächliche Nachgiebigkeit und das Lazarett mit den zerschossenen Händen und Füßen, mit seinem Schmutz und seinen Krankheiten. So lebhaft trat es vor seine Seele, daß er plötzlich den Geruch der Leiche wieder spürte und sich umsah, woher dieser Geruch kommen könnte. Bald erblickte er in Gedanken den selbstbewußten Bonaparte mit den weißen Händen, der jetzt Kaiser war und vom Kaiser Alexander geehrt und geliebt wurde. Wozu dann aber die zerschossenen Hände und Füße und getöteten Menschen? Bald dachte er an den dekorierten Lasarew und den verurteilten, nicht begnadigten Denissow. Er überraschte sich auf so seltsamen Gedanken, daß er vor ihnen erschrak.

Der Speisegeruch von den Tischen der Soldaten und der eigene Hunger entrissen ihn diesem Zustande. Ehe er abreiste, mußte er durchaus etwas genießen, ging in ein Gasthaus, das er am Morgen gesehen, und fand hier so viele Offiziere, die, wie er, in Zivil gekommen waren, daß er mit Mühe ein Mittagessen bekam. Zwei Offiziere von seiner Division gesellten sich zu ihm, und das Gespräch wandte sich natürlich sehr bald dem Friedensabschluß zu.

Wie der größte Teil der Armee waren auch Rostows Kameraden mit dem nach der Schlacht bei Friedland abgeschlossenen Frieden unzufrieden. Es hieß allgemein, daß Napoleon, wenn wir uns noch etwas länger gehalten hätten, verloren gewesen wäre, denn er hätte weder Zwieback noch Munition mehr gehabt.

Nikolaj aß schweigend und trank sehr viel dazu; ganz allein hatte er schon zwei Flaschen geleert. Seine unvollendete abgebrochene Gedankenarbeit quälte ihn noch immer. Er fürchtete, sich seinen Gedanken zu überlassen, konnte sich aber nicht von ihnen losmachen. Plötzlich, auf die Äußerung eines Offiziers, daß es schmerzlich sei, die Franzosen hier zu sehen, fing Rostow mit einer durch nichts gerechtfertigten Heftigkeit und zur höchsten Überraschung der Kameraden an zu schreien:

Wie können Sie beurteilen, was das Richtige ist! rief er mit einem wie von Blut übergossenen Gesichte. Wie können Sie die Handlungen des Kaisers richten wollen? Was für ein Recht haben Sie zu urteilen? Wir sind ebensowenig imstande, die Absichten wie die Handlungen des Kaisers zu begreifen.

Ich habe ja kein Wort vom Kaiser gesagt, bemerkte der Offizier, der sich Rostows Heftigkeit nur als Folge seines Trinkens erklären konnte.

Aber Rostow hörte nicht auf ihn.

Wir sind keine Diplomaten, sondern Soldaten und weiter nichts! fuhr er fort. Befiehlt man uns, zu sterben, nun, so sterben wir. Und wenn man uns bestraft, so haben wir's verdient – aber zu urteilen kommt uns nicht zu. Will des Kaisers Majestät Bonaparte als Kaiser anerkennen und ein Bündnis mit ihm schließen – wie es heißt, daß er es tun wird –, so haben wir es als etwas Notwendiges hinzunehmen. Wenn wir erst anfingen, über alles zu urteilen und zu räsonnieren, hätten wir bald nichts Heiliges mehr. – Wir kämen endlich so weit, zu sagen, daß es keinen Gott gibt – überhaupt gar nichts! schrie er und schlug auf den Tisch – ganz ohne Grund, nach der Ansicht seiner Kameraden, aber dem Gange seiner Gedanken nach ganz folgerichtig. Wir haben nicht zu denken! fügte er hinzu, sondern unsere Pflicht zu tun und uns zu schlagen!

Und zu trinken! schaltete einer der Offiziere ein, der keinen Streit aufkommen lassen wollte.

Ja, und zu trinken! wiederholte Nikolaj. He, du, noch eine Flasche! rief er.

DRITTE ABTEILUNG

I

Im Jahre 1808 ging Kaiser Alexander nach Erfurt zu einer neuen Zusammenkunft mit Kaiser Napoleon, und in der höheren Petersburger Gesellschaft war viel von der Großartigkeit dieses Zusammentreffens die Rede. Im Jahre 1809 war das Einverständnis der beiden Weltbeherrscher – wie man Napoleon und Alexander zu nennen pflegte – so weit gediehen, daß, als Napoleon im Laufe dieses Jahres Österreich den Krieg erklärte, ein russisches Korps an die Grenze rückte, um unserem ehemaligen Feinde, Bonaparte, gegen unseren ehemaligen Verbündeten, den Kaiser von Österreich, beizustehen – so weit sogar, daß man in der großen Welt von der Möglichkeit einer Heirat zwischen Napoleon und einer Schwester des Kaisers Alexander sprechen hörte. Außer von diesen politischen Kombinationen war das Interesse der russischen Gesellschaft damals ganz besonders von den inneren Umgestaltungen in Anspruch genommen, die in allen Teilen der kaiserlichen Verwaltung stattfanden.

Und inzwischen ging das Leben – das eigentliche Leben der Menschen, mit seinen wesentlichen Interessen: Gesundheit, Krankheit, Arbeit und Ruhe, seinen Interessen des Denkens, des Wissens, der Poesie und Musik, der Liebe und Freundschaft, des Hasses und der Leidenschaften – seinen gewöhnlichen Gang, außerhalb der politischen Sphäre, unabhängig von der Feindschaft oder Freundschaft mit Napoleon Bonaparte und unberührt von allen Reformen.

Fürst Andrej war ohne Unterbrechung zwei Jahre lang auf dem Lande geblieben. Alle die Neuerungen, die Pierre auf seinen Besitzungen einführen wollte und nicht durchzusetzen vermochte, weil er immerwährend von einem Versuch zum anderen überging, hatte Fürst Andrej, ohne jemand zu Rate zu ziehen und ohne sichtliche Anstrengung auf seinen Gütern ins Leben gerufen.

Er besaß im höchsten Grade jene – Pierre vollständig fehlende – praktische Zähigkeit, die ohne Schwankungen und Mühen von seiner Seite jedes Unternehmen im Gange hielt.

Auf einem seiner Güter, zu dem dreihundert Seelen gehörten, waren die Leibeigenen in freie Getreidebauern verwandelt (eines der ersten Beispiele in Rußland). Auf anderen Gütern war die Frohnarbeit durch Abgaben ersetzt. Nach Bogutscharowo ließ er auf seine Kosten eine gelernte Hebamme kommen, und der Priester erhielt einen besonderen Gehalt, um die Kinder der Bauern und Hofleute im Lesen und Schreiben zu unterrichten.

Die Hälfte seiner Zeit brachte Fürst Andrej in Lyssyja-Gory bei seinem Vater und seinem Sohne zu, der sich noch in der Pflege der Wärterinnen befand. Die andere Hälfte verlebte er in dem Kloster Bogutscharowo, wie sein Vater dies Gut zu nennen pflegte. Trotz der Gleichgültigkeit, die Fürst Andrej Pierre gegenüber in bezug auf die Weltbegebenheiten gezeigt, verfolgte er sie mit großem Eifer, erhielt eine Menge Bücher und bemerkte mit Erstaunen, wenn er oder sein Vater Gäste aus Petersburg, »dem wahren Brennpunkt des Lebens«, bekam, daß diese in der Kenntnis dessen, was auf dem Gebiete der inneren, wie der äußeren Politik geschah, weit hinter ihm zurückstanden – obwohl er ohne Unterbrechung auf dem Lande gesessen hatte.

Außer mit den Arbeiten auf seinen Gütern und der Lektüre der verschiedenartigsten Bücher, beschäftigte sich Fürst Andrej in jener Zeit mit der kritischen Analyse unserer beiden letzten unglücklichen Feldzüge und dem Entwurfe einer Umgestaltung unserer Militärgesetze und Bestimmungen.

Im Frühling 1809 reiste Fürst Andrej auf die Rjasanschen Güter seines Sohnes, dessen Vormund er war.

Von der Frühlingssonne erwärmt, saß er im Wagen, sah auf das erste Gras, die ersten Birkenblätter und die ersten, weißen Frühlingswolken, die auf der hellen Bläue des Himmels hinzogen. Er blickte heiter, gedankenlos von einer Seite zur anderen.

Der Wagen fuhr über den Prahm, auf dem Fürst Andrej ein Jahr zuvor die Unterredung mit Pierre gehabt hatte. Dann ging es durch das schmutzige Dorf, an den Scheunen vorüber, bergunter nach der Brücke in noch daliegendem Schnee, bergauf in weichem Lehmboden, zwischen weitgedehnten Stoppelfeldern hin, die hie und da durch grünes Gestrüpp unterbrochen waren. Endlich kam er in einen Birkenwald, der sich zu beiden Seiten des Weges hinzog. Es war fast heiß im Walde, kein Lufthauch zu spüren; die mit saftgrünen, klebrigen Blättern bedeckten Birken standen unbeweglich, und aus dem vorjährigen, welken Laube drängten sich grüne Gräser und blaue Blumen hervor. Hie und da standen kleine Fichten, deren immergrüne Nadeln an den Winter erinnerten, im Birkenwalde verstreut. Die Pferde schnaubten, als sie in den Wald kamen und fingen an zu schwitzen.

Der Diener Peter sagte etwas zu dem Kutscher, der Kutscher antwortete zustimmend; aber es war unverkennbar, daß das Einverständnis des Kutschers Peter nicht genügte, er wandte sich auf seinem Bocke nach dem Herrn um.

Wie schön, Durchlaucht! sagte er, ehrfurchtsvoll lächelnd.

Was meinst du?

Wie schön, Durchlaucht!

»Was will er nur? dachte Fürst Andrej. Ach, wahrscheinlich spricht er vom Frühling, dachte er weiter, und sah sich nach beiden Seiten um. Wirklich, alles schon grün ... wie früh! Die Birke, der Faulbaum, die Erle haben schon Blätter, aber von der Eiche ist noch nichts zu merken ... ach, da ist sie auch!«

Am Rande des Weges stand eine Eiche, die wohl zehnmal älter sein mochte als die Birken, aus denen der Wald bestand. Sie war auch zehnmal dicker und zweimal höher – ein mächtiger Baum, zwei Männer konnten ihn kaum umspannen, mit verwitterten zerbrochenen Ästen und zerrissener Rinde, die von alten Narben bedeckt war. Mit dicken, plumpen, unregelmäßigen, weitausgebreiteten Armen und Händen stand sie wie ein alter, böser, verbitterter Krüppel zwischen den lächelnden Birken. Nur sie und die starren, immergrünen, im Walde verstreuten kleinen Fichten wollten sich dem Zauber des Frühlings nicht unterwerfen und schienen weder den Lenz noch die Sonne zu sehen.

»Frühling und Liebe und Glück!« schien diese alte Eiche zu sagen; »werdet Ihr dieses albernen, sinnlosen Betruges nicht endlich überdrüssig? ... Immer eins und dasselbe und immer Täuschung ... es gibt weder Frühling, noch Sonne, noch Glück! Seht nur, da stehen die armen unterdrückten Fichten ... immer dieselben! Da stehe ich, strecke meine zerbrochenen, zerrissenen Arme aus, wie sie mir aus Rükken und Seite herausgewachsen sind, und glaube weder an Eure Hoffnungen noch an Eure Täuschungen.«

Fürst Andrej sah sich, während er durch den Wald fuhr, mehrmals nach der Eiche um, als ob er etwas von ihr erwartete. Auch unter ihr wuchsen Blumen und Gräser, aber sie stand finster und unbeweglich in ihrer Mitte.

»Ja, sie hat recht, tausendmal recht, diese Eiche! dachte Fürst Andrej. Mag sich die Jugend solchen Täuschungen hingeben, wir aber kennen das Leben – unser Leben ist aus!«

Eine ganze Reihe hoffnungsloser Betrachtungen knüpfte sich für ihn an diese Eiche. Noch einmal zog seine Vergangenheit an ihm vorüber, und er kam wieder zu dem früheren beruhigenden, hoffnungslosen Ergebnis: daß er nichts mehr zu erstreben habe als sein Dasein, wie es jetzt war, zu Ende zu führen, ohne Böses zu tun, ohne Aufregung, ohne Wünsche.

II

Wegen der vormundschaftlichen Angelegenheiten des Rjasanschen Gutes mußte Fürst Andrej mit dem Adelsmarschall des Bezirks, dem Grafen Ilja Andrejewitsch Rostow, verhandeln und fuhr Mitte Mai zu ihm.

Die heiße Periode des Frühlings hatte begonnen, der Wald war vollständig belaubt, und es war so schwül und staubig, daß der Anblick eines Wassers jedesmal die Lust zum Baden erweckte. Fürst Andrej war nicht in der heitersten Stimmung und beschäftigte sich nachdenklich mit den geschäftlichen

Fragen, die er dem Marschall vorzulegen hatte, als er in die Hauptallee von Otradnoje, dem Rostowschen Gute, einfuhr. Rechts hinter den Bäumen hörte er lustige, weibliche Stimmen und erblickte eine dem Wagen entgegenlaufende Mädchenschar. Allen voran lief ein schwarzhaariges, schwarzäugiges, auffallend schlankes Mädchen im gelben Perkalkleide, mit einem weißen Taschentuche auf dem Kopfe, aus dem Strähnen aufgelöster Haare hervorquollen. Das junge Mädchen rief dem Fürsten etwas zu, lief aber, als sie einen Fremden erkannte, lachend davon.

Fürst Andrej erfaßte plötzlich Wehmut. Der Tag war so schön, die Sonne so hell, ringsumher alles so heiter, und dies schlanke, hübsche Mädchen wußte nichts von seiner Existenz und brauchte nichts davon zu wissen, war zufrieden und glücklich durch ihr eigenes, vielleicht törichtes, aber heiteres, sorgenloses Leben.

Worüber freut sie sich so? woran denkt sie? Gewiß nicht an Militärgesetze, auch nicht an die Zustände der Rjasanschen frohnpflichtigen Bauern ... woran denkt sie und wodurch ist sie glücklich? fragte sich Fürst Andrej mit unwillkürlicher Neugier.

Graf Ilja Andrejewitsch lebte 1809 in Otradnoje ganz so wie früher, das heißt, er sah fast das ganze Gouvernement zu Jagden, Theaterspiel, Diners und Konzerten in seinem Hause. Wie über jeden neuen Gast war er über die Ankunft des Fürsten Andrej hocherfreut und zwang ihn fast mit Gewalt, über Nacht dazubleiben.

Im Laufe des langweiligen Tages, während dessen sich Fürst Andrej den älteren Damen des Hauses und den vornehmen Gästen widmen mußte, die sich zu der herannahenden Namenstagsfeier des Grafen zusammengefunden hatten, fragte sich Bolkinskij wiederholt, indem er die lachende Natascha ansah, die sich mit dem jüngeren Teile der Gesellschaft amüsierte:

»Was denkt sie wohl? Weshalb ist sie so vergnügt?«

Als er endlich in dem fremden Gastzimmer allein war, konnte er lange nicht einschlafen; erst las er, löschte endlich das Licht, zündete es aber wieder an. In seinem Zimmer, dessen Fensterläden von außen geschlossen waren, fand er es drückend heiß und ärgerte sich über den einfältigen Alten (so nannte er Rostow), der ihn durch die Behauptung festgehalten, die nötigen Papiere wären noch nicht aus der Stadt gekommen, und ärgerte sich über sich selbst, daß er geblieben war.

Fürst Andrej stand auf und trat ans Fenster, um es zu öffnen. Sobald er die Läden aufgestoßen, drang der Mondschein, als ob er schon lange auf Wache gestanden und gewartet hätte, ins Zimmer. Fürst Andrej machte das Fenster auf. Die Nacht war frisch, ruhig und hell. Dicht vor dem Fenster befand sich eine Reihe beschnittener Bäume, die von der einen Seite in dunklem Schatten lag, von der anderen hell beleuchtet wurde. Unter den Bäumen standen saftige, nasse, struppige Büsche mit silbernen Blättern; weiterhin, jenseits der schwarzen Bäume, zeigte sich ein im Tau glänzendes Dach. Weiter nach rechts war ein großer Baum mit weißlichem Stamme und Ästen, und über ihm der beinahe volle Mond an einem hellen, fast sternenlosen Frühlingshimmel. Fürst Andrej lehnte sich auf die Fensterbank, und seine Augen ruhten auf diesem Himmel.

Das Zimmer des Fürsten befand sich im Mittelstock des Hauses. Auch das Zimmer über ihm war bewohnt, und seine Insassen schliefen nicht. Er hörte von oben weibliche Stimmen.

Nur noch einmal! sagte oben eine weibliche Stimme, die Fürst Andrej sogleich erkannte.

Wann willst du denn schlafen? fragte die andere Stimme.

Gar nicht ... ich kann nicht! was soll ich tun? ... Nur noch ein einziges, letztes Mal!

Zwei weibliche Stimmen sangen eine musikalische Phrase, das Ende irgendeines Gesangsstücks.

Ach, wie schön! jetzt aber ist's genug, jetzt wird geschlafen.

Schlaf du nur ... ich kann nicht, antwortete die erste Stimme, und die Sprechende näherte sich dem Fenster und schien sich hinauszulehnen, denn man hörte das Rauschen ihres Kleides und sogar ihren Atem. Ringsumher war alles still, wie versteinert; auch der Mond, das Licht und die Schatten.

Fürst Andrej fürchtete, sich zu bewegen und seine unbeabsichtigte Anwesenheit zu verraten.

Sonja, Sonja! ließ sich die erste Stimme wieder hören, wie kann man nur schlafen; sieh' nur, wie reizend … ach, wie reizend! Ermuntere dich, Sonja, bat sie fast mit Tränen. Eine so köstliche Nacht ist noch niemals, niemals gewesen.

Sonja gab in mürrischem Tone eine Antwort.

Nein, siehe nur diesen Mondschein! … Wie köstlich! komm her, meine Seele, mein Täubchen, komm her! Siehst du? Ich möchte so niederkauern, die Hände um die Knie, immer fester, immer fester – und mich in die Luft schwingen, so …

Lasse doch, du wirst fallen!

Ein Ringen wurde gehört und Sonjas unzufriedene Stimme.

Es ist schon zwei Uhr!

Ach, du verdirbst mir alles! geh, geh!

Es wurde still im Zimmer oben, aber Fürst Andrej wußte, daß das junge Mädchen noch immer dasaß. Zuweilen hörte er eine leise Bewegung, einen Seufzer.

Ach, mein Gott, was ist das nur? … Schlafen, ja schlafen! rief sie plötzlich und schlug das Fenster zu.

»Sie kümmert sich nicht darum, daß ich da bin, dachte Fürst Andrej, während er ihrer Stimme lauschte und aus einem unbestimmten Grunde erwartete und fürchtete, daß sie etwas von ihm sagen würde. Und wieder fiel sie ihm ein, immer wieder sie. Und plötzlich erhob sich in seiner Seele ein solches Gewirr jugendfrischer Gedanken und Hoffnungen, die seinem ganzen Leben widersprachen, daß er sich nicht getraute, sich seinen Zustand klarzumachen; er legte sich nieder und schlief ein.

III

Am folgenden Tage, nachdem er sich, ohne das Erscheinen der Damen abzuwarten, vom Grafen Rostow verabschiedet hatte, fuhr Fürst Andrej nach Hause.

Es war Mitte Juni, als er auf seiner Rückfahrt wieder in

den Birkenwald kam, in dem die alte, narbenreiche Eiche einen so seltsamen, unvergeßlichen Eindruck auf ihn gemacht hatte. Die Glöckchen der Pferde klangen noch dumpfer im Walde als vor anderthalb Monaten; alles war dicht und schattig, und die über den Wald zerstreuten kleinen Tannen störten die allgemeine Schönheit nicht mehr und suchten sich mit ihren jungen, frischgrünen, buschigen Trieben dem Charakter des Ganzen anzupassen.

Der Tag war heiß; irgendwo sammelte sich ein Gewitter; aber jetzt sprühte nur ein kleines Wölkchen seinen Inhalt auf den Staub des Weges und die saftigen Blätter. Die linke Seite des Waldes lag im Dunkel; die rechte blitzte naßschimmernd in der Sonne, kaum vom Winde bewegt. Alles stand in Blüte; die Nachtigallen schlugen und trillerten bald fern, bald nah.

»Hier in diesem Walde stand die Eiche, die meine Gedanken hatte. Wo ist sie denn?« dachte Fürst Andrej, indem er auf die linke Seite des Weges sah und die Eiche nicht erkannte, die ganz verändert, wie ein Zelt sich ausbreitete und sich mit dem saftigen, dunkelgrünen Laube behaglich im Abendsonnenschein dehnte. Jetzt waren weder narbenreiche Hände noch Wunden, weder Mißtrauen noch Kummer an ihr zu finden; unmittelbar durch die harte, hundertjährige Rinde schlugen saftige junge Triebe, von denen kaum zu glauben war, daß die Greisin sie hervorgebracht.

»Ja, das ist dieselbe Eiche!« dachte Fürst Andrej, und plötzlich fühlte auch er sich von dem grundlosen Frühlingsgefühl der Wiedergeburt durchdrungen. Alle bedeutenden Momente seines Lebens traten ihm auf einmal ins Gedächtnis: Austerlitz mit dem hohen Himmel – das tote, vorwurfsvolle Antlitz seiner Frau – Pierre auf der Fähre – das vom Zauber der Nacht erregte junge Mädchen und diese Nacht, und der Mondschein, alles stand ihm plötzlich vor der Seele.

»Nein, das Leben ist nicht zu Ende im einunddreißigsten Jahre, sagte sich Fürst Andrej mit großer Bestimmtheit. Es ist nicht genug, daß ich selbst weiß, was in mir ist, auch andere müssen es erfahren! Pierre und dies Mädchen, das zum Himmel emporfliegen wollte, alle müssen mich kennen. Nicht für mich allein darf mein Leben verfließen, nicht von anderen abgetrennt: es soll in allen widerstrahlen, und alle sollen mit mir in Gemeinschaft leben.«

Nachdem Fürst Andrej von seiner Reise zurückgekehrt war, beschloß er, im Herbst nach Petersburg zu gehen, und fand verschiedene Gründe für diesen Entschluß. Eine ganze Reihe vernünftiger, logischer Beweise, warum er durchaus hin mußte – auch in Dienstsachen – stand ihm jeden Augenblick zu Gebot. Er begriff jetzt nicht mehr, wie er jemals an der Notwendigkeit einer tätigen Teilnahme am Leben hatte zweifeln können – ebenso, wie er einen Monat vorher nicht verstanden hätte, wie ihm der Gedanke kommen sollte, das Landgut zu verlassen. Jetzt kam es ihm vor, als ob alle seine Lebenserfahrungen nutzlos, verloren und sinnlos wären, wenn er sie nicht in einem weiteren Kreise verwertete und nicht tätigen Anteil am Leben nahm.

Er konnte es nicht einmal verstehen, wie es ihm auf Grund so armseliger Beweise hatte einleuchten könnten, daß er sich erniedrigt hätte, wenn er jetzt, nach all seinen Lebenserfahrungen noch an die Möglichkeit, Nutzen zu stiften, noch an die Möglichkeit von Glück und Liebe geglaubt hätte. Jetzt flüsterte ihm sein Verstand ganz anderes zu.

Nach seiner Reise fing Fürst Andrej an, sich auf dem Lande zu langweilen; seine früheren Beschäftigungen interessierten ihn nicht mehr, und oft, wenn er einsam in seinem Kabinett saß, stand er auf, trat an den Spiegel und betrachtete sein Gesicht. Dann wandte er sich ab und betrachtete das Bild der verstorbenen Lisa, die mit *à la grecque* frisierten Locken freundlich und heiter aus dem goldenen Rahmen niederblickte. Sie sagte ihm jetzt nicht mehr die früheren, schrecklichen Worte; einfach heiter, voll Neugier sah sie ihn an. Und Fürst Andrej legte die Hände auf den Rücken und ging, bald stirnrunzelnd, bald lächelnd im Zimmer hin und her, indem er sich jenen geheimen, unaussprechlichen, ihm wie eine Schuld erscheinenden Regungen hingab, die sein ganzes Leben umgestaltet und ihn an Pierre, an den Ruhm, an das Mädchen am Fenster, an weibliche Schönheit und an Liebe mahnten. Wenn in solchen Augenblicken jemand zu ihm kam, war er besonders trocken, streng, bestimmt und in unangenehmer Weise logisch.

Mein Lieber! sagte zum Beispiel Prinzessin Maria, die in einem solchen Augenblicke bei ihm eintrat, Nikoluschka wird heute nicht ausgehen können, es ist sehr kalt.

Wenn es warm wäre, gab Fürst Andrej der Schwester trokken zur Antwort, so würde er im Hemdchen hinausgehen, da es aber kalt ist, muß man ihm warme Kleider anziehen – dazu sind sie ja erfunden. Die Folge der Kälte ist also, daß man den Kleinen einhüllt, nicht aber, daß er zu Hause bleibt, wenn er frische Luft braucht. Es war, als ob er durch solche Logik andere für die in ihm selbst stattfindenden unlogischen Regungen strafen wollte. Prinzessin Maria dachte in solchen Fällen darüber nach, wie trocken die Männer durch geistige Arbeit werden.

IV

Im August 1809 kam Fürst Andrej nach Petersburg. Um diese Zeit hatte der Ruhm des jungen Speranskij seinen Höhepunkt erreicht, und die Reformen, die er durchzuführen suchte, waren im vollen Gange. Im Laufe dieses Monats war der Kaiser mit dem Wagen umgefallen, hatte sich den Fuß beschädigt und blieb drei Wochen in Peterhof, wo er täglich und ausschließlich mit Speranskij verkehrte. In dieser Zeit wurden nicht nur die zwei bekannten, die ganze Gesellschaft aufregenden Ukase über die Aufhebung aller Vorrechte der Hofchargen und die Prüfungen der Kollegien-Assessoren und Staatsräte veröffentlicht, sondern eine umfassende Reichskonstitution vorbereitet, die die Rechtspflege, Verwaltung und Finanzordnung Rußlands vom Staatsrat bis zum Dorfschulzen verändern sollte. Mehr als jemals machten sich gerade jetzt jene unklaren, liberalen Phantasien geltend, mit denen Kaiser Alexander den Thron bestieg, und die er mit seinen Gehilfen: Czartoryski, Nowossilzew, Kotschubej und Stroganow, die er scherzend seinen Wohlfahrtsausschuß zu nennen pflegte, zu verwirklichen gestrebt hatte.

Jetzt waren sie alle durch Speranskij in Zivil-, durch Araktschejew in Militärangelegenheiten ersetzt.

Fürst Andrej hatte sich als Kammerherr gleich nach seiner Ankunft bei Hof und zur Cour gemeldet. Der Kaiser, der zweimal an ihm vorüberging, würdigte ihn keines Wortes. Fürst Andrej hatte schon früher den Eindruck gehabt, als ob er, sein Gesicht, sein ganzes Wesen, dem Kaiser antipathisch wäre, und in dem harten, abweisenden Blick, mit dem ihn Alexander jetzt wieder ansah, fand er diese Vermutung noch mehr bestätigt. Die Hofleute behaupteten jedoch, die Unfreundlichkeit des Kaisers wäre nur der Ausdruck des Mißfallens, mit dem Se. Majestät Bolkonskijs im Jahre 1805 erfolgten Rücktritt vom Dienste ansähe.

»Ich weiß ja, wie machtlos wir in bezug auf unsere Sympathien und Antipathien sind, dachte Fürst Andrej. Es ist deshalb auch nicht daran zu denken, daß ich dem Kaiser meine Schrift über die Militärorganisation persönlich überreichen könnte. Die Sache wird indes für sich selbst sprechen.«

Er teilte seinen Entwurf zunächst einem alten Feldmarschall, einem Freunde seines Vaters, mit. Der Feldmarschall bestimmte ihm eine Zeit, nahm ihn freundlich auf, versprach, dem Kaiser Bericht zu erstatten; einige Tage später wurde dem Fürsten Andrej mitgeteilt, daß er sich bei dem Kriegsminister Grafen Araktschejew melden solle.

Um neun Uhr morgens am bestimmten Tage erschien Fürst Andrej im Audienzzimmer des Grafen Araktschejew. Persönlich kannte Fürst Andrej Araktschejew nicht und hatte ihn nie gesehen, aber alles, was er von ihm wußte, flößte ihm wenig Achtung für diesen Menschen ein.

»Er ist der Kriegsminister, besitzt das Vertrauen des Kaisers ... auf seine persönlichen Eigenschaften darf es hier nicht ankommen. Er ist beauftragt, meine Schrift zu prüfen, er allein kann sie also durchsetzen«, dachte Fürst Andrej, während er mit einer Anzahl mehr oder minder einflußreicher Personen im Audienzzimmer des Grafen Araktschejew wartete.

Fürst Andrej hatte, als er Adjutant war, die verschiedensten Leute zur Audienz kommen sehen und die verschiedensten Charaktere unter ihnen studiert; aber das Audienzzimmer des Grafen Araktschejew hatte ein ganz besonderes Gepräge. Auf den unbedeutenden Gesichtern der im Empfangszimmer des Grafen auf eine Audienz Wartenden lag ein Ausdruck der Beschämung und Unterwürfigkeit; in anderen Bürokratengesichtern drückte sich ein allgemeines Gefühl des Unbehagens aus, versteckt unter der Maske der Ungezwungenheit und des Spottes über sich selbst, die eigene Lage und die erwartete Persönlichkeit. Einige der Anwesenden gingen nachdenklich hin und her; andere plauderten leise und lachten; Fürst Andrej hörte den Spitznamen »Sila Andreitsch«[1] und die Worte: »Der Onkel wird's Euch schon geben«, die sich auf den Grafen Araktschejew bezogen. Ein General, ein hochgestellter Mann, war sichtlich beleidigt, daß er so lange warten mußte, schlug, während er dasaß, abwechselnd einen Fuß über den andern und lächelte verächtlich vor sich hin.

Sobald sich aber die Tür öffnete, war auf allen Gesichtern nur noch der Ausdruck der Furcht zu sehen.

Fürst Andrej bat den Adjutanten *du jour* zum zweiten Male, ihn anzumelden, aber alle sahen ihn spöttisch an, und er erfuhr, daß er warten müsse, bis die Reihe an ihn gekommen war. Nachdem mehrere Personen durch den Adjutanten in das Kabinett des Ministers eingeführt und wieder herausgelassen waren, wurde ein Offizier in die gefürchtete Tür gerufen, der dem Fürsten Andrej durch sein erschrockenes und gedemütigtes Aussehen auffiel. Die Audienz des Offiziers dauerte lange; plötzlich wurde hinter der Tür das Grollen einer unangenehmen Stimme gehört, der blasse Offizier kam mit zitternden Lippen heraus, griff sich an den Kopf und ging durch das Audienzzimmer.

Gleich darauf wurde Fürst Andrej eingelassen, und der Offizier *du jour* sagte ihm leise:

Treten Sie rechts ans Fenster.

Fürst Andrej betrat ein nicht reiches, aber sauberes Kabinett und sah einen etwa vierzigjährigen Mann mit langem

1 Eine Figur aus des Grafen Rostoptschin Satiren. Anm. d. H.

Oberkörper, langem Gesicht, kurzgeschorenen Haaren, tiefen Runzeln auf der Stirn, überhängenden Brauen über braunlich-grünen, stumpfen Augen und einer hängenden roten Nase am Tische sitzen. Araktschejew drehte den Kopf nach ihm um und fragte, ohne ihn anzusehen:

Sie bitten um was?

Ich bitte um gar nichts! antwortete Fürst Andrej leise. Graf Araktschejew sah ihn an.

Setzen Sie sich, sagte er. Fürst Bolkonskij?

Ich bitte um gar nichts. Aber Se. Majestät hat Ew. Erlaucht die von mir eingereichte Schrift übersandt ...

Schon gut, mein Lieber ... Ihre Schrift habe ich gelesen, unterbrach ihn Araktschejew, wieder ohne ihn anzusehen und indem er nur die ersten Worte freundlich sagte und dann mehr und mehr in seinen mürrisch-verächtlichen Ton zurückfiel. Neue Militärgesetze schlagen Sie vor? Gesetze haben wir in Menge. Es gibt niemanden, der nur die alten zu halten vermöchte! ... Heutzutage will jedermann Gesetze machen. Schreiben ist freilich leichter als befolgen.

Ich kam auf Befehl Sr. Majestät, Ew. Erlaucht zu fragen, was Sie mit der eingereichten Schrift zu tun gedenken, sagte höflich Fürst Andrej.

Ich habe meine Resolution auf Ihre Schrift erteilt und sie dem Komitee zugehen lassen. Ich stimme *nicht* dafür, antwortete Araktschejew, indem er aufstand und ein Papier vom Schreibtische nahm. Da! – Er übergab es dem Fürsten.

Auf dem Papiere stand quer mit Bleistift geschrieben, ohne große Anfangsbuchstaben, unorthographisch und ohne Zeichen: »Nicht gründlich abgefaßt und eine Nachahmung, abgeschrieben aus dem französischen Militärgesetz und von den Militärartikeln ohne Notwendigkeit abweichend.«

An welches Komitee ist also die Schrift gesandt? fragte Fürst Andrej.

An das Komitee für Militär-Gesetzgebung, und ich habe vorgeschlagen, Ew. Wohlgeboren als Mitglied anzustellen, aber ohne Gehalt.

Fürst Andrej lächelte.

Das beanspruche ich auch nicht, sagte er.

Mitglied ohne Gehalt, wiederholte Araktschejew. Habe die Ehre ... He! hereinkommen! ... Wer ist noch da? schrie er, indem er dem Fürsten Andrej zunickte.

V

Während Fürst Andrej auf seine Ernennung zum Mitglied der Militärgesetz-Kommission wartete, erneuerte er seine alten Bekanntschaften, besonders die mit einflußreichen Persönlichkeiten, die ihm von Nutzen sein konnten. Er war jetzt in Petersburg in einer Stimmung, der ähnlich, die er vor der Schlacht empfunden, als ihn die rastlose Neugier quälte und ihn widerstandslos in die höheren Sphären zog, wo sich die Zukunft vorbereitete, die über das Schicksal von Millionen entschied. Aus der Unzufriedenheit der Alten, der Neugier der Laien, der Zurückhaltung der Eingeweihten, der Regsamkeit und gespannten Erwartung aller, und aus der unendlichen Anzahl von Komitees und Kommissionen, deren er täglich neue entdeckte, erkannte er, daß jetzt, im Jahre 1809, hier in Petersburg ein großer innerer Kampf ausgefochten wurde, dessen Oberbefehlshaber eine ihm unbekannte, verborgene und ihm genial erscheinende Persönlichkeit war – Speranskij.

Und die Sache selbst, die er in ihrer ganzen Schwierigkeit nur zu genau kannte, und Speranskij, der Hauptführer, fingen an, ihn so leidenschaftlich zu interessieren, daß die Militärorganisation sehr bald für ihn in zweite Linie rückte.

Fürst Andrej befand sich in der vorteilhaftesten Lage, um in die verschiedensten, auch die höchsten Kreise der damaligen Petersburger Gesellschaft Zutritt zu finden. Die Partei der Reformatoren nahm ihn freundlich auf und suchte ihn zu gewinnen, erstens weil er den Ruf der Klugheit und großen Belesenheit hatte, und zweitens, weil er sich durch die Freilassung seiner Bauern den Namen eines Liberalen erworben. Die Partei der unzufriedenen Alten wandte sich an ihn als an den den Sohn seines Vaters, und erwartete seine Zustimmung, wenn sie die Reformen tadelte. Die weibliche Gesellschaft, die *»Welt«* nahm ihn zuvorkommend auf, weil er ein reicher und vornehmer Heiratskandidat war und gleichsam als eine neue Persönlichkeit erschien, umgeben von der romantischen Aureole seines vermeintlichen Todes und des tragischen Endes seiner Frau. Außerdem war das allgemeine Urteil aller, die ihn früher gekannt, daß er sich in den letzten fünf Jahren sehr zum Vorteil verändert hätte, daß er zugleich weicher und männlicher geworden sei, daß er das frühere gekünstelte Wesen verloren und statt des ehemaligen Stolzes und Spottes jene Ruhe erworben habe, welche die Jahre mit sich bringen. Man fing an, von ihm zu sprechen, interessierte sich für ihn, und jedermann wünschte ihn kennen zu lernen.

Am Tage nach seinem Besuch bei Araktschejew war Fürst Andrej in einer Abendgesellschaft bei dem Grafen Kotschubej. Er erzählte dem Grafen von seiner Unterredung, mit »Sila Andreitsch« (so nannte Kotschubej den Grafen Araktschejew mit demselben Ausdruck unbestimmtes Spottes, den Fürst Andrej im Audienzzimmer des Kriegsministers beobachtet hatte).

Mein Lieber, Sie dürfen auch in dieser Angelegenheit Michail Michajlowitsch nicht übergehen – er ist die Hauptpersönlichkeit, sagte Kotschubej. Ich will mit ihm darüber sprechen. Er hat versprochen, heute abend herzukommen.

Was hat denn Speranskij mit der Militärgesetzgebung zu tun? fragte Fürst Andrej.

Kotschubej wiegte lächelnd den Kopf, als ob er sich über Bolkonskijs Naivität wunderte.

Ich habe mit ihm in diesen Tagen über Sie gesprochen, sagte er; von Ihren freien Bauern …

Also Sie sind es, Fürst, der seine Bauern freigelassen hat? sagte ein alter Herr aus der Zeit Katharinas II., indem er sich mit dem Ausdruck tiefer Mißbilligung zu Bolkonskij wandte.

Das kleine Gut brachte keinen Ertrag, antwortete Fürst Andrej. Um den alten Herrn nicht unnötig zu ärgern, suchte er seine Handlungsweise zu verkleinern.

Sie fürchten, zurückzubleiben, sagte der alte Herr, indem er Kotschubej ansah. Ich verstehe nur eines nicht! fuhr er fort: wer soll das Feld beackern, wenn man die Leute freiläßt? …

Es ist leicht Gesetze schreiben, aber Regieren ist schwer. So auch jetzt wieder! ... Ich frage Sie, Graf, wer wird Chef der Kanzleien sein, wenn alle erst ein Examen machen müssen?

Nun, ich denke, diejenigen, die das Examen bestehen, antwortete Kotschubej, indem er die Beine übereinanderschlug und sich abwandte.

In meinem Ressort zum Beispiel arbeitet Prjanitschnikow, ein braver Mensch, treu wie Gold, aber er ist sechzig Jahre alt ... wird der das Examen machen können?

Ja, beschwerlich ist es, sintemal die Bildung noch so wenig verbreitet ist, aber ... Graf Kotschubej unterbrach seine Rede, stand auf, ergriff den Arm des Fürsten Andrej und ging einem blonden, kahlköpfigen, schlanken Manne entgegen, der eben eintrat. Er mochte etwa vierzig Jahre alt sein, hatte eine hohe, offene Stirn, ein längliches, ungewöhnlich weißes Gesicht, trug einen blauen Frack, ein Kreuz am Halse und einen Stern auf der linken Seite der Brust. Es war Speranskij.

Fürst Andrej erkannte ihn sogleich, und wie es in wichtigen Lebensmomenten zu geschehen pflegt, erbebte seine Seele – ob in einem der Gefühl der Hochachtung, des Neides oder der Erwartung, wußte er selbst nicht. Die ganze Erscheinung Speranskijs trug ein besonderes Gepräge, nach dem man ihn sofort aus der Menge herausfinden mußte. Niemand in der Gesellschaft, zu der Fürst Andrej gehörte, hatte diese Ruhe und das Selbstbewußtsein, diese ungeschickten Bewegungen, diesen festen und zugleich weichen Blick der halbgeschlossenen, etwas feuchten Augen, diese ruhige, leise, gleichmäßige Stimme, diese Zartheit und Weiße des Gesichts und besonders der etwas breiten vollen Hände. Solche Weiße und Zartheit der Hautfarbe hatte Fürst Andrej bisher nur bei Soldaten gesehen, die lange im Hospital gewesen. Das also war der Staatssekretär Speranskij, der vortragende Rat des Kaisers und sein Begleiter nach Erfurt, wo er verschiedentlich mit Napoleon verkehrt hatte.

Speranskijs Augen flogen nicht von einem zum andern, wie das beim Eintritt in eine größere Gesellschaft unwillkürlich geschieht, er beeilte sich auch nicht zu sprechen. Und als er sprach, tat er es langsam, überzeugt, daß man ihm zuhören würde, und faßte nur die Person ins Auge, an die er seine Rede richtete.

Fürst Andrej beobachtete jedes Wort und jede Bewegung Speranskijs mit besonderer Aufmerksamkeit. Wie es gewöhnlich mit denen der Fall ist, die ihre Mitmenschen streng beurteilen, erwartete Fürst Andrej, wenn er einer neuen Persönlichkeit begegnete, besonders einer solchen von dem Rufe Speranskijs, das Ideal aller menschlichen Vorzüge zu finden.

Speranskij sprach Kotschubej sein Bedauern aus, daß er nicht früher habe kommen können, weil man ihn bei Hofe festgehalten. Er sagte nicht, daß es der Kaiser getan hatte, und diese gemachte Bescheidenheit fiel dem Fürsten Andrej auf. Als Kotschubej den Fürsten Andrej vorstellte, wandte ihm Speranskij langsam mit einem Lächeln die Augen zu und sah ihn schweigend an.

Ich freue mich sehr, Sie kennenzulernen; ich habe von Ihnen gehört, wir alle haben von Ihnen gehört, sagte er dann.

Kotschubej berichtete flüchtig von der Aufnahme, die Bolkonskij bei Araktschejew gefunden; Speranskijs Lächeln verstärkte sich.

Magnizkij, der Vorsitzende der Militärgesetzkommission ist mein lieber Freund, sagte er, indem er jede Silbe und jedes Wort betonte; wenn Sie wünschen, kann ich Sie mit ihm bekannt machen. (Bei dem Punkt hielt er inne.) Ich hoffe, daß Sie bei ihm Verständnis finden und die Bereitwilligkeit, alles Vernünftige zu fördern.

Es sammelte sich sogleich ein Kreis um Speranskij, und jener alte Herr, der von seinem Beamten Prjanitschnikow gesprochen hatte, wandte sich ebenfalls mit einer Frage an den Staatssekretär.

Fürst Andrej nahm keinen Anteil am Gespräch, aber er beobachtete alle Bewegungen Speranskijs, dieses Mannes, der unlängst noch ein unbedeutender Seminarist gewesen und in dessen Händen – diesen weißen, vollen Händen – jetzt das Geschick Rußlands lag. Den Fürsten überraschte die ungewöhnliche verächtliche Ruhe, mit der Speranskij dem alten Herrn antwortete; es war, als ob er von einer unermeßlichen Höhe herab sein leutseliges Wort an ihn richtete. Als der Alte mit einer gewissen Heftigkeit zu sprechen begann, lächelte Speranskij und sagte, daß er über den Nutzen oder Nachteil dessen, was der Kaiser zu befehlen geruhe, nicht urteilen könne.

Nachdem er eine Weile in dem allgemeinen Kreise am Gespräch teilgenommen, erhob er sich, trat auf den Fürsten Andrej zu und führte ihn an das andere Ende des Zimmers. Es war unverkennbar, daß er für geboten hielt, sich mit Bolkonskij zu beschäftigen.

Ich hatte in der lebhaften Unterhaltung, in die mich jener ehrenwerte alte Herr verwickelte, keine Zeit, mit Ihnen zu sprechen, Fürst, sagte er kurz mit verächtlichem Lächeln – einem Lächeln, durch das er gleichsam kundtat, daß er und Fürst Andrej von der Bedeutungslosigkeit der Menschen, mit denen er eben gesprochen hatte, überzeugt sei. Dies Benehmen schmeichelte dem Fürsten.

Ich kenne Sie schon lange, fuhr Speranskij fort; erstens durch Ihre Bauernangelegenheit. Es ist das erste Beispiel hierzulande, für das wir gern Nachahmer hätten. Und zweitens kenne ich Sie, weil Sie einer der wenigen Kammerherren sind, die sich durch den Ukas über die Aufhebung der Hof-Privilegien nicht für beeinträchtigt halten.

Ja, sagte Fürst Andrej, mein Vater hat nie zugegeben, daß ich solche Vorrechte geltend machte. Ich habe den Militärdienst von unten herauf begonnen.

Ihr Vater, ein Mann der alten Zeit, steht augenscheinlich höher als unsere Zeitgenossen, welche die Maßregel, die doch nur das natürliche Recht wiederherstellt, so entschieden verdammen.

Ich glaube übrigens, daß dieser Widerstand nicht ganz unbegründet ist, sagte Fürst Andrej, der sich gegen den immer fühlbarer werdenden Einfluß Speranskijs zu wehren suchte. Es war ihm unangenehm, in allen Dingen mit ihm übereinzustimmen; er *wollte* widersprechen. Aber während er gewöhnlich leicht und gut redete, fühlte er jetzt, Speranskij gegenüber, eine gewisse Schwierigkeit, sich auszudrücken. Der berühmte Mann, die Beobachtung seines Wesens, nahm den Fürsten zu sehr in Anspruch.

Begründet im persönlichen Ehrgeiz vielleicht, fiel Speranskij langsam ein.

Zum Teil ja, aber auch im Wohle des Staats, antwortete Fürst Andrej.

Wie verstehen Sie das? fragte Speranskij, indem er die Augen niederschlug.

Ich bin ein Verehrer Montesquieus, sagte Fürst Andrej, und sein Ausspruch: »Die Grundlage der Monarchie ist die Ehre« scheint mir unwiderleglich zu sein. Gewisse Rechte und Privilegien des Adels sehe ich als Mittel an, dies Gefühl zu erhalten.

Das Lächeln verschwand von Speranskijs weißem Gesicht, und seine Physiognomie gewann dadurch. Der Gedanke des Fürsten Andrej schien ihn zu interessieren.

Wenn Sie die Sache von diesem Gesichtspunkte betrachten, fing er französisch an – der Gebrauch des Französischen wurde ihm unverkennbar schwer, und er sprach es noch langsamer als das Russische, aber ebenfalls mit großer Ruhe. Er sagte, die Ehre *(l'honneur)* könne nicht durch Privilegien erhalten werden, die den Staatsdienst beeinträchtigen; Die Ehre ist entweder etwas Negatives – das Vermeiden tadelnswerter Handlungen – oder die allgemeine Quelle des Wetteifers, um Anerkennung oder dieser entsprechende Belohnungen zu erwerben.

Seine Beweise waren bündig, einfach und klar.

Eine Institution, welche diese Ehre, die Quelle des Wetteifers kräftigt, ist eine Institution wie die Ehrenlegion des großen Kaisers Napoleon, die dem Staatsdienste nicht schädlich, sondern förderlich ist, aber kein Standes- oder Hofprivilegium.

Ich will nicht streiten, sagte Fürst Andrej, aber es läßt sich nicht leugnen, daß durch solche Privilegien dasselbe Ziel erreicht wird. Jeder Hofmann wird sich verpflichtet halten, seine Stellung würdig auszufüllen.

Und doch haben Sie, Fürst, diese Privilegien nicht in Anspruch nehmen mögen, antwortete Speranskij und deutete durch sein Lächeln an, daß er den unbequemen Streit mit einer Liebenswürdigkeit für seinen Gegner abzubrechen wünschte. Wenn Sie mir die Ehre erzeigen wollen, Mittwoch zu mir zu kommen, fügte er hinzu, so werde ich Ihnen, nachdem ich mit Magnizkij gesprochen habe, mitteilen, was Ihre Interessen betrifft, und werde außerdem das Vergnügen haben, eingehender mit Ihnen sprechen zu können. Bei diesen Worten schloß er die Augen, grüßte und entfernte sich *à la française,* ohne sich zu verabschieden, unbemerkt aus dem Saale.

VI

Während der ersten Zeit seiner Anwesenheit in Petersburg fühlte Fürst Andrej die ganze Harmonie seines Denkens, die er in der Einsamkeit errungen hatte, durch die kleinlichen Anforderungen getrübt, die ihn hier in Anspruch nahmen.

Wenn er abends nach Hause kam, hatte er vier bis fünf unabweisliche Besuche oder Zusammenkünfte in sein Notizbuch einzuschreiben. Der Mechanismus des Lebens, die richtige Tageseinteilung, um überall zur rechten Zeit zu erscheinen, nahmen den größten Teil der Lebenskraft in Beschlag. Er tat nichts, dachte nichts – zum Denken hatte er einfach keine Zeit – und konnte nur, was er früher auf dem Lande durchdacht und sich klargemacht hatte, jetzt auch anderen darlegen.

Hin und wieder bemerkte er voll Unzufriedenheit, daß er an einem und demselben Tage in verschiedenen Gesellschaften ganz dasselbe gesprochen hatte; aber er war zu sehr beschäftigt, um daran denken zu können, daß er nichts mehr dachte.

Wie bei dem ersten Zusammentreffen im Hause Kotschubejs, machte Speranskij auch am folgenden Mittwoch, als er unter vier Augen lange und vertraulich mit Bolkonskij sprach, einen tiefen Eindruck auf den Fürsten Andrej. Dieser hielt so viele Menschen für verächtliche, nichtige Geschöpfe, er wünschte so sehnlich in einem andern jene Vollkommenheit zu finden, nach der er strebte, daß er sich gern dem Glauben hingab, in Speranskij das Ideal eines vollendet klugen und edlen Menschen zu sehen. Hätte Speranskij demselben Lebenskreise angehört wie Fürst Andrej, dieselbe Erziehung genossen, dieselben Gewohnheiten gehabt, so würde Bolkonskij sehr bald seine schwachen, menschlichen, unheroischen Seiten herausgefunden haben. So aber flößte diese ihm fremdartige, logische Denkart dem Fürsten um so mehr Bewunderung ein, als er sie nicht ganz verstand. Außerdem kokettierte Speranskij dem Fürsten Andrej gegenüber – entweder weil er seine Fähigkeiten schätzte oder weil er für nötig hielt, ihn zu gewinnen – mit seinem unparteiischen, logischen Verstande und schmeichelte ihm in der feinsten Weise. Das heißt, Speranskij zeigte unverhüllt sein ganzes Selbstbewußtsein und gab dabei zu verstehen, daß er den Fürsten stillschweigend als seinesgleichen ansah und ihn als den einzigen anerkannte, der fähig war, die Beschränktheit aller anderen zu begreifen, und sowohl Speranskij wie die Richtigkeit und die Tiefe seiner Ideen zu verstehen.

Während ihrer langen Unterredung am Mittwoch abend sagte Speranskij unter anderem: »Bei uns ist alles auffallend, was über das Niveau der eingewurzelten Gewohnheit hinausgeht«; und ferner mit einem Lächeln: »Wir wollen, daß die Wölfe satt werden, und daß die Schafe heil bleiben«; und endlich mehrmals: »Die anderen können das nicht verstehen« – und alles mit einem Ausdruck, der besagt: »Wir, Sie und ich, wissen genau, was die *anderen* sind, und was *wir selbst.*«

Diese erste längere Unterhaltung mit Speranskij verstärkte bei dem Fürsten Andrej das Gefühl, mit dem er diesen Mann zum ersten Male gesehen. Er erblickte in ihm einen geistvollen, gewissenhaften Menschen von großem Verstande, der die Macht, die er durch Energie und Beharrlichkeit errungen, nur zum Wohle Rußlands anwandte. In den Augen des Fürsten Andrej war Speranskij vor allem der Mann, der alle Erscheinungen des Lebens vom richtigen Standpunkte beurteilte, der nur das Verständige als berechtigt anerkannte und der das Maß der Verständigkeit – die in ihm selbst verkörpert war – überall anzulegen wußte. Alles erschien in Speranskijs Darstellung so einfach, so klar, daß Fürst Andrej ihm unwillkürlich in allem zustimmte. Wenn er Einwendungen machte oder stritt, geschah es nur, um seine Selbständigkeit zu wahren und sich nicht ganz den Meinungen Speranskijs unterzuordnen.

Nur eines störte den Fürsten Andrej: der kalte, spiegelnde Blick Speranskijs, der kein Eindringen in die Seele gestattete, und seine zarte, weiße Hand, die der Fürst unwillkürlich immer wieder ansah, wie man gewöhnlich die Hände der Mächtigen betrachtet. Der spiegelnde Blick und diese zarte Hand machten den Fürsten Andrej unruhig.

Hin und wieder überraschte ihn auch in unangenehmer Weise die zu weit gehende Menschenverachtung, die er bei Speranskij bemerkte, und die große Geschicklichkeit, mit der dieser die verschiedenartigsten Beweise zur Unterstützung seiner Ansichten aufgriff. Er brauchte – Vergleiche ausgenommen – alle möglichen Hilfsmittel des Denkens und ging, wie es Bolkonskij schien, zu kühn von einem zum andern über. Bald stellte er sich auf den Boden des Praktisch-Handelnden und tadelte die Phantasten; bald nahm er den Standpunkt eines Satirikers ein und verspottete und verlachte die Gegner; bald ging er streng logisch zu Werke; bald erhob er sich plötzlich in die Regionen der Metaphysik (dies letzte Beweismittel gebrauchte er besonders oft). Er versetzte dann alle Fragen auf die Höhe der Metaphysik, ging auf die Definition des Raumes, der Zeit, des Denkens über, holte sich hier seine Gründe und ließ sich mit ihnen wieder auf den Boden des Streites nieder.

Der Hauptzug Speranskijs, der den Fürsten Andrej am meisten überraschte, war sein felsenfester, unerschütterlicher Glaube an die Macht und Unfehlbarkeit des Verstandes. Es war unverkennbar, daß Speranskij niemals auf den dem Fürsten Andrej so vertrauten Gedanken kam, daß wir nicht alles, was wir denken, auszudrücken vermögen, und daß ihn niemals der Zweifel heimsuchte; ob nicht vielleicht, was er dachte und glaubte, ein Irrtum wäre. Und gerade diese Eigentümlichkeit der geistigen Natur Speranskijs zog den Fürsten Andrej besonders an.

Während der ersten Zeit seiner Bekanntschaft mit Speranskij hatte Fürst Andrej ein leidenschaftliches Gefühl der Begeisterung für ihn, ähnlich dem, das er einst für Bonaparte empfunden. Daß Speranskij der Sohn eines Priesters war, ein Umstand, durch den sich beschränkte Menschen berechtigt glaubten, mit Geringschätzung auf ihn, als auf einen Küster- und Pfaffensohn, herabzusehen, das veranlaßte den Fürsten Andrej, sein Gefühl für Speranskij besonders zart zu behandeln und es so unbewußt noch zu verstärken.

An jenem ersten Abend, den Bolkonskij bei Speranskij zubrachte, erzählte ihm dieser mit bitterem Spott, als sie von der Kommission zur Ausarbeitung der Gesetze sprachen, daß sie schon seit 150 Jahren existierte, Millionen gekostet und nichts getan hatte, außer daß Rosenkampf die verschiedenen Aktenbündel mit Etiketten beklebt ... das war alles, wofür der Staat seine Millionen gezahlt hatte.

Wir möchten dem Senat eine größere richterliche Gewalt geben, aber wir haben keine Gesetze! Unter diesen Umständen ist es für Männer wie Sie, Fürst, eine Sünde, jetzt nicht dem Staate zu dienen, sagte Speranskij.

Fürst Andrej erwiderte, daß man zu dieser Aufgabe einer juristischen Vorbildung bedürfe, die er nicht besäße.

Die hat ja hierzulande niemand! Was wollen Sie also? Das ist ein *circulus vitiosus,* von dem man sich mit aller Kraft freimachen müßte.

Acht Tage später war Fürst Andrej Mitglied der Militärgesetzgebungskommission und – was er durchaus nicht erwartet hatte – Chef einer Abteilung der Kommission zur Ausarbeitung der Gesetze. Auf Speranskijs Bitte übernahm er den ersten Teil des Zivilgesetzes, das damals zusammengestellt wurde, und mit Hilfe des *Code Napoléon* und des Codex Justinianus arbeitete er an dem Abschnitt: das Personenrecht.

VII

Etwa zwei Jahre früher war Pierre – als er 1808 von der Reise nach seinen Gütern zurückkam –, ohne es zu wollen, mit an die Spitze der Petersburger Freimaurerlogen getreten. Er stiftete Tafel- und Trauerlogen, warb neue Mitglieder, bemühte sich um die Vereinigung verschiedener Logen und den Erwerb der echten Urkunden, steuerte zur Einrichtung der Tempel bei, ergänzte, soviel er konnte, die Geldsammlungen, bei denen sich viele Mitglieder geizig und nachlässig zeigten, und erhielt das von der Petersburger Loge gegründete Armenhaus beinahe ganz auf eigene Kosten.

Sein Leben war dabei wie früher, wüst und zügellos. Er aß und trank gern und viel, und obwohl er es für unsittlich und erniedrigend hielt, konnte er sich von dem Umgange und den Vergnügungen junger Lebemänner nicht los machen.

Im Dunstkreise dieser Beschäftigungen und Freuden fing Pierre doch nach Verlauf eines Jahres an zu fühlen, daß der Boden der Freimaurerei um so mehr unter seinen Füßen schwand, je fester er darauf zu stehen versuchte. Und dabei fühlte er, daß, je mehr dieser Boden wich, er um so fester an ihn gekettet war. Als er in die Freimaurerei eintrat, glich er einem Menschen, der den einen Fuß vertrauensvoll auf die gleichmäßige Fläche eines Sumpfes stellt. Er war dabei eingesunken. Um sich gründlich von der Festigkeit des Bodens zu überzeugen, zog er auch den zweiten Fuß nach, sank noch tiefer ein, blieb stecken und war bald bis über die Knie im weichen Boden.

Josef Aleksejewitsch war nicht in Petersburg. Er hatte sich in der letzten Zeit von den Angelegenheiten der dortigen Logen freigemacht und lebte beständig in Moskau. Alle Mitglieder der Petersburger Logen waren Pierre im Leben bekannt, und es fiel ihm schwer, in ihnen nur Freimaurerbrüder und nicht den Fürsten B. oder Iwan Wassiljewitsch D. zu sehen, die er in der Gesellschaft als schwache, unbedeutende Menschen kannte. Unter den Freimaurerschürzen und -zeichen sah er die Uniformen und Orden, die die Brüder zu erringen strebten, und wenn er Almosen sammelte und oft als den Beitrag von zehn Mitgliedern – unter denen die Hälfte wenigstens ebenso reich waren wie er selbst – zwanzig oder dreißig Rubel in die Liste eingetragen fand, erinnerte er sich des Freimaurereids, durch den sich jeder Bruder verpflichtete, sein ganzes Vermögen dem Nächsten zu opfern, und in seiner Seele begannen sich Zweifel zu regen, von denen er sich nur mit Mühe wieder frei machen konnte.

Er pflegte die ihm bekannten Brüder in vier Klassen zu teilen. Zu der ersten rechnete er die, die weder an den Angelegenheiten der Logen noch an den humanen Bestrebungen der Freimaurer tätigen Anteil nahmen, sondern ausschließlich mit der geheimen Wissenschaft des Ordens beschäftigt waren: mit den Fragen über die Dreieinigkeit Gottes; oder die drei Uranfänge aller Dinge: Schwefel, Quecksilber und Salz; oder über die Bedeutung des Quadrats und der verschiedenen Figuren des Salomonischen Tempels. Pierre achtete diesen Teil der Freimaurer, zu dem vorzugsweise die älteren Brüder gehörten – auch Josef Aleksejewitsch, wie er meinte – aber er teilte ihre Interessen nicht, und sein Herz hing nicht an der Mystik des Ordens.

Zu der zweiten Kategorie zählte Pierre sich selbst und die ihm ähnlichen Brüder, die schwanken, suchen, den geraden, richtigen Weg der Freimaurerei noch nicht gefunden haben, sich jedoch der Hoffnung hingeben, ihn zu finden.

Zu der dritten Abteilung zählte er die Brüder (ihre Zahl war die größte), die in der Freimaurerei nichts sehen als äußerliche Formen, Zeremonien, und die die strenge Erfüllung dieser Äußerlichkeiten anstreben, ohne sich um ihren Inhalt und ihre Bedeutung zu kümmern. Zu ihnen gehörte Wilarskij und sogar der Meister vom Stuhl der Hauptloge.

Zu der vierten Klasse gehörte ebenfalls eine große Zahl von Brüdern, besonders von den in der letzten Zeit Eingetretenen. Es waren Männer, die nach den Beobachtungen Pierres an nichts glaubten, keinerlei Ziele verfolgten und in die Freimaurerorden nur eintraten, um den jungen, vermögenden, durch ihre Verbindungen einflußreichen, vornehmen Brüdern näher zu treten, deren sich viele in der Loge befanden.

Pierre fing an, sich in seiner Tätigkeit unbefriedigt zu fühlen. Die Freimaurerei – die wenigstens, die er hier vor sich sah – schien ihm zuweilen nur auf Äußerlichkeiten gegründet zu sein. Es kam ihm nicht in den Sinn, an der Freimaurerei selbst zu zweifeln; aber er hegte den Verdacht, daß die russischen Freimaurer auf falschen Wegen seien und sich von ihrem Urquell abwendeten. Aus diesem Grunde ging Pierre zu Ende des Jahres ins Ausland, um in die höheren Geheimnisse des Ordens eingeweiht zu werden.

Im Sommer 1809 kehrte Pierre nach Petersburg zurück. durch den Briefwechsel unserer Freimaurer mit denen des Auslandes war bekannt geworden, daß Besuchow das Vertrauen vieler hochgestellter Persönlichkeiten erworben hatte, in viele Geheimnisse eingedrungen, zu den höchsten Graden ernannt war und den einheimischen Logen Mitteilungen zu machen hatte, die der Freimaurerei in Rußland förderlich werden konnten.

Sobald er zurückgekehrt war, beeiferten sich daher die Petersburger Freimaurer, ihn aufzusuchen, und alle hatten den Eindruck, als ob er etwas verhehle und im geheimen vorbereite.

Um diese Zeit wurde eine feierliche Sitzung der Loge zweiten Grades anberaumt, in der Pierre mitzuteilen versprach, was er den Petersburger Brüdern von den höheren Leitern des Ordens zu sagen hatte. Die Sitzung war sehr besucht, und nach den üblichen Zeremonien erhob sich Pierre und begann seine Rede:

Geliebte Brüder! begann er errötend, stockend und mit der geschriebenen Rede in der Hand, es ist nicht genug, in der Stille der Loge unsere Gesetze zu beobachten; wir müssen wirken ... wirken! ... Wir sind wie im Schlafe, aber wir sollen wirken.

Hier nahm Pierre sein Heft und fing an zu lesen.

»Um die reine Wahrheit zu verbreiten und der Tugend den Sieg zu sichern,« las er, »müssen wir die Menschen von Vorurteilen frei machen; müssen Grundsätze verbreiten, die dem Geiste der Zeit entsprechen; müssen uns der Erziehung der Jugend annehmen; müssen uns durch unzerreißbare Bande mit den aufgeklärtesten Männern vereinigen und mit Kühnheit und Umsicht Aberglauben, Unglauben und Dummheit ausrotten; wir müssen endlich alle uns ergebenen Männer, die durch die Gleichartigkeit ihrer Ziele verbunden sind und Kraft und Einfluß besitzen, auch äußerlich zu einem Bunde vereinigen.

»Um dies Ziel zu erreichen, müssen wir der Tugend das Übergewicht über das Laster verschaffen, müssen wir dahin streben, daß der rechtschaffene Mensch schon in dieser Welt den Lohn seiner Tugend findet. In dieser großen Aufgabe werden wir oft durch die heutigen politischen Zustände gehemmt. Wie sollen wir uns nun bei dieser Lage der Dinge verhalten? Sollen wir die Revolution begünstigen? Alles umstürzen, Gewalt mit Gewalt vertreiben? – Nein, davon sind wir weit entfernt! Jede gewaltsame Reform ist verwerflich, weil sie das Böse nicht ausrotten wird, solange die Menschen bleiben, wie sie sind, und weil die Weisheit der Gewalt nicht bedarf.

»Die ganze Tätigkeit des Ordens muß vielmehr darauf gerichtet sein, tüchtige, tugendhafte, durch Gleichheit der Überzeugung verbundene Menschen zu bilden – der Überzeugung, daß wir berufen sind, Laster und Dummheit überall und mit allen Kräften zu bekämpfen; Tugend und Talent zu fördern; würdige Menschen aus dem Staube emporzuziehen, die wir unserer Brüderschaft einreihen können. Nur so wird unser Orden die Macht gewinnen, den Beschützern der Unordnung unbemerkt die Hände zu binden und sie, ohne ihr Wissen, zu leiten. Mit einem Worte, wir müssen einen allgemein herrschenden Einfluß schaffen, der sich über die ganze Welt verbreiten kann, ohne die bürgerlichen Bande zu zerstören, und neben dem alle Regierungen in ihrer hergebrachten Ordnung fortbestehen und alles tun können, was nicht dem großen Ziele unseres Ordens störend in den Weg tritt – das heißt, der Aufgabe, dem Guten den Sieg über das Böse zu sichern. Dasselbe Ziel hatte sich das Christentum gesteckt. Es hat die Menschen gelehrt, weise und gut sein und um ihres eigenen Vorteils willen der Lehre und dem Beispiel der besseren und weiseren Menschen folgen.

»Damals, als alles in Finsternis versunken war, konnte die Predigt genügen; die Neuheit der verkündigten Wahrheit gab ihr ihre eigentümliche Kraft. Heute aber bedürfen wir viel stärkerer Mittel. Jetzt müßte der Mensch, der nun einmal von seinen Neigungen regiert wird, in der Tugend die Befriedigung dieser Neigungen finden. Wir können die Leidenschaften nicht ausrotten, sondern müssen uns begnügen, sie auf ein edles Ziel zu lenken; deshalb müßte jeder seinen Leidenschaften in den Grenzen der Tugend genügen können, und unser Orden müßte ihm dabei helfen.

»Wir müssen vor allem in jedem Lande eine Anzahl würdiger Männer für uns gewinnen. Jeder von ihnen wird wieder andere heranziehen, und alle werden sich eng vereinigen. Auf diese Weise würde dem Orden – der im geheimen schon viel zum Wohle der Menschheit vollbracht hat – alles möglich werden.«

Diese Rede hatte nicht nur eine große Wirkung, sondern rief eine gewisse Aufregung in der Loge hervor. Der größte Teil der Brüder, der in dieser Rede die gefährlichen Lehren der Illuminaten zu erkennen glaubte, nahm Pierres Vorschläge mit einer Kälte auf, die ihn überraschte. Der Meister vom Stuhl fing an, Pierre zu widerlegen. Pierre verteidigte seine Gedanken mit wachsender Wärme. Seit langer Zeit hatte keine so stürmische Sitzung stattgefunden. Es bildeten sich Parteien; die einen beschuldigten Pierre des Illuminatentums; die anderen unterstützten ihn. Pierre lernte zum ersten Male zu seiner Überraschung jene unendliche Mannigfaltigkeit der menschlichen Verstandesrichtungen kennen, die verhindert, daß eine Wahrheit sich auch nur zwei Menschen auf dieselbe Weise darzustellen vermag. Die Mitglieder sogar, die auf Pierres Seite standen, begriffen ihn nach ihrer eigenen Art, mit Beschränkungen und Veränderungen, denen er um so weniger zustimmen konnte, da sein Hauptverlangen war, anderen seine Ideen genau so zu überliefern, wie er selbst sie begriffen hatte.

Gegen den Schluß der Sitzung machte der Meister vom Stuhl eine boshafte und ironische Bemerkung über Besuchows Leidenschaftlichkeit und meinte, daß nicht allein die Liebe zur Tugend, sondern auch die Freude am Streit ihn in diesen Kampf getrieben hätte. Pierre antwortete nicht, sondern fragte kurz: ob seine Vorschläge angenommen würden? Der Bescheid, den er erhielt, war ein »Nein«, und anstatt die Schlußzeremonien abzuwarten, verließ Pierre die Loge und fuhr nach Hause.

VIII

Pierre verfiel wieder in die schwermütige Stimmung, die er so sehr fürchtete. Nach seiner Rede in der Loge lag er drei Tage lang zu Hause auf dem Diwan, empfing keine Besuche und ging nicht aus.

In dieser Zeit erhielt er einen Brief von seiner Frau, die ihn um eine Unterredung bat. Sie schrieb von ihrer Sehnsucht nach ihm und von dem Wunsche, ihm ihr ganzes Leben zu weihen.

Am Schlusse des Briefes zeigte sie ihm an, daß sie in diesen Tagen von ihrer Reise ins Ausland nach Petersburg zurückkommen würde.

Gleich nach dem Eintreffen dieses Briefes drang einer von den Freimaurerbrüdern, den Pierre weniger als andere schätzte, in seine Einsamkeit ein, brachte das Gespräch auf Pierres eheliche Verhältnisse und sprach in der Form einer brüderlichen Mahnung die Ansicht aus, Pierres Strenge gegen seine Frau sei ungerecht, und er weiche von den ersten Geboten der Freimaurerei ab, wenn er sich weigere, der Reuigen zu verzeihen.

An demselben Tage schickte auch seine Schwiegermutter, die Gemahlin des Fürsten Wassilij, zu ihm und ließ ihn bitten, sie, wenn auch nur auf wenige Minuten, zu besuchen, um mit ihr über eine wichtige Angelegenheit zu sprechen. Pierre erkannte, daß man eine Verschwörung gegen ihn ins Werk gesetzt hatte, um ihn mit seiner Frau wieder zu vereinigen. In seinem jetzigen Zustande war ihm das nicht eigentlich unangenehm; es war ihm vielmehr ganz gleichgültig. Nichts im Leben kam ihm wichtig vor, und unter dem Einflusse der Schwermut, die ihn jetzt wieder bedrückte, lag ihm ebensowenig an seiner Freiheit wie an der hartnäckigen Bestrafung seiner Frau.

»Niemand hat Recht, niemand hat Unrecht ... also auch sie nicht!« dachte er.

Wenn Pierre nicht sogleich seine Einwilligung zu der Vereinigung ab, war es nur, weil er in seiner Schwermut überhaupt nicht imstande war, irgendetwas zu tun. Wäre aber seine Frau zu ihm gekommen, so hätte er sie nicht fortgewiesen. War es denn – im Vergleich zu dem, was ihn jetzt beschäftigte – nicht ganz gleichgültig, ob er mit seiner Frau zusammenlebte oder nicht?

Ohne seiner Frau oder seiner Schwiegermutter geantwortet zu haben, packte Pierre abends spät seine Sachen und fuhr nach Moskau, um Jossif Aleksejewitsch zu sprechen. Pierre schrieb darüber in sein Tagebuch:

Moskau, 17. (29.) November

»Eben komme ich von meinem Gönner und beeile mich, die empfangenen Eindrücke zu notieren. Jossif Aleksejewitsch lebt in ärmlichen Verhältnissen und leidet schon ins dritte Jahr an einer qualvollen Blasenkrankheit. Niemals hat man einen Schmerzenslaut oder eine Klage von ihm gehört. Vom Morgen bis in die späte Nacht arbeitet er – nur durch seine einfachen Mahlzeiten unterbrochen – im Interesse der Wissenschaft. Er nahm mich freundlich auf und lud mich ein, mich auf das Bett zu setzen, in dem er lag. Ich machte ihm das Zeichen der Ritter des Orients und der Ritter von Jerusalem; er antwortete mir mit demselben Zeichen und fragte mit einem sanften Lächeln: was ich in preußischen und schottischen Logen erfahren und erworben hätte. Ich erzählte ihm alles, so gut ich konnte, teilte ihm die Vorschläge mit, die ich in der Petersburger Loge gemacht, die schlechte Aufnahme, die mir zuteil geworden, und den Zwiespalt, der zwischen mir und den Brüdern entstanden. Jossif Aleksejewitsch schwieg eine ganze Weile nachdenklich still, teilte mir dann seine Ansichten mit und beleuchtete mir plötzlich sowohl das Vergangene wie den Weg, der mir bevorstand. Zu meiner Überraschung fing er damit an, daß er mich fragte: ob ich mich erinnere, worin die dreifache Aufgabe des Ordens bestehe? Erstens in der Beobachtung und der Erkenntnis unserer Sakramente, zweitens in der Läuterung und Besserung unser selbst, um sie würdig zu empfangen, und drittens in der Besserung des Menschengeschlechts durch das Streben nach einer solchen Läuterung. ›Welches ist das erste und hauptsächlichste Ziel unter diesen dreien?‹ fuhr er fort. ›Natürlich die eigene Läuterung und Vervollkommnung. Nur nach diesem Ziele können wir immer streben, unabhängig von allen äußeren Umständen. Aber dies Ziel verlangt von uns die unablässigste Aufmerksamkeit, und wenn wir uns durch Stolz verirren und unsere Aufgabe aus den Augen verlieren, können wir weder zu dem Geheimnisse des Ordens gelangen, dessen wir wegen unserer Unlauterkeit nicht würdig sind, noch können wir zur Besserung des Menschengeschlechtes beitragen, während wir an uns selbst das Beispiel der Schlechtigkeit und Sittenverderbnis geben.‹ Er erklärte mir ferner, daß Illuminatentum sei nicht die reine Lehre, namentlich darum nicht, weil es sich zur Teilnahme am öffentlichen Leben verlocken läßt und von Stolz erfüllt ist. Aus diesem Grunde tadelte Jossif Aleksejewitsch meine Rede und meine ganze Tätigkeit. In der Tiefe meines Herzens stimmte ich mit ihm überein. Im Verlaufe unseres Gespräches über meine ehelichen Angelegenheiten sagte er mir: ›Die Hauptpflicht des wahren Freimaurers besteht, wie ich Ihnen schon auseinandersetzte, in der Vervollkommnung seiner selbst. Nun glauben wir zuweilen, dies Ziel schneller erreichen zu können, wenn wir uns von den Beschwerden des Lebens losgemacht haben. Im Gegenteil, mein Herr! nur inmitten aller Aufgaben und Aufregungen, die das Leben mit sich bringt, können wir unsere drei Hauptziele erreichen: erstens: Selbsterkenntnis – weil der Mensch sich selbst nur durch Vergleichung richtig beurteilen lernt; zweitens: Vervollkommnung, da sie nur durch Kampf errungen wird, und drittens die Haupttugend: die Liebe zum Tode. Nur die Wechselfälle des Lebens können uns seine Eitelkeit beweisen, unsere angeborene Liebe zum Tode neu erwecken und die Wiedergeburt zum neuen Leben fördern.‹ Diese Worte sind um so bemerkenswerter, als Jossif Aleksejewitsch sich, trotz seiner schweren Körperleiden, niemals über das Leben beklagt und sich, trotz der Reinheit und Größe seines innern Menschen, zu dem Tode, den er liebt, noch nicht reif genug fühlt. Mein Gönner erklärte mir ferner die Bedeutung des großen Quadrats der Schöpfung und wies darauf hin, daß die Zahlen 3 und 7 die Grundlage alles Vorhandenen sind. Er riet mir, mich nicht von dem Verkehr mit den Petersburger Brüdern zurückzuziehen und – da ich in der Loge nur die Obliegenheiten des zweiten Grades zu erfüllen habe – mich zu bemühen, die Brüder von der Verlockung des Stolzes abzulenken und sie dadurch auf den rechten Weg der Selbsterkenntnis und Vervollkommnung zu bringen. Außerdem riet er mir, als mein persönlicher Freund, sorgfältig auf mich selbst zu achten, und zu diesem Zwecke gab er mir das Heft, in dem ich hier schreibe und in das ich auch künftig alle meine Handlungen einzeichnen werde.«

Petersburg, 23. November (5. Dezember.

»Ich lebe wieder mit meiner Frau zusammen. Meine Schwiegermutter kam in Tränen zu mir, sagte, Helène sei hier und flehe mich an, sie zu erhören. Helène wäre unschuldig, wäre unglücklich durch die Trennung von mir – und so weiter! Ich war überzeugt, daß, wenn ich darauf einging sie zu sehen, ich auch nicht imstande sein würde, ihren Wunsch abzuschlagen. In meinem Zweifel wußte ich nicht, bei wem ich Rat und Hilfe suchen sollte. Wenn mein Gönner hier wäre, hätte er mir beigestanden! Ich ging in mein Zimmer, las die Briefe, die ich von Jossif Aleksejewitsch besitze, erinnerte mich meiner Gespräche mit ihm und schloß aus allem, daß ich die Bittende nicht abweisen dürfe. Ich soll jedem die helfende Hand reichen, um so mehr also bin ich verpflichtet, das für ein mir so eng verbundenes Wesen zu tun, und muß mein Kreuz auf mich nehmen. – Wenn ich ihr aber um der Tugend willen verzeihe, so darf meine Vereinigung mit ihr nur eine geistige sein ... So beschloß ich und so schrieb ich an Jossif Aleksejewitsch. Meiner Frau sagte ich, ich bäte sie, das Vergangene zu vergessen und mir zu verzeihen, was ich gegen sie gefehlt haben könnte. Was mich beträfe, fügte ich hinzu, so hätte ich ihr nichts zu vergeben. Es machte mir Freude, ihr das zu sagen. Möge sie nie erfahren, wie schwer es mir geworden ist, sie wiederzusehen! Ich habe mich in meinem großen Hause in dem oberen Stockwerk eingerichtet und bin wie von einem beglückenden Genesungsgefühl erfüllt.«

IX.

Wie es immer zu geschehen pflegt, teilte sich auch damals die höhere Gesellschaft, die am Hofe und auf großen Bällen zusammenkam, in verschiedene Kreise, von denen jeder seine besondere Färbung hatte. Der größte der Zahl nach war der französische Kreis des Grafen Rumjanzow und Caulaincourts. In diesem Kreise gewann Helène, nachdem sie sich mit ihrem Manne versöhnt hatte und wieder in Petersburg lebte, eine der bedeutendsten Stellungen. Die Herren von der französischen Gesandtschaft erschienen in ihrem Salon, und mit ihnen vereinigten sich viele, dieser Richtung angehörende, durch Geist und Liebenswürdigkeit hervorragende Männer.

Zur Zeit der Kaiserzusammenkunft war Helène in Erfurt gewesen und hatte dort mit allen hervorragenden Persönlichkeiten des napoleonischen Europas Verbindungen angeknüpft. Sie hatte in Erfurt einen glänzenden Erfolg gehabt. Napoleon selbst war im Theater auf sie aufmerksam geworden, er hatte sich nach ihr erkundigt und ihre Schönheit gerühmt.

Ihr Erfolg als schöne, elegante Frau überraschte Pierre nicht, denn sie war im Laufe der letzten Jahre noch schöner geworden. Aber was ihn mit Erstaunen erfüllte, war, daß sich seine Gattin in diesen zwei Jahren den Ruf »einer reizenden Frau, die eben so geistvoll als schön war« erworben hatte. Der bekannte Fürst von Ligny schrieb ihr acht Seiten lange Briefe; Bilibin hielt seine *mots* zurück, um sie zuerst im Salon der Gräfin Besuchow vorzubringen; bei ihr eingeführt zu sein galt als ein Diplom des Geistes. Die jungen Männer lasen vor Helènes Gesellschaften ganze Bücher durch, um in ihrem Salon über etwas sprechen zu können, und die Gesandtschaftssekretäre, die Gesandten selbst sogar, vertrauten ihr diplomatische Geheimnisse an, so daß Helène in gewisser Weise eine Macht war.

Pierre, der ihre Geistlosigkeit nur zu genau kannte, nahm zuweilen mit einem seltsamen Gefühl des Zweifels und der Sorge an ihren Abend- und Mittagsgesellschaften teil, wo von Politik, Poesie und Philosophie gesprochen wurde. Seine Empfindung während dieser Gesellschaften mochte der eines Taschenspielers ähnlich sein, der jeden Augenblick erwartet, daß sein Betrug zutage kommen könnte. Aber sei es, daß eine gewisse Dummheit nötig ist, um einen solchen Salon zu haben, oder fanden die Betrogenen selbst zu viel Vergnügen an dem Betruge – die Täuschung wurde nicht entdeckt, und Helènes Ruf als »reizende und geistvolle Frau« stand bald so fest, daß selbst wenn sie die größten Albernheiten oder Trivialitäten sagte, alle Welt von jedem ihrer Worte entzückt war und einen tiefen Sinn – den sie selbst nie hineingelegt hatte – darin suchte.

Pierre war ganz der Ehemann, der für diese glänzende Weltdame paßte. Ein zerstreuter Sonderling, ein *grand seigneur*, der niemand störte und nicht nur den allgemeinen Eindruck der Vornehmheit des Salons nicht verdarb, sondern als Gegensatz den vorteilhaftesten Hintergrund für die Eleganz und den Takt seiner Frau bildete. Pierre, der sich in den letzten zwei Jahren unausgesetzt und ausschließlich um immaterielle Interessen gekümmert hatte und für alles andere eine aufrichtige Verachtung fühlte, schlug in der ihm völlig gleichgültigen Gesellschaft seiner Frau jenen kühlen, nachlässigen, wohlwollenden Ton an, der sich künstlich nicht hervorbringen läßt und deshalb unwillkürlich Achtung einflößt. Er trat in Helènes Salon wie ins Theater, war mit allen Anwesenden bekannt und gegen alle in derselben Weise freundlich und gleichgültig. Ohne zu bedenken, ob »die Herren von der Gesandtschaft« da waren oder nicht, sprach er seine Meinung aus, die zuweilen gar nicht der Stimmung des Tages angepaßt war. Aber auch das Urteil über den Sonderling, der das Glück hatte, der Mann der »hervorragendsten Frau Petersburgs« zu sein, stand schon so fest, daß niemand seine Einfälle ernst zu nehmen pflegte.

Zu den vielen jungen Leuten, die täglich in Helènes Salon verkehrten, gehörte auch Boris Drubezkoj, der bereits eine glänzende Karriere gemacht hatte und nach Helènes Rückkehr aus Erfurt der vertrauteste Freund des Besuchowschen Hauses geworden war.

Helène nannte ihn »mein Page« und behandelte ihn wie ein Kind. Ihr Lächeln war dasselbe für ihn wie für alle andern, aber zuweilen war es Pierre unangenehm, dies Lächeln zu sehen. Boris benahm sich gegen Pierre mit einer gewissen feierlichen, ernsten Ehrerbietung – eine eigne Art der Höflichkeit, die diesen ebenfalls beunruhigte. Er hatte vor drei Jahren so bitter durch die Schmach gelitten, die ihm seine Frau zugefügt, daß er sich jetzt vor der Möglichkeit einer ähnlichen Verletzung dadurch zu schützen suchte, daß er erstens nicht der Mann seiner Frau war, und zweitens, daß er sich nicht gestattete, Verdacht zu fassen.

»Nein, jetzt, da sie ein Blaustrumpf geworden ist, hat sie sich auf immer von ihren früheren Fehltritten losgesagt, tröstete er sich selbst. Es gibt kein Beispiel dafür, daß ein Blaustrumpf Herzensverirrungen gehabt hätte!« wiederholte er, ohne zu wissen, worauf er dies Gesetz gegründet hatte, an das er durchaus glauben wollte.

Aber sonderbar! Boris' Anwesenheit in Helènes Salon – und er war fast immer da – übte eine physische Wirkung auf Pierre: sie fesselte alle seine Glieder und vernichtete die Unbefangenheit und Freiheit seiner Bewegungen.

»Welche seltsame Antipathie! ... Früher hat er mir sogar sehr gefallen«, dachte Pierre.

In den Augen der Welt war Pierre ein großer Herr; der etwas blinde und lächerliche Mann einer berühmten Frau; ein geistreicher Sonderling, der nichts tat, aber auch niemandem schadete – im ganzen ein guter und wackerer Mensch. In Pierres Seele aber fand diese ganze Zeit über eine komplizierte, schwere Arbeit innerlicher Entwicklung statt, die ihm mancherlei offenbarte und ihm viele Kämpfe und Freuden bereitete.

X

Pierre, der sein Tagebuch fortführte, schrieb damals folgendes darin nieder:

Den 24. November (6. Dezember)

»Ich stand um acht Uhr auf, las in der neuen Schrift, ging in die Sitzung (auf den Rat seines Gönners war Pierre in eines der Komitees eingetreten), kam zu Mittag zurück und aß allein (die Gräfin hatte allerlei Gäste, die mir nicht zusagten). Ich aß und trank mäßig, und nach dem Diner schrieb ich einige Schriftstücke für die Brüder ab. Am Abend ging ich zu der Gräfin hinunter, erzählte eine komische Geschichte von B. und erinnerte mich erst, daß ich dies nicht hätte tun dürfen, als alle laut lachten.

»Mit glücklichem, ruhigem Gemüte legte ich mich schlafen. Herr, hilf mir, auf deinen Wegen zu wandeln! Hilf mir, erstens: das Böse in mir mit Sanftmut und Beharrlichkeit zu bekämpfen; zeitens: die Begehrlichkeit durch Enthaltsamkeit und Abkehr zu überwinden und drittens: mich von der Eitelkeit der Welt fernzuhalten, ohne deshalb zu vernachlässigen: a) die Interessen des Staatsdienstes; b) die Sorge um die Familie; c) den Verkehr mit Freunden und d) die wirtschaftliche Tätigkeit.«

Den 27. November (9. Dezember)

»Ich erwachte spät und lag dann noch lange im Bette und überließ mich meiner Trägheit. Mein Gott, hilf mir, und stärke mich, damit ich auf deinen Wegen wandle! ... Ich las in der heiligen Schrift, aber ohne die rechte Empfindung. Der Bruder Ussow kam; wir sprachen von den Eitelkeiten der Welt. Er erzählte von den neuen Plänen des Kaisers, und ich begann sie zu tadeln, erinnerte mich dann aber an unser Gesetz und an die Worte meines Gönners, daß der wahre Freimaurer ein eifriger Arbeiter im Staate sein soll, wenn seine Tätigkeit nötig ist, und ein ruhiger Beobachter dessen, wobei er nicht mitzuwirken hat ... Meine Zunge ist mein Feind!

Die Brüder G., W. und O. besuchten mich. Wir hatten die Aufnahme eines neuen Bruders zu besprechen; sie bürden mir die Aufgabe des Redners auf, aber ich fühle mich zu schwach und unwürdig dazu. Später ging die Unterhaltung auf die Erklärung der sieben Säulen und der Stufen des Tempels über: sieben Wissenschaften, sieben Tugenden, sieben Laster, sieben Gaben des heiligen Geistes. Bruder O. war sehr beredt. Abends wurde die Aufnahme vollzogen. Die neue Ausschmückung der Loge trug viel zu dem prächtigen Eindruck des Schauspiels bei. Aufgenommen wurde Boris

Drubezkoj. Ich habe ihn vorgeschlagen und war auch der Bruder Redner. Ein sonderbares Gefühl ergriff mich während meines Alleinseins mit ihm im dunklen Tempel. Ich entdeckte in mir eine Regung des Hasses gegen ihn, die ich vergebens zu überwinden suchte. Gerade deshalb wünsche ich aufrichtig, ihn vom Bösen zu retten und ihn auf den Weg der Wahrheit zu führen. Aber die bösen Gedanken über ihn wollten nicht weichen. Sein Eintritt in unsere Bruderschaft schien mir nur aus dem Wunsche hervorzugehen, mit den einflußreichen Männern, die zu unserer Loge gehören, in Verbindung zu kommen und ihre Gunst zu erwerben. Übrigens habe ich – abgesehen davon, daß Boris einige Male fragte: ob sich nicht N. und S. in unserer Loge befinden (worauf ich ihm nicht antworten konnte), und abgesehen davon, daß er nach meinen Beobachtungen nicht fähig ist, sich für unsern hohen Orden zu begeistern, und zu sehr von Äußerlichkeiten ausgefüllt und in Anspruch genommen wird, um eine geistige Läuterung zu erstreben – keine Gründe, ihm zu mißtrauen. Dennoch erschien er mir nicht aufrichtig, und die ganze Zeit, als ich mit ihm Auge in Auge im dunkeln Tempelzimmer war, hatte ich die Empfindung, daß er zu meinen Worten verächtlich lächelte, und am liebsten hätte ich seine nackte Brust mit dem Degen durchbohrt, den ich darauf gezückt hielt. Ich konnte weder gut sprechen noch den Brüdern und dem Meister vom Stuhl meine Zweifel aufrichtig mitteilen. Großer Baumeister der Natur, hilf mir die richtigen Wege finden, die aus dem Labyrinth der Lüge hinausführen!«

Hier waren im Tagebuche drei Blätter leer gelassen; dann schrieb Pierre weiter:

»Ich habe ein langes, belehrendes Gespräch mit Bruder W. gehabt, der mir den Rat gab, mich an Bruder O. anzuschließen. Obwohl ich es nicht verdiene, bin ich in vieles eingeweiht worden. Adonai ist der Name des Schöpfers der Welt, Elohim der Name des Weltregierers. Der dritte Name – ein unaussprechlicher – hat die Bedeutung des *Alls*.

»Die Unterhaltungen mit Bruder W. stärken, erfrischen und befestigen mich auf dem Wege der Tugend. In seiner Nähe ist kein Raum für den Zweifel. Der Unterschied zwischen der armen Lehre der Wissenschaft und unseren heiligen, alles umfassenden Lehren ist mir ganz klar. Die menschlichen Wissenschaften müssen alles zerlegen, um es zu verstehen, alles töten, um es betrachten zu können – in der heiligen Wissenschaft des Ordens dagegen ist alles eins, wird alles als ein Ganzes, Lebendiges verstanden. Dreieinigkeit – drei Anfänge der Dinge: Schwefel, Quecksilber und Salz. – Der Schwefel hat die Eigenschaften des Öls und des Feuers; in Verbindung mit dem Salz ruft er durch seinen Feuergehalt im Salz ein heißes Verlangen hervor, der das Quecksilber anzieht, es erfaßt, festhält und mit ihm zusammen besondere Körper bildet. Quecksilber ist eine flüssige, flüchtige, geistige Substanz. Christus – der heilige Geist – Er.«

»Den 3. (15.) Dezember

»Ich erwachte spät, las in der heiligen Schrift, blieb aber kalt dabei. Dann ging ich im Saale auf und nieder. Ich wollte nachdenken, aber statt dessen zeigte mir meine Phantasie eine Begegnung, die nun schon vier Jahre zurückliegt. Als mir Herr Dolochow nach unserem Duell eines Tages in Moskau begegnete, sagte er: hoffentlich erfreue ich mich jetzt, trotz der Abwesenheit meiner Frau, vollständiger Gemütsruhe. Damals habe ich nicht darauf geantwortet. Jetzt aber erinnerte ich mich aller Einzelheiten dieses Zusammentreffens, und im Geiste sagte ich ihm die bösesten Dinge, die spitzigsten Antworten. Endlich kam ich wieder zu mir und machte mich von diesen Gedanken los; freilich erst, als ich mich von Zorn entflammt fühlte. Das habe ich nicht genug bereut! Später kam Boris Drubezkoj und fing an, verschiedene Geschichten zu erzählen. Ich wurde gleich bei seiner Ankunft verdrießlich und war unfreundlich gegen ihn. Er antwortete ebenso, ich wurde heftig und sagte ihm eine Menge unangenehmer Dinge, Grobheiten sogar. Nun schwieg er, und ich erkannte erst jetzt, da es zu spät war, wie ich gefehlt hatte. O Gott, ich verstehe nicht, mit Boris umzugehen, und der Grund davon ist meine Eigenliebe. Ich halte mich für besser als ihn und werde gerade dadurch schlechter als er, denn er ist nachsichtig gegen meine Schwächen, während ich, im Gegenteil, eine Art von Haß gegen ihn fühle. Mein

Gott, gib, daß ich in seiner Anwesenheit mehr auf meine eigenen Fehler achte! Gib mir Kraft, so zu handeln, daß es auch ihm Nutzen bringen kann! Nach dem Mittagessen schlief ich ein, und während ich entschlummerte, hörte ich deutlich eine Stimme, die mir ins linke Ohr sagte: *›Dein Tag‹*.«

»Dann sah ich mich im Traum von Finsternis umgeben. Plötzlich war ich von Hunden umringt, zwischen denen ich furchtlos weiterging. Plötzlich packte mich einer an der linken Hüfte und ließ mich nicht fort. Ich faßte ihn am Halse, aber kaum hatte ich ihn abgeschüttelt, als ein anderer, größerer anfing, mich zu beißen. Ich hob ihn in die Höhe, und je höher ich ihn hob, um so größer und schwerer wurde er. Endlich kommt der Bruder A., faßt meinen Arm und führt mich fort. Wir kamen zu einem Gebäude, in das man nur über ein schmales Brett gelangen konnte. Ich betrat das Brett, es bog sich und brach, und ich kletterte, so schnell ich konnte, auf einen Plankenzaun, den ich kaum mit den Händen zu erreichen vermochte. Nach großer Anstrengung kam ich so weit, daß meine Füße auf der einen Seite hingen und mein Oberkörper auf der andern. Dann sah ich mich um und bemerkte, daß Bruder A. am Zaune stand. Er zeigte mir eine lange Allee in einem Garten und an ihrem Ende ein großes, schönes Gebäude ... und ich erwachte.

»Herr, großer Baumeister der Natur, hilf mir, die Hunde – meine Leidenschaften – von mir abzuwehren! auch die letzte, die alle früheren in sich vereinigt ... und hilf mir, in jenen Tempel der Tugend zu gelangen, den ich im Traume zu sehen gewürdigt ward!«

Den 7. (19.) Dezember

»Ich hatte einen Traum: Mir war, als ob Jossif Aleksejewitsch in meinem Hause wäre und ich mich sehr darüber freute und ihn bewirten wollte. Aber statt dessen plauderte ich immerfort mit Fremden, bis mir plötzlich einfiel, daß ihm dies mißfallen müßte. Ich wollte zu ihm gehen und ihn umarmen; aber als ich mich ihm näherte, sah ich, daß sein Gesicht sich verwandelte und wieder jung wurde. Er sagte mir etwas aus der Lehre, aber so leise, daß ich es nicht verstand. Darauf gingen wir alle aus dem Zimmer, und dann war es so wunderlich: wir lagen oder saßen auf dem Fußboden. Er sagte mir wieder etwas, und ich – als ob ich mich, auch ohne daß ich seine Rede verstanden hatte, gerührt zeigen wollte – stellte mir den Zustand meines inneren Menschen vor und die Gnade Gottes, die mich beschattete, und Tränen flossen mir über die Wangen, und ich freute mich, daß er dies sah. Aber er blickte mich zornig an, sprang auf und unterbrach seine Rede. Ich verlor den Mut und fragte, ob sich seine Worte auf mich bezogen hätten. Er antwortete nicht, machte jedoch ein freundliches Gesicht, und nun befanden wir uns plötzlich in meinem Schlafzimmer, wo ein zweischläfriges Bett stand. Er legte sich auf dessen Rand, und ich fühlte ein glühendes Verlangen, ihn zu liebkosen und mich zu ihm zu legen. Und dann fragte er mich: ›Sagen Sie aufrichtig, welche unter Ihren Leidenschaften ist die größte? haben Sie sie erkannt? Ich glaube, daß Sie sie kennen!‹ Durch diese Fragen verwirrt, gab ich zur Antwort, daß die Trägheit mein Hauptfehler sei. Mißtrauisch schüttelte er den Kopf, und ich antwortete in noch größerer Verwirrung, daß ich, seinem Rat zufolge, zwar wieder mit meiner Frau zusammen lebe, aber nicht wie ein Ehemann mit seinem Weibe. Darauf antwortete er mir, daß ich meine Frau nicht meiner Zärtlichkeit berauben dürfe, und gab mir zu verstehen, daß mir die Pflicht gebiete, sie zu lieben. Aber ich erwiderte, daß ich mich dessen schäme, und plötzlich war alles verschwunden. Ich erwachte, und in meiner Erinnerung standen die Worte der heiligen Schrift: ›Das Leben ward Licht den Menschen, und das Licht leuchtet in der Finsternis, und Finsternis umfasset es nicht‹. Das Gesicht Jossif Aleksejewitschs war jugendlich und heiter. An demselben Tage bekam ich einen Brief von ihm, in dem er mir über die Pflichten der Ehe schrieb.«

Den 9. (21.) Dezember

»Ich hatte einen Traum, aus dem ich mit bebendem Herzen erwachte. Mir träumte, ich wäre in Moskau, im großen Diwanzimmer meines Hauses, und aus dem Salon trat Jossif Aleksejewitsch herein. Es war, als ob ich sogleich erkannt hätte, daß der Prozeß der Wiedergeburt mit ihm stattgefunden, und ich stürzte ihm entgegen, um ihn zu umarmen und seine Hände zu küssen. Aber er sagte: ›Hast du wohl bemerkt, daß ich ein anderes Gesicht habe?‹ Ich sah ihn an, indem ich ihn in meiner Umarmung festhielt. Ich sehe, daß sein Gesicht jung ist, aber er hat kein Haar auf dem Kopfe, und seine Züge sind ganz verändert. ›Ich würde Sie doch erkannt haben, wenn ich Sie zufällig getroffen hätte,‹ antworte ich, frage mich jedoch dabei: ›Habe ich die Wahrheit gesagt?‹ Und dann sehe ich plötzlich, daß er starr daliegt wie eine Leiche; aber er kam wieder zu sich und trat mit mir in ein großes Gemach. Dabei hielt er ein großes, geschriebenes Buch – einen Folioband – in den Händen, und ich sage: ›Das habe ich geschrieben.‹ Er antwortete mit einem Kopfnicken. Ich schlug das Buch auf und fand auf allen Seiten schöne Zeichnungen, und ich wußte, daß alle diese Bilder die Liebesgeschichte der Seele mit ihrem himmlischen Bräutigam darstellten. Unter anderem sah ich das wunderschöne Bild eines Mädchens in einem durchsichtigen Kleide, mit durchsichtigem Körper, das zu den Wolken emporschwebte, und ich wußte, daß dies Mädchen die Verkörperung des hohen Liedes war, und ich hatte das Gefühl, als ob ich unrecht täte, es anzusehen, konnte mich aber nicht davon losreißen. Gott, mein Gott, hilf mir! Wenn es deine Absicht ist, mich zu verlassen, so geschehe dein Wille … ist es aber um meiner Sünde willen, so lehre mich, was ich tun soll. Wenn du mich verlässest, muß ich an meinem wüsten Leben zugrunde gehen!«

XI

Die Vermögensverhältnisse der Familie Rostow hatten sich im Laufe der zwei Jahre, die sie auf dem Lande zugebracht hatte, nicht verbessert. Obwohl Nikolaj, seinen Vorsätzen treu, fortfuhr, in einem der weniger kostspieligen Regimenter zu dienen und verhältnismäßig wenig Geld verbrauchte, war die Lebensweise in Otradnoje, und vor allem Mitjenkas Verwaltung, derart, daß die Schuldenlast von Jahr zu Jahr unaufhaltsam wuchs. Das einzige Hilfsmittel, daß dem alten Grafen zu Gebote stand, war der Staatsdienst, und er begab sich nach Petersburg, um eine Stelle zu suchen und – wie er sagte – zum letzten Male seinen Mädchen ein Vergnügen zu machen.

Bald nachdem Rostows in Petersburg angekommen waren, hielt Berg um Wjera an und bekam das Jawort.

Obwohl Rostows in Moskau zur besten Gesellschaft gehörten, so wenig sie selbst sich dessen bewußt waren und darüber nachdachten, war ihr Kreis in Petersbrug ein gemischter und unbestimmter. Hier waren sie Provinzler, zu denen sich dieselben Menschen, die in Moskau ohne weiteres ihre Gastfreundschaft in Anspruch genommen hatten, nicht herabließen.

Rostows lebten in Petersburg ebenso gastfrei wie in Moskau. Zu ihren Soupers fanden sich die verschiedensten Persönlichkeiten zusammen: Nachbarn von Otradnoje, alte unbemittelte Gutsbesitzer mit ihren Töchtern, eine Hofdame Fräulein Peronskaja, Pierre Besuchow und der Sohn eines Bezirkspostmeisters, der in Petersburg diente. Zu Hausfreunden unter den Männern wurden sehr bald Boris, Pierre (den der alte Graf, als er ihm auf der Straße begegnete, in Beschlag nahm und mitschleppte) und Berg, der ganze Tage bei Rostows zubrachte und Gräfin Wjera alle die Aufmerksamkeiten erwies, die einer beabsichtigten Werbung voranzugehen pflegen.

Nicht umsonst zeigte Berg überall seine bei Austerlitz verwundete rechte Hand und hielt dabei ganz unnütz seinen Degen in der Linken. Er hatte dies Ereignis mit solcher Beharrlichkeit und Wichtigkeit geschildert, daß alle Welt von der Größe und Bedeutung seiner Tat überzeugt war, und daß ihm für Austerlitz zwei Dekorationen zuteil wurden.

Auch im finnländischen Kriege gelang es ihm, sich auszuzeichnen. Er hob einen Granatsplitter, mit dem ein Adjutant neben dem Oberbefehlshaber getötet wurde, vom Boden auf und überreichte ihn dem Chef. Und wie nach Austerlitz, erzählte er so lange und beharrlich auch von dieser Begebenheit, daß wieder alle Welt zu dem Glauben kam, er hätte etwas Bedeutendes geleistet, und daß er für den finnländischen Krieg abermals zwei Dekorationen erhielt. Im Jahre 1809 war er Gardehauptmann, Inhaber mehrerer Orden und erfreute sich in Petersburg einer gewissen angesehenen Stellung.

Es gab zwar einige Ungläubige, die lächelten, wenn auf Bergs Verdienste die Rede kam; aber es ließ sich nicht leugnen, daß er ein tüchtiger und tapferer Offizier und sittenstrenger junger Mann war, sich der guten Meinung seiner Vorgesetzten erfreute, Aussicht auf eine glänzende Karriere hatte und eine feste Stellung in der Gesellschaft einnahm.

Vier Jahre früher, als Berg eines Abends im Parterre des Moskauer Theaters einen deutschen Kameraden traf, zeigte er ihm Wjera Rostowa, sagte ihm auf deutsch: »Das soll meine Frau werden«, und von diesem Augenblicke an war er entschlossen, sie zu heiraten. Jetzt in Petersburg, nachdem er sich über die Verhältnisse der Rostows und über seine eigenen klar geworden war, war er der Meinung, daß die rechte Zeit gekommen sei, und so machte er seinen Antrag.

Anfangs wurde die Werbung Bergs mit einer nicht eben schmeichelhaften Verwunderung aufgenommen. Man fand es kühn, daß der Sohn eines unbedeutenden livländischen Edelmannes der Gräfin Rostow einen Antrag machte. Aber der Hauptcharakterzug Bergs bestand in einem so gutmütigen, naiven Egoismus, daß Rostows, weil Berg selbst so fest davon überzeugt war, es sei ein Glück, unwillkürlich auch zu der Überzeugung kamen, daß es wohl ein Glück, ja ein großes Glück sein müsse. Außerdem waren die Verhältnisse der Rostows – was der Bewerber freilich nicht wissen mochte – sehr zerrüttet, und endlich, der Hauptgrund, Wjera war bereits vierundzwanzig Jahre alt, war viel in der Gesellschaft gesehen worden, und noch hatte sich kein Bewerber für sie gefunden, obwohl sie ohne alle Frage schön und verständig war. So wurde denn die Einwilligung gegeben.

Da sehen Sie, sagte Berg zu seinem Kameraden, den er Freund nannte, weil er wußte, daß alle Menschen Freunde haben, da sehen Sie, ich habe alles wohl überlegt. Ohne Überlegung, und wenn es aus irgendeinem Grunde unvorteilhaft gewesen wäre, würde ich nie geheiratet haben. So aber! Meine Eltern, denen ich die Pachtung in den Ostseeprovinzen verschafft habe, sind versorgt, und ich kann mit meinem Gehalt, dem Vermögen meiner Braut und meiner Ordnung in allen Dingen sehr gut in Petersburg leben. Ich heirate nicht des Geldes wegen, das finde ich unwürdig! Aber die Frau muß das Ihrige mitbringen und der Mann das Seinige. Ich habe meinen Dienst; sie hat Verbindungen und ein kleines Vermögen. In unserer Zeit ist das von Bedeutung, nicht wahr? ... Die Hauptsache bleibt doch, daß sie ein schönes, achtungswertes Mädchen ist und mich liebt ...

Berg errötete und lächelte.

Und ich liebe sie ebenfalls, fuhr er fort, weil sie von verständigem Charakter und sehr gut ist. Die andere Schwester ist ganz anders ... sie hat keinen guten Charakter, auch nicht den Verstand meiner Braut und ist ... wissen Sie, nicht sehr liebenswürdig ... Aber meine Braut! ... Nun, Sie werden bei uns ... »Mittag essen«, wollte Berg sagen, besann sich aber und sagte »Tee trinken«, und ließ dabei einen zierlichen Rauchring, gleichsam als Symbol seiner Glücksträume, aufsteigen.

Nach dem ersten Gefühl des Erstaunens, das Bergs Antrag bei den Eltern hervorrief, stellte sich in der Familie die in solchen Fällen gewöhnliche freudige, festliche Stimmung ein. Aber die Freude kam nicht von Herzen, sondern war mehr äußerlich, und in die Verwunderung über diese Heirat mischte sich eine gewisse Verlegenheit und Beschämung darüber, daß sie Wjera so wenig liebten und sie jetzt so gern fortgaben. Am unbehaglichsten fühlte sich der alte Graf, der wahrscheinlich nicht imstande gewesen wäre, zu sagen, was ihn quälte – es waren seine Geldangelegenheiten. Er wußte wirklich nicht, was er besaß, wieviel Schulden er hatte und was er imstande sein würde, Wjera mitzugeben. Als die Töchter zur Welt kamen, wurden jeder dreihundert Seelen zur Mitgift bestimmt; aber eines der Dörfer war bereits verkauft, die anderen waren versetzt, und der Graf hatte die rechte Zeit zur Einlösung verpaßt, so daß sie ebenfalls verkauft werden sollten. Wjera den für sie bestimmten Grundbesitz zu geben, war somit unmöglich, und bares Geld war ebensowenig vorhanden.

Berg war schon über vier Wochen verlobt, in acht Tagen sollte die Hochzeit sein, und der Graf hatte noch immer nichts über die Mitgift beschlossen, auch nicht mit seiner Frau davon gesprochen. Bald wollte er für Wjera ein Stück von dem Rjasanschen Gute abtrennen, bald einen Wald für sie verkaufen, bald auf Wechsel Geld borgen.

Einige Tage vor der Hochzeit trat Berg eines Morgens in das Kabinett des Grafen und bat den künftigen Schwiegervater mit höflichem Lächeln, ihm zu sagen, welche Mitgift Gräfin Wjera bekäme. Der Graf geriet bei dieser längst erwarteten Frage in solche Verlegenheit, daß er, ohne sich zu besinnen, antwortete, was ihm in den Sinn kam.

Es gefällt mir, daß du so vorsichtig bist, es gefällt mir – du wirst zufrieden sein! sagte er, indem er aufstand und Berg auf die Schulter klopfte, mit dem stillen Wunsche, das Gespräch abzubrechen. Aber Berg erklärte freundlich lächelnd, daß er sich gezwungen sehen würde, zurückzutreten, wenn er nicht genau erführe, was Wjera als Mitgift bekäme und wenn er nicht mindestens einen Teil des ihr Bestimmten im voraus erhielte.

Bedenken Sie doch, Graf, wenn ich mir erlaubte zu heiraten und nicht die nötigen Mittel besäße, meine Frau zu erhalten, so wäre das eine unehrenhafte Handlungsweise ...

Das Ende der Unterredung war, daß der Graf, der großmütig zu sein und sich keinen neuen Forderungen auszusetzen wünschte, einen Wechsel von achtzigtausend Rubel zu geben versprach. Berg lächelte fein, küßte den Grafen auf die Schulter und sagte, daß er sehr dankbar wäre, sich aber nicht für sein neues Leben einrichten könne, wenn er nicht dreißigtausend Rubel bar bekäme.

Oder wenigstens zwanzigtausend, fügte er hinzu, und dann nur einen Wechsel auf sechzigtausend.

Ja, ja, gut! fiel ihm der Graf ins Wort. Aber nimm es nur nicht übel, lieber Freund, die zwanzigtausend Rubel werde ich dir geben, außerdem einen Wechsel auf achtzigtausend. So, und nun gib mir einen Kuß!

XII

Natascha war nun sechzehn Jahr alt, und mit dem Jahre 1809 war der Zeitpunkt herangekommen, den sie vier Jahre früher, an den Fingern abzählend, Boris mit einem Kusse festgesetzt hatte. Sie hatte ihn seit dieser Zeit nie wieder gesehen, und zu Sonja und der Mutter pflegte sie, wenn die Rede von ihm war, unumwunden und entschieden zu sagen, daß alles, was früher zwischen ihnen vorgegangen, eine Kinderei gewesen, von der zu sprechen nicht der Mühe verlohne und die lange vergessen sei. In der geheimsten Tiefe ihrer Seele quälte sie jedoch die Frage, ob ihr Übereinkommen mit Boris ein Scherz oder ein bindendes Gelöbnis gewesen.

Boris hatte Rostows, seit er 1805 von Moskau zur Armee ging, nicht wieder gesehen. Er war zwar einige Mal in Moskau und in der Nähe von Otradnoje gewesen, hatte aber seine alten Freunde nicht aufgesucht.

Natascha kam zuweilen auf den Gedanken, daß er sie nicht sehen wolle, und diese Vermutung wurde durch den traurigen Ton bestätigt, in dem die Eltern von ihm sprachen.

In unseren Tagen erinnert man sich nicht der alten Freunde, sagte die Gräfin, wenn von Boris die Rede war.

Anna Michajlowna, die sich jetzt weniger bei Rostows aufhielt, benahm sich zurückhaltend und sprach mit Entzücken von den Eigenschaften ihres Sohnes und von der glänzenden Karriere, die sich ihm eröffnet hatte.

Als Rostows nach Petersburg kamen, machte ihnen Boris einen Besuch.

Nicht ohne Aufregung fuhr er hin. Natascha war die poetischste Erinnerung seines Lebens, aber er war fest entschlossen, ihr und ihren Eltern zu verstehen zu geben, daß die kindlichen Beziehungen zwischen ihm und dem jungen Mädchen weder für sie noch für ihn bindend sein könnten. Dank seiner Intimität mit der Gräfin Besuchow erfreute er sich einer glänzenden Stellung in der Gesellschaft. Dank der Protektion einer einflußreichen Persönlichkeit, deren volles Vertrauen er besaß, hatte er eine ebenso glänzende Stellung im Dienst und machte auf eine der reichsten Erbinnen in Petersburg Heiratspläne, die leicht in Erfüllung gehen konnten.

Als Boris den Salon der Rostows betrat, war Natascha in ihrem Zimmer, aber sobald sie von seiner Ankunft hörte, kam sie errötend und mit mehr als freundlich-strahlendem Lächeln herbeigelaufen.

Boris erinnerte sich *der* Natascha im kurzen Kleidchen, mit den schwarzen, glänzenden Augen unter dem Lockenhaar und dem lauten, kindischen Lachen, die er vier Jahre zuvor gekannt; als nun eine ganz andere eintrat, kam er in Verlegenheit, und sein Gesicht verriet ein bewunderndes Erstaunen, das Natascha erfreute.

Wie, erkennst du deine Freundin und Spielgefährtin? fragte die Gräfin. Boris küßte Natascha die Hand und sagte, daß er die Veränderung bewundere, die mit ihr vorgegangen.

Wie schön Sie geworden sind! fügte er hinzu.

Ja, natürlich! sagten Nataschas lachende Augen, und laut fragte sie: Und ist Papa älter geworden? Darauf setzte sie sich, und ohne an dem Gespräch zwischen Boris und der Mutter teilzunehmen, betrachtete sie ihren Kindheitsbräutigam bis in jede Einzelheit. Er fühlte ihren freundlichen, eindringlichen Blick schwer auf sich ruhen und sah sie nur hin und wieder an.

Uniform, Sporen, Halsbinde und Haartracht des jungen Mannes waren durchaus modern und *comme-il-faut,* das sah Natascha auf den ersten Blick. Er saß etwas seitwärts gewandt auf dem Lehnstuhl neben der Gräfin, und indem er mit der rechten Hand den anschließenden Handschuh glattzog, sprach er mit dem feinsten Lächeln über die Vergnügungen der höheren Petersburger Gesellschaft, erinnerte mit leisem Spott an die früheren Moskauer Zeiten und Moskauer Bekannten, und es war – wie Natascha fühlte – durchaus nicht zufällig, daß er bei Erwähnung der höchsten Aristokratie von dem Balle bei dem Gesandten sprach, auf welchem er gewesen, und daß er von den Einladungen zu N. N. und S. S. erzählte.

Natascha blieb die ganze Zeit schweigend sitzen und sah Boris von unten herauf an. Dieser Blick beunruhigte ihn mehr und mehr und brachte ihn in Verlegenheit. Er fing an, sich öfter nach Natascha umzusehen, stockte im Gespräch und stand nach zehn Minuten auf, sich zu empfehlen … aber noch immer sahen ihn dieselben neugierigen, herausfordernden, etwas spöttischen Augen an.

Nach diesem ersten Besuch sagte sich Boris, daß Natascha noch ebenso anziehend für ihn sei wie früher, daß er sich aber diesem Eindruck nicht hingeben dürfe, weil die Heirat mit einem Mädchen fast ohne Vermögen seine Karriere vernichten würde, während die Erneuerung des früheren Verhältnisses ohne die Absicht einer Heirat unehrenhaft wäre. Boris beschloß daher, das Zusammentreffen mit Natascha zu vermeiden; trotz dieses Entschlusses kam er jedoch nach einigen Tagen wieder, fing an öfter zu kommen und ganze Tage bei Rostows zu verbringen. Es schien ihm notwendig, sich mit Natascha auseinanderzusetzen, ihr zu sagen, daß alles Alte vergessen werden müsse, weil sie – da er kein Vermögen hätte und man sie ihm nicht geben würde – niemals seine Frau werden könnte. Aber es kam nicht zu dieser Erklärung, und es war nicht leicht, sie herbeizuführen. Boris verstrickte sich täglich mehr, und nach den Beobachtungen Sonjas und der Mutter schien Natascha wie früher in ihn verliebt zu sein. Sie sang ihm seine Lieblingslieder vor, zeigte ihm ihr Album, ließ ihn etwas hineinschreiben, gestattete ihm nicht, das Vergangene zu erwähnen, sondern gab ihm zu verstehen, wie schön die Gegenwart sei. So kam und ging er Tag für Tag wie im Nebel, ohne zu sagen, was er wollte, ohne zu wissen, was er beabsichtigte und weswegen er kam und wie es enden sollte. Seine Besuche bei Helène hörten auf; er bekam täglich vorwurfsvolle Billets von ihr, verbrachte aber trotzdem ganze Tage bei Rostows.

XIII

Eines Abends, als die alte Gräfin seufzend und stöhnend, im Nachtkleide, ohne ihre falschen Locken und nur mit einer weißen Perkalhaube auf den dürftigen Haaren ihr Abendgebet verrichtend, mit der Stirn auf dem Fußteppich lag, knarrte ihre Tür, und mit Pantoffeln an den nackten Füßen, ebenfalls im Nachtjäckchen und mit Papilloten in den Haaren, kam Natascha hereingelaufen.

Die Gräfin sah sich um und runzelte die Stirn. Sie las ihr letztes Gebet: »So soll mir einst dies Bett zur Totenbahre werden« zu Ende, aber ihre Andacht war gestört.

Natascha, die rot und aufgeregt hereinkam, blieb, als sie die Mutter beten sah, plötzlich stehen, duckte sich, streckte die Zunge heraus und drohte sich selbst. Als sie merkte, daß die Mutter zu beten fortfuhr, näherte sie sich dem Bette auf den Zehen, indem sie rasch mit einem Füßchen vor dem andern hinglitt, warf die Pantoffeln ab und sprang auf das Lager, von dem die Gräfin befürchtete, daß es einst ihre Totenbahre werden könnte. Es war ein hohes Federbett mit fünf immer kleiner werdenden Kissen. Natascha sprang hinauf und tauchte darin nieder, drückte sich an die Wand und fing unter der Decke an, bald sich zu strecken, bald die Knie bis ans Kinn hinauf zu ziehen, bald kaum hörbar lachend mit den Füßen zu stampfen, bald den Kopf zuzudecken und dann wieder nach der Mutter hinüberzusehen. Die Gräfin beendigte ihr Gebet und näherte sich dem Bett mit strenger Miene; als sie aber sah, daß Natascha die Decke über den Kopf gezogen hatte, lächelte sie in ihrer gutmütigen, leichten Weise.

Nun, nun, nun, sagte die Mutter.

Mama, darf ich mit dir plaudern? ... Ja? fragte Natascha. Lasse dich küssen ... auf das Herzgrübchen, einmal, noch einmal und dann genug! und sie umfaßte den Hals der Mutter und küßte sie unter das Kinn.

Obwohl Natascha im Verkehr mit der Mutter scheinbar eine gewisse Rücksichtslosigkeit des Benehmens zeigte, war sie doch so zart und gewandt, daß, wie sie die Gräfin auch anfassen mochte, es immer so geschah, daß es ihr weder weh tun noch unbehaglich oder unbequem sein konnte.

Nun, was gibt's heute? fragte die Mutter, nachdem sie sich's auf dem Kissen bequem gemacht und gewartet hatte, bis Natascha sich zweimal umgedreht und sich dann mit ausgestreckten Armen unter die Decke legte und eine ernste Miene annahm.

Diese nächtlichen Besuche Nataschas, die vor der Rückkehr des Grafen aus dem Klub gemacht zu werden pflegten, gehörten zu den liebsten Genüssen von Mutter und Tochter.

Was gibt's also heute? ... Ich muß dir sagen ...

Natascha legte der Mutter die Hand auf den Mund.

Boris ... Ich weiß, sagte sie ernst; ich bin deshalb hergekommen. Sagen Sie nichts ... ich weiß schon! ... Nein, sagen Sie ... sie nahm die Hand weg; sagen Sie, Mama, ist er nicht sehr nett?

Natascha, du bist sechzehn Jahre alt; in deinem Alter war ich schon verheiratet. Du sagst, Boris ist nett ... er ist sehr nett, und ich habe ihn lieb wie einen Sohn ... Aber was willst du eigentlich? ... was denkst du? ... du hast ihm völlig den Kopf verdreht, das sehe ich.

Bei diesen Worten sah sich die Gräfin nach der Tochter um. Sie lag gerade ausgestreckt und blickte unbeweglich auf eine der aus rotem Holz geschnitzten Sphynxe, welche die Bettpfosten bildeten, so daß die Mutter nur ihr Profil sah. Nataschas Gesicht überraschte die Gräfin durch seinen ungewöhnlichen Ernst und seinen Ausdruck gespannter Aufmerksamkeit.

Natascha hörte zu und überlegte.

Nun also, was? fuhr die Gräfin fort. Du hast ihm den Kopf verdreht ... Wozu, was willst du von ihm? Du weißt, daß du ihn nicht heiraten kannst.

Warum nicht? fragte Natascha, ohne ihre Lage zu ändern.

Weil er zu jung ist ... weil du mit ihm verwandt bist ... weil du ihn nicht liebst.

Woher wissen Sie das?

Ich weiß es ... es ist nicht gut, mein Liebling.

Aber wenn ich will! sagte Natascha.

Lasse den Unsinn! antwortete die Gräfin.

Aber wenn ich will!

Natascha, ich spreche ernsthaft ...

Das junge Mädchen ließ ihr nicht Zeit weiterzureden; sie nahm die große Hand der Gräfin, küßte sie erst von außen, dann in die Handfläche, drehte sie wieder um, küßte abwechselnd die Knöchel und die Grübchen zwischen ihnen und flüsterte dabei vor sich hin:

Januar, Februar, März, April, Mai ... sprechen Sie doch, Mama! warum schweigen Sie? sagte sie dann und sah sich nach der Mutter um, die mit freundlichem Blick auf die Tochter schaute und über dieser Betrachtung alles zu vergessen schien, was sie sagen wollte.

Es geht nicht, mein Herzchen! fing sie jetzt wieder an.

Nicht alle werden euer kindliches Verhältnis richtig beurteilen, und dich so vertraut mit ihm zu sehen, kann dir in den Augen anderer junger Leute, die zu uns kommen, schaden ... und was die Hauptsache ist, er selbst wird nutzlos gequält. Er hätte vielleicht eine für ihn passende, reiche Partie gefunden, und jetzt wird er verrückt.

Verrückt? wiederholte Natascha.

Ich will dir von mir erzählen ... Ich hatte einen Vetter ...

Ich weiß, Kyrill Matwjeitsch; der ist ja so alt!

Aber er war nicht immer alt. Weißt du was, Natascha, ich werde mit Boris sprechen; er soll nicht mehr so oft kommen.

Warum aber nicht, wenn er gern kommt?

Weil ich weiß, daß es zu nichts führen kann.

Woher wissen Sie das? Nein, Mama, sagen Sie das nicht! Was für ein Unsinn! rief Natascha mit dem Ton eines Menschen, dem man sein Eigentum nehmen will. Wenn ich ihn auch nicht heirate, so mag er doch kommen, wenn es ihm und mir Vergnügen macht ...

Natascha sah die Mutter lächelnd an.

Wenn ich ihn auch nicht heirate ... nur so! wiederholte sie.

Wie meinst du das, mein Kind?

Nur so! ... was liegt daran, wenn ich ihn nicht heirate ... nur so!

So! so! wiederholte die Gräfin, und ihr ganzer Körper wurde von einem seltenen, herzlichen Lachen, wie wir es bei alten Frauen finden, erschüttert.

Hören Sie auf zu lachen, rief Natascha, hören Sie auf, das ganze Bett zittert ... Sie sind grade so wie ich, gerade eine solche Lachtaube wie ich ... warten Sie! Dabei ergriff sie die beiden Hände der Gräfin und küßte sie wieder auf den Knöchel des kleinen Fingers – Juni – dann küßte sie weiter – Juli, August – auf der andern Hand. – Mama, ist er sehr in mich verliebt? ... Was meinen Sie? War jemand in Sie so verliebt? ... Und er ist doch sehr, sehr nett ... nur nicht ganz nach meinem Geschmack. Er ist so schmal wie eine Wanduhr und ... Verstehen Sie mich! schmal, wissen Sie, und aschblond, hell ...

Was schwatzest du da? fragte die Gräfin.

Verstehen Sie denn nicht? fuhr Natascha fort. Nikolaj würde mich verstehen ... Besuchow, der ist dunkelblau und rot und viereckig ...

Mit dem kokettierst du auch! sagte lächelnd die Gräfin.

Nein, er ist ein Freimaurer, das habe ich erfahren. Er ist ein braver Mensch, dunkelblau mit rot ... wie soll ich Ihnen das erklären? ...

Liebe Gräfin, hörte man die Stimme des Grafen an der Tür. Schläfst Du?

Natascha sprang auf, nahm die Pantoffeln in die Hände und lief barfuß davon.

Sie konnte lange nicht einschlafen und mußte immer wieder darüber nachdenken, daß niemand verstand, was sie meinte und was in ihr vorging.

»Sonja?« fragte sie sich selbst, indem sie auf die Schlafende blickte, die wie ein zusammengeringeltes Kätzchen mit ihrer dicken Flechte dalag. Nein, sie auch nicht ... sie ist zu tugendhaft. Sie ist in Nikolenka verliebt, und weiter will sie nichts wissen. Mama versteht es auch nicht. Merkwürdig, wie klug ich bin und wie ... reizend sie ist, fuhr sie fort, indem sie von sich selbst in der dritten Person sprach und sich vorstellte, daß ein sehr kluger, der klügste und beste Mann das von ihr sagte. Alles, alles ist ihr zuteil geworden, fuhr dieser Mann fort. Sie ist außerordentlich klug, liebenswürdig, schön ... ungewöhnlich schön, graziös und gewandt. Sie schwimmt und reitet ausgezeichnet ... und die Stimme! eine wunderbare Stimme, kann man sagen! ... Natascha sang ihre Lieblingsmelodie aus einer Cherubinischen Oper, warf sich aufs Bett, lachte in frohen Gedanken, und überzeugt, daß sie nun gleich einschlafen würde, rief sie Dunjascha, damit sie das Licht lösche. Und Dunjascha hatte auch das Zimmer noch nicht verlassen, als Natascha schon in die andere, noch glücklichere Welt der Träume überging, wo alles ebenso leicht und schön war als in der Wirklichkeit, aber noch besser, weil es anders erschien.

Am folgenden Tage ließ die Gräfin Boris in ihr Zimmer kommen und sprach mit ihm; von dieser Stunde an hörte er auf, Rostows zu besuchen.

XIV

Am letzten Dezember, dem Vorabend des Neujahrstages von 1810, sollte bei einem Magnaten aus den Zeiten der Kaiserin Katharina ein Ball stattfinden, zu dem der Kaiser und das gesamte diplomatische Korps erwartet wurden.

Auf dem Englischen Quai strahlte das mit unzähligen Lichtern illuminierte, bekannte Haus des Großwürdenträgers. An der beleuchteten, mit rotem Tuch belegten Auffahrt stand Polizei, nicht nur Gendarmen, sondern der Polizeimeister selbst mit einer Anzahl von Polizeioffizieren. Die Wagen fuhren vor und wieder ab, und immer neue Equipagen mit Dienern in glänzenden Livreen und Federhüten erschienen; und aus den Wagen stiegen Männer in Uniformen, mit Ordenssternen und Bändern, und Frauen in Atlas und Hermelin. Vorsichtig traten sie auf die geräuschvoll heruntergelassenen Wagentritte und gingen schnell über die Decken der Freitreppe ins Haus hinein.

Fast jedesmal, wenn ein neuer Wagen heranrollte, flog ein Geflüster durch die Menge, und die Mützen flogen von den Köpfen.

Der Kaiser? ... Nein, der Minister ... der Prinz ... der Gesandte ... siehst du die Ferdern? wurde in der Menge gefragt und geantwortet. Einer in der Menge, der besser gekleidet war als die anderen, schien alle Welt zu kennen und nannte die Namen der einflußreichsten und vornehmsten Männer der Zeit.

Schon war ein Drittel der Gäste zum Balle versammelt. Bei Rostows aber, die ebenfalls eine Einladung erhalten, waren alle noch mit dem Ankleiden beschäftigt.

Dieser Ball hatte bei Rostows zu vielen Erörterungen und Vorbereitungen Anlaß gegeben. Erst tauchte die Befürchtung auf, daß die Einladung vielleicht ausbleiben könnte; dann daß die Kleider nicht fertig würden und endlich, daß dies und jenes nicht sein möchte, wie es sollte.

In Rostows Gesellschaft wollte Maria Ignatjewna Peronskaja, eine Freundin und Verwandte der Gräfin, zu dem Balle gehen. Das hagere, gelbe Fräulein war Hofdame des alten

Hofes und diente den Provinzlern Rostow als Führerin in der höheren Petersburger Gesellschaft.

Um zehn Uhr abends wollten Rostows die alte Hofdame vom Taurischen Garten abholen; aber es fehlten nur noch fünf Minuten an dieser Zeit, und die jungen Mädchen waren noch nicht fertig.

Es war Nataschas erster großer Ball. Sie war um acht Uhr morgens aufgestanden und blieb den ganzen Tag in fieberhafter Aufregung und Tätigkeit. Alle ihre Kräfte waren von früh an darauf gerichtet, daß sie alle: sie selbst, Mama, Sonja, aufs beste gekleidet wären; Sonja und die Gräfin hatten sich ganz Nataschas Händen überantwortet. Die Gräfin sollte ein Massaca-Samtkleid tragen, die jungen Mädchen weiße Florkleider auf rosa Unterkleidern und Rosen am Mieder; die Haare sollten griechisch frisiert sein.

Alles Wesentliche war fertig; Füße, Hände, Arme und Hals waren sorgfältig ballmäßig gewaschen, parfümiert und gepudert. Schon waren die durchbrochenen seidenen Strümpfe und weiße Atlasschuhe mit Bandrosetten angezogen; die Coiffeuren waren beinahe vollendet; Sonja legte die letzte Hand an ihren Anzug, ebenso die Gräfin. Nur Natascha, die sich um alle gekümmert hatte, war zurückgeblieben; sie saß noch mit dem Pudermantel auf den mageren Schultern vor dem Spiegel, während Sonja fertig angezogen im Zimmer stand und mit einer Anstrengung, daß ihr die zierlichen Finger wehe taten, die letzte Nadel in die knirschende Schärpe steckte.

Nicht so, nicht so, Sonja! rief Natascha, indem sie den Kopf während des Frisierens umdrehte und mit den Händen ins Haar fuhr, das das Kammermädchen nicht gleich losgelassen hatte. Nicht so die Schärpe stecken … komm her!

Sonja kauerte sich nieder, und Natascha steckte ihr die Schärpe anders.

Erlauben Sie, gnädiges Fräulein, so geht es nicht! sagte die Kammerfrau, die Nataschas Haar hielt.

Mein Gott, ja … ich halte schon still! So, Sonja!

Seid ihr bald fertig? hörte man die Stimme der Gräfin. Es ist zehn Uhr.

Gleich, gleich! Sind Sie schon fertig, Mama?

Ich habe nur noch die Toque aufzustecken.

Nicht ohne mich, Mama! rief Natascha, Sie verstehen das nicht!

Es ist aber schon zehn Uhr.

Es war verabredet, daß man um halb elf auf dem Balle sein wollte, und Natascha mußte sich noch ankleiden, und dann sollte noch im Taurischen Garten vorgefahren werden.

Nachdem Nataschas Haar geordnet war, lief sie im kurzen Unterröckchen, unter dem die Ballschuhe sichtbar wurden, und in einer Jacke der Mutter erst zu Sonja, betrachtete sie von allen Seiten, eilte zu der Gräfin, befestigte, indem sie ihren Kopf hin und her drehte, die Toque, küßte sie schnell auf das graue Haar und lief wieder zu den Kammermädchen, die noch an ihrem Kleide nähten.

Nataschas Unterkleid war zu lang; zwei der Mädchen machten es kürzer, wobei sie eilig die Fäden abbissen, während eine dritte, mit Stecknadeln im Munde, von der Gräfin zu Sonja lief. Die vierte hielt das Florkleid Nataschas in den hocherhobenen Händen.

Mawruscha, Liebste, beeile dich!

Geben Sie mir den Fingerhut von dort herüber, gnädiges Fräulein.

Werdet ihr bald fertig sein? fragte der Graf von der Tür. Da habt ihr Parfüm. Die Peronskaja wartet schon ...

Fertig, Fräulein! sagte das Kammermädchen, indem sie das aufgenähte Florkleid mit zwei Fingern in die Höhe hob, anblies und schüttelte, wodurch sie die Leichtigkeit des Kleides bezeichnen wollte.

Natascha zog das Kleid an.

Gleich, gleich! ... komm jetzt nicht herein, Papa! rief sie unter dem Flor des Kleides, der ihr Gesicht bedeckte, dem Vater zu, als er die Tür zu öffnen versuchte. Sonja drückte sie wieder ins Schloß.

Eine Minute später ließ man den Grafen ein. Er trug einen blauen Frack, Strümpfe und Schnallenschuhe und war sorgfältig parfümiert und pomadisiert.

Ach, Papa, wie hübsch Sie sind! reizend! rief Natascha, die

mitten im Zimmer stand und die Falten des Florkleides ordnete.

Erlauben Sie, gnädiges Fräulein, erlauben Sie! sagte das Kammermädchen, das, auf den Knien liegend, das Kleid zurechtzog und die Stecknadeln, die sie im Munde hatte, mit der Zunge von einer Seite auf die andere schob.

Du magst sagen, was du willst, rief Sonja, Verzweiflung in der Stimme, nachdem sie Natascha betrachtet hatte, das Kleid ist noch immer zu lang!

Natascha trat ein wenig zurück, um sich im Wandspiegel zu betrachten. Das Kleid war zu lang.

Bei Gott, Fräulein, es ist nicht zu lang! versicherte Mawruscha, die auf dem Boden hinter ihrer jungen Herrin herrutschte.

Gut, wenn es zu lang ist, nähen wir es um ... in einer Minute ist's geschehen, sagte die energische Dunjascha, indem sie eine Nähnadel aus ihrem Busentuche zog, und sich, am Fußboden sitzend, wieder an die Arbeit machte.

In diesem Augenblicke kam die Gräfin in Toque und Samtkleid mit leisen, schüchternen Schritten herein.

Oh, meine Schöne! rief der Graf. Sie ist schöner als ihr alle. Er wollte sie umarmen; aber errötend wich sie zurück, um nicht zerdrückt zu werden.

Mama, die Toque muß mehr auf die Seite, sagte Natascha; ich werde sie anders stecken. Dabei bog sie sich vorwärts, und die Mägde, die nicht Zeit hatten, der Bewegung zu folgen, rissen ein Stück des Florsaumes ab.

Ach Gott, was ist das! ... Ich bin wahrhaftig nicht schuld!

Schadet nichts! wir säumen es wieder ... es ist nicht zu sehen, sagte Dunjascha.

Meine Schönheit, mein Königskind! rief die eintretende Wärterin schon vor der Tür. Und Sonjuscha! ... Ei, die Schönen!

Um ein Viertel auf elf setzten sich endlich alle in den Wagen und fuhren fort; aber sie mußten erst noch nach dem Taurischen Garten.

Fräulein Peronskaja war fertig. Trotz ihres Alters und ihrer Häßlichkeit hatte sie dieselben Umstände gemacht wie Rostows, wenn auch mit weniger Unruhe (für sie war es ein gewöhnliches Ereignis). Aber auch ihr alter, unschöner Körper war gewaschen, parfümiert und gepudert, ganz ebenso sorgfältig selbst hinter den Ohren gesäubert, und ebenso wie bei Rostows bewunderte die alte Kammerfrau voll Entzücken den Staat ihrer Herrin, als diese im gelben Kleide, mit der Chiffre der Hofdame in den Salon trat.

Fräulein Peronskaja lobte die Toiletten der Rostowschen Damen; diese lobten den Geschmack und den Anzug des alten Hoffräuleins, und Haar und Kleider sorgfältig schützend, verteilten sie sich in den Wagen und fuhren ab.

XV

Vom frühen Morgen an hatte Natascha keinen Augenblick Zeit gehabt, an das zu denken, was ihr bevorstand. In der feuchten, kalten Luft, dem Dämmerlicht und der Enge des schaukelnden Wagens sah sie zum ersten Male lebhaft vor sich, was sie auf dem Balle, in den erleuchteten Sälen, zu erwarten hatte: Musik, Blumen, Tänze, den Kaiser, die glänzende Jugend Petersburgs. Das alles war so schön, daß sie kaum daran glauben konnte, und es entsprach so wenig dem Eindruck ihrer jetzigen Umgebung, der Enge, Kälte und Dunkelheit des Wagens, daß sie erst zum Bewußtsein der bevorstehenden Freuden kam, als sie über das rote Tuch der Freitreppe in das Vestibül trat, den Pelz abwarf und neben Sonja, vor der Mutter hergehend, zwischen Blumen die erleuchtete Treppe hinaufstieg. Hier erst dachte sie daran, wie sie sich auf dem Balle benehmen solle, und suchte jene stolze Haltung anzunehmen, die sie für eine junge Dame für notwendig hielt. Aber zu ihrem Glücke begannen ihre Augen umherzuirren, sie sah nichts deutlich, ihr Puls gab hundert Schläge in der Minute, und ihr Herz fing heftig an zu klopfen. Sie konnte die Haltung, die sie lächerlich gemacht haben würde, nicht annehmen, ging halb tot vor Aufregung weiter und suchte wiederum mit allen Kräften diese Aufregung zu verbergen; gerade dies aber gab ihr die Haltung, die am besten für sie paßte. Vor und hinter Rostows gingen leise miteinander sprechende Gäste im Ballkostüm, und die Spiegel der Treppe zeigten die Gestalten der Damen in weißen, blauen und rosa Kleidern, mit Brillanten und Perlen an Hals und Armen.

Natascha sah in die Spiegel, aber in den darin erscheinenden Bildern konnte sie sich von den andern nicht unterscheiden; alles vereinigte sich zu einer glänzenden Prozession. Am Eingang des ersten Saales wurde sie durch das eintönige Stimmengewirr, das Kommen und Gehen, den Austausch von Höflichkeiten wie betäubt, und Licht und Farbenglanz blendeten sie noch mehr. Der Wirt und die Wirtin, die schon seit einer halben Stunde am Eingange standen und jeden Eintretenden mit den Worten: »Wir sind erfreut, Sie zu sehen« begrüßten, empfingen auch Rostows und Fräulein Peronskaja in derselben Weise. Zwei junge Mädchen in weißen Kleidern mit Rosen in den schwarzen Haaren, knixten beide auf dieselbe Art; aber unwillkürlich verweilte der Blick der Wirtin länger auf der schlanken Natascha; sie sah sie an und lächelte ihr besonders zu. Vielleicht erinnerte sich die Dame bei Nataschas Anblick an ihre eigene, goldene, unwiederbringlich verschwundene Jugendzeit und ihren ersten Ball. Auch der Hausherr folgte Natascha mit den Augen und fragte den Grafen: welches von den beiden jungen Mädchen seine Tochter wäre.

Entzückend! sagte er dann, indem er die Spitzen seiner Finger küßte.

Im Saale standen die Gäste, weil der Kaiser erwartet wurde, an der Eingangstür zusammengedrängt. Die Gräfin stellte sich in die ersten Reihen dieser Schar. Natascha hörte und fühlte, daß einige der Umstehenden nach ihr fragten und sie ansahen; sie fühlte auch, daß sie denen, die sie beachteten, gefiel, und dies Bewußtsein gab ihr einige Ruhe wieder.

»Es sind viele hier unseresgleichen, und auch manche, die unter uns stehen«, sagte sie zu sich selbst.

Fräulein Peronskaja nannte der Gräfin die vornehmsten Persönlichkeiten unter den Gästen.

Das ist der holländische Gesandte, sehen Sie, der Greis, sagte die Hofdame, indem sie auf einen silberköpfigen Herrn mit vollen, krausen Haaren zeigte, der von einer Damenschar umringt war, die er zum Lachen brachte.

Und da ist sie, die Königin von Petersburg, die Gräfin Besuchow, fuhr sie fort, auf die eintretende Helène deutend. Wie schön sie ist! Sie kann es mit Maria Antonowna aufnehmen ... Sehen Sie, wie ihr Jung und Alt den Hof macht! Sie ist schön und klug ... der Prinz N. N., heißt es, soll wahnsinnig in sie verliebt sein ... Und da, diese zwei sind – wenn auch nicht schön – doch fast noch mehr umschwärmt.

Sie zeigte auf eine durch den Saal gehende Dame mit einer sehr unschönen Tochter.

Das ist eine Millionärin, und sie ist zu haben, sagte Fräulein Peronskaja; und da sind auch ihre Bewerber. Dieser hier ist der Bruder der Gräfin Besuchow, Anatol Kuragin, fuhr sie fort, indem sie auf den schönen Gardekavallerieoffizier deutete, der mit erhobenem Kopfe an ihnen vorüberging und von oben herab, über die Damen weg, nach einer unbestimmten Stelle hinsah.

Wie schön er ist ... nicht wahr? Es heißt, man würde ihn mit diesem reichen Mädchen verheiraten. Auch Ihr Vetter, Drubezkoj, macht ihr lebhaft den Hof. Millionen, heißt es. – Wie? das ist der französische Gesandte, antwortete sie auf die Frage der Gräfin, als Coulaincourt eintrat. Sehen Sie, als ob ein Kaiser erschiene, und doch sind die Franzosen so sehr liebenswürdig! Es gibt nichts Liebenswürdigeres in der Gesellschaft. Und da ist auch sie ... Ja, unsere Maria Antonowna ist doch immer schöner als alle andern! Und wie einfach gekleidet ... reizend! ...

Und dieser da, der Dicke mit der Brille, ist ein Kosmopolit und Freimaurer, sagte sie, auf Besuchow zeigend. Vergleichen Sie ihn mit seiner Frau dort, der reine Popanz.

Pierre ging, seinen dicken Körper nach rechts und links wiegend, ebenso nachlässig und unbeholfen durch die Schar der Gäste, als ob er im Gedränge des Marktes wäre, und schob sich durch die Menge, als ob er etwas suchte. Natascha sah das bekannte Gesicht Pierres – den Popanz, wie ihn Fräulein Reronskaja genannt hatte – mit großer Freude. Sie wußte, daß er die Ihrigen und vor allem sie selbst im Gedränge suchte, denn er hatte ihr versprochen, auf dem Balle zu sein, um ihr Tänzer vorzustellen.

Aber noch ehe er bis zu ihnen vorgedrungen war, blieb Pierre neben einem nicht sehr großen, aber schönen Offizier in weißer Uniform stehen, der an einem Fenster mit einem vornehmen Mann mit Band und Ordenssternen sprach. Natascha erkannte den jungen Mann in weißer Uniform sogleich: es war Bolkonskij, der jünger, heiterer und schöner geworden zu sein schien.

Da ist noch ein Bekannter, Mama, sehen Sie? Bolkonskij, sagte Natascha, auf den Fürsten Andrej zeigend. Erinnern Sie sich? Er hat einmal bei uns, in Otradnoje übernachtet.

Ah, Sie kennen ihn! rief Fräulein Peronskaja. Ich kann ihn nicht ausstehen. Die Leute reißen sich jetzt um ihn. Und ein Hochmut, grenzenlos! Er artet seinem Vater nach und hat sich mit Speranskij verbunden ... sie machen allerhand Projekte ... Sehen Sie nur, wie er mit Damen umgeht! fuhr sie fort; sie redet ihn an, und er wendet sich ab! Ich wollt' es ihm geben, wenn er sich erlaubte, mich so zu behandeln wie diese Damen!

XVI

Plötzlich kam alles in Bewegung. Die Menge wurde laut, drängte vorwärts, wich wieder zur Seite, und zwischen zwei zurückdrängenden Reihen trat – begrüßt vom Orchester – der Kaiser herein. Hinter ihm gingen Wirt und Wirtin. Der Kaiser ging, nach allen Seiten grüßend, eilig vorwärts, als ob er sich dieser ersten Bewillkommnung so rasch als möglich entledigen wollte. Das Orchester spielte eine Polonaise, die damals in Aufnahme gekommen war wegen des Textes, der eine Huldigung für ihn darstellte. Der Text begann mit den Worten: »Alexander und Elisabeth, Ihr unsre Wonne«.

Der Kaiser ging in den Salon; die Menge strömte bis zur Tür nach; einige der Anwesenden gingen mit ganz veränderten Zügen hin und her. Plötzlich wich alles wieder von der Tür des Salons zurück, in der sich der Kaiser im Gespräch mit der Wirtin zeigte. Ein junger Mann trat verwirrt und ratlos auf die

Damen zu und bat sie, aus dem Wege zu gehen; aber einige von ihnen drängten, ihre Kleider zerdrückend, mit Mienen, die das vollständige Vergessen aller Bedingungen des Gesellschaftslebens verrieten, ungestüm vorwärts. Inzwischen fingen die Herren an, sich den Damen zu nähern, um sie zur Polonaise aufzufordern. Jetzt trat der Kaiser lächelnd, mit der Frau vom Hause an der Hand, aus der Tür des Salons. Alles machte Platz, während er, ohne im Takte zu gehen, die Polonaise eröffnete. Hinter dem Kaiser ging der Hausherr, mit der Fürstin M. A. Naryschkin, dann kamen Minister, Gesandte, verschiedene Generale; Fräulein Peronskaja kannte alle mit Namen. Mehr als die Hälfte der Damen hatten Kavaliere und gingen in der Polonaise oder waren im Begriff, es zu tun. Natascha fühlte, daß sie mit der Mutter und Sonja zu dem kleinen Teile der Damen gehörte, die zur Seite geschoben und nicht in die Polonaise eingereiht wurden. Sie stand da, ließ ihre hageren Arme niederhängen, hielt den Atem an, sah mit blitzenden, angstvollen Augen vor sich hin, und ihr ganzes Wesen verriet, daß sie für die höchste Freude, wie für die tiefste Betrübnis bereit war. Es interessierten sie weder der Kaiser noch die vornehmen Persönlichkeiten, die Fräulein Peronskaja nannte – sie hatte nur den einen Gedanken: »Ist es möglich, daß keiner zu mir kommt? ist es möglich, daß ich nicht mittanzen soll? Wird mich wirklich keiner von diesen Männern beachten? Sie alle sehen mich nicht an, oder wenn sie es tun, geschieht es mit einem Ausdruck, der zu sagen scheint: das ist nicht die, die ich suche, also brauche ich sie nicht zu sehen! … Nein, es ist nicht möglich, dachte sie weiter, sie müssen doch sehen, daß ich tanzen möchte, daß ich schön tanze, und daß ich eine angenehme Tänzerin für sie sein würde.«

Die Töne der Polonaise, die ziemlich lange dauerte, fingen an, für Natascha traurig zu klingen; sie war dem Weinen nahe. Fräulein Peronskaja entfernte sich; der Graf befand sich am anderen Ende des Saales; die Gräfin, Sonja und Natascha standen allein, wie im Walde verirrt, in dieser fremden Menge, niemandem interessant und niemandem notwendig. Fürst Andrej ging mit einer Dame an ihnen vorüber und erkannte sie augenscheinlich nicht. Der schöne Anatol sagte etwas zu der Dame, die er führte, und sah dabei Natascha ins Gesicht, mit einem Blick, wie man ihn auf Wände zu richten pflegt. Boris ging zweimal an ihnen vorbei und wandte sich jedesmal ab. Endlich traten Berg und seine Frau, die auch nicht tanzten, zu ihnen heran.

Natascha erschien diese Familienzusammenkunft hier auf dem Balle wie etwas Unpassendes. Zu Familiengesprächen gab es andere Orte und Zeiten. Sie sah Wjera nicht an und hörte nicht zu, als diese etwas von ihrem grünen Kleide erzählte.

Endlich blieb der Kaiser mit seiner letzten Dame stehen – er hatte mit dreien getanzt – und die Musik verstummte. Ein diensteifriger Adjutant kam zu den Rostowschen Damen und bat sie, obwohl sie dicht an der Wand standen, noch mehr beiseite zu treten. Vom Orchester erklangen deutliche, leise, verführerische Walzertöne. Der Kaiser sah sich lächelnd im Saale um. Eine Minute verging, niemand fing an zu tanzen. Ein Adjutant, der Vortänzer war, näherte sich der Gräfin Besuchow und forderte sie auf. Lächelnd erhob sie den Arm und legte ihn auf die Schulter des Adjutanten, ohne ihn anzusehen. Der Vortänzer, der sich seiner Meisterschaft bewußt war, umfaßte seine Dame mit gelassener Sicherheit, flog mit einer Glissade am Rande des Kreises hin, bis an das Ende des Saales, ergriff die linke Hand seiner Tänzerin, wandte sie um, und man hörte nach dem immer schneller werdenden Tempo der Musik das leise Sporenklirren seiner raschen, gewandten Füße, wie er mit seiner Tänzerin im Dreivierteltakt dahinflog, und sah, wie sich ihr Samtkleid immer wieder aufflackernd entfaltete. Natascha sah sie an und war nahe daran, zu weinen, daß sie diesen ersten Walzer nicht mittanzen durfte. Fürst Andrej in seiner weißen Kavallerieuniform, in Strümpfen und Schuhen stand in den ersten Reihen des Kreises nicht weit von Rostows und unterhielt sich heiter und lebhaft mit dem Baron Vierhof, der ihn nach der für den folgenden Tag in Aussicht genommenen ersten Sitzung des Staatsrats fragte. Als Vertrauter Speranskijs und Mitglied der Gesetzgebungskommission konnte Fürst Andrej über diese Sitzung, von der in der verschiedensten Weise gesprochen wurde, genaue Auskunft geben; aber er hörte nicht auf Vierhofs Worte und sah bald auf den Kaiser, bald auf die zum Walzer antretenden Kavaliere, die sich nicht entschließen konnten, den Tanz zu beginnen, bald auf die Damen, die vor Verlangen brannten, engagiert zu werden.

Pierre näherte sich dem Fürsten Andrej und ergriff seine Hand.

Sie tanzen ja immer, sagte er; da ist ein Schützling von mir, die kleine Rostow, bitte fordern Sie sie auf.

Wo ist sie? fragte Bolkonskij. Entschuldigen Sie, fuhr er zu dem Baron gewandt fort; wir wollen unser Gespräch anderswo vollenden – auf dem Balle muß man tanzen.

Mit diesen Worten ging er in der Richtung vor, die ihm Pierre bezeichnete. Das verzweifelte, beklommene Gesicht Nataschas fiel ihm in die Augen; er erkannte sie, erriet ihre Gefühle, ahnte, daß sie hier zum ersten Male eine Gesellschaft besuchte, erinnerte sich ihres Gesprächs am Fenster und näherte sich der alten Gräfin mit heiterer Miene.

Erlauben Sie mir, Sie mit meiner Tochter bekannt zu machen, sagte die Gräfin errötend.

Ich habe das Vergnügen, Sie zu kennen, aber ob die Komtesse sich erinnert ...? antwortete Fürst Andrej mit einer höflichen, tiefen Verbeugung, die Fräulein Peronskajas Behauptung von seiner Unhöflichkeit Lügen strafte. Dann näherte er sich Natascha und bat um eine Extratour im Walzer. Der Ausdruck der Beklommenheit im Gesicht des jungen Mädchens, das zu Verzweiflung und Entzücken bereit war, verwandelte sich plötzlich in ein glückseliges, dankbares, kindliches Lächeln.

»Ich habe dich längst erwartet«, schien dies hinter aufsteigenden Tränen aufleuchtende Lächeln des erschrockenen und glücklichen Mädchens zu sagen, als sie die Hand auf Bolkonskijs Schulter legte.

Sie waren das zweite Paar, das in den Kreis trat. Fürst Andrej gehörte zu den besten Tänzern seiner Zeit. Auch Natascha tanzte herrlich. Ihre Füßchen in den weißen Atlasschuhen flogen, als wären sie von ihrem Willen unabhängig, rasch und leicht dahin, und ihr Gesicht strahlte vor Entzükken. Ihr entblößter Hals und ihre Schultern waren mager und nicht schön im Vergleich zu Helènes Schultern. Ihr Busen war noch unentwickelt, ihre Arme hager; aber während Helènes Körper einen Niederschlag der tausend Blicke zu haben schien, die schon darauf geruht, erschien Natascha wie ein junges Mädchen, das sich zum erstenmal entblößt zeigt und sich dessen schämen würde, hätte man sie nicht überzeugt, daß es unbedingt so sein müsse.

Fürst Andrej tanzte gern; und da er sich von den politischen und ernsten Gesprächen, mit denen man sich von allen Seiten zu ihm wandte, loszumachen wünschte und außerdem den quälenden Bann der Verlegenheit, den die Anwesenheit des Kaisers hervorrief, brechen wollte, mischte er sich unter die Tänzer und wählte Natascha, weil ihn Pierre auf sie aufmerksam gemacht hatte, und weil sie das erste schöne Mädchen war, das ihm in die Augen fiel. Kaum aber hatte er ihre schlanke, biegsame Gestalt umfaßt, kaum fühlte er die Bewegung ihrer Glieder und sah sie zu sich emporlächeln, als der Wein ihrer Reize ihm zu Kopfe stieg; und als er schweratmend stehen blieb, Natascha losließ und auf die Tanzenden blickte, fühlte er sich wie verjüngt und neu belebt.

XVII

Nach dem Fürsten Andrej kam Boris, um Natascha zum Tanze aufzufordern, dann kam der Adjutant, der den Ball eröffnet hatte, andere junge Leute folgten, und Natascha, die ihre überzähligen Kavaliere an Sonja abgab, hörte, glückstrahlend und rot vor Freude, den ganzen Abend nicht auf zu tanzen. Sie hatte von dem, was andere auf dem Balle interessierte, nichts bemerkt; sie hatte nicht beachtet, wie lange der Kaiser mit dem französischen Gesandten gesprochen; wie besonders gnädig er mit dieser oder jener Dame geredet; was der und der Prinz getan und gesagt; wie großen Erfolg Helène gehabt, und wie sie mit der besonderen Gunst dieses oder jenes beehrt wurde. Sie hatte den Kaiser nicht einmal gesehen und bemerkte nur *daran,* daß er fort war, daß nach seinem Verschwinden der Ball lebhafter wurde.

Den lustigen Kotillon vor dem Souper tanzte Natascha wieder mit dem Fürsten Andrej. Er erinnerte sie an ihr erstes Zusammentreffen in der Allee von Otradnoje, an die Mondnacht, in der sie nicht schlafen konnte, und erzählte, daß er, ohne es zu wollen, ihr Gespräch gehört hätte. Natascha errötete bei dieser Erinnerung und suchte sich zu rechtfertigen, als ob etwas Beschämendes in dem Gefühl gewesen wäre, dessen Ausdruck Fürst Andrej unwillkürlich belauscht hatte.

Fürst Andrej hatte, wie alle Menschen, die in der großen Welt leben, eine Vorliebe für jede Erscheinung, die nicht den allgemeinen Stempel der großen Welt trug. Und eine solche war Natascha mit ihrem Enthusiasmus, ihrer Heiterkeit, ihrer Schüchternheit und sogar mit ihren Fehlern beim Französischsprechen. Er behandelte sie mit besonderer Zartheit und Rücksicht; als er neben ihr saß und von den einfachsten, nichtigsten Dingen mit ihr sprach, entzückte ihn der Freudenglanz ihrer Augen und ihres Lächelns, der nicht mit ihrem Gespräch zusammenhing, sondern der Ausdruck ihrer inneren Glückseligkeit war. Wenn Natascha aufgefordert wurde, aufstand und lächelnd durch den Saal flog, erfreute er sich immer von neuem an ihrer schüchternen Anmut. Mitten im Kotillon wurde sie, als eben eine Figur beendet war und sie schweratmend nach ihrem Platze zurückging, von einem neuen Tänzer aufgefordert. Sie war müde, erhitzt und hatte augenscheinlich Lust, Nein zu sagen, legte aber doch gleich die Hand auf die Schulter des Kavaliers und lächelte dem Fürsten Andrej heiter zu.

»Ich möchte wohl ausruhen und neben Ihnen sitzen«, sagte dies Lächeln; »ich bin müde – aber Sie sehen, ich werde engagiert, und das macht mich glücklich, und ich liebe alle diese Menschen, und Sie und ich verstehen das alles«, und noch vieles andere sagte dies Lächeln.

Als der Kavalier Natascha verließ, lief sie durch den Saal, um zwei Damen zu einer Figur zu holen.

»Wenn sie sich zuerst ihrer Kusine nähert und dann der andern Dame, wird sie meine Frau«, sagte Fürst Andrej ganz plötzlich zu sich selbst, indem er ihr nachsah.

Sie ging zuerst zu ihrer Kusine.

»Welch ein Unsinn geht einem doch zuweilen durch den Kopf!« dachte Fürst Andrej; »aber dies junge Mädchen ist so reizend, so außerordentlich reizend, daß sie keinen Monat tanzen wird, ohne sich zu verloben ... Ein solches Wesen ist hier eine Seltenheit!« dachte er weiter, als Natascha, indem sie die Rose befestigte, die sich von ihrem Mieder löste, wieder neben ihm Platz nahm.

Zu Ende des Kotillons kam der alte Graf in seinem blauen Frack zu den Tanzenden, lud den Fürsten Andrej ein, ihn zu besuchen und fragte sein Töchterchen, ob sie vergnügt wäre. Natascha antwortete nicht gleich, aber das vorwurfsvolle Lächeln, mit dem sie zu dem Vater aufsah, sagte: »Wie kann man danach erst fragen?«

So vergnügt, wie noch nie im Leben, sagte sie dann, und Fürst Andrej bemerkte, daß sich ihre schlanken Arme hoben, als ob sie den Vater umarmen wollte, aber gleich wieder niedersanken. Natascha war so glücklich wie noch nie im Leben. Sie war auf jener höchsten Staffel des Glückes angelangt, auf der der Mensch vollkommen gut und liebreich wird, und nicht an die Möglichkeit des Bösen, des Unglücks und des Kummers glaubt.

Pierre fühlte sich auf diesem Balle zum ersten Male durch die Stellung verletzt, die seine Frau in den höheren Gesellschaftskreisen einnahm. Er war finster und zerstreut. Quer über seine Stirn lag eine tiefe Falte, und er stand an einem Fenster und betrachtete durch die Brille die Menge, ohne jemanden zu erkennen.

Natascha kam, als sie zum Souper ging, an ihm vorüber. Sein finsteres, unglückliches Gesicht überraschte sie; sie blieb vor ihm stehen, wollte ihm helfen, ihm von dem Überfluß ihres Glückes mitteilen.

Wie lustig es hier ist, Graf, nicht wahr? sagte sie.

Pierre lächelte zerstreut; es war unverkennbar, daß er nicht gleich verstand, was man ihm sagte.

Ja, ich bin sehr vergnügt! antwortete er dann.

»Wie kann man hier mit irgend etwas unzufrieden sein?« dachte Natascha. »Noch dazu ein so guter Mensch wie Besuchow.« In den Augen des jungen Menschen waren alle Anwesenden gute, liebe, schöne Menschen, die sich gegenseitig liebhatten. Keiner war imstande, den andern zu kränken, und so mußten sie alle glücklich sein.

XVIII

Am folgenden Tage dachte Fürst Andrej wohl an den gestrigen Ball zurück, aber seine Gedanken waren nicht lange damit beschäftigt.

»Ja, es war ein sehr glänzender Ball«, sagte er zu sich selbst und dann: »die kleine Rostow ist sehr reizend! Es ist etwas Frisches, Eigentümliches, Nicht-Petersburgisches in ihr, was sie von anderen unterscheidet.« Das war alles, was er von dem gestrigen Abend dachte; dann trank er seinen Tee und setzte sich an die Arbeit.

Aber er war müde, die schlaflose Nacht schien nachzuwirken, der Tag war der Arbeit nicht günstig. Fürst Andrej brachte nichts zustande; fand alles ungenügend, was er niederschrieb, wie er oft zu tun pflegte, und war froh, als er endlich hörte, daß jemand kam.

Der Angekommene war Bizkij, ein Mann, der in verschiedenen Kommissionen arbeitete, in den verschiedensten Petersburger Gesellschaftskreisen verkehrte, ein leidenschaftlicher Anhänger der neuen Ideen und Speranskijs und ein eifriger Verbreiter von Stadtneuigkeiten. Er gehörte zu den Menschen, die ihre Ansichten wie ihre Kleider nach der Mode wechseln, aber gerade darum die eifrigsten Parteigänger ihrer augenblicklichen Richtung zu sein scheinen.

Kaum hatte er den Hut abgelegt, als er eilig bei dem Fürsten Andrej eintrat und sogleich zu sprechen anfing. Er hatte soeben alle Einzelheiten der am heutigen Morgen vom Kaiser eröffneten Staatsratssitzung erfahren und erzählte voll Entzücken, was er wußte.

Die Rede des Kaisers war eine sehr bemerkenswerte gewesen, eine von denen, wie sie eigentlich nur konstitutionelle Monarchen halten können. »Der Kaiser hat geradezu gesagt, der Rat und der Senat seien ständische Körperschaften, und die Basis der Regierung dürfe nicht die Willkür sein, sondern feste Grundsätze. Er hat gesagt, die Finanzen sollen reorganisiert und ein Rechenschaftsbericht veröffentlicht werden.« Das alles erzählte Bizkij, indem er einzelne Worte betonte und bedeutungsvoll mit den Augen zwinkerte.

»Ja, mit dem heutigen Ereignis beginnt eine neue Ära, die größte Ära in unserer Geschichte«, schloß er seine Mitteilungen.

Fürst Andrej hörte den Bericht über die Eröffnung des Staatsrats, die er mit so großer Ungeduld erwartet und der er eine so große Wichtigkeit zugeschrieben hatte, und wunderte sich, daß dies Ereignis jetzt, nachdem es stattgefunden, weit entfernt, ihn aufzuregen, ihm sogar völlig gleichgültig erschien. Mit stillem Lächeln hörte er Bizkijs begeistertem Berichte zu, und dabei ging ihm der triviale Gedanke durch den Kopf: »Was haben er und ich davon? was geht es uns an, wie es dem Kaiser beliebt, im Staatsrat zu reden? Kann mich das alles glücklicher oder besser machen?«

Diese triviale Erwägung vernichtete des Fürsten Andrej ganzes Interesse an den bevorstehenden Reorganisationen.

Denselben Tag sollte Fürst Andrej – in engerem Freundeskreise, wie der Gastgeber bei der Einladung gesagt hatte – bei Speranskij zu Mittag essen. Dies Diner im Familien- und Freundeskreise eines Menschen, für den er so begeistert war, hätte Bolkonskij früher um so mehr interessiert, da er bis jetzt Speranskijs Häuslichkeit noch nicht kennengelernt hatte. Nun aber hatte er wenig Lust hinzugehen.

Dennoch trat Fürst Andrej zu der bestimmten Stunde in das kleine Haus, das Speranskij im Taurischen Garten besaß. In dem getäfelten Speisezimmer des bescheidenen Häuschens, das sich durch außerordentliche Sauberkeit auszeichnete (eine Sauberkeit, wie sie in Klöstern zu sein pflegt), fand Fürst Andrej, der sich etwas verspätet hatte, schon die ganze Gesellschaft der vertrauten Freunde Speranskijs – die sich um fünf Uhr eingestellt hatten – versammelt. Von weiblichen Wesen war nur die kleine Tochter Speranskijs (mit langem, dem Vater ähnlichen Gesicht) und ihre Gouvernante zugegen. Die Gäste waren: Gervais, Magnizkij und Stolypin. Schon im Vorzimmer hörte Fürst Andrej lautes Sprechen und helles, schallendes Gelächter – ein Gelächter, wie man es auf der Bühne zu hören pflegt. Eine Stimme, welche die Speranskijs zu sein schien, rief deutlich hörbar: Ha! ... ha! ... ha! ..., und Fürst Andrej, der Speranskijs Lachen noch nicht kannte, wurde durch das helle, feine Lachen des Staatsmannes in eigentümlicher Weise überrascht.

Bolkonskij trat in das Speisezimmer. Die ganze Gesellschaft stand zwischen zwei Fenstern an einem mäßig großen Tische, auf dem die Sakuska serviert war. Speranskij im grauen Frack mit dem Ordensstern und in derselben weißen Weste und hohen weißen Halsbinde, die er in der heutigen vielbesprochenen Sitzung des Staatsrats getragen, stand mit heiterem Gesicht inmitten seiner Gäste am Tische. Magnizkij erzählte, zu Michail Michajlowitsch gewandt, Anekdoten, und Speranskij hörte zu und lachte immer schon im voraus. Als Fürst Andrej eintrat, wurden Magnizkijs Worte vom Gelächter übertönt. Stolypin lachte mit lauter Baßstimme, indem er ein Stück Brot mit Käse aß; Gervais' Gelächter war leise zischend, das Speranskijs fein und hell.

Speranskij reichte, noch immer lachend, dem Fürsten Andrej seine weiße, zarte Hand.

Freue mich sehr, Sie zu sehen, Fürst! sagte er; einen Augenblick ... wandte er sich dann an Magnizkij, seine Erzählung unterbrechend. Es ist heute beschlossene Sache, daß das Mittagessen ganz dem Vergnügen gehört – also kein Wort von Geschäften! Darauf wandte er sich lachend wieder dem Erzähler zu.

Fürst Andrej sah und hörte dem lachenden Speranskij mit Staunen und einem schmerzlichen Gefühl der Ernüchterung zu. Das war nicht der Mann, den er bisher gekannt hatte; alles, was Bolkonskij an ihm erhaben und geheimnisvoll erschienen war, erschien ihm jetzt alltäglich und hörte auf, anziehend für ihn zu sein.

Bei Tisch schwieg die Unterhaltung nicht einen Augenblick und bestand eigentlich aus einer Reihenfolge komischer Anekdoten. Magnizkij hatte seine Erzählung noch nicht beendigt, als schon ein anderer einfiel und seine Fertigkeit bewies, etwas noch Komischeres zu berichten. Die Anekdoten bezogen sich vorwiegend, wenn nicht auf den Staatsdienst, so doch auf die Staatsdiener. Die Nichtigkeit aller diesem Stande Angehörenden schien in dem hier versammelten Kreise so positiv festzustehen, daß die einzige Beziehung zu ihnen nur die des gutmütigen Spottes sein konnte. Speranskij erzählte, daß in der Sitzung von heute morgen ein tauber Würdenträger auf die Frage nach seiner Ansicht geantwortet habe: er wäre ganz derselben Meinung. Gervais berichtete von einer Revision, die durch die Kopflosigkeit aller Beteiligten merkwürdig war. Stolypin mischte sich stotternd in die Unterhaltung, sprach mit Heftigkeit von früheren Mißbräuchen und brachte das Gespräch in die Gefahr, eine ernste Wendung zu nehmen. Magnizkij fing an, über Stolypins Heftigkeit zu spotten, Gervais fiel mit einem Scherze ein, und alle verfielen wieder in den früheren leichten Ton.

Speranskij schien gern von der Arbeit auszuruhen und sich im Freundeskreise zu erheitern, und seine Gäste, die diese Neigung kannten, suchten ihn zu amüsieren und amüsierten sich selbst. Aber dem Fürsten Andrej erschien diese Heiterkeit mehr erzwungen als herzlich; die feinklingende Stimme Speranskijs fiel ihm unangenehm auf, und das immerwährende, mißtönende Gelächter war ihm widerwärtig. Er lachte nicht mit und fürchtete für diese Gesellschaft zu schwerfällig zu sein. Aber niemand bemerkte, daß er in die allgemeine Stimmung nicht hineinpaßte; alle schienen sehr vergnügt zu sein.

Ein paarmal wollte sich Fürst Andrej ins Gespräch mischen, aber seine Worte wurden, wie Kork aus dem Wasser, wieder herausgeworfen, und es gelang ihm nicht, in die Scherze der anderen einzustimmen.

Es war nichts Böses oder auch nur Unpassendes in dem, was sie sagten … alles war scharfsinnig, klug und hin und wieder komisch; aber das eigentliche Salz der Heiterkeit fehlte nicht nur, sie schienen von seiner Existenz gar nichts zu wissen.

Nach dem Essen standen Speranskijs Töchterchen und die Gouvernante auf. Er küßte die Kleine und streichelte sie mit seiner weißen Hand. Auch diese Gebärde erschien dem Fürsten Andrej unnatürlich.

Die Männer blieben nach englischer Sitte beim Portwein sitzen. Als sich das Gespräch den spanischen Kriegstaten Napoleons zuwandte, die von allen Anwesenden bewundert wurden, fing Fürst Andrej an, zu widersprechen. Speranskij lächelte und erzählte, offenbar in der Absicht, die Unterhaltung von der eingeschlagenen Richtung abzulenken, eine Anekdote, die mit dem bisherigen Gespräch keinerlei Zusammenhang hatte. Auf einen Augenblick schwiegen alle still.

Nachdem sie noch eine Weile bei Tische gesessen, korkte Speranskij die Weinflasche zu und sagte: »Ein gutes Weinchen ist heuer ein rarer Genuß«, gab sie dem Diener und stand auf. Alle erhoben sich und gingen laut sprechend in den Salon. Speranskij wurden zwei Briefe übergeben, die ein Kurier gebracht hatte; er nahm sie und ging damit in sein Kabinett. Sobald er sich entfernt hatte, verstummte die allgemeine Heiterkeit, und die Gäste fingen an, vernünftig und leise miteinander zu sprechen.

So, jetzt eine Deklamation! sagte Speranskij, als er aus seinem Kabinett zurückkam. Ein merkwürdiges Talent! wandte er sich an den Fürsten Andrej. Magnizkij stellte sich sogleich in Positur und fing an, französische Spottgedichte zu deklamieren, die er auf bekannte Persönlichkeiten in Petersburg verfertigt hatte; ein paarmal wurde er durch Beifall unterbrochen. Nach Beendigung der Gedichte trat Bolkonskij auf den Hausherrn zu, um sich zu empfehlen.

Wohin so früh? fragte Speranskij.

Ich bin für den Abend versagt …

Sie schwiegen. Fürst Andrej sah in diese spiegelnden, undurchdringlichen Augen, und er hätte sich selbst auslachen mögen. Wie konnte er nur von Speranskij und seiner ganzen Wirksamkeit etwas erwarten; wie dem, was er tat, eine Bedeutung zuschreiben? Das erkünstelte, unfröhliche Lachen klang noch lange, nachdem er Speranskij verlassen hatte, in Bolkonskijs Ohren nach.

Als er nach Hause kam, fing Fürst Andrej an, sein Petersburger Leben in diesen letzten vier Monaten zu überdenken, als ob es etwas Neues für ihn wäre. Er erinnerte sich an seine Arbeiten und Mühen, an die Geschichte seines Militärgesetzentwurfs, den man zur Prüfung angenommen hatte, aber totzuschweigen suchte, weil schon ein anderer, sehr schlechter Entwurf gemacht und dem Kaiser vorgelegt war. Er erinnerte sich an die Sitzungen des Komitees, zu dessen Mitgliedern Berg gehörte: er erinnerte sich, wie ausführlich da alles besprochen wurde, was sich auf Formen und Geschäftsordnung bezog, während man mit zarter Beflissenheit umging, was das Wesen der Sache streifte. Er erinnerte sich an seine gesetzgeberische Arbeit, an die Sorgfalt, mit der er verschiedene Artikel aus dem römischen und französischen Gesetzbuche ins Russische übertragen, und er schämte sich vor sich selbst. Dann rief er sich lebhaft Bogutscharowo, seine Beschäftigungen als Gutsherr und seine Reise nach Rjasanj ins Gedächtnis. Er erinnerte sich seiner Bauern, seines Gemeindeältesten Dron, und da er die Paragraphen des Personenrechts, die er ausgearbeitet hatte, in Gedanken auf sie anzuwenden versuchte, erschien es ihm unglaublich, daß er sich so lange mit einer so nutzlosen Arbeit hatte beschäftigen können.

XIX

Am folgenden Morgen fuhr Fürst Andrej zu verschiedenen Familien, um versäumte Visiten nachzuholen; unter anderem auch zu Rostows, deren Bekanntschaft er auf dem letzten Balle erneuert hatte. Außer den Vorschriften der Höflichkeit bestimmte ihn dazu auch der Wunsch, das eigentümliche, lebhafte, junge Mädchen, das ihm eine angenehme Erinnerung zurückgelassen hatte, in der Häuslichkeit zu sehen.

Natascha kam ihm gleich zuerst entgegen; sie trug ein blaues Hauskleid, in dem sie dem Fürsten noch besser gefiel als im Ball-Staate. Sie und die Ihren nahmen Bolkonskij, wie einen alten Freund, einfach und herzlich auf, und alle Familienglieder – die er früher streng beurteilt hatte – erschienen ihm jetzt als ausgezeichnet gute, einfache Menschen. Die Gastfreundlichkeit und Herzlichkeit des alten Grafen war ihm besonders angenehm und veranlaßte ihn, die Einladung zum Mittagessen anzunehmen.

»Ja, es sind gute, tüchtige Menschen, dachte Bolkonskij; natürlich haben sie nicht die entfernteste Ahnung davon, welchen Schatz sie in Natascha besitzen; aber es sind gute Menschen, und sie bilden den besten Hintergrund für diese poetische, reiche, lebensvolle Mädchengestalt.«

Zu Natascha fühlte Fürst Andrej das Dasein einer ihm fremden, eigenartigen Welt, erfüllt mit ihm unbekannten, eigenen Freuden; jener fremden Welt, die ihn schon damals in der Allee von Otradnoje und während der Mondnacht am Fenster gereizt und beunruhigt hatte. Jetzt beunruhigte ihn diese Welt nicht mehr, war sie ihm nicht mehr ganz so fremd, und nun er ihr näher getreten war, fand er darin einen ihm neuen Genuß.

Nach dem Essen ging Natascha auf die Bitte des Fürsten Andrej ans Klavier und fing an zu singen. Er stand mit einigen Damen plaudernd am Fenster und hörte zu; aber plötzlich schwieg er mitten im Satze und fühlte, daß ihm Tränen in die Kehle stiegen, was er bisher nicht an sich gekannt hatte. Er sah die singende Natascha an, und in seiner Seele erstand etwas Neues, Beglückendes; er war froh und wehmütig zugleich, und obwohl er keine Ursache zum Weinen hatte, fühlte er sich dazu geneigt. Galten die Tränen vergangener Liebe? ... der kleinen Fürstin? ... seinen Enttäuschungen? ... seinen Hoffnungen für die Zukunft? Ja und nein! Die Hauptsache, über die er hätte weinen mögen, war der plötzlich lebhaft erkannte, schreckliche Widerstreit zwischen etwas unendlich Großem, Unfaßbarem in ihm, und etwas Engem, Körperlichem, das er selbst war und sogar auch sie. Dieser Widerstreit quälte und erfreute ihn, während Natascha sang.

Sobald Natascha aufhörte, trat sie auf ihn zu, fragte, wie ihm ihre Stimme gefiele und kam schon, während sie es aussprach, in Verlegenheit, denn sie begriff, daß man so nicht fragen dürfe. Er lächelte, indem er sie ansah und antwortete, daß ihm ihr Singen ebenso gefalle wie alles, was sie tue.

Es war spät, als Fürst Andrej Rostows verließ. Er legte sich wie gewöhnlich nieder, erkannte aber bald, daß er nicht schlafen könne. Er zündete das Licht wieder an, setzte sich im Bette auf, stand auf und legte sich wieder nieder, ohne wegen der Schlaflosigkeit unzufrieden zu sein, so neu und erquicklich war ihm, was seine Seele erfüllte. Ihm war, als ob er aus einem dumpfigen Zimmer in die freie Gotteswelt hinausgetreten wäre ... aber daß er in Natascha verliebt war, fiel ihm nicht ein. Er dachte nicht über sie nach, stellte sie sich nur vor, und infolgedessen erschien ihm sein ganzes Leben in einem neuen Lichte.

»Um was plage ich mich? Wozu zwinge ich mich in diesen engen Rahmen, während mir das Leben, das ganze Leben, mit allen seinen Freuden offensteht?« sagte er zu sich selbst, und zum ersten Male seit langer Zeit fing er an, heitere Zukunftspläne zu entwerfen. Er beschloß, mit der Erziehung seines Sohnes zu beginnen, indem er einen Erzieher für ihn suchte, und dann wollte er Urlaub nehmen, ins Ausland gehen und England, die Schweiz und Italien besuchen.

»Ich muß meine Freiheit genießen, solange ich Kraft und Jugend in mir fühle, sagte er zu sich selbst. – Pierre hatte Recht, als er behauptete, daß man an die Möglichkeit des Glückes glauben müsse, um glücklich zu werden – und ich glaube jetzt daran! Überlassen wir es den Toten, die Toten zu begraben ... solange wir am Leben sind, wollen wir leben und glücklich sein!«

XX

Eines Morgens kam der Oberst Adolf Berg zu Pierre, mit dem er, wie mit allen Moskauern, die in Petersburg lebten, bekannt war. Er prangte in einer frisch von der Nadel gekommenen Uniform und hatte die pomadisierten Haare genau so geordnet, wie sie der Kaiser Alexander Pawlowitsch trug.

Ich war eben bei Ihrer Frau Gemahlin und erfuhr zu meinem Bedauern, daß sie meine Bitte nicht erfüllen kann. Bei Ihnen, Graf, hoffe ich glücklicher zu sein, sagte er lächelnd.

Was wünschen Sie, Oberst? Ich stehe zu Diensten.

Meine Einrichtung in der neuen Wohnung ist nun fertig,

sagte Berg, augenscheinlich überzeugt, daß dies eine erfreuliche Nachricht war, und so möchte ich meinen Bekannten und dann meiner Frau eine kleine Abendgesellschaft geben. (Er lächelte noch freundlicher.) Auch Sie und die Gräfin wollte ich um die Ehre bitten, zu einer Tasse Tee und zum Abendbrot zu uns zu kommen.

Nur Gräfin Helèna Wassiljewna, welche die Gesellschaft solcher Leute wie diese Bergs unter ihrer Würde hielt, konnte so grausam sein, diese Einladung auszuschlagen. Berg erklärte so unumwunden, warum ihm daran lag, eine kleine und gute Gesellschaft bei sich zu sehen, und warum er bedauern würde, für Kartenspiel und etwas Gewöhnliches Geld auszugeben, daß er dagegen für eine gute Gesellschaft zu jeder Ausgabe bereit sei, daß Pierre nicht Nein sagen konnte und zu kommen versprach.

Nur nicht zu spät, Graf, wenn ich bitten darf ... etwa zehn Minuten vor acht erlaube ich mir, zu bitten. Wir wollen eine Partie machen. Unser General wird da sein ... er ist sehr liebenswürdig gegen mich. Und dann werden wir soupieren ... Also, Sie haben die Güte!

Pierre, der sich gewöhnlich verspätete, kam diesen Abend merkwürdigerweise statt zehn Minuten vor acht schon um drei viertel acht zu Bergs.

Das Ehepaar war, nachdem alle Vorbereitungen für die Gesellschaft getroffen waren, zum Empfang der Gäste bereit.

In seinem neuen, sauberen, hell erleuchteten, mit Bildern, Büsten und neuen Möbeln geschmückten Kabinett saß Berg in seiner neuen, fest zugeknöpften Uniform seiner Frau gegenüber und erklärte ihr, daß man immer den Verkehr mit Höhergestellten suchen müsse, weil nur darin die Annehmlichkeit des Verkehrs liege. Von solchen Leuten kann man etwas lernen, kann man etwas haben. Sieh, wie ich von Anfang an mein Leben eingerichtet habe. (Berg berechnete seine Lebenszeit nicht nach Jahren, sondern nach den Beförderungen im Dienste.) Meine Kameraden sind noch immer nichts, und ich stehe vor der Beförderung zum Regimentskommandeur; ich habe das Glück, dein Mann zu sein (er stand auf und küßte Wjera die Hand, aber während er zu ihr ging, legte er die umgebogene Ecke des Teppichs zurecht); und wodurch habe ich das alles erreicht? Hauptsächlich durch die Geschicklichkeit in der Wahl meiner Bekannten. Daß man dabei rechtschaffen und gewissenhaft sein muß, versteht sich von selbst.

Berg lächelte im Bewußtsein seiner Überlegenheit über die schwache Frau und schwieg, indem er sich sagte, daß seine liebe Wjera doch nur ein schwaches Weib sei und als solches nicht ganz zu verstehen vermöge, daß der Wert des Mannes darin besteht – »ein Mann zu sein« (wie er in Gedanken deutsch hinzufügte). Inzwischen lächelte auch Wjera im Bewußtsein ihrer Überlegenheit über den guten, wackeren Mann, der – nach Wjeras Meinung – wie alle Männer eine falsche Vorstellung vom Leben hatte. Berg, der nach seiner Frau urteilte, hielt alle Frauen für schwach und beschränkt. Wjera, die von ihrem Manne auf andere schloß, war überzeugt, daß alle Männer, obwohl sie eigentlich nichts verstehen, nur sich allein Verstand zuschreiben und hochmütig und egoistisch sind.

Berg stand auf, umarmte seine Frau mit aller Vorsicht, um die Spitzenpelerine, die er teuer bezahlt hatte, nicht zu zerdrücken, und küßte sie mitten auf den Mund.

Eins nur wünsche ich, daß wir nicht gleich Kinder bekämen, sagte er, seinem stillen Ideengange folgend.

Ja, ich wünsche mir gar keine, antwortete Wjera. Für die Gesellschaft leben ist angenehmer.

Genauso waren die Spitzen der Fürstin Jussupow, sagte Berg und deutete mit glückseligem Lächeln auf die Pelerine seiner Frau.

In diesem Augenblick wurde Graf Besuchow gemeldet. Die Ehegatten sahen sich mit selbstzufriedener Meine an, und jeder schrieb sich die Ehre dieses Besuches zu.

»Das nenne ich gute Gesellschaft kultivieren! dachte Berg; das heißt sich eine Stellung schaffen!«

Bitte aber, wenn ich die Gäste unterhalte, so unterbrich mich nicht, sagte Wjera. Ich weiß, womit man jede unterhalten muß und welches Gespräch in jeder Gesellschaft das passendste ist.

Berg lächelte wieder.

Das kannst du nicht immer, antwortete er; zuweilen wollen die Männer ein männliches Gespräch führen.

Pierre wurde in dem neuen Salon empfangen, wo man sich nirgends setzen konnte, ohne die Symmetrie, die Sauberkeit und die Ordnung zu stören. So war es denn begreiflich, daß sich Berg, trotz der großmütigen Bereitwilligkeit, dem teueren Gaste jeden Lehnstuhl oder Diwan zur Verfügung zu stellen, in einer krankhaften Unentschlossenheit befand, und die Lösung der Frage der Wahl des Gastes überließ.

Pierre zerstörte die Symmetrie, indem er sich einen Stuhl heranzog, und Berg und Wjera fingen den Abend damit an, daß sie sich gegenseitig ins Wort fielen, um den Besuch zu unterhalten.

Wjera, die sich nach sorgfältiger Überlegung entschlossen hatte, mit Pierre von der französischen Gesandtschaft zu sprechen, schlug sogleich dieses Thema an; Berg aber, der ein männliches Gespräch vorzog, unterbrach seine Frau, indem er die Frage des Krieges mit Anstand berührte, unwillkürlich von dem Allgemeinen auf persönliche Interessen überging und von den Anträgen erzählte, die ihm für die Teilnahme am österreichischen Feldzuge gemacht waren, und von den Gründen, die ihn veranlaßt hatten, nicht darauf einzugehen. Obwohl das Gespräch hin und her schwankte und Wjera sich über die Einmischung des männlichen Elements ärgerte, fühlten beide Ehegatten mit Vergnügen, daß »die Gesellschaft«, wenn auch erst ein Gast da war, sehr gut begann, und daß sie, wie ein Tropfen Wasser dem andern, doch den Gesellschaften ihrer Bekannten, mit Tee, Gespräch und brennenden Kerzen glich.

Bald darauf kam Boris, ein alter Kamerad Bergs, der ihn und Wjera mit einem Anflug von Überlegenheit und Gönnerhaftigkeit behandelte. Nach ihm erschien eine Dame und ein Obrist, dann gar der General, Rostows, und die Gesellschaft ward unzweifelhaft allen anderen Gesellschaften vollkommen ähnlich. Berg und Wjera konnten sich beim Anblick der Bewegung im Salon, bei dem Gemurmel der zusammenhanglosen Gespräche und Begrüßungen und dem Rauschen der Kleider eines zufriedenen Lächelns nicht erwehren. Alles war genau wie bei den anderen – besonders der General, der die Wohnung lobte, Berg auf die Schulter klopfte und die Aufstellung des Bostontisches mit väterlicher Vertraulichkeit überwachte. Der General setzte sich zu dem Grafen Ilja Andreitsch als dem vornehmsten Gaste nach ihm selbst; die Alten saßen bei den Alten, die Jungen bei den Jungen; die Wirtin nahm den Platz am Teetische ein, auf dem in silbernen Körben ganz dasselbe Gebäck stand, das bei Panins gegeben wurde ... kurz, alles war genau so wie bei den anderen.

XXI

Pierre wurde, als einer der Vornehmsten, mit dem General, dem Obersten und dem Grafen Ilja Andreitsch an den Bostontisch gesetzt. Sein Platz war so, daß er Natascha im Auge hatte, und nun fiel ihm die seltsame Veränderung auf, die seit dem Balle mit ihr vorgegangen war. Sie war schweigsam und nicht nur nicht so hübsch wie auf dem Balle, sie wäre geradezu häßlich gewesen, hätte ihr Gesicht nicht einen so weichen, wehmütigen Ausdruck gehabt.

»Was ist ihr?« dachte Pierre, indem er sie ansah. Sie saß neben der Schwester am Teetisch und antwortete gleichgültig, ohne aufzublicken, auf eine Frage, die Boris, der sich zu ihr gesetzt hatte, an sie richtete. Nachdem Pierre sein angesagtes Spiel vollendet und zur Freude seines Partners fünf Stiche gemacht hatte, wobei er die Begrüßungen und Schritte eines neu Angekommenen gehört, sah er, während er die Stiche zusammenlegte, wieder zu Natascha hinüber.

»Was ist mit ihr vorgegangen?« fragte er sich mit noch größerem Erstaunen als vorher.

Fürst Andrej stand mit freundlich verbindlicher Miene vor ihr und redete sie an. Sie erhob den Kopf, wurde rot, gab sich sichtlich Mühe, ihr stürmisches Atmen zu unterdrücken, sah ihn an, und das helle Licht einer innerlichen, bisher gedämpften Flamme durchleuchtete ihr ganzes Wesen. Sie war völlig umgewandelt; aus dem häßlichen Mädchen ward wieder die Erscheinung, die sie auf dem Balle gewesen war.

Fürst Andrej trat zu Pierre, und dieser bemerkte auch im Gesicht des Freundes einen neuen, jugendlichen Ausdruck.

Im Verlaufe des Spieles wechselte Pierre mehrmals den Platz, so daß er Natascha bald den Rücken, bald das Gesicht zukehrte, und während aller sechs Partien machte er seine Beobachtungen über sie und den Freund.

»Es geht etwas Ernstes zwischen ihnen vor!« dachte er, und ein zugleich freudiges und bitteres Gefühl erregte ihn und ließ ihn seinen eigenen Kummer vergessen.

Nach der sechsten Partie erhob sich der General und erklärte, so könne man nicht weiterspielen; Pierre wurde frei.

Jetzt sprach Natascha mit Sonja und Boris, und Wjera unterhielt sich mit einem feinen Lächeln mit dem Fürsten Andrej. Pierre näherte sich seinem Freunde, fragte, ob es auch keine Geheimnisse sind, über die sie sprechen, und nahm neben ihnen Platz.

Als Wjera die Aufmerksamkeit des Fürsten Andrej gegen Natascha bemerkte, fand sie, daß eine Gesellschaft, eine wirkliche Gesellschaft nicht ohne feine Anspielungen auf Gefühle vorübergehen dürfe, und sobald sie den Fürsten allein sprechen konnte, knüpfte sie eine Unterhaltung über Gefühle im allgemeinen und über die Schwester im besonderen an. Einem so klugen Manne gegenüber (dafür hielt sie den Fürsten Andrej) mußte sie ihre ganze diplomatische Kunst zu Hilfe nehmen.

Als Pierre sich ihnen näherte, bemerkte er, daß Wjera mit großer Selbstgefälligkeit den Gang des Gesprächs leitete, während Fürst Andrej (was ihm selten geschah) verlegen zu sein schien.

Was denken Sie, Fürst, fragte Wjera mit feinem Lächeln; Sie sind so scharfsichtig und verstehen so gut, die Charaktere der Menschen zu durchschauen ... was denken Sie von Natalie? kann sie wohl in ihren Neigungen beharrlich sein? kann sie, wie andere Frauen – Wjera meinte sich selbst – einmal lieben und dem einen für immer treu bleiben? Das nur halte ich für wahre Liebe! Was meinen Sie, Fürst?

Ich kenne Ihre Schwester zu wenig, um eine so schwierige Frage zu lösen, antwortete Fürst Andrej mit einem spöttischen Lächeln, unter dem er seine Verlegenheit zu verbergen suchte. Außerdem habe ich bemerkt, daß eine Frau um so beständiger ist, je weniger sie gefällt, fügte er hinzu und blickte auf Pierre, der sich ihnen eben näherte.

Ja, das ist wahr, Fürst, in unserer Zeit ist es so, antwortete Wjera (indem sie nach der Art beschränkter Menschen glaubte, eine Eigentümlichkeit unserer Zeit und ihren Einfluß auf die Menschen entdeckt zu haben). In unserer Zeit hat ein junges Mädchen so viel Freiheit, daß die Freude, Aufmerksamkeit zu erregen, oft das wahre Gefühl in ihr tötet. Auch Natalie, das läßt sich nicht leugnen, ist sehr empfänglich dafür.

Die Wiedererwähnung Natalies veranlaßte den Fürsten, wieder mürrisch die Stirn zu runzeln. Er wollte aufstehen, aber Wjera fuhr mit noch feinerem Lächeln fort:

Ich glaube, keinem Mädchen ist je so der Hof gemacht worden wie ihr; aber bis zur allerletzten Zeit hat ihr niemand ernstlich gefallen ... Sie wissen es, Graf, wandte sie sich an Pierre. Nicht einmal unser lieber Vetter Boris, der, unter uns gesagt, sehr, sehr tief ins Land der Zärtlichkeit gedrungen war, sagte sie mit einer Anspielung auf die damals beliebte Karte des Liebeslandes.

Fürst Andrej schwieg mit finsterer Miene.

Sie sind ja ein Freund von Boris, sagte Wjera.

Ja, ich kenne ihn.

Er hat Ihnen doch gewiß von seiner Jugendliebe zu Natascha erzählt?

War es denn eine Jugendliebe? fragte Fürst Andrej und wurde plötzlich rot.

Jawohl, Sie wissen ja, die Vertraulichkeit zwischen Kusin und Kusine führt zuweilen zur Liebe. Vetternschaft – gefährliche Nachbarschaft, nicht wahr?

Ohne Zweifel! antwortete Fürst Andrej und begann plötzlich in einer ihm sonst fremden, aufgeregten Weise mit Pierre zu scherzen, warnte ihn vor dem Umgange mit seinen fünfzigjährigen Moskauischen Kusinen, stand mitten im Scherzen auf, erfaßte Pierres Arm und führte ihn beiseite.

Was gibt's? fragte Pierre, der die ungewöhnliche Lebhaftigkeit seines Freundes mit Verwunderung bemerkte und den Blick gesehen hatte, den er im Aufstehen Natascha zuwarf.

Ich muß, ich muß mit dir sprechen, antwortete Fürst Andrej; du kennst unsere Frauenhandschuhe (er meinte die Handschuhe, die dem neu eintretenden Freimaurer für die geliebte Frau gegeben werden). Ich ... aber nein, ich will ein andermal mit dir sprechen ... und mit auffallend glänzenden Augen und auffallend unruhigem Wesen ging Fürst Andrej wieder auf Natascha zu und setzte sich neben sie. Pierre sah, daß er sie etwas fragte und sie erglühend Antwort gab.

Aber in demselben Augenblick trat Berg zu Pierre und bat ihn dringend, an einem Streite über die spanischen Angelegenheiten zwischen dem General und dem Obersten teilzunehmen.

Berg war zufrieden und glücklich; das Lächeln der Freude verschwand nicht einen Augenblick von seinem Gesicht; seine Gesellschaft war ausgezeichnet und ganz so wie andere Gesellschaften, die er besucht hatte. Alles war hier ganz wie dort: die Damen, die leisen Gespräche, die Karten, am Spieltisch der General mit der lauten Stimme, der Samowar, das Gebäck. Nur eines fehlte noch, was er in den Abendgesellschaften, die er nachahmen wollte, immer gefunden: es fehlte ein lautes Gespräch zwischen den Männern, ein Streit über etwas Wichtiges, Geistvolles. Der General hatte jetzt ein solches Gespräch begonnen, und dazu wurde Pierre so eifrig von Berg herbeigerufen.

XXII

Am folgenden Tage kam Fürst Andrej, den Graf Ilja Andreitsch eingeladen hatte, zum Diner zu Rostows und brachte den Abend bei ihnen zu.

Alle im Hause ahnten, wem zuliebe Fürst Andrej kam, und er suchte dies auch nicht zu verheimlichen, sondern gab sich Mühe, den ganzen Tag mit Natascha zusammenzusein. Nicht nur Natascha, die ängstlich, aber froh und glücklich war, sondern alle empfanden ein gewisses Bangen vor etwas

Wichtigem, das bevorstand. Die Gräfin sah den Fürsten, wenn er mit Natascha sprach, mit traurigen, ernsten, strengen Augen an, aber sobald er sich zu ihr wandte, begann sie schüchtern irgendein gleichgültiges Gespräch. Sonja fürchtete sich, Natascha allein zu lassen, fürchtete aber auch zu stören, wenn sie blieb. Wenn Natascha auf eine Minute mit dem Fürsten Andrej unter vier Augen war, erbleichte sie in banger Erwartung und wurde immer wieder durch seine Schüchternheit überrascht. Sie fühlte, daß er ihr etwas zu sagen hatte, sich aber nicht dazu entschließen konnte.

Am Abend, als Fürst Andrej fortgegangen war, trat die Gräfin auf Natascha zu und fragte leise:

Nun, wie ist's?

Mama, um Gottes Willen, fragen Sie mich jetzt nichts ... ich kann nichts sagen!

Aber noch an demselben Abend lag Natascha, halb aufgeregt, halb beängstigt, mit weit geöffneten, hin und wieder starr werdenden Augen, lange im Bette der Mutter. Bald erzählte sie ihr, wie er sie gelobt; bald, daß er gesagt, er wolle ins Ausland gehen; bald, daß er sich erkundigt, wo sie den Sommer verleben würden; bald, wie ausführlich er nach Boris gefragt.

So war mir noch nie zumut ... so ... so! rief sie aus. Es ist mir schrecklich, mit ihm zusammenzusein ... mir ist immer bange vor ihm ... Was bedeutet das? ... doch wohl, daß dies das Echte ist? nicht wahr, Mama? ... Sie schlafen?

Nein, mein Herzchen, mir ist selber bange, antwortete die Mutter. Aber geh jetzt!

Das nützt nichts ... ich kann doch nicht schlafen. Welch ein Unsinn ... schlafen! Mama, Mama, so war mir noch nie! wiederholte sie voll Verwunderung und Schrecken vor dem Gefühl, dessen sie sich bewußt wurde. Hätten wir denken können! ...

Natascha glaubte, daß sie sich in den Fürsten Andrej verliebt hätte, als sie ihn zum ersten Male in Otradnoje gesehen und erschrak gleichsam vor dem unverhofften Glück, daß der Mann, den sie (wie sie fest überzeugt war) damals schon erkoren, jetzt wieder mit ihr zusammentraf und, wie es schien, nicht gleichgültig gegen sie blieb.

»Da muß er jetzt wie absichtlich nach Petersburg kommen, während wir hier sind, und ich muß ihm auf diesem Balle begegnen ... Das ist Schicksalsfügung ... Es ist unverkennbar Schicksalsfügung! Alles hat dahin geführt ... schon damals, als ich ihn kaum gesehen, habe ich etwas Besonderes gefühlt ...«

Was hat er dir gesagt? Was für Verse sind dies? ... lies! sagte die Mutter nachdenklich, indem sie auf die Verse zeigte, die Fürst Andrej in Nataschas Album geschrieben hatte.

Mama, ist's nicht eine Schande, einen Witwer zu heiraten?

Laß den Unsinn, Natascha, bete zu Gott! »Ehen werden im Himmel geschlossen.«

Mamachen, mein Liebling, wie ich Sie liebe, wie wohl mir ist! rief Natascha und weinte Tränen des Glückes und der Aufregung, indem sie die Mutter umarmte.

In derselben Zeit saß Fürst Andrej bei Pierre und sprach mit ihm von seiner Liebe zu Natascha und von seinem festen Vorsatze, sie zu heiraten.

Gräfin Helèna Wassiljewna gab an diesem Abend einen Rout. Der französische Gesandte war da, der Prinz, der seit kurzem ein häufiger Besucher der Gräfin geworden, und viele vornehme Männer und Frauen. Pierre war unten, wanderte durch die Säle und fiel den Gästen durch seine finstere und zugleich nachdenkliche und zerstreute Miene auf.

Von dem Ballabend an fühlte sich Pierre durch einen neuen Anfall von Hypochondrie bedroht und suchte mit verzweifelter Anstrengung dagegen anzukämpfen. Seit der Annäherung zwischen dem Prinzen und seiner Frau war Pierre unerwartet zum Kammerherrn ernannt worden; seitdem empfand er wieder die ganze Schwere und Schmach des Gesellschaftslebens, die früheren finsteren Gedanken von der Nichtigkeit des Menschendaseins fingen wieder an, ihn öfter heimzusuchen, und als er zu derselben Zeit das aufkeimende Gefühl zwischen dem Fürsten Andrej und der kleinen Natascha erkannte, die er protegierte, trug der Gegensatz zwischen seiner Lage und der des Freundes noch dazu bei, diese finstere Stimmung zu verstärken. Er gab sich jedoch Mühe, sowohl den Gedanken an seine Frau wie den an Natascha und den Fürsten Andrej zu meiden. Wieder schien ihm alles nichtig im Vergleiche zu der Ewigkeit; wieder drängte sich ihm die Frage auf: »wozu?« und tage- und nächtelang zwang er sich, in Sachen der Freimaurerei zu arbeiten, indem er dadurch die bösen Geister zu vertreiben hoffte.

Pierre, der sich in der Mitternachtsstunde aus den Gemächern der Gräfin entfernt hatte, saß oben in seinem niedrigen, raucherfüllten Zimmer, im abgetragenen Schlafrock, am Tische und schrieb das Original der schottischen Urkunden ab, als jemand zu ihm ins Zimmer trat. Es war Fürst Andrej.

Ah, Sie sind's! sagte Pierre mit düsterer, zerstreuter Miene. Ich sitze in der Arbeit, fuhr er fort, indem er auf sein Heft zeigte, und sein Gesicht nahm jenen Ausdruck an, mit dem unglückliche Menschen auf ihre Beschäftigung sehen, wenn sie sich durch sie aus den Mißgeschicken des Lebens gerettet fühlen.

Fürst Andrej blieb mit dem strahlenden, entzückten Gesicht eines zu neuem Leben Geborenen vor Pierre stehen und lächelte ihm mit dem Egoismus des Glückes zu, ohne seine Traurigkeit zu beachten.

Nun, mein Lieber, fing er an, schon gestern wollte ich's dir sagen, und heute bin ich nur dazu hergekommen: niemals habe ich etwas Ähnliches empfunden! Ich bin verliebt, mein Freund!

Pierre atmete tief und sank mit seinem schweren Körper neben dem Fürsten Andrej auf den Diwan.

In Natascha Rostowa, ja? sagte er.

Ja, ja, in wen sonst? Ich hätte nie geglaubt ... Aber dies Gefühl ist stärker als ich. Gestern habe ich gelitten, mich gequält, aber auch diese Qual möchte ich für nichts in der Welt hingeben. Bis jetzt habe ich nicht gewußt, was Leben ist ... erst jetzt fange ich an zu leben ... und ich kann nicht mehr existieren ohne sie ... Aber wird sie mich lieben können? Ich bin alt im Vergleich zu ihr ... Warum sagst du nichts?

Ich? Ich? Was habe ich Ihnen gesagt? fing Pierre an, indem er aufstand und im Zimmer hin und her ging. Ich habe das immer erwartet ... dies Mädchen ist ein solcher Schatz ...

eine solche … sie ist ein seltenes Mädchen! Lieber Freund, ich bitte Sie, überlegen Sie nicht, zweifeln Sie nicht, heiraten Sie … heiraten Sie … heiraten Sie … und ich bin überzeugt, daß es nie einen glücklicheren Menschen geben kann als Sie.

Aber sie …

Sie liebt Sie!

Sprich keinen Unsinn! sagte Fürst Andrej lächelnd, indem er Pierre in die Augen sah.

Sie liebt Sie! ich weiß es! schrie Pierre heftig.

Höre nur, sagte Fürst Andrej, indem er ihn am Arme festhielt. Begreifst du, in welcher Lage ich bin … Ich muß mich jemandem anvertrauen.

Gut, sprechen Sie nur … Ich freue mich sehr, antwortete Pierre mit veränderter Miene; die Stirnfalte glättete sich, und er hörte dem Fürsten freundlich zu.

Fürst Andrej schien und war ein völlig anderer, neuer Mensch. Was war aus seinem Gram geworden, seiner Lebensverachtung, seiner Ernüchterung! Pierre war der einzige, gegen den er sich auszusprechen vermochte, und er sagte ihm alles, was er auf dem Herzen hatte. Er machte frisch und fröhlich Pläne für die Zukunft, sagte, daß er sein Glück nicht den Launen seines Vaters opfern könne, daß er diesen zwingen werde, die Einwilligung zu der Heirat zu geben und Natascha zu lieben … Und wenn nicht, so würde er sich ohne diese Zustimmung behelfen. Und dann wunderte er sich wieder über das Gefühl, das ihn beherrschte, wie über etwas Sonderbares, Fremdes, nicht von ihm Abhängendes.

Ich würde es nie geglaubt haben, wenn man mir gesagt hätte, daß ich so lieben kann. Es ist nicht das Gefühl, das ich früher hatte. Die ganze Welt ist für mich in zwei Teile geteilt: der eine ist *sie*, und bei ihr ist Glück, Hoffnung, Licht. Die andere Hälfte ist alles, wo sie nicht ist; dort ist Freudlosigkeit, Finsternis …

Freudlosigkeit und Finsternis! wiederholte Pierre; ja, ja, ich verstehe das!

Ich kann es nicht lassen, das Licht zu lieben … es ist nicht meine Schuld, daß ich es tue. Und ich bin sehr glücklich! … Du verstehst mich, ich weiß, daß du dich mit mir freust!

Ja, ja! bestätigte Pierre und sah den Freund mit liebevollen, traurigen Augen an. Je heller ihm das Schicksal des Fürsten Andrej erschien, um so dunkler kam ihm sein eigenes vor.

XXIII

Zu seiner Heirat bedurfte Fürst Andrej der Zustimmung des Vaters, und um sie zu erlangen, reiste er am folgenden Tage nach Lyssyja-Gory ab.

Der alte Herr nahm die Mitteilung des Sohnes äußerlich ruhig, aber mit innerlichem Zorn auf. Da sich für ihn das Dasein zu Ende neigte, konnte er nicht verstehen, daß man irgend etwas in seiner Lebensweise ändern, etwas Neues hineinbringen wollte.

»Wenn sie mich nur ungestört in meiner Weise zu Ende leben ließen; nachher können sie ja machen, was sie wollen«, sagte er zu sich selbst. Dem Sohne gegenüber benahm er sich jedoch mit jener Diplomatie, zu der er in wichtigen Fällen zu greifen pflegte, und besprach die Angelegenheit in erzwungen ruhigem Tone.

Erstens war die Partie, wie er bemerkte, in bezug auf Verwandtschaft, Verbindungen und Vermögen durchaus nicht glänzend; zweitens war Fürst Andrej nicht mehr in der ersten Jugend, erfreute sich keiner kräftigen Gesundheit (der alte Herr legte hierauf besonderes Gewicht), und sie war noch so sehr jung; drittens erschien es ihm bedauerlich, daß sein Enkel einem solchen Kinde in die Hände gegeben werden sollte, und viertens endlich sagte er, indem er den Sohn spöttisch ansah: »Tu mir den Gefallen und verschiebe die Geschichte um ein Jahr. Gehe ins Ausland; tue etwas für deine Gesundheit; suche, wie es deine Absicht war, einen deutschen Erzieher für den Fürsten Nikolaj ... und wenn dann deine Liebe oder Leidenschaft oder Halsstarrigkeit oder wie du es sonst nennen willst, noch immer vorhält, so heirate. Dies ist mein letztes Wort, das wisse, mein letztes!«

Der Fürst schloß in einem Tone, der deutlich sagte, daß nichts ihn zwingen könnte, seinen Entschluß zu ändern.

Wie Fürst Andrej klar erkannte, hoffte der alte Herr, daß entweder das Gefühl des Sohnes oder das seiner künftigen Braut die Prüfung von einem Jahre nicht überstehen, oder daß er selbst, der alte Fürst, im Laufe dieser Zeit sterben würde. Fürst Andrej beschloß, den Willen des Vaters zu erfüllen, seinen Antrag zu machen und die Hochzeit um ein Jahr zu verschieben.

Drei Wochen nach dem letzten Abend bei Rostow kam Fürst Andrej nach Petersburg zurück.

Nach ihrer Aussprache mit der Mutter hatte Natascha den Fürsten Bolkonskij den ganzen Tag erwartet; aber er kam nicht. Am zweiten und dritten Tage war es ebenso. Auch Pierre ließ sich nicht sehen, und Natascha, die nicht wußte, daß Fürst Andrej zu seinem Vater gereist war, konnte sich sein Fortbleiben nicht erklären.

So vergingen drei Wochen. Natascha wollte nirgends hingehen und schlich wie ein Schatten, untätig und niedergeschlagen durch die Zimmer. Wenn sie allein war, weinte sie und vermied die Abendzirkel der Mutter. Sie errötete beständig, war sehr aufgeregt, hatte das Gefühl, als ob alle Welt von ihrer Täuschung unterrichtet wäre, sie verlachte und bedauerte, und die ganze Bitterkeit verletzter Eigenliebe verschärfte ihr Unglück.

Einmal kam sie zu der Gräfin und schien ihr etwas sagen zu wollen; aber plötzlich fing sie an zu weinen. Ihre Tränen waren die eines gekränkten Kindes, das selbst nicht weiß, wofür es bestraft wird.

Die Mutter fing an, sie zu trösten; anfangs hörte Natascha zu, aber dann fiel sie ihr ins Wort und sagte:

Hören Sie auf, Mama! ich denke gar nicht mehr daran und will nicht dran denken, warum er uns besucht … und wieder aufgehört hat.

Ihre Stimme zitterte, und sie war abermals im Begriff, zu weinen; sie nahm sich jedoch zusammen und fuhr ruhig fort:

Ich mag ihn auch gar nicht heiraten … Ich fürchte mich vor ihm … Ich bin ganz, ganz vernünftig geworden.

Am Morgen nach diesem Gespräch zog Natascha das alte

Kleid wieder an, das ihr, wegen der heiteren Tage, an die es sie erinnerte, besonders lieb war, und kehrte zu ihrer frühern Lebensweise zurück, die sie nach dem Balle verändert hatte. Nachdem sie Tee getrunken, ging sie in den Saal, den sie seiner starken Resonanz wegen besonders gern hatte, und fing an, ihre Solfeggien zu singen. Nach der ersten Übung stellte sie sich mitten in den Saal hin und wiederholte eine musikalische Phrase, die ihr besonders gefiel. Mit einem Vergnügen (als ob es etwas Neues für sie wäre) lauschte sie auf den Wohllaut, mit dem diese Töne dahinströmten, die Leere des Saales füllten und allmählich erstarben, und plötzlich wurde ihr leicht ums Herz.

»Wozu viel darüber nachdenken! es ist auch so gut«, sagte sie zu sich selbst und fing an, im Saale hin und her zu gehen, indem sie auf dem hallenden Parkett bei jedem Schritt vom Absatz auf die Zehen trat. Sie trug ihre neuen Lieblingschuhe und horchte mit demselben Vergnügen wie vorhin auf die Töne ihrer Stimme, auf das gleichmäßige Klappern der Absätze und das Knarren der Sohlen. Als sie am Spiegel vorbeikam, sah sie hinein.

»Das bin ich!« schien der Ausdruck ihres Gesichts beim Anblick ihrer eigenen Gestalt zu sagen. »Gut. Ich brauche niemanden!«

Der Diener wollte etwas im Saale ordnen, aber sie ließ ihn nicht herein, schloß wieder die Tür hinter ihm und setzte ihren Spaziergang fort.

Sie kehrte an diesem Morgen zu dem ihr behaglichsten Zustand der Liebe und Bewunderung für sich selbst zurück.

»Wie reizend ist diese Natascha!« sagte sie abermals, indem sie von sich selbst mit den Worten eines Dritten, eines Kollektiv-Mannes sprach. »Sie ist schön, hat eine herrliche Stimme, ist jung, und jeder hat sie gern. Laßt sie nur in Ruhe!« Freilich, wenn man sie nicht in Ruhe ließ, konnte sie nicht ruhig sein – das fühlte sie nur zu deutlich!

Im Vorzimmer öffnete sich die Tür der Paradetreppe; eine Stimme fragte: Ist die Herrschaft zu Hause? und Schritte wurden hörbar. Natascha blickte in den Spiegel, aber im ersten Moment sah sie sich nicht. Sie hörte nur das Geräusch im

Vorzimmer, und als sie sich endlich sah, war ihr Gesicht ganz blaß.

»Er« war es, das wußte sie gewiß, obwohl sie seine Stimme hinter der verschlossenen Tür kaum gehört hatte.

Bleich und erschrocken eilte Natascha in den Salon.

Mama, Bolkonskij ist gekommen! sagte sie; Mama, das ist schrecklich! das ist unausstehlich! ... Ich will mich nicht wieder quälen ... was soll ich tun?

Die Gräfin hatte noch nicht Zeit gehabt, ihr zu antworten, als Fürst Andrej mit aufgeregtem, ernstem Gesicht in den Salon trat. Sobald er Natascha erblickte, erhellte sich seine Miene; er küßte Mutter und Tochter die Hand und setzte sich neben den Diwan.

Wir haben schon lange nicht das Vergnügen gehabt ... begann die Gräfin; aber Fürst Andrej unterbrach sie, indem er sich beeilte, sowohl auf ihre Fragen zu antworten als auszusprechen, was er zu sagen hatte.

Ich habe Sie in dieser Zeit nicht besucht, weil ich bei meinem Vater gewesen bin ... ich mußte über eine wichtige Angelegenheit mit ihm sprechen. Erst heute nacht bin ich zurückgekehrt, und mit einem Blick auf Natascha fügte er hinzu: Ich muß mit Ihnen sprechen, Gräfin.

Die Gräfin seufzte und schlug die Augen nieder.

Ich stehe zu Diensten, sagte sie.

Natascha wußte, daß sie gehen sollte, aber sie konnte nicht; es war, als ob ihr etwas die Kehle zuschnürte, und unhöflich, mit weit geöffneten Augen starrte sie den Fürsten an.

»Jetzt gleich? diesen Augenblick? Nein, das ist nicht möglich!« dachte sie.

Er sah sie wieder an, und dieser Blick überzeugte sie, daß sie sich nicht geirrt hatte. Ja, gleich, diesen Augenblick sollte sich ihr Schicksal entscheiden!

Geh, Natascha, ich werde dich rufen! sagte die Gräfin leise.

Mit erschrockenen, flehenden Augen sah Natascha den Fürsten Andrej und die Mutter an und entfernte sich.

Ich bin gekommen, Gräfin, Sie um die Hand Ihrer Tochter zu bitten, sagte Fürst Andrej.

Das Gesicht der Gräfin erglühte, aber sie antwortete nicht.

Ihr Antrag ... fing sie in gemessenem Tone an; er schwieg und sah ihr in die Augen. – Ihr Antrag ... sie wurde verlegen ... ist uns angenehm und ... und ich nehme Ihren Antrag an ... ich freue mich ... Und mein Mann ... ich hoffe ... aber von ihr selbst wird es abhängen ...

Ich wollte nicht eher mit ihr sprechen, bis ich Ihre Einwilligung hatte ... Geben Sie sie mir? fragte Fürst Andrej.

Ja! antwortete die Gräfin, indem sie ihm die Hand entgegenstreckte, und mit einem gemischten Gefühl von Scheu und Herzlichkeit drückte sie, während er sich über ihre Hand beugte, die Lippen auf seine Stirn. Sie wollte ihn liebhaben wie einen Sohn, aber sie fühlte, daß er für sie ein fremder Mensch sei, vor dem sie sich fürchtete.

Von der Einwilligung meines Mannes bin ich überzeugt, fügte sie hinzu; aber Ihr Vater?

Mein Vater, dem ich meine Absichten mitgeteilt habe, hat als einzige Bedingung seiner Zustimmung hingestellt, daß die Hochzeit erst nach Ablauf eines Jahres stattfinden dürfe. Das wollte ich Ihnen sagen, antwortete Fürst Andrej.

Natascha ist zwar noch sehr jung ... aber so lange! ...

Es war nicht anders möglich! erwiderte Fürst Andrej und seufzte.

Ich werde sie Ihnen schicken, sagte die Gräfin und verließ das Zimmer.

»Gott sei uns gnädig!« wiederholte sie mehrmals, während sie die Tochter suchte. Sonja sagte ihr, Natascha sei im Schlafzimmer.

Natascha saß bleich, mit trockenen Augen, auf ihrem Bette, sah zu den Heiligenbildern auf, bekreuzte sich und lauschte. Als sie die Mutter erblickte, fuhr sie in die Höhe und eilte ihr entgegen.

Was, Mama, was ist?

Geh, geh zu ihm; er bittet um deine Hand, sagte die Gräfin, wie es Natascha schien, in kaltem Tone. Geh, geh! wiederholte die Mutter kummer- und vorwurfsvoll, während sie der forteilenden Tochter mit schwerem Seufzer nachsah.

Natascha konnte sich später nicht erinnern, wie sie in den

Salon gekommen war. Als sie in die Tür trat und den Fürsten Andrej erblickte, blieb sie stehen.

»Ist es möglich, daß dieser fremde Mann *alles* für mich geworden ist?« fragte sie sich selbst und antwortete augenblicklich: »Ja, alles! er allein ist mir jetzt teuerer als alles in der Welt.«

Fürst Andrej kam mit gesenkten Augen auf sie zu.

Ich liebe Sie, seit dem ersten Augenblick, da ich Sie gesehen ... Darf ich hoffen?

Er blickte auf, und der ernste, leidenschaftliche Ausdruck ihres Gesichts überraschte ihn. Ihr Gesicht sagte: »Wozu fragen, wozu zweifeln, wo man wissen muß? Wozu sprechen, wo man mit Worten nicht sagen kann, was man fühlt!«

Sie näherte sich ihm und blieb stehen; er nahm ihre Hand und küßte sie.

Lieben Sie mich?

Ja, ja! antwortete Natascha wie im Zorn; seufzte laut auf, seufzte wieder und wieder und fing endlich an zu schluchzen.

Warum? was ist Ihnen?

Ach, ich bin so glücklich! antwortete sie, lächelte unter Tränen, neigte sich näher zu ihm, dachte einen Moment: »Darf man das wohl?« und küßte ihn.

Fürst Andrej faßte ihre Hände und sah ihr in die Augen. Er fühlte, es war nicht mehr die Liebe, wie er sie einst in seiner Seele für sie empfunden hatte; eine plötzliche Wandlung war in seinem Innern vorgegangen. Statt des bisherigen poetischen Reizes der Wünsche empfand er jetzt eine Art von Mitleid mit ihrer weiblichen und kindlichen Schwäche, eine Art von Angst vor ihrer Hingebung und Vertraulichkeit, und ein schweres, aber zugleich freudiges Bewußtsein der Pflicht, die ihn auf ewig an sie band, erwachte in ihm. Dies Gefühl war zwar nicht so hell und poetisch wie das frühere, aber es war ernster und stärker.

Hat Ihnen die Mama gesagt, daß es nicht vor einem Jahre sein kann? fragte Fürst Andrej, indem er fortfuhr, ihr in die Augen zu sehen.

»Ist es möglich, daß ich es bin, das kleine Mädchen, wie mich alle nannten«, dachte Natascha. »Ist es möglich, daß ich jetzt, von dieser Minute an, eine Frau bin, die diesem fremden, lieben, geistvollen Manne gleichsteht, den sogar mein Vater verehrt? – Ist das wahr? – Ist es wahr, daß ich von jetzt an erwachsen bin und für jede meiner Handlungen und für jedes meiner Worte verantwortlich sein muß? Aber was hat er mich wohl gefragt?«

Nein! antwortete sie ihm, ohne zu wissen, was er gesagt hatte.

Verzeihen Sie mir! fuhr Fürst Andrej fort; aber Sie sind so jung, und ich habe schon viel im Leben erfahren. Mir ist bange für Sie; Sie kennen sich selbst nicht.

Natascha hörte mit gespannter Aufmerksamkeit zu, indem sie den Sinn seiner Worte zu verstehen suchte; aber es gelang ihr nicht.

Wie schwer mir dies Jahr, das mein Glück hinausschiebt, auch sein wird, fuhr Fürst Andrej fort, Sie werden sich in dieser Zeit prüfen, und nach einem Jahre werde ich Sie bitten, mich glücklich zu machen. Aber Sie sind frei. Unsere Verlobung bleibt ein Geheimnis, und wenn Sie sich überzeugen sollten, daß Sie mich nicht lieben oder einen andern ... Fürst Andrej lächelte gezwungen.

Warum sprechen Sie so? unterbrach ihn Natascha, Sie wissen, daß ich an dem Tage, als Sie zum ersten Male nach Otradnoje kamen, mein Herz an Sie verloren habe, fügte sie hinzu, fest überzeugt, daß sie die Wahrheit sprach.

Im Verlaufe dieses Jahres werden Sie sich selbst kennenlernen ...

Ein ganzes Jahr! rief Natascha, die erst jetzt verstand, daß die Hochzeit um ein Jahr verschoben werden sollte. Aber warum dies Jahr? Warum?

Fürst Andrej fing an, ihr die Gründe dieses Aufschubs zu erklären. Natascha hörte ihn nicht.

Geht es denn nicht anders? fragte sie endlich.

Fürst Andrej antwortete nicht, aber sein Gesicht sagte deutlich, daß es unmöglich war, diesen Entschluß zu ändern.

Das ist schrecklich! o das ist schrecklich! schrecklich! rief Natascha und fing wieder an zu schluchzen. Ich sterbe, wenn ich dies Jahr warten soll. Das kann man nicht verlangen ...

das ist schrecklich! Sie blickte ihren Verlobten an und sah in seinem Gesichte den Ausdruck des Mitleidens und der Ratlosigkeit.

Nein, nein, ich werde alles tun! sagte sie, indem sie plötzlich ihre Tränen unterdrückte. Ich bin so glücklich!

Der Vater und die Mutter traten ins Zimmer und gaben dem Bräutigam und der Braut ihren Segen.

Seit diesem Tage besuchte Fürst Andrej die Rostows als Bräutigam.

XXIV

Eine Verlobungsfeier fand nicht statt; niemandem wurde das Verlöbnis Bolkonskijs und Nataschas angezeigt. Fürst Andrej hatte es so verlangt. Er sagte, daß er allein die Ursache des Aufschubes wäre, also auch allein seine ganze Schwere tragen müsse. Er selbst, sagte er, wäre durch sein Wort auf ewig gebunden, Natascha solle aber nicht gefesselt sein und würde, falls sie nach einem halben Jahre fühlte, daß sie ihn nicht liebte, nur von ihrem Rechte Gebrauch machen, wenn sie sich von ihm lossagte.

Selbstveständlich wollten weder die Eltern, noch Natascha darauf eingehen, aber Fürst Andrej blieb dabei. Er kam täglich zu Rostows, behandelte Natascha aber nicht wie seine Braut, sagte *Sie* zur ihr und küßte nur ihre Hand. Dennoch wurden die Beziehungen zwischen den beiden nach dem Antrage ganz andere als vorher. Sie waren einfach, vertraulich, und es schien, als ob sich Bolkonskij und Natascha erst jetzt wirklich kennenlernten. Sie erinnerten sich gern zurück, wie sie sich anzusehen pflegten, als sie sich noch gar nichts waren; jetzt fühlten sich beide als durchaus andere Wesen. Damals verstellten sie sich; jetzt waren sie natürlich und ungezwungen.

In der Familie machte sich anfangs im Verkehr mit dem Fürsten Andrej ein gewisses Unbehagen bemerkbar; er schien ein Mensch aus einer fremden Welt zu sein. Natascha suchte ihn ihren Angehörigen näherzubringen und versicherte allen voll Stolz, daß er nur anscheinend ein Sonderling, im Grunde aber ebenso wäre wie andere, daß sie sich nicht vor ihm fürchte, und daß sich überhaupt niemand vor ihm zu fürchten brauche. Nach einigen Tagen gewöhnte man sich denn auch an ihn, kehrte ohne Umstände zu der früheren Lebensweise zurück, und Fürst Andrej wußte sich ihr anzupassen. Er verstand es, mit dem Grafen von der Wirtschaft zu sprechen, mit der Gräfin und Natascha von Putz, mit Sonja von Alben und Canevas. Zuweilen äußerten Rostows unter sich oder auch in Gegenwart des Fürsten Andrej ihre Verwunderung darüber, wie alles so gekommen war und wie auffallend die Fügungen des Schicksals gewesen: der Besuch des Fürsten Andrej in Otradnoje; die Übersiedelung der Familie nach Petersburg; die Ähnlichkeit zwischen Natascha und dem Fürsten, die Nataschas Wärterin bei seinem ersten Besuch bemerkt hatte; das Zusammentreffen zwischen dem Fürsten und Nikolaj im Jahre 1805 – und noch viele andere Vorzeichen dessen, was nun geschehen war, wurden von den Hausgenossen zur Sprache gebracht.

Im Rostowschen Hause herrschten jetzt jene poetische Langeweile und Schweigsamkeit, die immer die Anwesenheit eines Brautpaares zu begleiten pflegen. Oft, wenn sie zusammensaßen, blieben alle stumm, oder sie standen nach und nach auf, gingen fort, und Braut und Bräutigam, die allein blieben, schwiegen ebenfalls. Selten nur sprachen Sie über ihre Zukunft. Dem Fürsten Andrej war es peinlich, davon zu sprechen, und Natascha teilte dies Gefühl wie alle anderen, die ihn bewegten und die sie immer erriet.

Eines Tages fragte sie ihn nach seinem Söhnchen. Er errötete – was er jetzt häufig tat und was Natascha besonders gern hatte – und sagte, daß das Kind nicht in ihrem Hause leben würde.

Warum nicht? fragte Natascha bestürzt.

Ich kann ihn dem Großvater nicht wegnehmen … und dann …

Wie lieb würde ich ihn haben! rief Natascha, die seine Gedanken sogleich erriet. Aber ich weiß, Sie wollen nicht, daß man einen Vorwand habe, Sie und mich anzuklagen.

Zuweilen kam der alte Graf zu dem Fürsten Andrej, küßte ihn, fragte ihn um Rat wegen der Erziehung Petjas oder in Nikolajs Dienstangelegenheiten. Die Gräfin seufzte oft, wenn sie ihn ansah. Sonja fürchtete jeden Augenblick lästig zu sein und suchte Vorwände, die beiden allein zu lassen, auch wenn es gar nicht nötig gewesen wäre. Wenn Fürst Andrej sprach (er erzählte sehr gut), hörte ihm Natascha mit stolzer Befriedigung zu, und wenn sie sprach, bemerkte sie mit einem Gemisch von Furcht und Freude, daß er sie aufmerksam, prüfend beobachtete. Mit Verwunderung fragte sie sich selbst: »Was sucht er in mir, was will sein Blick erforschen? Und wie, wenn er das Gesuchte in mir nicht findet?« Zuweilen verfiel sie in die ihr eigentümliche tolle Lustigkeit, und dann freute sie sich, den Fürsten Andrej lachen zu sehen. Er lachte selten, aber wenn er es einmal tat, gab er sich ganz seinem Lachen hin, und sooft dies geschah, fühlte sich ihm Natascha näher. Sie wäre ganz glücklich gewesen, hätte sie nicht der Gedanke an die bevorstehende, herannahende Trennung geschreckt. Auch er erbleichte bei dem Gedanken daran und fühlte sich von Kälte durchschauert.

Am Abend vor seiner Abreise von Petersburg brachte Fürst Andrej Pierre mit, der seit dem Balle nicht bei Rostows gewesen war. Pierre schien zerstreut und verlegen. Er begann ein Gespräch mit der Mutter. Natascha setzte sich mit Sonja ans Schachbrett, wodurch sie den Fürsten Andrej an ihre Seite rief. Er ging zu ihnen.

Sie kennen Besuchow schon lange … haben Sie ihn gern? fragte er.

Ja, er ist ein guter Mensch, aber sehr komisch.

Und wie gewöhnlich, wenn sie von Pierre sprach, fing sie an, Anekdoten von seiner Zerstreutheit zu erzählen – Anekdoten, die zum großen Teil erfunden waren.

Sie müssen wissen, daß ich ihm unser Geheimnis anvertraut habe, sagte Fürst Andrej; ich kenne ihn von Kindheit an; er hat ein goldenes Herz! – Ich bitte Sie, Natascha, fuhr er plötzlich in ernstem Tone fort, ich reise nun fort … Gott weiß, was geschehen kann! … Sie könnten aufhören, mich zu lieben … ja, ich weiß, daß ich davon nicht sprechen soll … aber um eines bitte ich: sollte Ihnen etwas geschehen, wenn ich nicht da bin …

Was soll mir denn geschehen?

Wenn Sie ein Unglück treffen sollte, ich bitte Sie … auch Sie, Mademoiselle Sophie … was auch geschehen mag, wenden Sie sich nur an ihn um Rat und Hilfe. Er ist der zerstreuteste, komischste Mensch, aber ein goldenes Herz.

Weder Vater noch Mutter, weder Sonja noch Fürst Andrej konnte voraussehen, wie der Abschied von ihrem Bräutigam auf Natascha wirken würde. Rot und aufgeregt, mit trockenen Augen ging sie an diesem Tage im Hause umher und beschäftigte sich mit den nichtigsten Dingen, als ob sie nicht begriffen hätte, was ihr bevorstand. Sie weinte nicht, auch nicht in dem Augenblicke, als er ihr zum Lebewohl die Hand küßte.

Reisen Sie nicht! sagte sie einfach, aber in einem solchen Tone zu ihm, daß er bedenklich wurde. Sollte er vielleicht dableiben? Lange nachher noch erinnerte er sich dieses Tones.

Auch als er fort war, weinte sie nicht. Tränenlos saß sie tagelang in ihrem Zimmer, nahm an nichts Anteil und sagte nur dann und wann: Ach, warum ist er fortgereist!

Aber vierzehn Tage nach dem Abschiede machte sie sich, zur Verwunderung der Ihrigen, von ihrer seelischen Krankheit frei. Sie war wieder wie früher, nur daß sie eine andere moralische Physiognomie bekommen hatte – wie Kinder nach langer Krankheit mit einem anderen Gesicht aus dem Bette aufstehen.

XXV

Die Gesundheit und Stimmung des Fürsten Nikolaj Andreitsch Bolkonskij hatten sich in der letzten Zeit, besonders seit der Abreise des Sohnes, sehr verschlechtert. Er war jetzt noch reizbarer als früher, und die Ausbrüche seines grundlosen Zornes ergossen sich meist über die Prinzessin Maria. Er schien alle ihre schwachen Seiten sorgfältig hervorzusuchen und ein grausames Vergnügen darin zu finden, daß er die Tochter moralisch quälte. Prinzessin Maria hatte zwei Leidenschaften und infolgedessen zwei Freuden: ihren Neffen Nikoluschka und die Religion, und beide wurden Lieblingsthemen für die Angriffe und Spötteleien des Fürsten. Wovon auch die Rede sein mochte, immer lenkte er das Gespräch auf den Aberglauben der alten Jungfern oder auf das Verwöhnen und Verziehen der Kinder. »Du möchtest aus ihm (Nikolenka) ein altes Mädchen machen, wie du selber bist; das geht nicht! Fürst Andrej braucht einen Sohn, kein Weib.« Oder er wandte sich an Mlle. Bourienne und fragte sie in Gegenwart der Prinzessin Maria, wie ihr unsere Pfaffen und Heiligenbilder gefielen und scherzte darüber.

Er kränkte seine Tochter unaufhörlich, sie aber brauchte keine Anstrengung zu machen, um ihm zu verzeihen. Ihr war, als ob ihr Vater, an dessen Liebe sie zuversichtlich glaubte, keine Schuld gegen sie haben und keine Ungerechtigkeit gegen sie begehen könnte. Was ist denn auch Gerechtigkeit? Prinzessin Maria grübelte niemals über dies stolze Wort: »Gerechtigkeit«. Alle die komplizierten Gesetze der Menschheit vereinigten sich für sie in ein einfaches, verständliches Gebot: das Gebot der Liebe und Aufopferung, das uns durch *den* gegeben wurde, der aus Liebe für die Menschheit gelitten, obwohl er selbst Gott war. Was hatte sie nach der Gerechtigkeit oder Ungerechtigkeit anderer Menschen zu fragen? Sie mußte lieben und leiden, und das tat sie.

Im Laufe des Winters kam Fürst Andrej einige Mal nach Lyssyja-Gory und war heiter, sanft, freundlich, wie ihn die Schwester lange nicht gesehen hatte. Sie ahnte, daß etwas in ihm vorging, aber er sagte ihr kein Wort von seiner Liebe; vor der Abreise hatte er eine lange Unterredung mit dem Vater, und Prinzessin Maria bemerkte, daß sie gegeneinander verstimmt waren.

Bald nach der Abreise des Fürsten Andrej schrieb Prinzessin Maria aus Lyssyja-Gory nach Petersburg an ihre Freundin, Julie Kuragina, welche sie, die nach Mädchenart allerhand Pläne machte, mit ihrem Bruder zu verheiraten wünschte. Julie trauerte gerade um den Tod ihres Bruders, der in der Türkei geblieben war.

»Der Kummer ist, wie wir immer mehr erkennen, das allgemeine Menschenlos, meine liebe, teure Julie.

»Aber Ihr Verlust ist so schwer, daß ich ihn mir nur erklären kann, wenn ich ihn als eine besondere Gnade Gottes ansehe, der Sie prüfen will, weil er Sie lieb hat – Sie und Ihre vortreffliche Mutter. Ach! meine Freundin, der Glaube, und nur allein der Glaube kann uns, ich sage nicht trösten, aber vor Verzweiflung schützen. Nur der Glaube kann uns erklären, was der Mensch ohne seine Hilfe nicht zu verstehen vermag; ich meine: warum gute, edle Wesen, die sich in diesem Leben glücklich fühlen und nicht nur keinem schaden, sondern für das Glück anderer notwendig sind, zu Gott abgerufen werden, während böse, unnütze, schädliche oder solche, die sich selbst und andern zur Last sind, am Leben bleiben. Der erste Tod, den ich sah und niemals vergessen werde – der Tod meiner lieben Schwägerin, hat diesen Eindruck auf mich gemacht. Wie Sie das Schicksal fragen: warum Ihr herrlicher Bruder sterben mußte, ebenso habe ich gefragt, warum dieser Engel, unsere Lisa, sterben mußte, die nicht nur keinem Menschen Böses tat, sondern niemals andere als gute Gedanken in ihrer Seele gehabt hat ... Und nun, meine Freundin, nun sind seitdem fünf Jahre vergangen, und ich fange mit meinem geringen Verstande deutlich an zu erkennen, warum sie sterben mußte und in welcher Weise dieser Tod nur der Ausdruck der unendlichen Güte des Schöpfers war, dessen Taten alle, obwohl wir sie meist nicht verstehen, nur Beweise der unendlichen Liebe für seine Geschöpfe sind. Vielleicht – so denke ich oft – war sie zu engelhaft unschuldig, um zu allen Pflichten der Mutter die nötige Kraft zu haben. Als junge Gattin war sie tadellos – vielleicht hätte sie es als Mutter nicht in demselben Grade sein können. Jetzt hat sie uns, und vor allem dem Fürsten Andrej, nur das reinste Bedauern und die reinste Erinnerung zurückgelassen und wird im Jenseits wahrscheinlich eine Stellung einnehmen, wie ich sie für mich nicht zu hoffen wage. Aber auch ohne von ihr selbst zu sprechen, hat dieser frühe, schreckliche Tod auf mich und meinen Bruder trotz des bitteren Kummers den wohltätigsten Einfluß gehabt. Damals, im Augenblicke des

Verlustes, konnte ich diese Gedanken nicht haben; damals hätte ich sie sogar mit Entsetzen zurückgewiesen; aber jetzt ist mir alles deutlich und unzweifelhaft. Ich schreibe Ihnen dies alles, liebe Freundin, um Sie von der Wahrheit des Evangeliums zu überzeugen, die für mich zu einer Lebensregel geworden ist: von der Wahrheit, daß ohne seinen Willen kein Haar von unserem Haupte fällt, daß sein Wille nur durch die unendliche Liebe zu uns bestimmt wird, und daß darum alles, was uns geschieht, zu unserem Heile gereicht.

»Sie fragen, ob wir den künftigen Winter in Moskau zubringen werden? Trotz meines lebhaften Verlangens, Sie zu sehen, glaube ich das nicht und wünsche es nicht. Sie werden sich wundern, es zu hören, der Grund ist Bonaparte. Die Gesundheit meines Vaters wird merklich schwächer; Widerspruch kann er nicht ertragen und wird immer reizbarer. Am heftigsten ist er, wie Sie wissen, in politischen Angelegenheiten. Er kann den Gedanken nicht ertragen, daß Bonaparte alles leitet und mit allen Kaisern Europas, besonders mit dem unsrigen, dem Enkel der großen Katharina, wie mit seinesgleichen verkehrt. Sie wissen auch, daß mich die Politik gleichgültig läßt; aber aus den Worten meines Vaters und seinen Gesprächen mit Michail Iwanowitsch weiß ich von allem, was in der Welt geschieht, und besonders von den Ehren, die Bonaparte zuteil werden. Lyssyja-Gory scheint wirklich der einzige Ort der Welt zu sein, wo er weder als großer Mann noch als französischer Kaiser anerkannt wird. Das kann mein Vater nicht ertragen, und mir scheint, daß er ungern von einer Reise nach Moskau hört, hauptsächlich wohl, weil er die Streitigkeiten voraussieht, in die er durch seine politischen Ansichten und vor allem durch die Gewohnheit geraten würde, seine Meinungen auszusprechen, ohne auf irgend jemand Rücksicht zu nehmen. Alles, was er durch eine Kur in Moskau gewinnen könnte, würde er durch die unvermeidlichen Streitigkeiten über Bonaparte wieder einbüßen. Hoffentlich wird dies bald anders!

»Unser Familienleben ist, bis auf die Abwesenheit meines Bruders Andrej, ganz das alte. Er hat sich, wie ich Ihnen schon früher schrieb, in der letzten Zeit sehr verändert. Erst jetzt ist er von dem Kummer dieser Jahre geistig genesen, und ich finde ihn wieder, wie ich ihn als Kind gekannt habe: gut, sanft, mit jenem goldenen Herzen, das nicht seinesgleichen hat. Ich glaube, er hat die Erkenntnis gewonnen, daß das Leben für ihn noch nicht zu Ende ist. Mit dieser moralischen Veränderung ist er jedoch physisch schwach geworden, magerer, nervöser als früher. Ich sorge mich um ihn und freue mich, daß er diese Reise ins Ausland, die ihm von den Ärzten schon lange vorgeschrieben wurde, endlich unternommen hat, und hoffe, daß sie ihm Besserung bringt.

»Sie schreiben mir, daß man in Petersburg von ihm spricht wie von einem unserer tätigsten, klügsten und gebildetsten jungen Männer. Verzeihen Sie diese schwesterliche Eitelkeit: ich habe nie daran gezweifelt. Das Gute, das er hier – von seinen Bauern an, bis zu den Edelleuten – getan hat, ist nicht zu zählen. Ja, ihm ist in Petersburg nur zuteil geworden, was ihm gebührte ... Übrigens wundere ich mich, auf welche Art Gerüchte aus Petersburg nach Moskau kommen, noch dazu so unrichtige wie das, von welchem Sie mir schreiben, das Gerücht von der vermeintlichen Heirat zwischen meinem Bruder und der kleinen Rostowa. Ich glaube nicht, daß Andrej irgendwann, irgendwen heiraten wird – am wenigsten dies Mädchen! Meine Gründe sind: erstens die Überzeugung, daß, obwohl er selten von seiner verstorbenen Frau spricht, der Kummer um ihren Verlust zu tief in seinem Herzen eingewurzelt ist, als daß er sich je entschließen würde, ihr eine Nachfolgerin und unserem kleinen Engel eine Stiefmutter zu geben. Zweitens, weil dies Mädchen, soviel ich weiß, nicht zu den Frauen gehört, die dem Fürsten Andrej gefallen könnten. Ich glaube nicht, daß er sie zur Frau wählen würde, und sage aufrichtig, daß ich es auch nicht möchte. Aber ich plaudere zuviel! Der zweite Bogen geht schon zu Ende. Leben Sie wohl, meine liebe Freundin. Möge Sie Gott unter seine heilige und mächtige Obhut nehmen! Meine liebe Freundin, Mademoiselle Bourienne, umarmt Sie.

Maria.«

XXVI

Um die Mitte des Sommers erhielt Prinzessin Maria unverhofft einen Brief ihres Bruders aus der Schweiz, in dem er ihr die sonderbare und unerwartete Neuigkeit seiner Verlobung mit Natascha Rostowa verkündigte. Der ganze Brief atmete Liebe für seine Braut und herzliche Freundschaft, inniges Vertrauen für die Schwester. Er schrieb, daß er noch niemals so geliebt hätte wie jetzt, daß er erst jetzt das Leben verstehe und erkenne. Er bat die Schwester, ihm zu verzeihen, daß er ihr bei seiner Anwesenheit in Lyssyja-Gory nichts von diesem Entschlusse gesagt habe, obwohl er mit dem Vater darüber gesprochen. Er hätte ihr besonders darum nichts gesagt, weil sie den Vater um seine Zustimmung gebeten, und ohne das Ziel zu erreichen, den alten Herrn nur gereizt und dann allein die Last seiner Unzufriedenheit getragen haben würde. Übrigens, fügte er hinzu, wäre die Sache damals auch noch nicht so fest bestimmt gewesen wie jetzt. »Damals hat der Vater mir eine Frist angesetzt – ein Jahr, und jetzt sind schon sechs Monate, die Hälfte der Wartezeit, vergangen, und ich fühle mich in meinem Entschlusse fester als je. Wenn mich die Ärzte nicht hier im Bade zurückhielten, wäre ich längst schon in Rußland; aber nun muß ich meine Rückkehr noch um drei Monate verschieben. Du kennst mich und mein Verhältnis zum Vater. Ich brauche nichts von ihm, ich war immer unabhängig und werde es auch künftig sein, aber etwas gegen seinen Willen zu tun, seinen Zorn zu verdienen, wo ihm vielleicht nur noch kurze Zeit vergönnt ist, bei uns zu sein, würde mein Glück um die Hälfte vermindern. Ich schreibe ihm jetzt darüber und bitte dich, den günstigen Augenblick zu wählen, um ihm den Brief einzuhändigen und mir dann zu berichten, wie er alles ansieht, und ob nicht zu hoffen ist, daß er einwilligt, die mir gesetzte Frist um vier Monate zu verkürzen.«

Nach langem Zweifeln, Schwanken und Beten übergab Prinzessin Maria den Brief. Am folgenden Tage sagte ihr der Fürst ganz ruhig:

Schreibe deinem Bruder, er möge warten, bis ich gestorben bin ... Es wird nicht mehr lange dauern – ich gebe ihn bald frei.

Die Prinzessin wollte etwas einwenden, aber der Vater ließ es nicht zu und fing an, mehr und mehr die Stimme zu erheben.

Heirate nur! heirate, mein Liebling! Schöne Sippe, he! ... reiche, kluge Leute, he! ... Ja, eine nette Stiefmutter wird Nikoluschka haben! Schreib ihm, er möge meinetwegen morgen heiraten. Sie wird Nikoluschkas Stiefmutter, und ich werde die Bourienne heiraten! ... ha! ha! ha! ... Er soll auch eine Stiefmutter haben! ... Nur eins mach ich mir aus; ich brauche keine Weiber weiter im Hause. Wenn er heiratet, mag er für sich allein leben. Vielleicht wirst auch du zu ihm übersiedeln? wandte er sich zur Prinzessin Maria. Nun, in Gottes Namen immer zu, immer zu! ... immer zu!

Nach diesem Ausbruch sprach der Fürst nie wieder über die Angelegenheit. Aber der unterdrückte Ärger über den Mangel an Stolz bei seinem Sohne kam in dem Verkehr des Vaters mit der Tochter deutlich zum Vorschein. Zu den früheren Gegenständen des Spottes gesellte sich ein neuer: das Gespräch über die Stiefmutter und die Liebenswürdigkeit gegen Mlle. Bourienne.

Warum sollte ich sie nicht heiraten? sagte er zu der Tochter. Eine prächtige Fürstin wird sie abgeben! Und mit Staunen und Verwunderung bemerkte Prinzessin Maria, daß ihr Vater sich in letzter Zeit wirklich mehr und mehr der Französin näherte.

Prinzessin Maria schrieb dem Bruder, wie der Vater seinen Brief aufgenommen, suchte ihn aber zu trösten, indem sie ihm Hoffnung machte, den alten Herrn mit seinen Wünschen versöhnen zu können.

Nikoluschka und seine Erziehung, Andrej und der Glaube waren der Trost und die Freude der Prinzessin Maria. Aber da außerdem jedem Menschen persönliche Hoffnungen unentbehrlich sind, hegte sie im tiefsten Innern ihrer Seele ein Sehnen und Hoffen, das den Haupttrost ihres Lebens ausmachte. Dieses trostreiche Sehnen und Hoffen verdankte sie den Gottesmenschen, den Verzückten und Pilgern, die heimlich zu ihr kamen. Je länger die Prinzessin Maria lebte, je mehr sie das Leben kennenlernte und beobachtete, um so mehr wunderte sie sich über die Kurzsichtigkeit der Menschen, die hier auf Erden Genuß und Glück suchen – arbeiten, leiden, kämpfen und anderen Böses tun, um dies unmögliche, täuschende oder sündhafte Glück zu erreichen. Fürst Andrej hatte seine Frau geliebt; sie war gestorben. Aber das ist ihm noch nicht genug – er will bei einer anderen Frau sein Glück suchen. Der Vater gibt das nicht zu, weil er eine reichere, vornehmere Partie für Andrej verlangt, und so kämpfen sie alle, leiden, quälen sich, um ein Glück zu erreichen, das nur einen Augenblick währt, und verderben ihre Seele, ihre unsterbliche Seele! Es genügt uns nicht, zu wissen, daß Christus, Gottes Sohn, auf die Erde kam und lehrte, dies Leben sei nur ein vorübergehendes, eine Prüfungszeit; wir halten noch immer daran fest und hoffen, hier unser Glück zu finden. »Wie kommt es, daß niemand das begriffen hat?« fragte sich Prinzessin Maria; »niemand außer diesen verachteten Gottesmenschen, die, mit dem Sack auf dem Rücken, über die Hintertreppe zu mir schleichen, um den Fürsten nicht vor Augen zu kommen ... Und das tun sie, nicht aus Furcht, durch ihn zu leiden, sondern weil sie ihm eine Sünde ersparen wollen ... Ja, die Familie, die Heimat verlassen, alle Sorge für das weltliche Wohlergehen von sich werfen und ohne Obdach, in einem härenen, zerlumpten Gewande, unter fremdem Namen von Ort zu Ort wandern; keinem Menschen Böses tun; für alle beten – sowohl für die, die uns anfeinden, wie für die, die uns Schutz gewähren ... Höheres als diese Erkenntnis und dieses Leben gibt es nicht.«

Eine dieser Pilgerinnen: Fedossjuschka, eine fünfzigjährige, kleine, stille, pockennarbige Frau, die schon über dreißig Jahre barfuß und in Ketten wallfahrten ging, hatte die Prinzessin Maria besonders lieb. Einst, als sie im dunklen Zimmer beim Licht einer Lampe von ihrem Leben erzählte, wurde Prinzessin Maria plötzlich mit solcher Gewalt von dem Gedanken erfaßt, Fedossjuschka allein hätte den echten Lebensweg gefunden, daß sie selbst sich entschloß, Pilgerin zu werden. Nachdem Fedossjuschka schlafen gegangen war, dachte Prinzessin Maria noch lange darüber nach und kam endlich, so sonderbar es auch war, zu dem festen Entschluß, diesem Verlangen zu folgen. Sie vertraute ihre Absicht nur ihrem Beichtvater, dem Mönche Pater Akinsja, an, und der Beichtiger bekräftigte sie in ihrem Entschluß.

Unter dem Vorwande, den Pilgerinnen ein Geschenk machen zu wollen, hatte sich Prinzessin Maria den ganzen Anzug einer Pilgerin verschafft: Hemd, Bastschuhe, Kaftan und ein schwarzes Tuch. Häufig trat sie an die geliebte Kommode, blieb nachdenklich davor stehen und überlegte, ob wohl die Zeit gekommen wäre, ihre Absicht auszuführen.

Oft, wenn sie die Berichte der Pilgerinnen anhörte, wurde Prinzessin Maria durch die einfachen Reden, die die Weiber mechanisch herunterleierten, die aber für sie einen tiefen Sinn hatten, so erregt, daß sie bereit war, alles stehen und liegen zu lassen und davonzugehen. In ihrer Phantasie sah sie sich schon mit Fedossjuschka im groben Gewande, mit Stab und Quersack auf staubigen Wegen dahinpilgern, ohne Haß, ohne Liebe, ohne Wünsche von einer Reliquie zur anderen pilgern und schließlich dorthin gelangen, wo weder Kummer noch Seufzen, sondern ewige Freude und Seligkeit herrschen.

»Wenn ich an einem Orte ankomme, werde ich beten, und kann ich mich nicht gewöhnen, so gehe ich weiter und weiter … gehe so lange, bis die Knie zusammenbrechen, bis ich mich niederlege und sterbe. Und endlich werde ich in jenen ewigen, stillen Hafen kommen, wo kein Kummer, kein Seufzen ist!«… dachte Prinzessin Maria.

Aber wenn sie dann ihren Vater und besonders den kleinen Koko wiedersah, ermattete sie in ihrer Absicht, weinte im stillen und fühlte, daß sie eine große Sünderin war … daß sie den Vater und den Neffen mehr liebte als Gott.

VIERTE ABTEILUNG

I

Die biblische Überlieferung berichtet, daß bis zum Sündenfall des ersten Menschen Nichtstun – Arbeitslosigkeit die Hauptbedingung seiner Glückseligkeit war. Die Freude am Nichtstun blieb dieselbe, auch bei dem gefallenen Menschen, aber der Fluch lastet auf ihm. Nicht allein, weil wir unser täglich Brot im Schweiße unseres Angesichts erwerben müssen, auch unseren moralischen Eigenschaften nach können wir nicht mehr untätig sein. Eine geheime Stimme sagt uns, daß wir uns durch Arbeitslosigkeit eines Unrechts schuldig machen. Könnte der Mensch einen Zustand entdecken, in dem er, arbeitslos, sich als ein nützliches Wesen zu fühlen vermöchte, als ein Wesen, das seine Schuldigkeit tut, so hätte er eine Seite des ursprünglichen Glückes wiedergefunden. Und der Genuß pflichtgemäßen, ehrenhaften Müßiggangs ist wirklich einem ganzen Stande, dem Militärstande, gegeben. In diesem pflichtmäßigen, ehrenhaften Müßiggang lag von jeher die besondere Anziehungskraft, die er ausübt, und wird sie auch ferner liegen.

Auch Nikolaj Rostow, der nach dem Jahre 1807 fortfuhr, im Pawlogradschen Regimente zu dienen, in dem er die Division Denissows kommandierte, empfand dies Behagen in vollem Maße.

Er war ein guter, derber Bursche geworden, den die Moskauer Bekannten ein wenig *mauvais genre* gefunden haben würden, der aber bei seinen Kameraden, Untergebenen und Vorgesetzten beliebt und geachtet war und sich mit seinem Lose zufrieden fühlte.

Gegen das Ende des Jahres 1809 fand er häufig in den Briefen von Hause die Klage der Mutter, daß die Vermögensverhältnisse schlechter und schlechter würden, und daß es gut wäre, wenn Nikolaj nach Hause käme, um die alten Eltern zu trösten und zu erfreuen.

Sooft Nikolaj solche Briefe las, beschlich ihn die Furcht, daß man ihn dem Kreise entreißen wolle, in dem er, nachdem er sich von allen Wirren des Lebens befreit hatte, so still und zufrieden lebte. Er fühlte, daß er früher oder später wieder hineinmußte in den Strudel des Lebens, mit seinen Schwierigkeiten und Wirren, mit den Abrechnungen des Verwalters, mit Streit und Intrigen, mit den Ansprüchen der Gesellschaft, mit Sonjas Liebe und dem Versprechen, das er ihr gegeben hatte. Das alles war schwierig und verwickelt, und er beantwortete die Klagen der Mutter mit kühlen, klassischen, französischen Briefen, die anfingen: »Geliebte Mama« und schlossen mit: »Ihr gehorsamer Sohn«; wann er zu kommen beabsichtigte, überging er mit Schweigen. Im Jahre 1810 bekam er einen Brief der Seinigen, in dem sie ihm die Verlobung Nataschas mit Bolkonskij meldeten und hinzufügten, daß die Hochzeit erst in einem Jahre sein solle, weil der alte Fürst nicht früher seine Einwilligung geben würde. Dieser Brief verletzte und betrübte Nikolaj; erstens tat es ihm leid, Natascha, die er lieber hatte als alle anderen Familienglieder, aus dem Hause zu verlieren, und zweitens bedauerte er von seinem Husarenstandpunkte aus, nicht bei der Verlobung gewesen zu sein, weil er diesem Bolkonskij gezeigt haben würde, daß es gar keine so große Ehre sei, mit ihm verwandt zu werden, und daß er, wenn er Natascha liebte, auch ohne die Einwilligung des verdrehten alten Vaters fertig werden könnte. Einen Augenblick schwankte er, ob er Urlaub nehmen sollte, um Natascha als Braut zu sehen; aber die Manöver standen bevor; er scheute sich vor Sonja und anderen Verwicklungen und verschob seine Reise. Aber im Frühling desselben Jahres bekam er wieder einen Brief von der Mutter, die ohne Vorwissen des Grafen schrieb, und dieser Brief bestimmte ihn zu reisen. Sie schrieb, wenn Nikolaj nicht käme, um die Dinge in die Hand zu nehmen, so würde das Gut unter den Hammer kommen, und sie alle müßten den Bettelstab ergreifen. Der Graf sei so schwach, schrieb die

Gräfin, er habe sich so ganz auf Mitjenka verlassen und werde so sehr betrogen, daß alles immer schlechter und schlechter ginge. »Um Gottes willen flehe ich dich an, komme sogleich, wenn du mich und die Deinigen alle nicht ganz unglücklich machen willst.«

Dieser Brief bestimmte Nikolaj. Er besaß jenen gesunden Verstand der Mittelmäßigkeit, der ihm sagte, was notwendig war.

Jetzt mußte er reisen; mußte – wenn nicht den Abschied, doch Urlaub nehmen. Was seine Reise nützen sollte, wußte er nicht; aber nachdem er Nachmittagsruhe gehalten, ließ er den Mars satteln, einen bösen Schimmelhengst, den er lange nicht geritten hatte, und als er auf dem mit Schaum bedeckten Tiere zurückkam, sagte er zu Lawruschka (Denissows Diener war bei Rostow geblieben) und zu den Kameraden, die ihn abends besuchten, daß er Urlaub nehmen und nach Hause gehen würde.

Es fiel ihm scher, sich vorzustellen, daß er abreisen sollte, ohne vorher (was ihn besonders interessierte) aus dem Stabe erfahren zu haben, ob er für die letzten Manöver zum Rittmeister avancieren oder den Annenorden bekommen würde. Und wie sonderbar war es, zu denken, daß er gehen sollte, ohne dem Grafen Goluchowski die Trojka Rotschimmel verkauft zu haben, um die der Pole mit ihm in Handel war, und die ihm Rostow, wie er gewettet hatte, für 2000 Rubel zu verkaufen dachte! Und wie unglaublich erschien es, daß ohne ihn der Ball stattfinden sollte, den die Husaren der Panna Przezdecka zu geben beabsichtigten, den Ulanen zum Trotz, die ihre Panna Brzozowska durch einen Ball gefeiert hatten. Aber er sagte sich selbst, daß er aus dieser heitern, guten Welt dahin gehen müsse, wo alles Unsinn und Verwirrung war. Nach Verlauf einer Woche kam der Urlaub. Die Kameraden, nicht nur vom Regiment, sondern von der ganzen Brigade, gaben Rostow ein Diner, zu fünfzehn Rubel das Kuvert; zwei Musikbanden spielten, zwei Sängerchöre sangen; Rostow tanzte den Trepak mit dem Major Bassow; die betrunkenen Offiziere umarmten ihn, schwenkten ihn und ließen ihn fallen; die Soldaten der dritten Schwadron schwenkten ihn noch einmal und schrien »Hurrah!« Dann legte man ihn in den Schlitten und gab ihm das Geleit bis zur nächsten Station.

Bis zur Hälfte des Weges, von Krementschug bis Kiew, waren alle Gedanken Rostows bei seiner Schwadron. Nachdem er aber über die Hälfte der Fahrt zurückgelegt hatte, fing er an, die Trojka Rotschimmel und seinen Wachtmeister zu vergessen, und fragte sich mit großer Unruhe, wie er die Zustände in Otradnoje finden würde. Je näher er kam, um so stärker und stärker wurde die Sorge um sein Vaterhaus (als ob auch das Gefühl dem Gesetze der Anziehung nach den Quadraten der Entfernungen unterworfen wäre). Auf der letzten Station vor Otradnoje gab er dem Postillon drei Rubel Trinkgeld, und als er ankam, lief er atemlos wie ein Knabe die Treppe hinauf.

Nach dem Entzücken des Wiedersehens und dem sonderbaren Gefühl der Nichtbefriedigung im Vergleich mit dem, was man erwartet hat, nach der Frage: »Wozu habe ich mich so beeilt? – es ist ja alles beim alten!« fing Nikolaj an, sich in die Welt des Hauses einzuleben. Vater und Mutter waren dieselben wie sonst, nur etwas älter geworden, und dann war an ihnen eine gewisse Unruhe und Uneinigkeit zu bemerken, die früher nicht existiert hatte und die, wie Nikolaj erfuhr, von der schlechten Lage der Verhältnisse herrührte.

Sonja befand sich schon im zwanzigsten Jahre; sie wurde nun nicht mehr schöner, versprach nicht mehr, als sie besaß – aber dies war genug. Sie atmete Glück und Liebe, seitdem Nikolaj gekommen war, und die treue, unwandelbare Neigung des Mädchens tat ihm wohl.

Petja und Natascha überraschten Nikolaj am meisten. Petja war ein dreizehnjähriger, langer, schöner, kluger und lustiger Bursche, dessen Stimme schon mutierte. Über Natascha erstaunte Nikolaj immer aufs neue und lachte, wenn er sie ansah.

Ganz verändert! sagte er.

Wieso? Bin ich häßlicher geworden?

Im Gegenteil ... aber diese Würde! ... eine Fürstin! flüsterte er ihr zu.

Ja, ja, ja! antwortete Natascha erfreut.

Sie erzählte dem Bruder ihren Roman mit dem Fürsten Andrej, von seiner Ankunft in Otradnoje an, und zeigte ihm seinen letzten Brief.

Nun ... bist du zufrieden? fragte Natascha. Ich bin so ruhig, so glücklich!

Sehr zufrieden! antwortete Nikolaj; er ist ein ausgezeichneter Mensch ... Wie ist's denn ... bist du sehr in ihn verliebt?

Was soll ich dir sagen? antwortete Natascha. Verliebt war ich in Boris, in meinen Lehrer, in Denissow, aber jetzt ist es ganz anders! Mir ist ruhig und zuversichtlich zumute. Ich weiß, daß es keinen bessern Menschen gibt als ihn, und ich bin so befriedigt, mir ist so wohl ... es ist ganz anders wie früher.

Nikolaj sprach Natascha seine Unzufriedenheit darüber aus, daß die Hochzeit um ein Jahr verschoben worden war; aber sie wurde zornig und bewies dem Bruder, daß es nicht anders möglich gewesen, daß es schlecht wäre, gegen den Willen des Vaters in eine Familie einzutreten, und daß sie selbst es so gewollt habe.

Du verstehst nichts davon, gar nichts! gar nichts! sagte sie. Nikolaj schwieg und stimmte ihr zu.

Der Bruder wunderte sich oft, wenn er sie beobachtete. Es sah nicht aus, als ob sie eine liebende Braut und von ihrem Bräutigam getrennt wäre. Sie war gleichmäßig heiter, ruhig, ganz wie früher. Nikolaj setzte das in Erstaunen und veranlaßte ihn sogar, die Verlobung mit Bolkonskij mit einem leisen Mißtrauen anzusehen. Er glaubte nicht, daß das Schicksal der beiden schon besiegelt wäre, um so weniger, als er den Fürsten Andrej nie mit Natascha zusammen gesehen. Ihm kam es vor, als ob bei dieser beabsichtigten Heirat irgend etwas nicht so wäre, wie es sein sollte.

»Wozu der Aufschub? warum hat sie sich nicht förmlich verlobt?« dachte er. Als er eines Tages mit der Mutter über Natascha sprach, fand er zu seinem Erstaunen und seiner Befriedigung, daß sie in der Tiefe des Herzens ebenfalls ein gewisses Mißtrauen gegen diese Verlobung hegte.

Da schreibt er, sagte sie mit jener heimlichen Sorge, die

jede Mutter um das künftige Eheglück der Tochter empfindet, und gab dem Sohne den letzten Brief des Fürsten Andrej zu lesen, er würde vor Dezember nicht kommen. Was mag ihn wohl zurückhalten? Wahrscheinlich doch Krankheit oder Schwächlichkeit. Sage das aber nicht Natascha und lasse dich nicht irre machen, wenn sie heiter ist ... sie genießt jetzt ihre letzte Mädchenzeit. Aber ich weiß doch, was in ihr vorgeht, wenn seine Briefe kommen. Gott mag seinen Beistand geben, und hoffentlich wird alles gutgehen ... Er ist jedenfalls ein ausgezeichneter Mensch! schloß sie jedesmal, wenn sie von dem Fürsten Andrej sprach.

II

Die ersten Tage nach seiner Ankunft war Nikolaj ernst, sogar traurig. Die Notwendigkeit, sich in die dummen Verwaltungsangelegenheiten zu mischen, um derentwillen ihn seine Mutter hergerufen hatte, quälte ihn. Um diese Last so schnell als möglich abzuwerfen, ging er am dritten Tage, ohne die Frage, was er vorhätte, zu beantworten, zornig mit gerunzelten Brauen in den Flügel zu Mitjenka hinüber und verlangte »über alles« die Rechnungen zu sehen. Was für Rechnungen das sein sollten, wußte Nikolaj noch weniger als Mitjenka, der in Furcht und Verwirrung geriet. Das Gespräch und die Rechnungslegung Mitjenkas währten nicht lange. Der Starost, der Schulze und der Dorfschreiber, die im Vorzimmer dieses Flügel warteten, hörten mit Schrecken und Schadenfreude, wie die immer lauter werdende Stimme des jungen Grafen grollte und donnerte, und wie sich Schimpfworte und Beschuldigungen ablösten.

Spitzbube! Undankbares Geschöpf! ... Ich schlage dich braun und blau, du Hund. Ich bin nicht der Papa ... Bestohlen hast du uns ... und so weiter.

Und mit nicht geringerer Angst und Schadenfreude sahen die Leute, wie der junge Graf mit hochrotem Gesicht und mit blutunterlaufenen Augen Mitjenka am Kragen gepackt hatte, aus dem Zimmer schleifte und ihm mit Fuß und Knie im passenden Moment, mitten in seiner Rede, den Rücken bearbeitete und rief:

Fort mit dir, du Lump, daß keine Spur … von dir, elender Kerl … zurückbleibt!

Mitjenka stürzte kopfüber die sechs Stufen hinunter und lief in ein Gebüsch, das der gewöhnliche Zufluchtsort aller Verbrecher in Otradnoje war. Selbst Mitjenka pflegte sich hier zu verstecken, wenn er betrunken aus der Stadt kam, und viele Bewohner von Otradnoje, die sich wiederum vor Mitjenka fürchteten, kannten die schützende Macht dieses Gebüsches.

Mitjenkas Frau und Schwägerin drängten sich mit schrekkensvollen Gesichtern aus der Tür des Zimmers, in der ein blankgeputzter Samowar siedete und ein hohes Bett mit gestickter, aus kleinen Stückchen zusammengesetzter Decke stand, in das Vorhaus.

Der junge Graf ging aufatmend, ohne sie zu beachten, mit entschlossenen Schritten an ihnen vorüber und ins Haus.

Die Gräfin, die durch die Mädchen sogleich erfuhr, was im Flügel vorgefallen war, tröstete sich auf der einen Seite mit dem Gedanken, daß sich nun ihre Vermögensverhältnisse verbessern würden, auf der anderen aber quälte sie die Sorge, wie ihr Sohn das überstehen würde. Sie ging ein paarmal auf den Zehen an seine Tür und lauschte, wie er eine Pfeife nach der anderen rauchte.

Am folgenden Morgen rief der alte Graf den Sohn beiseite und sagte ihm mit schüchternem Lächeln:

Weißt du auch, mein Herz, daß du dich umsonst aufgeregt hast? … Mitjenka hat mir alles erklärt.

Ich wußte schon, daß ich in dieser Welt der Toren nie etwas verstehen würde! dachte Nikolaj.

Du bist böse geworden, daß er die 700 Rubel nicht eingeschrieben hatte … aber sie sind ja als Transport aufgeführt, und die andere Seite hast du nicht gesehen …

Papa, er ist ein Schuft, ein Dieb, das weiß ich. Und was ich getan habe, ist geschehen! Aber wenn Sie es nicht wollen, werde ich nie mehr ein Wort sagen.

Nein, mein Herz! (der Graf war verlegen; er fühlte, daß er

das Vermögen seiner Frau schlecht verwaltet, sich an ihr und seinen Kindern vergangen hatte, aber er wußte nicht, wie er es besser machen sollte). Nein, ich bitte dich, daß du dich der Geschäfte annimmst ... ich bin alt ...

Nein, Papa, verzeihen Sie, wenn ich etwas getan habe, was Ihnen unangenehm ist; ich verstehe weniger von alledem als Sie, antwortete Nikolaj, und zu sich selbst sagte er:

»Der Teufel soll diese Bauern holen und das Geld und diese Transporte auf den Seiten ... Um Paroli mit sechs Einsätzen weiß ich Bescheid, aber von diesen Transporten verstehe ich nichts!«

Seit dieser Zeit mischte er sich nicht mehr in derartige Angelegenheiten. Nur einmal rief die Gräfin den Sohn zu sich, teilte ihm mit, daß sie einen Schuldschein von Anna Michajlowna über 2000 Rubel besitze, und fragte Nikolaj, wie er damit zu verfahren gedächte.

So, antwortete Nikolaj. Sie sagen also, daß es von mir abhängen soll. Ich mag Anna Michajlowna nicht leiden und Boris auch nicht. Aber sie waren uns befreundet und sind arm. Also ... so! und er zerriß den Schuldschein – eine Handlungsweise, über welche die alte Gräfin vor Freude schluchzte.

Nachdem der junge Rostow zu dem Entschlusse gekommen war, sich in Geschäftssachen nicht mehr einzumischen, wandte er sich mit um so leidenschaftlicherem Interesse der Hetzjagd zu, die jetzt in größerem Maßstabe bei dem alten Grafen eingeführt wurde.

III

Der Winter war schon im Anzuge; die Morgenfröste legten ihre Fesseln um die vom herbstlichen Regen getränkte Erde. Das Laub lag dick aufgehäuft am Boden und hob sich hellgrün ab von den Streifen der dunkelschimmernden, vom Vieh niedergetretenen Wintersaaten und den gelben Stoppelfeldern mit den roten Streifen von Buchweizen. Die Wälder und Gehölze, die Ende August noch wie grüne Inseln zwischen schwarzen Äckern und gelben Stoppelfeldern lagen, schimmerten jetzt goldfarbig und hellrot zwischen den grünen Wintersaaten. Der graue Hase hatte schon die Hälfte seines Winterpelzes wieder bekommen; die Fuchsfamilien fingen an, sich aufzulösen, und die jungen Wölfe waren größer als Hunde.

Es war die beste Jagdzeit. Die Hunde des jungen, leidenschaftlichen Jägers Rostow hatten nicht nur bereits ihre schlanken Jagdkörper wieder bekommen, sondern sich auch schon so wund gelaufen, daß im allgemeinen Rat der Jäger beschlossen wurde, ihnen drei Tage Ruhe zu gönnen und dann – am 28. September – nach dem Eichenwalde aufzubrechen, in dem sich eine bisher ungestörte Wolfsfamilie aufhielt.

So war die Lage der Dinge am 26. September.

Diesen ganzen Tag blieben die Jäger zu Hause. Es war ein stechender Frost, aber gegen Abend fing es an zu tauen. Als der junge Rostow am Morgen des 27. September im Schlafrock aus dem Fenster blickte, sah er einen Tag, wie er für die Jagd nicht besser sein konnte. Es war, als ob der Himmel auf die Erde niedertaute, aber es war ganz windstill, und die einzige Bewegung in der Luft bestand in dem lautlosen Niederrieseln der mikroskopischen Nebeltropfen. An den kahlen Zweigen im Garten hingen durchsichtige Perlen und tropften auf das frischgefallene Laub. Die Erde im Gemüsegarten glänzte dunkel von feuchtem Mohn und verschwamm in geringer Entfernung mit der trüben, feuchten Nebeldecke. Nikolaj ging auf die nasse, schmutzige Freitreppe. Es roch nach welkendem Laube und nach Hunden. Die schwarze, breitgebaute Hündin Milka mit den großen, dunkeln, weit offenen Augen streckte sich, als sie den Herrn erblickte, nach hinten und legte sich nieder wie ein Hase, dann sprang sie plötzlich auf und leckte Nikolaj Nase und Schnurrbart, während ein zweiter Windhund mit gebogenem Rücken und erhobener Rute auf die Treppe stürzte und sich an den Beinen des Herrn rieb.

Hoiho! wurde in diesem Augenblick jener unbeschreibliche Jägerruf gehört, der den tiefsten Baß und höchsten Tenor in sich vereinigt, und um die Ecke kam der Piqueur und Oberjäger Danilo, ein nach ukrainischer Art geschorener, grauer, runzliger Alter, mit der gebogenen Hundepeitsche in der Hand und jenem Ausdruck von Selbstbewußtsein und Weltverachtung, der nur bei Jägern zu finden ist. Er nahm seine Tscherkessenmütze vor dem Herrn ab und sah ihn herablassend an. Die Geringschätzung hatte jedoch nichts Beleidigendes für den Herrn, Nikolaj wußte, daß dieser alles verachtende, über allem stehende Danilo doch immer sein Leibeigener und Jäger war.

Danilo ... fing Nikolaj an; beim Anblick dieses vortrefflichen Jagdwetters, des Jägers und der Hunde ergriff ihn jene unüberwindliche Jagdlust, in der der Mann, wie ein Verliebter in Gegenwart der Geliebten, alle früheren Vorsätze vergißt.

Was befehlen Ew. Exzellenz? fragte die von vielem Schreien heiser gewordene, wie die Stimme eines Kirchensängers klingende Baßstimme Danilos, und zwei schwarze, glänzende Augen blickten unter der Stirn hervor auf den schweigenden Herrn und schienen zu sagen: »Nun, kannst du es nicht länger aushalten?«

Schöner Tag, nicht? ... Und du möchtest jagen und rennen, nicht? sagte Nikolaj, indem er Milka hinter den Ohren kraulte.

Danilo blinzelte mit den Augen und antwortete nicht; erst nach einer Weile machte seine Baßstimme dem Schweigen ein Ende.

Ich habe bei Tagesanbruch Uwarka auf Kundschaft ausgeschickt, sagte er, und habe den Bescheid bekommen, sie hat in Gehege von Otradnoje gewechselt; dort konnte man sie heulen hören (sie hat gewechselt, hieß: die Wölfin, die beide kannten, ist mit ihren Jungen in den Wald von Otradnoje gegangen, der zwei Werst vom Herrenhaus entfernt war und eine Art Waldinsel bildete).

Wir sollten hinreiten! rief Nikolaj; komme mal mit Uwarka zu mir.

Wie Sie befehlen!

Warte also mit der Fütterung!

Sehr wohl!

Fünf Minuten später standen Uwarka und Danilo in Nikolajs großem Arbeitszimmer. Obwohl Danilo nicht von ungewöhnlicher Größe war, machte er im Zimmer etwa den Eindruck, als ob man einen Bären zwischen den Möbeln und Gerätschaften des menschlichen Lebens herumgehen sähe. Danilo fühlte das selbst und blieb, wie gewöhnlich, so auch heute dicht an der Tür stehen; dabei gab er sich Mühe, leiser zu sprechen und sich nicht zu bewegen, um in den herrschaftlichen Zimmern nichts zu zerbrechen, und sein eifrigstes Bestreben war, alles, was er zu sagen hatte, so schnell als möglich hervorzubringen, um wieder ins Freie zu kommen und die Stubendecke mit dem Himmel zu vertauschen.

Nachdem Nikolaj seine Erkundigungen eingezogen und Danilo zu dem Ausspruche vermocht hatte, daß die Hunde in Ordnung seien (Danilo hatte ebenfalls Lust, auf die Jagd zu reiten), befahl er, die Pferde zu satteln. Eben wollte Danilo gehen, als Natascha mit raschen Schritten, unfrisiert und noch nicht angekleidet, in das große Tuch der Wärterin gehüllt, ins Zimmer trat; Petja lief hinter ihr her.

Du gehst auf die Jagd? fragte Natascha. Das wußte ich ja! Sonja behauptete, ihr würdet nicht gehen ... Aber ich wußte, daß heute ein Tag ist, den man nicht verlieren darf ...

Ja, wir reiten, gab Nikolaj verdrießlich zur Antwort. Da er eine ernste Jagd beabsichtigte, wollte er Natascha und Petja nicht gern mitnehmen. Wir reiten, aber auf die Wolfsjagd; das wird dich langweilen.

Du weißt, daß es mein größtes Vergnügen ist! rief Natascha. Oh, wie schlecht! ... Er selbst reitet, befiehlt zu satteln und hat uns nichts gesagt ...

Hindernisse kennt der Reuße nicht! schrie Petja. Wir reiten mit!

Aber du darfst ja nicht. Mama sagte, du dürftest nicht! bemerkte Nikolaj zu Natascha gewandt.

Ja, ich will mitreiten, ich will durchaus mit! sagte Natascha entschlossen. Danilo, sag doch, daß für uns gesattelt werde und daß Michajlo uns mit meiner Koppel begleiten soll, fügte sie hinzu, indem sie sich an den Jäger wandte.

Wenn es Danilo schon an und für sich unpassend und schwierig vorkam, im Zimmer zu sein, so fand er es geradezu unmöglich, etwas mit dem Fräulein zu tun zu haben. Er blickte vor sich nieder und beeilte sich, als ob ihn das alles nichts anginge, aus dem Zimmer zu kommen, gab sich aber alle Mühe, dem Fräulein nicht unversehens weh zu tun.

IV

Der alte Graf, der immer eine große Jagd unterhalten, hatte jetzt die Sorge dafür in die Hände des Sohnes gelegt. Heute – es war der 27. September – machte er sich aber auch zum Ausreiten fertig.

Nach einer Stunde war die ganze Jagdgesellschaft vor dem Hause versammelt. Nikolaj ging mit einer ernsten, strengen Miene, die deutlich sagte, daß jetzt nicht Zeit sei, sich mit Torheiten zu beschäftigen, an Natascha und Petja vorüber, die ihm etwas erzählen wollten. Er besichtigte alle Anordnungen zur Jagd, schickte eine Meute mit den Jägern voraus, setzte sich auf seinen donischen Fuchs, pfiff den Hunden seiner Koppel und ritt durch die Tannen in das Feld, das nach dem Jagdgehege von Otradnoje führt. Das Pferd des alten Grafen, ein isabellfarbiger Wallach, der Wiflanka hieß, wurde der Leitung des gräfischen Leibjägers übergeben, während der alte Herr selbst in der Droschke nach dem ihm bestimmten Platze fuhr.

Es waren im ganzen 54 Hetzhunde, bei denen sich sechs Mann, Piqueure und Hundewärter, befanden. Außer den Herrschaften kamen noch acht Jäger dazu, hinter denen sich einige vierzig Windhunde tummelten, so daß mit den herrschaftlichen Koppeln ungefähr hundertdreißig Hunde, von zwanzig berittenen Jägern geführt, hinauszogen.

Jeder Hund kannte den Herrn und seinen eigenen Namen, jeder Jäger kannte seine Aufgabe und seinen Platz, und sobald sie das Gehöft verlassen hatten, verteilten sich alle, ohne Lärm und Geschwätz, auf den Wegen und Feldern, die nach dem Jagdgehege von Otradnoje führten.

Wie auf einem weichen Teppich gingen die Pferde auf dem Felde hin, indem sie dann und wann, wenn sie den Weg überschritten, in eine Pfütze traten. Die Nebeldecke des Himmels senkte sich gleichmäßig unmerklich tiefer und tiefer auf die Erde herab. Die Luft war unbewegt und lautlos; dann und wann nur hörte man bald den Pfiff eines Jägers, bald das Schnauben eines Pferdes oder einen Schlag mit der Reitgerte oder das Winseln eines Hundes, der nicht an seinem Platze geblieben war.

Nachdem sie eine Werst weit geritten, kam der Rostowschen Jagd aus dem Nebel ein Trupp von fünf Reitern mit Hunden entgegen. An der Spitze ritt ein schöner, frischer Greis, mit langem, grauem Schnurrbart.

Guten Tag, Onkelchen! sagte Nikolaj, als sich ihm der Alte näherte.

Glatte Sache, vorwärts! begann der Onkel (ein weitläufiger Verwandter und wenig begüterter Nachbar Rostows), ich wußte wohl, daß du es nicht lassen könntest, und es ist gut, daß du reitest. Glatte Sache, vorwärts! (Das war die Lieblingsredensart des Onkels.) Nimm nur sogleich den Wald in Angriff, denn mein Girtschick hat mir angezeigt, daß die Ilagins mit ihren Hunden in Korniki sind. Sie werden dir – glatte Sache, vorwärts! – die Wolfsfamilie vor der Nase wegnehmen.

Ich gehe eben hin ... Aber wie sollen wir unsere Hunde zusammenbringen? fragte Nikolaj.

Die Hetzhunde wurden in einer Meute vereinigt. Der Onkel und Nikolaj ritten nebeneinander. Natascha, in Tücher gewickelt, aus denen ihr belebtes Gesicht mit den glänzenden Augen hervorsah, galoppierte zu ihnen heran, begleitet von Petja, der immer an ihrer Seite blieb, und von Michajlo, dem Jäger und Bereiter, der heute ihre Wärterin spielen sollte. Petja lachte und schlug und riß sein Pferd; Natascha saß geschickt und sicher auf ihrem schwarzen Araber und hielt ihn ohne Anstrengung mit fester Hand im Zügel.

Der Onkel sah sich mit einer gewissen Unzufriedenheit nach Petja und Natascha um; er sah es nicht gern, wenn man in den Ernst der Jagd »Kindereien« mischte.

Guten Tag, Onkelchen, wir reiten mit! schrie Petja.

Guten Tag, guten Tag! aber reitet nur die Hunde nicht tot! antwortete der Onkel streng.

Nikolenka, was für ein reizendes Tier ist Trunila, er hat mich erkannt, sagte Natascha, auf ihren Lieblingsjagdhund zeigend.

»Trunila ist doch kein Tier, sondern ein Vorstehhund«, dachte Nikolaj und sah die Schwester mit ernstem Ausdruck an; er wollte ihr den Abstand fühlbar machen, der sie in diesem Augenblicke voneinander trennte. Natascha verstand ihn.

Bitte, Onkelchen, denken Sie nicht, daß wir jemand stören werden, sagte Natascha; wir werden uns auf unseren Platz stellen und uns nicht rühren.

Schon gut, Komteßchen, antwortete der Onkel. Fallen Sie nur nicht vom Pferde, fügte er hinzu, denn – glatte Sache, vorwärts! – es gibt nichts, woran man sich festhalten könnte.

Schon war in einer Entfernung von hundert Klaftern das Jagdgehege von Otradnoje zu sehen. Die Treiber mit den Hunden näherten sich ihm. Nachdem Rostow mit dem Onkel verabredet hatte, von wo aus die Jagdhunde losgelassen werden sollten, wies er Natascha ihren Platz an; es war eine Stelle, die der Wolf auf keinen Fall berühren konnte. – Dann wandte er sich der Richtung zu, woher die Hunde über den Hügel kommen mußten.

Nun, Neffchen, du stellst dich also der alten Wölfin entgegen? sagte der Onkel. Gib nur acht, sie nicht zu streicheln. (Das heißt, sie nicht entwischen zu lassen.)

Wollen sehen! antwortete Rostow. Karaj, huit! schrie er dann, gleichsam als Antwort auf die Warnung des Onkels. Karaj war ein alter, häßlicher, plumper Hund, aber bekannt dafür, daß er ganz allein den alten Wolf zuweilen über den Haufen gerannt hatte.

Alle nahmen ihre Plätze ein.

Der alte Graf, der den Jagdeifer des Sohnes kannte, gab sich Mühe, nicht zu spät zu kommen, und wirklich waren die Piqueurs noch nicht zur Stelle, als Ilja Andreitsch frisch und rot, mit zitternden Wangen auf dem ihm angewiesenen Platze ankam. Nachdem er seinen Pelz zurechtgezogen und sich mit den Jagdgerätschaften versehen hatte, kletterte er auf seine glatte, wohlgenährte, fromme und, wie er selbst, grau gewordene Wiflanka. Die Droschke wurde zurückgeschickt.

Obwohl Graf Ilja Andreitsch kein leidenschaftlicher Jäger war, kannte er alle Jagdgebräuche auf das genaueste. Er ritt an den Rand der Gebüsche, neben denen er hielt, brachte die Zügel in Ordnung, setzte sich im Sattel fest, und nachdem er sich vollständig in Bereitschaft fühlte, sah er sich lächelnd um.

Neben ihm stand sein Kammerdiener, ein alter, schwerfällig gewordener Reiter, Semjon Tschekmar. Tschekmar hielt drei wilde, aber wie Herr und Roß fett gewordene Wolfshunde an der Koppel. Zwei kluge, alte Hunde legten sich ohne Koppel neben ihm nieder. Ungefähr hundert Schritt weiter stand Mitjka, ein Leibjäger des Grafen, ein kühner Reiter und leidenschaftlicher Jäger. Alter Gewohnheit nach trank der Graf vor dem Beginn der Jagd einen Schluck Branntwein aus einem silbernen Becher, aß einen Bissen und leerte dann noch eine halbe Flasche seines Lieblings-Bordeauxweins.

Ilja Andreitsch war vom Wein und vom Fahren etwas rot geworden; seine feucht umschleierten Augen hatten einen ungewöhnlichen Glanz, und wie er in seinen Pelzrock gehüllt im Sattel saß, hatte er das Aussehen eines Kindes, das man zum Spielen hinausgeschickt hat.

Der hagere Tschekmar mit den eingefallenen Wangen blickte, nachdem er seine Jagdgeräte geordnet, auf den Herrn, mit dem er seit dreißig Jahren ein Herz und eine Seele war, und da er seine heitere Stimmung erkannte, erwartete er ein angenehmes Gespräch.

Noch eine dritte Person kam vorsichtig durch die Büsche herangeritten (offenbar hatte man ihr dies schon beigebracht) und hielt hinter dem Grafen. Es war ein Greis mit grauem Bart, in einem Weibermantel und einer hohen Zipfelmütze: der Narr, Nastassia Iwanowna genannt.

Nun, Nastassia Iwanowna, flüsterte der Graf, indem er ihm

zublinzelte, lasse dir nur einfallen, das Tier zu verjagen ... Danilo wird's dir schon geben.

Mit dem Bart hier vertreibe ich das Tier, sagte Nastassia Iwanowna.

Sch ... Sch ..., zischte der Graf, dann wandte er sich zu Semjon mit der Frage:

Hast du Natalia Iljinitschna gesehen? Wo ist sie.

Sie halten mit Peter Iljitsch an der Moorwiese, antwortete Semjon Tschekmar. Sie sind ein Fräulein, haben aber großen Mut.

Und du wunderst dich, Semjon, wie sie reitet – he? sagte der Graf. Sie könnte es mit Männern aufnehmen.

Wie sollte ich mich nicht wundern! ... so dreist ... so geschickt!

Und wo ist Nikolascha! Jenseits des Ladowkaberges ... was? fragte der Graf immer mit leiser Stimme.

Ganz recht ... Sie wissen schon, wo sie zu stehen haben, und so ausgezeichnet kennen sie das Reiten, daß ich mich mit Danilo oft darüber wundere, antwortete Semjon, der sehr gut wußte, womit man dem Herrn gefiel.

Er reitet gut, he? ... Und wie er zu Pferde aussieht, was?

Zum Malen! Wie sie das letzte Mal an der Sawarsinwiese den Fuchs jagten, setzten sie über den Graben ... großartig! ... Das Pferd ist seine tausend Rubel wert, und einen solchen Reiter gibt's nicht wieder! Ja, solch kühnen Reiter kann man weit und breit suchen!

Weit und breit suchen! wiederholte der Graf, der zu bedauern schien, daß Semjons Rede so schnell zu Ende war. Weit und breit suchen! sagte er nochmals, indem er die Schöße des Pelzes zurückschlug und die Tabakdose hervorzog.

Neulich, fing Ssemjon wieder an, als sie in voller Uniform mit allen Orden aus der Kirche kamen, sagte Michail Sidorytsch ... Semjon vollendete nicht. Durch die stille Luft hörte er deutlich das Näherkommen von zwei oder drei heulenden Hetzhunden. Er senkte den Kopf, lauschte und winkte schweigend dem Herrn.

Aufs Nest gestoßen! flüsterte er, sie sind geradezu gen Ladowka gelaufen.

Der Graf sah zerstreut lächelnd in die Ferne, die Lichtung entlang und hielt, ohne zu schnupfen, die Dose zwischen den Fingern. Gleich nach dem Hundegebell gab Danilos Jagdhorn das Zeichen, daß ein Wolf aufgespürt sei. Die ganze Meute vereinigte sich mit den ersten drei Hunden, und man erkannte deutlich jenes eigentümliche Geheul, welches anzeigt, daß sie den Wolf jagt.

Die Piqueurs pfiffen nicht mehr, schrien: Hallali! und alle Stimmen übertönte die Danilos, bald im tiefsten Baß, bald in ohrzerreißendem Diskant. Diese Stimme schien den ganzen Wald zu erfüllen, drang über ihn hinaus und schallte weit über die Felder.

Nachdem der Graf einige Sekunden schweigend gelauscht hatte, war sowohl er wie sein Jäger überzeugt, daß die Hunde sich in zwei Meuten teilten: eine große, die besonders heftig heulte, fing an, sich zu entfernen, die andere rannte längs des Waldrandes am Grafen vorüber. Bei dieser Meute war das Hallali! Danilos erklungen. Beide Jagden vereinigten sich, dann trennten sie sich wieder, aber beide entfernten sich vom Standort des Grafen.

Ssemjon seufzte und bückte sich, um die Koppel zu ordnen, in der sich ein junger Hund verwickelt hatte. Der Graf seufzte ebenfalls, und als er die Dose in seiner Hand bemerkte, machte er sie auf und nahm eine Prise.

Zurück! rief Semjon dem einen Hunde zu, der über den Waldrand hinausging. Der Graf erschrak und ließ die Dose fallen; Nastassia Iwanowna stieg vom Pferde und hob sie auf.

Der Graf und Semjon sahen den Alten an; plötzlich, wie das oft zu geschehen pflegt, näherte sich der Lärm der Jagd, und es war, als ob das Hundegebell und das Hallali! Danilos dicht vor ihnen wäre.

Der Graf sah sich um und erblickte zur Rechten Mitjka, der ihn mit hervorquellenden Augen anstierte, die Mütze zog und nach der anderen Seite zeigte.

Aufgepaßt! schrie er mit einer Stimme, die verriet, daß sich dies Wort schon lange qualvoll hervorzudrängen gesucht; dann ließ er die Hunde los und lief auf den Grafen zu.

Der Graf und Semjon ritten aus dem Walde hervor und erblickten zur Linken einen Wolf, der mit kurzen, langsamen Sätzen links von ihnen an demselben Waldrande hinsprang, vor dem sie hielten. Die wütenden Hunde heulten auf, rissen sich von der Koppel los und stürzten sich, an den Hufen der Pferde vorüber, auf den Wolf.

Der Wolf hielt im Laufe an, drehte ungeschickt, wie jemand, der am Halse leidet, seinen breitstirnigen Kopf den Hunden zu, sprang in denselben kurzen Sätzen wieder vorwärts und verschwand mit wehendem Schwanze im Waldesdickicht. In demselben Augenblicke stürzte mit einem Geheul, das wie Weinen klang, ein zweiter und dritter Jagdhund aus dem gegenüberliegenden Waldrande hervor, und die ganze Meute rannte auf der Spur des Wolfes über das Feld. Dicht hinter den Hunden bogen sich die Haselnußsträuche auseinander, und das braune Pferd Danilos drängte sich, mit Schweiß bedeckt, daraus hervor; auf seinem langen Rücken, ganz vornübergebeugt, saß Danilo ohne Mütze, das rote, schweißbedeckte Gesicht von grauen, struppigen Haaren umrahmt.

Hallali, Hallali! schrie er. Als er den Grafen erblickte, blitzten seine Augen auf.

Sch ..., schrie er, indem er den Herrn mit der erhobenen Peitsche bedrohte.

Den Wolf durchgelassen! ... Jäger! ... und als ob er den erschrockenen, verwirrten Grafen keines weiteren Wortes würdigte, schlug er mit der ganzen Wut, die er für den Grafen aufgespeichert hatte, auf die eingefallenen, nassen Weichen seines braunen Wallachs und sprengte hinter den Jagdhunden her. Der Graf, der wie ein bestraftes Kind dastand, sah sich um und suchte durch ein Lächeln Semjons Mitleid mit seiner Lage zu wecken. Semjon aber war nicht mehr da. Er hatte einen Bogen um das Gebüsch gemacht und suchte dem Wolfe vorauszukommen. Von zwei Seiten versuchten auch die Piqueurs dem Tier den Weg zu sperren. Aber der Wolf ging mitten durchs Gebüsch, und kein Jäger vermochte ihn aufzuhalten.

V

Nikolaj Rostow stand inzwischen auf seinem Platze und wartete auf den Wolf. Aus dem Näherkommen oder Weiterziehen der Jagd, aus dem Gebell der ihm bekannten Hunde, die er an ihren Stimmen erkannte, und aus der Annäherung oder Entfernung oder dem Lauterwerden des Geschreis der Jäger erriet er, was im Jagdgehege vorging. Er wußte, daß in seinem Gehege junge und alte Wölfe aufgespürt waren; wußte, daß sich die Hunde in zwei Meuten geteilt hatten, daß sie den Wolf jagten, und daß irgendwo etwas nicht in Ordnung war.

Jeden Augenblick erwartete er, das Tier zu sehen. Er machte sich tausend verschiedene Vorstellungen, wie und woher es kommen und wie er es abfangen würde. Dann wurde die Hoffnung wieder zum Zweifel, und er wandte sich zu Gott, mit der Bitte, ihm den Wolf zuzuführen. Er betete mit dem innigen, leidenschaftlichen Gefühl eines Menschen, der durch eine geringfügige Ursache in große Aufregung versetzt ist. Was macht es dir aus, mir dies zu gewähren! sagte er zu Gott. Ich weiß, daß du groß bist und daß es Sünde ist, dich darum zu bitten, aber, um Gottes willen, laß es geschehen, daß der alte Wolf hierher kommt und daß Karaj vor Onkelchens Augen, der von dort zusieht, sich in die Kehle des Tieres einbeißt und es festhält, bis es tot ist!

Tausendmal in dieser halben Stunde bestrich Rostow mit hartnäckigem, unruhigem, angestrengtem Blick den Rand des Waldes mit den zwei dünnbelaubten Eichen über dem jungen Eschennachwuchs, den Hohlweg mit der abgespülten Böschung und die Mütze des Onkels, der hinter dem Gebüsch zur Rechten kaum zu sehen war.

»Nein, ich werde das Glück nicht haben, dachte Rostow; und welche Kleinigkeit wär es gewesen ... nein, es soll nicht zuteil werden! ... ich habe immer Unglück, im Kartenspiel, im Kriege! ...« Austerlitz und Dolochow stiegen rasch und deutlich vor seinem geistigen Auge auf. »Nur einmal im Leben einen alten Wolf zu Tode hetzen ... mehr wünsche ich nicht!« dachte er, strengte Auge und Ohr an, sah sich nach links um, dann wieder nach rechts und lauschte auf jeden leisesten Laut im Jagdgetöse. Als er sich wieder nach rechts umwandte, sah er, daß ihm auf dem kahlen Felde etwas entgegenlief.

»Nein, es ist nicht möglich«, sagte Rostow zu sich selbst und atmete schwer auf, wie man zu tun pflegt, wenn endlich etwas eintritt, was man lange erwartet hat. Das größte Glück war da ... und so einfach, ohne Geräusch, ohne Prunk, ohne Vorzeichen! Nikolaj traute seinen Augen nicht, und dieser Zweifel währte über eine Sekunde. Der Wolf kam näher und sprang schwerfällig über den Graben, der auf seinem Wege lag. Es war ein altes Tier mit grauem Rücken und vollgefressenem, rötlichem Bauche, es lief ohne besondere Hast, als ob es sich sicher fühlte. Rostow sah sich atemlos nach den Hunden um. Sie lagen und standen, ohne den Wolf zu bemerken, da und schienen nichts zu verstehen. Der alte Karaj hatte den Kopf zur Seite gewandt und verfolgte, mit den gelben Zähnen klappernd, voll Wut einen Floh an seinem Hinterbein.

Hallali! flüsterte Rostow mit kaum merklicher Lippenbewegung.

Die Hunde sprangen, mit dem Koppeleisen klirrend, in die Höhe und spitzten die Ohren. Karaj kratzte noch ein letztesmal sein Bein, stand auf, spitzte gleichfalls die Ohren und wedelte leicht mit dem filzigen Schweife.

»Loslassen oder nicht?« fragte sich Rostow, als der Wolf herankam. Plötzlich veränderte sich die Physiognomie des Wolfs, er fuhr zusammen, als er die Augen eines Menschen, die er wahrscheinlich noch nie gesehen hatte, auf sich gerichtet fühlte, und blieb stehen, den Kopf leicht dem Jäger zugewandt. »Zurück oder vorwärts ... Ach! gleichviel! ... vorwärts!« schien er zu sich selbst zu sagen, und rannte, ohne sich umzusehen, mit leisen, langen, aber entschlossenen Sprüngen weiter.

Hallali! schrie Nikolaj wie mit fremder Stimme, und ohne angetrieben zu sein, lief sein gutes Pferd, die Gräben überspringend, wie toll bergauf, dem Wolfe nach, und noch rascher, das Pferd überholend, rannten die Hunde.

Nikolaj hörte weder seinen eigenen Schrei, fühlte weder,

daß er galoppierte, noch sah er die Hunde oder den Weg, den er verfolgte. Er sah nur den Wolf, der seinen Lauf beschleunigte, und ohne die Richtung zu ändern, in eine Vertiefung des Bodens lief. Dem Tiere zunächst zeigte sich die schwarzfleckige, breitrückige Milka. Sie kam näher ... näher ... näher! jetzt war sie bei ihm. Aber der Wolf schielte sie an, und anstatt loszuspringen, wie sie gewöhnlich zu tun pflegte, hob Milka plötzlich die Rute und stemmte sich auf die gestreckten Vorderbeine.

Hallali! Hallali! schrie Nikolaj. Der fuchsrote Lubim sprang rasch hinter Milka hervor, warf sich auf den Wolf und packte ihn am Schenkel. Aber in demselben Moment sprang er erschrocken auf die Seite. Der Wolf setzte sich, schnappte, sprang wieder auf und lief vorwärts, in der Entfernung eines Schritts, von allen Hunden gefolgt, die ihm aber nicht näher kamen.

»Er entwischt! ... Nein, das ist unmöglich!« dachte Rostow und schrie mit heiserer Stimme; Karaj! Hallali! indem er den alten Hund, seine einzige Hoffnung, mit den Augen suchte.

Karaj nahm seine alten Kräfte zusammen, streckte sich, soviel er konnte, und lief, den Wolf im Auge behaltend, schwerfällig seitwärts, ihm den Weg abzuschneiden. Aber bei den raschen Sprüngen des Wolfes und dem langsamen Laufen des Hundes war es unverkennbar, das Karaj sich verrechnete.

Schon hatte Nikolaj den Wald, in dem der Wolf sicher entrinnen mußte, dicht vor sich, da zeigten sich Hunde und ein Jäger, der dem Tiere fast entgegensprang. Hier war noch eine Hoffnung! Ein Nikolaj unbekannter, dunkelbrauner junger Hund von einer fremden Koppel warf sich rasch von vorn auf den Wolf und hätte ihn beinahe umgerannt. Aber mit einer Behendigkeit, die man nicht von ihm erwarten konnte, hob sich der Wolf, stürzte sich auf seinen Angreifer, schnappte, und mit einem durchdringenden Schrei, blutend, mit aufgerissener Seite fiel der braune Hund laut winselnd mit dem Kopfe auf die Erde.

Karajuschka, Alterchen! jammerte Nikolaj.

Der alte Hund war infolge des eben entstandenen Aufenthaltes dem Wolfe, dem er den Weg abzuschneiden suchte, an fünf Schritte nahe gekommen. Der Wolf schielte, als ob er anfinge, die Gefahr zu ahnen, nach Karaj hin, zog den Schwanz noch mehr zwischen die Beine und machte längere Sprünge. Nun aber – Nikolaj sah nur undeutlich, daß irgend etwas mit Karaj vorging – war er plötzlich auf dem Wolfe und fiel mit ihm zusammen wie ein Knäuel in den Graben, der vor ihnen lag.

Der Augenblick, in dem Nikolaj den zappelnden Wolf im Graben erblickte, in dem Knäuel von Hunden, unter denen seine grauen Haare zu sehen waren, sein ausgestrecktes Hinterbein und sein erschrockenes Gesicht mit den angedrückten Ohren und dem aufgesperrten Rachen (Karaj hatte ihn an der Gurgel gepackt) – der Augenblick war der glücklichste, den er je erlebt. Schon wollte er sich aus dem Sattel schwingen, um den Wolf abzufangen, als plötzlich der Kopf des Tieres aus dem Gewirr der Hunde auftauchte, dann stellte es die Vorderfüße auf den Rand des Grabens, schnappte – Karaj hatte seine Gurgel losgelassen –, sprang mit den Hinterfüßen aus dem Graben und lief, von den Hunden befreit, den Schwanz zwischen den Beinen, auf und davon. Karaj kroch mit gesträubten Haaren, allem Anscheine nach verwundet, mit Mühe aus dem Graben heraus.

Mein Gott, warum! schrie Nikolaj in Verzweiflung.

Von der anderen Seite eilten die Jäger des Onkels herbei, um dem Wolfe den Weg abzuschneiden, und seine Hunde hielten das Tier abermals auf.

Nikolaj, sein Reitknecht, der Onkel und seine Jäger umringten den Wolf, schrien, riefen Hallali, waren, sooft er sich auf die Hinterbeine setzte, im Begriff, vom Pferde zu springen, und ritten immer wieder vorwärts, wenn er die Hunde abschüttelte und dem Dickicht zulief, das ihn retten sollte.

Gleich zu Anfang dieser Hetze war Danilo, der das Hallali! gehört, aus dem Walde hervorgesprengt. Er sah, wie Karaj den Wolf packte, und hielt sein Pferd an, in der Meinung, daß die Sache zu Ende wäre. Aber als die Jäger nicht abstiegen, der Wolf die Hunde abschüttelte und davonlief, trieb Danilo seinen Braunen vorwärts, nicht dem Wolfe nach, sondern in gerader Richtung auf das Dickicht zu, um, wie Karaj, dem Tiere den Weg abzuschneiden, und als es durch die Hunde des Onkels zum zweiten Male festgehalten wurde, war er ihm ganz nahe.

Danilo ritt schweigend heran, den blanken Dolch in der Hand, und schlug mit seiner Peitsche wie mit einem Dreschflegel auf die eingezogenen Seiten seines Braunen los.

Nikolaj bemerkte Danilo nicht, bis der Braune an ihm vorüberschnaubte; dann hörte er den Fall eines schweren Körpers und sah, daß Danilo mitten unter den Hunden auf dem Hinterteile des Wolfes lag und ihn bei den Ohren zu packen suchte. Unverkennbar war jetzt für die Hunde, den Wolf und die Jäger alles zu Ende. Der Wolf, der voll Schrecken die Ohren andrückte, suchte sich aufzurichten, allein die Hunde hielten ihn von allen Seiten fest. Danilo stand auf, bog sich zurück, ließ sich mit seiner ganzen Schwere wieder fallen, als ob er sich niederlegen wollte, um zu ruhen, und packte den Wolf an den Ohren. Nikolaj wollte ihn töten, allein Danilo flüsterte: Nicht nötig, wir werden ihn knebeln. Er veränderte seine Stellung und setzte seinen Fuß auf die Kehle des Wolfs. In den Rachen des Tieres wurde ein Querholz gesteckt und mit einer Koppel wie mit einem Zaume festgemacht; dann wurden ihm die Füße gebunden, und Danilo legte den Wolf von einer Seite auf die andere.

Mit glücklichen, ermüdeten Gesichtern hoben die Jäger den alten, lebendigen Wolf auf das schnaubende, scheuende Pferd und brachten ihn, begleitet von den bellenden Hunden, nach dem Sammelplatze. Alle drängten sich herbei, den Wolf zu sehen, der mit hängendem Kopfe und dem Holz im Rachen mit großen, gläsernen Augen auf die ihn umringende Schar der Menschen und Hunde blickte. Wenn man ihn berührte, sah er, mit den gebundenen Füßen zuckend, zugleich wild und dumm umher. Auch Graf Ilja Andreitsch kam herbei und faßte das Tier an.

Oh, was für ein Riesenwolf! Riesig, nicht wahr! wandte er sich an den neben ihm stehenden Danilo.

Riesig, Exzellenz! antwortete Danilo und riß schnell die Mütze herunter.

Der Graf erinnerte sich an das Vorbeirennen des Wolfes und das Zusammentreffen mit Danilo.

Aber du bist doch ein böser Bruder, sagte der Graf. Danilo antwortete nur durch ein schüchternes, kindlich sanftes Lächeln.

VI

Der alte Graf ritt nach Hause. Natascha und Petja versprachen bald nachzukommen. Die Jagd wurde fortgesetzt, denn es war noch früh. Gegen Mittag trieb man die Hunde in eine mit dichtem jungen Gehölz bewachsene Schlucht, Nikolaj, der auf dem Stoppelfelde hielt, konnte alle seine Jäger übersehen.

Ihm gegenüber war ein Wintersaatfeld, und dort stand sein Leibjäger allein in einer Vertiefung, hinter einem hervorragenden Haselnußstrauch. Sobald die Meute losgelassen war, hörte Nikolaj das abgerissene Gebell des ihm bekannten Hundes Waldhorn; die anderen Hunde folgten ihm nach, bald waren sie stumm, bald schlugen sie an. Eine Minute später ertönte aus dem Walde ein Zeichen, daß ein Fuchs aufgespürt sei, und die ganze Meute jagte vereinigt den Abhang hinauf, von Nikolaj sich entfernend, dem Wintersaatfelde zu.

Nikolaj sah die Hundewärter in roten Mützen am Rande der waldigen Schlucht hinrennen, sah sogar die Hunde und erwartete jeden Augenblick, daß sich der Fuchs hier auf dem Wintersaatfelde zeigen würde.

Plötzlich ging der Jäger, der in der Vertiefung stand, vorwärts, ließ seinen Hund los, und Nikolaj erblickte einen kleinen roten Fuchs, der mit aufgesträubter Rute eilig auf dem Wintersaatfelde hinlief. Die Hunde jagten hinter ihm her; jetzt hatten sie ihn erreicht, und der Fuchs begann kreisförmig in ihrer Mitte zu lavieren, wobei er wieder und wieder rasche Wendungen machte und mit der buschigen Rute um sich schlug. Ein weißer Hund fiel über ihn her, gleich darauf ein schwarzer, alles mischte sich durcheinander, und sternförmig, die Schwänze nach außen gekehrt, blieben die Hunde beinahe regungslos stehen. Zwei Jäger sprengten zu ihnen heran, der eine in roter Mütze, der andere, ein fremder, im Kaftan.

»Was ist das? dachte Nikolaj. Wer ist dieser Jäger? zum Onkel gehört er nicht.«

Die Jäger entrissen den Fuchs den Hunden und blieben eine Weile zu Fuß daneben stehen. Weiterhin sah man die Pferde mit den hohen Sattelknöpfen und die sich lagernden Hunde; die Jäger bewegten die Arme und nahmen etwas mit dem Fuchse vor. Plötzlich gab das Waldhorn von dort her das bekannte Zeichen eines Handgemenges.

Es ist ein Jäger der Ilagins, der mit unserem Iwan etwas vorhat, sagte der Reitknecht Nikolajs.

Nikolaj schickte den Reitknecht ab, um die Schwester und Petja herbeizurufen, und ritt langsam nach dem Platze, wo die Piqueurs die Jagdhunde sammelten. Einige Jäger sprengten dem Handgemenge zu.

Nikolaj stieg vom Pferde und blieb mit Natascha und Petja neben den Hunden stehen, um Nachrichten über den Verlauf der Dinge zu erwarten. Bald darauf kam hinter dem Waldessaum der Jäger, der sich geschlagen hatte, mit dem angebundenen Fuchse hervorgeritten und näherte sich dem jungen Herrn. Von weitem schon nahm er die Mütze ab und suchte ehrerbietig zu sprechen; aber er war bleich, atemlos, und sein Gesicht sah zornig aus. Eins seiner Augen war blau geschlagen.

Was hat es da bei euch gegeben? fragte Nikolaj.

Oh, er wollte unseren Hunden den Fuchs vor der Nase wegtreiben ... meiner mausefarbenen Hündin sogar, die ihn doch gefangen hat ... Er nimmt mir den Fuchs ... Was war da zu machen? ... Ich schlage ihn ... binde den Fuchs ... willst du das vielleicht versuchen? ... Bei diesen Worten zeigte der Jäger auf seinen Dolch, als ob er sich einbildete, noch immer mit seinem Feinde zu sprechen.

Nikolaj gab ihm keine Antwort, aber er bat die Schwester und Petja, auf ihn zu warten, und ritt nach dem Platze, wo sich die feindliche Ilaginsche Jagd befand.

Der Sieger ritt inzwischen in die Schar der Jäger hinein und erzählte den Teilnehmenden und Neugierigen, die ihn umringten, von seiner Großtat.

Die Sache war die, daß Ilagin mit Rostow in Streitigkeiten und Prozessen lebte, an Orten jagte, die dem Herkommen nach Rostows gehörten, und daß er jetzt wie absichtlich befohlen hatte, nach dem Walde zu reiten, wo Rostows jagten, und seinem Jäger erlaubt hatte, unter den fremden Hunden zu hetzen.

Nikolaj hatte Ilagin nie gesehen, aber da er gewöhnlich in seinen Gedanken und Gefühlen keinen Mittelweg kannte, hielt er sich an die Gerüchte von der Händelsucht und der Frechheit dieses Gutsbesitzers, haßte ihn von ganzem Herzen und sah in ihm seinen bittersten Feind. Zornig und aufgeregt ritt er jetzt auf ihn zu, umfaßte die Reitpeitsche mit fester Hand und war vollständig bereit, irgend etwas Unvorsichtiges, Leidenschaftliches gegen ihn zu tun.

Als er aber um die Waldecke bog, kam ihm ein dicker Herr in einer Bibermütze, auf einem schönen Rappen, begleitet von zwei Reitknechten, entgegengeritten, und anstatt eines Feindes fand Nikolaj einen ansehnlichen, höflichen Herrn, der den dringenden Wunsch hatte, den jungen Grafen kennenzulernen. Ilagin ritt an Rostow heran, hob die Bibermütze und sagte, er bedauere das eben Vorgefallene sehr und würde Befehl geben, den Jäger zu strafen, der sich erlaubt, unter fremden Hunden zu hetzen; er bat den Grafen, ihm die Ehre seiner näheren Bekanntschaft zu schenken, und bot ihm sein eigenes Jagdrevier an.

Natascha, die fürchtete, daß ihr Bruder etwas Schreckliches tun würde, war ihm aufgeregt nachgeritten. Als sie sah, daß die Feinde sich freundlich begrüßten, näherte sie sich ihnen. Ilagin hob vor Natascha die Bibermütze noch höher und sagte freundlich lächelnd, die Gräfin gleiche sowohl durch ihre Leidenschaft für die Jagd als durch ihre Schönheit, von der er schon viel gehört habe, einer Diana.

Dann bat Ilagin dringend, um den Mißgriff seiner Jäger gutzumachen, Rostow möge sich in den kaum eine Werst entfernten Ilaginschen Wald begeben, wo, seiner Aussage nach, die Hasen »wie gesät wären«. Nikolaj ging darauf ein, und die Jagd, die sich nun um das Doppelte vergrößert hatte, zog weiter.

Um in den Ilaginschen Wald zu kommen, mußte man über die Felder reiten. Die Jäger bildeten eine Linie. Die Herrschaften blieben zusammen, der Onkel, Nikolaj und Ilagin betrachteten verstohlen, so daß es niemand bemerken sollte, die fremden Hunde und suchten voll Unruhe unter ihnen die Nebenbuhler der eigenen Hunde zu entdecken.

Rostow überraschte besonders die Schönheit einer kleinen rotscheckigen Hündin der Ilaginschen Koppel, eines schlanken Tierchens mit feiner Schnauze und vorstehenden schwarzen Augen. Er hatte von der Schnelligkeit der Ilaginschen Hunde gehört, und sah in dieser kleinen schönen Hündin die Nebenbuhlerin seiner Milka.

Mitten in einem ruhigen Gespräche über die diesjährige Ernte, das Ilagin angeknüpft hatte, zeigte Nikolaj auf das Tierchen.

Wie schön ist diese Hündin! sagte er in nachlässigem Tone. Läuft sie gut?

Die da? ... ja, die ist sehr gut, versteht zu fangen, antwortete Ilagin und blickte mit gleichgültiger Miene auf die rotscheckige Jorsa nieder, für die er vor Jahresfrist einem Nachbarn drei Familien Hofleute gegeben hatte. – Also auch Sie, Graf, sind mit der Ernte nicht zufrieden? fuhr er in dem angefangenen Gespräche fort; dann aber hielt er es für höflich, es dem jungen Manne gleichzutun, betrachtete seine Hunde, wählte sich Milka, die ihm durch ihre Breite in die Augen fiel, und sagte: Unter Ihren Hunden zeichnet sich dieser schwarzgefleckte aus, er muß gut sein.

Ja, sie ist nicht übel, läuft gut, antwortete Nikolaj. »Es sollte nur ein alter Grauhase auf dem Felde sein, dann wollte ich dir zeigen, was für ein Hund das ist«, fügte er in Gedanken hinzu, und indem er sich zu dem Reitknecht umwandte, sagte er, daß er demjenigen einen Rubel gebe, der einen liegenden Hasen aufspürte.

Ich begreife nicht, fuhr Ilagin fort, wie Jäger untereinander auf ein Stück Wild oder auf ihre Hunde neidisch sein können. Was mich betrifft, Graf, so freut's mich, müssen Sie wissen, einen Ritt zu machen. Da kommt man in solche Gesellschaft, was braucht man mehr? (Er nahm wieder vor Natascha die Bibermütze ab.) Die Zahl der Felle, die nach Hause gebracht werden, ist mir gleichgültig, ja, wirklich! Und warum soll es mich verdrießen, wenn ein fremder Hund fängt und nicht meiner? ... Ich will mich ja nur an der Hetze erfreuen, nicht wahr, Graf? Und deswegen denke ich ...

Faß ihn! Faß! wurde in diesem Augenblick der langgezogene Ruf eines der Hundetreiber gehört. Er stand auf dem halben Abhang des Stoppelfeldes, hob die Reitpeitsche in die Höhe und wiederholte noch einmal das langgezogene: Faß! (Dieser Schrei und die emporgehobene Reitpeitsche bedeuteten, daß er einen liegenden Hasen vor sich sah.)

Ah, er hat etwas aufgespürt, wie es scheint, sagte Ilagin nachlässig; wie ist's, Graf wollen wir hetzen?

Ja, wir wollen heranreiten ... Wie, wollen wir zusammen? antwortete Nikolaj, indem er Ilagins Jorsa und den roten Rugaj des Onkels betrachtete, die beiden Nebenbuhler, die sich mit seinen Hunden noch nicht gemessen hatten. »Wie, wenn sie von vornherein meine Milka überwänden?« dachte er, während er sich mit dem Onkel und Ilagin dem Hasen näherte.

Ist er groß? fragte Ilagin, als sie an den Jäger herankamen, der den Hasen aufgespürt hatte; dann sah er mit einer gewissen Aufregung umher und pfiff seiner Jorsa.

Und Sie, Michail Nikanorytsch? wandte er sich an den Onkel.

Der Onkel kam mürrisch herangeritten.

Was soll ich mich einmischen? ... Euere sind ja doch ... glatte Sachen vorwärts! ... Habt für jeden Hund ein Dorf gegeben ... Jeder ist Tausende wert. Vergleicht nur Eure Hunde ... ich werde zusehen.

Rugaj, hier, hier, Rugajuschka! schrie er dann und drückte unwillkürlich durch dies Diminutiv seine Zärtlichkeit und die Hoffnungen aus, die er auf diesen roten Hund setzte. Natascha sah und fühlte die heimliche Aufregung, die ihren

Bruder und diese beiden Alten erfüllte, und wurde selbst davon ergriffen.

Der Jäger, der am Abhange stand, hielt noch immer die Reitgerte in die Höhe; die Herren ritten im Schritt an ihn heran, während die Jagdhunde, die fern am Horizonte gingen, sich von dem Hasen entfernten; auch die Jagdbediensteten ritten fort; alles bewegte sich langsam und gemessen.

Wohin liegt er mit dem Kopfe? fragte Nikolaj, als er sich dem ausspürenden Jäger auf hundert Schritte genähert hatte. Aber noch ehe der Angeredete antworten konnte, sprang der Grauhase, der wohl spürte, daß man's auf ihn abgesehen hatte, auf, und ein Teil der Meute kam heulend bergauf hinter ihm hergerannt. Alle Windhunde, die nicht angekoppelt waren, warfen sich den ersten Jagdhunden und dem Hasen nach. Die Jäger, die sich langsam vorwärts bewegten, schrien Halt! um die Hunde zu sammeln, während ihnen die Treiber mit dem Schrei »Faß!« die Richtung gaben. Die Hunde liefen über das Feld; der sonst so ruhige Ilagin, Nikolaj, Natascha und der Onkel flogen vorwärts, ohne zu wissen wie und wohin, sahen nur die Hunde und den Hasen und fürchteten nichts mehr, als auch nur auf einen Augenblick den Verlauf der Hetze aus den Augen zu verlieren.

Der Hase war groß und schnell; als er aufsprang, lief er nicht sogleich vorwärts, sondern bewegte die Ohren und lauschte auf das Geschrei und das Stampfen, das plötzlich von allen Seiten erscholl. Dann machte er etwa zehn nicht sehr rasche Sprünge und ließ die Hunde herankommen, bis er endlich die Richtung gewählt und, nachdem er die Gefahr begriffen, die Ohren andrückend, aus allen Kräften fortrannte.

Er hatte auf dem Stoppelfelde gelegen, aber vor ihm befand sich ein aufgeweichtes Wintersaatfeld. Die zwei Hunde des Jägers, die ihn aufgespürt, waren ihm näher als alle anderen und die ersten, die ihn erblickten. Sie jagten ihm nach, waren aber noch weit von ihm entfernt, als hinter ihnen Ilagins rotgefleckte Jorsa herflog; sie näherte sich dem Hasen mit außerordentlicher Schnelligkeit bis auf eine Hundelänge, nahm einen starken Anlauf, zielte auf den Schwanz des

Hasen, sprang jedoch fehl und rollte, statt ihn zu fassen, wie ein Knäuel am Boden hin. Der Hase bog den Rücken und rannte noch schneller als vorher; aber nun sprengte die breitgebaute, schwarzfleckige Milka heran und näherte sich ihm in großer Eile.

Miluschka, meine Alte! hörte man den triumphierenden Schrei Nikolajs, es schien, als ob Milka gleich zupacken und den Hasen fassen würde; aber als sie ihn eingeholt hatte, schoß sie vorbei. Der Hase duckte sich; wieder machte sich die schöne Jorsa daran, hielt sich dicht am Schwanz des Hasen und schien auf seinen Hinterlauf zu zielen.

Jorsinka, Herzchen! schrie Ilagin mit fremdartiger, weinerlicher Stimme. Aber Jorsa achtete nicht auf sein Flehen. In demselben Augenblick, als man erwarten konnte, daß sie den Hasen packen würde, sprang er zur Seite und lief auf dem Grenzrain zwischen Wintersaat und Stoppelfeld hin. Jorsa und Milka rannten wie ein Zweigespann in gleicher Linie hinterdrein, kamen dem Hasen jedoch nicht näher, denn auf dem Grenzrain konnte er besser laufen.

Rugaj, Rugajuschka! glatte Sache, vorwärts! rief in diesem Augenblicke noch eine neue Stimme, und der rote, dicknackige Hund des Onkels kam in gestrecktem Lauf herbei. Bald war er den ersten beiden Hunden gleich, dann überholte er sie, strengte alle seine Kräfte an, den Hasen zu erreichen, trieb ihn von dem Grenzrain auf die Wintersaat, setzte noch wütender zum zweiten Male an, sank bis an die Knie in das weiche Erdreich ein und wälzte sich im nächsten Augenblick mit beschmutztem Rücken samt dem Hasen auf dem durchweichten Boden. Ein Stern von Hunden stand um ihn her.

In der nächsten Minute war die Meute von den Jägern umringt, und der glückliche Onkel stieg ab, um dem Hasen die Hinterläufe abzuschneiden. Er schüttelte ihn, damit das Blut besser abfloß, sah sich mit umherirrenden Augen schüchtern um, wußte nicht, wo er Hände und Füße lassen sollte, und fing an zu sprechen, ohne zu wissen mit wem oder was.

Das lob ich mir! ... das nenne ich einen Hund! ... Alle hat er besiegt, die für tausend Rubel und die für einen Rubel –

glatte Sache, vorwärts! sagte er ganz atemlos und sah sich mit böser Miene um, als ob er jemand auszanken wollte oder als ob alle seine Feinde wären, ihn angeklagt hätten und es jetzt darauf ankäme, sich zu rechtfertigen. Da habt ihr eure teuren Hunde! glatte Sache, vorwärts! – Rugaj, für dich! schrie er dann und warf dem Hunde den abgeschnittenen Hinterlauf des Hasen mit der daran klebenden Erde hin. Du hast's verdient ... Glatte Sache, vorwärts!

Sie war erschöpft, dreimal war sie allein dicht daran, sagte Nikolaj, der auf niemand achtete und sich nicht darum kümmerte, ob man ihm zuhörte oder nicht.

Was will das sagen, von der Seite! rief Ilagins Reitknecht.

Ja, ist er einmal vorbeigeschossen, so kann ihm jeder Hofhund den Hasen wegschnappen, sagte in demselben Augenblicke Ilagin, der sehr rot war und vor Hast und Aufregung kaum zu atmen vermochte. Zu gleicher Zeit fing Natascha vor Freude und Entzücken so durchdringend an zu kreischen, daß es in den Ohren gellte. Sie drückte damit dasselbe aus, was die Jäger durch ihre Worte ausdrückten. Ihr Aufschrei war so sonderbar, daß sie selbst sich des wilden Lautes geschämt, und daß alle sich darüber gewundert haben würden, wenn es zu anderer Zeit gewesen wäre.

Der Onkel selbst band den Hasen mit großer Geschicklichkeit, warf ihn aufs Pferd, als ob er damit allen andern einen Vorwurf machte, setzte sich mit einer Miene, die zu sagen schien, daß er mit niemand sprechen wollte, auf seinen Falben und ritt weg. Auch die übrigen brachen auf; sie waren voll Ärger und Verdruß, konnten sich erst lange nachher in die frühere, erzwungene Kaltblütigkeit zurückfinden und sahen immer wieder auf den roten Rugaj, der mit beschmutzter Schnauze und rundem Rücken, mit dem Halsbande klirrend und mit ruhiger Siegesmiene hinter dem Pferde des Onkels herging. Nikolaj kam es vor, als ob die Miene dieses Hundes sagte:

»Nun ja, ich bin wie die anderen, solange sich's nicht um eine Hetzjagd handelt ... aber dabei paßt nur auf!«

Als sich der Onkel eine Weile darauf Nikolaj näherte und ihn anredete, fühlte sich der junge Mann geschmeichelt, daß ihn Onkelchen nach allem, was vorgegangen war, eines Gespräches würdigte.

VII

Abends, nachdem sich Ilagin von Nikolaj verabschiedet hatte, bemerkte dieser plötzlich, daß er sich in großer Entfernung von Hause befand, und nahm daher das Anerbieten des Onkels an, die Jagd zu verlassen und bei ihm, dem Onkel, auf seinem kleinen Gute Michajlowka zu übernachten.

Noch besser wär's, glatte Sache, vorwärts! wenn alle zu mir kämen, sagte Onkelchen. Es ist feucht, sie müssen ausruhen, und dann würden wir das Komteßchen in einer Droschke zurückfahren lassen.

Die Einladung wurde angenommen, ein Jäger nach Otradnoje geschickt, um Wagen zu holen, und Nikolaj, Natascha und Petja ritten mit zum Onkel. Ungefähr fünf Hofleute, große und kleine, kamen auf die Freitreppe gestürzt und begrüßten den Herrn, während sich eine Schar weiblicher Wesen, Alte, Erwachsene und Kinder, an der Hintertreppe drängten, um die ankommenden Jäger zu sehen. Die Erscheinung Nataschas, einer Frau, einer Dame zu Pferde, steigerte die Neugier der Leute zu solcher Höhe, daß viele ohne Scheu vor Natascha sich ihr näherten, ihr in die Augen sahen und in ihrer Gegenwart Bemerkungen über sie machten wie über ein Wunderding, das kein Mensch ist und weder hört noch versteht, was man von ihm sagt.

Arinka, sieh mal! ... auf der Seite sitzt sie ... ganz allein sitzt sie, und das Kleid flattert ... sieh mal, da hat sie ein Horn.

Du lieber Himmel, auch ein Messer hat sie.

Sehet mal die Tatarin!

Und die dreisteste wandte sich an Natascha und fragte: Wie hast du's gemacht, nicht herunterzupurzeln?

Der Onkel stieg an der Freitreppe seines hölzernen, von einem Gärtchen umgebenen Häuschens ab, und nachdem er seine Hofleute erblickt, schrie er ihnen mit barscher Stimme zu, die Überflüssigen sollten sich entfernen und alles herrichten, was zur Aufnahme der Gäste und des Jagdgefolges nötig war. Alles stob auseinander.

Onkelchen hob Natascha vom Pferde, bot ihr den Arm und führte sie über die wackeligen Stufen der hölzernen Freitreppe. Im Hause, dessen Balkenwände noch nicht getüncht waren, sah es nicht besonders reinlich aus; aber wenn es den Bewohnern dieses Hauses auch nicht darauf anzukommen schien, einigen Schmutz um sich zu dulden, so war wenigstens keine Spur von Verfall zu merken. Im Vorderhause, wo Wolfs- und Fuchsfelle hingen, roch es nach frischen Äpfeln.

Onkelchen führte seine Gäste durch das Vorzimmer, durch einen kleinen Saal mit einem Klapptische und roten Stühlen, einen Salon mit einem Diwan und einem runden Birkenholztische, in sein Kabinett, das mit einem zerrissenen Diwan, einem verschlissenen Teppich und den Bildern Suworows, der Eltern des Hausherrn und seinem eigenen Porträt in Uniform ausgestattet war. In diesem Gemache roch es stark nach Tabak und nach Hunden.

Onkelchen bat seine Gäste, sich zu setzen und sich's so bequem zu machen, als ob sie zu Hause wären; dann ging er hinaus. Rugaj kam herein, legte sich auf den Diwan und fing an, seinen schmutzigen Rücken mit Zunge und Zähnen zu reinigen. An das Kabinett stieß ein Korridor, in dem man eine zerrissene spanische Wand stehen sah; hinter der Wand wurde Gelächter und Geflüster von Frauenstimmen gehört. Natascha, Nikolaj und Petja setzten sich auf den Diwan. Petja legte den Kopf auf die Arme und schlief sogleich ein; Natascha und Nikolaj saßen schweigend da. Ihre Gesichter glühten; sie waren sehr hungrig und sehr lustig, blickten sich an (nach der Jagd und im Zimmer hielt es Nikolaj nicht mehr für nötig, der Schwester sein männliches Übergewicht zu zeigen), Natascha blinzelte dem Bruder zu, und nun hielten sich beide nicht länger und brachen, ohne einen Grund dafür zu haben, in ein schallendes Gelächter aus.

Bald darauf erschien Onkelchen in einer ungarischen Jacke, blauen Hosen und niedrigen Stiefeln; Natascha begriff, daß dies Kostüm, in dem sie Onkelchen in Otradnoje mit Verwunderung und Gelächter gesehen, hier ein ganz passendes und nicht schlechter war als Rock oder Frack.

Auch Onkelchen war heiter; er hatte sich über das Lachen der Geschwister nicht nur nicht geärgert (es wäre ihm nicht eingefallen, daß man über seine Lebensweise hätte lachen können), sondern stimmte ohne weiteres in ihr grundloses Gelächter ein.

Ja, rief er dann, das nenn ich eine junge Gräfin! glatte Sache, vorwärts! – Eine zweite wie die habe ich nie gesehen. Darauf reichte er Nikolaj eine Pfeife mit langem Tschibuk und nahm eine andere, kurze, mit seinem gewöhnlichen Handgriff zwischen drei Finger. Den ganzen Tag geritten! fuhr er fort. Für einen Mann wär's genug gewesen! Aber als ob nichts passiert wäre! ihr tut es nichts!

Bald nach dem Eintritt des Onkels wurde die Tür abermals geöffnet, wie der Klang der Schritte verriet, von einem barfüßigen Mädchen, und mit einem großen, reichbesetzten Teebrett in den Händen erschien ein dickes, rotwangiges, schönes Weib von etwa vierzig Jahren, mit Doppelkinn und vollen, roten Lippen.

Mit gastlicher Beflissenheit und freundlichen Blicken und Bewegungen kam sie auf die Gäste zu und grüßte sie mit anmutigem, ehrerbietigem Lächeln. Trotz ihrer ungewöhnlichen Körperfülle, die sie zwang, Brust und Leib nach vorn und den Kopf zurückzubeugen, ging das Weib (die Wirtschafterin des Onkels) leichtfüßig dahin. Sie trat an den Tisch, stellte das Teebrett darauf und ordnete geschickt mit ihren vollen weißen Händen Flaschen, Schüsseln und alles zur Bewirtung Gehörende. Nachdem dies geschehen war, entfernte sie sich und blieb mit lächelndem Gesicht an der Tür stehen. »Da bin ich auch; nun begreifst du den Onkel!« sagte ihre Erscheinung zu Rostow.

Wie hätte man ihn nicht begreifen sollen! Nicht allein Nikolaj, auch Natascha verstand den Onkel und die Bedeutung seiner zusammengezogenen Augenbrauen und des glücklichen, selbstzufriedenen Lächelns, das seine Lippen leicht gekräuselt hatte, als Anissja Fjodorowna eintrat.

Auf dem Teebrett standen Kräuterbranntwein, Fruchtliköre, Pilze, Pfannkuchen aus schwarzem Mehl mit Buttermilch, Honig in Waben, Met, Äpfel, frische und getrocknete Nüsse und Nüsse in Honig, Schinken und ein frischgebratenes Huhn.

Alles dies war aus der Wirtschaft, aus den Vorräten Anissja Fjodorownas und trug gleichsam das Gepräge ihrer Fülle, ihrer Sauberkeit, ihrer Weiße und ihres angenehmen Lächelns.

Essen Sie doch, Fräulein-Gräfin! sagte sie, indem sie Natascha bald dies, bald jenes reichte. Natascha aß von allem, und es kam ihr vor, als hätte sie nie und nirgend solche Kuchen mit Buttermilch, so duftiges Eingemachtes, solche Nüsse in Honig und ein solches Huhn gesehen oder gegessen.

Anissja Fjodorowna entfernte sich. Rostow und Onkelchen aßen, beschlossen das Abendbrot mit einem Gläschen Kirschlikör und sprachen von vergangenen und künftigen Jagden, von Rugaj und Ilagins Hunden. Natascha saß aufrecht, mit blitzenden Augen auf dem Diwan und hörte zu. Ein paarmal versuchte sie Petja zu wecken, um ihm etwas zu essen zu geben; aber er murmelte nur unvollständige Worte, ohne zu erwachen.

Natascha fühlte sich in dieser ihr neuen Umgebung so wohl, daß sie fürchtete, die Droschke könnte zu früh kommen. Nach einer zufälligen Pause, wie sie fast immer eintritt, wenn man Bekannte zum ersten Male in seinem Hause sieht, sagte Onkelchen, gleichsam als Antwort auf die Gedanken seiner Gäste:

So bringe ich meine alten Tage hin ... Stirbt man, – glatte Sache, vorwärts! – bleibt einem nichts ... Warum also sündigen?

Das Gesicht des Onkels war ausdrucksvoll und sogar schön, als er dies sagte. Nikolaj erinnerte sich dabei unwillkürlich an alles Gute, was er vom Vater und den Nachbarn über Onkelchen gehört hatte. Onkelchen galt nicht nur im Bezirke, sondern im ganzen Gouvernement für den edelsten, uneigennützigsten Sonderling. Man rief ihn in Familienangelegenheiten als Schiedsrichter an, ernannte ihn zum Testamentsvollstrecker, vertraute ihm Geheimnisse, wählte ihn zum Richter und zu anderen Ämtern. Aber er wies alles hartnäckig ab, brachte den Frühling und Herbst auf seinem Falben in den Feldern und Wäldern zu, saß den Winter über im Hause, den Sommer in seinem schattigen Garten.

Warum sind Sie nicht im Dienst, Onkelchen? fragte Nikolaj.

Ich habe gedient, habe mich jedoch davon losgemacht ... ich passe nicht dazu. Glatte Sache, vorwärts! ... Ich verstehe das nicht ... dergleichen ist Euere Sache ... mein Verstand reicht dazu nicht aus. Was die Jagd betrifft, das ist was anderes ... glatte Sache, vorwärts! Tür auf! schrie er plötzlich. Warum habt ihr zugemacht?

Die Tür am Ende des Korridors (Onkelchen sagte Kollidor) führte in das unbewohnte Jägerzimmer. Auf den Befehl des Herrn fingen ein paar nackte Füße an zu stampfen, eine unsichtbare Hand öffnete die Tür des Jägerzimmers (so hieß die Beutestube für die Jäger). Und durch den Korridor ließen sich die Klänge einer Balalajka hören, die unverkennbar von einem Meister gespielt wurde. Natascha hatte diesen Tönen schon lange gelauscht; jetzt ging sie in den Korridor, um deutlicher zu hören.

Das ist mein Mitjka, der Kutscher; ich habe ihm eine gute Balalajka gekauft, ich höre sie so gern, sagte Onkelchen. Es war hergebracht, daß, wenn er von der Jagd zurückkam, Mitjka in der unbewohnten Jägerstube die Balalajka spielte.

Gut! wirklich vortrefflich, sagte Nikolaj mit einer gewissen Geringschätzung, als ob er sich schämte, zu gestehen, daß ihm diese Klänge angenehm waren.

Vortrefflich! wiederholte vorwurfsvoll Natascha, die den Ton, in dem der Bruder gesprochen, verstanden hatte; nicht nur vortrefflich; entzückend ist es! Wie ihr der Met, die Früchte und Pilze des Onkels als die besten in der Welt erschienen, fand sie jetzt auch in diesem Spiel den höchsten musikalischen Genuß.

Mehr, bitte! ... rief sie in die Tür hinein, als die Balalajka schwieg. Mitjka stimmte, schlug wieder auf die Saiten, und klirrend erschallte die »Barynja« (»Herrin«), mit lustigen Läufen und Gängen. Onkelchen saß da und horchte mit gesenktem Kopfe und kaum merklichem Lächeln. Die Melodie der »Barynja« wiederholte sich unzähligemal; hin und wieder wurde die Balalajka gestimmt, und aufs neue erklangen die munteren, klirrenden Töne, und die Anwesenden wurden nicht müde, zuzuhören. Nach einer Weile trat Anissja Fjodorowna wieder herein und lehnte sich mit ihrem dicken Körper an den Türpfosten.

Sie sind so gütig und hören zu? sagte die lächelnd zu Natascha, und ihr Lächeln glich dem des Onkels; er spielt schön!

Da, bei diesem Griff macht er es nicht richtig, sagte der Onkel plötzlich mit energischer Gebärde; hier müssen die Töne einzeln klingen – glatte Sache, vorwärts! – einzeln klingen!

Darauf verstehen Sie sich auch? fragte Natascha.

Onkelchen lächelte, ohne zu antworten.

Sieh mal zu, Anissjuschka, ob die Saiten der Gitarre ganz sind. Ich habe sie lange nicht in die Hand genommen, glatte Sache, vorwärts! hatte sie aufgegeben.

Anissja Fjodorowna ging vergnügt mit ihren leichten Schritten hinaus, den Auftrag des Herrn zu erfüllen, und brachte die Gitarre.

Onkelchen blies, ohne jemand anzusehen, den Staub davon ab, schlug mit dem knochigen Fingern auf den Resonanzboden der Gitarre, stimmte sie und rückte sich bequem zurecht. Mit etwas theatralischer Gebärde, indem er den Ellenbogen des linken Armes von sich abstreckte, faßte er das Instrument oberhalb des Griffs, und nachdem er Anissja Fjodorowna mit den Augen zugewinkt, stimmte er nicht die »Barynja« an, sondern griff einen vollen klangreichen Akkord und ging dann ruhig und sicher, mit langsamem Tempo in das bekannte Lied über: Liegt die Straß' im Sonnenschein. Und in demselben Takte, mit jener würdevollen Heiterkeit (die auch das Wesen Anissjas atmete), erklang dieselbe Melodie in Nataschas und Nikolajs Herzen. Anissja Fjodorowna erglühte und verließ das Zimmer, indem sie das Gesicht mit dem Tuche bedeckte. Der Onkel führte das Lied mit Reinheit, Feuer und Genauigkeit zu Ende und sah dabei mit verändertem, begeistertem Blick nach der Stelle, die Anissja Fjodorowna verlassen hatte. Ein kaum merkliches Lächeln erhellte sein Gesicht und zuckte unter dem grauen Schnurrbarte, besonders, wenn sich im Verlauf des Liedes der Ausdruck leidenschaftlich steigerte und der Takt sich beschleunigte. Plötzlich brach er mitten im Akkorde ab.

Reizend, reizend Onkelchen! noch mehr, noch mehr! rief Natascha, sobald er aufhörte; sie war aufgesprungen, umarmte den Onkel und küßte ihn.

Nikolenka, Nikolenka! rief sie, indem sie sich nach dem Bruder umsah, als ob er ihr klarmachen sollte, was sie so entzückte.

Da auch Nikolaj das Spiel des Onkels gefiel, begann dieser das Lied zum zweiten Male. Anissja Fjodorownas lächelndes Gesicht erschien wieder an der Tür, und hinter ihr zeigten sich noch andere Gesichter.

> Liegt die Straß' im Sonnenschein,
> Eilt zum Quell das Mägdelein,
> Wasser holen klar und rein.
> Bursche ruft ihr hinderdrein:
> Eil nicht, Jungfer, warte fein!

spielte der Onkel, griff wieder einen vollen Akkord, brach ab und machte eine Bewegung mit den Schultern.

Nun, liebstes Onkelchen! rief Natascha mit so flehender Stimme, als ob sich's um ihr Leben gehandelt hätte. Onkelchen stand auf, und es war, als ob zwei Menschen in ihm lebten; der eine lächelte über den anderen Lustigen, und der Lustige nahm mit naiver Wichtigkeit eine Tanzstellung ein.

Nun, Nichtchen! rief der Onkel, indem er mit der Hand, die eben den Akkord abgebrochen hatte, Natascha zuwinkte.

Natascha warf das Tuch ab, in das sie gehüllt war, lief zum Onkel, stemmte die Hände in die Seiten, machte eine Bewegung mit den Schultern und blieb stehen.

Wo, wie, wann hatte diese kleine Gräfin, die von einer emigrierten Französin erzogen war, diesen russischen Geist in sich eingesogen? Woher nahm sie diese Bewegung, die der *pas de châles* längst verdrängt haben mußte? Es war jener unbeschreibliche russische Geist, jene nicht anzulernende echt russische Haltung, wie Onkelchen sie von ihr erwartete.

Sobald sie sich nur hinstellte, feierlich lächelte und zugleich stolz und schalkhaft heiter aussah, verschwand die Furcht, die im ersten Augenblicke Nikolaj und die übrigen Anwesenden ergriffen hatte: die Furcht, daß sie nicht ausführen könnte, was sie unternommen, und alle bewunderten sie.

Sie machte alles so gut, so genau, daß Anissja Fjodorowna, die ihr sogleich das zu dem Tanze notwendige Tuch gereicht hatte, vor Lachen die Tränen kamen, während sie auf diese schlanke, anmutige, ihr so fremde, in Samt und Seide erzogene Gräfin blickte, die doch alles verstand und ausdrücken konnte, was in Anissja lebte, und in Anissjas Vater, in ihrer Mutter und Großmutter, kurz in jedem Russen.

Nun, Komteßchen, glatte Sache, vorwärts! sagte der Onkel mit freudigem Lächeln, nachdem der Tanz beendigt war. Nun, das heißt mein Nichtchen, man sollte wirklich einen braven Mann für dich aussuchen ... glatte Sache, vorwärts!

Ist schon ausgesucht! gab Nikolaj lächelnd zur Antwort.

Oh? rief der Onkel verwundert, indem er sie fragend ansah. Natascha nickte bejahend mit glücklicher Miene.

Und was für einer! sagte sie.

Aber während sie dies sagte, stieg eine neue Reihe von Gedanken und Gefühlen in ihr auf. Was hatte das Lächeln zu bedeuten, mit dem Nikolaj gesagt: ist schon ausgesucht! ... War er froh darüber oder nicht? Schien er nicht zu denken, daß mein Bolkonskij unsere Freude nicht verstehn, nicht billigen würde? ... Nein, er würde alles begreifen! ... »Wo er jetzt wohl sein mag? dachte Natascha, und ihr Gesicht wurde plötzlich ernst. Aber das dauerte nur eine Sekunde. Du sollst nicht grübeln! darfst nicht!« sagte sie zu sich selbst, setzte sich lächelnd neben den Onkel und bat ihn, noch etwas zu spielen.

Onkelchen spielte noch ein Lied, einen Walzer, und nachdem er eine Weile geschwiegen, räusperte er sich und fing an, sein Lieblingsjagdlied zu singen:

Am Abend ist gefallen
Der erste, frische Schnee ...

Der Onkel sang, wie das Volk singt, mit jener festen, kindlichen Überzeugung, daß im Liede die Hauptsache in den Worten liegt, und daß die Musik von selbst kommt, an und für sich nichts bedeutet und nur der Schönheit wegen da ist. Dies unbewußte Singen wie der Gesang eines Vogels wirkte auch bei dem Onkel so außerordentlich schön.

Natascha war davon entzückt; sie nahm sich vor, nicht mehr Harfe zu lernen, sondern Gitarre, bat den Onkel um das Instrument und suchte begleitende Akkorde für sein Lied.

Gegen zehn Uhr wurden für Natascha und Petja ein Bankwagen, eine Droschke und drei Reiter geschickt. Der Graf und die Gräfin wüßten nicht, so sie wären, und ängstigten sich sehr, sagte der Bote.

Petja mußte hinausgetragen werden und wurde wie ein Toter in den Bankwagen gelegt. Natascha und Nikolaj setzten sich in die Droschke; der Onkel wickelte Natascha ein und verabschiedete sich von ihr mit besonderer Zärtlichkeit; dann begleitete er die Wagen bis an die Brücke, die nicht befahren werden konnte, und befahl den Jägern, mit Laternen durch die daneben hinführende Furt vorauszureiten.

Lebe wohl, teuere Nichte! schrie ihnen seine Stimme aus der Dunkelheit zu; nicht die Stimme, die Natascha früher gekannt, sondern die, die gesungen:

Am Abend ist gefallen
Der erste, frische Schnee ...

Im Dorfe, durch das sie fuhren, war roter, lustiger Flammenschein zu sehen, und es roch behaglich nach Rauch.

Wie reizend ist Onkelchen! sagte Natascha, als sie auf die Landstraße kamen.

Ja! antwortete Nikolaj; frierst du nicht?

Nein, mir ist sehr wohl, sehr wohl, ganz ausgezeichnet! sagte Natascha mit einer gewissen Verwunderung. Dann schwiegen sie lange.

Die Nacht war finster und feucht; von den Pferden war nichts zu sehen, man hörte nur, wie sie durch den unsichtbaren Schmutz trabten.

Was ging in der kindlichen, eindrucksvollen Seele Nataschas vor, welche die mannigfaltigen Seiten des Lebens so durstig auffing und sich aneignete? Wie gestaltete sich das alles in ihr? Jetzt war sie sehr glücklich. Als sie sich bereits dem Hause näherten, fing sie plötzlich an, die Melodie des Liedes »Am Abend ist gefallen« vor sich hin zu singen; während des ganzen Weges hatte sie sich vergebens darauf besonnen, sie aber endlich gefunden.

Hast du sie wieder? fragte Nikolaj.

Woran dachtest du jetzt, Nikolenka? sagte Natascha; sie fragten sich gern danach.

Ich? sagte Nikolaj sich besinnend. Ja, sieh! Anfangs dacht ich, daß Rugaj, der rote Hund, dem Onkel ähnlich ist, und wenn er ein Mensch wäre, so würde er den Onkel bei sich halten, wenn nicht wegen seiner Kunst im Reiten, so doch wegen seines ganzen harmonischen Wesens. Wie harmonisch ist der Onkel, nicht wahr? ... Nun, und du?

Ich? warte mal, warte mal! Ja, ich dachte zuerst, wir fahren, und glauben, nach Hause zu fahren, und in dieser Dunkelheit kommen wir wer weiß wohin. Und plötzlich sind wir da und sehen, daß wir uns nicht in Otradnoje, sondern in einem Zauberlande befinden ... Und dann dachte ich noch ... Nein, nichts mehr!

Ich weiß schon, du wirst wohl an *ihn* gedacht haben, sagte Nikolaj und lächelte, wie Natascha aus dem Ton seiner Stimme erkannte.

Nein! antwortete sie, obwohl sie wirklich zugleich an den Fürsten Andrej gedacht und sich gefragt hatte, wie ihm Onkelchen gefallen würde. Aber ich wiederholte immer, den ganzen Weg schon, wie nett Anissja hereintrat, wie schön ... fügte Natascha hinzu, und Nikolaj hörte ihr klangvolles, grundloses, glückliches Lachen.

Weißt du was! sagte sie plötzlich; ich weiß, daß ich nie wieder so glücklich, so ruhig sein werde wie jetzt.

Das ist ja Unsinn, Torheit, Geschwätz! antwortete Nikolaj und dachte: »Wie reizend ist doch meine Natascha! eine zweite Freundin wie sie habe ich nicht und werde ich nie wieder haben ... Warum muß sie sich verheiraten? Ich möchte am liebsten immer mit ihr herumfahren.«

Und Natascha dachte: »Wie reizend ist Nikolaj!«

Ach, noch Licht im Salon, sagte sie laut und zeigte auf die hellen Fenster, die durch den feuchten Samt des nächtlichen Dunkels schimmerten.

VIII

Graf Ilja Andreitsch hatte sein Amt als Adelsmarschall niedergelegt, weil es mit zu großen Ausgaben verbunden war; aber seine Geldangelegenheiten verbesserten sich noch immer nicht. Nikolaj und Natascha bemerkten, daß heimliche, unruhige Unterredungen zwischen den Eltern stattfanden, und hörten von dem Verkauf des großen Rostowschen Hauses und des Landhauses bei Moskau sprechen.

Da der Graf Rostow nicht mehr Adelsmarschall war, brauchte er kein so großes Haus zu machen wie früher, und das Leben in Otradnoje wurde stiller als in den vergangenen Jahren. Dennoch blieben sowohl das Hauptgebäude wie der Flügel voll Menschen, und am Herrschaftstische saßen immer noch wie früher mehr als zwanzig Personen: teils Freunde, beinahe Familienglieder, teils Menschen, die nun einmal zum Hause des Grafen gehörten: da waren der Musiker Dümmler mit Frau; der Tanzlehrer Jogel mit Familie; ein ältliches Fräulein Bjelowa; ehemalige Gouvernanten der Töchter und einfach Menschen, denen es angenehmer oder vorteilhafter schien, bei dem Grafen zu leben als im eigenen Hause. Es gab nicht mehr so viel Verkehr wie früher, aber im allgemeinen wurde der Haushalt in der alten Weise geführt, ohne die sich Graf und Gräfin das Leben nun einmal nicht vorstellen konnten. Man hielt dasselbe, jetzt durch Nikolaj eher noch vergrößerte Jagdpersonal; noch immer waren fünfzig Pferde und fünfzehn Kutscher im Stalle; noch immer wurden zu den Namenstagen teure Geschenke gemacht und feierliche, den ganzen Bezirk bewirtende Diners gegeben. Noch immer waren die Whist- und Bostonpartien des Grafen im Gange, bei denen er die Karten so zu halten pflegte, daß jedermann hineinsehen konnte. Daher belief sich denn, was die Mitspieler gewannen, täglich auf Hunderte, und alle, die auf das Vorrecht, die Partie mit dem Grafen Ilja Andreitsch zu machen, Anspruch hatten, hielten daran fest wie an der bequemsten Erwerbsquelle.

So steckte denn der Graf in seinen Vermögensangelegenheiten wie in einem großen Fischnetze, wollte nicht glauben, daß er sich verwickelt hatte und sich täglich noch mehr verwickelte und fühlte sich sowohl außerstande, das Netz zu zerreißen, als sich vorsichtig und geduldig daraus loszumachen. Die Gräfin ahnte mit ihrem liebenden Herzen, daß ihre Kinder dem Ruin entgegengingen; daß der Graf nicht schuld war; daß er nicht anders sein konnte; daß er darunter litt (obwohl er sich dessen ebensowenig bewußt wurde wie des Ruins seiner Kinder), und sie suchte Mittel, dem Übel abzuhelfen. Von ihrem Frauenstandpunkt aus bot sich aber nur ein Ausweg dar: die Heirat Nikolajs mit einem reichen Mädchen. Sie fühlte, daß dies die letzte Hoffnung war und daß jede Möglichkeit, ihre Verhältnisse zu verbessern, auf immer verloren war, wenn Nikolaj die Partie, die sie für ihn gefunden hatte, ausschlug. Diese Partie war Julie Karagina, die Tochter vortrefflicher, ehrenwerter Eltern, von Kindheit an mit Rostows bekannt und jetzt durch den Tod ihres letzten Bruders eine reiche Erbin.

Die Gräfin hatte nach Moskau an Frau Karagina geschrieben, hatte ihr die Verbindung zwischen Julie und Nikolaj vorgeschlagen und eine zustimmende Antwort erhalten. Frau Karagina schrieb, daß sie mit der Sache einverstanden wäre, daß die Entscheidung aber von der Neigung ihrer Tochter abhängen müßte, und schloß mit der Aufforderung, Nikolaj möge nach Moskau kommen.

Wiederholt sagte nun die Gräfin, mit Tränen in den Augen

zu ihrem Sohne, jetzt, nachdem beide Töchter versorgt wären, sei ihr einziger Wunsch, auch ihn verheiratet zu sehen. Sie sagte, sie würde sich ruhig ins Grab legen, wenn das geschähe, deutete an, daß sie ein ausgezeichnetes Mädchen für ihn in Vorschlag habe, und suchte seine Ansichten über eine Heirat auszuforschen.

In anderen Gesprächen lobte sie Julie und gab Nikolaj den Rat, für die Feiertage nach Moskau zu gehen, um sich zu amüsieren. Nikolaj erriet, worauf die Gespräche der Mutter zielten, und forderte sie in einer dieser Unterredungen zu voller Offenheit auf. Sie sagte ihm, daß die einzige Hoffnung, ihre Verhältnisse gebessert zu sehen, auf seiner Heirat mit Julie Karagina beruhe.

Wie aber, wenn ich ein Mädchen ohne Vermögen liebte? Ist's möglich, Mama, daß Sie verlangen würden, ich sollte meine Gefühle und meine Ehre um des Vergnügens willen opfern? fragte er die Mutter. Die Grausamkeit seiner Frage verstand er nicht; er war nur von dem Wunsche erfüllt, seine Großherzigkeit darzutun.

Nein, du hast mich nicht begriffen! sagte die Mutter, die sich nicht zu rechtfertigen wußte. Du hast mich nicht begriffen, Nikolenka! Ich will nur dein Glück! fügte sie hinzu, fühlte aber, daß sie die Unwahrheit sagte, daß sie sich verstrickt hatte, und fing an zu weinen.

Mütterchen, weinen Sie nicht! Sagen Sie mir nur, was Sie wollen, und Sie wissen, daß ich alles, mein ganzes Leben hingeben werde, damit Sie ruhig sein können, sagte Nikolaj. Alles will ich gern für Sie opfern, selbst meine Gefühle.

Aber die Gräfin wollte die Frage nicht in dieser Weise gestellt wissen. Sie verlangte keine Opfer von ihrem Sohne; sie hätte lieber selbst für ihn ein Opfer gebracht!

Nein, du hast mich nicht verstanden, lasse uns nicht weiter davon sprechen! sagte sie und trocknete ihre Tränen.

»Ja, vielleicht liebe ich ein armes Mädchen, sagte Nikolaj zu sich selbst. Was also tun? Soll ich Gefühl und Ehre um des Geldes willen opfern? Ich wundere mich, daß Mama mir das vorschlagen konnte! Weil Sonja arm ist, soll ich sie nicht lieben können, dachte er weiter; ich soll ihre treu ergebene Liebe nicht erwidern? Und würde doch gewiß mit ihr glücklicher sein als mit einer Puppe wie Julie. Für das Wohl der Meinigen kann ich zwar mein Gefühl opfern, ihm befehlen kann ich nicht. Wenn ich Sonja liebe, ist diese Empfindung stärker und höher für mich als alles andere.«

Nikolaj ging nicht nach Moskau, und die Gräfin kam nicht auf das Heiratsprojekt zurück, bemerkte aber mit Kummer und zuweilen mit Unwillen die Anzeichen einer wachsenden Annäherung zwischen ihrem Sohne und der mittellosen Sonja. Sie machte sich Vorwürfe, daß sie Sonja weder schelten noch anklagen konnte, war jedoch häufig unfreundlich gegen das junge Mädchen und sagte »Sie« zu ihr und »meine Liebe«. Am meisten ärgerte sich die gute Gräfin, daß ihre arme, schwarzäugige Nichte so sanft war, so gut, so bescheiden, so dankbar gegen ihre Wohltäter und so voll treuer, selbstvergessener Liebe für Nikolaj, daß man ihr keine Vorwürfe machen konnte.

Nikolaj brachte seine ganze Urlaubszeit bei den Seinigen zu. Von dem Bräutigam, dem Fürsten Andrej, war der vierte Brief aus Rom gekommen; er schrieb, daß er längst auf dem Wege nach Rußland sein würde, wäre nicht unglücklicherweise in dem warmen Klima seine Wunde wieder aufgebrochen, so daß er sich gezwungen sähe, seine Heimreise bis zum Anfange des nächsten Jahres zu verschieben. Natascha liebte ihren Verlobten, war glücklich in dieser Liebe und ebenso empfänglich für alle Freuden des Lebens wie sonst; aber nachdem die Trennung von ihm vier Monate gedauert, kamen Anfälle einer Traurigkeit über sie, deren sie sich nicht erwehren konnte. Sie bedauerte sich selbst und bedauerte, daß diese Zeit, in der sie sich so fähig fühlte, zu lieben und geliebt zu werden, nutzlos verlorenging.

Es war nicht heiter im Hause Rostow.

IX

Das Weihnachtsfest kam heran; aber außer dem Gottesdienste, außer den feierlichen, langweiligen Gratulationen der Nachbarn und Hofleute, und außer den neuen Kleidern gab es nichts, was die Feiertage ausgezeichnet hätte. Und doch sehnte sich jeder, bei der stillen Kälte von zwanzig Grad, dem blendend-hellen Sonnenschein bei Tag und dem Wintersternenschein bei Nacht nach irgendeiner besonderen Feier der Weihnachtszeit.

Am dritten Festtage nach Tisch begaben sich alle Hausgenossen in ihre Zimmer. Es war die langweiligste Zeit des Tages. Nikolaj, der Vormittagsbesuche in der Nachbarschaft gemacht hatte, schlief im Diwanzimmer; der alte Graf ruhte in seinem Kabinett; am runden Tisch im Salon saß Sonja und zeichnete ein Stickmuster ab; die Gräfin legte Patience. Der Narr Nastassja Iwanowna saß übler Laune mit zwei alten Weibern am Fenster. Natascha kam herein, ging zu Sonja, sah, was sie tat, ging dann zur Mutter und blieb schweigend neben ihr stehen.

Warum irrst du umher wie eine Obdachlose? fragte die Mutter. Was willst du?

Ihn will ich! ... sogleich, diesen Augenblick will ich ihn! antwortete Natascha mit blitzenden Augen, aber ohne zu lächeln. Die Gräfin erhob den Kopf und sah die Tochter forschend an.

Sehen Sie mich nicht so an, Mama, sehen Sie mich nicht an, sonst muß ich weinen.

Setze dich, bleibe hier bei mir, sagte die Gräfin.

Mama, er soll kommen ... ich muß ihn haben ... Warum bin ich so verlassen ... Mama? Ihre Stimme versagte, sie wandte sich hastig ab, um ihr Gesicht zu verstecken, und eilte hinaus.

Im Diwanzimmer blieb sie eine Weile nachdenklich stehen und begab sich dann in die Mägdestube. Hier schalt eine alte Kammerfrau mit einer jungen Dienerin, die eben atemlos und rot vor Kälte von den Hofleuten zurückgekommen war.

Genug gespielt! sagte die Alte. Alles hat seine Zeit.

Lasse sie doch, Kondratjewna! rief Natascha. Geh, Mawruscha, geh nur!

Nachdem sie Mawruscha entlassen, ging Natascha durch den Saal in das Vorzimmer, wo ein alter und drei junge Diener Karten spielten. Beim Eintritt des Fräuleins erhoben sie sich. »Was könnte ich wohl mit ihnen machen?« dachte Natascha.

Ja, Nikita, gehe, ich bitte ... »wohin soll ich ihn nur schikken? ...« Ja, gehe ins Leutehaus und hole mir, bitte, einen Hahn, und du, Mischka, hole mir ein bißchen Hafer!

Nur ein bißchen Hafer befehlen Sie? fragte Mischka mit fröhlicher Dienstfertigkeit.

Gehe nur, schnell, schnell! rief der alte Diener.

Und du, Fjodor, suche mir Kreide!

Dann, als Natascha am Büfett vorüberging, befahl sie den Samowar zu bringen, obwohl es dazu noch nicht Zeit war.

Der Büfettdiener Foka war der halsstarrigste Mensch im Hause, und es machte Natascha Vergnügen, ihre Macht über ihn zu prüfen. Diesmal glaubte er ihr nicht und ging fragen, ob die Sache ihre Richtigkeit hatte.

Nein, dieses Fräulein! sagte er dann, indem er tat, als ob er Natascha zürnte.

Niemand im Hause gab den Leuten so viel Aufträge und machte ihnen so viel Arbeit wie Natascha. Sie konnte die Menschen nicht in Ruhe lassen, ohne sie irgendwohin zu schicken. Es war, als ob sie ausprobieren wollte, ob sich nicht einer über sie ärgern und eine böse Miene machen würde; aber die Leute ließen sich von niemandem so gern befehlen als von ihr.

Was soll ich tun? ... Wohin soll ich gehen? fragte sie sich, indem sie langsam auf den Korridor hinaustrat.

Nastassja Iwanowna, was für Kinder werde ich bekommen? fragte sie den Narren, der ihr in seiner Kasawajka entgegenkam.

Du wirst Flöhe, Grillen und Heuschrecken haben, antwortete der Narr.

»Ach Gott, ach Gott! immer dasselbe; wohin gehe ich nur?

was fange ich nur mit mir an?« dachte Natascha und lief, mit den Füßchen stampfend, die Treppe hinauf zu Jogel, der mit seiner Frau im oberen Stockwerke wohnte.

Bei Jogel saßen die beiden Gouvernanten, und Teller mit Rosinen, Mandeln und Walnüssen standen auf dem Tische. Die Gouvernanten unterhielten sich darüber, ob das Leben in Odessa oder in Moskau billiger wäre; Natascha setzte sich zu ihnen, hörte sie mit ernsthafter, nachdenklicher Miene an und stand wieder auf.

Insel Madagaskar, fing sie an, wiederholte, jede Silbe betonend: Ma-da-gas-kar! und ging, ohne die Frage der Madame Schoß, was sie damit sagen wolle, zu beantworten, wieder fort.

Ihr Bruder Petja war auch oben und bereitete mit Hilfe seines Gouverneurs ein Feuerwerk, das er abends abbrennen wollte.

Petja, Petja, komm, laß mich hinunterreiten!

Petja lief herbei und bot ihr seinen Rücken; Natascha schwang sich hinauf, umfaßte seinen Hals mit beiden Armen, und er trug sie hüpfend fort.

Nein, ich will nicht mehr! Insel Madagaskar! sagte sie und sprang von seinem Rücken herunter.

Nachdem sie nun gleichsam ihr Reich durchschritten, ihre Macht erprobt und alle Untertanen sehr ergeben und sehr langweilig gefunden, ging Natascha in den Saal, nahm ihre Gitarre, setzte sich in den dunklen Winkel hinter dem Schränkchen und fing an, mit den Baßsaiten zu klimpern. Sie versuchte eine musikalische Phrase herauszuarbeiten, die ihr von einer Oper im Gedächtnis geblieben, die sie in Petersburg mit dem Fürsten Andrej gehört. Für andere hätte etwas völlig Sinnloses aus ihren Saiten geklungen, aber in ihrer Phantasie ließen diese Töne eine ganze Reihe von Erinnerungen auferstehen. Sie saß hinter dem Schränkchen, die Augen auf einen Lichtstreifen geheftet, der aus der Tür der Speisekammer fiel, hörte sich selber zu und versank in Erinnerungen. Sie befand sich in einer Erinnerungsstimmung.

Sonja ging, mit einem Glase in der Hand, durch den Saal

nach dem Büfett. Natascha sah sie an, sah auf die Spalte in der Tür und glaubte, sich zu erinnern, daß schon früher einmal das Licht durch die Spalte der Speisekammertür gefallen und Sonja mit dem Glase durch den Saal gegangen war.

»Ja, es war alles genauso«, dachte Natascha.

Sonja, was ist das? rief sie ihr zu, indem sie wieder in die Baßsaiten griff.

Ach, du bist hier! rief Sonja zusammenschreckend, kam heran und lauschte.

Ich weiß nicht, was es bedeutet ... Sturm vielleicht! fügte sie schüchtern hinzu, voll Besorgnis, sich zu irren.

»Ja, ganz so ist sie früher zusammengefahren, ganz so ist sie zu mir gekommen und hat ganz so schüchtern gelächelt, sagte Natascha zu sich selbst, und ganz so habe ich damals gedacht, daß irgendwo ein Mangel in ihr sein muß.«

Nein, es ist der Chor aus dem Wasserträger, hörst du? sagte sie und sang die Melodie zu Ende, um sie Sonja klarzumachen. Als sie damit fertig war, fragte sie:

Wohin gingst du eben?

Ich wollte das Wasser im Glase wechseln; mein Stickmuster wird gleich fertig sein.

Du weißt dich immer zu beschäftigen; ich kann das nicht. Wo ist Nikolaj?

Er schläft, glaub ich.

Sonja, geh hin und wecke ihn! Sag ihm, ich ließe ihn rufen, daß er mit mir singe.

Sie blieb noch eine Weile sitzen, dachte darüber nach, wie es gekommen, daß dies alles schon einmal dagewesen, und ohne diese Frage zu lösen oder sich darüber Sorgen zu machen, versetzte sie sich im Geiste in die Zeit zurück, in der sie mit ihm zusammen war und er sie mit liebestrunkenen Augen ansah.

»Ach, wenn er doch bald wiederkäme! Ich fürchte immer, daß es nie geschieht. Und das Schlimmste ist, daß ich alt werde. Was jetzt in mir lebt, wird später nicht mehr da sein ... Aber vielleicht kommt er noch heute, diesen Augenblick ... vielleicht ist er schon da und sitzt im Salon ... vielleicht ist er gestern schon gekommen, und ich habe es nur vergessen.«

Sie stand auf, legte die Gitarre weg und ging in den Salon. Die ganze Familie, die Lehrer, Gouvernanten und Gäste sassen schon am Teetisch; die Diener standen ringsumher. Aber Fürst Andrej war noch immer nicht da, und das alte Leben ging in alter Weise fort.

Ach, da ist sie ja! rief Ilja Andreitsch, als er die eintretende Natascha bemerkte. Komm, setze dich zu mir!

Aber Natascha blieb neben der Mutter stehen und sah sich um, als ob sie etwas suchte.

Mama, sagte sie, gebt mir ihn wieder, schnell, Mama, schnell! und war kaum imstande, ihr Schluchzen zurückzuhalten.

Dann setzte sie sich an den Tisch und hörte dem Gespräche der älteren Leute und Nikolajs zu, der ebenfalls zum Tee gekommen war.

»Ach! mein Gott! mein Gott! mein Gott! immer dieselben Gesichter und dieselben Gespräche. Ganz wie sonst hält Papa seine Tasse, und ganz wie sonst bläst er seinen Tee«, sagte Natascha zu sich selbst und fühlte mit Entsetzen eine gewisse Abneigung gegen ihre Hausgenossen in ihrem Herzen erwachsen, weil sie alle sich immer gleich blieben.

Nach dem Tee zogen sich Nikolaj, Natascha und Sonja in ihren Lieblingswinkel im Diwanzimmer zurück, wo sie die vertraulichsten Gespräche zu führen pflegten.

X

Ist dir manchmal, fragte Natascha ihren Bruder, nachdem sie sich im Diwanzimmer niedergelassen hatten, ist dir manchmal, als ob nichts mehr geschehen würde, gar nichts mehr? Alles Gute ist vorüber, und man fühlt sich nicht gelangweilt, sondern traurig.

Wie oft habe ich das empfunden! antwortete er. Zuweilen, wenn alles um mich her so gut ist, so fröhlich, kommt es mir plötzlich vor, als wäre ich aller dieser Dinge müde und als müßten wir alle sterben. Einmal, als ich noch beim Regiment war, ging ich nicht auf die Promenade; dort spielte die Musik, und da wurde mir auf einmal so traurig zumute …

Ja, ich kenne das, ich kenne das! unterbrach ihn Natascha. Das kenne ich auch … ich war noch ganz klein, als es mir schon geschah … Erinnerst du dich, einmal hatte man mich wegen Pflaumen gestraft; ihr tanztet, ich aber saß im Schulzimmer und schluchzte … das werde ich nie vergessen. Ich war so traurig, ich hatte das Gefühl, als ob ich alle bemitleidete … mich und alle! und außerdem war ich unschuldig. Du erinnerst dich wohl?

Ja, sagte Nikolaj, ich weiß noch, daß ich zu dir kam, dich trösten wollte und dabei verlegen wurde. Wir waren sehr komisch! ich hatte einen Hampelmann und wollte ihn dir geben … Weißt du noch?

Und besinnst du dich wohl, sagte Natascha mit gedankenvollem Lächeln, wie uns vor langer, langer Zeit, als wir noch kleine Kinder waren, der Onkel in sein Kabinett rief? … Es war noch im alten Hause, und es war dunkel, und auf einmal steht da …

Ein Neger, fiel Nikolaj lustig lachend ein. Wie könnte ich das vergessen! Bis zu dieser Stunde weiß ich noch nicht, ob es wirklich ein Neger war oder ob wir nur geträumt haben, oder ob uns jemand davon erzählt hat.

Er war schwarz und hatte weiße Zähne … weißt du noch? … da stand er und sah uns an.

Und Sie, Sonja, erinnern Sie sich noch? fragte Nikolaj.

Ja, ja, auch ich erinnere mich an etwas Ähnliches, gab sie schüchtern zur Antwort.

Ich habe Papa und Mama nach diesem Neger gefragt, sagte Natascha; sie behaupten, es wäre keiner dort gewesen, aber du besinnst dich doch auf ihn?

Freilich, ich glaube noch heute seine Zähne zu sehen.

Wie sonderbar, ganz wie ein Traum; das habe ich gern.

Und weißt du noch, als wir einmal im Saale mit Ostereiern spielten und plötzlich zwei alte Weiber sahen, die sich auf dem Teppich wälzten? war das wirklich so? … Wie schön es war!

Ja … Und erinnerst du dich, wie Papa in seinem blauen Pelze auf der Freitreppe mit der Flinte schoß?

So zählten sie lächelnd ihre Erinnerungen auf; nicht die traurigen Erinnerungen des Alters, sondern die poetischen der Jugend, deren Eindrücke aus der fernsten Vergangenheit nachklingen, wo der Traum sich mit der Wirklichkeit mischt. Und sie lachten leise, als ob sie sich über etwas freuten.

Wie gewöhnlich blieb Sonja hinter den anderen zurück, obgleich alle diese Erinnerungen ihnen gemeinsam angehörten. Aber Sonja hatte vieles vergessen, dessen sie sich erinnerten, und was ihr im Gedächtnis geblieben war, erweckte in ihr nicht dasselbe poetische Gefühl, das die anderen erfüllte. Sie freute sich nur an der Freude der beiden und suchte darin einzustimmen.

Wirklichen Anteil nahm sie nur, als ihre erste Ankunft erwähnt wurde. Sonja schilderte, wie sie sich vor Nikolaj gefürchtet hatte, weil sein Jäckchen mit Schnüren besetzt war und die Wärterin ihr sagte, daß man auch sie in Schnüre einnähen würde.

Und ich erinnere mich, daß man mir erzählte, du wärst unter einem Kohlkopf zur Welt gekommen, sagte Natascha. Ich weiß noch, daß ich damals nicht wagte, dies zu bezweifeln, und doch wußte ich, es könnte nicht wahr sein; mir war dabei sehr unbehaglich zumute.

Während dieses Gespräches zeigte sich der Kopf einer Dienerin an der Hintertür.

Fräulein, man hat den Hahn gebracht, sagte das Mädchen leise.

Wir brauchen ihn nicht mehr, Polja, laß ihn wieder wegbringen! sagte Natascha.

Inmitten dieser Unterhaltung trat Dümmler ins Diwanzimmer und näherte sich der Harfe, die im Winkel stand. Als er das Tuch abnahm, ertönte ein Mißklang aus den Saiten.

Bitte, Eduard Karlitsch, spielen Sie uns mein Lieblings-Nocturno von Monsieur Field, ließ sich aus dem Salon die Stimme der alten Gräfin hören. Dümmler griff einen Akkord und sagte, indem er sich zu Natascha, Nikolaj und Sonja wandte:

Wie ruhig ihr dasitzt, junges Volk!

Ja, wir philosophieren, antwortete Natascha, die sich einen Augenblick umsah; dann setzte sie das Gespräch fort. Sie sprachen jetzt von Träumen.

Dümmler begann zu spielen; Natascha trat leise auf den Zehen an den Tisch, nahm das Licht, trug es hinaus, kehrte ebenso leise zurück und setzte sich wieder auf ihren Platz. Im Zimmer, besonders in der Gegend des Diwans, auf dem sie saßen, war es dunkel, aber durch die hohen Fenster fiel der Silberglanz des vollen Mondes auf die Dielen.

Wißt ihr, flüsterte Natascha, näher an Nikolaj und Sonja heranrückend, während Dümmler, der sein Stück beendet hatte, leise über die Saiten strich und ungewiß schien, ob er aufhören oder etwas Neues beginnen sollte – wißt ihr, wenn man sich immer erinnert, erinnert, erinnert, kommt man zuletzt so weit, daß man sich dessen erinnert, was geschehen ist, ehe man auf der Welt war.

Das ist die Seelenwanderung, sagte Sonja, die eine gute Schülerin gewesen war und alles im Gedächtnis behielt. Die Ägypter glaubten, unsere Seelen wären früher in Tieren gewesen und würden wieder in Tiere zurückgehen.

Nein, daß wir jemals Tiere gewesen sind, glaube ich nicht, sagte Natascha noch immer flüsternd, obwohl die Musik verstummt war. Ich bin überzeugt, daß wir Engel waren, daß wir irgendwo dort und auch hier gewesen sind und uns darum an alles erinnern.

Darf ich mich zu Ihnen gesellen? fragte Dümmler, der leise herantrat und sich neben sie setzte.

Wenn wir Engel gewesen wären, warum wären wir dann so tief herabgestiegen? fragte Nikolaj.

Nicht herabgestiegen. Wer sagt dir, daß wir herabgestiegen sind? ... Wie kann ich überhaupt wissen, was wir früher waren? rief Natascha. Die Seele ist ja unsterblich ... Wenn ich also ewig leben werde, muß ich auch früher gelebt haben, die ganze Ewigkeit gelebt haben.

Ja, aber es fällt uns schwer, uns die Ewigkeit vorzustellen, sagte Dümmler, der sich den jungen Leuten mit einer gewissen Geringschätzung lächelnd genähert hatte, jetzt aber ebenso leise und ernsthaft sprach wie sie.

Warum soll es schwer sein, sich die Ewigkeit vorzustellen?

fragte Natascha. Sie ist heute, ist morgen, wird immer sein, sie war gestern und vorgestern ...

Natascha, jetzt kommst du an die Reihe, singe mir etwas! hörte man die Stimme der Gräfin. Was sitzt ihr da zusammen wie Verschwörer?

Mama, ich habe so gar keine Lust dazu, sagte Natascha, stand jedoch auf. Keiner von ihnen, selbst der nicht mehr junge Dümmler, hatte Lust, das Gespräch abzubrechen und den Winkel im Diwanzimmer zu verlassen. Aber Natascha stand auf, und Nikolaj setzte sich ans Klavier. Natascha stellte sich wie gewöhnlich in die Mitte des Saales, wo der beste Platz für die Resonanz war, und fing das Lieblingslied der Mutter an. Sie hatte zwar behauptet, daß sie zum Singen nicht aufgelegt wäre, aber lange vorher und nachher sang sie nicht so gut wie an diesem Abend. Graf Ilja Andreitsch, der in seinem Kabinett ein Gespräch mit Mitjenka hatte, hörte ihren Gesang, und wie ein Schüler, der sich bei seinen Aufgaben überstürzt, um zum Spiel zu kommen, verwirrte er sich in den Befehlen, die er dem Verwalter erteilte, und schwieg endlich still. Auch Mitjenka stand schweigend vor dem Grafen und hörte zu.

Nikolaj wandte keinen Blick von der Schwester und atmete mit ihr zugleich, während Sonja, indem sie zuhörte, darüber nachsann, welch ein großer Unterschied zwischen ihr und ihrer Freundin war, und wie sie auch nicht einen Augenblick so bezaubernd zu sein vermochte wie ihre Kusine. Die alte Gräfin saß da mit wehmütig-frohem Lächeln und Tränen in den Augen und wiegte leise den Kopf. Sie dachte an Natascha, an die eigene Jugend, und sagte sich selbst, daß etwas Unnatürliches und Beängstigendes in der bevorstehenden Verbindung zwischen Natascha und dem Fürsten Andrej läge.

Dümmler, der sich neben die Gräfin gesetzt hatte, hörte mit geschlossenen Augen zu.

Mein Gott, sagte er endlich; das ist ein europäisches Talent. Sie braucht nichts mehr zu lernen ... Diese Weichheit, Zartheit, Kraft ...

Ach! wie ich für sie fürchte ... wie ich fürchte, antwortete die Gräfin, die ganz vergaß, mit wem sie sprach. Ihr mütterliches Herz sagte ihr, daß irgendein Zuviel in Natascha war, und daß dies Zuviel ihr Glück beeinträchtigen würde.

Natascha hatte ihr Lied noch nicht fertig gesungen, als der vierzehnjährige Petja voll Entzücken ins Zimmer stürmte und verkündigte, daß Masken da wären.

Natascha hörte auf zu singen.

Dummkopf! rief sie dem Bruder zu, sank auf einen Stuhl und fing so heftig an zu weinen, daß sie sich lange nicht beruhigen konnte.

Es ist nichts, Mamachen, wirklich nichts, Petja hat mich erschreckt, sagte sie und gab sich Mühe zu lächeln; aber ihre Tränen flossen unaufhaltsam, und das Schluchzen schnürte ihr die Kehle zu.

Die verkleideten Hofleute, Bären, Türken, Schankwirte, Damen, schreckliche und komische Gestalten, die Kälte und Fröhlichkeit mitbrachten, drängten sich anfangs schüchtern im Vorzimmer zusammen; dann kamen sie, indem sie sich hintereinander versteckten, in den Saal und begannen erst zögernd, dann immer zuversichtlicher und zahlreicher ihre Lieder, Rundtänze und Weihnachtsspiele.

Die Gräfin ging, nachdem sie alle besichtigt, erkannt und über ihre Verkleidungen gelacht hatte, in den Salon zurück, Graf Ilja Andreitsch aber blieb im Saale sitzen, lachte und nickte den Spielenden seinen Beifall zu. Die jungen Leute waren verschwunden.

Nach einer halben Stunde zeigte sich zwischen den anderen Verkleideten eine alte Dame im Reifrock, das war Nikolaj; eine Türkin – Petja; ein Bajazzo – Dümmler; ein Husar – Natascha und ein Tscherkeß – Sonja, die sich mit gebranntem Kork Schnurrbart und Brauen gemalt hatte.

Nachdem die jungen Leute von den Nichtverkleideten nachsichtige Bewunderung geerntet hatten, fanden sie ihre Kostüme so schön, daß sie sich noch weiter zu zeigen wünschten. Nikolaj, der sie alle mit seiner Trojka auf der vortrefflichen Schlittenbahn fahren wollte, schlug vor, ein Dutzend der verkleideten Hofleute mitzunehmen und sich zum Onkel zu begeben.

Nein, warum wollt ihr den alten Herrn belästigen? sagte die Gräfin; da hättet ihr kaum Platz, euch umzudrehen. Wenn ihr fortwollt, so fahrt zu Meljukows.

Frau Meljukow war eine Witwe, die mit Kindern im verschiedensten Alter und den dazu gehörenden Gouverneuren und Gouvernanten etwa vier Werst von Rostows lebte.

Ja, meine Liebe, das ist ein guter Einfall! rief der heiter gestimmte alte Graf. Gleich will ich mich verkleiden und mit euch fahren. Ich werde Pachette zu unterhalten wissen.

Aber die Gräfin wollte sich nicht dazu verstehen, den Grafen fortzulassen, der eben diese Tage Schmerzen im Bein gehabt hatte. Es wurde ausgemacht, daß Ilja Andreitsch nicht mit sollte, daß aber, wenn Luisa Iwanowna (Madame Schoß) einwilligte, die jungen Mädchen mit ihr zu Meljukows fahren dürften. Sonja, gewöhnlich so schüchtern und zurückhaltend, bat diesmal am dringendsten, daß Luisa Iwanowna ihnen dies Vergnügen nicht versagen möge. Sonjas Anzug war der hübscheste von allen, Schnurrbart und Brauen standen ihr allerliebst, jedermann sagte ihr, sie sehe reizend aus, und sie befand sich in einer ihr sonst fremden, erregten und unternehmenden Stimmung. Eine Ahnung flüsterte ihr zu, daß heute oder nie ihr Schicksal sich entscheiden würde – in ihrer Männertracht schien sie ein ganz anderer Mensch zu sein.

Luisa Iwanowna erklärte sich bereit, und nach einer halben Stunde fuhren vier Trojkas mit Schellen und Glöckchen knirschend auf dem gefrorenen Schnee an der Freitreppe vor.

Natascha schlug zuerst den Ton der Weihnachtsfröhlichkeit an, und diese Fröhlichkeit, die von einem auf den anderen überging, steigerte sich mehr und mehr und erreichte den höchsten Grad, als sie alle in die Nacht hinaustraten und sich plaudernd, einander anrufend, schreiend und lachend in die Schlitten verteilten. Zwei der Trojkas bestanden aus gewöhnlichen Zugpferden; die dritte, mit einem Orjolschen Traber in der Mitte, gehörte dem alten Grafen; die vierte, mit dem kleinen, zottigen, schwarzen Mittelpferde, war Nikolajs persönliches Eigentum. Nikolaj, der über sein Matronenkostüm einen festgegürteten Husarenmantel gezogen hatte, stand aufrecht im Schlitten und hielt die Zügel.

Es war so hell, daß er die im Mondschein glänzenden Metallverzierungen des Pferdegeschirrs und die Augen der Pferde erkannte, die sich erschreckt nach den Mitfahrenden umsahen, welche sich lärmend unter dem dunkeln Dache der Freitreppe zusammendrängten.

In Nikolajs Schlitten saßen Natascha, Sonja, Madame Schoß und zwei Mägde; in dem des alten Grafen Dümmler mit seiner Frau und Petja; die anderen beiden Schlitten nahmen die verkleideten Hofleute ein.

Vorwärts, Sachar! rief Nikolaj dem Kutscher des Vaters zu, um die Gelegenheit zu haben, ihn unterwegs zu überholen.

Der Schlitten des alten Grafen fuhr ab; seine Kufen kreischten, als ob sie auf dem Schnee festgefroren wären, und die tiefgestimmten Glöckchen klingelten, während die Seitenpferde sich an die Deichseln drängten und die Hufe in den festen, glänzenden Schnee einschlugen, den sie aufwühlten und umherschleuderten. Nikolaj folgte dem ersten Gespann; hinter ihm brausten und knirschten die beiden andern Schlitten. Anfangs fuhren sie in leichtem Trabe längs des Gartens hin, und die Schatten der kahlen Bäume legten sich über den Weg und verdeckten das glänzende Licht des Mondes. Kaum aber hatten sie den Zaun hinter sich gelassen, als sich nach allen Seiten die grauweiße, diamantenfunkelnde Schnee-Ebene erschloß, die unbeweglich vom Mondlicht übergossen dalag. Einmal, zweimal stieß der erste Schlitten auf Schneehaufen, und ebenso stießen sich die nachfolgenden Schlitten daran, indem sie verwegen den Zauberbann der Winternacht störten.

Eine Hasenspur! Viele Spuren! erscholl die Stimme Nataschas in der frostgefesselten Nacht.

Wie deutlich man alles sieht, Nikolenka! sagte Sonja.

Nikolaj sah sich nach ihr um und beugte sich herüber, um ihr besser ins Gesicht zu schauen. Ein neues, reizendes Antlitz mit schwarzen Brauen und Schnurrbart blickte ihm – so nah und so fern im Mondenschein – aus dem Zobelpelzwerk entgegen.

»Früher war das Sonja«, dachte Nikolaj, beugte sich noch näher heran und lächelte.

Was ist Ihnen, Nikolaj? fragte Sonja.

Gar nichts! antwortete er und wandte sich wieder zu den Pferden zurück.

Als sie auf die große, glattgefahrene Landstraße hinauskamen, fingen die Pferde von selbst an, den Lauf zu beschleunigen. Das linke Seitenpferd wiegte den Kopf und schüttelte ruckweise die Stränge; das Mittelpferd, das sich von einer Seite auf die andere neigte, spitzte seine Ohren, als ob es fragte: »Soll ich losgehen oder ist's noch zu früh?« Weit vor ihnen ertönten die Glöckchen und zeigte sich auf dem Schnee das schwarze Dreigespann Sachars, und das Rufen und Lachen der Verkleideten klang aus seinem Schlitten herüber.

Nun, meine Lieben, Wackeren! rief Nikolaj, indem er mit der einen Hand die Zügel anzog und mit der andern die Peitsche seitwärts ausstreckte, und nur aus dem Luftzuge, der ihnen plötzlich stärker entgegenzuwehen schien, aus der Bewegung der vorwärts strebenden und den Lauf beschleunigenden Seitenpferde konnte man erkennen, wie blitzschnell die Trojka vorwärts flog. Nikolaj sah sich um. Mit Peitschengeknall, Geschrei und lautem Antreiben der Mittelpferde folgten die anderen Gespanne. Sein Mittelpferd wiegte sich gleichmäßig im Trabe ohne Seitensprünge unter dem Krummholz und zeigte deutlich, daß es noch schneller laufen könnte, wenn es nötig wäre.

Nikolaj holte den ersten Schlitten ein; sie fuhren eine Anhöhe hinunter und kamen auf einen breit ausgefahrenen Weg, der sich über eine Wiese längs des Flusses hinzog.

»Wohin fahren wir denn? Über die schiefe Wiese, wie es scheint ... doch nein, es ist etwas Neues, das ich noch nie gesehen habe. Es ist nicht die schiefe Wiese und nicht der Djomkaberg ... Gott weiß, was es sein mag ... es ist etwas Fremdes, Zauberhaftes; aber was es auch sei – einerlei!« Nikolaj rief seine Pferde an und suchte die erste Trojka zu überholen.

Sachar hielt seine Pferde etwas zurück und wandte sein

bis zu den Augenbrauen mit Reif bedecktes Gesicht nach Nikolaj um. Dieser ließ seinen Pferden die Zügel schießen. Sachar streckte die Arme aus, schnalzte mit der Zunge und ließ auch seinen Pferden den vollen Lauf.

Nun halte dich tapfer, junger Herr! rief er Nikolaj zu.

Immer schneller jagten die beiden Gespanne nebeneinander her, immer schneller griffen die Hufe der Pferde aus. Nikolaj fing an, Vorsprung zu gewinnen. Sachar hob, ohne die Stellung der ausgestreckten Arme zu verändern, mit einer Hand die Zügel in die Höhe.

Possen, Herr! rief er. Nikolaj ließ seine Pferde in Galopp übergehen und fuhr Sachar voraus. Der feine, trockene Schnee stob den Fahrenden ins Gesicht, und dicht am Schlitten sah man die Schatten der laufenden Pferde, hörte man das Traben der schnell wechselnden Hufe, und wirr durcheinander tönte das Knirschen der Kufen und das Schreien der Frauenstimmen in dem zurückbleibenden Schlitten.

Nikolaj hielt die Pferde wieder an und sah umher. Ringsum lag noch immer die wie mit Sternen übersäte, vom Mondschein überflutete zauberhafte Schnee-Ebene.

»Sachar ruft, daß ich links fahren soll – warum links? dachte Nikolaj, fahren wir denn zu Meljukows? Ist denn das Meljukowka? Weiß Gott, wohin wir fahren und was uns bevorsteht ... Es ist alles so seltsam, so schön!«

Er sah sich nach dem andern Schlitten um.

Sieh mal, sein Schnurrbart und seine Wimpern sind ganz weiß geworden, sagte einer von den in seinem Schlitten sitzenden, hübschen, fremden Menschen mit seinen Brauen und Schnurrbart.

»Das war, glaube ich, Natascha, dachte Nikolaj, und dies ist Madame Schoß; vielleicht aber auch nicht! Ich weiß auch nicht, wer dieser Tscherkeß mit dem Schnurrbart ist, aber ich liebe sie.

Friert euch nicht? fragte er. Sie antworteten nicht und lachten. Dümmler schrie ihm aus dem folgenden Schlitten etwas zu; wahrscheinlich etwas Drolliges, aber es war nicht zu verstehen.

Ja, ja! antworteten lachende Stimmen.

Das ist ja ein verzauberter Wald, mit schwarzen, verschwimmenden Schatten und Diamantengeflimmer und einer Flucht von Marmorstufen, und da sind die silbernen Dächer verzauberter Gebäude, und ich höre das gellende Geschrei wilder Tiere. Wenn das wirklich Meljukowka ist, so ist's noch sonderbarer, daß wir Gott weiß wo herumgefahren und doch nach Meljukowka gekommen sind, dachte Nikolaj.

Es war wirklich Meljukowka, und auf der Freitreppe liefen ihnen Mägde und Diener mit Lichtern und vergnügten Mienen entgegen.

Wer ist da? hörte man auf der Freitreppe fragen.

Verkleidete aus dem gräflichen Hause. Ich erkenne sie an den Pferden, antworteten andere Stimmen.

XI

Pelagia Danilowna Meljukowa, eine breitschulterige, energische Frau saß in offener Bluse und mit der Brille auf der Nase im Salon, umringt von ihren Töchtern, denen sie die Langeweile zu vertreiben suchte. In aller Stille gossen sie Wachs und betrachteten die Schatten der entstandenen Figuren an der Wand, als im Vorzimmer die Schritte und Stimmen der Ankommenden erklangen. Husaren, alte Damen, Hexen, Bajazzos und Bären traten, nachdem sie sich geräuspert und die mit Reif bedeckten Gesichter im Vorzimmer abgewischt hatten, in den Saal, wo man eilig die Lichter anzündete. Der Bajazzo – Dümmler eröffnete den Tanz mit der alten Dame – Nikolaj – während die übrigen Masken, die ihre Gesichter verhüllten und ihre Stimmen verstellten, von den jubelnden Kindern umringt wurden und die Frau vom Hause begrüßten.

Ach, es ist unmöglich, sie zu erkennen. – Und Natascha! Seht mal, wem sie ähnlich ist. – Wirklich, sie erinnert mich an irgend jemand. – Und wie Eduard Karlitsch schön ist! Ich habe ihn gar nicht erkannt ... Und wie er tanzt! – Herr des Himmels, was für ein Tscherkeß ist das? – Wie das Kostüm Sonjuschka steht! – Und wer ist der da? – Wahrhaftig, ihr habt mir eine große Freude gemacht. – Nikita, Wanja, nehmt doch die Tische weg! – Und wir saßen so still!

Ha, ha, ha! ... Seht doch den Husaren, den Husaren – ganz wie ein Knabe ... und seine Beine ... Ich kann nichts sehen! hörte man verschiedene Stimmen durcheinanderrufen.

Natascha, der Liebling der jungen Meljukows, verschwand mit ihnen in die hinteren Zimmer, wohin sie Korken, Schlafröcke und verschiedene Männerkleider bringen ließen, die dann durch die halbgeöffnete Tür von entblößten Mädchenarmen aus den Händen des Dieners in Empfang genommen wurden.

Zehn Minuten später gesellte sich die ganze Meljukowsche junge Welt zu den Verkleideten. Nachdem Pelagia Danilowna Vorkehrungen getroffen, um Platz zu machen und die Hofleute zu bewirten, ging sie, ohne ihre Brille abzunehmen, mit verhaltenem Lächeln unter den Verkleideten umher und sah ihnen ganz nah ins Gesicht, ohne Rostow, noch Dümmler, noch die eigenen Töchter zu erkennen; sie erkannte nicht einmal die Schlafröcke und Uniformen ihres Mannes, mit denen sich ihre Kinder herausgeputzt hatten.

Wer ist denn die da? fragte sie ihre Gouvernante, indem sie fest in das Gesicht ihrer ältesten Tochter blickte, die einen Kasanschen Tartaren vorstellte. Ich glaube, es ist eine aus dem Rostowschen Hause ... Nun, und Sie, Herr Husar, bei welchem Regimente dienen Sie? ... Gib dem Türken Marmelade, die gestattet ihm sein Gesetz, befahl sie dem Büfettdiener, der Erfrischungen umherreichte. Und während sie die wunderlichen, lächerlichen Pas der Tänzer mit ansah, die ein für allemal annahmen, daß sie als Verkleidete unkenntlich wären und daher alle Verlegenheit beiseite setzten, bedeckte Pelagia Danilowna hin und wieder ihr Gesicht mit dem Taschentuche, und ihr wohlgerundeter Körper erzitterte in einem unaufhaltsamen, gutmütigen, matronenhaften Lachen.

Meine Sachinette! seht nur, meine Sachinette! wiederholte sie.

Nachdem die russischen Tänze und Reigen vorüber waren, versammelte Pelagia Danilowna Herrschaften und Hofleute in einen großen Kreis. Man brachte einen Ring, eine Schnur, eine Silbermünze und begann ein allgemeines Spiel.

Eine Stunde später waren alle Anzüge zerzaust und zerdrückt. Die mit Kork gemalten Brauen und Bärte hatten sich auf den fröhlichen, erhitzten Gesichtern verwischt. Pelagia Danilowna fing endlich an, die Verkleideten zu erkennen, sprach ihre Bewunderung für die gelungenen Kostüme aus, sagte, daß sie besonders den jungen Damen gut ständen, und dankte allen für die Freude, die sie ihr bereitet hatten. Dann wurden die herrschaftlichen Gäste zum Abendessen in den Salon gebeten; im Saale bewirtete man die Hofleute.

Nein, das Orakel in der Badestube zu befragen ist gar zu schauerlich, sagte während des Essens ein altes Fräulein, das bei Meljukows wohnte.

Warum? fragte die älteste Tochter des Hauses.

Ihr würdet es nicht versuchen; es gehört Mut dazu.

Ich bin bereit, es zu versuchen, sagte Sonja.

Erzählen Sie doch, wie war es mit dem Fräulein, bat die zweite Meljukowa.

Es war so, gab die alte Dame zur Antwort. Ein Fräulein nahm einen Hahn, zwei Bestecke, alles wie sich's gehört, und setzte sich hin. Eine Zeitlang saß sie ruhig da, plötzlich hört sie, daß etwas vorfährt. Schlitten mit Schellen und Glöckchen, dann hört sie Schritte, und er kommt in Menschengestalt, ein richtiger Offizier; er tritt ein und setzt sich mit ihr zu Tisch!

Ah, ah! schrie Natascha, indem sie schaudernd die Augen in die Höhe schlug.

Und wie sprach er denn?

Oh, wie ein Mensch, ganz wie sich's gehört, und er suchte sie zu überreden. Sie aber hätte ein Gespräch anknüpfen und ihn beschäftigen müssen, bis der Hahn krähte. Statt dessen wurde sie ängstlich, nur einen Augenblick, und bedeckte das Gesicht mit den Händen. Da ergriff er sie, und es war gut, daß die Dienstmädchen herbeiliefen …

Ach! warum wollen Sie sie erschrecken? rief Pelagia Danilowna.

Mama, du selbst hast doch auch das Orakel befragt, sagte ihre Tochter.

Und wie befragt man die Zukunft in dem Speicher? fragte Sonja.

Ganz einfach. Man geht hin und horcht. Wenn man hört, daß gehämmert wird, ist es schlecht; hört man aber das Korn schaufeln, dann ist's gut ... und wird gut.

Mama, erzähle doch, wie es dir in dem Speicher ergangen ist.

Pelagia Danilowna lächelte.

Ach, das habe ich längst vergessen, sagte sie, von euch geht doch niemand hin.

Ich gehe, ich gehe, Pelagia Danilowna; erlauben Sie mir hinzugehen! rief Sonja.

Gut, wenn du dich nicht fürchtest.

Luisa Iwanowna, darf ich? fragte Sonja.

Nikolaj war, ob sie mit Schnur und Ring spielten oder sich nur wie jetzt unterhielten, nicht von Sonjas Seite gewichen und sah sie mit ganz neuen Augen an. Ihm war, als ob er sie jetzt, dank dem mit Kork gemalten Schnurrbarte, zum ersten Male recht kennengelernt hätte; sie war auch wirklich diesen Abend so heiter und lebhaft, wie Nikolaj sie nie gesehen hatte.

»So also ist sie ... und ich Dummkopf, der ich war!« dachte er, indem er in ihre glänzenden Augen sah und ihr glückseliges, noch nie gesehenes Lächeln beobachtete, das unter dem Schnurrbarte Grübchen bildete.

Ich fürchte mich gar nicht, kann ich gleich gehen? fragte Sonja, indem sie aufstand. Man beschrieb ihr, wo der Speicher war, wie sie stillstehen und horchen müßte, und reichte ihr den Pelzmantel; sie zog ihn über den Kopf und sah zu Nikolaj hinüber.

»Wie reizend ist dies Mädchen! sagte er zu sich selbst; warum habe ich mich so lange bedacht?«

Sonja ging durch den Korridor und die Hintertür nach dem Speicher; Nikolaj trat mit der Bemerkung, daß es ihm zu heiß sei, auf die Freitreppe hinaus. Es war wirklich durch die vielen Gäste im Hause drückend heiß geworden.

Draußen war noch immer dieselbe starre Kälte und derselbe Mondschein, nur noch heller war es geworden. Das Licht war so stark, und es flimmerten so viele Sterne im Schnee, daß man gar nicht zum Himmel aufsehen mochte und die wirklichen Sterne kaum bemerkte. Am Himmel war es schwarz und traurig, auf der Erde hell und heiter.

»Ich Dummkopf! ich Dummkopf! warum habe ich bis jetzt gezögert?« dachte Nikolaj, eilte die Freitreppe hinab, bog um die Ecke des Hauses und schlug den Pfad ein, der nach der Hintertreppe führte. Er wußte, daß Sonja hier vorüberkommen mußte. Auf halbem Wege standen große, mit Schnee bedeckte Holzklafter, die einen dunklen Schatten warfen. Über sie hinaus und neben ihnen fielen die wirren Schatten der alten, kahlen Linden auf den verschneiten Pfad, der zu dem Speicher führte. Die Holzwände und das beschneite Dach des Speichers glänzten wie Edelsteine im Mondlicht. Im Garten krachte ein Baum, dann war alles wieder still. Es schien, als ob die Brust nicht Luft, sondern ewig junge Kraft und Freude einatmete.

Auf der Treppe zu den Mädchenzimmern erklangen Schritte, sie kamen die Stufen herunter. Der Schnee knirschte, und die Stimme des alten Fräuleins sagte:

Geradeaus, ganz geradeaus, diesen Pfad hinunter, mein Fräulein; aber sehen Sie sich nicht um.

Ich fürchte mich nicht! antwortete Sonjas Stimme, und den Weg entlang, gerade auf Nikolaj zu, knirschte der Schnee unter ihren feinen Schuhen.

Sie war fest in ihren Pelz gehüllt und erblickte Nikolaj erst, als sie nur noch zwei Schritte von ihm entfernt war; aber er erschien ihr nicht so, wie sie ihn bisher gesehen und immer etwas gefürchtet hatte! Er trug Frauenkleider, sein Haar war zerzaust, auf seinem Gesicht lag ein glückliches, für Sonja neues Lächeln. Sie lief schnell auf ihn zu.

»Ganz anders und doch immer dieselbe«, dachte Nikolaj, indem er in ihr Gesicht sah, das von Mondschein übergossen war. Er steckte die Hand in den Pelz, der ihren Kopf bedeckte, umfaßte sie, drückte sie an sich und küßte ihre Lippen, über die der Schnurrbart gezeichnet war und die nach gebranntem Kork rochen. Sonja küßte ihn mitten auf den Mund, machte ihre kleinen Hände frei und umfaßte seinen Kopf.

Sonja! ... Nikolenka! sagten sie nur. Sie liefen nach dem Speicher und kehrten durch verschiedene Türen ins Haus zurück.

XII

Als sie von Pelagia Danilowna Abschied nahmen, um nach Hause zu fahren, veranstaltete Natascha, die alles sah und bemerkte, daß Luisa Iwanowna und sie selbst in den Schlitten zu Dümmler kamen, und daß Sonja mit Nikolaj und den Mägden zusammensaß.

Nikolaj, der nicht mehr versuchte, die anderen Schlitten zu überholen, fuhr im gleichmäßigen Trabe dahin, sah hinaus in den seltsamen Mondschein und suchte in diesem schwankenden, veränderlichen Licht hinter den Brauen und dem Schnurrbart die frühere und die jetzige Sonja, von der er beschlossen hatte, sich nie zu trennen. Er sah sie an, erkannte bald die eine, bald die andere, und als die Erinnerung des Korkgeruchs, gemischt mit dem Gefühl des Kusses, lebhaft in ihm aufstieg, atmete er die kalte Luft mit voller Brust und glaubte bei dem Anblick der verschwimmenden Erde und des glänzenden Himmels wieder in einem Zauberlande zu sein.

Sonja, ist *dir* wohl? fragte er von Zeit zu Zeit.

Ja, und *dir?* gab sie zur Antwort.

Auf halbem Wege reichte Nikolaj dem Kutscher die Zügel, lief nach dem Schlitten, in dem Natascha saß, und stellte sich auf die Kufen.

Natascha, sagte er leise auf Französisch, ich habe meinen Entschluß in bezug auf Sonja gefaßt.

Du hast dich ihr erklärt? fragte Natascha vor Freude strahlend.

Wie sonderbar du mit deinem Schnurrbart aussiehst, Natascha! ... Freut es dich?

Ach, ich bin so froh, so froh! Ich fing schon an, böse auf dich zu werden ... ich habe dir nichts gesagt, aber du hast schlecht an ihr gehandelt ... Sie ist solch ein Herz, Nikolaj! ... Wie froh ich bin! ... Zuweilen, fuhr Natascha fort, bin ich recht schlecht, aber zuweilen habe ich mir auch ein Gewissen daraus gemacht, glücklich zu sein ohne Sonja ... Nun bin ich so glücklich! ... jetzt aber laufe schnell wieder zu ihr.

Nein, warte! ... Nein, wie du drollig aussiehst! sagte Nikolaj, indem er unverwandt die Schwester ansah, in der er ebenfalls etwas Neues, Ungewöhnliches und bezaubernd Zärtliches fand. Natascha, es ist entzückend ... nicht wahr?

Ja, du hast sehr gut getan, antwortete sie.

»Hätte ich sie früher gesehen, wie sie jetzt ist, dachte Nikolaj, so hätte ich sie längst gefragt, was ich tun sollte, und hätte alles getan, was sie mir befohlen, und alles wäre gut gewesen« ... Also bist du froh? fügte er laut hinzu, und ich habe es gut gemacht?

Ach, so gut! vor kurzem habe ich mit Mama darüber gestritten; Mama sagte, *sie* wolle dich fangen ... Wie kann man das behaupten! ... Ich hätte mich beinahe mit Mama gezankt und werde niemandem erlauben, etwas Schlechtes von ihr zu reden oder zu denken ... Sie hat nur Gutes an sich.

Also ist's recht? fragte Nikolaj wieder, indem er der Schwester noch einmal ins Gesicht blickte, um sich zu überzeugen, ob sie ihre wahre Meinung sagte. Dann sprang er von der Kufe herunter und lief zu seinem Schlitten zurück.

Dort saß noch immer der glückliche, lächelnde Tscherkeß mit seinem Schnurrbart und den glänzenden Augen, die unter der Zobelkapuze hervorblickten; und dieser Tscherkeß war Sonja, und diese Sonja war ganz gewiß seine künftige, glückliche, liebende Frau.

Als sie nach Hause gekommen waren und der Mutter erzählt hatten, wie sie sich bei Meljukows unterhalten, gingen die jungen Mädchen in ihr Zimmer. Sie kleideten sich aus und saßen, ohne die Schnurrbärte abzuwischen, lange da und unterhielten sich von ihrem Glück. Sie sprachen davon, wie sie leben würden, wenn sie verheiratet wären, und wie ihre Männer sich liebhaben, und wie sie selbst glücklich sein würden. Auf Nataschas Tisch befanden sich zwei Spiegel, die Dunjascha bereitgestellt hatte.

Aber wann wird das sein? – Ich fürchte, niemals, es wäre zu schön! sagte Natascha, indem sie aufstand und sich den Spiegeln näherte.

Setze dich, Natascha, vielleicht siehst du ihn! rief Sonja. Natascha zündete die Lichter an und setzte sich.

Ich sehe jemand mit einem Schnurrbart, sagte Natascha, die ihr eigenes Gesicht erblickte.

Man darf nicht lachen, Fräulein! bemerkte Dunjascha.

Natascha brachte mit Hilfe Sonjas und des Dienstmädchens die Spiegel in die richtige Stellung. Ihr Gesicht nahm einen ernsten Ausdruck an, und sie saß schweigend da. Lange blickte sie in die Reihe der sich endlos widerspiegelnden Gläser und erwartete, daß sie, wie man ihr erzählte, ganz am Ende entweder einen Sarg oder *ihn* – den Fürsten Andrej – sehen würde. Aber obwohl sie geneigt war, den kleinsten Flecken sowohl für einen Menschen als für einen Sarg zu halten, sah sie nicht das Geringste, sie blinzelte und stand auf.

Warum sehen denn andere, und ich sehe nichts? fragte sie. Setze du dich, Sonja ... du mußt hineinsehen, auch für mich ... mir ist heute so ängstlich zumute.

Sonja setzte sich an den Spiegel, rückte ihn zurecht und fing an hineinzusehen.

Sofia Alexandrowna wird ganz gewiß etwas sehen, flüsterte Dunjascha; Sie aber lachen immer.

Sonja hörte diese Worte und hörte, daß Natascha flüsterte:

Ja, ich bin gewiß, daß sie etwas sehen wird. Voriges Jahr hat sie ja auch gesehen.

Ein paar Minuten schwiegen sie alle.

Ganz gewiß! fing Natascha an, endete aber nicht.

Sonja legte plötzlich den Spiegel weg, den sie in der Hand hielt, und bedeckte ihre Augen.

Ach! Natascha! rief sie auf.

Hast du gesehen? ... hast du gesehen? ... Was hast du gesehen? fragte Natascha und fing den Spiegel auf.

Sonja hatte gar nichts gesehen; sie war eben im Begriff,

mit den Augen zu blinzeln und aufzustehen, als sie Nataschas Stimme »ganz gewiß« sagen hörte ... Sie wollte auch weder Dunjascha noch Natascha täuschen; es fiel ihr nur schwer, so unbeweglich dazusitzen, und sie wußte selbst nicht, warum ihr ein Schrei entschlüpft war, als sie die Augen mit der Hand bedeckte.

Hast du *ihn* gesehen? fragte Natascha und ergriff ihre Hand.

Ja ... warte ... ja, ich ... habe ... ihn gesehen, antwortete Sonja unwillkürlich, ohne recht zu wissen, ob Natascha mit dem Worte *ihn* Nikolaj oder den Fürsten Andrej meinte. »Warum sollte ich nicht sagen, daß ich etwas gesehen habe? Andere haben doch gesehen, und wer kann mir beweisen, daß sich mir nichts gezeigt hat?« ging es Sonja durch den Kopf.

Ja, ich habe ihn gesehen, sagte sie.

Wie, wie, stand er oder lag er?

Nein, erst sah ich gar nichts ... plötzlich aber fand ich, daß er da lag.

Andrej lag? Er ist krank? fragte Natascha, indem sie die Freundin mit schreckenvollen Augen anstarrte.

Nein, im Gegenteil! im Gegenteil! er hatte ein fröhliches Gesicht und wandte sich nach mir um. Während sie dies erzählte, kam es ihr vor, als hätte sie es wirklich so gesehen.

Nun, und dann, Sonja?

Dann habe ich nichts mehr unterscheiden können ... ich sah nur noch etwas Rotes und Blaues.

Sonja, wann kommt er? Wann sehe ich ihn wieder? ... Wie ich mich seinetwegen ängstige, und meinetwegen ... und um alles! rief Natascha, und ohne auf Sonjas Trostworte zu achten, legte sie sich zu Bett, und noch lange, nachdem sie das Licht gelöscht hatte, lag sie unbeweglich da und schaute in den kalten Mondschein, der durch die gefrorenen Fenster fiel.

XIII

Bald nach Weihnachten teilte Nikolaj seiner Mutter mit, daß er Sonja liebe und fest entschlossen sei, sie zu heiraten. Die Gräfin, die längst bemerkt hatte, was zwischen Nikolaj und Sonja vorging, und diese Erklärung erwartete, hörte ihn schweigend zu Ende und sagte dann, daß er heiraten könne, wenn er wolle, aber daß weder sie noch sein Vater dieser Ehe ihren Segen geben würden. Zum ersten Male fühlte Nikolaj, daß die Mutter unzufrieden mit ihm war, und daß sie trotz aller Liebe zu ihm nicht nachgeben würde.

Kühl und ohne den Sohn anzusehen, schickte sie nach ihrem Manne, und als er kam, wollte sie ihm ruhig in Nikolajs Gegenwart die Sache erzählen; sie kam aber nicht damit zustande, fing vor Ärger an zu weinen und verließ das Zimmer.

Der alte Graf begann schüchtern dem Sohne zuzureden und bat ihn, seine Absicht aufzugeben. Nikolaj erwiderte, daß er sein Wort nicht brechen könne, und der Vater ließ das Gespräch seufzend und sichtlich verlegen fallen und ging zu der Gräfin. Bei allen Auseinandersetzungen mit dem Sohne verließ den Grafen nie das Gefühl, sich durch die Zerrüttung seiner Vermögensverhältnisse gegen ihn vergangen zu haben, und darum konnte er Nikolaj nicht grollen, wenn dieser sich weigerte, ein reiches Mädchen zu heiraten, und die mitgiftlose Sonja wählte. Es kam ihm bei dieser Gelegenheit nur noch deutlicher zum Bewußtsein, daß er, wenn seine materielle Lage nicht eine so zerrüttete gewesen wäre, sich keine bessere Frau für Nikolaj wünschen könne als Sonja, und daß an dieser Zerrüttung nur er selbst mit seinem Mitjenka und seinen verderblichen Gewohnheiten schuld war.

Die Eltern sprachen nicht mehr über die Angelegenheit mit dem Sohne. Aber einige Tage später ließ die Gräfin Sonja rufen, und mit einer Härte, die beiden gleich unerwartet kam, machte sie der Nichte den Vorwurf, Nikolaj bestrickt zu haben und undankbar zu sein. Sonja hörte die harten Worte der Gräfin schweigend, mit gesenktem Blicke, an und verstand nicht, was von ihr gefordert wurde. Sie war bereit, ihren Wohltätern jedes Opfer zu bringen … Selbstverleugnung zu üben, war von jeher ihr eifrigstes Streben –, aber in diesem Falle wurde ihr nicht klar, wen oder was sie opfern sollte. Sie konnte nicht anders, als die Gräfin und die ganze Rostowsche Familie liebhaben, aber ebenso unmöglich war es ihr, Nikolaj nicht zu lieben oder zu vergessen, daß sein Glück von ihrer Liebe abhing. Sie war traurig, in sich gekehrt und gab keine Antwort.

Nikolaj glaubte diesen Zustand nicht länger ertragen zu dürfen und wollte sich mit seiner Mutter darüber aussprechen. Erst flehte er sie an, ihm und Sonja zu verzeihen und ihnen ihre Einwilligung zu geben; und dann drohte er, wenn die Mutter Sonja quälte, diese sofort im geheimen zu heiraten.

Die Gräfin antwortete mit einer Kälte, die der Sohn noch nie an ihr gesehen; sie sagte, er wäre großjährig, auch Fürst Andrej wolle ohne Einwilligung seines Vaters heiraten, er könne dasselbe tun, sie aber würde diese »Intrigantin« niemals als Tochter anerkennen.

Empört über den Ausdruck »Intrigantin«, antwortete Nikolaj der Mutter mit erhobener Stimme: er hätte niemals für möglich gehalten, daß sie von ihm verlangen könnte, seine Gefühle zu verkaufen, wenn es aber so wäre, so sage er zum letzten Male ... Er kam nicht dazu, das entscheidende Wort auszusprechen, das seine Mutter – die nach dem Ausdruck seines Gesichts urteilte – mit Entsetzen erwartete, und das vielleicht auf immer als eine böse Erinnerung zwischen ihnen gestanden hätte; er kam nicht dazu, weil Natascha in diesem Augenblick mit blassem, ernstem Gesicht in die Tür trat, an der sie gehorcht hatte.

Nikolenka, du sprichst Unsinn ... sei still! sei still! ich sage dir, sei still! schrie sie beinahe, um seine Stimme zu übertönen.

Mama, liebste Mama, es ist ja ganz anders ... mein Liebling, meine arme Mama! redete sie der Mutter zu, die fühlte, daß es gleich zu einem Bruche kommen konnte, den Sohn mit Entsetzen ansah, aber in ihrer Halsstarrigkeit oder von der Hitze des Streites fortgerissen, nicht nachgeben konnte oder wollte.

Nikolenka, ich werde dir alles erklären, jetzt aber geh … Hören Sie mich, Mama, meine geliebte Mama! fuhr Natascha fort.

Ihre Worte hatten keinen Sinn, aber sie erreichten ihren Zweck. Die Gräfin verbarg laut schluchzend ihr Gesicht an der Brust der Tochter, und Nikolaj faßte seinen Kopf mit beiden Händen und ging aus dem Zimmer.

Natascha übernahm das Werk der Versöhnung und brachte es dahin, daß Nikolaj das Versprechen der Mutter erhielt, Sonja nicht quälen zu wollen; er dagegen versprach, nichts ohne Vorwissen der Eltern zu tun.

Mit dem festen Entschluß, den Abschied zu nehmen, und nachdem er seine Angelegenheiten im Regiment geordnet, nach Hause zu kommen und Sonja zu heiraten, kehrte Nikolaj ernst und traurig, mit seiner Familie gespannt, aber wie er glaubte, leidenschaftlich verliebt, Anfang Januar zu seinem Regimente zurück.

Nach Nikolajs Abreise war es im Rostowschen Hause trauriger als je. Die Gräfin wurde vor Aufregung krank.

Sonja grämte sich über die Trennung und noch mehr über den feindseligen Ton, den die Gräfin ihr gegenüber nicht unterdrücken konnte. Der Graf war mehr als je in Sorge über den schlechten Stand seiner Angelegenheiten, die irgendwelche entscheidenden Maßregeln forderten. Es schien durchaus notwendig, das Haus in Moskau und das Landhaus in der Nähe zu verkaufen, und dazu mußten sie nach Moskau gehen. Wegen des Gesundheitszustandes der Gräfin wurde die Reise jedoch von Tag zu Tag verschoben.

Natascha, die anfangs die Trennung von ihrem Bräutigam leicht und sogar mit Heiterkeit ertragen hatte, wurde jetzt immer erregter und ungeduldiger. Der Gedanke, daß ihre schönsten Jahre, die sie seiner Liebe hätte widmen können, unbenutzt vergingen, ließ ihr keine Ruhe. Die Briefe ihres Verlobten machten ihr meist nur Verdruß. Es kränkte sie, daß, während sie nur in dem Gedanken an ihn existierte, er am vollen Leben teilnahm und neue Orte, neue Menschen sah, die ihn interessierten. Je reicher und unterhaltender seine Briefe waren, um so unmutiger wurde sie. Auch die

Briefe, die sie an ihn schrieb, waren ihr kein Trost, sondern erschienen ihr als lästige und langweilige Pflichterfüllung. Sie verstand nicht zu schreiben, weil sie nicht die Möglichkeit begriff, in einem Briefe wahrheitsgetreu auch nur den tausendsten Teil dessen auszudrücken, was sie gewohnt war, mit Stimme, Blick und Lächeln zu sagen. Sie schrieb ihm förmliche, eintönige, trockene Briefe, denen sie selbst keine Bedeutung beilegte und deren Orthographie die Mutter im ersten Entwurf ausbesserte.

Das Befinden der Gräfin wurde noch immer nicht besser, aber es war nicht möglich, die Reise nach Moskau länger aufzuschieben. Die Aussteuer mußte bestellt, das Haus verkauft werden, und überdies wurde Fürst Andrej zuerst in Moskau erwartet, wo diesen Winter der alte Fürst Nikolaj Andreitsch lebte. Natascha war überzeugt, daß Fürst Andrej schon da wäre.

So blieb denn die Gräfin auf dem Lande, und der Graf reiste Ende Januar mit Sonja und Natascha nach Moskau.

FÜNFTE ABTEILUNG

I

Nach der Verlobung des Fürsten Andrej mit Natascha empfand Pierre, ohne jede ersichtliche Ursache, plötzlich die Unmöglichkeit, das Leben, das er bisher geführt hatte, fortzusetzen. So fest er auch von den Wahrheiten überzeugt war, die ihm sein alter Freund und Gönner offenbart hatte, und so glücklich er sich in der ersten Zeit der Begeisterung für das Werk der Selbstvervollkommnung gefühlt, das er mit wahrem Feuereifer begonnen – nach der Verlobung des Fürsten Andrej mit Natascha und nach dem Tode Jossif Aleksejewitsch, von dem er zu derselben Zeit Kunde erhielt, ging ihm alle Freudigkeit verloren.

Was ihm blieb, war nur ein Gerippe des Lebens: sein Haus mit der glänzenden, gefeierten Frau, der ein vornehmer in ganz Petersburg bekannter Mann seine Gunst zugewandt, und der Kammerherrndienst mit seinen langweiligen Formalitäten, – ein Leben, das sich plötzlich Pierres Augen in unüberwindlichem Ekel darstellte. Sein Tagebuch führte er nicht mehr, vernachlässigte die Gesellschaft der Freimaurer, ging wieder in den Klub, fing wieder an zu trinken, schloß sich den Kreisen junger Lebemänner wieder an und führte ein Leben, daß sich Gräfin Helèna Wassiljewna genötigt sah, ihm ernste Vorwürfe zu machen. Pierre fühlte, daß sie recht hatte und ging, um seine Frau nicht zu kompromittieren, nach Moskau.

In Moskau bezog er sein großes Haus mit den vertrockneten und vertrocknenden Prinzessinnen und dem vielen Gesinde. Als er durch die Stadt fuhr und die Iberische Kapelle mit den unzähligen Lichtern vor ihren goldenen Heiligenschreinen wiedersah, oder den Kremlplatz mit seinem unberührten Schnee, die Fuhrleute und die elenden Hütten auf Siwzew Wrashek; als er die alten Moskauer wieder erblickte, die träge ohne Zweck und Ziel dahinschlenderten, um den Rest ihrer Tage hinzubringen; als er wieder mit alten Moskauer Edelfrauen zusammenkam, Moskauer Bälle und den Moskauer englischen Klub besuchte, fühlte er sich zu Hause, im stillen Hafen. Ihm selbst wurde in Moskau ruhig zumute, warm, unsauber und heimisch wie in einem alten Schlafrock.

Die Moskauer Gesellschaft, von den alten Damen bis hinab zu den Kindern, nahm ihn auf, wie einen längst erwarteten teuren Gast, dessen Platz immer bereit und freigehalten war. Für den Moskauer war Pierre ein netter, guter, kluger, großherziger Sonderling, ein zerstreuter und gemütvoller, echter russischer Edelmann aus der alten guten Zeit. Seine Tasche war beständig leer, weil sie immer allen offenstand.

Benefizvorstellungen, schlechte Bilder, Statuen, Wohltätigkeitsvereine, Zigeunerinnen, Schulen, Liebesmahle, Trinkgelage, Freimaurer, Kirchen, Bücher – nichts und niemand wurde von ihm abgewiesen, und hätte er nicht zwei Freunde gehabt, die ihm viel Geld abborgten und ihn unter ihre Vormundschaft nahmen, er hätte alles hingegeben. Im Klub war kein Diner, kein Souper ohne ihn denkbar. Sobald er sich nach zwei Flaschen Margot aufs Sofa gelegt hatte, bildete sich um ihn ein Kreis schwatzender, diskutierender, scherzender Männer; und kam es zum Streit, so stellte er mit seinem gutmütigen Lachen und Scherzen den Frieden wieder her. Auch die Freimaurerversammlungen und Diners waren langweilig und ohne Leben, wenn er fehlte.

Sooft er sich nach einem Souper mit seinem guten, kindlichen Lächeln erhob, erschallten junge, laute, fröhliche Stimmen um ihn her. Auf den Bällen tanzte er, wenn es an Kavalieren fehlte, und die jungen Frauen und Mädchen hatten ihn gern, weil er nicht einer den Hof machte, sondern gegen alle, besonders nach dem Abendessen, gleich liebenswürdig war. »Er ist reizend, er hat kein Geschlecht«, sagten sie auf französisch von ihm.

Pierre war einer der verabschiedeten, gutmütigen, in Moskau dahinlebenden Kammerherren, wie es deren so viele gibt.

Mit welchen Schrecken würde es ihn sieben Jahre früher erfüllt haben, als er eben aus dem Auslande zurückgekehrt war, wenn ihm jemand gesagt hätte, daß er nichts zu suchen und nichts zu erstreben brauche, daß sein Weg längst bereitet und auf ewig bestimmt sei, und daß er, wie er sich auch wende und bemühe, ganz so werden würde, wie alle, die in seinen Verhältnissen lebten.

Damals hätte er das nicht geglaubt! Hatte er nicht die ernsteste Absicht, in Rußland die Republik zu begründen, oder ein Napoleon zu werden, oder ein Philosoph, ein Feldherr, oder der Besieger Napoleons? Hatte nicht er den Plan gefaßt und die Möglichkeit entdeckt, das sündhafte Menschengeschlecht zu bessern und sich selbst auf die höchste Stufe der Vollkommenheit zu erheben? Hatte nicht er Schulen und Krankenhäuser gestiftet und seinen Leibeigenen die Freiheit geschenkt?

Und bei alledem lebte er jetzt hier als reicher Mann, als der Gatte einer untreuen Frau, als ein verabschiedeter Kammerherr, der gern aß und trank, der, wenn er sich's bequem gemacht hatte, gern ein bißchen auf die Obrigkeit schimpfte, der Mitglied des Moskauer englischen Klubs war und zu der Moskauer Gesellschaft gehörte. Er konnte sich lange nicht damit zufriedengeben, daß auch er jetzt ein verabschiedeter Kammerherr sein sollte, ein Typus, den er vor sieben Jahren so tief verabscheut hatte.

Zuweilen tröstete er sich mit dem Gedanken, daß er nur auf kurze Zeit dieses Leben führen werde, aber gleich darauf fiel ihm zu seinem Schrecken ein, daß schon viele mit Haaren und Zähnen, wie sie meinten auf kurze Zeit, in dieses Leben und in diesen Klub eingetreten, und aus beiden ohne Haare und Zähne wieder geschieden waren.

Wenn er in einem Augenblick des Stolzes seine Verhältnisse überdachte, kam es ihm vor, als ob er ein ganz anderer wäre als jene abgedankten Kammerherren, die er früher verachtet hatte. »Jene waren beschränkte, schlechte Menschen, die sich mit ihrer Lage zufriedengaben – ich aber bin stets unzufrieden und sehne mich, etwas für die Menschheit zu tun«, sagte er in solchen Momenten; in Augenblicken der Bescheidenheit dagegen dachte er: »Vielleicht hatten auch meine Kameraden, ganz wie ich, die Absicht, einen neuen Weg im Leben zu finden, und sind, ebenso wie ich, durch die Gewalt der Umstände, durch Gesellschaft und Herkunft, durch alle jene natürlichen Einflüsse, denen der Mensch nur schwach widersteht, dahin geführt worden, wo ich bin.« Und nachdem er eine Zeitlang in Moskau gelebt hatte, haßte und verachtete er seine Kameraden nicht mehr, sondern fing an, mit ihnen und sich selber zufrieden zu sein.

Pierre hatte jetzt nicht mehr, wie einst, unter Stunden der Verzweiflung, der Unzufriedenheit, des Ekels am Leben zu leiden; aber diese Krankheit, die ehemals in heftigen Anfällen zum Ausbruch am, war jetzt mehr nach innen getreten und verließ ihn jetzt keinen Augenblick mehr.

»Wozu? Warum das alles? Was geht in der Welt vor?« fragte er sich selbst mehr als einmal im Laufe des Tages, indem er unwillkürlich dem Sinne des Daseins nachgrübelte. Aber seine Erfahrung sagte ihm, daß es auf diese Fragen keine Antwort gebe, und er bemühte sich, seine Gedanken so schnell als möglich von ihnen abzulenken, nahm ein Buch zur Hand oder eilte in den Klub, oder zu Apollon Nikolajewitsch, um über Stadtneuigkeiten zu plaudern.

»Helena Wassiljewna, die nie etwas anderes geliebt hat als ihren eigenen Körper, und die eine der einfältigsten Frauen der ganzen Welt ist, wird für den Gipfel der Klugheit und des Geschmacks gehalten und angebetet, dachte Pierre. Napoleon Bonaparte wurde von jedermann verachtet, bis er mächtig war, und dann ist er ein erbärmlicher Komödiant geworden, und Kaiser Franz reißt sich darum, ihm seine Tochter in ungesetzlicher Ehe anzutrauen. Die Spanier haben durch katholische Priester Dankgebete zum Himmel emporsenden lassen, weil sie am 14. Juni die Spanier überwunden. Meine Brüder, die Freimaurer, schwören, daß sie ihr Leben für den Nächsten opfern wollen und geben nicht einen Rubel an die Armen und inriguieren, Asträa gegen Mannathal, um einen echten schottischen Teppich zu erlangen, oder ein Dokument, das weder der Verfasser verstanden hat noch sie selbst, und das für niemanden von Nutzen ist. Wir alle predigen das christliche Gebot der Vergebung und der Nächstenliebe – ein Gebot, zu dessen Ehre wir in Moskau hunderte von Kirchen erbaut haben –, gestern aber hat man einen Deserteur mit der Knute totgeschlagen, und der Diener und Priester jenes Gesetzes der Liebe und Versöhnung gab dem Soldaten vor der Exekution das Kreuz zu küssen.« So dachte Pierre, und diese allgemeine von allen anerkannte Lüge erschien ihm, so sehr er an sie gewöhnt war, immer wieder als etwas Neues und versetzte ihn immer wieder in Erstaunen. – »Ich begreife diese Lüge, diesen Wirrwarr, aber wie soll ich ihnen all das mitteilen, was ich so klar einsehe? Ich habe die Menschen beobachtet und immer gefunden, daß auch sie in der Tiefe der Seele dasselbe erkennen, wie ich, sich aber bemühen, sie nicht zu sehen. Sie wollen also die Lüge haben. Wohin soll ich mich wenden?« dachte Pierre. Er besaß die unglückliche Fähigkeit vieler Menschen, besonders vieler Russen, die Fähigkeit, klar zu sehen, an die Möglichkeit des Guten und Wahren zu glauben und zu deutlich die Lüge und Schlechtigkeit des Lebens zu erkennen, um an diesem Leben ernsten Anteil nehmen zu können. Jedes Gebiet der Tätigkeit war in seinen Augen mit Täuschung und Lüge verbunden. Er konnte sein, was er wollte, befähigt sein, wie er wollte, Lüge und Schlechtigkeit stießen ihn überall ab und versperrten ihm jeden Weg zur Tätigkeit. Und doch sollte er leben, sollte er arbeiten. Er fand es unerträglich, inmitten dieser ungelösten Lebensfragen zu stehen, flüchtete zu Vergnügungen und Zerstreuungen, nur um zu vergessen; er mischte sich in alle möglichen Gesellschaften, trank, kaufte Bilder, baute und vor allen Dingen, er las sehr viel.

Er las, las alles, was ihm unter die Hände kam; las, sobald er nach Hause zurückkehrte, während man ihn auskleidete; las und ging vom Lesen zum Schlafen über und vom Schlafen zum Plaudern in Salons und Klubs; vom Geplauder zum Trinken und zum Verkehr mit Frauen und von diesen wieder zum Plaudern, Lesen und Trinken.

Das Trinken war für Pierre sowohl ein geistiges wie ein

physisches Bedürfnis geworden. Obwohl ihm die Ärzte sagten, daß ihm bei seiner Körperfülle der Wein gefährlich wäre, trank er viel. Ihm wurde erst wohl, wenn er unbewußt so und so viel Glas Wein in seinen großen Mund gegossen hatte, so daß er im Körper eine angenehme Wärme, im Herzen Zärtlichkeit für alle Mitmenschen fühlte, und sich mit der oberflächlichen Betrachtung der Dinge begnügen konnte. Erst nachdem er zwei Flaschen Wein getrunken, kam die unbestimmte Empfindung über ihn, daß der wirre, schreckliche Knoten des Lebens nicht so entsetzlich sei, wie er gefürchtet hatte. Wenn er plauderte, erzählte, las oder zuhörte, beim Mittagessen und Abendbrot, sah er immer diesen Knoten von irgendeiner Seite. Nur wenn er viel getrunken hatte, sagte er zu sich selbst: »Es ist nichts – ich werde den Wirrwarr lösen – ich habe die Lösung, ich habe nur jetzt keine Zeit dazu. Später werde ich alles ordnen.« Aber dies »Später« kam nie.

Frühmorgens schon, noch ehe er gefrühstückt hatte, drängten sich ihm diese schrecklichen Fragen wieder auf; dann nahm er schnell ein Buch und freute sich, wenn jemand zu ihm kam.

Zuweilen erinnerte er sich auch, gehört zu haben, daß Soldaten, wenn sie untätig unter dem Feuer des Feindes stehen, irgendeine Beschäftigung suchen, um der Gefahr besser trotzen zu können. Und alle Menschen kamen ihm wie solche Soldaten vor, die sich vor dem Leben zu retten suchten, bald durch Ehrsucht, bald durch Kartenspiel, durch Gesetzentwürfe, Frauen, Pferde, oder durch Politik oder Jagd, durch Wein oder durch Staatsgeschäfte.

»Es gibt nichts Richtiges und nichts Wichtiges, alles ist gleich; es gilt nur, irgendeinen Weg zu finden, um mich zu retten, so gut ich kann, dachte Pierre; nur *sie* nicht sehen, die Schreckliche.«

II

Zu Anfang des Winters kam der Fürst Nikolaj Andreitsch Bolkonskij mit seiner Tochter nach Moskau. Durch seine Erlebnisse, seine Klugheit und Originalität, und besonders, da zu jener Zeit die Begeisterung für Kaiser Alexanders Regierung sehr im Sinken war und durch die antifranzösische, patriotische Besinnung, die damals in Moskau herrschte, wurde Fürst Nikolaj Andreitsch sehr bald der erklärte Liebling der Moskauer und die Seele der Moskauer Opposition gegen die Regierung.

Der Fürst war im letzten Jahre sehr gealtert. Alle Zeichen des Alters machten sich an ihm bemerklich: plötzliches Einschlafen, das Vergessen der nächsten Dinge und Gedächtnis für längst Vergangenes, vor allem aber der kindische Ehrgeiz, mit dem er die Rolle des Führers der Moskauer Opposition übernahm. Trotz seines hohen Alters erschien er abends zum Tee in seinem Pelze und seiner gepuderten Perücke und erging sich in unzusammenhängenden Erzählungen aus der Vergangenheit oder in noch weniger zusammenhängenden, scharfen Urteilen über die Gegenwart, die alle seine Gäste mit gleicher Ehrerbietung erfüllten.

Auf Fremde machte das alte Bolkonskische Haus mit seinen großen Wandspiegeln, seinen Möbeln aus der Zeit Katharinas, den Lakaien in gepuderten Perücken, dem steifen, alten Herrn aus dem vorigen Jahrhundert, seiner stillen Tochter und der hübschen Französin, die ihn verehrten, einen imponierenden, angenehmen Eindruck. Aber die Gäste bedachten nicht, daß außer den zwei bis drei Stunden, in denen sie den Hausherrn zu sehen bekamen, noch einundzwanzig bis zweiundzwanzig Tagesstunden übrig waren, in denen das geheime, innere Leben des Hauses fortging.

In der letzten Zeit war dieses innere Leben der Prinzessin Maria sehr schwer geworden. Sie entbehrte in Moskau ihrer besten Freuden: des Verkehrs mit den Gottesleuten und der Einsamkeit von Lyssyja-Gory, während ihr das Treiben der großen Stadt nicht den mindesten Ersatz bot. In Gesellschaft ging sie nicht. Jedermann wußte, daß der Vater sie nicht allein fortließ, daß er selbst, seiner Kränklichkeit wegen, nicht ausgehen konnte, und so wurde auch sie weder zu Diners noch zu Abendgesellschaften eingeladen. Die Hoffnung auf eine Heirat hatte die Prinzessin Maria aufgegeben, denn sie sah, mit welcher Kälte und Unfreundlichkeit ihr Vater alle jungen Leute aufnahm und abwies, die sich etwa um sie bewerben konnten.

Auch Freundinnen hatte sie nicht; während dieses Aufenthalts in Moskau hatte sie sich in ihren beiden intimsten Freundinnen getäuscht gesehen. Mlle. Bourienne, mit der sie schon früher nicht zum vollen Vertrauen gekommen, war ihr geradezu unangenehm geworden, und sie hielt sich aus gewissen Gründen so fern als möglich von ihr. Julie, die in Moskau lebte und fünf Jahre lang mit ihr korrespondiert hatte, stand ihr, sobald sie wieder in persönliche Verbindung kamen, vollständig fremd gegenüber. Julie, die damals durch den Tod ihrer Brüder eine der reichsten Partien Moskaus geworden war, lebte in dieser Zeit im vollen Strome der Vergnügungen. Sie war beständig von jungen Männern umgeben, die, wie sie glaubte, plötzlich ihren Wert erkannt hatten. Julie befand sich in der Lebensperiode alternder Jungfrauen, in der sie fühlen, daß die letzten Aussichten auf eine Heirat gekommen sind, und daß ihr Schicksal sich jetzt oder niemals entscheiden müsse.

An jedem Donnerstag erinnerte sich Prinzessin Maria mit wehmütigem Lächeln, daß sie niemandem mehr zu schreiben hatte, weil Julie, durch deren Gegenwart ihr keine Freude zuteil wurde, hier war und sie sich jede Woche sahen. Sie kam sich vor wie jener alte Emigrant, der die Dame nicht heiraten wollte, bei der er jahrelang seine Abende zugebracht hatte. Sie bedauerte, daß Julie hier war und daß sie ihr nicht mehr zu schreiben brauchte. Es gab niemand in Moskau, mit dem Prinzessin Maria vertraulich verkehrte, dem sie ihre Leiden klagen konnte, und sie hatte in ihrem neuen Leben viel neues Leid erfahren.

Die Zeit der Rückkehr des Fürsten Andrej und seine Hochzeit kamen immer näher heran, und die Absicht der Prinzessin, den Vater vorzubereiten und umzustimmen, war nicht zur Ausführung gekommen. Die Sachlage schien sich vielmehr verschlimmert zu haben, denn jede Erwähnung der Komtesse Rostow brachte den alten Fürsten, der ohnehin die meiste Zeit über mißmutig war, in die böseste Laune.

Auch der Unterricht ihres sechsjährigen Neffen war in der letzten Zeit zu einer Qual für die Prinzessin Maria geworden, und mit Schrecken fand sie bei dem Verkehr mit Nikoluschka die Reizbarkeit ihres Vaters in sich selber wieder. Vergebens sagte sie sich, daß sie bei dem Unterrichte des Kindes nicht so heftig werden dürfe. Jedesmal, wenn sie mit der französischen Fibel dasaß, hätte sie dem Kleinen schneller mitteilen mögen, was er lernen sollte; er aber fürchtete jeden Augenblick, daß die Tante, wenn er etwas zerstreut war, böse werden, heftig die Stimme erheben und ihn in den Winkel stellen würde. War es wirklich so weit gekommen, daß er im Winkel stand, so begann sie selbst über ihre böse, schlechte Natur zu weinen, und Nikoluschka, der dem Beispiel folgte, kam ohne Erlaubnis aus seiner Ecke hervor, ging zu ihr, zog ihr die Hände von dem nassen Gesicht und liebkoste sie.

Schwerer aber als alles andere war für Prinzessin Maria die Reizbarkeit ihres Vaters, die sich immer gegen sie richtete und sich in der letzten Zeit bis zur Grausamkeit gesteigert hatte. Wenn er sie gezwungen hätte, nächtelang zu beten, oder Wasser und Holz zu tragen, ja wenn er sie geschlagen hätte, würde sie kaum darüber geklagt haben. Aber er quälte sie, trotz aller seiner Liebe, fast zu Tode, war grausam gegen sie und sich selbst, und suchte, während er sie kränkte und demütigte, ihr auch noch zu beweisen, daß sie allein an allem schuld sei. Dazu tat in der letzten Zeit noch eine Laune in ihm zutage, die Prinzessin Maria unablässig peinigte, nämlich seine wachsende Zuneigung zu Mademoiselle Bourienne. Der Gedanke, der ihm, als er zuerst von den Wünschen des Sohnes hörte, flüchtig wie ein Scherz durch den Kopf gegangen war, daß, wenn sein Sohn Andrej heiraten wolle, er sich mit Mlle. Bourienne vermählen könne, dieser Gedanke wurde ihm, wie es Prinzessin Maria vorkam, immer vertrauter. Mit der größten Hartnäckigkeit hielt er daran fest, erwies, um Prinzessin Maria zu kränken, Mlle. Bourienne besondere Aufmerksamkeit und betonte seine Unzufriedenheit mit der Tochter, um seine Zärtlichkeit für die Französin um so mehr hervorzuheben.

Eines Tages, als sie schon in Moskau waren, geschah es, daß der alte Fürst, in Gegenwart seiner Tochter (sie meinte, ihr Vater täte es absichtlich in ihrer Gegenwart) Mlle. Bourienne die Hand küßte, sie an sich zog und zärtlich umarmte. Errötend eilte Prinzessin Maria aus dem Zimmer. Nach wenigen Minuten trat die Französin lächelnd bei ihr ein, und erzählte ihr mit ihrem angenehmen Organ etwas Lustiges. Prinzessin Maria wischte schnell ihre Tränen ab, ging mit festen Schritten auf die Bourienne zu und schrie, offenbar ohne sich selbst dessen bewußt zu werden, in voreiliger Wut mit kreischender Stimme:

Es ist schlecht, es ist gemein, es ist unmenschlich, eine Schwäche so auszubeuten ... Sie konnte nicht weiter. Hinaus mit Ihnen! schrie sie und schluchzte auf.

Am folgenden Morgen sagte der Fürst seiner Tochter kein Wort; als sie sich aber zu Tische setzten, befahl er, daß Mlle. Bourienne vor der Prinzessin bedient werde. Und als der alte Diener beim Servieren des Kaffees das Unglück hatte, dieser neuen Laune des Gebieters zuwider zu handeln, bekam der Fürst einen seiner Wutanfälle. Er warf dem Übeltäter seinen Krückstock ins Gesicht und drohte, ihn sofort unter die Soldaten zu stecken.

Hörst du nicht! Hörst du nicht! Zweimal hab ich's gesagt, schrie er ihn an. Sie ist die Erste hier im Hause, sie ist meine beste Freundin, und wenn du – fuhr er, erst jetzt zu seiner Tochter gewandt, fort – dir noch ein einziges Mal erlaubst, dich ihr gegenüber so zu vergessen wie gestern abend, so will ich dir zeigen, wer hier im Hause Herr ist. Entweder du gehst und kommst mir nicht wieder unter die Augen, oder du bittest sie um Verzeihung.

Wirklich bat Prinzessin Maria Mlle. Bourienne, ihr zu vergeben und erlangte dann auch vom Vater Verzeihung für sich selbst und für den alten Philipp, der sie um Beistand angefleht hatte.

Während solcher Szenen kämpften Stolz und Opfermut in

der Seele der Prinzessin, aber nur auf Augenblicke. Bemerkte sie, wie ihr Vater tastend nach der Brille suchte, wie oft ihm Glieder und Gedächtnis den Dienst versagten, oder wie er, trotz allen Bemühens seine Schwäche zu verbergen, bei den Mahlzeiten einschlief und sein zitternder Kopf fast auf den Teller sank, so sagte sie zu sich selbst: »Er ist alt und gebrechlich, ich darf ihn nicht richten!« Und in ihrem strengen Pflichtgefühl machte sie sich auch die leiseste innere Auflehnung gegen ihn zum Vorwurf.

III

In Moskau lebte 1811 der französische Arzt Doktor Métivier, ein stattlicher, schöner Mann, mit dem liebenswürdigen Wesen seiner Landsleute. Er erfreute sich hohen Ansehens in den aristokratischen Kreisen der Stadt und verkehrte nicht nur als Arzt, sondern als Gleichberechtigter in den ersten Häusern.

Obwohl Fürst Nikolaj Andreitsch über die ärztliche Kunst zu spotten pflegte, hatte auch er auf die Empfehlung der Bourienne Doktor Métivier zu Rate gezogen und sich so an ihn gewöhnt, daß er ihn wöchentlich zweimal zu empfangen pflegte.

Am Sankt Nikolaustage strömte ganz Moskau in das Palais des Fürsten, um dem alten Herrn zu gratulieren. Aber nur einige der Intimsten, deren Namensverzeichnis der Fürst seiner Tochter eingehändigt hatte, sollten vorgelassen und zum Diner eingeladen werden.

Métivier fühlte sich jedoch, wie er der Prinzessin Maria erklärte, in seiner Eigenschaft als Hausarzt berechtigt, »das Gebot zu überschreiten« und bei dem Fürsten einzudringen, der gerade heute in übelster Laune war. Er schleppte sich von einem Zimmer ins andere, mißdeutete jedes Wort, das ihm gesagt wurde, oder gab sich den Anschein, überhaupt nichts zu hören. Prinzessin Maria, die aus langer Erfahrung wußte, daß dieser Zustand jedesmal mit einem Wutausbruch endigte, hatte den ganzen Morgen in zitternder Erwartung verlebt;

aber bis zum Besuch des Arztes war nichts erfolgt. Nachdem Doktor Métivier bei seinem Patienten eingetreten war, setzte sich Prinzessin Maria mit ihrem Buche in die Nähe der Tür, die aus dem Salon in das Zimmer des Vaters führte, so daß sie hören konnte, was dort vorging.

Zuerst ließ sich Métiviers Stimme hören, dann die des Fürsten, endlich erhoben sich beide zu gleicher Zeit: die Tür wurde aufgerissen; an der Schwelle erschien in Bestürzung die schöne Gestalt Métiviers mit seinem schwarzen Schopf und der Fürst in Schlafmütze und Schlafrock mit wutverzerrtem Gesicht und funkelnden Augen.

Du verstehst es nicht? schrie er, aber ich, ich weiß alles; du Franzosenspion, Knecht Bonapartes! Spion ... Fort mit dir aus meinem Hause! Fort, sage ich! – Damit schlug er heftig die Tür zu.

Métivier zuckte die Achseln, trat zu Mlle. Bourienne, die der Lärm aus dem Nebenzimmer herbeigerufen hatte, und sagte: Der Fürst ist unwohl, Galle und Blutandrang nach dem Kopfe. Seien Sie unbesorgt, ich komme morgen wieder. Dann legte er den Finger an die Lippen und verließ eilig das Zimmer.

Hinter der geschlossenen Kabinettstür hörte man die schlürfenden Schritte des Fürsten und seine zornigen Ausrufe: Spione, Verräter! ... Überall Verräter! ... Selbst im eigenen Hause hat man keinen Augenblick Ruhe!

Sobald Métivier gegangen war, rief der alte Fürst seine Tochter, und das ganze Gewitter seines Zornes entlud sich über ihr Haupt. Sie war schuld, daß dieser Spion sich hatte eindrängen können. Er hatte ihr doch gesagt, sie sollte eine Namensliste machen und niemanden vorlassen, der nicht auf der Liste stand. Warum hat man also diesen Schuft vorgelassen? Sie war an allem schuld. Sie war schuld daran, daß er weder ruhig leben, noch ruhig sterben konnte.

Nein, meine Liebe, wir müssen uns trennen ... müssen uns trennen ... ich ertrage das nicht mehr! rief er und ging aus dem Zimmer; aber als ob er fürchtete, daß sie die Sache zu leicht nehmen könne, kam er zurück, und indem er sich den Schein der Ruhe zu geben suchte, fügte er hinzu:

Glauben Sie nicht etwa, daß ich das nur im Zorn gesagt

habe. Ich bin ruhig und habe alles wohl überlegt. Wir trennen uns, Sie können sich einen Aufenthaltsort suchen! ... Aber er hielt die äußerliche Ruhe nicht aus, und zornig, wie nur Menschen sind, die lieben und selbst leiden, bedrohte er sie mit der Faust und schrie sie an:

Wenn doch ein Narr käme, der sie heiraten wollte! Darauf rief er Mlle. Bourienne, warf die Tür zu, und dann wurde alles still.

Um zwei Ihr stellten sich die sechs zum Mittag auserwählten Personen ein. Die Gäste – der berühmte Graf Rostoptschin, Lopuchin mit seinem Neffen, General Tschatrow, ein alter Fürst Kriegskamerad des Fürsten, und von jungen Leuten Pierre und Boris Drubezkoj – erwarteten den Hausherrn im Salon.

Boris, der vor kurzem nach Moskau gekommen war und gewünscht hatte, dem Fürsten Nikolaj Andreitsch vorgestellt zu werden, hatte verstanden, in solchem Grade seine Gunst zu gewinnen, daß der Fürst für ihn eine Ausnahme machte und ihn allein von allen unverheirateten jungen Leuten bei sich empfing.

Das Haus des Fürsten gehörte nicht eigentlich zu dem, was man »die Gesellschaft« zu nennen pflegt; es war ein kleiner Kreis nur, über den nicht viel in der Stadt gesprochen wurde, dem anzugehören indessen jeder für eine Ehre hielt. Auch Boris war das klar geworden, als etwa acht Tage früher Graf Rostoptschin dem Oberbefehlshaber, der ihn auf den Sankt Nikolaustag zum Essen einlud, zur Antwort gab, daß er nicht kommen könne.

An diesem Tage, sagte er, habe ich immer den Gebeinen des Fürsten Nikolaj Andreitsch meine Ehrfurcht zu bezeugen.

Ach so, ja, ja ... ich vergaß ... antwortete der Oberbefehlshaber.

Die kleine Gesellschaft, die sich vor dem Essen in einem altmodischen, hohen Zimmer mit alten Möbeln versammelt hatte, glich einer feierlichen Gerichtsversammlung. Alle schwiegen, oder wenn sie sprachen, geschah es im Flüstertone.

Endlich trat Fürst Nikolaj Andreitsch ernst und stumm ins Zimmer. Prinzessin Maria erschien noch stiller und schüchterner als gewöhnlich. Die Gäste scheuten sich, sie anzureden, weil sie ihr anmerkten, daß sie nicht gern sprechen wollte. Graf Rostoptschin hielt allein die Unterhaltung im Gange, indem er die neuesten Stadtneuigkeiten und politischen Ereignisse mitteilte.

Lopuchin und der alte General nahmen selten teil am Gespräch; Fürst Nikolaj Andreitsch hörte die Meldungen, die ihm gemacht wurden, wie ein höherer Richter an, und gab nur zuweilen mit schweigendem Nicken oder mit einem kurzen Worte kund, daß er vernommen, was ihm mitgeteilt wurde. Der ganze Ton der Unterhaltung verriet, daß keiner der Anwesenden billigte, was im politischen Leben vorging. Man erzählte von Ereignissen, die bewiesen, daß es immer schlimmer und schlimmer wurde. Aber bei allen Mitteilungen und Betrachtungen war es auffallend, daß der, welcher das Wort führte, schwieg oder ablenkte, sobald sich das Gespräch der Person des Kaisers zuwandte.

Während des Essens kam die Rede auf die letzten politischen Ereignisse: Napoleons unrechtmäßige Beschlagnahme der Besitzungen des Herzogs von Oldenburg und die feindlichen, gegen Napoleon gerichteten Noten, die von Rußland an alle europäischen Höfe geschickt waren.

Bonaparte behandelt Europa wie ein Pirat ein gekapertes Schiff, sagte Graf Rostoptschin, der denselben Ausspruch schon mehrmals getan hatte. Man wundert sich nur über die Geduld und Verblendung der Fürsten. Jetzt kommt die Reihe selbst an den Papst; Napoleon will ohne viel Umstände das Haupt der katholischen Kirche niederwerfen ... Und alle schweigen dazu! Nur unser Kaiser hat gegen die Ausplünderung des Herzogs von Oldenburg Protest erhoben und das ... Graf Rostoptschin schwieg in dem Gefühle, die Grenze erreicht zu haben, über welche hinaus zu denken nicht erlaubt ist.

Man hat andere Besitzungen für das Herzogtum geboten, sagte Fürst Nikolaj Andreitsch. Genau so, wie ich meine Bauern von Lyssyja-Gory nach Bogutscharowo und meine

Güter in Rjasan zu schicken pflege, macht er es mit Herzögen.

Der Herzog von Oldenburg trägt sein Unglück mit bewunderungswürdiger Charakterstärke und Ergebung, sagte Boris, ehrerbietig das Wort nehmend. Er wollte damit andeuten, daß er in Petersburg die Ehre gehabt hatte, sich dem Herzog vorzustellen. Fürst Nikolaj Andreitsch sah den jungen Mann an, als ob er etwas erwidern wollte, besann sich aber und bedachte, daß Boris noch zu jung war.

Ich habe den Protest gegen die oldenburgsche Angelegenheit gelesen und wundere mich über die schlechte Fassung dieser Note, sagte Graf Rostoptschin in dem verächtlichen Tone eines Mannes, der um dergleichen genau Bescheid weiß.

Pierre sah Rostoptschin verwundert an und begriff nicht, warum ihn die schlechte Fassung des Schriftstückes ärgerte.

Ist es denn nicht einerlei, wie solche Noten geschrieben sind, wenn nur der Inhalt energisch ist? fragte er.

Mein Lieber, mit unseren 500 000 Mann Soldaten wär's leicht, einen guten Stil zu schreiben, antwortete Graf Rostoptschin. Pierre begriff nun, warum ihn die Fassung der Schriftstücke ärgerte.

Es scheinen sich jetzt sehr viel Leute mit Schreibereien abzugeben, sagte der alte Fürst. Es strotzt heutzutage von Schreibern ... in Petersburg schreibt alle Welt ... nicht allein Noten, auch neue Gesetze schreiben sie. Mein Andrjuscha hat einen ganzen Band von Gesetzen verfertigt ... heutigen Tages schreibt eben alles. Dabei lachte er gezwungen vor sich hin.

Das Gespräch kam auf ein paar Minuten ins Stocken; endlich zog der alte General die Aufmerksamkeit durch ein Räuspern auf sich.

Haben Sie bereits von dem Vorfall bei der letzten Musterung der Gruppen in Petersburg gehört? fragte er; ich meine, ob Sie wissen, wie sich der neue französische Gesandte benommen hat?

Ja, ich habe davon gehört. Er soll in Gegenwart Sr. Majestät etwas Unziemliches gesagt haben.

Se. Majestät hatten den Gesandten auf die Grenadiere und ihren Parademarsch aufmerksam gemacht, fuhr der General fort; der Gesandte aber, heißt es, habe sich unachtsam gezeigt, und sogar gesagt, daß in Frankreich auf solche Nichtigkeiten kein Gewicht gelegt würde. Der Kaiser hat nichts darauf geantwortet, bei der nächsten Musterung aber auch nicht wieder mit dem Gesandten gesprochen, sich überhaupt nicht mehr um ihn gekümmert.

Alle schwiegen zu dieser Tatsache; denn wo die Person des Kaisers in Spiel kam, waren alle Bemerkungen unstatthaft.

Frech sind diese Leute, frech! rief der Fürst. Kennen Sie Métivier? Den habe ich heute aus dem Hause gejagt. Er kam zu mir, obwohl ich befohlen hatte, niemandem vorzulassen, fuhr er fort, indem er seiner Tochter einen zornigen Seitenblick zuwarf, und erzählte dann von seinem Gespräch mit dem französischen Arzte und wodurch er die Überzeugung gewonnen habe, daß dieser ein Spion sei. Obgleich die Gründe, die er dafür angab, unzulänglich und unklar waren, sprach niemand dagegen.

Nach dem Braten kam der Champagner; die Gäste erhoben sich von ihren Sitzen und beglückwünschten den alten Fürsten. Auch Prinzessin Maria kam zu ihm.

Er sah sie mit kaltem, bösem Blicke an und reichte ihr seine runzelige, rasierte Wange. Sein Gesicht zeigte deutlich, daß er das Morgengespräch noch nicht vergessen hatte, daß sein Entschluß noch in alter Kraft bestand, und daß ihn nur die Anwesenheit der Gäste hinderte, davon zu sprechen.

Als sie in den Salon zurückkehrten, um Kaffee zu trinken, setzten sich die Alten zusammen. Fürst Nikolaj Andreitsch wurde lebhafter und sprach seine Meinung über den bevorstehenden Krieg unumwunden aus.

Er sagte, unsere Kämpfe mit Bonaparte würden so lange unglücklich enden, als wir das Bündnis mit Deutschland suchten, und uns in alle europäischen Angelegenheiten mischten, in die wir leider durch den Frieden von Tilsit verwickelt wären. Wir dürften weder für noch gegen Österreich Krieg führen; der Schwerpunkt unserer Politik läge im Orient, und in bezug auf Bonaparte wäre vor allem die Verstärkung an den Grenzen und eine energische Politik geboten. Unter diesen Bedingungen würde er nicht wieder wagen, unsere Grenzen zu überschreiten, wie im Jahre 1807.

Wie können wir denn mit den Franzosen Krieg führen, Fürst? sagte Graf Rostoptschin. Dürfen wir denn gegen unsere Lehrer und Götter aufstehen? ... Betrachten Sie unsere Jugend! Betrachten Sie unsere Damen! Unsere Götter sind Franzosen, unser Himmelreich ist Paris. – Er fing lauter an zu sprechen, wie es schien, damit ihn alle hören sollten. Unsere Trachten sind französisch, fuhr er fort; unsere Gefühle französisch, unsere Gedanken französisch. Sie haben Herrn Métivier die Treppe hinuntergeworfen, weil er ein Franzose und ein Schuft ist, aber unsere Mädchen und Frauen liegen vor ihm auf den Knien. Gestern abend war ich in einer Gesellschaft, unter fünf Damen waren drei katholische, die mit Genehmigung des Papstes am Sonntage sticken und, mit Erlaubnis zu sagen, beinahe nackt dasaßen, wie die Bilder auf dem Schilde eines Badehauses ... Ach! Fürst, wenn ich unsere Jugend sehe, möchte ich immer den alten Stock Peters des Großen aus der Kunstkammer holen und den Leutchen auf russische Art die Knochen damit zerschlagen, dann würde ihnen die Narrheit vielleicht vergehen.

Alle schwiegen; der alte Fürst sah Rostoptschin lächelnd an und nickte beistimmend.

Leben Sie wohl, Durchlaucht, bleiben Sie gesund! sagte Rostoptschin, indem er mit der ihm eigenen raschen Bewegung aufstand und dem Fürsten die Hand gab.

Lebe wohl, mein Teurer! ... Diese Harfe! ich kann mich nicht satt an ihr hören! sagte der alte Fürst, indem er die Hand des Grafen festhielt und ihm die Wange zum Kusse hinreichte.

Zugleich mit Rostoptschin erhoben sich auch die anderen Gäste.

IV

Prinzessin Maria, die im Nebenzimmer saß und die Gespräche der alten Herren mit anhörte, hatte nichts davon verstanden. Sie dachte immerfort darüber nach, ob die Gäste die gereizte Stimmung zwischen ihr und dem Vater bemerkt hätten, und achtete nicht auf die besondere Ehrerbietung und Aufmerksamkeit, mit der Drubezkoj, der schon zum dritten Mal in ihrem Hause war, sie während des Essens behandelte.

Mit zerstreutem, fragendem Blicke wandte sie sich zu Pierre, dem letzten der Gäste, der mit dem Hut in der Hand und lächelnden Lippen zu ihr trat, nachdem der Fürst weggegangen war und sie im Salon allein waren.

Darf ich mich noch ein wenig setzen? fragte er, indem er seinen plumpen Körper in einen Sessel neben der Prinzessin sinken ließ.

Ja, gewiß, antwortete sie, und ihre Augen fragten: »Haben Sie nichts bemerkt?«

Pierre war in gemütlicher Nachmittagslaune; er sah vor sich nieder und lächelte.

Kennen Sie diesen jungen Mann schon lange, Prinzessin? fragte er.

Wen meinen Sie?

Drubezkoj.

Nein, lange noch nicht.

Gefällt er Ihnen?

Ja, er ist ein angenehmer junger Mann … aber warum fragen Sie mich danach? sagte Prinzessin Maria, indem sie noch immer an das Morgengespräch mit dem Vater dachte.

Weil ich die Beobachtung gemacht habe, daß die jungen Männer aus Petersburg gewöhnlich nur nach Moskau kommen, um eine reiche Erbin zu heiraten.

Das haben Sie beobachtet? sagte Prinzessin Maria.

Jawohl, fuhr Pierre lächelnd fort; und dieser junge Mann ist immer dort zu finden, wo es eine reiche Erbin gibt. Ich lese in seinem Innern wie in einem Buche. Jetzt weiß er nicht genau, wen er erobern soll, Sie oder Mademoiselle Julie Karagina. Er ist eifrig um sie bemüht.

Er besucht sie?

Ja, sehr häufig. Und kennen Sie die neue Art, den Hof zu machen? sagte Pierre mit heiterem Lächeln; er war wieder einmal in der übermütigen Laune, die er sich in seinem Tagebuche so oft zum Vorwurf gemacht hatte.

Nein, antwortete die Prinzessin.

Um den Moskauer Damen zu gefallen, sagte Pierre, muß man melancholisch sein – und er ist sehr melancholisch in ihrer Gegenwart.

Wirklich! rief Prinzessin Maria, indem sie das gute Gesicht Pierres ansah, dabei aber immer an ihr Herzeleid dachte. »Es wäre leichter für mich, sagte sie zu sich selbst, wenn ich mich entschließen könnte, jemanden anzuvertrauen, was ich fühle. Und ich möchte es wohl Pierre anvertrauen, der so gut und ehrlich ist. Es würde mir leichter zumute, er würde mir einen Rat geben.«

Würden Sie ihn heiraten? fragte Pierre.

Ach, mein Gott, lieber Graf, es gibt Augenblicke, in denen ich jeden Mann heiraten würde, antwortete Prinzessin Maria, zu ihrem eigenen Erstaunen mit Tränen in der Stimme. Ach, wie schwer ist's, das Wesen, das uns am nächsten steht, herzlich zu lieben und zu wissen, daß wir nichts für es tun können, als leiden ... Und wenn wir wissen, fuhr sie mit zitternder Stimme fort, wenn wir wissen, daß wir das niemals ändern können, bleibt uns nur eines übrig: fortzugehen ... aber wohin soll ich mich wenden?

Was ist Ihnen, Prinzessin? fragte Pierre.

Prinzessin Maria, die längst noch nicht alles gesagt hatte, fing an zu weinen.

Ich weiß selbst nicht, was mir heute ist, sagte sie; kümmern Sie sich nicht darum ... vergessen Sie, was ich Ihnen gesagt habe.

Alle Heiterkeit Pierres war verschwunden. Er fragte teilnahmsvoll, bat die Prinzessin, sich auszusprechen, ihm ihren Kummer zu vertrauen. Aber sie wiederholte nur die Bitte, daß er vergessen möge, was sie gesagt habe; sie wisse selbst nicht, was über sie gekommen sei, und sie hätte keinen anderen Kummer, als den ihm längst bekannten: die Sorge, daß die Heirat des Fürsten Andrej ihn mit dem Vater entzweien könnte.

Haben Sie etwas von Rostows gehört? fragte sie, um dem Gespräche eine andere Wendung zu geben. Man sagte mir, daß sie bald herkommen würden, auch Andrej erwarte ich täglich. Ich wünschte, daß sie sich hier träfen.

Und wie sieht *er* jetzt die Sache an? fragte Pierre, der unter diesem *er* den alten Fürsten verstand.

Prinzessin Maria schüttelte den Kopf.

Was soll daraus werden? Bis zum Ablauf des Wartejahrs bleiben nur wenige Monate übrig und noch ist nichts geordnet. Wenn ich meinem Bruder nur über den ersten Augenblick weghelfen könnte! Ich wollte, Rostows kämen zuerst hierher, ich hoffe, daß ich mich mit ihnen befreunden werde ... Sie kennen sie schon lange, sagen Sie mir aufrichtig die ganze Wahrheit: Wie ist dies junge Mädchen? Wie finden Sie sie? Aber Wahrheit, nur Wahrheit! Denn Sie begreifen, wieviel Andrej aufs Spiel setzt, wenn er gegen den Willen des Vaters handelt, und daß ich wissen möchte ...

Eine unbestimmte Ahnung sagte Pierre, daß in diesem Verlangen und der wiederholten Bitte, nur die Wahrheit zu sagen, sich ein gewisses Mißtrauen gegen die künftige Schwägerin aussprach, und daß die Prinzessin wünschte, Pierre möchte der Wahl des Fürsten Andrej nicht zustimmen. Aber Pierres Antwort war mehr ein Ergebnis seines Fühlens als seines Denkens.

Ich weiß nicht, was ich Ihnen antworten soll, sagte er und errötete. Ich kenne das junge Mädchen nicht, weiß nicht, welcher Art Wesen sie ist, und kann sie nicht analysieren. Sie ist bezaubernd. Warum, weiß ich nicht. Das ist alles, was ich über sie zu sagen vermag.

Prinzessin Maria seufzte, und ihr Gesicht sagte: »Das habe ich erwartet und gefürchtet.« Ist sie gescheit? fragte sie dann.

Pierre wurde nachdenklich.

Ich glaube nicht, sagte er; und doch, ja, sie verdient vielleicht, gescheit genannt zu werden ... aber nein, sie ist einfach bezaubernd, das ist alles.

Prinzessin Maria schüttelte wieder unzufrieden den Kopf.

Ach! ich wünschte, daß ich sie liebhaben könnte! Sagen Sie ihr das, wenn Sie sie früher sehen als ich.

Ich habe gehört, daß sie in diesen Tagen hier eintreffen, antwortete Pierre.

Prinzessin Maria teilte ihm ihren Plan mit, wie sie suchen würde, mit der künftigen Schwägerin zusammenzukommen, sobald Rostows hier wären, und daß sie sich Mühe geben wolle, den alten Fürsten an sie zu gewöhnen.

V

In Petersburg war Boris die Heirat mit einer reichen Erbin nicht gelungen, und er war nun zur Verfolgung desselben Zieles nach Moskau gekommen. Hier stand er nun unentschlossen zwischen den beiden reichsten Erbinnen: Julie und Prinzessin Maria. Obgleich ihm aber Prinzessin Maria bei allem Mangel an Schönheit angenehmer war als Julie, wollte es ihm nicht gelingen, ihr den Hof zu machen.

Bei dem letzten Zusammentreffen mit ihr, am Namenstage des alten Fürsten, hatte sie alle seine Versuche, ihr von seinen Gefühlen zu sprechen, nicht beachtet, und es war klar, daß sie ihn nicht anhören wollte.

Julie dagegen nahm in ihrer Art seine Huldigungen wohlgefällig an.

Julie war siebenundzwanzig Jahre alt. Durch den Tod ihrer Brüder war sie sehr reich geworden. Hübsch war sie durchaus nicht mehr, glaubte aber nicht allein, jetzt noch ebenso schön zu sein, sondern hielt sich für weit anziehender als früher und blieb in diesem Irrtum, erstens: weil sie die reichste Erbin Moskaus war, und zweitens: weil die Männer, je älter und ungefährlicher sie wurde, um so freier mit ihr verkehrten und ohne alle Verpflichtungen zu den Soupers und heiteren Abendgesellschaften kamen, die häufig bei ihr stattfanden. Männer, die sich zehn Jahre früher gescheut hätten, täglich bei dem siebzehnjährigen Mädchen zu erscheinen, um sie nicht zu kompromittieren und sich selbst nicht zu binden, kamen jetzt ohne Bedenken jeden Tag zu ihr und benahmen sich ihr gegenüber nicht wie gegen ein heiratsfähiges Fräulein, sondern wie gegen einen Bekannten, der kein Geschlecht hat.

Das Karaginsche Haus war diesen Winter eines der angenehmsten und gastfreiesten in Moskau. Außer zu den geladenen Gesellschaften und Diners, war jeden Abend eine große Anzahl von Gästen, besonders von Männern, bei Karagins versammelt, die um Mitternacht soupierten und bis drei Uhr blieben. Julie versäumte keinen Ball, keine Promenade, kein Theater, und ihre Toiletten waren nach der neuesten Mode. Aber trotz alledem schien Julie ohne die mindesten Illusionen zu sein. Sie sagte jedermann, daß sie nicht mehr an Liebe, an Freundschaft, an irgendeine Lebensfreude glaube, und daß sie den Frieden erst dort erwarte. Sie hatte das Wesen eines Mädchens, das eine große Enttäuschung erlebt, einen geliebten Mann verloren hat oder von ihm schwer betrogen worden ist. Obgleich sie dergleichen nie erlebt hatte, wurde sie von den Menschen so angesehen, und sie selbst glaubte, viel gelitten zu haben. Diese Schwermut hinderte sie nicht, sich zu amüsieren, oder den jungen Männern, die zu ihr kamen, auf angenehme Weise die Zeit zu vertreiben; aber jeder ihrer Gäste brachte der melancholischen Stimmung der Wirtin seinen Tribut, um sich nachher mit heiterem Geplauder, Tanz, Gesellschaftsspielen, Pfänderspielen mit Reimen, wie sie bei Karagins Mode waren, zu entschädigen. Nur einige junge Leute, zu denen auch Boris gehörte, vertieften sich mehr in Julies melancholische Stimmung; mit diesen jungen Männern führte sie lange einsame Gespräche über die Eitelkeit dieser Welt und zeigte ihnen ihre Alben, die mit sentimentalen Bildern, Aussprüchen und Gedichten angefüllt waren.

Gegen Boris war Julie besonders liebenswürdig. Sie glaubte, daß auch er schwere Enttäuschungen im Leben erfahren, bot ihm jene Tröstungen der Freundschaft, die nur ein Wesen gewähren konnte, das so viel gelitten hatte wie sie, und öffnete ihm ihr Album. Boris zeichnete zwei Bäume hinein und schrieb darunter: »Einsame Bäume, eure dunkeln Zweige breiten Finsternis und Schwermut über mich.«

An einer anderen Stelle hatte er ein Grabmal gezeichnet und geschrieben:

»La mort est sécourable et la mort est tranquille;
Ah! contre les douleurs il n'y a pas d'autre asile!«[1]

Julie fand das herrlich.

Es liegt etwas unendlich Entzückendes im Lächeln der Schwermut! sagte sie, eine Stelle aus einem ihrer Bücher zitierend; es ist ein Lichtstrahl in der Dunkelheit, eine Schattierung zwischen dem Schmerze und der Verzweiflung, die auf die Möglichkeit eines Trostes hindeutet.

Boris schrieb ihr darauf folgendes Gedicht:

»Aliment de poison d'une âme trop sensible,
Toi, sans qui le bonheur me serait impossible,
Tendre mélancolie, ah, viens me consoler,
Viens calmer les tourments de ma sombre retraite,
Et méle une douceur secrète
A ces pleurs que je sens couler.«[2]

Julie spielte für Boris tieftraurige Noctournos auf der Harfe; Boris las ihr »die arme Lisa« vor, und mehr als einmal mußte er sein Lesen unterbrechen, weil ihm vor Rührung die Stimme versagte. Wenn die beiden sich in einer großen Gesellschaft begegneten, betrachteten sie sich als die einzigen Menschen, die inmitten der gleichgültigen Welt Verständnis füreinander hatten.

Anna Michajlowna, die häufig zu Karagins kam, machte immer ein Spielchen mit der Mutter und erkundigte sich da-

1 »Der Tod ist hilfsbereit und mildert jede Pein,
Ach! gegen Schmerz und Qual gibt Zuflucht er allein.«

2 »Giftreiche Nahrung, du der allzu zarten Herzen,
Du, die mich glücklich macht inmitten aller Schmerzen,
komm, süße Schwermut, komm in meine Einsamkeit,
Erhelle mir die Nacht der leidensschweren Zeit!
Lass deine Süßigkeit sich über mich ergießen,
Wenn aus den Augen mir die bittren Tränen fließen.«

bei auf das genaueste nach Julies Mitgift. (Sie sollte die beiden Güter im Pensaschen und große Waldungen mitbekommen). Mit gerührtem Herzen und der ihr eigenen Ergebung in den Willen der Vorsehung beobachtete Anna Michajlowna die stillen Seelenleiden, die ihren Sohn mit der reichen Julie zusammenführten.

Immer liebenswürdig und schwermütig, unsere liebe Julie, sagte sie zu der Tochter; der Mutter vertraute sie: Boris erklärt, daß ihm nur in Ihrem Hause wohl ist; er hat so viele Enttäuschungen erlebt und ist so gefühlvoll, und dem Sohne gab sie die Versicherung:

Ach, mein Freund, wie habe ich Julie in der letzten Zeit liebgewonnen! ich kann es dir nicht beschreiben ... Wer sollte sie aber auch nicht liebhaben ... Sie ist so ein überirdisches Wesen ... Ach, Boris, Boris – Darauf schwieg sie einige Minuten. – Und wie mir ihre Mutter leid tut! fuhr sie fort, heute zeigte sie mir die Berichte und Abrechnungen aus Pensa. Sie haben dort ein ungeheueres Gut, und die Arme ist allein und wird so vielfach betrogen.

Boris hörte die Mutter mit kaum merkbarem Lächeln an; er belachte die gutmütige List, schenkte ihr aber immer wieder eine achtungsvolle Aufmerksamkeit und erkundigte sich mit Interesse nach den Gütern von Pensa und Nishnij-Nowgorod.

Julie wartete schon lange auf den Antrag ihres melancholischen Anbeters und war bereit, ihn anzunehmen. Aber ein Gefühl der Abneigung gegen sie, gegen ihren leidenschaftlichen Wunsch, zu heiraten, gegen ihre Unnatur, und ein Gefühl des Entsetzens vor dem Verzicht auf die Möglichkeit wirklichen Liebesglücks hielt Boris zurück.

Die Zeit seines Urlaubes ging zu Ende. Ganze Tage, und eigentlich jeden Tag, den Gott werden ließ, brachte Boris bei Karagins zu, und jeden Tag nahm er sich ernstlich vor, morgen seinen Antrag zu machen. Aber wenn er Julie wieder gegenüberstand, ihr rotes Gesicht sah, ihr mit Puder bestreutes Kinn, ihre feuchten Augen und ihre Miene, die jeden Augenblick bereit war, aus der Melancholie in das überschwenglichste Entzücken des Liebesglücks überzugehen, konnte Boris die entscheidenden Worte nicht aussprechen. Und doch hatte er sich in seinen Träumen schon längst als den Herrn der Pensaschen und Nishnij-Nowgorodschen Güter angesehen und hatte in Gedanken über die Einkünfte verfügt. Julie sah die Unentschlossenheit des jungen Mannes, und zuweilen kam sie auf den Verdacht, daß er eine Abneigung gegen sie haben müsse. Aber die weibliche Eitelkeit beruhigte sie immer wieder, und sie sagte sich selbst, daß ihn nur die Liebe schüchtern mache. Ihre Schwermut wurde ihr inzwischen immer unerträglicher, und endlich faßte sie einen Entschluß. Zu derselben Zeit, als der Urlaub Dubrezkojs zu Ende ging, erschien Anatol Kuragin in Moskau und selbstverständlich in Frau Karaginas Salon, und Julie gab plötzlich ihre Melancholie auf, und ward sehr heiter und sehr aufmerksam gegen Anatol.

Mein Lieber, sagte Anna Michajlowna zu ihrem Sohne, ich weiß aus guter Quelle, daß Fürst Wassilij seinen Sohn nach Moskau schickt, um ihn mit Julie zu verheiraten; ich habe sie so lieb gewonnen, daß es mir leid um sie tun würde. Wie denkst du darüber, mein Freund?

Der Gedanke, als Narr zu erscheinen und einen ganzen Monat schweren, melancholischen Dienstes bei Julie verloren zu haben, und die erträumten und bereits eingeteilten Einkünfte der Pensaschen Güter in die Hände eines anderen und besonders in die des albernen Anatol übergehen zu lassen, kränkte Boris. Mit dem festen Entschlusse, seinen Antrag zu machen, ging er zu Karagins.

Julie empfing ihn mit heiterer, sorgloser Miene. Unbefangen erzählte sie, wie wohl ihr auf dem gestrigen Balle gewesen, und fragte ihn, wann er abreisen wolle. Obwohl Boris in der Absicht gekommen war, von seiner Liebe zu sprechen und zärtlich zu sein, begann er jetzt ziemlich heftig die Unbeständigkeit der Frauen zu tadeln, sagte, daß sie mit der größten Schnelligkeit vom Trübsinn zur Heiterkeit übergehen könnten und daß ihre Stimmung ganz davon abhinge, wer ihnen gerade den Hof mache. Julie fühlte sich beleidigt und antwortete, er hätte recht, Frauen bedürften der Abwechslung, immer dasselbe würde jeder von ihnen langweilig.

Aus diesem Grunde möchte ich ihnen raten ..., fing Boris an und war im Begriff, ihr etwas Boshaftes zu sagen; aber in demselben Augenblicke kam er auf den ärgerlichen Gedanken, daß er Moskau verlassen könnte, ohne sein Ziel erreicht zu haben und daß seine Mühe umsonst gewesen wäre (was ihm noch nie und nirgends widerfahren war). Er stockte mitten im Satz, schlug die Augen nieder, um ihr unangenehmes, aufgeregtes, unfreundliches Gesicht nicht zu sehen, und sagte:

Ich kam nicht in der Absicht, mit Ihnen zu streiten ... im Gegenteil!

Er sah sie an, um sich zu überzeugen, ob er fortfahren dürfe; aller Zorn war plötzlich aus ihrem Gesicht verschwunden, und ihre unruhigen, fragenden Augen waren in verlangender Erwartung auf ihn gerichtet.

»Ich kann es ja so machen, daß ich nur selten mit ihr zusammen bin, dachte Boris; aber die Sache ist einmal angefangen und muß durchgeführt werden.«

Er errötete heftig, erhob seinen Blick und sagte:

Sie kennen meine Gefühle für Sie! Mehr hätte er eigentlich nicht zu sagen brauchen; Julies Gesicht erglänzte in Siegesfreude und Selbstzufriedenheit; aber sie zwang Boris, alles auszusprechen, was in solchen Fällen gesagt zu werden pflegt, das heißt, zu versichern, daß er sie liebe und niemals eine andere mehr geliebt habe als sie. Julie wußte, daß sie dies für die Pensaschen Güter und die Nishnij-Nowgorodschen Waldungen verlangen konnte und sie erhielt, was sie begehrte.

Sobald die beiden Bräutigam und Braut waren, dachten sie nicht mehr an Bäume, die Finsternis und Melancholie über sie breiteten. Sie machten Pläne für die Einrichtung eines glänzenden Hauses in Petersburg; machten Besuche und bereiteten alles zu einer glänzenden Hochzeit vor.

VI

Ende Januar kam Graf Ilja Andreitsch mit Natascha und Sonja nach Moskau. Die Gräfin war leidend und hatte nicht mitreisen können; aber ihre Genesung abzuwarten war nicht möglich, Fürst Andrej konnte täglich in Moskau eintreffen. Außerdem war es nötig, die Aussteuer zu besorgen, das Landhaus bei Moskau sollte verkauft werden, und endlich wollte man die Anwesenheit des alten Fürsten benützen, um ihm seine künftige Schwiegertochter vorzustellen.

Das Rostowsche Haus in Moskau war nicht geheizt, und da sie nur auf kurze Zeit und ohne die Gräfin hinkamen, entschloß sich der Graf Ilja Andreitsch bei Maria Dmitriewna Achrossimowa abzusteigen, die schon lange darum gebeten hatte.

Eines Abends spät fuhr der vierspännige Rostowsche Wagen im Hofe Maria Dmitriewnas ein, die an der Alten Stallhofstraße wohnte.

Die alte Dame lebte allein; ihre Tochter war verheiratet und alle ihre Söhne waren im Dienst.

Sie hielt sich immer noch aufrecht, sprach noch immer grade heraus, laut und entschieden, als ob sie allen Leuten durch ihre ganze Existenz wegen ihrer Schwächen, Leidenschaften und Torheiten, denen sie keine Berechtigung zugestand, Vorwürfe machen wollte.

Vom frühen Morgen an war sie, in eine Kazawajka gehüllt, in ihrem Haushalte tätig. An Festtagen fuhr sie zur Messe und von dort in die Gefängnisse, wo sie mancherlei zu tun hatte, wovon sie nie zu sprechen pflegte. An gewöhnlichen Tagen nahm sie, sobald sie angekleidet war, die Besuche von Bittstellern der verschiedensten Volksschichten an, die sich täglich bei ihr einstellten, und ging dann zu Tische. Bei ihrem reichlichen, wohlschmeckenden Mittagessen hatte sie immer drei bis vier Gäste. Nach Tisch spielte sie eine Partie Boston, und spätabends ließ sie sich die Zeitungen und neuen Bücher vorlesen, während sie selbst strickte. Selten verstand sie sich dazu, Besuche zu machen, und wenn sie es tat, geschah es immer nur bei den vornehmsten Personen der Stadt.

Sie war noch nicht zu Bett gegangen, als Rostows vorfuhren und im Hausflur die Tür knarrte, durch die sie mit ihrer Dienerschaft aus der Kälte hereinkamen. Maria Dmitriewna stand, mit der heruntergeschobenen Brille auf der Nase und nach hinten gebogenem Kopfe, an der Tür des Saales und sah die Eintretenden mit strengen, finsteren Blicken an. Man hätte glauben können, daß sie auf die Ankommenden böse sei und sie fortschicken wollte, wenn sie nicht zu gleicher Zeit ausführliche Anordnungen zum Unterbringen der Gäste gegeben hätte.

Gehört das dem Grafen? hierher! sagte sie auf das Gepäck deutend, ohne jemanden zu begrüßen. Die Damen, dort auf die linke Seite. Nun was kraucht ihr da herum? rief sie den Mägden zu; stellt den Samowar auf ... du bist groß und schön geworden, fuhr sie fort, indem sie die von Kälte gerötete Natascha an sich zog. Uh, wie kalt ... lege erst ab! schrie sie den Grafen an, der ihre Hand fassen wollte. Du bist erfroren ... Rum zum Tee ... *Bon jour,* Sonja, sagte sie dann, und bezeichnete durch diesen französischen Gruß ihre etwas geringschätzige und doch freundliche Gesinnung für das junge Mädchen.

Nachdem die Reisenden abgelegt und sich's bequem gemacht hatten, kamen sie zum Tee, und Maria Dmitriewna umarmte sie alle der Reihe nach.

Ich freue mich von Herzen, daß ihr gekommen und bei mir abgestiegen seid, sagte sie. Es ist hohe Zeit, fuhr sie fort, indem sie Natascha bedeutungsvoll ansah. Der Alte ist hier und wartet täglich auf seinen Sohn ... ihr müßt mit ihm bekannt werden ... aber das wollen wir später besprechen, fügte sie hinzu und sah Sonja mit einem Blick an, der verriet, daß sie in ihrer Gegenwart nicht darüber verhandeln wollte. Dann wandte sie sich zu dem Grafen.

Sag mal, was hast du morgen vor? fragte sie; wen möchtest du sehen? Schinschin – eins, sie bog einen Finger ein; Anna Michajlowna, die Heulliese – zwei; sie ist mit ihrem Sohne hier, der sich verheiraten wird. Drittens vielleicht Besuchow? Er ist auch hier mit seiner Frau; war ihr weggelaufen, aber sie ist ihm nachgerannt. Mittwoch hat er bei mir gegessen ... Nun, und ihr? sie zeigte auf die jungen Mädchen. Euch will ich morgen nach der Iberischen Kapelle führen und dann zu Madame Ober-Schelm. Man will jetzt alles neumodisch haben ... Nehmt euch kein Beispiel an mir, an meinen altmodischen Ärmeln. Vor kurzem war die Gräfin Irina Wassiljewna, die jüngere, bei mir; es war furchtbar mit anzusehen ... als hätte sie sich zwei Fässer an die Arme gehängt. Jeden Tag eine andere Mode ... Und du, was für Geschäfte hast du hier? sagte sie in strengem Tone zu dem Grafen.

Allerlei, antwortete er. Lumpen soll ich kaufen und Käufer für das Landhaus und das Stadthaus will ich suchen. Wenn Sie erlauben, fahre ich eines Tages nach dem Landhause in Marinskoje und bürde Ihnen unterdessen meine Mädchen auf.

Gut, gut! bei mir werden sie keinen Schaden leiden ... bei mir ist's ja so still, wie im Waisenhause. Ich werde sie nur dahin führen, wo sich's für sie paßt, und werde sie schelten und liebkosen, sagte Maria Dmitriewna, indem sie die Wange Naschas, ihres Patchens und Lieblings, streichelte.

Am folgenden Morgen führte Maria Dmitriewna die jungen Mädchen nach der Iberischen Kapelle und dann zu Madame Auber-Chalmé, die sich so sehr vor der alten Dame fürchtete, daß sie ihr alles mit Verlust verkaufte, nur um schneller fertig zu werden. Hier bestellte Maria Dmitriewna fast die ganze Aussteuer.

Als sie nach Hause zurückkamen, schickte sie alle außer Natascha aus dem Zimmer und lud ihren Liebling ein, sich neben sie zu setzen.

Nun, jetzt wollen wir plaudern ... Ich gratuliere dir zu deinem Bräutigam ... du hast dir einen Braven ausgefischt, ich freue mich in deine Seele, denn ich kenne ihn von so lange her.

Sie zeigte etwa zwei Ellen vom Boden. Natascha errötete vor Freude.

Ich habe ihn und seine ganze Familie herzlich lieb, fuhr Maria Dmitriewna fort. Nun aber höre: Du weißt, der alte Fürst, Nikolaj Andreitsch, wünscht gar nicht, seinen Sohn wieder heiraten zu sehen. Ein wunderlicher Alter! ... Es versteht sich von selbst, daß Fürst Andrej, der kein Kind mehr ist, ohne seine Zustimmung heiraten kann. Aber gegen den Willen des Vaters in eine Familie eintreten ist nicht gut. Es muß in Frieden, in Liebe geschehen. Du bist klug und wirst schon wissen, wie du dich zu benehmen hast. Suche alles gut und klug einzurichten, dann wird sich's schon machen.

Natascha schwieg – aus Schüchternheit, meinte Maria Dmitriewna; aber in Wirklichkeit war es dem jungen Mädchen nicht recht, daß sich jemand in ihre Liebesangelegenheiten mit dem Fürsten Andrej mischte. Ihrer Ansicht nach waren sie so besonderer Art, so von allen anderen menschlichen Verhältnissen verschieden, daß sie, Nataschas Meinung nach, niemand verstehen konnte. Sie liebte und kannte nur den Fürsten Andrej ... er liebte sie und mußte kommen, sie zu holen; mehr war nicht nötig.

Sieh, ich kenne ihn schon lange, und deine Schwägerin Maschenka kenne ich auch, fuhr die alte Dame fort. Schwägerin – Klätscherin, sagt das Sprichwort. Aber die tut keiner Fliege was zuleide. Sie hat mich gebeten, euch miteinander bekannt zu machen. Bemühe dich, herzlich gegen sie zu sein; du bist jünger als sie. Wenn deiner dann kommt, findet er, daß du schon mit Vater und Schwester bekannt bist, und daß sie dich liebgewonnen haben ... ist's nicht so am besten?

Am besten ... ja! gab Natascha zögernd zur Antwort.

VII

Am folgenden Tage fuhr Graf Ilja Andreitsch auf den Rat Maria Dmitriewnas mit Natascha zu dem alten Fürsten. Der Graf machte sich zu diesem Besuche nicht in der fröhlichsten Stimmung bereit; ihm war beklommen zumute. Die letzte Begegnung mit dem Fürsten Nikolaj Andreitsch, in der Zeit der Rüstungen gegen Napoleon, stand dem Grafen lebhaft vor Augen. Er hatte damals statt der Antwort auf seine Einladung zum Diner nur heftige Vorwürfe von dem Fürsten bekommen, weil er keine Rekruten gestellt. Natascha dagegen, die sich mit ihren besten Kleidern geschmückt hatte, war in sehr heiterer Stimmung. »Es ist unmöglich, daß sie mich nicht liebgewinnen, dachte sie; mich haben bisher noch alle Menschen liebgehabt, und ich bin bereit, alles zu tun, was sie nur wünschen. Den alten Herrn will ich liebhaben, weil er sein Vater, und Prinzessin Maria, weil sie seine Schwester ist. Sie sollen sich auf keinen Fall unfreundlich zu mir stellen können.«

Sie fuhren nach dem alten dunkeln Hause an der Wosdwishenka und traten in den Flur.

Gott segne unsern Eingang! sagte der Graf halb ernst, halb scherzend. Aber Natascha bemerkte, daß ihr Vater mit ungewöhnlicher Hast in das Vorzimmer trat und leise, beinahe schüchtern fragte, ob der Fürst und die Prinzessin zu Hause wären.

Ihre Ankunft brachte unter den Bedienten des Fürsten eine gewisse Bestürzung hervor. Der Lakai, der ging, um sie zu melden, wurde von einem anderen im Salon aufgehalten, und sie flüsterten miteinander. Im Saale erschien dann auch ein Hausmädchen, das hastig der Prinzessin eine Bestellung brachte. Endlich kam ein alter Diener mit finsterem Gesicht zu Rostows und meldete, daß der Fürst sie nicht empfangen könne, die Prinzessin aber bitten lasse, zu ihr zu kommen.

Die erste, die den Gästen entgegentrat, war Mademoiselle Bourienne. Sie war außerordentlich höflich gegen Vater und Tochter und führte sie zu der Prinzessin. Die Prinzessin eilte mit aufgeregtem, erschrockenem, rotfleckigem Gesicht und mit schweren Schritten auf die Gäste zu und bemühte sich umsonst, frei und heiter zu scheinen. Natascha gefiel der Prinzessin nicht beim ersten Anblick; sie fand sie zu geputzt, leichtsinnig-fröhlich und eitel. Prinzessin Maria wußte nicht, daß sie, schon ehe sie ihre künftige Schwägerin gesehen, ein Vorurteil gegen sie gehabt hatte, einen unwillkürlichen Neid auf ihre Schönheit, ihre Jugend, ihr Glück, und eine gewisse Eifersucht auf den Bruder. Außer durch diese unbestimmte Abneigung gegen Natascha war Prinzessin Maria in diesem Augenblicke auch dadurch aufgeregt, daß ihr Vater, als Rostows gemeldet wurden, ausgerufen hatte: er brauche sie nicht. Wenn Prinzessin Maria wolle, möge sie die Leute empfangen, zu ihm soll man sie aber nicht kommen lassen.

Die Prinzessin war sofort entschlossen, Rostows zu empfangen, aber sie fürchtete jeden Augenblick, daß der Fürst etwas Unfreundliches tun könnte, da er über den Besuch sehr aufgeregt gewesen war.

Endlich, liebe Prinzessin, habe ich Ihnen mein Singvögelchen gebracht, sagte der Graf, indem er sich verbeugte und unruhig umsah, wie wenn er fürchtete, der alte Fürst könne hereintreten. Wie freut es mich, daß Sie sich kennenlernen ... Schade, schade, daß der Fürst noch immer leidend ist! und nachdem er noch einige Gemeinplätze gesagt hatte, erhob er sich.

Wenn Sie erlauben, Prinzessin, lasse ich Ihnen meine Natascha auf eine Viertelstunde da. Ich möchte hier nebenan auf den Sabatschijplatz zu Anna Ssemjonowna fahren und hole dann meine Tochter wieder ab.

Ilja Andreitsch erfand diesen diplomatischen Kunstgriff, um den künftigen Schwägerinnen mehr Freiheit zur Aussprache zu geben (wie er nachher der Tochter erklärte), und dann auch, um der gefürchteten Begegnung mit dem Fürsten zu entgehen. Diesen letzten Grund gestand er nicht ein, aber Natascha erriet den Schrecken und die Unruhe des Vaters und fühlte sich dadurch verletzt. Sie errötete in seine Seele, ärgerte sich aber noch mehr darüber, daß sie rot geworden war und sah die Prinzessin mit kecken, herausfordernden Blicken an, die ausdrücken sollten, daß sie sich vor niemand fürchte.

Prinzessin Maria antwortete, daß sie sich freue, bat den Grafen, recht lange bei Anna Semjonowna zu bleiben, und Ilja Andreitsch empfahl sich.

Trotz der unruhigen Blicke, die Prinzessin Maria der Mademoiselle Bourienne zuwarf, um ihr anzudeuten, daß sie mit Natascha allein zu sprechen wünsche, ging diese nicht aus dem Zimmer und hielt das Gespräch bei Moskaus Vergnügungen und Theatern fest. Natascha war verletzt durch die Verlegenheit, die im Vorzimmer entstanden, durch die

Unruhe ihres Vaters und den gezwungenen Ton der Prinzessin, die, wie es schien, durch ihren Empfang eine Gnade zu gewähren glaubte; so kam es, daß Natascha alles unangenehm war. Die Prinzessin Maria gefiel ihr nicht; sie fand sie sehr häßlich, gezwungen, förmlich. Natascha zog sich plötzlich in sich zurück und nahm unwillkürlich einen nachlässigen Ton an, der die Prinzessin noch mehr abstieß. Nach fünf Minuten einer schwerfälligen, erzwungenen Unterhaltung wurden schnell herankommende Schritte in Pantoffeln hörbar. Das Gesicht der Prinzessin Maria drückte Schrecken aus; die Tür ging auf, und der Fürst trat herein im weißen Schlafrock und weißer Nachtmütze.

Oh, gnädiges Fräulein ... Gräfin ... Gräfin Rostow, wenn ich nicht irre! sagte er. Ich bitte um Verzeihung ... Verzeihung gnädiges Fräulein! ... Ich wußte nicht, bei Gott, ich wußte nicht, daß Sie uns die Ehre Ihres Besuches geschenkt haben, und bin in diesem Kostüme zu meiner Tochter gekommen ... Verzeihen Sie, bitte ... Bei Gott, ich wußte nicht! wiederholte er, indem er das Wort Gott so auffallend und unangenehm betonte, daß Prinzessin Maria mit niedergeschlagenen Augen dastand und weder den Vater noch Natascha anzusehen wagte.

Natascha, die aufgestanden war und sich wieder gesetzt hatte, wußte auch nicht, was sie tun sollte. Nur Mlle. Bourienne lächelte heiter.

Bitte um Verzeihung, bitte um Verzeihung! Bei Gott, ich wußte nicht! murmelte der alte Herr, und nachdem er Natascha vom Kopf bis zu den Füßen angesehen hatte, ging er wieder. Mlle. Bourienne war die erste, die sich nach dem Erscheinen des alten Fürsten wieder faßte und das Gespräch auf seine Krankheit brachte. Natascha und Prinzessin Maria betrachteten sich schweigend, und je länger sie das taten, ohne sich zu sagen, was gesagt werden mußte, desto unfreundlicher dachte eine von der anderen.

Als der Graf zurückkam, verriet Natascha eine unhöfliche Freude und beeilte sich, aufzubrechen. In diesem Augenblick war ihr die ältliche, trockene Prinzessin, die sie in eine so peinliche Lage bringen und eine halbe Stunde mit ihr zusammensein konnte, ohne vom Fürsten Andrej zu sprechen, beinahe verhaßt. »Ich konnte doch in Gegenwart dieser Französin nicht zuerst von ihm anfangen«, dachte Natascha. Auch Prinzessin Maria quälte sich mit demselben Gedanken. Sie wußte, was sie Natascha hätte sagen wollen und müssen, aber sie hatte es nicht gekonnt, teils weil Mlle. Bourienne sie hinderte, teils aber auch, weil es ihr, sie wußte selbst nicht warum, so schwer fiel, von dieser Heirat zu sprechen. Als der Graf schon an der Schwelle des Zimmers war, eilte sie Prinzessin Natascha nach, faßte ihre Hand und sagte mit schwerem Seufzer: Warten Sie ... ich muß noch ... Natascha lächelte, ohne zu wissen warum, und sah die Prinzessin an.

Liebe Natascha, fuhr die Prinzessin fort, ich muß Ihnen sagen, wie ich mich freue, daß mein Bruder das Glück gehabt hat ... sie stockte, denn sie fühlte, daß sie die Unwahrheit sagte. Natascha bemerkte ihr Zaudern und erriet den Grund.

Ich glaube, Prinzessin, daß jetzt nicht die rechte Zeit ist, davon zu sprechen, sagte sie äußerlich ruhig und kalt, während ihr die Tränen in die Kehle stiegen.

Was habe ich getan! was habe ich gesagt? fragte sie sich selbst, sobald sie das Zimmer verlassen hatte.

An diesem Tage mußte sehr lange mit dem Essen auf Natascha gewartet werden. Sie saß in ihrem Zimmer und weinte und schluchzte wie ein Kind. Sonja stand neben ihr und küßte sie auf das Haar.

Natascha ... warum denn? fragte sie. Was gehen sie dich an? ... Alles geht vorüber, Natascha ...

Nein, sie wußten, welche Kränkung es war, als ich ...

Sei ruhig, Natascha! Du bist nicht schuld, was geht's dich an? ... Küsse mich! bat Sonja.

Natascha erhob den Kopf, küßte ihre Freundin auf den Mund und drückte ihr nasses Gesicht an ihre Schulter.

Ich kann nichts sagen ... ich weiß nichts ... niemand ist schuld! sagte sie; ich bin schuld ... aber das alles tut furchtbar weh ... ach, warum kommt er nicht!

Mit roten Augen erschien sie bei Tisch. Maria Dmitriewna sah daraus, wie der Fürst Natascha empfangen hatte, gab sich aber den Anschein, als bemerke sie das verstörte Gesicht des jungen Mädchens nicht, und scherzte laut und eifrig mit dem Grafen und ihren anderen Gästen.

VIII

Am Abend dieses Tages fuhren Rostows in die Oper, zu der Maria Dmitriewna Billette besorgt hatte.

Natascha wäre am liebsten zu Hause geblieben, aber sie konnte Maria Dmitriewnas Freundlichkeit, die ausschließlich ihr galt, nicht zurückweisen.

Als sie angekleidet in den Saal kam, um den Vater zu erwarten, sah sie in den Spiegel, fand sich hübsch, sehr hübsch, und wurde noch trauriger; aber es war eine wehmütige, süße Traurigkeit.

»O mein Gott, wenn er doch hier wäre! Wenn er hier wäre, würde ich mich nicht mehr wie früher vor ihm scheuen, sondern ihn einfach umarmen, mich an ihn schmiegen und ihn zwingen, mich mit den sehnsuchtsvollen, suchenden Augen anzusehen, mit denen er mich so oft angesehen hat, dann würde ich ihn zwingen, zu lächeln, wie er damals gelächelt ... und seine Augen ... wie sehe ich diese Augen! ... Was gehen mich sein Vater und seine Schwester an? Ich liebe nur ihn ... ihn ... ihn! sein Gesicht, seine Augen, sein Lächeln, das zugleich so männlich und so kindlich ist ... Nein, es ist besser, nicht an ihn zu denken ... vergessen ... jene Zeit vergessen, alles! Ich kann diese Erwartung nicht ertragen und werde gleich weinen müssen.«

Damit ging sie von dem Spiegel fort und gab sich Mühe, die Tränen zu unterdrücken. »Wie kann Sonja ihren Nikolenka so still, so ruhig lieben, und so lange warten, so lange und so geduldig? dachte sie, indem sie Sonja ansah, die auch zum Theater angezogen mit dem Fächer in der Hand eintrat. Ja, sie ist ganz anders ... ich kann nicht so sein!«

Natascha fühlte sich in diesem Augenblicke so weich und zärtlich gestimmt, daß es ihr nicht genügte, zu lieben und zu wissen, daß sie geliebt wurde; sie hätte jetzt augenblicklich den geliebten Mann umarmen, ihn sprechen und die Liebesworte von ihm hören müssen, von denen ihr Herz erfüllt war. Während sie, neben dem Vater sitzend, ins Theater fuhr und auf die funkelnden gefrorenen Wagenfenster sah, ward ihr immer sehnsüchtiger und betrübter zumute, und sie vergaß, mit wem und wohin sie fuhr.

Nachdem sie in die Wagenreihe eingelenkt und langsam auf dem knirschenden Schnee vorgerückt waren, fuhr ihr Wagen endlich am Theater vor. Schnell sprangen Natascha und Sonja, ihre Kleider zusammenraffend, heraus; dann stieg der Graf mit Hilfe der Diener aus, und alle drei gingen, zwischen den eintretenden Herren und Damen und den Zettelverkäufern hindurch, in den Gang hinter den Parterrelogen. Jenseits der geschlossenen Türen hörte man Musik.

Dein Haar! Natascha, flüsterte Sonja. Der Logenschließer ging höflich und schnell vor ihnen her und öffnete die Logentür. Die Musik klang ihnen lauter entgegen, und sie erblickten die funkelnden, erleuchteten Logen mit den nackten Schultern und Armen der Damen und das lärmende Parterre mit seinen glänzenden Uniformen.

Eine Dame, welche in die benachbarte Parterreloge trat, sah Natascha mit einem frauenhaft neidischen Blicke an. Der Vorhang war noch nicht aufgezogen, die Ouvertüre wurde gespielt; Natascha und Sonja setzten sich nieder, nachdem sie ihre Kleider geordnet, und Natascha betrachtete die gegenüberliegenden hellen Logenreihen. Seit langer Zeit hatte sie nicht mehr empfunden, wie es ist, wenn Hunderte von Augen auf ihre entblößten Arme und Schulten sahen; jetzt fühlte sie sich plötzlich unangenehm davon berührt und erglühte, da diese Empfindung Erinnerungen, Wünsche und Unruhe in ihr erweckte.

Zwei so auffallend hübsche Mädchen, wie Natascha und Sonja, in Begleitung des Grafen Ilja Andreitsch, den man lange nicht in Moskau gesehen, mußten die allgemeine Aufmerksamkeit erregen. Außerdem hatten alle eine dunkle Ahnung von der Verlobung des Fürsten Andrej mit Natascha, und so sah man voll Neugier auf die Braut eines der reichsten Heiratskandidaten in Rußland.

Natascha war, wie ihr von allen Seiten gesagt wurde, auf dem Lande noch schöner geworden, und an diesem Abend ließ sie ihre Aufregung besonders schön erscheinen. Sie fiel auf durch eine Schönheit und Lebensfülle, die mit einer gewissen Gleichgültigkeit gegen ihre Umgebung gepaart war. Ihre schwarzen Augen sahen in das Gewühl, ohne daß sie jemand suchten, und ihre zarten, bis über den Ellbogen entblößten Arme, die auf dem Samt der Brüstung lagen, bewegten sich unbewußt im Takt der Ouvertüre, während sie den Theaterzettel in der Hand zerdrückte.

Siehe, da ist die Alenina, wie es scheint mit ihrer Mutter, sagte Sonja.

Großer Gott, Michail Kirilitsch ist noch dicker geworden, rief der alte Graf.

Sieh nur, unsere Anna Michajlowna in solch einem Toque!

Da sind auch die Karagins ... Julie und Boris sind auch dabei ... Man sieht doch gleich, daß sie Braut und Bräutigam sind!

Drubezkoj hat, wie ich heute erfahren habe, seinen Antrag gemacht, sagte Schinschin, der eben in Rostows Loge trat.

Natascha sah nach der Richtung, die ihr Vater bezeichnet hatte, und erblickte Julie, die mit Perlen um den dicken roten Hals (Natascha wußte, daß er gepudert war) und mit glückseliger Miene neben ihrer Mutter saß.

Hinter ihr erschien, das Ohr zu Juliens Lippen neigend, der wohlfrisierte hübsche Kopf Drubezkojs. Unter der Stirn hervor blickte er zu Rostows herüber und sagte lächelnd etwas zu seiner Braut.

»Sie sprechen über uns, über mich und ihn, dachte Natascha. Gewiß sucht er die Eifersucht seiner Braut auf mich zu beschwichtigen. Sie beunruhigt sich unnütz! Wenn sie wüßten, wie gleichgültig sie mir sind, wie sie mich so gar nichts angehen!«

Hinten saß in ihrem grünen Toque, mit einem Gesicht, das Ergebung in den Willen Gottes, Glückseligkeit und Würde ausdrückte, Anna Michajlowna. In ihrer Loge herrschte jene Atmosphäre, die Braut und Bräutigam zu umgeben pflegt, und die Natascha so lieb war. Sie wandte sich ab, und plötzlich fiel ihr wieder ein, wie viel Demütigendes sie bei ihrem Morgenbesuche erfahren hatte.

»Was für ein Recht hat er dazu, mich nicht in seine Familie aufnehmen zu wollen? fragte sie. Nein, besser nicht daran denken, bis Andrej zurückkommt«, sagte sie zu sich selbst und fing an, die bekannten und unbekannten Gesichter im Parterre zu betrachten.

Ganz vorn in der Mitte der Bank stand Dolochow mit seinem vollen, zurückgestrichenen Haar und in persischem Kostüm. Er stand in der Mitte des Theaters, wo er die allgemeine Aufmerksamkeit auf sich zog, so unbefangen, wie in seinem eigenen Zimmer. Um ihn scharte sich die glänzendste Jugend Moskaus, und es war unverkennbar, daß er unter ihr den ersten Platz einnahm.

Graf Ilja Andreitsch stieß lächelnd die errötende Sonja an, indem er auf ihren ehemaligen Anbeter zeigte und fragte:

Hast du ihn erkannt? ... Woher mag er wohl gekommen sein? wandte sich der Graf an Schinschin. Er war ja ganz verschollen!

Verschollen! wiederholte Schinschin. Im Kaukasus war er, desertierte von dort, wurde, wie man sagt, der Minister eines persischen Fürsten, und soll den Bruder des Schahs ermordet haben. Jetzt hat er alle Frauen Moskaus um den Verstand gebracht. Dolochow, der Perser, ist das Höchste. Es gibt nichts mehr ohne Dolochow; man schwört auf ihn, man tischt ihn seinen Gästen auf wie einen Sterlet. Dolochow und Anatol Kuragin haben alle unsere Frauen verrückt gemacht.

In diesem Augenblicke trat in die benachbarte Loge eine hohe, schöne Frau mit üppigem Haar und tief entblößten vollen weißen Schultern, deren Hals mit zwei Reihen großer Perlen geschmückt war; sie setzte sich nieder und ordnete ihr rauschendes Seidenkleid.

Natascha versenkte sich unwillkürlich in den Anblick dieser Schultern, Perlen und Locken, deren Schönheit ihr ein Genuß war. Als sie die Dame zum zweiten Mal ansah, wandte sich diese um, begegnete dem Blicke des Grafen Ilja Andreitsch, nickte ihm zu und lächelte. Es war die Gräfin Besuchow, Pierres Frau, Ilja Andreitsch, der jedermann kannte, beugte sich über die Logenbrüstung und begann mit ihr ein Gespräch.

Sind Sie schon lange hier, Gräfin? fragte er. Ich komme, ich komme gleich, Ihnen die Hand zu küssen. Ich bin in Geschäften hier und habe meine Mädchen mitgebracht, sagte er. Ich höre, die Semjonowa spielt unvergleichlich ... Graf Peter Kirilowitsch hat uns stets beehrt; ist er hier?

Ja, er wollte nachkommen, antwortete Helène, indem sie Natascha aufmerksam ansah.

Graf Ilja Andreitsch setzte sich wieder auf seinen Platz.

Ist sie nicht schön? fragte er Natascha leise.

Wunderschön! Zum Verlieben! antwortete Natascha.

Die letzten Töne der Ouvertüre erklangen: der Stab des Kapellmeisters schlug auf; die Herren im Parterre nahmen ihre Plätze ein, und der Vorhang ging in die Höhe.

Sobald er aufgezogen war, wurde es im Parterre und in den Logen still, und alle Männer, junge und alte, in Uniformen und Fracks, alle Frauen mit den Edelsteinen auf den nackten Schultern wandten ihre Aufmerksamkeit der Bühne zu. Auch Natascha sah hin.

IX

Zu beiden Seiten der glatten Dielen, welche die Bühne bildeten, standen gemalte Kulissen, die Bäume vorstellten, und den Hintergrund bildete ebenfalls eine gemalte Leinwand. Inmitten der Bühne saßen Mädchen in roten Miedern und weißen Röcken. Eine dicke Frau in weißer Seide saß auf einem sehr niedrigen Sitze, der mit grüner Pappe beklebt war. Sie alle sangen. Als sie fertig waren, trat die Weißgekleidete an den Souffleurkasten, und ein Mann in einem Federhut, mit engen seidenen Hosen an den dicken Beinen und einem Dolch in der Hand, trat auf sie zu und fing an zu gestikulieren und zu singen.

Erst sang der Mann in den engen seidenen Hosen allein, dann sang sie; darauf schwiegen sie beide, und die Musik spielte. Der Mann nahm die Hand des weißgekleideten Mädchens, und es war unverkennbar, daß er auf den Takt warte-te, um wieder mit ihr zusammen zu singen. Sie sangen nun zu zweien, und das ganze Haus fing an zu klatschen und zu schreien, und der Mann und die Frau auf der Bühne, die eben die Verliebten gespielt hatten, lächelten, fuhren mit den Händen durch die Luft und verbeugten sich.

Nach ihrem langen Aufenthalt auf dem Lande und in der ernsten Stimmung, in der sich Natascha befand, kam ihr das alles wunderlich und fremdartig vor. Sie konnte dem Verlauf der Oper nicht folgen, konnte nicht einmal die Musik genau anhören. Sie sah nur bemalte Pappwände, und seltsam geputzte Männer und Frauen, die sich in der glänzenden Beleuchtung seltsam bewegten, sprachen und sangen. Sie wußte, daß dies alles nur Spiel war; aber es erschien ihr alles so abgeschmackt, falsch und unnatürlich, daß sie sich in die Seele der Schauspieler hineinschämte oder über sie lächelte. Sie sah sich unter den Zuschauern um und suchte in ihren Mienen einen Ausdruck des Spottes und des Erstaunens, die sie erfüllten; aber alle Gesichter waren voller Aufmerksamkeit für das, was auf der Bühne geschah, und drückten ein, wie es Natascha schien, erzwungenes Entzücken aus.

»Vielleicht muß es so sein!« dachte sie, und sah abwechselnd bald auf die pomadisierten Köpfe im Parterre, bald auf die halbnackten Frauen in den Logen, besonders auf ihre Nachbarin Helène, die beinahe ganz nackt war und mit stillem ruhigen Lächeln die Blicke unverwandt auf die Bühne gerichtet hielt. Dabei fühlte Natascha das starke Licht, das den Saal erfüllte, und die von der Menschenmenge verursachte Wärme in der Luft, und nach und nach geriet sie in einen lange nicht mehr empfundenen Taumel. Sie wußte nicht mehr, wer sie war, wo sie sich befand und was um sie her geschah. Sie sah und träumte, und die seltsamsten, sinnlosesten Einfälle blitzten in ihr auf.

Sie dachte sich, daß sie auf die Bühne springen und die Arie der Sängerin vortragen, oder mit dem Fächer den in ihrer Nähe sitzenden alten Herrn anstoßen, oder sich zu Helène hinüberbeugen und sie kitzeln könnte.

In einem Augenblicke, als alles auf der Bühne in der Erwartung einer neuen Arie still geworden war, knarrte die Eingangstür des Parterres auf der Seite, wo die Rostows saßen, und die Schritte eines verspäteten Besuchers wurden hörbar. »Da ist Kuragin«, sagte Schinschin leise. Die Gräfin Besuchow wandte sich um und lächelte dem Eintretenden zu. Natascha, die der Richtung ihres Blickes folgte, sah einen auffallend schönen jungen Mann, einen Adjutanten, voll Selbstgefühl und Anstand auf ihre Loge zukommen. Es war Anatol Kuragin, den sie schon früher auf einem Petersburger Balle gesehen und bemerkt hatte. Er war in Adjutanten-Uniform mit Epaulettes und Achselschnüren, und kam stolzen, festen Schrittes daher, der ohne seine Schönheit und ohne den gutmütig-fröhlichen Ausdruck seines Gesichtes, lächerlich gewesen wäre. Obwohl das Spiel auf der Bühne fortging, schritt er ohne Hast, aber mit Sporen und Säbel rasselnd, den wohlfrisierten Kopf stolz und hoch emporgerichtet, über den Teppich des Ganges. Als er Natascha erblickte, ging er zu seiner Schwester hin, stützte die Hand im glattanliegenden Handschuh auf die Brüstung ihrer Loge, nickte ihr zu und fragte sie nach etwas, indem er das junge Mädchen ansah.

Sehr, sehr reizend! sagte er dann, wie deutlich zu merken war, mit Beziehung auf sie. Hören konnte sie es nicht, aber sie las es aus der Bewegung seiner Lippen. Dann ging er nach der vordersten Reihe, setzte sich neben Dolochow und stieß eben diesen Dolochow, mit dem alle anderen so ehrfurchtsvoll verkehrten, in freundschaftlichster Weise leicht mit dem Ellbogen an. Dolochow winkte ihm mit den Augen zu, lächelte und stieß mit dem Fuße gegen die Rampe.

Wie ähnlich sind sich Bruder und Schwester, und wie schön sind sie beide.

Schinschin fing an, dem alten Herrn halblaut von einem Abenteuer zu erzählen, das Kuragin in Moskau gehabt. Natascha lauschte darauf, weil er sie reizend genannt hatte.

Der erste Akt war zu Ende. Die Herren im Parterre standen auf und gingen hin und her.

Boris kam in die Loge der Rostows, nahm gleichgültig die Glückwünsche entgegen und brachte mit hochgezogenen Brauen und zerstreutem Lächeln Natascha und Sonja im Namen seiner Braut die Einladung zur Hochzeit; dann ging er wieder. Natascha hatte mit Boris, in den sie einst verliebt gewesen war, unter heiterem und kokettem Lächeln geplaudert und ihm zu seiner Verlobung gratuliert. In ihrem Rausch schien ihr das alles einfach und natürlich.

Die entblößte Helène saß neben ihr und lächelte allen in gleicher Weise zu, und ganz so hatte Natascha Boris zugelächelt.

Helènes Loge füllte sich allmählich und war bald auch vom Parterre aus von vornehmen und geistreichen Männern umgeben, die wetteiferten, aller Welt zu zeigen, wie nahe bekannt sie mit der Gräfin Besuchow wären.

Kuragin blieb während des ganzen Zwischenakts mit Dolochow vorn an der Rampe stehen und sah immer in die Rostowsche Loge hinein. Natascha wußte, daß er von ihr sprach, und das machte ihr Vergnügen. Sie wandte sich sogar so, daß es ihm möglich wurde, ihr Profil zu sehen, das, ihrer Ansicht nach, das hübscheste an ihr war. Vor Beginn des zweiten Aktes erschien auch Pierre, der noch nichts von Rostows Ankunft gehört hatte, im Parterre. Er sah schwermütig aus und war noch dicker geworden, seit ihn Natascha zum letztenmal gesehen hatte. Ohne jemanden zu beachten, begab er sich in die vorderste Reihe; Anatol trat zu ihm und sagte ihm etwas, indem er auf die Rostowsche Loge deutete. Pierre erblickte Natascha; sein Gesicht belebte sich, und er ging schnell durch die Reihen der Bänke auf sie zu, stützte sich, als er die Loge erreicht hatte, auf die Brüstung und begann lächelnd ein langes Gespräch mit ihr. Während Natascha mit Pierre sprach, hörte sie in der Loge der Gräfin Besuchow eine männliche Stimme und erkannte Kuragin.

Sie wandte sich um und begegnete seinem Blicke. Er sah ihr gerade ins Auge und lächelte mit einem solchen Ausdruck des Entzückens, daß es ihr wunderbar erschien, ihm so nahe zu sein, ihn anzusehen, die Überzeugung zu haben, daß sie ihm gefiel und ihm doch noch ganz fremd zu sein.

Im zweiten Akte stellten die Dekorationen Monumente vor, und auf der Leinwand war eine Öffnung angebracht, die den Mond vorstellte. Die Rampenlichter wurden heraufgezogen. Das Orchester spielte in tiefen Tönen, Baß und Kontrabaß, und von beiden Seiten kamen Leute in schwarzen Mäntel herbei. Sie fingen an zu gestikulieren und hatten eine Art Dolch in den Händen. Dann kamen noch andere herbei und schleppten das Mädchen fort, das erst weiß, jetzt aber blau angezogen war. Erst sangen sie sehr lange mit ihr, dann schleppten sie sie fort; hinter den Kulissen wurde dreimal auf einen Metallgegenstand geschlagen, und alle, die noch auf der Bühne waren, fielen auf die Knie und sagen Gebete. Mehr als einmal wurden diese Vorgänge durch das Beifallrufen der Zuschauer unterbrochen.

Sooft Natascha während dieses Akts ins Parterre blickte, sah sie Anatol Kuragin, der den Arm über die Lehne des Sessels geworfen hatte und unablässig zu ihr herüberstarrte. Sie freute sich, ihn so bezaubert zu haben; daß ein Unrecht darin liegen könne, fiel ihr nicht ein.

Als der zweite Akt zu Ende war, erhob sich die Gräfin Besuchow, wandte sich nach der Rostowschen Loge (ihre Brust war ganz entblößt), winkte dem alten Grafen mit dem behandschuhten Finger, und ohne die Bekannten, die auch jetzt wieder in ihre Loge kamen, zu beachten, fing sie an, auf das liebenswürdigste mit ihm zu plaudern.

Machen Sie mich doch mit Ihren reizenden Töchtern bekannt, sagte sie unter anderem. Die ganze Stadt spricht von ihnen, und ich kenne sie nicht.

Natascha verbeugte sich gegen die schöne Gräfin; es tat ihr so wohl, von dieser glänzenden Erscheinung gelobt zu werden, daß sie vor Freude errötete.

Ich will jetzt eine Moskauerin werden, sagte Helène. Sie aber, schämen Sie sich nicht, eine solche Perle auf dem Lande zu verbergen?

Gräfin Besuchow hatte mit Recht den Ruf einer bezaubernden Frau. Sie konnte von Dingen sprechen, an die sie nie gedacht hatte, und verstand vor allem auf einfache, natürliche Weise zu schmeicheln.

Ja, lieber Graf, Sie müssen erlauben, daß ich mich Ihren Töchtern widme, obwohl ich nicht auf lange Zeit hier bin, und Sie wohl auch nicht? sagte Heléne, und zu Natascha gewandt, fuhr sie mit ihrem gleichmäßig schönen, stillen Lächeln fort: Ich werde mir Mühe geben, ein wenig für Ihr Vergnügen zu sorgen ... Schon in Petersburg habe ich von Ihnen gehört und wünschte, Sie kennen zu lernen. – Mein Page Drubezkoj – Sie wissen, daß er sich verlobt hat? – hat mir von Ihnen erzählt, und dann auch der Freund meines Mannes, Bolkonskij ... Fürst Andrej Bolkonskij, fügte sie mit besonderem Nachdruck hinzu, darauf anspielend, daß sie sein Verhältnis zu Natascha kenne. Endlich bat sie, eine der jungen Damen möge den Rest der Vorstellung in ihrer Loge zubringen, und Natascha folgte der Einladung.

Im dritten Akte stellte die Bühne einen Palast dar, in dem viele Kerzen brannten und viele Bilder hingen, die Ritter mit hübschen Bärtchen vorstellten. In der Mitte der Bühne standen König und Königin. Der König winkte mit der Rechten, sang – vor Angst recht schlecht – und setzte sich auf seinen karmesinroten Thron. Das Mädchen, das erst weiß, dann blau gekleidet gewesen war, trug jetzt nur ein Hemd, hatte aufgelöstes Haar, und näherte sich dem Fuße des Thrones. Zur Königin gewandt, sang sie etwas sehr Schwermütiges. Aber der König winkte streng mit der Hand, und von beiden Seiten kamen Männer und Frauen mit nackten Beinen und fingen an zu tanzen. Die Geigen spielten in hohen lustigen Tönen. Eines der Mädchen mit nackten, dicken Beinen und mageren Armen trennte sich von den übrigen, ging an die Kulissen, zupfte ihr Mieder zurecht, kam wieder in die Mitte, fing an zu springen und die Füße zusammenzuschlagen. Das ganze Parterre klatschte Beifall und schrie Bravo! Dann kam einer der Männer in den Vordergrund, fing an zu springen und mit den Armen zu gestikulieren (dieser Mann war Duport, der für diese Kunst jährlich sechzigtausend Rubel erhielt). Parterre, Logen und Galerien klatschten Beifall und schrien aus vollem Halse. Der Mann stand still, lächelte und grüßte nach allen Seiten. Darauf tanzten wieder viele Männer und Frauen mit nackten Beinen. Der König rief etwas im Takt der Musik, und nun fingen alle an, zu singen. Aber plötzlich kam ein Sturm; im Orchester ließen sich chromatische Tonleitern und Akkorde in der kleinen Septime hören, und wieder wurde einer von den Leuten, die auf der Bühne waren, hinter die Kulissen geschleppt, und der Vorhang fiel unter dem Beifallsgeschrei der Zuschauer, die mit entzückten Gesichtern: Duport! Duport! Duport! riefen.

Natascha fand dies alles nicht mehr wunderlich; mit heiterem Lächeln sah sie umher.

Nicht wahr, Duport ist entzückend? sagte Helène zu ihr.

Oh, ja, antwortete Natascha.

X

Bald nach dem Beginn des Zwischenakts drang ein kalter Luftzug in Helènes Loge; die Tür wurde geöffnet und mit gebücktem Kopfe, sorgfältig bemüht, niemanden zu belästigen, trat Anatol herein.

Erlauben Sie mir, Ihnen meinen Bruder vorzustellen, sagte Helène, indem sie einen forschenden Blick von Anatol auf Natascha warf. Natascha wandte über die entblößte Schulter hinweg ihr hübsches Köpfchen lächelnd dem schönen Manne zu. Anatol, der in der Nähe ebenso schön war wie aus der Ferne, setzte sich neben sie, und sagte, daß er längst gewünscht hätte, dies Glück zu haben ... schon auf dem Balle bei Naryschkins, wo er das unvergeßliche Vergnügen gehabt, sie zu sehen. Kuragin war Frauen gegenüber gescheiter und einfacher als in Männergesellschaft. Er sprach unbefangen, freimütig, und Natascha fiel es angenehm auf, daß im Wesen dieses Mannes nichts von den furchterweckenden Eigenschaften zu merken war, die man ihm zuschrieb, daß im Gegenteil sein Lächeln etwas Naives und fröhlich Gutmütiges hatte.

Kuragin fragte Natascha nach dem Eindruck, den die Oper auf sie gemacht, und erzählte, wie die Semjonowa in der letzten Vorstellung, mitten im Spiel, hingefallen sei.

Und wissen Sie, Gräfin, fragte er plötzlich, indem er sich wie zu einer alten Bekannten zu ihr wandte; wir werden nächstens ein Karussell in Kostümen haben ... Sie sollten daran teilnehmen. Es wird sehr hübsch werden. Wir versammeln uns bei Karagins. Bitte, kommen Sie … nicht wahr, Sie tun es?

Während er dies sagte, ließ er seine lächelnden Augen auf dem Gesicht, dem Halse und den Armen Nataschas ruhen. Sie wußte, daß er von ihr entzückt war – und das war ihr angenehm. Aber trotzdem fühlte sie sich, sie wußte nicht warum, etwas beklommen in seiner Gegenwart. Wenn sie ihn auch nicht ansah, fühlte sie, daß er ihre Schultern betrachtete, und unwillkürlich machte sie eine Bewegung, damit er ihr lieber in die Augen sehen sollte. Aber wenn er ihr dann in die Augen sah, fühlte sie mit Schrecken, daß zwischen ihr und ihm die Schranke der Schamhaftigkeit nicht vorhanden war, die sie immer zwischen sich und anderen Männern empfunden hatte. Ohne zu wissen warum, fühlte sie sich diesem Manne schon nach fünf Minuten fürchterlich nahe. Wenn sie sich abwandte, fürchtete sie, daß er ihren Kopf berühren oder ihren Hals küssen könnte. Sie sprachen von ganz gleichgültigen Dingen, und doch empfand sie, daß sie ihm näher stand als jedem anderen Manne.

Natascha sah sich nach Helène und ihrem Vater um, wie um zu fragen, was das bedeuten solle. Aber Helène war mit einem alten General beschäftigt und antwortete nicht auf ihren Blick, und das Auge des Vaters sagte nur wie immer: Bist du vergnügt? das freut mich!

Einmal, als sie wieder in ein peinliches Schweigen geraten waren, und Anatol Natascha mit seinen hervorstehenden Augen unverwandt ansah, fragte sie ihn: Wie gefällt Ihnen Moskau? Bei dieser Frage errötete sie; es kam ihr immer vor, als ob sie etwas Unziemliches täte, wenn sie ihn anredete. Anatol lächelte, wie um sie zu ermutigen.

Anfangs gefiel es mir wenig, weil … nun ja, was eine Stadt angenehm macht, das sind die hübschen Frauen, nicht wahr? … Jetzt aber gefällt es mir sehr gut, antwortete er und sah sie bedeutungsvoll an. Reiten Sie mit im Karussell, Gräfin? … Tun Sie's, fuhr er fort, faßte nach ihrem Strauße und fügte leiser hinzu: Sie werden die Hübscheste sein. Kommen Sie, liebe Gräfin, und als Unterpfand geben Sie mir diese Blume.

Natascha verstand nicht, was er meinte, aber sie fühlte, daß in den unverstandenen Worten etwas Unpassendes lag. Sie wußte nicht, was sie antworten sollte, und wandte sich ab, als ob sie seine Bitte nicht gehört hätte. Sie hatte sich aber kaum umgewandt, so kam wieder das Gefühl über sie, daß er so dicht hinter ihr saß.

»Was tut er jetzt? ... ist er verlegen, erzürnt? ... Muß ich ihn wieder gut machen?« fragte sie sich selbst. Sie konnte es nicht lange aushalten, ohne sich umzusehen, sah ihm gerade in die Augen, und seine Nähe, seine Sicherheit, die gutmütige Freundlichkeit seines Lächelns besiegten sie. Während sie ihm in die Augen sah, lächelte sie wie er, und wieder fühlte sie mit Schrecken, daß es zwischen ihnen keine Schranke gab.

Abermals ging der Vorhang in die Höhe. Anatol verließ die Loge in ruhig-heiterer Laune, Natascha kehrte zu ihrem Vater zurück, schon ganz der Welt verfallen, in der sie sich befand. Alles, was sich in ihren Augen zeigte, erschien ihr ganz natürlich; ihre früheren Gedanken dagegen, an den Verlobten, an Prinzessin Maria, an das Landleben, kamen ihr nicht mehr in den Sinn. Ihr war, als wäre das alles lange, lange vorüber.

Im vierten Akte kam ein Teufel vor, der sang und mit den Händen fuchtelte, bis das Brett unter ihm weggezogen wurde, so daß er in die Tiefe sank. Natascha sah nur dies im vierten Akte. Sie fühlte sich gequält und beunruhigt, und der Grund dieser Unruhe war Kuragin, nach dem sie sich unwillkürlich immer wieder umsah.

Als Rostows das Theater verließen, kam Anatol auf sie zu; rief ihren Wagen heran und war ihnen beim Einsteigen behilflich. Als er Natascha hineinhob, drückte er ihren Arm über dem Ellbogen. Natascha sah errötend und aufgeregt zu ihm nieder; er blickte sie zärtlich lächelnd mit glänzenden Augen an!

Erst als sie nach Hause kamen, vermochte Natascha zu überdenken, was ihr geschehen war, und während alle Tee tranken – sie tranken alle erst nach dem Theater ihren Tee –, erinnerte sie sich plötzlich an den Fürsten Andrej, seufzte laut auf und flüchtete errötend aus dem Zimmer. »Mein Gott! ich bin verloren, sagte sie zu sich selbst. Wie konnte ich es dahin kommen lassen?«

Lange saß sie da, das errötende Gesicht in die Hände gedrückt, und suchte sich klarzumachen, was mit ihr geschehen war; konnte das aber ebensowenig begreifen, wie sie imstande war, sich über ihre Gefühle Rechenschaft zu geben. Alles erschien ihr geheimnisvoll, unklar, fürchterlich. In jenem großen, erleuchteten Saale, wo Duport mit nackten Beinen und im kurzen, mit Flittern besetzten Rock auf den angefeuchteten Brettern umhersprang, während junge Mädchen und alte Leute, und die halbnackte, stolz lächelnde Helène voll Entzücken Bravo riefen, dort, im Schatten dieser schönen Frau, war alles klar und einfach, aber jetzt, da sie mit sich allein war, fand sie es unbegreiflich.

»Was ist das? woher kommt die Furcht, die ich jetzt vor ihm fühle? dachte sie. Was bedeutet die Gewissensqual, die ich jetzt empfinde?«

Nur der Mutter hätte Natascha, wenn sie bei ihr im Bett lag, solche Gedanken offenbaren können. Sonja mit dem strengen, geraden Blick würde, das wußte sie, entweder nichts verstehen, oder vor ihrem Bekenntnis erschrecken. So suchte denn Natascha sich selbst zu erklären, was sie quälte.

»Bin ich wirklich für die Liebe des Fürsten Andrej verloren? fragte sie sich selbst und gab mit beruhigendem Lächeln zur Antwort: welche Törin bin ich, mich so zu fragen! ... Was ist mir denn geschehen? ... Nichts! ich habe nichts getan und nichts verschuldet. Was geschehen ist, wird niemand erfahren, und ihn werde ich nie wiedersehen. Es ist klar, es ist nichts geschehen, was ich bereuen müßte ... Fürst Andrej darf mich lieben, wie ich bin ... Aber wie bin ich denn, wie denn? ... Ach, mein Gott, ein Gott, warum ist er nicht da!«

Natascha beruhigte sich auf einen Augenblick; aber wieder sagte ihr der Instinkt, daß, obgleich dies alles wahr und eigentlich nichts geschehen sei, doch die frühere reine Liebe zu dem Fürsten Andrej dahin war. Und dann wiederholte sie sich in Gedanken ihr Gespräch mit Kuragin und stellte sich die Gebärden und das zärtliche Lächeln des schönen, kecken Mannes vor in dem Augenblicke, als er ihr den Arm drückte.

XI

Anatol Kuragin lebte in Moskau, weil ihn sein Vater aus Petersburg fortgeschickt hatte, wo er jährlich über 20 000 Rubel ausgab und noch ebensoviel Schulden machte, deren Bezahlung die Gläubiger vom Vater verlangten.

Fürst Wassilij hatte dem Sohne erklärt, daß er zum letzten Mal die Hälfte seiner Schulden zahlen würde, unter der Bedingung, daß Anatol als Adjutant des Oberbefehlshabers nach Moskau gehe, eine Stellung, die ihm der Vater verschafft hatte, und daß er sich endlich Mühe gebe, eine gute Partie zu machen. Er verwies ihn auf die Prinzessin Maria und Julie Karagina.

Anatol erklärte sich einverstanden und ging nach Moskau, wo er sich bei Pierre einquartierte. Pierre nahm Anatol anfangs nur ungern auf; aber dann gewöhnte er sich an ihn. Zuweilen begleitete er ihn zu seinen Gelagen und gab ihm Geld unter dem Vorwande, daß es leihweise geschähe.

Wie Schinschin ganz richtig gesagt hatte, verdrehte Anatol allen Damen Moskaus den Kopf, besonders dadurch, daß er sie nicht beachtete und ihnen Zigeunerinnen und französische Schauspielerinnen vorzog, an ihrer Spitze Mademoiselle Georges, zu der er, wie man sagte, in näheren Beziehungen stehen sollte. Er versäumte keine Gelage bei Danilow und anderen Lebemännern Moskaus, trank ganze Nächte durch, trank alle anderen unter den Tisch und erschien bei allen Abendgesellschaften, auf allen Bällen der großen Welt. Man erzählte von einigen Abenteuern mit Moskauer Damen, und auf Bällen machte er wirklich mehreren den Hof. Aber mit jungen Mädchen, und besonders mit reichen Erbinnen, die meistens häßlich waren, trat er nicht in nähere Beziehungen, und zwar, weil er, wie nur seine nächsten Freunde wußten, seit einiger Zeit verheiratet war. Vor zwei Jahren, als er mit seinem Regiment im Polen stand, hatte ihn ein armer polnischer Edelmann gezwungen, seine Tochter zu heiraten.

Er hatte seine Frau aber sehr bald wieder verlassen und sich durch eine Summe, die er dem Schwiegervater zahlte, das Recht erkauft, für unverheiratet zu gelten.

Anatol war jederzeit mit seinen Verhältnissen, mit sich selbst und mit den anderen zufrieden. Er war instinktiv davon überzeugt, daß er nicht anders leben könne, als er tat, und daß er nie im Leben ein Unrecht begangen. Er war nicht imstande zu überlegen, wie seine Handlungen auf andere wirkten, oder was aus der einen oder anderen Tat hervorging. Wie die Ente geschaffen ist, auf dem Wasser zu leben, so glaubte er von Gott dazu geschaffen zu sein, ein Einkommen von 30 000 Rubel zu besitzen und eine glänzende Stellung in der Gesellschaft einzunehmen. Er hatte die feste Zuversicht, daß alle, die ihn kannten, zu derselben Überzeugung kommen müßten, und daß niemand ihm seine gesellschaftliche Stellung streitig machen noch das nötige Geld verweigern könnte, das er denn auch von dem ersten Besten annahm, ohne es jemals zurückzuzahlen.

Er war kein Spieler, wenigstens ging er nicht auf Gewinn aus. Er war nicht eitel, es war ihm gleichgültig, was man von ihm dachte. Noch weniger konnte man ihn der Ehrfurcht beschuldigen; mehr als einmal hatte er den Vater dadurch aufgebracht, daß er seine Karriere verscherzte und alle Würden und Ehren verlachte. Er war nicht geizig und wies nie jemand ab, der ihn um etwas bat. Er liebte das Vergnügen und die Frauen, und da seiner Ansicht nach in diesen Neigungen nichts Unedles lag, und da er nie überlegte, was aus der Befriedigung seiner Wünsche für andere entstehen konnte, hielt er sich für einen untadelhaften Menschen, verachtete Schurken und Bösewichter aus tiefstem Herzen und trug mit ruhigem Gewissen den Kopf sehr hoch.

Diese Genußmenschen, diese männlichen Magdalenen, haben ein schlummerndes Gefühl ihrer Unschuld, ganz wie die weiblichen Magdalenen, das auf der gleichen Hoffnung auf Vergebung beruht. »Ihr wird alles vergeben, weil sie viel geliebt hat, und ihm wird alles vergeben, weil er viel gelebt hat.«

Dolochow, der während dieser Zeit aus seiner Verbannung und von seinen persischen Abenteuern nach Moskau zurückgekommen war und ein luxuriöses Leben führte, hohes Spiel spielte und alle Gelage mitmachte, trat in nähere

Beziehungen zu dem ehemaligen Petersburger Kameraden Kuragin, und benutzte ihn für seine Zwecke.

Anatol hatte Dolochow wegen seiner Klugheit und Gewandtheit aufrichtig schätzen gelernt, während Dolochow, der einen Namen und vornehme Bekanntschaften brauchte, die Beziehungen Anatol Kuragins benutzte, um reiche junge Leute in seine Spielgesellschaften zu locken; er ließ Anatol jedoch nicht merken, daß er ihn ausbeutete und sein Spiel mit ihm trieb. Außer dem Vorteil, den er aus dem Verkehr mit Kuragin zog, war ihm die Lenkung eines anderen Willens nach seinem Belieben Vergnügen, Gewohnheit und Bedürfnis.

Natascha hatte einen starken Eindruck auf Kuragin gemacht. Als er nach dem Theater beim Abendbrot saß, beschrieb er Dolochow mit der Miene eines Kenners die Schönheit ihrer Hände, Schultern, Füße und Haare und erklärte, er habe die Absicht, sich tüchtig an die Kleine heranzumachen. Was daraus entstehen mochte, überlegte Anatol nicht und machte sich's ebensowenig klar wie die Tragweite jeder anderen Handlung.

Sie ist hübsch, Bruder, aber nichts für unsereinen! sagte Dolochow.

Ich werde meine Schwester bitten, sie zum Diner einzuladen ... wie? meinte Anatol

Warte lieber, bis sie verheiratet ist ...

Du weißt, antwortete Anatol, ich vergöttere die Mädels; sie sind gleich geliefert.

Du bist schon einmal durch deine »Mädels« schlecht angekommen, sagte Dolochow, der um Anatols Heirat wußte. Nimm dich in acht!

Nun, zweimal kann es doch nicht passieren ... he? rief Anatol mit gutmütigem Lachen.

XII

An dem Tage, der auf den Theaterabend folgte, gingen Rostows nirgends hin und bekamen auch keine Besuche. Maria Dmitriewna sprach, ohne daß es Natascha wissen sollte, mit ihrem Vater, aber Natascha erriet, daß sie von dem alten Fürsten redeten, und das beunruhigte und verletzte sie. Jeden Augenblick erwartete sie den Fürsten Andrej und zweimal im Laufe des Tages schickte sie den Portier nach dem Bolkonskijschen Hause, um zu fragen, ob er angekommen wäre. Es war jedoch nicht der Fall. Natascha fühlte sich jetzt schwerer bedrückt als in den ersten Tagen nach ihrer Ankunft. Zu ihrer Unschuld und Sehnsucht gesellte sich noch die unangenehme Erinnerung an das Zusammentreffen mit der Prinzessin Maria und dem alten Fürsten sowie eine gewisse Furcht und Unruhe, deren Grund ist nicht kannte. Es schien ihr immer, daß Fürst Andrej entweder nie zurückkommen, oder daß ihr, wenn er käme, ein Unglück bevorstehe. Sie konnte sich nicht, wie früher, ruhig und lange mit ihm beschäftigen; immer, wenn sie an ihn dachte, gesellten sich zu der Erinnerung an ihn, die Erinnerung an die Prinzessin Maria, an den alten Fürsten und den Theaterabend mit Kuragin. Wieder und wieder drängte sich ihr die Frage auf, ob sie nichts verschuldet, nicht die Treue gegen den Fürsten Andrej verletzt habe; und immer wieder zwang sie sich selbst, sich bis in alle Einzelheiten jedes Wort, jede Bewegung, jeden wechselnden Ausdruck im Gesichte dieses Mannes zurückzurufen, der ein so unbegreifliches, furchtbares Gefühl in ihr zu erwecken vermocht hatte. Ihren Angehörigen kam Natascha angeregter vor als gewöhnlich, aber sie war bei weitem nicht so ruhig und glücklich wie früher.

Sonntag morgen lud Maria Dmitriewna ihre Gäste ein, mit ihr die Messe in der Himmelfahrtskirche zu besuchen, die in ihrem Kirchspiel lag.

Ich kann die neumodischen Kirchen nicht leiden, sagte sie mit einem gewissen Stolz auf ihre geistige Unabhängigkeit. Gott ist überall derselbe; der Priester bei uns ist ein prächtiger Mann und liest die Messe mit Anstand. Ebenso unser Vorsänger. Wird der Gottesdienst etwa heiliger, wenn man auf dem Chore Konzerte absingt? Ich mag das nicht; es ist eitel Kinderei.

Maria Dmitriewna hatte die Sonntage gern und wußte sie zu feiern. Ihr ganzes Haus ward Sonnabend gescheuert und gereinigt; die Dienstleute und sie selbst arbeiteten nicht, waren festlich gekleidet und besuchten die Messe. Dem Mittagsmahl der Herrschaft wurden noch einige Gerichte zugefügt, und die Leute bekamen Branntwein und gebratene Gänse oder Ferkel. Aber am deutlichsten erkennbar war der Feiertag auf dem breiten ernsten Gesicht Maria Dmitriewnas, das an diesem Tage einen starren Ausdruck von Feierlichkeit annahm.

Als sie nach der Messe im Salon, dessen Möbel ihrer Überzüge entledigt waren, Kaffee getrunken hatte, wurde Maria Dmitriewna gemeldet, daß der Wagen vorgefahren sei, und mit strengem Gesicht, in ihren feinen Umwurf gehüllt, den sie zum Visitenmachen trug, kündigte sie an, daß sie zu dem Fürsten Nikolaj Andreitsch Bolkonskij fahre, um mit ihm über Natascha zu sprechen.

Nachdem Maria Dmitriewna weggefahren war, erschien die Schneiderin von Madame Chalmé bei den Rostowschen Damen, und Natascha, die sich der Zerstreuung freute, machte das neben dem Salon liegende Zimmer zu und begann die neuen Kleider anzuprobieren. Als sie eben ein zusammengeheftetes, ärmelloses Leibchen angezogen hatte und mit geneigtem Kopfe im Spiegel nachsah, wie es paßte, hörte sie im Salon die lebhafte Stimme des Vaters und eine Frauenstimme, die sie erröten machte. Es war die Stimme der Gräfin Helène. Natascha hatte noch nicht Zeit gehabt, das anprobierte Kleid auszuziehen, als die Tür geöffnet wurde und Gräfin Besuchow im hohen dunkellila Samtkleide, mit freundlichem, verbindlichem Lächeln eintrat.

Oh, mein reizendes Fräulein! sagte sie zu der errötenden Natascha. Entzückend! Nein, das ist nichts, lieber Graf! fuhr sie zu dem ihr folgenden Ilja Andreitsch gewandt fort. Warum sollte sie nicht in Gesellschaft gehen? ... In Moskau sein und nichts mitmachen; geht nicht! Nein, ich lasse sie nicht los. Heute abend wird Mlle. Georges bei mir deklamieren; es werden sich einige Gäste dazu einfinden. – Und wenn Sie Ihre schönen Damen – die Mlle. Georges übertreffen – nicht zu mir bringen, will ich nichts mehr von Ihnen wissen. Mein Mann ist nicht hier; er ist nach Twer gereist, sonst hätte ich ihn hergeschickt. Sie kommen, ich will es! Punkt neun Uhr müssen Sie da sein.

Sie nickte der ihr bekannten Schneiderin zu, die einen ehrerbietigen Knicks machte, und setzte sich in den Lehnstuhl neben dem Spiegel, indem sie ihr Samtkleid in malerischen Falten ausbreitete. Dann fuhr sie fort, heiter und freundlich zu plaudern, weidete sich an Nataschas Schönheit, betrachtete ihre Kleider und lobte sie; beschrieb ein neues Kleid »aus Metallgaze«, das sie aus Paris bekommen hatte, und riet Natascha, sich auch ein solches machen zu lassen.

Übrigens steht Ihnen alles, mein schönes Kind, fügte sie hinzu.

Auf Nataschas Gesicht verschwand das Lächeln der Freude nicht einen Augenblick. Sie fühlte sich glücklich und blühte auf unter den Lobsprüchen dieser reizenden Gräfin Besuchow, die ihr früher als eine unnahbar-vornehme Dame erschienen war, und die sich jetzt so gütig gegen sie zeigte. Natascha war heiter geworden, und hatte sich in diese schöne, gutmütige Frau beinahe verliebt. Helène ihrerseits war wirklich von Natascha entzückt und wünschte, ihr Freude zu machen. Anatol hatte sie gebeten, ihn mit Natascha zusammen einzuladen, und so war sie zu Rostows gekommen. Der Gedanke, ihren Bruder und das junge Mädchen zusammenzuführen, war ihr angenehm.

Obwohl sie früher einen gewissen Ärger gegen Natascha empfunden, weil diese ihr in Petersburg Boris Drubezkoj abwendig gemacht hatte, dachte sie jetzt nicht mehr daran und wünschte ihr in ihrer Weise aufrichtig alles Gute. Als sie fortfahren wollte, zog sie ihren Schützling beiseite.

Gestern war mein Bruder bei mir zu Mittag, sagte sie. Wir sind beinahe gestorben vor Lachen. Er aß nichts und seufzte beständig nach Ihnen, meine entzückende Kleine! Er ist wahnsinnig, ganz wahnsinnig in Sie verliebt.

Natascha wurde dunkelrot bei diesen Worten.

Wie rot Sie werden … oh, meine Schöne! sagte Helène. Sie müssen kommen, ganz gewiß! Wenn Sie jemanden lieben, mein holdes Kind, so ist das kein Grund, sich unter Klausur zu stellen. Selbst wenn Sie verlobt sind, bin ich überzeugt, daß Ihr Verlobter es lieber sieht, daß Sie in Gesellschaft gehen, als daß Sie vor Langweile umkommen!

Sie weiß also, daß ich Braut bin, und doch hat sie mit ihrem Manne, mit Pierre, dem gewissenhaften Pierre, darüber gelacht und gesprochen, dachte Natascha. Es muß also nichts Schlimmes sein.

Und wieder erschien ihr, was sie furchtbar gefunden, jetzt unter Helènes Einflusse einfach und natürlich.

»Und sie, die eine solche Dame und so reizend ist, scheint mich von ganzer Seele liebzuhaben ... warum sollte ich mich nicht freuen?« dachte sie weiter, indem sie Helène mit erstaunten, weit geöffneten Augen ansah.

Zum Mittag kam Maria Dmitriewna wieder. Sie war ernst und schweigsam, ein Beweis, daß sie von dem alten Fürsten geschlagen worden war. Sie war noch so aufgeregt von dem Zusammensein mit ihm, daß sie nicht ruhig davon zu erzählen vermochte. Auf die Frage des Grafen antwortete sie, alles wäre gut und morgen würde sie darüber berichten. Als sie von dem Besuch der Gräfin Helène und der Einladung für den Abend hörte, sagte sie:

Mit der Besuchow verkehre ich nicht gern und rate Euch nicht dazu. Aber, fügte sie hinzu, indem sie sich an Natascha wandte, wenn du es einmal versprochen hast, so geh' nur hin; du wirst dich gut unterhalten.

XIII

Graf Ilja Andreitsch fuhr mit seinen Mädchen zu der Gräfin Besuchow. Es waren viele Gäste zu der Gesellschaft versammelt, aber beinahe alle waren Natascha fremd, und Graf Ilja Andreitsch bemerkte mit Mißbehagen, daß die ganze Gesellschaft aus Herren und Damen bestand, welche wegen der Freiheit ihres Verkehrstones bekannt waren. Mlle. Georges stand, von jungen Männern umgeben, in einer Ecke des Salons. Auch einige Franzosen waren anwesend, unter ihnen Métivier, der gleich bei Helènes Ankunft ihr Hausfreund geworden war. Graf Ilja Andreitsch beschloß, nicht zu spielen, sich nicht von seinen Töchtern zu entfernen und gleich nach der Deklamation der Georges wegzufahren.

Anatol, der an der Tür auf Rostows gewartet hatte, trat, nachdem er den Grafen begrüßt, auf Natascha zu, und sobald sie ihn erblickte, wurde sie, wie im Theater, von der eitlen Freude ihm zu gefallen und dem beängstigenden Gefühl der Abwesenheit jeder moralischen Schranke zwischen ihm und ihr erfüllt.

Helène empfing Natascha mit großer Freude und sprach laut ihr Entzücken über des jungen Mädchens Schönheit und Toilette aus. Bald nach ihrer Ankunft verließ Mlle. Georges das Zimmer, um sich zu kostümieren. Im Salon wurden die Stühle geordnet. Anatol brachte Natascha einen Stuhl und wollte sich neben sie setzen, aber der Graf, der kein Auge von der Tochter abwandte, nahm den Platz an ihrer Seite ein. Anatol setzte sich hinter sie.

Mlle. Georges trat mit entblößten, dicken Armen voller Grübchen, einen roten Schal über der einen Schulter, auf den für sie leer gelassenen Platz zwischen den Sesseln, und blieb in einer unnatürlichen Pose stehen. Ein Flüstern des Entzückens wurde hörbar.

Mlle. Georges sah das Publikum mit ernsten, düsteren Blicken an, und begann französische Verse zu sprechen, in denen von ihrer verbrecherischen Liebe zu ihrem Sohne die Rede war. An gewissen Stellen erhob sie die Stimme, an anderen flüsterte sie, indem sie den Kopf feierlich emporrichtete, und dann schwieg sie eine Weile, atmete schwer und schlug die Augen in die Höhe.

Entzückend, göttlich, wundervoll! hörte man von allen Seiten rufen. Natascha sah die dicke Georges an, aber sie hörte nichts, und sah und verstand nichts von dem, was um sie her geschah. Sie fühlte sich abermals unrettbar jener seltsamen Welt des Taumels preisgegeben, die so weit von ihrem früheren Leben abgetrennt war; jener Welt, in der man nicht wußte, was gut oder schlecht, vernünftig oder unvernünftig ist. Hinter ihr saß Anatol; sie fühlte seine Nähe und wartete mit Schrecken auf ein unbestimmtes Etwas.

Nach dem ersten Monolog erhob sich die ganze Gesellschaft, umringte Mlle. Georges und sprach ihr Entzücken aus.

Wie schön sie ist! sagte Natascha zu dem Vater, der ebenfalls aufstand und zu der Schauspielerin ging.

Das kann ich nicht finden, wenn ich Sie ansehe, sagte Anatol, der neben Natascha stehenblieb. Er sprach so, daß ihn niemand hören konnte. Sie sind bezaubernd ... vom ersten Augenblick an, als ich Sie sah, habe ich nicht aufgehört ...

Komm, komm, Natascha! rief der Graf, der zu seiner Tochter zurückkehrte. Wie schön!

Natascha kam zu dem Vater und sah ihn, ohne zu antworten, mit erstaunten, fragenden Augen an.

Nach einigen anderen Deklamationen entfernte sich Mlle. Georges, und die Gräfin Besuchow bat die Gesellschaft, sich in den Saal zu begeben.

Der Graf wollte sich empfehlen, aber Helène bat ihn, ihren improvisierten Ball nicht zu verderben, und Rostows blieben.

Anatol forderte Natascha zum Walzer auf; während des Tanzes drückte er ihre Taille und ihre Hand, nannte sie »bezaubernd« und erklärte ihr seine Liebe. Während der Ekossaise, die sie wieder mit Kuragin tanzte, sagte er ihr, als sie allein blieben, nichts; er sah sie nur an. Natascha war zweifelhaft, ob sie das, was er ihr bei dem Walzer gesagt, nicht nur geträumt hätte. Zu Ende der ersten Tour drückte er ihr die Hand. Natascha sah ihn mit erschrockenen Augen an, aber es lag eine so zuversichtliche Zärtlichkeit in seinem Blick und seinem Lächeln, daß sie ihm nicht sagen konnte, was sie wollte und die Augen niederschlug.

Sprechen Sie nicht so mit mir, ich bin verlobt und liebe einen anderen, sagte sie schnell; dann sah sie ihn an. Anatol war durch ihre Worte weder aus der Fassung gebracht, noch schien er gekränkt zu sein.

Sagen Sie mir nichts davon ... Was geht es mich an? antwortete er. Ich spreche ja nur aus, daß ich wahnsinnig, wahnsinnig in Sie verliebt bin ... Ist es meine Schuld, daß Sie so reizend sind? ... Jetzt müssen wir tanzen!

Natascha sah aufgeregt und voll Unruhe, mit weit geöffneten, erschrockenen Augen umher und schien noch heiterer als gewöhnlich. Sie wußte beinahe nichts von allem, was diesen Abend geschehen war. Man tanzte Ekossaise und Großvater. Der Vater forderte sie auf, nach Hause zu fahren, aber sie bat ihn noch dazubleiben. Sie konnte sein, wo sie wollte, sprechen, mit wem sie wollte, immer fühlte sie Anatols Blick. Später erinnerte sie sich, daß sie den Vater gebeten hatte, sich ins Toilettezimmer zurückziehen zu dürfen, daß ihr Helène gefolgt war und lächelnd von der Liebe ihres Bruders gesprochen hatte, und daß ihr nachher im kleinen Diwanzimmer Anatol wieder entgegengetreten war; daß Helène verschwunden, sie beide allein geblieben waren und Anatol ihre Hand gefaßt und mit zärtlicher Miene gesagt hatte:

Ich kann Ihr Haus nicht besuchen, aber soll ich Sie denn wirklich nie wiedersehen? Ich liebe Sie bis zur Raserei ... wirklich nie? ... und indem er ihr den Weg vertrat, näherte er sein Gesicht dem ihrigen.

Seine glänzenden, großen, männlichen Augen waren den ihren so nahe, daß sie außer diesen Augen nichts sah.

Natalie! flüsterte er mit flehendem Tone und drückte ihr die Hände, daß es ihr weh tat. Natalie!?

»Ich begreife nicht ... ich habe nichts zu sagen«, antwortete ihr Blick.

Ein paar heiße Lippen drückten sich auf ihre Lippen und im nächsten Augenblicke fühlte sie sich wieder frei. Mit geräuschvollen Schritten und rauschendem Kleide trat Helène ins Zimmer. Natascha sah sich nach ihr um, dann sah sie zitternd und errötend, fragend und erschreckt zu Anatol auf und ging der Türe zu.

Ein Wort, ein einziges Wort, um Gottes willen, bat Anatol.

Sie stand still. Es war nötig, daß er ihr durch diese Worte in die Erinnerung rief, was geschehen war und worauf sie ihm antworten sollte.

Natalie, ein Wort, ein einziges Wort! wiederholte er immer wieder; er schien nicht zu wissen, was er sagen sollte, und wiederholte immer dasselbe, bis Helène bei ihnen war.

Helène und Natascha kehrten in den Saal zurück. Vor dem Souper fuhren Rostows nach Hause.

Natascha konnte die ganze Nacht nicht schlafen. Die quälende Frage, wen sie liebte: Anatol oder den Fürsten Andrej, ließ sie nicht ruhen. Sie liebte den Fürsten Andrej, sie erinnerte sich an die Macht ihrer Liebe zu ihm. Aber Anatol liebte sie auch, das war gewiß.

»Wie hätte sonst das alles geschehen können? dachte sie. Wenn ich beim Abschiednehmen sein Lächeln mit einem Lächeln beantworten konnte, wenn ich ihn bis dahin habe kommen lassen, so heißt es, daß ich ihn vom ersten Augenblick an geliebt habe. Es heißt, daß er gut ist, schön, edel, und daß es unmöglich war, ihn nicht zu lieben. Was soll ich anfangen, wenn ich den einen und den anderen liebe?« fragte sie sich selbst und fand keine Antwort auf diese schrecklichen Fragen.

XIV

Der Morgen kam mit seinen Sorgen und Geschäften. Alle standen auf, regten sich, sprachen, Schneiderinnen stellten sich ein, und Maria Dmitriewna rief zum Tee. Natascha sah sich neugierig mit weit geöffneten Augen um, als ob sie alle Blicke auffangen wollte, die auf sie gerichtet waren, und gab sich Mühe, so zu scheinen wie immer.

Nach dem Frühstück (das war ihre liebste Zeit) setzte sich Maria Dmitriewna in ihren Sessel und rief Natascha und den alten Grafen an ihre Seite.

Jetzt, meine Freunde, habe ich mir alles überlegt und will Euch meinen Rat geben, fing sie an. Gestern war ich, wie ihr wißt, bei dem Fürsten Nikolaj und habe mit ihm gesprochen ... Er fing an, mit uns zu schreien, aber überschreien lasse ich mich nicht ... ich habe ihm mein Lied gesungen.

Was sagte er denn? fragte der Graf.

Was er sagte? ... Ein Narr ist er, will nichts hören. Aber was hat es für einen Zweck, weiter davon zu sprechen. Wir haben das arme Mädchen genug gequält, antwortete Maria Dmitriewna. Mein Rat ist daher, alle Geschäfte so schnell als möglich zu Ende zu bringen, nach Otradnoje zu gehen und dort das Weitere abzuwarten.

Ach nein! rief Natascha.

Ja, abreisen und das weitere abwarten, wiederholte Maria Dmitriewna. Wenn der Bräutigam hierher kommt, wird es ohne Streit nicht abgehen. Bleibt er aber mit dem Alten allein, so kann er ihn überreden und nachher zu Euch kommen.

Ilja Andreitsch stimmte dieser Ansicht bei, weil er sogleich alle Gründe begriff. Wenn der alte Herr weicher wurde, konnten sie ja wieder nach Moskau kommen oder später nach Lyssyja-Gory gehen. Und wenn nicht, so konnte die Trauung gegen seinen Willen nur in Otradnoje stattfinden.

Das ist wahr, sagte der alte Graf; ich bedauere, daß ich ihn besucht und sie mitgenommen habe.

Nein, was ist da zu bedauern? Nun ihr einmal hier wart, durftet ihr dies Entgegenkommen nicht unterlassen. Wenn er aber nicht will, so ist's seine Sache! sagte Maria Dmitriewna, indem sie etwas in ihrem Strickbeutel suchte. Die Aussteuer ist besorgt, worauf also wollt ihr noch warten? ... Was etwa nicht fertig ist, schicke ich nach. Obwohl es mir leid tut, Euch zu verlieren, ist es doch besser, daß ihr mit Gott abreist. Sie hatte gefunden, was sie in ihrem Strickbeutel suchte, und gab es Natascha. Es war ein Brief der Prinzessin Maria. Sie schreibt dir! Wie quält sich die Arme! Sie fürchtet, daß du glauben könntest, sie hätte dich nicht lieb.

Nein, sie hat mich auch nicht lieb! antwortete Natascha.

Unsinn! sage das nicht, Unsinn! rief Maria Dmitriewna.

Niemand wird mich zu dem Glauben bringen; ich weiß, daß sie mich nicht liebhat! sagte Natascha bestimmt, indem sie den Brief hinnahm, und auf ihrem Gesicht prägte sich eine trotzige, zornige Überzeugung aus, die Maria Dmitriewna veranlaßte, das junge Mädchen starr und aufmerksam anzusehen und die Stirn zu runzeln.

So darfst du nicht antworten! rief sie. Was ich dir sage, ist wahr. Du mußt ihr wieder schreiben.

Natascha erwiderte nichts und ging in ihr Zimmer, um den Brief der Prinzessin Maria zu lesen.

Prinzessin Maria schrieb, sie wäre in Verzweiflung über

das Mißverständnis zwischen ihnen. Welches auch die Gefühle ihres Vaters sein möchten, fuhr sie fort, so bäte sie Natascha, zu glauben, daß sie nicht unterlassen könnte, in ihr das Wesen zu lieben, das ihr Bruder, für dessen Glück sie bereit wäre, alles zu opfern, auserwählt hätte.

»Übrigens glauben Sie nicht, schrieb die Prinzessin weiter, daß mein Vater schlecht gegen Sie gesinnt ist. Er ist ein alter, kranker Mann, dem man viel nachsehen muß. Aber er ist gut und großmütig und wird das junge Mädchen, das seinen Sohn glücklich macht, von Herzen lieben. Prinzessin Maria bat ferner, daß Natascha eine Zeit bestimmen möge, in der sie sich wiedersehen könnten.

Nachdem sie den Brief gelesen hatte, setzte sich Natascha an den Schreibtisch, um zu antworten.

»Liebe Prinzessin!, fing sie mechanisch an und blieb stekken. Was konnte sie nach dem, was gestern geschehen war, noch weiter schreiben?

»Ja, ja, das alles war ... aber jetzt ist alles anders! dachte sie, als sie vor dem angefangenen Briefe saß. Muß ich ihm abschreiben? Muß ich wirklich? Das ist schrecklich!« ... Und um sich nicht mit diesem grausamen Gedanken beschäftigen zu müssen, ging sie zu Sonja und fing an, Kleiderbesätze mit ihr zu besehen.

Nach dem Essen begab sich Natascha in ihr Zimmer und nahm wieder den Brief der Prinzessin Maria zur Hand.

»Ist wirklich alles zu Ende? dachte sie. Hat wirklich, was so plötzlich geschehen ist, alles Frühere vernichtet?« Sie erinnerte sich wieder mit voller Kraft ihrer Liebe zu dem Fürsten Andrej, und fühlte doch zu gleicher Zeit, daß sie Kuragin liebte. Sie dachte sich selbst als die Frau des Fürsten Andrej stellte sich das schon oft entworfene Bild ihres Glükkes an seiner Seite aufs neue vor, und doch durchglühte sie zu gleicher Zeit die Erinnerung an alle Einzelheiten ihrer gestrigen Begegnung mit Kuragin.

»Aber warum soll nicht beides sein können! fragte sie sich zuweilen in ihrer Unklarheit. Nur so könnte ich ganz glücklich sein! Statt dessen soll ich wählen ... und ohne einen von ihnen bin ich nicht glücklich!«

Das, was geschehen war, dem Fürsten Andrej zu sagen oder es ihm zu verhehlen schien ihr in gleicher Weise unmöglich.

»Noch ist nichts verloren. Wie aber soll ich auf immer der Liebe des Fürsten Andrej entsagen, an die ich mich so lange gewöhnt habe?«

Gnädiges Fräulein, ein Mann hat mir dies für Sie übergeben, sagte das ins Zimmer tretende Dienstmädchen leise, mit geheimnisvoller Stimme und gab Natascha einen Brief. Um Gottes willen, Vorsicht! fügte das Mädchen hinzu, während Natascha mechanisch das Siegel erbrach.

Es war ein Liebesbrief von Anatol, von dem sie kein Wort verstand. Nur das eine las sie heraus, daß es ein Brief von ihm war, von dem Manne, den sie liebte. Ja, sie liebte ihn; wie hätte sonst das alles geschehen können, was geschehen war? Wie hätte sonst ein Liebesbrief von ihm in ihren Händen sein können?

Mit zitternden Fingern hielt Natascha diesen leidenschaftlichen Brief, den Dolochow für Anatol entworfen hatte, und als sie ihn las, fand sie darin das Echo alles dessen, was sie selbst zu fühlen glaubte.

»Am gestrigen Abend hat sich mein Geschick entschieden. Von Ihnen geliebt werden oder sterben – einen anderen Ausweg gibt es nicht für mich.« So begann der Brief. Dann schrieb Anatol, er wisse, daß Nataschas Eltern sie ihm nicht geben würden; daß es geheime Hindernisse gebe, die er nur ihr allein offenbaren könne. Wenn sie ihn aber liebe, so solle sie ihm nur das Wort »Ja« sagen, und keine menschliche Gewalt solle ihrer Glückseligkeit im Wege stehen. Die Liebe würde alles besiegen; er würde sie entführen und mit ihr ans Ende der Welt gehen.

»Ja, ja, ich liebe ihn!« dachte Natascha, indem sie den Brief zum zwanzigsten Mal las und in jedem Worte einen tief verborgenen Sinn suchte.

An diesem Abend fuhr Maria Dmitriewna zu Archarows und lud die jungen Mädchen ein, sie zu begleiten. Aber Natascha blieb zu Hause unter dem Vorwande, Kopfschmerzen zu haben.

XV

Spätabends, als Sonja zurückkehrte, trat sie in Nataschas Zimmer und fand sie zu ihrem Erstaunen in Kleidern auf dem Diwan liegen, wo sie eingeschlafen war. Neben ihr auf dem Tische lag Anatols offener Brief; Sonja nahm ihn in die Hand und begann zu lesen.

Sie las und blickte auf die schlafende Natascha, um in deren Gesicht die Erklärung für das zu suchen, was sie las, aber sie fand sie nicht. Das Gesicht war still, ruhig, friedlich, heiter. Sonja legte die Hand aufs Herz, um nicht zu ersticken, setzte sich bleich und vor Furcht und Aufregung zitternd in einen Sessel und fing bitterlich an zu weinen.

»Wie, ich habe nichts gesehen ... und so weit hat es kommen können! ... Ob sie wirklich den Fürsten Andrej nicht mehr liebt? Und wie konnte sie diesen Kuragin an sich herankommen lassen? ... Er ist ein Schurke, ein Betrüger, das ist klar! ... Was wird Nikolaj sagen, der gute, edle Nikolaj, wenn er das erfährt? ... Das also bedeutete ihre aufgeregte, entschlossene, unnatürliche Miene vorgestern, gestern und heute, dachte Sonja. Aber es ist unmöglich, daß sie ihn liebt! Wahrscheinlich wußte sie nicht, von wem der Brief gekommen war; darum hat sie ihn erbrochen. Nun aber fühlt sie sich beleidigt ... es kann nicht anders sein!«

Sonja trocknete ihre Tränen, trat zu Natascha und sah ihr wieder aufmerksam ins Gesicht.

Natascha! sagte sie kaum hörbar, und die Schlafende erwachte.

Ah, du bist wiedergekommen! sagte sie und umarmte die Freundin mit der Kraft und Zärtlichkeit, die man gleich nach dem Erwachen zu haben pflegt. Aber als sie Sonjas verlegene Miene bemerkte, nahm auch ihr Gesicht den Ausdruck der Verlegenheit und des Argwohns an.

Sonja, hast du den Brief gelesen? fragte sie.

Ja! antwortete Sonja.

Natascha lächelte begeistert.

Nein, Sonja, ich kann nichts mehr vor dir verhehlen, kann

es nicht mehr! sagte sie. Du weißt, daß wir uns lieben ... Sonja, Täubchen ... er schreibt ... Sonja ...

Sonja sah Natascha mit großen Augen an, als ob sie ihren Ohren nicht traute.

Und Bolkonskij? fragte sie.

Ach, Sonja! ach, wenn du wüßtest, wie glücklich ich bin ... du weißt nicht, was Liebe ist.

Aber Natascha, ist denn »das« wirklich vorbei ... ganz zu Ende?

Natascha sah Sonja mit großen Augen verwundert an, als ob sie ihre Frage nicht verstände.

Nun, ja, du willst doch den Fürsten Andrej aufgeben? fragte Sonja.

Ach! das verstehst du nicht ... Sprich nicht solchen Unsinn! sagte Natascha, die plötzlich ärgerlich wurde.

Nein, ich kann es nicht glauben! fuhr Sonja fort. Ich verstehe es nicht! ... Wie, ein ganzes Jahr hast du den einen geliebt und plötzlich ... Du hast den anderen nur dreimal gesehen! Natascha, ich glaube dir nicht, du scherzest ... in drei Tagen alles vergessen und so ...

Drei Tage! rief Natascha. Mir ist, als ob ich ihn seit hundert Jahren liebe ... als ob ich vor ihm keinen geliebt hätte. Du kannst das nicht verstehen, Sonja, komm, setze dich hierher.

Natascha umarmte und küßte sie.

Man hat mir wohl gesagt, daß dergleichen in der Welt geschieht ... und du hast es gewiß auch gehört, fuhr sie fort. Nun habe ich diese Liebe erfahren. Es ist nicht wie früher! Als ich ihn das erste Mal gesehen, habe ich gefühlt, daß er mein Herr ist, daß ich seine Sklavin bin, und daß es mir unmöglich sein würde, ihn nicht zu lieben. Ja, ich bin seine Sklavin! Was er befiehlt, werde ich tun ... du verstehst das nicht ... aber was soll ich anfangen, was soll ich anfangen? fragte Natascha mit glücklichem und zugleich erschrockenem Gesicht.

Aber bedenke doch, was du tust! rief Sonja. Ich kann das nicht so hinnehmen! Dieser geheime Briefwechsel ... wie konntest du ihn soweit kommen lassen? fügte sie erschrocken hinzu und war kaum imstande, ihren Abscheu zu verbergen.

Ich sage dir ja, daß ich keinen Willen habe, antwortete Natascha. Verstehst du denn nicht; ich liebe ihn!

Aber ich lasse das nicht hingehen. Ich werde es erzählen! rief Sonja und brach in Tränen aus.

Was fällt dir ein. Um Gottes willen! Wenn du es sagst, bist du meine Feindin! rief Natascha. Du willst mein Unglück, willst, daß man uns trennt ...

Sonja weinte vor Beschämung und Kummer, als sie die Angst ihrer Freundin sah.

Aber was ist denn zwischen Euch vorgegangen? fragte sie. Was hat er dir gesagt? Warum besucht er uns nicht?!

Natascha antwortete nicht auf ihre Fragen.

Um Gottes willen, sage niemand etwas davon, Sonja, quäle mich nicht! bat sie. Du weißt doch, daß sich niemand in solche Dinge mischen darf. Ich habe dir vertraut ...

Aber warum dies Geheimnis? Warum besucht er uns nicht? fragte Sonja. Warum wirbt er nicht offen um deine Hand? Fürst Andrej hat dir volle Freiheit gelassen, wenn es so kommen sollte. Aber ich glaube nicht daran. Natascha, hast du darüber nachgedacht, was für »geheime Hindernisse« das sein können?

Natascha sah Sonja mit verwunderten Augen an. Es war, als ob sie sich diese Frage zum ersten Mal vorlegte, und sie wußte nicht, wie sie darauf antworten sollte.

Was für geheime Hindernisse, das weiß ich nicht. Aber sie müssen doch vorhanden sein.

Sonja seufzte und wiegte ungläubig den Kopf.

Wenn es Hindernisse gäbe ... fing sie an; aber Natascha, die ihre Zweifel erriet, fiel ihr erschreckt ins Wort.

Sonja, man darf nicht zweifeln, nie, nie! Du verstehst das nicht! rief sie.

Liebt er dich?

Ob er mich liebt? wiederholte Natascha mit einem Lächeln des Mitleids über das schwache Begriffsvermögen ihrer Freundin. Du hast ja den Brief gelesen, hast *ihn* ja gesehen.

Aber, wenn er kein ehrenhafter Mensch wäre ...

Er ... kein ehrenhafter Mensch! ... Wenn du wüßtest ... sagte Natascha.

Wenn er ein ehrenhafter Mann ist, so muß er dir entweder seine Absichten erklären oder er dürfte dich nicht mehr wiedersehen, und wenn du es nicht dahin bringen willst, so werde ich es tun. Ich werde ihm schreiben, ich werde es deinem Papa sagen, versicherte Sonja mit großer Entschlossenheit.

Aber ich kann ohne ihn nicht leben, rief Natascha.

Natascha, ich begreife dich nicht. was sprichst du da! Denke an deinen Vater, an Nikolenka!

Ich brauche niemand, ich liebe niemand außer ihn! Wie darfst du sagen, daß er nicht ehrenhaft ist. Weißt du denn nicht, daß ich ihn liebe? – Sonja, geh weg, ich will mich nicht mit dir zanken. Geh, um Gottes willen, geh! Du siehst, wie ich leide! rief Natascha heftig, indem sie ihre zornige, verzweiflungsvolle Stimme zu mäßigen suchte.

Sonja brach in Tränen aus und verließ das Zimmer.

Natascha setzte sich an den Schreibtisch, und ohne sich einen Augenblick zu besinnen, schrieb sie die Antwort an Prinzessin Maria, die sie am Morgen nicht zustande gebracht hatte. In diesem Briefe sagte sie kurz, daß alle Mißverständnisse zwischen ihnen beendigt wären, und daß sie von der Großmut des Fürsten Andrej, der ihr bei seiner Abreise volle Freiheit gegeben, Gebrauch mache. Sie bat die Prinzessin, ihr zu verzeihen, wenn sie etwas verschuldet habe, aber sie könne nicht seine Frau werden. Alles dies erschien ihr in diesem Augenblicke so leicht, so einfach und so klar.

Freitag wollten Rostows auf ihr Gut zurückkehren, und Mittwoch fuhr der Graf mit einem Käufer nach seinem Landhause bei Moskau.

Denselben Tag waren Natascha und Sonja zu einem großen Diner bei Kuragins eingeladen, und Maria Dmitriewna fuhr mit ihnen hin. Bei diesem Diner kam Natascha wieder mit Anatol zusammen, und Sonja bemerkte, daß sie mit ihm sprach und sich dabei bemühte, nicht gehört zu werden, und während des Abends noch aufgeregter war als früher.

Als sie nach Hause kamen, begann Natascha die Erklärung, auf die Sonja wartete.

Sieh, Sonja, neulich hast du allerlei Unsinn über ihn gesagt, begann Natascha mit jener sanften Stimme, in welcher Kinder sprechen, wenn sie geliebkost werden wollen. Heute haben wir uns ausgesprochen.

Und was hat er gesagt? Natascha, wie freue ich mich, daß du nicht böse mit mir bist! ... Sage mir alles, die ganze Wahrheit ... Was hat er gesagt?

Natascha wurde nachdenklich.

Ach, Sonja, wenn du ihn kenntest, wie ich! ... Er sagte ... er fragte mich, wie ich mich mit Bolkonskij versprochen habe, und freute sich, daß es in meiner Macht liege, ihm abzuschreiben.

Sonja seufzte schwer.

Aber du hast es noch nicht getan? hast Bolkonskij nicht abgeschrieben?

Vielleicht habe ich's doch schon getan! Vielleicht ist mit Bolkonskij alles zu Ende. Warum denkst du so schlecht von mir?

Ich denke nichts, ich verstehe nur nicht ...

Warte nur, Sonja, du wirst schon alles verstehen, wirst sehen, was für ein Mensch er ist. Denke nicht schlecht, weder von mir noch von ihm.

Ich denke von niemandem schlecht. Ich habe euch alle lieb, und es tut mir weh um euch alle. Aber was soll ich tun?

Sonja ließ sich durch den zärtlichen Ton, in dem Natascha mit ihr sprach, nicht rühren. Je weicher und bittender Nataschas Gesichtsausdruck wurde, um so ernster und starrer sah Sonja aus.

Natascha, sagte sie, du hast mich gebeten, nicht mit dir davon zu sprechen, und ich habe es nicht getan. Jetzt hast du selbst angefangen. Natascha, ich traue ihm nicht. Wozu diese Geheimnisse?

Wieder ... wieder! unterbrach sie Natascha.

Natascha, ich fürchte für dich!

Was ist da zu fürchten? fragte Natascha.

Ich fürchte, daß du in dein Verderben gehst, sagte Sonja entschlossen, erschrak aber selbst über ihre Worte.

So ... in mein Verderben! ... Nun gut, mein Verderben. Das

ist aber nicht Eure Sache ... nicht Euch, mir wird es schlecht gehen ... Lasse mich, lasse mich, ich hasse dich.

Natascha! rief Sonja erschreckt.

Ich hasse dich, ja, du bist meine Feindin auf ewig. Mit diesen Worten lief Natascha aus dem Zimmer.

Von Stund an sprach Natascha nicht mehr mit Sonja und suchte ihr auszuweichen. Mit einem Ausdruck unruhiger Verwunderung und stillen Schuldbewußtseins ging sie durch die Zimmer, nahm bald dies, bald jenes in die Hand und warf es wieder weg.

Sonja, so schwer es ihr wurde, ließ die Freundin nicht aus den Augen.

Am Tage vor der Rückkehr des Grafen bemerkte Sonja, daß Natascha den ganzen Morgen an einem der Salonfenster saß, als ob sie auf jemand wartete, und daß sie einem vorüberreitenden Offizier, in dem Sonja Anatol Kuragin erkannte, ein Zeichen gab.

Sonja fing an, ihre Freundin noch schärfer zu beobachten und bemerkte, daß Natascha während des ganzen Tages in einem seltsamen, unnatürlichen Zustande war. (Sie antwortete nicht ordentlich, wenn sie gefragt wurde, begann einen Satz und ließ ihn unvollendet, und lächelte beständig vor sich hin.)

Nach dem Tee sah Sonja ein schüchternes Stubenmädchen an Nataschas Tür; sie ließ das Mädchen hineingehen, lauschte an der Tür und hörte, daß wieder ein Brief abgegeben wurde. Plötzlich kam sie zu der Überzeugung, daß Natascha für diesen Abend einen verderblichen Plan gefaßt habe. Sie klopfte, aber Natascha ließ sie nicht herein.

»Sie will mit ihm entfliehen! dachte Sonja; sie ist zu allem fähig. Ihr Gesicht sah heute besonders unglücklich und entschlossen aus. Sie weinte auch, als sie vom Onkel Abschied nahm. Ja, gewiß, sie will mit ihm entfliehen, aber was soll ich tun?« fragte sich Sonja, indem sie sich aller Anzeichen erinnerte, die darauf hinwiesen, daß Natascha etwas Verderbliches beabsichtigte.

Der Graf ist nicht da; was soll ich tun? ... An Kuragin schreiben und von ihm eine Erklärung verlangen? Aber wer zwingt ihn, mir zu antworten? An Pierre schreiben, wie mir Andrej im Falle eines Unglücks aufgetragen? ... Aber vielleicht hat sie Bolkonskij wirklich schon abgeschrieben. (Sie hat doch gestern einen Brief an die Prinzessin Maria geschickt.)«

Maria Dmitriewna, die Natascha so hoch hielt, alles zu sagen, erschien Sonja wie ein Unrecht.

»Aber auf die eine oder andere Art ist's Zeit zu beweisen, daß ich für die Wohltaten der Familie dankbar bin, und daß ich Nikolaj liebe, dachte sie, während sie in dem dunkeln Gange stand. Nein, und wenn ich drei Nächte lang nicht schlafen sollte, ich entferne mich nicht aus dem Korridor, ich halte sie mit Gewalt zurück und gebe nicht zu, daß Schande über die Familie gebracht wird.

XVI

In der letzten Zeit hatte Anatol bei Dolochow gewohnt. Der Plan, Natascha zu entführen, war von Dolochow entworfen, und an dem Tage, als Sonja an Nataschas Tür gelauscht und sich entschlossen hatte, sie zu bewachen, sollte dieser Plan zur Ausführung kommen. Natascha hatte versprochen, um zehn Uhr Kuragin am hinteren Ausgang zu treffen. Anatol sollte sie in eine Trojka setzen, sie nach dem etwa sechzig Werst entfernten Dorfe Kamjenka bringen, und dort sollten sie durch einen abgesetzten Popen getraut werden. In Kamjenka waren Vorbereitungen getroffen, um nach Warschau zu gelangen, und dort wollten sie per Extrapost ins Ausland fliehen.

Anatol war mit Paß und Fahrschein versehen und besaß 10 000 Rubel, die er von der Schwester geborgt, sowie 10 000, die ihm Dolochow verschafft hatte.

Die beiden Zeugen – Chwostikon, ein ehemaliger Kanzlist, der Dolochow beim Spiele zur Hand ging, und Makarin, ein verabschiedeter Husar, ein gutmütiger, schwacher Mann, der eine unbegrenzte Liebe zu Kuragin hatte – saßen im ersten Zimmer und tranken Tee.

In seinem großen Arbeitskabinett, das vom Boden bis zur Decke mit persischen Teppichen, Bärenfellen und Gewehren behangen war, saß Dolochow im Reiseanzuge vor dem offenen Schreibpult, auf dem Geldrollen und Rechnungen lagen. Anatol ging in aufgeknöpfter Uniform aus dem Zimmer, wo die Zeugen saßen, durch das Kabinett in eine Hinterstube, in der sein französischer Kammerdiener mit anderen Bedienten die letzten Sachen einpackte. Dolochow zählte Geld und machte Notizen.

Höre, sagte er, Chwostikon muß 2000 Rubel bekommen.

Meinetwegen! antwortete Anatol.

Makarka – so nannten sie Makarin – geht auch so für dich durch Feuer und Wasser ... somit ist die Rechnung fertig, sagte Dolochow, indem er auf die Papiere zeigte.

Gut, gut! antwortete Anatol, der offenbar nicht auf Dolochow hörte, und sah mit dem Lächeln, das nie von seinem Antlitz wich, vor sich nieder.

Dolochow schlug das Schreibpult zu und wandte sich mit spöttischem Lächeln zu Anatol.

Weißt du was? – Lass alles sein ... noch ist's Zeit! sagte er.

Narr! rief Anatol; höre auf, solchen Unsinn zu reden ... wenn du wüßtest ... der Teufel weiß, was das ist!

Wahrhaftig, lass es sein, wiederholte Dolochow. Ich rate dir gut. Was du da anfängst, ist kein Spaß.

Mußt du mich denn immer quälen ... wie? Geh zum Teufel! sagte Anatol und runzelte die Stirn. Ich bin nicht aufgelegt für deine Narrheiten ... Damit ging er aus dem Zimmer.

Dolochow lächelte halb verächtlich, halb nachsichtig.

Warte doch! rief er ihm nach. Ich scherze nicht ... ich rate dir gut, komm, komm her!

Anatol kam zurück und bemühte sich, seine Gedanken zu sammeln. Er sah Dolochow an, und es war unverkennbar, daß er seinem Einflusse unterworfen war.

Höre mich an, zum letzten Mal ... Warum sollte ich mit dir Scherz treiben? ... habe ich dir nicht alles zu Willen getan? Wer hat alles besorgt? Wer hat den Popen gefunden, den Paß geschafft? ... Alles ich!

Nun, dafür bin ich dir auch dankbar. Glaubst du etwa, daß wäre ich nicht? Anatol seufzte und umarmte Dolochow.

Ich habe dir geholfen, aber ich muß dir die Wahrheit sagen. Die Sache ist gefährlich, und wenn man sie genau betrachtet, eine Dummheit. Schön, du entführst das junge Mädchen, gut! Wird man das so hingehen lassen? Es wird herauskommen, daß du schon verheiratet bist, und du kommst vor das Kriminalgericht ...

Ach, Dummheiten! Dummheiten! rief Anatol und runzelte wieder die Stirn. Ich habe dir doch erklärt ... hm? – und mit jener seltsamen Vorliebe, die dumme Menschen stets für logische Schlüsse haben, zu denen sie durch eigenes Nachdenken gekommen sind, wiederholte er die Erklärung, die er Dolochow schon hundertmal gegeben.

Ich habe dir doch auseinandergesetzt, daß ich, wenn diese Ehe ungültig ist, nicht verantwortlich bin, sagte er, indem er einen Finger einbog; wird sie aber anerkannt, so ist alles gut ... Überdies werden wir ja im Auslande sein, wo niemand etwas weiß ... sage also nichts mehr, nichts mehr, gar nichts mehr!

Richtig! mache es wie du willst ... Du wirst dich aber binden ...

Geh zum Teufel! rief Anatol und verließ das Zimmer, indem er sich mit beiden Händen durchs Haar fuhr; er kam aber gleich wieder zurück und setzte sich neben Dolochow.

Der Teufel weiß, was das ist ... fühle nur, wie es schlägt! Er nahm Dolochows Hand und legte sie auf sein Herz. Ach, welch ein Fuß, welch ein Blick ... eine Göttin, sagte er französisch ... wie?

Dolochow lächelte kühl und sah ihn mit seinen schönen, frechen Augen blinzelnd an; es war unverkennbar, daß er sich über ihn lustig machen wollte.

Und wenn nun alles Geld zu Ende ist, was dann? fragte er.

Was dann? ... ja, was dann? wiederholte Anatol in großer Verlegenheit bei dem Gedanken an die Zukunft. Was dann? Ich weiß es nicht ... Aber wozu solchen Unsinn sprechen? Er sah nach der Uhr: Es ist Zeit!

Damit ging er in die Hinterstube.

Wann werdet ihr endlich fertig sein? Was trödelt ihr? schrie er die Diener an.

Dolochow nahm das Geld vom Tische, befahl einem Diener, ihm vor der Abfahrt etwas zu essen und zu trinken zu bringen, und begab sich in das Zimmer, wo Chwostikon und Makarin saßen.

Anatol lag im Kabinett auf dem Diwan, hatte den Kopf in die Hand gestützt, lächelte nachdenklich vor sich hin, und sein schöner Mund flüsterte zärtliche Worte.

Komm, du mußt etwas essen oder trinken, schrie ihm Dolochow aus dem anderen Zimmer zu.

Ich mag nicht, antwortete Anatol, der zu lächeln fortfuhr.

Komm, Balaga ist da.

Anatol stand auf und trat in das Eßzimmer. Balaga war ein bekannter Fuhrmann, der Dolochow und Anatol seit sechs Jahren mit seiner Trojka zu fahren pflegte. Als Anatols Regiment noch in Twer stand, war es nicht selten vorgekommen, daß er ihn abends aus Twer wegfuhr und morgens nach Moskau brachte, um ihn die nächste Nacht wieder zurückzufahren.

Mehr als einmal hatte er Dolochow vor seinen Verfolgern gerettet, hatte ihn häufig mit Zigeunermädchen und »gewissen Dämchen«, wie Balaga sagte, durch die Stadt kutschiert und dabei Menschen und Fuhrwerk überfahren, und immer hatten ihn »seine Herren«, wie er sie nannte, von aller Strafe freigemacht. Mehr als ein Pferd hatte er für sie zuschanden gefahren, mehr als einmal hatten sie ihn geschlagen; hatten ihn mit Madeira und Champagner, die er besonders liebte, betrunken gemacht; und Streiche wußte er von ihnen, für die gewöhnliche Menschen nach Sibirien gebracht worden wären. Bei ihren Gelagen hatten sie Balaga häufig kommen lassen, hatten ihm zu trinken gegeben, ihn gezwungen, mit den Zigeunern zu tanzen, und manche tausend Rubel waren aus ihrer Tasche in seine Hände übergegangen. Wenn er ihnen diente, riskierte er jährlich wohl zwanzigmal seine Haut und sein Leben und ruinierte mehr Pferde, als sie ihm bezahlten. Aber er hatte sie gern, hatte das rasende Fahren gern, achtzehn Werst in der Stunde, rannte gerne Kutschen und Fußgänger an, und raste gern durch die Straßen Moskaus. Es war ihm angenehm, hinter sich von den betrunkenen Herren den wilden Ruf »Vorwärts! Vorwärts!« zu hören, obwohl er schon ohnedies so schnell als möglich dahinjagte, und es machte ihm Freude, über den Nacken des armen Bauern, der erschreckt zur Seite wich, die Peitsche zu schwingen. »Echte Herren!« dachte er.

Anatol und Dolochow hatten Balaga ebenfalls gern wegen seines meisterhaften Fahrens, und weil er ihre Neigungen teilte. Von anderen Leuten nahm Balaga 25 Rubel für eine zweistündige Fahrt, fuhr gewöhnlich nicht selbst, sondern schickte seine Leute. Aber »seine Herren«, wie er sie nannte, bediente er immer selbst und verlangte nichts dafür. Nach Verlauf einiger Monate aber, wenn er von den Kammerdienern erfuhr, daß sie gerade Geld hatten, kam er frühmorgens, solange er noch nüchtern war, und bat mit tiefer Verbeugung, ihm aus der Not zu helfen, da man ihn einsperren wollte. Oder er sagte:

Verzeihen Sie, Väterchen Fjodor Iwanowitsch, oder: Ew. Durchlaucht, ich habe keine Pferde mehr, es ist Jahrmarkt, geben Sie mir, was Sie können.

Und Anatol und Dolochow gaben ihm, wenn sie Geld hatten, tausend oder zweitausend Rubel.

Balaga war blond, hatte ein rotes Gesicht, einen roten, dicken Hals, eine Stumpfnase und untersetzte Gestalt. Er war siebenundzwanzig Jahre alt, hatte glänzende kleine Augen und einen kurzen Bart. Seine Kleidung bestand aus einem feinen, dunkelblauen Kaftan mit Seidenfutter, den er über die Pelzjacke zog.

Als er eintrat, bekreuzte er sich vor dem Bilde in der Zimmerecke und kam auf Dolochow zu, indem er ihm seine kleine schwarze Hand entgegenstreckte.

Grüß Gott, Fjodor Iwanowitsch! sagte er und verneigte sich.

Ich wünsche dir Gesundheit, Bruder. Da ist er ja auch.

Guten Tag, Ew. Durchlaucht! sagte Balaga zu dem eintretenden Anatol und reichte ihm ebenfalls die Hand.

Hast du mich lieb oder nicht, Balaga? fragte Anatol, indem

er ihm die Hand auf die Schulter legte. Ja? ... Nun so leiste mir jetzt einen Dienst ... Mit welchen Pferden bist du gekommen ... wie?

Wie der Bote befohlen hat, mit Ihren Teufelspferden, antwortete Balaga.

Nun so höre, Balaga! Jage die ganze Trojka tot, aber sei in drei Stunden am Ziel ... wie?

Wen ich sie totjage, womit sollen wir dann weiterfahren? fragte Balaga und zwinkerte mit den Augen.

Ich schlage dir die Rippen ein, wenn du jetzt Spaß machst, rief Anatol mit rollenden Augen.

Spaß? sagte der Kutscher und lächelte. Für meine Herren ist mir nichts zu gut. Wir werden fahren, was die Pferde laufen können.

Gut, setze dich! sagte Dolochow.

Ich kann auch stehen, Fjodor Iwanowitsch.

Setz dich ... du bist verdreht. Trink! sagte Anatol und schenkte ihm ein großes Glas Madeira ein.

Die Augen des Kutschers funkelten dem Wein entgegen. Er dankte aus Höflichkeit, trank aber aus, und wischte sich den Mund mit einem roten, seidenen Tuche, das in seinem Hute lag.

Nun, wann fahren wir, Durchlaucht?

Anatol sah nach der Uhr.

Wir wollen sogleich aufbrechen. Sage Balaga, wirst du zurechtkommen?

Ja, warum sollten wir nicht zurechtkommen, wenn die Abfahrt eine glückliche ist? Sind wir doch in sieben Stunden nach Twer gefahren. Weißt du noch, Durchlaucht?

Du erinnerst dich wohl, daß ich einmal zu Weihnachten von Twer fortfuhr? sagte Anatol, indem er sich lächelnd zu Makarin wandte, der ihn zärtlich ansah. Du kannst mir glauben, Makarka, wir flogen dermaßen dahin, daß uns der Atem verging. Und als wir einmal an einen Zug Lastwagen kamen, setzten wir über zwei Fuhrwerke weg ... wie?

Das waren aber auch Pferde! schaltete Balaga ein; ich hatte damals zwei junge Seitenpferde neben dem Mittelfuchs, wandte er sich an Dolochow. Glaubst du es wohl, Fjodor Iwanowitsch, sechzig Werst haben die Teufelspferde in einem Zuge gemacht. Ich konnte sie nicht mehr halten, die Hände waren mir starr vor Kälte. Ich warf die Zügel zurück in den Schlitten, nimm sie einmal selbst, Durchlaucht ... nicht genug, daß man die Pferde nicht auszutreiben brauchte ... man konnte sie gar nicht aufhalten ... in drei Stunden brachten uns die Teufel an Ort und Stelle, und nur das linke ist mir krepiert.

XVII

Anatol ging aus dem Zimmer und kam nach wenigen Minuten in einem weißen Pelz mit silbernem Gürtel zurück. Auf dem Kopfe trug er eine keck auf die Seite gesetzte Zobelmütze, die vortrefflich zu seinem hübschen Gesichte paßte. Nachdem er sich im Spiegel betrachtet, trat er in der Haltung, die er dabei immer anzunehmen pflegte, zu Dolochow und ergriff ein Glas Wein.

Nun, Fedja, lebe wohl! ich danke dir für alles, lebe wohl! sagte Anatol; und ihr, Freunde ... Gefährten ... er wurde nachdenklich, Gefährten meiner Jugend, lebt wohl! wandte er sich an Makarin und die anderen.

Obwohl sie alle mit ihm fahren sollten, wünschte Anatol, etwas Rührendes und Feierliches zu sagen. Er sprach langsam mit lauter Stimme, streckte die Brust vor und wiegte sich in den Hüften. Nehmt Eure Gläser ... auch du, Balaga ... Nun, Kameraden, Freunde meiner Jugend, wir haben genossen ... gelebt! ... genossen ... wie? Wann werden wir uns wiedersehen? ... Ich gehe ins Ausland ... Wir haben gelebt ... Lebt wohl, Kinder, auf Euer Wohl ... Hurra! rief er und warf das geleerte Glas zu Boden.

Bleibe gesund! sagte Balaga, indem er gleichfalls sein Glas leerte und sich den Mund wischte. Makarin umarmte Anatol mit Tränen in den Augen.

Ach, Fürst, wie schwer mir der Abschied von dir wird! sagte er.

Fort! fort! rief Anatol.

Balaga wollte das Zimmer verlassen.

Nein, bleib noch ... wir müssen uns erst setzen ... mache die Tür zu, sagte Anatol.

Die Tür wurde geschlossen, und alle nahmen wieder Platz. So, jetzt vorwärts, Kinder! sagte Anatol indem er sich erhob.

Der französische Lakai Josef reichte ihm Tasche und Säbel, und alle gingen ins Vorzimmer.

Wo ist mein Pelz? fragte Dolochow. He, Ignatka, gehe zu Matrjona Matwjejewna und frage nach meinem Pelz und nach dem Zobelmantel. Ich weiß wohl, wie man es bei Entführungen machen muß, fuhr er fort und zwinkerte mit den Augen. Halbtot und wie sie im Hause geht und steht, wird sie herauskommen, wird gleich anfangen zu weinen und halberfroren nach Papachen und Mamachen zurückverlangen ... du aber hüllst sie in den Pelz und trägst sie nach dem Schlitten.

Der Diener brachte einen Frauenmantel von Fuchspelz.

Dummkopf! ich habe dir gesagt, den Zobelmantel ... He, Matrjoscha, den Zobelmantel, auf der Stelle! schrie Dolochow so laut, daß seine Stimme durch alle Zimmer schallte.

Eine schöne, hagere, blasse Zigeunerin mit glänzenden schwarzen Augen und krausem schwarzen Haar, in einen roten Schal gehüllt, lief herbei mit dem Zobelpelz auf dem Arme.

Da ist er ... nimm ihn hin ... mir liegt nichts daran, sagte sie halb in Furcht vor dem Herrn, halb voll Bedauern, den Mantel wegzugeben.

Dolochow antwortete nicht, ergriff den Pelz, warf ihn Matrjoscha über die Schultern und hüllte sie darin ein.

So, sagte er, und dann so, fuhr er fort und zog ihr den Kragen über den Kopf, bis nur noch ein Stückchen vom Gesicht zu sehen war; endlich so, sieh her! und er drückte Anatols Kopf an die Öffnung des Kragens, aus der Matrjoschas glänzendes Lächeln hervorleuchtete.

Nun, lebe wohl, Matrjoscha, sagte Anatol, und küßte sie. Geh! nun hat die Bummelei eine Ende ... grüße Stjoschka ... Adieu, adieu, Matrjoscha, wünsche mir Glück auf den Weg.

Gott gebe Ihnen viel Glück, Fürst! sagte Matrjoscha in ihrem Zigeunerakzent.

Im Hofe standen zwei Trojkas. Zwei tüchtige Kutscher hielten die Pferde. Balaga setzte sich auf den vordersten Wagen, hob die Ellbogen hoch und nahm langsam die Zügel zur Hand; Anatol und Dolochow setzten sich zu ihm, Makarin, Chwostikon und der Bediente stiegen in die zweite Trojka.

Alles fertig? fragte Balaga. Vorwärts! schrie er dann, indem er die Zügel um die Hände wickelte, und die Wagen flogen den Nikita-Boulevard entlang.

Brr! pass auf! Vorsicht! brr, hörte man das Geschrei Balagas und des anderen Kutschers auf dem Bock. Auf dem Arbatplatz streifte die Trojka einen Wagen; es krachte, ein Schrei wurde laut, aber die Trojka flog weiter.

Als Balaga über den Podnowinki-Boulevard hinausgekommen war, begann er die Pferde etwas zu zügeln, wandte um und hielt am Kreuzungspunkt bei der alten Stallhofstraße. Der Kutscher sprang ab, um die Pferde zu halten; Anatol und Dolochow gingen auf das Trottoir. Als sie die rechte Tür erreicht hatten, pfiff Dolochow, ein zweiter Pfiff gab Antwort, und gleich darauf erschien das Stubenmädchen.

Treten Sie in den Hof ... Fräulein wird gleich kommen, sagte sie.

Dolochow blieb an der Tür; Anatol ging mit dem Mädchen in den Hof, bog um die Ecke und eilte die Freitreppe hinauf.

Gawrilo, ein Diener Maria Dmitriewnas, ein Riesenmensch, der sie immer beim Ausfahren begleitete, kam Anatol entgegen.

Zur gnädigen Frau, haben Sie die Güte! sagte er mit tiefer Stimme, indem er ihm den Weg vertrat.

Zu welcher gnädigen Frau, und wer bist du? sagte Anatol stotternd und atemlos.

Kommen Sie, ich habe Befehl. Sie hineinzuführen, sagte der Diener.

Kuragin, zurück! schrie Dolochow, Verrat, zurück! Dabei rang er mit dem Portier, der hinter Anatol die Tür schließen wollte. Mit äußerster Kraftanstrengung schleuderte Dolochow den Mann zur Seite, erfaßte die Hand des flüchtenden Anatol, zog ihn zum Torweg hinaus, und beide liefen der Trojka zu.

XVIII

Maria Dmitriewna hatte die weinende Sonja im Korridor überrascht und hatte sie vermocht, ein offenes Geständnis abzulegen. Sie hatte Nataschas Brief aufgefangen und ging mit dem Briefe in der Hand zu Natascha.

Abscheuliche, Schamlose! sagte sie zu ihr; ich will nichts von dir wissen.

Mit diesen Worten stieß sie Natascha zurück, die sie mit verwunderten, aber trockenen Augen ansah, schloß sie in ihr Zimmer ein und befahl dem Portier, die Herren, die heute abend kommen würden, in den Hof hinein-, aber nicht wieder herauszulassen. Dem Diener trug sie auf, die Ankommenden zu ihr zu bringen und erwartete die Entführer im Saale.

Als Gawrilo mit der Meldung erschien, daß die Herren entflohen wären, stand Maria Dmitriewna auf und ging mit gerunzelter Stirn, die Hände auf den Rücken gelegt, eine lange Weile in ihren Zimmern hin und her und dachte darüber nach, was sie jetzt tun sollte.

Um Mitternacht ging sie, nachdem sie den Schlüssel aus ihrer Tasche hervorgesucht, zu Natascha. Sonja saß noch immer weinend im Korridor.

Um Gottes willen, Maria Dmitriewna, lassen Sie mich zu ihr! bat das junge Mädchen.

Maria Dmitriewna antwortete nicht, öffnete die Tür und trat hinein.

»So ein schlechtes, schamloses Geschöpf ... in meinem Hause! ... mir tut nur der Vater leid!« dachte sie, indem sie sich Mühe gab, ihren Zorn zu bemeistern. So schwer es auch ist, ich zwinge alle zum Schweigen und verhehle dem Grafen, was vorgefallen ist.

Mit entschlossenen Schritten trat Maria Dmitriewna ins

Zimmer; Natascha lag auf dem Diwan, hielt die Hände vor das Gesicht und regte sich nicht. Sie war noch in derselben Stellung, in der Maria Dmitriewna sie verlassen hatte.

Schön, sehr schön! begann die alte Dame. In meinem Hause ein Stelldichein mit dem Geliebten veranstalten! ... Was soll die Verstellung ... Höre zu, wenn ich mit dir spreche! Sie berührte die Hand des jungen Mädchens. Höre zu, wenn ich mit dir spreche! Du hast dich selbst beschimpft, wie die letzte Dirne, und ich würde ganz anders mit dir verfahren, wenn ich nicht deinen Vater bedauerte. So aber werde ich schweigen.

Natascha änderte ihre Stellung nicht, aber ihr Körper erbebte in einem stillen, zuckenden Schluchzen, das sie fast erstickte. Maria Dmitriewna wandte sich an Sonja, indem sie sich neben Natascha auf den Diwan setzte.

Ein Glück für ihn, daß er mir heute entgangen ist, aber ich werde ihn finden, begann sie mit ihrer rauhen Stimme; hörst du, was ich sage?

Sie legte ihre große Hand unter Nataschas Gesicht und wandte es sich zu. Maria Dmitriewna und Sonja erstaunten, als sie es erblickten. Die Augen des jungen Mädchens waren glänzend und trocken, die Lippen zusammengepreßt, die Wangen eingefallen.

Lassen Sie mich ... was soll ich ... ich sterbe! sagte sie mit Wut und Anstrengung, machte sich von Maria Dmitriewna los und nahm wieder ihre frühere Lage ein.

Natalia! ... ich will nur dein Bestes! antwortete Maria Dmitriewna; bleibe liegen wir du willst ... so wie jetzt ... ich rühre dich nicht an ... aber höre! Ich will nicht davon sprechen, wie du dich vergangen hast ... das weißt du selbst. Aber morgen kommt dein Vater ... was soll ich ihm sagen ... nun?

Wieder erzitterte Nataschas Körper in heftigem Weinen.

Nun? soll er es erfahren? und dein Bruder ... und dein Bräutigam?

Ich habe keinen Bräutigam mehr, ich habe ihm abgeschrieben! rief Natascha.

Das bleibt sich gleich! fuhr Maria Dmitriewna fort. Meinst du, daß sie die Sache ruhen lassen, wenn sie davon hören?

Und wenn dein Vater – ich kenne ihn ja – den Menschen zum Duell herausfordert, ist das etwa gut ... he?

Ach! lassen Sie mich ... Warum haben Sie alles zerstört? warum? ... Wer hat Sie darum gebeten? schrie Natascha, indem sie sich etwas aufrichtete und Maria Dmitriewna mit bösen Augen ansah.

Aber, was wolltest du denn? schrie Maria Dmitriewna, und geriet in Feuer. Hat man dich etwa eingesperrt? Wer hätte ihn denn gehindert, uns zu besuchen? Warum dich wie eine Zigeunerin entführen ... Und wenn er dich entführt hätte, meinst du, daß ihn dein Vater, dein Bruder oder dein Bräutigam nicht gefunden hätten? ... Aber er ist ein Schurke, ein Taugenichts, das ist er!

Er ist besser als ihr alle! rief Natascha, indem sie sich aufrichtete. Wenn Sie nicht dazwischengekommen wären ... Ach, mein Gott! warum? warum? Sonja, warum? ... Laßt mich allein! Und sie begann so verzweiflungsvoll zu weinen, wie man nur über selbstverschuldetes Leid zu weinen vermag.

Maria Dmitriewna wollte ihr zusprechen, aber Natascha schrie.

Geht! geht! Ihr alle hasset und verachtet mich! und sie warf sich wieder auf den Diwan.

Maria Dmitriewna fuhr noch eine Weile fort, Natascha ins Gewissen zu reden und ihr vorzustellen, daß die Sache dem Grafen verschwiegen werden und daß niemand davon erfahren solle, wenn Natascha sich Mühe geben wollte, alles zu vergessen und vor jedermann zu verbergen, daß etwas vorgefallen war.

Natascha antwortete nicht; sie weinte auch nicht mehr, aber ein Fieberschauer schüttelte sie. Maria Dmitriewna legte ihr ein Kissen unter, deckte sie mit zwei Decken zu und brachte ihr Lindenblütentee; aber Natascha schien das alles nicht zu bemerken.

Mag sie schlafen! sagte Maria Dmitriewna und verließ das Zimmer in der Meinung, daß Natascha eingeschlummert wäre. Aber Natascha schlief nicht, sondern lag mit offenen Augen da und starrte aus ihrem bleichen Gesicht vor sich hin. Die ganze Nacht schlief Natascha nicht, sie weinte auch nicht und sprach kein Wort mit Sonja, obwohl diese ein paarmal aufstand und zu ihr ging.

Am folgenden Tage kam Graf Ilja Andreitsch, wie er versprochen hatte, von seinem Landhause zurück. Er war sehr heiter; der Verkauf war im besten Gange, und so wurde er denn durch nichts mehr in Moskau festgehalten und gehindert, zu seiner Frau zurückzukehren, nach der er sich sehnte. Maria Dmitriewna ging ihm entgegen und sagte ihm: Natascha wäre am vergangenen Abend unwohl geworden; sie hätte nach dem Arzt geschickt, das junge Mädchen befände sich aber schon wieder besser.

Den ganzen Morgen verließ Natascha ihr Zimmer nicht. Mit zusammengepreßten, aufgesprungenen Lippen und trockenen, unbeweglichen Augen saß sie am Fenster, sah voll Unruhe den vorüberfahrenden Schlitten nach und drehte sich hastig um, sooft jemand ins Zimmer trat. Sie wartete auf Nachrichten von *ihm*, wartete, daß er kommen oder ihr schreiben würde.

Als der Vater zu ihr kam, wandte sie sich beim Klang der Männerschritte hastig um, und ihr Gesicht nahm den früheren kalten, bösen Ausdruck an. Sie stand nicht einmal auf, den Grafen zu begrüßen.

Was ist dir, mein Engel? fragte er; bist du krank?

Natascha schwieg.

Ja, ich bin krank! sagte sie dann. Auf die besorgte Frage des Grafen, warum sie so niedergeschlagen sei, und ob etwas mit dem Bräutigam vorgefallen wäre, versicherte sie, es wäre nicht geschehen und bat ihn, sich keine Sorge zu machen. Maria Dmitriewna bekräftige Nataschas Aussage. Der Graf erriet jedoch aus der angeblichen Krankheit sowohl, wie aus Sonjas und Maria Dmitriewnas Verlegenheit, daß in seiner Abwesenheit etwas vorgefallen sein mußte. Aber es war ihm so fürchterlich, zu denken, seiner geliebten Tochter könnte ein Schimpf widerfahren sein, und seine heitere Ruhe war ihm so teuer, daß er jede Frage unterließ, sich zu glauben bemühte, daß wirklich nichts von Bedeutung vorgefallen sei, und nur bedauerte, durch Nataschas Unwohlsein die Abreise nach dem Gute verzögert zu sehen.

XIX

Seit dem Tage, an dem Pierres Frau nach Moskau gekommen war, hatte er die Absicht, irgendwohin zu reisen, nur um nicht mit ihr zusammensein zu müssen, und nach der Ankunft des Grafen Rostow veranlaßte ihn der Eindruck, den Natascha auf ihn machte, die Ausführung seines Planes zu beschleunigen. Er reiste nach Twer zu der Witwe Jossif Alekséjewitschs, die ihm schon lange versprochen hatte, ihm die Papiere ihres seligen Mannes zu übergeben.

Als Pierre nach Moskau zurückkehrte, fand er einen Brief von Maria Dmitriewna, die ihn bat, in einer wichtigen Angelegenheit, die Andrej Bolkonskij und seine Braut beträfe, zu ihr zu kommen. Pierre hatte Natascha vermieden, weil er in sich selbst eine stärkere Neigung für sie entdeckt, als ein verheirateter Mann für die Braut seines Freundes haben darf. Aber das Schicksal führte ihn immer wieder mit ihr zusammen.

»Was ist geschehen? Und was hat sie mit mir zu tun? dachte er, während er sich ankleidete, um zu Maria Dmitriewna zu fahren. Fürst Andrej sollte nur bald kommen und sie heiraten«, dachte er weiter, als er zur Frau Achrossimow unterwegs war.

Auf dem Twer-Boulevard wurde er angerufen.

Pierre, seit wann bist du hier? fragte eine bekannte Stimme. Pierre erhob den Kopf. In einem mit zwei Schimmelhengsten bespannten Schlitten, den die feurigen Tiere mit Schnee überstreuten, flog Anatol mit seinem beständigen Begleiter, Makarin vorüber. Anatol saß in der klassischen Haltung eines militärischen Stutzers da, verhüllte den unteren Teil des Gesichtes mit dem Biberkragen und hatte den Kopf etwas gesenkt. Sein Antlitz war frisch und rot. Der Hut mit dem weißen Federbusch war auf die Seite geschoben; auf der anderen Seite zeigte sich das gebrannte, pomadisierte, mit Schnee bestreute Haar.

»Wahrhaftig, das ist der wahre Weise! dachte Pierre. Er sieht nicht über den Genuß des Augenblicks hinaus; nichts beunruhigt ihn, und so ist er immer heiter, sorglos und zufrieden. Was gäbe ich darum, wenn ich so zu sein vermöchte wie er!«

Im Vorzimmer der Frau Achrossimow sagte ihm der Lakai, der ihm den Pelz abnahm, daß ihn Maria Dmitriewna bitten lasse, in ihr Schlafzimmer zu kommen.

Als Pierre die Tür des Salons öffnete, erblickte er Natascha, die mit bleichem, hageren, finsteren Gesicht am Fenster saß. Sie sah ihn an, runzelte die Stirn und ging mit dem Ausdruck kalter Würde aus dem Zimmer.

Was gibt es? fragte Pierre, als er bei Maria Dmitriewna eintrat.

Schöne Geschichten! antwortete sie. Achtundfünfzig Jahre habe ich auf Erden gelebt, aber eine solche Schande ist mir nicht vorgekommen! Und nachdem sie von Pierre das Ehrenwort erhalten, über alles, was er erfahren würde, schweigen zu wollen, teilte sie ihm mit, daß Natascha ohne Vorwissen der Eltern sich von ihrem Bräutigam losgesagt habe; daß Anatol Kuragin, mit dem Pierres Frau das junge Mädchen zusammengebracht, der Grund dieses Schrittes sei, und daß Natascha die Absicht gehabt, in Abwesenheit des Vaters mit Anatol zu entfliehen, um sich heimlich mit ihm trauen zu lassen.

Pierre hörte Maria Dmitriewna mit heraufgezogenen Schultern und offenem Munde an, und traute seinen Ohren nicht. Die heißgeliebte Braut des Fürsten Andrej, die reizende Natascha Rostowa, wollte Bolkonskij mit dem Narren Anatol vertauschen, der – wie Pierre wußte – bereits verheiratet war, und hatte sich so in ihn verliebt, daß sie bereit gewesen war, mit ihm zu entfliehen. Pierre konnte sich das weder vorstellen noch erklären.

Er konnte den anmutigen Eindruck, den Natascha von Kindheit an auf ihn gemacht, nicht mit der neuen Vorstellung ihrer Schmach, Torheit und Herzlosigkeit vereinigen. Dann dachte er an seine Frau. »Sie sind sich alle gleich!« sagte er zu sich selbst und dachte weiter, daß es nicht ihm allein beschieden, an eine schlechte Frau gefesselt zu sein. Dabei bemitleidete er den Fürsten Andrej bis zu Tränen, und je mehr er seinen Freund bedauerte, um so mehr dachte er mit Verachtung und sogar mit Abscheu an Natascha, die eben erst vor seinen Augen mit so kalter Würde aus dem Saale gegangen war. Er wußte nicht, daß Verzweiflung, Scham und Selbstverachtung ihre Seele erfüllten, und daß ihr Antlitz unwillkürlich und ohne ihre Schuld den Ausdruck der Kälte und Würde angenommen.

Trauen lassen? sagte Pierre, nachdem er den Bericht Maria Dmitriewnas angehört. Wie kann er sich trauen lassen; er ist ja verheiratet!

Das wird ja immer besser! rief Maria Dmitriewna. Ein netter Bursche! das nenn' ich einen Schurken! ... Und sie wartet seit zwei Tagen auf ihn ... vielleicht gibt sie nun das Warten auf! Wir müssen ihr alles sagen.

Nachdem sie Pierre ausführlich über Anatols Heirat befragt und ihrem Zorn gegen ihn in Schimpfworten Luft gemacht hatte, erklärte Maria Dmitriewna, warum sie Pierre hergerufen hätte. Sie fürchtete, der Graf oder Bolkonskij, der jeden Augenblick eintreffen konnte, könnten die Sache, die sie ihnen verhehlen wollte, erfahren und Kuragin zum Zweikampf herausfordern; deshalb bat sie Pierre, seinem Schwager in ihrem Namen zu befehlen, daß er Moskau verlasse und ihr nicht wieder vor Augen komme.

Pierre, der die Gefahr erkannte, die dem alten Grafen, Nikolaj und Andrej drohte, versprach ihre Wünsche zu erfüllen, und nachdem sie ihre Forderungen klar und bündig ausgesprochen hatte, entließ sie ihn in den Salon.

Der Graf, siehst du, weiß von nichts; tu du auch, als ob du nichts wüßtest, sagte sie. Ich gehe jetzt zu ihr und mache ihr klar, daß das Warten vergeblich ist. Bleibe zum Mittag, wenn du Lust hast! rief sie Pierre noch zu.

Pierre begrüßte den alten Grafen, der verlegen und aufgebracht war. Natascha hatte ihm diesen Morgen erklärt, daß sie Bolkonskij sein Wort zurückgegeben habe.

Ach, ein Leiden, mein Lieber, sagte er zu Pierre, ein Leiden, diese Mädchen ohne die Mutter! Wie ich es bereue, hergekommen zu sein! ... Ich will offen mit Ihnen sprechen ... haben Sie schon gehört. Sie hat dem Bräutigam abgeschrieben, ohne einen Menschen zu fragen ... Wenn ich auch zugebe, daß ich mich über diese Partie nicht sehr gefreut habe – denn obgleich er ein guter Mensch ist, war die Verbindung ohne des Vaters Einwilligung kein Glück, und Natascha wird nicht ohne Bewerber bleiben –, aber die Sache hat nun schon so lange gedauert, und wie konnte sie einen solchen Schritt tun ohne Vater und Mutter? Jetzt ist sie krank, Gott mag wissen, was ihr fehlt. Es ist schlimm, Graf, sehr schlimm, eine Tochter ohne Mutter zu haben.

Pierre sah, daß der alte Graf sehr aufgeregt war, und bemühte sich, das Gespräch auf andere Dinge zu lenken; aber Ilja Andreitsch kehrte immer zu seinem Kummer zurück.

Nach einer Weile trat Sonja mit besorgter Miene in den Salon.

Natascha fühlt sich nicht wohl und wünscht Sie zu sehen, sagte sie mit verlegener Miene. Maria Dmitriewna ist bei ihr und bittet ebenfalls, daß sie kommen.

Ja, ja, Sie sind ja Bolkonskijs Freund, gewiß will sie Ihnen etwas mitteilen, meinte der Graf. Mein Gott, mein Gott, wie gut konnte alles sein! Er griff in seine spärlichen grauen Haare und ging aus dem Zimmer.

Maria Dmitriewna hatte Natascha mitgeteilt, daß Anatol verheiratet sei, Natascha aber hatte es nicht glauben wollen, sondern verlangte die Bestätigung von Pierre selbst zu hören. Das sagte ihm Sonja, während sie ihn durch den Korridor zu Nataschas Zimmer führte.

Natascha saß bleich und starr neben Maria Dmitriewna, und als Pierre in der Tür erschien, sah sie ihm mit fieberhaft glänzenden, erwartungsvollen, fragenden Augen entgegen. Sie lächelte ihm nicht zu, nickte nicht, sah ihm nur starr ins Gesicht, und ihr Blick fragte: ob Anatols Freund, oder wie alle anderen, sein Feind wäre. Pierre selbst schien für sie nicht dazusein.

Er weiß alles, sagte Maria Dmitriewna, indem sie auf Pierre deutete; lasse dir von ihm erzählen, ob ich die Wahrheit gesagt habe.

Wie ein angeschossenes Wild die herannahenden Hunde und Jäger ansieht, blickte Natascha von einem zum anderen.

Natalia Iljinitschna, fing Pierre an, indem er in einer Regung des Mitleids mit ihr und des Widerwillens vor der Operation, die er ausführen sollte, die Augen niederschlug, ob das alles wahr ist oder nicht, müßte für Sie ganz gleich sein, weil ...

Es ist also nicht wahr? Er ist nicht verheiratet?

Ja, es ist wahr!

Ist er schon lange verheiratet! Ihr Ehrenwort? fragte Natascha.

Pierre gab ihr sein Ehrenwort.

Ist er noch hier? fügte sie schnell hinzu.

Ja, ich habe ihn eben gesehen.

Sie machte mit den Händen ein Zeichen, daß man sie allein lassen möge. Sprechen konnte sie nicht.

XX

Pierre blieb nicht zum Mittagessen, sondern ging weg, sobald er Nataschas Zimmer verlassen hatte. Er fuhr durch die Stadt, um Anatol Kuragin zu suchen, an den er nicht denken konnte, ohne daß ihm das Blut zum Herzen drang und ihm den Atem benahm. Auf den »Bergen«, bei den Zigeunern und bei Comoneno war er nicht. Pierre begab sich in den Klub. Im Klub ging alles im alten Gleise. Die Gäste, die zum Mittagessen gekommen waren, saßen in Gruppen zusammen, begrüßten Pierre und sprachen von Stadtneuigkeiten. Auch der Klubdiener begrüßte ihn und meldete, da er seine Freunde und Gewohnheiten kannte, daß er Pierre einem Platz im kleinen Eßzimmer reserviert habe, und daß Fürst Michail Sacharytsch im Lesezimmer, Pawel Timofjeitsch dagegen noch nicht erschienen sei. Mitten in einem Gespräch über das Wetter fragte plötzlich ein Bekannter, ob Pierre von der Entführung der Komtesse Rostow durch Kuragin gehört habe, von der man in der ganzen Stadt spreche.

Pierre lächelte dazu und sagte, es wäre Unsinn, er käme soeben von Rostows. Dann erkundigte er sich bei allen nach Anatol. Der eine sagte, er wäre nicht gekommen, der andere meinte, daß er sich zum Essen einstellen würde.

Pierre war eigen zumute, wenn er diese ruhige, kaltblütige Versammlung überblickte, in der niemand ahnte, was in seiner Seele vorging. Er wanderte durch die Säle, wartete, bis alle Platz genommen hatten, und als er sah, daß Anatol nicht darunter war, blieb er nicht zum Essen, sondern fuhr nach Hause.

Anatol, den er suchte, speiste an diesem Tage bei Dolochow und besprach mit ihm, wie sie das verfehlte Unternehmen aufs neue ins Werk setzen sollten. Am notwendigsten erschien es ihm, Natascha zu sprechen, und er fuhr deshalb abends zu seiner Schwester, um mit ihr die Möglichkeit eines Wiedersehens zu verabreden.

Als Pierre, nachdem er vergebens durch ganz Moskau gefahren war, nach Hause zurückkam, sagte ihm der Kammerdiener, daß Fürst Anatol Wassilijewitsch bei der Gräfin sei.

Helènes Salon war von Gästen überfüllt. Obwohl Pierre seine Frau seit seiner Rückkehr nicht gesehen hatte (sie war ihm gerade jetzt verhaßter als je), trat er, ohne sie zu begrüßen, bei ihr ein und ging, als er Anatol erblickte, auf diesen zu.

Ah, Pierre! sagte die Gräfin, indem sie ihrem Manne entgegentrat, du weißt nicht, in welcher Lage sich unser Anatol befindet ... sie stockte, denn in dem gesenkten Antlitz ihres Mannes, in seinen funkelnden Augen, seiner entschlossenen Haltung lag wieder der erschreckende Ausdruck jener Wut und Gewalttätigkeit, die sie kannte und, nach dem Duell mit Dolochow, an sich selbst erfahren hatte.

Wo Ihr seid, ist das Laster, die Verderbnis! sagte Pierre zu seiner Frau. Kommen Sie, Anatol, ich habe mit Ihnen zu sprechen, fügte er französisch hinzu.

Anatol sah seine Schwester an, stand aber gehorsam auf, um mit Pierre zu gehen.

Pierre nahm seinen Arm und führte ihn fort.

Wenn Sie sich erlauben, in meinem Salon ... fing Helène leise an; aber Pierre antwortete ihr nicht und verließ das Zimmer.

Anatol ging mit seinem gewöhnlichen kecken Schritte neben ihm her, aber auf seinem Gesicht war eine gewisse Verlegenheit zu erkennen.

Als sie das Kabinett erreicht hatten, machte Pierre die Tür zu und sagte zu Anatol, ohne ihn anzusehen:

Hatten Sie versprochen, die Komtesse Rostow zu heiraten ... und haben Sie sie entführen wollen?

Mein Lieber, fing Anatol französisch an (das ganze Gespräch wurde in dieser Sprache geführt), ich halte mich nicht verbunden, auf Fragen zu antworten, die in solchem Tone gestellt werden.

Pierres Gesicht, das schon früher bleich gewesen war, verzerrte sich zum Ausdruck der Wut. Mit seiner großen Hand packte er Anatol am Uniformkragen und schüttelte ihn, bis Anatols Antlitz den genügenden Ausdruck des Schreckens zeigte.

Wenn ich sage, daß ich mit Ihnen zu sprechen habe! wiederholte Pierre.

Ach was, das sind Torheiten! sagte Anatol und griff nach seinem abgerissenen Uniformknopf.

Sie sind ein Schurke, ein Niederträchtiger, ich weiß nicht, was mich verhindert, mir die Freude zu machen, Ihnen den Hirnschädel einzuschlagen ... mit diesem ... sagte Pierre, der sich so gezwungen ausdrückte, weil er französisch sprach. Dabei nahm er einen wuchtigen Briefbeschwerer in die Hand, hob ihn drohend in die Höhe, legte ihn aber schnell wieder auf den alten Platz.

Haben Sie versprochen, das junge Mädchen zu heiraten?

Ich ... ich ... ich habe nicht daran gedacht ... habe das auch niemals versprechen können, weil ...

Pierre unterbrach ihn.

Haben Sie Briefe von ihr? Haben Sie Briefe? wiederholte er, indem er sich Anatol näherte.

Anatol sah ihn an, steckte die Hand in die Tasche und zog sofort sein Portefeuille heraus.

Pierre nahm den Brief, den er ihm überreichte, schleuderte den Tisch weg, der ihm im Wege stand und warf sich auf den Diwan.

Ich werde nicht heftig sein, fürchten Sie nichts, sagte Pierre als Antwort auf Anatols schreckenvolle Gebärde, und als ob er sich eine Aufgabe wiederholte, fuhr er fort: Erstens:

die Briefe ... Zweitens, fügte er nach kurzem Schweigen hinzu, indem er aufstand und durch das Zimmer ging, zweitens müssen Sie morgen Moskau verlassen.

Wie kann ich ...

Drittens, sagte Pierre, ohne auf Anatol zu hören, dürfen Sie nie zu irgend jemanden ein Wort über das sprechen, was zwischen Ihnen und der Komtesse vorgefallen ist ... Ich weiß zwar, daß ich es Ihnen nicht untersagen kann, aber wenn Sie nur einen Funken von Gewissen haben ...

Pierre ging schweigend mehrmals durch das Zimmer. Anatol saß am Tische mit gerunzelter Stirn und biß sich in die Lippen.

Sie müssen doch endlich einmal begreifen, daß, außer Ihrem Vergnügen auch das Glück und die Ruhe anderer einen Wert haben ... und daß Sie in ganzes Leben um Ihres Vergnügens willen vernichten. Spielen Sie mit Weibern, die meiner Frau gleichen; diesen gegenüber sind Sie in Ihrem Rechte ... Die wissen, was Sie von ihnen verlangen, und besitzen die Erfahrung des Lasters als Waffe gegen Sie ... Aber einem jungen Mädchen die Heirat versprechen ... sie betrügen, sie entführen ... wie, begreifen Sie denn nicht, daß das ebenso gemein ist, wie einen Greis oder einen Säugling mißhandeln! ...

Pierre schwieg und sah Anatol nun nicht mehr zornig, sondern fragend an.

Das weiß ich nicht ... sagte Anatol, der um so mutiger wurde, je mehr Pierre seinen Zorn bemeisterte. Das weiß ich nicht und will es nicht wissen! wiederholte er, ohne Pierre anzusehen, und sein Kinn zitterte leise; aber Sie haben mir Worte gesagt, wie niedrig, gemein und dergleichen, die ich, als ein Mann von Ehre, niemandem gestatte.

Pierre sah ihn verwundert an und war nicht imstande zu begreifen, was er wollte.

Obwohl es unter vier Augen geschehen ist, fuhr Anatol fort, kann ich nicht zugeben ...

Sie verlangen wohl Satisfaktion? fragte Pierre spöttisch.

Wenigstens müssen Sie Ihre Worte zurücknehmen ... wenn Sie wollen, daß ich Ihr Verlangen erfülle ... he?

Ich nehme sie, nehme sie zurück und bitte Sie um Entschuldigung, sagte Pierre, indem er unwillkürlich nach dem abgerissenen Knopfe hinsah. Ich gebe Ihnen auch Reisegeld, wenn Sie es brauchen. Anatol lächelte.

Dies gemeine Lächeln, das Pierre auch an seiner Frau kannte, brachte ihn von neuem auf.

Niedriges, herzloses Gezücht! sagte er und verließ das Zimmer.

Am folgenden Tage reiste Anatol nach Petersburg ab.

XXI

Pierre fuhr zu Maria Dmitriewna, um ihr die Erfüllung ihrer Wünsche in bezug auf die Verbannung Kuragins aus Moskau mitzuteilen. Das ganze Haus war in Angst und Unruhe; Natascha war sehr krank. Sie hatte, wie Maria Dmitriewna Pierre vertraute, in der Nacht, nachdem sie Anatols Verheiratung erfahren, Arsenik genommen, das sie sich heimlich verschafft hatte. Als sie etwas davon genommen, war sie jedoch so in Schrecken geraten, daß sie Sonja geweckt und ihr gesagt hatte, was sie getan. So waren denn zur rechten Zeit die nötigen Maßregeln gegen das Gift ergriffen, und sie befand sich jetzt außer Gefahr, war jedoch noch zu schwach, um die Reise nach dem Gute antreten zu können. Statt dessen war die Gräfin hergerufen worden. Pierre sah den verstörten Grafen und die verweinte Sonja, aber Natascha bekam er nicht zu sehen.

Zum Essen ging er in den Klub, hörte von allen Seiten von der beabsichtigten Entführung der Komtesse Rostow und widersprach diesem Gerücht mit großer Hartnäckigkeit, indem er jedermann die Versicherung gab, es wäre nichts weiter geschehen, als daß sein Schwager dem jungen Mädchen einen Antrag gemacht habe und abgewiesen worden sei. Pierre hielt es für seine Pflicht, alles abzuleugnen, um Nataschas Ruf wiederherzustellen.

Voll Sorge wartete er auf die Rückkehr des Fürsten Andrej und fuhr täglich zu dem alten Fürsten, um sich nach dem Freunde zu erkundigen.

Fürst Nikolaj Andreitsch war durch Mlle. Bourienne von

allen Gerüchten, die in der Stadt im Umlauf waren, unterrichtet und hatte den Brief an Prinzessin Maria gelesen, in dem Natascha ihrem Bräutigam absagte. Der alte Herr schien heiterer als gewöhnlich und wartete mit Ungeduld auf seinen Sohn.

Einige Tage nach Anatols Abreise bekam Pierre ein Billett vom Fürsten Andrej, der ihm seine Ankunft meldete und um einen Besuch bat.

Gleich im ersten Augenblick nach seiner Ankunft in Moskau hatte Fürst Andrej von seinem Vater den Brief erhalten, in dem sich Natascha von ihm lossagte. (Mlle. Bourienne hatte der Prinzessin Maria das Billett gestohlen und es dem alten Fürsten gegeben.) Auch von der Entführung Nataschas erzählte der alte Herr mit vielen Übertreibungen.

Fürst Andrej war abends angekommen, am nächsten Morgen ging Pierre zu ihm. Er erwartete, den Freund in ähnlichem Zustande zu finden wie Natascha, und war daher sehr erstaunt, als er beim Eintritt in den Salon aus dem anstoßenden Kabinett die laute Stimme des Fürsten Andrej hörte, der lebhaft über eine Petersburger Tagesneuigkeit sprach. Sein Vater und noch ein anderer unterbrachen ihn hin und wieder. Prinzessin Maria kam Pierre entgegen. Sie seufzte und deutete mit den Augen auf die Tür, hinter der sich Fürst Andrej befand, als ob sie ihre Teilnahme mit seinem Kummer ausdrücken wollte; aber Pierre sah auf ihrem Gesicht, daß sie sowohl mit dem Geschehenen zufrieden war, wie mit der Art und Weise, in der ihr Bruder die Nachricht vom Treubruch der Braut hingenommen hatte.

Er behauptet, daß er das vorausgesehen habe, sagte sie; ich weiß, daß sein Stolz ihm nicht erlauben wird, sein wirkliches Gefühl zu zeigen; aber er hat es doch besser, viel besser ertragen, als ich erwartete. Man sieht, es hat so sollen sein ...

Aber ist denn wirklich alles zu Ende? sagte Pierre.

Prinzessin Maria sah ihn verwundert an. Sie begriff nicht einmal, wie man das noch fragen konnte.

Pierre trat in das Kabinett. Fürst Andrej, der sich sehr verändert hatte, unverkennbar gesünder geworden war, aber eine neue Querfalte zwischen den Brauen hatte, stand in Zivilkleidern vor seinem Vater und dem Fürsten Meschtscherskij, gegen die er heftig mit energischen Gebärden stritt. Sie sprachen von Speranskij. Die Nachricht seiner plötzlichen Verbannung und des ihm schuldgegebenen Verrates war eben nach Moskau gekommen.

Speranskij wird jetzt sowohl von allen denen verurteilt und angeklagt, die vor kaum einem Monat für ihn begeistert waren, wie von denen, die nie imstande gewesen sind, seine Ziele zu verstehen, sagte Fürst Andrej. Es ist sehr leicht, den in Ungnade Gefallenen zu verdammen, und alle Fehler der anderen auf ihn abzuwälzen; ich aber behaupte, daß, wenn unter dieser Regierung etwas Gutes geschaffen worden ist, so war es durch ihn, durch ihn allein ... Fürst Andrej hielt inne, weil er Pierre erblickte. Sein Gesicht zuckte und nahm einen finsteren Ausdruck an. Die Nachwelt wird Speranskij Gerechtigkeit widerfahren lassen, schloß er, indem er sich rasch zu Pierre wandte.

Nun, wie geht es dir? Du wirst immer dicker, sagte er lebhaft, aber wieder zeigte sich die Falte, die tief in die Stirn einschnitt. Ja, ich bin gesund! antwortete er auf die Frage des Freundes und lächelte. Es war ein Lächeln, daß Pierre deutlich sagte: Ich bin gesund – aber meine Gesundheit ist für niemand von Bedeutung.

Nachdem Fürst Andrej noch einige Worte zu Pierre gesprochen: über den schrecklichen Weg von der polnischen Grenze ab, über Bekannte Pierres, die er in der Schweiz getroffen, und über einen Herrn Dessalle, den er als Erzieher für seinen Sohn aus dem Auslande mitgebracht, nahm er wieder eifrig teil an dem Gespräch über Speranskij, das die beiden alten Herren fortgeführt hatten.

Wenn ein Verrat vorläge, und Beweise für seinen geheimen Verkehr mit Napoleon da wären, würde man sie veröffentlichen, sagte er rasch und eifrig. Ich persönlich liebe Speranskij nicht, habe ihn nie geliebt, aber ich liebe die Gerechtigkeit.

Pierre sah seinen Freund von jenem ihm nur zu wohl bekannten Verlangen getrieben, sich aufzuregen und über eine ihm persönlich ganz fernliegende Sache zu streiten, um die eigenen, schweren Herzenserregungen zu übertäuben.

Als Fürst Meschtscherskij gegangen war, nahm Fürst Andrej Pierre unter den Arm und führte ihn in das Zimmer, das man ihm angewiesen hatte. Ein Bett war darin aufgeschlagen, und geöffnete Mantelsäcke und Kisten lagen und standen umher. Fürst Andrej trat an eine heran, nahm eine Schatulle daraus hervor, und aus dieser ein Päckchen in Papier. Er tat es schweigend und schnell, reckte sich, hustete, sein Gesicht umwölkte sich, und er preßte die Lippen zusammen.

Verzeihe mir, wenn ich dich belästige, fing er an.

Pierre erriet, daß er von Natascha sprechen wollte, und sein breites Gesicht drückte Bedauern und Mitgefühl aus. Dieser Ausdruck ärgerte den Fürsten Andrej; mit entschlossenem, klangvollem, unfreundlichem Tone fuhr er fort:

Ich habe von Komtesse Rostow einen Absagebrief bekommen, und das Gerücht erzählt von einer Werbung deines Schwagers oder etwas Ähnlichem ... ist das wahr?

Wahr und nicht wahr, fing Pierre an; Fürst Andrej unterbrach ihn.

Da sind ihre Briefe und ihr Porträt, sagte er; er nahm das Päckchen vom Tische und reichte es Pierre. Gib es der Komtesse, wenn du sie siehst.

Sie ist sehr krank, sagte Pierre.

Also ist sie noch hier? fragte Fürst Andrej. Und Kuragin? fügte er rasch hinzu.

Er ist schon lange fort ... Sie war dem Tode nahe.

Das tut mir sehr leid! antwortete Fürst Andrej und lächelte kalt, unfreundlich und boshaft wie sein Vater. Herr Kuragin hat also die Komtesse Rostow nicht seiner Hand gewürdigt? fügte er hinzu, indem er schnell und laut schnaubte.

Er konnte sie nicht heiraten, weil er verheiratet ist, antwortete Pierre.

Fürst Andrej lächelte wieder in der unangenehmen Weise, die an seinen Vater erinnerte.

Und wo ist dein Schwager jetzt? darf ich es erfahren? fragte er.

Er ist nach Peters..., übrigens weiß ich's nicht genau, antwortete Pierre.

Es ist auch gleichgültig! sagte Fürst Andrej. Der Komtesse

Rostow bitte ich dich, zu sagen, daß sie vollkommen frei war und ist, und daß ich ihr alles Gute wünsche.

Pierre nahm das Päckchen Papiere in die Hände; Fürst Andrej sah ihn mit einem starren Blicke an, als ob er sich besänne, was er etwa noch zu sagen hätte, oder als ob er erwartete, daß Pierre etwas sagen würde.

Hören Sie, erinnern Sie sich unseres Streites in Petersburg? fragte Pierre, erinnern Sie sich ...

Ich erinnere mich, fiel ihm Fürst Andrej rasch ins Wort. Ich sagte, man müsse einer gefallenen Frau verzeihen ... aber ich sagte nicht, daß ich verzeihen kann ... ich kann es nicht!

Darf man das denn vergleichen? fragte Pierre. Fürst Andrej unterbrach ihn. Mit schneidendem Tone schrie er:

Ja, wieder um ihre Hand bitten, großmütig sein und dergleichen ... das wäre edel ... aber ich bin nicht imstande, in die Fußstapfen dieses Herrn zu treten. Wenn du mein Freund sein willst, so sprich nie mehr mit mir über diese ... über dies alles ... Und nun Lebewohl. Du wirst es ihr also geben?

Pierre entfernte sich; er ging zu dem alten Fürsten und zur Prinzessin Maria.

Der alte Herr schien lebhafter als gewöhnlich; Prinzessin Maria war ganz wie immer, aber aus allem ihrem Mitgefühl für den Bruder erkannte Pierre, wie sie sich freute, daß seine Heirat sich zerschlagen hatte. Indem er diese beiden ansah, begriff er, welche Verachtung und Abneigung sie gegen Rostows hegten, und verstand, daß in ihrer Gegenwart der Name derjenigen, die imstande gewesen war, dem Fürsten Andrej irgendeinen anderen vorzuziehen, nicht genannt werden durfte.

Während des Mittagessens wurde vom Kriege gesprochen, dessen Herannahen schon deutlich zu spüren war. Fürst Andrej sprach und stritt unaufhörlich, bald mit dem Vater, bald mit dem Schweizer Dessalle und schien von ungewöhnlicher Lebhaftigkeit, einer Lebhaftigkeit, deren innerster Grund Pierre nur zu genau bekannt war.

XXII

Denselben Abend fuhr Pierre zu Rostows, um seinen Auftrag zu erfüllen. Natascha lag zu Bett, der Graf war im Klub, und Pierre ging, nachdem er Sonja die Briefe übergeben hatte, zu Maria Dmitriewna, die zu erfahren wünschte, wie Fürst Andrej die Sache aufgenommen. Zehn Minuten später trat Sonja bei Maria Dmitriewna ein.

Natascha will durchaus den Grafen Peter Kirillowitsch sehen, sagte sie.

Wie ... soll er zu ihr kommen? fragte Maria Dmitriewna. Wie denn, da ist ja nichts in Ordnung ...

Nein, sie hat sich angekleidet und ist in den Salon gegangen, antwortete Sonja. Maria Dmitriewna zuckte die Achseln.

Wann wird die Gräfin kommen! mich quält das alles zu Tode. Höre mal, sage ihr nicht alles ... wandte sie sich zu Pierre. Mir fehlt der Mut, sie auszuschelten, so bedauernswert kommt sie mir vor.

Natascha stand mager, bleich, mit strengem Gesicht (nicht aber beschämt, wie Pierre sie zu finden erwartete) mitten im Salon. Als Pierre in der Tür erschien, wurde sie unruhig und war sichtlich unentschlossen, ob sie auf ihn zugehen oder ihn erwarten sollte.

Pierre ging ihr rasch entgegen. Er glaubte, daß sie ihm wie immer die Hand reichen würde. Aber als er ihr nahe kam, blieb sie stehen, atmete schwer und ließ die Hände sinken, ganz in der Haltung, in der sie in die Mitte des Saales zu treten pflegte, um zu singen – nur mit ganz anderem Ausdruck.

Peter Kirillowitsch! sagte sie rasch, Fürst Bolkonskij war Ihr Freund ... er ist Ihr Freund, verbesserte sie sich (es kam ihr jetzt immer vor, als ob alles gewesen und anders geworden wäre). Er sagte mir damals, ich sollte mich an Sie wenden ...

Pierre atmete schwer und sah sie schweigend an. Bis jetzt hatte er ihr in seinem Herzen Vorwürfe gemacht und sie zu verachten gesucht; aber in diesem Augenblicke tat sie ihm so leid, daß für den Vorwurf kein Raum in seiner Seele blieb.

Er ist jetzt hier ... sagen Sie ihm, er möge mir ver ... verzeihen! Sie verstummte und atmete noch schwerer, weinte aber nicht.

Ja, ich werde ihm das sagen, antwortete Pierre. Aber ... er wußte nicht, was er sagen sollte.

Natascha erschrak offenbar vor dem Gedanken, der möglicherweise in Pierre aufstieg.

Nein, ich weiß, daß alles zu Ende ist, sagte sie hastig. Es kann auch niemals anders werden ... Was mich quält, ist das Böse, das ich ihm getan habe. Sagen Sie ihm nur, daß ich ihn bitte, mir zu verzeihen ... verzeihen ... verzeihen ...

Sie zitterte am ganzen Körper und setzte sich auf einen Stuhl.

Ein Gefühl des Mitleids, wie er es noch nie empfunden, erfüllte Pierres Herz ganz.

Ich werde es ihm sagen, werde ihm alles noch einmal sagen ... fing er an. Aber eins möchte ich wissen ...

»Was?« fragte Nataschas Blick.

Ich möchte wissen, ob sie ... (Pierre wußte nicht, wie er Anatol nennen sollte, und errötete bei dem Gedanken an ihn) ob Sie diesen schlechten Menschen geliebt haben!

Nennen Sie ihn nicht schlecht, sagte Natascha. Aber ich weiß gar nichts ... gar nichts! sie fing an zu weinen.

Ein noch stärkeres Gefühl des Mitleids, der Zärtlichkeit und Liebe überkam Pierre. Er bemerkte, daß sich Tränen unter seiner Brille hervordrängten und hoffte, daß sie unbemerkt bleiben würden.

Lassen Sie uns nicht mehr davon sprechen, liebe Freundin! sagte er.

Wie eigentümlich berührte Natascha diese weiche, sanfte, herzliche Stimme!

Lassen Sie uns nicht mehr davon sprechen, liebe Freundin; ich werde ihm alles sagen ... Aber um eins bitte ich Sie, betrachten Sie mich als Ihren Freund, und wenn Sie Hilfe brauchen oder Rat, wenn Sie einfach das Bedürfnis fühlen, Ihr Herz gegen jemand auszuschütten ... nicht jetzt, aber wenn es wieder klarer in Ihrer Seele sein wird, dann erinnern Sie sich meiner. Er nahm ihre Hand und küßte sie. Ich würde mich glücklich schätzen, wenn ich imstande wäre ...

Pierre geriet in Verwirrung.

Sprechen Sie nicht so mit mir … ich bin's nicht wert! schrie Natascha auf und wollte aus dem Zimmer eilen, aber Pierre hielt sie am Arme fest. Er fühlte, daß er ihr noch etwas zu sagen hatte. Aber, als er es gesagt hatte, war er selbst für seine Worte erstaunt.

Hören Sie auf! hören Sie auf, das ganze Leben liegt noch vor Ihnen, fing er an.

Vor mir? … Nein! für mich ist alles verloren! sagte sie beschämt und demütig.

Alles verloren? wiederholte er; wenn ich nicht *ich* wäre, sondern der schönste, klügste, beste Mensch der Welt, und frei – so würde ich diesen Augenblick auf meinen Knien um Ihre Hand und Ihre Liebe bitten.

Zum erstenmal nach vielen Tagen weinte Natascha Tränen der Dankbarkeit und Rührung, und mit einem Blick auf Pierre entfernte sie sich aus dem Zimmer.

Gleich nach ihr eilte auch Pierre ins Vorzimmer hinaus. Tränen der Rührung und des Glücks schnürten ihm die Kehle zu, und als er den Pelz anzog, war er kaum imstande, den Ärmel zu finden. Er setzte sich in seinen Schlitten.

Wohin befehlen Sie? fragte der Kutscher.

»Wohin? fragte sich Pierre, wohin kann ich jetzt fahren? Ist's möglich, in den Klub zu gehen oder Besuche zu machen?« Alle Menschen erschienen ihm jetzt so bedauernswürdig, so arm, neben dem Gefühl der Rührung und Liebe, das er empfand, neben dem weichen, dankbaren Blick, mit welchem *sie* zum letztenmal durch Tränen zu ihm aufgesehen hatte.

Nach Hause! sagte er und trotz der zehn Grad Kälte öffnete er den Bärenpelz über seiner breiten, freudig atmenden Brust.

Es war kalt und hell. Über den schmutzigen, halbdunkeln Straßen, über den schwarzen Häusern stand der nächtliche Sternenhimmel. Pierre sah zu ihm empor und empfand nicht mehr die beengende Niedrigkeit alles Irdischen, im Vergleich zu der Höhe, zu der sich seine Seele erhoben hatte.

Auf dem Arbat eröffnete sich seinen Augen der weite Umkreis des dunkeln Sternenhimmels; fast in der Mitte dieses Himmels über dem Pretschistjenka-Boulevard stand, von Sternen umringt und gleichsam überschüttet, aber von allen unterschieden durch seine Erdnähe, sein weißes Licht, und dem langen, nach oben gerichteten Schweif, der große helle Komet des Jahres 1812; der Komet, der, wie es hieß, alle möglichen Greuel und den Weltuntergang prophezeite. Aber in Pierre erregte dieser helle Stern mit dem langen Strahlenschweife kein Gefühl des Schreckens. Im Gegenteil, mit freudigen, tränenfeuchten Augen blickte er auf dies helle Gestirn, das jetzt – nachdem es mit unaussprechlicher Schnelligkeit unermeßliche Strecken auf seiner Bahn zurückgelegt – plötzlich, wie ein eingedrungener Pfeil, hier auf der erwählten Stelle, am schwarzen Himmel fest zu stehen schien, energisch den Schweif nach oben gekehrt, und mit seinem weißen Lichte unter den zahllosen anderen blinkenden Sternen leuchtete und strahlte.

Pierre war es, als sei dieser Stern mit dem verwandt, was sich in seiner zu neuem Leben erblühten, ergriffenen und erstarkten Seele regte.